Theodor Fontane
Die Romane

THEODOR FONTANE

DIE ROMANE

Irrungen Wirrungen
Frau Jenny Treibel
Effi Briest
Der Stechlin

ALBATROS

Bibliographische Information der Deutschen Nationalbibliothek

Die Deutsche Nationalbibliothek verzeichnet diese Publikation
in der Deutschen Nationalbibliographie;
detaillierte bibliographische Daten sind im Internet
über http://dnb.d-nb.de abrufbar.

Umschlaggestaltung: butenschoendesign.de
Umschlagmotiv: Otto Scholderer, Brieflesendes Mädchen (1870–1875),
Schweinfurt, Sammlung Georg Schäfer
Printed in Czech Republic
ISBN 978-3-491-96212-5
www.patmos.de

IRRUNGEN WIRRUNGEN

Erstes Kapitel

An dem Schnittpunkte von Kurfürstendamm und Kurfürstenstraße, schräg gegenüber dem „Zoologischen", befand sich in der Mitte der siebziger Jahre noch eine große, feldeinwärts sich erstreckende Gärtnerei, deren kleines, dreifenstriges, in einem Vorgärtchen um etwa hundert Schritte zurückgelegenes Wohnhaus, trotz aller Kleinheit und Zurückgezogenheit, von der vorübergehenden Straße her sehr wohl erkannt werden konnte. Was aber sonst noch zu dem Gesamtgewese der Gärtnerei gehörte, ja die recht eigentliche Hauptsache derselben ausmachte, war durch ebendies kleine Wohnhaus wie durch eine Kulisse versteckt und nur ein rot und grün gestrichenes Holztürmchen mit einem halb weggebrochenen Zifferblatt unter der Turmspitze (von Uhr selbst keine Rede) ließ vermuten, daß hinter dieser Kulisse noch etwas anderes verborgen sein müsse, welche Vermutung denn auch in einer von Zeit zu Zeit aufsteigenden, das Türmchen umschwärmenden Taubenschar und mehr noch in einem gelegentlichen Hundegeblaff ihre Bestätigung fand. Wo dieser Hund eigentlich steckte, das entzog sich freilich der Wahrnehmung, trotzdem die hart an der linken Ecke gelegene, von früh bis spät aufstehende Haustür einen Blick auf ein Stückchen Hofraum gestattete. Überhaupt schien sich nichts mit Absicht verbergen zu wollen, und doch mußte jeder, der zu Beginn unserer Erzählung des Weges kam, sich an dem Anblick des dreifenstrigen Häuschens und einiger im Vorgarten stehenden Obstbäume genügen lassen.

Es war die Woche nach Pfingsten, die Zeit der langen Tage, deren blendendes Licht mitunter kein Ende nehmen wollte. Heut aber stand die Sonne schon hinter dem Wilmersdorfer Kirchturm und statt der Strahlen, die sie den ganzen Tag über herabgeschickt hatte, lagen bereits abendliche Schatten in dem Vorgarten, dessen halb märchenhafte Stille nur noch von der Stille des von der alten Frau Nimptsch und ihrer Pflegetochter Lene mietweise bewohnten Häuschens übertroffen wurde. Frau Nimptsch selbst aber saß wie gewöhnlich an dem großen, kaum fußhohen Herd ihres die ganze Hausfront einnehmenden Vorderzimmers und sah, hockend und vorgebeugt, auf einen rußigen alten Teekessel, dessen Deckel, trotzdem der Wrasen auch vorn aus der Tülle quoll, beständig hin und her klapperte. Dabei hielt die Alte beide Hände gegen die Glut und war so versunken in ihre Betrachtungen und Träumereien, daß sie nicht hörte, wie die nach dem Flur hinausführende Tür aufging und eine robuste Frauensperson ziemlich geräuschvoll eintrat. Erst als diese letztre sich geräuspert und ihre Freundin und Nachbarin, eben unsre Frau Nimptsch, mit einer gewissen Herzlichkeit bei Namen genannt hatte, wandte sich diese nach rückwärts und sagte nun auch ihrerseits freundlich und mit einem Anfluge von Schelmerei: „Na, das is recht, liebe Frau Dörr, daß Sie mal wieder rüberkommen. Und noch dazu vons ‚Schloß'. Denn ein Schloß is es und bleibt es. Hat ja 'nen Turm. Un nu setzen Sie sich ... Ihren lieben Mann hab ich eben weggehen sehen. Und muß auch. Is ja heute sein Kegelabend."

Die so freundlich als Frau Dörr Begrüßte war nicht bloß eine robuste, sondern vor allem auch eine sehr stattlich aussehende Frau, die, neben dem Eindruck des Gütigen und Zuverlässigen, zugleich den einer besonderen Beschränktheit machte. Die Nimptsch indessen nahm sichtlich keinen Anstoß daran und wiederholte nur: „Ja, sein Kegelabend. Aber, was ich sagen wollte, liebe Frau Dörr, mit Dörren seinen Hut, das geht nicht mehr. Der is ja schon fuchsblank und eigentlich schimpfierlich. Sie müssen ihn ihm wegnehmen und einen andern hinstellen. Vielleicht merkt er es nich ... Und nu rücken Sie ran hier, liebe Frau Dörr, oder lieber da drüben auf die Hutsche ... Lene, na Sie wissen ja, is ausgeflogen un hat mich mal wieder in Stich gelassen."

„Er war woll hier?"

„Freilich war er. Und beide sind nu ein bißchen auf Wilmersdorf zu; den Fußweg lang, da kommt keiner. Aber jeden Augenblick können sie wieder hier sein."

„Na, da will ich doch lieber gehn."

„O nich doch, liebe Frau Dörr. Er bleibt ja nich. Und wenn er auch bliebe, Sie wissen ja, der is nicht so."

„Weiß, weiß. Und wie steht es denn?"

„Ja, wie soll es stehn? Ich glaube, sie denkt so was, wenn sie's auch nich wahrhaben will, und bildet sich was ein."

„O du meine Güte", sagte Frau Dörr, während sie, statt der ihr angebotenen Fußbank, einen etwas höheren Schemel heranschob: „O du meine Güte, denn is es schlimm. Immer wenn das

Einbilden anfängt, fängt auch das Schlimme an. Das is wie Amen in der Kirche. Sehen Sie, liebe Frau Nimptsch, mit mir war es ja eigentlich ebenso, man bloß nichts von Einbildung. Und bloß darum war es auch wieder ganz anders."

Frau Nimptsch verstand augenscheinlich nicht recht, was die Dörr meinte, weshalb diese fortfuhr: „Und weil ich mir nie was in 'n Kopp setzte, darum ging es immer ganz glatt und gut und ich habe nu Dörren. Na, viel is es nich, aber es is doch was Anständiges und man kann sich überall sehen lassen. Und drum bin ich auch in die Kirche mit ihm gefahren und nich bloß Standesamt. Bei Standesamt reden sie immer noch." Die Nimptsch nickte.

Frau Dörr aber wiederholte: „Ja, in die Kirche, in die Matthäikirche un bei Büchseln. Aber was ich eigentlich sagen wollte, sehen Sie, liebe Frau Nimptsch, ich war ja woll eigentlich größer und anziehlicher als die Lene, un wenn ich auch nicht hübscher war (denn so was kann man nie recht wissen un die Geschmäcker sind so verschieden), so war ich doch so mehr im Vollen un das mögen manche. Ja, so viel is richtig. Aber wenn ich auch sozusagen fester war un mehr im Gewicht fiel un so was hatte, nu ja, ich hatte so was, so war ich doch immer man ganz einfach un beinah simpel un was nu *er* war, mein Graf, mit seine fuffzig auf'm Puckel, na, der war auch man ganz simpel und bloß immer kreuzfidel un unanständig. Und da reichen ja keine hundert Mal, daß ich ihm gesagt habe: ‚Ne, ne, Graf, *das* geht nicht, *so* was verbitt ich mir' ... Und immer die Alten sind so. Und ich sage bloß, liebe Frau Nimptsch, Sie können sich so was gar nich denken. Gräßlich war es. Und wenn ich mir nu der Lene ihren Baron ansehe, denn schämt es mir immer noch, wenn ich denke wie meiner war. Und nu gar erst die Lene selber. Jott, ein Engel is sie woll grade auch nich, aber propper und fleißig un kann alles und is für Ordnung un fürs Reelle. Und sehen Sie, liebe Frau Nimptsch, das is grade das Traurige. Was da so rumfliegt, heute hier un morgen da, na, das kommt nicht um, das fällt wie die Katz immer wieder auf die vier Beine, aber so 'n gutes Kind, das alles ernsthaft nimmt und alles aus Liebe tut, ja, *das* ist schlimm ... Oder vielleicht is es auch nich so schlimm; Sie haben sie ja bloß angenommen un is nich Ihr eigen Fleisch und Blut un vielleicht is es eine Prinzessin oder so was."

Frau Nimptsch schüttelte bei dieser Vermutung den Kopf und schien antworten zu wollen. Aber die Dörr war schon aufgestanden und sagte, während sie den Gartensteig hinuntersah: „Gott, da kommen sie. Und bloß in Zivil, un Rock un Hose ganz egal. Aber man sieht es doch! Und nu sagt er ihr was ins Ohr und sie lacht so vor sich hin. Aber ganz rot is sie geworden ... Und nu geht er. Und nu ... wahrhaftig, ich glaube, er dreht noch mal um. Nei, nei, er grüßt bloß noch mal und sie wirft ihm Kußfinger zu ... Ja, das glaub ich; so was laß ich mir gefallen ... Nei, so war meiner nich."

Frau Dörr sprach noch weiter, bis Lene kam und die beiden Frauen begrüßte.

Zweites Kapitel

Andern Vormittags schien die schon ziemlich hoch stehende Sonne auf den Hof der Dörrschen Gärtnerei und beleuchtete hier eine Welt von Baulichkeiten, unter denen auch das „Schloß" war, von dem Frau Nimptsch am Abend vorher mit einem Anfluge von Spott und Schelmerei gesprochen hatte. Ja, dies „Schloß"! In der Dämmerung hätt es bei seinen großen Umrissen wirklich für etwas Derartiges gelten können, heut aber, in unerbittlich heller Beleuchtung daliegend, sah man nur zu deutlich, daß der ganze bis hoch hinauf mit gotischen Fenstern bemalte Bau nichts als ein jämmerlicher Holzkasten war, in dessen beide Giebelwände man ein Stück Fachwerk mit Stroh- und Lehmfüllung eingesetzt hatte, welchem vergleichsweise soliden Einsatze zwei Giebelstuben entsprachen. Alles andere war bloße Steindiele, von der aus ein Gewirr von Leitern zunächst auf einen Boden und von diesem höher hinauf in das als Taubenhaus dienende Türmchen führte. Früher, in Vor-Dörrscher Zeit, hatte der ganze riesige Holzkasten als bloße Remise zur Aufbewahrung von Bohnenstangen und Gießkannen, vielleicht auch als Kartoffelkeller gedient, seit aber, vor soundsoviel Jahren, die Gärtnerei von ihrem gegenwärtigen Besitzer gekauft worden war, war das eigentliche Wohnhaus an Frau Nimptsch vermietet und der gotisch bemalte Kasten, unter Einfügung der schon erwähnten zwei Giebelstuben, zum Aufenthalt für den damals verwitweten Dörr hergerichtet worden, eine höchst primitive Herrichtung, an der seine bald danach erfolgende Wiederverheiratung nichts geändert hatte. Sommers war diese beinah fensterlose Remise mit ihren Steinfliesen und ihrer Kühle kein übler Aufenthalt, um die Winterzeit aber hätte Dörr und

Frau, samt einem aus erster Ehe stammenden zwanzigjährigen, etwas geistesschwachen Sohn, einfach erfrieren müssen, wenn nicht die beiden großen, an der anderen Seite des Hofes gelegenen Treibhäuser gewesen wären. In diesen verbrachten alle drei Dörrs die Zeit von November bis März ausschließlich, aber auch in der besseren und sogar in der heißen Jahreszeit spielte sich das Leben der Familie, wenn man nicht gerade vor der Sonne Zuflucht suchte, zu großem Teile vor und in diesen Treibhäusern ab, weil hier alles am bequemsten lag: hier standen die Treppchen und Estraden, auf denen die jeden Morgen aus den Treibhäusern hervorgeholten Blumen ihre frische Luft schöpfen durften, hier war der Stall mit Kuh und Ziege, hier die Hütte mit dem Ziehhund und von hier aus erstreckte sich auch das wohl fünfzig Schritte lange Doppel-Mistbeet, mit einem schmalen Gange dazwischen, bis an den großen, weiter zurückgelegenen Gemüsegarten. In diesem sah es nicht sonderlich ordentlich aus, einmal weil Dörr keinen Sinn für Ordnung, außerdem aber eine so große Hühnerpassion hatte, daß er diesen seinen Lieblingen, ohne Rücksicht auf den Schaden, den sie stifteten, überall umherzupicken gestattete. Groß freilich war dieser Schaden nie, da seiner Gärtnerei, die Spargelanlagen abgerechnet, alles Feinere fehlte. Dörr hielt das Gewöhnlichste zugleich für das Vorteilhafteste, zog deshalb Majoran und andere Wurstkräuter, besonders aber Porree, hinsichtlich dessen er der Ansicht lebte, daß der richtige Berliner überhaupt nur drei Dinge brauche: eine Weiße, einen Gilka und Porree. „Bei Porree“, schloß er dann regelmäßig, „ist noch keiner zu kurz gekommen.“ Er war überhaupt ein Original, von ganz selbständigen Anschauungen und einer entschiedenen Gleichgültigkeit gegen das, was über ihn gesagt wurde. Dem entsprach denn auch seine zweite Heirat, eine Neigungsheirat, bei der die Vorstellung von einer besondren Schönheit seiner Frau mitgewirkt und ihr früheres Verhältnis zu dem Grafen, statt ihr schädlich zu sein, gerad umgekehrt den Ausschlag zum Guten hin gegeben und einfach den Vollbeweis ihrer Unwiderstehlichkeit erbracht hatte. Wenn sich dabei mit gutem Grunde von Überschätzung sprechen ließ, so doch freilich nicht von seiten Dörrs in Person, für den die Natur, soweit Äußerlichkeiten in Betracht kamen, ganz ungewöhnlich wenig getan hatte. Mager, mittelgroß und mit fünf grauen Haarsträhnen über Kopf und Stirn, wär er eine vollkommene Trivialerscheinung gewesen, wenn ihm nicht eine zwischen Augenwinkel und linker Schläfe sitzende braune Pocke etwas Apartes gegeben hätte. Weshalb denn auch seine Frau nicht mit Unrecht und in der ihr eigenen ungenierten Weise zu sagen pflegte: „Schrumplig is er man, aber von links her hat er so was Borsdorfriges.“

Damit war er gut getroffen und hätte nach diesem Signalement überall erkannt werden müssen, wenn er nicht tagaus tagein eine mit einem großen Schirm ausgestattete Leinwandmütze getragen hätte, die, tief ins Gesicht gezogen, sowohl das Alltägliche, wie das Besondere seiner Physiognomie verbarg.

Und so, die Mütze samt Schirm ins Gesicht gezogen, stand er auch heute wieder, am Tage nach dem zwischen Frau Dörr und Frau Nimptsch geführten Zwiegespräche, vor einer an das vordere Treibhaus sich anlehnenden Blumenestrade, verschiedene Goldlack- und Geraniumtöpfe beiseite schiebend, die morgen mit auf den Wochenmarkt sollten. Es waren sämtlich solche, die nicht im Topf gezogen, sondern nur eingesetzt waren, und mit einer besonderen Genugtuung und Freude ließ er sie vor sich aufmarschieren, schon im voraus über die „Madams“ lachend, die morgen kommen, ihre herkömmlichen fünf Pfennig abhandeln und schließlich doch die Betrogenen sein würden. Es zählte das zu seinen größten Vergnügungen und war eigentlich das Hauptgeistesleben, das er führte. „Das bißchen Geschimpfe ... Wenn ich's nur mal mit anhören könnte.“

So sprach er noch vor sich hin, als er, vom Garten her, das Gebell eines kleinen Köters und dazwischen das verzweifelte Krähen eines Hahns hörte, ja, wenn nicht alles täuschte, *seines* Hahns, seines Lieblings mit dem Silbergefieder. Und sein Auge nach dem Garten hin richtend, sah er in der Tat, daß ein Haufen Hühner auseinandergestoben, der Hahn aber auf einen Birnbaum geflogen war, von dem aus er gegen den unten kläffenden Hund unausgesetzt um Hilfe rief.

„Himmeldonnerwetter“, schrie Dörr in Wut, „das is wieder Bollmann seiner ... Wieder durch den Zaun ... I, da soll doch“ ... Und den Geraniumtopf, den er eben musterte, rasch aus der Hand setzend, lief er auf die Hundehütte zu, griff nach dem Kettenzwickel und machte den großen Ziehhund los, der nun sofort auch wie ein Rasender auf den Garten zuschoß. Eh dieser jedoch den Birnbaum erreichen konnte, gab „Bollmann seiner“ bereits Fersengeld und verschwand unter dem Zaun weg ins Freie – der fuchsgelbe Ziehhund zunächst noch in großen Sätzen nach. Aber das Zaunloch, das für den Affenpinscher grad ausgereicht hatte, verweigerte ihm den Durchgang und zwang ihn, von seiner Verfolgung Abstand zu nehmen.

Nicht besser erging es Dörr selber, der inzwischen mit einer Harke herangekommen war und mit seinem Hunde Blicke wechselte. „Ja, Sultan, diesmal war es nichts." Und dabei trottete Sultan wieder auf seine Hütte zu, langsam und verlegen, wie wenn er einen kleinen Vorwurf herausgehört hätte. Dörr selbst aber sah dem draußen in einer Ackerfurche hinjagenden Affenpinscher nach und sagte nach einer Weile: „Hol mich der Deubel, wenn ich mir nich 'ne Windbüchse anschaffe, bei Mehles oder sonstwo. Un denn pust ich das Biest so stille weg, und kräht nich Huhn nich Hahn danach. Nich mal meiner."

Von dieser ihm von seiten Dörrs zugemuteten Ruhe schien der letztere jedoch vorläufig nichts wissen zu wollen, machte vielmehr von seiner Stimme nach wie vor den ausgiebigsten Gebrauch. Und dabei warf er den Silberhals so stolz, als ob er den Hühnern zeigen wolle, daß seine Flucht in den Birnbaum hinein ein wohlüberlegter Coup oder eine bloße Laune gewesen sei.

Dörr aber sagte: „Jott, so 'n Hahn. Denkt nu auch wunder was er is. Un seine Courage is doch auch man so so."

Und damit ging er wieder auf seine Blumenestrade zu.

Drittes Kapitel

Der ganze Hergang war auch von Frau Dörr, die gerade beim Spargelstechen war, beobachtet, aber nur wenig beachtet worden, weil sich Ähnliches jeden dritten Tag wiederholte. Sie fuhr denn auch in ihrer Arbeit fort und gab das Suchen erst auf, als auch die schärfste Musterung der Beete keine „weißen Köppe" mehr ergeben wollte. Nun erst hing sie den Korb an ihren Arm, legte das Stechmesser hinein und ging langsam und ein paar verirrte Küken vor sich hertreibend, erst auf den Mittelweg des Gartens und dann auf den Hof und die Blumenestrade zu, wo Dörr seine Marktarbeit wiederaufgenommen hatte.

„Na, Suselchen", empfing er seine beßre Hälfte, „da bist du ja. Hast du woll gesehn? Bollmann seiner war wieder da. Höre, der muß dran glauben un denn brat ich ihn aus; ein bißchen Fett wird er ja woll haben un Sultan kann denn die Grieben kriegen ... Und Hundefett, höre Susel ..." und er wollte sich augenscheinlich in eine seit einiger Zeit von ihm bevorzugte

Gichtbehandlungsmethode vertiefen. In diesem Augenblick aber des Spargelkorbes am Arme seiner Frau gewahr werdend, unterbrach er sich und sagte: „Na, nu zeige mal her. Hat's denn gefleckt?"

„I nu", sagte Frau Dörr und hielt ihm den kaum halb gefüllten Korb hin, dessen Inhalt er kopfschüttelnd durch die Finger gleiten ließ. Denn es waren meist dünne Stangen und viel Bruch dazwischen.

„Höre, Susel, es bleibt dabei, du hast keine Spargel-Augen."

„Oh, ich habe schon. Man bloß hexen kann ich nich."

„Na, wir wollen nich streiten, Susel; mehr wird es doch nich. Aber zum Verhungern is es."

„I, es denkt nich dran. Laß doch das ewige Gerede, Dörr; sie stecken ja drin un ob sie nu heute rauskommen oder morgen, is ja ganz egal. Eine düchtige Husche, so wie die vor Pfingsten, und du sollst mal sehn. Und Regen gibt es. Die Wassertonne riecht schon wieder un die große Kreuzspinn is in die Ecke gekrochen. Aber du willst jeden Dag alles haben; das kannst du nich verlangen."

Dörr lachte. „Na, binde man alles gut zusammen. Und den kleinen Murks auch. Und du kannst ja denn auch was ablassen."

„Ach, rede doch nicht so", unterbrach ihn die sich über seinen Geiz beständig ärgernde Frau, zog ihn aber, was er immer als Zärtlichkeit nahm, auch heute wieder am Ohrzipfel und ging auf das „Schloß" zu, wo sie sich's auf dem Steinfliesenflur bequem machen und die Spargelbündel binden wollte. Kaum aber, daß sie den hier immer bereitstehenden Schemel bis an die Schwelle vorgerückt hatte, so hörte sie, wie schräg gegenüber in dem von der Frau Nimptsch bewohnten dreifenstrigen Häuschen ein Hinterfenster mit einem kräftigen Ruck aufgestoßen und gleich darauf eingehakt wurde. Zugleich sah sie Lene, die mit einer weiten, lilagemusterten Jacke über den Friesrock und einem Häubchen auf dem aschblonden Haar, freundlich zu ihr hinübergrüßte.

Frau Dörr erwiderte den Gruß mit gleicher Freundlichkeit und sagte dann: „Immer Fenster auf; das ist recht, Lenechen. Und fängt auch schon an heiß zu werden. Es gibt heute noch was."

„Ja. Und Mutter hat von der Hitze schon ihr Kopfweh und da will ich doch lieber in der Hinterstube plätten. Is auch hübscher hier; vorne sieht man ja keinen Menschen."

„Hast recht", antwortete die Dörr. „Na, da werd ich man

ein bißchen ans Fenster rücken. Wenn man so spricht, geht einen alles besser von der Hand."

„Ach, das is lieb und gut von Ihnen, Frau Dörr. Aber hier am Fenster is ja grade die pralle Sonne."

„Schad't nichts, Lene. Da bring ich meinen Marchtschirm mit, altes Ding und lauter Flicken. Aber tut immer noch seine Schuldigkeit."

Und ehe fünf Minuten um waren, hatte die gute Frau Dörr ihren Schemel bis an das Fenster geschleppt und saß nun unter ihrer Schirmstellage so behaglich und selbstbewußt, als ob es auf dem Gendarmenmarkt gewesen wäre. Drinnen aber hatte Lene das Plättbrett auf zwei dicht ans Fenster gerückte Stühle gelegt und stand nun so nah, daß man sich mit Leichtigkeit die Hand reichen konnte. Dabei ging das Plätteisen emsig hin und her. Und auch Frau Dörr war fleißig beim Aussuchen und Zusammenbinden und wenn sie dann und wann von ihrer Arbeit aus ins Fenster hineinsah, sah sie, wie nach hinten zu der kleine Plättofen glühte, der für neue heiße Bolzen zu sorgen hatte.

„Du könntest mir mal 'nen Teller geben, Lene, Teller oder Schüssel." Und als Lene gleich danach brachte, was Frau Dörr gewünscht hatte, tat diese den Bruchspargel hinein, den sie während des Sortierens in ihrer Schürze behalten hatte. „Da, Lene, das gibt 'ne Spargelsuppe. Un is so gut wie das andre. Denn daß es immer die Köppe sein müssen, is ja dummes Zeug. Ebenso wie mit 'n Blumenkohl; immer Blume, Blume, die reine Einbildung. Der Strunk is eigentlich das beste, da sitzt die Kraft drin. Und die Kraft is immer die Hauptsache."

„Gott, Sie sind immer so gut, Frau Dörr. Aber was wird nur Ihr Alter sagen?"

„Der? Ach, Leneken, was *der* sagt, is ganz egal. Der redt doch. Er will immer, daß ich den Murks mit einbinde, wie wenn's richtige Stangen wären; aber solche Bedrügerei mag ich nich, auch wenn Bruch- und Stückenzeug gradeso gut schmeckt wie's Ganze. Was einer bezahlt, das muß er haben, un ich ärgre mir bloß, daß so 'n Mensch, dem es so zuwächst, so 'n alter Geizkragen is. Aber so sind die Gärtners alle, rapschen und rapschen un können nie genug kriegen."

„Ja", lachte Lene, „geizig is er und ein bißchen wunderlich. – Aber eigentlich doch ein guter Mann."

„Ja, Leneken, er wäre so weit ganz gut un auch die Geizerei wäre nich so schlimm un is immer noch besser als die Verbringerei, wenn er man nich so zärtlich wäre. Du glaubst es nich, immer is er da. Un nu sieh ihn dir an. Es is doch eigentlich man ein Jammer mit ihm un dabei richtige Sechsundfünfzig un vielleicht is es noch ein Jahr mehr. Denn lügen tut er auch, wenn's ihm gerade paßt. Un da hilft auch nichts, gar nichts. Ich erzähl ihm immer von Schlag und Schlag und zeig ihm welche, die so humpeln und einen schiefen Mund haben, aber er lacht bloß immer und glaubt es nich. Es kommt aber doch so. Ja, Leneken, ich glaub es ganz gewiß, daß es so kommt. Und vielleicht balde. Na, verschrieben hat er mir alles un so sag ich weiter nichts. Wie einer sich legt, so liegt er. Aber was reden wir von Schlag und Dörr un daß er bloß O-Beine hat. Jott, mein Lenechen, da gibt es ganz andere Leute, die sind so grade gewachsen wie 'ne Tanne. Nich wahr, Lene?"

Lene wurde hierbei noch röter, als sie schon war, und sagte: „Der Bolzen ist kalt geworden." Und vom Plättbrett zurücktretend, ging sie bis an den eisernen Ofen und schüttete den Bolzen in die Kohlen zurück, um einen neuen herauszunehmen. Alles war das Werk eines Augenblicks. Und nun ließ sie mit einem geschickten Ruck den neuen glühenden Bolzen vom Feuerhaken in das Plätteisen niedergleiten, klappte das Türchen wieder ein und sah nun erst, daß Frau Dörr noch immer auf Antwort wartete. Sicherheitshalber aber stellte die gute Frau die Frage noch mal und setzte gleich hinzu: „Kommt er denn heute?"

„Ja. Wenigstens hat er es versprochen."

„Nu sage mal, Lene", fuhr Frau Dörr fort, „wie kam es denn eigentlich? Mutter Nimptsch sagt nie was, un wenn sie was sagt, denn is es auch man immer so so, nich hü un nich hott. Und immer bloß halb un so konfuse. Nu, sage du mal. Is es denn wahr, daß es in Stralau war?"

„Ja, Frau Dörr, in Stralau war es, den zweiten Ostertag, aber schon so warm, als ob Pfingsten wär, und weil Lina Gansauge gern Kahn fahren wollte, nahmen wir einen Kahn und Rudolf, den Sie ja wohl auch kennen, und der ein Bruder von Lina ist, setzte sich ans Steuer."

„Jott, Rudolf. Rudolf is ja noch ein Junge."

„Freilich. Aber er meinte, daß er's verstünde, und sagte bloß immer: ‚Mädchens, ihr müßt stillsitzen; ihr schunkelt so', denn er spricht so furchtbar berlinsch. Aber wir dachten gar nicht dran, weil wir gleich sahen, daß es mit seiner ganzen Steuerei nicht weit her sei. Zuletzt aber vergaßen wir's wieder und ließen uns treiben und neckten uns mit denen, die vorbeikamen und uns mit Wasser bespritzten. Und in dem einen Boote, das mit unsrem dieselbe Richtung hatte, saßen ein paar sehr feine Herren, die beständig grüßten, und in unsrem Übermute grüßten wir wieder und Lina wehte sogar mit dem Taschentuch und tat als ob sie die Herren kenne, was aber gar nicht der Fall war, und wollte sich bloß zeigen, weil sie noch so sehr jung ist. Und während wir noch so lachten und scherzten und mit dem Ruder bloß so spielten, sahen wir mit einem Male, daß von Treptow her das Dampfschiff auf uns zukam und wie Sie sich denken können, liebe Frau Dörr, waren wir auf den Tod erschrocken und riefen in unserer Angst Rudolfen zu, daß er uns heraussteuern solle. Der Junge war aber aus Rand und Band und steuerte bloß so, daß wir uns beständig im Kreise drehten. Und nun schrieen wir und wären sicherlich überfahren worden, wenn nicht in ebendiesem Augenblicke das andre Boot mit den zwei Herren sich unsrer Not erbarmt hätte. Mit ein paar Schlägen war es neben uns und während der eine mit einem Bootshaken uns fest und scharf heranzog und an das eigne Boot ankoppelte, ruderte der andre sich und uns aus dem Strudel heraus und nur einmal war es noch, als ob die große, vom Dampfschiff her auf uns zukommende Welle uns umwerfen wolle. Der Kapitän drohte denn auch wirklich mit dem Finger (ich sah es inmitten all meiner Angst), aber auch das ging vorüber und eine Minute später waren wir bis an Stralau heran und die beiden Herren, denen wir unsre Rettung verdankten, sprangen ans Ufer und reichten uns die Hand und waren uns als richtige Kavaliere beim Aussteigen behülflich. Und da standen wir denn nun auf der Landungsbrücke bei Tübbeckes und waren sehr verlegen und Lina weinte jämmerlich vor sich hin und bloß Rudolf, der überhaupt ein störrischer und großmäuliger Bengel is und immer gegen 's Militär, bloß Rudolf sah ganz bockig vor sich hin, als ob er sagen wollte: ‚Dummes Zeug, ich hätt euch auch rausgesteuert.'"

„Ja, so is er, ein großmäuliger Bengel; ich kenn ihn. Aber nu die beiden Herren. Das ist doch die Hauptsache ..."

„Nun die bemühten sich erst noch um uns und blieben dann an dem andren Tisch und sahen immer zu uns rüber. Und als wir so gegen sieben, und es schummerte schon, nach Hause wollten, kam der eine und fragte ob er und sein Kamerad uns ihre Begleitung anbieten dürften? Und da lacht ich übermütig und sagte, sie hätten uns ja gerettet und einem Retter dürfe man nichts abschlagen. Übrigens sollten sie sich's noch mal überlegen, denn wir wohnten so gut wie am andern Ende der Welt. Und sei eigentlich eine Reise. Worauf er verbindlich antwortete: ‚desto besser.‘ Und mittlerweile war auch der andre herangekommen ... Ach, liebe Frau Dörr, es mag wohl nicht recht gewesen sein, gleich so frei weg zu sprechen, aber der eine gefiel mir und sich zieren und zimperlich tun, das hab ich nie gekonnt. Und so gingen wir denn den weiten Weg, erst an der Spree und dann an dem Kanal hin.“

„Und Rudolf?“

„Der ging hinterher, als ob er gar nicht zugehöre, sah aber alles und paßte gut auf. Was auch recht war; denn die Lina is ja erst achtzehn und noch ein gutes, unschuldiges Kind!“

„Meinst du?“

„Gewiß, Frau Dörr. Sie brauchen sie ja bloß anzusehn. So was sieht man gleich.“

„Ja, mehrstens. Aber mitunter auch nich. Und da haben sie euch denn nach Hause gebracht?“

„Ja, Frau Dörr.“

„Und nachher?“

„Ja, nachher. Nun Sie wissen ja, wie's nachher kam. Er kam dann den andern Tag und fragte nach. Und seitdem ist er oft gekommen und ich freue mich immer, wenn er kommt. Gott, man freut sich doch, wenn man mal was erlebt. Es ist oft so einsam hier draußen. Und Sie wissen ja, Frau Dörr, Mutter hat nichts dagegen und sagt immer: ‚Kind, es schad't nichts. Eh man sich's versieht, is man alt.‘“

„Ja, ja“, sagte die Dörr, „so was hab ich die Nimptschen auch schon sagen hören. Und hat auch ganz recht. Das heißt, wie man's nehmen will und nach'm Katechismus is doch eigentlich immer noch besser und sozusagen überhaupt das beste. Das kannst du mir schon glauben. Aber ich weiß woll, es geht nich immer und mancher will auch nich. Und wenn einer nich will, na, denn will er nich un denn muß es auch so gehn und geht auch mehrstens, man bloß, daß man ehrlich is un anständig und Wort hält. Un natürlich, was denn kommt, das muß man aushalten un darf sich nicht wundern. Un wenn man all so was weiß und sich immer wieder zu Gemüte führt, na, denn is es nich so schlimm. Un schlimm is eigentlich man bloß das Einbilden.“

„Ach, liebe Frau Dörr“, lachte Lene, „was Sie nur denken. Einbilden! Ich bilde mir gar nichts ein. Wenn ich einen liebe, dann lieb ich ihn. Und das ist mir genug. Und will weiter gar nichts von ihm, nichts, gar nichts, und daß mir mein Herze so schlägt und ich die Stunden zähle bis er kommt, und nicht abwarten kann, bis er wieder da ist, das macht mich glücklich, das ist mir genug."

„Ja", schmunzelte die Dörr vor sich hin, „das is das Richtige, so muß es sein. Aber is es denn wahr, Lene, daß er Botho heißt? So kann doch einer eigentlich nich heißen; das is ja gar kein christlicher Name."

„Doch, Frau Dörr." Und Lene machte Miene, die Tatsache, daß es solchen Namen gäbe, des weiteren zu bestätigen. Aber ehe sie dazu kommen konnte, schlug Sultan an und im selben Augenblicke hörte man deutlich vom Hausflur her, daß wer eingetreten sei. Wirklich erschien auch der Briefträger und brachte zwei Bestellkarten für Dörr und einen Brief für Lene.

„Gott, Hahnke", rief die Dörr dem in großen Schweißperlen vor ihr Stehenden zu, „Sie drippen ja man so. Is es denn so 'ne schwebende Hitze? Un erst halb zehn. Na so viel seh ich woll, Briefträger is auch kein Vergnügen."

Und die gute Frau wollte gehn, um ein Glas frische Milch zu holen. Aber Hahnke dankte. „Habe keine Zeit, Frau Dörr. Ein andermal." Und damit ging er.

Lene hatte mittlerweile den Brief erbrochen.

„Na, was schreibt er?"

„Er kommt heute nicht, aber morgen. Ach, es ist so lange bis morgen. Ein Glück, daß ich Arbeit habe; je mehr Arbeit, desto besser. Und ich werde heut nachmittag in Ihren Garten kommen und graben helfen. – Aber Dörr darf nicht dabeisein." –

„I Gott bewahre."

Und danach trennte man sich und Lene ging in das Vorderzimmer, um der Alten das von der Frau Dörr erhaltene Spargelgericht zu bringen.

Viertes Kapitel

Und nun war der andre Abend da, zu dem Baron Botho sich angemeldet hatte. Lene ging im Vorgarten auf und ab, drinnen aber, in der großen Vorderstube, saß wie gewöhnlich Frau Nimptsch am Herd, um den herum sich auch heute wieder die vollzählig erschienene Familie Dörr gruppiert hatte. Frau Dörr strickte mit großen Holznadeln an einer blauen, für ihren Mann bestimmten Wolljacke, die, vorläufig noch ohne rechte Form, nach Art eines großen Vlieses auf ihrem Schoße lag. Neben ihr, die Beine bequem übereinandergeschlagen, rauchte Dörr aus einer Tonpfeife, während der Sohn in einem dicht am Fenster stehenden Großvaterstuhle saß und seinen Rotkopf an die Stuhlwange lehnte. Jeden Morgen bei Hahnenschrei aus dem Bett, war er auch heute wieder vor Müdigkeit eingeschlafen. Gesprochen wurde wenig, und so hörte man denn nichts, als das Klappern der Holznadeln und das Knabbern des Eichhörnchens, das mitunter aus seinem Schilderhäuschen herauskam und sich neugierig umsah. Nur das Herdfeuer und der Widerschein des Abendrots gaben etwas Licht.

Frau Dörr saß so, daß sie den Gartensteg hinaufsehen und trotz der Dämmerung erkennen konnte, wer draußen, am Heckenzaun entlang, des Weges kam.

„Ah, da kommt er", sagte sie. „Nu, Dörr, laß mal deine Pfeife ausgehen. Du bist heute wieder wie 'n Schornstein un rauchst und schmookst den ganzen Tag. Un so 'n Knallerballer wie deiner, der is nich für jeden."

Dörr ließ sich solche Rede wenig anfechten und ehe seine Frau mehr sagen oder ihre Wahrsprüche wiederholen konnte, trat der Baron ein. Er war sichtlich angeheitert, kam er doch von einer Maibowle, die Gegenstand einer Klubwette gewesen war, und sagte, während er Frau Nimptsch die Hand reichte: „Guten Tag, Mutterchen. Hoffentlich gut bei Weg. Ah, und Frau Dörr; und Herr Dörr, mein alter Freund und Gönner. Hören Sie, Dörr, was sagen Sie zu dem Wetter? Eigens für Sie bestellt und für mich mit. Meine Wiesen zu Hause, die vier Jahre von fünf immer unter Wasser stehen und nichts bringen als Ranunkeln, die können solch Wetter brauchen. Und Lene kann's auch brauchen, daß sie mehr draußen ist; sie wird mir sonst zu blaß."

Lene hatte derweilen einen Holzstuhl neben die Alte gerückt, weil sie wußte, daß Baron Botho hier am liebsten saß; Frau Dörr aber, in der eine starke Vorstellung davon lebte, daß ein Baron auf einem Ehrenplatz sitzen müsse, war inzwischen aufgestanden und rief, immer das blaue Vlies nachschleppend, ihrem Pflegesohn zu: „Will er woll auf! Ne, ich sage. Wo's nich drin steckt, da kommt es auch nich." Der arme Junge fuhr blöd und verschlafen in die Höh und wollte den Platz räumen, der Baron litt es aber nicht. „Ums Himmels willen, liebe Frau Dörr, lassen Sie doch den Jungen. Ich sitz am liebsten auf einem Schemel, wie mein Freund Dörr hier."

Und damit schob er den Holzstuhl, den Lene noch immer in

Bereitschaft hatte, neben die Alte und sagte, während er sich setzte: „Hier neben Frau Nimptsch; das ist der beste Platz. Ich kenne keinen Herd, auf den ich so gern sähe; immer Feuer, immer Wärme. Ja, Mutterchen, es ist so; hier ist es am besten."

„Ach, du mein Gott", sagte die Alte. „Hier am besten! Hier bei 'ner alten Wasch- und Plattefrau."

„Freilich. Und warum nicht? Jeder Stand hat seine Ehre. Waschfrau auch. Wissen Sie denn, Mutterchen, daß es hier in Berlin einen berühmten Dichter gegeben hat, der ein Gedicht auf seine alte Waschfrau gemacht hat?"

„Is es möglich?"

„Freilich ist es möglich. Es ist sogar gewiß. Und wissen Sie, was er zum Schluß gesagt hat? Da hat er gesagt, er möchte so leben und sterben wie die alte Waschfrau. Ja, das hat er gesagt."

„Is es möglich?" simperte die Alte noch einmal vor sich hin.

„Und wissen Sie, Mutterchen, um auch das nicht zu vergessen, daß er ganz recht gehabt hat und daß ich ganz dasselbe sage? Ja, Sie lachen so vor sich hin. Aber sehen Sie sich mal um hier, wie leben Sie? Wie Gott in Frankreich. Erst haben Sie das Haus und diesen Herd und dann den Garten und dann Frau Dörr. Und dann haben Sie die Lene. Nicht wahr? Aber wo steckt sie nur?"

Er wollte noch weitersprechen, aber im selben Augenblicke kam Lene mit einem Kaffeebrett zurück, auf dem eine Karaffe mit Wasser samt Apfelwein stand, Apfelwein, für den der Baron, weil er ihm wunderbare Heilkraft zuschrieb, eine sonst schwer begreifliche Vorliebe hatte.

„Ach Lene, wie du mich verwöhnst. Aber du darfst es mir nicht so feierlich präsentieren, das ist ja wie wenn ich im Klub wäre. Du mußt es mir aus der Hand bringen, da schmeckt es am besten. Und nun gib mir deine Patsche, daß ich sie streicheln kann. Nein, nein, die Linke, die kommt von Herzen. Und nun setze dich da hin, zwischen Herr und Frau Dörr, dann hab ich dich gegenüber und kann dich immer ansehn. Ich habe mich den ganzen Tag auf diese Stunde gefreut."

Lene lachte.

„Du glaubst es wohl nicht? Ich kann es dir aber beweisen, Lene, denn ich habe dir von der großen Herren- und Damenfête, die wir gestern hatten, was mitgebracht. Und wenn man was zum Mitbringen hat, dann freut man sich auch auf die, die's kriegen sollen. Nicht wahr, lieber Dörr?"

Dörr schmunzelte, Frau Dörr aber sagte: „Jott, *der*. Der un mitbringen. Dörr is bloß für rapschen und sparen. So sind die Gärtners. Aber neugierig bin ich doch, was der Herr Baron mitgebracht haben."

„Nun, da will ich nicht lange warten lassen, sonst denkt meine liebe Frau Dörr am Ende, daß es ein goldener Pantoffel ist oder sonst was aus dem Märchen. Es ist aber bloß das."

Und dabei gab er Lenen eine Tüte, daraus, wenn nicht alles täuschte, das gefranzte Papier einiger Knallbonbons hervorguckte.

Wirklich, es waren Knallbonbons und die Tüte ging reihum.

„Aber nun müssen wir auch ziehen, Lene; halt fest und Augen zu."

Frau Dörr war entzückt, als es einen Knall gab, und noch mehr, als Lenes Zeigefinger blutete. „Das tut nich weh, Lene, das kenn ich; das is, wie wenn sich 'ne Braut in 'n Finger sticht. Ich kannte mal eine, die war so versessen drauf, die stach sich immerzu un lutschte und lutschte, wie wenn es wunder was wäre."

Lene wurde rot. Aber Frau Dörr sah es nicht und fuhr fort: „Und nu den Vers lesen, Herr Baron."

Und dieser las denn auch:

„In Liebe selbstvergessen sein,
Freut Gott und die lieben Engelein."

„Jott", sagte Frau Dörr und faltete die Hände. „Das is ja wie aus 'n Gesangbuch. Is es denn immer so fromm?"

„I bewahre", sagte Botho. „Nicht immer. Kommen Sie, liebe Frau Dörr, wir wollen auch mal ziehn und sehn, was dabei herauskommt."

Und nun zog er wieder und las:

„Wo Amors Pfeil recht tief getroffen,
Da stehen Himmel und Hölle offen."

„Nun, Frau Dörr, was sagen Sie dazu? das klingt schon anders; nicht wahr?"

„Ja", sagte Frau Dörr, „anders klingt es. Aber es gefällt mir nicht recht ... Wenn ich einen Knallbonbon ziehe ..."

„Nun?"

„Da darf nichts von Hölle vorkommen, da will ich nich hören, daß es so was gibt."

„Ich auch nicht", lachte Lene. „Frau Dörr hat ganz recht; sie hat überhaupt immer recht. Aber das ist wahr, wenn man solchen Vers liest, da hat man immer gleich was zum Anfangen, ich meine zum Anfangen mit der Unterhaltung, denn anfangen is immer das schwerste, gerade wie beim Briefschreiben, und ich kann mir eigentlich keine Vorstellung machen, wie man mit so viel fremden Damen (und ihr kennt euch doch nicht alle) so gleich mir nichts dir nichts ein Gespräch anfangen kann."

„Ach, meine liebe Lene", sagte Botho, „das ist nicht so schwer, wie du denkst. Es ist sogar ganz leicht. Und wenn du willst, will ich dir gleich eine Tischunterhaltung vormachen."

Frau Dörr und Frau Nimptsch drückten ihre Freude darüber aus und auch Lene nickte zustimmend.

„Nun", fuhr Baron Botho fort, „denke dir also, du wärst eine kleine Gräfin. Und eben hab ich dich zu Tische geführt und Platz genommen und nun sind wir beim ersten Löffel Suppe."

„Gut. Gut. Aber nun?"

„Und nun sag ich: ‚Irr ich nicht, meine gnädigste Komtesse, so sah ich Sie gestern in der Flora, Sie und Ihre Frau Mama. Nicht zu verwundern. Das Wetter lockt ja jetzt täglich heraus und man könnte schon von Reisewetter sprechen. Haben Sie Pläne, Sommerpläne, meine gnädigste Gräfin?' Und nun antwortest du, daß leider noch nichts feststünde, weil der Papa durchaus nach dem Bayrischen wolle, daß aber die Sächsische Schweiz mit dem Königstein und der Bastei dein Herzenswunsch wäre."

„Das ist es auch wirklich", lachte Lene.

„Nun sieh, das trifft sich gut. Und so fahr ich denn fort: ‚Ja, gnädigste Komtesse, da begegnen sich unsere Geschmacksrichtungen. Ich ziehe die Sächsische Schweiz ebenfalls jedem anderen Teile der Welt vor, namentlich auch der eigentlichen Schweiz. Man kann nicht immer große Natur schwelgen, nicht immer klettern und außer Atem sein. Aber Sächsische Schweiz! Himmlisch, ideal. Da hab ich Dresden; in einer Viertel- oder halben Stunde bin ich da, da seh ich Bilder, Theater, Großen Garten, Zwinger, Grünes Gewölbe. Versäumen Sie nicht, sich die Kanne mit den törichten Jungfrauen zeigen zu lassen, und vor allem den Kirschkern, auf dem das ganze Vaterunser steht. Alles bloß durch die Lupe zu sehen.'"

„Und so sprecht ihr!"

„Ganz so, mein Schatz. Und wenn ich mit meiner Nachbarin zur Linken, also mit Komtesse Lene fertig bin, so wend ich mich zu meiner Nachbarin zur Rechten, also zu Frau Baronin Dörr . . ."

Die Dörr schlug vor Entzücken mit der Hand aufs Knie, daß es einen lauten Puff gab . . .

„Zu Frau Baronin Dörr also. Und spreche nun worüber? Nun, sagen wir über Morcheln."

„Aber mein Gott, Morcheln. Über Morcheln, Herr Baron, das geht doch nicht."

„O warum nicht, warum soll es nicht gehen, liebe Frau Dörr? Das ist ein sehr ernstes und lehrreiches Gespräch und hat für manche mehr Bedeutung, als Sie glauben. Ich besuchte mal einen Freund in Polen, Regiments- und Kriegskameraden, der ein großes Schloß bewohnte, rot und mit zwei dicken Türmen, und so furchtbar alt, wie's eigentlich gar nicht mehr vorkommt. Und das letzte Zimmer war sein Wohnzimmer; denn er war unverheiratet, weil er ein Weiberfeind war . . ."

„Ist es möglich?"

„Und überall waren morsche, durchgetretene Dielen und immer, wo ein paar Dielen fehlten, da war ein Morchelbeet und an all den Morchelbeeten ging ich vorbei, bis ich zuletzt in sein Zimmer kam."

„Ist es möglich?" wiederholte die Dörr und setzte hinzu: „Morcheln. Aber man kann doch nicht immer von Morcheln sprechen."

„Nein, nicht immer. Aber oft oder wenigstens manchmal und eigentlich ist es ganz gleich, wovon man spricht. Wenn es nicht Morcheln sind, sind es Champignons und wenn es nicht das rote polnische Schloß ist, dann ist es Schlößchen Tegel oder Saatwinkel, oder Valentinswerder. Oder Italien oder Paris, oder die Stadtbahn, oder ob die Panke zugeschüttet werden soll. Es ist alles ganz gleich. Über jedes kann man ja was sagen und ob's einem gefällt oder nicht. Und ‚ja' ist geradesoviel wie ‚nein'."

„Aber", sagte Lene, „wenn es alles so redensartlich ist, da wundert es mich, daß ihr solche Gesellschaften mitmacht."

„O man sieht doch schöne Damen und Toiletten und mitunter auch Blicke, die, wenn man gut aufpaßt, einem eine ganze Geschichte verraten. Und jedenfalls dauert es nicht lange, so daß man immer noch Zeit hat, im Klub alles nachzuholen. Und im Klub ist es wirklich reizend, da hören die Redensarten auf und die Wirklichkeiten fangen an. Ich habe gestern Pitt seine Graditzer Rappstute abgenommen."

„Wer ist Pitt?"

„Ach, das sind so Namen, die wir nebenher führen, und wir nennen uns so, wenn wir unter uns sind. Der Kronprinz sagt auch Vicky, wenn er Victoria meint. Es ist ein wahres Glück, daß es solche Liebes- und Zärtlichkeitsnamen gibt. Aber horch, eben fängt drüben das Konzert an. Können wir nicht die Fenster aufmachen, daß wir's besser hören? Du wippst ja schon mit der Fußspitze hin und her. Wie wär es, wenn wir anträten und einen Contre versuchten oder eine Française? Wir sind drei Paare: Vater Dörr und meine gute Frau Nimptsch und dann Frau Dörr und ich (ich bitte um die Ehre) und dann kommt Lene mit Hans."

Frau Dörr war sofort einverstanden, Dörr und Frau Nimptsch aber lehnten ab, diese weil sie zu alt sei, jener weil er so was Feines nicht kenne.

„Gut, Vater Dörr. Aber dann müssen Sie den Takt schlagen; Lene gib ihm das Kaffeebrett und einen Löffel. Und nun antreten, meine Damen. Frau Dörr, Ihren Arm. Und nun Hans, aufwachen, flink, flink."

Und wirklich, beide Paare stellten sich auf und Frau Dörr wuchs ordentlich noch an Stattlichkeit, als ihr Partner in einem feierlichen Tanzmeister-Französisch anhob: „en avant deux, Pas de basque." Der sommersprossige, leider noch immer verschlafene Gärtnerjunge sah sich maschinenmäßig und ganz nach Art einer Puppe hin und her geschoben, die drei andern aber tanzten wie Leute, die's verstehen, und entzückten den alten Dörr derart, daß er sich von seinem Schemel erhob und statt mit dem Löffel mit seinem Knöchel an das Kaffeebrett schlug. Auch der alten Frau Nimptsch kam die Lust früherer Tage wieder und weil sie nichts Besseres tun konnte, wühlte sie mit dem Feuerhaken so lang in der Kohlenglut umher, bis die Flamme hoch aufschlug.

So ging es bis die Musik drüben schwieg; Botho führte Frau Dörr wieder an ihren Platz und nur Lene stand noch da, weil der ungeschickte Gärtnerjunge nicht wußte, was er mit ihr machen sollte. Das aber paßte Botho gerade, der, als die Musik drüben wieder anhob, mit Lene zu walzen und ihr zuzuflüstern begann, wie reizend sie sei, reizender denn je.

Sie waren alle warm geworden, am meisten die gerade jetzt am offenen Fenster stehende Frau Dörr. „Jott, mir schuddert so", sagte sie mit einem Male, weshalb Botho verbindlich aufsprang, um die Fenster zu schließen. Aber Frau Dörr wollte davon nichts wissen und behauptete: was die feinen Leute wären, die wären alle für frische Luft und manche wären so fürs Frische, daß ihnen im Winter das Deckbett an den Mund fröre. Denn

Atem wäre dasselbe wie Wrasen, grade wie der, der aus der Tülle käm. Also die Fenster müßten aufbleiben, davon ließe sie nicht. Aber wenn Lenechen so fürs Innerliche was hätte, so was für Herz und Seele ...

„Gewiß, liebe Frau Dörr; alles was Sie wollen. Ich kann einen Tee machen oder einen Punsch, oder noch besser, ich habe ja noch das Kirschwasser, das Sie Mutter Nimptschen und mir letzten Weihnachten zu der großen Mandelstolle geschenkt haben ..."

Und eh sich Frau Dörr zwischen Punsch und Tee entscheiden konnte, war auch die Kirschwasserflasche schon da, mit Gläsern, großen und kleinen, in die sich nun jeder nach Gutdünken hineintat. Und nun ging Lene, den rußigen Herdkessel in der Hand, reihum und goß das kochsprudelnde Wasser ein. „Nicht zuviel, Leneken, nicht zuviel. Immer aufs Ganze. Wasser nimmt die Kraft." Und im Nu füllte sich der Raum mit dem aufsteigenden Kirschmandelarom.

„Ah, das hast du gut gemacht", sagte Botho, während er aus dem Glase nippte. „Weiß es Gott, ich habe gestern nichts gehabt und heute im Klub erst recht nicht, was mir so geschmeckt hätte. Hoch Lene! Das eigentliche Verdienst in der Sache hat aber doch unsere Freundin, Frau Dörr, weil's ihr so geschuddert hat, und so bring ich denn gleich noch eine zweite Gesundheit aus: Frau Dörr, sie lebe hoch."

„Sie lebe hoch", riefen alle durcheinander und der alte Dörr schlug wieder mit seinem Knöchel ans Brett.

Alle fanden, daß es ein feines Getränk sei, viel feiner als Punschextrakt, der im Sommer immer nach bittrer Zitrone schmecke, weil es meistens alte Flaschen seien, die schon, von Fastnacht an, im Ladenfenster in der grellen Sonne gestanden hätten. Kirschwasser aber, das sei was Gesundes und nie verdorben und ehe man sich mit dem Bittermandelgift vergifte, da müßte man doch schon was Ordentliches einnehmen, wenigstens eine Flasche.

Diese Bemerkung machte Frau Dörr und der Alte, der es nicht darauf ankommen lassen wollte, vielleicht weil er diese hervorragendste Passion seiner Frau kannte, drang auf Aufbruch: Morgen sei auch noch ein Tag.

Botho und Lene redeten zu, doch noch zu bleiben. Aber die gute Frau Dörr, die wohl wußte, daß man zuzeiten nachgeben müsse, wenn man die Herrschaft behalten wolle, sagte nur: „Laß, Leneken, ich kenn ihn; er geht nu mal mit die Hühner zu

Bett." „Nun", sagte Botho, „wenn es beschlossen ist, ist es beschlossen. Aber dann begleiten wir die Familie Dörr bis an ihr Haus."

Und damit brachen alle auf und ließen nur die alte Frau Nimptsch zurück, die den Abgehenden freundlich und kopfnickend nachsah und dann aufstand und sich in den Großvaterstuhl setzte.

Fünftes Kapitel

Vor dem „Schloß" mit dem grün- und rotgestrichenen Turme machten Botho und Lene halt und baten Dörr in aller Förmlichkeit um Erlaubnis, noch in den Garten gehn und eine halbe Stunde darin promenieren zu dürfen. Der Abend sei so schön. Vater Dörr brummelte, daß er sein Eigentum in keinem beßren Schutz lassen könne, worauf das junge Paar unter artigen Verbeugungen Abschied nahm und auf den Garten zuschritt. Alles war schon zur Ruh und nur Sultan, an dem sie vorbei mußten, richtete sich hoch auf und winselte so lange, bis ihn Lene gestreichelt hatte. Dann erst kroch er wieder in seine Hütte zurück.

Drinnen im Garten war alles Duft und Frische, denn, den ganzen Hauptweg hinauf, zwischen den Johannis- und Stachelbeersträuchern, standen Levkojen und Reseda, deren feiner Duft sich mit dem kräftigeren der Thymianbeete mischte. Nichts regte sich in den Bäumen, und nur Leuchtkäfer schwirrten durch die Luft.

Lene hatte sich in Bothos Arm gehängt und schritt mit ihm auf das Ende des Gartens zu, wo, zwischen zwei Silberpappeln, eine Bank stand.

„Wollen wir uns setzen?"

„Nein", sagte Lene, „nicht jetzt", und bog in einen Seitenweg ein, dessen hochstehende Himbeerbüsche fast über den Gartenzaun hinauswuchsen. „Ich gehe so gern an deinem Arm. Erzähle mir etwas. Aber etwas recht Hübsches. Oder frage."

„Gut. Ist es dir recht, wenn ich mit den Dörrs anfange?"

„Meinetwegen."

„Ein sonderbares Paar. Und dabei, glaub ich, glücklich. Er muß tun was sie will und ist doch um vieles klüger."

„Ja", sagte Lene, „klüger ist er, aber auch geizig und hartherzig und das macht ihn gefügig, weil er beständig ein schlechtes

Gewissen hat. Sie sieht ihm scharf auf die Finger und leidet es nicht, wenn er jemand übervorteilen will. Und das ist es, wovor er Furcht hat und was ihn nachgiebig macht."

„Und weiter nichts?"

„Vielleicht auch noch Liebe, so sonderbar es klingt. Das heißt Liebe von seiner Seite. Denn trotz seiner 56 oder mehr ist er noch wie vernarrt in seine Frau und bloß weil sie so groß ist. Beide haben mir die wunderlichsten Geständnisse darüber gemacht. Ich bekenne dir offen, mein Geschmack wäre sie nicht."

„Da hast du aber unrecht, Lene; sie macht eine Figur."

„Ja", lachte Lene, „sie macht eine Figur, aber sie hat keine. Siehst du denn gar nicht, daß ihr die Hüften eine Handbreit zu hoch sitzen? Aber so was seht ihr nicht und ‚Figur' und ‚stattlich' ist immer euer drittes Wort, ohne daß sich wer drum kümmert, wo denn die Stattlichkeit eigentlich herkommt."

So plaudernd und neckend blieb sie stehn und bückte sich, um auf einem langen und schmalen Erdbeerbeete, das sich in Front von Zaun und Hecke hinzog, nach einer Früherdbeere zu suchen. Endlich hatte sie, was sie wollte, nahm das Stengelchen eines wahren Prachtexemplares zwischen die Lippen und trat vor ihn hin und sah ihn an.

Er war auch nicht säumig, pflückte die Beere von ihrem Munde fort und umarmte sie und küßte sie.

„Meine süße Lene, das hast du recht gemacht. Aber höre nur, wie Sultan blafft; er will bei dir sein; soll ich ihn losmachen?"

„Nein, wenn er hier ist, hab ich dich nur noch halb. Und sprichst du dann gar noch von der stattlichen Frau Dörr, so hab ich dich so gut wie gar nicht mehr."

„Gut", lachte Botho, „Sultan mag bleiben, wo er ist. Ich bin es zufrieden. Aber von Frau Dörr muß ich noch weitersprechen. Ist sie wirklich so gut?"

„Ja, das ist sie, trotzdem sie sonderbare Dinge sagt, Dinge, die wie Zweideutigkeiten klingen und es auch sein mögen. Aber sie weiß nichts davon und in ihrem Tun und Wandel ist nicht das geringste, was an ihre Vergangenheit erinnern könnte."

„Hat sie denn eine?"

„Ja. Wenigstens stand sie jahrelang in einem Verhältnis und ‚ging mit ihm' wie sie sich auszudrücken pflegt. Und darüber ist wohl kein Zweifel, daß über dies Verhältnis und natürlich auch über die gute Frau Dörr selbst viel, sehr viel geredet worden ist. Und sie wird auch Anstoß über Anstoß gegeben haben. Nur sie selber hat sich in ihrer Einfalt nie Gedanken darüber gemacht und noch weniger Vorwürfe. Sie spricht davon wie von einem unbequemen Dienst, den sie getreulich und ehrlich erfüllt hat, bloß aus Pflichtgefühl. Du lachst und es klingt auch sonderbar genug. Aber es läßt sich nicht anders sagen. Und nun lassen wir die Frau Dörr und setzen uns lieber und sehen in die Mondsichel."

Wirklich, der Mond stand drüben über dem Elefantenhause, das in dem niederströmenden Silberlichte noch phantastischer aussah, als gewöhnlich. Lene wies darauf hin, zog die Mantelkapuze fester zusammen und barg sich an seine Brust.

So vergingen ihr Minuten, schweigend und glücklich, und erst als sie sich wie von einem Traume, der sich doch nicht festhalten ließ, wieder aufrichtete, sagte sie: „Woran hast du gedacht? Aber du mußt mir die Wahrheit sagen."

„Woran ich dachte, Lene? Ja, fast schäm ich mich, es zu sagen. Ich hatte sentimentale Gedanken und dachte nach Haus hin an unsren Küchengarten in Schloß Zehden, der genauso daliegt wie dieser Dörrsche, dieselben Salatbeete mit Kirschbäumen dazwischen und ich möchte wetten auch ebenso viele Meisenkästen. Und auch die Spargelbeete liefen so hin. Und dazwischen ging ich mit meiner Mutter und wenn sie guter Laune war, gab sie mir das Messer und erlaubte, daß ich ihr half. Aber weh mir, wenn ich ungeschickt war und die Spargelstange zu lang oder zu kurz abstach. Meine Mutter hatte eine rasche Hand."

„Glaub's. Und mir ist immer, als ob ich Furcht vor ihr haben müßte."

„Furcht? Wie das? Warum, Lene?"

Lene lachte herzlich und doch war eine Spur von Gezwungenheit darin. „Du mußt nicht gleich denken, daß ich vorhabe, mich bei der Gnädigen melden zu lassen, und darfst es nicht anders nehmen, als ob ich gesagt hätte, ich fürchte mich vor der Kaiserin. Würdest du deshalb denken, daß ich zu Hofe wollte? Nein, ängstige dich nicht; ich verklage dich nicht."

„Nein, das tust du nicht. Dazu bist du viel zu stolz und eigentlich eine kleine Demokratin und ringst dir jedes freundliche Wort nur so von der Seele. Hab ich recht? Aber wie's auch sei, mache dir auf gut Glück hin ein Bild von meiner Mutter. Wie sieht sie aus?"

„Genauso wie du: groß und schlank und blauäugig und blond."

„Arme Lene" (und das Lachen war diesmal auf seiner Seite),

„da hast du fehlgeschossen. Meine Mutter ist eine kleine Frau mit lebhaften schwarzen Augen und einer großen Nase."

„Glaub es nicht. Das ist nicht möglich."

„Und ist doch so. Du mußt nämlich bedenken, daß ich auch einen Vater habe. Aber das fällt euch nie ein. Ihr denkt immer, ihr seid die Hauptsache. Und nun sage mir noch etwas über den Charakter meiner Mutter. Aber rate besser."

„Ich denke mir sie sehr besorgt um das Glück ihrer Kinder."

„Getroffen ..."

„Und daß all ihre Kinder reiche, das heißt sehr reiche Partien machen. Und ich weiß auch, wen sie für dich in Bereitschaft hält."

„Eine Unglückliche, die du ..."

„Wie du mich verkennst. Glaube mir, daß ich dich habe, diese Stunde habe, das ist mein Glück. Was daraus wird, das kümmert mich nicht. Eines Tages bist du weggeflogen ..."

Er schüttelte den Kopf.

„Schüttle nicht den Kopf; es ist so, wie ich sage. Du liebst mich und bist mir treu, wenigstens bin ich in meiner Liebe kindisch und eitel genug, es mir einzubilden. Aber wegfliegen wirst du, das seh ich klar und gewiß. Du wirst es müssen. Es heißt immer, die Liebe mache blind, aber sie macht auch hell und fernsichtig."

„Ach, Lene, du weißt gar nicht, wie lieb ich dich habe."

„Doch, ich weiß es. Und weiß auch, daß du deine Lene für was Besondres hältst und jeden Tag denkst, ‚wenn sie doch eine Gräfin wäre'. Damit ist es nun aber zu spät, das bring ich nicht mehr zuwege. Du liebst mich und bist schwach. Daran ist nichts zu ändern. Alle schönen Männer sind schwach und der Stärkre beherrscht sie ... Und der Stärkre ... ja, wer ist dieser Stärkre? Nun entweder ist's deine Mutter, oder das Gerede der Menschen, oder die Verhältnisse. Oder vielleicht alles drei ... Aber sieh nur."

Und sie wies nach dem Zoologischen hinüber, aus dessen Baum- und Blätterdunkel eben eine Rakete zischend in die Luft fuhr und mit einem Puff in zahllose Schwärmer zerstob. Eine zweite folgte der ersten und so ging es weiter, als ob sie sich jagen und überholen wollten, bis es mit einem Male vorbei war und die Gebüsche drüben in einem grünen und roten Lichte zu glühen anfingen. Ein paar Vögel in ihren Käfigen kreischten dazwischen und dann fiel nach einer langen Pause die Musik wieder ein.

„Weißt du, Botho, wenn ich dich nun so nehmen und mit dir die Lästerallee drüben auf und ab schreiten könnte, so sicher wie hier zwischen den Buchsbaumrabatten und könnte jedem sagen: ‚ja wundert euch nur, er ist er und ich bin ich, und er liebt mich und ich liebe ihn' – ja Botho, was glaubst du wohl, was ich dafür gäbe? Aber rate nicht, du rätst es doch nicht. Ihr kennt ja nur euch und euren Klub und euer Leben. Ach, das arme bißchen Leben."

„Sprich nicht so, Lene."

„Warum nicht? Man muß allem ehrlich ins Gesicht sehn und sich nichts weismachen lassen und vor allem sich selber nichts weismachen. Aber es wird kalt und drüben ist es auch vorbei. Das ist das Schlußstück, das sie jetzt spielen. Komm, wir wollen uns drin an den Herd setzen, das Feuer wird noch nicht aus sein und die Alte ist längst zu Bett."

So gingen sie, während sie sich leicht an seine Schulter lehnte, den Gartensteig wieder hinauf. Im „Schloß" brannte kein Licht mehr und nur Sultan, den Kopf aus seiner Hütte vorstreckend, sah ihnen nach. Aber er rührte sich nicht und hatte bloß mürrische Gedanken.

Sechstes Kapitel

Es war die Woche darnach und die Kastanien hatten bereits abgeblüht; auch in der Bellevuestraße. Hier hatte Baron Botho v. Rienäcker eine zwischen einem Front- und einem Gartenbalkon gelegene Parterrewohnung inne: Arbeitszimmer, Eßzimmer, Schlafzimmer, die sich sämtlich durch eine geschmackvolle, seine Mittel ziemlich erheblich übersteigende Einrichtung auszeichneten. In dem Eßzimmer befanden sich zwei Hertelsche Stilleben und dazwischen eine Bärenhatz, wertvolle Kopie nach Rubens, während in dem Arbeitszimmer ein Andreas Achenbachscher Seesturm, umgeben von einigen kleineren Bildern desselben Meisters, paradierte. Der Seesturm war ihm bei Gelegenheit einer Verlosung zugefallen und an diesem schönen und wertvollen Besitze hatte er sich zum Kunstkenner und speziell zum Achenbach-Enthusiasten herangebildet. Er scherzte gern darüber und pflegte zu versichern, daß ihm sein Lotterieglück, weil es ihn zu beständig neuen Ankäufen verführt habe, teuer zu stehn gekommen sei, hinzusetzend, daß es vielleicht mit jedem Glücke dasselbe sei.

Vor dem Sofa, dessen Plüsch mit einem persischen Teppich überdeckt war, stand auf einem Malachittischchen das Kaffeegeschirr, während auf dem Sofa selbst allerlei politische Zeitungen umherlagen, unter ihnen auch solche, deren Vorkommen an dieser Stelle ziemlich verwunderlich war und nur aus dem Baron Bothoschen Lieblingssatze, Schnack gehe vor Politik, erklärt werden konnte. Geschichten, die den Stempel der Erfindung an der Stirn trugen, sogenannte „Perlen", amüsierten ihn am meisten. Ein Kanarienvogel, dessen Bauer während der Frühstückszeit allemal offenstand, flog auch heute wieder auf Hand und Schulter seines ihn nur zu sehr verwöhnenden Herrn, der, anstatt ungeduldig zu werden, das Blatt jedesmal beiseite tat, um den kleinen Liebling zu streicheln. Unterließ er es aber, so drängte sich das Tierchen an Hals und Bart des Lesenden und piepte so lang und eigensinnig, bis ihm der Wille getan war. „Alle Lieblinge sind gleich", sagte Baron Rienäcker, „und fordern Gehorsam und Unterwerfung."

In diesem Augenblicke ging die Korridorklingel und der Diener trat ein, um die draußen abgegebenen Briefe zu bringen. Der eine, graues Kuvert in Quadrat, war offen und mit einer Dreipfennigmarke frankiert. „Hamburger Lotterielos oder neue Zigarren", sagte Rienäcker und warf Kuvert und Inhalt, ohne weiter nachzusehen, beiseite. „Aber das hier ... Ah, von Lene. Nun *den* verspare ich mir bis zuletzt, wenn ihm dieser dritte, gesiegelte, nicht den Rang streitig macht. Ostensches Wappen. Also von Onkel Kurt Anton; Poststempel ‚Berlin', will sagen: schon da. Was wird er nur wollen? Zehn gegen eins, ich soll mit ihm frühstücken oder einen Sattel kaufen oder ihn zu Renz begleiten, vielleicht auch zu Kroll; am wahrscheinlichsten das eine tun und das andere nicht lassen."

Und er schnitt das Kuvert, auf dem er auch Onkel Ostens Handschrift erkannt hatte, mit einem auf dem Fensterbrett liegenden Messerchen auf und nahm den Brief heraus. Der aber lautete:

„*Hotel Brandenburg*, Nummer 15. Mein lieber Botho. Vor einer Stunde bin ich hier unter eurer alten Berliner Devise ‚vor Taschendieben wird gewarnt', auf dem Ostbahnhofe glücklich eingetroffen und habe mich im Hotel Brandenburg einquartiert, will sagen an alter Stelle; was ein richtiger Konservativer ist, ist es auch in kleinen Dingen. Ich bleibe nur zwei Tage, denn eure Luft drückt mich. Es ist ein stickiges Nest. Alles andre mündlich. Ich erwarte dich 1 Uhr bei Hiller. Dann wollen wir einen Sattel kaufen. Und dann abends zu Renz. Sei pünktlich. Dein alter Onkel Kurt Anton."

Rienäcker lachte. „Dacht ich's doch! Und doch eine Neuerung. Früher war es Borchardt, jetzt Hiller. Ei, ei, Onkelchen, was ein richtiger Konservativer ist, ist es auch in kleinen Dingen ... Und nun meine liebe Lene ... Was Onkel Kurt Anton wohl sagen würde, wenn er wüßte, in welcher Begleitung sein Brief und seine Befehle hier eingetroffen sind."

Und während er so sprach, erbrach er Lenes Billett und las.

„Es sind nun schon volle fünf Tage, daß ich Dich nicht gesehen habe. Soll es eine volle Woche werden? Und ich dachte, Du müßtest den andern Tag wiederkommen, so glücklich war ich den Abend. Und Du warst so lieb und gut. Mutter neckt mich schon und sagt: ‚Er kommt nicht wieder.' Ach, wie mir das immer einen Stich ins Herz gibt, weil es ja mal so kommen muß, und weil ich fühle, daß es jeden Tag kommen kann. Daran wurd ich gestern wieder erinnert. Denn wenn ich Dir eben schrieb, ich hätte Dich fünf Tage lang nicht gesehen, so hab ich nicht die Wahrheit gesagt, ich *habe* Dich gesehn, gestern, aber heimlich, verstohlen, auf dem Korso. Denke Dir, ich war auch da, natürlich weit zurück in einer Seitenalleh und habe Dich eine Stunde lang auf und ab reiten sehn. Ach, ich freute mich über die Maßen, denn Du warst der stattlichste (beinah so stattlich wie Frau Dörr, die sich Dir emphelen läßt) und ich hatte solchen Stolz Dich zu sehn, daß ich nicht einmal eifersüchtig wurde. Nur einmal kam es. Wer war denn die schöne Blondine, mit den zwei Schimmeln, die ganz in einer Blumengirlande gingen? Und die Blumen so dicht, ganz ohne Blatt und Stiehl. So was Schönes hab ich all mein Lebtag nicht gesehn. Als Kind hätt ich gedacht, es müss eine Prinzessin sein, aber jetzt weiß ich, daß Prinzessinnen nicht immer die schönsten sind. Ja, sie war schön und gefiehl Dir, ich sah es wohl, und Du gefiehlst ihr auch. Aber die Mutter, die neben der schönen Blondine saß, *der* gefiehlst Du noch besser. Und das ärgerte mich. Einer ganz jungen gönne ich Dich, wenn's durchaus sein muß. Aber einer alten! Und nun gar einer Mama? Nein, nein, *die* hat ihr Teil. Jedenfalls, mein einziger Botho, siehst Du, daß Du mich wieder gut machen und beruhigen mußt. Ich erwarte Dich morgen oder übermorgen. Und wenn Du nicht Abend kannst, so komme bei Tag und wenn es nur eine Minute wäre. Ich habe solche Angst um Dich, das heißt eigentlich um mich. Du verstheest mich schon.   Deine Lene."

„Deine Lene", sprach er, die Briefunterschrift wiederholend, noch einmal vor sich hin und eine Unruhe bemächtigte sich seiner, weil ihm allerwiderstreitendste Gefühle durchs Herz gingen: Liebe, Sorge, Furcht. Dann durchlas er den Brief noch einmal. An zwei, drei Stellen konnt er sich nicht versagen, ein Strichelchen mit dem silbernen Krayon zu machen, aber nicht aus Schulmeisterei, sondern aus eitel Freude. „Wie gut sie schreibt! Kalligraphisch gewiß und orthographisch beinah ... Stiehl statt Stiel ... Ja, warum nicht? Stiehl war eigentlich ein gefürchteter Schulrat, aber, Gott sei Dank, ich bin keiner. Und ‚emphehlen'. Soll ich wegen f und h mit ihr zürnen? Großer Gott, wer kann ‚empfehlen' richtig schreiben? Die ganz jungen Komtessen nicht immer und die ganz alten nie. Also was schadt's! Wahrhaftig, der Brief ist wie Lene selber, gut, treu, zuverlässig und die Fehler machen ihn nur noch reizender."

Er lehnte sich in den Stuhl zurück und legte die Hand über Stirn und Augen: „Arme Lene, was soll werden! Es wär uns beiden besser gewesen, der Ostermontag wäre diesmal ausgefallen. Wozu gibt es auch zwei Feiertage? Wozu Treptow und Stralau und Wasserfahrten? Und nun der Onkel! Entweder kommt er wieder als Abgesandter von meiner Mutter oder er hat Pläne für mich aus sich selbst, aus eigner Initiative. Nun, ich werde ja sehen. Eine diplomatische Verstellungsschule hat er nicht durchgemacht, und wenn er zehn Eide geschworen hat zu schweigen, es kommt doch heraus. Ich will's schon erfahren, trotzdem ich in der Kunst der Intrige gleich nach ihm selber komme."

Dabei zog er ein Fach seines Schreibtisches auf, darin, von einem roten Bändchen umwunden, schon andere Briefe Lenens lagen. Und nun klingelte er nach dem Diener, der ihm beim Ankleiden behilflich sein sollte. „So, Johann, das wäre getan ... Und nun vergiß nicht, die Jalousien herunterzulassen. Und wenn wer kommt und nach mir fragt, bis 12 bin ich in der Kaserne, nach 1 bei Hiller und am Abend bei Renz. Und zieh auch die Jalousien zu rechter Zeit wieder auf, daß ich nicht wieder einen Brütofen vorfinde. Und laß die Lampe vorn brennen. Aber nicht in meinem Schlafzimmer; die Mücken sind wie toll in diesem Jahr. Verstanden?"

„Zu Befehl, Herr Baron."

Und unter diesem Gespräche, das schon halb im Korridor geführt worden war, trat Rienäcker in den Hausflur, ziepte draußen im Vorgarten die dreizehnjährige, sich gerad über den Wagen ihres kleinen Bruders beugende Portiertochter von hinten her am Zopf und empfing einen wütenden, aber im Erkennungsmoment ebenso rasch in Zärtlichkeit übergehenden Blick als Antwort darauf.

Und nun erst trat er durch die Gittertür auf die Straße. Hier sah er, unter der grünen Kastanienlaube hin, abwechselnd auf das Tor und dann wieder nach dem Tiergarten zu, wo sich, wie auf einem Camera-obscura-Glase, die Menschen und Fuhrwerke geräuschlos hin und her bewegten. „Wie schön. Es ist doch wohl eine der besten Welten."

Siebentes Kapitel

Um zwölf war der Dienst in der Kaserne getan und Botho v. Rienäcker ging die Linden hinunter aufs Tor zu, lediglich in der Absicht, die Stunde bis zum Rendezvous bei Hiller, so gut sich's tun ließ, auszufüllen. Zwei, drei Bilderläden waren ihm dabei sehr willkommen. Bei Lepke standen ein paar Oswald-Achenbachs im Schaufenster, darunter eine palermitanische Straße, schmutzig und sonnig, und von einer geradezu frappierenden Wahrheit des Lebens und Kolorits. „Es gibt doch Dinge, worüber man nie ins reine kommt. So mit den Achenbachs. Bis vor kurzem hab ich auf Andreas geschworen; aber wenn ich so was sehe wie das hier, so weiß ich nicht, ob ihm der Oswald nicht gleichkommt oder ihn überholt. Jedenfalls ist er bunter und mannigfacher. All dergleichen aber ist mir bloß zu denken erlaubt; vor den Leuten es auszusprechen, hieße meinen ‚Seesturm' ohne Not auf den halben Preis herabsetzen."

Unter solchen Betrachtungen stand er eine Zeitlang vor dem Lepkeschen Schaufenster und ging dann, über den Pariser Platz hin, auf das Tor und die schräg links führende Tiergarten-Allee zu, bis er vor der Wolfschen Löwengruppe haltmachte. Hier sah er nach der Uhr. „Halb eins. Also Zeit." Und so wandt er sich wieder, um auf demselben Wege nach den „Linden" hin zurückzukehren. Vor dem Redernschen Palais sah er Leutnant v. Wedell von den Gardedragonern auf sich zukommen.

„Wohin, Wedell?"

„In den Klub. Und Sie?"

„Zu Hiller."

„Etwas früh."

„Ja. Aber was hilft's? Ich soll mit einem alten Onkel von mir frühstücken, neumärkisch Blut und just in dem Winkel zu Hause, wo Bentsch, Rentsch, Stentsch liegen – lauter Reimwörter auf Mensch, selbstverständlich ohne weitre Konsequenz oder Verpflichtung. Übrigens hat er, ich meine den Onkel, mal in Ihrem Regiment gestanden. Freilich lange her, erste vierziger Jahre. Baron Osten."

„Der Wietzendorfer?"

„Ebender."

„O den kenn ich, d. h. dem Namen nach. Etwas Verwandtschaft. Meine Großmutter war eine Osten. Ist doch derselbe, der mit Bismarck auf dem Kriegsfuß steht?"

„Derselbe. Wissen Sie was, Wedell, kommen Sie mit. Der Klub läuft Ihnen nicht weg und Pitt und Serge auch nicht; Sie finden sie um drei geradsogut wie um eins. Der Alte schwärmt noch immer für Dragonerblau mit Gold und ist Neumärker genug, um sich über jeden Wedell zu freuen."

„Gut, Rienäcker. Aber auf Ihre Verantwortung."

„Mit Vergnügen."

Unter solchem Gespräche waren sie bei Hiller angelangt, wo der alte Baron bereits an der Glastür stand und ausschaute, denn es war eine Minute nach eins. Er unterließ aber jede Bemerkung und war augenscheinlich erfreut, als Botho vorstellte: „Leutnant v. Wedell."

„Ihr Herr Neffe . . ."

„Nichts von Entschuldigungen, Herr v. Wedell, alles, was Wedell heißt, ist mir willkommen und wenn es diesen Rock trägt, doppelt und dreifach. Kommen Sie, meine Herren, wir wollen uns aus diesem Stuhl- und Tischdefilee herausziehen und so gut es geht nach rückwärts hin konzentrieren. Sonst nicht Preußensache; hier aber ratsam."

Und damit ging er, um gute Plätze zu finden, vorauf und wählte nach Einblick in verschiedene kleine Kabinetts schließlich ein mäßig großes, mit einem lederfarbnen Stoff austapeziertes Zimmer, das trotz eines breiten und dreigeteilten Fensters wenig Licht hatte, weil es auf einen engen und dunklen Hof sah. Von einem hier zu vier gedeckten Tisch wurde im Nu das vierte Kuvert entfernt und während die beiden Offiziere Pallasch und Säbel in die Fensterecke stellten, wandte sich der alte Baron an den Oberkellner, der in einiger Entfernung gefolgt war, und befahl einen Hummer und einen weißen Burgunder. „Aber welchen, Botho?"

„Sagen wir Chablis."

„Gut, Chablis. Und frisches Wasser. Aber nicht aus der Leitung; lieber so, daß die Karaffe beschlägt. Und nun, meine Herren, bitte Platz zu nehmen: lieber Wedell hier, Botho du da. Wenn nur diese Glut, diese verfrühte Hundstagshitze nicht wäre. Luft, meine Herren, Luft. Ihr schönes Berlin, das immer schöner wird (so versichern einen wenigstens alle, die nichts Besseres kennen), Ihr schönes Berlin hat alles, aber keine Luft." Und dabei riß er die großen Fensterflügel auf und setzte sich so, daß er die breite Mittelöffnung gerade vor sich hatte.

Der Hummer war noch nicht gekommen, aber der Chablis stand schon da. Voll Unruhe nahm der alte Osten eins der Brötchen aus dem Korb und schnitt es mit ebensoviel Hast wie Virtuosität in Schrägstücke, bloß um etwas zu tun zu haben. Dann ließ er das Messer wieder fallen und reichte Wedell die Hand. „Ihnen unendlich verbunden, Herr v. Wedell, und brillanter Einfall von Botho, Sie dem Klub auf ein paar Stunden abspenstig gemacht zu haben. Ich nehm es als eine gute Vorbedeutung, gleich bei meinem ersten Ausgang in Berlin einen Wedell begrüßen zu dürfen."

Und nun begann er einzuschenken, weil er seiner Unruhe nicht länger Herr bleiben konnte, befahl eine Cliquot kalt zu stellen und fuhr dann fort: „Eigentlich, lieber Wedell, sind wir verwandt; es gibt keine Wedells, mit denen wir nicht verwandt wären, und wenn's auch bloß durch einen Scheffel Erbsen wäre; neumärkisch Blut ist in allen. Und wenn ich nun gar mein altes Dragonerblau wiedersehe, da schlägt mir das Herz bis in den Hals hinein. Ja, Herr v. Wedell, alte Liebe rostet nicht. Aber da kommt der Hummer ... Bitte, hier die große Schere. Die Scheren sind immer das beste ... Aber, was ich sagen wollte, alte Liebe rostet nicht und der Schneid auch nicht. Und ich setze hinzu, Gott sei Dank. Damals hatten wir noch den alten Dobeneck. Himmelwetter, war *das* ein Mann! Ein Mann wie ein Kind. Aber wenn es mal schlecht ging und nicht klappen wollte, wenn er einen dann ansah, *den* hätt ich sehen wollen, der den Blick ausgehalten hätte. Richtiger alter Ostpreuße noch von Anno 13 und 14 her. Wir fürchteten ihn, aber wir liebten ihn auch. Denn er war wie ein Vater. Und, wissen Sie, Herr v. Wedell, wer mein Rittmeister war ...?"

In diesem Augenblicke kam auch der Champagner.

„Mein Rittmeister war Manteuffel, derselbe, dem wir alles verdanken, der uns die Armee gemacht hat und mit der Armee den Sieg."

Herr v. Wedell verbeugte sich, während Botho leichthin sagte: „Gewiß, man kann es sagen."

Aber das war nicht klug und weise von Botho, wie sich gleich herausstellen sollte, denn der ohnehin an Kongestionen leidende alte Baron wurde rot über den ganzen kahlen Kopf weg und das bißchen krause Haar an seinen Schläfen schien noch krauser werden zu wollen. „Ich verstehe dich nicht, Botho; was soll dies ‚Man kann es sagen', das heißt soviel wie ‚man kann es auch *nicht* sagen'. Und ich weiß auch, worauf das alles hinauswill. Es will andeuten, daß ein gewisser Kürassieroffizier aus der Reserve, der im übrigen mit nichts in Reserve gehalten hat, am wenigsten mit revolutionären Maßnahmen, es will andeuten, sag ich, daß ein gewisser Halberstädter mit schwefelgelbem Kragen eigentlich auch St. Privat allerpersönlichst gestürmt und um Sedan herum den großen Zirkel gezogen habe. Botho, damit darfst du mir nicht kommen. Er war ein Referendar und hat auf der Potsdamer Regierung gearbeitet, sogar unter dem alten Meding, der nie gut auf ihn zu sprechen war, ich weiß das, und hat eigentlich nichts gelernt als Depeschen schreiben. Soviel will ich ihm lassen, *das* versteht er, oder mit andern Worten, er ist ein Federfuchser. Aber nicht die Federfuchser haben Preußen groß gemacht. War der bei Fehrbellin ein Federfuchser? War der bei Leuthen ein Federfuchser? War Blücher ein Federfuchser oder York? *Hier* sitzt die preußische Feder. Ich kann diesen Kultus nicht leiden."

„Aber lieber Onkel ..."

„Aber, aber, ich dulde kein Aber. Glaube mir, Botho, zu solcher Frage, dazu gehören Jahre; derlei Dinge versteh ich besser. Wie steht es denn? Er stößt die Leiter um, drauf er emporgestiegen, und verbietet sogar die Kreuzzeitung und rundheraus, er ruiniert uns; er denkt klein von uns, er sagt uns Sottisen und wenn ihm der Sinn danach steht, verklagt er uns auf Diebstahl oder Unterschlagung und schickt uns auf die Festung. Ach, was sag ich auf die Festung, Festung ist für anständige Leute, nein, ins Landarmenhaus schickt er uns, um Wolle zu zupfen ... Aber Luft, meine Herren, Luft. Sie haben keine Luft hier. Verdammtes Nest."

Und er erhob sich und riß zu dem bereits offenstehenden Mittelflügel auch noch die beiden Nebenflügel auf, so daß von dem

Zuge, der ging, die Gardinen und das Tischtuch ins Wehen kamen. Dann sich wieder setzend, nahm er ein Stück Eis aus dem Champagnerkühler und fuhr sich damit über die Stirn.

„Ah", fuhr er fort, „das Stück Eis hier, das ist das Beste vom ganzen Frühstück ... Und nun sagen Sie, Herr v. Wedell, hab ich recht oder nicht? Botho, Hand aufs Herz, hab ich recht? Ist es nicht so, daß man sich als ein Märkischer von Adel aus reiner Edelmannsempörung einen Hochverratsprozeß auf den Leib reden möchte? Solchen Mann .. aus unsrer besten Familie ... vornehmer als die Bismarcks und so viele für Thron und Hohenzollerntum gefallen, daß man eine ganze Leibkompanie daraus formieren könnte, Leibkompanie mit Blechmützen und der Boitzenburger kommandiert sie. Ja, meine Herren. Und solcher Familie solchen Affront. Und warum? Unterschlagung, Indiskretion, Bruch von Amtsgeheimnis. Ich bitte Sie, fehlt nur noch Kindsmord und Vergehen gegen die Sittlichkeit und wahrhaftig es bleibt verwunderlich genug, daß nicht auch *das* noch herausgedrückt worden ist. Aber die Herren schweigen. Ich bitte Sie, sprechen Sie. Glauben Sie mir, daß ich andre Meinungen hören und ertragen kann; ich bin nicht wie er; sprechen Sie, Herr v. Wedell, sprechen Sie."

Wedell, in immer wachsender Verlegenheit, suchte nach einem Ausgleichs- und Beruhigungsworte: „Gewiß, Herr Baron, es ist, wie Sie sagen. Aber, Pardon, ich habe damals, als die Sache zum Austrag kam, vielfach aussprechen hören, und die Worte sind mir im Gedächtnis geblieben, daß der Schwächere darauf verzichten müsse, dem Stärkeren die Wege kreuzen zu wollen, das verbiete sich in Leben wie Politik, es sei nun mal so: Macht gehe vor Recht."

„Und kein Widerspruch dagegen, kein Appell?"

„Doch, Herr Baron. Unter Umständen auch ein Appell. Und um nichts zu verschweigen, ich kenne solche Fälle gerechtfertigter Opposition. Was die Schwäche nicht darf, das darf die Reinheit, die Reinheit der Überzeugung, die Lauterkeit der Gesinnung. *Die* hat das Recht der Auflehnung, sie hat sogar die Pflicht dazu. Wer aber *hat* diese Lauterkeit? Hatte sie ... Doch ich schweige, weil ich weder Sie, Herr Baron, noch die Familie, von der wir sprechen, verletzen möchte. Sie wissen aber, auch ohne daß ich es sage, daß *er*, der das Wagnis wagte, diese Lauterkeit der Gesinnung *nicht* hatte. Der bloß Schwächere darf nichts, nur der Reine darf alles."

„Nur der Reine darf alles", wiederholte der alte Baron mit

einem so schlauen Gesicht, daß es zweifelhaft blieb, ob er mehr von der Wahrheit oder der Anfechtbarkeit dieser These durchdrungen sei. „Der Reine darf alles. Kapitaler Satz, den ich mir mit nach Hause nehme. Der wird meinem Pastor gefallen, der letzten Herbst den Kampf mit mir aufgenommen und ein Stück von meinem Acker zurückgefordert hat. Nicht seinetwegen, i Gott bewahre, bloß um des Prinzips und seines Nachfolgers willen, dem er nichts vergeben dürfe. Schlauer Fuchs. Aber der Reine darf alles."

„Du wirst schon nachgeben in der Pfarrackerfrage", sagte Botho. „Kenn ich doch Schönemann noch von Sellenthins her."

„Ja, da war er noch Hauslehrer und kannte nichts Besseres, als die Schulstunden abkürzen und die Spielstunden in die Länge ziehen. Und konnte Reifen spielen wie ein junger Marquis; wahrhaftig, es war ein Vergnügen, ihm zuzusehen. Aber nun ist er sieben Jahre im Amt und du würdest den Schönemann, der der gnädigen Frau den Hof machte, nicht wiedererkennen. Eins aber muß ich ihm lassen, er hat beide Frölens gut erzogen und am besten deine Käthe ..."

Botho sah den Onkel verlegen an, fast als ob er ihn um Diskretion bitten wolle. Der alte Baron aber, überfroh, das heikle Thema so glücklich beim Schopfe gefaßt zu haben, fuhr in überströmender und immer wachsender guter Laune fort: „Ach laß doch, Botho. Diskretion. Unsinn. Wedell ist Landsmann und wird von der Geschichte so gut wissen, wie jeder andere. Weshalb schweigen über solche Dinge. Du bist doch so gut wie gebunden. Und weiß es Gott, Junge, wenn ich so die Frölens Revue passieren lasse, 'ne Beßre findest du nicht, Zähne wie Perlen und lacht immer, daß man die ganze Schnur sieht. Eine Flachsblondine zum Küssen und wenn ich dreißig Jahre jünger wäre, höre ..."

Wedell, der Bothos Verlegenheit bemerkte, wollte ihm zu Hilfe kommen und sagte: „Die Sellenthinschen Damen sind alle sehr anmutig, Mutter wie Töchter; ich war vorigen Sommer mit ihnen in Norderney, charmante, aber ich würde der zweiten den Vorzug geben ..."

„Desto besser, Wedell. Da kommt ihr euch nicht in die Quer und wir können gleich eine Doppelhochzeit feiern. Und Schönemann kann trauen, wenn Kluckhuhn, der wie alle Alten empfindlich ist, es zugibt, und ich will ihm nicht nur das Fuhrwerk stellen, ich will ihm auch das Stück Pfarracker ohne weiteres zedieren, wenn ich solche Hochzeit zwischen heut und einem Jahr erlebe. Sie sind reich, lieber Wedell, und mit Ihnen pressiert es am Ende nicht. Aber sehen Sie sich unsern Freund Botho an. Daß er so wohlgenährt aussieht, das verdankt er nicht seiner Sandbüchse, die, die paar Wiesen abgerechnet, eigentlich nichts als eine Kiefernschonung ist, und noch weniger seinem Muränensee. ‚Muränensee', das klingt wundervoll und man könnte beinah sagen poetisch. Aber das ist auch alles. Man kann von Muränen nicht leben. Ich weiß, du hörst nicht gerne davon, aber da wir mal dabei sind, so muß es heraus. Wie liegt es denn? Dein Großvater hat die Heide runterschlagen lassen und dein Vater selig – ein kapitaler Mann, aber ich habe keinen Menschen je so schlecht L'hombre spielen sehn und so hoch dazu – dein Vater selig, sag ich, hat die fünfhundert Morgen Bruchacker an die Jeseritzer Bauern parzelliert und was von gutem Boden übriggeblieben ist, ist nicht viel, und die dreißigtausend Taler sind auch längst wieder fort. Wärst du allein, so möcht es gehn, aber du mußt teilen mit deinem Bruder und vorläufig hat die Mama, meine Frau Schwester Liebden, das Ganze noch in Händen, eine prächtige Frau, klug und gescheit, aber auch nicht auf die sparsame Seite gefallen. Botho, wozu stehst du bei den Kaiserkürassieren und wozu hast du eine reiche Kusine, die bloß darauf wartet, daß du kommst und in einem regelrechten Antrage das besiegelst und wahr machst, was die Eltern schon verabredet haben, als ihr noch Kinder wart. Wozu noch überlegen? Höre, wenn ich morgen auf der Rückreise bei deiner Mama mit vorfahren und ihr die Nachricht bringen könnte: ‚Liebe Josephine, Botho *will*, alles abgemacht', höre Junge, das wäre mal was, das einem alten Onkel, der's gut mit dir meint, eine Freude machen könnte. Reden Sie zu, Wedell. Es ist Zeit, daß er aus der Garçonschaft herauskommt. Er vertut sonst sein bißchen Vermögen oder verplempert sich wohl gar mit einer kleinen Bourgeoise. Hab ich recht? Natürlich. Abgemacht. Und darauf müssen wir noch anstoßen. Aber nicht mit diesem Rest..." Und er drückte auf die Klingel.

„Ein Heidsieck. Beste Marke."

Achtes Kapitel

Im Klub befanden sich um ebendiese Zeit zwei junge Kavaliere, der eine, von den Gardes du Corps, schlank, groß und glatt, der andere, von den Pasewalkern abkommandiert, etwas kleiner, mit Vollbart und nur vorschriftsmäßig freiem Kinn. Der weiße Damast des Tisches, dran sie gefrühstückt hatten, war zurückgeschlagen und an der frei gewordenen Hälfte saßen beide beim Piquet.

„Sechs Blatt mit 'ner Quart."

„Gut."

„Und du?"

„Vierzehn As, drei Könige, drei Damen ... Und du machst keinen Stich." Und er legte das Spiel auf den Tisch und schob im nächsten Augenblicke die Karten zusammen, während der andere mischte.

„Weißt du schon, Ella verheiratet sich."

„Schade."

„Warum schade?"

„Sie kann dann nicht mehr durch den Reifen springen."

„Unsinn. Je mehr sie sich verheiraten, desto schlanker werden sie."

„Doch mit Ausnahme. Viele Namen aus der Zirkusaristokratie blühen schon in der dritten und vierten Generation, was denn doch einigermaßen auf Wechselzustände von schlank und nichtschlank, oder, wenn du willst, auf Neumond und erstes Viertel etc. hinweist."

„Irrtum. Error in calculo. Du vergißt Adoption. Alle diese Zirkusleute sind heimliche Gichtelianer und vererben nach Plan und Abmachung ihr Vermögen, ihr Ansehen und ihren Namen. Es scheinen dieselben und sind doch andere geworden. Immer frisches Blut. Heb ab ... Übrigens hab ich noch eine zweite Nachricht. Afzelius kommt in den Generalstab."

„Welcher?"

„Der von den Ulanen."

„Unmöglich."

„Moltke hält große Stücke auf ihn und er soll eine vorzügliche Arbeit gemacht haben."

„Imponiert mir nicht. Alles Bibliotheks- und Abschreibesache. Wer nur ein bißchen findig ist, kann Bücher leisten wie Humboldt oder Ranke."

„Quart. Vierzehn As."

„Quint vom König."

Und während die Stiche gemacht wurden, hörte man in dem Billardzimmer nebenan das Klappen der Bälle und das Fallen der kleinen Boulekegel.

Nur sechs oder acht Herren waren alles in allem in den zwei hintern Klubzimmern, die mit ihrer Schmalseite nach einem sonnigen und ziemlich langweiligen Garten hinaussahen, versammelt, alle schweigsam, alle mehr oder weniger in ihr Whist oder Domino vertieft, nicht zum wenigsten die zwei Piquet spielenden Herren, die sich eben über Ella und Afzelius unterhalten hatten. Es ging hoch, weshalb beide von ihrem Spiel erst wieder aufsahen, als sie, durch eine offene Rundbogennische, von dem nebenher laufenden Zimmer her eines neuen Ankömmlings gewahr wurden. Es war Wedell.

„Aber Wedell, wenn Sie nicht eine Welt von Neuigkeiten mitbringen, so belegen wir Sie mit dem großen Bann."

„Pardon, Serge, es war keine bestimmte Verabredung."

„Aber doch beinah. Übrigens finden Sie mich persönlich in nachgiebigster Stimmung. Wie Sie sich mit Pitt auseinandersetzen wollen, der eben 150 Points verloren, ist Ihre Sache."

Dabei schoben beide die Karten beiseit und der von dem herzukommenden Wedell als Serge Begrüßte zog seine Remontoiruhr und sagte: „Drei Uhr fünfzehn. Also Kaffee. Irgendein Philosoph, und es muß einer der größten gewesen sein, hat einmal gesagt, das sei das Beste am Kaffee, daß er in jede Situation und Tagesstunde hineinpasse. Wahrhaftig, Wort eines Weisen. Aber wo nehmen wir ihn? Ich denke wir setzen uns draußen auf die Terrasse, mitten in die Sonne. Je mehr man das Wetter brüskiert, desto besser fährt man. Also, Pehlecke, drei Tassen. Ich kann das Umfallen der Boulekegel nicht mehr mit anhören, es macht mich nervös; draußen haben wir freilich auch Lärm, aber doch anders und hören statt des spitzen Klappertons das Poltern und Donnern unserer unterirdischen Kegelbahn, wobei wir uns einbilden können, am Vesuv oder Ätna zu sitzen. Und warum auch nicht? Alle Genüsse sind schließlich Einbildung und wer die beste Phantasie hat, hat den größten Genuß. Nur das Unwirkliche macht den Wert und ist eigentlich das einzig Reale."

„Serge", sagte der andere, der beim Piquetspielen als Pitt angeredet worden war, „wenn du mit deinen berühmten großen Sätzen so fortfährst, so bestrafst du Wedell härter als er verdient. Außerdem hast du Rücksicht auf mich zu nehmen, weil ich verloren habe. So, hier wollen wir bleiben, den lawn im Rücken, diesen Efeu neben uns und eine kahle Wand en vue. Himmlischer Aufenthalt für Seiner Majestät Garde! Was wohl der alte Fürst Pückler zu diesem Klubgarten gesagt haben würde. Pehlecke . . . so, hier den Tisch her, jetzt geht's. Und zum

Schluß eine Cuba von Ihrem gelagertsten Lager. Und nun, Wedell, wenn Ihnen verziehen werden soll, schütteln Sie Ihr Gewand, bis ein neuer Krieg herausfällt oder irgendeine andere große Nachricht. Sie sind ja durch Puttkamers mit unserem lieben Herrgott verwandt. Mit welchem, brauch ich nicht erst hinzuzusetzen. Was kocht er wieder?"

„Pitt", sagte Wedell, „ich beschwöre Sie, nur keine Bismarckfragen. Denn erstlich wissen Sie, daß ich nichts weiß, weil Vettern im siebzehnten Grad nicht gerade zu den Intimen und Vertrauten des Fürsten gehören, zum zweiten aber komme ich, statt vom Fürsten, recte von einem Bolzenschießen her, das sich mit einigen Treffern und vielen, vielen Nichttreffern gegen niemand anders als gegen Seine Durchlaucht richtete."

„Und wer war dieser kühne Schütze?"

„Der alte Baron Osten, Rienäckers Onkel. Charmanter alter Herr und Bon-Garçon. Aber freilich auch Pfiffikus."

„Wie alle Märker."

„Bin auch einer."

„Tant mieux. Da wissen Sie's von sich selbst. Aber heraus mit der Sprache. Was sagte der Alte?"

„Vielerlei. Das Politische kaum der Rede wert, aber ein anderes desto wichtiger: Rienäcker steht vor einer scharfen Ecke."

„Und vor welcher?"

„Er soll heiraten."

„Und das nennen Sie eine scharfe Ecke? Ich bitte Sie, Wedell, Rienäcker steht vor einer viel schärferen: er hat 9000 jährlich und gibt 12 000 aus und das ist immer die schärfste aller Ecken, jedenfalls schärfer als die Heiratsecke. Heiraten ist für Rienäcker keine Gefahr, sondern die Rettung. Übrigens hab ich es kommen sehen. Und wer ist es denn?"

„Eine Kusine!"

„Natürlich. Retterin und Kusine sind heutzutage fast identisch. Und ich wette, daß sie Paula heißt. Alle Kusinen heißen jetzt Paula."

„Diese nicht."

„Sondern?"

„Käthe."

„Käthe? Ah, da weiß ich's. Käthe Sellenthin. Hm, nicht übel, glänzende Partie. Der alte Sellenthin, es ist doch der mit dem Pflaster überm Auge, hat sechs Güter und die Vorwerke mit eingerechnet, sind es sogar dreizehn. Geht zu gleichen Teilen und das dreizehnte kriegt Käthe noch als Zuschlag. Gratuliere ..."

„Sie kennen sie?"

„Gewiß. Wundervolle Flachsblondine mit Vergißmeinnichtaugen, aber trotzdem nicht sentimental, weniger Mond als Sonne. Sie war hier bei der Zülow in Pension und wurde mit vierzehn schon umcourt und umworben."

„In der Pension?"

„Nicht direkt und nicht alltags, aber doch sonntags, wenn sie beim alten Osten zu Tische war, demselben, von dem Sie jetzt herkommen. Käthe, Käthe Sellenthin ... sie war damals wie 'ne Bachstelze und wir nannten sie so und war der reizendste Backfisch, den Sie sich denken können. Ich seh noch ihren Haardutt, den wir immer den Wocken nannten. Und den soll Rienäcker nun abspinnen. Nun warum nicht? Es wird ihm so schwer nicht werden."

„Am Ende doch schwerer, als mancher denkt", antwortete Wedell. „Und so gewiß er der Aufbesserung seiner Finanzen bedarf, so bin ich doch nicht sicher, daß er sich für die blonde Speziallandsmännin ohne weiteres entscheiden wird. Rienäcker ist nämlich seit einiger Zeit in einen andren Farbenton und zwar ins Aschfarbene gefallen und wenn es wahr ist, was mir Balafré neulich sagte, so hat er sich's ganz ernsthaft überlegt, ob er nicht seine Weißzeugdame zur weißen Dame erheben soll. Schloß Avenel oder Schloß Zehden macht ihm keinen Unterschied, Schloß ist Schloß und Sie wissen, Rienäcker, der überhaupt in manchem seinen eignen Weg geht, war immer fürs Natürliche."

„Ja", lachte Pitt. „Das war er. Aber Balafré schneidet auf und erfindet sich interessante Geschichten. Sie sind nüchtern, Wedell, und werden doch solch erfundenes Zeug nicht glauben wollen."

„Nein, Erfundenes nicht", sagte Wedell. „Aber ich glaube, was ich weiß. Rienäcker, trotz seiner sechs Fuß, oder vielleicht auch gerade deshalb, ist schwach und bestimmbar und von einer seltenen Weichheit und Herzensgüte."

„Das ist er. Aber die Verhältnisse werden ihn zwingen und er wird sich lösen und frei machen, schlimmstenfalls wie der Fuchs aus dem Eisen. Es tut weh und ein Stückchen Leben bleibt dran hängen. Aber das Hauptstück ist doch wieder heraus, wieder frei. Vive Käthe. Und Rienäcker! Wie sagt das Sprichwort: Mit dem Klugen ist Gott."

Neuntes Kapitel

Botho schrieb denselben Abend noch an Lene, daß er am andern Tage kommen würde, vielleicht schon früher als gewöhnlich. Und er hielt Wort und war eine Stunde vor Sonnenuntergang da. Natürlich fand er auch Frau Dörr. Es war eine prächtige Luft, nicht zu warm, und nachdem man noch eine Weile geplaudert hatte, sagte Botho: „Wir könnten vielleicht in den Garten gehen."

„Ja, in den Garten. Oder sonstwohin?"

„Wie meinst du?"

Lene lachte. „Sei nicht wieder in Sorge, Botho. Niemand ist in den Hinterhalt gelegt und die Dame mit dem Schimmelgespann und der Blumengirlande wird dir nicht in den Weg treten."

„Also wohin, Lene?"

„Bloß ins Feld, ins Grüne, wo du nichts haben wirst als Gänseblümchen und mich. Und vielleicht auch Frau Dörr, wenn sie die Güte haben will, uns zu begleiten."

„Ob sie will", sagte Frau Dörr. „Gewiß will sie. Große Ehre. Aber man muß sich doch erst ein bißchen zurechtmachen. Ich bin gleich wieder da."

„Nicht nötig, Frau Dörr, wir holen Sie ab."

Und so geschah es, und als das junge Paar eine Viertelstunde später auf den Garten zuschritt, stand Frau Dörr schon an der Tür, einen Umhang überm Arm und einen prachtvollen Hut auf dem Kopf, ein Geschenk Dörrs, der, wie alle Geizhälse, mitunter etwas lächerlich Teures kaufte.

Botho sagte der so Herausgeputzten etwas Schmeichelhaftes und gleich danach gingen alle drei den Gang hinunter und traten durch ein verstecktes Seitenpförtchen auf einen Feldweg hinaus, der hier, wenigstens zunächst noch und eh er weiter abwärts in das freie Wiesengrün einbog, an dem an seiner Außenseite hoch in Nesseln stehenden Gartenzaun hinlief.

„Hier bleiben wir", sagte Lene. „Das ist der hübscheste Weg und der einsamste. Da kommt niemand."

Und wirklich, es war der einsamste Weg, um vieles stiller und menschenleerer als drei, vier andere, die parallel mit ihm über die Wiese hin auf Wilmersdorf zuführten und zum Teil ein eigentümliches Vorstadtsleben zeigten. An dem einen dieser Wege befanden sich allerlei Schuppen, zwischen denen reckartige, wie für Turner bestimmte Gerüste standen und Bothos Neugier weckten, aber eh er noch erkunden konnte, was es denn eigentlich sei, gab ihm das Tun drüben auch schon Antwort auf seine Frage: Decken und Teppiche wurden über die Gerüste hin ausgebreitet und gleich danach begann ein Klopfen und Schlagen mit großen Rohrstöcken, so daß der Weg drüben alsbald in einer Staubwolke lag.

Botho wies darauf hin und wollte sich eben mit Frau Dörr in ein Gespräch über den Wert oder Unwert der Teppiche vertiefen, die, bei Lichte besehen, doch bloß Staubfänger seien, und wenn einer nicht fest auf der Brust sei, so hätt er die Schwindsucht weg, er wisse nicht wie. Mitten im Satz aber brach er ab, weil der von ihm eingeschlagene Weg in ebendiesem Augenblick an einer Stelle vorüberführte, wo der Schutt einer Bildhauerwerkstatt abgeladen sein mußte, denn allerhand Stuckornamente, namentlich Engelsköpfe, lagen in großer Zahl umher.

„Das ist ein Engelskopf", sagte Botho. „Sehen Sie, Frau Dörr. Und hier ist sogar ein geflügelter."

„Ja", sagte Frau Dörr. „Und ein Pausback dazu. Aber is es denn ein Engel? Ich denke, wenn er so klein is und Flügel hat, heißt er Amor."

„Amor oder Engel", sagte Botho, „das ist immer dasselbe. Fragen Sie nur Lene, die wird es bestätigen. Nicht wahr, Lene?"

Lene tat empfindlich, aber er nahm ihre Hand und alles war wieder gut.

Unmittelbar hinter dem Schutthaufen bog der Pfad nach links hin ab und mündete gleich danach in einen etwas größeren Feldweg ein, dessen Pappelweiden eben blühten und ihre flokkenartigen Kätzchen über die Wiese hin ausstreuten, auf der sie nun wie gezupfte Watte dalagen.

„Sieh, Lene", sagte Frau Dörr, „weißt du denn, daß sie jetzt Betten damit stopfen, ganz wie mit Federn? Und sie nennen es Waldwolle."

„Ja, ich weiß, Frau Dörr. Und ich freue mich immer, wenn die Leute so was ausfinden und sich zunutze machen. Aber für Sie wär es nichts."

„Nein, Lene, für mich wär es nich. Da hast du recht. Ich bin so mehr fürs Feste, für Pferdehaar und Sprungfedern und wenn es denn so wuppt ..."

„O ja", sagte Lene, der diese Beschreibung etwas ängstlich zu werden anfing. „Ich fürchte bloß, daß wir Regen kriegen. Hören Sie nur die Frösche, Frau Dörr."

„Ja, die Poggen“, bestätigte diese. „Nachts ist es mitunter ein Gequake, daß man nicht schlafen kann. Und woher kommt es? Weil hier alles Sumpf is und bloß so tut, als ob es Wiese wäre. Sieh doch den Tümpel an, wo der Storch steht und kuckt gerade hierher. Na, nach mir sieht er nich. Da könnt er lange sehn. Und is auch recht gut so.“

„Wir müssen am Ende doch wohl umkehren“, sagte Lene verlegen, und eigentlich nur, um etwas zu sagen.

„I bewahre“, lachte Frau Dörr. „Nun erst recht nich, Lene; du wirst dich doch nich graulen und noch dazu vor so was. Adebar, du Guter, bring mir ... Oder soll ich lieber singen: Adebar, du Bester?“

So ging es noch eine Weile weiter, denn Frau Dörr brauchte Zeit, um von einem solchen Lieblingsthema wieder loszukommen.

Endlich aber war doch eine Pause da, während welcher man in langsamem Tempo weiterschritt, bis man zuletzt an einen Höhenrücken kam, der sich hier plateauartig von der Spree nach der Havel hinüberzieht. An ebendieser Stelle hörten auch die Wiesen auf und Korn- und Rapsfelder fingen an, die sich bis an die vorderste Häuserreihe von Wilmersdorf zogen.

„Nun bloß da noch rauf“, sagte Frau Dörr, „und dann setzen wir uns und pflücken Butterblumen und flechten uns einen Stengelkranz. Jott, das macht immer so viel Spaß, wenn man den einen Stengel in den andern piekt, bis der Kranz fertig is oder die Kette.“

„Wohl, wohl“, sagte Lene, der es heute beschieden war, aus kleinen Verlegenheiten gar nicht herauszukommen. „Wohl, wohl. Aber nun kommen Sie, Frau Dörr; hier geht der Weg.“

Und so sprechend, stiegen sie den niedrigen Abhang hinauf und setzten sich, oben angekommen, auf einen hier seit letztem Herbst schon aus Peden und Nesseln zusammengekarrten Unkrauthaufen. Dieser Pedenhaufen war ein prächtiger Ruheplatz, zugleich auch ein Aussichtspunkt, von dem aus man über einen von Werft und Weiden eingefaßten Graben hin nicht nur die nördliche Häuserreihe von Wilmersdorf überblicken, sondern auch von einer benachbarten Kegelbahntabagie her das Fallen der Kegel und vor allem das Zurückrollen der Kugel auf zwei klapprigen Latten in aller Deutlichkeit hören konnte. Lene vergnügte sich über die Maßen darüber, nahm Bothos Hand und sagte: „Sieh, Botho, ich weiß so gut Bescheid damit (denn als Kind wohnten wir auch neben einer solchen Tabagie), daß ich, wenn ich die Kugel bloß aufsetzen höre, gleich weiß, wieviel sie machen wird."

„Nun", sagte Botho, „da können wir ja wetten."

„Und um was?"

„Das findet sich."

„Gut. Aber ich brauch es nur dreimal zu treffen und wenn ich schweige, so zählt es nicht."

„Bin es zufrieden."

Und nun horchten alle drei hinüber und die mit jedem Moment erregter werdende Frau Dörr verschwor sich hoch und teuer, ihr puppre das Herz und ihr sei geradeso, wie wenn sie vor einem Theatervorhang sitze. „Lene, Lene, du hast dir zuviel zugetraut, Kind, das is ja gar nich möglich."

So wär es wohl noch weitergegangen, wenn man nicht in ebendiesem Augenblicke gehört hätte, daß eine Kugel aufgesetzt und nach einmaligem dumpfen Anschlag an die Seitenbande wieder still wurde. „Sandhase", rief Lene. Und richtig, so war es.

„Das war leicht", sagte Botho. „Zu leicht. Das hätt ich auch geraten. Sehen wir also, was kommt."

Und siehe da, zwei weitere Würfe folgten, ohne daß Lene gesprochen oder sich auch nur gerührt hätte. Nur Frau Dörrs Augen traten immer mehr aus dem Kopf. Jetzt aber, und Lene hob sich sofort von ihrem Platz, kam eine kleine, feste Kugel und in einem eigentümlichen Mischton von Elastizität und Härte hörte man sie vibrierend über das Brett hintanzen. „Alle neun", rief Lene. Und im Nu gab es drüben ein Fallen und der Kegeljunge bestätigte nur, was kaum noch der Bestätigung bedurfte.

„Du sollst gewonnen haben, Lene. Wir essen heute noch ein Vielliebchen und dann geht alles in einem. Nicht wahr, Frau Dörr?"

„Versteht sich", zwinkerte diese, „alles in einem." Und dabei band sie den Hut ab und beschrieb Kreise damit, wie wenn es ihr Markthut gewesen wäre.

Mittlerweile sank die Sonne hinter dem Wilmersdorfer Kirchturm und Lene schlug vor aufzubrechen und den Rückweg anzutreten, es werde so fröstlich; unterwegs aber wollte man spielen und sich greifen: sie sei sicher, Botho werde sie nicht fangen.

„Ei, da wollen wir doch sehn."

Und nun begann ein Jagen und Haschen, bei dem Lene wirklich nicht gefangen werden konnte, bis sie zuletzt vor Lachen und Aufregung so abgeäschert war, daß sie sich hinter die stattliche Frau Dörr flüchtete.

„Nun hab ich meinen Baum", lachte sie, „nun kriegst du mich erst recht nicht." Und dabei hielt sie sich an Frau Dörrs etwas abstehender Schoßjacke fest und schob die gute Frau so geschickt nach rechts und links, daß sie sich eine Zeitlang mit Hilfe derselben deckte. Plötzlich aber war Botho neben ihr, hielt sie fest und gab ihr einen Kuß.

„Das ist gegen die Regel; wir haben nichts ausgemacht." Aber trotz solcher Abweisung hing sie sich doch an seinen Arm und kommandierte, während sie die Garde-Schnarrstimme nachahmte „Parademarsch ... frei weg" und ergötzte sich an den bewundernden und nicht enden wollenden Ausrufen, womit die gute Frau Dörr das Spiel begleitete.

„Is es zu glauben?" sagte diese. „Nein, es is *nich* zu glauben. Un immer so un nie anders. Un wenn ich denn an meinen denke! Nicht zu glauben, sag ich. Un war doch auch einer. Un tat auch immer so."

„Was meint sie nur?" fragte Botho leise.

„Oh, sie denkt wieder ... Aber, du weißt ja ... Ich habe dir ja davon erzählt."

„Ah, *das* ist es. *Der*. Nun, er wird wohl so schlimm nicht gewesen sein."

„Wer weiß. Zuletzt ist einer wie der andere."

„Meinst du?"

„Nein." Und dabei schüttelte sie den Kopf und in ihrem Auge lag etwas von Weichheit und Rührung. Aber sie wollte diese Stimmung nicht aufkommen lassen und sagte deshalb rasch: „Singen wir, Frau Dörr. Singen wir. Aber was?"

„Morgenrot ..."

„Nein, das nicht ... ‚Morgen in das kühle Grab', das ist mir zu traurig. Nein, singen wir ‚Übers Jahr, übers Jahr' oder noch lieber ‚Denkst du daran'."

„Ja, *das* is recht, *das* is schön; das is mein Leib- und Magenlied."

Und mit gut eingeübter Stimme sangen alle drei das Lieblingslied der Frau Dörr und man war schon bis in die Nähe der Gärtnerei gekommen, als es noch immer über das Feld hinklang: „Ich denke dran ... ich danke dir mein Leben" und dann von der andren Wegseite her, wo die lange Reihe der Schuppen und Remisen stand, im Echo widerhallte.

Die Dörr war überglücklich. Aber Lene und Botho waren ernst geworden.

Zehntes Kapitel

Es dunkelte schon, als man wieder vor der Wohnung der Frau Nimptsch war und Botho, der seine Heiterkeit und gute Laune rasch zurückgewonnen hatte, wollte nur einen Augenblick noch mit hineinsehn und sich gleich danach verabschieden. Als ihn Lene jedoch an allerlei Versprechungen und Frau Dörr mit Betonung und Augenspiel an das noch ausstehende Vielliebchen erinnerte, gab er nach und entschloß sich, den Abend über zu bleiben.

„Das is recht", sagte die Dörr. „Und ich bleibe nun auch. Das heißt, wenn ich bleiben darf und bei dem Vielliebchen nicht störe. Denn man kann doch nie wissen. Und ich will bloß noch den Hut nach Hause bringen und den Umhang. Und denn komm ich wieder."

„Gewiß müssen Sie wiederkommen", sagte Botho, während er ihr die Hand gab. „So jung kommen wir nicht wieder zusammen."

„Nein, nein", lachte die Dörr, „so jung kommen wir nich wieder zusammen. Un is auch eigentlich ganz unmöglich, un wenn wir auch morgen schon wieder zusammenkämen. Denn ein Tag is doch immer ein Tag und macht auch schon was aus. Und deshalb is es ganz richtig, daß wir so jung nich wieder zusammenkommen. Und muß sich jeder gefallen lassen."

In dieser Tonart ging es noch eine Weile weiter und die von niemandem bestrittene Tatsache des täglichen Älterwerdens gefiel ihr so, daß sie dieselbe noch einige Male wiederholte. Dann erst ging sie. Lene begleitete sie bis auf den Flur, Botho seinerseits aber setzte sich neben Frau Nimptsch und fragte, während er ihr das von der Schulter gefallene Umschlagetuch wieder umhing, ob sie noch böse sei, daß er ihr die Lene wieder auf ein paar Stunden entführt habe? Aber es sei so hübsch gewesen und oben auf dem Pedenhaufen, wo sie sich ausgeruht und geplaudert hätten, hätten sie der Zeit ganz vergessen.

„Ja, die Glücklichen vergessen die Zeit", sagte die Alte. „Und die Jugend is glücklich un is auch gut so un soll so sein. Aber wenn man alt wird, lieber Herr Baron, da werden einen die Stunden lang un man wünscht sich die Tage fort un das Leben auch."

„Ach, das sagen Sie so, Mutterchen. Alt oder jung, eigentlich lebt doch jeder gern. Nicht wahr, Lene, wir leben gern?"

Lene war eben wieder vom Flur her in die Stube getreten und

lief wie getroffen von dem Wort auf ihn zu und umhalste und küßte ihn und war überhaupt von einer Leidenschaftlichkeit, die ihr sonst ganz fremd war.

„Lene, was hast du nur?“

Aber sie hatte sich schon wieder gesammelt und wehrte mit rascher Handbewegung seine Teilnahme ab, wie wenn sie sagen wollte: „Frage nicht.“ Und nun ging sie, während Botho mit Frau Nimptsch weitersprach, auf das Küchenschapp zu, kramte drin umher und kam gleich danach und völlig heitern Gesichts mit einem kleinen, in blaues Zuckerpapier genähten Buche zurück, das ganz das Aussehen hatte wie die, drin Hausfrauen ihre täglichen Ausgaben aufschreiben. Dazu diente das Büchelchen denn auch wirklich und zugleich zu Fragen, mit denen sich Lene, sei's aus Neugier oder gelegentlich auch aus tieferem Interesse beschäftigte. Sie schlug es jetzt auf und wies auf die letzte Seite, drauf Bothos Blick sofort der dick unterstrichenen Überschrift begegnete: *„Was zu wissen not tut“*.

„Alle Tausend, Lene, das klingt ja wie Traktätchen oder Lustspieltitel.“

„Ist auch so was. Lies nur weiter.“

Und nun las er: „Wer waren die beiden Damen auf dem Korso? Ist es die ältere oder ist es die junge? Wer ist Pitt? Wer ist Serge? Wer ist Gaston?“

Botho lachte. „Wenn ich dir das alles beantworten soll, Lene, so bleib ich bis morgen früh.“

Ein Glück, daß Frau Dörr bei dieser Antwort fehlte, sonst hätt es eine neue Verlegenheit gegeben. Aber die sonst so flinke Freundin, flink wenigstens wenn es sich um den Baron handelte, war noch nicht wieder zurück, und so sagte denn Lene: „Gut, so will ich mich handeln lassen. Und meinetwegen denn von den zwei Damen ein andermal! Aber was bedeuten die fremden Namen? Ich habe schon neulich danach gefragt, als du die Tüte brachtest. Aber was du da sagtest, war keine rechte Antwort, nur so halb. Ist es ein Geheimnis?“

„Nein.“

„Nun denn sage.“

„Gern, Lene. Diese Namen sind bloß Necknamen.“

„Ich weiß. Das sagtest du schon.“

„... Also Namen, die wir uns aus Bequemlichkeit beigelegt haben, mit und ohne Beziehung, je nachdem.“

„Und was heißt Pitt?“

„Pitt war ein englischer Staatsmann.“

„Und ist dein Freund auch einer?"

„Um Gottes willen . . ."

„Und Serge?"

„Das ist ein russischer Vorname, den ein Heiliger und viele russische Großfürsten führen."

„Die aber nicht Heilige zu sein brauchen, nicht wahr? . . . Und Gaston?"

„Ist ein französischer Name."

„Ja, dessen entsinn ich mich. Ich habe mal als ein ganz junges Ding, und ich war noch nicht eingesegnet, ein Stück gesehn: ‚Der Mann mit der eisernen Maske'. Und der mit der Maske, der hieß Gaston. Und ich weinte jämmerlich."

„Und lachst jetzt, wenn ich dir sage: Gaston bin *ich.*"

„Nein, ich lache nicht. Du hast auch eine Maske."

Botho wollte scherz- und ernsthaft das Gegenteil versichern, aber Frau Dörr, die gerade wieder eintrat, schnitt das Gespräch ab, indem sie sich entschuldigte, daß sie so lange habe warten lassen. Aber eine Bestellung sei gekommen und sie habe rasch noch einen Begräbniskranz flechten müssen.

„Einen großen oder einen kleinen?" fragte die Nimptsch, die gern von Begräbnissen sprach und eine Passion hatte, sich von allem dazu Gehörigen erzählen zu lassen.

„Nu", sagte die Dörr, „es war ein mittelscher; kleine Leute. Efeu mit Azalie."

„Jott", fuhr die Nimptsch fort, „alles is jetzt für Efeu und Azalie, bloß ich nich. Efeu is ganz gut, wenn er aufs Grab kommt und alles so grün und dicht einspinnt, daß das Grab seine Ruhe hat und der drunter liegt auch. Aber Efeu in 'n Kranz, das is nich richtig. Zu meiner Zeit, da nahmen wir Immortellen, gelbe oder halbgelbe, und wenn es ganz was Feines sein sollte, denn nahmen wir rote oder weiße und machten Kränze draus oder auch bloß einen und hingen ihn ans Kreuz und da hing er denn den ganzen Winter und wenn der Frühling kam, da hing er noch. Un manche hingen noch länger. Aber so mit Efeu oder Azalie, das is nichts. Un warum nich? Darum nicht, weil es nich lange dauert. Un ich denke mir immer, je länger der Kranz oben hängt, desto länger denkt der Mensch auch an seinen Toten unten. Un mitunter auch 'ne Witwe, wenn sie nich zu jung is. Un das is es, warum ich für Immortelle bin, gelbe oder rote oder auch weiße, un kann ja jeder einen andern Kranz zuhängen, wenn er will. Das is denn so für den Schein. Aber der immortellige, das is der richtige."

„Mutter“, sagte Lene, „du sprichst wieder so viel von Grab und Kranz.“

„Ja, Kind, jeder spricht, woran er denkt. Un denkt einer an Hochzeit, denn redt er von Hochzeit, un denkt einer an Begräbnis, denn redt er von Grab. Un ich habe nich mal angefangen von Grab un Kranz zu reden, Frau Dörr hat angefangen, was auch ganz recht war. Un ich spreche bloß immer davon, weil ich immer 'ne Angst habe un immer denke: ja, wer wird dir mal einen bringen?“

„Ach Mutter ...“

„Ja, Lene, du bist gut, du bist ein gutes Kind. Aber der Mensch denkt un Gott lenkt, un heute rot un morgen tot. Un du kannst sterben so gut wie ich, jeden Tag, den Gott werden läßt, wenn ich es auch nich glaube. Un Frau Dörr kann auch sterben oder wohnt denn, wenn ich sterbe, vielleicht woanders oder ich wohne woanders un bin vielleicht eben erst eingezogen. Ach, meine liebe Lene, man hat nichts sicher, gar nichts, auch nich mal einen Kranz aufs Grab.“

„*Doch, doch,* Mutter Nimptsch“, sagte Botho, „den haben Sie sicher.“

„Na, na, Herr Baron, wenn es man wahr is.“

„Und wenn ich in Petersburg bin oder in Paris und ich höre, daß meine alte Frau Nimptsch gestorben ist, dann schick ich einen Kranz und wenn ich in Berlin bin oder in der Nähe, dann bring ich ihn selber.“

Der Alten Gesicht verklärte sich ordentlich vor Freude. „Na, das is ein Wort, Herr Baron. Un da hab ich doch nu meinen Kranz aufs Grab und is mir lieb, daß ich ihn habe. Denn ich kann die kahlen Gräber nich leiden, die so aussehn wie 'n Waisenhauskirchhof oder für die Gefangenen oder noch schlimmer. Aber nu mach einen Tee, Lene, das Wasser kocht un bullert schon un Erdbeeren und Milch sind auch da. Un auch saure. Jott, den armen Herrn Baron muß ja schon ganz jämmerlich sein. Immer ankucken macht hungrig, soviel weiß ich auch noch. Ja, Frau Dörr, man hat ja doch auch mal seine Jugend gehabt un wenn es auch lange her is. Aber die Menschen waren damals so wie heut.“

Frau Nimptsch, die heut ihren Redetag hatte, philosophierte noch eine Weile weiter, während Lene das Abendbrot auftrug und Botho seine Neckereien mit der guten Frau Dörr fortsetzte. Das sei gut, daß sie den Staatshut zu rechter Zeit zu Bette gebracht habe, der sei für Kroll oder fürs Theater, aber nicht für den Wilmersdorfer Pedenhaufen. Wo sie den Hut denn eigentlich herhabe? Solchen Hut habe keine Prinzessin. Und er habe so was Kleidsames überhaupt noch nicht gesehn; er wolle nicht von sich selber reden, aber ein Prinz hätte sich drin vergaffen können.

Die gute Frau hörte wohl heraus, daß er sich einen Spaß mache. Trotzdem sagte sie: „Ja, wenn Dörr mal anfängt, denn is er so forsch und fein, daß ich mitunter gar nicht weiß, wo er's her hat. Alltags is nich viel mit ihm, aber mit eins is er wie vertauscht un gar nich mehr derselbe un ich sage denn immer: es is am Ende doch was mit ihm un er kann es man bloß nich so zeigen."

So plauderte man beim Tee, bis 10 Uhr heran war. Dann brach Botho auf und Lene und Frau Dörr begleiteten ihn durch den Vorgarten bis an die Gartentür. Als sie hier standen, erinnerte die Dörr daran, daß man das Vielliebchen noch immer vergessen habe. Botho schien aber die Mahnung überhören zu wollen und betonte nur nochmals, wie hübsch der Nachmittag gewesen sei. „Wir müssen öfter so gehn, Lene, und wenn ich wiederkomme, dann überlegen wir wohin. Oh, ich werde schon etwas finden, etwas Hübsches und Stilles, und recht weit und nicht so bloß über Feld."

„Und dann nehmen wir Frau Dörr wieder mit", sagte Lene, „oder bitten sie darum. Nicht wahr, Botho?"

„Gewiß, Lene. Frau Dörr muß immer dabei sein. Ohne Frau Dörr geht es nicht."

„Ach, Herr Baron, das kann ich ja gar nich annehmen, das kann ich ja gar nich verlangen."

„Doch, liebe Frau Dörr", lachte Botho. „Sie können *alles* verlangen. Eine Frau wie Sie."

Und damit trennte man sich.

Elftes Kapitel

Die Landpartie, die man nach dem Wilmersdorfer Spaziergange verabredet oder wenigstens geplant hatte, war nun auf einige Wochen hin das Lieblingsgespräch und immer, wenn Botho kam, überlegte man, *wohin?* Alle möglichen Plätze wurden erwogen: Erkner und Kranichberge, Schwilow und Baumgartenbrück, aber alle waren immer noch zu besucht, und so kam es, daß Botho schließlich „Hankels Ablage" nannte, von dessen Schönheit und Einsamkeit er wahre Wunderdinge gehört habe; Lene war einverstanden. Ihr lag nur daran, mal hinauszukommen und in Gottes freier Natur, möglichst fern von dem großstädtischen Getreibe, mit dem geliebten Manne zusammenzusein. Wo, war gleichgültig.

Der nächste Freitag wurde zu der Partie bestimmt. „Abgemacht." Und nun fuhren sie mit dem Görlitzer Nachmittagszuge nach Hankels Ablage hinaus, wo sie Nachtquartier nehmen und den andern Tag in aller Stille zubringen wollten.

Der Zug hatte nur wenige Wagen, aber auch diese waren schwach besetzt und so kam es, daß sich Botho und Lene allein befanden. In dem Kupee nebenan wurde lebhaft gesprochen, zugleich deutlich genug, um herauszuhören, daß es Weiterreisende waren, keine Mitpassagiere für Hankels Ablage.

Lene war glücklich, reichte Botho die Hand und sah schweigend in die Wald- und Heidelandschaft hinaus. Endlich sagte sie: „Was wird aber Frau Dörr sagen, daß wir sie zu Hause gelassen?"

„Sie darf es gar nicht erfahren."

„Mutter wird es ihr ausplaudern."

„Ja, dann steht es schlimm und doch ließ sich's nicht anders tun. Sieh, auf der Wiese neulich, da ging es, da waren wir mutterwindallein. Aber wenn wir in Hankels Ablage auch noch so viel Einsamkeit finden, so finden wir doch immer noch einen Wirt und eine Wirtin und vielleicht sogar einen Berliner Kellner. Und solch Kellner, der immer so still vor sich hinlacht oder wenigstens in sich hinein, den kann ich nicht aushalten, der verdirbt mir die Freude. Frau Dörr, wenn sie neben deiner Mutter sitzt oder den alten Dörr erzieht, ist unbezahlbar, aber nicht unter Menschen. Unter Menschen ist sie bloß komische Figur und eine Verlegenheit."

Gegen fünf hielt der Zug an einem Waldrande ... Wirklich, niemand außer Botho und Lene stieg aus und beide schlenderten jetzt behaglich und unter häufigem Verweilen auf ein Gasthaus zu, das, in etwa zehn Minuten Entfernung von dem kleinen Stationsgebäude, hart an der Spree seinen Platz hatte. Dies „Etablissement", wie sich's auf einem schiefstehenden Wegweiser nannte, war ursprünglich ein bloßes Fischerhaus gewesen, das sich erst sehr allmählich und mehr durch An- als Umbau in ein Gasthaus verwandelt hatte, der Blick über den Strom aber hielt für alles, was sonst vielleicht fehlen mochte, schadlos und ließ das glänzende Renommee, dessen sich diese Stelle bei allen Eingeweihten erfreute, keinen Augenblick als übertrieben erscheinen. Auch Lene fühlte sich sofort angeheimelt und nahm in einer verandaartig vorgebauten Holzhalle Platz, deren eine Hälfte von dem Gezweig einer alten, zwischen Haus und Ufer stehenden Ulme verdeckt wurde.

„Hier bleiben wir", sagte sie. „Sieh doch nur die Kähne, zwei, drei . . . und dort weiter hinauf kommt eine ganze Flotte. Ja, das war ein glücklicher Gedanke, der uns hierherführte. Sieh doch nur, wie sie drüben auf dem Kahne hin und her laufen und sich gegen die Ruder stemmen. Und dabei alles so still. Oh, mein einziger Botho, wie schön das ist und wie gut ich dir bin."

Botho freute sich, Lene so glücklich zu sehen. Etwas Entschlossenes und beinah Herbes, das sonst in ihrem Charakter lag, war wie von ihr genommen und einer ihr sonst fremden Gefühlsweichheit gewichen und dieser Wechsel schien ihr selber unendlich wohlzutun.

Nach einer Weile kam der sein „Etablissement" schon von Vater und Großvater her innehabende Wirt, um nach den Befehlen der Herrschaften zu fragen, vor allem auch, „ob sie zu Nacht bleiben würden", und bat, als diese Frage bejaht worden war, über ihr Zimmer Beschluß fassen zu wollen. Es ständen ihnen mehrere zur Verfügung, unter denen die Giebelstube wohl die beste sein würde. Sie sei zwar niedrig, aber sonst groß und geräumig und hätte den Blick über die Spree bis an die Müggelberge.

Der Wirt ging nun, als sein Vorschlag angenommen war, um die nötigen Vorbereitungen zu treffen, und Botho und Lene waren nicht nur wieder allein miteinander, sondern genossen auch das Glück dieses Alleinseins in vollen Zügen. Auf einem der herabhängenden Ulmenzweige wiegte sich ein in einem niedrigen Nachbargebüsche nistender Fink, Schwalben fuhren hin und her und zuletzt kam eine schwarze Henne mit einem langen Gefolge von Entenküken an der Veranda vorüber und stolzierte gravitätisch auf einen weit in den Fluß hineingebauten Wassersteg zu. Mitten auf diesem Steg aber blieb die Henne stehn, während sich die Küken ins Wasser stürzten und fortschwammen.

Lene sah eifrig dem allen zu. „Sieh nur, Botho, wie der Strom durch die Pfähle schießt." Aber eigentlich war es weder der Steg noch die durchschießende Flut, was sie fesselte, sondern die zwei Boote, die vorn angekettet lagen. Sie liebäugelte damit und erging sich in kleinen Fragen und Anspielungen und erst als Botho taub blieb und durchaus nichts davon verstehen wollte, rückte sie klarer mit der Sprache heraus und sagte rundweg, daß sie gern Wasser fahren möchte.

„Weiber sind doch unverbesserlich. Unverbesserlich in ihrem Leichtsinn. Denk an den zweiten Ostertag. Um ein Haar ..."

„... Wär ich ertrunken. Gewiß. Aber das war nur das eine. Nebenher lief die Bekanntschaft mit einem stattlichen Herrn, dessen du dich vielleicht entsinnst. Er hieß Botho ... Du wirst doch, denk ich, den zweiten Ostertag nicht als einen Unglückstag ansehen wollen? Da bin ich artiger und galanter."

„Nun, nun ... Aber kannst du denn auch rudern, Lene?"

„Freilich kann ich. Und kann auch sogar steuern und ein Segel stellen. Weil ich beinah ertrunken wäre, denkst du gering von mir und meiner Kunst. Aber der Junge war schuld und ertrinken kann am Ende jeder."

Und dabei ging sie von der Veranda her den Steg entlang auf die zwei Boote zu, deren Segel eingerefft waren, während ihre Wimpel, mit eingesticktem Namen, oben an der Mastspitze flatterten.

„Welches nehmen wir", sagte Botho, „die ‚Forelle' oder die ‚Hoffnung'?"

„Natürlich die Forelle. Was sollen wir mit der Hoffnung?"

Botho hörte wohl heraus, daß dies von Lene mit Absicht und um zu sticheln gesagt wurde, denn so fein sie fühlte, so verleugnete sie doch nie das an kleinen Spitzen Gefallen findende Berliner Kind. Er verzieh ihr aber dies Spitzige, schwieg und war ihr beim Einsteigen behilflich. Dann sprang er nach. Als er gleich darauf das Boot losketten wollte, kam der Wirt und brachte Jackett und Plaid, weil es bei Sonnenuntergang kalt würde. Beide dankten und in Kürze waren sie mitten auf dem Strom, der hier, durch Inseln und Landzungen eingeengt, keine dreihundert Schritte breit sein mochte. Lene tat nur dann und wann einen Schlag mit dem Ruder, aber auch diese wenigen Schläge reichten schon aus, sie nach einer kleinen Weile bis an eine hoch in Gras stehende, zugleich als Schiffswerft dienende Wiese zu führen, auf der, in einiger Entfernung von ihnen, ein Spreekahn gebaut und alte, leckgewordene Kähne kalfatert und geteert wurden.

„Dahin müssen wir", jubelte Lene, während sie Botho mit sich fortzog. Aber ehe beide bis an die Schiffsbaustelle heran waren, hörte das Hämmern der Zimmermannsaxt auf und das beginnende Läuten der Glocke verkündete, daß Feierabend sei.

So bogen sie denn hundert Schritt von der Werft in einen Pfad ein, der, schräg über die Wiese hin, auf einen Kiefernwald zuführte. Die roten Stämme desselben glühten prächtig im Widerschein der schon tief stehenden Sonne, während über den Kronen ein bläulicher Nebel lag.

„Ich möchte dir einen recht schönen Strauß pflücken", sagte Botho, während er Lene bei der Hand nahm. „Aber sieh nur, die reine Wiese, nichts als Gras und keine Blume. Nicht eine."

„Doch. Die Hülle und Fülle. Du siehst nur keine, weil du zu anspruchsvoll bist."

„Und wenn ich es wäre, so wär ich es bloß für dich."

„Oh, keine Ausflüchte. Du wirst sehen, ich finde welche."

Und sich niederbückend, suchte sie nach rechts und links hin und sagte: „Sieh nur, hier ... und da ... und hier wieder. Es stehen hier mehr als in Dörrs Garten; man muß nur ein Auge dafür haben." Und so pflückte sie behend und emsig, zugleich allerlei Unkraut und Grashalme mit ausreißend, bis sie, nach ganz kurzer Zeit, eine Menge Brauchbares und Unbrauchbares in Händen hatte.

Währenddem waren sie bis an eine seit Jahr und Tag leerstehende Fischerhütte gekommen, vor der, auf einem mit Kienäpfeln überstreuten Sandstreifen (denn der Wald stieg unmittelbar dahinter an) ein umgestülpter Kahn lag.

„Der kommt uns zupaß", sagte Botho, „hier wollen wir uns setzen. Du mußt ja müde sein. Und nun laß sehen, was du gepflückt hast. Ich glaube, du weißt es selber nicht und ich werde mich auf den Botaniker hin ausspielen müssen. Gib her. Das ist Ranunkel und das ist Mäuseohr und manche nennen es auch falsches Vergißmeinnicht. Hörst du, falsches. Und hier das mit dem gezackten Blatt, das ist Taraxacum, unsere gute alte Butterblume, woraus die Franzosen Salat machen. Nun meinetwegen. Aber Salat und Bukett ist ein Unterschied."

„Gib nur wieder her", lachte Lene. „Du hast kein Auge für diese Dinge, weil du keine Liebe dafür hast, und Auge und Liebe gehören immer zusammen. Erst hast du der Wiese die Blumen abgesprochen, und jetzt, wo sie da sind, willst du sie nicht als richtige Blumen gelten lassen. Es sind aber Blumen und noch dazu sehr gute. Was gilt die Wette, daß ich dir etwas Hübsches zusammenstelle."

„Nun da bin ich doch neugierig, was du wählen wirst."

„Nur solche, denen du selber zustimmst. Und nun laß uns anfangen. Hier ist Vergißmeinnicht, aber kein Mäuseohr-Vergißmeinnicht, will sagen kein falsches, sondern ein echtes. Zugestanden?"

„Ja."

„Und das hier ist Ehrenpreis, eine feine kleine Blume. Die wirst du doch auch wohl gelten lassen? Da frag ich gar nicht erst. Und diese große rotbraune das ist Teufelsabbiß und eigens für dich gewachsen. Ja, lache nur. Und das hier", und sie bückte sich nach ein paar gelben Blumenköpfchen, die gerade vor ihr auf der Sandstelle blühten, „das sind Immortellen."

„Immortellen", sagte Botho. „Die sind ja die Passion der alten Frau Nimptsch. Natürlich, *die* nehmen wir, *die* dürfen nicht fehlen. Und nun binde nur das Sträußchen zusammen."

„Gut. Aber womit? Wir wollen es lassen, bis wir eine Binse finden."

„Nein, so lange will ich nicht warten. Und ein Binsenhalm ist mir auch nicht gut genug, ist zu dick und zu grob. Ich will was Feines. Weißt du, Lene, du hast so schönes langes Haar; reiß eins aus und flicht den Strauß damit zusammen."

„Nein", sagte sie bestimmt.

„Nein? warum nicht? warum nein?"

„Weil das Sprichwort sagt: ‚Haar bindet.' Und wenn ich es um den Strauß binde, so bist du mitgebunden."

„Ach das ist Aberglauben. Das sagt Frau Dörr."

„Nein, die alte Frau sagt es. Und was die mir von Jugend auf gesagt hat, auch wenn es wie Aberglauben aussah, das war immer richtig."

„Nun meinetwegen. Ich streite nicht. Aber ich will kein ander Band um den Strauß, als ein Haar von dir. Und du wirst doch nicht so eigensinnig sein und mirs abschlagen."

Sie sah ihn an, zog ein Haar aus ihrem Scheitel und wand es um den Strauß. Dann sagte sie: „Du hast es gewollt. Hier, nimm es. Nun bist du gebunden."

Er versuchte zu lachen, aber der Ernst, mit dem sie das Gespräch geführt und die letzten Worte gesprochen hatte, war doch nicht ohne Eindruck auf ihn geblieben.

„Es wird kühl", sagte er nach einer Weile. „Der Wirt hatte recht, dir Jackett und Plaid nachzubringen. Komm, laß uns aufbrechen."

Und so gingen sie wieder auf die Stelle zu, wo das Boot lag, und eilten sich, über den Fluß zu kommen.

Jetzt erst, im Rückfahren, sahen sie, wie malerisch das Gasthaus dalag, dem sie mit jedem Ruderschlage näher kamen. Eine hohe groteske Mütze, so saß das Schilfdach auf dem niedrigen Fachwerkbau, dessen vier kleine Frontfenster sich eben zu erhellen begannen. Und im selben Augenblicke wurden auch ein paar Windlichter in die Veranda getragen und durch das Gezweige der alten Ulme, das im Dunkel einem phantastischen Gitterwerke glich, blitzten allerlei Lichtstreifen über den Strom hin.

Keiner sprach. Jeder aber hing seinem Glück und der Frage nach, wie lange das Glück noch dauern werde.

Zwölftes Kapitel

Es dunkelte schon, als sie landeten.

„Laß uns diesen Tisch nehmen“, sagte Botho, während sie wieder unter die Veranda traten: „Hier trifft dich kein Wind und ich bestelle dir einen Grog oder Glühwein, nicht wahr? Ich sehe ja, du hast es kalt.“

Er schlug ihr noch allerlei andres vor, aber Lene bat, auf ihr Zimmer gehn zu dürfen, wenn er dann komme, sei sie wieder munter. Sie sei nur angegriffen und brauche nichts und wenn sie nur Ruhe habe, so werd es vorübergehen.

Damit verabschiedete sie sich und stieg in die mittlerweile hergerichtete Giebelstube hinauf, begleitet von der in durchaus irrigen Vermutungen befangenen Wirtin, die sofort neugierig fragte, was es denn eigentlich sei, und, einer Antwort unbedürftig, im selben Augenblick fortfuhr: ja, das sei so bei jungen Frauen, das wisse sie von sich selber, und eh ihr Ältester geboren wurde (jetzt habe sie schon vier und eigentlich fünf, aber der mittelste sei zu früh gekommen und gleich tot), da hätte sie's auch gehabt. Es flög einen so an und sei dann wie zum Sterben. Aber eine Tasse Melissentee, das heißt Klostermelisse, da fiele es gleich wieder ab und man sei mit eins wieder wie 'n Fisch im Wasser und ordentlich aufgekratzt und fidel und ganz zärtlich. „Ja, ja, gnäd'ge Frau, wenn erst so vier um einen rumstehn, ohne daß ich den kleinen Engel mitrechne ...“

Lene bezwang nur mit Müh ihre Verlegenheit und bat, um wenigstens etwas zu sagen, um etwas Melissentee, Klostermelisse, wovon sie auch schon gehört habe.

Während oben in der Giebelstube dies Gespräch geführt wurde, hatte Botho Platz genommen, aber nicht innerhalb der windgeschützten Veranda, sondern an einem urwüchsigen Brettertisch, der, in Front derselben, auf vier Pfählen aufgenagelt war und einen freien Blick hatte. Hier wollt er sein Abendbrot einnehmen. Er bestellte sich denn auch ein Fischgericht und als der „Schlei mit Dill", wofür das Wirtshaus von alter Zeit her ein Renommee hatte, aufgetragen wurde, kam der Wirt, um zu fragen, welchen Wein der Herr Baron, er gab ihm diesen Titel auf gut Glück hin, beföhle?

„Nun ich denke", sagte Botho, „zu dem delikaten Schlei paßt am besten ein Brauneberger oder sagen wir lieber ein Rüdesheimer und zum Zeichen, daß er gut ist, müssen Sie sich zu mir setzen und bei Ihrem eigenen Weine mein Gast sein."

Der Wirt verbeugte sich unter Lächeln und kam bald danach mit einer angestaubten Flasche zurück, während die Magd, eine hübsche Wendin in Friesrock und schwarzem Kopftuch, auf einem Tablett die Gläser brachte.

„Nun lassen Sie sehn", sagte Botho. „Die Flasche verspricht alles mögliche Gute. Zu viel Staub und Spinnweb ist allemal verdächtig, aber diese hier ... Ah, superbe. Das ist 70er, nicht wahr? Und nun lassen Sie uns anstoßen, ja auf was? Auf das Wohl von Hankels Ablage."

Der Wirt war augenscheinlich entzückt und Botho, der wohl sah, welchen guten Eindruck er machte, fuhr deshalb in dem ihm eigenen leichten und leutseligen Tone fort: „Ich find es reizend hier und nur eins läßt sich gegen Hankels Ablage sagen: der Name."

„Ja", bestätigte der Wirt, „der Name, der läßt viel zu wünschen übrig und ist eigentlich ein Malheur für uns. Und doch hat es seine Richtigkeit damit, Hankels Ablage war nämlich wirklich eine Ablage und so heißt es denn auch so."

„Gut. Aber das bringt uns nicht weiter. Warum hieß es Ablage? Was ist Ablage?"

„Nun wir könnten auch sagen: Aus- und Einladestelle. Das ganze Stück Land hier herum" (und er wies nach rückwärts) „war nämlich immer ein großes Dominium und hieß unter dem Alten Fritzen und auch früher schon unter dem Soldatenkönige die Herrschaft Wusterhausen. Und es gehörten wohl an die dreißig Dörfer dazu, samt Forst und Heide. Nun sehen Sie, die dreißig Dörfer, die schafften natürlich was und brauchten was, oder was dasselbe sagen will, sie hatten Ausfuhr und Einfuhr und für beides brauchten sie von Anfang an einen Hafen- oder Stapelplatz und konnte nur noch zweifelhaft sein, welche Stelle man dafür wählen würde. Da wählten sie *diese* hier, diese Bucht wurde Hafen, Stapelplatz ‚Ablage' für alles was kam und ging und weil der Fischer, der damals hier wohnte, beiläufig mein Ahnherr, Hankel hieß, so hatten wir eine ‚Hankels Ablage'."

„Schade", sagte Botho, „daß man's nicht jedem so rund und nett erklären kann", und der Wirt, der sich hierdurch ermutigt fühlen mochte, wollte fortfahren. Eh er aber beginnen konnte, hörte man einen Vogelschrei hoch oben in den Lüften, und als Botho neugierig hinaufsah, sah er, daß zwei mächtige Vögel, kaum noch erkennbar, im Halbdunkel über der Wasserfläche hinschwebten.

„Waren das wilde Gänse?"

„Nein, Reiher. Die ganze Forst hierherum ist Reiherforst. Überhaupt ein rechter Jagdgrund, Schwarzwild und Damwild in Massen und in dem Schilf und Rohr hier, Enten, Schnepfen und Bekassinen."

„Entzückend", sagte Botho, in dem sich der Jäger regte. „Wissen Sie, daß ich Sie beneide. Was tut schließlich der Name? Enten, Schnepfen, Bekassinen. Es überkommt einen eine Lust, daß man's auch so gut haben möchte. Nur einsam muß es hier sein, zu einsam."

Der Wirt lächelte vor sich hin und Botho, dem es nicht entging, wurde neugierig und sagte: „Sie lächeln. Aber ist es nicht so? Seit einer halben Stunde hör ich nichts als das Wasser, das unter dem Steg hingluckst, und in diesem Augenblick oben den Reiherschrei. Das nenn ich einsam, so hübsch es ist. Und dann und wann ziehn ein paar große Spreekähne vorüber, aber alle sind einander gleich oder sehen sich wenigstens ähnlich. Und eigentlich ist jeder wie ein Gespensterschiff. Eine wahre Totenstille."

„Gewiß", sagte der Wirt. „Aber doch alles nur solang es dauert."

„Wie das?"

„Ja", wiederholte der Gefragte, „solang es dauert. Sie sprechen von Einsamkeit, Herr Baron, und tagelang ist es auch wirklich einsam hier. Und es können auch Wochen werden. Aber kaum, daß das Eis bricht und das Frühjahr kommt, so kommt auch schon Besuch und der Berliner ist da."

„Wann kommt er?"

„Unglaublich früh. Okuli, da kommen sie. Sehen Sie, Herr Baron, wenn ich, der ich doch ausgewettert bin, immer noch drin in der Stube bleibe, weil der Ostwind pustet und die Märzensonne sticht, setzt sich der Berliner schon ins Freie, legt seinen Sommerüberzieher über den Stuhl und bestellt eine Weiße. Denn sowie nur die Sonne scheint, spricht der Berliner von schönem Wetter. Ob in jedem Windzug eine Lungenentzündung oder Diphtheritis sitzt, ist ihm egal. Er spielt dann am liebsten mit Reifen, einige sind auch für Boccia, und wenn sie dann abfahren, ganz gedunsen von der Prallsonne, dann tut mir mitunter das Herz weh, denn keiner ist darunter, dem nicht wenigstens am andern Tage die Haut abschülbert."

Botho lachte. „Ja, die Berliner! Wobei mir übrigens einfällt, Ihre Spree hierherum muß ja auch die Gegend sein, wo die Ruderer und Segler zusammenkommen und ihre Regatten haben."

„Gewiß", sagte der Wirt. „Aber das will nicht viel sagen. Wenn's viele sind, dann sind es fünfzig oder vielleicht auch mal hundert. Und dann ruht es wieder und ist auf Wochen und Monate hin mit dem ganzen Wassersport vorbei. Nein, die Klubleute, das ist vergleichsweise bequem, das ist zum Aushalten. Aber wenn dann im Juni die Dampfschiffe kommen, dann ist es schlimm. Und dann bleibt es so den ganzen Sommer über oder doch eine lange, lange Weile."

„Glaub's", sagte Botho.

„... Dann trifft jeden Abend ein Telegramm ein. ‚Morgen früh 9 Uhr Ankunft auf Spreedampfer ›Alsen‹. Tagespartie. 240 Personen.' Und dann folgen die Namen derer, die's arrangiert haben. Einmal geht das. Aber die Länge hat die Qual. Denn wie verläuft eine solche Partie? Bis Dunkelwerden sind sie draußen in Wald und Wiese, dann aber kommt das Abendbrot und dann tanzen sie bis um elf. Nun werden Sie sagen, ‚das ist nichts Großes', und wär auch nichts Großes, wenn der andre Tag ein Ruhetag wär. Aber der zweite Tag ist wie der erste und der dritte ist wie der zweite. Jeden Abend um elf dampft ein Dampfer mit 240 Personen ab und jeden Morgen um neun ist ein Dampfer mit ebensoviel Personen wieder da. Und inzwischen muß doch aufgeräumt und alles wieder klargemacht werden. Und so vergeht die Nacht mit Lüften, Putzen und Scheuern und wenn die letzte Klinke wieder blank ist, ist auch das nächste Schiff schon wieder heran. Natürlich hat alles auch sein Gutes und wenn man um Mitternacht Kasse zählt, so weiß man, wofür man sich gequält hat. ‚Von nichts, kommt nichts', sagt das Sprüchwort und hat auch ganz recht und wenn ich all die Maibowlen auffüllen sollte, die hier schon getrunken sind, so müßt ich mir ein Heidelberger Faß anschaffen. Es bringt was ein, gewiß, und ist alles schön und gut. Aber dafür, daß man vorwärtskommt, kommt man doch auch rückwärts und bezahlt mit dem Besten, was man hat, mit Leben und Gesundheit. Denn was ist Leben ohne Schlaf?"

„Wohl, ich sehe schon", sagte Botho, „kein Glück ist vollkommen. Aber dann kommt der Winter und dann schlafen Sie wie sieben Dächse."

„Ja, wenn nicht gerade Silvester oder Dreikönigstag oder Fastnacht ist. Und die sind öfter als der Kalender angibt. Da sollten Sie das Leben hier sehen, wenn sie, von zehn Dörfern her, zu Schlitten oder Schlittschuh, in dem großen Saal, den ich angebaut habe, zusammenkommen. Dann sieht man kein großstädtisch Gesicht mehr und die Berliner lassen einen in Ruh, aber der Großknecht und die Jungemagd, die haben dann ihren Tag. Da sieht man Otterfellmützen und Manchesterjacken mit silbernen Buckelknöpfen und allerlei Soldaten, die grad auf Urlaub sind, sind mit dabei: Schwedter Dragoner und Fürstenwalder Ulanen, oder wohl gar Potsdamer Husaren. Und alles ist eifersüchtig und streitlustig und man weiß nicht, was ihnen lieber ist, das Tanzen oder das Krakeelen, und bei dem kleinsten Anlaß stehen die Dörfer gegeneinander und liefern sich ihre Bataillen. Und so toben und lärmen sie die ganze Nacht durch und ganze Pfannkuchenberge verschwinden und erst bei Morgengrauen geht es über das Stromeis oder den Schnee hin wieder nach Hause."

„Da seh ich freilich", lachte Botho, „daß sich von Einsamkeit und Totenstille nicht gut sprechen läßt. Ein Glück nur, daß ich von dem allen nicht gewußt habe, sonst hätt ich gar nicht den Mut gehabt und wäre fortgeblieben. Und das wäre mir doch leid gewesen, einen so hübschen Fleck Erde gar nicht gesehen zu haben ... Aber Sie sagten vorhin, ‚was ist Leben ohne Schlaf', und ich fühle, daß Sie recht haben. Ich bin müde trotz früher Stunde; das macht, glaub ich, die Luft und das Wasser. Und dann muß ich doch auch sehn ... Ihre liebe Frau hat sich so bemüht ... Gute Nacht, Herr Wirt. Ich habe mich verplaudert."

Und damit stand er auf und ging auf das still gewordene Haus zu.

Lene, die Füße schräg auf dem herangerückten Stuhl, hatte sich aufs Bett gelegt und eine Tasse von dem Tee getrunken, den ihr die Wirtin gebracht hatte. Die Ruhe, die Wärme taten ihr wohl, der Anfall ging vorüber und sie hätte schon nach kurzer Zeit wieder in die Veranda hinuntergehn und an dem Gespräche, das Botho mit dem Wirte führte, teilnehmen können. Aber ihr war nicht gesprächig zu Sinn und so stand sie nur auf, um sich in dem Zimmer umzusehen, für das sie bis dahin kein Auge gehabt hatte.

Und wohl verlohnte sich's. Die Balkenlagen und Lehmwände hatte man aus alter Zeit her fortbestehen lassen und die geweißte Decke hing so tief herab, daß man sie mit dem Finger berühren konnte, was aber zu bessern gewesen war, das war auch wirklich gebessert worden. An Stelle der kleinen Scheiben, die man im Erdgeschoß noch sah, war hier oben ein großes, bis fast auf die Diele reichendes Fenster eingesetzt worden, das ganz so, wie der Wirt es geschildert, einen prächtigen Blick auf die gesamte Wald- und Wasserszenerie gestattete. Das große Spiegelfenster war aber nicht alles, was Neuzeit und Komfort hier getan hatten. Auch ein paar gute Bilder, mutmaßlich auf einer Auktion erstanden, hingen an den alten, überall Buckel und Blasen bildenden Lehmwänden umher, und just da, wo der vorgebaute Fenstergiebel nach hinten oder was dasselbe sagen will nach dem eigentlichen Zimmer zu, die Dachschrägung traf, standen sich ein paar elegante Toilettentische gegenüber. Alles zeigte, daß man die Fischer- und Schifferherberge mit Geflissentlichkeit beibehalten, aber sie doch zugleich auch in ein gefälliges Gasthaus für die reichen Sportsleute vom Segler- und Ruderklub umgewandelt hatte.

Lene fühlte sich angeheimelt von allem, was sie sah, und begann zunächst die rechts und links in breiter Umrahmung über den Bettständen hängenden Bilder zu betrachten. Es waren Stiche, die sie, dem Gegenstande nach, lebhaft interessierten, und so wollte sie gerne wissen, was es mit den Unterschriften auf sich habe. „Washington crossing the Delaware" stand unter dem einen, „The last hour at Trafalgar" unter dem andern. Aber sie kam über ein bloßes Silbenentziffern nicht hinaus, und das gab ihr, so klein die Sache war, einen Stich ins Herz, weil sie sich der Kluft dabei bewußt wurde, die sie von Botho trennte. Der spöttelte freilich über Wissen und Bildung, aber sie war klug genug, um zu fühlen, was von diesem Spotte zu halten war.

Dicht neben der Eingangstür, über einem Rokokotisch, auf dem rote Gläser und eine Wasserkaraffe standen, hing noch eine buntfarbige, mit einer dreisprachigen Unterschrift versehene Lithographie: „Si jeunesse savait" – ein Bild, das sie sich entsann in der Dörrschen Wohnung gesehen zu haben. Dörr liebte dergleichen. Als sie's hier wiedersah, fuhr sie verstimmt zusammen. Ihre feine Sinnlichkeit fühlte sich von dem Lüsternen in dem Bilde wie von einer Verzerrung ihres eignen Gefühls beleidigt und so ging sie denn, den Eindruck wieder loszuwerden, bis an das Giebelfenster und öffnete beide Flügel, um die Nachtluft einzulassen. Ach, wie sie das erquickte! Dabei setzte sie sich auf das Fensterbrett, das nur zwei Handbreit über der Diele war, schlang ihren linken Arm um das Kreuzholz und horchte nach der nicht allzu entfernten Veranda hinüber. Aber sie vernahm nichts. Eine tiefe Stille herrschte, nur in der alten Ulme ging ein Wehen und Rauschen und alles, was eben noch von Verstimmung in ihrer Seele geruht haben mochte, das schwand jetzt hin, als sie den Blick immer eindringlicher und immer entzückter auf das vor ihr ausgebreitete Bild richtete. Das Wasser flutete leise, der Wald und die Wiese lagen im abendlichen Dämmer und der Mond, der eben wieder seinen ersten Sichelstreifen zeigte, warf einen Lichtschein über den Strom und ließ das Zittern seiner kleinen Wellen erkennen.

„Wie schön", sagte Lene hoch aufatmend. „Und ich bin doch glücklich", setzte sie hinzu.

Sie mochte sich nicht trennen von dem Bilde. Zuletzt aber erhob sie sich, schob einen Stuhl vor den Spiegel und begann ihr schönes Haar zu lösen und wieder einzuflechten. Als sie noch damit beschäftigt war, kam Botho.

„Lene, noch auf! Ich dachte, daß ich dich mit einem Kusse wecken müßte."

„Dazu kommst du zu früh, so spät du kommst."

Und sie stand auf und ging ihm entgegen. „Mein einziger Botho. Wie lange du bleibst . . ."

„Und das Fieber? Und der Anfall?"

„Ist vorüber und ich bin wieder munter, seit einer halben Stunde schon. Und ebensolange hab ich dich erwartet." Und sie zog ihn mit sich fort an das noch offenstehende Fenster: „Sieh nur. Ein armes Menschenherz, soll ihm keine Sehnsucht kommen bei solchem Anblick?"

Und sie schmiegte sich an ihn und blickte, während sie die Augen schloß, mit einem Ausdruck höchsten Glückes zu ihm auf.

Dreizehntes Kapitel

Beide waren früh auf und die Sonne kämpfte noch mit dem Morgennebel, als sie schon die Stiege herabkamen, um unten ihr Frühstück zu nehmen. Ein leiser Wind ging, eine Frühbrise, die die Schiffer nicht gern ungenutzt lassen, und so glitt denn auch, als unser junges Paar eben ins Freie trat, eine ganze Flottille von Spreekähnen an ihnen vorüber.

Lene war noch in ihrem Morgenanzuge. Sie nahm Bothos Arm und schlenderte mit ihm am Ufer entlang an einer Stelle hin, die hoch in Schilf und Binsen stand. Er sah sie zärtlich an. „Lene, du siehst ja aus, wie ich dich noch gar nicht gesehen habe. Ja, wie sag ich nur? Ich finde kein anderes Wort, du siehst so glücklich aus."

Und so war es. Ja, sie war glücklich, ganz glücklich und sah die Welt in einem rosigen Lichte. Sie hatte den besten, den liebsten Mann am Arm und genoß eine kostbare Stunde. War das nicht genug? Und wenn diese Stunde die letzte war, nun so war sie die letzte. War es nicht schon ein Vorzug, einen solchen Tag durchleben zu können? Und wenn auch nur einmal, ein einzig Mal.

So schwanden ihr alle Betrachtungen von Leid und Sorge, die sonst wohl, ihr selbst zum Trotz, ihre Seele bedrückten und alles, was sie fühlte, war Stolz, Freude, Dank. Aber sie sagte nichts, sie war abergläubisch und wollte das Glück nicht bereden und nur an einem leisen Zittern ihres Arms gewahrte Botho, wie das Wort „ich glaube, du bist glücklich, Lene" ihr das innerste Herz getroffen hatte.

Der Wirt kam und erkundigte sich artig, wenn auch mit einem Anfluge von Verlegenheit, nach ihrer Nachtruhe.

„Vorzüglich", sagte Botho. „Der Melissentee, den Ihre liebe Frau verordnet, hat wahre Wunder getan und die Mondsichel, die uns gerade ins Fenster schien, und die Nachtigallen, die leise schlugen, so leise, daß man sie nur eben noch hören konnte, ja wer wollte da nicht schlafen wie im Paradiese? Hoffentlich wird sich kein Spreedampfer mit zweihundertvierzig Gästen für heute nachmittag angemeldet haben. Das wäre dann freilich die Vertreibung aus dem Paradiese. Sie lächeln und denken ‚wer weiß' und vielleicht hab ich mit meinen Worten den Teufel schon an die Wand gemalt. Aber noch ist er nicht da, noch seh ich keinen Schlot und keine Rauchfahne, noch ist die Spree rein, und wenn auch ganz Berlin schon unterwegs wäre, das Frühstück wenigstens können wir noch in Ruhe nehmen. Nicht wahr? Aber wo?"

„Die Herrschaften haben zu befehlen."

„Nun, dann denk ich unter der Ulme. Die Halle, so schön sie ist, ist doch nur gut, wenn draußen die Sonne brennt. Und sie brennt noch nicht und hat noch drüben am Walde mit dem Nebel zu tun."

Der Wirt ging das Frühstück anzuordnen, das junge Paar aber setzte seinen Spaziergang fort, bis nach einer diesseitigen Landzunge hin, von der aus es die roten Dächer eines Nachbardorfes und rechts daneben den spitzen Kirchturm von Königswusterhausen erkennen konnte. Am Rande der Landzunge lag ein angetriebener Weidenstamm. Auf diesen setzten sie sich und sahen von ihm aus zwei Fischersleuten zu, Mann und Frau, die das umstehende Rohr schnitten und die großen Bündel in ihren Prahm warfen. Es war ein hübsches Bild, an dem sie sich erfreuten, und als sie nach einer Weile wieder zurück waren, wurde das Frühstück eben aufgetragen, mehr ein englisches als ein deutsches: Kaffee und Tee, samt Eiern und Fleisch und in einem silbernen Ständer sogar Schnittchen von geröstetem Weißbrot.

„Ah, schau, Lene. Hier müssen wir öfter unser Frühstück nehmen. Was meinst du? Himmlisch. Und sieh nur da drüben auf der Werft, da kalfatern sie schon wieder und geht ordentlich im Takt. Wahrhaftig, solch Arbeitstaktschlag ist doch eigentlich die schönste Musik."

Lene nickte, war aber nur halb dabei, denn ihr Interesse galt auch heute wieder dem Wassersteg, freilich nicht den angekettelten Booten, die gestern ihre Passion geweckt hatten, wohl aber einer hübschen Magd, die mitten auf dem Brettergange neben ihrem Küchen- und Kupfergeschirr kniete. Mit einer herzlichen Arbeitslust, die sich in jeder Bewegung ihrer Arme ausdrückte, scheuerte sie die Kannen, Kessel und Kasserollen, und immer wenn sie fertig war, ließ sie das plätschernde Wasser das blankgescheuerte Stück umspülen. Dann hob sie's in die Höh, ließ es einen Augenblick in der Sonne blitzen und tat es in einen nebenstehenden Korb.

Lene war wie benommen von dem Bild. „Sieh nur", und sie wies auf die hübsche Person, die sich, so schien es, in ihrer Arbeit gar nicht genugtun konnte.

„Weißt du, Botho, das ist kein Zufall, daß sie da kniet, sie kniet da für mich und ich fühle deutlich, daß es mir ein Zeichen ist und eine Fügung."

„Aber was ist dir nur, Lene? Du veränderst dich ja, du bist ja mit einem Male ganz blaß geworden."

„O nichts."

„Nichts? Und hast doch einen Flimmer im Auge, wie wenn dir das Weinen näher wäre als das Lachen. Du wirst doch schon Kupfergeschirr gesehen haben und auch eine Köchin, die's blank scheuert. Es ist ja fast, als ob du das Mädchen beneidetest, daß sie da kniet und arbeitet wie für drei."

Das Erscheinen des Wirts unterbrach hier das Gespräch und Lene gewann ihre ruhige Haltung und bald auch ihren Frohmut wieder. Dann aber ging sie hinauf, um sich umzukleiden.

Als sie wiederkam, fand sie, daß inzwischen ein vom Wirt aufgestelltes Programm von Botho bedingungslos angenommen war: ein Segelboot sollte das junge Paar nach dem nächsten Dorfe, dem reizend an der wendischen Spree gelegenen Nieder-Löhme bringen, von welchem Dorf aus sie den Weg bis Königswusterhausen zu Fuß machen, daselbst Park und Schloß besuchen und dann auf demselben Wege zurückkommen wollten. Es war eine Halbtagspartie. Über den Nachmittag ließ sich dann weiter verfügen.

Lene war es zufrieden und schon wurden ein paar Decken in das rasch instand gesetzte Boot getragen, als man vom Garten her Stimmen und herzliches Lachen hörte, was auf Besuch zu deuten und eine Störung ihrer Einsamkeit in Aussicht zu stellen schien.

„Ah, Segler und Ruderklubleute", sagte Botho. „Gott sei Dank, daß wir ihnen entgehen, Lene. Laß uns eilen."

Und beide brachen auf, um so rasch wie möglich ins Boot zu kommen. Aber ehe sie noch den Wassersteg erreichen konnten, sahen sie sich bereits umstellt und eingefangen. Es waren Kameraden und noch dazu die intimsten: Pitt, Serge, Balafré. Alle drei mit ihren Damen.

„Ah les beaux esprits se rencontrent", sagte Balafré voll übermütiger Laune, die jedoch rasch einer gesetzteren Haltung wich, als er wahrnahm, daß er von der Hausschwelle her, auf der Wirt und Wirtin standen, beobachtet wurde. „Welche glückliche Begegnung an dieser Stelle. Gestatten Sie mir, Gaston, Ihnen unsere Damen vorstellen zu dürfen: Königin Isabeau, Fräulein Johanna, Fräulein Margot."

Botho sah, welche Parole heute galt, und sich rasch hineinfindend, entgegnete er, nunmehr auch seinerseits vorstellend, mit leichter Handbewegung auf Lene: „Mademoiselle Agnes Sorel."

Alle drei Herren verneigten sich artig, ja dem Anscheine nach sogar respektvoll, während die beiden Töchter Thibaut d'Arcs einen überaus kurzen Knicks machten und der um wenigstens fünfzehn Jahre älteren Königin Isabeau eine freundlichere Begrüßung der ihnen unbekannten und sichtlich unbequemen Agnes Sorel überließen.

Das Ganze war eine Störung, vielleicht sogar eine geplante, je mehr dies aber zutreffen mochte, desto mehr gebot es sich, gute Miene zum bösen Spiel zu machen. Und dies gelang Botho vollkommen. Er stellte Fragen über Fragen und erfuhr bei der Gelegenheit, daß man, zu früher Stunde schon, mit einem der kleineren Spreedampfer bis Schmöckwitz und von dort aus mit einem Segelboote bis Zeuthen gefahren sei. Von Zeuthen aus habe man den Weg zu Fuß gemacht, keine zwanzig Minuten; es sei reizend gewesen: alte Bäume, Wiesen und rote Dächer.

Während der gesamte neue Zuzug, besonders aber die wohlarrondierte Königin Isabeau, die sich beinah mehr noch durch Sprechfähigkeit als durch Abrundung auszeichnete, diese Mitteilungen machte, hatte man, zwanglos promenierend, die Veranda erreicht, wo man an einem der langen Tische Platz nahm.

„Allerliebst", sagte Serge. „Weit, frei und offen und doch so verschwiegen. Und die Wiese drüben wie geschaffen für eine Mondscheinpromenade."

„Ja", setzte Balafré hinzu, „Mondscheinpromenade. Hübsch, sehr hübsch. Aber wir haben erst zehn Uhr früh, macht bis zur Mondscheinpromenade runde zwölf Stunden, die doch untergebracht sein wollen. Ich proponiere Wasserkorso."

„Nein", sagte Isabeau, „Wasserkorso geht nicht, davon haben wir heute schon über und über gehabt. Erst Dampfschiff, dann Boot und nun wieder Boot, das ist zuviel. Ich bin dagegen. Überhaupt, ich begreife nicht, was dies ewige Pätscheln soll; dann fehlt bloß noch, daß wir angeln oder die Ykleis mit der Hand greifen und uns über die kleinen Biester freuen. Nein, gepätschelt wird heute nicht mehr. Darum muß ich sehr bitten."

Die Herren, an die sich diese Worte richteten, amüsierten sich ersichtlich über die Dezidiertheit der Königinmutter und machten sofort andre Vorschläge, deren Schicksal aber dasselbe war. Isabeau verwarf alles und bat, als man schließlich ihr Gebaren halb in Scherz und halb in Ernst zu mißbilligen anfing, einfach um Ruhe. „Meine Herren", sagte sie, „Geduld. Ich bitte, mir wenigstens einen Augenblick das Wort zu gönnen." Ironischer Beifall antwortete, denn nur *sie* hatte bis dahin gesprochen.

Aber unbekümmert darum fuhr sie fort: „Meine Herren, ich bitte Sie, lehren Sie mich die Herrens kennen. Was heißt Landpartie? Landpartie heißt frühstücken und ein Jeu machen. Hab ich recht?"

„Isabeau hat immer recht", lachte Balafré und gab ihr einen Schlag auf die Schulter. „Wir machen ein Jeu. Der Platz hier ist kapital; ich glaube beinah, jeder muß hier gewinnen. Und die Damen promenieren derweilen oder machen vielleicht ein Vormittagsschläfchen. Das soll das gesundeste sein und anderthalb Stunden wird ja wohl ausreichen. Und um 12 Uhr Reunion. Menü nach dem Ermessen unserer Königin. Ja, Königin, das Leben ist doch schön. Zwar aus ‚Don Carlos'. Aber muß denn alles aus der ‚Jungfrau' sein?"

Das schlug ein und die zwei Jüngeren kicherten, obwohl sie bloß das Stichwort verstanden hatten. Isabeau dagegen, die bei solcher antippenden und beständig in kleinen Anzüglichkeiten sich ergehenden Sprache groß geworden war, blieb vollkommen würdevoll und sagte, während sie sich zu den drei anderen Damen wandte: „Meine Damen, wenn ich bitten darf: wir sind jetzt entlassen und haben zwei Stunden für uns. Übrigens nicht das Schlimmste."

Damit erhoben sie sich und gingen auf das Haus zu, wo die Königin in die Küche trat und unter freundlichem, aber doch überlegenem Gruße nach dem Wirte fragte. Dieser war nicht zugegen, weshalb die junge Frau versprach, ihn aus dem Garten abrufen zu wollen, Isabeau aber litt es nicht, sie werde selber gehn und ging auch wirklich, immer gefolgt von ihrem Drei-Damen-Kortege (Balafré sprach von Klucke mit Küken), nach dem Garten hinaus, wo sie den Wirt bei der Anlage neuer Spargelbeete traf. Unmittelbar daneben lag ein altmodisches Treibhaus, vorne ganz niedrig, mit großen schrägliegenden Fenstern, auf dessen etwas abgebröckeltes Mauerwerk sich Lene samt den Töchtern Thibaut d'Arcs setzte, während Isabeau die Verhandlungen leitete.

„Wir kommen, Herr Wirt, um wegen des Mittagsbrots mit Ihnen zu sprechen. Was können wir haben?"

„Alles was die Herrschaften befehlen."

„Alles? das ist viel, beinah zu viel. Nun, dann bin ich für Aal. Aber nicht so, sondern so." Und sie wies, während sie das sagte, von ihrem Fingerring auf das breite, dicht anliegende Armband.

„Tut mir leid, meine Damen", erwiderte der Wirt. „Aal is

nicht. Überhaupt Fisch; damit kann ich nicht dienen, der ist Ausnahme. Gestern hatten wir Schlei mit Dill, aber der war aus Berlin. Wenn ich einen Fisch haben will, muß ich ihn vom Köllnischen Fischmarkt holen."

„Schade. Da hätten wir einen mitbringen können. Aber was dann?"

„Einen Rehrücken."

„Hm, das läßt sich hören. Und vorher etwas Gemüse. Spargel ist schon eigentlich zu spät, oder doch beinah. Aber Sie haben da, wie ich sehe, noch junge Bohnen. Und hier in dem Mistbeet wird sich ja wohl auch noch etwas finden lassen, ein paar Gurken oder ein paar Rapunzeln. Und dann eine süße Speise. So was mit Schlagsahne. Mir persönlich liegt nicht daran, aber die Herren, die beständig so tun, als machten sie sich nichts daraus, die sind immer fürs Süße. Also drei, vier Gänge, denk ich. Und dann Butterbrot und Käse."

„Und bis wann befehlen die Herrschaften?"

„Nun ich denke bald, oder doch wenigstens so bald wie möglich. Nicht wahr? Wir sind hungrig und wenn der Rehrücken eine halbe Stunde Feuer hat, hat er genug. Also sagen wir um zwölf. Und wenn ich bitten darf, eine Bowle: ein Rheinwein, drei Mosel, drei Champagner. Aber gute Marke. Glauben Sie nicht, daß sich's vertut. Ich kenne das und schmecke heraus, ob Moët oder Mumm. Aber Sie werden schon machen; ich darf sagen, Sie flößen mir ein Vertrauen ein. Apropos, können wir nicht aus Ihrem Garten gleich in den Wald? Ich hasse jeden unnützen Schritt. Und vielleicht finden wir noch Champignons. Das wäre himmlisch. Die können dann noch an den Rehrücken, Champignons verderben nie was."

Der Wirt bejahte nicht bloß die hinsichtlich des bequemeren Weges gestellte Frage, sondern begleitete die Damen auch persönlich bis an die Gartenpforte, von der aus man bis zur Waldlisière nur ein paar Schritte hatte. Bloß eine chaussierte Straße lief dazwischen. Als diese passiert war, war man drüben im Waldesschatten und Isabeau, die stark unter der immer größer werdenden Hitze litt, pries sich glücklich, den verhältnismäßig weiten Umweg über ein baumloses Stück Grasland vermieden zu haben. Sie machte den eleganten, aber mit einem großen Fettfleck ausstaffierten Sonnenschirm zu, hing ihn an ihren Gürtel und nahm Lenens Arm, während die beiden andern Damen folgten. Isabeau war augenscheinlich in bester Stimmung und sagte, sich umwendend, zu Margot und Johanna: „Wir müssen aber doch ein Ziel haben. So bloß Wald und wieder Wald is eigentlich schrecklich. Was meinen Sie, Johanna?"

Johanna war die größere von den beiden d'Arcs, sehr hübsch, etwas blaß und mit raffinierter Einfachheit gekleidet. Serge hielt darauf. Ihre Handschuh saßen wundervoll und man hätte sie für eine Dame halten können, wenn sie nicht, während Isabeau mit dem Wirte sprach, den einen Handschuhknopf, der aufgesprungen war, mit den Zähnen wieder zugeknöpft hätte.

„Was meinen Sie, Johanna?" wiederholte die Königin ihre Frage.

„Nun dann schlag ich vor, daß wir nach dem Dorfe zurückgehn, von dem wir gekommen sind. Es hieß ja wohl Zeuthen und sah so romantisch und so melancholisch aus und war ein so hübscher Weg hierher. Und zurück muß er eigentlich ebenso hübsch sein oder vielleicht noch hübscher. Und an der rechten, das heißt also von hier aus an der linken Seite, war ein Kirchhof mit lauter Kreuzen drauf. Und ein sehr großes von Marmor."

„Ja, liebe Johanna, das ist alles ganz gut, aber was sollen wir damit? Wir haben ja den Weg gesehen. Oder wollen Sie den Kirchhof ..."

„Freilich will ich. Ich habe da so meine Gefühle, besonders an solchem Tage wie heute. Und es ist immer gut, sich zu erinnern, daß man sterben muß. Und wenn dann der Flieder so blüht ..."

„Aber Johanna, der Flieder blüht ja gar nicht mehr, höchstens noch der Goldregen und der hat eigentlich auch schon Schoten. Du meine Güte, wenn Sie so partout für Kirchhöfe sind, so können Sie sich ja den in der Oranienstraße jeden Tag ansehen. Aber ich weiß schon, mit Ihnen ist nicht zu reden. Zeuthen und Kirchhof, alles Unsinn. Da bleiben wir doch lieber hier und sehen gar nichts. Kommen Sie, Kleine, geben Sie mir Ihren Arm wieder."

Die Kleine, die durchaus nicht klein war, war Lene. Sie gehorchte. Die Königin aber fuhr jetzt, indem sie wieder voraufging, in vertraulichem Tone fort: „Ach, diese Johanna, man kann eigentlich nicht mit ihr umgehn; sie hat keinen guten Ruf und is eine Gans. Ach, Kind, Sie glauben gar nicht, was jetzt alles so mitläuft; nu ja, sie hat 'ne hübsche Figur und hält auf ihre Handschuh. Aber sie sollte lieber auf was andres halten. Und sehen Sie, die, die so sind, die reden immer von Sterben und Kirchhof. Und nun sollen Sie sie nachher sehn! Solang es so geht, geht es. Aber wenn dann die Bowle kommt und wieder leer is und wieder kommt, dann quietscht und johlt sie. Keine Idee von Anstand. Aber wo soll es auch herkommen? Sie war immer bloß bei kleinen Leuten, draußen auf der Chaussee nach Tegel, wo kein Mensch recht hinkommt und bloß mal Artillerie vorbeifährt. Und Artillerie ... Nu ja ... Sie glauben gar nich, wie verschieden das alles ist. Und nun hat sie der Serge da rausgenommen und will was aus ihr machen. Ja, du meine Güte, so geht das nicht, oder wenigstens nicht so flink; gut Ding will Weile haben. Aber da sind ja noch Erdbeeren. Ei, das ist nett. Kommen Sie, Kleine, wir wollen welche pflücken (wenn nur das verdammte Bücken nicht wär) und wenn wir eine recht große finden, dann wollen wir sie mitnehmen. Die steck ich ihm dann in den Mund und dann freut er sich. Denn Sie müssen wissen, er ist ein Mann wie 'n Kind und eigentlich der Beste."

Lene, die wohl merkte, daß es sich um Balafré handelte, tat ein paar Fragen und frug unter anderm auch wieder, warum die Herren eigentlich die sonderbaren Namen hätten? Sie habe schon früher danach gefragt, aber nie was gehört, was der Rede wert gewesen wäre.

„Jott", sagte die Königin, „es soll so was sein und soll keiner was merken und is doch alles bloß Ziererei. Denn erstens kümmert sich keiner drum und wenn sich einer drum kümmert, is es auch noch so. Und warum auch? Wem soll es denn schaden? Sie haben sich alle nichts vorzuwerfen und einer ist wie der andre."

Lene sah vor sich hin und schwieg.

„Und eigentlich, Kind, und Sie werden das auch noch sehn, eigentlich is es alles bloß langweilig. Eine Weile geht es und ich will nichts dagegen sagen und will's auch nicht abschwören. Aber die Länge hat die Last. So von fuffzehn an und noch nich mal eingesegnet. Wahrhaftig, je bälder man wieder raus ist, desto besser. Ich kaufe mir denn (denn das Geld krieg ich) 'ne Dest'lation und weiß auch schon wo und denn heirat ich mir einen Witmann und weiß auch schon wen. Und er will auch. Denn das muß ich Ihnen sagen, ich bin für Ordnung und Anständigkeit und die Kinder or'ntlich erziehn und ob es seine sind oder meine, is janz egal ... Und wie is es denn eigentlich mit Ihnen?"

Lene sagte kein Wort.

„Jott, Kind, Sie verfärben sich ja; Sie sind woll am Ende mit *hier* dabei" (und sie wies aufs Herz) „und tun alles aus Liebe? Ja, Kind, *denn* is es schlimm, denn gibt es 'nen Kladderadatsch."

Johanna folgte mit Margot. Sie blieben absichtlich etwas zurück und brachen sich Birkenreiser ab, wie wenn sie vorhätten, einen Kranz daraus zu flechten. „Wie gefällt sie dir denn?“ sagte Margot. „Ich meine die von Gaston.“

„Gefallen? gar nich. Das fehlt auch noch, daß solche mitspielen und in Mode kommen! Sieh doch nur, wie ihr die Handschuh sitzen. Und mit dem Hut is auch nicht viel. Er dürfte sie gar nicht so gehn lassen. Und sie muß auch dumm sein, sie spricht ja kein Wort.“

„Nein“, sagte Margot, „dumm ist sie nicht; sie hat's bloß noch nich weg. Und daß sie sich gleich an die gute Dicke ranmacht, das is doch auch klug genug.“

„Ach, die gute Dicke. Geh mir mit *der*. Die denkt, sie is es. Aber es is gar nichts mit ihr. Ich will ihr sonst nichts nachsagen, aber falsch ist sie, falsch wie Galgenholz.“

„Nein, Johanna, falsch is sie nu grade nich. Und sie hat dir auch öfter aus der Patsche geholfen. Du weißt schon, was ich meine.“

„Gott, warum? Weil sie selber mit drin saß und weil sie sich ewig ziert und wichtig tut. Wer so dick ist, ist nie gut.“

„Jott, Johanna, was du nur redst. Umgekehrt is es, die Dicken sind immer gut.“

„Na meinetwegen. Aber das kannst du nicht bestreiten, daß sie 'ne lächerliche Figur macht. Sieh doch nur, wie sie dahinwatschelt; wie 'ne Fettente. Und immer bis oben ran zu, bloß weil sie sich sonst vor anständigen Leuten gar nicht sehen lassen kann. Und, Margot, das laß ich mir nicht nehmen, ein bißchen schlanke Figur ist doch die Hauptsache. Wir sind doch noch keine Türken. Und warum wollte sie nicht mit auf den Kirchhof? Weil sie sich jrault? I bewahre, sie denkt nich dran, bloß weil sie sich wieder eingeknallt hat und es vor Hitze nicht aushalten kann. Und is eigentlich nich mal so furchtbar heiß heute.“

So gingen die Gespräche, bis sich die beiden Paare schließlich wieder vereinigten und auf einen mit Moos bewachsenen Grabenrand setzten.

Isabeau sah öfter nach der Uhr; der Zeiger wollte nicht recht vom Fleck.

Als es aber halb zwölf war, sagte sie: „Nun, meine Damen, ist es Zeit; ich denke wir haben jetzt gerade genug Natur gehabt und können mit Fug und Recht zu was andrem übergehen. Seit heute früh um sieben eigentlich keinen Bissen. Denn die

Grünauer Schinkenstulle kann ich doch nicht rechnen ... Aber Gott sei Dank, alles Entsagen, sagt Balafré, hat seinen Lohn in sich und Hunger ist der beste Koch. Kommen Sie, meine Damen, der Rehrücken fängt an wichtiger zu werden, als alles andre. Nicht wahr, Johanna?"

Diese gefiel sich in einem Achselzucken und suchte die Zumutung, als ob Dinge wie Rehrücken und Bowle je Gewicht für sie haben könnten, entschieden abzulehnen.

Isabeau aber lachte. „Nun, wir werden ja sehn, Johanna. Freilich der Zeuthner Kirchhof wäre besser gewesen. Aber man muß nehmen, was man hat."

Und damit brachen allesamt auf, um aus dem Wald in den Garten und aus diesem, drin sich ein paar Zitronenvögel eben haschten, bis in die Front des Hauses wo gegessen werden sollte, zurückzukehren.

Im Vorübergehen an der Gaststube sah Isabeau den mit dem Umstülpen einer Moselweinflasche beschäftigten Wirt.

„Schade", sagte sie, „daß ich grade *das* sehen mußte. Das Schicksal hätte mir auch einen besseren Anblick gönnen können. Warum gerade Mosel?"

Vierzehntes Kapitel

Eine rechte Heiterkeit hatte nach diesem Spaziergange trotz aller von Isabeau gemachten Anstrengungen nicht mehr aufkommen wollen, was aber, wenigstens für Botho und Lene, das Schlimmere war, war das, daß diese Heiterkeit auch ausblieb, als sich beide von den Kameraden und ihren Damen verabschiedet und ganz allein, in einem nur von ihnen besetzten Kupee, die Rückfahrt angetreten hatten. Eine Stunde später waren sie, ziemlich herabgestimmt, auf dem trübselig erleuchteten Görlitzer Bahnhof eingetroffen und hier, beim Aussteigen, hatte Lene sofort und mit einer Art Dringlichkeit gebeten, sie den Weg durch die Stadt hin allein machen zu lassen, sie seien ermüdet und abgespannt und das tue nicht gut, Botho aber war von dem, was er als schuldige Rücksicht und Kavalierspflicht ansah, nicht abzubringen gewesen und so hatten sie denn in einer klapprigen alten Droschke die lange, lange Fahrt am Kanal hin gemeinschaftlich gemacht, immer bemüht, ein Gespräch über die Partie und wie hübsch sie gewesen sei, zustande zu bringen — eine schreckliche Zwangsunterhaltung, bei der Botho nur zu sehr gefühlt hatte, wie richtig Lenens Empfindung gewesen war, als sie von dieser Begleitung in beinahe beschwörendem Tone nichts hatte wissen wollen. Ja, der Ausflug nach „Hankels Ablage", von dem man sich so viel versprochen und der auch wirklich so schön und glücklich begonnen hatte, war in seinem Ausgange nichts als eine Mischung von Verstimmung, Müdigkeit und Abspannung gewesen und nur im letzten Augenblick, wo Botho liebevoll freundlich und mit einem gewissen Schuldbewußtsein sein „Gute Nacht, Lene" gesagt hatte, war diese noch einmal auf ihn zugeeilt und hatte, seine Hand ergreifend, ihn mit beinah leidenschaftlichem Ungestüm geküßt: „Ach Botho, es war heute nicht so, wie's hätte sein sollen, und doch war niemand schuld ... Auch die andern nicht."

„Laß es, Lene."

„Nein, nein. Es war niemand schuld, dabei bleibt es, daran ist nichts zu ändern. Aber daß es so ist, das ist eben das Schlimme daran. Wenn wer schuld hat, dann bittet man um Verzeihung und dann ist es wieder gut. Aber das nutzt uns nichts. Und es ist auch nichts zu verzeihn."

„Lene ..."

„Du mußt noch einen Augenblick hören. Ach, mein einziger Botho, du willst es mir verbergen, aber es geht zu End. Und rasch, ich weiß es."

„Wie du nur sprichst."

„Ich hab es freilich nur geträumt", fuhr Lene fort. „Aber warum hab ich es geträumt? weil es mir den ganzen Tag vor der Seele steht. Mein Traum war nur, was mir mein Herz eingab. Und was ich dir noch sagen wollte, Botho, und warum ich dir die paar Schritte nachgelaufen bin: es bleibt doch bei dem, was ich dir gestern abend sagte. Daß ich diesen Sommer leben konnte, war mir ein Glück und bleibt mir ein Glück, auch wenn ich von heut ab unglücklich werde."

„Lene, Lene, sprich nicht so ..."

„Du fühlst selbst, daß ich recht habe; dein gutes Herz sträubt sich nur, es zuzugestehen und will es nicht wahrhaben. Aber ich weiß es: gestern, als wir über die Wiese gingen und plauderten und ich dir den Strauß pflückte, das war unser letztes Glück und unsere letzte schöne Stunde."

Mit diesem Gespräche hatte der Tag geschlossen und nun war der andre Morgen, und die Sommersonne schien hell in Bothos Zimmer. Beide Fenster standen auf und in den Kastanien draußen quirilierten die Spatzen. Botho selbst, aus einem Meerschaum rauchend, lag zurückgelehnt in seinem Schaukelstuhl und schlug dann und wann mit einem neben ihm liegenden Taschentuche nach einem großen Brummer, der, wenn er zu dem einen Fenster hinaus war, sofort wieder an dem andern erschien, um Botho hartnäckig und unerbittlich zu umsummen.

„Daß ich diese Bestie doch los wäre. Quälen, martern möcht ich sie. Diese Brummer sind allemal Unglücksboten und so hämisch zudringlich, als freuten sie sich über den Ärger, dessen Herold und Verkünder sie sind." In diesem Augenblicke schlug er wieder danach. „Wieder fort. Es hilft nichts. Also Resignation. Ergebung ist überhaupt das Beste. Die Türken sind die klügsten Leute."

Das Zuschlagen der kleinen Gittertür draußen ließ ihn während dieses Selbstgesprächs auf den Vorgarten blicken und dabei des eben eingetretenen Briefträgers gewahr werden, der ihm gleich danach, unter leichtem militärischen Gruß und mit einem „Guten Morgen, Herr Baron" erst eine Zeitung und dann einen Brief in das nicht allzu hohe Parterrefenster hineinreichte. Botho warf die Zeitung beiseite, zugleich den Brief betrachtend, auf dem er die kleine, dichtstehende, trotzdem aber sehr deutliche Handschrift seiner Mutter unschwer erkannt hatte. „Dacht ich's doch ... Ich weiß schon, eh ich gelesen. Arme Lene."

Und nun brach er den Brief auf und las:

„*Schloß Zehden.* 29. Juni 1875. Mein lieber Botho. Was ich Dir als Befürchtung in meinem letzten Briefe mitteilte, das hat sich nun erfüllt: Rothmüller in Arnswalde hat sein Kapital zum 1. Oktober gekündigt und nur ‚aus alter Freundschaft' hinzugefügt, daß er bis Neujahr warten wolle, wenn es mir eine Verlegenheit schaffe. Denn er wisse wohl, was er dem Andenken des seligen Herrn Barons schuldig sei. Diese Hinzufügung, so gut sie gemeint sein mag, ist doch doppelt empfindlich für mich; es mischt sich so viel prätentiöse Rücksichtnahme mit ein, die niemals angenehm berührt, am wenigsten von solcher Seite her. Du begreifst vielleicht die Verstimmung und Sorge, die mir diese Zeilen geschaffen haben. Onkel Kurt Anton würde helfen, wie schon bei früherer Gelegenheit, er liebt mich und vor allem *Dich*, aber seine Geneigtheit immer wieder in Anspruch zu nehmen, hat doch etwas Bedrückliches und hat es um so mehr, als er unsrer ganzen Familie, speziell aber uns beiden, die Schuld an unsren ewigen Verlegenheiten zuschiebt. Ich bin ihm, trotz meines redlichen Mich-Kümmerns um die Wirtschaft, nicht wirtschaftlich und anspruchslos genug, worin er recht haben mag, und Du bist ihm nicht praktisch und lebensklug genug, worin er wohl ebenfalls das Richtige treffen wird. Ja, Botho, so liegt es. Mein Bruder ist ein Mann von einem sehr feinen Rechts- und Billigkeitsgefühl und von einer in Geldangelegenheiten geradezu hervorragenden Gentilezza, was man nur von wenigen unsrer Edelleute sagen kann. Denn unsre gute Mark Brandenburg ist die Sparsamkeits- und wo geholfen werden soll sogar die Ängstlichkeitsprovinz, aber so gentil er ist, er hat seine Launen und Eigenwilligkeiten, und sich in diesen beharrlich gekreuzt zu sehen, hat ihn seit einiger Zeit aufs ernsthafteste verstimmt. Er sagte mir, als ich letzthin Veranlassung nahm, der uns abermals drohenden Kapitalskündigung zu gedenken: ‚Ich stehe gern zu Diensten, Schwester, wie du weißt, aber ich bekenne dir offen, immer da helfen zu sollen, wo man sich in jedem Augenblicke selber helfen könnte, wenn man nur etwas einsichtiger und etwas weniger eigensinnig wäre, das erhebt starke Zumutungen an *die* Seite meines Charakters, die nie meine hervorragendste war: an meine Nachgiebigkeit ...‘ Du weißt, Botho, worauf sich diese seine Worte beziehen, und ich lege sie heute *Dir* ans Herz, wie sie damals, von Onkel Kurt Antons Seite *mir* ans Herz gelegt wurden. Es gibt nichts, was Du, Deinen Worten und Briefen nach zu schließen, mehr perhorreszierst als Sentimentalitäten, und doch fürcht ich, steckst du selber drin und zwar tiefer als Du zugeben willst oder vielleicht weißt. Ich sage nicht mehr.“

Rienäcker legte den Brief aus der Hand und schritt im Zimmer auf und ab, während er den Meerschaum halb mechanisch mit einer Zigarette vertauschte. Dann nahm er den Brief wieder und las weiter. „Ja, Botho, Du hast unser aller Zukunft in der Hand und hast zu bestimmen, ob dies Gefühl einer beständigen Abhängigkeit fortdauern oder aufhören soll. Du hast es in der Hand, sag ich, aber wie ich freilich hinzufügen muß, nur kurze Zeit noch, jedenfalls nicht auf lange mehr. Auch darüber hat Onkel Kurt Anton mit mir gesprochen, namentlich im Hinblick auf die Sellenthiner Mama, die sich, bei seiner letzten Anwesenheit in Rothenmoor, in dieser sie lebhaft beschäftigenden Sache nicht nur mit großer Entschiedenheit, sondern auch mit einem Anflug von Gereiztheit ausgesprochen hat. Ob das Haus Rienäcker vielleicht glaube, daß ein immer kleiner werdender Besitz, nach Art der Sibyllinischen Bücher (wo sie den Vergleich her hat, weiß ich nicht) immer wertvoller würde? Käthe werde nun zweiundzwanzig, habe den Ton der großen Welt und verfüge mit Hilfe der von ihrer Tante Kielmannsegge herstammenden Erbschaft über ein Vermögen, dessen Zinsbetrag hinter dem Kapitalsbetrag der Rienäckerschen Heide samt Muränensee nicht sehr erheblich zurückbleiben werde. Solche junge Dame lasse man überhaupt nicht warten, am wenigsten aber mit so viel Beharrlichkeit und Seelenruhe. Wenn es Herrn v. Rienäcker beliebe, das, was früher darüber von seiten der Familie geplant und gesprochen sei, fallenzulassen und stattgehabte Verabredungen als bloßes Kinderspiel anzusehn, so habe sie nichts dagegen. Herr v. Rienäcker *sei* frei von dem Augenblick an, wo er frei sein wolle. Wenn er aber umgekehrt vorhabe, von dieser unbedingten Rückzugsfreiheit nicht Gebrauch machen zu wollen, so sei es an der Zeit, auch das zu zeigen. Sie wünsche nicht, daß ihre Tochter in das Gerede der Leute komme.

Du wirst dem Tone, der hieraus spricht, unschwer entnehmen, daß es durchaus nötig ist, Entschlüsse zu fassen und zu handeln. Was ich wünsche, weißt Du. Meine Wünsche sollen aber nicht verbindlich für Dich sein. Handle, wie Dir eigene Klugheit es eingibt, entscheide Dich so oder so, nur handle überhaupt. Ein Rückzug ist ehrenvoller als fernere Hinausschiebung. Säumst Du länger, so verlieren wir nicht nur die Braut, sondern das Sellenthiner Haus überhaupt und, was noch schlimmer, ja das schlimmste ist, auch die freundlichen und immer hilfebereiten Gesinnungen des Onkels. Meine Gedanken begleiten Dich, möchten sie Dich auch leiten können. Ich wiederhole Dir, es wäre der Weg zu Deinem und unser aller Glück. Womit ich verbleibe Deine Dich liebende Mutter Josephine von R.“

Botho, als er gelesen, war in großer Erregung. Es war so wie der Brief es aussprach und ein Hinausschieben nicht länger möglich. Es stand nicht gut mit dem Rienäckerschen Vermögen und Verlegenheiten waren da, die durch eigne Klugheit und Energie zu heben, er durchaus nicht die Kraft in sich fühlte. „Wer bin ich? Durchschnittsmensch aus der sogenannten Obersphäre der Gesellschaft. Und was kann ich? Ich kann ein Pferd stallmeistern, einen Kapaun tranchieren und ein Jeu machen. Das ist alles und so hab ich denn die Wahl zwischen Kunstreiter, Oberkellner und Croupier. Höchstens kommt noch der Troupier hinzu, wenn ich in eine Fremdenlegion eintreten will. Und Lene dann mit mir als Tochter des Regiments. Ich sehe sie schon in kurzem Rock und Hackenstiefeln und ein Tönnchen auf dem Rücken."

In diesem Tone sprach er weiter und gefiel sich darin, sich bittre Dinge zu sagen. Endlich aber zog er die Klingel und beorderte sein Pferd, weil er ausreiten wolle. Und nicht lange, so hielt seine prächtige Fuchsstute draußen, ein Geschenk des Onkels, zugleich der Neid der Kameraden. Er hob sich in den Sattel, gab dem Burschen einige Weisungen und ritt auf die Moabiter Brücke zu, nach deren Passierung er in einen breiten, über Fenn und Feld in die Jungfernheide hinüberführenden Weg einlenkte. Hier ließ er sein Pferd aus dem Trab in den Schritt fallen und nahm sich, während er bis dahin allerhand unklaren Gedanken nachgehangen hatte, mit jedem Augenblicke fester und schärfer ins Verhör. „Was ist es denn, was mich hindert, den Schritt zu tun, den alle Welt erwartet? Will ich Lene heiraten? Nein. Hab ich's ihr versprochen? Nein. Erwartet sie's? Nein. Oder wird uns die Trennung leichter, wenn ich sie hinausschiebe? Nein. Immer nein und wieder nein. Und doch säume und schwanke ich, *das* eine zu tun, was durchaus getan werden muß. Und weshalb säume ich? Woher diese Schwankungen und Vertagungen? Törichte Frage. Weil ich sie liebe."

Kanonenschüsse, die vom Tegler Schießplatz herüberklangen, unterbrachen hier sein Selbstgespräch und erst als er das momentan unruhig gewordene Pferd wieder beruhigt hatte, nahm er den früheren Gedankengang wieder auf und wiederholte: „Weil ich sie liebe! Ja. Und warum soll ich mich dieser Neigung schämen? Das Gefühl ist souverän und die Tatsache, daß man liebt, ist auch das Recht dazu, möge die Welt noch so sehr den Kopf darüber schütteln oder von Rätsel sprechen. Übrigens ist es kein Rätsel und wenn doch, so kann ich es lösen. Jeder Mensch ist seiner Natur nach auf bestimmte, mitunter sehr, sehr kleine Dinge gestellt, Dinge, die, trotzdem sie klein sind, für ihn das Leben oder doch des Lebens Bestes bedeuten. Und dies Beste heißt mir Einfachheit, Wahrheit, Natürlichkeit. Das alles hat Lene, damit hat sie mir's angetan, da liegt der Zauber, aus dem mich zu lösen mir jetzt so schwerfällt."

In diesem Augenblick stutzte sein Pferd und er wurde eines aus einem Wiesenstreifen aufgescheuchten Hasen gewahr, der dicht vor ihm auf die Jungfernheide zujagte. Neugierig sah er ihm nach und nahm seine Betrachtungen erst wieder auf, als der Flüchtige zwischen den Stämmen der Heide verschwunden war. „Und war es denn", fuhr er fort, „etwas so Törichtes und Unmögliches, was ich wollte? Nein. Es liegt nicht in mir, die Welt herauszufordern und ihr und ihren Vorurteilen öffentlich den Krieg zu erklären; ich bin durchaus gegen solche Donquichotterien. Alles, was ich wollte, war ein verschwiegenes Glück, ein Glück, für das ich früher oder später, um des ihr ersparten Affronts willen, die stille Gutheißung der Gesellschaft erwartete. So war mein Traum, so gingen meine Hoffnungen und Gedanken. Und nun soll ich heraus aus diesem Glück und soll ein andres eintauschen, das mir keins ist. Ich hab eine Gleichgiltigkeit gegen den Salon und einen Widerwillen gegen alles Unwahre, Geschraubte, Zurechtgemachte, Chic, Tournüre, savoir-faire – mir alles ebenso häßliche wie fremde Wörter."

Hier bog das Pferd, das er schon seit einer Viertelstunde kaum noch im Zügel hatte, wie von selbst in einen Seitenweg ein, der zunächst auf ein Stück Ackerland und gleich dahinter auf einen von Unterholz und ein paar Eichen eingefaßten Grasplatz führte. Hier, im Schatten eines der älteren Bäume, stand ein kurzes, gedrungenes Steinkreuz und als er näher heranritt, um zu sehen, was es mit diesem Kreuz eigentlich sei, las er: „*Ludwig v. Hinckeldey*, gest. 10. März 1856." Wie das ihn traf! Er wußte, daß das Kreuz hierherum stehe, war aber nie bis an diese Stelle gekommen und sah es nun als ein Zeichen an, daß das seinem eigenen Willen überlassene Pferd ihn gerade hierher geführt hatte.

Hinkeldey! Das war nun an die zwanzig Jahr, daß der damals Allmächtige zu Tode kam und alles was bei der Nachricht davon in seinem Elternhause gesprochen worden war, das stand jetzt wieder lebhaft vor seiner Seele. Vor allem *eine* Geschichte kam ihm wieder in Erinnerung. Einer der bürgerlichen, seinem Chef besonders vertrauten Räte übrigens, hatte gewarnt und abgemahnt und das Duell überhaupt, und nun gar ein solches und unter solchen Umständen, als einen Unsinn und ein Verbrechen bezeichnet. Aber der sich bei *dieser* Gelegenheit plötzlich auf den Edelmann hin ausspielende Vorgesetzte, hatte brüsk und hochmütig geantwortet: „Nörner, davon verstehen Sie nichts." Und eine Stunde später war er in den Tod gegangen. Und warum? Einer Adelsvorstellung, einer Standesmarotte zuliebe, die mächtiger war, als alle Vernunft, auch mächtiger als das Gesetz, dessen Hüter und Schützer zu sein, er recht eigentlich die Pflicht hatte. „Lehrreich. Und was habe ich speziell daraus zu lernen? Was predigt dies Denkmal *mir*? Jedenfalls das eine, daß das Herkommen unser Tun bestimmt. Wer ihm gehorcht, kann zugrunde gehn, aber er geht besser zugrunde als der, der ihm widerspricht."

Während er noch so sann, warf er sein Pferd herum und ritt querfeldein auf ein großes Etablissement, ein Walzwerk oder eine Maschinenwerkstatt, zu, draus, aus zahlreichen Essen, Qualm und Feuersäulen in die Luft stiegen. Es war Mittag und ein Teil der Arbeiter saß draußen im Schatten, um die Mahlzeit einzunehmen. Die Frauen, die das Essen gebracht hatten, standen plaudernd daneben, einige mit einem Säugling auf dem Arm, und lachten sich untereinander an, wenn ein schelmisches oder anzügliches Wort gesprochen wurde. Rienäcker, der sich den Sinn für das Natürliche mit nur zu gutem Rechte zugeschrieben, war entzückt von dem Bilde, das sich ihm bot, und mit einem Anfluge von Neid sah er auf die Gruppe glücklicher Menschen. „Arbeit und täglich Brot und Ordnung. Wenn unsre märkischen Leute sich verheiraten, so reden sie nicht von Leidenschaft und Liebe, sie sagen nur: ‚Ich muß doch meine Ordnung haben.' Und das ist ein schöner Zug im Leben unsres Volks und nicht einmal prosaisch. Denn Ordnung ist viel und mitunter alles. Und nun frag ich mich, war *mein* Leben in der ‚Ordnung'? Nein. Ordnung ist Ehe." So sprach er noch eine Weile vor sich hin und sah dann wieder Lene vor sich stehn, aber in ihrem Auge lag nichts von Vorwurf und Anklage, sondern es war umgekehrt, als ob sie freundlich zustimme.

„Ja, meine liebe Lene, du bist auch für Arbeit und Ordnung und siehst es ein und machst es mir nicht schwer ... aber schwer ist es doch ... für dich und mich."

Er setzte sein Pferd wieder in Trab und hielt sich noch eine Strecke hart an der Spree hin. Dann aber bog er, an den in Mittagsstille daliegenden Zelten vorüber, in einen Reitweg ein, der ihn bis an den Wrangelbrunnen und gleich danach bis vor seine Tür führte.

Fünfzehntes Kapitel

Botho wollte sofort zu Lene hinaus, und als er fühlte, daß er dazu keine Kraft habe, wollt er wenigstens schreiben. Aber auch das ging nicht. „Ich kann es nicht, heute nicht." Und so ließ er den Tag vergehen und wartete bis zum andern Morgen. Da schrieb er denn in aller Kürze.

„Liebe Lene. Nun kommt es doch so, wie Du mir vorgestern gesagt: Abschied. Und Abschied auf immer. Ich hatte Briefe von Haus, die mich zwingen; es muß sein und weil es sein muß, so sei es schnell ... Ach, ich wollte, diese Tage lägen hinter uns. Ich sage Dir weiter nichts, auch nicht wie mir ums Herz ist ... Es war eine kurze schöne Zeit und ich werde nichts davon vergessen. Gegen neun bin ich bei Dir, nicht früher, denn es darf nicht lange dauern. Auf Wiedersehen, nur noch einmal auf Wiedersehn. Dein B. v. R."

Und nun kam er. Lene stand am Gitter und empfing ihn wie sonst; nicht der kleinste Zug von Vorwurf oder auch nur von schmerzlicher Entsagung lag in ihrem Gesicht. Sie nahm seinen Arm und so gingen sie den Vorgartensteig hinauf.

„Es ist recht, daß du kommst ... Ich freue mich, daß du da bist. Und du mußt dich auch freuen."

Unter diesen Worten hatten sie das Haus erreicht und Botho machte Miene, wie gewöhnlich vom Flur her in das große Vorderzimmer einzutreten. Aber Lene zog ihn weiter fort und sagte: „Nein, Frau Dörr ist drin ..."

„Und ist uns noch bös?"

„Das nicht. Ich habe sie beruhigt. Aber was sollen wir heut mit ihr? Komm, es ist ein so schöner Abend und wir wollen allein sein."

Er war einverstanden, und so gingen sie denn den Flur hinunter und über den Hof auf den Garten zu. Sultan regte sich nicht und blinzelte nur beiden nach, als sie den großen Mittelsteig hinauf und dann auf die zwischen den Himbeerbüschen stehende Bank zuschritten.

Als sie hier ankamen, setzten sie sich. Es war still, nur vom Felde her hörte man ein Gezirp und der Mond stand über ihnen.

Sie lehnte sich an ihn und sagte ruhig und herzlich: „Und das ist nun also das letzte Mal, daß ich deine Hand in meiner halte?"

„Ja, Lene. Kannst du mir verzeihn?"

„Wie du nur immer frägst. Was soll ich dir verzeihn?"

„Daß ich deinem Herzen wehe tue."

„Ja, weh tut es. Das ist wahr."

Und nun schwieg sie wieder und sah hinauf auf die blaß am Himmel heraufziehenden Sterne.

„Woran denkst du, Lene?"

„Wie schön es wäre, dort oben zu sein."

„Sprich nicht so. Du darfst dir das Leben nicht wegwünschen; von solchem Wunsch ist nur noch ein Schritt ..."

Sie lächelte. „Nein, das nicht. Ich bin nicht wie das Mädchen, das an den Ziehbrunnen lief und sich hineinstürzte, weil ihr Liebhaber mit einer andern tanzte. Weißt du noch, wie du mir davon erzähltest?"

„Aber was soll es dann? Du bist doch nicht so, daß du so was sagst, bloß um etwas zu sagen."

„Nein, ich hab es auch ernsthaft gemeint. Und wirklich" (und sie wies hinauf), „ich wäre gerne da. Da hätt ich Ruh. Aber ich kann es abwarten ... Und nun komm und laß uns ins Feld gehn. Ich habe kein Tuch mit herausgenommen und find es kalt hier im Stillsitzen."

Und so gingen sie denn denselben Feldweg hinauf, der sie damals bis an die vorderste Häuserreihe von Wilmersdorf geführt hatte. Der Turm war deutlich sichtbar unter dem sternklaren Himmel und nur über den Wiesengrund zog ein dünner Nebelschleier.

„Weißt du noch", sagte Botho, „wie wir mit Frau Dörr hier gingen?"

Sie nickte. „Deshalb hab ich dir's vorgeschlagen, mich fror gar nicht oder doch kaum. Ach, es war ein so schöner Tag damals und so heiter und glücklich bin ich nie gewesen, nicht vorher und nicht nachher. Noch in diesem Augenblicke lacht mir das Herz, wenn ich daran zurückdenke wie wir gingen und sangen: ‚Denkst du daran.' Ja, Erinnerung ist viel, ist alles. Und die hab ich nun und bleibt mir und kann mir nicht mehr genommen werden. Und ich fühle ordentlich, wie mir dabei leicht zumute wird."

Er umarmte sie. „Du bist so gut."

Lene aber fuhr in ihrem ruhigen Tone fort: „Und daß mir so leicht ums Herz ist, das will ich nicht vorübergehn lassen und will dir alles sagen. Eigentlich ist es das Alte, was ich dir immer schon gesagt habe, noch vorgestern, als wir draußen auf der halb gescheiterten Partie waren und dann nachher, als wir uns trennten. Ich hab es so kommen sehn, von Anfang an, und es geschieht nur, was muß. Wenn man schön geträumt hat, so muß man Gott dafür danken und darf nicht klagen, daß der Traum aufhört und die Wirklichkeit wieder anfängt. Jetzt ist es schwer, aber es vergißt sich alles oder gewinnt wieder ein freundliches Gesicht. Und eines Tages bist du wieder glücklich und vielleicht ich auch."

„Glaubst du's? Und wenn nicht? Was dann?"

„Dann lebt man ohne Glück."

„Ach, Lene, du sagst das so hin, als ob Glück nichts wäre. Aber es ist was und das quält mich eben und ist mir doch, als ob ich dir ein Unrecht getan hätte."

„Davon sprech ich dich frei. Du hast mir kein Unrecht getan, hast mich nicht auf Irrwege geführt und hast mir nichts versprochen. Alles war mein freier Entschluß. Ich habe dich von Herzen liebgehabt, das war mein Schicksal, und wenn es eine Schuld war, so war es *meine* Schuld. Und noch dazu eine Schuld, deren ich mich, ich muß es dir immer wieder sagen, von ganzer Seele freue, denn sie war mein Glück. Wenn ich nun dafür zahlen muß, so zahle ich gern. Du hast nicht gekränkt, nicht verletzt, nicht beleidigt, oder doch höchstens das, was die Menschen Anstand nennen und gute Sitte. Soll ich mich darum grämen? Nein. Es rückt sich alles wieder zurecht, auch das. Und nun komm und laß uns umkehren. Sieh nur wie die Nebel steigen; ich denke, Frau Dörr ist nun fort und wir treffen die gute Alte allein. Sie weiß von allem und hat den ganzen Tag über immer nur ein und dasselbe gesagt."

„Und was?"

„Daß es so gut sei."

Frau Nimptsch war wirklich allein, als Botho und Lene bei ihr eintraten. Alles war still und dämmerig und nur das Herdfeuer warf einen Lichtschein über die breiten Schatten, die sich schräg durch das Zimmer zogen. Der Stieglitz schlief schon lange in seinem Bauer und man hörte nichts als dann und wann das Zischen des überkochenden Wassers.

„Guten Abend, Mutterchen", sagte Botho.

Die Alte gab den Gruß zurück und wollte von ihrer Fußbank aufstehen, um den großen Lehnstuhl heranzurücken. Aber Botho litt es nicht und sagte: „Nein, Mutterchen, ich setze mich auf meinen alten Platz."

Und dabei schob er den Schemel ans Feuer.

Eine kleine Pause trat ein; alsbald aber begann er wieder: „Ich komme heut, um Abschied zu nehmen und Ihnen für alles Liebe und Gute zu danken, das ich hier so lange gehabt habe. Ja, Mutterchen, so recht von Herzen. Ich bin hier so gern gewesen und so glücklich. Aber nun muß ich fort und alles, was ich noch sagen kann, ist bloß das: es ist doch wohl das beste so."

Die Alte schwieg und nickte zustimmend. „Aber ich bin nicht aus der Welt“, fuhr Botho fort, „und ich werde Sie nicht vergessen, Mutterchen. Und nun geben Sie mir die Hand. So. Und nun gute Nacht.“

Hiernach stand er schnell auf und schritt auf die Tür zu, während Lene sich an ihn hing. So gingen sie bis an das Gartengitter, ohne daß weiter ein Wort gesprochen wäre. Dann aber sagte sie: „Nun kurz, Botho. Meine Kräfte reichen nicht mehr; es war doch zuviel, diese zwei Tage. Lebe wohl, mein Einziger, und sei so glücklich, wie du's verdienst, und so glücklich, wie du mich gemacht hast. Dann bist du glücklich. Und von dem andern rede nicht mehr, es ist der Rede nicht wert. So, so.“

Und sie gab ihm einen Kuß und noch einen und schloß dann das Gitter.

Als er an der andern Seite der Straße stand, schien er, als er Lenens ansichtig wurde, noch einmal umkehren und Wort und Kuß mit ihr tauschen zu wollen. Aber sie wehrte heftig mit der Hand. Und so ging er denn weiter die Straße hinab, während sie, den Kopf auf den Arm und den Arm auf den Gitterpfosten gestützt, ihm mit großem Auge nachsah.

So stand sie noch lange, bis sein Schritt in der nächtlichen Stille verhallt war.

Sechzehntes Kapitel

Mitte September hatte die Verheiratung auf dem Sellenthinschen Gute Rothenmoor stattgefunden, Onkel Osten, sonst kein Redner, hatte das Brautpaar in dem zweifellos längsten Toaste seines Lebens leben lassen, und am Tage darauf hatte die Kreuzzeitung unter ihren sonstigen Familienanzeigen auch die folgende gebracht: „Ihre am gestrigen Tage stattgehabte eheliche Verbindung zeigen hierdurch ergebenst an Botho Freiherr von Rienäcker, Premierlieutenant im Kaiser-Kürassier-Regiment, Käthe Freifrau von Rienäcker, geb. von Sellenthin.“ Die Kreuzzeitung war begreiflicherweise nicht das Blatt, das in die Dörrsche Gärtnerwohnung samt ihren Dependenzien kam, aber schon am andern Morgen traf ein an Fräulein Magdalene Nimptsch adressierter Brief ein, in dem nichts lag als der Zeitungsausschnitt mit der Vermählungsanzeige. Lene fuhr zusammen, sammelte sich aber rascher als der Absender, aller Wahrscheinlichkeit nach eine neidische Kollegin, erwartet haben mochte. Daß es von solcher Seite herkam, war schon aus dem beigefügten „Hochwohlgeboren“ zu schließen. Aber gerade dieser Extraschabernack, der den schmerzhaften Stich verdoppeln sollte, kam Lenen zustatten und verminderte das bittere Gefühl, das ihr diese Nachricht sonst wohl verursacht hätte.

Botho und Käthe von Rienäcker waren noch am Hochzeitstage selbst nach Dresden hin aufgebrochen, nachdem beide der Verlockung einer neumärkischen Vetternreise glücklich widerstanden hatten. Und wahrlich, sie hatten nicht Ursache ihre Wahl zu bereuen, am wenigsten Botho, der sich jeden Tag nicht nur zu dem Dresdener Aufenthalte, sondern viel mehr noch zu dem Besitze seiner jungen Frau beglückwünschte, die Kapricen und üble Laune gar nicht zu kennen schien. Wirklich, sie lachte den ganzen Tag über und so leuchtend und hellblond sie war, so war auch ihr Wesen. An allem ergötzte sie sich und allem gewann sie die heitre Seite ab. In dem von ihnen bewohnten Hotel war ein Kellner mit einem Toupet, das einem eben umkippenden Wellenkamme glich, und dieser Kellner samt seiner Frisur war ihre tagtägliche Freude, so sehr, daß sie, wiewohl sonst ohne besonderen Esprit, sich in Bildern und Vergleichen gar nicht genug tun konnte. Botho freute sich mit und lachte herzlich, bis sich mit einem Male doch etwas von Bedenken und selbst von Unbehagen in sein Lachen einzumischen begann. Er nahm nämlich wahr, daß sie, was auch geschehen oder ihr zu Gesicht kommen mochte, lediglich am Kleinen und Komischen hing, und als beide nach etwa vierzehntägigem glücklichen Aufenthalt ihre Heimreise nach Berlin antraten, ereignete sich's, daß ein kurzes, gleich zu Beginn der Fahrt geführtes Gespräch ihm über diese Charakterseite seiner Frau volle Gewißheit gab. Sie hatten ein Kupee für sich und als sie, von der Elbbrücke her, noch einmal zurückblickten, um nach Altstadt-Dresden und der Kuppel der Frauenkirche hinüberzugrüßen, sagte Botho, während er ihre Hand nahm: „Und nun sage mir, Käthe, was war eigentlich das Hübscheste hier in Dresden?“

„Rate.“

„Ja, das ist schwer, denn du hast so deinen eignen Geschmack, und mit Kirchengesang und Holbeinscher Madonna darf ich dir gar nicht kommen ...“

„Nein. Da hast du recht. Und ich will meinen gestrengen Herrn auch nicht lange warten und sich quälen lassen. Es war dreierlei, was mich entzückte: voran die Konditorei am Altmarkt und der Scheffelgassen-Ecke mit den wundervollen Pastetchen und dem Likör. Da so zu sitzen . . ."

„Aber, Käthe, man konnte ja gar nicht sitzen, man konnte kaum stehn, und war eigentlich, als ob man sich jeden Bissen erobern müsse."

„Das war es eben. Eben deshalb, mein Bester. Alles, was man sich erobern muß . . ."

Und sie wandte sich ab und spielte neckisch die Schmollende, bis er ihr einen herzlichen Kuß gab.

„Ich sehe", lachte sie, „du bist schließlich einverstanden und zur Belohnung höre nun auch das zweite und dritte. Mein zweites war das Sommertheater draußen, wo wir ‚Monsieur Herkules' sahn und Knaak den Tannhäusermarsch auf einem klapprigen alten Whisttisch trommelte. So was Komisches hab ich all mein Lebtag nicht gesehn und du wahrscheinlich auch nicht. Es war wirklich zu komisch . . . Und das dritte . . . Nun das dritte, das war ‚Bacchus auf dem Ziegenbock' im Grünen Gewölbe und der sich ‚kratzende Hund' von Peter Vischer."

„Ich dachte mir so was und wenn Onkel Osten davon hört, dann wird er dir recht geben und dich noch lieber haben als sonst und mir noch öfter wiederholen: Ich sage dir, Botho, die Käthe . . ."

„Soll er's nicht?"

„O gewiß soll er."

Und damit brach auf Minuten hin ihr Gespräch ab, das in Bothos Seele, so zärtlich und liebevoll er zu der jungen Frau hinübersah, doch einigermaßen ängstlich nachklang. Die junge Frau selbst indes hatte keine Ahnung von dem, was in ihres Gatten Seele vorging, und sagte nur: „Ich bin müde, Botho. Die vielen Bilder. Es kommt doch nach . . . Aber" (der Zug hielt eben) „was ist denn das für ein Lärm und Getreibe da draußen?"

„Das ist ein Dresdener Vergnügungsort, ich glaube Kötschenbroda."

„Kötschenbroda? Zu komisch."

Und während der Zug weiterdampfte, streckte sie sich aus und schloß anscheinend die Augen. Aber sie schlief nicht und sah zwischen den Wimpern hin nach dem geliebten Manne hinüber.

In der damals noch einreihigen Landgrafenstraße hatte Käthes Mama mittlerweile die Wohnung eingerichtet und als zu Beginn des Oktobers das junge Paar in Berlin wieder eintraf, war es entzückt von dem Komfort, den es vorfand. In den beiden Frontzimmern, die jedes einen Kamin hatten, war geheizt, aber Tür und Fenster standen auf, denn es war eine milde Herbstluft und das Feuer brannte nur des Anblicks und des Luftzuges halber. Das Schönste aber war der große Balkon mit seinem weit herunterfallenden Zeltdach, unter dem hinweg man in gerader Richtung ins Freie sah, erst über das Birkenwäldchen und den Zoologischen Garten fort und dahinter bis an die Nordspitze des Grunewalds.

Käthe freute sich, unter Händeklatschen, dieser prächtig freien Aussicht, umarmte die Mama, küßte Botho und wies dann plötzlich nach links hin, wo zwischen vereinzelten Pappeln und Weiden ein Schindelturm sichtbar wurde. „Sieh, Botho, wie komisch. Er ist ja wie dreimal eingeknickt. Und das Dorf daneben. Wie heißt es?"

„Ich glaube Wilmersdorf", stotterte Botho.

„Nun gut, Wilmersdorf. Aber was heißt das ‚ich glaube'. Du wirst doch wissen, wie die Dörfer hierherum heißen. Sieh nur, Mama, macht er nicht ein Gesicht, als ob er uns ein Staatsgeheimnis verraten hätte? Nichts komischer als diese Männer."

Und damit verließ man den Balkon wieder, um in dem dahinter gelegenen Zimmer das erste Mittagsmahl en famille einzunehmen: nur die Mama, das junge Paar und Serge, der als einziger Gast geladen war.

Rienäckers Wohnung lag keine tausend Schritt von dem Hause der Frau Nimptsch. Aber Lene wußte nichts davon und nahm ihren Weg oft durch die Landgrafenstraße, was sie vermieden haben würde, wenn sie von dieser Nachbarschaft auch nur eine Ahnung gehabt hätte.

Doch es konnt ihr nicht lange ein Geheimnis bleiben.

Es ging schon in die dritte Oktoberwoche, trotzdem war es noch wie im Sommer und die Sonne schien so warm, daß man den schärferen Luftton kaum empfand.

„Ich muß heut in die Stadt, Mutter", sagte Lene. „Goldstein hat mir geschrieben. Er will mit mir über ein Muster sprechen, das in die Wäsche der Waldeckschen Prinzessin eingestickt werden soll. Und wenn ich erst in der Stadt bin, will ich auch die Frau Demuth in der Alten Jakobstraße besuchen. Man kommt sonst ganz von aller Menschheit los. Aber um Mittag bin ich wieder hier. Ich werd es Frau Dörr sagen, daß sie nach dir sieht."

„Laß nur, Lene, laß nur. Ich bin am liebsten allein. Und die Dörr, die redt so viel un immer von ihrem Mann. Und ich habe ja mein Feuer. Und wenn der Stieglitz piept, das is mir genug. Aber wenn du mir eine Tüte mitbringst, ich habe jetzt immer solch Kratzen und Malzbonbon löst so ..."

„Schön Mutter."

Und damit hatte Lene die kleine stille Wohnung verlassen und war erst die Kurfürsten- und dann die lange Potsdamer Straße hinuntergegangen, auf den Spittelmarkt zu, wo die Gebrüder Goldstein ihr Geschäft hatten. Alles verlief nach Wunsch und es war nahezu Mittag, als sie, heimkehrend, diesmal anstatt der Kurfürsten- lieber die Lützowstraße passierte. Die Sonne tat ihr wohl und das Treiben auf dem Magdeburger Platze, wo gerade Wochenmarkt war und alles eben wieder zum Aufbruch rüstete, vergnügte sie so, daß sie stehenblieb und sich das bunte Durcheinander mit ansah. Sie war wie benommen davon und wurd erst aufgerüttelt, als die Feuerwehr mit ungeheurem Lärm an ihr vorbeirasselte.

Lene horchte, bis das Gebimmel und Geklingel in der Ferne verhallt war, dann aber sah sie links hinunter nach der Turmuhr der Zwölf-Apostel-Kirche. „Gerade zwölf", sagte sie. „Nun ist es Zeit, daß ich mich eile; sie wird immer unruhig, wenn ich später komme als sie denkt." Und so ging sie weiter die Lützowstraße hinunter auf den gleichnamigen Platz zu. Aber mit einem Male hielt sie und wußte nicht wohin, denn auf ganz kurze Entfernung erkannte sie Botho, der, mit einer jungen, schönen Dame am Arm, grad auf sie zukam. Die junge Dame sprach lebhaft und anscheinend lauter heitre Dinge, denn Botho lachte beständig, während er zu ihr niederblickte. Diesem Umstande verdankte sie's auch, daß sie nicht schon lange bemerkt worden war, und rasch entschlossen, eine Begegnung mit ihm um jeden Preis zu vermeiden, wandte sie sich, vom Trottoir her, nach rechts hin und trat an das zunächst befindliche große Schaufenster heran, vor dem, mutmaßlich als Deckel für eine hier befindliche Kelleröffnung, eine viereckige geriffelte Eisenplatte lag. Das Schaufenster selbst war das eines gewöhnlichen Materialwarenladens, mit dem üblichen Aufbau von Stearinlichten und Mixed-Pickles-Flaschen, nichts Besonders, aber Lene starrte drauf hin, als ob sie dergleichen noch nie gesehen habe. Und wahrlich, Zeit war es, denn in ebendiesem Augenblicke streifte das junge Paar hart an ihr vorüber und kein Wort entging ihr von dem Gespräche, das zwischen beiden geführt wurde.

„Käthe, nicht so laut“, sagte Botho, „die Leute sehen uns schon an.“

„Laß sie ...“

„Sie denken am Ende, wir zanken uns ...“

„Unter Lachen? Zanken unter Lachen?“

Und sie lachte wieder.

Lene fühlte das Zittern der dünnen Eisenplatte darauf sie stand. Ein waagerecht liegender Messingstab zog sich zum Schutze der großen Glasscheibe vor dem Schaufenster hin und einen Augenblick war es ihr, als ob sie, wie zu Beistand und Hilfe, nach dem Messingstab greifen müsse, sie hielt sich aber aufrecht und erst als sie sicher sein durfte, daß beide weit genug fort waren, wandte sie sich wieder, um ihren Weg fortzusetzen. Sie tappte sich vorsichtig an den Häusern hin und eine kurze Strecke ging es. Aber bald war ihr doch, als ob ihr die Sinne schwänden, und kaum, daß sie die nächste nach dem Kanal hin abzweigende Querstraße erreicht hatte, so bog sie hier ein und trat in einen Vorgarten, dessen Gittertür offenstand. Nur mit Mühe noch schleppte sie sich bis an eine kleine zu Veranda und Hochparterre hinaufführende Freitreppe, wenige Stufen, und setzte sich, einer Ohnmacht nah, auf eine derselben.

Als sie wieder erwachte, sah sie, daß ein halbwachsenes Mädchen, ein Grabscheit in der Hand, mit dem sie kleine Beete gegraben hatte, neben ihr stand und sie teilnahmvoll anblickte, während, von der Verandabrüstung aus, eine alte Kindermuhme sie mit kaum geringerer Neugier musterte. Niemand war augenscheinlich zu Haus als das Kind und die Dienerin und Lene dankte beiden und erhob sich und schritt wieder auf die Pforte zu. Das halbwachsene Mädchen aber sah ihr traurig verwundert nach und es war fast, wie wenn in dem Kinderherzen eine erste Vorstellung von dem Leid des Lebens gedämmert hätte.

Lene war inzwischen, den Fahrdamm passierend, bis an den Kanal gekommen und ging jetzt unten an der Böschung entlang, wo sie sicher sein durfte, niemandem zu begegnen. Von den Kähnen her blaffte dann und wann ein Spitz, und ein dünner Rauch, weil Mittag war, stieg aus den kleinen Kajütenschornsteinen auf. Aber sie sah und hörte nichts oder war wenigstens ohne Bewußtsein dessen, was um sie her vorging, und erst als jenseits des Zoologischen die Häuser am Kanal hin aufhörten und die große Schleuse mit ihrem drüberwegschäumenden Wasser sichtbar wurde, blieb sie stehn und rang nach Luft. „Ach, wer weinen könnte.“ Und sie drückte die Hand gegen Brust und Herz.

Zu Hause traf sie die Mutter an ihrem alten Platz und setzte sich ihr gegenüber, ohne daß ein Wort oder Blick zwischen ihnen gewechselt worden wäre. Mit einemmal aber sah die Alte, deren Auge bis dahin immer in derselben Richtung gegangen war, von ihrem Herdfeuer auf und erschrak, als sie der Veränderung in Lenens Gesicht gewahr wurde.

„Lene, Kind, was hast du? Lene, wie siehst du nur aus?“ Und so schwer beweglich sie sonsten war, heute machte sie sich im Umsehn von ihrer Fußbank los und suchte nach dem Krug, um die noch immer wie halbtot Dasitzende mit Wasser zu besprengen. Aber der Krug war leer und so humpelte sie nach dem Flur und vom Flur nach Hof und Garten hinaus, um die gute Frau Dörr zu rufen, die gerade Goldlack und Jelängerjelieber abschnitt, um Marktsträuße daraus zu binden. Ihr Alter aber stand neben ihr und sagte: „Nimm nich wieder zu viel Strippe.“

Frau Dörr, als sie das jämmerliche Rufen der alten Frau von fernher hörte, verfärbte sich und antwortete mit lauter Stimme: „Komme schon, Mutter Nimptsch, komme schon“, und alles wegwerfend, was sie von Blumen und Bast in der Hand hatte, lief sie gleich auf das kleine Vorderhaus zu, weil sie sich sagte, daß da was los sein müsse.

„Richtig, dacht ich's doch ... Leneken.“ Und dabei rüttelte und schüttelte sie die nach wie vor leblos Dasitzende, während die Alte langsam nachkam und über den Flur hinschlurrte.

„Wir müssen sie zu Bett bringen“, rief Frau Dörr und die Nimptsch wollte selber mit anfassen. Aber so war das „wir“ der stattlichen Frau Dörr nicht gemeint gewesen. „Ich mache so was allein, Mutter Nimptsch“, und Lenen in ihre Arme nehmend, trug sie sie nebenan in die Kammer und deckte sie hier zu.

„So, Mutter Nimptsch. Nu 'ne heiße Stürze. Das kenn ich, das kommt von 's Blut, Erst 'ne Stürze un denn 'n Ziegelstein an die Fußsohlen; aber grad untern Spann, da sitzt das Leben ... Wovon is es denn eigentlich? Is gewiß 'ne Altration.“

„Weiß nich. Sie hat nichts gesagt. Aber ich denke mir, daß sie 'n vielleicht gesehn hat.“

„Richtig. Das is es. Das kenn ich ... Aber nu die Fenster zu un runter mit 's Rollo ... Manche sind für Kampfer und Hoffmannstropfen, aber Kampfer schwächt so und is eigentlich bloß für Motten. Nein, liebe Nimptschen, was 'ne Natur is un noch dazu solche junge, die muß sich immer selber helfen un darum bin ich für Schwitzen. Aber or'ntlich. Un wovon kommt es? Von die Männer kommt es. Un doch hat man sie nötig un braucht sie . . . Na, sie kriegt ja schon wieder Farbe."

„Wolln wir nich lieber nach 'n Doktor schicken?"

„I, Jott bewahre. Die kutschieren jetzt rum un eh einer kommt, is sie schon dreimal dod und lebendig."

Siebzehntes Kapitel

Drittehalb Jahre waren seit jener Begegnung vergangen, während welcher Zeit sich manches in unserem Bekannten- und Freundeskreise verändert hatte, nur nicht in dem in der Landgrafenstraße.

Hier herrschte dieselbe gute Laune weiter, der Frohmut der Flitterwochen war geblieben, und Käthe lachte nach wie vor. Was andere junge Frauen vielleicht betrübt hätte: daß das Paar einfach ein Paar blieb, wurde von Käthe keinen Augenblick schmerzlich empfunden. Sie lebte so gern und fand an Putz und Plaudern, an Reiten und Fahren ein so volles Genüge, daß sie vor einer Veränderung ihrer Häuslichkeit eher erschrak, als sie herbeiwünschte. Der Sinn für Familie, geschweige die Sehnsucht danach, war ihr noch nicht aufgegangen und als die Mama brieflich eine Bemerkung über diese Dinge machte, schrieb Käthe ziemlich ketzerisch zurück: „Sorge Dich nicht, Mama. Bothos Bruder hat sich ja nun ebenfalls verlobt, in einem halben Jahr ist Hochzeit und ich überlaß es gern meiner zukünftigen Schwägerin, sich die Fortdauer des Hauses Rienäcker angelegen sein zu lassen."

Botho sah es anders an, aber auch sein Glück wurde durch das, was fehlte, nicht sonderlich getrübt, und wenn ihn trotzdem von Zeit zu Zeit eine Mißstimmung anwandelte, so war es, wie schon damals auf seiner Dresdener Hochzeitsreise, vorwiegend darüber, daß mit Käthe wohl ein leidlich vernünftiges, aber durchaus kein ernstes Wort zu reden war. Sie war unterhaltlich und konnte sich mitunter bis zu glücklichen Einfällen steigern, aber auch das Beste, was sie sagte, war oberflächlich und „spielrig", als ob sie der Fähigkeit entbehrt hätte, zwischen wichtigen und unwichtigen Dingen zu unterscheiden. Und was das schlimmste war, sie betrachtete das alles als einen Vorzug, wußte sich was damit und dachte nicht daran, es abzulegen. „Aber, Käthe,

Käthe", rief Botho dann wohl und ließ in diesem Zuruf etwas von Mißbilligung mit durchklingen, ihr glückliches Naturell aber wußt ihn immer wieder zu entwaffnen, ja, so sehr, daß er sich mit dem Anspruch, den er erhob, fast pedantisch vorkam.

Lene mit ihrer Einfachheit, Wahrheit und Unredensartlichkeit stand ihm öfters vor der Seele, schwand aber ebenso rasch wieder hin und nur wenn Zufälligkeiten einen ganz bestimmten Vorfall in aller Lebendigkeit wieder in ihm wachriefen, kam ihm mit dieser größeren Lebendigkeit des Bildes auch wohl ein stärkeres Gefühl und mitunter selbst eine Verlegenheit.

Eine solche Zufälligkeit ereignete sich gleich im ersten Sommer, als das junge Paar, von einem Diner bei Graf Alten zurückgekehrt, auf dem Balkon saß und seinen Tee nahm. Käthe lag zurückgelehnt in ihrem Stuhl und ließ sich aus der Zeitung einen mit Zahlenangaben reichgespickten Artikel über Pfarr- und Stolgebühren vorlesen. Eigentlich verstand sie wenig davon, um so weniger als die vielen Zahlen sie störten, aber sie hörte doch ziemlich aufmerksam zu, weil alle märkischen Frölens ihre halbe Jugend „bei Predigers" zubringen und so den Pfarrhausinteressen ihre Teilnahme bewahren. So war es auch heut. Endlich brach der Abend herein und im selben Augenblicke wo's dunkelte, begann drüben im „Zoologischen" das Konzert und ein entzückender Straußscher Walzer klang herüber.

„Höre nur, Botho", sagte Käthe, sich aufrichtend, während sie voll Übermut hinzusetzte: „Komm, laß uns tanzen." Und ohne seine Zustimmung abzuwarten, zog sie ihn aus seinem Stuhl in die Höh und walzte mit ihm in das große Balkonzimmer hinein und in diesem noch ein paarmal herum. Dann gab sie ihm einen Kuß und sagte, während sie sich an ihn schmiegte: „Weißt du, Botho, so wundervoll hab ich noch nie getanzt, auch nicht auf meinem ersten Ball, den ich noch bei der Zülow mitmachte, ja, daß ich's nur gestehe, noch eh ich eingesegnet war. Onkel Osten nahm mich auf seine Verantwortung mit und die Mama weiß es bis diesen Tag nicht. Aber selbst da war es nicht so schön wie heut. Und doch ist verbotene Frucht die schönste. Nicht wahr? Aber du sagst ja nichts, du bist ja verlegen, Botho. Sieh so ertapp ich dich mal wieder."

Er wollte so gut es ging etwas sagen, aber sie ließ ihn nicht dazu kommen. „Ich glaube wirklich, Botho, meine Schwester Ine hat es dir angetan und du darfst mich nicht damit trösten wollen, sie sei noch ein halber Backfisch oder nicht weit darüber hinaus. Das sind immer die gefährlichsten. Ist es nicht so?

Nun ich will nichts gesehen haben und ich gönn es ihr und dir. Aber auf alte, ganz alte Geschichten bin ich eifersüchtig, viel, viel eifersüchtiger als auf neue."

„Sonderbar", sagte Botho und versuchte zu lachen.

„Und doch am Ende nicht so sonderbar wie's aussieht", fuhr Käthe fort. „Sieh, neue Geschichten hat man doch immer halb unter Augen und es muß schon schlimm kommen und ein wirklicher Meisterverräter sein, wenn man gar nichts merken und so reinweg betrogen werden soll. Aber alte Geschichten, da hört alle Kontrolle auf, da kann es tausendunddrei geben und man weiß es kaum."

„Und was man nicht weiß . . ."

„Kann einen *doch* heiß machen. Aber lassen wir's und lies mir lieber weiter aus deiner Zeitung vor. Ich habe beständig an unsere Kluckhuhns denken müssen und die gute Frau versteht es nicht. Und der Älteste soll jetzt gerade studieren."

Solche Geschichten ereigneten sich häufiger und beschworen in Bothos Seele mit den alten Zeiten auch Lenens Bild herauf, aber sie selbst sah er nicht, was ihm auffiel, weil er ja wußte, daß sie halbe Nachbarn waren.

Es fiel ihm auf und wär ihm doch leicht erklärlich gewesen, wenn er rechtzeitig in Erfahrung gebracht hätte, daß Frau Nimptsch und Lene gar nicht mehr an alter Stelle zu finden seien. Und doch war es so. Von dem Tag an, wo Lene dem jungen Paar in der Lützowstraße begegnet war, hatte sie der Alten erklärt, in der Dörrschen Wohnung nicht mehr bleiben zu können, und als Mutter Nimptsch, die sonst nie widersprach, den Kopf geschüttelt und geweimert und in einem fort auf den Herd hingewiesen hatte, hatte Lene gesagt: „Mutter, du kennst mich doch. Ich werde dir doch deinen Herd und dein Feuer nicht nehmen; du sollst alles wiederhaben; ich habe das Geld dazu gespart und wenn ich's nicht hätte, so wollt ich arbeiten, bis es beisammen wär. Aber hier müssen wir fort. Ich muß jeden Tag da vorbei, das halt ich nicht aus, Mutter. Ich gönn ihm sein Glück, ja mehr noch, ich freue mich, daß er's hat. Gott ist mein Zeuge, denn er war ein guter, lieber Mensch und hat mir zuliebe gelebt und kein Hochmut und keine Haberei. Und daß ich's rundheraus sage, trotzdem ich die feinen Herren nicht leiden kann, ein richtiger Edelmann, so recht einer, der das Herz auf dem rechten Flecke hat. Ja, mein einziger Botho, du sollst glücklich sein, so glücklich wie du's verdienst. Aber ich kann es nicht sehn, Mutter, ich muß weg hier, denn sowie ich zehn Schritte gehe, denk ich, er steht vor mir. Und da bin ich in einem ewigen Zittern. Nein, nein, das geht nicht. Aber deine Herdstelle sollst du haben. Das versprech ich dir, ich, deine Lene."

Nach diesem Gespräche war seitens der Alten aller Widerstand aufgegeben worden und auch Frau Dörr hatte gesagt: „Versteht sich, ihr müßt ausziehen. Und dem alten Geizkragen, dem Dörr, dem gönn ich's. Immer hat er mir was vorgebrummt, daß ihr zu billig einsäßt und daß nich die Steuer un die Repratur dabei rauskäme. Nu mag er sich freuen, wenn ihm alles leersteht. Und so wird's kommen. Denn wer zieht denn in solchen Puppenkasten, wo jeder Kater ins Fenster kuckt un kein Gas nich und keine Wasserleitung. I, versteht sich; ihr habt ja vierteljährliche Kündigung und Ostern könnt ihr raus, da helfen ihm keine Sperenzchen. Und ich freue mich ordentlich; ja, Lene, so schlecht bin ich. Aber ich muß auch gleich für meine Schadenfreude bezahlen. Denn wenn du weg bist, Kind, und die gute Frau Nimptsch mit ihrem Feuer und ihrem Teekessel und immer kochend Wasser, ja, Lene, was hab ich denn noch? Doch bloß *ihn* un Sultan und den dummen Jungen, der immer dummer wird. Un sonst keinen Menschen nich. Un wenn's denn kalt wird und Schnee fällt, is es mitunter zum Kattol'sch-werden vor lauter Stillsitzen und Einsamkeit."

Das waren so die ersten Verhandlungen gewesen, als der Umzugsplan in Lene feststand, und als Ostern herankam, war wirklich ein Möbelwagen vorgefahren, um aufzuladen, was an Habseligkeiten da war. Der alte Dörr hatte sich bis zuletzt überraschend gut benommen und nach erfolgtem feierlichen Abschiede war Frau Nimptsch in eine Droschke gepackt und mit ihrem Eichkätzchen und Stieglitz bis an das Luisenufer gefahren worden, wo Lene, drei Treppen hoch, eine kleine Prachtwohnung gemietet und nicht nur ein paar neue Möbeln angeschafft, sondern, in Erinnerung an ihr Versprechen, vor allem auch für einen an den großen Vorderzimmerofen angebauten Kamin gesorgt hatte. Seitens des Wirts waren anfänglich allerlei Schwierigkeiten gemacht worden, weil solch Vorbau den Ofen ruiniere. Lene hatte jedoch unter Angabe der Gründe darauf bestanden, was dem Wirt, einem alten braven Tischlermeister, dem so was gefiel, einen großen Eindruck gemacht und ihn zum Nachgeben bestimmt hatte.

Beide wohnten nun ziemlich ebenso, wie sie vordem im Dörrschen Gartenhause gewohnt hatten, nur mit dem Unterschiede, daß sie jetzt drei Treppen hoch saßen und statt auf die phantastischen Türme des Elefantenhauses auf die hübsche Kuppel der Michaelskirche sahen. Ja, der Blick, dessen sie sich erfreuten, war entzückend und so schön und frei, daß er selbst auf die Lebensgewohnheiten der alten Nimptsch einen Einfluß gewann und sie bestimmte, nicht mehr bloß auf der Fußbank am Feuer, sondern, wenn die Sonne schien, auch am offenen Fenster zu sitzen, wo Lene für einen Tritt gesorgt hatte. Das alles tat der alten Frau Nimptsch ungemein wohl und half ihr auch gesundheitlich auf, so daß sie, seit dem Wohnungswechsel, weniger an Reißen litt als draußen in dem Dörrschen Gartenhause, das, so poetisch es lag, nicht viel besser als ein Keller gewesen war.

Im übrigen verging keine Woche, wo nicht, trotz des endlos weiten Weges, Frau Dörr vom „Zoologischen" her am Luisenufer erschienen wäre, bloß „um zu sehen, wie's stehe". Sie sprach dann, nach Art aller Berliner Ehefrauen, ausschließlich von ihrem Manne, dabei regelmäßig einen Ton anschlagend, als ob die Verheiratung mit ihm eine der schwersten Mesalliancen und eigentlich etwas halb Unerklärliches gewesen wäre. In Wahrheit aber stand es so, daß sie sich nicht nur äußerst behaglich und zufrieden fühlte, sondern sich auch freute, daß Dörr geradeso war wie er war. Denn sie hatte nur Vorteile davon, einmal den, beständig reicher zu werden, und nebenher den zweiten, ihr ebenso wichtigen, ohne jede Gefahr vor Änderung und Vermögenseinbuße sich unausgesetzt über den alten Geizkragen erheben und ihm Vorhaltungen über seine niedrige Gesinnung machen zu können. Ja, Dörr war das Hauptthema bei diesen Gesprächen und Lene, wenn sie nicht bei Goldsteins oder sonstwo in der Stadt war, lachte jedesmal herzlich mit und um so herzlicher, als sie sich, ebenso wie die Nimptsch, seit dem Umzuge sichtlich erholt hatte. Das Einrichten, Anschaffen und Instandsetzen hatte sie, wie sich denken läßt, von Anfang an von ihren Betrachtungen abgezogen und was noch wichtiger und für ihre Gesundheit und Erholung erst recht von Vorteil gewesen war, war das, daß sie nun keine Furcht mehr vor einer Begegnung mit Botho zu haben brauchte. Wer kam nach dem Luisenufer? Botho gewiß nicht. All das vereinigte sich, sie vergleichsweise wieder frisch und munter erscheinen zu lassen, und nur eines war geblieben, das auch äußerlich an zurückliegende Kämpfe gemahnte: mitten durch ihr Scheitelhaar zog sich eine weiße Strähne. Mutter Nimptsch hatte kein Auge dafür oder machte nicht viel davon, die Dörr aber, die nach ihrer Art mit der Mode ging und vor allem ungemein stolz auf ihren echten Zopf war, sah die weiße Strähne gleich und sagte zu Lene: „Jott, Lene. Un grade links. Aber natürlich . . . da sitzt es ja . . . links muß es ja sein."

Es war bald nach dem Umzuge, daß dies Gespräch geführt wurde. Sonst geschah im allgemeinen weder Bothos noch der alten Zeiten Erwähnung, was einfach darin seinen Grund hatte, daß Lene, wenn die Plauderei speziell *diesem* Thema sich zuwandte, jedesmal rasch abbrach oder auch wohl aus dem Zimmer ging. Das hatte sich die Dörr, als es Mal auf Mal wiederkehrte, gemerkt und so schwieg sie denn über Dinge, von denen man ganz ersichtlich weder reden noch hören wollte. So ging es ein Jahr lang und als das Jahr um war, war noch ein anderer Grund da, der es nicht rätlich erscheinen ließ, auf die alten Geschichten zurückzukommen. Nebenan nämlich war, Wand an Wand mit der Nimptsch, ein Mieter eingezogen, der, von Anfang an auf gute Nachbarschaft haltend, bald noch mehr als ein guter Nachbar zu werden versprach. Er kam jeden Abend und plauderte, so daß es mitunter an die Zeiten erinnerte, wo Dörr auf seinem Schemel gesessen und seine Pfeife geraucht hatte, nur daß der neue Nachbar in vielen Stücken doch anders war: ein ordentlicher und gebildeter Mann, von nicht gerade feinen, aber sehr anständigen Manieren, dabei guter Unterhalter, der, wenn Lene mit zugegen war, von allerlei städtischen Angelegenheiten, von Schulen, Gasanstalten und Kanalisation und mitunter auch von seinen Reisen zu sprechen wußte. Traf es sich, daß er mit der Alten allein war, so verdroß ihn auch das nicht, und er spielte dann Tod und Leben mit ihr oder Dambrett oder half ihr auch wohl eine Patience legen, trotzdem er eigentlich alle Karten verabscheute. Denn er war ein Konventikler und hatte, nachdem er erst bei den Mennoniten und dann später bei den Irvingianern eine Rolle gespielt hatte, neuerdings eine selbständige Sekte gestiftet.

Wie sich denken läßt, erregte dies alles die höchste Neugier der Frau Dörr, die denn auch nicht müde wurde, Fragen zu stellen und Anspielungen zu machen, aber immer nur, wenn Lene wirtschaftlich zu tun oder in der Stadt allerlei Besorgungen hatte. „Sagen Sie, liebe Frau Nimptsch, was is er denn eigentlich? Ich habe nachgeschlagen, aber er steht noch nich drin; Dörr hat bloß immer den vorjährigen. Franke heißt er?"

„Ja, Franke."

„Franke. Da war mal einer in der Ohmgasse, Großböttchermeister, und hatte bloß ein Auge; das heißt, das andre war auch noch da, man bloß ganz weiß und sah eigentlich aus wie 'ne Fischblase. Un wovon war es? Ein Reifen, als er ihn umlegen wollte, war abgesprungen und mit der Spitze grad ins Auge. Davon war es. Ob er von da herstammt?"

„Nein, Frau Dörr, er is gar nich von hier. Er is aus Bremen."

„Ach so. Na denn is es ja ganz natürlich."

Frau Nimptsch nickte zustimmend, ohne sich über diese Natürlichkeitsversicherung weiter aufklären zu lassen, und fuhr ihrerseits fort: „Un von Bremen bis Amerika dauert bloß vierzehn Tage. Da ging er hin. Un er war so was wie Klempner oder Schlosser oder Maschinenarbeiter, aber als er sah, daß es nich ging, wurd er Doktor und zog rum mit lauter kleine Flaschen und soll auch gepredigt haben. Un weil er so gut predigte, wurd er angestellt bei ... Ja, nun hab ich es wieder vergessen. Aber es sollen lauter sehr fromme Leute sein und auch sehr anständige."

„Herr du meine Güte", sagte Frau Dörr. „Er wird doch nich ... Jott, wie heißen sie doch, die so viele Frauen haben, immer gleich sechs oder sieben und manche noch mehre ... Ich weiß nich was sie mit so viele machen."

Es war ein Thema, wie geschaffen für Frau Dörr. Aber die Nimptsch beruhigte die Freundin und sagte: „Nein, liebe Dörr, es is doch anders. Ich hab erst auch so was gedacht, aber da hat er gelacht und gesagt: ‚I bewahre, Frau Nimptsch. Ich bin Junggesell. Und wenn ich mich verheirate, da denk ich mir, eine ist grade genug.'"

„Na, da fällt mir ein Stein vom Herzen", sagte die Dörr. „Und wie kam es denn nachher? Ich meine drüben in Amerika."

„Nu, nachher kam es ganz gut und dauerte gar nich lange, so war ihm geholfen. Denn was die Frommen sind, die helfen sich immer untereinander. Und hatte wieder Kundschaft gekriegt und auch sein altes Metier wieder. Und das hat er noch und is in einer großen Fabrik hier in der Köpnicker Straße, wo sie kleine Röhren machen und Brenner und Hähne und alles, was sie für das Gas brauchen. Und er ist da der Oberste, so wie Zimmer- oder Mauerpolier un hat wohl hundert unter sich. Un is ein sehr reputierlicher Mann mit Zylinder un schwarze Handschuh. Un hat auch ein gutes Gehalt."

„Un Lene?"

„Nu, Lene, die nähm ihn schon. Und warum auch nich? Aber sie kann ja den Mund nich halten und wenn er kommt und ihr was sagt, dann wird sie ihm alles erzählen, all die alten Geschichten, erst die mit Kuhlwein (un is doch nu schon so lang, als wär's eigentlich gar nich gewesen) und denn die mit dem Baron. Und Franke, müssen Sie wissen, ist ein feiner un anständiger Mann, un eigentlich schon ein Herr."

„Wir müssen es ihr ausreden. Er braucht ja nich alles zu wissen; wozu denn? wir wissen ja auch nich alles."

„Woll, woll. Aber die Lene . . ."

Achtzehntes Kapitel

Nun war Juni 78. Frau von Rienäcker und Frau von Sellenthin waren den Mai über auf Besuch bei dem jungen Paare gewesen und Mutter und Schwiegermutter, die sich mit jedem Tage mehr einredeten, ihre Käthe blasser, blutloser und matter als sonst vorgefunden zu haben, hatten, wie sich denken läßt, nicht aufgehört, auf einen Spezialarzt zu dringen, mit dessen Hilfe, nach beiläufig sehr kostspieligen gynäkologischen Untersuchungen, eine vierwöchentliche Schlangenbader Kur als vorläufig unerläßlich festgesetzt worden war. Schwalbach könne dann folgen. Käthe hatte gelacht und nichts davon wissen wollen, am wenigsten von Schlangenbad, es sei so was Unheimliches in dem Namen und sie fühle schon die Viper an der Brust, aber schließlich hatte sie nachgegeben und in den nun beginnenden Reisevorbereitungen eine Befriedigung gefunden, die größer war als die, die sie sich von der Kur versprach. Sie fuhr täglich in die Stadt, um Einkäufe zu machen, und wurde nicht müde zu versichern, wie sie jetzt erst das so hoch in Gunst und Geltung stehende „shopping" der englischen Damen begreifen lerne: so von Laden zu Laden zu wandern und immer hübsche Sachen und höfliche Menschen zu finden, das sei doch wirklich ein Vergnügen und lehrreich dazu, weil man so vieles sehe, was man gar nicht kenne, ja, wovon man bis dahin nicht einmal den Namen gehört hätte. Botho nahm in der Regel an diesen Gängen und Ausfahrten teil und ehe die letzte Juniwoche heran war, war die halbe Rienäckersche Wohnung in eine kleine Ausstellung von Reiseeffekten umgewandelt: ein Riesenkoffer mit Messingbeschlag, den Botho, nicht ganz mit Unrecht, den Sarg seines Vermögens nannte, leitete den Reigen ein, dann kamen zwei kleinere von Juchtenleder, samt Taschen, Decken und Kissen, und über das Sofa hin ausgebreitet lag die Reisegarderobe mit einem Staubmantel obenan und einem Paar wundervoller dicksohliger Schnürstiefel, als ob es sich um irgendeine Gletscherpartie gehandelt hätte.

Den 24. Juni, Johannistag, sollte die Reise beginnen, aber am Tage vorher wollte Käthe den cercle intime noch einmal um sich versammeln und so waren denn Wedell und ein junger Osten und selbstverständlich auch Pitt und Serge zu verhältnismäßig früher Stunde geladen worden. Dazu Käthes besonderer Liebling Balafré, der, bei Mars la Tour, damals noch als „Halberstädter", die große Attacke mitgeritten und wegen eines wahren Prachthiebes schräg über Stirn und Backe seinen Beinamen erhalten hatte.

Käthe saß zwischen Wedell und Balafré und sah nicht aus, als ob sie Schlangenbads oder irgendeiner Badekur der Welt besonders bedürftig sei, sie hatte Farbe, lachte, tat hundert Fragen und begnügte sich, wenn der Gefragte zu sprechen anhob, mit einem Minimum von Antwort. Eigentlich führte sie das Wort und keiner nahm Anstoß daran, weil sie die Kunst des gefälligen Nichtssagens mit einer wahren Meisterschaft übte. Balafré fragte, wie sie sich ihr Leben in den Kurtagen denke? Schlangenbad sei nicht bloß wegen seiner Heilwunder, sondern viel viel mehr noch wegen seiner Langenweile berühmt und vier Wochen Badelangeweile seien selbst unter den günstigsten Kurverhältnissen etwas viel.

„Oh, lieber Balafré", sagte Käthe, „Sie dürfen mich nicht ängstigen und würden es auch nicht, wenn Sie wüßten, wieviel Botho für mich getan hat. Er hat mir nämlich acht Bände Novellen als freilich unterste Schicht in den Koffer gelegt und damit sich meine Phantasie nicht kurwidrig erhitze, hat er gleich noch ein Buch über künstliche Fischzucht mitzugetan."

Balafré lachte.

„Ja, Sie lachen, lieber Freund, und wissen doch erst die kleinere Hälfte, die Haupthälfte (Botho tut nämlich nichts ohne Grund und Ursache) ist seine Motivierung. Es war natürlich bloß Scherz, was ich da vorhin von meiner mit Hilfe der Fischzuchtsbroschüre nicht zu schädigenden Phantasie sagte, das Ernste von der Sache lief darauf hinaus, ich *müsse* dergleichen, die Broschüre nämlich, endlich lesen und zwar aus Lokalpatriotismus, denn die Neumark, unsere gemeinsame glückliche Heimat, sei seit Jahr und Tag schon die Brut- und Geburtsstätte der künstlichen Fischzucht und wenn ich von diesem nationalökonomisch so wichtigen neuen Ernährungsfaktor nichts wüßte, so dürft ich mich jenseits der Oder im Landsberger Kreise gar nicht mehr sehen lassen, am allerwenigsten aber in Berneuchen, bei meinem Vetter Borne."

Botho wollte das Wort nehmen, aber sie schnitt es ihm ab und fuhr fort: „Ich weiß, was du sagen willst und daß es wenigstens mit den acht Novellen nur so für alle Fälle sei. Gewiß, gewiß, du bist immer so schrecklich vorsichtig. Aber ich denke, ‚alle Fälle' sollen gar nicht kommen. Ich hatte nämlich gestern noch einen Brief von meiner Schwester Ine, die mir schrieb, Anna Grävenitz sei seit acht Tagen auch da. Sie kennen sie ja, Wedell, eine geborene Rohr, charmante Blondine, mit der ich bei der alten Zülow in Pension und sogar in derselben Klasse war. Und ich entsinne mich noch, wie wir unsern vergötterten Felix Bachmann gemeinschaftlich anschwärmten und sogar Verse machten, bis die gute alte Zülow sagte, sie verbäte sich solchen Unsinn. Und Elly Winterfeld, wie mir Ine schreibt, käme wahrscheinlich auch. Und nun sag ich mir, in Gesellschaft von zwei reizenden jungen Frauen – und ich als Dritte, wenn auch mit den beiden andern gar nicht zu vergleichen – in so guter Gesellschaft, sag ich, muß man doch am Ende leben können. Nicht wahr, lieber Balafré?"

Dieser verneigte sich unter einem grotesken Mienenspiel, das in allem, nur nicht hinsichtlich eines von ihr selbst versicherten Zurückstehens gegen irgendwen sonst in der Welt, seine Zustimmung ausdrücken sollte, nahm aber nichtsdestoweniger sein ursprüngliches Examen wieder auf und sagte: „Wenn ich Details hören könnte, meine Gnädigste! Das einzelne, sozusagen die Minute bestimmt unser Glück und Unglück. Und der Tag hat der Minuten so viele."

„Nun, ich denk es mir so. Jeden Morgen Briefe. Dann Promenadenkonzert und Spaziergang mit den zwei Damen, am liebsten in einer verschwiegenen Allee. Da setzen wir uns dann und lesen uns die Briefe vor, die wir doch hoffentlich erhalten werden, und lachen, wenn er zärtlich schreibt und sagen „ja, ja". Und dann kommt das Bad und nach dem Bade die Toilette, natürlich mit Sorglichkeit und Liebe, was doch in Schlangenbad nicht ununterhaltlicher sein kann als in Berlin. Eher das Gegenteil. Und dann gehen wir zu Tisch und haben einen alten General zur Rechten und einen reichen Industriellen zur Linken und für Industrielle hab ich von Jugend an eine Passion gehabt. Eine Passion, deren ich mich nicht schäme. Denn entweder haben sie neue Panzerplatten erfunden oder unterseeische Telegraphen gelegt oder einen Tunnel gebohrt oder eine Klettereisenbahn angelegt. Und dabei, was ich auch nicht verachte, sind sie reich. Und nach Tische Lesezimmer und Kaffee bei heruntergelassenen Jalousien, so daß einem die Schatten und Lichter immer auf der Zeitung umhertanzen. Und dann Spaziergang. Und vielleicht, wenn wir Glück haben, haben sich sogar ein paar Frankfurter oder Mainzer Kavaliere herüberverirrt und reiten neben dem Wagen her und das muß ich Ihnen sagen, meine Herren, gegen Husaren, gleichviel ob rot oder blau, kommen Sie nicht auf und von meinem militärischen Standpunkt aus ist und bleibt es ein entschiedener Fehler, daß man die Gardedragoner verdoppelt, aber die Gardehusaren sozusagen einfach gelassen hat. Und noch unbegreiflicher ist es mir, daß man sie drüben läßt. So was Apartes gehört in die Hauptstadt."

Botho, den das enorme Sprechtalent seiner Frau zu genieren anfing, suchte durch kleine Schraubereien ihrer Schwatzhaftigkeit Einhalt zu tun. Aber seine Gäste waren viel unkritischer als er, ja erheiterten sich mehr denn je über die „reizende kleine Frau" und Balafré, der in Käthebewunderung obenan stand, sagte: „Rienäcker, wenn Sie noch ein Wort gegen Ihre Frau sagen, so sind Sie des Todes. Meine Gnädigste, was dieser Oger von Ehemann nur überhaupt will? was er nur krittelt? Ich weiß es nicht. Und am Ende muß ich gar glauben, daß er sich in seiner Schwerenkavallerie-Ehre gekränkt fühlt und Pardon wegen der Wortspielerei lediglich um seines Harnisch willen in Harnisch gerät. Rienäcker, ich beschwöre Sie! Wenn ich solche Frau hätte wie Sie, so wäre mir jede Laune Befehl, und wenn mich die Gnädigste zum Husaren machen wollte, nun so würd ich schlankweg Husar und damit basta. Soviel aber weiß ich gewiß und möchte Leben und Ehre darauf verwetten, wenn Seine Majestät solche beredten Worte hören könnte, so hätten die Gardehusaren drüben keine ruhige Stunde mehr, lägen morgen schon im Marschquartier in Zehlendorf und rückten übermorgen durchs Brandenburger Tor hier ein. O dies Haus Sellenthin, das ich, die Gelegenheit beim Schopf ergreifend, in diesem ersten Toaste zum ersten, zum zweiten und zum dritten Male leben lasse! Warum haben Sie keine Schwester mehr, meine Gnädigste? Warum hat sich Fräulein Ine bereits verlobt? Vor der Zeit und jedenfalls mir zum Tort."

Käthe war glücklich über derlei kleine Huldigungen und versicherte, daß sie, trotz Ine, die nun freilich rettungslos für ihn verloren sei, alles tun wolle, was sich tun lasse, wiewohl sie recht gut wisse, daß er, als ein unverbesserlicher Junggeselle, nur bloß so rede. Gleich danach aber ließ sie die Neckerei mit Balafré fallen und nahm das Reisegespräch wieder auf, am eingehendsten das Thema, wie sie sich die Korrespondenz eigentlich denke. Sie hoffe, wie sie nur wiederholen könne, jeden Tag einen Brief zu empfangen, das sei nun mal Pflicht eines zärtlichen Gatten, werd es aber ihrerseits an sich kommen lassen und nur am ersten Tage von Station zu Station ein Lebenszeichen geben. Dieser Vorschlag fand Beifall, sogar bei Rienäcker, und wurde nur schließlich dahin abgeändert, daß sie zwar auf jeder Hauptstation bis Köln hin, über das sie trotz des Umwegs ihre Route nahm, eine Karte schreiben, alle ihre Karten aber, so viel oder so wenig ihrer sein möchten, in ein gemeinschaftliches Kuvert stecken solle. Das habe dann den Vorzug, daß sie sich ohne Furcht vor Postexpedienten und Briefträgern über ihre Reisegenossen in aller Ungeniertheit aussprechen könne.

Nach dem Diner nahm man draußen auf dem Balkon den Kaffee, bei welcher Gelegenheit sich Käthe, nachdem sie sich eine Weile gesträubt, in ihrem Reisekostüm: in Rembrandthut und Staubmantel samt umgehängter Reisetasche präsentierte. Sie sah reizend aus. Balafré war entzückter denn je und bat sie, nicht allzusehr überrascht sein zu wollen, wenn sie ihn am andern Morgen, ängstlich in eine Kupee-Ecke gedrückt, als Reisekavalier vorfinden sollte.

„Vorausgesetzt, daß er Urlaub kriegt", lachte Pitt.

„Oder desertiert", setzte Serge hinzu, „was den Huldigungsakt freilich erst vollkommen machen würde."

So ging die Plauderei noch eine Weile. Dann verabschiedete man sich bei den liebenswürdigen Wirten und kam überein, bis zur Lützowplatzbrücke zusammenzubleiben. Hier aber teilte man sich in zwei Parteien und während Balafré samt Wedell und Osten am Kanal hin weiterschlenderten, gingen Pitt und Serge, die noch zu Kroll wollten, auf den Tiergarten zu.

„Reizendes Geschöpf, diese Käthe", sagte Serge. „Rienäcker wirkt etwas prosaisch daneben und mitunter sieht er so sauertöpfisch und neunmalweise drein, als ob er die kleine Frau, die bei Lichte besehn eigentlich klüger ist als er, vor aller Welt entschuldigen müsse."

Pitt schwieg.

„Und was sie nur in Schwalbach oder Schlangenbad soll?" fuhr Serge fort. „Es hilft doch nichts. Und wenn es hilft, ist es meist eine sehr sonderbare Hilfe."

Pitt sah ihn von der Seite her an. „Ich finde, Serge, du russifizierst dich immer mehr oder was dasselbe sagen will, wächst dich immer mehr in deinen Namen hinein."

„Immer noch nicht genug. Aber Scherz beiseite, Freund, eines ist ernst in der Sache: Rienäcker ärgert mich. Was hat er gegen die reizende kleine Frau. Weißt du's?"

„Ja."

„Nun?"

„She is rather a little silly. Oder wenn du's deutsch hören willst: sie dalbert ein bißchen. Jedenfalls *ihm* zuviel."

Neunzehntes Kapitel

Käthe zog zwischen Berlin und Potsdam schon die gelben Vorhänge vor ihr Kupeefenster, um Schutz gegen die beständig stärker werdende Blendung zu haben, am Luisenufer aber waren an demselben Tage keine Vorhänge herabgelassen und die Vormittagssonne schien hell in die Fenster der Frau Nimptsch und füllte die ganze Stube mit Licht. Nur der Hintergrund lag im Schatten und hier stand ein altmodisches Bett mit hoch aufgetürmten und rot- und weiß-karierten Kissen, an die Frau Nimptsch sich lehnte. Sie saß mehr als sie lag, denn sie hatte Wasser in der Brust und litt heftig an astmathischen Beschwerden. Immer wieder wandte sie den Kopf nach dem einen offenstehenden Fenster, aber doch noch häufiger nach dem Kaminofen, auf dessen Herdstelle heute kein Feuer brannte.

Lene saß neben ihr, ihre Hand haltend, und als sie sah, daß der Blick der Alten immer in derselben Richtung ging, sagte sie: „Soll ich ein Feuer machen, Mutter? Ich dachte, weil du liegst und die Bettwärme hast und weil es so heiß ist ..."

Die Alte sagte nichts, aber es kam Lenen doch so vor, als ob sie's wohl gern hätte. So ging sie denn hin und bückte sich und machte ein Feuer.

Als sie wieder ans Bett kam, lächelte die Alte zufrieden und sagte: „Ja, Lene, heiß ist es. Aber du weißt ja, ich muß es immer sehn. Und wenn ich es nicht sehe, dann denk ich, es ist alles aus und kein Leben und kein Funke mehr. Und man hat doch so seine Angst hier ..."

Und dabei wies sie nach Brust und Herz.

„Ach Mutter, du denkst immer gleich an Sterben. Und ist doch so oft schon vorübergegangen."

„Ja, Kind, oft is es vorübergegangen, aber mal kommt es

und mit siebzig da kann es jeden Tag kommen. Weißt du, mache das andere Fenster auch noch auf, dann is mehr Luft hier und das Feuer brennt besser. Sieh doch bloß, es will nicht mehr recht, es raucht so ..."

„Das macht die Sonne, die grade drauf steht ..."

„Und dann gib mir von den grünen Tropfen, die mir die Dörr gebracht hat. Ein bißchen hilft es doch immer."

Lene tat wie geheißen und der Kranken, als sie die Tropfen genommen hatte, schien wirklich etwas besser und leichter ums Herz zu werden. Sie stemmte die Hand aufs Bett und schob sich höher hinauf, und als ihr Lene noch ein Kissen ins Kreuz gestopft hatte, sagte sie: „War Franke schon hier?"

„Ja; gleich heute früh. Er fragt immer, eh er in die Fabrik geht."

„Is ein sehr guter Mann."

„Ja, das ist er."

„Und mit das Konventikelsche ..."

„... Wird es so schlimm nicht sein. Und ich glaube beinah, daß er seine guten Grundsätze daher hat. Glaubst du nicht auch?"

Die Alte lächelte. „Nein, Lene, die kommen vom lieben Gott. Und der eine hat sie un der andre hat sie nicht. Ich glaube nich recht ans Lernen un Erziehen ... Und hat er noch nichts gesagt?"

„Ja, gestern abend."

„Un was hast du ihm geantwortet?"

„Ich hab ihm geantwortet, daß ich ihn nehmen wolle, weil ich ihn für einen ehrlichen und zuverlässigen Mann hielte, der nicht bloß für mich, sondern auch für dich sorgen würde ..."

Die Alte nickte zustimmend.

„Und", fuhr Lene fort, „als ich das so gesagt hatte, nahm er meine Hand und rief in guter Laune: ‚Na, Lene, denn also abgemacht!' Ich aber schüttelte den Kopf und sagte, daß das so schnell nicht ginge, denn ich hätt ihm noch was zu bekennen. Und als er fragte was, erzählt ich ihm, ich hätte zweimal ein Verhältnis gehabt: erst ... na, du weißt ja, Mutter ... und den ersten hätt ich ganz gern gehabt und den andern hätt ich sehr geliebt und mein Herz hinge noch an ihm. Aber er sei jetzt glücklich verheiratet und ich hätt ihn nie wiedergesehen, außer ein einzigmal, und ich wollt ihn auch nicht wiedersehn. Ihm aber, der es so gut mit uns meine, hätt ich das alles sagen müssen, weil ich keinen und am wenigsten ihn hintergehen wolle ..."

„Jott, Jott", weimerte die Alte dazwischen.

„... Und gleich danach ist er aufgestanden und in seine Wohnung rübergegangen. Aber er war nicht böse, was ich ganz deutlich sehen konnte. Nur litt er's nicht, als ich ihn, wie sonst, bis an die Flurtür bringen wollte."

Frau Nimptsch war ersichtlich in Angst und Unruhe, wobei sich freilich nicht recht erkennen ließ, ob es um des eben Gehörten willen oder aus Atemnot war. Es schien aber fast das letztre, denn mit einem Male sagte sie: „Lene, Kind, ich liege nicht hoch genug. Du mußt mir noch das Gesangbuch unterlegen."

Lene widersprach nicht, ging vielmehr und holte das Gesangbuch. Als sie's aber brachte, sagte die Alte: „Nein, nich *das*, das ist das neue. Das alte will ich, das dicke mit den zwei Klappen." Und erst als Lene mit dem dicken Gesangbuche wieder da war, fuhr die Alte fort: „Das hab ich meiner Mutter selig auch holen müssen und war noch ein halbes Kind damals und meine Mutter noch keine fuffzig und saß ihr auch hier und konnte keine Luft kriegen und die großen Angstaugen kuckten mich immer so an. Als ich ihr aber das Porstsche, das sie bei der Einsegnung gehabt, unterschob, da wurde sie ganz still und ist ruhig eingeschlafen. Und das möcht ich auch. Ach, Lene. Der Tod ist es nich ... Aber das Sterben ... So, so. Ah, das hilft."

Lene weinte still vor sich hin und weil sie nun wohl sah, daß der guten alten Frau letzte Stunde nahe sei, schickte sie zu Frau Dörr und ließ sagen, es stehe schlecht und ob Frau Dörr nicht kommen wolle. Die ließ denn auch zurücksagen, ja, sie werde kommen ..., und um die sechste Stunde kam sie wirklich mit Lärm und Trara, weil Leisesein, auch bei Kranken, nicht ihre Sache war. Sie stappste nur so durch die Stube hin, daß alles schütterte und klirrte, was auf und neben dem Herde lag, und dabei verklagte sie Dörr, der immer grad in der Stadt sei, wenn er mal zu Hause sein solle, und immer zu Hause wär, wenn sie ihn zum Kuckuck wünsche. Dabei hatte sie der Kranken die Hand gedrückt und Lene gefragt, ob sie denn auch tüchtig von den Tropfen eingegeben habe?

„Ja."

„Wieviel denn?"

„Fünf ... fünf alle zwei Stunden."

Das sei zu wenig, hatte die Dörr darauf versichert und unter Auskramung ihrer gesamten medizinischen Kenntnis hinzugesetzt: sie habe die Tropfen vierzehn Tage lang in der Sonne ziehn lassen und wenn man sie richtig einnehme, so ginge das Wasser weg wie mit 'ner Plumpe. Der alte Selke drüben im Zoologischen sei schon wie 'ne Tonne gewesen und habe schon ein Vierteljahr lang keinen Bettzippel mehr gesehn, immer aufrecht in 'n Stuhl un alle Fenster weit aufgerissen, als er aber vier Tage lang die Tropfen genommen, sei's gewesen, wie wenn man auf eine Schweinsblase drücke: hast du nich gesehn, alles raus un wieder lapp un schlapp.

Unter diesen Worten hatte die robuste Frau der alten Nimptsch eine doppelte Portion von ihrem Fingerhut eingezwungen.

Lene, die bei dieser energischen Hilfe von einer doppelten und nur zu berechtigten Angst befallen wurde, nahm ihr Tuch und schickte sich an, einen Arzt zu holen. Und die Dörr, die sonst immer gegen die Doktors war, hatte diesmal nichts dagegen.

„Geh", sagte sie, „sie kann's nicht lange mehr machen. Kuck bloß mal hier" (und sie wies auf die Nasenflügel), „da sitzt der Dod."

Lene ging; aber sie konnte den Michaelkirchplatz noch kaum erreicht haben, als die bis dahin in einem Halbschlummer gelegene Alte sich aufrichtete und nach ihr rief: „Lene ..."

„Lene is nich da."

„Wer is denn da?"

„Ich, Mutter Nimptsch. Ich, Frau Dörr."

„Ach, Frau Dörr, das is recht. So, hierher; hier auf die Hutsche."

Frau Dörr, gar nicht gewöhnt, sich kommandieren zu lassen, schüttelte sich ein wenig, war aber doch zu gutmütig, um dem Kommando nicht nachzukommen. Und so setzte sie sich denn auf die Fußbank.

Und sieh da, im selben Augenblick begann auch die alte Frau schon: „Ich will einen gelben Sarg haben un blauen Beschlag. Aber nich zuviel ..."

„Gut, Frau Nimptsch."

„Un ich will auf 'n neuen Jakobikirchhof liegen, hintern Rollkrug un ganz weit weg nach Britz zu."

„Gut, Frau Nimptsch."

„Und gespart hab ich alles dazu, schon vordem, als ich noch sparen konnte. Un es liegt in der obersten Schublade. Un da liegt auch das Hemd un das Kamisol und ein paar weiße Strümpfe mit N. Und dazwischen liegt es."

„Gut, Frau Nimptsch. Es soll alles geschehn, wie Sie gesagt haben. Und is sonst noch was?“

Aber die Alte schien von Frau Dörrs Frage nichts mehr gehört zu haben und ohne Antwort zu geben, faltete sie bloß die Hände, sah mit einem frommen und freundlichen Ausdruck zur Decke hinauf und betete: „Lieber Gott im Himmel, nimm sie in deinen Schutz und vergilt ihr alles, was sie mir alten Frau getan hat.“

„Ah, die Lene“, sagte Frau Dörr vor sich hin und setzte dann hinzu: „Das wird der liebe Gott auch, Frau Nimptsch, den kenn ich und habe noch keine verkommen sehn, die so war wie die Lene und solch Herz und solche Hand hatte.“

Die Alte nickte und ein freundlich Bild stand sichtlich vor ihrer Seele.

So vergingen Minuten und als Lene zurückkam und vom Flur her an die Korridortür klopfte, saß Frau Dörr noch immer auf der Fußbank und hielt die Hand ihrer alten Freundin. Und jetzt erst wo sie das Klopfen draußen hörte, ließ sie die Hand los und stand auf und öffnete.

Lene war noch außer Atem. „Er ist gleich hier . . . er wird gleich kommen.“

Aber die Dörr sagte nur: „Jott, die Doktors“ und wies auf die Tote.

Zwanzigstes Kapitel

Käthes erster Reisebrief war in Köln auf die Post gegeben und traf, wie versprochen, am andern Morgen in Berlin ein. Die gleich mitgegebene Adresse rührte noch von Botho her, der jetzt, lächelnd und in guter Laune, den sich etwas fest anfühlenden Brief in Händen hielt. Wirklich, es waren drei mit blassem Bleistift und auf beiden Seiten beschriebene Karten in das Kuvert gesteckt worden, alle schwer lesbar, so daß Rienäcker auf den Balkon hinaustrat, um das undeutliche Gekritzel besser entziffern zu können.

„Nun laß sehn, Käthe.“

Und er las:

„*Brandenburg a. H.*, 8 Uhr früh. Der Zug, mein lieber Botho, hält hier nur drei Minuten, aber sie sollen nicht ungenutzt vorübergehen, nötigenfalls schreib ich unterwegs im Fahren weiter, so gut oder so schlecht es geht. Ich reise mit einer jungen, sehr reizenden Bankierfrau, Madame Salinger, geb. Saling, aus Wien. Als ich mich über die Namensähnlichkeit wunderte, sagte sie: ‚Joa, schaun S', i hoab halt mei Komp'rativ g'heirat.' Sie spricht in einem fort dergleichen und geht trotz einer zehnjährigen Tochter (blond; die Mutter brünett) ebenfalls nach Schlangenbad. Und auch über Köln und auch, wie ich, eines dort abzustattenden Besuches halber. Das Kind ist gut geartet, aber nicht gut erzogen und hat mir bei dem beständigen Umherklettern im Kupee bereits meinen Sonnenschirm zerbrochen, was die Mutter sehr in Verlegenheit brachte. Auf dem Bahnhofe, wo wir eben halten, d. h. in diesem Augenblicke setzt sich der Zug schon wieder in Bewegung, wimmelt es von Militär, darunter auch Brandenburger Kürassiere mit einem quittgelben Namenszug auf der Achselklappe; wahrscheinlich Nikolaus. Es macht sich sehr gut. Auch Füsiliere waren da, Fünfunddreißiger, kleine Leute, die mir doch kleiner vorkamen als nötig, obschon Onkel Osten immer zu sagen pflegte: der beste Füsilier sei *der*, der nur mit bewaffnetem Auge gesehen werden könne. Doch ich schließe. Die Kleine (leider) rennt nach wie vor von einem Kupeefenster zum andern und erschwert mir das Schreiben. Und dabei nascht sie beständig Kuchen, kleine mit Kirschen und Pistazien belegte Tortenstücke. Schon zwischen Potsdam und Werder fing sie damit an. Die Mutter ist doch zu schwach. Ich würde strenger sein."

Botho legte die Karte beiseit und überflog, so gut es ging, die zweite. Sie lautete:

„*Hannover*, 12 Uhr 30 Minuten. In Magdeburg war Goltz am Bahnhofe und sagte mir, Du hättest ihm geschrieben, ich käme. Wie gut und lieb wieder von Dir. Du bist doch immer der Beste, der Aufmerksamste. Goltz hat jetzt die Vermessungen am Harz, d. h. am 1. Juli fängt er an. – Der Aufenthalt hier in Hannover währt eine Viertelstunde, was ich benutzt habe, mir den unmittelbar am Bahnhofe gelegenen Platz anzusehen: lauter erst unter unserer Herrschaft entstandene Hotels und Bieretablissements, von denen eines ganz im gotischen Stile gebaut ist. Die Hannoveraner, wie mir ein Mitreisender erzählte, nennen es die „preußische Bierkirche", bloß aus welfischem Antagonismus. Wie schmerzlich dergleichen! Die Zeit wird aber auch *hier* vieles mildern. Das walte Gott. – Die Kleine knabbert in einem fort weiter, was mich zu beunruhigen anfängt. Wohin soll das führen? Die Mutter aber ist wirklich reizend und hat mir schon *alles* erzählt. Sie war auch in Würzburg, bei Scanzoni, für den sie schwärmt. Ihr Vertrauen gegen mich ist beschämend und beinahe peinlich. Im übrigen ist sie, wie ich nur wiederholen kann, durchaus comme il faut. Um Dir bloß eines zu nennen, welch Reisenecessaire! Die Wiener sind uns in solchen Dingen doch sehr überlegen; man merkt die ältere Kultur."

„Wundervoll", lachte Botho. „Wenn Käthe kulturhistorische Betrachtungen anstellt, übertrifft sie sich selbst. Aber aller guten Dinge sind drei. Laß sehn."

Und dabei nahm er die dritte Karte.

„*Köln,* 8 Uhr abends. Kommandantur. Ich will meine Karten doch lieber noch *hier* zur Post geben und nicht bis Schlangenbad warten, wo Frau Salinger und ich morgen mittag einzutreffen gedenken. Mir geht es gut. Schroffensteins sehr liebenswürdig; besonders er. Übrigens, um nichts zu vergessen, Frau Salinger wurde durch Oppenheims Equipage vom Bahnhofe abgeholt. Unsere Fahrt, anfangs so reizvoll, gestaltete sich von Hamm aus einigermaßen beschwerlich und unschön. Die Kleine litt schwer und leider durch Schuld der Mutter. ‚Was möchtest du noch', fragte sie, nachdem unser Zug eben den Bahnhof Hamm passiert hatte, worauf das Kind antwortete: ‚Drops.' Und erst von *dem* Augenblick an wurd es so schlimm ... Ach, lieber Botho, jung oder alt, unsere Wünsche bedürfen doch beständig einer strengen und gewissenhaften Kontrolle. Dieser Gedanke beschäftigt mich seitdem unausgesetzt und die Begegnung mit dieser liebenswürdigen Frau war vielleicht kein Zufall in meinem Leben. Wie oft habe ich Kluckhuhn in diesem Sinne sprechen hören. Und er hat recht. Morgen mehr.

Deine Käthe."

Botho schob die drei Karten wieder ins Kuvert und sagte: „Ganz Käthe. Welch Talent für die Plauderei! Und ich könnte mich eigentlich freuen, daß sie so schreibt, wie sie schreibt. Aber es fehlt etwas. Es ist alles so angeflogen, so bloßes Gesellschaftsecho. Aber sie wird sich ändern, wenn sie Pflichten hat. Oder doch vielleicht. Jedenfalls will ich die Hoffnung darauf nicht aufgeben."

Am Tage danach kam ein kurzer Brief aus Schlangenbad, in dem viel, viel weniger stand als auf den drei Karten, und von diesem Tage an schrieb sie nur alle halbe Woche noch und plauderte von Anna Grävenitz und der wirklich auch noch erschienenen Elly Winterfeld, am meisten aber von Madame Salinger und der reizenden kleinen Sarah. Es waren immer dieselben Versicherungen und nur am Schlusse der dritten Woche hieß es einigermaßen abweichend: „Ich finde jetzt die Kleine reizender als die Mutter. Diese gefällt sich in einem Toilettenluxus, den ich kaum passend finden kann um so weniger, als eigentlich keine Herren hier sind. Auch seh ich jetzt, daß sie Farbe auflegt und namentlich die Augenbrauen malt und vielleicht auch die Lippen, denn sie sind kirschrot. Das Kind aber ist sehr natürlich. Immer wenn sie mich sieht, stürzt sie mit Vehemenz auf mich zu und küßt mir die Hand und entschuldigt sich zum hundertsten Male wegen der Drops, ‚aber die Mama sei schuld', worin ich dem Kinde nur zustimmen kann. Und doch muß andererseits ein geheimnisvoll naschiger Zug in Sarahs Natur liegen, ich möchte beinahe sagen, etwas wie Erbsünde (glaubst Du daran? ich glaube daran, mein lieber Botho), denn sie kann von den Süßigkeiten nicht lassen und kauft sich in einem fort Oblaten, nicht Berliner, die wie Schaumkringel schmecken, sondern Karlsbader mit eingestreutem Zucker. Aber nichts mehr schriftlich davon. Wenn ich Dich wiedersehe, was sehr bald sein kann – denn ich möchte gern mit Anna Grävenitz zusammen reisen, man ist doch so mehr unter sich – sprechen wir darüber und über vieles andere noch. Ach, wie freu ich mich, Dich wiedersehn und mit Dir auf dem Balkon sitzen zu können. Es ist doch am schönsten in Berlin, und wenn dann die Sonne so hinter Charlottenburg und dem Grunewald steht, und man so träumt und so müde wird, oh, wie herrlich ist das! Nicht wahr! Und weißt Du wohl, was Frau Salinger gestern zu mir sagte? Ich sei noch blonder geworden, sagte sie. Nun, du wirst ja sehn. Wie immer Deine Käthe."

Rienäcker nickte mit dem Kopf und lächelte. „Reizende, kleine Frau. Von ihrer Kur schreibt sie nichts; ich wette, sie fährt spazieren und hat noch keine zehn Bäder genommen." Und nach diesem Selbstgespräche gab er dem eben eintretenden Burschen einige Weisungen und ging, durch Tiergarten und Brandenburger Tor, erst die Linden hinunter und dann auf die Kaserne zu, wo der Dienst ihn bis Mittag in Anspruch nahm.

Als er bald nach 12 Uhr wieder zu Hause war und sich's, nach eingenommenem Imbiß, eben ein wenig bequem machen wollte, meldete der Bursche, daß ein Herr ... ein Mann (er schwankte in der Titulatur) draußen sei, der den Herrn Baron zu sprechen wünsche.

„Wer?"

„Gideon Franke ... Er sagte so."

„Franke? Sonderbar. Nie gehört. Laß ihn eintreten."

Der Bursche ging wieder, während Botho wiederholte: „Franke ... Gideon Franke ... Nie gehört. Kenn ich nicht."

Einen Augenblick später trat der Angemeldete ein und verbeugte sich von der Tür her etwas steif. Er trug einen bis obenhin zugeknöpften schwarzbraunen Rock, übermäßig blanke Stiefel und blankes schwarzes Haar, das an beiden Schläfen dicht anlag. Dazu schwarze Handschuh und hohe Vatermörder von untadliger Weiße.

Botho ging ihm mit der ihm eigenen chevaleresken Artigkeit entgegen und sagte: „Herr Franke?"

Dieser nickte.

„Womit kann ich dienen? Darf ich Sie bitten, Platz zu nehmen ... Hier ... Oder vielleicht hier. Polsterstühle sind immer unbequem."

Franke lächelte zustimmend und setzte sich auf einen Rohrstuhl, auf den Rienäcker hingewiesen hatte.

„Womit kann ich dienen?" wiederholte Rienäcker.

„Ich komme mit einer Frage, Herr Baron."

„Die mir zu beantworten eine Freude sein wird, vorausgesetzt, daß ich sie beantworten kann."

„Oh, niemand besser als Sie, Herr von Rienäcker ... Ich komme nämlich wegen der Lene Nimptsch."

Botho fuhr zurück.

„... Und möchte", fuhr Franke fort, „gleich hinzusetzen dürfen, daß es nichts Genierliches ist, was mich herführt. Alles, was ich zu sagen oder, wenn Sie's gestatten, Herr Baron, zu fragen habe, wird Ihnen und Ihrem Hause keine Verlegenheiten schaffen. Ich weiß auch von der Abreise der gnädigen Frau, der Frau Baronin, und habe mit allem Vorbedacht auf Ihr Alleinsein gewartet, oder wenn ich so sagen darf, auf Ihre Strohwitwertage."

Botho hörte mit feinem Ohre heraus, daß der, der da sprach, trotz seines spießbürgerlichen Aufzuges ein Mann von Freimut und untadeliger Gesinnung sei. Das half ihm rasch aus seiner Verwirrung heraus und er hatte Haltung und Ruhe ziemlich wiedergewonnen, als er über den Tisch hin fragte: „Sie sind ein Anverwandter Lenens? Verzeihung, Herr Franke, daß ich meine alte Freundin bei diesem alten mir so lieben Namen nenne."

Franke verbeugte sich und erwiderte: „Nein, Herr Baron, kein Verwandter; ich habe nicht diese Legitimation. Aber meine Legitimation ist vielleicht keine schlechtere: ich kenne die Lene seit Jahr und Tag und habe die Absicht, sie zu heiraten. Sie hat auch zugesagt, aber mir bei der Gelegenheit auch von ihrem Vorleben erzählt und dabei mit so großer Liebe von Ihnen gesprochen, daß es mir auf der Stelle feststand, Sie selbst, Herr Baron, offen und unumwunden fragen zu wollen, was es mit der Lene eigentlich sei. Worin Lene selbst, als ich ihr von meiner Absicht erzählte, mich mit sichtlicher Freude bestärkte, freilich gleich hinzusetzend: ich solle es lieber nicht tun, denn Sie würden *zu* gut von ihr sprechen."

Botho sah vor sich hin und hatte Mühe, die Bewegung seines Herzens zu bezwingen. Endlich aber war er wieder Herr seiner selbst und sagte: „Sie sind ein ordentlicher Mann, Herr Franke, der das Glück der Lene will, soviel hör und seh ich, und das gibt Ihnen ein gutes Recht auf Antwort. Was ich Ihnen zu sagen habe, darüber ist mir kein Zweifel, und ich schwanke nur noch *wie*. Das beste wird sein, ich erzähl Ihnen, wie's kam und weiterging und dann abschloß."

Franke verbeugte sich abermals, zum Zeichen, daß er auch seinerseits dies für das beste halte.

„Nun denn", hob Rienäcker an, „es geht jetzt ins dritte Jahr oder ist auch schon ein paar Monate darüber, daß ich bei Gelegenheit einer Kahnfahrt um die Treptower Liebesinsel herum in die Lage kam, zwei jungen Mädchen einen Dienst zu leisten und sie vor dem Kentern ihres Bootes zu bewahren. Eins der beiden Mädchen war die Lene und an der Art, wie sie dankte, sah ich gleich, daß sie anders war als andere. Von Redensarten keine Spur, auch später nicht, was ich gleich hier hervorheben möchte. Denn so heiter und mitunter beinahe ausgelassen sie sein kann, von Natur ist sie nachdenklich, ernst und einfach."

Botho schob mechanisch das noch auf dem Tische stehende Tablett beiseite, strich die Decke glatt und fuhr dann fort: „Ich bat sie, sie nach Hause begleiten zu dürfen, und sie nahm es ohne weiteres an, was mich damals einen Augenblick überraschte. Denn ich kannte sie noch nicht. Aber ich sah sehr bald, woran es lag; sie hatte sich von Jugend an daran gewöhnt, nach ihren eigenen Entschlüssen zu handeln, ohne viel Rücksicht auf die Menschen und jedenfalls ohne Furcht vor ihrem Urteil."

Franke nickte.

„So machten wir denn den weiten Weg und ich begleitete sie nach Haus und war entzückt von allem, was ich da sah, von der alten Frau, von dem Herd, an dem sie saß, von dem Garten, darin das Haus lag, und von der Abgeschiedenheit und Stille. Nach einer Viertelstunde ging ich wieder, und als ich mich draußen am Gartengitter von der Lene verabschiedete, frug ich, ob ich wiederkommen dürfe, welche Frage sie mit einem einfachen ‚ja' beantwortete. Nichts von falscher Scham, aber noch weniger von Unweiblichkeit. Umgekehrt, es lag etwas Rührendes in ihrem Wesen und ihrer Stimme."

Rienäcker, als das alles wieder vor seine Seele trat, stand in sichtlicher Erregung auf und öffnete beide Flügel der Balkontür, als ob es ihm in seinem Zimmer zu heiß werde. Dann, auf und ab schreitend, fuhr er in einem rascheren Tempo fort: „Ich habe kaum noch etwas hinzuzusetzen. Das war Ostern und wir hatten einen Sommer lang allerglücklichste Tage. Soll ich davon erzählen? Nein. Und dann kam das Leben mit seinem Ernst und seinen Ansprüchen. Und das war es, was uns trennte."

Botho hatte mittlerweile seinen Platz wieder eingenommen und der all die Zeit über mit Glattstreichung seines Hutes beschäftigte Franke sagte ruhig vor sich hin: „Ja, so hat sie mir's auch erzählt."

„Was nicht anders sein kann, Herr Franke. Denn die Lene – und ich freue mich von ganzem Herzen, auch gerade das noch sagen zu können — die Lene lügt nicht und bisse sich eher die Zunge ab, als daß sie flunkerte. Sie hat einen doppelten Stolz und neben dem, von ihrer Hände Arbeit leben zu wollen, hat sie noch den andern, alles gradheraus zu sagen und keine Flausen zu machen und nichts zu vergrößern und nichts zu verkleinern. ‚Ich brauche es nicht und will es nicht', das hab ich sie viele Male sagen hören. Ja, sie hat ihren eigenen Willen, vielleicht etwas mehr, als recht ist, und wer sie tadeln will, kann ihr vorwerfen, eigenwillig zu sein. Aber sie will nur, was sie glaubt verantworten zu können und wohl auch wirklich verantworten kann, und solch Wille, mein ich, ist doch mehr Charakter als Selbstgerechtigkeit. Sie nicken und ich sehe daraus, daß wir einerlei Meinung sind, was mich aufrichtig freut. Und nun noch ein Schlußwort, Herr Franke. Was zurückliegt, liegt zurück. Können Sie darüber nicht hin, so muß ich das respektieren. Aber können Sie's, so sag ich Ihnen, Sie kriegen da eine selten gute Frau. Denn sie hat das Herz auf dem rechten Fleck und ein starkes Gefühl für Pflicht und Recht und Ordnung."

„So hab ich Lenen auch immer gefunden und ich verspreche mir von ihr, ganz so wie der Herr Baron sagen, eine selten gute Frau. Ja, der Mensch soll die Gebote halten, *alle* soll er sie halten, aber es ist doch ein Unterschied, je nachdem die Gebote sind, und wer das *eine* nicht hält, der kann immer noch was taugen, wer aber das *andere* nicht hält und wenn's auch im Katechismus dicht daneben stünde, der taugt nichts und ist verworfen von Anfang an und steht außerhalb der Gnade."

Botho sah ihn verwundert an und wußte sichtlich nicht, was er aus dieser feierlichen Ansprache machen sollte. Gideon Franke aber, der nun auch seinerseits im Gange war, hatte kein Auge mehr für den Eindruck, den seine ganz auf eigenem Boden gewachsenen Anschauungen hervorbrachten, und fuhr deshalb in einem immer predigerhafter werdenden Tone fort: „Und wer in seines Fleisches Schwäche gegen das sechste verstößt, dem kann verziehen werden, wenn er in gutem Wandel und in der Reue steht, wer aber gegen das *siebente* verstößt, der steckt nicht bloß in des Fleisches Schwäche, der steckt in der Seele Niedrigkeit und wer lügt und trügt oder verleumdet und falsch Zeugnis redet, der ist von Grund aus verdorben und aus der Finsternis geboren und ist keine Rettung mehr und gleicht einem Felde, darinnen die Nesseln so tief liegen, daß das Unkraut immer wieder aufschießt, so viel gutes Korn auch gesäet werden mag. Und darauf leb ich und sterb ich und hab es durch alle Tage hin erfahren. Ja, Herr Baron, auf die Proppertät kommt es an und auf die Honnettität kommt es an und auf die Reellität. Und auch im Ehestande. Denn ehrlich währt am längsten und Wort und Verlaß muß sein. Aber was gewesen ist, das ist gewesen, das gehört vor Gott. Und denk ich anders darüber, was ich auch respektiere, geradeso wie der Herr Baron, so muß ich davon bleiben und mit meiner Neigung und Liebe gar nicht erst anfangen. Ich war lange drüben in den States und wenn auch drüben, geradeso wie hier, nicht alles Gold ist was glänzt, *das* ist doch wahr, man lernt drüben anders sehen und nicht immer durchs selbe Glas. Und lernt auch, daß es viele Heilswege gibt und viele Glückswege. Ja, Herr Baron, es gibt viele Wege, die zu Gott führen, und es gibt viele Wege, die zu Glück führen, dessen bin ich in meinem Herzen gleicherweise gewiß. Und der eine Weg ist gut und der andre Weg ist gut. Aber jeder gute Weg muß ein offner Weg und ein gerader Weg sein und in der Sonne liegen und ohne Morast und ohne Sumpf und ohne Irrlicht. Auf die Wahrheit kommt es an und auf die Zuverlässigkeit kommt es an und auf die Ehrlichkeit."

Franke hatte sich bei diesen Worten erhoben und Botho, der ihm artig bis an die Tür hin folgte, gab ihm hier die Hand.

„Und nun, Herr Franke, bitt ich zum Abschied noch um das eine: grüßen Sie mir die Frau Dörr, wenn Sie sie sehn und der alte Verkehr mit ihr noch andauert, und vor allem grüßen Sie mir die gute alte Frau Nimptsch. Hat sie denn noch ihre Gicht und ihre ‚Wehdage', worüber sie sonst beständig klagte?"

„Damit ist es vorbei."

„Wie das?" fragte Botho.

„Wir haben sie vor drei Wochen schon begraben, Herr Baron. Gerade heut vor drei Wochen."

„Begraben?" wiederholte Botho. „Und wo?"

„Draußen hinterm Rollkrug, auf dem neuen Jakobikirchhof ... Eine gute alte Frau. Und wie sie an der Lene hing. Ja, Herr Baron, die Mutter Nimptsch ist tot. Aber Frau Dörr, *die* lebt noch" (und er lachte), „*die* lebt noch lange. Und wenn sie kommt, ein weiter Weg ist es, dann werd ich sie grüßen. Und ich sehe schon, wie sie sich freut. Sie kennen sie ja, Herr Baron. Ja, ja, die Frau Dörr ..."

Und Gideon Franke zog noch einmal seinen Hut und die Tür fiel ins Schloß.

Einundzwanzigstes Kapitel

Rienäcker, als er wieder allein war, war von dieser Begegnung und vor allem von dem, was er zuletzt gehört, wie benommen. Wenn er sich, in der zwischenliegenden Zeit, des kleinen Gärtnerhauses und seiner Insassen erinnert hatte, so hatte sich ihm selbstverständlich alles so vor die Seele gestellt, wie's einst gewesen war, und nun war alles anders und er hatte sich in einer ganz neuen Welt zurechtzufinden: in dem Häuschen wohnten Fremde, wenn es überhaupt noch bewohnt war, auf dem Herde brannte kein Feuer mehr, wenigstens nicht tagaus tagein, und Frau Nimptsch, die das Feuer gehütet hatte, war tot und lag draußen auf dem Jakobikirchhof. Alles das ging in ihm um und mit einem Male stand auch der Tag wieder vor ihm, an dem er der alten Frau, halb humoristisch, halb feierlich, versprochen hatte, ihr einen Immortellenkranz aufs Grab zu legen. In der

Unruhe, darin er sich befand, war es ihm schon eine Freude, daß ihm das Versprechen wieder einfiel und so beschloß er denn die damalige Zusage sofort wahr zu machen. „Rollkrug und Mittag und pralle Sonne – die reine Reise nach Mittelafrika. Aber die gute Alte soll ihren Kranz haben."

Und gleich danach nahm er Degen und Mütze und machte sich auf den Weg.

An der Ecke war ein Droschkenstand, freilich nur ein kleiner, und so kam es, daß trotz der Inschrifttafel: „Halteplatz für drei Droschken" immer nur der Platz und höchst selten eine Droschke da war. So war es auch heute wieder, was mit Rücksicht auf die Mittagsstunde (wo die Droschken überall, als ob die Erde sie verschlänge, zu verschwinden pflegen) an diesem ohnehin nur auf ein Pflichtteil gesetzten Halteplatz kaum überraschen konnte. Botho ging also weiter, bis ihm, in Nähe der Van-der-Heydt-Brücke, ein ziemlich klappriges Gefährt entgegenkam, hellgrün mit rotem Plüschsitz und einem Schimmel davor. Der Schimmel schlich nur so hin und Rienäcker konnte sich angesichts der „Tour", die dem armen Tiere bevorstand, eines wehmütigen Lächelns nicht erwehren. Aber so weit er auch das Auge schicken mochte, nichts Besseres war in Sicht und so trat er denn an den Kutscher heran und sagte: „Nach dem Rollkrug. Jakobikirchhof."

„Zu Befehl, Herr Baron."

„. . . Aber unterwegs müssen wir halten. Ich will nämlich noch einen Kranz kaufen."

„Zu Befehl, Herr Baron."

Botho war einigermaßen verwundert über die mit so viel Promptheit wiederkehrende Titulatur und sagte deshalb: „Kennen Sie mich?"

„Zu Befehl, Herr Baron. Baron Rienäcker Landgrafenstraße. Dicht bei'n Halteplatz. Hab Ihnen schon öfter gefahren."

Bei diesem Gespräche war Botho eingestiegen, gewillt, sich's in der Plüschecke nach Möglichkeit bequem zu machen, er gab es aber bald wieder auf, denn die Ecke war heiß wie ein Ofen.

Rienäcker hatte den hübschen und herzerquickenden Zug aller märkischen Edelleute, mit Personen aus dem Volke gern zu plaudern, lieber als mit „Gebildeten", und begann denn auch ohne weiteres, während sie im Halbschatten der jungen Kanalbäume dahinfuhren: „Is das eine Hitze! Ihr Schimmel wird sich auch nicht gefreut haben, wenn er ‚Rollkrug' gehört hat."

„Na, Rollkrug geht noch; Rollkrug geht noch von wegen der

Heide. Wenn er da durchkommt un die Fichten riecht, freut er sich immer. Er is nämlich von's Land ... Oder vielleicht is es auch die Musike. Wenigstens spitzt er immer die Ohren."

„So, so", sagte Botho. „Bloß nach Tanzen sieht er mir nicht aus ... Aber wo werden wir denn den Kranz kaufen? Ich möchte nicht gern ohne Kranz auf den Kirchhof kommen."

„O damit is noch Zeit, Herr Baron. Wenn erst die Kirchhofsgegend kommt, von's Hallsche Thor an un die ganze Pionierstraße runter."

„Ja, ja, Sie haben recht; ich entsinne mich ..."

„Un nachher, bis dicht an den Kirchhof ran, hat's ihrer auch noch."

Botho lächelte. „Sie sind wohl ein Schlesier?"

„Ja", sagte der Kutscher. „Die meisten sind. Aber ich bin schon lange hier und eigentlich ein halber Richtiger-Berliner."

„Und 's geht Ihnen gut?"

„Na, von gut is nu woll keine Rede nich. Es kost't allens zu viel un soll immer von's Beste sein. Und der Haber is teuer. Aber das ginge noch, wenn man bloß sonst nichts passierte. Passieren tut aber immer was, heute bricht 'ne Achse un morgen fällt en Pferd. Ich habe noch einen Fuchs zu Hause, der bei den Fürstenwalder Ulanen gestanden hat; propres Pferd, man bloß keine Luft nich un wird es woll nich lange mehr machen. Un mit eins is er weg ... Un denn die Fahrpolizei; nie zufrieden, hier nich un da nich. Immer muß man frisch anstreichen. Un der rote Plüsch is auch nich von umsonst."

Während sie noch so plauderten, waren sie, den Kanal entlang, bis an das Hallesche Tor gekommen; vom Kreuzberg her aber kam gerad ein Infanteriebataillon mit voller Musik, und Botho, der keine Begegnungen wünschte, trieb deshalb etwas zur Eile. So ging es denn rasch an der Belle-Alliance-Brücke vorbei, jenseits derselben aber ließ er halten, weil er gleich an einem der ersten Häuser gelesen hatte: „Kunst- und Handelsgärtnerei". Drei, vier Stufen führten in einen Laden hinauf, in dessen großem Schaufenster allerlei Kränze lagen.

Rienäcker stieg aus und die Stufen hinauf. Die Tür oben aber gab beim Eintreten einen scharfen Klingelton. „Darf ich Sie bitten, mir einen hübschen Kranz zeigen zu wollen?"

„Begräbnis?"

„Ja."

Das schwarzgekleidete Fräulein, das, vielleicht mit Rücksicht auf den Umstand, daß hier meist Grabkränze verkauft wurden, in seiner Gesamthaltung (selbst die Schere fehlte nicht) etwas ridikül Parzenhaftes hatte, kam alsbald mit einem Immergrünkranze zurück, in den weiße Rosen eingeflochten waren. Zugleich entschuldigte sie sich, daß es nur weiße Rosen seien. Weiße Kamelien stünden höher. Botho seinerseits war zufrieden, enthielt sich aller Ausstellungen und fragte nur, ob er zu dem frischen Kranz auch einen Immortellenkranz haben könne?

Das Fräulein schien über das Altmodische, das sich in dieser Frage kundgab, einigermaßen verwundert, bejahte jedoch und erschien gleich danach mit einem Karton, in dem fünf, sechs Immortellenkränze lagen, gelbe, rote, weiße.

„Zu welcher Farbe raten Sie mir?"

Das Fräulein lächelte: „Immortellenkränze sind ganz außer Mode. Höchstens in Winterzeit ... Und dann immer nur ..."

„Es wird das beste sein, ich entscheide mich ohne weiteres für diesen hier." Und damit schob Botho den ihm zunächst liegenden gelben Kranz über den Arm, ließ den von Immergrün mit den weißen Rosen folgen und stieg rasch wieder in seine Droschke. Beide Kränze waren ziemlich groß und fielen auf dem roten Plüschrücksitz, auf dem sie lagen, hinreichend auf, um in Botho die Frage zu wecken, ob er sie nicht lieber dem Kutscher hinüberreichen solle? Rasch aber entschlug er sich dieser Anwandlung wieder und sagte: „Wenn man der alten Frau Nimptsch einen Kranz bringen will, muß man sich auch zu dem Kranz bekennen. Und wer sich dessen schämt, muß es überhaupt nicht versprechen."

So ließ er denn die Kränze liegen, wo sie lagen, und vergaß ihrer beinah ganz, als sie gleich danach in einen Straßenteil einbogen, der ihn durch seine bunte, hier und da groteske Szenerie von seinen bisherigen Betrachtungen abzog. Rechts, auf wohl fünfhundert Schritt Entfernung hin, zog sich ein Plankenzaun, über den hinweg allerlei Buden, Pavillons und Lampenportale ragten, alle mit einer Welt von Inschriften bedeckt. Die meisten derselben waren neueren und neusten Datums, einige dagegen, und gerade die größten und buntesten, griffen weit zurück und hatten sich, wenn auch in einem regenverwaschenen Zustande, vom letzten Jahr her gerettet. Mitten unter diesen Vergnügungslokalen und mit ihnen abwechselnd, hatten verschiedene Handwerksmeister ihre Werkstätten aufgerichtet, vorwiegend Bildhauer und Steinmetze, die hier, mit Rücksicht auf die zahlreichen Kirchhöfe, meist nur Kreuze, Säulen und Obelisken ausstellten. All das konnte nicht verfehlen, auf jeden hier des Weges Kommenden einen Eindruck zu machen und diesem Eindruck unterlag auch Rienäcker, der von seiner Droschke her, unter wachsender Neugier, die nicht enden wollenden und untereinander im tiefsten Gegensatze stehenden Anpreisungen las und die dazugehörigen Bilder musterte. „Fräulein Rosella das Wundermädchen, lebend zu sehen; Grabkreuze zu billigsten Preisen; amerikanische Schnellphotographie; russisches Ballwerfen, sechs Wurf 10 Pfennig; schwedischer Punsch mit Waffeln; Figaros schönste Gelegenheit oder erster Frisiersalon der Welt; Grabkreuze zu billigsten Preisen; Schweizer Schießhalle:

Schieße gut und schieße schnell,
Schieß und triff wie Wilhelm Tell."

Und darunter Tell selbst mit Armbrust, Sohn und Apfel.

Endlich war man am Ende der langen Bretterwand und an ebendiesem Endpunkte machte der Weg eine scharfe Biegung auf die Hasenheide zu, von deren Schießständen her man in der mittäglichen Stille das Knattern der Gewehre hörte. Sonst blieb alles auch in dieser Fortsetzung der Straße so ziemlich dasselbe: Blondin, nur in Trikot und Medaillon gekleidet, stand balancierend auf dem Seil, überall von Feuerwerk umblitzt, während um und neben ihm allerlei kleinere Plakate sowohl Ballonauffahrten, wie Tanzvergnügungen ankündigten. Eins lautete: „Sizilianische Nacht. Um 2 Uhr Wiener Bonbonwalzer."

Botho, der diese Stelle wohl seit Jahr und Tag nicht passiert hatte, las alles mit ungeheucheltem Interesse, bis er nach Passierung der „Heide", deren Schatten ihn ein paar Minuten lang erquickt hatte, jenseits derselben in den Hauptweg einer sehr belebten und in ihrer Verlängerung auf Rixdorf zulaufenden Vorstadt einbog. Wagen, in doppelter und dreifacher Reihe, bewegten sich vor ihm her, bis mit einem Male alles stillstand und der Verkehr stockte. „Warum halten wir?" Aber ehe der Kutscher antworten konnte, hörte Botho schon das Fluchen und Schimpfen aus der Front her und sah, daß alles ineinandergefahren war. Sich vorbeugend und dabei neugierig nach allen Seiten hin ausspähend, würde ihm, bei der ihm eigenen Vorliebe für das Volkstümliche, der ganze Zwischenfall sehr wahrscheinlich mehr Vergnügen als Mißstimmung bereitet haben, wenn ihn nicht ein vor ihm haltender Wagen sowohl durch Ladung wie Inschrift zu trübseliger Betrachtung angeregt hätte. „Glasbruch-Ein- und -Verkauf von Max Zippel in Rixdorf", stand in großen Buchstaben auf einem wandartigen Hinterbrett und ein ganzer Berg von Scherben türmte sich in dem Wagenkasten auf. „Glück und Glas“ ... Und mit Widerstreben sah er hin und dabei war ihm in allen Fingerspitzen als schnitten ihn die Scherben.

Endlich aber kam die Wagenreihe nicht nur wieder in Fluß, sondern der Schimmel tat auch sein Bestes, Versäumtes einzuholen, und eine kleine Weile, so hielt man vor einem lehnan gebauten, mit hohem Dach und vorspringendem Giebel ausstaffierten Eckhause, dessen Erdgeschoßfenster so niedrig über der Straße lagen, daß sie mit dieser fast dasselbe Niveau hatten. Ein eiserner Arm streckte sich aus dem Giebel vor und trug einen aufrecht stehenden vergoldeten Schlüssel.

„Was ist das?“ fragte Botho.

„Der Rollkrug.“

„Gut. Dann sind wir bald da. Bloß hier noch bergan. Tut mir leid um den Schimmel, aber es hilft nichts.“

Der Kutscher gab dem Pferd einen Knips und gleich darnach fuhren sie die mäßig ansteigende Bergstraße hinauf, an deren einer Seite der *alte*, wegen Überfüllung schon wieder halb geschlossene Jakobikirchhof lag, während an der dem Kirchhofszaun gegenübergelegenen Seite hohe Mietskasernen aufstiegen.

Vor dem letzten Hause standen umherziehende Spielleute, Horn und Harfe, dem Anscheine nach Mann und Frau. Die Frau sang auch, aber der Wind, der hier ziemlich scharf ging, trieb alles hügelan und erst als Botho zehn Schritt und mehr an dem armen Musikantenpaare vorüber war, war er in der Lage, Text und Melodie zu hören. Es war dasselbe Lied, das sie damals auf dem Wilmersdorfer Spaziergange so heiter und so glücklich gesungen hatten, und er erhob sich und blickte, wie wenn es ihm nachgerufen würde, nach dem Musikantenpaare zurück. Die standen abgekehrt und sahen nichts, ein hübsches Dienstmädchen aber, das an der Giebelseite des Hauses mit Fensterputzen beschäftigt war und den Um- und Rückschau haltenden Blick des jungen Offiziers sich zuschreiben mochte, schwenkte lustig von ihrem Fensterbrett her den Lederlappen und fiel übermütig mit ein: „Ich denke dran, ich danke dir mein Leben, doch *du* Soldat, Soldat denkst du daran?“

Botho, die Stirn in die Hand drückend, warf sich in die Droschke zurück und ein Gefühl, unendlich süß und unendlich schmerzlich, ergriff ihn. Aber freilich das Schmerzliche wog vor und fiel erst ab von ihm, als die Stadt hinter ihm lag und fern am Horizont im blauen Mittagsdämmer die Müggelberge sichtbar wurden.

Endlich hielten sie vor dem Neuen Jakobikirchhof.

„Soll ich warten?"

„Ja. Aber nicht hier. Unten beim Rollkrug. Und wenn Sie die Musikantenleute noch treffen ... hier, das ist für die arme Frau."

Zweiundzwanzigstes Kapitel

Botho hatte sich der Führung eines gleich am Kirchhofseingange beschäftigten Alten anvertraut und das Grab der Frau Nimptsch in guter Pflege gefunden: Efeuranken waren eingesetzt, ein Geraniumtopf stand dazwischen und an einem Eisenständerchen hing bereits ein Immortellenkranz. „Ah, Lene", sagte Botho vor sich hin. „Immer dieselbe ... Ich komme zu spät." Und dann wandt er sich zu dem neben ihm stehenden Alten und sagte: „War wohl bloß 'ne kleine Leiche?"

„Ja, klein war sie man."

„Drei oder vier?"

„Justement vier. Und versteht sich unser alter Supperndent. Er sprach bloß 's Gebet und die große mittelaltsche Frau, die mit dabei war, so vierzig oder drum rum, die blieb in einem Weinen. Und auch 'ne Jungsche war mit dabei. Die kommt jetzt alle Woche mal und den letzten Sonntag hat sie den Geranium gebracht. Und will auch noch 'n Stein haben, wie sie jetzt Mode sind: grünpoliert mit Namen und Datum drauf."

Und hiernach zog sich der Alte mit der allen Kirchhofsleuten eigenen Geschäftspolitesse wieder zurück, während Botho seinen Immortellenkranz an den schon vorher von Lene gebrachten anhing, den aus Immergrün und weißen Rosen aber um den Geraniumtopf herumlegte. Dann ging er, nachdem er noch eine Weile das schlichte Grab betrachtet und der guten Frau Nimptsch liebevoll gedacht hatte, wieder auf den Kirchhofsausgang zu. Der Alte, der hier inzwischen seine Spalierarbeit wiederaufgenommen, sah ihm, die Mütze ziehend, nach und beschäftigte sich mit der Frage, was einen so vornehmen Herrn, über dessen Vornehmheit ihm, seinem letzten Händedruck nach, kein Zweifel war, wohl an das Grab der alten Frau geführt haben könne. „Da muß so was sein. Und hat die Droschke nicht warten lassen." Aber er kam zu keinem Abschluß, und um sich wenigstens auch seinerseits so dankbar wie möglich zu zeigen, nahm er eine der in seiner Nähe stehenden Gießkannen und ging erst auf den kleinen eisernen Brunnen und dann auf das Grab der Frau Nimptsch zu, um den im Sonnenbrand etwas trocken gewordenen Efeu zu bewässern.

Botho war mittlerweile bis an die dicht am Rollkruge haltende Droschke zurückgegangen, stieg hier ein und hielt eine Stunde später wieder in der Landgrafenstraße. Der Kutscher sprang dienstfertig ab und öffnete den Schlag.

„Da“, sagte Botho ... „Und dies extra. War ja 'ne halbe Landpartie ...“

„Na, man kann's auch woll vor 'ne ganze nehmen.“

„Ich verstehe“, lachte Rienäcker. „Da muß ich wohl noch zulegen?“

„Schaden wird's nich ... Danke schön, Herr Baron.“

„Aber nun futtert mir auch den Schimmel besser raus. Is ja ein Jammer.“

Und er grüßte und stieg die Treppe hinauf.

Oben in seiner Wohnung war alles still, selbst die Dienstboten fort, weil sie wußten, daß er um diese Zeit immer im Klub war. Wenigstens seit seinen Strohwitwertagen. „Unzuverlässiges Volk“, brummte er vor sich hin und schien ärgerlich. Trotzdem war es ihm lieb, allein zu sein. Er wollte niemand sehn und setzte sich draußen auf den Balkon, um so vor sich hinzuträumen. Aber es war stickig unter der herabgelassenen Markise, dran zum Überfluß auch noch lange blauweiße Fransen hingen, und so stand er wieder auf, um die große Leinwand in die Höh zu ziehn. Das half. Die sich nun einstellende frische Luftströmung tat ihm wohl und aufatmend und bis an die Brüstung vortretend, sah er über Feld und Wald hin bis auf die Charlottenburger Schloßkuppel, deren malachitfarbne Kupferbekleidung im Glanz der Nachmittagssonne schimmerte.

„Dahinter liegt Spandau“, sprach er vor sich hin. „Und hinter Spandau zieht sich ein Bahndamm und ein Schienengeleise, das bis an den Rhein läuft. Und auf dem Geleise seh ich einen Zug, viele Wagen und in einem der Wagen sitzt Käthe. Wie sie wohl aussehen mag? O gut; gewiß. Und wovon sie wohl sprechen mag? Nun, ich denke mir von allerlei: pikante Badegeschichten und vielleicht auch von Frau Salingers Toiletten und daß es in Berlin doch eigentlich am besten sei. Und muß ich mich nicht freuen, daß sie wiederkommt? Eine so hübsche Frau, so jung, so glücklich, so heiter. Und ich freue mich auch. Aber *heute* darf sie nicht kommen. Um Gottes willen nicht. Und doch ist es ihr zuzutrauen. Sie hat seit drei Tagen nicht geschrieben und steht noch ganz auf dem Standpunkt der Überraschungen."

Er hing dem noch eine Weile nach, dann aber wechselten die Bilder und längst Zurückliegendes trat statt Käthes wieder vor seine Seele: der Dörrsche Garten, der Gang nach Wilmersdorf, die Partie nach Hankels Ablage. Das war der letzte schöne Tag gewesen, die letzte glückliche Stunde ... „Sie sagte damals, daß ein Haar zu fest binde, darum weigerte sie sich und wollt es nicht. Und ich? warum bestand ich darauf? Ja, es gibt solche rätselhaften Kräfte, solche Sympathien aus Himmel oder Hölle und nun bin ich gebunden und kann nicht los. Ach sie war so lieb und gut an jenem Nachmittag, als wir noch allein waren und an Störung nicht dachten, und ich vergesse das Bild nicht, wie sie da zwischen den Gräsern stand und nach rechts und links hin die Blumen pflückte. Die Blumen – ich habe sie noch. Aber ich will ein Ende damit machen. Was sollen mir diese toten Dinge, die mir nur Unruhe stiften und mir mein bißchen Glück und meinen Ehefrieden kosten, wenn je ein fremdes Auge darauf fällt."

Und er erhob sich von seinem Balkonplatz und ging, durch die ganze Wohnung hin, in sein nach dem Hofe hinaus gelegenes Arbeitszimmer, das des Morgens in heller Sonne, jetzt aber in tiefem Schatten lag. Die Kühle tat ihm wohl und er trat an einen eleganten, noch aus seiner Junggesellenzeit herstammenden Schreibtisch heran, dessen Ebenholzkästchen mit allerlei kleinen Silbergirlanden ausgelegt waren. In der Mitte dieser Kästchen aber baute sich ein mit einem Giebelfeld ausgestattetes und zur Aufbewahrung von Wertsachen dienendes Säulentempelchen auf, dessen nach hinten zu gelegenes Geheimfach durch eine Feder geschlossen wurde. Botho drückte jetzt auf die Feder und nahm, als das Fach aufsprang, ein kleines Briefbündel heraus, das mit einem roten Faden umwunden war, obenauf aber, und wie nachträglich eingeschoben, lagen die Blumen, von denen er eben gesprochen. Er wog das Päckchen in Händen und sagte, während er den Faden ablöste: „Viel Freud, viel Leid. Irrungen, Wirrungen. Das alte Lied."

Er war allein und an Überraschung nicht zu denken. In seiner Vorstellung aber immer noch nicht sicher genug, stand er auf und schloß die Tür. Und nun erst nahm er den obenauf liegenden Brief und las. Es waren die den Tag vor dem Wilmersdorfer

Spaziergange geschriebenen Zeilen, und mit Rührung sah er jetzt im Wiederlesen auf alles das, was er damals mit einem Bleistiftstrichelchen bezeichnet hatte. „Stiehl ... Alléh ... Wie diese liebenswürdigen ‚h's' mich auch heute wieder anblicken, besser als alle Orthographie der Welt. Und wie klar die Handschrift. Und wie gut und schelmisch, was sie da schreibt. Ach, sie hatte die glücklichste Mischung und war vernünftig und leidenschaftlich zugleich. Alles was sie sagte, hatte Charakter und Tiefe des Gemüts. Arme Bildung, wie weit bleibst du dahinter zurück."

Er nahm nun auch den zweiten Brief und wollte sich überhaupt vom Schluß her bis an den Anfang der Korrespondenz durchlesen. Aber es tat ihm zu weh. „Wozu? Wozu beleben und auffrischen, was tot ist und tot bleiben muß? Ich muß aufräumen damit und dabei hoffen, daß mit diesen Trägern der Erinnerung auch die Erinnerungen selbst hinschwinden werden."

Und wirklich, er war es entschlossen und sich rasch von seinem Schreibtisch erhebend, schob er einen Kaminschirm beiseit und trat an den kleinen Herd, um die Briefe darauf zu verbrennen. Und siehe da, langsam, als ob er sich das Gefühl eines süßen Schmerzes verlängern wolle, ließ er jetzt Blatt auf Blatt auf die Herdstelle fallen und in Feuer aufgehen. Das letzte, was er in Händen hielt, war das Sträußchen und während er sann und grübelte, kam ihm eine Anwandlung, als ob er jede Blume noch einmal einzeln betrachten und zu diesem Zwecke das Haarfädchen lösen müsse. Plötzlich aber, wie von abergläubischer Furcht erfaßt, warf er die Blumen den Briefen nach.

Ein Aufflackern noch und nun war alles vorbei, verglommen.

„Ob ich nun frei bin? ... Will ich's denn? Ich will es *nicht*. Alles Asche. Und *doch* gebunden."

Dreiundzwanzigstes Kapitel

Botho sah in die Asche. „Wie wenig und wie viel." Und dann schob er den eleganten Kaminschirm wieder vor, in dessen Mitte sich die Nachbildung einer pompejanischen Wandfigur befand. Hundertmal war sein Auge darüber hinweggeglitten, ohne zu beachten, was es eigentlich sei, heute sah er es und sagte: „Minerva mit Schild und Speer. Aber Speer bei Fuß. Vielleicht bedeutet es Ruhe ... Wär es so." Und dann stand er auf, schloß das um seinen besten Schatz ärmer gewordene Geheimfach und ging wieder nach vorn.

Unterwegs, auf dem ebenso schmalen wie langen Korridore, traf er Köchin und Hausmädchen, die diesen Augenblick erst von einem Tiergartenspaziergange zurückkamen. Als er beide verlegen und ängstlich dastehen sah, überkam ihn ein menschlich Rühren, aber er bezwang sich und rief sich zu, wenn auch freilich mit einem Anfluge von Ironie, daß endlich einmal ein Exempel statuiert werden müsse. So begann er denn, so gut er konnte, die Rolle des donnernden Zeus zu spielen. Wo sie nur gesteckt hätten? Ob das Ordnung und gute Sitte sei? Er habe nicht Lust, der gnädigen Frau, wenn sie zurückkomme (vielleicht heute schon), einen aus Rand und Band gegangenen Hausstand zu überliefern. Und der Bursche? „Nun, ich will nichts wissen, nichts hören, am wenigsten Entschuldigungen." Und als dies heraus war, ging er weiter und lächelte, zumeist über sich selbst. „Wie leicht ist doch predigen und wie schwer ist danach handeln und tun. Armer Kanzelheld ich! Bin ich nicht selbst aus Rand und Band? Bin ich nicht selber aus Ordnung und guter Sitte? Daß es war, das möchte gehn, aber daß es noch ist, das ist das schlimme."

Dabei nahm er wieder seinen Platz auf dem Balkon und klingelte. Jetzt kam auch der Bursche, fast noch ängstlicher und verlegener als die Mädchen, aber es hatte keine Not mehr, das Wetter war vorüber. „Sage der Köchin, daß ich etwas essen will. Nun, warum stehst du noch? Ah, ich sehe schon" (und er lachte), „nichts im Hause. Trifft sich alles vorzüglich ... — Also Tee; bringe mir Tee, *der* wird doch wohl dasein. Und laß ein paar Schnitten machen; alle Wetter, ich habe Hunger ... Und sind die Abendzeitungen schon da?"

„Zu Befehl, Herr Rittmeister."

Nicht lange, so war der Teetisch draußen auf dem Balkon serviert und selbst ein Imbiß hatte sich gefunden. Botho saß zurückgelehnt in den Schaukelstuhl und starrte nachdenklich in die kleine blaue Flamme. Dann nahm er zunächst den Moniteur seiner kleinen Frau, „Das Fremdenblatt", und erst in weiterer Folge die „Kreuzzeitung" zur Hand und sah auf die letzte Seite. „Gott, wie wird Käthe sich freuen, diese letzte Seite jeden Tag wieder frisch an der Quelle studieren zu können, will sagen zwölf Stunden früher als in Schlangenbad. Und hat sie nicht recht? ‚Unsere heut vollzogene eheliche Verbindung beehren sich anzuzeigen Adalbert v. Lichterloh, Regierungsreferendar und Lieutenant der Reserve, Hildegard v. Lichterloh, geb. Holtze.' Wundervoll. Und wahrhaftig, so zu sehn, wie sich's weiter lebt und liebt in der Welt ist eigentlich das beste. Hochzeit und Kindtaufen! Und ein paar Todesfälle dazwischen. Nun, die braucht man ja nicht zu lesen. Käthe tut es nicht und ich tu es auch nicht und bloß wenn die Vandalen mal einen ihrer ‚alten Herrn' verloren haben und ich das Korpszeichen inmitten der Traueranonnce sehe, das les ich, das erheitert mich und ist mir immer, als ob der alte Korpskämpe zu Hofbräu nach Walhalla geladen wäre. Spatenbräu paßt eigentlich noch besser."

Er legte das Blatt wieder beiseit, weil es klingelte ... „Sollte sie wirklich ..." Nein, es war nichts, bloß eine vom Wirt heraufgeschickte Suppenliste, drauf erst 50 Pfennig gezeichnet standen. Aber den ganzen Abend über blieb er trotzdem in Aufregung, weil ihm beständig die Möglichkeit einer Überraschung vorschwebte, und sooft er eine Droschke mit einem Koffer vorn und einem Damenreisehute dahinter in die Landgrafenstraße einbiegen sah, rief er sich zu: „Das ist sie; sie liebt dergleichen und ich höre sie schon sagen: ‚Ich dacht es mir so komisch, Botho.'"

Käthe war nicht gekommen. Statt ihrer kam am anderen Morgen ein Brief, worin sie ihre Rückkehr für den dritten Tag anmeldete. Sie werde wieder mit Frau Salinger reisen, die doch, alles in allem, eine sehr nette Frau sei, mit viel guter Laune, viel Chic und viel Reisekomfort.

Botho legte den Brief aus der Hand und freute sich momentan ganz aufrichtig, seine schöne junge Frau binnen drei Tagen wiederzusehen. „Unser Herz hat Platz für allerlei Widersprüche ... Sie dalbert, nun ja, aber eine dalbrige junge Frau ist immer noch besser als keine."

Danach rief er die Leute zusammen und ließ sie wissen, daß die gnädige Frau in drei Tagen wieder dasein werde; sie sollten alles instand setzen und die Schlösser putzen. Und kein Fliegenfleck auf dem großen Spiegel.

Als er so Vorkehrungen getroffen, ging er zum Dienst in die Kaserne. „Wenn wer fragt, ich bin von fünf an wieder zu Haus."

Sein Programm für die zwischenliegende Zeit ging dahin, daß er bis Mittag auf dem Eskadronhofe bleiben, dann ein paar Stunden reiten und nach dem Ritt im Klub essen wollte. Wenn er niemand anders dort traf, so traf er doch Balafré, was gleichbedeutend war mit Whist en deux und einer Fülle von Hofgeschichten, wahren und unwahren. Denn Balafré, so zuverlässig er war, legte doch grundsätzlich eine Stunde des Tags für Humbug und Aufschneidereien an. Ja, diese Beschäftigung stand ihm, nach Art eines geistigen Sports, unter seinen Vergnügungen obenan.

Und wie das Programm war, so wurd es auch ausgeführt. Die Hofuhr in der Kaserne schlug eben zwölf, als er sich in den Sattel hob und nach Passierung erst der „Linden“ und gleich danach der Luisenstraße, schließlich in einen neben dem Kanal hinlaufenden Weg einbog, der weiterhin seine Richtung auf Plötzensee zu nahm. Dabei kam ihm der Tag wieder in Erinnerung, an dem er hier auch herumgeritten war, um sich Mut für den Abschied von Lene zu gewinnen, für den Abschied, der ihm so schwer ward und der doch sein mußte. Das war nun drei Jahre. Was lag alles dazwischen? Viel Freude; gewiß. Aber es war doch keine rechte Freude gewesen. Ein Bonbon, nicht viel mehr. Und wer kann von Süßigkeiten leben!

Er hing dem noch nach, als er auf einem von der Jungfernheide her nach dem Kanal hinüberführenden Reitwege zwei Kameraden herankommen sah, Ulanen, wie die deutlich erkennbaren Tschapkas schon von fernher verrieten. Aber wer waren sie? Freilich, die Zweifel auch darüber konnten nicht lange währen und noch ehe man sich von hüben und drüben bis auf hundert Schritte genähert hatte, sah Botho, daß es die Rexins waren, Vettern und beide vom selben Regiment.

„Ah, Rienäcker“, sagte der Ältere. „Wohin?“

„So weit der Himmel blau ist.“

„Das ist mir zu weit.“

„Nun dann bis Saatwinkel.“

„Das läßt sich hören. Da bin ich mit von der Partie, vorausgesetzt, daß ich nicht störe ... Kurt“ (und hiermit wandt er sich an seinen jüngeren Begleiter), „Pardon! Aber ich habe mit Rienäcker zu sprechen. Und unter Umständen ...“

„... spricht sich's besser zu zweien. Ganz nach deiner Bequemlichkeit, Bozel“, und dabei grüßte Kurt von Rexin und ritt weiter. Der mit Bozel angeredete Vetter aber warf sein Pferd herum, nahm die linke Seite neben dem ihm in der Rangliste weit vorstehenden Rienäcker und sagte: „Nun denn also Saatwinkel. In die Tegeler Schußlinie werden wir ja wohl nicht einreiten.“

„Ich werd es wenigstens zu vermeiden suchen“, entgegnete Rienäcker, „erstens mir selbst und zweitens Ihnen zuliebe. Und drittens und letztens um Henriettens willen. Was würde die schwarze Henriette sagen, wenn ihr ihr Bogislaw totgeschossen würde und noch dazu durch eine befreundete Granate?“

„Das würd ihr freilich einen Stich ins Herz geben", erwiderte Rexin, „und ihr und mir einen Strich durch die Rechnung machen."

„Durch welche Rechnung?"

„Das ist eben der Punkt, Rienäcker, über den ich mit Ihnen sprechen wollte."

„Mit mir? Und von welchem Punkte?"

„Sie sollten es eigentlich erraten und ist auch nicht schwer. Ich spreche natürlich von einem Verhältnis, *meinem* Verhältnis."

„Verhältnis!" lachte Botho. „Nun, ich stehe zu Diensten, Rexin. Aber offen gestanden, ich weiß nicht recht, was speziell *mir* Ihr Vertrauen einträgt. Ich bin nach keiner Seite hin, am wenigsten aber nach dieser, eine besondere Weisheitsquelle. Da haben wir ganz andere Autoritäten. Eine davon kennen Sie gut. Noch dazu Ihr und Ihres Vetters besonderer Freund."

„Balafré?"

„Ja."

Rexin fühlte was von Nüchternheit und Ablehnung heraus und schwieg einigermaßen verstimmt. Das aber war mehr, als Botho bezweckt hatte, weshalb er sofort wieder einlenkte. „Verhältnisse. Pardon, Rexin, es gibt ihrer so viele."

„Gewiß. Aber so viel ihrer sind, so verschieden sind sie auch."

Botho zuckte mit den Achseln und lächelte. Rexin aber, sichtlich gewillt, sich nicht zum zweiten Male durch Empfindelei stören zu lassen, wiederholte nur in gleichmütigem Tone: „Ja, so viel ihrer, so verschieden auch. Und ich wundre mich, Rienäcker, gerade Sie mit den Achseln zucken zu sehn. Ich dachte mir ..."

„Nun denn heraus mit der Sprache."

„Soll geschehn."

Und nach einer Weile fuhr Rexin fort: „Ich habe die hohe Schule durchgemacht, bei den Ulanen und schon vorher (Sie wissen, daß ich erst spät dazu kam) in Bonn und Göttingen und brauche keine Lehren und Ratschläge, wenn sich's um das Übliche handelt. Aber wenn ich mich ehrlich befrage, so handelt sich's in meinem Falle nicht um das Übliche, sondern um einen Ausnahmefall."

„Glaubt jeder."

„Kurz und gut, ich fühle mich engagiert, mehr als das, ich liebe Henrietten, oder um Ihnen so recht meine Stimmung zu zeigen, ich liebe die schwarze Jette. Ja, dieser anzügliche Trivialname mit seinem Anklang an Kantine paßt mir am besten, weil ich alle feierlichen Allüren in dieser Sache vermeiden möchte. Mir ist ernsthaft genug zumut und weil mir ernsthaft zumut ist, kann ich alles, was wie Feierlichkeit und schöne Redensarten aussieht, nicht brauchen. Das schwächt bloß ab."

Botho nickte zustimmend und entschlug sich mehr und mehr jedes Anfluges von Spott und Superiorität, den er bis dahin allerdings gezeigt hatte.

„Jette", fuhr Rexin fort, „stammt aus keiner Ahnenreihe von Engeln und ist selber keiner. Aber wo findet man dergleichen? In unsrer Sphäre? Lächerlich. Alle diese Unterschiede sind ja gekünstelt und die gekünsteltsten liegen auf dem Gebiete der Tugend. Natürlich gibt es Tugend und ähnliche schöne Sachen, aber Unschuld und Tugend sind wie Bismarck und Moltke, das heißt rar. Ich habe mich ganz in Anschauungen wie diese hineingelebt, halte sie für richtig und habe vor, danach zu handeln soweit es geht. Und nun hören Sie, Rienäcker. Ritten wir hier statt an diesem langweiligen Kanal, so langweilig und strippengerade wie die Formen und Formeln unsrer Gesellschaft, ich sage, ritten wir hier statt an diesem elenden Graben am Sacramento hin und hätten wir statt der Tegeler Schießstände die Diggins vor uns, so würd ich die Jette freiweg heiraten; ich kann ohne sie nicht leben, sie hat es mir angetan und ihre Natürlichkeit, Schlichtheit und wirkliche Liebe wiegen mir zehn Komtessen auf. Aber es geht nicht. Ich kann es meinen Eltern nicht antun und mag auch nicht mit siebenundzwanzig aus dem Dienst heraus, um in Texas Cowboy zu werden oder Kellner auf einem Mississippidampfer. Also Mittelkurs ..."

„Was verstehen Sie darunter?"

„Einigung ohne Sanktion."

„Also Ehe ohne Ehe."

„Wenn Sie wollen, ja. Mir liegt nichts am Wort, ebensowenig wie an Legalisierung, Sakramentierung, oder wie sonst noch diese Dinge heißen mögen; ich bin etwas nihilistisch angeflogen und habe keinen rechten Glauben an pastorale Heiligsprechung. Aber, um 's kurz zu machen, ich bin, weil ich nicht anders kann, für Monogamie, nicht aus Gründen der Moral, sondern aus Gründen meiner mir eingebornen Natur. Mir widerstehen alle Verhältnisse, wo Knüpfen und Lösen sozusagen in dieselbe Stunde fällt, und wenn ich mich eben einen Nihilisten nannte, so kann ich mich mit noch größerem Recht einen Philister nennen. Ich sehne mich nach einfachen Formen, nach einer stillen, natürlichen Lebensweise, wo Herz zum Herzen spricht und wo man das Beste hat, was man haben kann, Ehrlichkeit, Liebe, Freiheit."

„Freiheit", wiederholte Botho.

„Ja, Rienäcker. Aber weil ich wohl weiß, daß auch Gefahren dahinter lauern und dies Glück der Freiheit, vielleicht aller Freiheit, ein zweischneidig Schwert ist, das verletzen kann, man weiß nicht wie, so hab ich Sie fragen wollen."

„Und ich will Ihnen antworten", sagte der mit jedem Augenblick ernster gewordene Rienäcker, dem bei diesen Konfidenzen das eigne Leben, das zurückliegende, wie das gegenwärtige, wieder vor die Seele treten mochte. „Ja, Rexin, ich will Ihnen antworten, so gut ich kann, und ich glaube, daß ich es kann. Und so beschwör ich Sie denn, bleiben Sie davon. Bei dem, was Sie vorhaben, ist immer nur zweierlei möglich und das eine ist geradeso schlimm wie das andre. Spielen Sie den Treuen und Ausharrenden oder was dasselbe sagen will, brechen Sie von Grund aus mit Stand und Herkommen und Sitte, so werden Sie, wenn Sie nicht versumpfen, über kurz oder lang sich selbst ein Greuel und eine Last sein, verläuft es aber anders und schließen Sie, wie's die Regel ist, nach Jahr und Tag Ihren Frieden mit Gesellschaft und Familie, dann ist der Jammer da, dann muß gelöst werden, was durch glückliche Stunden und ach, was mehr bedeutet, durch unglückliche, durch Not und Ängste verwebt und verwachsen ist. Und das tut weh."

Rexin schien antworten zu wollen, aber Botho sah es nicht und fuhr fort: „Lieber Rexin, Sie haben vorhin in einem wahren Musterstücke dezenter Ausdrucksweise von Verhältnissen gesprochen, wo Knüpfen und Lösen in dieselbe Stunde fällt, aber diese Verhältnisse, die keine sind, sind nicht die schlimmsten, die schlimmsten sind die, die, um Sie noch mal zu zitieren, den ‚Mittelkurs' halten. Ich warne Sie, hüten Sie sich vor diesem Mittelkurs, hüten Sie sich vor dem Halben. Was Ihnen Gewinn dünkt, ist Bankrutt und was Ihnen Hafen scheint, ist Scheiterung. Es führt *nie* zum Guten, auch wenn äußerlich alles glatt abläuft und keine Verwünschung ausgesprochen und kaum ein stiller Vorwurf erhoben wird. Und es kann auch nicht anders sein. Denn alles hat seine natürliche Konsequenz, dessen müssen wir eingedenk sein. Es kann nichts ungeschehen gemacht werden und ein Bild, das uns in die Seele gegraben wurde, verblaßt nie ganz wieder, schwindet nie ganz wieder dahin. Erinnerungen bleiben und Vergleiche kommen. Und so denn noch einmal, Freund, zurück von Ihrem Vorhaben oder Ihr Leben empfängt eine Trübung und Sie ringen sich nie mehr zu Klarheit und Helle durch. Vieles ist erlaubt, nur nicht das, was die Seele trifft, nur nicht Herzen hineinziehen und wenn's auch bloß das eigne wäre."

Vierundzwanzigstes Kapitel

Am dritten Tage traf ein im Abreisemoment aufgegebenes Telegramm ein: „Ich komme heut abend. K."

Und wirklich sie kam. Botho war am Anhalter Bahnhof und wurde Frau Salinger vorgestellt, die von Dank für gute Reisekameradschaft nichts hören wollte, vielmehr immer nur wiederholte, wie glücklich *sie* gewesen sei, vor allem aber wie glücklich *er* sein müsse, solche reizende junge Frau zu haben. „Schaun S'. Herr Baron, wann i das Glück hätt und der Herr Gemoahl wär, i würd mi kein' drei Tag' von *solch* ana Frau trenne." Woran sie dann Klagen über die gesamte Männerwelt, aber im selben Augenblick auch eine dringende Einladung nach Wien knüpfte. „Wir hoabn a netts Häusl kei Stund von Wian und a paar Reitpferd und a Küch. In Preußen hoaben's die Schul und in Wian hoaben wir die Küch. Und i weiß halt nit, was i vorzieh."

„Ich weiß es", sagte Käthe, „und ich glaube Botho auch."

Damit trennte man sich und unser junges Paar stieg in einen offenen Wagen, nachdem Ordre gegeben war, das Gepäck nachzuschicken.

Käthe warf sich zurück und stemmte den kleinen Fuß gegen den Rücksitz, auf dem ein Riesenbukett, die letzte Huldigung der von der reizenden Berliner Dame ganz entzückten Schlangenbader Hauswirtin lag. Käthe selbst nahm Bothos Arm und schmiegte sich an ihn, aber auf wenig Augenblicke nur, dann richtete sie sich wieder auf und sagte, während sie mit dem Sonnenschirm das immer aufs neue herunterfallende Bukett festhielt: „Es ist doch eigentlich reizend hier, all die Menschen und die vielen Spreekähne, die vor Enge nicht ein noch aus wissen. Und so wenig Staub. Ich find es doch einen rechten Segen, daß sie jetzt sprengen und alles unter Wasser setzen; freilich lange Kleider darf man dabei nicht tragen. Und sieh nur den Brotwagen da mit dem vorgespannten Hund. Es ist doch zu komisch. Nur der Kanal . . . Ich weiß nicht, er ist immer noch so . . ."

„Ja", lachte Botho, „er ist immer noch so. Vier Wochen Julihitze haben ihn nicht verbessern können."

Sie fuhren unter den jungen Bäumen hin, Käthe riß ein Lindenblatt ab, nahm's in die hohle Hand und schlug drauf, daß es knallte. „So machten wir's immer zu Haus. Und in Schlangenbad, wenn wir nichts Besseres zu tun hatten, haben wir's auch so gemacht und alle die Spielereien aus der Kinderzeit wiederaufgenommen. Kannst du dir's denken, ich hänge ganz ernsthaft an solchen Torheiten und bin doch eigentlich eine alte Person und habe abgeschlossen."

„Aber Käthe ..."

„Ja, ja, Matrone, du wirst es sehn ... Aber sieh doch nur, Botho, da ist ja noch der Staketenzaun und das alte Weißbierlokal mit dem komischen und etwas unanständigen Namen, über den wir in der Pension immer so schrecklich gelacht haben. Ich dachte, das Lokal wäre längst eingegangen. Aber so was lassen sich die Berliner nicht nehmen, so was hält sich; alles muß nur einen sonderbaren Namen haben, über den sie sich amüsieren können."

Botho schwankte zwischen Glücklichsein und Anflug von Verstimmung. „Ich finde, du bist ganz unverändert, Käthe."

„Gewiß bin ich. Und warum sollt ich auch verändert sein? Ich bin ja nicht nach Schlangenbad geschickt worden, um mich zu verändern, wenigstens nicht in meinem Charakter und meiner Unterhaltung. Und ob ich mich sonst verändert habe? Nun, cher ami, nous verrons."

„Matrone?"

Sie hielt ihm den Finger auf den Mund und schlug den Reiseschleier wieder zurück, der ihr halb über das Gesicht gefallen war, gleich danach aber passierten sie den Potsdamer Bahnviadukt, über dessen Eisengebälk eben ein Kurierzug hinbrauste. Das gab ein Zittern und Donnern zugleich und als sie die Brücke hinter sich hatten, sagte sie: „Mir ist es immer unangenehm gerade drunter zu sein."

„Aber die drüber haben es nicht besser."

„Vielleicht nicht. Aber es liegt in der Vorstellung. Vorstellungen sind überhaupt so mächtig. Meinst du nicht auch?" Und sie seufzte, wie wenn sich ihr plötzlich etwas Schreckliches und tief in ihr Leben Eingreifendes vor die Seele gestellt hätte. Dann aber fuhr sie fort: „In England, so sagte mir Mr. Armstrong, eine Badebekanntschaft, von der ich dir noch ausführlicher erzählen muß, übrigens mit einer Alvensleben verheiratet, in England, sagte er, würden die Toten 15 Fuß tief begraben. Nun 15 Fuß tief ist nicht schlimmer als 5, aber ich fühlte ordentlich, während er mir's erzählte, wie sich mir der clay, das ist nämlich das richtige englische Wort, zentnerschwer auf die Brust legte. Denn in England haben sie schweren Lehmboden."

„Armstrong sagtest du ... Bei den badischen Dragonern war ein Armstrong."

„Ein Vetter von dem. Sie sind alle Vettern, ganz wie bei uns. Ich freue mich schon, dir ihn in all seinen kleinen Eigenheiten schildern zu können. Ein vollkommener Kavalier mit aufgesetztem Schnurrbart, worin er freilich etwas zu weit ging. Er sah sehr komisch aus, diese gewribbelte Spitze, dran er immer noch weiter wribbelte."

Zehn Minuten später hielt ihr Wagen vor ihrer Wohnung und Botho, während er ihr den Arm reichte, führte sie hinauf. Eine Girlande zog sich um die große Korridortür und eine Tafel mit dem Inschriftsworte „Willkommen", in dem leider ein „l" fehlte, hing etwas schief an der Girlande. Käthe sah hinauf und las und lachte.

„Willkommen! Aber bloß mit einem ‚l', will sagen nur halb. Ei, ei. Und ‚L' ist noch dazu der Liebesbuchstabe. Nun, du sollst auch alles nur halb haben."

Und so trat sie durch die Tür in den Korridor ein, wo Köchin und Hausmädchen bereits standen und ihr die Hand küßten.

„Guten Tag, Bertha; guten Tag, Minette. Ja, Kinder, da bin ich wieder. Nun, wie findet ihr mich? hab ich mich erholt?" Und eh die Mädchen antworten konnten, worauf auch gar nicht gerechnet war, fuhr sie fort: „Aber *ihr* habt euch erholt. Namentlich du, Minette, du bist ja ordentlich stark geworden."

Minette sah verlegen vor sich hin, weshalb Käthe gutmütig hinzusetzte: „Ich meine nur hier so um Kinn und Hals."

Indem kam auch der Bursche. „Nun, Orth, ich war schon in Sorge um Sie. Gott sei Dank, ohne Not; ganz unverfallen, bloß ein bißchen bläßlich. Aber das macht die Hitze. Und immer noch dieselben Sommersprossen."

„Ja, gnädige Frau, *die* sitzen."

„Nun das ist recht. Immer echt in der Farbe."

Unter solchem Gespräche war sie bis in ihr Schlafzimmer gegangen, wohin Botho und Minette ihr folgten, während die beiden andern sich in ihre Küchenregion zurückzogen.

„Nun, Minette, hilf mir. Erst den Mantel. Und nun nimm den Hut. Aber sei vorsichtig, wir wissen uns sonst vor Staub nicht zu retten. Und nun sage Orth, daß er den Tisch deckt vorn auf dem Balkon, ich habe den ganzen Tag keinen Bissen genossen, weil ich wollte, daß es mir recht gut bei euch schmecken solle. Und nun geh, liebe Seele; geh, Minette."

Minette beeilte sich und ging, während Käthe vor dem hohen Stehspiegel stehen blieb und sich das in Unordnung geratene Haar arrangierte. Zugleich sah sie im Spiegel auf Botho, der neben ihr stand und die schöne junge Frau musterte.

„Nun, Botho", sagte sie schelmisch und kokett und ohne sich nach ihm umzusehen.

Und ihre liebenswürdige Koketterie war klug genug berechnet und er umarmte sie, wobei sie sich seinen Liebkosungen überließ. Und nun umspannte er ihre Taille und hob sie hoch in die Höh. „Käthe, Puppe, liebe Puppe."

„Puppe, liebe Puppe, das sollt ich eigentlich übelnehmen, Botho. Denn mit Puppen spielt man. Aber ich nehm es nicht übel, im Gegenteil. Puppen werden am meisten geliebt und am besten behandelt. Und darauf kommt es mir an."

Fünfundzwanzigstes Kapitel

Es war ein herrlicher Morgen, der Himmel halb bewölkt und in dem leisen Westwinde, der ging, saß das junge Paar auf dem Balkon und sah, während Minette den Kaffeetisch abräumte, nach dem Zoologischen und seinen Elefantenhäusern hinüber, deren bunte Kuppeln im Morgendämmer lagen.

„Ich weiß eigentlich noch nichts", sagte Botho, „du bist ja gleich eingeschlafen und der Schlaf ist mir heilig. Aber nun will ich auch alles wissen. Erzähle."

„Ja, erzählen; was soll ich erzählen? Ich habe dir ja so viele Briefe geschrieben, und Anna Grävenitz und Frau Salinger mußt du ja so gut kennen wie ich oder eigentlich noch besser, denn ich habe mitunter mehr geschrieben, als ich wußte."

„Wohl. Aber ebensooft hieß es ‚davon mündlich'. Und dieser Moment ist nun da, sonst denk ich, du willst mir etwas verschweigen. Von deinen Ausflügen weiß ich eigentlich gar nichts und du warst doch in Wiesbaden. Es heißt zwar, daß es in Wiesbaden nur Obersten und alte Generale gäbe, aber es sind doch auch Engländer da. Und bei Engländern fällt mir wieder dein Schotte ein, von dem du mir erzählen wolltest. Wie hieß er doch?"

„Armstrong; Mr. Armstrong. Ja, das war ein entzückender Mann und ich begriff seine Frau nicht, eine Alvensleben, wie ich dir, glaub ich, schon sagte, die beständig in Verlegenheit kam, wenn er sprach. Und er war doch ein vollkommener Gentleman, der sehr auf sich hielt, auch dann noch, wenn er sich gehenließ und eine gewisse Nonchalance zeigte. Gentlemen bewähren sich in solchen Momenten immer am besten. Meinst du nicht auch? Er trug einen blauen Schlips und einen gelben Sommeranzug und sah aus, als ob er darin eingenäht wäre, weshalb Anna Grävenitz immer sagte: ,Da kommt das Pennal.' Und immer ging er mit einem großen aufgespannten Sonnenschirm, was er sich in Indien angewöhnt hatte. Denn er war Offizier in einem schottischen Regiment, das lange in Madras oder Bombay gestanden, oder vielleicht war es auch Delhi. Das ist aber am Ende gleich. Was *der* alles erlebt hatte! Seine Konversation war reizend, wenn man auch mitunter nicht wußte wie man's nehmen sollte."

„Also zudringlich? Insolent?"

„Ich bitte dich, Botho, wie du nur sprichst. Ein Mann wie der; Kavalier comme-il-faut. Nun, ich will dir ein Beispiel von seiner Art zu sprechen geben. Uns gegenüber saß die alte Generalin von Wedell und Anna Grävenitz fragte sie (ich glaube, es war gerade der Jahrestag von Königgrätz), ob es wahr sei, daß 33 Wedells im Siebenjährigen Kriege gefallen seien? was die alte Generalin bejahte, hinzusetzend, es wären eigentlich noch einige mehr gewesen. Alle, die zunächst saßen, waren über die große Zahl erstaunt, nur Mr. Armstrong nicht, und als ich ihn wegen seiner Gleichgültigkeit scherzhaft zur Rede stellte, sagte er, daß er sich über so kleine Zahlen nicht aufregen könne. ,Kleine Zahlen', unterbrach ich ihn, aber er setzte lachend und um mich zu widerlegen, hinzu: von den Armstrongs seien 133 in den verschiedenen Kriegsfehden seines Clans umgekommen. Und als die alte Generalin dies anfangs nicht glauben wollte, schließlich aber (als Mr. A. dabei beharrte) neugierig frug: ob denn alle 133 auch wirklich ,gefallen' seien? sagte er: ,Nein, meine Gnädigste, nicht gerade gefallen, die meisten sind wegen Pferdediebstahl von den Engländern, unseren damaligen Feinden, gehenkt worden.' Und als sich alles über dies unstandesgemäße, ja, man kann wohl sagen, etwas genierliche Gehenktwerden entsetzte, schwor er, wir täten unrecht, Anstoß daran zu nehmen, die Zeiten und Anschauungen änderten sich und was seine doch zunächst beteiligte Familie betreffe, so sähe dieselbe mit Stolz auf diese Heldenvorfahren zurück. Die schottische Kriegsführung habe dreihundert Jahre lang aus Viehraub und

Pferdediebstahl bestanden, ländlich sittlich und er könne nicht finden, daß ein großer Unterschied sei zwischen Länderraub und Viehraub."

„Verkappter Welfe", sagte Botho. „Aber es hat manches für sich."

„Gewiß. Und ich stand immer auf seiner Seite, wenn er sich in solchen Sätzen erging. Ach, er war zum Totlachen. Er sagte, man müsse nichts feierlich nehmen, es verlohne sich nicht, und nur das Angeln sei eine ernste Beschäftigung. Er angle mitunter vierzehn Tage lang im Loch Neß oder im Loch Lochy, denke dir, solche komische Namen gibt es in Schottland, und schliefe dann im Boot und mit Sonnenaufgang stünd er wieder da und wenn dann die vierzehn Tage um wären, dann mausre er sich, dann ginge die ganze schülbrige Haut ab und dann hab er eine Haut wie ein Baby. Und er täte das alles aus Eitelkeit, denn ein glatter egaler Teint sei doch eigentlich das Beste, was man haben könne. Und dabei sah er mich so an, daß ich nicht gleich eine Antwort finden konnte. Ach, ihr Männer! Aber das ist doch wahr, ich hatte von Anfang an ein rechtes Attachement für ihn und nahm nicht Anstoß an seiner Redeweise, die sich mitunter in langen Ausführungen, aber doch viel, viel lieber noch in einem beständigen Hin und Her erging. Einer seiner Lieblingssätze war: ‚Ich kann es nicht leiden, wenn ein einziges Gericht eine Stunde lang auf dem Tische steht; nur nicht immer dasselbe, mir ist es angenehmer, wenn die Gänge rasch wechseln.' Und so sprang er immer vom Hundertsten ins Tausendste."

„Nun, da müßt ihr euch freilich gefunden haben", lachte Botho.

„Haben wir auch. Und wir wollen uns Briefe schreiben, ganz in dem Stil, wie wir miteinander gesprochen; das haben wir beim Abschied gleich ausgemacht. Unsere Herren, auch deine Freunde, sind immer so gründlich. Und du bist der gründlichste, was mich mitunter recht bedrückt und ungeduldig macht. Und du mußt mir versprechen, auch so zu sein, wie Mr. Armstrong und ein bißchen mehr einfach und harmlos plaudern zu wollen und ein bißchen rascher und nicht immer dasselbe Thema."

Botho versprach Besserung, und als Käthe, die die Superlative liebte, nach Vorführung eines phänomenal reichen Amerikaners, eines absolut kakerlakigen Schweden mit Kaninchenaugen und einer faszinierend schönen Spanierin – mit einem Nachmittagsausfluge nach Limburg, Oranienstein und Nassau geschlossen und ihrem Gatten abwechselnd die Krypt, die Kadettenanstalt und die Wasserheilanstalt beschrieben hatte, zeigte sie plötzlich auf die Schloßkuppel nach Charlottenburg und sagte: „Weißt du, Botho, da müssen wir heute noch hin oder nach Westend oder nach Halensee. Die Berliner Luft ist doch etwas stickig und hat nichts von dem Atem Gottes, der draußen weht und den die Dichter mit Recht so preisen. Und wenn man aus der Natur kommt, so wie ich, so hat man das, was ich die Reinheit und Unschuld nennen möchte, wieder liebgewonnen. Ach, Botho, welcher Schatz ist doch ein unschuldiges Herz. Ich habe mir fest vorgenommen, mir ein reines Herz zu bewahren. Und du mußt mir darin helfen. Ja, das mußt du, versprich es mir. Nein, nicht so; du mußt mir dreimal einen Kuß auf die Stirn geben, bräutlich, ich will keine Zärtlichkeit, ich will einen Weihekuß ... Und wenn wir uns mit einem Lunch begnügen, natürlich ein warmes Gericht, so können wir um drei draußen sein."

Und wirklich, sie fuhren hinaus und wiewohl die Charlottenburger Luft noch mehr hinter dem „Atem Gottes" zurückblieb als die Berliner, so war Käthe doch fest entschlossen, im Schloßpark zu bleiben und Halensee fallenzulassen. Westend sei so langweilig und Halensee sei noch wieder eine halbe Reise, fast wie nach Schlangenbad, im Schloßpark aber könne man das Mausoleum sehen, wo die blaue Beleuchtung einen immer so sonderbar berühre, ja, sie möchte sagen, wie wenn einem ein Stück Himmel in die Seele falle. Das stimme dann andächtig und zu frommer Betrachtung. Und wenn auch das Mausoleum nicht wäre, so wäre doch die Karpfenbrücke da, mit der Klingel dran und wenn dann ein großer Mooskarpfen käme, so wär es ihr immer, als käm ein Krokodil. Und vielleicht wär auch eine Frau mit Kringeln und Oblaten da, von der man etwas kaufen und dadurch im kleinen ein gutes Werk tun könne, sie sage mit Absicht ein „gutes Werk" und vermeide das Wort christlich, denn Frau Salinger habe auch immer gegeben.

Und alles verlief programmäßig und als die Karpfen gefüttert waren, gingen beide weiter in den Park hinein, bis sie bis dicht an das Belvedere kamen mit seinen Rokokofiguren und seinen historischen Erinnerungen. Von diesen Erinnerungen wußte Käthe nichts und Botho nahm deshalb Veranlassung, ihr von den Geistern abgeschiedener Kaiser und Kurfürsten zu erzählen, die der General von Bischofswerder an ebendieser Stelle habe erscheinen lassen, um den König Friedrich Wilhelm II. aus seinen lethargischen Zuständen oder was dasselbe gewesen, aus den Händen seiner Geliebten zu befreien und ihn auf den Pfad der Tugend zurückzuführen.

„Und hat es geholfen?“ fragte Käthe.

„Nein.“

„Schade. Dergleichen berührt mich immer tief schmerzlich. Und wenn ich mir dann denke, daß der unglückliche Fürst (denn unglücklich *muß* er gewesen sein) der Schwiegervater der Königin Luise war, so blutet mir das Herz. *Wie* muß sie gelitten haben! Ich kann mir immer in unserem Preußen solche Dinge gar nicht recht denken. Und Bischofswerder, sagtest du, hieß der General, der die Geister erscheinen ließ?“

„Ja. Bei Hofe hieß er der Laubfrosch.“

„Weil er das Wetter machte?“

„Nein, weil er einen grünen Rock trug.“

„Ach, das ist zu komisch ... Der Laubfrosch.“

Sechsundzwanzigstes Kapitel

Bei Sonnenuntergang waren beide wieder daheim und Käthe, nachdem sie Hut und Mantel an Minette gegeben und den Tee beordert hatte, folgte Botho in sein Zimmer, weil es sie nach dem Bewußtsein und der Genugtuung verlangte, den ersten Tag nach der Reise ganz und gar an seiner Seite zugebracht zu haben.

Botho war es zufrieden und weil sie fröstelte, schob er ihr ein Kissen unter die Füße, während er sie zugleich mit einem Plaid zudeckte. Bald danach aber wurd er abgerufen, um Dienstliches, das der Erledigung bedurfte, rasch abzumachen.

Minuten vergingen und da Kissen und Plaid nicht recht helfen und die gewünschte Wärme nicht geben wollten, so zog Käthe die Klingel und sagte dem eintretenden Diener, daß er ein paar Stücke Holz bringen solle; sie friere so.

Zugleich erhob sie sich, um den Kaminschirm beiseite zu schieben, und sah, als dies geschehen war, das Häuflein Asche, das noch auf der Eisenplatte lag.

Im selben Momente trat Botho wieder ein und erschrak bei dem Anblick, der sich ihm bot. Aber er beruhigte sich sogleich wieder, als Käthe mit dem Zeigefinger auf die Asche wies und in ihrem scherzhaftesten Tone sagte: „Was bedeutet das, Botho? Sieh, da hab ich dich mal wieder ertappt. Nun bekenne. Liebesbriefe? Ja oder nein?“

„Du wirst doch glauben, was du willst?"
„Ja oder nein?"
„Gut denn; ja."
„*Das* war recht. Nun kann ich mich beruhigen. Liebesbriefe, zu komisch. Aber wir wollen sie doch lieber zweimal verbrennen: erst zu Asche und dann zu Rauch. Vielleicht glückt es."

Und sie legte die Holzstücke, die der Diener mittlerweile gebracht hatte, geschickt zusammen und versuchte sie mit ein paar Zündhölzchen anzuzünden. Und es gelang auch. Im Nu brannte das Feuer hell auf und während sie den Fauteuil an die Flamme schob und die Füße bequem und, um sie zu wärmen, bis an die Eisenstäbe vorstreckte, sagte sie: „Und nun will ich dir auch die Geschichte von der Russin auserzählen, die natürlich gar keine Russin war. Aber eine sehr kluge Person. Sie hatte Mandelaugen, alle diese Personen haben Mandelaugen, und gab vor, daß sie zur Kur in Schlangenbad sei. Nun, das kennt man. Einen Arzt hatte sie nicht, wenigstens keinen ordentlichen, aber jeden Tag war sie drüben in Frankfurt oder in Wiesbaden oder auch in Darmstadt und immer in Begleitung. Und einige sagen sogar, es sei nicht mal derselbe gewesen. Und nun hättest du sehen sollen, welche Toilette und welche Suffisance! Kaum, daß sie grüßte, wenn sie mit ihrer Ehrendame zur Table d'hôte kam. Denn eine Ehrendame hatte sie, das ist immer das erste bei solchen Damen. Und wir nannten sie ‚die Pompadour', ich meine die Russin, und sie wußt es auch, daß wir sie so nannten. Und die alte Generalin Wedell, die ganz auf unsrer Seite stand und sich über die zweifelhafte Person ärgerte (denn eine Person war es, darüber war kein Zweifel), die alte Wedell, sag ich, sagte ganz laut über den Tisch hin: ‚Ja, meine Damen, die Mode wechselt in allem, auch in den Taschen und Täschchen und sogar in den Beuteln und Beutelchen. Als ich noch jung war, gab es noch Pompadours, aber heute gibt es keine Pompadours mehr. Nicht wahr? Es gibt keine Pompadours mehr.' Und dabei lachten wir und sahen alle die Pompadour an. Aber die schreckliche Person gewann trotzdem einen Sieg über uns und sagte mit scharfer und lauter Stimme, denn die alte Wedell hörte schlecht: ‚Ja, Frau Generalin, es ist so, wie Sie sagen. Nur sonderbar, als die Pompadours abgelöst wurden, kamen die Reticules an die Reihe, die man dann später die Ridicules nannte. Und solche Ridicules gibt es noch.' Und dabei sah sie die gute alte Wedell an, die, weil sie nicht antworten konnte, vom Tische aufstand und den Saal verließ. Und nun frag ich dich, was sagst du dazu?

Was sagst du zu solcher Impertinenz? ... Aber Botho, du sprichst ja nicht, du hörst ja gar nicht ..."

„Doch, doch, Käthe ..."

Drei Wochen später war eine Trauung in der Jakobikirche, deren kreuzgangartiger Vorhof auch heute von einer dichten und neugierigen Menschenmenge, meist Arbeiterfrauen, einige mit ihren Kindern auf dem Arm, besetzt war. Aber auch Schul- und Straßenjugend hatte sich eingefunden. Allerlei Kutschen fuhren vor, und gleich aus einer der ersten stieg ein Paar, das, solang es im Gesichtskreise der Anwesenden verblieb, mit Lachen und Getuschel begleitet wurde.

„*Die* Taille", sagte eine der zunächst stehenden Frauen.

„Taille?"

„Na denn Hüfte."

„Schon mehr Walfischrippe ..."

„*Das* stimmt."

Und kein Zweifel, daß sich dies Gespräch noch fortgesetzt hätte, wenn nicht in ebendiesem Augenblicke die Brautkutsche vorgefahren wäre. Der vom Bock herabspringende Diener eilte den Kutschenschlag zu öffnen, aber der Bräutigam selbst, ein hagerer Herr mit hohem Hut und spitzen Vatermördern, war ihm bereits zuvorgekommen und reichte seiner Braut die Hand, einem sehr hübschen Mädchen, das übrigens, wie gewöhnlich bei Bräuten, weniger um seines hübschen Aussehens, als um seines weißen Atlaskleides willen bewundert wurde. Dann stiegen beide die mit einem etwas abgetretenen Teppich belegte, nur wenig Stufen zählende Steintreppe hinauf, um zunächst in den Kreuzgang und gleich danach in das Kirchenportal einzutreten. Aller Blicke folgten ihnen.

„Un kein Kranz nich?" sagte dieselbe Frau, vor deren kritischem Auge kurz vorher die Taille der Frau Dörr so schlecht bestanden hatte.

„Kranz? ... Kranz? ... Wissen Sie denn nich? ... Haben Sie denn nichts munkeln hören?"

„Ach so. Freilich hab ich. Aber, liebe Kornatzki, wenn es nachs Munkeln ginge, gäb es gar keine Kränze mehr un Schmidt in der Friedrichsstraße könnte man gleich zumachen."

„Ja, ja", lachte jetzt die Kornatzki, „das könnt er. Un am Ende für so 'nen Alten! Fuffzig jute hat er doch woll auf'n Puckel un sah eigentlich aus, als ob er seine Silberne gleich mitfeiern wollte."

„Woll. So sah er aus. Un haben Sie denn seine Vatermörder gesehn? So was lebt nich."

„Damit kann er sie gleich dod machen, wenn's wieder munkelt."

„Ja, das kann er."

Und so ging es noch eine Weile weiter, während aus der Kirche schon das Präludium der Orgel hörbar wurde.

Den anderen Morgen saßen Rienäcker und Käthe beim Frühstück, diesmal in Bothos Arbeitszimmer, dessen beide Fenster, um Luft und Licht einzulassen, weit offenstanden. Rings um den Hof her nistende Schwalben flogen zwitschernd vorüber und Botho, der ihnen allmorgendlich einige Krumen hinzustreuen pflegte, griff eben wieder zu gleichem Zweck nach dem Frühstückskorb, als ihm das ausgelassene Lachen seiner seit fünf Minuten schon in ihre Lieblingszeitung vertieften jungen Frau Veranlassung gab, den Korb wieder hinzustellen.

„Nun, Käthe, was ist? Du scheinst ja was ganz besonders Nettes gefunden zu haben."

„Hab ich auch ... Es ist doch zu komisch, was es für Namen gibt! Und immer gerade bei Heirats- und Verlobungsanzeigen. Höre doch nur."

„Ich bin ganz Ohr."

„... Ihre heute vollzogene eheliche Verbindung zeigen ergebenst an: *Gideon Franke*, Fabrikmeister, *Magdalene Franke*, geb. *Nimptsch* ... Nimptsch. Kannst du dir was Komischeres denken? Und dann Gideon!"

Botho nahm das Blatt, aber freilich nur weil er seine Verlegenheit dahinter verbergen wollte. Dann gab er es ihr zurück und sagte mit so viel Leichtigkeit im Ton, als er aufbringen konnte: „Was hast du nur gegen Gideon, Käthe? Gideon ist besser als Botho."

FRAU JENNY TREIBEL

ODER

„WO SICH HERZ ZUM HERZEN FIND'T“

Erstes Kapitel

An einem der letzten Maitage, das Wetter war schon sommerlich, bog ein zurückgeschlagener Landauer vom Spittelmarkt her in die Kur- und dann in die Adlerstraße ein und hielt gleich danach vor einem, trotz seiner Front von nur fünf Fenstern, ziemlich ansehnlichen, im übrigen aber altmodischen Hause, dem ein neuer, gelbbrauner Ölfarbenanstrich wohl etwas mehr Sauberkeit, aber keine Spur von gesteigerter Schönheit gegeben hatte, beinahe das Gegenteil. Im Fond des Wagens saßen zwei Damen mit einem Bologneserhündchen, das sich der hell- und warmscheinenden Sonne zu freuen schien. Die links sitzende Dame von etwa dreißig, augenscheinlich eine Erzieherin oder Gesellschafterin, öffnete, von ihrem Platz aus, zunächst den Wagenschlag, und war dann der anderen, mit Geschmack und Sorglichkeit gekleideten und trotz ihrer hohen Fünfzig noch sehr gut aussehenden Dame beim Aussteigen behilflich. Gleich danach aber nahm die Gesellschafterin ihren Platz wieder ein, während die ältere Dame auf eine Vortreppe zuschritt und nach Passierung derselben in den Hausflur eintrat. Von diesem aus stieg sie, so schnell ihre Korpulenz es zuließ, eine Holzstiege mit abgelaufenen Stufen hinauf, unten von sehr wenig Licht, weiter oben aber von einer schweren Luft umgeben, die man füglich als eine Doppelluft bezeichnen konnte. Gerade der Stelle gegenüber, wo die Treppe mündete, befand sich eine Entreetür mit Guckloch, und neben diesem ein grünes, knittriges Blechschild, darauf „Professor Wilibald Schmidt" ziemlich undeutlich zu lesen war. Die ein wenig asthmatische Dame fühlte zunächst das Bedürfnis, sich auszuruhen und musterte bei der Gelegenheit den ihr übrigens von langer Zeit her bekannten Vorflur, der vier gelbgestrichene Wände mit etlichen Haken und Riegeln und dazwischen einen hölzernen Halbmond zum Bürsten und Ausklopfen der Röcke zeigte. Dazu wehte, der ganzen Atmosphäre auch hier den Charakter gebend, von einem nach hinten zu führenden Korridor her ein sonderbarer Küchengeruch heran, der, wenn nicht alles täuschte, nur auf Rührkartoffeln und Karbonade gedeutet werden konnte, beides mit Seifenwrasen untermischt. „Also kleine Wäsche", sagte die von dem allen wieder ganz eigentümlich berührte stattliche Dame still vor sich hin, während sie zugleich weit zurückliegender Tage gedachte, wo sie selbst hier, in ebendieser Adlerstraße, gewohnt und in dem gerade gegenübergelegenen Materialwarenladen ihres Vaters mit im Geschäft geholfen und auf einem über zwei Kaffeesäcke gelegten Brett kleine und große Tüten geklebt hatte, was ihr jedesmal mit „zwei Pfennig fürs Hundert" gut getan worden war. „Eigentlich viel zuviel, Jenny", pflegte dann der Alte zu sagen, „aber du sollst mit Geld umgehen lernen." Ach, waren das Zeiten gewesen! Mittags, Schlag zwölf, wenn man zu Tisch ging, saß sie zwischen dem Kommis Herrn Mielke und dem Lehrling Louis, die beide, so verschieden sie sonst waren, dieselbe hochstehende Kammtolle und dieselben erfrorenen Hände hatten. Und Louis schielte bewundernd nach ihr hinüber, aber wurde jedesmal verlegen, wenn er sich auf seinen Blicken ertappt sah. Denn er war zu niedrigen Standes, aus einem Obstkeller in der Spreegasse. Ja, das alles stand jetzt wieder vor ihrer Seele, während sie sich auf dem Flur umsah und endlich die Klingel neben der Tür zog. Der überall verbogene Draht raschelte denn auch, aber kein Anschlag ließ sich hören, und so faßte sie schließlich den Klingelgriff noch einmal und zog stärker. Jetzt klang auch ein Bimmelton von der Küche her bis auf den Flur herüber, und ein paar Augenblicke später ließ sich erkennen, daß eine hinter dem Guckloch befindliche kleine Holzklappe beiseite geschoben wurde. Sehr wahrscheinlich war es des Professors Wirtschafterin, die jetzt, von ihrem Beobachtungsposten aus, nach Freund oder Feind aussah, und als diese Beobachtung ergeben hatte, daß es „gut Freund" sei, wurde der Türriegel ziemlich geräuschvoll zurückgeschoben, und eine ramassierte Frau von ausgangs Vierzig, mit einem ansehnlichen Haubenbau auf ihrem vom Herdfeuer geröteten Gesicht, stand vor ihr.

„Ach, Frau Treibel ... Frau Kommerzienrätin ... Welche Ehre ..."

„Guten Tag, liebe Frau Schmolke. Was macht der Professor? Und was macht Fräulein Corinna? Ist das Fräulein zu Hause?"

„Ja, Frau Kommerzienrätin. Eben wieder nach Hause gekommen aus der Philharmonie. Wie wird sie sich freuen."

Und dabei trat Frau Schmolke zur Seite, um den Weg nach dem einfenstrigen, zwischen den zwei Vorderstuben gelegenen und mit einem schmalen Leinwandläufer belegten Entree freizugeben. Aber ehe die Kommerzienrätin noch eintreten konnte, kam ihr Fräulein Corinna schon entgegen und führte die „mütterliche Freundin“, wie sich die Rätin gern selber nannte, nach rechts hin, in das eine Vorderzimmer.

Dies war ein hübscher hoher Raum, die Jalousien herabgelassen, die Fenster nach innen auf, vor deren einem eine Blumenestrade mit Goldlack und Hyazinthen stand. Auf dem Sofatische präsentierte sich gleichzeitig eine Glasschale mit Apfelsinen, und die Porträts der Eltern des Professors, des Rechnungsrats Schmidt aus der Heroldskammer und seiner Frau, geb. Schwerin, sahen auf die Glasschale hernieder – der alte Rechnungsrat in Frack und rotem Adlerorden, die geborene Schwerin mit starken Backenknochen und Stubsnase, was, trotz einer ausgesprochenen Bürgerlichkeit, immer noch mehr auf die pommersch-uckermärkischen Träger des berühmten Namens, als auf die spätere, oder, wenn man will, auch *viel* frühere posensche Linie hindeutete.

„Liebe Corinna, wie nett du dies alles zu machen verstehst und wie hübsch es doch bei euch ist, so kühl und so frisch – und die schönen Hyazinthen. Mit den Apfelsinen verträgt es sich freilich nicht recht, aber das tut nichts, es sieht so gut aus ... Und nun legst du mir in deiner Sorglichkeit auch noch das Sofakissen zurecht! Aber verzeih, ich sitze nicht gern auf dem Sofa; das ist immer so weich, und man sinkt dabei so tief ein. Ich setze mich lieber hier in den Lehnstuhl und sehe zu den alten, lieben Gesichtern da hinauf. Ach, war das ein Mann; gerade wie dein Vater. Aber der alte Rechnungsrat war beinah noch verbindlicher, und einige sagten auch immer, er sei so gut wie von der Kolonie. Was auch stimmte. Denn seine Großmutter, wie du freilich besser weißt als ich, war ja eine Charpentier, Stralauer Straße.“

Unter diesen Worten hatte die Kommerzienrätin in einem hohen Lehnstuhle Platz genommen und sah mit dem Lorgnon nach den „lieben Gesichtern“ hinauf, deren sie sich eben so huldvoll erinnert hatte, während Corinna fragte, ob sie nicht etwas Mosel und Selterwasser bringen dürfe, es sei so heiß.

„Nein, Corinna, ich komme eben vom Lunch, und Selterwasser steigt mir immer so zu Kopf. Sonderbar, ich kann Sherry vertragen und auch Port, wenn er lange gelagert hat, aber Mosel und Selterwasser, das benimmt mich ... Ja, sieh Kind, dies Zimmer hier, das kenne ich nun schon vierzig Jahre und darüber, noch aus Zeiten her, wo ich ein halbwachsen Ding war, mit kastanienbraunen Locken, die meine Mutter, so viel sie sonst zu tun hatte, doch immer mit rührender Sorgfalt wickelte. Denn damals, meine liebe Corinna, war das Rotblonde noch nicht so Mode wie jetzt, aber kastanienbraun galt schon, besonders wenn es Locken waren, und die Leute sahen mich auch immer darauf an. Und dein Vater auch. Er war damals noch ein Student und dichtete. Du wirst es kaum glauben, wie reizend und wie rührend das alles war, denn die Kinder wollen es immer nicht wahrhaben, daß die Eltern auch einmal jung waren und gut aussahen und ihre Talente hatten. Und ein paar Gedichte waren an mich gerichtet, die hab ich mir aufgehoben bis diesen Tag, und wenn mir schwer ums Herz ist, dann nehme ich das kleine Buch, das ursprünglich einen blauen Deckel hatte (jetzt aber hab ich es in grünen Maroquin binden lassen) und setze mich ans Fenster und sehe auf unsern Garten und weine mich still aus, ganz still, daß es niemand sieht, am wenigsten Treibel oder die Kinder. Ach Jugend! Meine liebe Corinna, du weißt gar nicht, welch ein Schatz die Jugend ist, und wie die reinen Gefühle, die noch kein rauher Hauch getrübt hat, doch unser Bestes sind und bleiben."

„Ja", lachte Corinna, „die Jugend ist gut. Aber ‚Kommerzienrätin' ist auch gut und eigentlich noch besser. Ich bin für einen Landauer und einen Garten um die Villa herum. Und wenn Ostern ist und Gäste kommen, natürlich recht viele, so werden Ostereier in dem Garten versteckt, und jedes Ei ist eine Attrappe voll Konfitüren von Hövell oder Kranzler, oder auch ein kleines Necessaire ist drin. Und wenn dann all die Gäste die Eier gefunden haben, dann nimmt jeder Herr seine Dame, und man geht zu Tisch. Ich bin durchaus für Jugend, aber für Jugend mit Wohlleben und hübschen Gesellschaften."

„Das höre ich gern, Corinna, wenigstens gerade jetzt; denn ich bin hier, um dich einzuladen, und zwar auf morgen schon; es hat sich so rasch gemacht. Ein junger Mr. Nelson ist nämlich bei Otto Treibels angekommen (das heißt aber, er wohnt nicht bei ihnen) ein Sohn von Nelson & Co. aus Liverpool, mit denen mein Sohn Otto seine Hauptgeschäftsverbindung hat. Und Helene kennt ihn auch. Das ist so hamburgisch, die kennen alle Engländer, und wenn sie sie nicht kennen, so tun sie wenigstens so. Mir unbegreiflich. Also Mr. Nelson, der übermorgen schon wieder abreist, um den handelt es sich; ein lieber Geschäftsfreund, den Ottos durchaus einladen mußten. Das verbot sich aber leider, weil Helene mal wieder Plätt-Tag hat, was nach ihrer Meinung allem anderen vorgeht, sogar im Geschäft. Da haben *wir's* denn übernommen, offen gestanden nicht allzu gern, aber auch nicht geradezu ungern. Otto war nämlich, während seiner englischen Reise, wochenlang in dem Nelsonschen Hause zu Gast. Du siehst daraus, wie's steht und wie sehr mir an deinem Kommen liegen muß; du sprichst englisch und hast alles gelesen und hast vorigen Winter auch Mr. Booth als Hamlet gesehen. Ich weiß noch recht gut, wie du davon schwärmtest. Und englische Politik und Geschichte wirst du natürlich auch wissen, dafür bist du ja deines Vaters Tochter."

„Nicht viel weiß ich davon, nur ein bißchen. Ein bißchen lernt man ja."

„Ja, jetzt, liebe Corinna. Du hast es gut gehabt und alle haben es jetzt gut. Aber zu meiner Zeit, da war das anders, und wenn mir nicht der Himmel, dem ich dafür danke, das Herz für das Poetische gegeben hätte, was, wenn es mal in einem lebt, nicht wieder auszurotten ist, so hätte ich nichts gelernt und wüßte nichts. Aber, Gott sei Dank, ich habe mich an Gedichten herangebildet, und wenn man viele davon auswendig weiß, so weiß man doch manches. Und daß es so ist, sieh, das verdanke ich nächst Gott, der es in meine Seele pflanzte, deinem Vater. Der hat das Blümlein großgezogen, das sonst drüben in dem Ladengeschäft unter all den prosaischen Menschen – und du glaubst gar nicht, wie prosaische Menschen es gibt – verkümmert wäre ... Wie geht es denn mit deinem Vater? Es muß ein Vierteljahr sein oder länger, daß ich ihn nicht gesehen habe, den 14. Februar, an Ottos Geburtstag. Aber er ging so früh, weil so viel gesungen wurde."

„Ja, das liebt er nicht. Wenigstens dann nicht, wenn er damit überrascht wird. Es ist eine Schwäche von ihm, und manche nennen es eine Unart."

„Oh, nicht doch, Corinna, das darfst du nicht sagen. Dein Vater ist bloß ein origineller Mann. Ich bin unglücklich, daß man seiner so selten habhaft werden kann. Ich hätt ihn auch zu morgen gerne mit eingeladen, aber ich bezweifle, daß Mr. Nelson ihn interessiert, und von den anderen ist nun schon gar nicht zu sprechen; unser Freund Krola wird morgen wohl wieder singen, und Assessor Goldammer seine Polizeigeschichten erzählen und sein Kunststück mit dem Hut und den zwei Talern machen."

„Oh, da freu ich mich. Aber freilich, Papa tut sich nicht gerne Zwang an, und seine Bequemlichkeit und seine Pfeife sind ihm lieber, als ein junger Engländer, der vielleicht dreimal um die Welt gefahren ist. Papa ist gut, aber einseitig und eigensinnig."

„Das kann ich nicht zugeben, Corinna. Dein Papa ist ein Juwel, das weiß ich am besten."

„Er unterschätzt alles Äußerliche, Besitz und Geld, und überhaupt alles, was schmückt und schön macht."

„Nein, Corinna, sage das nicht. Er sieht das Leben von der richtigen Seite an; er weiß, daß Geld eine Last ist und daß das Glück ganz woanders liegt." Sie schwieg bei diesen Worten und seufzte nur leise. Dann aber fuhr sie fort: „Ach, meine liebe Corinna, glaube mir, kleine Verhältnisse, das ist *das*, was allein glücklich macht."

Corinna lächelte. „Das sagen alle die, die drüberstehen und die kleinen Verhältnisse nicht kennen."

„Ich kenne sie, Corinna."

„Ja, von früher her. Aber das liegt nun zurück und ist vergessen oder wohl gar verklärt. Eigentlich liegt es doch so: Alles möchte reich sein, und ich verdenke es keinem. Papa freilich, der schwört noch auf die Geschichte von dem Kamel und dem Nadelöhr. Aber die junge Welt ..."

„... Ist leider anders. Nur zu wahr. Aber so gewiß das ist, so ist es doch nicht so schlimm damit, wie du dir's denkst. Es wäre auch zu traurig, wenn der Sinn für das Ideale verlorenginge, vor allem in der Jugend. Und in der Jugend lebt er auch noch. Da ist zum Beispiel dein Vetter Marcell, den du beiläufig morgen auch treffen wirst (er hat schon zugesagt), und an dem ich wirklich nichts weiter zu tadeln wüßte, als daß er Wedderkopp heißt. Wie kann ein so feiner Mann einen so störrischen Namen führen! Aber wie dem auch sein möge, wenn ich ihn bei Ottos treffe, so spreche ich immer so gern mit ihm. Und warum? Bloß weil er die Richtung hat, die man haben soll. Selbst unser guter Krola sagte mir erst neulich, Marcell sei eine von Grund aus ethische Natur, was er noch höher stelle als das Moralische; worin ich ihm, nach einigen Aufklärungen von seiner Seite, beistimmen mußte. Nein, Corinna, gib den Sinn, der sich nach oben richtet, nicht auf, jenen Sinn, der von dorther allein das Heil erwartet. Ich habe nur meine beiden Söhne, Geschäftsleute, die den Weg ihres Vaters gehen, und ich muß es geschehen lassen; aber wenn mich Gott durch eine Tochter gesegnet hätte, *die* wäre *mein* gewesen, auch im Geist, und wenn sich ihr Herz einem armen, aber edlen Manne, sagen wir einem Manne wie Marcell Wedderkopp, zugeneigt hätte ..."

„... So wäre das ein Paar geworden", lachte Corinna. „Der arme Marcell! Da hätt er nun sein Glück machen können, und muß gerade die Tochter fehlen."

Die Kommerzienrätin nickte.

„Überhaupt ist es schade, daß es so selten klappt und paßt", fuhr Corinna fort. „Aber Gott sei Dank, gnädigste Frau haben ja noch den Leopold, jung und unverheiratet, und da Sie solche Macht über ihn haben – so wenigstens sagt er selbst, und sein Bruder Otto sagt es auch, und alle Welt sagt es – so könnt er Ihnen, da der ideale Schwiegersohn nun mal eine Unmöglichkeit ist, wenigstens eine ideale Schwiegertochter ins Haus führen, eine reizende, junge Person, vielleicht eine Schauspielerin ..."

„Ich bin nicht für Schauspielerinnen ..."

„Oder eine Malerin, oder eine Pastors- oder eine Professorentochter ..."

Die Kommerzienrätin stutzte bei diesem letzten Worte und streifte Corinna stark, wenn auch flüchtig. Indessen wahrnehmend, daß diese heiter und unbefangen blieb, schwand ihre Furchtanwandlung ebenso schnell wie sie gekommen war. „Ja, Leopold", sagte sie, „den hab ich noch. Aber Leopold ist ein Kind. Und seine Verheiratung steht jedenfalls noch in weiter Ferne. Wenn er aber käme ..." Und die Kommerzienrätin schien sich allen Ernstes – vielleicht weil es sich um etwas noch „in so weiter Ferne" Liegendes handelte – der Vision einer idealen Schwiegertochter hingeben zu wollen, kam aber nicht dazu, weil in ebendiesem Augenblicke der aus seiner Obersekunda kommende Professor eintrat und seine Freundin, die Rätin, mit vieler Artigkeit begrüßte.

„Stör ich?"

„In Ihrem eigenen Hause? Nein, lieber Professor; Sie können überhaupt nie stören. Mit Ihnen kommt immer das Licht. Und wie Sie waren, so sind Sie geblieben. Aber mit Corinna bin ich nicht zufrieden. Sie spricht so modern und verleugnet ihren Vater, der immer nur in einer schönen Gedankenwelt lebte ..."

„Nun ja, ja", sagte der Professor. „Man kann es so nennen. Aber ich denke, sie wird sich noch wieder zurückfinden. Freilich, einen Stich ins Moderne wird sie wohl behalten. Schade. Das war anders als wir jung waren, da lebte man noch in Phantasie und Dichtung ..."

Er sagte das so hin, mit einem gewissen Pathos, als ob er seinen Sekundanern eine besondere Schönheit aus dem Horaz oder aus dem Parzival (denn er war Klassiker und Romantiker zugleich) zu demonstrieren hätte. Sein Pathos war aber doch etwas theatralisch gehalten und mit einer feinen Ironie gemischt, die die Kommerzienrätin auch klug genug war, herauszuhören. Sie hielt es indessen trotzdem für angezeigt, einen guten Glauben zu zeigen, nickte deshalb nur und sagte: „Ja, schöne Tage, die nie wiederkehren."

„Nein", sagte der in seiner Rolle mit dem Ernst eines Großinquisitors fortfahrende Wilibald. „Es ist vorbei damit; aber man muß eben weiterleben."

Eine halbverlegene Stille trat ein, während welcher man, von der Straße her, einen scharfen Peitschenknips hörte.

„Das ist ein Mahnzeichen", warf jetzt die Kommerzienrätin ein, eigentlich froh der Unterbrechung. „Johann unten wird ungeduldig. Und wer hätte den Mut, es mit einem solchen Machthaber zu verderben."

„Niemand", erwiderte Schmidt. „An der guten Laune unserer Umgebung hängt unser Lebensglück; ein Minister bedeutet mir wenig, aber die Schmolke ..."

„Sie treffen es wie immer, lieber Freund."

Und unter diesen Worten erhob sich die Kommerzienrätin und gab Corinna einen Kuß auf die Stirn, während sie Wilibald die Hand reichte. „Mit uns, lieber Professor, bleibt es beim alten, unentwegt." Und damit verließ sie das Zimmer, von Corinna bis auf den Flur und die Straße begleitet.

„Unentwegt", wiederholte Wilibald, als er allein war. „Herrliches Modewort, und nun auch schon bis in die Villa Treibel gedrungen ... Eigentlich ist meine Freundin Jenny noch geradeso wie vor vierzig Jahren, wo sie die kastanienbraunen Locken schüttelte. Das Sentimentale liebte sie schon damals, aber doch immer unter Bevorzugung von Courmachen und Schlagsahne. Jetzt ist sie nun rundlich geworden und beinah gebildet, oder doch, was man so gebildet zu nennen pflegt, und Adolar Krola trägt ihr Arien aus Lohengrin und Tannhäuser vor. Denn ich denke mir, daß das ihre Lieblingsopern sind. Ach, ihre Mutter, die gute Frau Bürstenbinder, die das Püppchen drüben im Apfelsinenladen immer so hübsch herauszuputzen wußte, sie hat in ihrer Weiberklugheit damals ganz richtig gerechnet. Nun ist das Püppchen eine Kommerzienrätin und kann sich alles gönnen, auch das Ideale, und sogar ‚unentwegt'. Ein Musterstück von einer Bourgeoise."

Und dabei trat er ans Fenster, hob die Jalousien ein wenig

und sah, wie Corinna, nachdem die Kommerzienrätin ihren Sitz wieder eingenommen hatte, den Wagenschlag ins Schloß warf. Noch ein gegenseitiger Gruß, an dem die Gesellschaftsdame mit sauer-süßer Miene teilnahm, und die Pferde zogen an und trabten langsam auf die nach der Spree hin gelegene Ausfahrt zu, weil es schwer war, in der engen Adlerstraße zu wenden.

Als Corinna wieder oben war, sagte sie: „Du hast doch nichts dagegen, Papa. Ich bin morgen zu Treibels zu Tisch geladen. Marcell ist auch da, und ein junger Engländer, der sogar Nelson heißt."

„Ich was dagegen? Gott bewahre. Wie könnt ich was dagegen haben, wenn ein Mensch sich amüsieren will. Ich nehme an, du amüsierst dich."

„Gewiß amüsier ich mich. Es ist doch mal was anderes. Was Distelkamp sagt und Rindfleisch und der kleine Friedeberg, das weiß ich ja schon alles auswendig. Aber was Nelson sagen wird, denk dir, Nelson, das weiß ich nicht."

„Viel Gescheites wird es wohl nicht sein."

„Das tut nichts. Ich sehne mich manchmal nach Ungescheitheiten."

„Da hast du recht, Corinna."

Zweites Kapitel

Die Treibelsche Villa lag auf einem großen Grundstücke, das, in bedeutender Tiefe, von der Köpenicker Straße bis an die Spree reichte. Früher hatten hier in unmittelbarer Nähe des Flusses nur Fabrikgebäude gestanden, in denen alljährlich ungezählte Zentner von Blutlaugensalz und später, als sich die Fabrik erweiterte, kaum geringere Quantitäten von Berliner Blau hergestellt worden waren. Als aber nach dem Siebziger Kriege die Milliarden ins Land kamen und die Gründeranschauungen selbst die nüchternsten Köpfe zu beherrschen anfingen, fand auch Kommerzienrat Treibel sein bis dahin in der Alten Jakobstraße gelegenes Wohnhaus, trotzdem es von Gontard, ja nach einigen sogar von Knobelsdorff herrühren sollte, nicht mehr zeit- und standesgemäß, und baute sich auf seinem Fabrikgrundstück eine modische Villa mit kleinem Vorder- und parkartigem Hintergarten. Diese Villa war ein Hochparterrebau mit aufgesetztem ersten Stock, welcher letztere jedoch, um seiner niedrigen Fenster willen, eher den Eindruck eines Mezzanin als einer Beletage machte. Hier wohnte Treibel seit sechzehn Jahren und begriff nicht, daß er es, einem noch dazu bloß gemutmaßten friderizianischen Baumeister zuliebe, so lange Zeit hindurch in der unvornehmen und aller frischen Luft entbehrenden Alten Jakobstraße ausgehalten habe; Gefühle, die von seiner Frau Jenny mindestens geteilt wurden. Die Nähe der Fabrik, wenn der Wind ungünstig stand, hatte freilich auch allerlei Mißliches im Geleite; Nordwind aber, der den Qualm herantrieb, war notorisch selten, und man brauchte ja die Gesellschaften nicht gerade bei Nordwind zu geben. Außerdem ließ Treibel die Fabrikschornsteine mit jedem Jahre höher hinaufführen und beseitigte damit den anfänglichen Übelstand immer mehr.

Das Diner war zu sechs Uhr festgesetzt; aber bereits eine Stunde vorher sah man Hustersche Wagen mit runden und viereckigen Körben vor dem Gittereingange halten. Die Kommerzienrätin, schon in voller Toilette, beobachtete von dem Fenster ihres Boudoirs aus alle diese Vorbereitungen und nahm auch heute wieder, und zwar nicht ohne eine gewisse Berechtigung, Anstoß daran. „Daß Treibel es auch versäumen mußte, für einen Nebeneingang Sorge zu tragen! Wenn er damals nur ein vier Fuß breites Terrain von dem Nachbargrundstück zukaufte, so hätten wir einen Eingang für derart Leute gehabt. Jetzt marschiert jeder Küchenjunge durch den Vorgarten, gerade auf unser Haus zu, wie wenn er mit eingeladen wäre. Das sieht lächerlich aus und auch anspruchsvoll, als ob die ganze Köpnicker Straße wissen solle: Treibels geben heut ein Diner. Außerdem ist es unklug, dem Neid der Menschen und dem sozialdemokratischen Gefühl so ganz nutzlos neue Nahrung zu geben."

Sie sagte sich das ganz ernsthaft, gehörte jedoch zu den Glücklichen, die sich nur weniges andauernd zu Herzen nehmen, und so kehrte sie denn vom Fenster zu ihrem Toilettentisch zurück, um noch einiges zu ordnen und den Spiegel zu befragen, ob sie sich neben ihrer Hamburger Schwiegertochter auch werde behaupten können. Helene war freilich nur halb so alt, ja kaum das; aber die Kommerzienrätin wußte recht gut, daß Jahre nichts bedeuten und daß Konversation und Augenausdruck und namentlich die „Welt der Formen" im einen und im andern Sinne, ja im „andern" Sinne noch mehr, den Ausschlag zu geben pflegen. Und hierin war die schon stark an der Grenze des Embonpoint angelangte Kommerzienrätin ihrer Schwiegertochter unbedingt überlegen.

In dem mit dem Boudoir korrespondierenden, an der andern Seite des Frontsaales gelegenen Zimmer saß Kommerzienrat Treibel und las das „Berliner Tageblatt". Es war gerade eine Nummer, der der „Ulk" beilag. Er weidete sich an dem Schlußbild und las dann einige von Nunnes philosophischen Betrachtungen. „Ausgezeichnet ... Sehr gut ... Aber ich werde das Blatt doch beiseite schieben oder mindestens das ‚Deutsche Tageblatt' darüberlegen müssen. Ich glaube, Vogelsang gibt mich sonst auf. Und ich kann ihn, wie die Dinge mal liegen, nicht mehr entbehren, so wenig, daß ich ihn zu heute habe einladen müssen. Überhaupt eine sonderbare Gesellschaft! Erst dieser Mr. Nelson, den sich Helene, weil ihre Mädchen mal wieder am Plättbrett stehen, gefälligst abgewälzt hat, und zu diesem Nelson dieser Vogelsang, dieser Lieutenant a. D. und agent provocateur in Wahlsachen. Er versteht sein Metier, so sagt man mir allgemein, und ich muß es glauben. Jedenfalls scheint mir das sicher: hat er mich erst in Teupitz-Zossen und an den Ufern der wendischen Spree durchgebracht, so bringt er mich auch *hier* durch. Und das ist die Hauptsache. Denn schließlich läuft doch alles darauf hinaus, daß ich in Berlin selbst, wenn die Zeit dazu gekommen ist, den Singer oder irgendeinen andern von der Couleur beiseite schiebe. Nach der Beredsamkeitsprobe neulich bei Buggenhagen ist ein Sieg sehr wohl möglich, und so muß ich ihn mir warmhalten. Er hat einen Sprechanismus, um den ich ihn beneiden könnte, trotzdem ich doch auch nicht in einem Trappistenkloster geboren und großgezogen bin. Aber neben Vogelsang? Null. Und kann auch nicht anders sein: denn bei Lichte besehen, hat der ganze Kerl nur drei Lieder auf seinem Kasten und dreht eins nach dem andern von der Walze herunter, und wenn er damit fertig ist, fängt er wieder an. So steht es mit ihm, und darin steckt seine Macht, gutta cavat lapidem; der alte Wilibald Schmidt würde sich freuen, wenn er mich so zitieren hörte, vorausgesetzt, daß es richtig ist. Oder vielleicht auch umgekehrt; wenn drei Fehler drin sind, amüsiert er sich noch mehr; Gelehrte sind nun mal so ... Vogelsang, das muß ich ihm lassen, hat freilich noch eines, was wichtiger ist als das ewige Wiederholen, er hat den Glauben an sich und ist überhaupt ein richtiger Fanatiker. Ob es wohl mit allem Fanatismus ebenso steht? Mir sehr wahrscheinlich. Ein leidlich gescheites Individuum kann eigentlich gar nicht fanatisch sein. Wer an einen Weg und eine Sache glaubt, ist allemal ein Poveretto, und ist seine Glaubenssache zugleich er selbst, so ist er gemeingefährlich und eigentlich reif für Dalldorf. Und von solcher Beschaffenheit ist just der Mann, dem zu Ehren ich, wenn ich von Mr. Nelson absehe, heute mein Diner gebe und mir zwei adlige Fräuleins eingeladen habe, blaues Blut, das hier in der Köpnicker Straße so gut wie gar nicht vorkommt und deshalb aus Berlin-W von mir verschrieben werden mußte, ja zur Hälfte sogar aus Charlottenburg. O Vogelsang! Eigentlich ist mir der Kerl ein Greuel. Aber was tut man nicht alles als Bürger und Patriot."

Und dabei sah Treibel auf das zwischen den Knopflöchern ausgespannte Kettchen mit drei Orden en miniature, unter denen ein rumänischer der vollgültigste war, und seufzte, während er zugleich auch lachte. „Rumänien, früher Moldau und Walachei. Es ist mir wirklich zuwenig."

Das erste Coupé, das vorfuhr, war das seines ältesten Sohnes Otto, der sich selbständig etabliert und ganz am Ausgange der Köpnicker Straße, zwischen dem zur Pionierkaserne gehörigen Pontonhaus und dem Schlesischen Tor, einen Holzhof errichtet hatte, freilich von der höheren Observanz, denn es waren Farbehölzer, Fernambuk- und Campecheholz, mit denen er handelte. Seit etwa acht Jahren war er auch verheiratet. Im selben Augenblicke, wo der Wagen hielt, zeigte er sich seiner jungen Frau beim Aussteigen behilflich, bot ihr verbindlich den Arm und schritt, nach Passierung des Vorgartens, auf die Freitreppe zu, die zunächst zu einem verandaartigen Vorbau der väterlichen Villa hinaufführte. Der alte Kommerzienrat stand schon in der Glastür und empfing die Kinder mit der ihm eigenen Jovialität. Gleich darauf erschien auch die Kommerzienrätin aus dem seitwärts angrenzenden und nur durch eine Portiere von dem großen Empfangssaal geschiedenen Zimmer und reichte der Schwiegertochter die Backe, während ihr Sohn Otto ihr die Hand küßte. „Gut, daß du kommst, Helene", sagte sie mit einer glücklichen Mischung von Behaglichkeit und Ironie, worin sie, wenn sie wollte, Meisterin war. „Ich fürchtete schon, du würdest dich auch vielleicht behindert sehen."

„Ach, Mama, verzeih ... Es war nicht bloß des Plätt-Tags halber; unsere Köchin hat zum 1. Juni gekündigt, und wenn sie kein Interesse mehr haben, so sind sie so unzuverlässig; und auf Elisabeth ist nun schon gar kein Verlaß mehr. Sie ist ungeschickt bis zur Unschicklichkeit und hält die Schüsseln immer so dicht über den Schultern, besonders der Herren, als ob sie sich ausruhen wollte ..."

Die Kommerzienrätin lächelte halb versöhnt, denn sie hörte gern dergleichen.

„... Und aufschieben", fuhr Helene fort, „verbot sich auch. Mr. Nelson, wie du weißt, reist schon morgen abend wieder. Übrigens ein charmanter junger Mann, der euch gefallen wird. Etwas kurz und einsilbig, vielleicht weil er nicht recht weiß, ob er sich deutsch oder englisch ausdrücken soll; aber was er sagt, ist immer gut und hat ganz die Gesetztheit und Wohlerzogenheit, die die meisten Engländer haben. Und dabei immer wie aus dem Ei gepellt. Ich habe nie solche Manschetten gesehen, und es bedrückt mich geradezu, wenn ich dann sehe, womit sich mein armer Otto behelfen muß, bloß weil man die richtigen Kräfte beim besten Willen nicht haben kann. Und so sauber wie die Manschetten, so sauber ist alles an ihm, ich meine an Mr. Nelson, auch sein Kopf und sein Haar. Wahrscheinlich, daß er es mit Honey-water bürstet, oder vielleicht ist es auch bloß mit Hilfe von Shampooing."

Der so rühmlich Gekennzeichnete war der nächste, der am Gartengitter erschien und schon im Herankommen die Kommerzienrätin einigermaßen in Erstaunen setzte. Diese hatte, nach der Schilderung ihrer Schwiegertochter, einen Ausbund von Eleganz erwartet; statt dessen kam ein Menschenkind daher, an dem, mit Ausnahme der von der jungen Frau Treibel gerühmten Manschettenspezialität, eigentlich alles die Kritik herausforderte. Den ungebürsteten Zylinder im Nacken und reisemäßig in einem gelb- und braunquadrierten Anzuge steckend, stieg er, von links nach rechts sich wiegend, die Freitreppe herauf, und grüßte mit der bekannten heimatlichen Mischung von Selbstbewußtsein und Verlegenheit. Otto ging ihm entgegen, um ihn seinen Eltern vorzustellen.

„Mr. Nelson from Liverpool – derselbe, lieber Papa, mit dem ich ..."

„Ah, Mr. Nelson. Sehr erfreut. Mein Sohn spricht noch oft von seinen glücklichen Tagen in Liverpool und von dem Ausfluge, den er damals mit Ihnen nach Dublin und, wenn ich nicht irre, auch nach Glasgow machte. Das geht jetzt ins neunte Jahr; Sie müssen damals noch sehr jung gewesen sein."

„O nicht sehr jung, Mr. Treibel, ... about sixteen ..."

„Nun, ich dächte doch, sechzehn ..."

„Oh, sechzehn, nicht sehr jung, ... nicht für uns."

Diese Versicherungen klangen um so komischer, als Mr. Nelson, auch jetzt noch, wie ein Junge wirkte. Zu weiteren Betrachtungen darüber war aber keine Zeit, weil eben jetzt eine Droschke zweiter Klasse vorfuhr, der ein langer, hagerer Mann in Uniform entstieg. Er schien Auseinandersetzungen mit dem Kutscher zu haben, während deren er übrigens eine beneidenswert sichere Haltung beobachtete, und nun rückte er sich zurecht und warf die Gittertür ins Schloß. Er war in Helm und Degen; aber ehe man noch der „Schilderhäuser" auf seiner Achselklappe gewahr werden konnte, stand es für jeden mit militärischem Blick nur einigermaßen Ausgerüsteten fest, daß er seit wenigstens dreißig Jahren außer Dienst sein müsse. Denn die Grandezza, mit der er daherkam, war mehr die Steifheit eines alten, irgendeiner ganz seltenen Sekte zugehörigen Torf- oder Salzinspektors, als die gute Haltung eines Offiziers. Alles gab sich mehr oder weniger automatenhaft, und der in zwei gezwirbelten Spitzen auslaufende schwarze Schnurrbart wirkte nicht nur gefärbt, was er natürlich war, sondern zugleich auch wie angeklebt. Desgleichen der Henriquatre. Dabei lag sein Untergesicht im Schatten zweier vorspringender Backenknochen. Mit der Ruhe, die sein ganzes Wesen auszeichnete, stieg er jetzt die Freitreppe hinauf und schritt auf die Kommerzienrätin zu. „Sie haben befohlen, meine Gnädigste ..." „Hoch erfreut, Herr Lieutenant ..." Inzwischen war auch der alte Treibel herangetreten und sagte: „Lieber Vogelsang, erlauben Sie mir, daß ich Sie mit den Herrschaften bekannt mache; meinen Sohn Otto kennen Sie, aber nicht seine Frau, meine liebe Schwiegertochter – Hamburgerin, wie Sie leicht erkennen werden ... Und hier", und dabei schritt er auf Mr. Nelson zu, der sich mit dem inzwischen ebenfalls erschienenen Leopold Treibel gemütlich und ohne jede Rücksicht auf den Rest der Gesellschaft unterhielt, „und hier ein junger lieber Freund unseres Hauses, Mr. Nelson from Liverpool."

Vogelsang zuckte bei dem Wort „Nelson" zusammen und schien einen Augenblick zu glauben – denn er konnte die Furcht des Gefopptwerdens nie ganz loswerden –, daß man sich einen Witz mit ihm erlaube. Die ruhigen Mienen aller aber belehrten ihn bald eines Besseren, weshalb er sich artig verbeugte und zu dem jungen Engländer sagte: „Nelson. Ein großer Name. Sehr erfreut, Mr. Nelson."

Dieser lachte dem alt und aufgesteift vor ihm stehenden Lieutenant ungeniert ins Gesicht, denn solche komische Person war ihm noch gar nicht vorgekommen. Daß er in seiner Art ebenso komisch wirkte, dieser Grad der Erkenntnis lag ihm fern. Vogelsang biß sich auf die Lippen und befestigte sich, unter dem Eindruck dieser Begegnung, in der lang gehegten Vorstellung von der Impertinenz englischer Nation. Im übrigen war jetzt der Zeitpunkt da, wo das Eintreffen immer neuer Ankömmlinge von jeder anderen Betrachtung abzog und die Sonderbarkeiten eines Engländers rasch vergessen ließ.

Einige der befreundeten Fabrikbesitzer aus der Köpnicker Straße lösten in ihren Chaisen mit niedergeschlagenem Verdeck die, wie es schien, noch immer sich besinnende Vogelsangsche Droschke rasch und beinahe gewaltsam ab; dann kam Corinna samt ihrem Vetter Marcell Wedderkopp (beide zu Fuß) und schließlich fuhr Johann, der Kommerzienrat Treibelsche Kutscher, vor, und dem mit blauem Atlas ausgeschlagenen Landauer – derselbe, darin gestern die Kommerzienrätin ihren Besuch bei Corinna gemacht hatte – entstiegen zwei alte Damen, die von Johann mit ganz besonderem und beinahe überraschlichem Respekt behandelt wurden. Es erklärte sich dies aber einfach daraus, daß Treibel, gleich bei Beginn dieser ihm wichtigen und jetzt um dritthalb Jahre zurückliegenden Bekanntschaft, zu seinem Kutscher gesagt hatte: „Johann, ein für allemal, diesen Damen gegenüber immer Hut in Hand. Das andere, du verstehst mich, ist *meine* Sache.“ Dadurch waren die guten Manieren Johanns außer Frage gestellt. Beiden alten Damen ging Treibel jetzt bis in die Mitte des Vorgartens entgegen, und nach lebhaften Bekomplimentierungen, an denen auch die Kommerzienrätin teilnahm, stieg man wieder die Gartentreppe hinauf und trat, von der Veranda her, in den großen Empfangssalon ein, der bis dahin, weil das schöne Wetter zum Verweilen im Freien einlud, nur von wenigen betreten worden war. Fast alle kannten sich von früheren Treibelschen Diners her; nur Vogelsang und Nelson waren Fremde, was den partiellen Vorstellungsakt erneuerte. „Darf ich Sie“, wandte sich Treibel an die zuletzt erschienenen alten Damen, „mit zwei Herren bekannt machen, die mir heute zum ersten Male die Ehre ihres Besuches geben: Lieutenant Vogelsang, Präsident unseres Wahlkomitees, und Mr. Nelson from Liverpol.“ Man verneigte sich gegenseitig. Dann nahm Treibel Vogelsangs Arm und flüsterte diesem, um ihn einigermaßen zu orientieren, zu: „Zwei Damen vom Hofe; die korpulente: Frau Majorin von Ziegenhals, die *nicht* korpulente (worin Sie mir zustimmen werden): Fräulein Edwine von Bomst.“

„Merkwürdig“, sagte Vogelsang. „Ich würde, die Wahrheit zu gestehen . . .“

„Eine Vertauschung der Namen für angezeigt gehalten haben. Da treffen Sie's, Vogelsang. Und es freut mich, daß Sie ein Auge für solche Dinge haben. Da bezeugt sich das alte Lieutenantsblut. Ja, diese Ziegenhals; einen Meter Brustweite wird sie wohl haben, und es lassen sich allerhand Betrachtungen darüber anstellen, werden wohl auch seinerzeit angestellt worden sein. Im übrigen, es sind das so die scherzhaften Widerspiele, die das Leben erheitern. Klopstock war Dichter, und ein anderer, den ich noch persönlich gekannt habe, hieß Griepenkerl ... Es trifft sich, daß uns beide Damen ersprießliche Dienste leisten können."

„Wie das? wieso?"

„Die Ziegenhals ist eine rechte Kusine von dem Zossener Landesältesten, und ein Bruder der Bomst hat sich mit einer Pastorstochter aus der Storkower Gegend ehelich vermählt. Halbe Mesalliance, die wir ignorieren müssen, weil wir Vorteil daraus ziehen. Man muß, wie Bismarck, immer ein Dutzend Eisen im Feuer haben ... Ah, Gott sei Dank. Johann hat den Rock gewechselt und gibt das Zeichen. Allerhöchste Zeit ... Eine Viertelstunde warten, geht; aber zehn Minuten darüber ist zu viel ... Ohne mich ängstlich zu belauschen, ich höre, wie der Hirsch nach Wasser schreit. Bitte, Vogelsang, führen Sie meine Frau ... Liebe Corinna, bemächtigen Sie sich Nelsons ... Victory and Westminster-Abbey; das Entern ist diesmal an Ihnen. Und nun meine Damen ... darf ich um Ihren Arm bitten, Frau Majorin? ... und um den Ihren, mein gnädigstes Fräulein?"

Und die Ziegenhals am rechten, die Bomst am linken Arm, ging er auf die Flügeltür zu, die sich, während dieser seiner letzten Worte, mit einer gewissen langsamen Feierlichkeit geöffnet hatte.

Drittes Kapitel

Das Eßzimmer entsprach genau dem vorgelegenen Empfangszimmer und hatte den Blick auf den großen, parkartigen Hintergarten mit plätscherndem Springbrunnen, ganz in der Nähe des Hauses; eine kleine Kugel stieg auf dem Wasserstrahl auf und ab, und auf dem Querholz einer zur Seite stehenden Stange saß ein Kakadu und sah, mit dem bekannten Auge voll Tiefsinn, abwechselnd auf den Strahl mit der balancierenden Kugel und dann wieder in den Eßsaal, dessen oberes Schiebefenster, der Ventilation halber, etwas herabgelassen war. Der Kronleuchter brannte schon, aber die niedrig geschraubten Flämmchen waren in der Nachmittagssonne kaum sichtbar und führten ihr schwaches Vorleben nur deshalb, weil der Kommerzienrat, um ihn selbst sprechen zu lassen, nicht liebte, „durch Manipulationen im Laternenansteckerstil in seiner Dinerstimmung gestört zu werden“. Auch der bei der Gelegenheit hörbar werdende kleine Puff, den er gern als „moderierten Salutschuß“ bezeichnete, konnte seine Gesamtstellung zu der Frage nicht ändern. Der Speisesaal selbst war von schöner Einfachheit: gelber Stuck, in den einige Reliefs eingelegt waren, reizende Arbeiten von Professor Franz. Seitens der Kommerzienrätin war, als es sich um diese Ausschmückung handelte, Reinhold Begas in Vorschlag gebracht, aber von Treibel, als seinen Etat überschreitend, abgelehnt worden. „Das ist für die Zeit, wo wir Generalkonsuls sein werden ...“ „Eine Zeit, die nie kommt“, hatte Jenny geantwortet. „Doch, doch Jenny; Teupitz-Zossen ist die erste Staffel dazu.“ Er wußte, wie zweifelhaft seine Frau seiner Wahlagitation und allen sich daran knüpfenden Hoffnungen gegenüberstand, weshalb er gern durchklingen ließ, daß er von dem Baum seiner Politik auch für die weibliche Eitelkeit noch goldene Früchte zu heimsen gedenke.

Draußen setzte der Wasserstrahl sein Spiel fort. Drinnen im Saal aber, in der Mitte der Tafel, die, statt der üblichen Riesenvase mit Flieder und Goldregen, ein kleines Blumenparkett zeigte, saß der alte Treibel, neben sich die beiden adligen Damen, ihm gegenüber seine Frau zwischen Lieutenant Vogelsang und dem ehemaligen Opernsänger Adolar Krola. Krola war seit fünfzehn Jahren Hausfreund, worauf ihm dreierlei einen gleichmäßigen Anspruch gab: sein gutes Äußere, seine gute Stimme und sein gutes Vermögen. Er hatte sich nämlich kurz vor seinem Rücktritt von der Bühne mit einer Millionärstochter verheiratet. Allgemein zugestanden, war er ein sehr liebenswürdiger Mann, was er vor manchen seiner ehemaligen Kollegen ebensosehr voraushatte, wie die mehr als gesicherte Finanzlage.

Frau Jenny präsentierte sich in vollem Glanz, und ihre Herkunft aus dem kleinen Laden in der Adlerstraße war in ihrer Erscheinung bis auf den letzten Rest getilgt. Alles wirkte reich und elegant; aber die Spitzen auf dem veilchenfarbenen Brokatkleide, soviel mußte gesagt werden, taten es nicht allein, auch nicht die kleinen Brillantohrringe, die bei jeder Bewegung hin und her blitzten; nein, was ihr mehr als alles andere eine gewisse Vornehmheit lieh, war die sichere Ruhe, womit sie zwischen ihren Gästen thronte. Keine Spur von Aufregung gab sich zu erkennen, zu der allerdings auch keine Veranlassung vorlag. Sie wußte, was in einem reichen und auf Repräsentation gestellten Hause brauchbare Dienstleute bedeuten, und so wurde denn alles, was sich nach dieser Seite hin nur irgendwie bewährte, durch hohen Lohn und gute Behandlung festgehalten. Alles ging infolge davon wie am Schnürchen, auch heute wieder, und ein Blick Jennys regierte das Ganze, wobei das untergeschobene Luftkissen, das ihr eine dominierende Stellung gab, ihr nicht wenig zustatten kam. In ihrem Sicherheitsgefühl war sie zugleich die Liebenswürdigkeit selbst. Ohne Furcht, wirtschaftlich irgend etwas ins Stocken kommen zu sehen, konnte sie sich selbstverständlich auch den Pflichten einer gefälligen Unterhaltung widmen, und weil sie's störend empfinden mochte – den ersten Begrüßungsmoment abgerechnet –, zu keinem einzigen intimeren Gesprächsworte mit den adligen Damen gekommen zu sein, so wandte sie sich jetzt über den Tisch hin an die Bomst und fragte voll anscheinender oder vielleicht auch voll wirklicher Teilnahme: „Haben Sie, mein gnädigstes Fräulein, neuerdings etwas von Prinzeß Anisettchen gehört? Ich habe mich immer für diese junge Prinzessin lebhaft interessiert, ja, für die ganze Linie des Hauses. Sie soll glücklich verheiratet sein. Ich höre so gern von glücklichen Ehen, namentlich in der Obersphäre der Gesellschaft, und ich möchte dabei bemerken dürfen, es scheint mir eine törichte Annahme, daß auf den Höhen der Menschheit das Eheglück ausgeschlossen sein solle."

„Gewiß", unterbrach hier Treibel übermütig, „ein solcher Verzicht auf das denkbar Höchste . . ."

„Lieber Treibel", fuhr die Rätin fort, „ich richtete mich an das Fräulein v. Bomst, das, bei jedem schuldigen Respekt vor deiner sonstigen Allgemeinkenntnis, mir in allem, was ‚Hof' angeht, doch um ein erhebliches kompetenter ist als du."

„Zweifellos", sagte Treibel. Und die Bomst, die dies eheliche Intermezzo mit einem sichtlichen Behagen begleitet hatte, nahm nun ihrerseits das Wort und erzählte von der Prinzessin, die ganz die Großmutter sei, denselben Teint und vor allem dieselbe gute Laune habe. Das wisse, soviel dürfe sie wohl sagen, niemand besser als sie, denn sie habe noch des Vorzugs genossen, unter den Augen der Hochseligen, die eigentlich ein Engel gewesen, ihr Leben bei Hofe beginnen zu dürfen, bei welcher Gelegenheit sie so recht die Wahrheit begriffen habe, daß die Natürlichkeit nicht nur das Beste, sondern auch das Vornehmste sei.

„Ja", sagte Treibel, „das Beste und das Vornehmste. Da hörst du's, Jenny, von einer Seite her, die du, Pardon, mein gnädigstes Fräulein, eben selbst als ‚kompetenteste Seite' bezeichnet hast."

Auch die Ziegenhals mischte sich jetzt mit ein, und das Gesprächsinteresse der Kommerzienrätin, die, wie jede geborene Berlinerin, für Hof und Prinzessinnen schwärmte, schien sich mehr und mehr ihren beiden vis-à-vis zuwenden zu wollen, als plötzlich ein leises Augenzwinkern Treibels ihr zu verstehen gab, daß auch noch andere Personen zu Tische säßen und daß es des Landes der Brauch sei, sich, was Gespräch angehe, mehr mit seinem Nachbar zur Linken und Rechten, als mit seinem Gegenüber zu beschäftigen. Die Kommerzienrätin erschrak denn auch nicht wenig, als sie wahrnahm, wie sehr Treibel mit seinem stillen, wenn auch halb scherzhaften Vorwurf im Rechte sei. Sie hatte Versäumtes nachholen wollen und war dadurch in eine neue, schwerere Versäumnis hineingeraten. Ihr linker Nachbar, Krola – nun, das mochte gehen, der war Hausfreund und harmlos und nachsichtig von Natur. Aber Vogelsang! Es kam ihr mit einem Male zum Bewußtsein, daß sie während des Prinzessinnengesprächs von der rechten Seite her immer etwas wie einen sich einbohrenden Blick empfunden hatte. Ja, das war Vogelsang gewesen, Vogelsang, dieser furchtbare Mensch, dieser Mephisto mit Hahnenfeder und Hinkefuß, wenn auch beides nicht recht zu sehen war. Er war ihr widerwärtig, und doch mußte sie mit ihm sprechen; es war die höchste Zeit.

„Ich habe, Herr Lieutenant, von Ihren beabsichtigten Reisen in unsere liebe Mark Brandenburg gehört; Sie wollen bis an die Gestade der wendischen Spree vordringen, ja, noch darüber hinaus. Eine höchst interessante Gegend, wie mir Treibel sagt, mit allerlei Wendengöttern, die sich, bis diesen Tag, in dem finsteren Geiste der Bevölkerung aussprechen sollen."

„Nicht, daß ich wüßte, meine Gnädigste."

„So z. B. in dem Städtchen Storkow, dessen Burgemeister, wenn ich recht unterrichtet bin, der Burgemeister Tschech war, jener politische Rechtsfanatiker, der auf König Friedrich Wilhelm IV. schoß, ohne Rücksicht auf die nebenstehende Königin. Es ist eine lange Zeit, aber ich entsinne mich der Einzelheiten, als ob es gestern gewesen wäre, und entsinne mich auch noch des eigentümlichen Liedes, das damals auf diesen Vorfall gedichtet wurde."

„Ja", sagte Vogelsang, „ein erbärmlicher Gassenhauer, darin

ganz der frivole Geist spukte, der die Lyrik jener Tage beherrschte. Was sich anders in dieser Lyrik gibt, ganz besonders auch in dem in Rede stehenden Gedicht, ist nur Schein, Lug und Trug. ‚Er erschoß uns auf ein Haar, Unser teures Königspaar.' Da haben Sie die ganze Perfidie. Das sollte loyal klingen und unter Umständen vielleicht auch den Rückzug decken, ist aber schnöder und schändlicher als alles, was jene verlogene Zeit sonst noch hervorgebracht hat, den großen Hauptsünder auf diesem Gebiete nicht ausgenommen. Ich meine natürlich Herwegh, George Herwegh."

„Ach, da treffen Sie mich, Herr Lieutenant, wenn auch ungewollt, an einer sehr empfindlichen Stelle. Herwegh war nämlich in der Mitte der vierziger Jahre, wo ich eingesegnet wurde, mein Lieblingsdichter. Es entzückte mich, weil ich immer sehr protestantisch fühlte, wenn er seine ‚Flüche gegen Rom' herbeischleppte, worin Sie mir vielleicht beistimmen werden. Und ein anderes Gedicht, worin er uns aufforderte, die Kreuze aus der Erde zu reißen, las ich beinah mit gleichem Vergnügen. Ich muß freilich einräumen, daß es keine Lektüre für eine Konfirmandin war. Aber meine Mutter sagte: ‚Lies es nur, Jenny; der König hat es auch gelesen, und Herwegh war sogar bei ihm in Charlottenburg, und die besseren Klassen lesen es alle.' Meine Mutter, wofür ich ihr noch im Grabe danke, war immer für die besseren Klassen. Und das sollte jede Mutter, denn es ist bestimmend für unseren Lebensweg. Das Niedere kann dann nicht heran und bleibt hinter uns zurück."

Vogelsang zog die Augenbrauen zusammen, und jeder, den die Vorstellung von seiner Mephistophelesschaft bis dahin nur gestreift hatte, hätte bei diesem Mienenspiel unwillkürlich nach dem Hinkefuß suchen müssen. Die Kommerzienrätin aber fuhr fort: „Im übrigen wird mir das Zugeständnis nicht schwer, daß die patriotischen Grundsätze, die der große Dichter predigte, vielleicht sehr anfechtbar waren. Wiewohl auch *das* nicht immer das Richtige ist, was auf der großen Straße liegt ..."

Vogelsang, der stolz darauf war, durchaus eine Nebenstraße zu wandeln, nickte jetzt zustimmend.

„... Aber lassen wir die Politik, Herr Lieutenant. Ich gebe Ihnen Herwegh als politischen Dichter preis, da das Politische nur ein Tropfen fremden Blutes in seinen Adern war. Indessen groß ist er, wo er nur Dichter ist. Erinnern Sie sich? ‚Ich möchte hingehn wie das Abendrot, Und wie der Tag mit seinen letzten Gluten ...'"

„‚. . . Mich in den Schoß des Ewigen verbluten . . .‘ Ja, das kenn ich, meine Gnädigste, das hab ich damals auch nachgebetet. Aber wer sich, als es galt, durchaus nicht verbluten wollte, das war der Herr Dichter selbst. Und so wird es immer sein. Das kommt von den hohlen, leeren Worten und der Reimsucherei. Glauben Sie mir, Frau Rätin, das sind überwundene Standpunkte. Der Prosa gehört die Welt.“

„Jeder nach seinem Geschmack, Herr Lieutenant Vogelsang“, sagte die durch diese Worte tief verletzte Jenny. „Wenn Sie Prosa vorziehen, so kann ich Sie daran nicht hindern. Aber mir gilt die poetische Welt, und vor allem gelten mir auch die Formen, in denen das Poetische herkömmlich seinen Ausdruck findet. Ihm allein verlohnt es sich zu leben. Alles ist nichtig; am nichtigsten aber ist das, wonach alle Welt so begehrlich drängt: äußerlicher Besitz, Vermögen, Gold. ‚Gold ist nur Schimäre‘, da haben Sie den Ausspruch eines großen Mannes und Künstlers, der, seinen Glücksgütern nach, ich spreche von Meyerbeer, wohl in der Lage war, zwischen dem Ewigen und Vergänglichen unterscheiden zu können. Ich für meine Person verbleibe dem Ideal und werde nie darauf verzichten. Am reinsten aber hab ich das Ideal im Liede, vor allem in dem Liede, das gesungen wird. Denn die Musik hebt es noch in eine höhere Sphäre. Habe ich recht, lieber Krola?“

Krola lächelte gutmütig verlegen vor sich hin, denn als Tenor und Millionär saß er zwischen zwei Stühlen. Endlich aber nahm er seiner Freundin Hand und sagte: „Jenny, wann hätten Sie je *nicht* recht gehabt?“

Der Kommerzienrat hatte sich mittlerweile ganz der Majorin von Ziegenhals zugewandt, deren „Hoftage“ noch etwas weiter zurücklagen, als die der Bomst. Ihm, Treibel, war dies natürlich gleichgültig; denn sosehr ihm ein gewisser Glanz paßte, den das Erscheinen der Hofdamen, trotz ihrer Außerdienststellung, seiner Gesellschaft immer noch lieh, so stand er doch auch wieder völlig darüber, ein Standpunkt, den ihm die beiden Damen selbst eher zum Guten als zum Schlechten anrechneten. Namentlich die den Freuden der Tafel überaus zugeneigte Ziegenhals nahm ihrem kommerzienrätlichen Freunde nichts übel, am wenigsten aber verdroß es sie, wenn er, außer Adels- und Geburtsfragen, allerlei Sittlichkeitsprobleme streifte, zu deren Lösung er sich, als geborener Berliner, besonders berufen fühlte. Die Majorin gab ihm dann einen Tipp mit dem Finger und flüsterte ihm etwas zu, das vierzig Jahre früher bedenklich gewesen wäre, *jetzt* aber – beide renommierten beständig mit ihrem Alter – nur Heiterkeit weckte. Meist waren es harmlose Sentenzen aus Büchmann oder andere geflügelte Worte, denen erst der Ton, aber dieser oft sehr entschieden, den erotischen Charakter aufdrückte.

„Sagen Sie, cher Treibel", hob die Ziegenhals an, „wie kommen Sie zu dem Gespenst da drüben; er scheint noch ein Vorachtundvierziger; das war damals die Epoche des sonderbaren Lieutenants, aber dieser übertreibt es. Karikatur durch und durch. Entsinnen Sie sich noch eines Bildes aus jener Zeit, das den Don Quijote mit einer langen Lanze darstellte, dicke Bücher rings um sich her. Das ist er, wie er leibt und lebt."

Treibel fuhr mit dem linken Zeigefinger am Innenrand seiner Krawatte hin und her und sagte: „Ja, wie ich zu ihm komme, meine Gnädigste. Nun, jedenfalls mehr der Not gehorchend als dem eigenen Triebe. Seine gesellschaftlichen Meriten sind wohl eigentlich gering und seine menschlichen werden dasselbe Niveau haben. Aber er ist ein Politiker."

„Das ist unmöglich. Er kann doch nur als Warnungsschatten vor den Prinzipien stehen, die das Unglück haben, von ihm vertreten zu werden. Überhaupt, Kommerzienrat, warum verirren Sie sich in die Politik? Was ist die Folge? Sie verderben sich Ihren guten Charakter, Ihre guten Sitten und Ihre gute Gesellschaft. Ich höre, daß Sie für Teupitz-Zossen kandidieren wollen. Nun meinetwegen. Aber wozu? Lassen Sie doch die Dinge gehen. Sie haben eine charmante Frau, gefühlvoll und hochpoetisch, und haben eine Villa wie diese, darin wir eben ein Ragout fin einnehmen, das seinesgleichen sucht, und haben draußen im Garten einen Springbrunnen und einen Kakadu, um den ich Sie beneiden könnte, denn meiner, ein grüner, verliert gerade die Federn und sieht aus, wie die schlechte Zeit. Was wollen Sie mit Politik? was wollen Sie mit Teupitz-Zossen? Ja mehr, um Ihnen einen Vollbeweis meiner Vorurteilslosigkeit zu geben, was wollen Sie mit Konservatismus? Sie sind ein Industrieller und wohnen in der Köpnicker Straße. Lassen Sie doch diese Gegend ruhig bei Singer oder Ludwig Löwe, oder wer sonst hier gerade das Prä hat. Jeder Lebensstellung entsprechen auch bestimmte politische Grundsätze. Rittergutsbesitzer sind agrarisch, Professoren sind nationale Mittelpartei und Industrielle sind fortschrittlich. Seien Sie doch Fortschrittler. Was wollen Sie mit dem Kronenorden? Ich, wenn ich an Ihrer Stelle wäre, lancierte mich ins Städtische hinein und ränge nach der Bürgerkrone."

Treibel, sonst unruhig, wenn einer lange sprach – was er nur sich selbst ausgiebig gestattete –, war diesmal doch aufmerksam gefolgt und winkte zunächst einen Diener heran, um der Majorin ein zweites Glas Chablis zu präsentieren. Sie nahm auch, er mit, und nun stieß er mit ihr an und sagte: „Auf gute Freundschaft und noch zehn Jahre so wie heut! Aber das mit dem Fortschrittlertum und der Bürgerkrone – was ist da zu sagen, meine Gnädigste! Sie wissen, unsereins rechnet und rechnet und kommt aus der Regula-de-tri gar nicht mehr heraus, aus dem alten Ansatze: ‚wenn das und das soviel bringt, wieviel bringt das und das.' Und sehen Sie, Freundin und Gönnerin, nach demselben Ansatz hab ich mir auch den Fortschritt und den Konservatismus berechnet und bin dahintergekommen, daß mir der Konservatismus, ich will nicht sagen mehr abwirft, das wäre vielleicht falsch, aber besser zu mir paßt, mir besser kleidet. Besonders seitdem ich Kommerzienrat bin, ein Titel von fragmentarischem Charakter, der doch natürlich seiner Vervollständigung entgegensieht."

„Ah, ich verstehe."

„Nun sehen Sie, l'appétit vient en mangeant, und wer A sagt, will auch B sagen. Außerdem aber, ich erkenne die Lebensaufgabe des Weisen vor allen Dingen in Herstellung des sogenannten Harmonischen, und dies Harmonische, wie die Dinge nun mal liegen, oder vielleicht kann ich auch sagen, wie die Zeichen nun mal sprechen, schließt in meinem Spezialfalle die fortschrittliche Bürgerkrone so gut wie aus."

„Sagen Sie das im Ernste?"

„Ja, meine Gnädigste. Fabriken im allgemeinen neigen der Bürgerkrone zu, Fabriken im besonderen aber – und dahin gehört ausgesprochenermaßen die meine – konstatieren den Ausnahmefall. Ihr Blick fordert Beweise. Nun denn, ich will es versuchen. Ich frage Sie, können Sie sich einen Handelsgärtner denken, der, sagen wir auf der Lichtenberger oder Rummelsburger Gemarkung, Kornblumen im großen zieht, Kornblumen, dies Symbol königlich preußischer Gesinnung, und der zugleich Petroleur und Dynamitarde ist? Sie schütteln den Kopf und bestätigen dadurch mein ‚Nein'. Und nun frage ich Sie weiter, was sind alle Kornblumen der Welt gegen eine Berliner Blaufabrik? Im Berliner Blau haben Sie das symbolisch Preußische sozusagen in höchster Potenz, und je sicherer und unanfechtbarer das ist, desto unerläßlicher ist auch mein Verbleiben auf dem Boden des Konservatismus. Der Ausbau des Kommerzienrätlichen bedeutet in meinem Spezialfalle das natürlich Gegebene ... jedenfalls mehr als die Bürgerkrone."

Die Ziegenhals schien überwunden und lachte, während Krola, der mit halbem Ohr zugehört hatte, zustimmend nickte.

So ging das Gespräch in der Mitte der Tafel, aber noch heiterer verlief es am unteren Ende derselben, wo sich die junge Frau Treibel und Corinna gegenübersaßen, die junge Frau zwischen Marcell Wedderkopp und dem Referendar Enghaus, Corinna zwischen Mr. Nelson und Leopold Treibel, dem jüngeren Sohne des Hauses. An der Schmalseite des Tisches, mit dem Rücken gegen das breite Gartenfenster, war das Gesellschaftsfräulein, Fräulein Honig, plaziert worden, deren herbe Züge sich wie ein Protest gegen ihren Namen ausnahmen. Je mehr sie zu lächeln suchte, je sichtbarer wurde der sie verzehrende Neid, der sich nach rechts hin gegen die hübsche Hamburgerin, nach links hin in fast noch ausgesprochenerer Weise, gegen Corinna richtete, diese halbe Kollegin, die sich trotzdem mit einer Sicherheit benahm, als ob sie die Majorin von Ziegenhals oder doch mindestens das Fräulein von Bomst gewesen wäre.

Die junge Frau Treibel sah sehr gut aus, blond, klar, ruhig. Beide Nachbarn machten ihr den Hof, Marcell freilich nur mit erkünsteltem Eifer, weil er eigentlich Corinna beobachtete, die sich aus dem einen oder andern Grunde die Eroberung des jungen Engländers vorgesetzt zu haben schien. Bei diesem Vorgehen voll Koketterie sprach sie übrigens so lebhaft, so laut, als ob ihr daran läge, daß jedes Wort auch von ihrer Umgebung und ganz besonders von ihrem Vetter Marcell gehört werde.

„Sie führen einen so schönen Namen", wandte sie sich an Mr. Nelson, „so schön und berühmt, daß ich wohl fragen möchte, ob Ihnen nie das Verlangen gekommen ist ...?"

„O yes, yes ..."

„... sich der Fernambuk- und Campecheholzbranche, darin Sie, soviel ich weiß, auch tätig sind, für immer zu entschlagen? Ich fühle deutlich, daß ich, wenn ich Nelson hieße, keine ruhige Stunde mehr haben würde, bis ich meine Battle at the Nile ebenfalls geschlagen hätte. Sie kennen natürlich die Einzelheiten der Schlacht ..."

„Oh, to be sure."

„Nun, da wär ich denn endlich – denn hierlandes weiß niemand etwas Rechtes davon – an der richtigen Quelle. Sagen Sie,

Mr. Nelson, wie war das eigentlich mit der Idee, der Anordnung zur Schlacht? Ich habe die Beschreibung vor einiger Zeit im Walter Scott gelesen und war seitdem immer im Zweifel darüber, was eigentlich den Ausschlag gegeben habe, ob mehr eine geniale Disposition oder ein heroischer Mut ..."

„I should rather think, a heroical courage... British oaks and british hearts ..."

„Ich freue mich, diese Frage durch Sie beglichen zu sehen und in einer Weise, die meinen Sympathien entspricht. Denn ich bin für das Heroische, weil es so selten ist. Aber ich möchte doch auch annehmen, daß das geniale Kommando ..."

„Certainly, Miss Corinna. No doubt... England expects that every man will do his duty ..."

„Ja, das waren herrliche Worte, von denen ich übrigens bis heute geglaubt hatte, daß sie bei Trafalgar gesprochen seien. Aber warum nicht auch bei Abukir? Etwas Gutes kann immer zweimal gesagt werden. Und dann... eigentlich ist eine Schlacht wie die andere, besonders Seeschlachten – ein Knall, eine Feuersäule, und alles geht in die Luft. Es muß übrigens großartig sein und entzückend für alle die, die zusehen können; ein wundervoller Anblick."

„O splendid ..."

„Ja, Leopold", fuhr Corinna fort, indem sie sich plötzlich an ihren andern Tischnachbar wandte, „da sitzen Sie nun und lächeln. Und warum lächeln Sie? Weil Sie hinter diesem Lächeln Ihre Verlegenheit verbergen wollen. Sie haben eben nicht jene ‚heroical courage', zu der sich dear Mr. Nelson so bedingungslos bekannt hat. Ganz im Gegenteil. Sie haben sich aus Ihres Vaters Fabrik, die doch in gewissem Sinne, wenn auch freilich nur geschäftlich, die Blut- und Eisentheorie vertritt – ja, es klang mir vorhin fast, als ob Ihr Papa der Frau Majorin von Ziegenhals etwas von diesen Dingen erzählt hätte – Sie haben sich, sag ich, aus dem Blutlaugenhof, in dem Sie verbleiben mußten, in den Holzhof Ihres Bruders Otto zurückgezogen. Das war nicht gut, auch wenn es Fernambukholz ist. Da sehen Sie meinen Vetter Marcell drüben, der schwört jeden Tag, wenn er mit seinen Hanteln umherficht, daß es auf das Reck und das Turnen ankomme, was ihm ein für allemal die Heldenschaft bedeutet, und daß Vater Jahn doch schließlich noch über Nelson geht."

Marcell drohte halb ernst-, halb scherzhaft mit dem Finger zu Corinna hinüber und sagte: „Kusine, vergiß nicht, daß der Repräsentant einer andern Nation dir zur Seite sitzt, und daß du die Pflicht hast, einigermaßen für deutsche Weiblichkeit einzutreten."

„Oh, no, no", sagte Nelson: „Nichts Weiblichkeit; always quick and clever . . . das is, was wir lieben an deutsche Frauen. Nichts Weiblichkeit. Fräulein Corinna is quite in the right way."

„Da hast du's, Marcell. Mr. Nelson, für den du so sorglich eintrittst, damit er nicht falsche Bilder mit in sein meerumgürtetes Albion hinübernimmt, Mr. Nelson läßt dich im Stich, und Frau Treibel, denk ich, läßt dich auch im Stich und Herr Enghaus auch und mein Freund Leopold auch. Und so bin ich gutes Muts, und bleibt nur noch Fräulein Honig . . ."

Diese verneigte sich und sagte: „Ich bin gewohnt, mit der Majorität zu gehen", und ihre ganze Verbittertheit lag in diesem Tone der Zustimmung.

„Ich will mir meines Vetters Mahnung aber doch gesagt sein lassen", fuhr Corinna fort. „Ich bin etwas übermütig, Mr. Nelson, und außerdem aus einer plauderhaften Familie . . ."

„Just what I like, Miß Corinna. ‚Plauderhafte Leute, gute Leute', so sagen wir in England."

„Und das sag ich auch, Mr. Nelson. Können Sie sich einen immer plaudernden Verbrecher denken?"

„Oh, no; certainly not . . ."

„Und zum Zeichen, daß ich, trotz ewigen Schwatzens, doch eine weibliche Natur und eine richtige Deutsche bin, soll Mr. Nelson von mir hören, daß ich auch noch nebenher kochen, nähen und plätten kann, und daß ich im Lette-Verein die Kunststopferei gelernt habe. Ja, Mr. Nelson, so steht es mit mir. Ich bin ganz deutsch und ganz weiblich, und bleibt eigentlich nur noch die Frage: kennen Sie den Lette-Verein und kennen Sie die Kunststopferei?"

„No, Fräulein Corinna, neither the one nor the other."

„Nun sehen Sie, dear Mr. Nelson, der Lette-Verein ist ein Verein oder ein Institut oder eine Schule für weibliche Handarbeit. Ich glaube sogar nach englischem Muster, was noch ein besonderer Vorzug wäre."

„Not at all; German schools are always to be preferred."

„Wer weiß, ich möchte das nicht so schroff hinstellen. Aber lassen wir das, um uns mit dem weit Wichtigeren zu beschäftigen, mit der Kunststopfereifrage. Das ist wirklich was. Bitte, wollen Sie zunächst das Wort nachsprechen . . ."

Mr. Nelson lächelte gutmütig vor sich hin.

„Nun, ich sehe, daß es Ihnen Schwierigkeiten macht. Aber diese Schwierigkeiten sind nichts gegen die der Kunststopferei selbst. Sehen Sie, hier ist mein Freund Leopold Treibel und trägt, wie Sie sehen, einen untadeligen Rock mit einer doppelten Knopfreihe, und auch wirklich zugeknöpft, ganz wie es sich für einen Gentleman und einen Berliner Kommerzienratssohn geziemt. Und ich taxiere den Rock auf wenigstens hundert Mark."

„Überschätzung."

„Wer weiß. Du vergißt, Marcell, daß es verschiedene Skalen auch auf diesem Gebiete gibt, eine für Oberlehrer und eine für Kommerzienräte. Doch lassen wir die Preisfrage. Jedenfalls ein feiner Rock, prima. Und nun, wenn wir aufstehen, Mr. Nelson, und die Zigarren herumgereicht werden – ich denke, Sie rauchen doch – werde ich Sie um Ihre Zigarre bitten und meinem Freunde Leopold Treibel ein Loch in den Rock brennen, hier gerade, wo sein Herz sitzt, und dann werd ich den Rock in einer Droschke mit nach Hause nehmen, und morgen um dieselbe Zeit wollen wir uns hier im Garten wieder versammeln und um das Bassin herum Stühle stellen, wie bei einer Aufführung. Und der Kakadu kann auch dabeisein. Und dann werd ich auftreten wie eine Künstlerin, die ich in der Tat auch bin, und werde den Rock herumgehen lassen, und wenn Sie, dear Mr. Nelson, dann noch imstande sind, die Stelle zu finden, wo das Loch war, so will ich Ihnen einen Kuß geben und Ihnen als Sklavin nach Liverpool hin folgen. Aber es wird nicht dazu kommen. Soll ich sagen leider? Ich habe zwei Medaillen als Kunststopferin gewonnen, und Sie werden die Stelle sicherlich *nicht* finden . . ."

„Oh, ich werde finden, no doubt, I will find it", entgegnete Mr. Nelson leuchtenden Auges, und weil er seiner immer wachsenden Bewunderung, passend oder nicht, einen Ausdruck geben wollte, schloß er mit einem in kurzen Ausrufungen gehaltenen Hymnus auf die Berlinerinnen und der sich daran anschließenden und mehrfach wiederholten Versicherung, daß sie decidedly clever seien.

Leopold und der Referendar vereinigten sich mit ihm in diesem Lob, und selbst Fräulein Honig lächelte, weil sie sich als Landsmännin mit geschmeichelt fühlen mochte. Nur im Auge der jungen Frau Treibel sprach sich eine leise Verstimmung darüber aus, eine Berlinerin und kleine Professorstochter in dieser Weise gefeiert zu sehen. Auch Vetter Marcell, sosehr er zustimmte, war nicht recht zufrieden, weil er davon ausging, daß seine Kusine ein solches Hasten und Sich-in-Szene-Setzen nicht nötig habe; sie war ihm zu schade für die Rolle, die sie spielte. Corinna ihrerseits sah auch ganz deutlich, was in ihm vorging, und würde sich ein Vergnügen daraus gemacht haben, ihn zu necken, wenn nicht in ebendiesem Momente – das Eis wurde schon herumgereicht – der Kommerzienrat an das Glas geklopft und sich, um einen Toast auszubringen, von seinem Platz erhoben hätte: „Meine Herren und Damen, Ladies and Gentlemen ..."

„Ah, *das* gilt Ihnen", flüsterte Corinna Mr. Nelson zu.

„... Ich bin", fuhr Treibel fort, „an dem Hammelrücken vorübergegangen und habe diese verhältnismäßig späte Stunde für einen meinerseits auszubringenden Toast herankommen lassen – eine Neuerung, die mich in diesem Augenblicke freilich vor die Frage stellt, ob der Schmelzezustand eines rot- und weißen Panaschee nicht noch etwas Vermeidenswerteres ist als der Hammelrücken im Zustande der Erstarrung ..."

„Oh, wonderfully good ..."

„... Wie dem aber auch sein möge, jedenfalls gibt es zur Zeit nur *ein* Mittel, ein vielleicht schon angerichtetes Übel auf ein Mindestmaß herabzudrücken: Kürze. Genehmigen Sie denn, meine Herrschaften, in Ihrer Gesamtheit meinen Dank für Ihr Erscheinen, und gestatten Sie mir des ferneren und im besonderen Hinblick auf zwei liebe Gäste, die hier zu sehen ich heute zum ersten Male die Ehre habe, meinen Toast in die britischerseits nahezu geheiligte Formel kleiden zu dürfen: ‚on our army and navy', auf Heer und Flotte also, die wir das Glück haben, hier an dieser Tafel, *einerseits*" (er verbeugte sich gegen Vogelsang) „durch Beruf und Lebensstellung, *andererseits*" (Verbeugung gegen Nelson) „durch einen weltberühmten Heldennamen vertreten zu sehen. Noch einmal also: ‚our army and navy!' Es lebe Lieutenant Vogelsang, es lebe Mr. Nelson."

Der Toast fand allseitige Zustimmung, und der in eine nervöse Unruhe geratene Mr. Nelson wollte sofort das Wort nehmen, um zu danken. Aber Corinna hielt ihn ab, Vogelsang sei der ältere und würde vielleicht den Dank für ihn mit aussprechen.

„Oh, no, no, Fräulein Corinna, not he ... not such an ugly old fellow ... please, look at him", und der zapplige Heldennamensvetter machte wiederholte Versuche, sich von seinem Platze zu erheben und zu sprechen. Aber Vogelsang kam ihm wirklich zuvor, und nachdem er den Bart mit der Serviette geputzt und in nervöser Unruhe seinen Waffenrock erst auf-

und dann wieder zugeknöpft hatte, begann er mit einer an Komik streifenden Würde: „Meine Herren. Unser liebenswürdiger Wirt hat die Armee leben lassen und mit der Armee meinen Namen verknüpft. Ja, meine Herren, ich *bin* Soldat ..."

„Oh, for shame!" brummte der über das wiederholte „meine Herren" und das gleichzeitige Unterschlagen aller anwesenden Damen aufrichtig empörte Mr. Nelson, „oh, for shame", und ein Kichern ließ sich allerseits hören, das auch anhielt, bis des Redners immer finsterer werdendes Augenrollen eine wahre Kirchenstille wiederhergestellt hatte. Dann erst fuhr dieser fort: „Ja, meine Herren, ich *bin* Soldat ... Aber mehr als das, ich bin auch Streiter im Dienst einer Idee. Zwei große Mächte sind es, denen ich diene: Volkstum und Königtum. Alles andere stört, schädigt, verwirrt. Englands Aristokratie, die mir, von meinem Prinzip ganz abgesehen, auch persönlich widerstreitet, veranschaulicht eine solche Schädigung, eine solche Verwirrung; ich verabscheue Zwischenstufen und überhaupt die feudale Pyramide. Das sind Mittelalterlichkeiten. Ich erkenne mein Ideal in einem Plateau, mit einem einzigen, aber alles überragenden Pic."

Die Ziegenhals wechselte hier Blicke mit Treibel.

„... Alles sei von Volkesgnaden, bis zu der Stelle hinauf, wo die Gottesgnadenschaft beginnt. Dabei streng geschiedene Machtbefugnisse. Das Gewöhnliche, das Massenhafte, werde bestimmt durch die Masse, das Ungewöhnliche, das Große, werde bestimmt durch das Große. Das ist Thron und Krone. Meiner politischen Erkenntnis nach ruht alles Heil, alle Besserungsmöglichkeit in der Aufrichtung einer Royaldemokratie, zu der sich, soviel ich weiß, auch unser Kommerzienrat bekennt. Und in diesem Gefühle, darin wir uns eins wissen, erhebe ich das Glas und bitte Sie, mit mir auf das Wohl unseres hochverehrten Wirtes zu trinken, zugleich unseres Gonfaloniere, der uns die Fahne trägt. Unser Kommerzienrat Treibel, er lebe hoch!"

Alles erhob sich, um mit Vogelsang anzustoßen und ihn als Erfinder der Royaldemokratie zu beglückwünschen. Einige konnten als aufrichtig entzückt gelten, besonders das Wort „Gonfaloniere" schien gewirkt zu haben, andere lachten still in sich hinein, und nur drei waren direkt unzufrieden: Treibel, weil er sich von den eben entwickelten Vogelsangschen Prinzipien praktisch nicht viel versprach, die Kommerzienrätin, weil ihr das Ganze nicht fein genug vorkam, und drittens Mr. Nelson, weil er sich aus dem gegen die englische Aristokratie gerichteten Satze Vogelsangs einen neuen Haß gegen ebendiesen gesogen hatte. „Stuff and nonsense! What does he know of our aristocracy? To be sure, he does'nt belong to it; – that's all."

„Ich weiß doch nicht", lachte Corinna. „Hat er nicht was von einem Peer of the Realm?"

Nelson vergaß über dieser Vorstellung beinahe all seinen Groll und bot Corinna, während er eine Knackmandel von einem der Tafelaufsätze nahm, eben ein Vielliebchen an, als die Kommerzienrätin den Stuhl schob und dadurch das Zeichen zur Aufhebung der Tafel gab. Die Flügeltüren öffneten sich, und in derselben Reihenfolge, wie man zu Tisch gegangen war, schritt man wieder auf den mittlerweile gelüfteten Frontsaal zu, wo die Herren, Treibel an der Spitze, den älteren und auch einigen jüngeren Damen respektvoll die Hand küßten.

Nur Mr. Nelson verzichtete darauf, weil er die Kommerzienrätin „a little pompous" und die beiden Hofdamen „a little ridiculous" fand, und begnügte sich, an Corinna herantretend, mit einem kräftigen „shaking hands".

Viertes Kapitel

Die große Glastür, die zur Freitreppe führte, stand auf; dennoch war es schwül, und so zog man es vor, den Kaffee draußen zu nehmen, die einen auf der Veranda, die andern im Vorgarten selbst, wobei sich die Tischnachbarn in kleinen Gruppen wieder zusammenfanden und weiterplauderten. Nur als sich die beiden adligen Damen von der Gesellschaft verabschiedeten, unterbrach man sich in diesem mit Medisance reichlich gewürzten Gespräch und sah eine kleine Weile dem Landauer nach, der, die Köpnicker Straße hinauf, erst auf die Frau von Ziegenhalssche Wohnung, in unmittelbarer Nähe der Marschallsbrücke, dann aber auf Charlottenburg zufuhr, wo die seit fünfunddreißig Jahren in einem Seitenflügel des Schlosses einquartierte Bomst ihr Lebensglück und zugleich ihren besten Stolz aus der Betrachtung zog, in erster Zeit mit des hochseligen Königs Majestät, dann mit der Königinwitwe, und zuletzt mit den Meiningenschen Herrschaften dieselbe Luft geatmet zu haben. Es gab ihr all das etwas Verklärtes, was auch zu ihrer Figur paßte.

Treibel, der die Damen bis an den Wagenschlag begleitet, hatte mittlerweile, vom Straßendamm her, die Veranda wieder erreicht, wo Vogelsang, etwas verlassen, aber mit uneingebüßter

Würde, seinen Platz behauptete. „Nun ein Wort unter uns, Lieutenant, aber nicht hier; ich denke, wir absentieren uns einen Augenblick und rauchen ein Blatt, das nicht alle Tage wächst, und namentlich nicht überall." Dabei nahm er Vogelsang unter den Arm und führte den gern Gehorchenden in sein neben dem Saale gelegenes Arbeitszimmer, wo der geschulte, diesen Lieblingsmoment im Dinerleben seines Herrn von langher kennende Diener bereits alles zurechtgestellt hatte: das Zigarrenkistchen, den Likörkasten und die Karaffe mit Eiswasser. Die gute Schulung des Dieners beschränkte sich aber nicht auf diese Vorarrangements, vielmehr stand er im selben Augenblick, wo beide Herren ihre Plätze genommen hatten, auch schon mit dem Tablett vor ihnen und präsentierte den Kaffee.

„Das ist recht, Friedrich, auch der Aufbau hier, alles zu meiner Zufriedenheit; aber gib doch lieber die andere Kiste her, die flache. Und dann sage meinem Sohn Otto, ich ließe ihn bitten ... Ihnen doch recht, Vogelsang? Oder wenn du Otto nicht triffst, so bitte den Polizeiassessor, ja, lieber *den,* er weiß doch besser Bescheid. Sonderbar, alles, was in der Molkenmarktluft groß geworden, ist dem Rest der Menschheit um ein beträchtliches überlegen. Und dieser Goldammer hat nun gar noch den Vorteil, ein richtiger Pastorssohn zu sein, was all seinen Geschichten einen eigentümlich pikanten Beigeschmack gibt." Und dabei klappte Treibel den Kasten auf und sagte: „Kognak oder Allasch? Oder das eine tun und das andere nicht lassen?"

Vogelsang lächelte, schob den Zigarrenabknipser ziemlich demonstrativ beiseite und biß die Spitze mit seinen Raffzähnen ab. Dann griff er nach einem Streichhölzchen. Im übrigen schien er abwarten zu wollen, womit Treibel beginnen würde. Der ließ denn auch nicht lange warten: „Eh bien, Vogelsang, wie gefielen Ihnen die beiden alten Damen? Etwas Feines, nicht wahr? Besonders die Bomst. Meine Frau würde sagen: ätherisch. Nun, durchsichtig genug ist sie. Aber offen gestanden, die Ziegenhals ist mir lieber, drall und prall, kapitales Weib, und muß ihrerzeit ein geradezu formidables Festungsviereck gewesen sein. Rasse, Temperament, und wenn ich recht gehört habe, so pendelt ihre Vergangenheit zwischen verschiedenen kleinen Höfen hin und her. Lady Milford, aber weniger sentimental. Alles natürlich alte Geschichten, alles beglichen, man könnte beinahe sagen, schade. Den Sommer über ist sie jetzt regelmäßig bei den Kraczinskis, in der Zossener Gegend; weiß der Teufel, wo seit kurzem all die polnischen Namen herkommen. Aber schließlich ist es gleichgültig. Was meinen Sie, wenn ich die Ziegenhals, in Anbetracht dieser Kraczinskischen Bekanntschaft, unsern Zwekken dienstbar zu machen suchte?"

„Kann zu nichts führen."

„Warum nicht? Sie vertritt einen richtigen Standpunkt."

„Ich würde mindestens sagen müssen, einen *nicht* richtigen."

„Wieso?"

„Sie vertritt einen durchaus beschränkten Standpunkt, und wenn ich das Wort wähle, so bin ich noch ritterlich. Übrigens wird mit diesem ‚ritterlich' ein wachsender und geradezu horrender Mißbrauch getrieben; ich glaube nämlich nicht, daß unsere Ritter sehr ritterlich, d. h. ritterlich im Sinne von artig und verbindlich, gewesen sind. Alles bloß historische Fälschungen. Und was diese Ziegenhals angeht, die wir uns, wie Sie sagen, dienstbar machen sollen, so vertritt sie natürlich den Standpunkt des Feudalismus, den der Pyramide. Daß sie zum Hofe steht, ist gut, und ist das, was sie mit uns verbindet; aber das ist nicht genug. Personen wie diese Majorin und selbstverständlich auch ihr adliger Anhang, gleichviel ob er polnischen oder deutschen Ursprungs ist – alle leben mehr oder weniger in einem Wust von Einbildungen, will sagen von mittelalterlichen Standesvorurteilen, und das schließt ein Zusammengehen aus, trotzdem wir die Königsfahne mit ihnen gemeinsam haben. Aber diese Gemeinsamkeit frommt nicht, schadet uns nur. Wenn wir rufen: ‚Es lebe der König', so geschieht es, vollkommen selbstsuchtslos, um einem großen Prinzip die Herrschaft zu sichern; für mich bürge ich, und ich hoffe, daß ich es auch für *Sie* kann ..."

„Gewiß, Vogelsang, gewiß."

„Aber diese Ziegenhals – von der ich beiläufig fürchte, daß Sie nur zu sehr recht haben, mit der von Ihnen angedeuteten, wenn auch, Gott sei Dank, weit zurückliegenden Auflehnung gegen Moral und gute Sitte – diese Ziegenhals und ihresgleichen, wenn die rufen: ‚Es lebe der König', so heißt das immer nur, es lebe der, der für uns sorgt, unser Nährvater; sie kennen nichts als ihren Vorteil. Es ist ihnen versagt, in einer Idee aufzugehen und sich auf Personen stützen, die nur *sich* kennen, das heißt unsre Sache verloren geben. Unsre Sache besteht nicht bloß darin, den fortschrittlichen Drachen zu bekämpfen, sie besteht auch in der Bekämpfung des Vampiradels, der immer bloß saugt und saugt. Weg mit der ganzen Interessenpolitik. In dem Zeichen absoluter Selbstlosigkeit müssen wir siegen, und dazu brauchen wir das Volk, nicht das Quitzowtum, das seit dem gleichnamigen Stücke wieder obenauf ist und das Heft in die Hände nehmen möchte. Nein, Kommerzienrat, nichts von Pseudokonservatismus, kein Königtum auf falscher Grundlage; das Königtum, wenn wir es konservieren wollen, muß auf etwas Soliderem ruhen, als auf einer Ziegenhals oder einer Bomst."

„Nun, hören Sie, Vogelsang, die Ziegenhals wenigstens ..."

Und Treibel schien ernstlich gewillt, diesen Faden, der ihm paßte, weiterzuspinnen. Aber ehe er dazu kommen konnte, trat der Polizeiassessor vom Salon her ein, die kleine Meißner Tasse noch in der Hand, und nahm zwischen Treibel und Vogelsang Platz. Gleich nach ihm erschien auch Otto, vielleicht von Friedrich benachrichtigt, vielleicht auch aus eignem Antriebe, weil er von langer Zeit her die der Erotik zugewendeten Wege kannte, die Goldammer, bei Likör und Zigarren, regelmäßig und meist sehr rasch, so daß jede Versäumnis sich strafte, zu wandeln pflegte.

Der alte Treibel wußte dies selbstverständlich noch viel besser, hielt aber ein auch seinerseits beschleunigtes Verfahren doch für angezeigt, und hob deshalb ohne weiteres an: „Und nun sagen Sie, Goldammer, was gibt es? Wie steht es mit dem Lützowplatz? Wird die Panke zugeschüttet, oder, was so ziemlich dasselbe sagen will, wird die Friedrichstraße sittlich gereinigt? Offen gestanden, ich fürchte, daß unsre pikanteste Verkehrsader nicht allzuviel dabei gewinnen wird; sie wird um ein geringes moralischer und um ein beträchtliches langweiliger werden. Da das Ohr meiner Frau bis hierher nicht trägt, so läßt sich dergleichen allenfalls aufs Tapet bringen; im übrigen soll Ihnen meine gesamte Fragerei keine Grenzen ziehen. Je freier, je besser. Ich habe lange genug gelebt, um zu wissen, daß alles, was aus einem Polizeimunde kommt, immer Stoff ist, immer frische Brise, freilich mitunter auch Schirokko, ja geradezu Samum. Sagen wir Samum. Also was schwimmt obenauf?"

„Eine neue Soubrette."

„Kapital. Sehen Sie, Goldammer, jede Kunstrichtung ist gut, weil jede das Ideal im Auge hat. Und das Ideal ist die Hauptsache, soviel weiß ich nachgerade von meiner Frau. Aber das Idealste bleibt doch immer eine Soubrette. Name?"

„Grabillon. Zierliche Figur, etwas großer Mund, Leberfleck."

„Um Gottes willen, Goldammer, das klingt ja wie ein Steckbrief. Übrigens Leberfleck ist reizend; großer Mund Geschmackssache. Und Protegé von wem?"

Goldammer schwieg.

„Ah, ich verstehe. Obersphäre. Je höher hinauf, je näher dem Ideal. Übrigens da wir mal bei Obersphäre sind, wie steht es denn mit der Grußgeschichte. Hat er wirklich nicht gegrüßt? Und ist es wahr, daß er, natürlich der Nichtgrüßer, einen Urlaub hat antreten müssen? Es wäre eigentlich das beste, weil es so nebenher einer Absage gegen den ganzen Katholizismus gleichkäme, sozusagen zwei Fliegen mit einer Klappe."

Goldammer, heimlicher Fortschrittler, aber offener Antikatholik, zuckte die Achseln und sagte: „So gut steht es leider nicht und kann auch nicht. Die Macht der Gegenströmung ist zu stark. Der, der den Gruß verweigerte, wenn Sie wollen der Wilhelm Tell der Situation, hat zu gute Rückendeckung. Wo? Nun, das bleibt in der Schwebe; gewisse Dinge darf man nicht bei Namen nennen, und ehe wir nicht der bekannten Hydra den Kopf zertreten oder, was dasselbe sagen will, dem altenfritzischen ‚Écrasez l'infâme' zum Siege verholfen haben . . ."

In diesem Augenblicke hörte man nebenan singen, eine bekannte Komposition, und Treibel, der eben eine neue Zigarre nehmen wollte, warf sie wieder in das Kistchen zurück und sagte: „Meine Ruh ist hin . . . Und mit der Ihrigen, meine Herren, steht es nicht viel besser. Ich glaube, wir müssen wieder bei den Damen erscheinen, um an der Ära Adolar Krola teilzunehmen. Denn *die* beginnt jetzt."

Damit erhoben sich alle vier und kehrten unter Vortritt Treibels in den Saal zurück, wo wirklich Krola am Flügel saß und seine drei Hauptstücke, mit denen er rasch hintereinander aufzuräumen pflegte, vollkommen virtuos, aber mit einer gewissen, absichtlichen Klapprigkeit zum besten gab. Es waren: „Der Erlkönig", „Herr Heinrich saß am Vogelherd", und „Die Glocken von Speyer". Diese letztere Nummer, mit dem geheimnisvoll einfallenden Glockenbimbam, machte jedesmal den größten Eindruck und bestimmte selbst Treibel zu momentan ruhigem Zuhören. Er sagte dann auch wohl mit einer gewissen höheren Miene: „Von Löwe, ex ungue Leonem; das heißt von Karl Löwe, Ludwig komponiert nicht."

Viele von denen, die den Kaffee im Garten oder auf der Veranda genommen hatten, waren, gleich als Krola begann, ebenfalls in den Saal getreten, um zuzuhören, andere dagegen, die die drei Balladen schon von zwanzig Treibelschen Diners her kannten, hatten es doch vorgezogen, im Freien zu bleiben und ihre Gartenpromenade fortzusetzen, unter ihnen auch Mr.

Nelson, der, als ein richtiger Vollblutengländer, musikalisch auf schwächsten Füßen stand, und rundheraus erklärte, das Liebste sei ihm ein Nigger, mit einer Pauke zwischen den Beinen: „I can't see, what it means; music is nonsense." So ging er denn mit Corinna auf und ab, Leopold an der anderen Seite, während Marcell mit der jungen Frau Treibel in einiger Entfernung folgte, beide sich über Nelson und Leopold halb ärgernd, halb erheiternd, die, wie schon bei Tische, von Corinna nicht los konnten.

Es war ein prächtiger Abend draußen, von der Schwüle, die drinnen herrschte, keine Spur, und schräg über den hohen Pappeln, die den Hintergarten von den Fabrikgebäuden abschnitten, stand die Mondsichel; der Kakadu saß ernst und verstimmt auf seiner Stange, weil es versäumt worden war, ihn zu rechter Zeit in seinen Käfig zurückzunehmen, und nur der Wasserstrahl stieg so lustig in die Höhe, wie zuvor.

„Setzen wir uns", sagte Corinna, „wir promenieren schon, ich weiß nicht wie lange", und dabei ließ sie sich ohne weiteres auf den Rand der Fontäne nieder. „Take a seat, Mr. Nelson. Sehen Sie nur den Kakadu, wie bös er aussieht. Er ist ärgerlich, daß sich keiner um ihn kümmert."

„To be sure, und sieht aus wie Lieutenant Sangevogel. Does'nt he?"

„Wir nennen ihn für gewöhnlich Vogelsang. Aber ich habe nichts dagegen, ihn umzutaufen. Helfen wird es freilich nicht viel."

„No, no, there's no help for him; Vogelsang, ah, ein häßlicher Vogel, kein Singevogel, no finch, no trussel."

„Nein, er ist bloß ein Kakadu, ganz wie Sie sagen."

Aber kaum, daß dies Wort gesprochen war, so folgte nicht nur ein lautes Kreischen von der Stange her, wie wenn der Kakadu gegen den Vergleich protestieren wolle, sondern auch Corinna schrie laut auf, freilich nur um im selben Augenblicke wieder in ein helles Lachen auszubrechen, in das gleich danach auch Leopold und Mr. Nelson einstimmten. Ein plötzlich sich aufmachender Windstoß hatte nämlich dem Wasserstrahl eine Richtung genau nach der Stelle hin gegeben, wo sie saßen, und bei der Gelegenheit allesamt, den Vogel auf seiner Stange mit eingeschlossen, mit einer Flut von Spritzwasser überschüttet. Das gab nun ein Klopfen und Abschütteln, an dem auch der Kakadu teilnahm, freilich ohne seinerseits seine Laune dabei zu verbessern.

Drinnen hatte Krola mittlerweile sein Programm beendet und stand auf, um andern Kräften den Platz einzuräumen. Es sei nichts mißlicher, als ein solches Kunstmonopol; außerdem dürfe man nicht vergessen, der Jugend gehöre die Welt. Dabei verbeugte er sich huldigend gegen einige junge Damen, in deren Familien er ebenso verkehrte, wie bei den Treibels. Die Kommerzienrätin ihrerseits aber übertrug diese ganz allgemein gehaltene Huldigung gegen die Jugend in ein bestimmteres Deutsch und forderte die beiden Fräulein Felgentreus auf, doch einige der reizenden Sachen zu singen, die sie neulich, als Ministerialdirektor Stoeckenius in ihrem Hause gewesen, so schön vorgetragen hätten; Freund Krola werde gewiß die Güte haben, die Damen am Klavier zu begleiten. Krola, sehr erfreut, einer gesanglichen Mehrforderung, die sonst die Regel war, entgangen zu sein, drückte sofort seine Zustimmung aus und setzte sich an seinen eben erst aufgegebenen Platz, ohne ein Ja oder Nein der beiden Felgentreus abzuwarten. Aus seinem ganzen Wesen sprach eine Mischung von Wohlwollen und Ironie. Die Tage seiner eignen Berühmtheit lagen weit zurück, aber je weiter sie zurücklagen, desto höher waren seine Kunstansprüche geworden, so daß es ihm, bei dem totalen Unerfülltbleiben derselben, vollkommen gleichgültig erschien, *was* zum Vortrage kam und *wer* das Wagnis wagte. Von Genuß konnte keine Rede für ihn sein, nur von Amüsement, und weil er einen angeborenen Sinn für das Heitere hatte, durfte man sagen, sein Vergnügen stand jedesmal dann auf der Höhe, wenn seine Freundin Jenny Treibel, wie sie das liebte, durch Vortrag einiger Lieder den Schluß der musikalischen Soiree machte. Das war aber noch weit im Felde, vorläufig waren noch die beiden Felgentreus da, von denen denn auch die ältere Schwester, oder, wie es zu Krolas jedesmaligem Gaudium hieß, „die weitaus talentvollere“, mit „Bächlein laß dein Rauschen sein“ ohne weiteres einsetzte. Daran reihte sich: „Ich schnitt es gern in alle Rinden ein“, was, als allgemeines Lieblingsstück, zu der Kommerzienrätin großem, wenn auch nicht geäußerten Verdruß, von einigen indiskreten Stimmen im Garten begleitet wurde. Dann folgte die Schlußnummer, ein Duett aus „Figaros Hochzeit“. Alles war hingerissen, und Treibel sagte zu Vogelsang: er könne sich nicht erinnern, seit den Tagen der Milanollos, etwas so Liebliches von Schwestern gesehen und gehört zu haben, woran er die weitere, allerdings unüberlegte Frage knüpfte: ob Vogelsang seinerseits sich noch der Milanollos erinnern könne? „Nein“, sagte dieser barsch und peremptorisch. – „Nun, dann bitt ich um Entschuldigung."

Eine Pause trat ein, und einige Wagen, darunter auch der Felgentreusche, waren schon angefahren; trotzdem zögerte man noch mit dem Aufbruch, weil das Fest immer noch seines Abschlusses entbehrte. Die Kommerzienrätin nämlich hatte noch nicht gesungen, ja war unerhörterweise noch nicht einmal zum Vortrag eines ihrer Lieder aufgefordert worden – ein Zustand der Dinge, der so rasch wie möglich geändert werden mußte. Dies erkannte niemand klarer, als Adolar Krola, der, den Polizeiassessor beiseite nehmend, ihm eindringlichst vorstellte, daß durchaus etwas geschehen und das hinsichtlich Jennys Versäumte sofort nachgeholt werden müsse. „Wird Jenny *nicht* aufgefordert, so seh ich die Treibelschen Diners, oder wenigstens unsere Teilnahme daran, für alle Zukunft in Frage gestellt, was doch schließlich einen Verlust bedeuten würde ..."

„Dem wir unter allen Umständen vorzubeugen haben, verlassen Sie sich auf mich." Und die beiden Felgentreus an der Hand nehmend, schritt Goldammer, rasch entschlossen, auf die Kommerzienrätin zu, um, wie er sich ausdrückte, als erwählter Sprecher des Hauses, um ein Lied zu bitten. Die Kommerzienrätin, der das Abgekartete der ganzen Sache nicht entgehen konnte, kam in ein Schwanken zwischen Ärger und Wunsch; aber die Beredsamkeit des Antragstellers siegte doch schließlich; Krola nahm wieder seinen Platz ein, und einige Augenblicke später erklang Jennys dünne, durchaus im Gegensatz zu ihrer sonstigen Fülle stehende Stimme durch den Saal hin, und man vernahm die in diesem Kreise wohlbekannten Liebesworte:

„Glück von deinen tausend Losen,
Eines nur erwähl ich mir,
Was soll Gold? Ich liebe Rosen
Und der Blumen schlichte Zier.

Und ich höre Waldesrauschen
Und ich seh ein flatternd Band –
Aug in Auge Blicke tauschen,
Und ein Kuß auf deine Hand.

Geben nehmen, nehmen geben,
Und dein Haar umspielt der Wind,
Ach, nur das, nur das ist Leben,
Wo sich Herz zum Herzen find't."

Es braucht nicht gesagt zu werden, daß ein rauschender Beifall folgte, woran sich, von des alten Felgentreu Seite, die Bemerkung schloß, die damaligen Lieder (er vermied eine bestimmte Zeitangabe) wären doch schöner gewesen, namentlich inniger, eine Bemerkung, die von dem direkt zur Meinungsäußerung aufgeforderten Krola schmunzelnd bestätigt wurde.

Mr. Nelson seinerseits hatte von der Veranda dem Vortrage zugehört und sagte jetzt zu Corinna: „Wonderfully good. Oh, these Germans, they know everything . . . even such an old lady.“

Corinna legte ihm den Finger auf den Mund.

Kurze Zeit danach war alles fort, Haus und Park leer, und man hörte nur noch, wie drinnen im Speisesaal geschäftige Hände den Ausziehtisch zusammenschoben und wie draußen im Garten der Strahl des Springbrunnens plätschernd ins Bassin fiel.

Fünftes Kapitel

Unter den letzten, die, den Vorgarten passierend, das kommerzienrätliche Haus verließen, waren Marcell und Corinna. Diese plauderte nach wie vor in übermütiger Laune, was des Vetters mühsam zurückgehaltene Verstimmung nur noch steigerte. Zuletzt schwiegen beide.

So gingen sie schon fünf Minuten nebeneinander her, bis Corinna, die sehr gut wußte, was in Marcells Seele vorging, das Gespräch wiederaufnahm. „Nun, Freund, was gibt es?“

„Nichts.“

„Nichts?“

„Oder wozu soll ich es leugnen, ich bin verstimmt.“

„Worüber?“

„Über dich. Über dich, weil du kein Herz hast.“

„Ich? Erst recht hab ich . . .“

„Weil du kein Herz hast, sag ich, keinen Sinn für Familie, nicht einmal für deinen Vater . . .“

„Und nicht einmal für meinen Vetter Marcell . . .“

„Nein, den laß aus dem Spiel, von dem ist nicht die Rede. Mir gegenüber kannst du tun, was du willst. Aber dein Vater. Da läßt du nun heute den alten Mann einsam und allein und kümmerst dich sozusagen um gar nichts. Ich glaube, du weißt nicht einmal, ob er zu Haus ist oder nicht.“

„Freilich ist er zu Haus. Er hat ja heut seinen ‚Abend', und wenn auch nicht alle kommen, etliche vom hohen Olymp werden wohl dasein."

„Und du gehst aus und überlässest alles der alten guten Schmolke?"

„Weil ich es ihr überlassen kann. Du weißt das ja so gut wie ich; es geht alles wie am Schnürchen, und in diesem Augenblick essen sie wahrscheinlich Oderkrebse und trinken Mosel. Nicht Treibelschen, aber doch Professor Schmidtschen, einen edlen Trarbacher, von dem Papa behauptet, er sei der einzige reine Wein in Berlin. Bist du nun zufrieden?"

„Nein."

„Dann fahre fort."

„Ach, Corinna, du nimmst alles so leicht und denkst, wenn du's leichtnimmst, so hast du's aus der Welt geschafft. Aber es glückt dir nicht. Die Dinge bleiben doch schließlich, was und wie sie sind. Ich habe dich nun bei Tisch beobachtet . . ."

„Unmöglich, du hast ja der jungen Frau Treibel ganz intensiv den Hof gemacht, und ein paarmal wurde sie sogar rot . . ."

„Ich habe dich beobachtet, sag ich, und mit einem wahren Schrecken das Übermaß von Koketterie gesehen, mit dem du nicht müde wirst, dem armen Jungen, dem Leopold, den Kopf zu verdrehen . . ."

Sie hatten, als Marcell dies sagte, gerade die platzartige Verbreiterung erreicht, mit der die Köpnicker Straße, nach der Inselbrücke hin, abschließt, eine verkehrslose und beinahe menschenleere Stelle. Corinna zog ihren Arm aus dem des Vetters und sagte, während sie nach der anderen Seite der Straße zeigte: „Sieh, Marcell, wenn da drüben nicht der einsame Schutzmann stände, so stellt ich mich jetzt mit verschränkten Armen vor dich hin und lachte dich fünf Minuten lang aus. Was soll das heißen, ich sei nicht müde geworden, dem armen Jungen, dem Leopold, den Kopf zu verdrehen? Wenn du nicht ganz in Huldigung gegen Helenen aufgegangen wärst, so hättest du sehen müssen, daß ich kaum zwei Worte mit ihm gesprochen. Ich habe mich nur mit Mr. Nelson unterhalten, und ein paarmal hab ich mich ganz ausführlich an dich gewandt."

„Ach, das sagst du so, Corinna, und weißt doch, wie falsch es ist. Sieh, du bist sehr gescheit und weißt es auch; aber du hast doch den Fehler, den viele gescheite Leute haben, daß sie die anderen für ungescheiter halten als sie sind. Und so denkst du, du kannst mir ein X für ein U machen und alles so drehen und beweisen, wie du's drehen und beweisen willst. Aber man hat doch auch so seine Augen und Ohren und ist also, mit deinem Verlaub, hinreichend ausgerüstet, um zu hören und zu sehen."

„Und was ist es denn nun, was der Herr Doktor gehört und gesehen haben?"

„Der Herr Doktor haben gehört und gesehen, daß Fräulein Corinna mit ihrem Redekatarakt über den unglücklichen Mr. Nelson hergefallen ist . . ."

„Sehr schmeichelhaft . . ."

„Und daß sie – wenn ich das mit dem Redekatarakt aufgeben und ein anderes Bild dafür einstellen will – daß sie, sag ich, zwei Stunden lang die Pfauenfeder ihrer Eitelkeit auf dem Kinn oder auf der Lippe balanciert und überhaupt in den feineren akrobatischen Künsten ein Äußerstes geleistet hat. Und das alles vor wem? Etwa vor Mr. Nelson? Mitnichten. Der gute Nelson, der war nur das Trapez, daran meine Kusine herumturnte; *der*, um dessentwillen das alles geschah, der zusehen und bewundern sollte, der hieß Leopold Treibel, und ich habe wohl bemerkt, wie mein Kusinchen auch ganz richtig gerechnet hatte; denn ich kann mich nicht entsinnen, einen Menschen gesehen zu haben, der, verzeih den Ausdruck, durch einen ganzen Abend hin so ‚total weg' gewesen wäre wie dieser Leopold."

„Meinst du?"

„Ja, das mein ich."

„Nun, darüber ließe sich reden . . . Aber sieh nur . . ."

Und dabei blieb sie stehen und wies auf das entzückende Bild, das sich – sie passierten eben die Fischerbrücke – drüben vor ihnen ausbreitete. Dünne Nebel lagen über den Strom hin, sogen aber den Lichterglanz nicht ganz auf, der von rechts und links her auf die breite Wasserfläche fiel, während die Mondsichel oben im Blauen stand, keine zwei Handbreit von dem etwas schwerfälligen Parochialkirchturm entfernt, dessen Schattenriß am anderen Ufer in aller Klarheit aufragte. „Sieh nur", wiederholte Corinna, „nie hab ich den Singuhrturm in solcher Schärfe gesehen. Aber ihn schön finden, wie seit kurzem Mode geworden, das kann ich doch nicht; er hat so etwas Halbes, Unfertiges, als ob ihm auf dem Wege nach oben die Kraft ausgegangen wäre. Da bin ich doch mehr für die zugespitzten, langweiligen Schindeltürme, die nichts wollen, als hoch sein und in den Himmel zeigen."

Und in demselben Augenblicke, wo Corinna dies sagte, begannen die Glöckchen drüben ihr Spiel.

„Ach“, sagte Marcell, „sprich doch nicht so von dem Turm und ob er schön ist oder nicht. Mir ist es gleich, und dir auch; das mögen die Fachleute miteinander ausmachen. Und du sagst das alles nur, weil du von dem eigentlichen Gespräch los willst. Aber höre lieber zu, was die Glöckchen drüben spielen. Ich glaube, sie spielen: ‚Üb immer Treu und Redlichkeit.‘“

„Kann sein, und ist nur schade, daß sie nicht auch die berühmte Stelle von dem Kanadier spielen können, der noch Europens übertünchte Höflichkeit nicht kannte. So was Gutes bleibt leider immer unkomponiert, oder vielleicht geht es auch nicht. Aber nun sage mir, Freund, was soll das alles heißen? Treu und Redlichkeit. Meinst du wirklich, daß mir die fehlen? Gegen wen versünd'ge ich mich denn durch Untreue? Gegen dich? Hab ich Gelöbnisse gemacht? Hab ich dir etwas versprochen und das Versprechen nicht gehalten?“

Marcell schwieg.

„Du schweigst, weil du nichts zu sagen hast. Ich will dir aber noch allerlei mehr sagen, und dann magst du selber entscheiden, ob ich treu und redlich oder doch wenigstens aufrichtig bin, was so ziemlich dasselbe bedeutet.“

„Corinna ...“

„Nein, jetzt will *ich* sprechen, in aller Freundschaft, aber auch in allem Ernst. Treu und redlich. Nun, ich weiß wohl, daß du treu und redlich bist, was beiläufig nicht viel sagen will; ich für meine Person kann dir nur wiederholen, ich bin es auch.“

„Und spielst doch beständig eine Komödie.“

„Nein, das tu ich nicht. Und *wenn* ich es tue, so doch so, daß jeder es merken kann. Ich habe mir, nach reiflicher Überlegung, ein bestimmtes Ziel gesteckt, und wenn ich nicht mit dürren Worten sage ‚dies *ist* mein Ziel‘, so unterbleibt das nur, weil es einem Mädchen nicht kleidet, mit solchen Plänen aus sich herauszutreten. Ich erfreue mich, dank meiner Erziehung, eines guten Teils von Freiheit, einige werden vielleicht sagen von Emanzipation, aber trotzdem bin ich durchaus kein emanzipiertes Frauenzimmer. Im Gegenteil, ich habe gar keine Lust, das alte Herkommen umzustoßen, alte, gute Sätze, zu denen auch der gehört: ein Mädchen wirbt nicht, um ein Mädchen *wird* geworben.“

„Gut, gut; alles selbstverständlich ...“

„... Aber freilich, das ist unser altes Eva-Recht, die großen Wasser spielen zu lassen und unsere Kräfte zu gebrauchen, bis *das* geschieht, um dessentwillen wir da sind, mit anderen Worten, bis man um uns wirbt. Alles gilt diesem Zweck. Du nennst das, je nachdem dir der Sinn steht, Raketen-steigen-Lassen oder Komödie, mitunter auch Intrige, und immer Koketterie."

Marcell schüttelte den Kopf. „Ach, Corinna, du darfst mir darüber keine Vorlesung halten wollen und zu mir sprechen, als ob ich erst gestern auf die Welt gekommen wäre. Natürlich hab ich oft von Komödie gesprochen und noch öfter von Koketterie. Wovon spricht man nicht alles. Und wenn man dergleichen hinspricht, so widerspricht man sich auch wohl, und was man eben noch getadelt hat, das lobt man im nächsten Augenblick. Um's rundheraus zu sagen, spiele so viel Komödie, wie du willst, sei so kokett, wie du willst, ich werde doch nicht so dumm sein, die Weiberwelt und die Welt überhaupt ändern zu wollen, ich will sie wirklich nicht ändern, auch dann nicht, wenn ich's könnte; nur um eines muß ich dich angehen, du mußt, wie du dich vorhin ausdrücktest, die großen Wasser an der rechten Stelle, das heißt also vor den rechten Leuten springen lassen, vor solchen, wo's paßt, wo's hingehört, wo sich's lohnt. Du gehst aber mit deinen Künsten nicht an die richtige Adresse, denn du kannst doch nicht ernsthaft daran denken, diesen Leopold Treibel heiraten zu wollen?"

„Warum nicht? Ist er zu jung für mich? Nein. Er stammt aus dem Januar und ich aus dem September; er hat also noch einen Vorsprung von acht Monaten."

„Corinna, du weißt ja recht gut, wie's liegt, und daß er einfach für dich nicht paßt, weil er zu unbedeutend für dich ist. Du bist eine aparte Person, vielleicht ein bißchen zu sehr, und er ist kaum Durchschnitt. Ein sehr guter Mensch, das muß ich zugeben, hat ein gutes, weiches Herz, nichts von dem Kiesel, den die Geldleute sonst hier links haben, hat auch leidlich weltmännische Manieren und kann vielleicht einen Dürerschen Stich von einem Ruppiner Bilderbogen unterscheiden, aber du würdest dich doch totlangweilen an seiner Seite. Du, deines Vaters Tochter, und eigentlich noch klüger als der Alte, du wirst doch nicht dein eigentliches Lebensglück wegwerfen wollen, bloß um in einer Villa zu wohnen und einen Landauer zu haben, der dann und wann ein paar alte Hofdamen abholt, oder um Adolar Krolas ramponierten Tenor alle vierzehn Tage den ‚Erlkönig' singen zu hören. Es ist nicht möglich, Corinna; du wirst dich doch, wegen solches Bettels von Mammon, nicht einem unbedeutenden Menschen an den Hals werfen wollen."

„Nein, Marcell, das letztere gewiß nicht; ich bin nicht für

Zudringlichkeiten. Aber wenn Leopold morgen bei meinem Vater antritt – denn ich fürchte beinah, daß er noch zu denen gehört, die sich, statt der Hauptperson, erst der Nebenpersonen versichern – wenn er also morgen antritt und um diese rechte Hand deiner Kusine Corinna anhält, so nimmt ihn Corinna und fühlt sich als Corinne au Capitole."

„Das ist nicht möglich; du täuschest dich, du spielst mit der Sache. Es ist eine Phantasterei, der du nach deiner Art nachhängst."

„Nein, Marcell, du täuschest dich, nicht ich; es ist mein vollkommener Ernst, so sehr, daß ich ein ganz klein wenig davor erschrecke."

„Das ist dein Gewissen."

„Vielleicht. Vielleicht auch nicht. Aber soviel will ich dir ohne weiteres zugeben, *das*, wozu der liebe Gott mich so recht eigentlich schuf, das hat nichts zu tun mit einem Treibelschen Fabrikgeschäft, oder mit einem Holzhof und vielleicht am wenigsten mit einer Hamburger Schwägerin. Aber ein Hang nach Wohlleben, der jetzt alle Welt beherrscht, hat mich auch in der Gewalt, ganz so wie alle anderen, und so lächerlich und verächtlich es in deinem Oberlehrersohre klingen mag, ich halt es mehr mit Bonwitt und Littauer als mit einer kleinen Schneiderin, die schon um acht Uhr früh kommt und eine merkwürdige Hof- und Hinterstubenatmosphäre mit ins Haus bringt, und zum zweiten Frühstück ein Brötchen mit Schlackwurst und vielleicht auch einen Gilka kriegt. Das alles widersteht mir im höchsten Maße; je weniger ich davon sehe, desto besser. Ich find es ungemein reizend, wenn so die kleinen Brillanten im Ohre blitzen, etwa wie bei meiner Schwiegermama in spe ... ‚Sich einschränken', ach, ich kenne das Lied, das immer gesungen und immer gepredigt wird, aber wenn ich bei Papa die dicken Bücher abstäube, drin niemand hineinsieht, auch er selber nicht, und wenn dann die Schmolke sich abends auf mein Bett setzt und mir von ihrem verstorbenen Manne, dem Schutzmann, erzählt, und daß er, wenn er noch lebte, jetzt ein Revier hätte, denn Madai hätte große Stücke auf ihn gehalten, und wenn sie dann zuletzt sagt: ‚Aber, Corinnchen, ich habe ja noch gar nicht mal gefragt, was wir morgen essen wollen? ... Die Teltower sind jetzt so schlecht und eigentlich alle schon madig, und ich möchte dir vorschlagen, Wellfleisch und Wruken, das aß Schmolke auch immer so gern' – ja, Marcell, in solchem Augenblicke wird mir immer ganz sonderbar zumut, und Leopold Treibel erscheint mir dann mit einemmal als der Rettungsanker meines Lebens, oder wenn du willst, wie das aufzusetzende große Marssegel, das bestimmt ist, mich bei gutem Wind an ferne, glückliche Küsten zu führen."

„Oder wenn es stürmt, dein Lebensglück zum Scheitern zu bringen."

„Warten wir's ab, Marcell."

Und bei diesen Worten bogen sie, von der Alten Leipziger Straße her, in Raules Hof ein, von dem aus ein kleiner Durchgang in die Adlerstraße führte.

Sechstes Kapitel

Um dieselbe Stunde, wo man sich bei Treibels vom Diner erhob, begann Professor Schmidts „Abend". Dieser „Abend", auch wohl Kränzchen genannt, versammelte, wenn man vollzählig war, um einen runden Tisch und eine mit einem roten Schleier versehene Moderateurlampe sieben Gymnasiallehrer, von denen die meisten den Professortitel führten. Außer unserem Freunde Schmidt waren es noch folgende: Friedrich Distelkamp, emeritierter Gymnasialdirektor, Senior des Kreises; nach ihm die Professoren Rindfleisch und Hannibal Kuh, zu welchen beiden sich noch Oberlehrer Immanuel Schultze gesellte, sämtlich vom Großen-Kurfürsten-Gymnasium. Den Schluß machte Dr. Charles Etienne, Freund und Studiengenosse Marcells, zur Zeit französischer Lehrer an einem vornehmen Mädchenpensionat, und endlich Zeichenlehrer Friedeberg, dem, vor ein paar Jahren erst – niemand wußte recht warum und woher – der die Mehrheit des Kreises auszeichnende Professortitel angeflogen war, übrigens ohne sein Ansehen zu heben. Er wurde vielmehr, nach wie vor, für nicht ganz voll angesehen, und eine Zeitlang war aufs ernsthafteste die Rede davon gewesen, ihn, wie sein Hauptgegner Immanuel Schultze vorgeschlagen, aus ihrem Kreise „herauszugraulen", was unser Wilibald Schmidt indessen mit der Bemerkung bekämpft hatte, daß Friedeberg, trotz seiner wissenschaftlichen Nichtzugehörigkeit, eine nicht zu unterschätzende Bedeutung für ihren „Abend" habe. „Seht, lieben Freunde", so etwa waren seine Worte gewesen, „wenn wir unter uns sind, so folgen wir unseren Auseinandersetzungen eigentlich immer nur aus Rücksicht und Artigkeit und leben dabei mehr oder weniger der Überzeugung, alles, was seitens des anderen gesagt wurde, *viel* besser oder – wenn wir bescheiden sind – wenigstens ebensogut sagen zu können. Und das lähmt immer. Ich für mein Teil wenigstens bekenne offen, daß ich, wenn ich mit meinem Vortrage gerade an der Reihe war, das Gefühl eines gewissen Unbehagens, ja zuzeiten einer geradezu hochgradigen Beklemmung nie ganz losgeworden bin. Und in einem so bedrängten Augenblicke seh ich dann unseren immer zu spät kommenden Friedeberg eintreten, verlegen lächelnd natürlich, und empfinde sofort, wie meiner Seele die Flügel wieder wachsen; ich spreche freier, intuitiver, klarer, denn ich habe wieder ein Publikum, wenn auch nur ein ganz kleines. *Ein* andächtiger Zuhörer, anscheinend so wenig, ist doch schon immer was und mitunter sogar sehr viel." Auf diese warme Verteidigung Wilibald Schmidts hin war Friedeberg dem Kreise verblieben. Schmidt durfte sich überhaupt als die Seele des Kränzchens betrachten, dessen Namensgebung: „Die sieben Waisen Griechenlands" ebenfalls auf ihn zurückzuführen war. Immanuel Schultze, meist in der Opposition und außerdem ein Gottfried-Keller-Schwärmer, hatte seinerseits „Das Fähnlein der sieben Aufrechten" vorgeschlagen, war aber damit nicht durchgedrungen, weil, wie Schmidt betonte, diese Bezeichnung einer Entlehnung gleichgekommen wäre. „Die sieben Waisen" klängen freilich ebenfalls entlehnt, aber das sei bloß Ohr- und Sinnestäuschung; das „a", worauf es recht eigentlich ankomme, verändere nicht nur mit einem Schlage die ganze Situation, sondern erziele sogar den denkbar höchsten Standpunkt, den der Selbstironie.

Wie sich von selbst versteht, zerfiel die Gesellschaft, wie jede Vereinigung der Art, in fast ebenso viele Parteien, wie sie Mitglieder zählte, und nur dem Umstande, daß die drei vom Großen-Kurfürsten-Gymnasium, außer der Zusammengehörigkeit, die diese gemeinschaftliche Stellung gab, auch noch verwandt und verschwägert waren (Kuh war Schwager, Immanuel Schultze Schwiegersohn von Rindfleisch), nur diesem Umstande war es zuzuschreiben, daß die vier anderen, und zwar aus einer Art Selbsterhaltungstrieb, ebenfalls eine Gruppe bildeten und bei Beschlußfassungen meist zusammengingen. Hinsichtlich Schmidts und Distelkamps konnte dies nicht weiter überraschen, da sie von alter Zeit her Freunde waren, zwischen Etienne und Friedeberg aber klaffte für gewöhnlich ein tiefer Abgrund, der sich ebensosehr in ihrer voneinander abweichenden Erscheinung wie in ihren verschiedenen Lebensgewohnheiten aussprach. Etienne, sehr elegant, versäumte nie, während der großen

Ferien, mit Nachurlaub nach Paris zu gehen, während sich Friedeberg, angeblich um seiner Malstudien willen, auf die Woltersdorfer Schleuse (die landschaftlich unerreicht dastände) zurückzog. Natürlich war dies alles nur Vorgabe. Der wirkliche Grund war der, daß Friedeberg, bei ziemlich beschränkter Finanzlage, nach dem erreichbar Nächstliegenden griff und überhaupt Berlin nur verließ, um von seiner Frau – mit der er seit Jahren immer dicht vor der Scheidung stand – auf einige Wochen loszukommen. In einem sowohl die Handlungen wie die Worte seiner Mitglieder kritischer prüfenden Kreise hätte diese Finte notwendig verdrießen müssen, indessen Offenheit und Ehrlichkeit im Verkehr mit- und untereinander war keineswegs ein hervorstechender Zug der „sieben Waisen", eher das Gegenteil. So versicherte beispielsweise jeder, ohne den „Abend" eigentlich nicht leben zu können, was in Wahrheit nicht ausschloß, daß immer nur *die* kamen, die nichts Besseres vorhatten. Theater und Skat gingen weit vor und sorgten dafür, daß Unvollständigkeit der Versammlung die Regel war und nicht mehr auffiel.

Heute aber schien es sich schlimmer als gewöhnlich gestalten zu wollen. Die Schmidtsche Wanduhr, noch ein Erbstück vom Großvater her, schlug bereits halb, halb neun, und noch war niemand da außer Etienne, der, wie Marcell, zu den Intimen des Hauses zählend, kaum als Gast und Besuch gerechnet wurde.

„Was sagst du, Etienne", wandte sich jetzt Schmidt an diesen, „was sagst du zu dieser Saumseligkeit? Wo bleibt Distelkamp? Wenn auch auf *den* kein Verlaß mehr ist (‚die Douglas waren immer treu'), so geht der ‚Abend' aus den Fugen, und ich werde Pessimist und nehme für den Rest meiner Tage Schopenhauer und Eduard von Hartmann untern Arm."

Während er noch so sprach, ging draußen die Klingel, und einen Augenblick später trat Distelkamp ein.

„Entschuldige, Schmidt, ich habe mich verspätet. Die Details erspar ich dir und unserem Freunde Etienne. Auseinandersetzungen, weshalb man zu spät kommt, selbst wenn sie wahr, sind nicht viel besser als Krankengeschichten. Also lassen wir's. Inzwischen bin ich überrascht, trotz meiner Verspätung immer noch der eigentlich erste zu sein. Denn Etienne gehört ja so gut wie zur Familie. Die Großen Kurfürstlichen aber! Wo sind sie? Nach Kuh und unserem Freunde Immanuel frag ich nicht erst, die sind bloß ihres Schwagers und Schwiegervaters Klientel. Rindfleisch selbst aber – wo steckt er?"

„Rindfleisch hat abgeschrieben; er sei heut in der ‚Griechischen‘.“

„Ach, das ist Torheit. Was will er in der ‚Griechischen‘? Die sieben Waisen gehen vor. Er findet hier wirklich mehr.“

„Ja, das sagst du so, Distelkamp. Aber es liegt doch wohl anders. Rindfleisch hat nämlich ein schlechtes Gewissen, ich könnte vielleicht sagen: mal wieder ein schlechtes Gewissen.“

„Dann gehört er erst recht hierher; hier kann er beichten. Aber um was handelt es sich denn eigentlich? was ist es?“

„Er hat da mal wieder einen Schwupper gemacht, irgendwas verwechselt, ich glaube Phrynichos den Tragiker mit Phrynichos dem Lustspieldichter. War es nicht so, Etienne?“ (dieser nickte) „und die Sekundaner haben nun mit lirum larum einen Vers auf ihn gemacht ...“

„Und?“

„Und da gilt es denn, die Scharte, so gut es geht, wieder auszuwetzen, wozu die ‚Griechische‘ mit dem Lustre, das sie gibt, das immerhin beste Mittel ist.“

Distelkamp, der sich mittlerweile seinen Meerschaum angezündet und in die Sofaecke gesetzt hatte, lächelte bei der ganzen Geschichte behaglich vor sich hin und sagte dann: „Alles Schnack. Glaubst du's? Ich nicht. Und wenn es zuträfe, so bedeutet es nicht viel, eigentlich gar nichts. Solche Schnitzer kommen immer vor, passieren jedem. Ich will dir mal was erzählen, Schmidt, was, als ich noch jung war und in Quarta brandenburgische Geschichte vortragen mußte – was damals, sag ich, einen großen Eindruck auf mich machte.“

„Nun, laß hören. Was war's?“

„Ja, was war's. Offen gestanden, meine Wissenschaft, zum wenigsten was unser gutes Kurbrandenburg anging, war nicht weit her, ist es auch jetzt noch nicht, und als ich so zu Hause saß und mich notdürftig vorbereitete, da las ich – denn wir waren gerade beim ersten König – allerhand Biographisches und darunter auch was vom alten General Barfus, der, wie die meisten damaligen, das Pulver nicht erfunden hatte, sonst aber ein kreuzbraver Mann war. Und dieser Barfus präsidierte, während der Belagerung von Bonn, einem Kriegsgericht, drin über einen jungen Offizier abgeurteilt werden sollte.“

„So, so. Nun, was war es denn?“

„Der Abzuurteilende hatte sich, das Mindeste zu sagen, etwas unheldisch benommen, und alle waren für Schuldig oder Totschießen. Nur der alte Barfus wollte nichts davon wissen und sagte: ‚Drücken wir ein Auge zu, meine Herren. Ich habe dreißig Rencontres mitgemacht, und ich muß Ihnen sagen, ein Tag ist nicht wie der andere, und der Mensch ist ungleich und das Herz auch und der Mut erst recht. Ich habe mich manches Mal auch feige gefühlt. Solange es geht, muß man Milde walten lassen, denn jeder kann sie brauchen.‘“

„Höre, Distelkamp“, sagte Schmidt, „das ist eine gute Geschichte, dafür dank ich dir, und so alt ich bin, *die* will ich mir doch hinter die Ohren schreiben. Denn weiß es Gott, ich habe mich auch schon blamiert, und wiewohl es die Jungens nicht bemerkt haben, wenigstens ist mir nichts aufgefallen, so hab ich es doch selber bemerkt und mich hinterher riesig geärgert und geschämt. Nicht wahr, Etienne, so was ist immer fatal; oder kommt es im Französischen nicht vor, wenigstens dann nicht, wenn man alle Juli nach Paris reist und einen neuen Band Maupassant mit heimbringt? Das ist ja wohl jetzt das Feinste? Verzeih die kleine Malice. Rindfleisch ist überdies ein kreuzbraver Kerl, nomen est omen, und eigentlich der Beste, besser als Kuh und namentlich besser als unser Freund Immanuel Schultze. Der hat's hinter den Ohren und ist ein Schlieker. Er grient immer und gibt sich das Ansehen, als ob er dem Bilde zu Sais irgendwie und -wo unter den Schleier geguckt hätte, wovon er weit ab ist. Denn er löst nicht mal das Rätsel von seiner eigenen Frau, an der manches verschleierter oder auch nicht verschleierter sein soll, als ihm, dem Ehesponsen, lieb sein kann.“

„Schmidt, du hast heute mal wieder deinen medisanten Tag. Eben hab ich den armen Rindfleisch aus deinen Fängen gerettet, ja, du hast sogar Besserung versprochen, und schon stürzest du dich wieder auf den unglücklichen Schwiegersohn. Im übrigen, wenn ich an Immanuel etwas tadeln sollte, so läge es nach einer ganz anderen Seite hin.“

„Und das wäre?“

„Daß er keine Autorität hat. Wenn er sie zu Hause nicht hat, nun, traurig genug. Indessen das geht uns nichts an. Aber daß er sie, nach allem, was ich höre, auch in der Klasse nicht hat, *das* ist schlimm. Sieh, Schmidt, das ist die Kränkung und der Schmerz meiner letzten Lebensjahre, daß ich den kategorischen Imperativ immer mehr hinschwinden sehe. Wenn ich da an den alten Weber denke! Von dem heißt es, wenn er in die Klasse trat, so hörte man den Sand durch das Stundenglas fallen, und kein Primaner wußte mehr, daß es überhaupt möglich sei, zu flüstern oder gar vorzusagen. Und außer seinem eigenen Sprechen, ich meine Webers, war nichts hörbar als das Knistern, wenn die Horaz-Seiten umgeblättert wurden. Ja, Schmidt, *das* waren Zeiten, da verlohnte sich's, ein Lehrer und ein Direktor zu sein. Jetzt treten die Jungens in der Konditorei an einen heran und sagen: ‚Wenn Sie gelesen haben, Herr Direktor, dann bitt ich . . .'"

Schmidt lachte. „Ja, Distelkamp, so sind sie jetzt, das ist die neue Zeit, das ist wahr. Aber ich kann mich nicht darüber ägrieren. Wie waren denn, bei Lichte besehen, die großen Würdenträger mit ihrem Doppelkinn und ihren Pontacnasen? Schlemmer waren es, die den Burgunder viel besser kannten als den Homer. Da wird immer von alten, einfachen Zeiten geredet; dummes Zeug! sie müssen ganz gehörig gepichelt haben, das sieht man noch an ihren Bildern in der Aula. Nu ja, Selbstbewußtsein und eine steifleinene Grandezza, das alles hatten sie, das soll ihnen zugestanden sein. Aber wie sah es sonst aus?"

„Besser als heute."

„Kann ich nicht finden, Distelkamp. Als ich noch unsere Schulbibliothek unter Aufsicht hatte, Gott sei Dank, daß ich nichts mehr damit zu tun habe, da hab ich öfter in die Schulprogramme hineingeguckt und in die Dissertationen und ‚Aktusse', wie sie vordem im Schwang waren. Nun, ich weiß wohl, jede Zeit denkt, sie sei was Besonderes, und die, die kommen, mögen meinetwegen auch über uns lachen; aber sieh, Distelkamp, vom gegenwärtigen Standpunkt unseres Wissens, oder sag ich auch bloß unseres Geschmacks aus, darf doch am Ende gesagt werden, es war etwas Furchtbares mit dieser Perückengelehrsamkeit, und die stupende Wichtigkeit, mit der sie sich gab, kann uns nur noch erheitern. Ich weiß nicht, unter wem es war, ich glaube unter Rodegast, da kam es in Mode – vielleicht weil er persönlich einen Garten vorm Rosentaler hatte – die Stoffe für die öffentlichen Reden und Ähnliches aus der Gartenkunde zu nehmen, und sieh, da hab ich Dissertationen gelesen über das Hortikulturliche des Paradieses, über die Beschaffenheit des Gartens zu Gethsemane und über die mutmaßlichen Anlagen im Garten des Joseph von Arimathia. Garten und immer wieder Garten. Nun, was sagst du dazu?"

„Ja, Schmidt, mit dir ist schlecht fechten. Du hast immer das Auge für das Komische gehabt. Das greifst du nun heraus, spießest es auf deine Nadel und zeigst es der Welt. Aber was daneben lag und viel wichtiger war, das lässest du liegen. Du hast schon sehr richtig hervorgehoben, daß man über unsere Lächerlichkeiten auch lachen wird. Und wer bürgt uns dafür, daß wir nicht jeden Tag in Untersuchungen eintreten, die noch viel toller sind als die hortikulturlichen Untersuchungen über das Paradies. Lieber Schmidt, das Entscheidende bleibt doch immer der Charakter, nicht der eitle, wohl aber der gute, ehrliche Glaube an uns selbst. Bona fide müssen wir vorgehen. Aber mit unserer ewigen Kritik, eventuell auch Selbstkritik, geraten wir in eine mala fides hinein und mißtrauen uns selbst und dem, was wir zu sagen haben. Und ohne Glauben an uns und unsere Sache, keine rechte Lust und Freudigkeit und auch kein Segen, am wenigsten Autorität. Und das ist es, was ich beklage. Denn wie kein Heerwesen ohne Disziplin, so kein Schulwesen ohne Autorität. Es ist damit wie mit dem Glauben. Es ist nicht nötig, daß das Richtige geglaubt wird, aber daß überhaupt geglaubt wird, darauf kommt es an. In jedem Glauben stecken geheimnisvolle Kräfte und ebenso in der Autorität."

Schmidt lächelte. „Distelkamp, ich kann da nicht mit. Ich kann's in der Theorie gelten lassen, aber in der Praxis ist es bedeutungslos geworden. Gewiß kommt es auf das Ansehen vor den Schülern an. Wir gehen nur darin auseinander, aus welcher Wurzel das Ansehen kommen soll. Du willst alles auf den Charakter zurückführen und denkst, wenn du es auch nicht aussprichst: ‚Und wenn ihr euch nur selbst vertraut, vertrauen euch auch die anderen Seelen.' Aber, teurer Freund, das ist just das, was ich bestreite. Mit dem bloßen Glauben an sich, oder gar, wenn du den Ausdruck gestattest, mit der geschwollenen Wichtigtuerei, mit der Pompositãt ist es heutzutage nicht mehr getan. An die Stelle dieser veralteten Macht ist die reelle Macht des wirklichen Wissens und Könnens getreten, und du brauchst nur Umschau zu halten, so wirst du jeden Tag sehen, daß Professor Hammerstein, der bei Spichern mitgestürmt und eine gewisse Premierlieutenantshaltung von daher beibehalten hat, daß Hammerstein, sag ich, seine Klasse *nicht* regiert, während unser Agathon Knurzel, der aussieht wie Mr. Punch und einen Doppelbuckel, aber freilich auch einen Doppelgrips hat, die Klasse mit seinem kleinen Raubvogelgesicht in der Furcht des Herrn hält. Und nun besonders unsere Berliner Jungens, die gleich weghaben, wie schwer einer wiegt. Wenn einer von den Alten aus dem Grabe käme, mit Stolz und Hoheit angetan, und eine hortikulturelle Beschreibung des Paradieses forderte, wie würde der fahren mit all seiner Würde? Drei Tage später wär er im

Kladderadatsch, und die Jungens selber hätten das Gedicht gemacht."

„Und doch bleibt es dabei, Schmidt, mit den Traditionen der alten Schule steht und fällt die höhere Wissenschaft."

„Ich glaub es nicht. Aber wenn es wäre, wenn die höhere Weltanschauung, d. h. das, was wir so nennen, wenn das alles fallen müßte, nun, so laß es fallen. Schon Attinghausen, der doch selber alt war, sagte: ‚Das Alte stürzt, es ändert sich die Zeit.' Und wir stehen sehr stark vor solchem Umwandlungsprozeß, oder richtiger, wir sind schon drin. Muß ich dich daran erinnern, es gab eine Zeit, wo das Kirchliche Sache der Kirchenleute war. Ist es noch so? Nein. Hat die Welt verloren? Nein. Es ist vorbei mit den alten Formen, und auch unsere Wissenschaftlichkeit wird davon keine Ausnahme machen. Sieh hier..." und er schleppte von einem kleinen Nebentisch ein großes Prachtwerk herbei ... „sieh hier *das*. Heute mir zugeschickt, und ich werd es behalten, so teuer es ist. Heinrich Schliemanns Ausgrabungen zu Mykenä. Ja, Distelkamp, wie stehst du dazu?"

„Zweifelhaft genug."

„Kann ich mir denken. Weil du von den alten Anschauungen nicht los willst. Du kannst dir nicht vorstellen, daß jemand, der Tüten geklebt und Rosinen verkauft hat, den alten Priamus ausbuddelt, und kommt er nun gar ins Agamemnonsche hinein und sucht nach dem Schädelriß, ägisthschen Angedenkens, so gerätst du in helle Empörung. Aber ich kann mir nicht helfen, du hast unrecht. Freilich, man muß was leisten, hic Rhodus, hic salta; aber wer springen kann, der springt, gleichviel ob er's aus der Georgia-Augusta- oder aus der Klippschule hat. Im übrigen will ich abbrechen; am wenigsten hab ich Lust, dich mit Schliemann zu ärgern, der von Anfang an deine Renonce war. Die Bücher liegen hier bloß wegen Friedeberg, den ich der beigegebenen Zeichnungen halber fragen will. Ich begreife nicht, daß er nicht kommt, oder richtiger nicht schon da ist. Denn daß er kommt, ist unzweifelhaft, er hätte sonst abgeschrieben, artiger Mann, der er ist."

„Ja, das ist er", sagte Etienne, „das hat er noch aus dem Semitismus mit rübergenommen."

„Sehr wahr", fuhr Schmidt fort, „aber wo er's herhat, ist am Ende gleichgültig. Ich bedauere mitunter, Urgermane, der ich bin, daß wir nicht auch irgendwelche Bezugsquelle für ein bißchen Schliff und Politesse haben; es braucht ja nicht gerade dieselbe zu sein. Diese schreckliche Verwandtschaft zwischen Teutoburger Wald und Grobheit ist doch mitunter störend. Friedeberg ist ein Mann, der, wie Max Piccolomini – sonst nicht gerade sein Vorbild, auch nicht mal in der Liebe – der ‚Sitten Freundlichkeit' allerzeit kultiviert hat, und es bleibt eigentlich nur zu beklagen, daß seine Schüler nicht immer das richtige Verständnis dafür haben. Mit anderen Worten, sie spielen ihm auf der Nase ..."

„Das uralte Schicksal der Schreib- und Zeichenlehrer ..."

„Freilich. Und am Ende muß es auch so gehen und geht auch. Aber lassen wir die heikle Frage. Laß mich lieber auf Mykenä zurückkommen und sage mir deine Meinung über die Goldmasken. Ich bin sicher, wir haben da ganz was Besonderes, so das recht Eigentlichste. Jeder beliebige kann doch nicht bei seiner Bestattung eine Goldmaske getragen haben, doch immer nur die Fürsten, also mit höchster Wahrscheinlichkeit Orests und Iphigeniens unmittelbare Vorfahren. Und wenn ich mir dann vorstelle, daß diese Goldmasken genau nach dem Gesicht geformt wurden, gerade wie wir jetzt eine Gips- oder Wachsmaske formen, so hüpft mir das Herz bei der doch mindestens zulässigen Idee, daß dies hier" – und er wies auf eine aufgeschlagene Bildseite – „daß dies hier das Gesicht des Atreus ist oder seines Vaters oder seines Onkels ..."

„Sagen wir seines Onkels."

„Ja, du spottest wieder, Distelkamp, trotzdem du mir doch selber den Spott verboten hast. Und das alles bloß, weil du der ganzen Sache mißtraust und nicht vergessen kannst, daß er, ich meine natürlich Schliemann, in seinen Schuljahren über Strelitz und Fürstenberg nicht rausgekommen ist. Aber lies nur, was Virchow von ihm sagt. Und Virchow wirst du doch gelten lassen."

In diesem Augenblicke hörte man draußen die Klingel gehen. „Ah, lupus in fabula. Das ist er. Ich wußte, daß er uns nicht im Stiche lassen würde ..."

Und kaum, daß Schmidt diese Worte gesprochen, trat Friedeberg auch schon herein, und ein reizender, schwarzer Pudel, dessen rote Zunge, wahrscheinlich von angestrengtem Laufe, weit heraushing, sprang auf die beiden alten Herren zu und umschmeichelte abwechselnd Schmidt und Distelkamp. An Etienne, der ihm zu elegant war, wagte er sich nicht heran.

„Aber alle Wetter, Friedeberg, wo kommen Sie so spät her?"

„Freilich, freilich und sehr zu meinem Bedauern. Aber der

Fips hier treibt es zu arg oder geht in seiner Liebe zu mir zu weit, wenn ein Zuweitgehen in der Liebe überhaupt möglich ist. Ich bildete mir ein, ihn eingeschlossen zu haben, und mache mich zu rechter Zeit auf den Weg. Gut. Und nun denken Sie, was geschieht? Als ich hier ankomme, wer ist da, wer wartet auf mich? Natürlich Fips. Ich bring ihn wieder zurück bis in meine Wohnung und übergeb ihn dem Portier, meinem guten Freunde – man muß in Berlin eigentlich sagen, meinem Gönner. Aber, aber, was ist das Resultat all meiner Anstrengungen und guten Worte? Kaum bin ich wieder hier, so ist auch Fips wieder da. Was sollt ich am Ende machen? Ich hab ihn wohl oder übel mit hereingebracht und bitt um Entschuldigung für ihn und für mich."

„Hat nichts auf sich", sagte Schmidt, während er sich zugleich freundlich mit dem Hunde beschäftigte. „Reizendes Tier und so zutunlich und fidel. Sagen Sie, Friedederg, wie schreibt er sich eigentlich? f oder ph? Phips mit ph ist englisch, also vornehmer. Im übrigen ist er, wie seine Rechtschreibung auch sein möge, für heute abend mit eingeladen und ein durchaus willkommener Gast, vorausgesetzt, daß er nichts dagegen hat, in der Küche sozusagen am Trompetertisch Platz zu nehmen. Für meine gute Schmolke bürge ich. Die hat eine Vorliebe für Pudel, und wenn sie nun gar von seiner Treue hört ..."

„So wird sie", warf Distelkamp ein, „ihm einen Extrazipfel schwerlich versagen."

„Gewiß nicht. Und darin stimme ich meiner guten Schmolke von Herzen bei. Denn die Treue, von der heutzutage jeder redt, wird in Wahrheit immer rarer, und Fips predigt in seiner Stadtgegend, soviel ich weiß, umsonst."

Diese von Schmidt anscheinend leicht und wie im Scherze hingesprochenen Worte richteten sich doch ziemlich ernsthaft an den sonst gerade von ihm protegierten Friedeberg, dessen stadtkundig unglückliche Ehe, neben anderem, auch mit einem entschiedenen Mangel an Treue, besonders während seiner Mal- und Landschaftsstudien auf der Woltersdorfer Schleuse zusammenhing. Friedeberg fühlte den Stich auch sehr wohl heraus und wollte sich durch eine Verbindlichkeit gegen Schmidt aus der Affäre ziehen, kam aber nicht dazu, weil in ebendiesem Augenblicke die Schmolke eintrat und unter einer Verbeugung gegen die anderen Herren, ihrem Professor ins Ohr flüsterte, daß angerichtet sei.

„Nun, lieben Freunde, dann bitt ich ..." Und Distelkamp an

der Hand nehmend, schritt er, unter Passierung des Entrees, auf das Gesellschaftszimmer zu, drin die Abendtafel gedeckt war. Ein eigentliches Eßzimmer hatte die Wohnung nicht. Friedeberg und Etienne folgten.

Siebentes Kapitel

Das Zimmer war dasselbe, in welchem Corinna, am Tage zuvor, den Besuch der Kommerzienrätin empfangen hatte. Der mit Lichtern und Weinflaschen gut besetzte Tisch stand, zu vieren gedeckt, in der Mitte; darüber hing eine Hängelampe. Schmidt setzte sich mit dem Rücken gegen den Fensterpfeiler, seinem Freunde Friedeberg gegenüber, der seinerseits, von seinem Platz aus zugleich den Blick in den Spiegel hatte. Zwischen den blanken Messingleuchtern standen ein paar auf einem Bazar gewonnene Porzellanvasen, aus deren halb gezahnter, halb wellenförmiger Öffnung – „dentatus et undulatus", sagte Schmidt – kleine Marktsträuße von Goldlack und Vergißmeinnicht hervorwuchsen. Quer vor den Weingläsern lagen lange Kümmelbrote, denen der Gastgeber, wie allem Kümmlichen, eine ganz besondere Fülle gesundheitlicher Gaben zuschrieb.

Das eigentliche Gericht fehlte noch, und Schmidt, nachdem er sich von dem statutarisch festgesetzten Trarbacher bereits zweimal eingeschenkt, auch beide Knusperspitzen von seinem Kümmelbrötchen abgebrochen hatte, war ersichtlich auf dem Punkte, starke Spuren von Mißstimmung und Ungeduld zu zeigen, als sich endlich die zum Entree führende Tür auftat, und die Schmolke, rot von Erregung und Herdfeuer, eintrat, eine mächtige Schüssel mit Oderkrebsen vor sich hertragend. „Gott sei Dank", sagte Schmidt, „ich dachte schon, alles wäre den Krebsgang gegangen", eine unvorsichtige Bemerkung, die die Kongestionen der Schmolke nur noch steigerte, das Maß ihrer guten Laune aber ebensosehr sinken ließ. Schmidt, seinen Fehler rasch erkennend, war kluger Feldherr genug, durch einige Verbindlichkeiten die Sache wieder auszugleichen. Freilich nur mit halbem Erfolg.

Als man wieder allein war, unterließ es Schmidt nicht, sofort den verbindlichen Wirt zu machen. Natürlich auf seine Weise. „Sieh, Distelkamp, dieser hier ist für dich. Er hat eine große und eine kleine Schere, und das sind immer die Besten. Es gibt Spiele der Natur, die mehr sind als bloßes Spiel und dem Weisen als Wegweiser dienen; dahin gehören beispielsweise die Pontacapfelsinen und die Borsdorfer mit einer Pocke. Denn es steht fest, je pockenreicher, desto schöner ... Was wir hier vor uns haben, sind Oderbruchkrebse; wenn ich recht berichtet bin, aus der Küstriner Gegend. Es scheint, daß durch die Vermählung von Oder und Warthe besonders gute Resultate vermittelt werden. Übrigens, Friedeberg, sind Sie nicht eigentlich da zu Haus? Ein halber Neumärker oder Oderbrücher." Friedeberg bestätigte. „Wußt es; mein Gedächtnis täuscht mich selten. Und nun sagen Sie, Freund, ist dies, nach Ihren persönlichen Erfahrungen, mutmaßlich als streng lokale Produktion anzusehen, oder ist es mit den Oderbruchkrebsen wie mit den Werderschen Kirschen, deren Gewinnungsgebiet sich nächstens über die ganze Provinz Brandenburg erstrecken wird?"

„Ich glaube doch", sagte Friedeberg, während er durch eine geschickte, durchaus den Virtuosen verratende Gabelwendung, einen weiß und rosa schimmernden Krebsschwanz aus seiner Stachelschale hob, „ich glaube doch, daß hier ein Segeln unter zuständiger Flagge stattfindet, und daß wir auf dieser Schüssel wirkliche Oderkrebse vor uns haben, echteste Ware, nicht bloß dem Namen nach, sondern auch de facto."

„De facto", wiederholte der in Friedebergs Latinität eingeweihte Schmidt, unter behaglichem Schmunzeln.

Friedeberg aber fuhr fort: „Es werden nämlich, um Küstrin herum, immer noch Massen gewonnen, trotzdem es nicht mehr das ist, was es war. Ich habe selbst noch Wunderdinge davon gesehen, aber freilich nichts in Vergleich zu dem, was die Leute von alten Zeiten her erzählten. Damals, vor hundert Jahren, oder vielleicht auch noch länger, gab es so viele Krebse, daß sie durchs ganze Bruch hin, wenn sich im Mai das Überschwemmungswasser wieder verlief, von den Bäumen geschüttelt wurden, zu vielen Hunderttausenden."

„Dabei kann einem ja ordentlich das Herz lachen", sagte Etienne, der ein Feinschmecker war.

„Ja, hier an diesem Tisch; aber dort in der Gegend lachte man nicht darüber. Die Krebse waren wie eine Plage, natürlich ganz entwertet, und bei der dienenden Bevölkerung, die damit geatzt werden sollte, so verhaßt und dem Magen der Leute so widerwärtig, daß es verboten war, dem Gesinde *mehr* als dreimal wöchentlich Krebse vorzusetzen. Ein Schock Krebse kostete einen Pfennig."

„Ein Glück, daß das die Schmolke nicht hört", warf Schmidt

ein, „sonst würd ihr ihre Laune zum zweiten Male verdorben. Als richtige Berlinerin ist sie nämlich für ewiges Sparen, und ich glaube nicht, daß sie die Tatsache ruhig verwinden würde, die Epoche von ‚ein Pfennig pro Schock' so total versäumt zu haben."

„Darüber darfst du nicht spotten, Schmidt", sagte Distelkamp. „Das ist eine Tugend, die der modernen Welt, neben vielem anderen, immer mehr verlorengeht."

„Ja, da sollst du recht haben. Aber meine gute Schmolke hat doch auch in diesem Punkte les défauts de ses vertus. So heißt es ja wohl, Etienne?"

„Gewiß", sagte dieser. „Von der George Sand. Und fast ließe sich sagen ‚les défauts de ses vertus' und ‚comprendre c'est pardonner' – das sind so recht eigentlich die Sätze, wegen deren sie gelebt hat."

„Und dann vielleicht auch von wegen dem Alfred de Musset", ergänzte Schmidt, der nicht gern eine Gelegenheit vorübergehen ließ, sich, aller Klassizität unbeschadet, auch ein modernliterarisches Ansehen zu geben.

„Ja, wenn man will, auch von wegen dem Alfred de Musset. Aber das sind Dinge, daran die Literaturgeschichte glücklicherweise vorübergeht."

„Sage das nicht, Etienne, nicht glücklicherweise, sage leider. Die Geschichte geht fast immer an dem vorüber, was sie vor allem festhalten sollte. Daß der Alte Fritz am Ende seiner Tage dem damaligen Kammergerichtspräsidenten, Namen hab ich vergessen, den Krückstock an den Kopf warf, und was mir noch wichtiger ist, daß er durchaus bei seinen Hunden begraben sein wollte, weil er die Menschen, diese ‚mechante Rasse', so gründlich verachtete – sieh, Freund, das ist mir mindestens ebensoviel wert wie Hohenfriedberg oder Leuthen. Und die berühmte Torgauer Ansprache, ‚Rackers, wollt ihr denn ewig leben', geht mir eigentlich noch über Torgau selbst."

Distelkamp lächelte. „Das sind so Schmidtiana. Du warst immer fürs Anekdotische, fürs Genrehafte. Mir gilt in der Geschichte nur das Große, nicht das Kleine, das Nebensächliche."

„Ja und nein, Distelkamp. Das Nebensächliche, soviel ist richtig, gilt nichts, wenn es bloß nebensächlich ist, wenn nichts drin steckt. Steckt aber was drin, dann ist es die Hauptsache, denn es gibt einem dann immer das eigentlich Menschliche."

„Poetisch magst du recht haben."

„Das Poetische – vorausgesetzt, daß man etwas anderes darunter versteht als meine Freundin Jenny Treibel – das Poetische hat immer recht; es wächst weit über das Historische hinaus . . ."

Es war dies ein Schmidtsches Lieblingsthema, drin der alte Romantiker, der er eigentlich mehr als alles andere war, jedesmal so recht zur Geltung kam; aber heute sein Steckenpferd zu reiten, verbot sich ihm doch, denn ehe er noch zu wuchtiger Auseinandersetzung ausholen konnte, hörte man Stimmen vom Entree her, und im nächsten Augenblicke traten Marcell und Corinna ein, Marcell befangen und fast verstimmt, Corinna nach wie vor in bester Laune. Sie ging zur Begrüßung auf Distelkamp zu, der ihr Pate war und ihr immer kleine Verbindlichkeiten sagte. Dann gab sie Friedeberg und Etienne die Hand und machte den Schluß bei ihrem Vater, dem sie, nachdem er sich auf ihre Ordre mit der breit vorgebundenen Serviette den Mund abgeputzt hatte, einen herzhaften Kuß gab.

„Nun, Kinder, was bringt ihr? Rückt hier ein. Platz die Hülle und Fülle. Rindfleisch hat abgeschrieben . . . griechische Gesellschaft . . und die beiden anderen fehlen als Anhängsel natürlich von selbst. Aber kein anzügliches Wort mehr, ich habe ja Besserung geschworen und will's halten. Also Corinna, du drüben neben Distelkamp, Marcell hier zwischen Etienne und mir. Ein Besteck wird die Schmolke wohl gleich bringen . . . So; so ist's recht . . . Und wie sich das gleich anders ausnimmt! Wenn so Lücken klaffen, denk ich immer, Banquo steigt auf. Nun, Gott sei Dank, Marcell, von Banquo hast du nicht viel, oder wenn doch vielleicht, so verstehst du's, deine Wunden zu verbergen. Und nun erzählt, Kinder. Was macht Treibel? Was macht meine Freundin Jenny? Hat sie gesungen? Ich wette das ewige Lied, *mein* Lied, die berühmte Stelle ‚Wo sich Herzen finden', und Adolar Krola hat begleitet. Wenn ich dabei nur mal in Krolas Seele lesen könnte. Vielleicht aber steht er doch milder und menschlicher dazu. Wer jeden Tag zu zwei Diners geladen ist und mindestens anderthalb mitmacht . . . Aber bitte, Corinna, klingle."

„Nein, ich gehe lieber selbst, Papa. Die Schmolke läßt sich nicht gerne klingeln; sie hat so ihre Vorstellungen von dem, was sie sich und ihrem Verstorbenen schuldig ist. Und ob ich wiederkomme, die Herren wollen verzeihen, weiß ich auch nicht; ich glaube kaum. Wenn man solchen Treibelschen Tag hinter sich hat, ist es das schönste, darüber nachzudenken, wie das alles so kam und was einem alles gesagt wurde. Marcell kann ja statt meiner berichten. Und nur noch so viel, ein höchst interessanter

Engländer war mein Tischnachbar, und wer es von Ihnen vielleicht nicht glauben will, daß er so sehr interessant gewesen, dem brauche ich bloß den Namen zu nennen, er hieß nämlich Nelson. Und nun Gott befohlen."

Und damit verabschiedete sich Corinna.

Das Besteck für Marcell kam, und als dieser, nur um des Onkels gute Laune nicht zu stören, um einen Kost- und Probekrebs gebeten hatte, sagte Schmidt: „Fange nur erst an. Artischocken und Krebse kann man immer essen, auch wenn man von einem Treibelschen Diner kommt. Ob sich vom Hummer dasselbe sagen läßt, mag dahingestellt bleiben. Mir persönlich ist allerdings auch der Hummer immer gut bekommen. Ein eigen Ding, daß man aus Fragen der Art nie herauswächst, sie wechseln bloß ab im Leben. Ist man jung, so heißt es ‚hübsch oder häßlich', ‚brünett oder blond', und liegt dergleichen hinter einem, so steht man vor der vielleicht wichtigeren Frage ‚Hummer oder Krebse'. Wir könnten übrigens darüber abstimmen. Andererseits, soviel muß ich zugeben, hat Abstimmung immer was Totes, Schablonenhaftes und paßt mir außerdem nicht recht; ich möchte nämlich Marcell gern ins Gespräch ziehen, der eigentlich dasitzt, als sei ihm die Gerste verhagelt. Also lieber Erörterung der Frage, Debatte. Sage, Marcell, was ziehst du vor?"

„Versteht sich, Hummer."

„Schnell fertig ist die Jugend mit dem Wort. Auf den ersten Anlauf, mit ganz wenig Ausnahmen, ist jeder für Hummer, schon weil er sich auf Kaiser Wilhelm berufen kann. Aber so schnell erledigt sich das nicht. Natürlich, wenn solch ein Hummer aufgeschnitten vor einem liegt, und der wundervolle rote Rogen, ein Bild des Segens und der Fruchtbarkeit, einem zu allem anderen auch noch die Gewißheit gibt, ‚es wird immer Hummer geben', auch nach Äonen noch, geradeso wie heute . . ."

Distelkamp sah seinen Freund Schmidt von der Seite her an.

„. . . Also einem die Gewißheit gibt, auch nach Äonen noch werden Menschenkinder sich dieser Himmelsgabe freuen — ja, Freunde, wenn man sich mit diesem Gefühl des Unendlichen durchdringt, so kommt das darin liegende Humanitäre dem Hummer und unserer Stellung zu ihm unzweifelhaft zugute. Denn jede philanthropische Regung, weshalb man die Philanthropie schon aus Selbsucht kultivieren sollte, bedeutet die Mehrung eines gesunden und zugleich verfeinerten Appetits. Alles Gute hat seinen Lohn in sich, soviel ist unbestreitbar."

„Aber ..."

„Aber es ist trotzdem dafür gesorgt, auch hier, daß die Bäume nicht in den Himmel wachsen, und neben dem Großen hat das Kleine nicht bloß seine Berechtigung, sondern auch seine Vorzüge. Gewiß, dem Krebse fehlt dies und das, er hat sozusagen nicht das ‚Maß', was, in einem Militärstaate wie Preußen, immerhin etwas bedeutet, aber dem ohnerachtet, auch *er* darf sagen: ich habe nicht umsonst gelebt. Und wenn er dann, er, der Krebs, in Petersilienbutter geschwenkt, im allerappetitlichsten Reize vor uns hintritt, so hat er Momente wirklicher Überlegenheit, vor allem auch darin, daß sein Bestes nicht eigentlich gegessen, sondern geschlürft, gesogen wird. Und daß gerade das, in der Welt des Genusses, seine besonderen Meriten hat, wer wollte das bestreiten. Es ist, sozusagen, das natürlich Gegebene. Wir haben da in erster Reihe den Säugling, für den saugen zugleich leben heißt. Aber auch in den höheren Semestern ..."

„Laß es gut sein, Schmidt", unterbrach Distelkamp. „Mir ist nur immer merkwürdig, daß du, neben Homer und sogar neben Schliemann, mit solcher Vorliebe Kochbuchliches behandelst, reine Menüfragen, als ob du zu den Bankiers und Geldfürsten gehörtest, von denen ich bis auf weiteres annehme, daß sie gut essen ..."

„Mir ganz unzweifelhaft."

„Nun, sieh Schmidt, diese Herren von der hohen Finanz, darauf möcht ich mich verwetten, sprechen nicht mit halb so viel Lust und Eifer von einer Schildkrötensuppe wie du."

„Das ist richtig, Distelkamp, und sehr natürlich. Sieh, ich habe die Frische, die macht's; auf die Frische kommt es an, in allem. Die Frische gibt einem die Lust, den Eifer, das Interesse, und wo die Frische nicht ist, da ist gar nichts. Das ärmste Leben, das ein Menschenkind führen kann, ist das des petit crevé. Lauter Zappeleien; nichts dahinter. Hab ich recht, Etienne?"

Dieser, der in allem Parisischen regelmäßig als Autorität angerufen wurde, nickte zustimmend, und Distelkamp ließ die Streitfrage fallen oder war geschickt genug, ihr eine neue Richtung zu geben, indem er aus dem allgemein Kulinarischen auf einzelne berühmte kulinarische Persönlichkeiten überlenkte, zunächst auf den Freiherrn von Rumohr, und im raschen Anschluß an diesen auf den ihm persönlich befreundet gewesenen Fürsten Pückler-Muskau. Besonders dieser letztere war Distelkamps Schwärmerei. Wenn man dermaleinst das Wesen des modernen Aristokratismus an einer historischen Figur werde nachweisen wollen, so werde man immer den Fürsten Pückler als Musterbeispiel nehmen müssen. Dabei sei er durchaus liebenswürdig gewesen, allerdings etwas launenhaft, eitel und übermütig, aber immer grundgut. Es sei schade, daß solche Figuren ausstürben. Und nach diesen einleitenden Sätzen begann er speziell von Muskau und Branitz zu erzählen, wo er vordem oft tagelang zu Besuch gewesen war und sich mit der märchenhaften, von „Semilassos Weltfahrten" mit heimgebrachten Abessinierin über Nahes und Fernes unterhalten hatte.

Schmidt hörte nichts Lieberes als Erlebnisse der Art, und nun gar von Distelkamp, vor dessen Wissen und Charakter er überhaupt einen ungeheuchelten Respekt hatte.

Marcell teilte ganz und gar diese Vorliebe für den alten Direktor und verstand außerdem – obwohl geborener Berliner – gut und mit Interesse zuzuhören; trotzdem tat er heute Fragen über Fragen, die seine volle Zerstreutheit bewiesen. Er war eben mit anderem beschäftigt.

So kam elf heran, und mit dem Glockenschlage – ein Satz von Schmidt wurde mitten durchgeschnitten – erhob man sich und trat aus dem Eßzimmer in das Entree, darin seitens der Schmolke die Sommerüberzieher samt Hut und Stock schon in Bereitschaft gelegt waren. Jeder griff nach dem Seinen, und nur Marcell nahm den Oheim einen Augenblick beiseite und sagte: „Onkel, ich spräche gerne noch ein Wort mit dir", ein Ansinnen, zu dem dieser, jovial und herzlich wie immer, seine volle Zustimmung ausdrückte. Dann, unter Vorantritt der Schmolke, die mit der Linken den messingenen Leuchter über den Kopf hielt, stiegen Distelkamp, Friedeberg und Etienne zunächst treppab und traten gleich danach in die muffig schwüle Adlerstraße hinaus. Oben aber nahm Schmidt seines Neffen Arm und schritt mit ihm auf seine Studierstube zu.

„Nun, Marcell, was gibt es? Rauchen wirst du nicht, du siehst mir viel zu bewölkt aus; aber verzeih, *ich* muß mir erst eine Pfeife stopfen." Und dabei ließ er sich, den Tabakskasten vor sich herschiebend, in eine Sofaecke nieder. „So! Marcell . . . Und nun nimm einen Stuhl und setz dich und schieße los. Was gibt es?"

„Das alte Lied."

„Corinna?"

„Ja."

„Ja, Marcell, nimm mir's nicht übel, aber das ist ein schlechter Liebhaber, der immer väterlichen Vorspann braucht, um von der

Stelle zu kommen. Du weißt, ich bin dafür. Ihr seid wie geschaffen füreinander. Sie übersieht dich und uns alle; das Schmidtsche strebt in ihr nicht bloß der Vollendung zu, sondern, ich muß das sagen, trotzdem ich ihr Vater bin, kommt auch ganz nah ans Ziel. Nicht jede Familie kann das ertragen. Aber das Schmidtsche setzt sich aus solchen Ingredienzien zusammen, daß die Vollendung, von der ich spreche, nie bedrücklich wird. Und warum nicht? Weil die Selbstironie, in der wir, glaube ich, groß sind, immer wieder ein Fragezeichen hinter der Vollendung macht. Das ist recht eigentlich das, was ich das Schmidtsche nenne. Folgst du?"

„Gewiß, Onkel. Sprich nur weiter."

„Nun sieh, Marcell, ihr paßt ganz vorzüglich zusammen. Sie hat die genialere Natur, hat so den letzten Knips von der Sache weg, aber das gibt keineswegs das Übergewicht im Leben. Fast im Gegenteil. Die Genialen bleiben immer halbe Kinder, in Eitelkeit befangen, und verlassen sich immer auf Intuition und bon sens und Sentiment und wie all die französischen Worte heißen mögen. Oder wir können auch auf gut deutsch sagen, sie verlassen sich auf ihre guten Einfälle. Damit ist es nun aber soso; manchmal wetterleuchtet es freilich eine halbe Stunde lang oder auch noch länger, gewiß, das kommt vor; aber mit einemmal ist das Elektrische wie verblitzt, und nun bleibt nicht bloß der Esprit aus wie Röhrwasser, sondern auch der gesunde Menschenverstand. Ja, der erst recht. Und so ist es auch mit Corinna. Sie bedarf einer verständigen Leitung, d. h. sie bedarf eines Mannes von Bildung und Charakter. Das bist du, das hast du. Du hast also meinen Segen; alles andere mußt du dir selber besorgen."

„Ja, Onkel, das sagst du immer. Aber wie soll ich das anfangen? Eine lichterlohe Leidenschaft kann ich in ihr nicht entzünden. Vielleicht ist sie solcher Leidenschaft nicht einmal fähig; aber wenn auch, wie soll ein Vetter seine Kusine zur Leidenschaft anstacheln? Das kommt gar nicht vor. Die Leidenschaft ist etwas Plötzliches, und wenn man von seinem fünften Jahr an immer zusammen gespielt und sich, sagen wir hinter den Sauerkrauttonnen eines Budikers oder in einem Torf- und Holzkeller unzählige Male stundenlang versteckt hat, immer gemeinschaftlich und immer glückselig, daß Richard oder Arthur, trotzdem sie dicht um einen herum waren, einen doch nicht finden konnten, ja, Onkel, da ist von Plötzlichkeit, dieser Vorbedingung der Leidenschaft, keine Rede mehr."

Schmidt lachte. „Das hast du gut gesagt, Marcell, eigentlich über deine Mittel. Aber es steigert nur meine Liebe zu dir. Das Schmidtsche steckt doch auch in dir und ist nur unter dem steifen Wedderkoppschen etwas vergraben. Und *das* kann ich dir sagen, wenn du diesen Ton Corinna gegenüber festhältst, dann bist du durch, dann hast du sie sicher."

„Ach, Onkel, glaube doch das nicht. Du verkennst Corinna. Nach der einen Seite hin kennst du sie ganz genau, aber nach der anderen Seite hin kennst du sie gar nicht. Alles, was klug und tüchtig und, vor allem, was espritvoll an ihr ist, das siehst du mit beiden Augen, aber was äußerlich und modern an ihr ist, das siehst du nicht. Ich kann nicht sagen, daß sie jene niedrigstehende Gefallsucht hat, die jeden erobern will, er sei wer er sei; von dieser Koketterie hat sie nichts. Aber sie nimmt sich erbarmungslos *einen* aufs Korn, einen, an dessen Spezialeroberung ihr gelegen ist, und du glaubst gar nicht, mit welcher grausamen Konsequenz, mit welcher infernalen Virtuosität sie dies von ihr erwählte Opfer in ihre Fäden einzuspinnen weiß."

„Meinst du?"

„Ja, Onkel. Heute bei Treibels hatten wir wieder ein Musterbeispiel davon. Sie saß zwischen Leopold Treibel und einem Engländer, dessen Namen sie dir ja schon genannt hat, einem Mr. Nelson, der, wie die meisten Engländer aus guten Häusern, einen gewissen Naivitäts-Charme hatte, sonst aber herzlich wenig bedeutete. Nun hättest du Corinna sehen sollen. Sie beschäftigte sich anscheinend mit niemand anderem, als diesem Sohn Albions, und es gelang ihr auch, ihn in Staunen zu setzen. Aber glaube nur ja nicht, daß ihr an dem flachsblonden Mr. Nelson im geringsten gelegen gewesen wäre; gelegen war ihr bloß an Leopold Treibel, an den sie kein einziges Wort, oder wenigstens nicht viele, direkt richtete, und dem zu Ehren sie doch eine Art von französischem Proverbe aufführte, kleine Kömödie, dramatische Szene. Und wie ich dir versichern kann, Onkel, mit vollständigstem Erfolg. Dieser unglückliche Leopold hängt schon lange an ihren Lippen und saugt das süße Gift ein, aber so wie heute habe ich ihn doch noch nicht gesehen. Er war von Kopf bis zu Fuß die helle Bewunderung, und jede Miene schien ausdrücken zu wollen: ‚Ach wie langweilig ist Helene' (das ist, wie du dich vielleicht erinnerst, die Frau seines Bruders), ‚und wie wundervoll ist diese Corinna.'"

„Nun gut, Marcell, aber das alles kann ich so schlimm nicht finden. Warum soll sie nicht ihren Nachbar zur Rechten unterhalten, um auf ihren Nachbar zur Linken einen Eindruck zu machen? Das kommt alle Tage vor, das sind so kleine Kapricen, an denen die Frauennatur reich ist."

„Du nennst es Kapricen, Onkel. Ja, wenn die Dinge so lägen! Es liegt aber anders. Alles ist Berechnung: sie will den Leopold heiraten."

„Unsinn, Leopold ist ein Junge."

„Nein, er ist fünfundzwanzig, geradeso alt wie Corinna selbst. Aber wenn er auch noch ein bloßer Junge wäre, Corinna hat sich's in den Kopf gesetzt und wird es durchführen."

„Nicht möglich."

„Doch, doch. Und nicht bloß möglich, sondern ganz gewiß. Sie hat es mir, als ich sie zur Rede stellte, selber gesagt. Sie will Leopold Treibels Frau werden, und wenn der Alte das Zeitliche segnet, was doch, wie sie mir versicherte, höchstens noch zehn Jahre dauern könne, und wenn er in seinem Zossener Wahlkreise gewählt würde, keine fünfe mehr, so will sie die Villa beziehen, und wenn ich sie recht taxiere, so wird sie zu dem grauen Kakadu noch einen Pfauhahn anschaffen."

„Ach, Marcell, das sind Visionen."

„Vielleicht von ihr, wer will's sagen? aber sicherlich nicht von mir. Denn all das waren ihre eigensten Worte. Du hättest sie hören sollen, Onkel, mit welcher Suffisance sie von ‚kleinen Verhältnissen' sprach, und wie sie das dürftige Kleinleben ausmalte, für das sie nun mal nicht geschaffen sei; sie sei nicht für Speck und Wruken und all dergleichen ... und du hättest nur hören sollen, *wie* sie das sagte, nicht bloß so drüber hin, nein, es klang geradezu was von Bitterkeit mit durch, und ich sah zu meinem Schmerz, wie veräußerlicht sie ist, und wie die verdammte neue Zeit sie ganz in Banden hält."

„Hm", sagte Schmidt, „das gefällt mir nicht, namentlich das mit den Wruken. Das ist bloß ein dummes Vornehmtun und ist auch kulinarisch eine Torheit; denn alle Gerichte, die Friedrich Wilhelm I. liebte, so zum Beispiel Weißkohl mit Hammel fleisch oder Schlei mit Dill – ja lieber Marcell, was will dagegen aufkommen? Und dagegen Front zu machen, ist einfach Unverstand. Aber glaube mir, Corinna macht auch nicht Front dagegen, dazu ist sie viel zu sehr ihres Vaters Tochter, und wenn sie sich darin gefallen hat, dir von Modernität zu sprechen und dir vielleicht eine Pariser Hutnadel oder eine Sommerjacke, dran alles chic und wieder chic ist, zu beschreiben und so zu tun, als ob es in der ganzen Welt nichts gäbe, was an Wert und

Schönheit damit verglichen werden könnte, so ist das alles bloß Feuerwerk, Phantasietätigkeit, jeu d'esprit, und wenn es ihr morgen paßt, dir einen Pfarramtskandidaten in der Jasminlaube zu beschreiben, der selig in Lottchens Armen ruht, so leistet sie das mit demselben Aplomb und mit derselben Virtuosität. Das ist, was ich das Schmidtsche nenne. Nein, Marcell, darüber darfst du dir keine grauen Haare wachsen lassen; das ist alles nicht ernstlich gemeint ..."

„Es *ist* ernstlich gemeint ..."

„Und *wenn* es ernstlich gemeint ist – was ich vorläufig noch nicht glaube, denn Corinna ist eine sonderbare Person – so nutzt ihr dieser Ernst nichts, gar nichts, und es wird *doch* nichts draus. Darauf verlaß dich, Marcell. Denn zum Heiraten gehören zwei."

„Gewiß, Onkel. Aber Leopold will womöglich noch mehr als Corinna ..."

„Was gar keine Bedeutung hat. Denn laß dir sagen, und damit sprech ich ein großes Wort gelassen aus: die Kommerzienrätin will *nicht*."

„Bist du dessen so sicher?"

„Ganz sicher."

„Und hast auch Zeichen dafür?"

„Zeichen und Beweise, Marcell. Und zwar Zeichen und Beweise, die du in deinem alten Onkel Wilibald Schmidt hier leibhaftig vor dir siehst ..."

„Das wäre?"

„Ja, Freund, leibhaftig vor dir siehst. Denn ich habe das Glück gehabt, an mir selbst, und zwar als Objekt und Opfer, das Wesen meiner Freundin Jenny studieren zu können. Jenny Bürstenbinder, das ist ihr Vatersname, wie du vielleicht schon weißt, ist der Typus einer Bourgeoise. Sie war talentiert dafür, von Kindesbeinen an, und in jenen Zeiten, wo sie noch drüben in ihres Vaters Laden, wenn der Alte gerade nicht hinsah, von den Traubenrosinen naschte, da war sie schon geradeso wie heut und deklamierte den ‚Taucher' und den ‚Gang nach dem Eisenhammer' und auch allerlei kleine Lieder, und wenn es recht was Rührendes war, so war ihr Auge schon damals immer in Tränen, und als ich eines Tages mein berühmtes Gedicht gedichtet hatte, du weißt schon, das Unglücksding, das sie seitdem immer singt und vielleicht auch heute wieder gesungen hat, da warf sie sich mir an die Brust und sagte: ‚Wilibald, einziger, das kommt von Gott.' Ich sagte halb verlegen etwas von meinem Gefühl und meiner Liebe, sie blieb aber dabei, es sei von Gott, und dabei schluchzte sie dermaßen, daß ich, so glücklich ich einerseits in meiner Eitelkeit war, doch auch wieder einen Schreck kriegte vor der Macht dieser Gefühle. Ja, Marcell, das war so unsere stille Verlobung, ganz still, aber doch immerhin eine Verlobung; wenigstens nahm ich's dafür und strengte mich riesig an, um so rasch wie möglich mit meinem Studium am Ende zu sein und mein Examen zu machen. Und ging auch alles vortrefflich. Als ich nun aber kam, um die Verlobung perfekt zu machen, da hielt sie mich hin, war abwechselnd vertraulich und dann wieder fremd, und während sie nach wie vor das Lied sang, *mein* Lied, liebäugelte sie mit jedem, der ins Haus kam, bis endlich Treibel erschien und dem Zauber ihrer kastanienbraunen Locken und mehr noch ihrer Sentimentalitäten erlag. Denn der Treibel von damals war noch nicht der Treibel von heut, und am andern Tag kriegte ich die Verlobungskarten. Alles in allem eine sonderbare Geschichte, daran, das glaub ich sagen zu dürfen, andere Freundschaften gescheitert wären; aber ich bin kein Übelnehmer und Spielverderber, und in dem Liede, drin sich, wie du weißt, ‚die Herzen finden' – beiläufig eine himmlische Trivialität und ganz wie geschaffen für Jenny Treibel – in dem Liede lebt unsere Freundschaft fort bis diesen Tag, ganz so, als sei nichts vorgefallen. Und am Ende, warum auch nicht? Ich persönlich bin drüber weg, und Jenny Treibel hat ein Talent, alles zu vergessen, was sie vergessen will. Es ist eine gefährliche Person und um so gefährlicher, als sie's selbst nicht recht weiß, und sich aufrichtig einbildet, ein gefühlvolles Herz und vor allem ein Herz ‚für das Höhere' zu haben. Aber sie hat nur ein Herz für das Ponderable, für alles, was ins Gewicht fällt und Zins trägt, und für viel weniger als eine halbe Million gibt sie den Leopold nicht fort, die halbe Million mag herkommen, woher sie will. Und dieser arme Leopold selbst. So viel weißt du doch, der ist nicht der Mensch des Aufbäumens oder der Eskapade nach Gretna Green. Ich sage dir, Marcell, unter Brückner tun es Treibels nicht, und Koegel ist ihnen noch lieber. Denn je mehr es nach Hof schmeckt, desto besser. Sie liberalisieren und sentimentalisieren beständig, aber das alles ist Farce; wenn es gilt Farbe zu bekennen, dann heißt es: ‚Gold ist Trumpf' und weiter nichts."

„Ich glaube, daß du Leopold unterschätzest."

„Ich fürchte, daß ich ihn noch überschätze. Ich kenn ihn noch aus der Untersekunda her. Weiter kam er nicht; wozu auch?

Guter Mensch, Mittelgut, und als Charakter noch unter Mittel."

„Wenn du mit Corinna sprechen könntest."

„Nicht nötig, Marcell. Durch Dreinreden stört man nur den natürlichen Gang der Dinge. Mag übrigens alles schwanken und unsicher sein, eines steht fest: der Charakter meiner Freundin Jenny. Da ruhen die Wurzeln deiner Kraft. Und wenn Corinna sich in Tollheiten überschlägt, laß sie; den Ausgang der Sache kenn ich. Du sollst sie haben, und du wirst sie haben, und vielleicht eher, als du denkst."

Achtes Kapitel

Treibel war ein Frühauf, wenigstens für einen Kommerzienrat, und trat nie später als acht Uhr in sein Arbeitszimmer, immer gestiefelt und gespornt, immer in sauberster Toilette. Er sah dann die Privatbriefe durch, tat einen Blick in die Zeitungen und wartete, bis seine Frau kam, um mit dieser gemeinschaftlich das erste Frühstück zu nehmen. In der Regel erschien die Rätin sehr bald nach ihm, heut aber verspätete sie sich, und weil der eingegangenen Briefe nur ein paar waren, die Zeitungen aber, in denen schon der Sommer vorspukte, wenig Inhalt hatten, so geriet Treibel in einen leisen Zustand von Ungeduld und durchmaß, nachdem er sich rasch von seinem kleinen Ledersofa erhoben hatte, die beiden großen nebenan gelegenen Räume, darin sich die Gesellschaft vom Tage vorher abgespielt hatte. Das obere Schiebefenster des Garten- und Eßsaales war ganz heruntergelassen, so daß er, mit den Armen sich auflehnend, in bequemer Stellung in den unter ihm gelegenen Garten hinabsehen konnte. Die Szenerie war wie gestern, nur statt des Kakadu, der noch fehlte, sah man draußen die Honig, die, den Bologneser der Kommerzienrätin an einer Strippe führend, um das Bassin herumschritt. Dies geschah jeden Morgen und dauerte Mal für Mal, bis der Kakadu seinen Stangenplatz einnahm oder in seinem blanken Käfig ins Freie gestellt wurde, worauf sich dann die Honig mit dem Bologneser zurückzog, um einen Ausbruch von Feindseligkeiten zwischen den beiden gleichmäßig verwöhnten Lieblingen des Hauses zu vermeiden. Das alles indessen stand heute noch aus. Treibel, immer artig, erkundigte sich, von seiner Fensterstellung aus, erst nach dem Befinden des Fräuleins – was die Kommerzienrätin, wenn sie's hörte, jedesmal sehr überflüssig fand – und fragte dann, als er beruhigende Versicherungen darüber entgegengenommen hatte, wie sie Mr. Nelsons englische Aussprache gefunden habe, dabei von der mehr oder weniger überzeugten Ansicht ausgehend, daß es jeder von einem Berliner Schulrat examinierten Erzieherin ein kleines sein müsse, dergleichen festzustellen. Die Honig, die diesen Glauben nicht gern zerstören wollte, beschränkte sich darauf, die Korrektheit von Mr. Nelsons A anzuzweifeln und diesem seinem A eine nicht ganz statthafte Mittelstellung zwischen der englischen und schottischen Aussprache dieses Vokals zuzuerkennen, eine Bemerkung, die Treibel ganz ernsthaft hinnahm und weiter ausgesponnen haben würde, wenn er nicht im selben Moment ein leises Ins-Schloß-Fallen einer der Vordertüren, also mutmaßlich das Eintreten der Kommerzienrätin, erlauscht hätte. Treibel hielt es auf diese Wahrnehmung hin für angezeigt, sich von der Honig zu verabschieden, und schritt wieder auf sein Arbeitszimmer zu, in das in der Tat die Rätin eben eingetreten war. Das auf einem Tablett wohlarrangierte Frühstück stand schon da.

„Guten Morgen, Jenny ... Wie geruht?“

„Doch nur passabel. Dieser furchtbare Vogelsang hat wie ein Alp auf mir gelegen.“

„Ich würde gerade diese bildersprachliche Wendung doch zu vermeiden suchen. Aber wie du darüber denkst ... Im übrigen, wollen wir das Frühstück nicht lieber draußen nehmen?“

Und der Diener, nachdem Jenny zugestimmt und ihrerseits auf den Knopf der Klingel gedrückt hatte, erschien wieder, um das Tablett auf einen der kleinen, in der Veranda stehenden Tische hinauszutragen. „Es ist gut, Friedrich“, sagte Treibel und schob jetzt höchst eigenhändig eine Fußbank heran, um es dadurch zunächst seiner Frau, zugleich aber auch sich selber nach Möglichkeit bequem zu machen. Denn Jenny bedurfte solcher Huldigungen, um bei guter Laune zu bleiben.

Diese Wirkung blieb denn auch heute nicht aus. Sie lächelte, rückte die Zuckerschale näher zu sich heran und sagte, während sie die gepflegte weiße Hand über den großen Blockstücken hielt: „Eins oder zwei?“

„Zwei, Jenny, wenn ich bitten darf. Ich sehe nicht ein, warum ich, der ich zur Runkelrübe, Gott sei Dank, keine Beziehungen unterhalte, die billigen Zuckerzeiten nicht fröhlich mitmachen soll.“

Jenny war einverstanden, tat den Zucker ein und schob gleich danach die kleine, genau bis an den Goldstreifen gefüllte Tasse dem Gemahl mit dem Bemerken zu: „Du hast die Zeitungen schon durchgesehen? Wie steht es mit Gladstone?“

Treibel lachte mit ganz ungewöhnlicher Herzlichkeit. „Wenn es dir recht ist, Jenny, bleiben wir vorläufig noch diesseits des Kanals, sagen wir in Hamburg oder doch in der Welt des Hamburgischen, und transponieren uns die Frage nach Gladstones Befinden in eine Frage nach unserer Schwiegertochter Helene. Sie war offenbar verstimmt, und ich schwanke nur noch, was in ihren Augen die Schuld trug. War es, daß sie selber nicht gut genug plaziert war, oder war es, daß wir Mr. Nelson, ihren uns gütigst überlassenen oder, um es berlinisch zu sagen, ihren uns aufgepuckelten Ehrengast, so ganz einfach zwischen die Honig und Corinna gesetzt hatten?“

„Du hast eben gelacht, Treibel, weil ich nach Gladstone fragte, was du nicht hättest tun sollen, denn wir Frauen dürfen so was fragen, wenn wir auch was ganz anderes meinen; aber ihr Männer dürft uns das nicht nachmachen wollen. Schon deshalb nicht, weil es euch nicht glückt oder doch jedenfalls noch weniger als uns. Denn soviel ist doch gewiß und kann dir nicht entgangen sein, ich habe niemals einen entzückteren Menschen gesehen, als den guten Nelson; also wird Helene wohl nichts dagegen gehabt haben, daß wir ihren Protegé gradeso plazierten, wie geschehen. Und wenn das auch eine ewige Eifersucht ist zwischen ihr und Corinna, die sich, ihrer Meinung nach, zu viel herausnimmt und ...“

„... und unweiblich ist und unhamburgisch, was nach ihrer Meinung so ziemlich zusammenfällt ...“

„... so wird sie's ihr gestern“, fuhr Jenny, der Unterbrechung nicht achtend, fort, „wohl zum ersten Male verziehen haben, weil es ihr selber zugute kam oder ihrer Gastlichkeit, von der sie persönlich freilich so mangelhafte Proben gegeben hat. Nein, Treibel, nichts von Verstimmung über Mr. Nelsons Platz. Helene schmollt mit uns beiden, weil wir alle Anspielungen nicht verstehen wollen und ihre Schwester Hildegard noch immer nicht eingeladen haben. Übrigens ist Hildegard ein lächerlicher Name für eine Hamburgerin. Hildegard heißt man in einem Schlosse mit Ahnenbildern oder wo eine weiße Frau spukt. Helene schmollt mit uns, weil wir hinsichtlich Hildegards so sehr schwerhörig sind.“

„Worin sie recht hat.“

„Und ich finde, daß sie darin unrecht hat. Es ist eine Anmaßung, die an Insolenz grenzt. Was soll das heißen? Sind wir in einem fort dazu da, dem Holzhof und seinen Angehörigen Honneurs zu machen? Sind wir dazu da, Helenens und ihrer Eltern Pläne zu begünstigen? Wenn unsre Frau Schwiegertochter durchaus die gastliche Schwester spielen will, so kann sie Hildegard ja jeden Tag von Hamburg her verschreiben und das verwöhnte Püppchen entscheiden lassen, ob die Alster bei der Uhlenhorst oder die Spree bei Treptow schöner ist. Aber was geht *uns* das alles an. Otto hat seinen Holzhof so gut, wie du deinen Fabrikhof, und seine Villa finden viele Leute hübscher als die unsre, was auch zutrifft. Unsre ist beinah altmodisch und jedenfalls viel zu klein, so daß ich oft nicht aus noch ein weiß. Es bleibt dabei, mir fehlen wenigstens zwei Zimmer. Ich mag davon nicht viel Worte machen, aber wie kommen wir dazu, Hildegard einzuladen, als ob uns daran läge, die Beziehungen der beiden Häuser aufs eifrigste zu pflegen, und wie wenn wir nichts sehnlicher wünschten, als noch mehr Hamburger Blut in die Familie zu bringen ..."

„Aber Jenny ..."

„Nichts von ‚aber', Treibel. Von solchen Sachen versteht ihr nichts, weil ihr kein Auge dafür habt. Ich sage dir, auf solche Pläne läuft es hinaus, und deshalb sollen wir die Einladenden sein. Wenn Helene Hildegarden einlädt, so bedeutet das so wenig, daß es nicht einmal die Trinkgelder wert ist, und die neuen Toiletten nun schon gewiß nicht. Was hat es für eine Bedeutung, wenn sich zwei Schwestern wiedersehen? Gar keine, sie passen nicht mal zusammen und schrauben sich beständig; aber wenn *wir* Hildegard einladen, so heißt das, die Treibels sind unendlich entzückt über ihre erste Hamburger Schwiegertochter und würden es für ein Glück und eine Ehre ansehen, wenn sich das Glück erneuern und verdoppeln und Fräulein Hildegard Munk Frau Leopold Treibel werden wollte. Ja, Freund, darauf läuft es hinaus. Es ist eine abgekartete Sache. Leopold soll Hildegard oder eigentlich Hildegard soll Leopold heiraten; denn Leopold ist bloß passiv und hat zu gehorchen. Das ist das, was die Munks wollen, was Helene will, und was unser armer Otto, der, Gott weiß es, nicht viel sagen darf, schließlich auch wird wollen müssen. Und weil wir zögern und mit der Einladung nicht recht herauswollen, deshalb schmollt und grollt Helene mit uns und spielt die Zurückhaltende und Gekränkte und gibt die Rolle nicht einmal auf an einem Tage, wo ich ihr einen großen Gefallen getan und ihr den Mr. Nelson hierher eingeladen habe, bloß damit ihr die Plättbolzen nicht kalt werden."

Treibel lehnte sich weiter zurück in den Stuhl und blies kunstvoll einen kleinen Ring in die Luft. „Ich glaube nicht, daß du recht hast. Aber wenn du recht hättest, was täte es? Otto lebt seit acht Jahren in einer glücklichen Ehe mit Helenen, was auch nur natürlich ist; ich kann mich nicht entsinnen, daß irgendwer aus meiner Bekanntschaft mit einer Hamburgerin in einer unglücklichen Ehe gelebt hätte. Sie sind alle so zweifelsohne, haben innerlich und äußerlich so was ungewöhnlich Gewaschenes und bezeugen in allem, was sie tun und nicht tun, die Richtigkeit der Lehre vom Einfluß der guten Kinderstube. Man hat sich ihrer nie zu schämen, und ihrem zwar bestrittenen, aber im stillen immer gehegten Herzenswunsche, ‚für eine Engländerin gehalten zu werden', diesem Ideale kommen sie meistens sehr nah. Indessen das mag auf sich beruhen. Soviel steht jedenfalls fest, und ich muß es wiederholen, Helene Munk hat unsern Otto glücklich gemacht, und es ist mir höchst wahrscheinlich, daß Hildegard Munk unsren Leopold auch glücklich machen würde, ja noch glücklicher. Und wär auch keine Hexerei, denn einen besseren Menschen als unsren Leopold gibt es eigentlich überhaupt nicht; er ist schon beinah eine Suse ..."

„Beinah?" sagte Jenny. „Du kannst ihn dreist für voll nehmen. Ich weiß nicht, wo beide Jungen diese Milchsuppenschaft herhaben. Zwei geborene Berliner, und sind eigentlich, wie wenn sie von Herrnhut oder Gnadenfrei kämen. Sie haben doch beide was Schläfriges, und ich weiß wirklich nicht, Treibel, auf wen ich es schieben soll ..."

„Auf mich, Jenny, natürlich auf mich ..."

„Und wenn ich auch sehr wohl weiß", fuhr Jenny fort, „wie nutzlos es ist, sich über diese Dinge den Kopf zu zerbrechen, und leider auch weiß, daß sich solche Charaktere nicht ändern lassen, so weiß ich doch auch, daß man die Pflicht hat, da zu helfen, wo noch geholfen werden kann. Bei Otto haben wir's versäumt und haben zu seiner eignen Temperamentlosigkeit diese temperamentlose Helene hinzugetan, und was dabei herauskommt, das siehst du nun an Lizzi, die doch die größte Puppe ist, die man nur sehen kann. Ich glaube, Helene wird sie noch, auf Vorderzähne-Zeigen hin, englisch abrichten. Nun, meinetwegen. Aber ich bekenne dir, Treibel, daß ich an *einer* solchen Schwiegertochter und *einer* solchen Enkelin gerade genug habe, und daß ich den armen Jungen, den Leopold, etwas passender als in der Familie Munk unterbringen möchte."

„Du möchtest einen forschen Menschen aus ihm machen, einen Kavalier, einen Sportsmann ..."

„Nein, einen forschen Menschen nicht, aber einen Menschen überhaupt. Zum Menschen gehört Leidenschaft, und wenn er eine Leidenschaft fassen könnte, sieh, das wäre was, das würd ihn rausreißen, und sosehr ich allen Skandal hasse, ich könnte mich beinah freuen, wenn's irgend so was gäbe, natürlich nichts Schlimmes, aber doch wenigstens was Apartes."

„Male den Teufel nicht an die Wand, Jenny. Daß er sich aufs Entführen einläßt, ist mir, ich weiß nicht, soll ich sagen leider oder glücklicherweise, nicht sehr wahrscheinlich; aber man hat Exempel von Beispielen, daß Personen, die zum Entführen durchaus nicht das Zeug hatten, gleichsam, wie zur Strafe dafür, entführt *wurden*. Es gibt ganz verflixte Weiber, und Leopold ist gerade schwach genug, um vielleicht einmal in den Sattel einer armen und etwas emanzipierten Edeldame, die natürlich auch Schmidt heißen kann, hineingehoben und über die Grenze geführt zu werden ..."

„Ich glaub es nicht", sagte die Kommerzienrätin, „er ist leider auch dafür zu stumpf." Und sie war von der Ungefährlichkeit der Gesamtlage so fest überzeugt, daß sie nicht einmal der vielleicht bloß zufällig, aber vielleicht auch absichtlich gesprochene Name „Schmidt" stutzig gemacht hatte. „Schmidt", das war nur so herkömmlich hingeworfen, weiter nichts, und in einem halb übermütigen Jugendanfluge gefiel sich die Rätin sogar in stiller Ausmalung einer Eskapade: Leopold, mit aufgesetztem Schnurrbart, auf dem Wege nach Italien und mit ihm eine Freiin aus einer pommerschen oder schlesischen Verwogenheitsfamilie, die Reiherfeder am Hut und den schottisch karierten Mantel über den etwas fröstelnden Liebhaber ausgebreitet. All das stand vor ihr, und beinah traurig sagte sie zu sich selbst: „Der arme Junge. Ja, wenn er *dazu* das Zeug hätte!"

Es war um die neunte Stunde, daß die alten Treibels dies Gespräch führten, ohne jede Vorstellung davon, daß um ebendiese Zeit auch die auf ihrer Veranda das Frühstück nehmenden jungen Treibels der Gesellschaft vom Tage vorher gedachten. Helene sah sehr hübsch aus, wozu nicht nur die kleidsame Morgentoilette, sondern auch eine gewisse Belebtheit in ihren sonst matten und beinah vergißmeinnichtblauen Augen ein erhebliches beitrug. Es war ganz ersichtlich, daß sie bis diese Minute mit ganz besonderem Eifer auf den halb verlegen vor sich hinsehenden Otto eingepredigt haben mußte; ja, wenn nicht alles täuschte, wollte sie mit diesem Ansturm eben fortfahren, als das Erscheinen Lizzis und ihrer Erzieherin, Fräulein Wulsten, dies Vorhaben unterbrach.

Lizzi, trotz früher Stunde, war schon im vollen Staate. Das etwas gewellte blonde Haar des Kindes hing bis auf die Hüften herab; im übrigen aber war alles weiß, das Kleid, die hohen Strümpfe, der Überfallkragen, und nur um die Taille herum, wenn sich von einer solchen sprechen ließ, zog sich eine breite rote Schärpe, die von Helenen selbstverständlich nie „rote Schärpe", sondern immer nur „pink-coloured scarf" genannt wurde. Die Kleine, wie sie sich da präsentierte, hätte sofort als symbolische Figur auf den Wäscheschrank ihrer Mutter gestellt werden können, so sehr war sie der Ausdruck von Weißzeug mit einem roten Bändchen drum. Lizzi galt im ganzen Kreise der Bekannten als Musterkind, was das Herz Helenens einerseits mit Dank gegen Gott, andrerseits aber auch mit Dank gegen Hamburg erfüllte, denn zu den Gaben der Natur, die der Himmel hier so sichtlich verliehen, war auch noch eine Mustererziehung hinzugekommen, wie sie eben nur die Hamburger Tradition geben konnte. Diese Mustererziehung hatte gleich mit dem ersten Lebenstage des Kindes begonnen. Helene, weil es unschön sei – was übrigens von seiten des damals noch um sieben Jahre jüngeren Krola bestritten wurde – war nicht zum Selbstnähren zu bewegen gewesen, und da bei den nun folgenden Verhandlungen eine seitens des alten Kommerzienrats in Vorschlag gebrachte Spreewälderamme mit dem Bemerken, es gehe bekanntlich soviel davon auf das unschuldige Kind über, abgelehnt worden war, war man zu dem einzig verbleibenden Auskunftsmittel übergegangen. Eine verheiratete, von dem Geistlichen der Thomasgemeinde warm empfohlene Frau hatte das Aufpäppeln mit großer Gewissenhaftigkeit und mit der Uhr in der Hand übernommen, wobei Lizzi so gut gediehen war, daß sich eine Zeitlang sogar kleine Grübchen auf der Schulter gezeigt hatten. Alles normal und beinah über das Normale hinaus. Unser alter Kommerzienrat hatte denn auch der Sache nie so recht getraut, und erst um ein erhebliches später, als sich Lizzi mit einem Trennmesser in den Finger geschnitten hatte (das Kindermädchen war dafür entlassen worden), hatte Treibel beruhigt ausgerufen: „Gott sei Dank, soviel ich sehen kann, es ist wirkliches Blut."

Ordnungsmäßig hatte Lizzis Leben begonnen, und ordnungsmäßig war es fortgesetzt worden. Die Wäsche, die sie trug, führte durch den Monat hin die genau korrespondierende Tageszahl, so daß man ihr, wie der Großvater sagte, das jedesmalige Datum vom Strumpf lesen konnte. „Heut ist der Siebzehnte." Der Puppenkleiderschrank war an den Riegeln numeriert, und als es geschah (und dieser schreckliche Tag lag noch nicht lange zurück), daß Lizzi, die sonst die Sorglichkeit selbst war, in ihrer, mit allerlei Kästen ausstaffierten Puppenküche Grieß in den Kasten getan hatte, der doch ganz deutlich die Aufschrift „Linsen" trug, hatte Helene Veranlassung genommen, ihrem Liebling die Tragweite solchen Fehlgriffs auseinanderzusetzen. „Das ist nichts Gleichgültiges, liebe Lizzi. Wer Großes hüten will, muß auch das Kleine zu hüten verstehen. Bedenke, wenn du ein Brüderchen hättest, und das Brüderchen wäre vielleicht schwach, und du willst es mit Eau de Cologne bespritzen, und du bespritzest es mit Eau de Javelle, ja, meine liebe Lizzi, so kann dein Brüderchen blind werden, oder wenn es ins Blut geht, kann es sterben. Und doch wäre es noch eher zu entschuldigen, denn beides ist weiß und sieht aus wie Wasser; aber Grieß und Linsen, meine liebe Lizzi, das ist doch ein starkes Stück von Unaufmerksamkeit oder, was noch schlimmer wäre, von Gleichgültigkeit."

So war Lizzi, die übrigens zu weiterer Genugtuung der Mutter einen Herzmund hatte. Freilich, die zwei blanken Vorderzähne waren immer noch nicht sichtbar genug, um Helenen eine recht volle Herzensfreude gewähren zu können, und so wandten sich ihre mütterlichen Sorgen auch in diesem Augenblicke wieder der ihr so wichtigen Zahnfrage zu, weil sie davon ausging, daß es hier dem von der Natur so glücklich gegebenen Material bis dahin nur an der rechten erziehlichen Aufmerksamkeit gefehlt habe. „Du kneifst wieder die Lippen so zusammen, Lizzi; das darf nicht sein. Es sieht besser aus, wenn der Mund sich halb öffnet, fast so wie zum Sprechen. Fräulein Wulsten, ich möchte Sie doch bitten, auf diese Kleinigkeit, die keine Kleinigkeit ist, mehr achten zu wollen ... Wie steht es denn mit dem Geburtstagsgedicht?"

„Lizzi gibt sich die größte Mühe."

„Nun, dann will ich dir deinen Wunsch auch erfüllen, Lizzi. Lade dir die kleine Felgentreu zu heute nachmittag ein. Aber natürlich erst die Schularbeiten ... Und jetzt kannst du, wenn Fräulein Wulsten es erlaubt" (diese verbeugte sich), „im Garten spazierengehen, überall wo du willst, nur nicht nach dem Hof zu, wo die Bretter über der Kalkgrube liegen. Otto, du solltest das ändern; die Bretter sind ohnehin so morsch."

Lizzi war glücklich, eine Stunde frei zu haben, und nachdem sie der Mama die Hand geküßt und noch die Warnung, sich vor der Wassertonne zu hüten, mit auf den Weg gekriegt hatte, brachen das Fräulein und Lizzi auf, und das Elternpaar blickte dem Kinde nach, das sich noch ein paarmal umsah und dankbar der Mutter zunickte.

„Eigentlich", sagte diese, „hätte ich Lizzi gern hierbehalten und eine Seite Englisch mit ihr gelesen; die Wulsten versteht es nicht und hat eine erbärmliche Aussprache, so low, so vulgar. Aber ich bin gezwungen, es bis morgen zu lassen, denn wir müssen das Gespräch durchaus zu Ende bringen. Ich sage nicht gern etwas gegen deine Eltern, denn ich weiß, daß es sich nicht schickt, und weiß auch, daß es dich bei deinem eigentümlich starren Charakter" (Otto lächelte) „nur noch in dieser deiner Starrheit bestärken wird; aber man darf die Schicklichkeitsfragen, ebenso wie die Klugheitsfragen, nicht über alles stellen. Und das täte ich, wenn ich länger schwiege. Die Haltung deiner Eltern ist in dieser Frage geradezu kränkend für mich und fast mehr noch für meine Familie. Denn, sei mir nicht böse, Otto, aber wer sind am Ende die Treibels? Es ist mißlich, solche Dinge zu berühren, und ich würde mich hüten, es zu tun, wenn du mich nicht geradezu zwängest, zwischen unsren Familien abzuwägen."

Otto schwieg und ließ den Teelöffel auf seinem Zeigefinger balancieren, Helene aber fuhr fort: „Die Munks sind ursprünglich dänisch, und ein Zweig, wie du recht gut weißt, ist unter König Christian gegraft worden. Als Hamburgerin und Tochter einer Freien Stadt will ich nicht viel davon machen, aber es ist doch immerhin was. Und nun gar von meiner Mutter Seite! Die Thompsons sind eine Syndikatsfamilie. Du tust, als ob das nichts sei. Gut, es mag auf sich beruhen, und nur so viel möcht ich dir noch sagen dürfen, unsre Schiffe gingen schon nach Messina, als deine Mutter noch in dem Apfelsinenladen spielte, draus dein Vater sie hervorgeholt hat. Material- und Kolonialwaren. Ihr nennt das hier auch Kaufmann ... ich sage nicht du ... aber Kaufmann und Kaufmann ist ein Unterschied."

Otto ließ alles über sich ergehen und sah den Garten hinunter, wo Lizzi Fangball spielte.

„Hast du noch überhaupt vor, Otto, auf das, was ich sagte, mir zu antworten?"

„Am liebsten nein, liebe Helene. Wozu auch? Du kannst doch nicht von mir verlangen, daß ich in dieser Sache deiner Meinung bin, und wenn ich es *nicht* bin und das ausspreche, so reize ich dich nur noch mehr. Ich finde, daß du doch mehr forderst, als du fordern solltest. Meine Mutter ist von großer Aufmerksamkeit gegen dich und hat dir noch gestern einen Beweis davon gegeben; denn ich bezweifle sehr, daß ihr das *unsrem* Gast zu Ehren gegebene Diner besonders zupaß kam. Du weißt außerdem, daß sie sparsam ist, wenn es nicht ihre Person gilt."

„Sparsam", lachte Helene.

„Nenn es Geiz; mir gleich. Sie läßt es aber trotzdem nie an Aufmerksamkeiten fehlen, und wenn die Geburtstage da sind, so sind auch ihre Geschenke da. Das stimmt dich aber alles nicht um, im Gegenteil, du wächst in deiner beständigen Auflehnung gegen die Mama und das alles nur, weil sie dir durch ihre Haltung zu verstehen gibt, daß das, was Papa die ‚Hamburgerei' nennt, nicht das Höchste in der Welt ist, und daß der liebe Gott seine Welt nicht um der Munks willen geschaffen hat . . ."

„Sprichst du das deiner Mutter nach, oder tust du von deinem Eignen noch was hinzu? Fast klingt es so; deine Stimme zittert ja beinah."

„Helene, wenn du willst, daß wir die Sache ruhig durchsprechen und alles in Billigkeit und mit Rücksicht für hüben und drüben abwägen, so darfst du nicht beständig Öl ins Feuer gießen. Du bist so gereizt gegen die Mama, weil sie deine Anspielungen nicht verstehen will und keine Miene macht, Hildegard einzuladen. Darin hast du aber unrecht. Soll das Ganze bloß etwas Geschwisterliches sein, so muß die Schwester die Schwester einladen; das ist dann eine Sache, mit der meine Mama herzlich wenig zu tun hat . . ."

„Sehr schmeichelhaft für Hildegard und auch für mich . . ."

„. . . Soll aber ein andrer Plan damit verfolgt werden, und du hast mir zugestanden, daß dies der Fall ist, so muß das, so wünschenswert solche zweite Familienverbindung ganz unzweifelhaft auch für die Treibels sein würde, so muß das unter Verhältnissen geschehen, die den Charakter des Natürlichen und Ungezwungenen haben. Lädst *du* Hildegard ein und führt das, sagen wir einen Monat später oder zwei zur Verlobung mit Leopold, so haben wir genau das, was ich den natürlichen und ungezwungenen Weg nenne; schreibt aber meine *Mama* den Einladungsbrief an Hildegard und spricht sie darin aus, wie glücklich sie sein würde, die Schwester ihrer lieben Helene recht, recht lange bei sich zu sehen und sich des Glücks der Geschwister mitfreuen zu können, so drückt sich darin ziemlich unverblümt eine Huldigung und ein aufrichtiges Sich-Bemühen um deine Schwester Hildegard aus, und das will die Firma Treibel vermeiden."

„Und das billigst du?"

„Ja."

„Nun, das ist wenigstens deutlich. Aber weil es deutlich ist, darum ist es noch nicht richtig. Alles, wenn ich dich recht verstehe, dreht sich also um die Frage, wer den ersten Schritt zu tun habe."

Otto nickte.

„Nun, wenn dem so ist, warum wollen die Treibels sich sträuben, diesen ersten Schritt zu tun? Warum, frage ich. Solange die Welt steht, ist der Bräutigam oder der Liebhaber der, der wirbt ..."

„Gewiß, liebe Helene. Aber bis zum Werben sind wir noch nicht. Vorläufig handelt es sich noch um Einleitungen, um ein Brückenbauen, und dies Brückenbauen ist an denen, die das größere Interesse daran haben."

„Ah", lachte Helene. „Wir, die Munks ... und das größere Interesse! Otto, das hättest du nicht sagen sollen, nicht weil es mich und meine Familie herabsetzt, sondern weil es die ganze Treibelei und dich an der Spitze mit einem Ridikül ausstattet, das dem Respekt, den die Männer doch beständig beanspruchen, nicht allzu vorteilhaft ist. Ja, Freund, du forderst mich heraus, und so will ich dir denn offen sagen, auf eurer Seite liegt Interesse, Gewinn, Ehre. Und daß ihr das empfindet, das müßt ihr eben bezeugen, dem müßt ihr einen nicht mißzuverstehenden Ausdruck geben. Das ist der erste Schritt, von dem ich gesprochen. Und da ich mal bei Bekenntnissen bin, so laß mich dir sagen, Otto, daß diese Dinge, neben ihrer ernsten und geschäftlichen Seite, doch auch noch eine persönliche Seite haben, und daß es dir, so nehm ich vorläufig an, nicht in den Sinn kommen kann, unsre Geschwister in ihrer äußeren Erscheinung miteinander vergleichen zu wollen. Hildegard ist eine Schönheit und gleicht ganz ihrer Großmutter Elisabeth Thompson (nach der wir ja auch unsere Lizzi getauft haben) und hat den chic einer Lady; du hast mir das selber früher zugestanden. Und nun sieh deinen Bruder Leopold! Er ist ein guter Mensch, der sich ein Reitpferd angeschafft hat, weil er's durchaus zwingen will, und schnallt sich nun jeden Morgen die Steigbügel so hoch wie ein

Engländer. Aber es nutzt ihm nichts. Er ist und bleibt doch unter Durchschnitt, jedenfalls weitab vom Kavalier, und wenn Hildegard ihn nähme (ich fürchte, sie nimmt ihn nicht), so wäre das wohl der einzige Weg, noch etwas wie einen perfekten Gentleman aus ihm zu machen. Und das kannst du deiner Mama sagen."

„Ich würde vorziehen, *du* tätest es."

„Wenn man aus einem guten Hause stammt, vermeidet man Aussprachen und Szenen ..."

„Und macht sie dafür dem Manne."

„Das ist etwas anderes."

„Ja", lachte Otto. Aber in seinem Lachen war etwas Melancholisches.

Leopold Treibel, der im Geschäft seines älteren Bruders tätig war, während er im elterlichen Hause wohnte, hatte sein Jahr bei den Gardedragonern abdienen wollen, war aber, wegen zu flacher Brust, nicht angenommen worden, was die ganze Familie schwer gekränkt hatte. Treibel selbst kam schließlich drüber weg, weniger die Kommerzienrätin, am wenigsten Leopold selbst, der – wie Helene bei jeder Gelegenheit und auch an diesem Morgen wieder zu betonen liebte – zur Auswetzung der Scharte wenigstens Reitstunde genommen hatte. Jeden Tag war er zwei Stunden im Sattel und machte dabei, weil er sich wirklich Mühe gab, eine ganz leidliche Figur.

Auch heute wieder, an demselben Morgen, an dem die alten und jungen Treibels ihren Streit über dasselbe gefährliche Thema führten, hatte Leopold, ohne die geringste Ahnung davon, sowohl Veranlassung wie Mittelpunkt derartiger heikler Gespräche zu sein, seinen wie gewöhnlich auf Treptow zu gerichteten Morgenausflug angetreten und ritt, von der elterlichen Wohnung aus, die zu so früher Stunde noch wenig belebte Köpnicker Straße hinunter, erst an seines Bruders Villa, dann an der alten Pionierkaserne vorüber. Die Kasernenuhr schlug eben sieben, als er das Schlesische Tor passierte. Wenn ihn dies Im-Sattel-Sein ohnehin schon an jedem Morgen erfreute, so besonders heut, wo die Vorgänge des voraufgegangenen Abends, am meisten aber die zwischen Mr. Nelson und Corinna geführten Gespräche noch stark in ihm nachwirkten, so stark, daß er mit dem ihm sonst wenig verwandten Ritter Karl von Eichenhorst wohl den gemeinschaftlichen Wunsch des „Sich-Ruhe-Reitens" in seinem Busen hegen durfte. Was ihm equestrisch dabei zur

Verfügung stand, war freilich nichts weniger als ein Dänenroß voll Kraft und Feuer, sondern nur ein schon lange Zeit in der Manege gehender Graditzer, dem etwas Extravagantes nicht mehr zugemutet werden konnte. Leopold ritt denn auch Schritt, sosehr er sich wünschte, davonstürmen zu können. Erst ganz allmählich fiel er in einen leichten Trab und blieb darin, bis er den Schafgraben und gleich danach den in geringer Entfernung gelegenen „Schlesischen Busch" erreicht hatte, drin am Abend vorher, wie ihm Johann noch im Momente des Abreitens erzählt hatte, wieder zwei Frauenzimmer und ein Uhrmacher beraubt worden waren. „Daß dieser Unfug auch gar kein Ende nehmen will! Schwäche, Polizeiversäumnis." Indessen bei hellem Tageslichte bedeutete das alles nicht allzuviel, weshalb Leopold in der angenehmen Lage war, sich der ringsumher schlagenden Amseln und Finken unbehindert freuen zu können. Und kaum minder genoß er, als er aus dem „Schlesischen Busche" wieder heraus war, der freien Straße, zu deren Rechten sich Saat und Kornfelder dehnten, während zur Linken die Spree mit ihren nebenher laufenden Parkanlagen den Weg begrenzte. Das alles war so schön, so morgenfrisch, daß er das Pferd wieder in Schritt fallen ließ. Aber freilich, so langsam er ritt, bald war er trotzdem an der Stelle, wo, vom andern Ufer her, das kleine Fährboot herüberkam, und als er anhielt, um dem Schauspiele besser zusehen zu können, trabten von der Stadt her auch schon einige Reiter auf der Chaussee heran, und ein Pferdebahnwagen glitt vorüber, drin, soviel er sehen konnte, keine Morgengäste für Treptow saßen. Das war so recht, was ihm paßte, denn sein Frühstück im Freien, was ihn dort regelmäßig erquickte, war nur noch die halbe Freude, wenn ein halb Dutzend echte Berliner um ihn herumsaßen und ihren mitgebrachten Affenpinscher über die Stühle springen oder vom Steg aus apportieren ließen. Das alles, wenn dieser leere Wagen nicht schon einen vollbesetzten Vorläufer gehabt hatte, war für heute nicht zu befürchten.

Gegen halb acht war er draußen, und einen halbwachsenen Jungen mit nur einem Arm und dem entsprechenden losen Ärmel (den er beständig in der Luft schwenkte) heranwinkend, stieg er jetzt ab und sagte, während er dem Einarmigen die Zügel gab: „Führ es unter die Linde, Fritz. Die Morgensonne sticht hier so." Der Junge tat auch, wie ihm geheißen, und Leopold seinerseits ging nun an einem von Liguster überwachsenen Staketenzaun auf den Eingang des Treptower Etablissements zu. Gott sei Dank, hier war alles wie gewünscht, sämtliche Tische leer, die Stühle umgekippt und auch von Kellnern niemand da, als sein Freund Mützell, ein auf sich haltender Mann von Mitte der Vierzig, der schon in den Vormittagsstunden einen beinahe fleckenlosen Frack trug und die Trinkgelderfrage mit einer erstaunlichen, übrigens von Leopold (der immer sehr splendid war) nie herausgeforderten Gentilezza behandelte. „Sehen Sie, Herr Treibel", so waren, als das Gespräch einmal in dieser Richtung lief, seine Worte gewesen, „die meisten wollen nicht recht und streiten einem auch noch was ab, besonders die Damens, aber viele sind auch wieder gut und manche sogar sehr gut und wissen, daß man von einer Zigarre nicht leben kann und die Frau zu Hause mit ihren drei Kindern erst recht nicht. Und sehen Sie, Herr Treibel, die geben und besonders die kleinen Leute. Da war erst gestern wieder einer hier, der schob mir aus Versehen ein Fünfzigpfennigstück zu, weil er's für einen Zehner hielt, und als ich's ihm sagte, nahm er's nicht wieder und sagte bloß: ‚Das hat so sein sollen, Freund und Kupferstecher; mitunter fällt Ostern und Pfingsten auf einen Dag.'"

Das war vor Wochen gewesen, daß Mützell so zu Leopold Treibel gesprochen hatte. Beide standen überhaupt auf einem Plauderfuß, was aber für Leopold noch angenehmer als diese Plauderei war, war, daß er über Dinge, die sich von selbst verstanden, gar nicht erst zu sprechen brauchte. Mützell, wenn er den jungen Treibel in das Lokal eintreten und über den frischgeharkten Kies hin auf seinen Platz in unmittelbarer Nähe des Wassers zuschreiten sah, salutierte bloß von fern und zog sich dann ohne weiteres in die Küche zurück, von der aus er nach drei Minuten mit einem Tablett, auf dem eine Tasse Kaffee mit ein paar englischen Biskuits und ein großes Glas Milch stand, wieder unter den Frontbäumen erschien. Das große Glas Milch war Hauptsache, denn Sanitätsrat Lohmeyer hatte noch nach der letzten Auskultation zur Kommerzienrätin gesagt: „Meine gnädigste Frau, noch hat es nichts zu bedeuten, aber man muß vorbeugen, dazu sind wir da; im übrigen ist unser Wissen Stückwerk. Also wenn ich bitten darf, so wenig Kaffee wie möglich und jeden Morgen ein Liter Milch."

Auch heute hatte bei Leopolds Erscheinen die sich täglich wiederholende Begegnungsszene gespielt: Mützell war auf die Küche zu verschwunden und tauchte jetzt in Front des Hauses wieder auf, das Tablett auf den fünf Fingerspitzen seiner linken Hand mit beinahe zirkushafter Virtuosität balancierend.

„Guten Morgen, Herr Treibel. Schöner Morgen heute morgen."

„Ja, lieber Mützell. Sehr schön. Aber ein bißchen frisch. Besonders hier am Wasser. Mich schuddert ordentlich, und ich bin schon auf und ab gegangen. Lassen Sie sehen, Mützell, ob der Kaffee warm ist."

Und ehe der so freundlich Angesprochene das Tablett auf den Tisch setzen konnte, hatte Leopold die kleine Tasse schon herabgenommen und sie mit einem Zuge geleert.

„Ah, brillant. Das tut einem alten Menschen wohl. Und nun will ich die Milch trinken, Mützell; aber mit Andacht. Und wenn ich damit fertig bin – die Milch ist immer ein bißchen labbrig, was aber kein Tadel sein soll, gute Milch muß eigentlich immer ein bißchen labbrig sein – wenn ich damit fertig bin, bitt ich noch um eine ..."

„Kaffee?"

„Freilich, Mützell."

„Ja, Herr Treibel ..."

„Nun, was ist? Sie machen ja ein ganz verlegenes Gesicht, Mützell, als ob ich was ganz Besonderes gesagt hätte."

„Ja, Herr Treibel ..."

„Nun, zum Donnerwetter, was ist denn los?"

„Ja, Herr Treibel, als die Frau Mama vorgestern hier waren und der Herr Kommerzienrat auch, und auch das Gesellschaftsfräulein, und Sie Herr Leopold eben nach dem Sperl und dem Karussell gegangen waren, da hat mir die Frau Mama gesagt: ‚Hören Sie, Mützell, ich weiß, er kommt beinahe jeden Morgen, und ich mache Sie verantwortlich ... *eine* Tasse; nie mehr ... Sanitätsrat Lohmeyer, der ja auch mal Ihre Frau behandelt hat, hat es mir im Vertrauen, aber doch mit allem Ernste gesagt: *zwei* sind Gift ...‘"

„So ... Und hat meine Mama vielleicht noch mehr gesagt?"

„Die Frau Kommerzienrätin sagten auch noch: ‚Ihr Schade soll es nicht sein, Mützell ... Ich kann nicht sagen, daß mein Sohn ein passionierter Mensch ist, er ist ein guter Mensch, ein lieber Mensch ...‘ Sie verzeihen, Herr Treibel, daß ich Ihnen das alles, was Ihre Frau Mama gesagt hat, hier so ganz simplement wiederhole ... ‚aber er hat die Kaffeepassion. Und das ist immer das Schlimme, daß die Menschen grade *die* Passion haben, die sie nicht haben sollen. Also Mützell, eine Tasse mag gehen, aber nicht zwei.‘"

Leopold hatte mit sehr geteilten Empfindungen zugehört und

nicht gewußt, ob er lachen oder verdrießlich werden solle. „Nun, Mützell, dann also lassen wir's; keine zweite." Und damit nahm er seinen Platz wieder ein, während sich Mützell in seine Wartestellung an der Hausecke zurückzog.

„Da hab ich nun mein Leben auf einen Schlag", sagte Leopold, als er wieder allein war. „Ich habe mal von einem gehört, der bei Josty, weil er so gewettet hatte, zwölf Tassen Kaffee hintereinander trank und dann tot umfiel. Aber was beweist das? Wenn ich zwölf Käsestullen esse, fall ich auch tot um; alles Verzwölffachte tötet einen Menschen. Aber welcher vernünftige Mensch verzwölffacht auch sein Speis und Trank. Von jedem vernünftigen Menschen muß man annehmen, daß er Unsinnigkeiten unterlassen und seine Gesundheit befragen und seinen Körper nicht zerstören wird. Wenigstens für mich kann ich einstehen. Und die gute Mama sollte wissen, daß ich dieser Kontrolle nicht bedarf und sollte mir diesen meinen Freund Mützell nicht so naiv zum Hüter bestellen. Aber sie muß immer die Fäden in der Hand haben, sie muß alles bestimmen, alles anordnen, und wenn ich eine baumwollene Jacke will, so muß es eine wollene sein."

Er machte sich nun an die Milch und mußte lächeln, als er die lange Stange mit dem schon niedergesunkenen Milchschaum in die Hand nahm. „Mein eigentliches Getränk. ‚Milch der frommen Denkungsart' würde Papa sagen. Ach, es ist zum Ärgern, alles zum Ärgern. Bevormundung, wohin ich sehe, schlimmer als ob ich gestern meinen Einsegnungstag gehabt hätte. Helene weiß alles besser, Otto weiß alles besser und nun gar erst die Mama. Sie möchte mir am liebsten vorschreiben, ob ich einen blauen oder grünen Schlips und einen graden oder schrägen Scheitel tragen soll. Aber ich will mich nicht ärgern. Die Holländer haben ein Sprichwort: ‚Ärgere dich nicht, wundere dich bloß.' Und auch *das* werd ich mir schließlich noch abgewöhnen."

Er sprach noch so weiter in sich hinein, abwechselnd die Menschen und die Verhältnisse verklagend, bis er mit einemmal all seinen Unmut gegen sich selber richtete: „Torheit. Die Menschen, die Verhältnisse, das alles ist es nicht; nein, nein. Andere haben auch eine auf ihr Hausregiment eifersüchtige Mama und tun doch, was sie wollen; es liegt an mir. ‚Pluck, dear Leopold, that's it', das hat mir der gute Nelson noch gestern abend zum Abschied gesagt, und er hat ganz recht. Da liegt es; nirgend anders. Mir fehlt es an Energie und Mut, und das Aufbäumen hab ich nun schon gewiß nicht gelernt."

Er blickte, während er so sprach, vor sich hin, knipste mit seiner Reitgerte kleine Kiesstücke fort und malte Buchstaben in den frischgestreuten Sand. Und als er nach einer Weile wieder aufblickte, sah er zahlreiche Boote, die vom Stralauer Ufer her herüberkamen, und dazwischen einen mit großem Segel flußabwärts fahrenden Spreekahn. Wie sehnsüchtig richtete sich sein Blick darauf.

„Ach, ich muß aus diesem elenden Zustande heraus, und wenn es wahr ist, daß einem die Liebe Mut und Entschlossenheit gibt, so muß noch alles gut werden. Und nicht bloß gut, es muß mir auch leicht werden und mich gradezu zwingen und drängen, den Kampf aufzunehmen und ihnen allen zu zeigen, und der Mama voran, daß sie mich denn doch verkannt und unterschätzt haben. Und wenn ich in Unentschlossenheit zurückfalle, was Gott verhüte, so wird *sie* mir die nötige Kraft geben. Denn sie hat all das, was mir fehlt, und weiß alles und kann alles. Aber bin ich ihrer sicher? Da steh ich wieder vor der Hauptfrage. Mitunter ist es mir freilich, als kümmere sie sich um mich, und als spräche sie eigentlich nur zu mir, wenn sie zu anderen spricht. So war es noch gestern abend wieder, und ich sah auch, wie Marcell sich verfärbte, weil er eifersüchtig war. Etwas anderes konnte es nicht sein. Und das alles . . .“

Er unterbrach sich, weil eben jetzt die sich um ihn her sammelnden Sperlinge mit jedem Augenblicke zudringlicher wurden. Einige kamen bis auf den Tisch und mahnten ihn durch Picken und dreistes Ansehen, daß er ihnen noch immer ihr Frühstück schulde. Lächelnd zerbrach er ein Biskuit und warf ihnen die Stücke hin, mit denen zunächst die Sieger und, alsbald auch ihnen folgend, die anderen in die Lindenbäume zurückflogen. Aber kaum daß die Störenfriede fort waren, so waren für ihn auch die alten Betrachtungen wieder da. „Ja, das mit Marcell, das darf ich mir zum Guten deuten und manches andere noch. Aber es kann auch alles bloß Spiel und Laune gewesen sein. Corinna nimmt nichts ernsthaft und will eigentlich immer nur glänzen und die Bewunderung oder das Verwundertsein ihrer Zuhörer auf sich ziehen. Und wenn ich mir diesen ihren Charakter überlege, so muß ich an die Möglichkeit denken, daß ich schließlich auch noch heimgeschickt und ausgelacht werde. Das ist hart. Und doch muß ich es wagen . . . Wenn ich nur wen hätte, dem ich mich anvertrauen könnte, der mir riete. Leider hab ich niemanden, keinen Freund; dafür hat Mama auch gesorgt, und so muß ich mir, ohne Rat und Beistand, allerpersönlichst ein doppeltes ‚Ja' holen. Erst bei Corinna. Und wenn ich dies erste ‚Ja' habe, so hab ich noch lange nicht das zweite. Das seh ich nur zu klar. Aber das zweite kann ich mir wenigstens erkämpfen und will es auch ... Es gibt ihrer genug, für die das alles eine Kleinigkeit wäre, für mich aber ist es schwer; ich weiß, ich bin kein Held, und das Heldische läßt sich nicht lernen. ‚Jeder nach seinen Kräften', sagte Direktor Hilgenhahn immer. Ach, ich finde doch beinahe, daß mir mehr aufgelegt wird, als meine Schultern tragen können."

Ein mit Personen besetzter Dampfer kam in diesem Augenblicke den Fluß herauf und fuhr, ohne an dem Wassersteg anzulegen, auf den „Neuen Krug" und „Sadowa" zu; Musik war an Bord, und dazwischen wurden allerlei Lieder gesungen. Als das Schiff erst den Steg und bald auch die „Liebesinsel" passiert hatte, fuhr auch Leopold aus seinen Träumereien auf und sah, nach der Uhr blickend, daß es höchste Zeit sei, wenn er noch pünktlich auf dem Kontor eintreffen und sich eine Reprimande, oder, was schlimmer, eine spöttische Bemerkung von seiten seines Bruders Otto ersparen wollte. So schritt er denn unter freundlichem Gruß an dem immer noch an seiner Ecke stehenden Mützell vorüber und auf die Stelle zu, wo der Einarmige sein Pferd hielt. „Da, Fritz!" Und nun hob er sich in den Sattel, machte den Rückweg in einem guten Trab und bog, als er das Tor und gleich danach die Pionierkaserne wieder passiert hatte, nach rechts hin in einen neben dem Otto Treibelschen Holzhofe sich hinziehenden, schmalen Gang ein, über dessen Heckenzaun fort man auf den Vorgarten und die zwischen den Bäumen gelegene Villa sah. Bruder und Schwägerin saßen noch beim Frühstück. Leopold grüßte hinüber: „Guten Morgen, Otto; guten Morgen, Helene!" Beide erwiderten den Gruß, lächelten aber, weil sie diese tägliche Reiterei ziemlich lächerlich fanden. Und gerade Leopold! Was er sich eigentlich dabei denken mochte!

Leopold selbst war inzwischen abgestiegen und gab das Pferd einem an der Hintertreppe der Villa schon wartenden Diener, der es, die Köpnicker Straße hinauf, nach dem elterlichen Fabrikhof und dem dazugehörigen Stallgebäude führte – stableyard sagte Helene.

Neuntes Kapitel

Eine Woche war vergangen und über dem Schmidtschen Hause lag eine starke Verstimmung; Corinna grollte mit Marcell, weil er mit ihr grollte (so wenigstens mußte sie sein Ausbleiben deuten), und die gute Schmolke wiederum grollte mit Corinna wegen ihres Grollens auf Marcell. „Das tut nicht gut, Corinna, so sein Glück von sich zu stoßen. Glaube mir, das Glück wird ärgerlich, wenn man es wegjagt und kommt dann nicht wieder. Marcell ist, was man einen Schatz nennt oder auch ein Juwel, Marcell ist ganz so wie Schmolke war." So hieß es jeden Abend. Nur Schmidt selbst merkte nichts von der über seinem Hause lagernden Wolke, studierte sich vielmehr immer tiefer in die Goldmasken hinein und entschied sich, in einem mit Distelkamp immer heftiger geführten Streite, auf das bestimmteste hinsichtlich der einen für Ägisth. Ägisth sei doch immerhin sieben Jahre lang Klytämnestras Gemahl gewesen, außerdem naher Anverwandter des Hauses, und wenn er, Schmidt, auch seinerseits zugeben müsse, daß der Mord Agamemnons einigermaßen gegen seine Ägisth-Hypothese spreche, so sei doch andererseits nicht zu vergessen, daß die ganze Mordaffäre mehr oder weniger etwas Internes, sozusagen eine reine Familienangelegenheit gewesen sei, wodurch die nach außen hin auf Volk und Staat berechnete Beisetzungs- und Zeremonialfrage nicht eigentlich berührt werden könne. Distelkamp schwieg und zog sich unter Lächeln aus der Debatte zurück.

Auch bei den alten und jungen Treibels herrschte eine gewisse schlechte Laune vor: Helene war unzufrieden mit Otto, Otto mit Helenen, und die Mama wiederum mit beiden. Am unzufriedensten, wenn auch nur mit sich selber, war Leopold, und nur der alte Treibel merkte von der ihn umgebenden Verstimmung herzlich wenig oder wollte nichts davon merken, erfreute sich vielmehr einer ungewöhnlich guten Laune. Daß dem so war, hatte, wie bei Wilibald Schmidt, darin seinen Grund, daß er all die Zeit über sein Steckenpferd tummeln und sich einiger schon erzielter Triumphe rühmen durfte. Vogelsang war nämlich, unmittelbar nach dem zu seinen und Mr. Nelsons Ehren stattgehabten Diner, in den für Treibel zu erobernden Wahlkreis abgegangen, und zwar um hier in einer Art Vorkampagne die Herzen und Nieren der Teupitz-Zossener und ihre mutmaßliche Haltung in der entscheidenden Stunde zu prüfen. Es muß gesagt werden, daß er, bei Durchführung dieser seiner Aufgabe, nicht bloß eine bemerkenswerte Tätigkeit entfaltet, sondern auch beinahe täglich etliche Telegramme geschickt hatte, darin er über die Resultate seines Wahlfeldzuges, je nach der Bedeutung der Aktion, länger oder kürzer berichtete. Daß diese Telegramme mit denen des ehemaligen Bernauer Kriegskorrespondenten eine verzweifelte Ähnlichkeit hatten, war Treibel nicht entgangen, aber von diesem, weil er schließlich nur auf das achtete, was ihm persönlich gefiel, ohne sonderliche Beanstandung hingenommen worden. In einem dieser Telegramme hieß es: „Alles geht gut. Bitte, Geldanweisung nach Teupitz hin. Ihr V.“ Und dann: „Die Dörfer am Schermützelsee sind unser. Gott sei Dank. Überall dieselbe Gesinnung wie am Teupitzsee. Anweisung noch nicht eingetroffen. Bitte dringend. Ihr V.“ ... „Morgen nach Starkow! Dort muß es sich entscheiden. Anweisung inzwischen empfangen. Aber deckt nur gerade das schon Verausgabte. Montecuculis Wort über Kriegführung gilt auch für Wahlfeldzüge. Bitte weiteres nach Groß-Rietz hin. Ihr V.“ Treibel, in geschmeichelter Eitelkeit, betrachtete hiernach den Wahlkreis als für ihn gesichert, und in den Becher seiner Freude fiel eigentlich nur ein Wermutstropfen: er wußte, wie kritisch ablehnend Jenny zu dieser Sache stand, und sah sich dadurch gezwungen, sein Glück allein zu genießen. Friedrich, überhaupt sein Vertrauter, war ihm auch jetzt wieder „unter Larven die einzig fühlende Brust“, ein Zitat, das er nicht müde wurde, sich zu wiederholen. Aber eine gewisse Leere blieb doch. Auffallend war ihm außerdem, daß die Berliner Zeitungen gar nichts brachten, und zwar war ihm dies um so auffallender, als von scharfer Gegnerschaft, allen Vogelsangschen Berichten nach, eigentlich keine Rede sein konnte. Die Konservativen und Nationalliberalen, und vielleicht auch ein paar Parlamentarier von Fach, mochten gegen ihn sein, aber was bedeutete das? Nach einer ungefähren Schätzung, die Vogelsang angestellt und in einem eingeschriebenen Briefe nach Villa Treibel hin adressiert hatte, besaß der ganze Kreis nur sieben Nationalliberale: drei Oberlehrer, einen Kreisrichter, einen rationalistischen Superintendenten und zwei studierte Bauergutsbesitzer, während die Zahl der Orthodox-Konservativen noch hinter diesem bescheidenen Häuflein zurückblieb. „Ernst zu nehmende Gegnerschaft, vacat.“ So schloß Vogelsangs Brief, und „vacat“ war unterstrichen. Das klang hoffnungsreich genug, ließ aber, inmitten aufrichtiger Freude, doch einen Rest von Unruhe fortbestehen, und als eine runde Woche seit Vogelsangs Abreise vergangen war, brach denn auch wirklich der große Tag an, der die Berechtigung der instinktiv immer wieder sich einstellenden Ängstlichkeit und Sorge dartun sollte. Nicht unmittelbar, nicht gleich im ersten Moment, aber die Frist war nur eine nach Minuten ganz kurz bemessene.

Treibel saß in seinem Zimmer und frühstückte. Jenny hatte sich mit Kopfweh und einem schweren Traum entschuldigen lassen. „Sollte sie wieder von Vogelsang geträumt haben?" Er ahnte nicht, daß dieser Spott sich in derselben Stunde noch an ihm rächen würde. Friedrich brachte die Postsachen, unter denen diesmal wenig Karten und Briefe, dafür aber desto mehr Zeitungen unter Kreuzband waren, einige, soviel sich äußerlich erkennen ließ, mit merkwürdigen Emblemen und Stadtwappen ausgerüstet.

All dies (zunächst nur Vermutung) sollte sich, bei schärferem Zusehen, rasch bestätigen, und als Treibel die Kreuzbänder entfernt und das weiche Löschpapier über den Tisch hin ausgebreitet hatte, las er mit einer gewissen heiteren Andacht: „Der Wächter an der wendischen Spree", „Wehrlos, ehrlos", „Alltied Vorupp" und „Der Storkower Bote" – zwei davon waren zis-, zwei transspreeanischen Ursprunges. Treibel, sonst ein Feind alles überstürzten Lesens, weil er von jedem blinden Eifer nur Unheil erwartete, machte sich diesmal mit bemerkenswerter Raschheit über die Blätter und überflog die blau angestrichenen Stellen. Lieutenant Vogelsang (so hieß es in jedem in wörtlicher Wiederholung), ein Mann, der schon Anno 48 gegen die Revolution gestanden und der Hydra das Haupt zertreten, hätte sich an drei hintereinanderfolgenden Tagen dem Kreise vorgestellt, nicht um seiner selbst, sondern um seines politischen Freundes, des Kommerzienrats Treibel willen, der später den Kreis besuchen und bei der Gelegenheit die von Lieutenant Vogelsang ausgesprochenen Grundsätze wiederholen werde, was, soviel lasse sich schon heute sagen, als die wärmste Empfehlung des eigentlichen Kandidaten anzusehen sei. Denn das Vogelsangsche Programm laufe darauf hinaus, daß zu viel und namentlich unter zu starker Wahrnehmung persönlicher Interessen regiert werde, daß also demgemäß alle kostspieligen „Zwischenstufen" fallen müßten (was wiederum gleichbedeutend sei mit Herabsetzung der Steuern), und daß von den gegenwärtigen, zum Teil unverständlichen Kompliziertheiten nichts übrigbleiben dürfe, als ein freier Fürst und ein freies Volk. Damit seien freilich *zwei* Dreh- oder Mittelpunkte gegeben, aber nicht zum

Schaden der Sache. Denn wer die Tiefe des Lebens ergründet oder ihr auch nur nachgespürt habe, der wisse, daß die Sache mit dem einfachen Mittelpunkt – er vermeide mit Vorbedacht das Wort Zentrum – falsch sei, und daß sich das Leben nicht im Kreise, wohl aber in der Ellipse bewege. Weshalb zwei Drehpunkte das natürlich Gegebene seien.

„Nicht übel", sagte Treibel, als er gelesen, „nicht übel. Es hat so was Logisches; ein bißchen verrückt, aber doch logisch. Das einzige, was mich stutzig macht, ist, daß es alles klingt, als ob es Vogelsang selber geschrieben hätte. Die zertretene Hydra, die herabgesetzten Steuern, das gräßliche Wortspiel mit dem Zentrum und zuletzt der Unsinn mit dem Kreis und der Ellipse, das alles ist Vogelsang. Und der Einsender an die vier Spreeblätter ist natürlich wiederum Vogelsang. Ich kenne meinen Pappenheimer." Und dabei schob Treibel den „Wächter an der wendischen Spree" samt dem ganzen Rest vom Tisch auf das Sofa hinunter und nahm eine halbe „Nationalzeitung" zur Hand, die gleichfalls mit den anderen Blättern unter Kreuzband eingegangen war, aber der Handschrift und ganzen Adresse nach, von jemand anderem als Vogelsang aufgegeben sein mußte. Früher war der Kommerzienrat Abonnent und eifriger Leser der „Nationalzeitung" gewesen, und es kamen ihm auch jetzt noch tagtäglich Viertelstunden, in denen er den Wechsel in seiner Lektüre bedauerte.

„Nun laß sehn", sagte er schließlich und ging, das Blatt aufschlagend, mit lesegewandtem Auge die drei Spalten hinunter und richtig, da war es: „Parlamentarische Nachrichten. Aus dem Kreise Teupitz-Zossen." Als er den Kopftitel gelesen, unterbrach er sich. „Ich weiß nicht, es klingt so sonderbar. Und doch auch wieder, wie soll es am Ende anders klingen? Es ist der natürlichste Anfang von der Welt; also nur vorwärts."

Und so las er denn weiter: „Seit drei Tagen haben in unserem stillen und durch politische Kämpfe sonst wenig gestörten Kreise die Wahlvorbereitungen begonnen und zwar seitens einer Partei, die sich augenscheinlich vorgesetzt hat, das, was ihr an historischer Kenntnis und politischer Erfahrung, ja, man darf füglich sagen, an gesundem Menschenverstande fehlt, durch ‚Fixigkeit' zu ersetzen. Ebendiese Partei, die sonst nichts weiß und kennt, kennt augenscheinlich das Märchen vom ‚Swinegel und siner Fru' und scheint gewillt, an dem Tage, wo der Wettbewerb mit den wirklichen Parteien zu beginnen hat, eine jede derselben mit dem aus jenem Märchen wohlbekannten Swinegelzurufe: ‚Ick bin all hier' empfangen zu wollen. Nur so vermögen wir uns dies überfrühe Zur-Stelle-Sein zu erklären. Alle Plätze scheinen, wie bei Theaterpremieren, von Lieutenant Vogelsang und den Seinen im voraus belegt werden zu sollen. Aber man wird sich täuschen. Es fehlt dieser Partei nicht an Stirn, wohl aber an dem, was noch mit dazugehört; der Kasten ist da, nicht der Inhalt ..."

„Alle Wetter", sagte Treibel, „der setzt scharf ein ... Was davon auf mein Teil kommt, ist mir nicht eben angenehm, aber dem Vogelsang gönn ich es. Etwas ist in seinem Programm, das blendet, und damit hat er mich eingefangen. Indessen, je mehr ich mir's ansehe, desto fraglicher erscheint es mir. Unter diesen Knickstiebeln, die sich einbilden, schon vor vierzig Jahren die Hydra zertreten zu haben, sind immer etliche Zirkelquadratur- und Perpetuum-mobile-Sucher, immer solche, die das Unmögliche, das sich in sich Widersprechende zustande bringen wollen. Vogelsang gehört dazu. Vielleicht ist es auch bloß Geschäft; wenn ich mir zusammenrechne, was ich in diesen acht Tagen ... Aber ich bin erst bis an den ersten Absatz der Korrespondenz gekommen; die zweite Hälfte wird ihm wohl noch schärfer zu Leibe gehen oder vielleicht auch mir." Und Treibel las weiter:

„Es ist kaum möglich, den Herrn, der uns gestern und vorgestern – seiner in unserem Kreise voraufgegangenen Taten zu geschweigen – zunächst in Markgraf-Pieske, dann aber in Storkow und Groß-Rietz beglückt hat, ernsthaft zu nehmen, und zwar um so weniger, je ernsthafter das Gesicht ist, das er macht. Er gehört in die Klasse der Malvoglios, der feierlichen Narren, deren Zahl leider größer ist, als man gewöhnlich annimmt. Wenn sein Galimathias noch keinen Namen hat, so könnte man ihn das Lied vom dreigestrichenen C nennen, denn Cabinet, Churbrandenburg und Cantonale-Freiheit, das sind die drei großen C, womit dieser Kurpfuscher die Welt oder doch wenigstens den preußischen Staat retten will. Eine gewisse Methode läßt sich darin nicht verkennen, indessen Methode hat auch der Wahnsinn. Lieutenant Vogelsangs Sang hat uns aufs äußerste mißfallen. Alles in seinem Programm ist gemeingefährlich. Aber was wir am meisten beklagen, ist das, daß er nicht für sich und in seinem Namen sprach, sondern im Namen eines unserer geachtetsten Berliner Industriellen, des Kommerzienrats Treibel (Berliner-Blaufabrik, Köpnicker Straße), von dem wir uns eines Besseren versehen hätten. Ein neuer Beweis dafür, daß man ein guter Mensch und doch ein schlechter Musikant sein kann, und desgleichen ein Beweis, wohin der politische Dilettantismus führt."

Treibel klappte das Blatt wieder zusammen, schlug mit der Hand darauf und sagte: „Nun, soviel ist gewiß, in Teupitz-Zossen ist das nicht geschrieben. Das ist Tells Geschoß. Das kommt aus nächster Nähe. Das ist von dem national-liberalen Oberlehrer, der uns neulich bei Buggenhagen nicht bloß Opposition machte, sondern uns zu verhöhnen suchte. Drang aber nicht durch. Alles in allem, ich mag ihm nicht unrecht geben, und jedenfalls gefällt er mir besser als Vogelsang. Außerdem sind sie jetzt bei der ‚Nationalzeitung' halbe Hofpartei, gehen mit den Frei-Konservativen zusammen. Es war eine Dummheit von mir, mindestens eine Übereilung, daß ich abschwenkte. Wenn ich gewartet hätte, könnt ich jetzt, in viel besserer Gesellschaft, auf seiten der Regierung stehen. Statt dessen bin ich auf den dummen Kerl und Prinzipienreiter eingeschworen. Ich werde mich aber aus der ganzen Geschichte herausziehen und zwar für immer; der Gebrannte scheut das Feuer ... Eigentlich könnt ich mich noch beglückwünschen, so mit tausend Mark, oder doch nicht viel mehr, davongekommen zu sein, wenn nur nicht mein Name genannt wäre. Mein Name. Das ist fatal ..." Und dabei schlug er das Blatt wieder auf. „Ich will die Stelle noch einmal lesen: ‚einer unserer geachtetsten Berliner Industriellen, der Kommerzienrat Treibel' — ja, das laß ich mir gefallen, das klingt gut. Und nun lächerliche Figur von Vogelsangs Gnaden."

Und unter diesen Worten stand er auf, um sich draußen im Garten zu ergehen und in der frischen Luft seinen Ärger nach Möglichkeit loszuwerden.

Es schien aber nicht recht glücken zu sollen, denn im selben Augenblick, wo er, um den Giebel des Hauses herum, in den Hintergarten einbog, sah er die Honig, die, wie jeden Morgen, so auch heute wieder das Bologneser Hündchen um das Bassin führte. Treibel prallte zurück, denn nach einer Unterhaltung mit dem aufgesteiften Fräulein stand ihm durchaus nicht der Sinn. Er war aber schon gesehen und begrüßt worden, und da große Höflichkeit und mehr noch große Herzensgüte zu seinen Tugenden zählte, so gab er sich einen Ruck und ging guten Muts auf die Honig zu, zu deren Kenntnissen und Urteilen er übrigens ein aufrichtiges Vertrauen hegte.

„Sehr erfreut, mein liebes Fräulein, Sie mal allein und zu so guter Stunde zu treffen ... Ich habe seit lange so dies und das auf dem Herzen, mit dem ich gern herunter möchte ..."

Die Honig errötete, weil sie, trotz des guten Rufes, dessen sich Treibel erfreute, doch von einem ängstlich süßen Gefühl überrieselt wurde, dessen äußerste Nichtberechtigung ihr freilich im nächsten Momente schon in beinah grausamer Weise klarwerden sollte.

„. . . Mich beschäftigt nämlich meiner lieben kleinen Enkelin Erziehung, an der ich denn doch das Hamburgische sich in einem Grade vollstrecken sehe – ich wähle diesen Schafott-Ausdruck absichtlich – der mich von meinem einfacheren Berliner Standpunkt aus mit einiger Sorge erfüllt."

Das Bologneser Hündchen, das Czicka hieß, zog in diesem Augenblick an der Schnur und schien einem Perlhuhn nachlaufen zu wollen, das sich, vom Hof her, in den Garten verirrt hatte; die Honig verstand aber keinen Spaß und gab dem Hündchen einen Klaps. Czicka seinerseits tat einen Blaff und warf den Kopf hin und her, so daß die seinem Röckchen (eigentlich bloß eine Leibbinde) dicht aufgenähten Glöckchen in ein Klingen kamen. Dann aber beruhigte sich das Tierchen wieder, und die Promenade um das Bassin herum begann aufs neue.

„Sehen Sie, Fräulein Honig, so wird auch das Lizzichen erzogen. Immer an einer Strippe, die die Mutter in Händen hält, und wenn mal ein Perlhuhn kommt und das Lizzichen fort will, dann gibt es auch einen Klaps, aber einen ganz ganz, kleinen, und der Unterschied ist bloß, daß Lizzi keinen Blaff tut und nicht den Kopf wirft und natürlich auch kein Schellengeläut hat, das ins Klingen kommen kann."

„Lizzichen ist ein Engel", sagte die Honig, die während einer sechzehnjährigen Erzieherinnenlaufbahn Vorsicht im Ausdruck gelernt hatte.

„Glauben Sie das wirklich?"

„Ich glaub es wirklich, Herr Kommerzienrat, vorausgesetzt, daß wir uns über ‚Engel' einigen."

„Sehr gut, Fräulein Honig, das kommt mir zupaß. Ich wollte nur über Lizzi mit Ihnen sprechen und höre nun auch noch was über Engel. Im ganzen genommen ist die Gelegenheit, sich über Engel ein festes Urteil zu bilden, nicht groß. Nun sagen Sie, was verstehen Sie unter Engel? Aber kommen Sie mir nicht mit Flügel."

Die Honig lächelte. „Nein, Herr Kommerzienrat, nichts von Flügel, aber ich möchte doch sagen dürfen ‚Unberührtheit vom Irdischen', das ist ein Engel."

„Das läßt sich hören. Unberührtheit vom Irdischen – nicht übel. Ja, noch mehr, ich will es ohne weiteres gelten lassen und will es schön finden, und wenn Otto und meine Schwiegertochter Helene sich klar und zielbewußt vorsetzen würden, eine richtige kleine Genoveva auszubilden oder eine kleine keusche Susanna, Pardon, ich kann im Augenblicke kein besseres Beispiel finden, oder wenn alles ganz ernsthaft darauf hinausliefe, sagen wir für irgendeinen Thüringer Landgrafen oder meinetwegen auch für ein geringeres Geschöpf Gottes einen Abklatsch der heiligen Elisabeth herzustellen, so hätte ich nichts dagegen. Ich halte die Lösung solcher Aufgabe für sehr schwierig, aber nicht für unmöglich, und wie so schön gesagt worden ist und immer noch gesagt wird, solche Dinge auch bloß gewollt zu haben, ist schon etwas Großes."

Die Honig nickte, weil sie der eigenen, nach dieser Seite hin liegenden Anstrengungen gedenken mochte.

„Sie stimmen mir zu", fuhr Treibel fort. „Nun, das freut mich. Und ich denke, wir sollen auch in dem zweiten einig bleiben. Sehen Sie, liebes Fräulein, ich begreife vollkommen, trotzdem es meinem persönlichen Geschmack widerspricht, daß eine Mutter ihr Kind auf einen richtigen Engel hin erzieht; man kann nie ganz genau wissen, wie diese Dinge liegen, und wenn es zum Letzten kommt, so ganz zweifelsohne vor seinem Richter zu stehen, wer sollte sich das nicht wünschen? Ich möchte beinah sagen, ich wünsch es mir selber. Aber, mein liebes Fräulein, Engel und Engel ist ein Unterschied, und wenn der Engel weiter nichts ist als ein Waschengel und die Fleckenlosigkeit der Seele nach dem Seifenkonsum berechnet und die ganze Reinheit des werdenden Menschen auf die Weißheit seiner Strümpfe gestellt wird, so erfüllt mich dies mit einem leisen Grauen. Und wenn es nun gar das eigene Enkelkind ist, dessen flachsene Haare, Sie werden es auch bemerkt haben, vor lauter Pflege schon halb ins Kakerlakige fallen, so wird einem alten Großvater himmelangst dabei. Könnten Sie sich nicht hinter die Wulsten stecken? Die Wulsten ist eine verständige Person und bäumt, glaub ich, innerlich gegen diese Hamburgereien auf. Ich würde mich freuen, wenn Sie Gelegenheit nähmen ..."

In diesem Augenblicke wurde Czicka wieder unruhig und blaffte lauter als zuvor. Treibel, der sich in Auseinandersetzungen der Art nicht gern unterbrochen sah, wollte verdrießlich werden, aber ehe er noch recht dazu kommen konnte, wurden drei junge Damen von der Villa her sichtbar, zwei von ihnen ganz gleichartig in bastfarbene Sommerstoffe gekleidet. Es waren die beiden Felgentreus, denen Helene folgte.

„Gott sei Dank, Helene", sagte Treibel, der sich – vielleicht weil er ein schlechtes Gewissen hatte – zunächst an die Schwiegertochter wandte, „Gott sei Dank, daß ich dich einmal wiedersehe. Du warst eben der Gegenstand unseres Gesprächs, oder mehr noch dein liebes Lizzichen, und Fräulein Honig stellte fest, daß Lizzichen ein Engel sei. Du kannst dir denken, daß ich nicht widersprochen habe. Wer ist nicht gern der Großvater eines Engels? Aber, meine Damen, was verschafft mir so früh diese Ehre? Oder gilt es meiner Frau? Sie hat ihre Migräne. Soll ich sie rufen lassen ...?"

„O nein, Papa", sagte Helene mit einer Freundlichkeit, die nicht immer ihre Sache war. „Wir kommen zu *dir.* Felgentreus haben nämlich vor, heute nachmittag eine Partie nach Halensee zu machen, aber nur wenn alle Treibels, von Otto und mir ganz abgesehen, daran teilnehmen." Die Felgentreuschen Schwestern bestätigten dies alles durch Schwenken ihrer Sonnenschirme, während Helene fortfuhr: „Und nicht später als drei. Wir müssen also versuchen, unserem Lunch einen kleinen Dinnercharakter zu geben, oder aber unser Dinner bis auf acht Uhr abends hinausschieben. Elfriede und Blanca wollen noch in die Adlerstraße, um auch Schmidts aufzufordern, zum mindesten Corinna; der Professor kommt dann vielleicht nach. Krola hat schon zugesagt und will ein Quartett mitbringen, darunter zwei Referendare von der Potsdamer Regierung ..."

„Und Reserveoffiziere", ergänzte Blanca, die jüngere Felgentreu ...

„Reserveoffiziere", wiederholte Treibel ernsthaft. „Ja, meine Damen, *das* gibt den Ausschlag. Ich glaube nicht, daß ein hierlandes lebender Familienvater, auch wenn ihm ein grausames Schicksal eigene Töchter versagte, den Mut haben wird, eine Landpartie mit zwei Reservelieutenants auszuschlagen. Also bestens akzeptiert. Und drei Uhr. Meine Frau wird zwar verstimmt sein, daß, über ihr Haupt hinweg, endgültige Beschlüsse gefaßt worden sind, und ich fürchte beinah ein momentanes Wachsen des tic douloureux. Trotzdem bin ich ihrer sicher. Landpartie mit Quartett und von solcher gesellschaftlichen Zusammensetzung – die Freude darüber bleibt prädominierendes Gefühl. Dem ist keine Migräne gewachsen. Darf ich Ihnen übrigens meine Melonenbeete zeigen? Oder nehmen wir lieber einen leichten Imbiß, ganz leicht, ohne jede ernste Gefährdung des Lunch?"

Alle drei dankten, die Felgentreus, weil sie sich direkt zu

Corinna begeben wollten, Helene, weil sie Lizzis halber wieder nach Hause müsse. Die Wulsten sei nicht achtsam genug und lasse Dinge durchgehen, von denen sie nur sagen könne, daß sie „shocking“ seien. Zum Glück sei Lizzichen ein so gutes Kind, sonst würde sie sich ernstlicher Sorge darüber hingeben müssen.

„Lizzichen ist ein Engel, die ganze Mutter“, sagte Treibel und wechselte, während er das sagte, Blicke mit der Honig, welche die ganze Zeit über in einer gewissen reservierten Haltung seitab gestanden hatte.

Zehntes Kapitel

Auch Schmidts hatten zugesagt, Corinna mit besonderer Freudigkeit, weil sie sich seit dem Dinertage bei Treibels in ihrer häuslichen Einsamkeit herzlich gelangweilt hatte; die großen Sätze des Alten kannte sie längst auswendig, und von den Erzählungen der guten Schmolke galt dasselbe. So klang denn „ein Nachmittag in Halensee“ fast so poetisch wie „vier Wochen auf Capri“, und Corinna beschloß daraufhin, ihr Bestes zu tun, um sich bei dieser Gelegenheit auch äußerlich neben den Felgentreus behaupten zu können. Denn in ihrer Seele dämmerte eine unklare Vorstellung davon, daß diese Landpartie nicht gewöhnlich verlaufen, sondern etwas Großes bringen werde. Marcell war zur Teilnahme nicht aufgefordert worden, womit seine Kusine, nach der eine ganze Woche lang von ihm beobachteten Haltung, durchaus einverstanden war. Alles versprach einen frohen Tag, besonders auch mit Rücksicht auf die Zusammensetzung der Gesellschaft. Unter dem, was man im voraus vereinbart hatte, war, nach Verwerfung eines von Treibel in Vorschlag gebrachten Kremsers, „der immer das Eigentliche sei“, *das* die Hauptsache gewesen, daß man auf gemeinschaftliche Fahrt verzichten, dafür aber männiglich sich verpflichten wolle, Punkt vier Uhr und jedenfalls nicht mit Überschreitung des akademischen Viertels in Halensee zu sein.

Und wirklich um vier Uhr war alles versammelt oder doch fast alles. Alte und junge Treibels, desgleichen die Felgentreus, hatten sich in eigenen Equipagen eingefunden, während Krola, von seinem Quartett begleitet, aus nicht aufgeklärten Gründen die neue Dampfbahn, Corinna aber mutterwindallein – der Alte wollte nachkommen – die Stadtbahn benutzt hatte. Von den Treibels fehlte nur Leopold, der sich, weil er durchaus an

Mr. Nelson zu schreiben habe, wegen einer halben Stunde Verspätung im voraus entschuldigen ließ. Corinna war momentan verstimmt darüber, bis ihr der Gedanke kam, es sei wohl eigentlich besser so; kurze Begegnungen seien inhaltsreicher als lange.

„Nun, lieben Freunde", nahm Treibel das Wort, „alles nach der Ordnung. Erste Frage, wo bringen wir uns unter? Wir haben verschiedenes zur Wahl. Bleiben wir hier Parterre, zwischen diesen formidablen Tischreihen, oder rücken wir auf die benachbarte Veranda hinauf, die Sie, wenn Sie Gewicht darauf legen, auch als Altan oder als Söller bezeichnen können? Oder bevorzugen Sie vielleicht die Verschwiegenheit der inneren Gemächer, irgendeiner Kemenate von Halensee? Oder endlich, viertens und letztens, sind Sie für Turmbesteigung und treibt es Sie, diese Wunderwelt, in der keines Menschen Auge bisher einen frischen Grashalm entdecken konnte, treibt es Sie, sag ich, dieses von Spargelbeeten und Eisenbahndämmen durchsetzte Wüstenpanorama zu Ihren Füßen ausgebreitet zu sehen?"

„Ich denke", sagte Frau Felgentreu, die, trotzdem sie kaum ausgangs Vierzig war, schon das Embonpoint und das Asthma einer Sechzigerin hatte, „ich denke, lieber Treibel, wir bleiben, wo wir sind. Ich bin nicht für Steigen, und dann mein ich auch immer, man muß mit dem zufrieden sein, was man gerade hat."

„Eine merkwürdig bescheidene Frau", sagte Corinna zu Krola, der seinerseits mit einfacher Zahlennennung antwortete, leise hinzusetzend „aber Taler".

„Gut denn", fuhr Treibel fort, „wir bleiben also in der Tiefe. Wozu dem Höheren zustreben? Man muß zufrieden sein mit dem durch Schicksalsbeschluß Gegebenen, wie meine Freundin Felgentreu soeben versichert hat. Mit anderen Worten, ‚Genieße fröhlich, was du hast'. Aber liebe Festgenossen, was tun wir, um unsere Fröhlichkeit zu beleben, oder, richtiger und artiger, um ihr Dauer zu geben? Denn von Belebung unserer Fröhlichkeit sprechen, hieße das augenblickliche Vorhandensein derselben in Zweifel ziehen – eine Blasphemie, deren ich mich nicht schuldig machen werde. Landpartien sind immer fröhlich. Nicht wahr, Krola?"

Krola bestätigte mit einem verschmitzten Lächeln, das für den Eingeweihten eine stille Sehnsucht nach Siechen oder dem schweren Wagner ausdrücken sollte.

Treibel verstand es auch so. „Landpartien also sind immer fröhlich, und dann haben wir das Quartett in Bereitschaft und haben Professor Schmidt in Sicht, und Leopold auch. Ich finde, daß dies allein schon ein Programm ausdrückt." Und nach diesen Einleitungsworten einen in der Nähe stehenden mittelalterlichen Kellner heranwinkend, fuhr er in einer anscheinend an diesen, in Wahrheit aber an seine Freunde gerichteten Rede fort: „Ich denke, Kellner, wir rücken zunächst einige Tische zusammen, hier zwischen Brunnen und Fliederboskett; da haben wir frische Luft und etwas Schatten. Und dann, Freund, sobald die Lokalfrage geregelt und das Aktionsfeld abgesteckt ist, dann etwelche Portionen Kaffee, sagen wir vorläufig fünf, Zucker doppelt, und etwas Kuchiges, gleichviel was, mit Ausnahme von altdeutschem Napfkuchen, der mir immer eine Mahnung ist, es mit dem neuen Deutschland ernst und ehrlich zu versuchen. Die Bierfrage können wir später regeln, wenn unser Zuzug eingetroffen ist."

Dieser Zuzug war nun in der Tat näher, als die ganze Gesellschaft zu hoffen gewagt hatte. Schmidt, in einer ihn begleitenden Wolke herankommend, war müllergrau von Chausseestaub und mußte es sich gefallen lassen, von den jungen, dabei nicht wenig kokettierenden Damen abgeklopft zu werden, und kaum daß er instand gesetzt und in den Kreis der übrigen eingereiht war, so ward auch schon Leopold in einer langsam herantrottenden Droschke sichtbar, und beide Felgentreus (Corinna hielt sich zurück) liefen auch ihm bis auf die Chaussee hinaus entgegen und schwenkten dieselben kleinen Batisttücher zu seiner Begrüßung, mit denen sie eben den alten Schmidt restituiert und wieder leidlich gesellschaftsfähig gemacht hatten.

Auch Treibel hatte sich erhoben und sah der Anfahrt seines Jüngsten zu. „Sonderbar", sagte er zu Schmidt und Felgentreu, zwischen denen er saß, „sonderbar; es heißt immer, der Apfel fällt nicht weit vom Stamm. Aber mitunter tut er's doch. Alle Naturgesetze schwanken heutzutage. Die Wissenschaft setzt ihnen zu arg zu. Sehen Sie, Schmidt, wenn *ich* Leopold Treibel wäre (mit *meinem* Vater war das etwas anderes, der war noch aus der alten Zeit), so hätte mich doch kein Deubel davon abgehalten, hier heute hoch zu Roß vorzureiten, und hätte mich graziös – denn, Schmidt, wir haben doch auch unsere Zeit gehabt – hätte mich graziös, sag ich, aus dem Sattel geschwungen und mir mit der Badine die Stiefel und die Unaussprechlichen abgeklopft und wäre hier, schlecht gerechnet, wie ein junger Gott erschienen, mit einer roten Nelke im Knopfloch, ganz wie Ehrenlegion oder ähnlicher Unsinn. Und nun sehen Sie sich den Jungen an. Kommt er nicht an, als ob er hingerichtet werden sollte? Denn das ist ja gar keine Droschke, das ist ein Karren, eine Schleife. Weiß der Himmel, wo's nicht drinsteckt, da kommt es auch nicht."

Unter diesen Worten war Leopold herangekommen, untergefaßt von den beiden Felgentreus, die sich's vorgesetzt zu haben schienen, à tout prix für das „Landpartieliche" zu sorgen. Corinna, wie sich denken läßt, gefiel sich in Mißbilligung dieser Vertraulichkeit und sagte vor sich hin: „Dumme Dinger!" Dann aber erhob auch sie sich, um Leopold gemeinschaftlich mit den andern zu begrüßen.

Die Droschke draußen hielt noch immer, was dem alten Treibel schließlich auffiel. „Sage, Leopold, warum hält er noch? Rechnet er auf Rückfahrt?"

„Ich glaube, Papa, daß er futtern will."

„Wohl und weise. Freilich mit seinem Häckselsack wird er nicht weit kommen. Hier müssen energischere Belebungsmittel angewandt werden, sonst passiert was. Bitte, Kellner, geben Sie dem Schimmel ein Seidel. Aber Löwenbräu. Dessen ist er am bedürftigsten."

„Ich wette", sagte Krola, „der Kranke wird von Ihrer Arznei nichts wissen wollen."

„Ich verbürge mich für das Gegenteil. In dem Schimmel steckt was; bloß heruntergekommen."

Und während das Gespräch noch andauerte, folgte man dem Vorgange draußen und sah, wie das arme verschmachtete Tier mit Gier das Seidel austrank, und in ein schwaches Freudengewieher ausbrach.

„Da haben wir's", triumphierte Treibel. „Ich bin ein Menschenkenner; *der* hat bessere Tage gesehen, und mit diesem Seidel zogen alte Zeiten in ihm herauf. Und Erinnerungen sind immer das Beste. Nicht wahr, Jenny?"

Die Kommerzienrätin antwortete mit einem langgedehnten „ja, Treibel", und deutete durch den Ton an, daß er besser täte, sie mit solchen Betrachtungen zu verschonen.

Eine Stunde verging unter allerhand Plaudereien, und wer gerade schwieg, der versäumte nicht, das Bild auf sich wirken zu lassen, das sich um ihn her ausbreitete. Da stieg zunächst eine Terrasse nach dem See hinunter, von dessen anderm Ufer her man den schwachen Knall einiger Teschings hörte, mit denen in einer dort etablierten Schießbude nach der Scheibe geschossen wurde, während man aus verhältnismäßiger Nähe das Kugelrollen einer am diesseitigen Ufer sich hinziehenden Doppelkegelbahn und dazwischen die Rufe des Kegeljungen vernahm. Den See selbst aber sah man nicht recht, was die Felgentreuschen Mädchen zuletzt ungeduldig machte. „Wir müssen doch den See sehen. Wir können doch nicht in Halensee gewesen sein, ohne den Halensee gesehen zu haben!“ Und dabei schoben sie zwei Stühle mit den Lehnen zusammen und kletterten hinauf, um so den Wasserspiegel vielleicht entdecken zu können. „Ach, da ist er. Etwas klein.“

„Das ‚Auge der Landschaft‘ muß klein sein“, sagte Treibel. „Ein Ozean ist kein Auge mehr.“

„Und wo nur die Schwäne sind?“ fragte die ältere Felgentreu neugierig. „Ich sehe doch zwei Schwanenhäuser.“

„Ja, liebe Elfriede“, sagte Treibel. „Sie verlangen zuviel. Das ist immer so; wo Schwäne sind, sind keine Schwanenhäuser, und wo Schwanenhäuser sind, sind keine Schwäne. Der eine hat den Beutel, der andre hat das Geld. Diese Wahrnehmung, meine junge Freundin, werden Sie noch verschiedentlich im Leben machen. Lassen Sie mich annehmen, nicht zu sehr zu Ihrem Schaden.“

Elfriede sah ihn groß an. „Worauf bezog sich das und auf wen? Auf Leopold? oder auf den früheren Hauslehrer, mit dem sie sich noch schrieb, aber doch nur so, daß es nicht völlig einschlief. Oder auf den Pionierlieutenant? Es konnte sich auf alle drei beziehen. Leopold hatte das Geld . . . Hm.“

„Im übrigen“, fuhr Treibel an die Gesamtheit gewendet fort, „ich habe mal wo gelesen, daß es immer das Geratenste sei, das Schönste nicht auszukosten, sondern mitten im Genusse dem Genuß Valet zu sagen. Und dieser Gedanke kommt mir auch jetzt wieder. Es ist kein Zweifel, daß dieser Fleck Erde mit zu dem Schönsten zählt, was die Norddeutsche Tiefebene besitzt, durchaus angetan, durch Sang und Bild verherrlicht zu werden, wenn es nicht schon geschehen ist – denn wir haben jetzt eine märkische Schule, vor der nichts sicher ist, Beleuchtungskünstler ersten Ranges, wobei Wort oder Farbe keinen Unterschied macht. Aber eben *weil* es so schön ist, gedenken wir jenes vorzitierten Satzes, der von einem letzten Auskosten nichts wissen will, mit andern Worten beschäftigen wir uns mit dem Gedanken an Aufbruch. Ich sage wohlüberlegt ‚Aufbruch‘, nicht Rückfahrt, nicht vorzeitige Rückkehr in die alten Geleise, das sei ferne von mir; dieser Tag hat sein letztes Wort noch nicht gesprochen. Nur ein Scheiden speziell aus diesem Idyll, eh es uns ganz umstrickt! Ich proponiere Waldpromenade bis Paulsborn oder, wenn dies zu kühn erscheinen sollte, bis Hundekehle. Die Prosa des Namens wird ausgeglichen durch die Poesie der größeren Nähe. Vielleicht, daß ich mir den besonderen Dank meiner Freundin Felgentreu durch diese Modifikation verdiene.“

Frau Felgentreu, der nichts ärgerlicher war, als Anspielungen auf ihre Wohlbeleibtheit und Kurzatmigkeit, begnügte sich, ihrem Freunde Treibel den Rücken zu kehren.

„Dank vom Hause Österreich. Aber es ist immer so, der Gerechte muß viel leiden. Ich werde mich auf einem verschwiegenen Waldwege bemühen, Ihrem schönen Unmute die Spitze abzubrechen. Darf ich um Ihren Arm bitten, liebe Freundin?“

Und alles erhob sich, um in Gruppen zu zweien und dreien die Terrasse hinabzusteigen und zu beiden Seiten des Sees, auf den schon im halben Dämmer liegenden Grunewald zuzuschreiten.

Die Hauptkolonne hielt sich links. Sie bestand, unter Vorantritt des Felgentreuschen Ehepaares (Treibel hatte sich von seiner Freundin wieder frei gemacht), aus dem Krolaschen Quartett, in das sich Elfriede und Blanca Felgentreu derart eingereiht hatten, daß sie zwischen den beiden Referendarien und zwei jungen Kaufleuten gingen. Einer der jungen Kaufleute war ein berühmter Jodler und trug auch den entsprechenden Hut. Dann kamen Otto und Helene, während Treibel und Krola abschlossen.

„Es geht doch nichts über eine richtige Ehe“, sagte Krola zu Treibel und wies auf das junge Paar vor ihnen. „Sie müssen sich doch aufrichtig freuen, Kommerzienrat, wenn Sie Ihren Ältesten so glücklich und so zärtlich neben dieser hübschen und immer blink und blanken Frau einherschreiten sehen. Schon oben saßen sie dicht beisammen, und nun gehen sie Arm in Arm. Ich glaube beinah, sie drücken sich leise.“

„Mir ein sichrer Beweis, daß sie sich vormittags gezankt haben. Otto, der arme Kerl, muß nun Reugeld zahlen.“

„Ach, Treibel, Sie sind ewig ein Spötter. Ihnen kann es keiner recht machen und am wenigsten die Kinder. Glücklicherweise sagen Sie das so hin, ohne recht dran zu glauben. Mit einer Dame, die so gut erzogen wurde, kann man sich überhaupt nicht zanken.“

In diesem Augenblicke hörte man den Jodler einige Juchzer ausstoßen, so tirolerhaft echt, daß sich das Echo der Pichelsberge nicht veranlaßt sah, darauf zu antworten.

Krola lachte. „Das ist der junge Metzner. Er hat eine merkwürdig gute Stimme, wenigstens für einen Dilettanten, und hält eigentlich das Quartett zusammen. Aber sowie er eine Prise frische Luft wittert, ist es mit ihm vorbei. Dann faßt ihn das Schicksal mit rasender Gewalt, und er muß jodeln ... Aber wir wollen von den Kindern nicht abkommen. Sie werden mir doch nicht weismachen wollen" – Krola war neugierig und hörte gern Intimitäten – „Sie werden mir doch nicht weismachen wollen, daß die beiden da vor uns in einer unglücklichen Ehe leben. Und was das Zanken angeht, so kann ich nur wiederholen, Hamburgerinnen stehen auf einer Bildungsstufe, die den Zank ausschließt."

Treibel wiegte den Kopf. „Ja, sehen Sie, Krola, Sie sind nun ein so gescheiter Kerl und kennen die Weiber, ja, wie soll ich sagen, Sie kennen sie, wie sie nur ein Tenor kennen kann. Denn ein Tenor geht noch weit übern Lieutenant. Und doch offenbaren Sie hier in dem speziell Ehelichen, was noch wieder ein Gebiet für sich ist, ein furchtbares Manquement. Und warum? Weil Sie's in Ihrer eigenen Ehe, gleichviel nun, ob durch Ihr oder Ihrer Frau Verdienst, ausnahmsweise gut getroffen haben. Natürlich, wie Ihr Fall beweist, kommt auch *das* vor. Aber die Folge davon ist einfach die, daß Sie – auch das Beste hat seine Kehrseite – daß Sie, sag ich, kein richtiger Ehemann sind, daß Sie keine volle Kenntnis von der Sache haben; Sie kennen den Ausnahmefall, aber nicht die Regel. Über Ehe kann nur sprechen, wer sie durchgefochten hat, nur der Veteran, der auf Wundenmale zeigt ... Wie heißt es doch? ‚Nach Frankreich zogen zwei Grenadier, die ließen die Köpfe hangen' ... Da haben Sie's."

„Ach, das sind Redensarten, Treibel ..."

„... Und die schlimmsten Ehen sind die, lieber Krola, wo furchtbar ‚gebildet' gestritten wird, wo, wenn Sie mir den Ausdruck gestatten wollen, eine Kriegsführung mit Sammethandschuhen stattfindet, oder richtiger noch, wo man sich, wie beim römischen Karneval, Konfetti ins Gesicht wirft. Es sieht hübsch aus, aber verwundet doch. Und in dieser Kunst anscheinend gefälligen Konfettiwerfens ist meine Schwiegertochter eine Meisterin. Ich wette, daß mein armer Otto schon oft bei sich gedacht hat, wenn sie dich doch kratzte, wenn sie doch mal außer sich wäre, wenn sie doch mal sagte: ‚Scheusal' oder ‚Lügner' oder ‚elender Verführer' ..."

„Aber, Treibel, das kann sie doch nicht sagen. Das wäre ja

Unsinn. Otto ist ja doch kein Verführer, also auch kein Scheusal ..."

„Ach, Krola, darauf kommt es ja gar nicht an. Worauf es ankommt, ist, sie muß sich dergleichen wenigstens denken können, sie muß eine eifersüchtige Regung haben und in solchem Momente muß es afrikanisch aus ihr losbrechen. Aber alles, was Helene hat, hat höchstens die Temperatur der Uhlenhorst. Sie hat nichts als einen unerschütterlichen Glauben an Tugend und Windsor-soap."

„Nun meinetwegen. Aber wenn es so ist, wo kommt dann der Zank her?"

„Der kommt doch. Er tritt nur anders auf, anders, aber nicht besser. Kein Donnerwetter, nur kleine Worte mit dem Giftgehalt eines halben Mückenstichs, oder aber Schweigen, Stummheit, Muffeln, das innere Düppel der Ehe, während nach außen hin das Gesicht keine Falte schlägt. Das sind so die Formen. Und ich fürchte, die ganze Zärtlichkeit, die wir da vor uns wandeln sehen, und die sich augenscheinlich sehr einseitig gibt, ist nichts als ein Bußetun – Otto Treibel im Schloßhof zu Canossa und mit Schnee unter den Füßen. Sehen Sie nun den armen Kerl; er biegt den Kopf in einem fort nach rechts, und Helene rührt sich nicht und kommt aus der graden Hamburger Linie nicht heraus ... Aber jetzt müssen wir schweigen. Ihr Quartett hebt eben an. Was ist es denn?"

„Es ist das bekannte: ‚Ich weiß nicht, was soll es bedeuten?'"

„Ah, das ist recht. Eine jederzeit wohl aufzuwerfende Frage, besonders auf Landpartien."

Rechts um den See hin gingen nur zwei Paare, vorauf der alte Schmidt und seine Jugendfreundin Jenny und in einiger Entfernung hinter ihnen Leopold und Corinna.

Schmidt hatte seiner Dame den Arm gereicht und zugleich gebeten, ihr die Mantille tragen zu dürfen, denn es war etwas schwül unter den Bäumen. Jenny hatte das Anerbieten auch dankbar angenommen; als sie aber wahrnahm, daß der gute Professor den Spitzenbesatz immer nachschleppen und sich abwechselnd in Wacholder und Heidekraut verfangen ließ, bat sie sich die Mantille wieder aus. „Sie sind noch geradeso wie vor vierzig Jahren, lieber Schmidt. Galant, aber mit keinem rechten Erfolge."

„Ja, gnädigste Frau, diese Schuld kann ich nicht von mir abwälzen und sie war zugleich mein Schicksal. Wenn ich mit meinen Huldigungen erfolgreicher gewesen wäre, denken Sie, wie ganz anders sich mein Leben und auch das Ihrige gestaltet hätte ...“

Jenny seufzte leise.

„Ja, gnädigste Frau, dann hätten Sie das Märchen Ihres Lebens nie begonnen. Denn alles große Glück ist ein Märchen.“

„Alles große Glück ist ein Märchen“, wiederholte Jenny langsam und gefühlvoll. „Wie wahr, wie schön! Und sehen Sie, Wilibald, daß das beneidete Leben, das ich jetzt führe, meinem Ohr und meinem Herzen solche Worte versagt, daß lange Zeiten vergehen, ehe Aussprüche von solcher poetischen Tiefe zu mir sprechen, das ist für eine Natur, wie sie mir nun mal geworden, ein ewig zehrender Schmerz. Und Sie sprechen dabei von Glück, Wilibald, sogar von großem Glück! Glauben Sie mir, mir, die ich dies alles durchlebt habe, diese so vielbegehrten Dinge sind wertlos für den, der sie hat. Oft, wenn ich nicht schlafen kann und mein Leben überdenke, wird es mir klar, daß das Glück, das anscheinend so viel für mich tat, mich nicht *die* Wege geführt hat, die für mich paßten, und daß ich in einfacheren Verhältnissen und als Gattin eines in der Welt der Ideen und vor allem auch des Idealen stehenden Mannes wahrscheinlich glücklicher geworden wäre. Sie wissen, wie gut Treibel ist, und daß ich ein dankbares Gefühl für seine Güte habe. Trotzdem muß ich es leider aussprechen, es fehlt mir, meinem Manne gegenüber, jene hohe Freude der Unterordnung, die doch unser schönstes Glück ausmacht und so recht gleichbedeutend ist mit echter Liebe. Niemandem darf ich dergleichen sagen; aber vor Ihnen, Wilibald, mein Herz auszuschütten, ist, glaub ich, mein schön menschliches Recht und vielleicht sogar meine Pflicht ...“

Schmidt nickte zustimmend und sprach dann ein einfaches: „Ach Jenny ...“ mit einem Tone, drin er den ganzen Schmerz eines verfehlten Lebens zum Ausdruck zu bringen trachtete. Was ihm auch gelang. Er lauschte selber dem Klang und beglückwünschte sich im stillen, daß er sein Spiel so gut gespielt habe. Jenny, trotz aller Klugheit, war doch eitel genug, an das „Ach“ ihres ehemaligen Anbeters zu glauben.

So gingen sie, schweigend und anscheinend ihren Gefühlen hingegeben, nebeneinander her, bis Schmidt die Notwendigkeit fühlte, mit irgendeiner Frage das Schweigen zu brechen. Er entschied sich dabei für das alte Rettungsmittel und lenkte das Gespräch auf die Kinder. „Ja, Jenny“, hob er mit immer noch verschleierter Stimme an, „was versäumt ist, ist versäumt. Und wer fühlte das tiefer, als ich selbst. Aber eine Frau wie Sie, die das Leben begreift, findet auch im Leben selbst ihren Trost, vor allem in der Freude täglicher Pflichterfüllung. Da sind in erster Reihe die Kinder, ja, schon ein Enkelkind ist da, wie Milch und Blut, das liebe Lizzichen, und das sind dann, mein ich, die Hülfen, daran Frauenherzen sich aufrichten müssen. Und wenn ich auch Ihnen gegenüber, teure Freundin, von einem eigentlichen Eheglücke nicht sprechen will, denn wir sind wohl einig in dem, was Treibel ist und nicht ist, so darf ich doch sagen, Sie sind eine glückliche Mutter. Zwei Söhne sind Ihnen herangewachsen, gesund oder doch was man so gesund zu nennen pflegt, von guter Bildung und guten Sitten. Und bedenken Sie, was allein dies letzte heutzutage bedeuten will. Otto hat sich nach Neigung verheiratet und sein Herz einer schönen und reichen Dame geschenkt, die, soviel ich weiß, der Gegenstand allgemeiner Verehrung ist, und wenn ich recht berichtet bin, so bereitet sich im Hause Treibel ein zweites Verlöbnis vor, und Helenens Schwester steht auf dem Punkte, Leopolds Braut zu werden . . ."

„Wer sagt das?" fuhr jetzt Jenny heraus, plötzlich, aus dem sentimental Schwärmerischen in den Ton ausgesprochenster Wirklichkeit verfallend. „Wer sagt das?"

Schmidt geriet, diesem erregten Tone gegenüber, in eine kleine Verlegenheit. Er hatte sich das so gedacht oder vielleicht auch mal etwas Ähnliches gehört und stand nun ziemlich ratlos vor der Frage „wer sagt das?" Zum Glück war es damit nicht sonderlich ernsthaft gemeint, so wenig, daß Jenny, ohne eine Antwort abgewartet zu haben, mit großer Lebhaftigkeit fortfuhr: „Sie können gar nicht ahnen, Freund, wie mich das alles reizt. Das ist so die seitens des Holzhofs beliebte Art, mir die Dinge über den Kopf wegzunehmen. Sie, lieber Schmidt, sprechen nach, was Sie hören, aber die, die solche Dinge wie von ungefähr unter die Leute bringen, mit denen hab ich ernstlich ein Hühnchen zu pflücken. Es ist eine Insolenz. Und Helene mag sich vorsehen."

„Aber, Jenny, liebe Freundin, Sie dürfen sich nicht so erregen. Ich habe das so hingesagt, weil ich es als selbstverständlich annahm."

„Als selbstverständlich", wiederholte Jenny spöttisch, die, während sie das sagte, die Mantille wieder abriß und dem Professor über den Arm warf. „Als selbstverständlich. So weit also hat es der Holzhof schon gebracht, daß die nächsten Freunde solche Verlobung als eine Selbstverständlichkeit ansehen. Es ist aber keine Selbstverständlichkeit, ganz im Gegenteil, und wenn ich mir vergegenwärtige, daß Ottos alles besser wissende Frau neben ihrer Schwester Hildegard ein bloßer Schatten sein soll – und ich glaub es gern, denn sie war schon als Backfisch von einer geradezu ridikülen Überheblichkeit – so muß ich sagen, ich habe an einer Hamburger Schwiegertochter aus dem Hause Munk gerade genug."

„Aber, teuerste Freundin, ich begreife Sie nicht. Sie setzen mich in das aufrichtigste Erstaunen. Es ist doch kein Zweifel, daß Helene eine schöne Frau ist und von einer, wenn ich mich so ausdrücken darf, ganz aparten Appetitlichkeit ..."

Jenny lachte.

„... Zum Anbeißen, wenn Sie mir das Wort gestatten", fuhr Schmidt fort, „und von jenem eigentümlichen Charme, den schon, von alters her, alles besitzt, was mit dem flüssigen Element in eine konstante Berührung kommt. Vor allem aber ist mir kein Zweifel darüber, daß Otto seine Frau liebt, um nicht zu sagen in sie verliebt ist. Und *Sie*, Freundin, Ottos leibliche Mutter, fechten gegen dies Glück an und sind empört, dies Glück in Ihrem Hause vielleicht verdoppelt zu sehen. Alle Männer sind abhängig von weiblicher Schönheit; ich war es auch, und ich möchte beinah sagen dürfen, ich bin es noch, und wenn nun diese Hildegard, wie mir durchaus wahrscheinlich – denn die Nestküken sehen immer am besten aus – wenn diese Hildegard noch über Helenen hinauswächst, so weiß ich nicht, was Sie gegen sie haben können. Leopold ist ein guter Junge, von vielleicht nicht allzu feurigem Temperament; aber ich denke mir, daß er doch nichts dagegen haben kann, eine sehr hübsche Frau zu heiraten. Sehr hübsch und reich dazu."

„Leopold ist ein Kind und darf sich überhaupt nicht nach eigenem Willen verheiraten, am wenigsten aber nach dem Willen seiner Schwägerin Helene. Das fehlte noch, das hieße denn doch abdanken und mich ins Altenteil setzen. Und wenn es sich noch um eine junge Dame handelte, der gegenüber einen allenfalls die Lust anwandeln könnte, sich unterzuordnen, also eine Freiin oder eine wirkliche, ich meine eine richtige Geheimeratstochter oder die Tochter eines Oberhofpredigers ... Aber ein unbedeutendes Ding, das nichts kennt, als mit Ponys nach Blankenese fahren und sich einbildet, mit einem Goldfaden in der Plattstichnadel eine Wirtschaft führen oder wohl gar Kinder erziehen zu können, und ganz ernsthaft glaubt, daß wir hierzulande nicht einmal eine Seezunge von einem Steinbutt unterscheiden können, und immer von Lobster spricht, wo wir Hummer sagen und Curry-Powder und Soja wie höhere Geheimnisse behandelt – ein solcher eingebildeter Quack, lieber Wilibald, das ist nichts für meinen Leopold. Leopold, trotz allem, was ihm fehlt, soll höher hinaus. Er ist nur einfach, aber er ist gut, was doch auch einen Anspruch gibt. Und deshalb soll er eine kluge Frau haben, eine wirklich kluge; Wissen und Klugheit und überhaupt das Höhere – darauf kommt es an. Alles andere wiegt keinen Pfifferling. Es ist ein Elend mit den Äußerlichkeiten. Glück, Glück! Ach Wilibald, daß ich es in solcher Stunde gerade vor Ihnen bekennen muß, das Glück, es ruht *hier* allein."

Und dabei legte sie die Hand aufs Herz.

Leopold und Corinna waren in einer Entfernung von etwa fünfzig Schritt gefolgt und hatten ihr Gespräch in herkömmlicher Art geführt, d. h. Corinna hatte gesprochen. Leopold war aber fest entschlossen, auch zu Worte zu kommen, wohl oder übel. Der quälende Druck der letzten Tage machte, daß er vor dem, was er vorhatte, nicht mehr so geängstigt stand, wie früher; – er mußte sich eben Ruhe schaffen. Ein paarmal schon war er nahe daran gewesen, eine wenigstens auf sein Ziel überleitende Frage zu tun; wenn er dann aber der Gestalt seiner stattlich vor ihm dahinschreitenden Mutter ansichtig wurde, gab er's wieder auf, so daß er schließlich den Vorschlag machte, eine gerade vor ihnen liegende Waldlichtung in schräger Linie zu passieren, damit sie, statt immer zu folgen, auch mal an die Tete kämen. Er wußte zwar, daß er infolge dieses Manövers, den Blick der Mama vom Rücken oder von der Seite her haben würde, aber etwas auf den Vogel Strauß hin angelegt, fand er doch eine Beruhigung in dem Gefühl, die seinen Mut beständig lähmende Mama nicht immer gerade vor Augen haben zu müssen. Er konnte sich über diesen eigentümlichen Nervenzustand keine rechte Rechenschaft geben und entschied sich einfach für das, was ihm von zwei Übeln als das kleinere erschien.

Die Benutzung der Schräglinie war geglückt, sie waren jetzt um ebensoviel voraus, als sie vorher zurück gewesen waren, und ein Gleichgültigkeitsgespräch fallenlassend, das sich, ziemlich gezwungen, um die Spargelbeete von Halensee samt ihrer Kultur und ihrer sanitären Bedeutung gedreht hatte, nahm

Leopold einen plötzlichen Anlauf und sagte: „Wissen Sie, Corinna, daß ich Grüße für Sie habe?“

„Von wem?“

„Raten Sie.“

„Nun, sagen wir von Mr. Nelson.“

„Aber das geht doch nicht mit rechten Dingen zu, das ist ja wie Hellseherei; nun können Sie auch noch Briefe lesen, von denen Sie nicht einmal wissen, daß sie geschrieben wurden.“

„Ja, Leopold, dabei könnt ich Sie nun belassen und mich vor Ihnen als Seherin etablieren. Aber ich werde mich hüten. Denn vor allem, was so mystisch und hypnotisch und geisterseherig ist, haben gesunde Menschen bloß ein Grauen. Und ein Grauen einzuflößen, ist nicht das, was ich liebe. Mir ist es lieber, daß mir die Herzen guter Menschen zufallen.“

„Ach, Corinna, das brauchen Sie sich doch nicht erst zu wünschen. Ich kann mir keinen Menschen denken, dessen Herz Ihnen nicht zufiele. Sie sollten nur lesen, was Mr. Nelson über Sie geschrieben hat; mit amusing fängt er an, und dann kommt charming und high-spirited, und mit fascinating schließt er ab. Und dann erst kommen die Grüße, die sich, nach allem, was voraufgegangen, beinahe nüchtern und alltäglich ausnehmen. Aber wie wußten Sie, daß die Grüße von Mr. Nelson kämen?“

„Ein leichteres Rätsel ist mir nicht bald vorgekommen. Ihr Papa teilte mit, Sie kämen erst später, weil Sie nach Liverpool zu schreiben hätten. Nun, Liverpool heißt Mr. Nelson. Und hat man erst Mr. Nelson, so gibt sich das andere von selbst. Ich glaube, daß es mit aller Hellseherei ganz ähnlich liegt. Und sehen Sie, Leopold, mit derselben Leichtigkeit, mit der ich in Mr. Nelsons Brief gelesen habe, mit derselben Sicherheit lese ich zum Beispiel Ihre Zukunft.“

Ein tiefes Aufatmen Leopolds war die Antwort, und sein Herz hätte jubeln mögen, in einem Gefühl von Glück und Erlösung. Denn wenn Corinna richtig las, und sie mußte richtig lesen, so war er allem Anfragen und allen damit verknüpften Ängsten überhoben, und *sie* sprach dann aus, was er zu sagen noch immer nicht den Mut finden konnte. Wie beseligt nahm er ihre Hand und sagte: „Das können Sie nicht.“

„Ist es so schwer?“

„Nein. Es ist eigentlich leicht. Aber leicht oder schwer, Corinna, lassen Sie mich's hören. Und ich will auch ehrlich sagen, ob Sie's getroffen haben oder nicht. Nur keine ferne Zukunft, bloß die nächste, allernächste.“

„Nun denn“, hob Corinna schelmisch und hier und da mit besonderer Betonung an, „was ich sehe, ist das: zunächst ein schöner Septembertag, und vor einem schönen Hause halten viele schöne Kutschen und die vorderste, mit einem Perückenkutscher auf dem Bock und zwei Bedienten hinten, das ist eine Brautkutsche. Der Straßendamm aber steht voller Menschen, die die Braut sehen wollen, und nun kommt die Braut, und neben ihr schreitet ihr Bräutigam, und dieser Bräutigam ist mein Freund Leopold Treibel. Und nun fährt die Brautkutsche, während die anderen Wagen folgen, an einem breiten, breiten Wasser hin ...“

„Aber Corinna, Sie werden doch unsere Spree zwischen Schleuse und Jungfernbrücke nicht ein breites Wasser nennen wollen ...“

„... An einem breiten Wasser hin und hält endlich vor einer gotischen Kirche.“

„Zwölf Apostel ...“

„Und der Bräutigam steigt aus und bietet der Braut seinen Arm, und so schreitet das junge Paar der Kirche zu, drin schon die Orgel spielt und die Lichter brennen.“

„Und nun ...“

„Und nun stehen sie vor dem Altar, und nach dem Ringewechsel wird der Segen gesprochen und ein Lied gesungen oder doch der letzte Vers. Und nun geht es wieder zurück, an demselben breiten Wasser entlang, aber nicht dem Stadthause zu, von dem sie ausgefahren waren, sondern immer weiter ins Freie, bis sie vor einer Cottage-Villa halten ...“

„Ja, Corinna, so soll es sein ...“

„Bis sie vor einer Cottage-Villa halten und vor einem Triumphbogen, an dessen oberster Wölbung ein Riesenkranz hängt, und in dem Kranze leuchten die beiden Anfangsbuchstaben: L und H.“

„L und H?“

„Ja, Leopold, L und H. Und wie könnte es auch anders sein? Denn die Brautkutsche kam ja von der Uhlenhorst her und fuhr die Alster entlang und nachher die Elbe hinunter, und nun halten sie vor der Munkschen Villa draußen in Blankenese, und L heißt Leopold und H heißt Hildegard.“

Einen Augenblick überkam es Leopold wie wirkliche Verstimmung. Aber, sich rasch besinnend, gab er der vorgeblichen Seherin einen kleinen Liebesklaps und sagte: „Sie sind immer dieselbe, Corinna. Und wenn der gute Nelson, der der beste

Mensch und mein einziger Vertrauter ist, wenn er dies alles gehört hätte, so würd er begeistert sein und von ‚capital fun' sprechen, weil Sie mir so gnädig die Schwester meiner Schwägerin zuwenden wollen."

„Ich bin eben eine Prophetin", sagte Corinna.

„Prophetin", wiederholte Leopold. „Aber diesmal eine falsche. Hildegard ist ein schönes Mädchen, und Hunderte würden sich glücklich schätzen. Aber Sie wissen, wie meine Mama zu dieser Frage steht; sie leidet unter dem beständigen sich Besserdünken der dortigen Anverwandten und hat es wohl hundertmal geschworen, daß ihr *eine* Hamburger Schwiegertochter, *eine* Repräsentantin aus dem großen Hause Thompson-Munk, gerade genug sei. Sie hat ganz ehrlich einen halben Haß gegen die Munks, und wenn ich mit Hildegard so vor sie hinträte, so weiß ich nicht, was geschähe; sie würde ‚nein' sagen, und wir hätten eine furchtbare Szene."

„Wer weiß", sagte Corinna, die jetzt das entscheidende Wort ganz nahe wußte.

„... Sie würde ‚nein' sagen und immer wieder ‚nein', das ist so sicher wie Amen in der Kirche", fuhr Leopold mit gehobener Stimme fort. „Aber dieser Fall kann sich gar nicht ereignen. Ich werde nicht mit Hildegard vor sie hintreten und werde statt dessen näher und besser wählen ... Ich weiß, und Sie wissen es auch, das Bild, das Sie da gemalt haben, es war nur Scherz und Übermut, und vor allem wissen Sie, wenn mir Armen überhaupt noch eine Triumphpforte gebaut werden soll, daß der Kranz, der dann zu Häupten hängt, einen ganz anderen Buchstaben als das Hildegard-H in hundert und tausend Blumen tragen müßte. Brauch ich zu sagen welchen? Ach, Corinna, ich kann ohne Sie nicht leben, und diese Stunde muß über mich entscheiden. Und nun sagen Sie ja oder nein." Und unter diesen Worten nahm er ihre Hand und bedeckte sie mit Küssen. Denn sie gingen im Schutz einer Haselnußhecke.

Corinna – nach Confessions, wie diese, die Verlobung mit gutem Recht als ein fait accompli betrachtend – nahm klugerweise von jeder weiteren Auseinandersetzung Abstand und sagte nur kurzerhand: „Aber eines, Leopold, dürfen wir uns nicht verhehlen, uns stehen noch schwere Kämpfe bevor. Deine Mama hat an einer Munk genug, das leuchtet mir ein; aber ob ihr eine Schmidt recht ist, ist noch sehr die Frage. Sie hat zwar mitunter Andeutungen gemacht, als ob ich ein Ideal in ihren Augen wäre, vielleicht weil ich das habe, was dir fehlt, und vielleicht auch was Hildegard fehlt. Ich sage ‚vielleicht' und kann dies einschränkende Wort nicht genug betonen. Denn die Liebe, das seh ich klar, ist demütig, und ich fühle, wie meine Fehler von mir abfallen. Es soll dies ja ein Kennzeichen sein. Ja, Leopold, ein Leben voll Glück und Liebe liegt vor uns, aber es hat deinen Mut und deine Festigkeit zur Voraussetzung, und hier unter diesem Waldesdom, drin es geheimnisvoll rauscht und dämmert, hier, Leopold, mußt du mir schwören, ausharren zu wollen in deiner Liebe."

Leopold beteuerte, daß er nicht bloß wolle, daß er es auch werde. Denn wenn die Liebe demütig und bescheiden mache, was gewiß richtig sei, so mache sie sicherlich auch stark. Wenn Corinna sich geändert habe, *er* fühle sich auch ein anderer. „Und", so schloß er, „das eine darf ich sagen, ich habe nie große Worte gemacht und Prahlereien werden mir auch meine Feinde nicht nachsagen; aber glaube mir, mir schlägt das Herz so hoch, so glücklich, daß ich mir Schwierigkeiten und Kämpfe beinah herbeiwünsche. Mich drängt es, dir zu zeigen, daß ich deiner wert bin ..."

In diesem Augenblicke wurde die Mondsichel zwischen den Baumkronen sichtbar, und von Schloß Grunewald her, vor dem das Quartett eben angekommen war, klang es über den See herüber:

„Wenn nach *dir* ich oft vergebens
In die Nacht gesehn,
Scheint der dunkle Strom des Lebens
Trauernd stillzustehn ..."

Und nun schwieg es, oder der Abendwind, der sich aufmachte, trug die Töne nach der anderen Seite hin.

Eine Viertelstunde später hielt alles vor Paulsborn, und nachdem man sich daselbst wieder begrüßt und bei herumgereichtem Crême de Cacao (Treibel selbst machte die Honneurs) eine kurze Rast genommen hatte, brach man – die Wagen waren von Halensee her gefolgt – nach einigen Minuten endgültig auf, um die Rückfahrt anzutreten. Die Felgentreus nahmen bewegten Abschied von dem Quartett, jetzt lebhaft beklagend, den von Treibel vorgeschlagenen Kremser abgelehnt zu haben.

Auch Leopold und Corinna trennten sich, aber doch nicht eher, als bis sie sich, im Schatten des hochstehenden Schilfes, noch einmal fest und verschwiegen die Hände gedrückt hatten.

Elftes Kapitel

Leopold, als man zur Abfahrt sich anschickte, mußte sich mit einem Platz vorn auf dem Bock des elterlichen Landauers begnügen, was ihm, alles in allem, immer noch lieber war als innerhalb des Wagens selbst, en vue seiner Mutter zu sitzen, die doch vielleicht, sei's im Wald, sei's bei der kurzen Rast in Paulsborn, etwas bemerkt haben mochte; Schmidt benutzte wieder den Vorortszug, während Corinna bei den Felgentreus mit einstieg. Man placierte sie, so gut es ging, zwischen das den Fond des Wagens redlich ausfüllende Ehepaar, und weil sie nach all dem Voraufgegangenen eine geringere Neigung zum Plaudern als sonst wohl hatte, so kam es ihr außerordentlich zupaß, sowohl Elfriede wie Blanca doppelt redelustig und noch ganz voll und beglückt von dem Quartett zu finden. Der Jodler, eine sehr gute Partie, schien über die freilich nur in Zivil erschienenen Sommerlieutenants einen entschiedenen Sieg davongetragen zu haben. Im übrigen ließen es sich die Felgentreus nicht nehmen, in der Adlerstraße vorzufahren und ihren Gast daselbst abzusetzen. Corinna bedankte sich herzlich und stieg, noch einmal grüßend, erst die drei Steinstufen und gleich danach vom Flur aus die alte Holztreppe hinauf.

Sie hatte den Drücker zum Entree nicht mitgenommen, und so blieb ihr nichts anderes übrig, als zu klingeln, was sie nicht gerne tat. Alsbald erschien denn auch die Schmolke, die die Abwesenheit der „Herrschaft", wie sie mitunter mit Betonung sagte, dazu benutzt hatte, sich ein bißchen sonntäglich herauszuputzen. Das Auffallendste war wieder die Haube, deren Rüschen eben aus dem Tolleisen zu kommen schienen.

„Aber liebe Schmolke", sagte Corinna, während sie die Tür wieder ins Schloß zog, „was ist denn los? Ist Geburtstag? Aber nein, den kenn ich ja. Oder seiner?"

„Nein", sagte die Schmolke, „seiner is auch nich. Und da werd ich auch nicht solchen Schlips umbinden und solch Band."

„Aber wenn kein Geburtstag ist, was ist dann?"

„Nichts, Corinna. Muß denn immer was sein, wenn man sich mal ordentlich macht? Sieh, du hast gut reden; du sitzt jeden Tag, den Gott werden läßt, eine halbe Stunde vorm Spiegel, und mitunter auch noch länger, und brennst dir dein Wuschelhaar ..."

„Aber, liebe Schmolke ..."

„Ja, Corinna, du denkst, ich seh es nicht. Aber ich sehe alles und seh noch viel mehr ... Und ich kann dir auch sagen, Schmolke sagte mal, er fänd es eigentlich hübsch, solch Wuschelhaar ..."

„Aber war denn Schmolke so?"

„Nein, Corinna, Schmolke war *nich* so. Schmolke war ein sehr anständiger Mann, und wenn man so was Sonderbares und eigentlich Unrechtes sagen darf, er war beinah *zu* anständig. Aber nun gib erst deinen Hut und deine Mantille. Gott, Kind, wie sieht denn das alles aus? Is denn solch furchtbarer Staub? Un noch ein Glück, daß es nich gedrippelt hat, denn is der Samt hin. Un so viel hat ein Professor auch nich, un wenn er auch nich geradezu klagt, Seide spinnen kann er nich."

„Nein, nein", lachte Corinna.

„Nu höre, Corinna, da lachst du nu wieder. Das ist aber gar nicht zum Lachen. Der Alte quält sich genug, und wenn er so die Bündel ins Haus kriegt und die Strippe mitunter nich ausreicht, so viele sind es, denn tut es mir mitunter ordentlich weh hier. Denn Papa is ein sehr guter Mann, und seine Sechzig drücken ihn nu doch auch schon ein bißchen. Er will es freilich nich wahrhaben und tut immer noch so, wie wenn er zwanzig wäre. Ja, hat sich was. Un neulich ist er von der Pferdebahn runtergesprungen, un ich muß auch gerade dazukommen; na, ich dachte doch gleich, der Schlag soll mich rühren ... Aber nu sage, Corinna, was soll ich dir bringen? Oder hast du schon gegessen und bist froh, wenn du nichts siehst ..."

„Nein, ich habe nichts gegessen. Oder doch so gut wie nichts; die Zwiebacke, die man kriegt, sind immer so alt. Und dann in Paulsborn einen kleinen süßen Likör. Das kann man doch nicht rechnen. Aber ich habe auch keinen rechten Appetit, und der Kopf ist mir so benommen; ich werde am Ende krank ..."

„Ach, dummes Zeug, Corinna. Das ist auch eine von deinen Nücken; wenn du mal Ohrensausen hast oder ein bißchen heiße Stirn, dann redest du immer gleich von Nervenfieber. Un das is eigentlich gottlos, denn man muß den Teufel nich an die Wand malen. Es wird wohl ein bißchen feucht gewesen sein, ein bißchen neblig und Abenddunst."

„Ja, neblig war es gerade, wie wir neben dem Schilf standen, und der See war eigentlich gar nicht mehr zu sehen. Davon wird es wohl sein. Aber der Kopf ist mir wirklich benommen, und ich möchte zu Bett gehen und mich einmummeln. Und dann mag ich auch nicht mehr sprechen, wenn Papa nach Hause kommt. Und wer weiß wann, und ob es nicht zu spät wird."

„Warum ist er denn nicht gleich mitgekommen?"

„Er wollte nicht und hat ja auch seinen ‚Abend' heut. Ich glaube bei Kuhs. Und da sitzen sie meist lange, weil sich die Kälber mit einmischen. Aber mit Ihnen, liebe, gute Schmolke, möchte ich wohl noch eine halbe Stunde plaudern. Sie haben ja immer so was Herzliches ..."

„Ach, rede doch nich, Corinna. Wovon soll ich denn was Herzliches haben? Oder eigentlich, wovon soll ich denn was Herzliches *nich* haben. Du warst ja noch so, als ich ins Haus kam."

„Nun also was Herzliches oder auch nicht was Herzliches", sagte Corinna, „gefallen wird es mir schon. Und wenn ich liege, liebe Schmolke, dann bringen Sie mir meinen Tee ans Bett, die kleine Meißner Kanne und die andere kleine Kanne, die nehmen Sie sich; und bloß ein paar Teebrötchen, recht dünn geschnitten und nicht zu viel Butter. Denn ich muß mich mit meinem Magen in acht nehmen, sonst wird es gastrisch, und man liegt sechs Wochen."

„Is schon gut", lachte die Schmolke und ging in die Küche, um den Kessel noch wieder in die Glut zu setzen. Denn heißes Wasser war immer da, und es bullerte nur noch nicht.

Eine Viertelstunde später trat die Schmolke wieder ein und fand ihren Liebling schon im Bette. Corinna saß mehr auf als sie lag und empfing die Schmolke mit der trostreichen Versicherung, es sei ihr schon viel besser; was man so immer zum Lobe der Bettwärme sage, das sei doch wahr, und sie glaube jetzt beinahe, daß sie noch mal durchkommen und alles glücklich überstehen werde.

„Glaub ich auch", sagte die Schmolke, während sie das Tablett auf den kleinen, am Kopfende stehenden Tisch setzte. „Nun, Corinna, von welchem soll ich dir einschenken? Der hier, mit der abgebrochenen Tülle, hat länger gezogen, und ich weiß, du hast ihn gern stark und bitterlich, so daß er schon ein bißchen nach Tinte schmeckt ..."

„Versteht sich, ich will von dem starken. Und dann ordentlich Zucker; aber ganz wenig Milch, Milch macht immer gastrisch."

„Gott, Corinna, laß doch das Gastrische. Du liegst da wie ein Borsdorfer Apfel und redst immer, als ob dir der Tod schon um die Nase säße. Nein, Corinnchen, so schnell geht es nich. Un nu nimm dir ein Teebrötchen. Ich habe sie so dünn geschnitten, wie's nur gehen wollte ..."

„Das ist recht. Aber da haben Sie ja eine Schinkenstulle mit reingebracht."

„Für mich, Corinnchen. Ich will doch auch was essen."

„Ach, liebe Schmolke, da möcht ich mich aber doch zu Gaste laden. Die Teebrötchen sehen ja nach gar nichts aus, und die Schinkenstulle lacht einen ordentlich an. Und alles schon so appetitlich durchgeschnitten. Nun merk ich erst, daß ich eigentlich hungrig bin. Geben Sie mir ein Schnittchen ab, wenn es Ihnen nicht sauer wird."

„Wie du nur redest, Corinna. Wie kann es mir denn sauer werden. Ich führe ja bloß die Wirtschaft und bin bloß eine Dienerin."

„Ein Glück, daß Papa das nicht hört. Sie wissen doch, das kann er nicht leiden, daß Sie so von Dienerin reden, und er nennt es eine falsche Bescheidenheit ..."

„Ja, ja, so sagt er. Aber Schmolke, der auch ein ganz kluger Mann war, wenn er auch nicht studiert hatte, der sagte immer, ‚höre, Rosalie, Bescheidenheit ist gut, und eine falsche Bescheidenheit (denn die Bescheidenheit ist eigentlich immer falsch) ist immer noch besser als gar keine'."

„Hm", sagte Corinna, die sich etwas getroffen fühlte, „das läßt sich hören. Überhaupt, liebe Schmolke, Ihr Schmolke muß eigentlich ein ausgezeichneter Mann gewesen sein. Und Sie sagten ja auch vorhin schon, er habe so etwas Anständiges gehabt und beinah *zu* anständig. Sehen Sie, so was höre ich gern, und ich möchte mir wohl etwas dabei denken können. Worin war er denn nun eigentlich so sehr anständig ... Und dann, er war ja doch bei der Polizei. Nun, offen gestanden, ich bin zwar froh, daß wir eine Polizei haben, und freue mich immer über jeden Schutzmann, an den ich herantreten und den ich nach dem Weg fragen und um Auskunft bitten kann, und das muß wahr sein, alle sind artig und manierlich, wenigstens hab ich es immer so gefunden. Aber das von der Anständigkeit und von *zu* anständig ..."

„Ja, liebe Corinna, das is schon richtig. Aber da sind ja Unterschiedlichkeiten, und was sie Abteilungen nennen. Und Schmolke war bei solcher Abteilung."

„Natürlich. Er kann doch nicht überall gewesen sein."

„Nein, nicht überall. Und er war gerade bei der allerschwersten, die für den Anstand und die gute Sitte zu sorgen hat."

„Und so was gibt es?"

„Ja, Corinna, so was gibt es und muß es auch geben. Und

wenn nu – was ja doch vorkommt, und auch bei Frauen und Mädchen vorkommt, wie du ja wohl gesehen und gehört haben wirst, denn Berliner Kinder sehen und hören alles – wenn nu solch armes und unglückliches Geschöpf (denn manche sind wirklich bloß arm und unglücklich) etwas gegen den Anstand und die gute Sitte tut, dann wird sie vernommen und bestraft. Und da, wo die Vernehmung is, da gerade saß Schmolke ..."

„Merkwürdig. Aber davon haben Sie mir ja noch nie was erzählt. Und Schmolke, sagen Sie, war mit dabei? Wirklich, sehr sonderbar. Und Sie meinen, daß er gerade deshalb so sehr anständig und so solide war?"

„Ja, Corinna, das mein ich."

„Nun, wenn Sie's sagen, liebe Schmolke, so will ich es glauben. Aber ist es nicht eigentlich zum Verwundern? Denn Ihr Schmolke war ja damals noch jung oder so ein Mann in seinen besten Jahren. Und viele von unserem Geschlecht, und gerade solche, sind ja doch oft bildhübsch. Und da sitzt nun einer, wie Schmolke dagesessen, und muß immer streng und ehrbar aussehen, bloß weil er da zufällig sitzt. Ich kann mir nicht helfen, ich finde das schwer. Denn das ist ja geradeso wie der Versucher in der Wüste: ‚Dies alles schenke ich dir.'"

Die Schmolke seufzte. „Ja, Corinna, daß ich es dir offen gestehe, ich habe auch manchmal geweint, und mein furchtbares Reißen, hier gerad im Nacken, das is noch von der Zeit her. Und zwischen das zweite und dritte Jahr, daß wir verheiratet waren, da hab ich beinah elf Pfund abgenommen, und wenn wir damals schon die vielen Wiegewaagen gehabt hätten, da wär es wohl eigentlich noch mehr gewesen, denn als ich zu 's Wiegen kam, da setzte ich schon wieder an."

„Arme Frau", sagte Corinna. „Ja, das müssen schwere Tage gewesen sein. Aber wie kamen Sie denn drüber hin? Und wenn Sie wieder ansetzten, so muß doch so was von Trost und Beruhigung gewesen sein."

„War auch, Corinnchen. Und weil du nun ja alles weißt, will ich dir auch erzählen, wie's kam, un wie ich meine Ruhe wiederkriegte. Denn ich kann dir sagen, es war schlimm, und ich habe mitunter viele Wochen lang kein Auge zugetan. Na, zuletzt schläft man doch ein bißchen; die Natur will es un is auch zuletzt noch stärker als die Eifersucht. Aber Eifersucht is sehr stark, viel stärker als Liebe. Mit Liebe is es nich so schlimm. Aber was ich sagen wollte, wie ich nu so ganz runter war und man bloß noch so hing un bloß noch so viel Kraft hatte, daß ich ihm doch sein Hammelfleisch un seine Bohnen vorsetzen konnte, das heißt geschnitzelte mocht er nich un sagte immer, sie schmeckten nach Messer, da sah er doch wohl, daß er mal mit mir reden müsse. Denn *ich* red'te nich, dazu war ich viel zu stolz. Also er wollte reden mit mir, und als es nu so weit war und er die Gelegenheit auch ganz gut abgepaßt hatte, nahm er einen kleinen vierbeinigen Schemel, der sonst immer in der Küche stand, un is mir, als ob es gestern gewesen wäre, un rückte den Schemel zu mir ran und sagte: ‚Rosalie, nu sage mal, was hast du denn eigentlich.'"

Um Corinnas Mund verlor sich jeder Ausdruck von Spott; sie schob das Tablett etwas beiseite, stützte sich, während sie sich aufrichtete, mit dem rechten Arm auf den Tisch und sagte: „Nun weiter, liebe Schmolke."

„‚Also, was hast du eigentlich?' sagte er zu mir. Na, da stürzten mir denn die Tränen man so pimperlings raus, und ich sagte: ‚Schmolke, Schmolke', und dabei sah ich ihn an, als ob ich ihn ergründen wollte. Un ich kann wohl sagen, es war ein scharfer Blick, aber doch immer noch freundlich. Denn ich liebte ihn. Und da sah ich, daß er ganz ruhig blieb un sich gar nicht verfärbte. Un dann nahm er meine Hand, streichelte sie ganz zärtlich un sagte: ‚Rosalie, das is alles Unsinn. Davon verstehst du nichts. Davon verstehst du nichts, weil du nicht in der ‚Sitte' bist. Denn ich sage dir, wer da so tagaus, tagein in der Sitte sitzen muß, dem vergeht es, dem stehen die Haare zu Berge über all das Elend und all den Jammer, und wenn dann welche kommen, die nebenher auch noch ganz verhungert sind, was auch vorkommt, und wo wir ganz genau wissen, da sitzen nu die Eltern zu Hause un grämen sich Tag und Nacht über die Schande, weil sie das arme Wurm, das mitunter sehr merkwürdig dazu gekommen ist, immer noch liebhaben und helfen und retten möchten, wenn zu helfen und zu retten noch menschenmöglich wäre – ich sage dir, Rosalie, wenn man das jeden Tag sehen muß, un man hat ein Herz im Leibe un hat bei 's erste Garderegiment gedient un is für Proppertät und Strammheit und Gesundheit, na, ich sage dir, denn is es mit Verführung un all so was vorbei, un man möchte rausgehn und weinen, un ein paarmal hab ich's auch, alter Kerl der ich bin, und von Karessieren und Fräuleinchen steht nichts mehr drin, un man geht nach Hause un is froh, wenn man sein Hammelfleisch kriegt un eine ordentliche Frau hat, die Rosalie heißt. Bist du nu zufrieden, Rosalie?' Und dabei gab er mir einen Kuß ..."

Die Schmolke, der bei der Erzählung wieder ganz weh ums Herz geworden war, ging an Corinnas Schrank, um sich ein Taschentuch zu holen. Und als sie sich nun wieder zurechtgemacht hatte, so daß ihr die Worte nicht mehr in der Kehle blieben, nahm sie Corinnas Hand und sagte: „Sieh, so war Schmolke. Was sagst du dazu?“

„Ein sehr anständiger Mann.“

„Na ob.“

In diesem Augenblicke hörte man die Klingel. „Der Papa“, sagte Corinna, und die Schmolke stand auf, um dem Herrn Professor zu öffnen. Sie war auch bald wieder zurück und erzählte, daß sich der Papa nur gewundert habe, Corinnchen nicht mehr zu finden; was denn passiert sei? Wegen ein bißchen Kopfweh gehe man doch nicht gleich zu Bett. Und dann habe er sich seine Pfeife angesteckt und die Zeitung in die Hand genommen und habe dabei gesagt: „Gott sei Dank, liebe Schmolke, daß ich wieder da bin; alle Gesellschaften sind Unsinn; diesen Satz vermache ich Ihnen auf Lebenszeit.“ Er habe aber ganz fidel dabei ausgesehen, und sie sei überzeugt, daß er sich eigentlich sehr gut amüsiert habe. Denn er habe den Fehler, den so viele hätten, und die Schmidts voran: sie red'ten über alles und wüßten alles besser. „Ja, Corinnchen, in diesem Belange bist du auch ganz Schmidtsch.“

Corinna gab der guten Alten die Hand und sagte: „Sie werden wohl recht haben, liebe Schmolke, und es ist ganz gut, daß Sie mir's sagen. Wenn *Sie* nicht gewesen wären, wer hätte mir denn überhaupt was gesagt? Keiner. Ich bin ja wie wild aufgewachsen, und ist eigentlich zu verwundern, daß ich nicht noch schlimmer geworden bin als ich bin. Papa ist ein guter Professor, aber kein guter Erzieher, und dann war er immer zu sehr von mir eingenommen und sagte: ‚das Schmidtsche hilft sich selbst‘ oder ‚es wird schon zum Durchbruch kommen‘.“

„Ja, so was sagt er immer. Aber mitunter ist eine Maulschelle besser.“

„Um Gottes willen, liebe Schmolke, sagen Sie doch so was nicht. Das ängstigt mich.“

„Ach, du bist närrisch, Corinna. Was soll dich denn ängstigen? Du bist ja nun eine große, forsche Person und hast die Kinderschuhe längst ausgetreten und könntest schon sechs Jahre verheiratet sein.“

„Ja", sagte Corinna, „das könnt ich, wenn mich wer gewollt hätte. Aber dummerweise hat mich noch keiner gewollt. Und da habe ich denn für mich selber sorgen müssen ..."

Die Schmolke glaubte nicht recht gehört zu haben und sagte: „Du hast für dich selber sorgen müssen? Was meinst du damit, was soll das heißen?"

„Es soll heißen, liebe Schmolke, daß ich mich heut abend verlobt habe."

„Himmlischer Vater, is es möglich. Aber sei nich böse, daß ich mich so verfiere ... Denn es is ja doch eigentlich was Gutes. Na, mit wem denn?"

„Rate."

„Mit Marcell."

„Nein, mit Marcell nicht."

„Mit Marcell nich? Ja, Corinna, dann weiß ich es nich und will es auch nich wissen. Bloß wissen muß ich es am Ende doch. Wer is es denn?"

„Leopold Treibel."

„Herr, du meine Güte ..."

„Findest du's so schlimm? Hast du was dagegen?"

„I bewahre, wie werd ich denn. Un würde sich auch gar nich vor mir passen. Un denn die Treibels, die sind alle gut un sehr proppre Leute, der alte Kommerzienrat voran, der immer so spaßig is und immer sagt: ‚Je später der Abend, je schöner die Leute' un ‚noch fufzig Jahre so wie heut' und so was. Und der älteste Sohn is auch sehr gut und Leopold auch. Ein bißchen spitzer, das is wahr, aber heiraten is ja nich bei Renz in 'n Zirkus. Und Schmolke sagte oft: ‚Höre, Rosalie, das laß gut sein, so was täuscht, da kann man sich irren; die Dünnen un die so schwach aussehn, die sind oft gar nich so schwach.' Ja, Corinna, die Treibels sind gut, un bloß die Mama, die Kommerzienrätin, ja höre, da kann ich mir nich helfen, die Rätin, die hat so was, was mir nich recht paßt, un ziert sich immer un tut so, un wenn was Weinerliches erzählt wird von einem Pudel, der ein Kind aus dem Kanal gezogen, oder wenn der Professor was vorpredigt un mit seiner Baßstimme so vor sich hinbrummelt: ‚wie der Unsterbliche sagt' ... un dann kommt immer ein Name, den kein Christenmensch kennt un die Kommerzienrätin woll auch nich – dann hat sie gleich immer ihre Träne un sind immer wie Stehtränen, die gar nich runter wolln."

„Daß sie so weinen kann, ist aber doch eigentlich was Gutes, liebe Schmolke."

„Ja, bei manchem is es was Gutes un zeigt ein weiches Herz. Un ich will auch weiter nichts sagen un lieber an meine eigne Brust schlagen, un muß auch, denn mir sitzen sie auch man lose ... Gott, wenn ich daran denke, wie Schmolke noch lebte, na, da war vieles anders, un Billetter für den dritten Rang hatte Schmolke jeden Tag un mitunter auch für den zweiten. Un da machte ich mich denn fein, Corinna, denn ich war damals noch keine dreißig un noch ganz gut im Stande. Gott, Kind, wenn ich daran denke! Da war damals eine, die hieß die Erharten, die nachher einen Grafen geheiratet. Ach, Corinnchen, da hab ich auch manche schöne Träne vergossen. Ich sage schöne Träne, denn es erleichtert einen. Un in ‚Maria Stuart' war es am meisten. Da war denn doch eine Schnauberei, daß man gar nichts mehr verstehn konnte, das heißt aber bloß ganz zuletzt, wie sie von all ihre Dienerinnen und von ihrer alten Amme Abschied nimmt, alle ganz schwarz, un sie selber immer mit's Kreuz, ganz wie 'ne Katholsche. Aber die Erharten war keine. Un wenn ich mir das alles wieder so denke un wie ich da aus der Träne gar nich rausgekommen bin, da kann ich auch gegen die Kommerzienrätin eigentlich nichts sagen."

Corinna seufzte, halb im Scherz und halb im Ernst.

„Warum seufzst du, Corinna?"

„Ja, warum seufze ich, liebe Schmolke? Ich seufze, weil ich glaube, daß Sie recht haben, und daß sich gegen die Rätin eigentlich nichts sagen läßt, bloß weil sie so leicht weint oder immer einen Flimmer im Auge hat. Gott, den hat mancher. Aber die Rätin ist freilich eine ganz eigene Frau, und ich trau ihr nicht, und der arme Leopold hat eigentlich eine große Furcht vor ihr und weiß auch noch nicht, wie er da heraus will. Es wird eben noch allerlei harte Kämpfe geben. Aber ich laß es darauf ankommen und halt ihn fest, und wenn meine Schwiegermutter gegen mich ist, so schadet es am Ende nicht allzuviel. Die Schwiegermütter sind eigentlich immer dagegen, und jede denkt, ihr Püppchen ist zu schade. Na, wir werden ja sehn; ich habe sein Wort, und das andere muß sich finden."

„Das ist recht, Corinna, halt ihn fest. Eigentlich hab ich ja einen Schreck gekriegt, und glaube mir, Marcell wäre besser gewesen, denn ihr paßt zusammen. Aber das sag ich so bloß zu dir. Un da du nun mal den Treibelschen hast, na, so hast du 'n, un da hilft kein Präzelbacken, un er muß stillhalten und die Alte auch. Ja, die Alte erst recht. Der gönn ich's."

Corinna nickte.

„Un nu schlafe, Kind. Ausschlafen is immer gut, denn man kann nie wissen, wie's kommt, un wie man den andern Tag seine Kräfte braucht."

Zwölftes Kapitel

Ziemlich um dieselbe Zeit, wo der Felgentreusche Wagen in der Adlerstraße hielt, um Corinna daselbst abzusetzen, hielt auch der Treibelsche Wagen vor der kommerzienrätlichen Wohnung, und die Rätin samt ihrem Sohne Leopold stiegen aus, während der alte Treibel auf seinem Platze blieb und das junge Paar – das wieder die Pferde geschont hatte – die Köpnicker Straße hinunter bis an den „Holzhof" begleitete. Von dort aus, nach einem herzhaften Schmatz (denn er spielte gern den zärtlichen Schwiegervater) ließ er sich zu Buggenhagens fahren, wo Parteiversammlung war. Er wollte doch mal wieder sehen, wie's stünde und, wenn nötig, auch zeigen, daß ihn die Korrespondenz in der „Nationalzeitung" nicht niedergeschmettert habe.

Die Kommerzienrätin, die für gewöhnlich die politischen Gänge Treibels belächelte, wenn nicht beargwohnte – was auch vorkam – heute segnete sie Buggenhagen und war froh, ein paar Stunden allein sein zu können. Der Gang mit Wilibald hatte so vieles wieder in ihr angeregt. Die Gewißheit, sich verstanden zu sehen – es war doch eigentlich das Höhere. „Viele beneiden mich, aber was hab ich am Ende? Stuck und Goldleisten und die Honig mit ihrem sauersüßen Gesicht. Treibel ist gut, besonders auch gegen mich; aber die Prosa lastet bleischwer auf ihm, und wenn *er* es nicht empfindet, *ich* empfinde es ... Und dabei Kommerzienrätin und immer wieder Kommerzienrätin. Es geht nun schon in das zehnte Jahr, und er rückt nicht höher hinauf, trotz aller Anstrengungen. Und wenn es so bleibt, und es wird so bleiben, so weiß ich wirklich nicht, ob nicht das andere, das auf Kunst und Wissenschaft deutet, doch einen feineren Klang hat. Ja, den hat es ... Und mit den ewigen guten Verhältnissen! Ich kann doch auch nur eine Tasse Kaffee trinken, und wenn ich mich zu Bett lege, so kommt es darauf an, daß ich schlafe. Birkenmaser oder Nußbaum macht keinen Unterschied, aber Schlaf oder Nichtschlaf, das macht einen, und mitunter flieht mich der Schlaf, der des Lebens Bestes ist, weil er uns das Leben vergessen läßt ... Und auch die Kinder wären anders. Wenn ich die Corinna ansehe, das sprüht alles von Lust und Leben, und wenn sie bloß so macht, so steckt sie meine beiden Jungen in die Tasche. Mit Otto ist nicht viel, und mit Leopold ist gar nichts."

Jenny, während sie sich in süße Selbsttäuschungen wie diese versenkte, trat ans Fenster und sah abwechselnd auf den Vorgarten und die Straße. Drüben, im Hause gegenüber, hoch oben in der offenen Mansarde, stand, wie ein Schattenriß in hellem Licht, eine Plätterin, die mit sicherer Hand über das Plättbrett hinfuhr – ja, es war ihr, als höre sie das Mädchen singen. Der Kommerzienrätin Auge mochte von dem anmutigen Bilde nicht lassen, und etwas wie wirklicher Neid überkam sie.

Sie sah erst fort, als sie bemerkte, daß hinter ihr die Tür ging. Es war Friedrich, der den Tee brachte. „Setzen Sie hin, Friedrich, und sagen Sie Fräulein Honig, es wäre nicht nötig."

„Sehr wohl, Frau Kommerzienrätin. Aber hier ist ein Brief."

„Ein Brief?" fuhr die Rätin heraus. „Von wem?"

„Vom jungen Herrn."

„Von Leopold?"

„Ja, Frau Kommerzienrätin ... Und es wäre Antwort ..."

„Brief ... Antwort ... Er ist nicht recht gescheit", und die Kommerzienrätin riß das Kuvert auf und überflog den Inhalt. „Liebe Mama! Wenn es Dir irgend paßt, ich möchte heute noch eine kurze Unterredung mit Dir haben. Laß mich durch Friedrich wissen, ja oder nein. Dein Leopold."

Jenny war derart betroffen, daß ihre sentimentalen Anwandlungen auf der Stelle hinschwanden. Soviel stand fest, daß das alles nur etwas sehr Fatales bedeuten konnte. Sie raffte sich aber zusammen und sagte: „Sagen Sie Leopold, daß ich ihn erwarte."

Das Zimmer Leopolds lag über dem ihrigen; sie hörte deutlich, daß er rasch hin und her ging, und ein paar Schubkästen, mit einer ihm sonst nicht eigenen Lautheit, zuschob. Und gleich danach, wenn nicht alles täuschte, vernahm sie seinen Schritt auf der Treppe.

Sie hatte recht gehört, und nun trat er ein und wollte (sie stand noch in der Nähe des Fensters) durch die ganze Länge des Zimmers auf sie zuschreiten, um ihr die Hand zu küssen; der Blick aber, mit dem sie ihm begegnete, hatte etwas so Abwehrendes, daß er stehenblieb und sich verbeugte.

„Was bedeutet das, Leopold? Es ist jetzt zehn, also nachtschlafende Zeit, und da schreibst du mir ein Billett und willst mich sprechen. Es ist mir neu, daß du was auf der Seele hast, was keinen Aufschub bis morgen früh duldet. Was hast du vor? Was willst du?"

„Mich verheiraten, Mutter. Ich habe mich verlobt."

Die Kommerzienrätin fuhr zurück, und ein Glück war es, daß das Fenster, an dem sie stand, ihr eine Lehne gab. Auf viel Gutes hatte sie nicht gerechnet, aber eine Verlobung über ihren Kopf weg, das war doch mehr als sie gefürchtet. War es eine der Felgentreus? Sie hielt beide für dumme Dinger und die ganze Felgentreuerei für erheblich unterm Stand; er, der Alte, war Lageraufseher in einem großen Ledergeschäft gewesen und hatte schließlich die hübsche Wirtschaftsmamsell des Prinzipals, eines mit seiner weiblichen Umgebung oft wechselnden Witwers, geheiratet. So hatte die Sache begonnen und ließ in ihren Augen viel zu wünschen übrig. Aber verglichen mit den Munks, war es noch lange das Schlimmste nicht, und so sagte sie denn: „Elfriede oder Blanca?"

„Keine von beiden."

„Also ..."

„Corinna."

Das war zuviel. Jenny kam in ein halb ohnmächtiges Schwanken, und sie wäre, angesichts ihres Sohnes, zu Boden gefallen, wenn sie der schnell Herzuspringende nicht aufgefangen hätte. Sie war nicht leicht zu halten und noch weniger leicht zu tragen; aber der arme Leopold, den die ganze Situation über sich selbst hinaushob, bewährte sich auch physisch und trug die Mama bis ans Sofa. Danach wollte er auf den Knopf der elektrischen Klingel drücken, Jenny war aber, wie die meisten ohnmächtigen Frauen, doch nicht ohnmächtig genug, um nicht genau zu wissen, was um sie her vorging, und so faßte sie denn seine Hand, zum Zeichen, daß das Klingeln zu unterbleiben habe.

Sie erholte sich rasch wieder, griff nach dem vor ihr stehenden Flakon mit Kölnischem Wasser und sagte, nachdem sie sich die Stirn damit betupft hatte: „Also mit Corinna."

„Ja, Mutter."

„Und alles nicht bloß zum Spaß. Sondern um euch wirklich zu heiraten."

„Ja, Mutter."

„Und hier in Berlin und in der Luisenstädtischen Kirche, darin dein guter, braver Vater und ich getraut wurden?"

„Ja, Mutter."

„Ja, Mutter, und immer wieder ja, Mutter. Es klingt, als ob du nach Kommando sprächst, und als ob dir Corinna gesagt hätte, sage nur immer: Ja, Mutter. Nun, Leopold, wenn es so ist, so können wir beide unsere Rollen rasch auswendig lernen. Du sagst in einem fort ‚ja, Mutter', und ich sage in einem fort ‚nein, Leopold'. Und dann wollen wir sehen, was länger vorhält, dein ‚Ja' oder mein ‚Nein'."

„Ich finde, daß du es dir etwas leicht machst, Mama."

„Nicht, daß ich wüßte. Wenn es aber so sein sollte, so bin ich bloß deine gelehrige Schülerin. Jedenfalls ist es ein Operieren ohne Umschweife, wenn ein Sohn vor seine Mutter hintritt und ihr kurzweg erklärt: ‚Ich habe mich verlobt.' So geht das nicht in guten Häusern. Das mag beim Theater so sein oder vielleicht auch bei Kunst und Wissenschaft, worin die kluge Corinna ja großgezogen ist, und einige sagen sogar, daß sie dem Alten die Hefte korrigiert. Aber wie dem auch sein möge, bei Kunst und Wissenschaft mag das gehen, meinetwegen, und wenn sie den alten Professor, ihren Vater (übrigens ein Ehrenmann) auch ihrerseits mit einem ‚ich habe mich verlobt' überrascht haben sollte, nun, so mag *der* sich freuen; er hat auch Grund dazu, denn die Treibels wachsen nicht auf den Bäumen und können nicht von jedem, der vorbeigeht, heruntergeschüttelt werden. Aber ich, ich freue mich *nicht* und verbiete dir diese Verlobung. Du hast wieder gezeigt, wie ganz unreif du bist, ja, daß ich es ausspreche, Leopold, wie knabenhaft."

„Liebe Mama, wenn du mich etwas mehr schonen könntest ..."

„Schonen? Hast du mich geschont, als du dich auf diesen Unsinn einließest? Du hast dich verlobt, sagst du. Wem willst du das weismachen? *Sie* hat sich verlobt, und du bist bloß verlobt worden. Sie spielt mit dir, und anstatt dir das zu verbitten, küssest du ihr die Hand und lässest dich einfangen wie die Gimpel. Nun, ich hab es nicht hindern können, aber das Weitere, das kann ich hindern und werde es hindern. Verlobt euch soviel ihr wollt, aber wenn ich bitten darf, im Verschwiegenen und Verborgenen; an ein Heraustreten damit ist nicht zu denken. Anzeigen erfolgen nicht, und wenn du deinerseits Anzeigen machen willst, so magst du die Gratulationen in einem Hotel garni in Empfang nehmen. In meinem Hause nicht. In meinem Hause existiert keine Verlobung und keine Corinna. Damit ist es vorbei. Das alte Lied vom Undank erfahr ich nun an mir selbst und muß erkennen, daß man unklug daran tut, Personen zu verwöhnen und gesellschaftlich zu sich heraufzuziehen. Und mit dir steht es nicht besser. Auch du hättest mir diesen Gram ersparen können und diesen Skandal. Daß du verführt bist, entschuldigt dich nur halb. Und nun kennst du meinen Willen, und ich darf wohl sagen, auch deines Vaters Willen, denn so viel Torheiten er begeht, in *den* Fragen, wo die Ehre seines Hauses auf dem Spiele steht, ist Verlaß auf ihn. Und nun geh, Leopold, und schlafe, wenn du schlafen kannst. Ein gut Gewissen ist ein gutes Ruhekissen ..."

Leopold biß sich auf die Lippen und lächelte verbittert vor sich hin.

„... Und bei dem, was du vielleicht vorhast – denn du lächelst und stehst so trotzig da, wie ich dich noch gar nicht gesehen habe, was auch bloß der fremde Geist und Einfluß ist – bei dem, was du vielleicht vorhast, Leopold, vergiß nicht, daß der Segen der Eltern den Kindern Häuser baut. Wenn ich dir raten kann, sei klug und bringe dich nicht um einer gefährlichen Person und einer flüchtigen Laune willen um die Fundamente, die das Leben tragen, und ohne die es kein rechtes Glück gibt."

Leopold, der sich, zu seinem eigenen Erstaunen, all die Zeit über durchaus nicht niedergeschmettert gefühlt hatte, schien einen Augenblick antworten zu wollen; ein Blick auf die Mutter aber, deren Erregung, während sie sprach, nur immer noch gewachsen war, ließ ihn erkennen, daß jedes Wort die Schwierigkeit der Lage bloß steigern würde; so verbeugte er sich denn ruhig und verließ das Zimmer.

Er war kaum hinaus, als sich die Kommerzienrätin von ihrem Sofaplatz erhob und über den Teppich hin auf und ab zu gehen begann. Jedesmal, wenn sie wieder in die Nähe des Fensters kam, blieb sie stehen und sah nach der Mansarde und der immer noch in vollem Lichte dastehenden Plätterin hinüber, bis ihr Blick sich wieder senkte und dem bunten Treiben der vor ihr liegenden Straße zuwandte. Hier, in ihrem Vorgarten, den linken Arm von innen her auf die Gitterstäbe gestützt, stand ihr Hausmädchen, eine hübsche Blondine, die mit Rücksicht auf Leopolds „mores" beinahe nicht engagiert worden wäre, und sprach lebhaft und unter Lachen mit einem draußen auf dem Trottoir stehenden „Cousin", zog sich aber zurück, als der eben von Buggenhagen kommende Kommerzienrat in einer Droschke vorfuhr und auf seine Villa zuschritt. Treibel, einen Blick auf die Fensterreihe werfend, sah sofort, daß nur noch in seiner Frau Zimmer Licht war, was ihn mitbestimmte, gleich bei ihr einzutreten, um noch über den Abend und seine mannigfachen

Erlebnisse berichten zu können. Die flaue Stimmung, der er anfänglich infolge der Nationalzeitungskorrespondenz bei Buggenhagens begegnet war, war unter dem Einfluß seiner Liebenswürdigkeit rasch gewichen, und das um so mehr, als er den auch hier wenig gelittenen Vogelsang schmunzelnd preisgegeben hatte.

Von diesem Siege zu erzählen, trieb es ihn, trotzdem er wußte, wie Jenny zu diesen Dingen stand; als er aber eintrat und die Aufregung gewahr wurde, darin sich seine Frau ganz ersichtlich befand, erstarb ihm das joviale „Guten Abend, Jenny", auf der Zunge, und ihr die Hand reichend, sagte er nur: „Was ist vorgefallen, Jenny? Du siehst ja aus wie das Leiden ... nein, keine Blasphemie ... Du siehst ja aus, als wäre dir die Gerste verhagelt."

„Ich glaube, Treibel", sagte sie, während sie ihr Auf und Ab im Zimmer fortsetzte, „du könntest dich mit deinen Vergleichen etwas höher hinaufschrauben; ‚verhagelte Gerste' hat einen überaus ländlichen, um nicht zu sagen bäuerlichen Beigeschmack. Ich sehe, das Teupitz-Zossensche trägt bereits seine Früchte ..."

„Liebe Jenny, die Schuld liegt, glaube ich, weniger an mir als an dem Sprach- und Bilderschatze deutscher Nation. Alle Wendungen, die wir als Ausdruck für Verstimmungen und Betrübnisse haben, haben einen ausgesprochenen Unterschichtscharakter, und ich finde da zunächst nur noch den Lohgerber, dem die Felle weggeschwommen."

Er stockte, denn es traf ihn ein so böser Blick, daß er es doch für angezeigt hielt, auf das Suchen nach weiteren Vergleichen zu verzichten. Auch nahm Jenny selbst das Wort und sagte: „Deine Rücksichten gegen mich halten sich immer auf derselben Höhe. Du siehst, daß ich eine Alteration gehabt habe, und die Form, in die du deine Teilnahme kleidest, ist *die* geschmackloser Vergleiche. Was meiner Erregung zugrunde liegt, scheint deine Neugier nicht sonderlich zu wecken."

„Doch, doch, Jenny ... Du darfst das nicht übelnehmen; du kennst mich und weißt, wie das alles gemeint ist. Alteration! Das ist ein Wort, das ich nicht gern höre. Gewiß wieder was mit Anna, Kündigung oder Liebesgeschichte. Wenn ich nicht irre, stand sie ..."

„Nein, Treibel, das ist es nicht, Anna mag tun, was sie will und meinetwegen ihr Leben als Spreewälderin beschließen. Ihr Vater, der alte Schulmeister, kann dann an seinem Enkel erziehen, was er an seiner Tochter versäumt hat. Wenn mich

Liebesgeschichten alterieren sollen, müssen sie von anderer Seite kommen ..."

„Also doch Liebesgeschichten. Nun sage wer?"

„Leopold."

„Alle Wetter ..." Und man konnte nicht heraushören, ob Treibel bei dieser Namensnennung mehr in Schreck oder Freude geraten war. „Leopold? Ist es möglich?"

„Es ist mehr als möglich, es ist gewiß; denn vor einer Viertelstunde war er selber hier, um mich diese Liebesgeschichte wissen zu lassen ..."

„Merkwürdiger Junge ..."

„Er hat sich mit Corinna verlobt."

Es war ganz unverkennbar, daß die Kommerzienrätin eine große Wirkung von dieser Mitteilung erwartete, welche Wirkung aber durchaus ausblieb. Treibels erstes Gefühl war das einer heiter angeflogenen Enttäuschung. Er hatte was von kleiner Soubrette, vielleicht auch von „Jungfrau aus dem Volk" erwartet und stand nun vor einer Ankündigung, die, nach seinen unbefangeneren Anschauungen, alles andere als Schreck und Entsetzen hervorrufen konnte. „Corinna", sagte er. „Und schlankweg verlobt und ohne Mama zu fragen. Teufelsjunge. Man unterschätzt doch immer die Menschen und am meisten seine eigenen Kinder."

„Treibel, was soll das? Dies ist keine Stunde, wo sich's für dich schickt, in einer noch nach Buggenhagen schmeckenden Stimmung ernste Fragen zu behandeln. Du kommst nach Haus und findest mich in einer großen Erregung, und im Augenblicke, wo ich dir den Grund dieser Erregung mitteile, findest du's angemessen, allerlei sonderbare Scherze zu machen. Du mußt doch fühlen, daß das einer Lächerlichmachung meiner Person und meiner Gefühle ziemlich gleichkommt, und wenn ich deine ganze Haltung recht verstehe, so bist du weitab davon, in dieser sogenannten Verlobung einen Skandal zu sehen. Und darüber möchte ich Gewißheit haben, eh wir weitersprechen. Ist es ein Skandal oder nicht?"

„Nein."

„Und du wirst Leopold nicht darüber zur Rede stellen?"

„Nein."

„Und du bist nicht empört über diese Person?"

„Nicht im geringsten."

„Über diese Person, die deiner und meiner Freundlichkeit sich absolut unwert macht, und nun ihre Bettlade – denn um viel was anderes wird es sich nicht handeln – in das Treibelsche Haus tragen will."

Treibel lachte. „Sieh, Jenny, diese Redewendung ist dir gelungen, und wenn ich mir mit meiner Phantasie, die mein Unglück ist, die hübsche Corinna vorstelle, wie sie sozusagen zwischen die Längsbretter eingeschirrt, ihre Bettlade hierher ins Treibelsche Haus trägt, so könnte ich eine Viertelstunde lang lachen. Aber ich will doch lieber nicht lachen und dir, da du so sehr fürs Ernste bist, nun auch ein ernsthaftes Wort sagen. Alles, was du da so hinschmetterst, ist erstens unsinnig und zweitens empörend. Und was es außerdem noch alles ist, blind, vergeßlich, überheblich, davon will ich gar nicht reden ..."

Jenny war ganz blaß geworden und zitterte, weil sie wohl wußte, worauf das „blind und vergeßlich" abzielte. Treibel aber, der ein guter und auch ganz kluger Kerl war und sich aufrichtig gegen all den Hochmut aufrichtete, fuhr jetzt fort: „Du sprichst da von Undank und Skandal und Blamage, und fehlt eigentlich bloß noch das Wort ‚Unehre', dann hast du den Gipfel der Herrlichkeit erklommen. Undank. Willst du der klugen, immer heitren, immer unterhaltlichen Person, die wenigstens sieben Felgentreus in die Tasche steckt – nächststehender Anverwandten ganz zu geschweigen – willst du der die Datteln und Apfelsinen nachrechnen, die sie von unserer Majolikaschüssel, mit einer Venus und einem Cupido darauf, beiläufig eine lächerliche Pinselei, mit ihrer zierlichen Hand heruntergenommen hat? Und waren wir nicht bei dem guten alten Professor unsererseits auch zu Gast, bei Wilibald, der doch sonst dein Herzblatt ist, und haben wir uns seinen Brauneberger, der ebenso gut war wie meiner, oder doch nicht viel schlechter, nicht schmecken lassen? Und warst du nicht ganz ausgelassen und hast du nicht an dem Klimperkasten, der da in der Putzstube steht, deine alten Lieder runtergesungen? Nein, Jenny, komme mir nicht mit solchen Geschichten. Da kann ich auch mal ärgerlich werden ..."

Jenny nahm seine Hand und wollte ihn hindern weiterzusprechen.

„Nein, Jenny, noch nicht, noch bin ich nicht fertig. Ich bin nun mal im Zuge. Skandal sagst du und Blamage. Nun, *ich* sage dir, nimm dich in acht, daß aus der bloß eingebildeten Blamage nicht eine wirkliche wird und daß – ich sage das, weil du solche Bilder liebst – der Pfeil nicht auf den Schützen zurückfliegt.

Du bist auf dem besten Wege, mich und dich in eine unsterbliche Lächerlichkeit hineinzubugsieren. Wer sind wir denn? Wir sind weder die Montmorencys noch die Lusignans – von denen, nebenher bemerkt, die schöne Melusine herstammen soll, was dich vielleicht interessiert – wir sind auch nicht die Bismarcks oder die Arnims oder sonst was Märkisches von Adel, wir sind die Treibels, Blutlaugensalz und Eisenvitriol, und du bist eine geborne Bürstenbinder aus der Adlerstraße. Bürstenbinder ist ganz gut, aber der erste Bürstenbinder kann unmöglich höher gestanden haben als der erste Schmidt. Und so bitt ich dich denn, Jenny, keine Übertreibungen. Und wenn es sein kann, laß den ganzen Kriegsplan fallen und nimm Corinna mit so viel Fassung hin, wie du Helene hingenommen hast. Es ist ja auch nicht nötig, daß sich Schwiegermutter und Schwiegertochter furchtbar lieben, sie heiraten sich ja nicht; es kommt auf *die* an, die den Mut haben, sich dieser ernsten und schwierigen Aufgabe allerpersönlichst unterziehen zu wollen ..."

Jenny war während dieser zweiten Hälfte von Treibels Philippika merkwürdig ruhig geworden, was in einer guten Kenntnis des Charakters ihres Mannes seinen Grund hatte. Sie wußte, daß er in einem überhohen Grade das Bedürfnis und die Gewohnheit des Sichaussprechens hatte, und daß sich mit ihm erst wieder reden ließ, wenn gewisse Gefühle von seiner Seele heruntergeredet waren. Es war ihr schließlich ganz recht, daß dieser Akt innerlicher Selbstbefreiung so rasch und so gründlich begonnen hatte; was jetzt gesagt worden war, brauchte morgen nicht mehr gesagt zu werden, war abgetan und gestattete den Ausblick auf friedlichere Verhandlungen. Treibel war sehr der Mann der Betrachtung aller Dinge von zwei Seiten her, und so war Jenny denn völlig überzeugt davon, daß er über Nacht dahin gelangen würde, die ganze Leopoldsche Verlobung auch mal von der Kehrseite her anzusehen. Sie nahm deshalb seine Hand und sagte: „Treibel, laß uns das Gespräch morgen früh fortsetzen. Ich glaube, daß du, bei ruhigerem Blute, die Berechtigung meiner Anschauungen nicht verkennen wirst. Jedenfalls rechne nicht darauf, mich anderen Sinnes zu machen. Ich wollte dir, als dem Manne, der zu handeln hat, selbstverständlich auch in dieser Angelegenheit nicht vorgreifen; lehnst du jedoch jedes Handeln ab, so handle *ich*. Selbst auf die Gefahr deiner Nichtzustimmung."

„Tu, was du willst."

Und damit warf Treibel die Tür ins Schloß und ging in sein

Zimmer hinüber. Als er sich in den Fauteuil warf, brummte er vor sich hin: „Wenn sie am Ende doch recht hätte!"

Und konnte es anders sein? Der gute Treibel, er war doch auch seinerseits das Produkt dreier, im Fabrikbetrieb immer reicher gewordenen Generationen, und aller guten Geistes- und Herzensanlagen unerachtet und trotz seines politischen Gastspiels auf der Bühne Teupitz-Zossen – der Bourgeois steckte ihm wie seiner sentimentalen Frau tief im Geblüt.

Dreizehntes Kapitel

Am anderen Morgen war die Kommerzienrätin früher auf als gewöhnlich und ließ von ihrem Zimmer aus zu Treibel hinüber sagen, daß sie das Frühstück allein nehmen wolle. Treibel schob es auf die Verstimmung vom Abend vorher, ging aber darin fehl, da Jenny ganz aufrichtig vorhatte, die durch Verbleib auf ihrem Zimmer frei gewordene halbe Stunde zu einem Briefe an Hildegard zu benutzen. Es galt eben Wichtigeres heute, als den Kaffee mußevoll und friedlich oder vielleicht auch unter fortgesetzter Kriegführung einzunehmen, und wirklich, kaum daß sie die kleine Tasse geleert und auf das Tablett zurückgeschoben hatte, so vertauschte sie auch schon den Sofaplatz mit ihrem Platz am Schreibtisch und ließ die Feder mit rasender Schnelligkeit über verschiedene kleine Bogen hingleiten, von denen jeder nur die Größe einer Handfläche, Gott sei Dank aber die herkömmlichen vier Seiten hatte. Briefe, wenn ihr die Stimmung nicht fehlte, gingen ihr immer leicht von der Hand, aber nie so wie heute, und ehe noch die kleine Konsoluhr die neunte Stunde schlug, schob sie schon die Bogen zusammen, klopfte sie auf der Tischplatte wie ein Spiel Karten zurecht und überlas noch einmal mit halblauter Stimme das Geschriebene.

„Liebe Hildegard! Seit Wochen tragen wir uns damit, unsren seit lange gehegten Wunsch erfüllt und Dich mal wieder unter unsrem Dache zu sehen. Bis in den Mai hinein hatten wir schlechtes Wetter, und von einem Lenz, der mir die schönste Jahreszeit bedeutet, konnte kaum die Rede sein. Aber seit beinah vierzehn Tagen ist es anders, in unsrem Garten schlagen die Nachtigallen, was Du, wie ich mich sehr wohl erinnere, so sehr liebst, und so bitten wir Dich herzlich, Dein schönes Hamburg auf ein paar Wochen verlassen und uns Deine Gegenwart schenken zu wollen. Treibel vereinigt seine Wünsche mit den meinigen, und Leopold schließt sich an. Von Deiner Schwester Helene bei dieser Gelegenheit und in diesem Sinne zu sprechen, ist überflüssig, denn ihre herzlichen Gefühle für Dich kennst Du so gut, wie wir sie kennen, Gefühle, die, wenn ich recht beobachtet habe, gerade neuerdings wieder in einem beständigen Wachsen begriffen sind. Es liegt so, daß ich, soweit das in einem Briefe möglich, ausführlicher darüber zu Dir sprechen möchte. Mitunter, wenn ich sie so blaß sehe, so gut ihr gerade diese Blässe kleidet, tut mir doch das innerste Herz weh, und ich habe nicht den Mut, nach der Ursache zu fragen. Otto ist es *nicht*, dessen bin ich sicher, denn er ist nicht nur gut, sondern auch rücksichtsvoll, und ich empfinde dann allen Möglichkeiten gegenüber ganz deutlich, daß es nichts anderes sein kann als Heimweh. Ach, mir nur zu begreiflich, und ich möchte dann immer sagen, ‚reise, Helene, reise heute, reise morgen, und sei versichert, daß ich mich, wie des Wirtschaftlichen überhaupt, so auch namentlich der Weißzeugplätterei nach besten Kräften annehmen werde, geradeso, ja mehr noch als wenn es für Treibel wäre, der in diesen Stücken auch so diffizil ist, diffiziler als viele andere Berliner'. Aber ich sage das alles nicht, weil ich ja weiß, daß Helene lieber auf jedes andere Glück verzichtet, als auf das Glück, das in dem Bewußtsein erfüllter Pflicht liegt. Vor allem dem Kinde gegenüber. Lizzi mit auf die Reise zu nehmen, wo dann doch die Schulstunden unterbrochen werden müßten, ist fast ebenso undenkbar, wie Lizzi zurückzulassen. Das süße Kind! Wie wirst Du Dich freuen, sie wiederzusehen, immer vorausgesetzt, daß ich mit meiner Bitte keine Fehlbitte tue. Denn Photographien geben doch nur ein sehr ungenügendes Bild, namentlich bei Kindern, deren ganzer Zauber in einer durchsichtigen Hautfarbe liegt; der Teint nüanciert nicht nur den Ausdruck, er ist der Ausdruck selbst. Denn wie Krola, dessen Du Dich vielleicht noch erinnerst, erst neulich wieder behauptete, der Zusammenhang zwischen Teint und Seele sei geradezu merkwürdig. Was wir Dir bieten können, meine süße Hildegard? Wenig; eigentlich nichts. Die Beschränktheit unserer Räume kennst Du; Treibel hat außerdem eine neue Passion ausgebildet und will sich wählen lassen, und zwar in einem Landkreise, dessen sonderbaren, etwas wendisch klingenden Namen ich Deiner Geographiekenntnis nicht zumute, trotzdem ich wohl weiß, daß auch Eure Schulen – wie mir Felgentreu (freilich keine Autorität auf diesem Gebiete) erst ganz vor kurzem wieder versicherte – den unsrigen überlegen sind. Wir haben zur Zeit eigentlich nichts als die Jubiläumsausstellung, in der die Firma Dreher aus Wien die Bewirtung übernommen hat und hart angegriffen wird. Aber was griffe der Berliner nicht an – daß die Seidel zu klein sind, kann einer Dame wenig bedeuten – und ich wüßte wirklich kaum etwas, was vor der Eingebildetheit unserer Bevölkerung sicher wäre. Nicht einmal Euer Hamburg, an das ich nicht denken kann, ohne daß mir das Herz lacht. Ach, Eure herrliche Buten-Alster! Und wenn dann abends die Lichter und die Sterne darin flimmern – ein Anblick, der den, der sich seiner freuen darf, jedesmal dem Irdischen wie entrückt. Aber vergiß es, liebe Hildegard, sonst haben wir wenig Aussicht, Dich hier zu sehen, was doch ein aufrichtiges Bedauern bei allen Treibels hervorrufen würde, am meisten bei Deiner Dich innig liebenden Freundin und Tante Jenny Treibel.

Nachschrift. Leopold reitet jetzt viel, jeden Morgen nach Treptow und auch nach dem Eierhäuschen. Er klagt, daß er keine Begleitung dabei habe. Hast Du noch Deine alte Passion? Ich sehe Dich noch so hinfliegen, Du Wildfang. Wenn ich ein Mann wäre, *Dich* einzufangen, würde mir das Leben bedeuten. Übrigens bin ich sicher, daß andere ebenso denken, und wir würden längst den Beweis davon in Händen haben, wenn du weniger wählerisch wärst. Sei es nicht fürder und vergiß die Ansprüche, die Du machen darfst. Deine J. T.“

Jenny faltete jetzt die kleinen Bogen und tat sie in ein Kuvert, das, vielleicht um auch schon äußerlich ihren Friedenswunsch anzudeuten, eine weiße Taube mit einem Ölzweig zeigte. Dies war um so angebrachter, als Hildegard mit Helenen in lebhafter Korrespondenz stand und recht gut wußte, wie, bisher wenigstens, die wahren Gefühle der Treibels und besonders die der Frau Jenny gewesen waren.

Die Rätin hatte sich eben erhoben, um nach der am Abend vorher etwas angezweifelten Anna zu klingeln, als sie, wie von ungefähr, ihren Blick auf den Vorgarten richtend, ihrer Schwiegertochter ansichtig wurde, die rasch vom Gitter her auf das Haus zuschritt. Draußen hielt eine Droschke zweiter Klasse, geschlossen und das Fenster in die Höhe gezogen, trotzdem es sehr warm war.

Einen Augenblick danach trat Helene bei der Schwiegermutter ein und umarmte sie stürmisch. Dann warf sie den Sommermantel und Gartenhut beiseite und sagte, während sie ihre Umarmung wiederholte: „Ist es denn wahr? Ist es denn möglich?“

Jenny nickte stumm und sah nun erst, daß Helene noch im Morgenkleide und ihr Scheitel noch eingeflochten war. Sie hatte sich also, wie sie da ging und stand, im selben Moment, wo die große Nachricht auf dem Holzhofe bekanntgeworden war, sofort auf den Weg gemacht, und zwar in der ersten besten Droschke. Das war etwas, und angesichts dieser Tatsache fühlte Jenny das Eis hinschmelzen, das acht Jahre lang ihr Schwiegermutterherz umgürtet hatte. Zugleich traten ihr Tränen in die Augen. „Helene“, sagte sie, „was zwischen uns gestanden hat, ist fort. Du bist ein gutes Kind, du fühlst mit uns. Ich war mitunter gegen dies und das, untersuchen wir nicht, ob mit Recht oder Unrecht; aber in *solchen* Stücken ist Verlaß auf euch, und ihr wißt Sinn von Unsinn zu unterscheiden. Von deinem Schwiegervater kann ich dies leider nicht sagen. Indessen ich denke, das ist nur Übergang, und er wird sich geben. Unter allen Umständen laß uns zusammenhalten. Mit Leopold persönlich, das hat nichts zu bedeuten. Aber diese gefährliche Person, die vor nichts erschrickt und dabei ein Selbstbewußtsein hat, daß man drei Prinzessinnen damit ausstaffieren könnte, gegen *die* müssen wir uns rüsten. Glaube nicht, daß sie's uns leicht machen wird. Sie hat ganz den Professorentochterdünkel und ist imstande sich einzubilden, daß sie dem Hause Treibel noch eine Ehre antut.“

„Eine schreckliche Person“, sagte Helene. „Wenn ich an den Tag denke mit dear Mr. Nelson. Wir hatten eine Todesangst, daß Nelson seine Reise verschieben und um sie anhalten würde. Was daraus geworden wäre, weiß ich nicht; bei den Beziehungen Ottos zu der Liverpooler Firma vielleicht verhängnisvoll für uns.“

„Nun, Gott sei Dank, daß es vorübergegangen. Vielleicht immer noch besser so, so können wir's en famille austragen. Und den alten Professor fürcht ich nicht, den habe ich von alter Zeit her am Bändel. Er muß mit in unser Lager hinüber. Und nun muß ich fort, Kind, um Toilette zu machen ... Aber noch ein Hauptpunkt. Eben habe ich an deine Schwester Hildegard geschrieben und sie herzlich gebeten, uns mit nächstem ihren Besuch zu schenken. Bitte, Helene, füge ein paar Worte an deine Mama hinzu und tue beides in das Kuvert und adressiere.“

Damit ging die Rätin, und Helene setzte sich an den Schreibtisch. Sie war so bei der Sache, daß nicht einmal ein triumphierendes Gefühl darüber, mit ihren Wünschen für Hildegard nun endlich am Ziele zu sein, in ihr aufdämmerte; nein, sie hatte angesichts der gemeinsamen Gefahr nur Teilnahme für ihre Schwiegermutter, als der „Trägerin des Hauses“, und nur Haß für Corinna. Was sie zu schreiben hatte, war rasch geschrieben. Und nun adressierte sie mit schöner englischer Handschrift in normalen Schwung- und Rundlinien: „Frau Konsul Thora Munk, geb. Thompson. Hamburg. Uhlenhorst.“

Als die Aufschrift getrocknet und der ziemlich ansehnliche Brief mit zwei Marken frankiert war, brach Helene auf, klopfte nur noch leise an Frau Jennys Toilettenzimmer und rief hinein: „Ich gehe jetzt, liebe Mama. Den Brief nehme ich mit.“ Und gleich danach passierte sie wieder den Vorgarten, weckte den Droschkenkutscher und stieg ein.

Zwischen neun und zehn waren zwei Rohrpostbriefe bei Schmidts eingetroffen, ein Fall, der, in dieser seiner Gedoppeltheit, noch nicht dagewesen war. Der eine dieser Briefe richtete sich an den Professor und hatte folgenden kurzen Inhalt: „Lieber Freund! Darf ich darauf rechnen, Sie heute zwischen zwölf und eins in Ihrer Wohnung zu treffen? Keine Antwort, gute Antwort. Ihre ganz ergebene Jenny Treibel.“ Der andere, nicht viel längere Brief, war an Corinna adressiert und lautete: „Liebe Corinna! Gestern abend noch hatte ich ein Gespräch mit der Mama. Daß ich auf Widerstand stieß, brauche ich Dir nicht erst zu sagen, und es ist mir gewisser denn je, daß wir schweren Kämpfen entgegengehen. Aber nichts soll uns trennen. In meiner Seele lebt eine hohe Freudigkeit und gibt mir Mut zu allem. Das ist das Geheimnis und zugleich die Macht der Liebe. Diese Macht soll mich auch weiter führen und festigen. Trotz aller Sorge Dein überglücklicher Leopold.“ Corinna legte den Brief aus der Hand. „Armer Junge! Was er da schreibt, ist ehrlich gemeint, selbst das mit dem Mut. Aber ein Hasenohr guckt doch durch. Nun, wir müssen sehen. Halte, was du hast. *Ich* gebe nicht nach.“

Corinna verbrachte den Vormittag unter fortgesetzten Selbstgesprächen. Mitunter kam die Schmolke, sagte aber nichts und beschränkte sich auf kleine wirtschaftliche Fragen. Der Professor seinerseits hatte zwei Stunden zu geben, eine griechische: Pindar, und eine deutsche: romantische Schule (Novalis), und war bald nach zwölf wieder zurück. Er schritt in seinem Zimmer auf und ab, abwechselnd mit einem ihm in seiner Schlußwendung absolut unverständlich gebliebenen Novalis-Gedicht und dann wieder mit dem so feierlich angekündigten Besuche seiner Freundin Jenny beschäftigt. Es war kurz vor eins, als ein Wagengerumpel auf dem schlechten Steinpflaster unten ihn annehmen ließ, sie werde es sein. Und sie war es, diesmal allein, ohne Fräulein Honig und ohne den Bologneser. Sie öffnete selbst den Schlag und stieg dann langsam und bedächtig, als ob sie sich ihre Rolle noch einmal überhöre, die Steinstufen der Außentreppe hinauf. Eine Minute später hörte Schmidt die Klingel gehen, und gleich danach meldete die Schmolke: „Frau Kommerzienrätin Treibel."

Schmidt ging ihr entgegen, etwas weniger unbefangen als sonst, küßte ihr die Hand und bat sie, auf seinem Sofa, dessen tiefste Kesselstelle durch ein großes Lederkissen einigermaßen applaniert war, Platz zu nehmen. Er selber nahm einen Stuhl, setzte sich ihr gegenüber und sagte: „Was verschafft mir die Ehre, liebe Freundin? Ich nehme an, daß etwas Besonderes vorgefallen ist."

„Das ist es, lieber Freund. Und Ihre Worte lassen mir keinen Zweifel darüber, daß Fräulein Corinna noch nicht für gut befunden hat, Sie mit dem Vorgefallenen bekannt zu machen. Fräulein Corinna hat sich nämlich gestern abend mit meinem Sohne Leopold verlobt."

„Ah", sagte Schmidt in einem Tone, der ebensogut Freude wie Schreck ausdrücken konnte.

„Fräulein Corinna hat sich gestern auf unsrer Grunewald-Partie, die vielleicht besser unterblieben wäre, mit meinem Sohne Leopold verlobt, nicht umgekehrt. Leopold tut keinen Schritt ohne mein Wissen und Willen, am wenigsten einen so wichtigen Schritt wie eine Verlobung, und so muß ich denn, zu meinem lebhaften Bedauern, von etwas Abgekartetem oder einer gestellten Falle, ja, Verzeihung, lieber Freund, von einem wohlüberlegten Überfall sprechen."

Dies starke Wort gab dem alten Schmidt nicht nur seine Seelenruhe, sondern auch seine gewöhnliche Heiterkeit wieder. Er sah, daß er sich in seiner alten Freundin nicht getäuscht hatte, daß sie, völlig unverändert, die, trotz Lyrik und Hochgefühle, ganz ausschließlich auf Äußerlichkeiten gestellte Jenny Bürstenbinder von ehedem war, und daß seinerseits, unter selbstverständlicher Wahrung artigster Formen und anscheinend vollen Entgegenkommens, ein Ton superioren Übermutes angeschlagen und in die sich nun höchstwahrscheinlich entspinnende Debatte hineingetragen werden müsse. Das war er sich, das war er Corinna schuldig.

„Ein Überfall, meine gnädigste Frau. Sie haben vielleicht nicht ganz unrecht, es so zu nennen. Und daß es gerade auf diesem Terrain sein mußte. Sonderbar genug, daß Dinge der Art ganz bestimmten Lokalitäten unveräußerlich anzuhaften scheinen. Alle Bemühungen, durch Schwanenhäuser und Kegelbahnen im stillen zu reformieren, der Sache friedlich beizukommen, erweisen sich als nutzlos, und der frühere Charakter dieser Gegenden, insonderheit unseres alten übelbeleumdeten Grunewalds, bricht immer wieder durch. Immer wieder aus dem Stegreif. Erlauben Sie mir, gnädigste Frau, daß ich den derzeitigen Junker generis feminini herbeirufe, damit er seiner Schuld geständig werde."

Jenny biß sich auf die Lippen und bedauerte das unvorsichtige Wort, das sie nun dem Spotte preisgab. Es war aber zu spät zur Umkehr, und so sagte sie nur: „Ja, lieber Professor, es wird das beste sein, Corinna selbst zu hören. Und ich denke, sie wird sich mit einem gewissen Stolz dazu bekennen, dem armen Jungen das Spiel über den Kopf weggenommen zu haben."

„Wohl möglich", sagte Schmidt und stand auf und rief in das Entree hinein: „Corinna."

Kaum, daß er seinen Platz wieder eingenommen hatte, so stand die von ihm Gerufene auch schon in der Tür, verbeugte sich artig gegen die Kommerzienrätin und sagte: „Du hast gerufen, Papa?"

„Ja, Corinna, das hab ich. Eh wir aber weitergehen, nimm einen Stuhl und setze dich in einiger Entfernung von uns. Denn ich möchte es auch äußerlich markieren, daß du vorläufig eine Angeklagte bist. Rücke in die Fensternische, da sehen wir dich am besten. Und nun sage mir, hat es seine Richtigkeit damit, daß du gestern abend im Grunewald, in dem ganzen Junkerübermut einer geborenen Schmidt, einen friedlich und unbewaffnet seines Weges ziehenden Bürgerssohn, namens Leopold Treibel, seiner besten Barschaft beraubt hast?"

Corinna lächelte. Dann trat sie vom Fenster her an den Tisch heran und sagte: „Nein, Papa, das ist grundfalsch. Es hat alles den landesüblichen Verlauf genommen, und wir sind so regelrecht verlobt, wie man nur verlobt sein kann."

„Ich bezweifle das nicht, Fräulein Corinna", sagte Jenny.

„Leopold selbst betrachtet sich als Ihren Verlobten. Ich sage nur das eine, daß Sie das Überlegenheitsgefühl, das Ihnen Ihre Jahre ..."

„*Nicht* meine Jahre. Ich bin jünger ..."

„... das Ihnen Ihre Klugheit und Ihr Charakter gegeben, daß Sie diese Überlegenheit benutzt haben, den armen Jungen willenlos zu machen und ihn für sich zu gewinnen."

„Nein, meine gnädigste Frau, das ist ebenfalls nicht ganz richtig, wenigstens zunächst nicht. Daß es schließlich doch vielleicht richtig sein wird, darauf müssen Sie mir erlauben, weiterhin zurückzukommen."

„Gut, Corinna, gut", sagte der Alte. „Fahre nur fort. Also zunächst ..."

„Also zunächst unrichtig, meine gnädigste Frau. Denn wie kam es? Ich sprach mit Leopold von seiner nächsten Zukunft und beschrieb ihm einen Hochzeitszug, absichtlich in unbestimmten Umrissen und ohne Namen zu nennen. Und als ich zuletzt Namen nennen mußte, da war es Blankenese, wo die Gäste zum Hochzeitsmahle sich sammelten, und war es die schöne Hildegard Munk, die, wie eine Königin gekleidet, als Braut neben ihrem Bräutigam saß. Und dieser Bräutigam war Ihr Leopold, meine gnädigste Frau. Selbiger Leopold aber wollte von dem allen nichts wissen und ergriff meine Hand und machte mir einen Antrag in aller Form. Und nachdem ich ihn an seine Mutter erinnert und mit dieser Erinnerung kein Glück gehabt hatte, da haben wir uns verlobt ..."

„Ich glaube das, Fräulein Corinna", sagte die Rätin. „Ich glaube das ganz aufrichtig. Aber schließlich ist das alles doch nur eine Komödie. Sie wußten ganz gut, daß er Ihnen vor Hildegard den Vorzug gab, und Sie wußten nur zu gut, daß Sie, je mehr Sie das arme Kind, die Hildegard, in den Vordergrund stellten, desto gewisser – um nicht zu sagen desto leidenschaftlicher, denn er ist nicht eigentlich der Mann der Leidenschaften – desto gewisser, sag ich, würd er sich auf Ihre Seite stellen und sich zu Ihnen bekennen."

„Ja, gnädigste Frau, das wußt ich oder wußt es doch beinah. Es war noch kein Wort in diesem Sinne zwischen uns gesprochen worden, aber ich glaubte trotzdem, und seit längerer Zeit schon, daß er glücklich sein würde, mich seine Braut zu nennen."

„Und durch die klug und berechnend ausgesuchte Geschichte mit dem Hamburger Hochzeitszuge haben Sie eine Erklärung herbeizuführen gewußt ..."

„Ja, meine gnädigste Frau, das hab ich, und ich meine, das alles war mein gutes Recht. Und wenn Sie nun dagegen, und wie mir's scheint ganz ernsthaft, Ihren Protest erheben wollen, erschrecken Sie da nicht vor Ihrer eignen Forderung, vor der Zumutung, ich hätte mich jedes Einflusses auf Ihren Sohn enthalten sollen. Ich bin keine Schönheit, habe nur eben das Durchschnittsmaß. Aber nehmen Sie, so schwer es Ihnen werden mag, für einen Augenblick einmal an, ich wäre wirklich so was wie eine Schönheit, eine Beauté, der Ihr Herr Sohn nicht hätte widerstehen können, würden Sie von mir verlangt haben, mir das Gesicht mit Ätzlauge zu zerstören, bloß damit Ihr Sohn, mein Verlobter, nicht in eine durch mich gestellte Schönheitsfalle fiele?"

„Corinna", lächelte der Alte, „nicht zu scharf. Die Rätin ist unter unserm Dache."

„Sie würden das *nicht* von mir verlangt haben, so wenigstens nehme ich vorläufig an, vielleicht in Überschätzung Ihrer freundlichen Gefühle für mich, und doch verlangen Sie von mir, daß ich mich dessen begebe, was die Natur *mir* gegeben hat. Ich habe meinen guten Verstand und bin offen und frei und übe damit eine gewisse Wirkung auf die Männer aus, mitunter auch gerade auf solche, denen das fehlt, was ich habe – soll ich mich dessen entkleiden? soll ich mein Pfund vergraben? soll ich das bißchen Licht, das *mir* geworden, unter den Scheffel stellen? Verlangen Sie, daß ich bei Begegnungen mit Ihrem Sohne wie eine Nonne dasitze, bloß damit das Haus Treibel vor einer Verlobung mit mir bewahrt bleibe? Erlauben Sie mir, gnädigste Frau, und Sie müssen meine Worte meinem erregten Gefühle, das Sie herausgefordert, zugute halten, erlauben Sie mir, Ihnen zu sagen, daß ich das nicht bloß hochmütig und höchst verwerflich, daß ich es vor allem auch ridikül finde. Denn wer sind die Treibels? Berlinerblau-Fabrikanten mit einem Ratstitel, und ich, ich bin eine Schmidt."

„Eine Schmidt", wiederholte der alte Wilibald freudig, gleich danach hinzufügend: „Und nun sagen Sie, liebe Freundin, wollen wir nicht lieber abbrechen und alles den Kindern und einer gewissen ruhigen historischen Entwicklung überlassen?"

„Nein, mein lieber Freund, das wollen wir *nicht*. Wir wollen nichts der historischen Entwicklung und noch weniger der Entscheidung der Kinder überlassen, was gleichbedeutend wäre mit Entscheidung durch Fräulein Corinna. Dies zu hindern, deshalb eben bin ich hier. Ich hoffte bei den Erinnerungen, die zwischen uns leben, Ihrer Zustimmung und Unterstützung sicher zu sein, sehe mich aber getäuscht und werde meinen Einfluß, der hier gescheitert, auf meinen Sohn Leopold beschränken müssen."

„Ich fürchte", sagte Corinna, „daß er auch da versagt ..."

„Was lediglich davon abhängen wird, ob er Sie sieht oder nicht."

„Er wird mich sehen!"

„Vielleicht. Vielleicht auch nicht."

Und darauf erhob sich die Kommerzienrätin und ging, ohne dem Professor die Hand gereicht zu haben, auf die Tür zu. Hier wandte sie sich noch einmal und sagte zu Corinna: „Corinna, lassen Sie uns vernünftig reden. Ich will alles vergessen. Lassen Sie den Jungen wieder los. Er paßt nicht einmal für Sie. Und was das Haus Treibel angeht, so haben Sie's eben in einer Weise charakterisiert, daß es Ihnen kein Opfer kosten kann, darauf zu verzichten ..."

„Aber meine Gefühle, gnädigste Frau ..."

„Bah", lachte Jenny, „daß Sie so sprechen können, zeigt mir deutlich, daß Sie keine haben und daß alles bloßer Übermut oder vielleicht auch Eigensinn ist. Daß Sie sich dieses Eigensinns begeben mögen, wünsche ich Ihnen und uns. Denn es kann zu nichts führen. Eine Mutter hat *auch* Einfluß auf einen schwachen Menschen, und ob Leopold Lust hat, seine Flitterwochen in einem Ahlbecker Fischerhause zu verbringen, ist mir doch zweifelhaft. Und daß das Haus Treibel Ihnen keine Villa in Capri bewilligen wird, dessen dürfen Sie gewiß sein."

Und dabei verneigte sie sich und trat in das Entree hinaus. Corinna blieb zurück, Schmidt aber gab seiner Freundin das Geleit bis an die Treppe.

„Adieu", sagte hier die Rätin. „Ich bedaure, lieber Freund, daß dies zwischen uns treten und die herzlichen Beziehungen so vieler, vieler Jahre stören mußte. Meine Schuld ist es nicht. Sie haben Corinna verwöhnt, und das Töchterchen schlägt nun einen spöttischen und überheblichen Ton an und ignoriert, wenn nichts andres, so doch die Jahre, die mich von ihr trennen. Impietät ist der Charakter unsrer Zeit."

Schmidt, ein Schelm, gefiel sich darin, bei dem Wort „Impietät" ein betrübtes Gesicht aufzusetzen. „Ach, liebe Freundin", sagte er, „Sie mögen wohl recht haben, aber nun ist es zu spät. Ich bedaure, daß es unserm Hause vorbehalten war, Ihnen einen Kummer, wie diesen, um nicht zu sagen eine Kränkung anzutun. Freilich, wie Sie schon sehr richtig bemerkt haben, die Zeit . . . Alles will über sich hinaus und strebt höheren Staffeln zu, die die Vorsehung sichtbarlich nicht wollte."

Jenny nickte. „Gott beßre es."

„Lassen Sie uns das hoffen."

Und damit trennten sie sich.

In das Zimmer zurückgekehrt, umarmte Schmidt seine Tochter, gab ihr einen Kuß auf die Stirn und sagte: „Corinna, wenn ich nicht Professor wäre, so würd ich am Ende Sozialdemokrat."

Im selben Augenblick erschien auch die Schmolke. Sie hatte nur das letzte Wort gehört und erratend, um was es sich handle, sagte sie: „Ja, das hat Schmolke auch immer gesagt."

Vierzehntes Kapitel

Der nächste Tag war ein Sonntag, und die Stimmung, in der sich das Treibelsche Haus befand, konnte nur noch dazu beitragen, dem Tage zu seiner herkömmlichen Ödheit ein Beträchtliches zuzulegen. Jeder mied den andern. Die Kommerzienrätin beschäftigte sich damit, Briefe, Karten und Photographien zu ordnen, Leopold saß auf seinem Zimmer und las Goethe (*was*, ist nicht nötig zu verraten), und Treibel selbst ging im Garten um das Bassin herum und unterhielt sich, wie meist in solchen Fällen, mit der Honig. Er ging dabei so weit, sie ganz ernsthaft nach Krieg und Frieden zu fragen, allerdings mit der Vorsicht, sich eine Art Präliminarantwort gleich selbst zu geben. In erster Reihe stehe fest, daß es niemand wisse, „selbst der leitende Staatsmann nicht" (er hatte sich diese Phrase bei seinen öffentlichen Reden angewöhnt), aber eben weil es niemand wisse, sei man auf Sentiments angewiesen, und darin sei niemand größer und zuverlässiger als die Frauen. Es sei nicht zu leugnen, das weibliche Geschlecht habe was Pythisches, ganz abgesehen von jenem Orakelhaften niederer Observanz, das noch so nebenher laufe. Die Honig, als sie schließlich zu Worte kam, faßte ihre politische Diagnose dahin zusammen: sie sähe nach Westen hin einen klaren Himmel, während es im Osten finster braue, ganz entschieden, und zwar oben sowohl wie unten. „Oben wie unten", wiederholte Treibel. „Oh, wie wahr. Und das Oben bestimmt das Unten und das Unten das Oben. Ja, Fräulein Honig, damit haben wir's getroffen." Und Czicka, das Hündchen, das natürlich auch nicht fehlte, blaffte dazu. So ging das

Gespräch zu gegenseitiger Zufriedenheit. Treibel aber schien doch abgeneigt, aus diesem Weisheitsquell andauernd zu schöpfen, und zog sich nach einiger Zeit auf sein Zimmer und seine Zigarre zurück, ganz Halensee verwünschend, das mit seiner Kaffeeklappe diese häusliche Mißstimmung und diese Sonntags-Extralangeweile heraufbeschworen habe. Gegen Mittag traf ein an ihn adressiertes Telegramm ein: „Dank für Brief. Ich komme morgen mit dem Nachmittagszug. Eure Hildegard." Er schickte das Telegramm, aus dem er überhaupt erst von der erfolgten Einladung erfuhr, an seine Frau hinüber und war, trotzdem er das selbständige Vorgehen derselben etwas sonderbar fand, doch auch wieder aufrichtig froh, nunmehr einen Gegenstand zu haben, mit dem er sich in seiner Phantasie beschäftigen konnte. Hildegard war sehr hübsch, und die Vorstellung, innerhalb der nächsten Wochen ein anderes Gesicht als das der Honig auf seinen Gartenspaziergängen um sich zu haben, tat ihm wohl. Er hatte nun auch einen Gesprächsstoff, und während ohne diese Depesche die Mittagsunterhaltung wahrscheinlich sehr kümmerlich verlaufen oder vielleicht ganz ausgefallen wäre, war es jetzt wenigstens möglich, ein paar Fragen zu stellen. Er stellte diese Fragen auch wirklich, und alles machte sich ganz leidlich; nur Leopold sprach kein Wort und war froh, als er sich vom Tisch erheben und zu seiner Lektüre zurückkehren konnte.

Leopolds ganze Haltung gab überhaupt zu verstehen, daß er über sich bestimmen zu lassen, fürder nicht mehr willens sei; trotzdem war ihm klar, daß er sich den Repräsentationspflichten des Hauses nicht entziehen und also nicht unterlassen dürfe, Hildegard am anderen Nachmittag auf dem Bahnhofe zu empfangen. Er war pünktlich da, begrüßte die schöne Schwägerin und absolvierte die landesübliche Fragenreihe nach dem Befinden und den Sommerplänen der Familie, während einer der von ihm engagierten Gepäckträger erst die Droschke, dann das Gepäck besorgte. Dasselbe bestand nur aus einem einzigen Koffer mit Messingbeschlag, dieser aber war von solcher Größe, daß er, als er hinaufgewuchtet war, der dahinrollenden Droschke den Charakter eines Baus von zwei Etagen gab.

Unterwegs wurde das Gespräch von seiten Leopolds wiederaufgenommen, erreichte seinen Zweck aber nur unvollkommen, weil seine stark hervortretende Befangenheit seiner Schwägerin nur Grund zur Heiterkeit gab. Und nun hielten sie vor der Villa. Die ganze Treibelei stand am Gitter, und als die herzlichsten Begrüßungen ausgetauscht und die nötigsten Toilettenarrangements in fliegender Eile, d. h. ziemlich mußevoll gemacht worden waren, erschien Hildegard auf der Veranda, wo man inzwischen den Kaffee serviert hatte. Sie fand alles „himmlisch", was auf Empfang strenger Instruktionen von seiten der Frau Konsul Thora Munk hindeutete, die sehr wahrscheinlich Unterdrückung alles Hamburgischen und Achtung vor Berliner Empfindlichkeiten als erste Regel empfohlen hatte. Keine Parallelen wurden gezogen und beispielsweise gleich das Kaffeeservice rundweg bewundert. „Eure Berliner Muster schlagen jetzt alles aus dem Felde, selbst Sèvres. Wie reizend diese Grecborte." Leopold stand in einiger Entfernung und hörte zu, bis Hildegard plötzlich abbrach und allem, was sie gesagt, nur noch hinzusetzte: „Scheltet mich übrigens nicht, daß ich in einem fort von Dingen spreche, für die sich ja morgen auch noch die Zeit finden würde: Grecborte und Sèvres und Meißen und Zwiebelmuster. Aber Leopold ist schuld; er hat unsere Konversation in der Droschke so streng wissenschaftlich geführt, daß ich beinahe in Verlegenheit kam; ich wollte gern von Lizzi hören und denkt euch, er sprach nur von Anschluß und Radialsystem, und ich genierte mich zu fragen, was es sei."

Der alte Treibel lachte; die Kommerzienrätin aber verzog keine Miene, während über Leopolds blasses Gesicht eine leichte Röte flog.

So verging der erste Tag, und Hildegards Unbefangenheit, die man sich zu stören wohl hütete, schien auch noch weiter leidliche Tage bringen zu sollen, alles um so mehr, als es die Kommerzienrätin an Aufmerksamkeiten jeder Art nicht fehlen ließ. Ja, sie verstieg sich zu höchst wertvollen Geschenken, was sonst ihre Sache nicht war. Ungeachtet all dieser Anstrengungen aber und trotzdem dieselben, wenn man nicht tiefer nachforschte, von wenigstens halben Erfolgen begleitet waren, wollte sich ein recht eigentliches Behagen nicht einstellen, selbst bei Treibel nicht, auf dessen rasch wiederkehrende gute Laune bei seinem glücklichen Naturell mit einer Art Sicherheit gerechnet war. Ja, diese gute Laune, sie blieb aus mancherlei Gründen aus, unter denen gerade jetzt auch *der* war, daß die Zossen-Teupitzer Wahlkampagne mit einer totalen Niederlage Vogelsangs geendigt hatte. Dabei mehrten sich die persönlichen Angriffe gegen Treibel. Anfangs hatte man diesen, wegen seiner großen Beliebtheit, rücksichtsvoll außer Spiel gelassen, bis die Taktlosigkeiten seines Agenten ein weiteres Schonen unmöglich machten. „Es ist zweifellos ein Unglück", so hieß es in den Organen der Gegenpartei, „so beschränkt zu sein wie Lieutenant Vogelsang, aber eine solche Beschränktheit in seinen Dienst zu nehmen, ist eine Mißachtung gegen den gesunden Menschenverstand unseres Kreises. Die Kandidatur Treibel scheitert einfach an diesem Affront."

Es sah nicht allzu heiter aus bei den alten Treibels, was Hildegard allmählich so sehr zu fühlen begann, daß sie halbe Tage bei den Geschwistern zubrachte. Der Holzhof war überhaupt hübscher als die Fabrik und Lizzi geradezu reizend mit ihren langen weißen Strümpfen. Einmal waren sie auch rot. Wenn sie so herankam und die Tante Hildegard mit einem Knix begrüßte, flüsterte diese der Schwester zu: „Quite english, Helen", und man lächelte sich dann glücklich an. Ja, es waren Lichtblicke. Wenn Lizzi dann aber wieder fort war, war auch zwischen den Schwestern von unbefangener Unterhaltung keine Rede mehr, weil das Gespräch die zwei wichtigsten Punkte nicht berühren durfte: die Verlobung Leopolds und den Wunsch aus dieser Verlobung mit guter Manier herauszukommen.

Ja, es sah nicht heiter aus bei den Treibels, aber bei den Schmidts auch nicht. Der alte Professor war eigentlich weder in Sorge noch in Verstimmung, lebte vielmehr umgekehrt der Überzeugung, daß sich nun alles bald zum Besseren wenden werde; diesen Prozeß aber sich still vollziehen zu lassen, schien ihm ganz unerläßlich, und so verurteilte er sich, was ihm nicht leicht wurde, zu unbedingtem Schweigen. Die Schmolke war natürlich ganz entgegengesetzter Ansicht und hielt, wie die meisten alten Berlinerinnen, außerordentlich viel von „sich aussprechen", je mehr und je öfter, desto besser. Ihre nach dieser Seite hin abzielenden Versuche verliefen aber resultatlos, und Corinna war nicht zum Sprechen zu bewegen, wenn die Schmolke begann: „Ja, Corinna, was soll denn nun eigentlich werden? Was denkst du dir denn eigentlich?"

Auf all das gab es keine rechte Antwort, vielmehr stand Corinna wie am Roulett und wartete mit verschränkten Armen, wohin die Kugel fallen würde. Sie war nicht unglücklich, aber äußerst unruhig und unmutig, vor allem, wenn sie der heftigen Streitszene gedachte, bei der sie doch vielleicht zu viel gesagt hatte. Sie fühlte ganz deutlich, daß alles anders gekommen wäre, wenn die Rätin etwas weniger Herbheit, sie selber aber etwas mehr Entgegenkommen gezeigt hätte. Ja, da hätte sich dann ohne sonderliche Mühe Frieden schließen und das Bekenntnis einer gewissen Schuld, weil alles bloß Berechnung gewesen, allenfalls ablegen lassen. Aber freilich im selben Augenblicke, wo sie, neben dem Bedauern über die hochmütige Haltung der Rätin, vor allem und in erster Reihe sich selber der Schuld zieh, in ebendiesem Augenblicke mußte sie sich doch auch wieder sagen, daß ein Wegfall alles dessen, was ihr vor ihrem eigenen Gewissen in dieser Angelegenheit als fragwürdig erschien, in den Augen der Rätin nichts gebessert haben würde. Diese schreckliche Frau, trotzdem sie beständig so tat und sprach, war ja weitab davon, ihr wegen ihres Spiels mit Gefühlen einen ernsthaften Vorwurf zu machen. Das war ja Nebensache, da lag es nicht. Und wenn sie diesen lieben und guten Menschen, wie's ja doch möglich war, aufrichtig und von Herzen geliebt hätte, so wäre das Verbrechen genau dasselbe gewesen. „Diese Rätin, mit ihrem überheblichen ‚Nein', hat mich nicht da getroffen, wo sie mich treffen konnte, sie weist diese Verlobung nicht zurück, weil mir's an Herz und Liebe gebricht, nein, sie weist sie nur zurück, weil ich arm oder wenigstens nicht dazu angetan bin, das Treibelsche Vermögen zu verdoppeln, um nichts, nichts weiter; und wenn sie vor anderen versichert oder vielleicht auch sich selber einredet, ich sei ihr zu selbstbewußt und zu professorlich, so sagt sie das nur, weil's ihr gerade paßt. Unter anderen Verhältnissen würde meine Professorlichkeit mir nicht nur nicht schaden, sondern ihr umgekehrt die Höhe der Bewunderung bedeuten."

So gingen Corinnas Reden und Gedanken, und um sich ihnen nach Möglichkeit zu entziehen, tat sie, was sie seit lange nicht mehr getan, und machte Besuche bei den alten und jungen Professorenfrauen. Am besten gefiel ihr wieder die gute, ganz von Wirtschaftlichkeit in Anspruch genommene Frau Rindfleisch, die jeden Tag, ihrer vielen Pensionäre halber, in die große Markthalle ging und immer die besten Quellen und die billigsten Preise wußte, Preise, die dann später der Schmolke mitgeteilt, in erster Reihe den Ärger derselben, zuletzt aber ihre Bewunderung vor einer höheren wirtschaftlichen Potenz weckten. Auch bei Frau Immanuel Schultze sprach Corinna vor und fand dieselbe, vielleicht weil Friedebergs nahe bevorstehende Ehescheidung ein sehr dankbares Thema bildete, auffallend nett und gesprächig, Immanuel selbst aber war wieder so großsprecherisch und zynisch, daß sie doch fühlte, den Besuch nicht wiederholen zu können. Und weil die Woche so viele Tage hatte, so mußte sie sich zuletzt zu Museum und Nationalgalerie bequemen. Aber sie hatte keine rechte Stimmung dafür. Im Cornelius-Saal interessierte sie, vor dem einen großen Wandbilde, nur die ganz kleine Predelle, wo Mann und Frau den Kopf aus der Bettdecke strecken, und im ägyptischen Museum fand sie eine merkwürdige Ähnlichkeit zwischen Ramses und Vogelsang.

Wenn sie dann nach Hause kam, fragte sie jedesmal, ob wer dagewesen sei, was heißen sollte: „War Leopold da?“ worauf die Schmolke regelmäßig antwortete: „Nein, Corinna, keine Menschenseele.“ Wirklich, Leopold hatte nicht den Mut zu kommen und beschränkte sich darauf, jeden Abend einen kleinen Brief zu schreiben, der dann am andern Morgen auf ihrem Frühstückstische lag. Schmidt sah lächelnd drüber hin, und Corinna stand dann wie von ungefähr auf, um das Briefchen in ihrem Zimmer zu lesen. „Liebe Corinna. Der heutige Tag verlief wie alle. Die Mama scheint in ihrer Gegnerschaft verharren zu wollen. Nun, wir wollen sehen, wer siegt. Hildegard ist viel bei Helene, weil niemand hier ist, der sich recht um sie kümmert. Sie kann mir leid tun, ein so junges und hübsches Mädchen. Alles das Resultat solcher Anzettelungen. Meine Seele verlangt Dich zu sehen, und in der nächsten Woche werden Entschlüsse von mir gefaßt werden, die volle Klarheit schaffen. Mama wird sich wundern. Nur so viel, ich erschrecke vor nichts, auch vor dem Äußersten nicht. Das mit dem vierten Gebot ist recht gut, aber es hat seine Grenzen. Wir haben auch Pflichten gegen uns selbst und gegen die, die wir über alles lieben, die Leben und Tod in unseren Augen bedeuten. Ich schwanke noch, wohin, denke aber England; da haben wir Liverpool und Mr. Nelson und in zwei Stunden sind wir an der schottischen Grenze. Schließlich ist es gleich, wer uns äußerlich vereinigt, sind wir es doch längst in uns. Wie mir das Herz dabei schlägt. Ewig der Deine. Leopold.“

Corinna zerriß den Brief in kleine Streifen und warf sie draußen ins Kochloch. „Es ist am besten so; dann vergeß ich wieder, was er heute geschrieben, und kann morgen nicht mehr vergleichen. Denn mir ist, als schriebe er jeden Tag dasselbe. Sonderbare Verlobung. Aber soll ich ihm einen Vorwurf machen, daß er kein Held ist? Und mit meiner Einbildung, ihn zum Helden umschaffen zu können, ist es auch vorbei. Die Niederlagen und Demütigungen werden nun wohl ihren Anfang nehmen. Verdient? Ich fürchte.“

Anderthalb Wochen waren um, und noch hatte sich im Schmidtschen Hause nichts verändert; der Alte schwieg nach wie vor, Marcell kam nicht und Leopold noch weniger, und nur seine Morgenbriefe stellten sich mit großer Pünktlichkeit ein; Corinna las sie schon längst nicht mehr, überflog sie nur und schob sie dann lächelnd in ihre Morgenrocktasche, wo sie zersessen und zerknittert wurden. Sie hatte zum Troste nichts als die Schmolke, deren gesunde Gegenwart ihr wirklich wohltat, wenn sie's auch immer noch vermied, mit ihr zu sprechen.

Aber auch das hatte seine Zeit.

Der Professor war eben nach Hause gekommen, schon um elf, denn es war Mittwoch, wo die Klasse, für ihn wenigstens, um eine Stunde früher schloß. Corinna sowohl wie die Schmolke hatten ihn kommen und die Drückertür geräuschvoll ins Schloß fallen hören, nahmen aber beide keine Veranlassung, sich weiter um ihn zu kümmern, sondern blieben in der Küche, drin der helle Julisonnenschein lag und alle Fensterflügel geöffnet waren. An einem der Fenster stand auch der Küchentisch. Draußen, an zwei Haken, hing ein kastenartiges Blumenbrett, eine jener merkwürdigen Schöpfungen der Holzschneidekunst, wie sie Berlin eigentümlich sind: kleine Löcher zu Sternblumen zusammengestellt; Anstrich dunkelgrün. In diesem Kasten standen mehrere Geranium- und Goldlacktöpfe, zwischen denen hindurch die Sperlinge huschten und sich in großstädtischer Dreistigkeit auf den am Fenster stehenden Küchentisch setzten. Hier pickten sie vergnügt an allem herum, und niemand dachte daran, sie zu stören. Corinna, den Mörser zwischen den Knien, war mit Zimmetstoßen beschäftigt, während die Schmolke grüne Kochbirnen der Länge nach durchschnitt und beide gleiche Hälften in eine große braune Schüssel, eine sogenannte Reibesatte, fallen ließ. Freilich zwei ganz gleiche Hälften waren es nicht, konnten es nicht sein, weil natürlich nur eine Hälfte den Stengel hatte, welcher Stengel denn auch Veranlassung zu Beginn einer Unterhaltung wurde, wonach sich die Schmolke schon seit lange sehnte.

„Sieh, Corinna", sagte die Schmolke, „dieser hier, dieser lange, das ist so recht ein Stengel nach dem Herzen deines Vaters ..."

Corinna nickte.

„... Den kann er anfassen wie 'ne Makkaroni und hochhalten und alles von unten her aufessen ... Es ist doch ein merkwürdiger Mann ..."

„Ja, das ist er!“

„Ein merkwürdiger Mann und voller Schrullen, und man muß ihn erst ausstudieren. Aber das Merkwürdigste, das ist doch das mit den langen Stengeln, un daß wir sie, wenn es Semmelpudding un Birnen gibt, nicht schälen dürfen, un daß der ganze Kriepsch mit Kerne und alles drinbleiben muß. Er is doch ein Professor un ein sehr kluger Mann, aber das muß ich dir sagen, Corinna, wenn ich meinem guten Schmolke, der doch nur ein einfacher Mann war, mit so lange Stengel un ungeschält un den ganzen Kriepsch drin gekommen wär, ja, da hätt es was gegeben. Denn so gut er war, wenn er dachte, ‚sie denkt woll, das is gut genug‘, dann wurd er falsch un machte sein Dienstgesicht un sah aus, als ob er mich arretieren wollte...“

„Ja, liebe Schmolke“, sagte Corinna, „das ist eben einfach die alte Geschichte vom Geschmack und daß sich über Geschmäcker nicht streiten läßt. Und dann ist es auch wohl die Gewohnheit und vielleicht auch von Gesundheits wegen.“

„Von Gesundheits wegen“, lachte die Schmolke. „Na, höre, Kind, wenn einem so die Hacheln in die Kehle kommen un man sich verschluckert un man mitunter zu ’nem ganz fremden Menschen sagen muß: ‚Bitte, kloppen Sie mir mal en bißchen, aber hier ordentlich ins Kreuz‘ – nein, Corinna, da bin ich doch mehr für eine ausgekernte Malvasier, die runtergeht wie Butter. Gesundheit! ... Stengel und Schale, was da von Gesundheit is das weiß ich nich ...“

„Doch, liebe Schmolke. Manche können Obst nicht vertragen und fühlen sich geniert, namentlich wenn sie, wie Papa, hinterher auch noch die Soße löffeln. Und da gibt es nur ein Mittel dagegen: Alles muß dranbleiben, der Stengel und die grüne Schale. Die beiden, die haben das Adstringens ...“

„Was?“

„Das Adstringens, d. h. das, was zusammenzieht, erst bloß die Lippen und den Mund, aber dieser Prozeß des Zusammenziehens setzt sich dann durch den ganzen inneren Menschen hin fort, und das ist dann das, was alles wieder in Ordnung bringt und vor Schaden bewahrt.“

Ein Sperling hatte zugehört und wie durchdrungen von der Richtigkeit von Corinnas Auseinandersetzungen, nahm er einen Stengel, der zufällig abgebrochen war, in den Schnabel und flog damit auf das andere Dach hinüber. Die beiden Frauen aber verfielen in Schweigen und nahmen erst nach einer Viertelstunde das Gespräch wieder auf.

Das Gesamtbild war nicht mehr ganz dasselbe, denn Corinna hatte mittlerweile den Tisch abgeräumt und einen blauen Zukkerbogen darüber ausgebreitet, auf welchem zahlreiche alte Semmeln lagen und daneben ein großes Reibeisen. Dies letztere nahm sie jetzt in die Hand, stemmte sich mit der linken Schulter dagegen, und begann nun ihre Reibetätigkeit mit solcher Vehemenz, daß die geriebene Semmel über den ganzen blauen Bogen hinstäubte. Dann und wann unterbrach sie sich und schüttete die Bröckchen nach der Mitte hin zu einem Berg zusammen, aber gleich danach begann sie von neuem, und es hörte sich wirklich an, als ob sie bei dieser Arbeit allerlei mörderische Gedanken habe.

Die Schmolke sah ihr von der Seite her zu. Dann sagte sie: „Corinna, wen zerreibst du denn eigentlich?"

„Die ganze Welt."

„Das is viel . . . un dich mit?"

„Mich zuerst."

„Das is recht. Denn wenn du nur erst recht zerrieben un recht mürbe bist, dann wirst du wohl wieder zu Verstande kommen."

„Nie."

„Man muß nie ‚nie' sagen, Corinna. Das war ein Hauptsatz von Schmolke. Un das muß wahr sein, ich habe noch jedesmal gefunden, wenn einer ‚nie' sagte, dann is es immer dicht vorm Umkippen. Un ich wollte, daß es mit dir auch so wäre."

Corinna seufzte.

„Sieh, Corinna, du weißt, daß ich immer dagegen war. Denn es is ja doch ganz klar, daß du deinen Vetter Marcell heiraten mußt."

„Liebe Schmolke, nur kein Wort von *dem.*"

„Ja, das kennt man, das is das Unrechtsgefühl. Aber ich will nichts weiter sagen un will nur sagen, was ich schon gesagt habe, daß ich immer dagegen war, ich meine gegen Leopold, un daß ich einen Schreck kriegte, als du mir's sagtest. Aber als du mir dann sagtest, daß die Kommerzienrätin sich ärgern würde, da gönnt ich's ihr un dachte, warum nich? warum soll es nich gehn? Un wenn der Leopold auch bloß ein Wickelkind is, Corinnchen wird ihn schon aufpäppeln und ihn zu Kräften bringen. Ja, Corinna, so dacht ich un hab es dir auch gesagt. Aber es war ein schlechter Gedanke, denn man soll seinen Mitmenschen nich ärgern, auch wenn man ihn nich leiden kann, un was mir zuerst kam, der Schreck über deine Verlobung, das war doch das Richtige. Du mußt einen klugen Mann haben, einen, der eigentlich klüger ist, als du – du bist übrigens gar nich mal so klug – un der was Männliches hat, so wie Schmolke, un vor dem du Respekt hast. Un vor Leopold kannst du keinen Respekt haben. Liebst du 'n denn noch immer?"

„Ach, ich denke ja gar nicht dran, liebe Schmolke."

„Na, Corinna, denn is es Zeit, un denn mußt du nu Schicht damit machen. Du kannst doch nich die ganze Welt auf den Kopp stellen un dein un andrer Leute Glück, worunter auch dein Vater un deine alte Schmolke is, verschütten un verderben wollen, bloß um der alten Kommerzienrätin mit ihrem Puffscheitel und ihren Brillantbommeln einen Tort anzutun. Es is eine geldstolze Frau, die den Apfelsinenladen vergessen hat un immer bloß ötepotöte tut un den alten Professor anschmachtet un ihn auch ‚Wilibald' nennt, als ob sie noch auf'n Hausboden Versteck miteinander spielten un hinterm Torf stünden, denn damals hatte man noch Torf auf'm Boden, un wenn man runterkam, sah man immer aus wie 'n Schornsteinfeger – ja, sieh, Corinna, das hat alles seine Richtigkeit, un ich hätt ihr so was gegönnt, un Ärger genug wird sie woll auch gehabt haben. Aber wie der alte Pastor Thomas zu Schmolke un mir in unsrer Traurede gesagt hat: ‚Liebet euch untereinander, denn der Mensch soll sein Leben nich auf den Haß, sondern auf die Liebe stellen' (dessen Schmolke un ich auch immer eingedenk gewesen sind) – so, meine liebe Corinna, sag ich es auch zu dir, man soll sein Leben nich auf den Haß stellen. Hast du denn wirklich einen solchen Haß auf die Rätin, das heißt einen richtigen?"

„Ach, ich denke ja gar nicht dran, liebe Schmolke."

„Ja, Corinna, da kann ich dir bloß noch mal sagen, dann is es wirklich die höchste Zeit, daß was geschieht. Denn wenn du *ihn* nicht liebst und *ihr* nich haßt, denn weiß ich nich, was die ganze Geschichte überhaupt noch soll."

„Ich auch nicht."

Und damit umarmte Corinna die gute Schmolke, und diese sah denn auch gleich an einem Flimmer in Corinnas Augen, daß nun alles vorüber und daß der Sturm gebrochen sei.

„Na, Corinna, denn wollen wir's schon kriegen, un es kann noch alles gut werden. Aber nu gib die Form her, daß wir ihn eintun, denn eine Stunde muß er doch wenigstens kochen. Un vor Tisch sag ich deinem Vater kein Wort, weil er sonst vor Freude nich essen kann . . ."

„Ach, der äße doch."

„Aber nach Tisch sag ich's ihm, wenn er auch um seinen Schlaf kommt. Und geträumt hab ich's auch schon un habe dir nur nichts davon sagen wollen. Aber nun kann ich es ja. Sieben Kutschen und die beiden Kälber von Professor Kuh waren Brautjungfern. Natürlich, Brautjungfern möchten sie immer alle sein, denn auf die kuckt alles, beinah mehr noch als auf die Braut, weil die ja schon weg ist; un meistens kommen sie auch bald ran. Un bloß den Pastor konnt ich nich recht erkennen. Thomas war es nich. Aber vielleicht war es Souchon, bloß daß er ein bißchen zu dicklich war."

Fünfzehntes Kapitel

Der Pudding erschien Punkt zwei, und Schmidt hatte sich denselben munden lassen. In seiner behaglichen Stimmung entging es ihm durchaus, daß Corinna für alles, was er sagte, nur ein stummes Lächeln hatte; denn er war ein liebenswürdiger Egoist, wie die meisten seines Zeichens, und kümmerte sich nicht sonderlich um die Stimmung seiner Umgebung, solange nichts passierte, was dazu angetan war, *ihm* die Laune direkt zu stören.

„Und nun laß abdecken, Corinna; ich will, eh ich mich ein bißchen ausstrecke, noch einen Brief an Marcell schreiben oder doch wenigstens ein paar Zeilen. Er hat nämlich die Stelle. Distelkamp, der immer noch alte Beziehungen unterhält, hat mich's heute vormittag wissen lassen." Und während der Alte das sagte, sah er zu Corinna hinüber, weil er wahrnehmen wollte, wie diese wichtige Nachricht auf seiner Tochter Gemüt wirke. Er sah aber nichts, vielleicht weil nichts zu sehen war, vielleicht auch weil er kein scharfer Beobachter war, selbst dann nicht, wenn er's ausnahmsweise mal sein wollte.

Corinna, während der Alte sich erhob, stand ebenfalls auf und ging hinaus, um draußen die nötigen Ordres zum Abräumen an die Schmolke zu geben. Als diese bald danach eintrat, setzte sie mit jenem absichtlichen und ganz unnötigen Lärmen, durch den alte Dienerinnen ihre dominierende Hausstellung auszudrücken lieben, die herumstehenden Teller und Bestecke zusammen, derart, daß die Messer- und Gabelspitzen nach allen Seiten hin herausstarrten und drückte diesen Stachelturm im selben Augenblicke, wo sie sich zum Hinausgehen anschickte, fest an sich.

„Pieken Sie sich nicht, liebe Schmolke“, sagte Schmidt, der sich gern einmal eine kleine Vertraulichkeit erlaubte.

„Nein, Herr Professor, von pieken is keine Rede nich mehr, schon lange nich. Un mit der Verlobung is es auch vorbei.“

„Vorbei. Wirklich? Hat sie was gesagt?“

„Ja, wie sie die Semmel zu den Pudding rieb, ist es mit eins rausgekommen. Es stieß ihr schon lange das Herz ab, und sie wollte bloß nichts sagen. Aber nun is es ihr zu langweilig geworden, das mit Leopolden. Immer bloß kleine Billetter mit 'n Vergißmeinnicht draußen un 'n Veilchen drin; da sieht sie nu doch wohl, daß er keine rechte Courage hat, un daß seine Furcht vor der Mama noch größer is, als seine Liebe zu ihr.“

„Nun, das freut mich. Und ich hab es auch nicht anders erwartet. Und Sie wohl auch nicht, liebe Schmolke. Der Marcell ist doch ein andres Kraut. Und was heißt gute Partie? Marcell ist Archäologe.“

„Versteht sich“, sagte die Schmolke, die sich dem Professor gegenüber grundsätzlich nie zur Unvertrautheit mit Fremdwörtern bekannte.

„Marcell, sag ich, ist Archäologe. Vorläufig rückt er an Hedrichs Stelle. Gut angeschrieben ist er schon lange, seit Jahr und Tag. Und dann geht er mit Urlaub und Stipendium nach Mykenä . . .“

Die Schmolke drückte auch jetzt wieder ihr volles Verständnis und zugleich ihre Zustimmung aus.

„Und vielleicht“, fuhr Schmidt fort, „auch nach Tiryns oder wo Schliemann grade steckt. Und wenn er von da zurück ist und mir einen Zeus für diese meine Stube mitgebracht hat . . .“ und er wies dabei unwillkürlich nach dem Ofen oben, als dem einzigen für Zeus noch leeren Fleck . . . „wenn er von da zurück ist, sag ich, so ist ihm eine Professur gewiß. Die Alten können nicht ewig leben. Und sehen Sie, liebe Schmolke, das ist das, was *ich* eine gute Partie nenne.“

„Versteht sich, Herr Professor. Wovor sind denn auch die Examens un all das? Un Schmolke, wenn er auch kein Studierter war, sagte auch immer . . .“

„Und nun will ich an Marcell schreiben und mich dann ein Viertelstündchen hinlegen. Und um halb vier den Kaffee. Aber nicht später.“

Um halb vier kam der Kaffee. Der Brief an Marcell, ein Rohrpostbrief, zu dem sich Schmidt nach einigem Zögern entschlossen hatte, war seit wenigstens einer halben Stunde fort, und wenn alles gut ging und Marcell zu Hause war, so las er vielleicht in diesem Augenblicke schon die drei lapidaren Zeilen, aus denen er seinen Sieg entnehmen konnte. Gymnasialoberlehrer! Bis heute war er nur deutscher Literaturlehrer an einer höheren Mädchenschule gewesen und hatte manchmal grimmig in sich hineingelacht, wenn er über den Codex argenteus, bei welchem Worte die jungen Dinger immer kicherten, oder über den Heliand und Beowulf hatte sprechen müssen. Auch hinsichtlich Corinnas waren ein paar dunkle Wendungen in den Brief eingeflochten worden, und alles in allem ließ sich annehmen, daß Marcell binnen kürzester Frist erscheinen würde, seinen Dank auszusprechen.

Und wirklich, fünf Uhr war noch nicht heran, als die Klingel ging und Marcell eintrat. Er dankte dem Onkel herzlich für seine Protektion, und als dieser das alles mit der Bemerkung ablehnte, daß, wenn von solchen Dingen überhaupt die Rede sein könne, jeder Dankesanspruch auf Distelkamp falle, sagte Marcell: „Nun, dann also Distelkamp. Aber daß du mir's gleich geschrieben, dafür werd ich mich doch auch bei dir bedanken dürfen. Und noch dazu mit Rohrpost!"

„Ja, Marcell, das mit Rohrpost, das hat vielleicht Anspruch; denn eh wir Alten uns zu was Neuem bequemen, das dreißig Pfennig kostet, da kann mitunter viel Wasser die Spree runterfließen. Aber was sagst du zu Corinna?"

„Lieber Onkel, du hast da so eine dunkle Wendung gebraucht ... ich habe sie nicht recht verstanden. Du schriebst: Kenneth von Leoparden sei auf dem Rückzug. Ist Leopold gemeint? Und muß es Corinna jetzt als Strafe hinnehmen, daß sich Leopold, den sie so sicher zu haben glaubte, von ihr abwendet?"

„Es wäre so schlimm nicht, wenn es so läge. Denn in diesem Falle wäre die Demütigung, von der man doch wohl sprechen muß, noch um einen Grad größer. Und sosehr ich Corinna liebe, so muß ich doch zugeben, daß ihr ein Denkzettel wohl not täte."

Marcell wollte zum Guten reden ...

„Nein, verteidige sie nicht, sie hätte so was verdient. Aber die Götter haben es doch milder mit ihr vor und diktieren ihr statt der ganzen Niederlage, die sich in Leopolds selbstgewolltem Rückzuge aussprechen würde, nur die halbe Niederlage zu, nur die, daß die Mutter nicht will und daß meine gute Jenny, trotz Lyrik und obligater Träne, sich ihrem Jungen gegenüber doch mächtiger erweist als Corinna."

„Vielleicht nur, weil Corinna sich noch rechtzeitig besann und nicht alle Minen springen lassen wollte."

„Vielleicht ist es so. Aber wie es auch liegen mag, Marcell, wir müssen uns nun darüber schlüssig machen, wie du zu dieser ganzen Tragikomödie dich stellen willst, so oder so. Ist dir Corinna, die du vorhin so großmütig verteidigen wolltest, verleidet oder nicht? Findest du, daß sie wirklich eine gefährliche Person ist, voll Oberflächlichkeit und Eitelkeit, oder meinst du, daß alles nicht so schlimm und ernsthaft war, eigentlich nur bloße Marotte, die verziehen werden kann? Darauf kommt es an."

„Ja, lieber Onkel, ich weiß wohl, wie ich dazu stehe. Aber ich bekenne dir offen, ich hörte gern erst deine Meinung. Du hast es immer gut mit mir gemeint und wirst Corinna nicht mehr loben, als sie verdient. Auch schon aus Selbstsucht nicht, weil du sie gern im Hause behieltest. Und ein bißchen Egoist bis du ja wohl. Verzeih, ich meine nur so dann und wann und in einzelnen Stücken ..."

„Sage dreist in allen. Ich weiß das auch und getröste mich damit, daß es in der Welt öfters vorkommt. Aber das sind Abschweifungen. Von Corinna soll ich sprechen und will auch. Ja, Marcell, was ist da zu sagen? Ich glaube, sie war ganz ernsthaft dabei, hat dir's ja auch damals ganz frank und frei erklärt, und du hast es auch geglaubt, mehr noch als ich. Das war die Sachlage, so stand es vor ein paar Wochen. Aber jetzt, darauf möcht ich mich verwetten, jetzt ist sie gänzlich umgewandelt, und wenn die Treibels ihren Leopold zwischen lauter Juwelen und Goldbarren setzen wollten, ich glaube, sie nähm ihn nicht mehr. Sie hat eigentlich ein gesundes und ehrliches und aufrichtiges Herz, auch einen feinen Ehrenpunkt, und nach einer kurzen Abirrung ist ihr mit einem Male klargeworden, was es eigentlich heißt, wenn man mit zwei Familienporträts und einer väterlichen Bibliothek in eine reiche Familie hineinheiraten will. Sie hat den Fehler gemacht, sich einzubilden, das ginge so, weil man ihrer Eitelkeit beständig Zuckerbrot gab und so tat, als bewerbe man sich um sie. Aber bewerben und bewerben ist ein Unterschied. Gesellschaftlich, das geht eine Weile; nur nicht fürs Leben. In eine Herzogsfamilie kann man allenfalls hineinkommen, in eine Bourgeoisfamilie nicht. Und wenn *er*, der Bourgeois, es auch wirklich übers Herz brächte – seine Bourgeoise gewiß nicht, am wenigsten wenn sie Jenny Treibel, née Bürstenbinder heißt. Rundheraus, Corinnas Stolz ist endlich wachgerufen, laß mich hinzusetzen: Gott sei Dank, und gleichviel nun, ob sie's noch hätte durchsetzen können oder nicht, sie mag es und will es nicht mehr, sie hat es satt. Was vordem halb Berechnung, halb Übermut war, das sieht sie jetzt in einem andern Licht und ist ihr Gesinnungssache geworden. Da hast du meine Weisheit. Und nun laß mich noch einmal fragen, wie gedenkst du dich zu stellen? Hast du Lust und Kraft, ihr die Torheit zu verzeihen?"

„Ja, lieber Onkel, das hab ich. Natürlich, soviel ist richtig, es wäre mir ein gut Teil lieber, die Geschichte hätte *nicht* gespielt; aber da sie nun einmal gespielt hat, nehm ich mir das Gute daraus. Corinna hat nun wohl für immer mit der Modernität und dem krankhaften Gewichtlegen aufs Äußerliche gebrochen, und hat statt dessen die von ihr verspotteten Lebensformen wieder anerkennen gelernt, in denen sie groß geworden ist."

Der Alte nickte.

„Mancher", fuhr Marcell fort, „würde sich anders dazu stellen, das ist mir völlig klar; die Menschen sind eben verschieden, das sieht man alle Tage. Da hab ich beispielsweise, ganz vor kurzem erst, eine kleine reizende Geschichte von Heyse gelesen, in der ein junger Gelehrter, ja, wenn mir recht ist, sogar ein archäologisch Angekränkelter, also eine Art Spezialkollege von mir, eine junge Baronesse liebt und auch herzlich und aufrichtig wiedergeliebt wird; er weiß es nur noch nicht recht, ist ihrer noch nicht ganz sicher. Und in diesem Unsicherheitszustande hört er in der zufälligen Verborgenheit einer Taxushecke, wie die mit einer Freundin im Park lustwandelnde Baronesse ebendieser ihrer Freundin allerhand Confessions macht, von ihrem Glück und ihrer Liebe plaudert und sich's nur leider nicht versagt, ein paar scherzhaft übermütige Bemerkungen über ihre Liebe mit einzuflechten. Und dies hören und sein Ränzel schnüren und sofort das Weite suchen, ist für den Liebhaber und Archäologen eins. Mir ganz unverständlich. Ich, lieber Onkel, hätt es anders gemacht, *ich* hätte nur die Liebe herausgehört und nicht den Scherz und nicht den Spott, und wäre, statt abzureisen, meiner geliebten Baronesse wahnsinnig glücklich zu Füßen gestürzt, von nichts sprechend als von meinem unendlichen Glück. Da hast du meine Situation, lieber Onkel. Natürlich kann man's auch anders machen; ich bin für mein Teil indessen herzlich froh, daß ich nicht zu den Feierlichen gehöre. Respekt vor dem Ehrenpunkt, gewiß; aber zuviel davon ist vielleicht überall vom Übel und in der Liebe nun schon ganz gewiß."

„Bravo, Marcell. Hab es übrigens nicht anders erwartet und seh auch darin wieder, daß du meiner leiblichen Schwester Sohn bist. Sieh, das ist das Schmidtsche in dir, daß du so sprechen kannst; keine Kleinlichkeit, keine Eitelkeit, immer aufs Rechte, und immer aufs Ganze. Komm her, Junge, gib mir einen Kuß. Einer ist eigentlich zu wenig, denn wenn ich bedenke, daß du mein Neffe und Kollege, und nun bald auch mein Schwiegersohn bist, denn Corinna wird doch wohl nicht nein sagen, dann sind auch zwei Backenküsse kaum noch genug. Und *die* Genugtuung sollst du haben, Marcell, Corinna muß an dich schreiben, und sozusagen beichten und Vergebung der Sünden bei dir anrufen."

„Um Gottes willen, Onkel, mache nur nicht so was. Zunächst wird sie's nicht tun, und wenn sie's tun wollte, so würd ich doch das nicht mit ansehn können. Die Juden, so hat mir Friedeberg ganz vor kurzem erzählt, haben ein Gesetz oder einen Spruch, wonach es als ganz besonders strafwürdig gilt, ‚einen Mitmenschen zu beschämen', und ich finde, das ist ein kolossal feines Gesetz und beinah schon christlich. Und wenn man niemanden beschämen soll, nicht einmal seine Feinde, ja, lieber Onkel, wie käm ich dann dazu, meine liebe Kusine Corinna beschämen zu wollen, die vielleicht schon nicht weiß, wo sie vor Verlegenheit hinsehen soll. Denn wenn die Nichtverlegenen mal verlegen werden, dann werden sie's auch ordentlich, und ist einer in solch peinlicher Lage wie Corinna, da hat man die Pflicht, ihm goldne Brücken zu baun. *Ich* werde schreiben, lieber Onkel."

„Bist ein guter Kerl, Marcell; komm her, noch einen. Aber sei nicht *zu* gut, das können die Weiber nicht vertragen, nicht einmal die Schmolke."

Sechzehntes Kapitel

Und Marcell schrieb wirklich, und am andern Morgen lagen zwei an Corinna adressierte Briefe auf dem Frühstückstisch, einer in kleinem Format mit einem Landschaftsbildchen in der linken Ecke, Teich und Trauerweide, worin Leopold, zum ach, wievielsten Male, von seinem „unerschütterlichen Entschlusse" sprach, der andere, ohne malerische Zutat, von Marcell. Dieser lautete:

„Liebe Corinna! Der Papa hat gestern mit mir gesprochen und mich zu meiner innigsten Freude wissen lassen, daß, verzeih, es sind seine eignen Worte, Vernunft wieder an zu sprechen fange. Und, so setzte er hinzu, die rechte Vernunft käme aus dem Herzen. Darf ich es glauben? ist ein Wandel eingetreten, die Bekehrung, auf die ich gehofft? Der Papa wenigstens hat mich dessen versichert. Er war auch der Meinung, daß Du bereit sein würdest, dies gegen mich auszusprechen, aber ich habe feierlichst dagegen protestiert, denn mir liegt gar nicht daran, Unrechts- oder Schuldgeständnisse zu hören; *das*, was ich jetzt weiß, wenn auch noch nicht aus Deinem Munde, genügt mir völlig, macht mich unendlich glücklich und löscht alle Bitterkeit aus meiner Seele. Manch einer würde mir in diesem Gefühl nicht folgen können, aber ich habe da, wo mein Herz spricht, nicht das Bedürfnis, zu einem Engel zu sprechen, im Gegenteil, mich bedrücken Vollkommenheiten, vielleicht weil ich nicht an sie glaube; Mängel, die ich menschlich begreife, sind mir sympathisch, auch dann noch, wenn ich unter ihnen leide. Was Du mir damals sagtest, als ich Dich an dem Mr.-Nelson-Abend von Treibels nach Hause begleitete, das weiß ich freilich noch alles, aber es lebt nur in meinem Ohr, nicht in meinem Herzen. In meinem Herzen steht nur das eine, das immer darin stand, von Anfang an, von Jugend auf.

Ich hoffe Dich heute noch zu sehen. Wie immer

Dein Marcell."

Corinna reichte den Brief ihrem Vater. Der las nun auch und blies dabei doppelte Dampfwolken; als er aber fertig war, stand er auf und gab seinem Liebling einen Kuß auf die Stirn: „Du bist ein Glückskind. Sieh, das ist das, was man das Höhere nennt, das wirklich Ideale, nicht das von meiner Freundin Jenny. Glaube mir, das Klassische, was sie jetzt verspotten, das ist das, was die Seele frei macht, das Kleinliche nicht kennt und das Christliche vorahnt und vergeben und vergessen lehrt, weil wir alle des Ruhmes mangeln. Ja, Corinna, das Klassische, das hat Sprüche wie Bibelsprüche. Mitunter beinah noch etwas drüber. Da haben wir zum Beispiel den Spruch: ‚Werde, der du bist', ein Wort, das nur ein Grieche sprechen konnte. Freilich, dieser Werdeprozeß, der hier gefordert wird, muß sich verlohnen, aber wenn mich meine väterliche Befangenheit nicht täuscht, bei *dir* verlohnt es sich. Diese Treibelei war ein Irrtum, ein ‚Schritt vom Wege', wie jetzt, wie du wissen wirst, auch ein

Lustspiel heißt, noch dazu von einem Kammergerichtsrat. Das Kammergericht, Gott sei Dank, war immer literarisch. Das Literarische macht frei ... Jetzt hast du das Richtige wiedergefunden und dich selbst dazu ... ‚Werde, der du bist', sagt der große Pindar, und deshalb muß auch Marcell, um der zu werden, der er ist, in die Welt hinaus, an die großen Stätten, und besonders an die ganz alten. Die ganz alten, das ist immer wie das Heilige Grab; dahin gehen die Kreuzzüge der Wissenschaft, und seid ihr erst von Mykenä wieder zurück – ich sage ‚ihr', denn du wirst ihn begleiten, die Schliemann ist auch immer dabei – so müßte keine Gerechtigkeit sein, wenn ihr nicht übers Jahr Privatdozent wärt oder Extraordinarius."

Corinna dankte ihm, daß er sie gleich mit ernenne, vorläufig indes sei sie mehr für Haus und Kinderstube. Dann verabschiedete sie sich und ging in die Küche, setzte sich auf einen Schemel und ließ die Schmolke den Brief lesen. „Nun, was sagen Sie, liebe Schmolke?"

„Ja, Corinna, was soll ich sagen? Ich sage bloß, was Schmolke immer sagte: Manchen gibt es der liebe Gott im Schlaf. Du hast ganz unverantwortlich un beinahe schauderöse gehandelt un kriegst ihn nu doch. Du bist ein Glückskind."

„Das hat mir Papa auch gesagt."

„Na, denn muß es wahr sein, Corinna. Denn was ein Professor sagt, is immer wahr. Aber nu keine Flausen mehr und keine Witzchen, davon haben wir nu genug gehabt mit dem armen Leopold, der mir doch eigentlich leid tun kann, denn er hat sich ja nich selber gemacht, un der Mensch is am Ende wie er is. Nein, Corinna, nu wollen wir ernsthaft werden. Und wenn meinst du denn, daß es losgeht oder in die Zeitung kommt? Morgen?"

„Nein, liebe Schmolke, so schnell geht es nicht. Ich muß ihn doch erst sehn und ihm einen Kuß geben ..."

„Versteht sich, versteht sich. Eher geht es nich ..."

„Und dann muß ich doch auch dem armen Leopold erst abschreiben. Er hat mir ja erst heute wieder versichert, daß er für mich leben und sterben will ..."

„Ach Jott, der arme Mensch."

„Am Ende ist er auch ganz froh ..."

„Möglich is es."

Noch am selben Abend, wie sein Brief es angezeigt, kam Marcell und begrüßte zunächst den in seine Zeitungslektüre vertieften Onkel, der ihm denn auch – vielleicht weil er die Verlobungsfrage für erledigt hielt – etwas zerstreut und das Zeitungsblatt in der Hand mit den Worten entgegentrat: „Und nun sage, Marcell, was sagst du dazu? Summus Episcopus ... Der Kaiser, unser alter Wilhelm, entkleidet sich davon, und will es nicht mehr, und Kögel wird es. Oder vielleicht Stöcker ..."

„Ach, lieber Onkel, erstlich glaub ich es nicht. Und dann, ich werde ja doch schwerlich im Dom getraut werden ..."

„Hast recht. Ich habe den Fehler aller Nichtpolitiker, über einer Sensationsnachricht, die natürlich hinterher immer falsch ist, alles Wichtigere zu vergessen. Corinna sitzt drüben in ihrem Zimmer und wartet auf dich, und ich denke mir, es wird wohl das beste sein, ihr macht es untereinander ab; ich bin auch mit der Zeitung noch nicht ganz fertig, und ein Dritter geniert bloß, auch wenn es der Vater ist."

Corinna, als Marcell eintrat, kam ihm herzlich und freundlich entgegen, etwas verlegen, aber doch zugleich sichtlich gewillt, die Sache nach ihrer Art zu behandeln, also so wenig tragisch wie möglich. Von drüben her fiel der Abendschein ins Fenster, und als sie sich gesetzt hatten, nahm sie seine Hand und sagte: „Du bist so gut, und ich hoffe, daß ich dessen immer eingedenk sein werde. Was ich wollte, war nur Torheit."

„Wolltest du's denn wirklich?"

Sie nickte.

„Und liebtest ihn ganz ernsthaft?"

„Nein. Aber ich wollte ihn ganz ernsthaft heiraten. Und mehr noch, Marcell, ich glaube auch nicht, daß ich sehr unglücklich geworden wäre, das liegt nicht in mir, freilich auch wohl nicht sehr glücklich. Aber wer ist glücklich? Kennst du wen? Ich nicht. Ich hätte Malstunden genommen und vielleicht auch Reitunterricht, und hätte mich an der Riviera mit ein paar englischen Familien angefreundet, natürlich solche mit einer Pleasure-Yacht, und wäre mit ihnen nach Korsika oder nach Sizilien gefahren, immer der Blutrache nach. Denn ein Bedürfnis nach Aufregung würd ich doch wohl zeitlebens gehabt haben; Leopold ist etwas schläfrig. Ja, so hätt ich gelebt."

„Du bleibst immer dieselbe und malst dich schlimmer als du bist."

„Kaum; aber freilich auch nicht besser. Und deshalb glaubst du mir wohl auch, wenn ich dir jetzt versichre, daß ich froh bin, aus dem allen heraus zu sein. Ich habe von früh an den Sinn für Äußerlichkeiten gehabt und hab ihn vielleicht noch, aber seine Befriedigung kann doch zu teuer erkauft werden, das hab ich jetzt einsehen gelernt."

Marcell wollte noch einmal unterbrechen, aber sie litt es nicht.

„Nein, Marcell, ich muß noch ein paar Worte sagen. Sieh, das mit dem Leopold, das wäre vielleicht gegangen, warum am Ende nicht? Einen schwachen, guten, unbedeutenden Menschen zur Seite zu haben, kann sogar angenehm sein, kann einen Vorzug bedeuten. Aber diese Mama, diese furchtbare Frau! Gewiß, Besitz und Geld haben einen Zauber, wär es nicht so, so wäre mir meine Verirrung erspart geblieben; aber wenn Geld alles ist, und Herz und Sinn verengt und zum Überfluß Hand in Hand geht mit Sentimentalität und Tränen — dann empört sich's hier, und *das* hinzunehmen, wäre mir hart angekommen, wenn ich's auch vielleicht ertragen hätte. Denn ich gehe davon aus, der Mensch in einem guten Bett und in guter Pflege kann eigentlich viel ertragen."

Den zweiten Tag danach stand es in den Zeitungen, und zugleich mit den öffentlichen Anzeigen trafen Karten ein. Auch bei Kommerzienrats. Treibel, der, nach vorgängigem Einblick in das Kuvert, ein starkes Gefühl von der Wichtigkeit dieser Nachricht und ihrem Einfluß auf die Wiederherstellung häuslichen Friedens und passabler Laune hatte, säumte nicht, in das Damenzimmer hinüberzugehen, wo Jenny mit Hildegard frühstückte. Schon beim Eintreten hielt er den Brief in die Höhe und sagte: „Was kriege ich, wenn ich euch den Inhalt dieses Briefes mitteile?"

„Fordere", sagte Jenny, in der vielleicht eine Hoffnung dämmerte.

„Einen Kuß."

„Keine Albernheiten, Treibel."

„Nun, wenn es von dir nicht sein kann, dann wenigstens von Hildegard."

„Zugestanden", sagte diese. „Aber nun lies."

Und Treibel las: „‚Die am heutigen Tage stattgehabte Verlobung meiner Tochter ...' ja, meine Damen, *welcher* Tochter? Es gibt viele Töchter. Noch einmal also ratet. Ich verdopple den von mir gestellten Preis ... also ‚meiner Tochter Corinna mit dem Dr. Marcell Wedderkopp, Oberlehrer und Lieutenant der Reserve im brandenburgischen Füsilierregiment Nr. 35, habe ich die Ehre, hiermit ganz ergebenst anzuzeigen. Dr. Wilibald

Schmidt, Professor und Oberlehrer am Gymnasium zum Heiligen Geist.'"

Jenny, durch Hildegards Gegenwart behindert, begnügte sich, ihrem Gatten einen triumphierenden Blick zuzuwerfen, Hildegard selbst aber, die sofort wieder auf Suche nach einem Formfehler war, sagte nur: „Ist das alles? Soviel ich weiß, pflegt es Sache der Verlobten zu sein, auch ihrerseits noch ein Wort zu sagen. Aber die Schmidt-Wedderkopps haben am Ende darauf verzichtet."

„Doch nicht, teure Hildegard. Auf dem zweiten Blatt, das ich unterschlagen habe, haben auch die Brautleute gesprochen. Ich überlasse dir das Schriftstück als Andenken an deinen Berliner Aufenthalt und als Beweis für den allmählichen Fortschritt hiesiger Kulturformen. Natürlich stehen wir noch eine gute Strecke zurück, aber es macht sich allmählich. Und nun bitt ich um meinen Kuß."

Hildegard gab ihm zwei und so stürmisch, daß ihre Bedeutung klar war. Dieser Tag bedeutete *zwei* Verlobungen.

Der letzte Sonnabend im Juli war als Marcells und Corinnas Hochzeitstag angesetzt worden; „nur keine langen Verlobungen", betonte Wilibald Schmidt, und die Brautleute hatten begreiflicherweise gegen ein beschleunigtes Verfahren nichts einzuwenden. Einzig und allein die Schmolke, die's mit der Verlobung so eilig gehabt hatte, wollte von solcher Beschleunigung nicht viel wissen und meinte, bis dahin sei ja bloß noch drei Wochen, also nur gerade noch Zeit genug, „um dreimal von der Kanzel zu fallen", und das ginge nicht, das sei zu kurz, darüber redeten die Leute; schließlich aber gab sie sich zufrieden oder tröstete sich wenigstens mit dem Satze: geredet wird doch.

Am Siebenundzwanzigsten war kleiner Polterabend in der Schmidtschen Wohnung, den Tag darauf Hochzeit im Englischen Hause. Prediger Thomas traute. Drei Uhr fuhren die Wagen vor der Nikolaikirche vor, sechs Brautjungfern, unter denen die beiden Kuhschen Kälber und die zwei Felgentreus waren. Letztere, wie schon hier verraten werden mag, verlobten sich in einer Tanzpause mit den zwei Referendarien vom Quartett, denselben jungen Herren, die die Halensee-Partie mitgemacht hatten. Der natürlich auch geladene Jodler wurde von den Kuhs heftig in Angriff genommen, widerstand aber, weil er, als Eckhaussohn, an solche Sturmangriffe gewöhnt war. Die Kuhschen Töchter selbst fanden sich ziemlich leicht in diesen Echec – „er war der erste nicht, er wird der letzte nicht sein", sagte Schmidt – und nur die Mutter zeigte bis zuletzt eine starke Verstimmung.

Sonst war es eine durchaus heitere Hochzeit, was zum Teil damit zusammenhing, daß man von Anfang an alles auf die leichte Schulter genommen hatte. Man wollte vergeben und vergessen, hüben und drüben, und so kam es denn auch, daß, um die Hauptsache vorwegzunehmen, alle Treibels nicht nur geladen, sondern mit alleiniger Ausnahme von Leopold, der an demselben Nachmittage nach dem Eierhäuschen ritt, auch vollzählig erschienen waren. Allerdings hatte die Kommerzienrätin anfänglich stark geschwankt, ja, sogar von Taktlosigkeit und Affront gesprochen, aber ihr zweiter Gedanke war doch der gewesen, den ganzen Vorfall als eine Kinderei zu nehmen und dadurch das schon hier und da laut gewordene Gerede der Menschen auf die leichteste Weise totzumachen. Bei diesem zweiten Gedanken blieb es denn auch; die Rätin, freundlich lächelnd wie immer, trat in pontificalibus auf und bildete ganz unbestritten das Glanz- und Repräsentationsstück der Hochzeitstafel. Selbst die Honig und die Wulsten waren auf Corinnas dringenden Wunsch eingeladen worden; erstere kam auch, die Wulsten dagegen entschuldigte sich brieflich, weil sie Lizzi, das süße Kind, doch nicht allein lassen könne. Dicht unter der Stelle „das süße Kind" war ein Fleck, und Marcell sagte zu Corinna: „Eine Träne, und ich glaube, eine echte." Von den Professoren waren, außer den schon genannten Kuhs, nur Distelkamp und Rindfleisch zugegen, da sich die mit jüngerem Nachwuchs Gesegneten sämtlich in Kösen, Ahlbeck und Stolpemünde befanden. Trotz dieser Personaleinbuße war an Toasten kein Mangel; der Distelkampsche war der beste, der Felgentreusche der logisch ungeheuerlichste, weshalb ihm ein hervorragender, vom Ausbringer allerdings unbeabsichtigter Lacherfolg zuteil wurde.

Mit dem Herumreichen des Konfekts war begonnen, und Schmidt ging eben von Platz zu Platz, um den älteren und auch einigen jüngeren Damen allerlei Liebenswürdiges zu sagen, als der schon vielfach erschienene Telegraphenbote noch einmal in den Saal und gleich danach an den alten Schmidt herantrat. Dieser, von dem Verlangen erfüllt, den Überbringer so vieler Herzenswünsche schließlich wie den Goetheschen Sänger königlich zu belohnen, füllte ein neben ihm stehendes Becherglas mit Champagner und kredenzte es dem Boten, der es, unter vorgängiger Verbeugung gegen das Brautpaar, mit einem gewissen avec leerte. Großer Beifall. Dann öffnete Schmidt das Telegramm, überflog es und sagte: „Vom stammverwandten Volk der Briten."

„Lesen, lesen."

„... To Dr. Marcell Wedderkopp."

„Lauter."

„England expects that every man will do his duty ... Unterzeichnet John Nelson."

Im Kreise der sachlich und sprachlich Eingeweihten brach ein Jubel aus, und Treibel sagte zu Schmidt: „Ich denke mir, Marcell ist Bürge dafür."

Corinna selbst war ungemein erfreut und erheitert über das Telegramm, aber es gebrach ihr bereits an Zeit, ihrer glücklichen Stimmung Ausdruck zu geben, denn es war acht Uhr, und um neuneinhalb Uhr ging der Zug, der sie zunächst bis München und von da nach Verona oder, wie Schmidt mit Vorliebe sich ausdrückte, „bis an das Grab der Julia" führen sollte. Schmidt nannte das übrigens alles nur Kleinkram und „Vorschmack", sprach überhaupt ziemlich hochmütig und orakelte, zum Ärger Kuhs, von Messenien und dem Taygetos, darin sich gewiß noch ein paar Grabkammern finden würden, wenn nicht von Aristomenes selbst, so doch von seinem Vater. Und als er endlich schwieg und Distelkamp ein vergnügtes Lächeln über seinen mal wieder sein Steckenpferd tummelnden Freund Schmidt zeigte, nahm man wahr, daß Marcell und Corinna den Saal inzwischen verlassen hatten.

Die Gäste blieben noch. Aber gegen zehn Uhr hatten sich die Reihen doch stark gelichtet; Jenny, die Honig, Helene waren aufgebrochen, und mit Helene natürlich auch Otto, trotzdem er gern noch eine Stunde zugegeben hätte. Nur der alte Kommerzienrat hatte sich emanzipiert und saß neben seinem Bruder Schmidt, eine Anekdote nach der andern aus dem „Schatzkästlein deutscher Nation" hervorholend, lauter blutrote Karfunkelsteine, von deren „reinem Glanze" zu sprechen, Vermessenheit gewesen wäre. Treibel, trotzdem Goldammer fehlte, sah sich dabei von verschiedenen Seiten her unterstützt, am ausgiebigsten von Adolar Krola, dem denn auch Fachmänner wahrscheinlich den Preis zuerkannt haben würden.

Längst brannten die Lichter, Zigarrenwölkchen kräuselten sich in großen und kleinen Ringen, und junge Paare zogen sich mehr und mehr in ein paar Saalecken zurück, in denen ziemlich unmotiviert, vier, fünf Lorbeerbäume zusammenstanden und eine gegen Profanblicke schützende Hecke bildeten. Hier wurden auch die Kuhschen gesehen, die noch einmal, vielleicht auf Rat der Mutter, einen energischen Vorstoß auf den Jodler unternahmen, aber auch diesmal umsonst. Zu gleicher Zeit klimperte man bereits auf dem Flügel, und es war sichtlich der Zeitpunkt nahe, wo die Jugend ihr gutes Recht beim Tanze behaupten würde.

Diesen gefahrdrohenden Moment ergriff der schon vielfach mit „du“ und „Bruder“ operierende Schmidt mit einer gewissen Feldherrngeschicklichkeit und sagte, während er Krola eine neue Zigarrenkiste zuschob: „Hören Sie, Sänger und Bruder, carpe diem. Wir Lateiner legen den Akzent auf die letzte Silbe. Nutze den Tag. Über ein kleines und irgendein Klavierpauker wird die Gesamtsituation beherrschen und uns unsere Überflüssigkeit fühlen lassen. Also noch einmal, was du tun willst, tue bald. Der Augenblick ist da; Krola, du mußt mir einen Gefallen tun und Jennys Lied singen. Du hast es hundertmal begleitet und wirst es wohl auch singen können. Ich glaube, Wagnersche Schwierigkeiten sind nicht drin. Und unser Treibel wird es nicht übelnehmen, daß wir das Herzenslied seiner Eheliebsten in gewissem Sinne profanieren. Denn jedes Schaustellen eines Heiligsten ist das, was ich Profanierung nenne. Hab ich recht, Treibel, oder täusch ich mich in dir? Ich *kann* mich in dir nicht täuschen. In einem Manne wie du kann man sich nicht täuschen, du hast ein klares und offnes Gesicht. Und nun komm, Krola. ‚Mehr Licht‘ – das war damals ein großes Wort unseres Olympiers; aber wir bedürfen seiner nicht mehr, wenigstens hier nicht, hier sind Lichter die Hülle und Fülle. Komm. Ich möchte diesen Tag als ein Ehrenmann beschließen und in Freundschaft mit aller Welt und nicht zum wenigsten mit dir, mit Adolar Krola.“

Dieser, der an hundert Tafeln wetterfest geworden und im Vergleich zu Schmidt noch ganz leidlich im Stande war, schritt, ohne langes Sträuben, auf den Flügel zu, während ihm Schmidt und Treibel Arm in Arm folgten, und ehe der Rest der Gesellschaft noch eine Ahnung haben konnte, daß der Vortrag eines Liedes geplant war, legte Krola die Zigarre beiseite und hob an:

„Glück, von allen deinen Losen
Eines nur erwähl ich mir,
Was soll Gold? Ich liebe Rosen
Und der Blumen schlichte Zier.

Und ich höre Waldesrauschen,
Und ich seh ein flatternd Band –
Aug in Auge, Blicke tauschen
Und ein Kuß auf deine Hand.

Geben, nehmen, nehmen, geben,
Und dein Haar umspielt der Wind,
Ach, nur das, nur das ist Leben,
Wo sich Herz zum Herzen find't."

Alles war heller Jubel, denn Krolas Stimme war immer noch voll Kraft und Klang, wenigstens verglichen mit dem, was man sonst in diesem Kreise hörte. Schmidt weinte vor sich hin. Aber mit einem Male war er wieder da. „Bruder", sagte er, „das hat mir wohlgetan. Bravissimo. Treibel, unsere Jenny hat doch recht. Es ist was damit, es ist was drin; ich weiß nicht genau was, aber das ist es eben – es ist ein wirkliches Lied. Alle echte Lyrik hat was Geheimnisvolles. Ich hätte doch am Ende dabei bleiben sollen ..."

Treibel und Krola sahen sich an und nickten dann zustimmend.

„... Und die arme Corinna! Jetzt ist sie bei Trebbin, erste Etappe zu Julias Grab ... Julia Capulet, wie das klingt. Es soll übrigens eine ägyptische Sargkiste sein, was eigentlich noch interessanter ist ... Und dann alles in allem, ich weiß nicht, ob es recht ist, die Nacht so durchzufahren; früher war das nicht Brauch, früher war man natürlicher, ich möchte sagen sittlicher. Schade, daß meine Freundin Jenny fort ist, die sollte darüber entscheiden. Für mich persönlich steht es fest, Natur ist Sittlichkeit und überhaupt die Hauptsache. Geld ist Unsinn, Wissenschaft ist Unsinn, alles ist Unsinn. Professor auch. Wer es bestreitet, ist ein pecus. Nicht wahr, Kuh? ... Kommen Sie, meine Herren, komm, Krola ... Wir wollen nach Hause gehen."

EFFI BRIEST

Erstes Kapitel

In Front des schon seit Kurfürst Georg Wilhelm von der Familie von Briest bewohnten Herrenhauses zu Hohen-Cremmen fiel heller Sonnenschein auf die mittagsstille Dorfstraße, während nach der Park- und Gartenseite hin ein rechtwinklig angebauter Seitenflügel einen breiten Schatten erst auf einen weiß und grün quadrierten Fliesengang und dann über diesen hinaus auf ein großes in seiner Mitte mit einer Sonnenuhr und an seinem Rande mit Canna indica und Rhabarberstauden besetztes Rondell warf. Einige zwanzig Schritte weiter, in Richtung und Lage genau dem Seitenflügel entsprechend, lief eine, ganz in kleinblättrigem Efeu stehende, nur an einer Stelle von einer kleinen weißgestrichenen Eisentür unterbrochene Kirchhofsmauer, hinter der der Hohen-Cremmener Schindelturm mit seinem blitzenden, weil neuerdings erst wieder vergoldeten Wetterhahn aufragte. Fronthaus, Seitenflügel und Kirchhofsmauer bildeten ein einen kleinen Ziergarten umschließendes Hufeisen, an dessen offener Seite man eines Teiches mit Wassersteg und angeketteltem Boot und dicht daneben einer Schaukel gewahr wurde, deren horizontal gelegtes Brett zu Häupten und Füßen an je zwei Stricken hing – die Pfosten der Balkenlage schon etwas schief stehend. Zwischen Teich und Rondell aber und die Schaukel halb versteckend standen ein paar mächtige alte Platanen.

Auch die Front des Herrenhauses – eine mit Aloekübeln und ein paar Gartenstühlen besetzte Rampe – gewährte bei bewölktem Himmel einen angenehmen und zugleich allerlei Zerstreuung bietenden Aufenthalt; an Tagen aber, wo die Sonne niederbrannte, wurde die Gartenseite ganz entschieden bevorzugt, besonders von Frau und Tochter des Hauses, die denn auch heute wieder auf dem im vollen Schatten liegenden Fliesengange saßen, in ihrem Rücken ein paar offene, von wildem Wein umrankte Fenster, neben sich eine vorspringende kleine Treppe, deren vier Steinstufen vom Garten aus in das Hochparterre des Seitenflügels hinaufführten. Beide, Mutter und Tochter, waren fleißig bei der Arbeit, die der Herstellung eines aus Einzelquadraten zusammenzusetzenden Altarteppichs galt; ungezählte Wollsträhnen und Seidendocken lagen auf einem großen, runden Tisch bunt durcheinander, dazwischen, noch vom Lunch her, ein paar Dessertteller und eine mit großen, schönen Stachelbeeren gefüllte Majolikaschale. Rasch und sicher ging die Wollnadel der Damen hin und her, aber während die Mutter kein Auge von der Arbeit ließ, legte die Tochter, die den Rufnamen Effi führte, von Zeit zu Zeit die Nadel nieder und erhob sich, um unter allerlei kunstgerechten Beugungen und Streckungen den ganzen Kursus der Heil- und Zimmergymnastik durchzumachen. Es war ersichtlich, daß sie sich diesen absichtlich ein wenig ins Komische gezogenen Übungen mit ganz besonderer Liebe hingab, und wenn sie dann so dastand und langsam die Arme hebend, die Handflächen hoch über dem Kopf zusammenlegte, so sah auch wohl die Mama von ihrer Handarbeit auf, aber immer nur flüchtig und verstohlen, weil sie nicht zeigen wollte, wie entzückend sie ihr eigenes Kind finde, zu welcher Regung mütterlichen Stolzes sie voll berechtigt war. Effi trug ein blau und weiß gestreiftes, halb kittelartiges Leinwandkleid, dem erst ein fest zusammengezogener, bronzefarbener Ledergürtel die Taille gab; der Hals war frei, und über Schulter und Nacken fiel ein breiter Matrosenkragen. In allem, was sie tat, paarte sich Übermut und Grazie, während ihre lachenden braunen Augen eine große, natürliche Klugheit und viel Lebenslust und Herzensgüte verrieten. Man nannte sie die „Kleine", was sie sich nur gefallen lassen mußte, weil die schöne schlanke Mama noch um eine Handbreit höher war.

Eben hatte sich Effi wieder erhoben, um abwechselnd nach links und rechts ihre turnerischen Drehungen zu machen, als die von ihrer Stickerei gerade wieder aufblickende Mama ihr zurief: „Effi, eigentlich hättest du doch wohl Kunstreiterin werden müssen. Immer am Trapez, immer Tochter der Luft. Ich glaube beinah, daß du so was möchtest."

„Vielleicht, Mama. Aber wenn es so wäre, wer wäre schuld? Von wem hab ich es? Doch nur von dir. Oder meinst du von Papa? Da mußt du nun selber lachen. Und dann, warum steckst du mich in diesen Hänger, in diesen Jungenskittel? Mitunter denk ich, ich komme noch wieder in kurze Kleider. Und wenn ich *die* erst wieder habe, dann knicks ich auch wieder wie ein Backfisch, und wenn dann die Rathenower herüberkommen, setze ich mich auf Oberst Goetzes Schoß und reite hopp, hopp. Warum auch nicht? Dreiviertel ist er Onkel und nur ein Viertel Courmacher. Du bist schuld. Warum kriege ich keine Staatskleider? Warum machst du keine Dame aus mir?"

„Möchtest du's?“

„Nein.“ Und dabei lief sie auf die Mama zu und umarmte sie stürmisch und küßte sie.

„Nicht so wild, Effi, nicht so leidenschaftlich. Ich beunruhige mich immer, wenn ich dich so sehe ...“ Und die Mama schien ernstlich willens, in Äußerung ihrer Sorgen und Ängste fortzufahren. Aber sie kam nicht weit damit, weil in ebendiesem Augenblicke drei junge Mädchen aus der kleinen, in der Kirchhofsmauer angebrachten Eisentür in den Garten eintraten und einen Kiesweg entlang auf das Rondell und die Sonnenuhr zuschritten. Alle drei grüßten mit ihren Sonnenschirmen zu Effi herüber und eilten dann auf Frau von Briest zu, um dieser die Hand zu küssen. Diese tat rasch ein paar Fragen und lud dann die Mädchen ein, ihnen oder doch wenigstens Effi auf eine halbe Stunde Gesellschaft zu leisten, „ich habe ohnehin noch zu tun, und junges Volk ist am liebsten unter sich. Gehabt euch wohl“. Und dabei stieg sie die vom Garten in den Seitenflügel führende Steintreppe hinauf.

Und da war nun die Jugend wirklich allein.

Zwei der jungen Mädchen – kleine, rundliche Persönchen, zu deren krausem, rotblondem Haar ihre Sommersprossen und ihre gute Laune ganz vorzüglich paßten – waren Töchter des auf Hansa, Skandinavien und Fritz Reuter eingeschworenen Kantors Jahnke, der denn auch, unter Anlehnung an seinen mecklenburgischen Landsmann und Lieblingsdichter und nach dem Vorbilde von Mining und Lining, seinen eigenen Zwillingen die Namen Bertha und Hertha gegeben hatte. Die dritte junge Dame war Hulda Niemeyer, Pastor Niemeyers einziges Kind; sie war damenhafter als die beiden anderen, dafür aber langweilig und eingebildet, eine lymphatische Blondine, mit etwas vorspringenden, blöden Augen, die trotzdem beständig nach was zu suchen schienen, weshalb denn auch Klitzing von den Husaren gesagt hatte: „Sieht sie nicht aus, als erwarte sie jeden Augenblick den Engel Gabriel?“ Effi fand, daß der etwas kritische Klitzing nur zu sehr recht habe, vermied es aber trotzdem, einen Unterschied zwischen den drei Freundinnen zu machen. Am wenigsten war ihr in diesem Augenblicke danach zu Sinn, und während sie die Arme auf den Tisch stemmte, sagte sie: „Diese langweilige Stickerei. Gott sei Dank, daß ihr da seid.“

„Aber deine Mama haben wir vertrieben“, sagte Hulda.

„Nicht doch. Wie sie euch schon sagte, sie wäre doch gegangen; sie erwartet nämlich Besuch, einen alten Freund aus ihren

Mädchentagen her, von dem ich euch nachher erzählen muß, eine Liebesgeschichte mit Held und Heldin, und zuletzt mit Entsagung. Ihr werdet Augen machen und euch wundern. Übrigens habe ich Mamas alten Freund schon drüben in Schwantikow gesehen; er ist Landrat, gute Figur und sehr männlich."

„Das ist die Hauptsache", sagte Hertha.

„Freilich ist das die Hauptsache, ‚Weiber weiblich, Männer männlich' – das ist, wie ihr wißt, einer von Papas Lieblingssätzen. Und nun helft mir erst Ordnung schaffen auf dem Tisch hier, sonst gibt es wieder eine Strafpredigt."

Im Nu waren die Docken in den Korb gepackt, und als alle wieder saßen, sagte Hulda: „Nun aber Effi, nun ist es Zeit, nun die Liebesgeschichte mit Entsagung. Oder ist es nicht so schlimm?"

„Eine Geschichte mit Entsagung ist nie schlimm. Aber ehe Hertha nicht von den Stachelbeeren genommen, eh kann ich nicht anfangen – sie läßt ja kein Auge davon. Übrigens nimm soviel du willst, wir können ja hinterher neue pflücken; nur wirf die Schalen weit weg oder noch besser, lege sie hier auf die Zeitungsbeilage, wir machen dann eine Tüte daraus und schaffen alles beiseite. Mama kann es nicht leiden, wenn die Schlusen so überall umherliegen, und sagt immer, man könne dabei ausgleiten und ein Bein brechen."

„Glaub ich nicht", sagte Hertha, während sie den Stachelbeeren fleißig zusprach.

„Ich auch nicht", bestätigte Effi. „Denkt doch mal nach, ich falle jeden Tag wenigstens zwei-, dreimal, und noch ist mir nichts gebrochen. Was ein richtiges Bein ist, das bricht nicht so leicht, meines gewiß nicht und deines auch nicht, Hertha. Was meinst du, Hulda?"

„Man soll sein Schicksal nicht versuchen; Hochmut kommt vor dem Fall."

„Immer Gouvernante; du bist doch die geborne alte Jungfer."

„Und hoffe mich doch noch zu verheiraten. Und vielleicht eher als du."

„Meinetwegen. Denkst du, daß ich darauf warte? Das fehlte noch. Übrigens, ich kriege schon einen, und vielleicht bald. Da ist mir nicht bange. Neulich erst hat mir der kleine Ventivegni von drüben gesagt: ‚Fräulein Effi, was gilt die Wette, wir sind hier noch in diesem Jahre zu Polterabend und Hochzeit.'"

„Und was sagtest du da?"

„‚Wohl möglich', sagt ich, ‚wohl möglich; Hulda ist die

älteste und kann sich jeden Tag verheiraten.' Aber er wollte davon nichts wissen und sagte: ‚Nein, bei einer anderen jungen Dame, die geradeso brünett ist, wie Fräulein Hulda blond ist.' Und dabei sah er mich ganz ernsthaft an ... Aber ich komme vom Hundertsten aufs Tausendste und vergesse die Geschichte."

„Ja, du brichst immer wieder ab; am Ende willst du nicht."

„Oh, ich will schon, aber freilich, ich breche immer wieder ab, weil es alles ein bißchen sonderbar ist, ja, beinah romantisch."

„Aber du sagtest doch, er sei Landrat."

„Allerdings Landrat. Und er heißt Geert von Innstetten, Baron von Innstetten."

Alle drei lachten.

„Warum lacht ihr?" sagte Effi pikiert. „Was soll das heißen?"

„Ach, Effi, wir wollen dich ja nicht beleidigen, und auch den Baron nicht. Innstetten sagtest du? Und Geert? So heißt doch hier kein Mensch. Freilich, die adeligen Namen haben oft so was Komisches."

„Ja, meine Liebe, das haben sie. Dafür sind es eben Adelige. Die dürfen sich das gönnen, und je weiter zurück, ich meine der Zeit nach, desto mehr dürfen sie sich's gönnen. Aber davon versteht ihr nichts, was ihr mir nicht übelnehmen dürft. Wir bleiben doch gute Freunde. Geert von Innstetten also und Baron. Er ist geradeso alt wie Mama, auf den Tag."

„Und wie alt ist denn eigentlich deine Mama?"

„Achtunddreißig."

„Ein schönes Alter."

„Ist es auch, namentlich wenn man noch so aussieht wie die Mama. Sie ist doch eigentlich eine schöne Frau, findet ihr nicht auch? Und wie sie alles so weghat, immer so sicher und dabei so fein und nie unpassend wie Papa. Wenn ich ein junger Leutnant wäre, so würd ich mich in die Mama verlieben."

„Aber Effi, wie kannst du nur so was sagen", sagte Hulda. „Das ist ja gegen das vierte Gebot."

„Unsinn. Wie kann das gegen das vierte Gebot sein? Ich glaube, Mama würde sich freuen, wenn sie wüßte, daß ich so was gesagt habe."

„Kann schon sein", unterbrach hierauf Hertha. „Aber nun endlich die Geschichte."

„Nun, gib dich zufrieden, ich fange schon an ... Also Baron Innstetten! Als er noch keine zwanzig war, stand er drüben bei den Rathenowern und verkehrte viel auf den Gütern hierherum, und am liebsten war er in Schwantikow drüben bei meinem Großvater Belling. Natürlich war es nicht des Großvaters wegen, daß er so oft drüben war, und wenn die Mama davon erzählt, so kann jeder leicht sehen, um wen es eigentlich war. Und ich glaube, es war auch gegenseitig."

„Und wie kam es nachher?"

„Nun, es kam, wie's kommen mußte, wie's immer kommt. Er war ja noch viel zu jung, und als mein Papa sich einfand, der schon Ritterschaftsrat war und Hohen-Cremmen hatte, da war kein langes Besinnen mehr, und sie nahm ihn und wurde Frau von Briest ... Und das andere, was sonst noch kam, nun, das wißt ihr ... das andere bin ich."

„Ja, das andere bist du, Effi", sagte Bertha. „Gott sei Dank; wir hätten dich nicht, wenn es anders gekommen wäre. Und nun sage, was tat Innstetten, was wurde aus ihm? Das Leben hat er sich nicht genommen, sonst könntet ihr ihn heute nicht erwarten."

„Nein, das Leben hat er sich nicht genommen. Aber ein bißchen war es doch so was."

„Hat er einen Versuch gemacht?"

„Auch das nicht. Aber er mochte doch nicht länger hier in der Nähe bleiben, und das ganze Soldatenleben überhaupt muß ihm damals wie verleidet gewesen sein. Es war ja auch Friedenszeit. Kurz und gut, er nahm den Abschied und fing an, Juristerei zu studieren, wie Papa sagt, mit einem ‚wahren Biereifer'; nur als der Siebziger Krieg kam, trat er wieder ein, aber bei den Perlebergern statt bei seinem alten Regiment, und hat auch das Kreuz. Natürlich, denn er ist sehr schneidig. Und gleich nach dem Kriege saß er wieder bei seinen Akten, und es heißt, Bismarck halte große Stücke von ihm und auch der Kaiser, und so kam es denn, daß er Landrat wurde, Landrat im Kessiner Kreise."

„Was ist Kessin? Ich kenne hier kein Kessin."

„Nein, hier in unserer Gegend liegt es nicht; es liegt eine hübsche Strecke von hier fort, in Pommern, in Hinterpommern sogar, was aber nichts sagen will, weil es ein Badeort ist (alles daherum ist Badeort) und die Ferienreise, die Baron Innstetten jetzt macht, ist eigentlich eine Vetternreise, oder doch etwas Ähnliches. Er will hier alte Freundschaft und Verwandtschaft wiedersehn."

„Hat er denn hier Verwandte?"

„Ja und nein, wie man's nehmen will. Innstettens gibt es hier nicht, gibt es, glaub ich, überhaupt nicht mehr. Aber er hat hier entfernte Vettern von der Mutter Seite her, und vor allem hat er wohl Schwantikow und das Bellingsche Haus wiedersehen wollen, an das ihn soviel Erinnerungen knüpfen. Da war er denn vorgestern drüben, und heute will er hier in Hohen-Cremmen sein."

„Und was sagt dein Vater dazu?"

„Gar nichts. Der ist nicht so. Und dann kennt er ja doch die Mama. Er neckt sie bloß."

In diesem Augenblick schlug es Mittag, und ehe es noch ausgeschlagen, erschien Wilke, das alte Briestsche Haus- und Familienfaktotum, um an Fräulein Effi zu bestellen. Die gnädige Frau ließe bitten, daß das gnädige Fräulein zu rechter Zeit auch Toilette mache; gleich nach eins würde der Herr Baron wohl vorfahren. Und während Wilke dies noch vermeldete, begann er auch schon auf dem Arbeitstisch der Damen abzuräumen und griff dabei zunächst nach dem Zeitungsblatt, auf dem die Stachelbeerschalen lagen.

„Nein, Wilke, nicht so; das mit den Schlusen, das ist unsere Sache... Hertha, du mußt nun die Tüte machen und einen Stein hineintun, daß alles besser versinken kann. Und dann wollen wir in einem langen Trauerzug aufbrechen und die Tüte auf offener See begraben."

Wilke schmunzelte. „Is doch ein Daus, unser Fräulein", so etwa gingen seine Gedanken; Effi aber, während sie die Tüte mitten auf die rasch zusammengeraffte Tischdecke legte, sagte: „Nun fassen wir alle vier an, jeder an einem Zipfel und singen was Trauriges."

„Ja, das sagst du wohl, Effi. Aber was sollen wir denn singen?"

„Irgendwas; es ist ganz gleich, es muß nur einen Reim auf ‚u' haben; ‚u' ist immer Trauervokal. Also singen wir:

Flut, Flut
Mach alles wieder gut..."

und während Effi diese Litanei feierlich anstimmte, setzten sich alle vier auf den Steg hin in Bewegung, stiegen in das dort angekettelte Boot und ließen von diesem aus die mit einem Kiesel beschwerte Tüte langsam in den Teich niedergleiten.

„Hertha, nun ist deine Schuld versenkt", sagte Effi, „wobei mir übrigens einfällt, so vom Boot aus sollen früher auch arme unglückliche Frauen versenkt worden sein, natürlich wegen Untreue."

„Aber doch nicht hier."

„Nein, nicht hier", lachte Effi, „hier kommt so was nicht vor. Aber in Konstantinopel, und du mußt ja, wie mir eben einfällt, auch davon wissen, so gut wie ich, du bist ja mit dabeigewesen, als uns Kandidat Holzapfel in der Geographiestunde davon erzählte."

„Ja", sagte Hulda, „der erzählte immer so was. Aber so was vergißt man doch wieder."

„Ich nicht. Ich behalte so was."

Zweites Kapitel

Sie sprachen noch eine Weile so weiter, wobei sie sich ihrer gemeinschaftlichen Schulstunden und einer ganzen Reihe Holzapfelscher Unpassendheiten mit Empörung und Behagen erinnerten. Ja, man konnte sich nicht genug tun damit, bis Hulda mit einem Male sagte: „Nun aber ist es höchste Zeit, Effi; du siehst ja aus, ja, wie sag ich nur, du siehst ja aus, wie wenn du vom Kirschenpflücken kämst, alles zerknittert und zerknautscht; das Leinenzeug macht immer so viele Falten, und der große, weiße Klappkragen ... ja, wahrhaftig, jetzt hab ich es, du siehst aus wie ein Schiffsjunge."

„Midshipman, wenn ich bitten darf. Etwas muß ich doch von meinem Adel haben. Übrigens Midshipman oder Schiffsjunge, Papa hat mir erst neulich wieder einen Mastbaum versprochen, hier dicht neben der Schaukel, mit Rahen und einer Strickleiter. Wahrhaftig, das sollte mir gefallen, und den Wimpel oben selbst anzumachen, das ließ' ich mir nicht nehmen. Und du, Hulda, du kämst dann von der anderen Seite her herauf, und oben in der Luft wollten wir hurra rufen und uns einen Kuß geben. Alle Wetter, das sollte schmecken."

„‚Alle Wetter ...' wie das nun wieder klingt ... Du sprichst wirklich wie ein Midshipman. Ich werde mich aber hüten, dir nachzuklettern, ich bin nicht so waghalsig. Jahnke hat ganz recht, wenn er immer sagt, du hättest zuviel von dem Bellingschen in dir, von deiner Mama her. Ich bin bloß ein Pastorskind."

„Ach, geh mir. Stille Wasser sind tief. Weißt du noch, wie du damals, als Vetter Briest als Kadett hier war, aber doch schon groß genug, wie du damals auf dem Scheunendach entlangrutschtest. Und warum? Nun, ich will es nicht verraten. Aber kommt, wir wollen uns schaukeln, auf jeder Seite zwei; reißen wird es ja wohl nicht, oder wenn ihr nicht Lust habt, denn ihr macht wieder lange Gesichter, dann wollen wir Anschlag spielen. Eine Viertelstunde hab ich noch. Ich mag noch nicht hineingehen, und alles bloß, um einem Landrat guten Tag zu sagen, noch dazu einem Landrat aus Hinterpommern. Ältlich ist er auch, er könnte ja beinah mein Vater sein, und wenn er wirklich in einer Seestadt wohnt, Kessin soll ja so was sein, nun, da muß ich ihm in diesem Matrosenkostüm eigentlich am besten gefallen und muß ihm beinah wie eine große Aufmerksamkeit vorkommen. Fürsten, wenn sie wen empfangen, soviel weiß ich von meinem Papa her, legen auch immer die Uniform aus der Gegend des anderen an. Also nur nicht ängstlich ... rasch, rasch, ich fliege aus und neben der Bank hier ist frei."

Hulda wollte noch ein paar Einschränkungen machen, aber Effi war schon den nächsten Kiesweg hinauf, linkshin, rechtshin, bis sie mit einem Male verschwunden war. „Effi, das gilt nicht; wo bist du? Wir spielen nicht Versteck, wir spielen Anschlag", unter diesen und ähnlichen Vorwürfen eilten die Freundinnen ihr nach, weit über das Rondell und die beiden seitwärts stehenden Platanen hinaus, bis die Verschwundene mit einem Male aus ihrem Verstecke hervorbrach und mühelos, weil sie schon im Rücken ihrer Verfolger war, mit „eins, zwei, drei" den Freiplatz neben der Bank erreichte.

„Wo warst du?"

„Hinter den Rhabarberstauden; die haben so große Blätter, noch größer als ein Feigenblatt ..."

„Pfui ..."

„Nein, pfui für euch, weil ihr verspielt habt. Hulda, mit ihren großen Augen, sah wieder nichts, immer ungeschickt." Und dabei flog Effi von neuem über das Rondell hin, auf den Teich zu, vielleicht weil sie vorhatte, sich erst hinter einer dort aufwachsenden dichten Haselnußhecke zu verstecken, um dann, von dieser aus, mit einem weiten Umweg um Kirchhof und Fronthaus, wieder bis an den Seitenflügel und seinen Freiplatz zu kommen. Alles war gut berechnet; aber freilich, ehe sie noch halb um den Teich herum war, hörte sie schon vom Hause her ihren Namen rufen, und sah, während sie sich umwandte, die Mama, die, von der Steintreppe her, mit ihrem Taschentuche winkte. Noch einen Augenblick, und Effi stand vor ihr.

„Nun bist du doch noch in deinem Kittel, und der Besuch ist da. Nie hältst du Zeit."

„*Ich* halte schon Zeit, aber der Besuch hat nicht Zeit gehalten. Es ist noch nicht eins; noch lange nicht", und sich nach den Zwillingen hin umwendend (Hulda war noch weiter zurück) rief sie diesen zu: „Spielt nur weiter; ich bin gleich wieder da."

Schon im nächsten Augenblicke trat Effi mit der Mama in den großen Gartensaal, der fast den ganzen Raum des Seitenflügels füllte.

„Mama, du darfst mich nicht schelten. Es ist wirklich erst halb. Warum kommt er so früh? Kavaliere kommen nicht zu spät, aber noch weniger zu früh."

Frau von Briest war in sichtlicher Verlegenheit; Effi aber schmiegte sich liebkosend an sie und sagte: „Verzeih, ich will mich nun eilen; du weißt, ich kann auch rasch sein, und in fünf Minuten ist Aschenpuddel in eine Prinzessin verwandelt. So lange kann er warten oder mit dem Papa plaudern."

Und der Mama zunickend, wollte sie leichten Fußes eine kleine eiserne Stiege hinauf, die aus dem Saal in den Oberstock hinaufführte. Frau von Briest aber, die unter Umständen auch unkonventionell sein konnte, hielt plötzlich die schon forteilende Effi zurück, warf einen Blick auf das jugendlich reizende Geschöpf, das, noch erhitzt von der Aufregung des Spiels, wie ein Bild frischesten Lebens vor ihr stand, und sagte beinahe vertraulich: „Es ist am Ende das beste, du bleibst wie du bist. Ja, bleibe so. Du siehst gerade sehr gut aus. Und wenn es auch nicht wäre, du siehst so unvorbereitet aus, so gar nicht zurechtgemacht, und darauf kommt es in diesem Augenblicke an. Ich muß dir nämlich sagen, meine süße Effi ..." und sie nahm ihres Kindes beide Hände ... „ich muß dir nämlich sagen ..."

„Aber Mama, was hast du nur? Mir wird ja ganz angst und bange."

„... Ich muß dir nämlich sagen, Effi, daß Baron Innstetten eben um deine Hand angehalten hat."

„Um meine Hand angehalten? Und im Ernst?"

„Es ist keine Sache, um einen Scherz daraus zu machen. Du hast ihn vorgestern gesehen, und ich glaube, er hat dir auch gut gefallen. Er ist freilich älter als du, was alles in allem ein Glück ist, dazu ein Mann von Charakter, von Stellung und guten Sitten, und wenn du nicht ‚nein' sagst, was ich mir von meiner klugen Effi kaum denken kann, so stehst du mit zwanzig Jahren da, wo andere mit vierzig stehen. Du wirst deine Mama weit überholen."

Effi schwieg und suchte nach einer Antwort. Aber ehe sie diese finden konnte, hörte sie schon des Vaters Stimme von dem angrenzenden, noch im Fronthause gelegenen Hinterzimmer her, und gleich danach überschritt Ritterschaftsrat von Briest, ein wohlkonservierter Fünfziger von ausgesprochener Bonhomie, die Gartensalonschwelle – mit ihm Baron Innstetten, schlank, brünett und von militärischer Haltung.

Effi, als sie seiner ansichtig wurde, kam in ein nervöses Zittern; aber nicht auf lange, denn im selben Augenblicke fast, wo sich Innstetten unter freundlicher Verneigung ihr näherte, wurden an dem mittleren der weit offenstehenden und von wildem Wein halb überwachsenen Fenster die rotblonden Köpfe der Zwillinge sichtbar, und Hertha, die Ausgelassenste, rief in den Saal hinein: „Effi, komm."

Dann duckte sie sich, und beide Schwestern sprangen von der Banklehne, darauf sie gestanden, wieder in den Garten hinab, und man hörte nur noch ihr leises Kichern und Lachen.

Drittes Kapitel

Noch an demselben Tage hatte sich Baron Innstetten mit Effi Briest verlobt. Der joviale Brautvater, der sich nicht leicht in seiner Feierlichkeitsrolle zurechtfand, hatte bei dem Verlobungsmahl, das folgte, das junge Paar leben lassen, was auf Frau von Briest, die dabei der nun um kaum achtzehn Jahre zurückliegenden Zeit gedenken mochte, nicht ohne herzbeweglichen Eindruck geblieben war. Aber nicht auf lange; *sie* hatte es nicht sein können, nun war es statt ihrer die Tochter – alles in allem ebenso gut oder vielleicht noch besser. Denn mit Briest ließ sich leben, trotzdem er ein wenig prosaisch war und dann und wann einen kleinen frivolen Zug hatte. Gegen Ende der Tafel, das Eis wurde schon herumgereicht, nahm der alte Ritterschaftsrat noch einmal das Wort, um in einer zweiten Ansprache das allgemeine Familien-Du zu proponieren. Er umarmte dabei Innstetten und gab ihm einen Kuß auf die linke Backe. Hiermit war aber die Sache für ihn noch nicht abgeschlossen, vielmehr fuhr er fort, außer dem „Du" zugleich intimere Namen und Titel für den Hausverkehr zu empfehlen, eine Art Gemütlichkeitsrangliste aufzustellen, natürlich unter Wahrung berechtigter, weil wohlerworbener Eigentümlichkeiten. Für seine Frau, so hieß es, würde der Fortbestand von „Mama" (denn es gäbe auch junge Mamas) wohl das beste sein, während er für seine Person, unter Verzicht auf den Ehrentitel „Papa", das einfache Briest entschieden bevorzugen müsse, schon weil es so hübsch kurz sei. Und was nun die Kinder angehe – bei welchem Wort er sich, Aug in Auge mit dem nur etwa um ein Dutzend Jahre jüngeren Innstetten, einen Ruck geben mußte – nun, so sei Effi eben Effi und Geert Geert. Geert, wenn er nicht irre, habe die Bedeutung von einem schlank aufgeschossenen Stamm, und Effi sei dann also der Efeu, der sich darum zu ranken habe. Das Brautpaar sah sich bei diesen Worten etwas verlegen an, Effi zugleich mit einem Ausdruck kindlicher Heiterkeit, Frau von Briest aber sagte: „Briest, sprich was du willst und formuliere deine Toaste nach Gefallen, nur poetische Bilder, wenn ich dich bitten darf, laß beiseite, das liegt jenseits deiner Sphäre." Zurechtweisende Worte, die bei Briest mehr Zustimmung als Ablehnung gefunden hatten. „Es ist möglich, daß du recht hast, Luise."

Gleich nach Aufhebung der Tafel beurlaubte sich Effi, um einen Besuch drüben bei Pastors zu machen. Unterwegs sagte sie sich: „Ich glaube, Hulda wird sich ärgern. Nun bin ich ihr doch zuvorgekommen – sie war immer zu eitel und eingebildet." Aber Effi traf es mit ihrer Erwartung nicht ganz; Hulda, durchaus Haltung bewahrend, benahm sich sehr gut und überließ die Bezeugung von Unmut und Ärger ihrer Mutter, der Frau Pastorin, die denn auch sehr sonderbare Bemerkungen machte. „Ja, ja, so geht es. Natürlich. Wenn's die Mutter nicht sein konnte, muß es die Tochter sein. Das kennt man. Alte Familien halten immer zusammen, und wo was is, kommt was dazu." Der alte Niemeyer kam in arge Verlegenheit über diese fortgesetzten spitzen Redensarten ohne Bildung und Anstand und beklagte mal wieder, eine Wirtschafterin geheiratet zu haben.

Von Pastors ging Effi natürlich auch zu Kantor Jahnkes; die Zwillinge hatten schon nach ihr ausgeschaut und empfingen sie im Vorgarten.

„Nun, Effi", sagte Hertha, während alle drei zwischen den rechts und links blühenden Studentenblumen auf und ab schritten, „nun, Effi, wie ist dir eigentlich?"

„Wie mir ist? Oh, ganz gut. Wir nennen uns auch schon du und bei Vornamen. Er heißt nämlich Geert, was ich euch, wie mir einfällt, auch schon gesagt habe."

„Ja, das hast du. Mir ist aber doch so bange dabei. Ist es denn auch der Richtige?"

„Gewiß ist es der Richtige. Das verstehst du nicht, Hertha. Jeder ist der Richtige. Natürlich muß er von Adel sein und eine Stellung haben und gut aussehen."

„Gott, Effi, wie du nur sprichst. Sonst sprachst du doch ganz anders."

„Ja, sonst."

„Und bist auch schon ganz glücklich?"

„Wenn man zwei Stunden verlobt ist, ist man immer ganz glücklich. Wenigstens denk ich es mir so."

„Und ist es dir denn gar nicht, ja, wie sag ich nur, ein bißchen genant?"

„Ja, ein bißchen genant ist es mir, aber doch nicht sehr. Und ich denke, ich werde darüber wegkommen."

Nach diesem, im Pfarr- und Kantorhause gemachten Besuche, der keine halbe Stunde gedauert hatte, war Effi wieder nach drüben zurückgekehrt, wo man auf der Gartenveranda eben den Kaffee nehmen wollte. Schwiegervater und Schwiegersohn gingen auf dem Kieswege zwischen den zwei Platanen auf und ab. Briest sprach von dem Schwierigen einer landrätlichen Stellung; sie sei ihm verschiedentlich angetragen worden, aber er habe jedesmal gedankt. „So nach meinem eigenen Willen schalten und walten zu können, ist mir immer das liebste gewesen, jedenfalls lieber – Pardon, Innstetten – als so die Blicke beständig nach oben richten zu müssen. Man hat dann bloß immer Sinn und Merk für hohe und höchste Vorgesetzte. Das ist nichts für mich. Hier leb ich so frei weg und freue mich über jedes grüne Blatt und über den wilden Wein, der da drüben in die Fenster wächst."

Er sprach noch mehr dergleichen, allerhand Antibeamtliches, und entschuldigte sich von Zeit zu Zeit mit einem kurzen, verschiedentlich wiederkehrenden „Pardon, Innstetten". Dieser nickte mechanisch zustimmend, war aber eigentlich wenig bei der Sache, sah vielmehr, wie gebannt, immer aufs neue nach dem drüben am Fenster rankenden wilden Wein hinüber, von dem Briest eben gesprochen, und während er dem nachhing, war es ihm, als säh er wieder die rotblonden Mädchenköpfe zwischen den Weinranken und hörte dabei den übermütigen Zuruf: „Effi, komm."

Er glaubte nicht an Zeichen und Ähnliches, im Gegenteil, wies alles Abergläubische weit zurück. Aber er konnte trotzdem von den zwei Worten nicht los, und während Briest immer weiterperorierte, war es ihm beständig, als wäre der kleine Hergang doch mehr als ein bloßer Zufall gewesen.

Innstetten, der nur einen kurzen Urlaub genommen, war schon am folgenden Tage wieder abgereist, nachdem er versprochen hatte, jeden Tag schreiben zu wollen. „Ja, das mußt du", hatte Effi gesagt, ein Wort, das ihr von Herzen kam, da sie seit Jahren nichts Schöneres kannte, als beispielsweise den Empfang vieler Geburtstagsbriefe. Jeder mußte ihr zu diesem Tage schreiben. In den Brief eingestreute Wendungen, etwa wie „Gertrud und Klara senden Dir mit mir ihre herzlichsten Glückwünsche", waren verpönt; Gertrud und Klara, wenn sie Freundinnen sein wollten, hatten dafür zu sorgen, daß ein Brief mit selbständiger Marke daläge, womöglich – denn ihr Geburtstag fiel noch in die Reisezeit – mit einer fremden, aus der Schweiz oder Karlsbad.

Innstetten, wie versprochen, schrieb wirklich jeden Tag; was aber den Empfang seiner Briefe ganz besonders angenehm machte, war der Umstand, daß er allwöchentlich nur einmal einen ganz kleinen Antwortbrief erwartete. Den erhielt er denn auch, voll reizend nichtigen und ihn jedesmal entzückenden Inhalts. Was es von ernsteren Dingen zu besprechen gab, das verhandelte Frau von Briest mit ihrem Schwiegersohne: Festsetzungen wegen der Hochzeit, Ausstattungs- und Wirtschaftseinrichtungsfragen. Innstetten, schon an die drei Jahre im Amt, war in seinem Kessiner Hause nicht glänzend, aber doch sehr standesgemäß eingerichtet, und es empfahl sich, in der Korrespondenz mit ihm, ein Bild von allem, was da war, zu gewinnen, um nichts Unnützes anzuschaffen. Schließlich, als Frau von Briest über all diese Dinge genugsam unterrichtet war, wurde seitens der Mutter und Tochter eine Reise nach Berlin beschlossen, um, wie Briest sich ausdrückte, den „trousseau" für Prinzessin Effi zusammenzukaufen. Effi freute sich sehr auf den Aufenthalt in Berlin, um so mehr, als der Vater darein gewilligt hatte, im Hotel du Nord Wohnung zu nehmen. Was es koste, könne ja von der Ausstattung abgezogen werden; Innstetten habe ohnehin alles. Effi — ganz im Gegensatze zu der solche „Mesquinerien" ein für allemal sich verbittenden Mama – hatte dem Vater, ohne jede Sorge darum, ob er's scherz- oder ernsthaft gemeint hatte, freudig zugestimmt und beschäftigte sich in ihren Gedanken viel, viel mehr mit dem Eindruck, den sie beide, Mutter und Tochter, bei ihrem Erscheinen an der Table d'hôte machen würden, als mit Spinn und Mencke, Goschenhofer und ähnlichen Firmen, die vorläufig notiert worden waren. Und diesen ihren heiteren Phantasien entsprach denn auch ihre Haltung, als die große Berliner Woche nun wirklich da war. Vetter Briest vom Alexander-Regiment, ein ungemein ausgelassener junger Leutnant, der die „Fliegenden Blätter“ hielt und über die besten Witze Buch führte, stellte sich den Damen für jede dienstfreie Stunde zur Verfügung, und so saßen sie denn mit ihm bei Kranzler am Eckfenster oder zu statthafter Zeit auch wohl im Café Bauer und fuhren nachmittags in den Zoologischen Garten, um da die Giraffen zu sehen, von denen Vetter Briest, der übrigens Dagobert hieß, mit Vorliebe behauptete: sie sähen aus wie adlige alte Jungfern. Jeder Tag verlief programmäßig, und am dritten oder vierten Tage gingen sie, wie vorgeschrieben, in die Nationalgalerie, weil Vetter Dagobert seiner Kusine die „Insel der Seligen“ zeigen wollte. Fräulein Kusine stehe zwar auf dem Punkte, sich zu verheiraten, es sei aber doch vielleicht gut, die „Insel der Seligen“ schon vorher kennengelernt zu haben. Die Tante gab ihm einen Schlag mit dem Fächer, begleitete diesen Schlag aber mit einem so gnädigen Blick, daß er keine Veranlassung hatte, den Ton zu ändern. Es waren himmlische Tage für alle drei, nicht zum wenigsten für den Vetter, der so wundervoll zu chaperonnieren und kleine Differenzen immer rasch auszugleichen verstand. An solchen Meinungsverschiedenheiten zwischen Mutter und Tochter war nun, wie das so geht, all die Zeit über kein Mangel, aber sie traten glücklicherweise nie bei den zu machenden Einkäufen hervor. Ob man von einer Sache sechs oder drei Dutzend erstand, Effi war mit allem gleichmäßig einverstanden, und wenn dann auf dem Heimwege von dem Preise der eben eingekauften Gegenstände gesprochen wurde, so verwechselte sie regelmäßig die Zahlen. Frau von Briest, sonst so kritisch, auch ihrem eigenen geliebten Kinde gegenüber, nahm dies anscheinend mangelnde Interesse nicht nur von der leichten Seite, sondern erkannte sogar einen Vorzug darin. „Alle diese Dinge“, so sagte sie sich, „bedeuten Effi nicht viel. Effi ist anspruchslos; sie lebt in ihren Vorstellungen und Träumen, und wenn die Prinzessin Friedrich Karl vorüberfährt und sie von ihrem Wagen aus freundlich grüßt, so gilt ihr das mehr als eine ganze Truhe voll Weißzeug.“

Das alles war auch richtig, aber doch nur halb. An dem Besitze mehr oder weniger alltäglicher Dinge lag Effi nicht viel, aber wenn sie mit der Mama die Linden hinauf- und hinuntergin g und nach Musterung der schönsten Schaufenster in den Demuthschen Laden eintrat, um für die gleich nach der Hochzeit geplante italienische Reise allerlei Einkäufe zu machen, so zeigte sich ihr wahrer Charakter. Nur das Eleganteste gefiel ihr, und wenn sie das Beste nicht haben konnte, so verzichtete sie auf das Zweitbeste, weil ihr diese Zweite nun nichts mehr bedeutete. Ja, sie konnte verzichten, darin hatte die Mama recht, und in diesem Verzichtenkönnen lag etwas von Anspruchslosigkeit; wenn es aber ausnahmsweise mal wirklich etwas zu besitzen galt, so mußte dies immer was ganz Apartes sein. Und *darin* war sie anspruchsvoll.

Viertes Kapitel

Vetter Dagobert war am Bahnhof, als die Damen ihre Rückreise nach Hohen-Cremmen antraten. Es waren glückliche Tage gewesen, vor allem auch darin, daß man nicht unter unbequemer und beinahe unstandesgemäßer Verwandtschaft gelitten hatte. „Für Tante Therese", so hatte Effi gleich nach der Ankunft gesagt, „müssen wir diesmal inkognito bleiben. Es geht nicht, daß sie hier ins Hotel kommt. Entweder Hotel du Nord oder Tante Therese; beides zusammen paßt nicht." Die Mama hatte sich schließlich einverstanden damit erklärt, ja dem Lieblinge zur Besiegelung des Einverständnisses einen Kuß auf die Stirn gegeben.

Mit Vetter Dagobert war das natürlich etwas ganz anderes gewesen, der hatte nicht bloß den Gardepli, der hatte vor allem auch mit Hülfe jener eigentümlich guten Laune, wie sie bei den Alexanderoffizieren beinahe traditionell geworden, sowohl Mutter wie Tochter von Anfang an anzuregen und aufzuheitern gewußt, und diese gute Stimmung dauerte bis zuletzt. „Dagobert", so hieß es noch beim Abschied, „du kommst also zu meinem Polterabend, und natürlich mit Kortege. Denn nach den Aufführungen (aber kommt mir nicht mit Dienstmann oder Mausefallenhändler) ist Ball. Und du mußt bedenken, mein erster großer Ball ist vielleicht auch mein letzter. Unter sechs Kameraden – natürlich beste Tänzer – wird gar nicht angenommen. Und mit dem Frühzug könnt ihr wieder zurück." Der Vetter versprach alles, und so trennte man sich.

Gegen Mittag trafen beide Damen an ihrer havelländischen Bahnstation ein, mitten im Luch, und fuhren in einer halben Stunde nach Hohen-Cremmen hinüber. Briest war sehr froh, Frau und Tochter wieder zu Hause zu haben, und stellte Fragen über Fragen, deren Beantwortung er meist nicht abwartete. Statt dessen erging er sich in Mitteilung dessen, was er inzwischen erlebt. „Ihr habt mir da vorhin von der Nationalgalerie gesprochen und von der ‚Insel der Seligen‘ – nun, wir haben hier, während ihr fort wart, auch so was gehabt: unser Inspektor Pink und die Gärtnersfrau. Natürlich habe ich Pink entlassen müssen, übrigens ungern. Es ist sehr fatal, daß solche Geschichten fast immer in die Erntezeit fallen. Und Pink war sonst ein ungewöhnlich tüchtiger Mann, hier leider am unrechten Fleck. Aber lassen wir das; Wilke wird schon unruhig."

Bei Tische hörte Briest besser zu; das gute Einvernehmen mit dem Vetter, von dem ihm viel erzählt wurde, hatte seinen Beifall, weniger das Verhalten gegen Tante Therese. Man sah aber deutlich, daß er inmitten seiner Mißbilligung sich eigentlich darüber freute; denn ein kleiner Schabernack entsprach ganz seinem Geschmack, und Tante Therese war wirklich eine lächerliche Figur. Er hob sein Glas und stieß mit Frau und Tochter an. Auch als nach Tisch einzelne der hübschesten Einkäufe vor ihm ausgepackt und seiner Beurteilung unterbreitet wurden, verriet er viel Interesse, das selbst noch anhielt, oder wenigstens nicht ganz hinstarb, als er die Rechnung überflog. „Etwas teuer, oder sagen wir lieber sehr teuer; indessen es tut nichts. Es hat alles so viel chic, ich möchte sagen so viel Animierendes, daß ich deutlich fühle, wenn du mir solchen Koffer und solche Reisedecke zu Weihnachten schenkst, so sind wir zu Ostern auch in Rom und machen nach achtzehn Jahren unsere Hochzeitsreise. Was meinst du, Luise? Wollen wir nachexerzieren? Spät kommt Ihr, doch Ihr kommt."

Frau von Briest machte eine Handbewegung, wie wenn sie sagen wollte: „unverbesserlich", und überließ ihn im übrigen seiner eigenen Beschämung, die aber nicht groß war.

Ende August war da, der Hochzeitstag (3. Oktober) rückte näher, und sowohl im Herrenhause wie in der Pfarre und Schule war man unausgesetzt bei den Vorbereitungen zum Polterabend. Jahnke, getreu seiner Fritz-Reuter-Passion, hatte sich's als etwas besonders „Sinniges" ausgedacht, Bertha und Hertha als Lining und Mining auftreten zu lassen, natürlich plattdeutsch, während Hulda das Käthchen von Heilbronn in der Holunderbaumszene darstellen sollte, Leutnant Engelbrecht von den Husaren als Wetter vom Strahl. Niemeyer, der sich den Vater der Idee nennen durfte, hatte keinen Augenblick gesäumt, auch die verschämte Nutzanwendung auf Innstetten und Effi hinzuzudichten. Er selbst war mit seiner Arbeit zufrieden und hörte, gleich nach der Leseprobe, von allen Beteiligten viel Freundliches darüber, freilich mit Ausnahme seines Patronatsherrn und alten Freundes Briest, der, als er die Mischung von Kleist und Niemeyer mit angehört hatte, lebhaft protestierte, wenn auch keineswegs aus literarischen Gründen. „Hoher Herr und immer wieder Hoher Herr – was soll das? Das leitet in die Irre, das verschiebt alles. Innstetten, unbestritten, ist ein famoses Menschenexemplar, Mann von Charakter und Schneid, aber die Briests – verzeih den Berolinismus, Luise – die Briests sind schließlich auch nicht von schlechten Eltern. Wir sind doch nun mal eine historische Familie, laß mich hinzufügen Gott sei Dank, und die Innstettens sind es *nicht*; die Innstettens sind bloß alt, meinetwegen Uradel, aber was heißt Uradel? Ich will nicht, daß eine Briest oder doch mindestens eine Polterabendfigur, in der jeder das Widerspiel unserer Effi erkennen muß – ich will nicht, daß eine Briest mittelbar oder unmittelbar in einem fort von ‚Hoher Herr' spricht. Da müßte denn doch Innstetten wenigstens ein verkappter Hohenzoller sein, es gibt ja dergleichen. Das ist er aber nicht, und so kann ich nur wiederholen, es verschiebt die Situation."

Und wirklich, Briest hielt mit besonderer Zähigkeit ein ganze Zeitlang an dieser Anschauung fest. Erst nach der zweiten Probe, wo das „Käthchen", schon halb im Kostüm, ein sehr eng anliegendes Sammetmieder trug, ließ er sich – der es auch sonst nicht an Huldigungen gegen Hulda fehlen ließ – zu der Bemerkung hinreißen, „das Käthchen liege sehr gut da", welche Wendung einer Waffenstreckung ziemlich gleichkam oder doch zu solcher hinüberleitete. Daß alle diese Dinge vor Effi geheimgehalten wurden, braucht nicht erst gesagt zu werden. Bei mehr Neugier auf seiten dieser letzteren wäre das nun freilich ganz unmöglich gewesen, aber Effi hatte so wenig Verlangen, in die Vorbereitungen und geplanten Überraschungen einzudringen, daß sie der Mama mit allem Nachdruck erklärte: „sie könne es abwarten", und wenn diese dann zweifelte, so schloß Effi mit der wiederholten Versicherung: es wäre wirklich so; die Mama könne es glauben. Und warum auch nicht? Es sei ja doch alles nur Theateraufführung und hübscher und poetischer als „Aschenbrödel", das sie noch am letzten Abend in Berlin gesehen hätte, hübscher und poetischer könne es ja doch nicht sein. Da hätte sie wirklich selber mitspielen mögen, wenn auch nur, um dem lächerlichen Pensionslehrer einen Kreidestrich auf den Rücken zu machen. „Und wie reizend im letzten Akt ‚Aschenbrödels Erwachen als Prinzessin‘ oder doch wenigstens als Gräfin; wirklich, es war ganz wie ein Märchen.“ In dieser Weise sprach sie oft, war meist ausgelassener als vordem und ärgerte sich bloß über das beständige Tuscheln und Geheimtun der Freundinnen. „Ich wollte, sie hätten sich weniger wichtig und wären mehr für mich da. Nachher bleiben sie doch bloß stecken, und ich muß mich um sie ängstigen und mich schämen, daß es meine Freundinnen sind.“

So gingen Effis Spottreden, und es war ganz unverkennbar, daß sie sich um Polterabend und Hochzeit nicht allzusehr kümmerte. Frau von Briest hatte so ihre Gedanken darüber, aber zu Sorgen kam es nicht, weil sich Effi, was doch ein gutes Zeichen war, ziemlich viel mit ihrer Zukunft beschäftigte und sich, phantasiereich wie sie war, viertelstundenlang in Schilderungen ihres Kessiner Lebens erging, Schilderungen, in denen sich nebenher und sehr zur Erheiterung der Mama, eine merkwürdige Vorstellung von Hinterpommern aussprach oder vielleicht auch, mit kluger Berechnung, aussprechen sollte. Sie gefiel sich nämlich darin, Kessin als einen halb sibirischen Ort aufzufassen, wo Eis und Schnee nie recht aufhörten.

„Heute hat Goschenhofer das letzte geschickt“, sagte Frau von Briest, als sie wie gewöhnlich in Front des Seitenflügels mit Effi am Arbeitstische saß, auf dem die Leinen- und Wäschevorräte beständig wuchsen, während der Zeitungen, die bloß Platz wegnahmen, immer weniger wurden. „Ich hoffe, du hast nun alles, Effi. Wenn du aber noch kleine Wünsche hegst, so mußt du sie jetzt aussprechen, wo möglich in dieser Stunde noch. Papa hat den Raps vorteilhaft verkauft und ist ungewöhnlich guter Laune.“

„Ungewöhnlich? Er ist immer in guter Laune.“

„In ungewöhnlich guter Laune“, wiederholte die Mama. „Und die muß benutzt werden. Sprich also. Mehrmals, als wir noch in Berlin waren, war es mir, als ob du doch nach dem einen oder anderen noch ein ganz besonderes Verlangen gehabt hättest.“

„Ja, liebe Mama, was soll ich da sagen. Eigentlich habe ich ja alles, was man braucht, ich meine, was man *hier* braucht. Aber da mir's nun mal bestimmt ist, so hoch nördlich zu kommen . . . ich bemerke, daß ich nichts dagegen habe, im Gegenteil, ich freue mich darauf, auf die Nordlichter und auf den helleren

Glanz der Sterne ... da mir's nun mal so bestimmt ist, so hätte ich wohl gern einen Pelz gehabt."

„Aber Effi, Kind, das ist doch alles bloß leere Torheit. Du kommst ja nicht nach Petersburg oder nach Archangel."

„Nein, aber ich bin doch auf dem Wege dahin ..."

„Gewiß, Kind. Auf dem Wege dahin bist du; aber was heißt das? Wenn du von hier nach Nauen fährst, bist du auch auf dem Wege nach Rußland. Im übrigen, wenn du's wünschst, so sollst du einen Pelz haben. Nur das laß mich im voraus sagen, ich rate dir davon ab. Ein Pelz ist für ältere Personen, selbst deine alte Mama ist noch zu jung dafür, und wenn du mit deinen siebzehn Jahren in Nerz oder Marder auftrittst, so glauben die Kessiner, es sei eine Maskerade."

Das war am 2. September, daß sie so sprachen, ein Gespräch, das sich wohl fortgesetzt hätte, wenn nicht gerade Sedantag gewesen wäre. So aber wurden sie durch Trommel- und Pfeifenklang unterbrochen, und Effi, die schon vorher von dem beabsichtigten Aufzuge gehört, aber es wieder vergessen hatte, stürzte mit einem Male von dem gemeinschaftlichen Arbeitstische fort und an Rondell und Teich vorüber auf einen kleinen, an die Kirchhofsmauer angebauten Balkon zu, zu dem sechs Stufen, nicht viel breiter als Leitersprossen, hinaufführten. Im Nu war sie oben, und richtig, da kam auch schon die ganze Schuljugend heran, Jahnke gravitätisch am rechten Flügel, während ein kleiner Tambourmajor, weit voran, an der Spitze des Zuges marschierte, mit einem Gesichtsausdruck, als ob ihm obläge, die Schlacht bei Sedan noch einmal zu schlagen. Effi winkte mit dem Taschentuch, und der Begrüßte versäumte nicht, mit seinem blanken Kugelstock zu salutieren.

Eine Woche später saßen Mutter und Tochter wieder am alten Fleck, auch wieder mit ihrer Arbeit beschäftigt. Es war ein wunderschöner Tag; der in einem zierlichen Beet um die Sonnenuhr herumstehende Heliotrop blühte noch, und die leise Brise, die ging, trug den Duft davon zu ihnen herüber.

„Ach, wie wohl ich mich fühle", sagte Effi, „so wohl und so glücklich; ich kann mir den Himmel nicht schöner denken. Und am Ende, wer weiß, ob sie im Himmel so wundervollen Heliotrop haben."

„Aber Effi, so darfst du nicht sprechen; das hast du von deinem Vater, dem nichts heilig ist, und der neulich sogar sagte:

Niemeyer sähe aus wie Lot. Unerhört. Und was soll es nur heißen? Erstlich weiß er nicht, wie Lot ausgesehen hat, und zweitens ist es eine grenzenlose Rücksichtslosigkeit gegen Hulda. Ein Glück, daß Niemeyer nur die einzige Tochter hat, dadurch fällt es eigentlich in sich zusammen. In einem freilich hat er nur zu sehr recht gehabt, in all und jedem, was er über ‚Lots Frau', unsere gute Frau Pastorin, sagte, die uns denn auch wirklich wieder mit ihrer Torheit und Anmaßung den ganzen Sedantag ruinierte. Wobei mir übrigens einfällt, daß wir, als Jahnke mit der Schule vorbeikam, in unserem Gespräche unterbrochen wurden – wenigstens kann ich mir nicht denken, daß der Pelz, von dem du damals sprachst, dein einziger Wunsch gewesen sein sollte. Laß mich also wissen, Schatz, was du noch weiter auf dem Herzen hast?"

„Nichts, Mama."

„Wirklich nichts?"

„Nein, wirklich nichts; ganz im Ernste ... Wenn es aber doch am Ende was sein sollte ..."

„Nun ..."

„... So müßt es ein japanischer Bettschirm sein, schwarz und goldene Vögel darauf, alle mit einem langen Kranichschnabel ... Und dann vielleicht auch noch eine Ampel für unser Schlafzimmer, mit rotem Schein."

Frau von Briest schwieg.

„Nun siehst du, Mama, du schweigst und siehst aus, als ob ich etwas besonders Unpassendes gesagt hätte."

„Nein, Effi, nichts Unpassendes. Und vor deiner Mutter nun schon gewiß nicht. Denn ich kenne dich ja. Du bist eine phantastische kleine Person, malst dir mit Vorliebe Zukunftsbilder aus, und je farbenreicher sie sind, desto schöner und begehrlicher erscheinen sie dir. Ich sah das so recht, als wir die Reisesachen kauften. Und nun denkst du dir's ganz wundervoll, einen Bettschirm mit allerhand fabelhaftem Getier zu haben, alles im Halblicht einer roten Ampel. Es kommt dir vor wie ein Märchen, und du möchtest eine Prinzessin sein."

Effi nahm die Hand der Mama und küßte sie. „Ja, Mama, so bin ich."

„Ja, so bist du. Ich weiß es wohl. Aber meine liebe Effi, wir müssen vorsichtig im Leben sein, und zumal wir Frauen. Und wenn du nun nach Kessin kommst, einem kleinen Ort, wo nachts kaum eine Laterne brennt, so lacht man über dergleichen. Und wenn man bloß lachte. Die, die dir ungewogen sind, und solche gibt es immer, sprechen von schlechter Erziehung, und manche sagen auch wohl noch Schlimmeres."

„Also nichts Japanisches und auch keine Ampel. Aber ich bekenne dir, ich hatte es mir so schön und poetisch gedacht, alles in einem roten Schimmer zu sehen."

Frau von Briest war bewegt. Sie stand auf und küßte Effi. „Du bist ein Kind. Schön und poetisch. Das sind so Vorstellungen. Die Wirklichkeit ist anders, und oft ist es gut, daß es statt Licht und Schimmer ein Dunkel gibt."

Effi schien antworten zu wollen, aber in diesem Augenblicke kam Wilke und brachte Briefe. Der eine war aus Kessin von Innstetten. „Ach, von Geert", sagte Effi, und während sie den Brief beiseite steckte, fuhr sie in ruhigem Tone fort: „Aber das wirst du doch gestatten, daß ich den Flügel schräg in die Stube stelle. Daran liegt mir mehr als an einem Kamin, den mir Geert versprochen hat. Und das Bild von dir, das stell ich dann auf eine Staffelei; ganz ohne dich kann ich nicht sein. Ach, wie werd ich mich nach euch sehnen, vielleicht auf der Reise schon und dann in Kessin ganz gewiß. Es soll ja keine Garnison haben, nicht einmal einen Stabsarzt, und ein Glück, daß es wenigstens ein Badeort ist. Vetter Briest, und daran will ich mich aufrichten, dessen Mutter und Schwester immer nach Warnemünde gehen – nun, ich sehe doch wirklich nicht ein, warum der die lieben Verwandten nicht auch einmal nach Kessin hindirigieren sollte. Dirigieren, das klingt ohnehin so nach Generalstab, worauf er, glaub ich, ambiert. Und dann kommt er natürlich mit und wohnt bei uns. Übrigens haben die Kessiner, wie mir neulich erst wer erzählt hat, ein ziemlich großes Dampfschiff, das zweimal die Woche nach Schweden hinüberfährt. Und auf dem Schiffe ist dann Ball (sie haben da natürlich auch Musik) und er tanzt sehr gut ..."

„Wer?"

„Nun, Dagobert."

„Ich dachte, du meintest Innstetten. Aber jedenfalls ist es an der Zeit, endlich zu wissen, was er schreibt ... Du hast ja den Brief noch in der Tasche."

„Richtig. Den hätt ich fast vergessen." Und sie öffnete den Brief und überflog ihn.

„Nun, Effi, kein Wort? Du strahlst nicht und lachst nicht einmal. Und er schreibt doch immer so heiter und unterhaltlich und gar nicht väterlich weise."

„Das würd ich mir auch verbitten. Er hat sein Alter, und ich habe meine Jugend. Und ich würde ihm mit den Fingern drohen und ihm sagen: ‚Geert, überlege, was besser ist.'"

„Und dann würde er dir antworten: ‚Was du hast, Effi, das ist das Bessere.' Denn er ist nicht nur ein Mann der feinsten Formen, er ist auch gerecht und verständig und weiß recht gut, was Jugend bedeutet. Er sagt sich das immer und stimmt sich auf das Jugendliche hin, und wenn er in der Ehe so bleibt, so werdet ihr eine Musterehe führen."

„Ja, das glaube ich auch, Mama. Aber kannst du dir vorstellen, und ich schäme mich fast, es zu sagen, ich bin nicht so sehr für das, was man eine Musterehe nennt."

„Das sieht dir ähnlich. Und nun sage mir, wofür bist du denn eigentlich?"

„Ich bin ... nun, ich bin für gleich und gleich und natürlich auch für Zärtlichkeit und Liebe. Und wenn es Zärtlichkeit und Liebe nicht sein können, weil Liebe, wie Papa sagt, doch nur ein Papperlapapp ist (was ich aber nicht glaube), nun, dann bin ich für Reichtum und ein vornehmes Haus, ein *ganz* vornehmes, wo Prinz Friedrich Karl zur Jagd kommt, auf Elchwild oder Auerhahn, oder wo der alte Kaiser vorfährt, und für jede Dame, auch für die jungen, ein gnädiges Wort hat. Und wenn wir dann in Berlin sind, dann bin ich für Hofball und Galaoper, immer dicht neben der großen Mittelloge."

„Sagst du das so bloß aus Übermut und Laune?"

„Nein, Mama, das ist mein völliger Ernst. Liebe kommt zuerst, aber gleich hinterher kommt Glanz und Ehre, und dann kommt Zerstreuung – ja, Zerstreuung, immer was Neues, immer was, daß ich lachen oder weinen muß. Was ich nicht aushalten kann, ist Langeweile."

„Wie bist du da nur mit uns fertig geworden?"

„Ach, Mama, wie du nur so was sagen kannst. Freilich, wenn im Winter die liebe Verwandtschaft vorgefahren kommt und sechs Stunden bleibt oder wohl auch noch länger, und Tante Gundel und Tante Olga mich mustern und mich naseweis finden – und Tante Gundel hat es mir auch mal gesagt – ja, da macht sich's mitunter nicht sehr hübsch, das muß ich zugeben. Aber sonst bin ich hier immer glücklich gewesen, *so* glücklich ..."

Und während sie das sagte, warf sie sich heftig weinend vor der Mama auf die Knie und küßte ihre beiden Hände!

„Steh auf, Effi. Das sind so Stimmungen, die über einen kommen, wenn man so jung ist wie du und vor der Hochzeit steht und vor dem Ungewissen. Aber nun lies mir den Brief vor, wenn er nicht was ganz Besonderes enthält oder vielleicht Geheimnisse."

„Geheimnisse", lachte Effi und sprang in plötzlich veränderter Stimmung wieder auf. „Geheimnisse! Ja, er nimmt immer einen Anlauf, aber das meiste könnt ich auf dem Schulzenamt anschlagen lassen, da, wo immer die landrätlichen Verordnungen stehen. Nun, Geert ist ja auch Landrat."

„Lies, lies."

„‚Liebe Effi' ..." So fängt es nämlich immer an, und manchmal nennt er mich auch seine ‚kleine Eva'."

„Lies, lies ... Du sollst ja lesen."

„Also: Liebe Effi! Je näher wir unserm Hochzeitstage kommen, je sparsamer werden Deine Briefe. Wenn die Post kommt, suche ich immer zuerst nach Deiner Handschrift, aber wie Du weißt (und ich hab es ja auch nicht anders gewollt) in der Regel vergeblich. Im Hause sind jetzt die Handwerker, die die Zimmer, freilich nur wenige, für Dein Kommen herrichten sollen. Das Beste wird wohl erst geschehen, wenn wir auf der Reise sind. Tapezierer Madelung, der alles liefert, ist ein Original, von dem ich Dir mit nächstem erzähle, vor allem aber, wie glücklich ich bin über Dich, über meine süße, kleine Effi. Mir brennt hier der Boden unter den Füßen, und dabei wird es in unserer guten Stadt immer stiller und einsamer. Der letzte Badegast ist gestern abgereist; er badete zuletzt bei 9 Grad und die Badewärter waren immer froh, wenn er wieder heil heraus war. Denn sie fürchteten einen Schlaganfall, was dann das Bad in Mißkredit bringt, als ob die Wellen hier schlimmer wären als woanders. Ich juble, wenn ich denke, daß ich in vier Wochen schon mit Dir von der Piazzetta aus nach dem Lido fahre oder nach Murano hin, wo sie Glasperlen machen und schönen Schmuck. Und der schönste sei für Dich. Viele Grüße den Eltern und den zärtlichsten Kuß Dir von Deinem Geert."

Effi faltete den Brief wieder zusammen, um ihn in das Kuvert zu stecken.

„Das ist ein sehr hübscher Brief", sagte Frau von Briest, „und daß er in allem das richtige Maß hält, das ist ein Vorzug mehr."

„Ja, das rechte Maß, das hält er."

„Meine liebe Effi, laß mich eine Frage tun; wünschtest du, daß der Brief *nicht* das richtige Maß hielte, wünschtest du, daß er zärtlicher wäre, vielleicht überschwenglich zärtlich?"

„Nein, nein, Mama. Wahr und wahrhaftig nicht, das wünsche ich nicht. Da ist es doch besser so."

„Da ist es doch besser so. Wie das nun wieder klingt. Du bist so sonderbar. Und daß du vorhin weintest. Hast du was auf deinem Herzen? Noch ist es Zeit. Liebst du Geert nicht?"

„Warum soll ich ihn nicht lieben? Ich liebe Hulda, und ich liebe Bertha, und ich liebe Hertha. Und ich liebe auch den alten Niemeyer. Und daß ich euch liebe, davon spreche ich gar nicht erst. Ich liebe alle, die's gut mit mir meinen und gütig gegen mich sind und mich verwöhnen. Und Geert wird mich auch wohl verwöhnen. Natürlich auf seine Art. Er will mir ja schon Schmuck schenken in Venedig. Er hat keine Ahnung davon, daß ich mir nichts aus Schmuck mache. Ich klettre lieber und ich schaukle mich lieber, und am liebsten immer in der Furcht, daß es irgendwo reißen oder brechen und ich niederstürzen könnte. Den Kopf wird es ja nicht gleich kosten."

„Und liebst du vielleicht auch deinen Vetter Briest?"

„Ja, sehr. Der erheitert mich immer."

„Und hättest du Vetter Briest heiraten mögen?"

„Heiraten? Um Gottes willen nicht. Er ist ja noch ein halber Junge. Geert ist ein Mann, ein schöner Mann, ein Mann, mit dem ich Staat machen kann und aus dem was wird in der Welt. Wo denkst du hin, Mama."

„Nun, das ist recht, Effi, das freut mich. Aber du hast noch was auf der Seele."

„Vielleicht."

„Nun, sprich."

„Sieh, Mama, daß er älter ist als ich, das schadet nichts, das ist vielleicht recht gut: er ist ja doch nicht alt und ist gesund und frisch und so soldatisch und so schneidig. Und ich könnte beinah sagen, ich wäre ganz und gar für ihn, wenn er nur ... ja, wenn er nur ein bißchen anders wäre."

„Wie denn, Effi?"

„Ja, wie. Nun, du darfst mich nicht auslachen. Es ist etwas, was ich erst ganz vor kurzem aufgehorcht habe, drüben im Pastorhause. Wir sprachen da von Innstetten, und mit einem Male zog der alte Niemeyer seine Stirn in Falten, aber in Respekts- und Bewunderungsfalten, und sagte: ‚Ja, der Baron! Das ist ein Mann von Charakter, ein Mann von Prinzipien.'"

„Das ist er auch, Effi."

„Gewiß. Und ich glaube, Niemeyer sagte nachher sogar, er sei auch ein Mann von Grundsätzen. Und das ist, glaub ich, noch etwas mehr. Ach, und ich ... ich habe keine. Sieh, Mama, da liegt etwas, was mich quält und ängstigt. Er ist so lieb und gut gegen mich und so nachsichtig, aber ... ich fürchte mich vor ihm."

Fünftes Kapitel

Die Hohen-Cremmer Festtage lagen zurück; alles war abgereist, auch das junge Paar, noch am Abend des Hochzeitstages.

Der Polterabend hatte jeden zufriedengestellt, besonders die Mitspielenden, und Hulda war dabei das Entzücken aller jungen Offiziere gewesen, sowohl der Rathenower Husaren wie der etwas kritischer gestimmten Kameraden vom Alexander-Regiment. Ja, alles war gut und glatt verlaufen, fast über Erwarten. Nur Bertha und Hertha hatten so heftig geschluchzt, daß Jahnkes plattdeutsche Verse so gut wie verlorengegangen waren. Aber auch das hatte wenig geschadet. Einige feine Kenner waren sogar der Meinung gewesen, das sei das Wahre; Steckenbleiben und Schluchzen und Unverständlichkeit – in *diesem* Zeichen (und nun gar, wenn es so hübsche rotblonde Krausköpfe wären) werde immer am entschiedensten gesiegt. Eines ganz besonderen Triumphes hatte sich Vetter Briest in einer selbstgedichteten Rolle rühmen dürfen. Er war als Demuthscher Kommis erschienen, der in Erfahrung gebracht, die junge Braut habe vor, gleich nach der Hochzeit nach Italien zu reisen, weshalb er einen Reisekoffer abliefern wolle. Dieser Koffer entpuppte sich natürlich als eine Riesenbonbonniere von Hövel. Bis um drei Uhr war getanzt worden, bei welcher Gelegenheit der sich mehr und mehr in eine höchste Champagnerstimmung hineinredende alte Briest allerlei Bemerkungen über den an manchen Höfen immer noch üblichen Fackeltanz und die merkwürdige Sitte des Strumpfband-Austanzens gemacht hatte, Bemerkungen, die nicht abschließen wollten und sich immer mehr steigernd, am Ende so weit gingen, daß ihnen durchaus ein Riegel vorgeschoben werden mußte. „Nimm dich zusammen, Briest", war ihm in ziemlich ernstem Tone von seiner Frau zugeflüstert worden; „du stehst hier nicht, um Zweideutigkeiten zu sagen, sondern um die Honneurs des Hauses zu machen. Wir haben eben eine Hochzeit und nicht eine Jagdpartie." Worauf Briest geantwortet, er sähe darin keinen so großen Unterschied; übrigens sei er glücklich.

Auch der Hochzeitstag selbst war gut verlaufen. Niemeyer hatte vorzüglich gesprochen, und einer der alten Berliner Herren, der halb und halb zur Hofgesellschaft gehörte, hatte sich auf dem Rückwege von der Kirche zum Hochzeitshause dahin geäußert, es sei doch merkwürdig, wie reich gesät in einem Staate, wie der unsrige, die Talente seien. „Ich sehe darin einen Triumph unserer Schulen und vielleicht mehr noch unserer Philosophie. Wenn ich bedenke, dieser Niemeyer, ein alter Dorfpastor, der anfangs aussah wie ein Hospitalit ... ja, Freund, sagen Sie selbst, hat er nicht gesprochen wie ein Hofprediger. Dieser Takt und diese Kunst der Antithese, ganz wie Kögel und an Gefühl ihm noch über. Kögel ist zu kalt. Freilich ein Mann in seiner Stellung muß kalt sein. Woran scheitert man denn im Leben überhaupt? Immer nur an der Wärme." Der noch unverheiratete, aber wohl eben deshalb zum vierten Male in einem „Verhältnis" stehende Würdenträger, an den sich diese Worte gerichtet hatten, stimmte selbstverständlich zu. „Nur zu wahr, lieber Freund", sagte er. „Zu viel Wärme! ... ganz vorzüglich ... Übrigens muß ich Ihnen nachher eine Geschichte erzählen."

Der Tag nach der Hochzeit war ein heller Oktobertag. Die Morgensonne blinkte; trotzdem war es schon herbstlich frisch, und Briest, der eben gemeinschaftlich mit seiner Frau das Frühstück genommen, erhob sich von seinem Platz und stellte sich, beide Hände auf dem Rücken, gegen das mehr und mehr verglimmende Kaminfeuer. Frau von Briest, eine Handarbeit in Händen, rückte gleichfalls näher an den Kamin und sagte zu Wilke, der gerade eintrat, um den Frühstückstisch abzuräumen: „Und nun, Wilke, wenn Sie drin im Saal, aber das geht vor, alles in Ordnung haben, dann sorgen Sie, daß die Torten nach drüben kommen, die Nußtorte zu Pastors und die Schüssel mit kleinen Kuchen zu Jahnkes. Und nehmen Sie sich mit den Gläsern in acht. Ich meine die dünn geschliffenen."

Briest war schon bei der dritten Zigarette, sah sehr wohl aus und erklärte, nichts bekomme einem so gut wie eine Hochzeit, natürlich die eigene ausgenommen.

„Ich weiß nicht, Briest, wie du zu solcher Bemerkung kommst. Mir war ganz neu, daß du darunter gelitten haben willst. Ich wüßte auch nicht warum."

„Luise, du bist eine Spielverderberin. Aber ich nehme nichts übel, auch nicht einmal so was. Im übrigen, was wollen wir von uns sprechen, die wir nicht einmal eine Hochzeitsreise gemacht haben. Dein Vater war dagegen. Aber Effi macht nun eine Hochzeitsreise. Beneidenswert. Mit dem Zehn-Uhr-Zug ab. Sie müssen jetzt schon bei Regensburg sein, und ich nehme an, daß er ihr – selbstverständlich ohne auszusteigen – die Hauptkunstschätze der Walhalla herzählt. Innstetten ist ein vorzüglicher Kerl, aber er hat so was von einem Kunstfex, und Effi, Gott, unsere arme Effi, ist ein Naturkind. Ich fürchte, daß er sie mit seinem Kunstenthusiasmus etwas quälen wird."

„Jeder quält seine Frau. Und Kunstenthusiasmus ist noch lange nicht das Schlimmste."

„Nein, gewiß nicht; jedenfalls wollen wir darüber nicht streiten; es ist ein weites Feld. Und dann sind auch die Menschen so verschieden. Du, nun ja, du hättest dazu getaugt. Überhaupt hättest du besser zu Innstetten gepaßt als Effi. Schade, nun ist es zu spät."

„Überaus galant, abgesehen davon, daß es nicht paßt. Unter allen Umständen aber, was gewesen ist, ist gewesen. Jetzt ist er mein Schwiegersohn, und es kann zu nichts führen, immer auf Jugendlichkeiten zurückzuweisen."

„Ich habe dich nur in eine animierte Stimmung bringen wollen."

„Sehr gütig. Übrigens nicht nötig. Ich *bin* in animierter Stimmung."

„Und auch in guter?"

„Ich kann es fast sagen. Aber du darfst sie nicht verderben. Nun, was hast du noch? Ich sehe, daß du was auf dem Herzen hast."

„Gefiel dir Effi? Gefiel dir die ganze Geschichte? Sie war so sonderbar, halb wie ein Kind, und dann wieder sehr selbstbewußt und durchaus nicht so bescheiden, wie sie's solchem Manne gegenüber sein müßte. Das kann doch nur so zusammenhängen, daß sie noch nicht recht weiß, was sie an ihm hat. Oder ist es einfach, daß sie ihn nicht recht liebt? Das wäre schlimm. Denn bei all seinen Vorzügen, er ist nicht der Mann, sich diese Liebe mit leichter Manier zu gewinnen."

Frau von Briest schwieg und zählte die Stiche auf dem Kanevas. Endlich sagte sie: „Was du da sagst, Briest, ist das Gescheiteste, was ich seit drei Tagen von dir gehört habe, deine Rede bei Tisch mit eingerechnet. Ich habe auch so meine Bedenken gehabt. Aber ich glaube, wir können uns beruhigen."

„Hat sie dir ihr Herz ausgeschüttet?"

„So möcht ich es nicht nennen. Sie hat wohl das Bedürfnis zu sprechen, aber sie hat nicht das Bedürfnis, sich so recht von Herzen auszusprechen, und macht vieles in sich selber ab; sie ist mitteilsam und verschlossen zugleich, beinah versteckt; überhaupt ein ganz eigenes Gemisch."

„Ich bin ganz deiner Meinung. Aber wenn sie dir nichts gesagt hat, woher weißt du's?"

„Ich sagte nur, sie habe mir nicht ihr Herz ausgeschüttet. Solche Generalbeichte, so alles von der Seele herunter, das liegt nicht in ihr. Es fuhr alles bloß ruckweis und plötzlich aus ihr heraus, und dann war es wieder vorüber. Aber gerade weil es so ungewollt und wie von ungefähr aus ihrer Seele kam, deshalb war es mir so wichtig."

„Und wann war es denn und bei welcher Gelegenheit?"

„Es werden jetzt gerade drei Wochen sein, und wir saßen im Garten, mit allerhand Ausstattungsdingen, großen und kleinen, beschäftigt, als Wilke einen Brief von Innstetten brachte. Sie steckte ihn zu sich, und ich mußte sie eine Viertelstunde später erst erinnern, daß sie ja einen Brief habe. Dann las sie ihn, aber verzog kaum eine Miene. Ich bekenne dir, daß mir bang ums Herz dabei wurde, so bang, daß ich gern eine Gewißheit haben wollte, so viel, wie man in diesen Dingen haben kann."

„Sehr wahr, sehr wahr."

„Was meinst du damit?"

„Nun, ich meine nur ... Aber das ist ja ganz gleich. Sprich nur weiter; ich bin ganz Ohr."

„Ich fragte also rundheraus, wie's stünde, und weil ich bei ihrem eigenen Charakter einen feierlichen Ton vermeiden und alles so leicht wie möglich, ja beinah scherzhaft nehmen wollte, so warf ich die Frage hin, ob sie vielleicht den Vetter Briest, der ihr in Berlin sehr stark den Hof gemacht hatte, ob sie den vielleicht lieber heiraten würde ..."

„Und?"

„Da hättest du sie sehen sollen. Ihre nächste Antwort war ein schnippisches Lachen. Der Vetter sei doch eigentlich nur ein großer Kadett in Leutnantsuniform. Und einen Kadetten könne sie nicht einmal lieben, geschweige heiraten. Und dann sprach sie von Innstetten, der ihr mit einem Male der Träger aller männlichen Tugenden war."

„Und wie erklärst du dir das?"

„Ganz einfach. So geweckt und temperamentvoll und beinahe leidenschaftlich sie ist, oder vielleicht auch weil sie es ist, sie gehört nicht zu denen, die so recht eigentlich auf Liebe gestellt sind, wenigstens nicht auf das, was den Namen ehrlich verdient. Sie redet zwar davon, sogar mit Nachdruck und einem gewissen Überzeugungston, aber doch nur, weil sie irgendwo gelesen hat, Liebe sei nun mal das Höchste, das Schönste, das Herrlichste. Vielleicht hat sie's auch bloß von der sentimentalen Person, der Hulda, gehört und spricht es ihr nach. Aber sie empfindet nicht viel dabei. Wohl möglich, daß es alles mal kommt, Gott verhüte es, aber noch ist es nicht da."

„Und was ist da? Was hat sie?"

„Sie hat nach meinem und auch nach ihrem eigenen Zeugnis zweierlei: Vergnügungssucht und Ehrgeiz."

„Nun, das kann passieren. Da bin ich beruhigt."

„Ich nicht. Innstetten ist ein Karrieremacher – vom Streber will ich nicht sprechen, das ist er auch nicht, dazu ist er zu wirklich vornehm – also Karrieremacher, und das wird Effis Ehrgeiz befriedigen."

„Nun also. Das ist doch gut."

„Ja, das ist gut! Aber es ist erst die Hälfte. Ihr Ehrgeiz wird befriedigt werden, aber ob auch ihr Hang nach Spiel und Abenteuer? Ich bezweifle. Für die stündliche kleine Zerstreuung und Anregung, für alles, was die Langeweile bekämpft, diese Todfeindin einer geistreichen kleinen Person, dafür wird Innstetten sehr schlecht sorgen. Er wird sie nicht in einer geistigen Öde lassen, dazu ist er zu klug und zu weltmännisch, aber er wird sie auch nicht sonderlich amüsieren. Und was das schlimmste ist, er wird sich nicht einmal recht mit der Frage beschäftigen, wie das wohl anzufangen sei. Das wird eine Weile so gehen, ohne viel Schaden anzurichten, aber zuletzt wird sie's merken, und dann wird es sie beleidigen. Und dann weiß ich nicht, was geschieht. Denn so weich und nachgiebig sie ist, sie hat auch was Rabiates und läßt es auf alles ankommen."

In diesem Augenblicke trat Wilke vom Saal her ein und meldete, daß er alles nachgezählt und alles vollzählig gefunden habe; nur von den feinen Weingläsern sei eins zerbrochen, aber schon gestern, als das Hoch ausgebracht wurde – Fräulein Hulda habe mit Leutnant Nienkerken zu scharf angestoßen.

„Versteht sich, von alter Zeit her immer im Schlaf, und unterm Holunderbaum ist es natürlich nicht besser geworden. Eine alberne Person, und ich begreife Nienkerken nicht."

„Ich begreife ihn vollkommen."

„Er kann sie doch nicht heiraten."

„Nein.“
„Also zu was?“
„Ein weites Feld, Luise.“

Dies war am Tage nach der Hochzeit. Drei Tage später kam eine kleine gekritzelte Karte aus München, die Namen alle nur mit zwei Buchstaben angedeutet. „Liebe Mama! Heute vormittag die Pinakothek besucht. Geert wollte auch noch nach dem andern hinüber, das ich hier nicht nenne, weil ich wegen der Rechtschreibung in Zweifel bin, und fragen mag ich ihn nicht. Er ist übrigens engelsgut gegen mich und erklärt mir alles. Überhaupt alles sehr schön, aber anstrengend. In Italien wird es wohl nachlassen und besser werden. Wir wohnen in den ‚Vier Jahreszeiten‘, was Geert veranlaßte, mir zu sagen, draußen sei Herbst, aber er habe in mir den Frühling. Ich finde es sehr sinnig. Er ist überhaupt sehr aufmerksam. Freilich ich muß es *auch* sein, namentlich wenn er was sagt oder erklärt. Er weiß übrigens alles so gut, daß er nicht einmal nachzuschlagen braucht. Mit Entzücken spricht er von Euch, namentlich von Mama. Hulda findet er etwas zierig; aber der alte Niemeyer hat es ihm ganz angetan. Tausend Grüße von Eurer ganz berauschten, aber auch etwas müden Effi.“

Solche Karten trafen nun täglich ein, aus Innsbruck, aus Verona, aus Vicenza, aus Padua, eine jede fing an: „Wir haben heute vormittag die hiesige berühmte Galerie besucht“, oder, wenn es nicht die Galerie war, so war es eine Arena oder irgendeine Kirche „Santa Maria“ mit einem Zunamen. Aus Padua kam, zugleich mit der Karte, noch ein wirklicher Brief. „Gestern waren wir in Vicenza. Vicenza muß man sehn wegen des Palladio; Geert sagte mir, daß in ihm alles Moderne wurzele. Natürlich nur in bezug auf Baukunst. Hier in Padua (wo wir heute früh ankamen) sprach er im Hotelwagen etliche Male vor sich hin: ‚Er liegt in Padua begraben‘, und war überrascht, als er von mir vernahm, daß ich diese Worte noch nie gehört hätte. Schließlich aber sagte er, es sei eigentlich ganz gut und ein Vorzug, daß ich nichts davon wüßte. Er ist überhaupt sehr gerecht. Und vor allem ist er engelsgut gegen mich und gar nicht überheblich und auch gar nicht alt. Ich habe noch immer das Ziehen in den Füßen, und das Nachschlagen und das lange Stehen vor den Bildern strengt mich an. Aber es muß ja sein. Ich freue mich sehr auf Venedig. Da bleiben wir fünf Tage, ja, vielleicht eine ganze Woche. Geert hat mir schon von den Tauben auf dem

Markusplatze vorgeschwärmt, und daß man sich da Tüten mit Erbsen kauft und dann die schönen Tiere damit füttert. Es soll Bilder geben, die das darstellen, schöne blonde Mädchen, ‚ein Typus wie Hulda', sagte er. Wobei mir denn auch die Jahnkeschen Mädchen einfallen. Ach, ich gäbe was drum, wenn ich mit ihnen auf unserm Hof auf einer Wagendeichsel sitzen und *unsere* Tauben füttern könnte. Die Pfauentaube mit dem starken Kropf dürft ihr aber nicht schlachten, die will ich noch wiedersehen. Ach, es ist so schön hier. Es soll ja auch das Schönste sein. Eure glückliche, aber etwas müde Effi."

Frau von Briest, als sie den Brief vorgelesen hatte, sagte: „Das arme Kind. Sie hat Sehnsucht."

„Ja", sagte Briest, „sie hat Sehnsucht. Diese verwünschte Reiserei ..."

„Warum sagst du das jetzt? Du hättest es ja hindern können. Aber das ist so deine Art, hinterher den Weisen zu spielen. Wenn das Kind in den Brunnen gefallen ist, decken die Ratsherren den Brunnen zu."

„Ach, Luise, komme mir doch nicht mit solchen Geschichten. Effi ist unser Kind, aber seit dem 3. Oktober ist sie Baronin Innstetten. Und wenn ihr Mann, unser Herr Schwiegersohn, eine Hochzeitsreise machen und bei der Gelegenheit jede Galerie neu katalogisieren will, so kann ich ihn daran nicht hindern. Das ist eben das, was man sich verheiraten nennt."

„Also jetzt gibst du das zu. Mir gegenüber hast du's immer bestritten, immer bestritten, daß die Frau in einer Zwangslage sei."

„Ja, Luise, das hab ich. Aber wozu das jetzt. Das ist wirklich ein zu weites Feld."

Sechstes Kapitel

Mitte November – sie waren bis Capri und Sorrent gekommen – lief Innstettens Urlaub ab, und es entsprach seinem Charakter und seinen Gewohnheiten, genau Zeit und Stunde zu halten. Am Vierzehnten früh traf er denn auch mit dem Kurierzuge in Berlin ein, wo Vetter Briest ihn und die Kusine begrüßte und vorschlug, die zwei bis zum Abgange des Stettiner Zuges noch zur Verfügung bleibenden Stunden zum Besuche des St.-Privat-Panoramas zu benutzen und diesem Panoramabesuch ein kleines Gabelfrühstück folgen zu lassen. Beides wurde dankbar akzeptiert. Um Mittag war man wieder auf dem Bahnhof und nahm hier, nachdem, wie herkömmlich, die glücklicherweise nie ernst gemeinte Aufforderung „doch auch mal herüberzukommen“, ebenso von Effi wie von Innstetten ausgesprochen worden war, unter herzlichem Händeschütteln Abschied voneinander. Noch als der Zug sich schon in Bewegung setzte, grüßte Effi vom Coupé aus. Dann machte sie sich's bequem und schloß die Augen; nur von Zeit zu Zeit richtete sie sich wieder auf und reichte Innstetten die Hand.

Es war eine angenehme Fahrt, und pünktlich erreichte der Zug den Bahnhof Klein-Tantow, von dem aus eine Chaussee nach dem noch zwei Meilen entfernten Kessin hinüberführte. Bei Sommerzeit, namentlich während der Bademonate, benutzte man statt der Chaussee lieber den Wasserweg und fuhr, auf einem alten Raddampfer, das Flüßchen Kessine, dem Kessin selbst seinen Namen verdankte, hinunter; am 1. Oktober aber stellte der „Phönix“, von dem seit lange vergeblich gewünscht wurde, daß er in einer passagierfreien Stunde sich seines Namens entsinnen und verbrennen möge, regelmäßig seine Fahrten ein, weshalb denn auch Innstetten bereits von Stettin aus an seinen Kutscher Kruse telegraphiert hatte: „Fünf Uhr, Bahnhof Klein-Tantow. Bei gutem Wetter offener Wagen.“

Und nun *war* gutes Wetter, und Kruse hielt in offenem Gefährt am Bahnhof und begrüßte die Ankommenden mit dem vorschriftsmäßigen Anstand eines herrschaftlichen Kutschers.

„Nun, Kruse, alles in Ordnung?“

„Zu Befehl, Herr Landrat.“

„Dann, Effi, bitte, steig ein.“ Und während Effi dem nachkam, und einer von den Bahnhofsleuten einen kleinen Handkoffer vorn beim Kutscher unterbrachte, gab Innstetten Weisung, den Rest des Gepäcks mit dem Omnibus nachzuschicken. Gleich danach nahm auch er seinen Platz, bat, sich populär machend, einen der Umstehenden um Feuer und rief Kruse zu: „Nun vorwärts, Kruse.“ Und über die Schienen weg, die vielgleisig an der Übergangsstelle lagen, ging es in Schräglinie den Bahndamm hinunter und gleich danach an einem schon an der Chaussee gelegenen Gasthause vorüber, das den Namen „Zum Fürsten Bismarck“ führte. Denn an ebendieser Stelle gabelte der Weg und zweigte, wie rechts nach Kessin, so links nach Varzin hin ab. Vor dem Gasthofe stand ein mittelgroßer breitschultriger Mann in Pelz und Pelzmütze, welch letztere er, als der Herr Landrat vorüberfuhr, mit vieler Würde vom Haupte nahm. „Wer war denn das?“ sagte Effi, die durch alles, was sie sah, aufs höchste interessiert und schon deshalb bei bester Laune war. „Er sah ja aus wie ein Starost, wobei ich freilich bekennen muß, nie einen Starosten gesehen zu haben.“

„Was auch nicht schadet, Effi. Du hast es trotzdem sehr gut getroffen. Er sieht wirklich aus wie ein Starost und ist auch so was. Er ist nämlich ein halber Pole, heißt Golchowski, und wenn wir hier Wahl haben oder eine Jagd, dann ist er obenauf. Eigentlich ein ganz unsicherer Passagier, dem ich nicht über den Weg traue, und der wohl viel auf dem Gewissen hat. Er spielt sich aber auf den Loyalen hinaus und wenn die Varziner Herrschaften hier vorüberkommen, möcht er sich am liebsten vor den Wagen werfen. Ich weiß, daß er dem Fürsten auch widerlich ist. Aber was hilft's? Wir dürfen es nicht mit ihm verderben, weil wir ihn brauchen. Er hat hier die ganze Gegend in der Tasche und versteht die Wahlmache wie kein anderer, gilt auch für wohlhabend. Dabei leiht er auf Wucher, was sonst die Polen nicht tun; in der Regel das Gegenteil.“

„Er sah aber gut aus.“

„Ja, gut aussehen tut er. Gut aussehen tun die meisten hier. Ein hübscher Schlag Menschen. Aber das ist auch das Beste, was man von ihnen sagen kann. Eure märkischen Leute sehen unscheinbarer aus und verdrießlicher, und in ihrer Haltung sind sie weniger respektvoll, eigentlich gar nicht, aber ihr Ja ist Ja und Nein ist Nein, und man kann sich auf sie verlassen. Hier ist alles unsicher.“

„Warum sagst du mir das? Ich muß nun doch hier mit ihnen leben.“

„Du nicht, du wirst nicht viel von ihnen hören und sehen. Denn Stadt und Land hier sind sehr verschieden, und du wirst nur unsere Städter kennenlernen, unsere guten Kessiner.“

„Unsere guten Kessiner. Ist es Spott, oder sind sie wirklich so gut?“

„Daß sie wirklich gut sind, will ich nicht gerade behaupten, aber sie sind doch anders als die andern; ja, sie haben gar keine Ähnlichkeit mit der Landbevölkerung hier.“

„Und wie kommt das?“

„Weil es eben ganz andere Menschen sind, ihrer Abstammung nach und ihren Beziehungen nach. Was du hier landeinwärts findest, das sind sogenannte Kaschuben, von denen du vielleicht gehört hast, slawische Leute, die hier schon tausend Jahre sitzen und wahrscheinlich noch viel länger. Alles aber, was hier an der Küste hin in den kleinen See- und Handelsstädten wohnt, das sind von weither Eingewanderte, die sich um das kaschubische Hinterland wenig kümmern, weil sie wenig davon haben und auf etwas ganz anderes angewiesen sind. Worauf sie angewiesen sind, das sind die Gegenden, mit denen sie Handel treiben und da sie das mit aller Welt tun und mit aller Welt in Verbindung stehen, so findest du zwischen ihnen auch Menschen aus aller Welt Ecken und Enden. Auch in unserem guten Kessin, trotzdem es eigentlich nur ein Nest ist."

„Aber das ist ja entzückend, Geert. Du sprichst immer von Nest, und nun finde ich, wenn du nicht übertrieben hast, eine ganz neue Welt hier. Allerlei Exotisches. Nicht wahr, so was Ähnliches meintest du doch?"

Er nickte.

„Eine ganz neue Welt, sag ich, vielleicht einen Neger oder einen Türken, oder vielleicht sogar einen Chinesen."

„Auch einen Chinesen. Wie gut du raten kannst. Es ist möglich, daß wir wirklich noch einen haben, aber jedenfalls haben wir einen gehabt; jetzt ist er tot und auf einem kleinen eingegitterten Stück Erde begraben, dicht neben dem Kirchhof. Wenn du nicht furchtsam bist, will ich dir bei Gelegenheit mal sein Grab zeigen; es liegt zwischen den Dünen, bloß Strandhafer drum rum und dann und wann ein paar Immortellen, und immer hört man das Meer. Es ist sehr schön und sehr schauerlich."

„Ja, schauerlich, und ich möchte wohl mehr davon wissen. Aber doch lieber nicht, ich habe dann immer gleich Visionen und Träume und möchte doch nicht, wenn ich diese Nacht hoffentlich gut schlafe, gleich einen Chinesen an mein Bett treten sehen."

„Das wird er auch nicht."

„Das wird er auch nicht. Höre, das klingt ja sonderbar, als ob es doch möglich wäre. Du willst mir Kessin interessant machen, aber du gehst darin ein bißchen weit. Und solche fremde Leute habt ihr viele in Kessin?"

„Sehr viele. Die ganze Stadt besteht aus solchen Fremden, aus Menschen, deren Eltern oder Großeltern noch ganz woanders saßen."

„Höchst merkwürdig. Bitte, sage mir mehr davon. Aber nicht wieder was Gruseliges. Ein Chinese, find ich, hat immer was Gruseliges."

„Ja, das hat er", lachte Geert. „Aber der Rest ist, Gott sei

Dank, von ganz anderer Art, lauter manierliche Leute, vielleicht ein bißchen zu sehr Kaufmann, ein bißchen zu sehr auf ihren Vorteil bedacht, und mit Wechseln von zweifelhaftem Wert immer bei der Hand. Ja, man muß sich vorsehen mit ihnen. Aber sonst ganz gemütlich. Und damit du siehst, daß ich dir nichts vorgemacht habe, will ich dir nur so eine kleine Probe geben, so eine Art Register oder Personenverzeichnis."

„Ja, Geert, das tu."

„Da haben wir beispielsweise keine fünfzig Schritt von uns, und unsere Gärten stoßen sogar zusammen, den Maschinen- und Baggermeister Macpherson, einen richtigen Schotten und Hochländer."

„Und trägt sich auch noch so?"

„Nein, Gott sei Dank nicht, denn es ist ein verhutzeltes Männchen, auf das weder sein Clan noch Walter Scott besonders stolz sein würden. Und dann haben wir in demselben Hause, wo dieser Macpherson wohnt, auch noch einen alten Wundarzt, Beza mit Namen, eigentlich bloß Barbier; der stammt aus Lissabon, gerade daher, wo auch der berühmte General de Meza herstammt – Meza, Beza, du hörst die Landesverwandtschaft heraus. Und dann haben wir flußaufwärts am Bollwerk – das ist nämlich der Quai, wo die Schiffe liegen – einen Goldschmied namens Stedingk, der aus einer alten schwedischen Familie stammt; ja, ich glaube, es gibt sogar Reichsgrafen, die so heißen, und des weiteren, und damit will ich dann vorläufig abschließen, haben wir den guten alten Doktor Hannemann, der natürlich ein Däne ist und lange in Island war und sogar ein kleines Buch geschrieben hat über den letzten Ausbruch des Hekla oder Krabla."

„Das ist ja aber großartig, Geert. Das ist ja wie sechs Romane, damit kann man ja gar nicht fertig werden. Es klingt erst spießbürgerlich und ist doch hinterher ganz apart. Und dann müßt ihr ja doch auch Menschen haben, schon weil es eine Seestadt ist, die nicht bloß Chirurgen oder Barbiere sind oder sonst dergleichen. Ihr müßt doch auch Kapitäne haben, irgendeinen Fliegenden Holländer oder ..."

„Da hast du ganz recht. Wir haben sogar einen Kapitän, der war Seeräuber unter den Schwarzflaggen."

„Kenn ich nicht. Was sind Schwarzflaggen?"

„Das sind Leute weit dahinten in Tonkin und an der Südsee ... Seit er aber wieder unter Menschen ist, hat er auch wieder die besten Formen und ist ganz unterhaltlich."

„Ich würde mich aber doch vor ihm fürchten."

„Was du nicht nötig hast, zu keiner Zeit und auch dann nicht, wenn ich über Land bin oder zum Tee beim Fürsten, denn zu allem andern, was wir haben, haben wir ja Gott sei Dank auch Rollo . . ."

„Rollo?"

„Ja, Rollo. Du denkst dabei, vorausgesetzt, daß du bei Niemeyer oder Jahnke von dergleichen gehört hast, an den Normannenherzog, und unserer hat auch so was. Es ist aber bloß ein Neufundländer, ein wunderschönes Tier, das mich liebt und dich auch lieben wird. Denn Rollo ist ein Kenner. Und solange du den um dich hast, so lange bist du sicher und kann nichts an dich heran, kein Lebendiger und kein Toter. Aber sieh mal den Mond da drüben. Ist es nicht schön?"

Effi, die, still in sich versunken, jedes Wort halb ängstlich, halb begierig eingesogen hatte, richtete sich jetzt auf und sah nach rechts hinüber, wo der Mond, unter weißem, aber rasch hinschwindendem Gewölk, eben aufgegangen war. Kupferfarben stand die große Scheibe hinter einem Erlengehölz und warf ihr Licht auf eine breite Wasserfläche, die die Kessine hier bildete. Oder vielleicht war es auch schon ein Haff, an dem das Meer draußen seinen Anteil hatte.

Effi war wie benommen. „Ja, du hast recht, Geert, wie schön; aber es hat zugleich so was Unheimliches. In Italien habe ich nie solchen Eindruck gehabt, auch nicht als wir von Mestre nach Venedig hinüberfuhren. Da war auch Wasser und Sumpf und Mondschein, und ich dachte, die Brücke würde brechen; aber es war nicht so gespenstig. Woran liegt es nur? Ist es doch das Nördliche?"

Innstetten lachte. „Wir sind hier fünfzehn Meilen nördlicher als in Hohen-Cremmen und eh der erste Eisbär kommt, mußt du noch eine Weile warten. Ich glaube, du bist nervös von der langen Reise und dazu das St. Privat-Panorama und die Geschichte von dem Chinesen."

„Du hast mir ja gar keine erzählt."

„Nein, ich hab ihn nur eben genannt. Aber ein Chinese ist schon an und für sich eine Geschichte . . ."

„Ja", lachte sie.

„Und jedenfalls hast du's bald überstanden. Siehst du da vor dir das kleine Haus mit dem Licht? Es ist eine Schmiede. Da biegt der Weg. Und wenn wir die Biegung gemacht haben, dann siehst du schon den Turm von Kessin oder richtiger beide . . ."

„Hat es denn zwei?"

„Ja, Kessin nimmt sich auf. Es hat jetzt auch eine katholische Kirche."

Eine halbe Stunde später hielt der Wagen an der ganz am entgegengesetzten Ende der Stadt gelegenen landrätlichen Wohnung, einem einfachen, etwas altmodischen Fachwerkhause, das mit seiner Front auf die nach den Seebädern hinausführende Hauptstraße, mit seinem Giebel aber auf ein zwischen der Stadt und den Dünen liegendes Wäldchen, das die „Plantage" hieß, herniederblickte. Dies altmodische Fachwerkhaus war übrigens nur Innstettens Privatwohnung, nicht das eigentliche Landratsamt, welches letztere, schräg gegenüber, an der anderen Seite der Straße lag.

Kruse hatte nicht nötig, durch einen dreimaligen Peitschenknips die Ankunft zu vermelden; längst hatte man von Tür und Fenstern aus nach den Herrschaften ausgeschaut, und ehe noch der Wagen heran war, waren bereits alle Hausinsassen auf dem die ganze Breite des Bürgersteiges einnehmenden Schwellstein versammelt, vorauf Rollo, der im selben Augenblicke, wo der Wagen hielt, diesen zu umkreisen begann. Innstetten war zunächst seiner jungen Frau beim Aussteigen behilflich und ging dann, dieser den Arm reichend, unter freundlichem Gruß an der Dienerschaft vorüber, die nun dem jungen Paare in den mit prächtigen alten Wandschränken umstandenen Hausflur folgte. Das Hausmädchen, eine hübsche, nicht mehr ganz jugendliche Person, der ihre stattliche Fülle fast ebenso gut kleidete, wie das zierliche Mützchen auf dem blonden Haar, war der gnädigen Frau beim Ablegen von Muff und Mantel behilflich und bückte sich eben, um ihr auch die mit Pelz gefütterten Gummistiefel auszuziehen. Aber ehe sie noch dazu kommen konnte, sagte Innstetten: „Es wird das beste sein, ich stelle dir gleich hier unsere gesamte Hausgenossenschaft vor, mit Ausnahme der Frau Kruse, die sich – ich vermute sie wieder bei ihrem unvermeidlichen schwarzen Huhn – nicht gerne sehen läßt." Alles lächelte. „Aber lassen wir Frau Kruse ... Dies hier ist mein alter Friedrich, der schon mit mir auf der Universität war ... Nicht wahr, Friedrich, gute Zeiten damals ... und dies hier ist Johanna, märkische Landsmännin von dir, wenn du, was aus Pasewalker Gegend stammt, noch für voll gelten lassen willst, und dies ist Christel, der wir mittags und abends unser leibliches Wohl anvertrauen, und die zu kochen versteht, das kann ich dir versichern. Und dies hier ist Rollo. Nun, Rollo, wie geht's?"

Rollo schien nur auf diese spezielle Ansprache gewartet zu haben, denn im selben Augenblicke, wo er seinen Namen hörte, gab er einen Freudenblaff, richtete sich auf und legte die Pfoten auf seines Herrn Schulter.

„Schon gut, Rollo, schon gut. Aber sieh da, das ist die Frau; ich hab ihr von dir erzählt und ihr gesagt, daß du ein schönes Tier seiest und sie schützen würdest." Und nun ließ Rollo ab und setzte sich vor Innstetten nieder, zugleich neugierig zu der jungen Frau aufblickend. Und als diese ihm die Hand hinhielt, umschmeichelte er sie.

Effi hatte während dieser Vorstellungsszene Zeit gefunden, sich umzuschauen. Sie war wie gebannt von allem, was sie sah und dabei geblendet von der Fülle von Licht. In der vorderen Flurhälfte brannten vier, fünf Wandleuchter, die Leuchter selbst sehr primitiv, von bloßem Weißblech, was aber den Glanz und die Helle nur noch steigerte. Zwei mit roten Schleiern bedeckte Astrallampen, Hochzeitsgeschenk von Niemeyer, standen auf einem zwischen zwei Eichenschränken angebrachten Klapptisch, in Front davon das Teezeug, dessen Lämpchen unter dem Kessel schon angezündet war. Aber noch viel, viel anderes und zum Teil sehr Sonderbares kam zu dem allen hinzu. Quer über den Flur fort liefen drei, die Flurdecke in ebenso viele Felder teilende Balken; an dem vordersten hing ein Schiff mit vollen Segeln, hohem Hinterdeck und Kanonenluken, während weiterhin ein riesiger Fisch in der Luft zu schwimmen schien. Effi nahm ihren Schirm, den sie noch in Händen hielt, und stieß leis an das Ungetüm an, so daß es sich in eine langsam schaukelnde Bewegung setzte.

„Was ist das, Geert?" fragte sie.

„Das ist ein Haifisch."

„Und ganz dahinten das, was aussieht wie eine große Zigarre vor einem Tabaksladen?"

„Das ist ein junges Krokodil. Aber das kannst du dir alles morgen viel besser und genauer ansehen; jetzt komm und laß uns eine Tasse Tee nehmen. Denn trotz aller Plaids und Decken wirst du gefroren haben. Es war zuletzt empfindlich kalt."

Er bot nun Effi den Arm, und während sich die beiden Mädchen zurückzogen und nur Friedrich und Rollo folgten, trat man, nach links hin, in des Hausherrn Wohn- und Arbeitszimmer ein. Effi war hier ähnlich überrascht wie draußen im Flur;

aber ehe sie sich darüber äußern konnte, schlug Innstetten eine Portiere zurück, hinter der ein zweites, etwas größeres Zimmer, mit Blick auf Hof und Garten gelegen war. „Das, Effi, ist nun also dein. Friedrich und Johanna haben es, so gut es ging, nach meinen Anordnungen herrichten müssen. Ich finde es ganz erträglich und würde mich freuen, wenn es dir auch gefiele."

Sie nahm ihren Arm aus dem seinigen und hob sich auf die Fußspitzen, um ihm einen herzlichen Kuß zu geben.

„Ich armes kleines Ding, wie du mich verwöhnst. Dieser Flügel und dieser Teppich, ich glaube gar, es ist ein türkischer, und das Bassin mit den Fischchen und dazu der Blumentisch. Verwöhnung, wohin ich sehe."

„Ja, meine liebe Effi, das mußt du dir nun schon gefallen lassen, dafür ist man jung und hübsch und liebenswürdig, was die Kessiner wohl auch schon erfahren haben werden, Gott weiß woher. Denn an dem Blumentisch wenigstens bin ich unschuldig. Friedrich, wo kommt der Blumentisch her?"

„Apotheker Gieshübler . . . Es liegt auch eine Karte bei."

„Ah, Gieshübler, Alonzo Gieshübler", sagte Innstetten und reichte lachend und in beinahe ausgelassener Laune die Karte mit dem etwas fremdartig klingenden Vornamen zu Effi hinüber. „Gieshübler, von dem hab ich dir zu erzählen vergessen – beiläufig, er führt auch den Doktortitel, hat's aber nicht gern, wenn man ihn dabei nennt, das ärgere, so meint er, die richtigen Doktors bloß, und darin wird er wohl recht haben. Nun, ich denke, du wirst ihn kennenlernen und zwar bald; er ist unsere beste Nummer hier, Schöngeist und Original und vor allem Seele von Mensch, was doch immer die Hauptsache bleibt. Aber lassen wir das alles und setzen uns und nehmen unsern Tee. Wo soll es sein? Hier bei dir oder drin bei mir? Denn eine weitere Wahl gibt es nicht. Eng und klein ist meine Hütte."

Sie setzte sich ohne Besinnen auf ein kleines Ecksofa. „Heute bleiben wir hier, heute bist du bei mir zu Gast. Oder lieber so: den Tee regelmäßig bei mir, das Frühstück bei dir; dann kommt jeder zu seinem Recht, und ich bin neugierig, wo mir's am besten gefallen wird."

„Das ist eine Morgen- und Abendfrage."

„Gewiß. Aber wie sie sich stellt, oder richtiger, wie wir uns dazu stellen, das ist es eben."

Und sie lachte und schmiegte sich an ihn und wollte ihm die Hand küssen.

„Nein, Effi, um Himmels willen nicht, nicht so. Mir liegt

nicht daran, die Respektsperson zu sein, das bin ich für die Kessiner. Für dich bin ich ..."

„Nun was?"

„Ach laß. Ich werde mich hüten, es zu sagen."

Siebentes Kapitel

Es war schon heller Tag, als Effi am andern Morgen erwachte. Sie hatte Mühe, sich zurechtzufinden. Wo war sie? Richtig, in Kessin, im Hause des Landrats von Innstetten, und sie war seine Frau, Baronin Innstetten. Und sich aufrichtend, sah sie sich neugierig um; am Abend vorher war sie zu müde gewesen, um alles, was sie da halb fremdartig, halb altmodisch umgab, genauer in Augenschein zu nehmen. Zwei Säulen stützten den Deckenbalken, und grüne Vorhänge schlossen den alkovenartigen Schlafraum, in welchem die Betten standen, von dem Rest des Zimmers ab; nur in der Mitte fehlte der Vorhang oder war zurückgeschlagen, was ihr von ihrem Bette aus eine bequeme Orientierung gestattete. Da, zwischen den zwei Fenstern, stand der schmale, bis hoch hinauf reichende Trumeau, während rechts daneben, und schon an der Flurwand hin, der große schwarze Kachelofen aufragte, der noch (soviel hatte sie schon am Abend vorher bemerkt) nach alter Sitte von außen her geheizt wurde. Sie fühlte jetzt, wie seine Wärme herüberströmte. Wie schön es doch war, im eigenen Hause zu sein; so viel Behagen hatte sie während der ganzen Reise nicht empfunden, nicht einmal in Sorrent.

Aber wo war Innstetten? Alles still um sie her, niemand da. Sie hörte nur den Ticktackschlag einer kleinen Pendule und dann und wann einen dumpfen Ton im Ofen, woraus sie schloß, daß vom Flur her ein paar neue Scheite nachgeschoben würden. Allmählich entsann sie sich auch, daß Geert, am Abend vorher, von einer elektrischen Klingel gesprochen hatte, nach der sie denn auch nicht lange mehr zu suchen brauchte; dicht neben ihrem Kissen war der kleine weiße Elfenbeinknopf, auf den sie nun leise drückte.

Gleich danach erschien Johanna. „Gnädige Frau haben befohlen."

„Ach, Johanna, ich glaube, ich habe mich verschlafen. Es muß schon spät sein."

„Eben neun."

„Und der Herr ...“ es wollt ihr nicht glücken, so ohne weiteres von ihrem „Manne“ zu sprechen ... „der Herr, er muß sehr leise gemacht haben; ich habe nichts gehört.“

„Das hat er gewiß. Und gnäd'ge Frau werden fest geschlafen haben. Nach der langen Reise ...“

„Ja, das hab ich. Und der Herr, ist er immer so früh auf?“

„Immer, gnäd'ge Frau. Darin ist er streng; er kann das lange Schlafen nicht leiden, und wenn er drüben in sein Zimmer tritt, da muß der Ofen warm sein, und der Kaffee darf auch nicht auf sich warten lassen.“

„Da hat er also schon gefrühstückt?“

„O nicht doch, gnäd'ge Frau ... der gnäd'ge Herr ...“

Effi fühlte, daß sie die Frage nicht hätte tun und die Vermutung, Innstetten könne nicht auf sie gewartet haben, lieber nicht hätte aussprechen sollen. Es lag ihr denn auch daran, diesen ihren Fehler so gut es ging wieder auszugleichen, und als sie sich erhoben und vor dem Trumeau Platz genommen hatte, nahm sie das Gespräch wieder auf und sagte: „Der Herr hat übrigens ganz recht. Immer früh auf, das war auch Regel in meiner Eltern Hause. Wo die Leute den Morgen verschlafen, da gibt es den ganzen Tag keine Ordnung mehr. Aber der Herr wird es so streng mit mir nicht nehmen; eine ganze Weile hab ich diese Nacht nicht schlafen können und habe mich sogar ein wenig geängstigt.“

„Was ich hören muß, gnäd'ge Frau! Was war es denn?“

„Es war über mir ein ganz sonderbarer Ton, nicht laut, aber doch sehr eindringlich. Erst klang es, wie wenn lange Schleppenkleider über die Diele hinschleiften, und in meiner Erregung war es mir ein paarmal, als ob ich kleine weiße Atlasschuhe sähe. Es war, als tanze man oben, aber ganz leise.“

Johanna, während das Gespräch so ging, sah über die Schulter der jungen Frau fort in den hohen schmalen Spiegel hinein, um die Mienen Effis besser beobachten zu können. Dann sagte sie: „Ja, das ist oben im Saal. Früher hörten wir es in der Küche auch. Aber jetzt hören wir es nicht mehr; wir haben uns daran gewöhnt.“

„Ist es denn etwas Besonderes damit?“

„O Gott bewahre, nicht im geringsten. Eine Weile wußte man nicht recht, woher es käme, und der Herr Prediger machte ein verlegenes Gesicht, trotzdem Doktor Gieshübler immer nur darüber lachte. Nun aber wissen wir, daß es die Gardinen sind. Der Saal ist etwas multrig und stockig und deshalb stehen immer die Fenster auf, wenn nicht gerade Sturm ist. Und da ist denn fast immer ein starker Zug oben und fegt die alten, weißen Gardinen, die außerdem viel zu lang sind, über die Dielen hin und her. Das klingt dann so wie seidne Kleider, oder auch wie Atlasschuhe, wie die gnäd'ge Frau eben bemerkten."

„Natürlich ist es das. Aber ich begreife nur nicht, warum dann die Gardinen nicht abgenommen werden. Oder man könnte sie ja kürzer machen. Es ist ein so sonderbares Geräusch, das einem auf die Nerven fällt. Und nun, Johanna, bitte, geben Sie mir noch das kleine Tuch und tupfen Sie mir die Stirn. Oder nehmen Sie lieber den Rafraichisseur aus meiner Reisetasche ... Ach, das ist schön und erfrischt mich. Nun werde ich hinübergehen. Er ist doch noch da, oder war er schon aus?"

„Der gnäd'ge Herr war schon aus, ich glaube drüben auf dem Amt. Aber seit einer Viertelstunde ist er zurück. Ich werde Friedrich sagen, daß er das Frühstück bringt."

Und damit verließ Johanna das Zimmer, während Effi noch einen Blick in den Spiegel tat und dann über den Flur fort, der bei der Tagesbeleuchtung viel von seinem Zauber vom Abend vorher eingebüßt hatte, bei Geert eintrat.

Dieser saß an seinem Schreibtisch, einem etwas schwerfälligen Zylinderbureau, das er aber, als Erbstück aus dem elterlichen Hause, nicht missen mochte. Effi stand hinter ihm und umarmte und küßte ihn, noch eh er sich von seinem Platz erheben konnte.

„Schon?"

„Schon, sagst du. Natürlich um mich zu verspotten."

Innstetten schüttelte den Kopf. „Wie werd ich das?" Effi fand aber ein Gefallen daran, sich anzuklagen, und wollte von den Versicherungen ihres Mannes, daß sein „schon" ganz aufrichtig gemeint gewesen sei, nichts hören. „Du mußt noch von der Reise her wissen, daß ich morgens nie habe warten lassen. Im Laufe des Tages, nun ja, da ist es etwas anderes. Es ist wahr, ich bin nicht sehr pünktlich, aber ich bin keine Langschläferin. Darin, denk ich, haben mich die Eltern gut erzogen."

„Darin? In allem, meine süße Effi."

„Das sagst du so, weil wir noch in den Flitterwochen sind ... aber nein, wir sind ja schon heraus. Ums Himmels willen, Geert, daran habe ich noch gar nicht gedacht, wir sind ja schon über sechs Wochen verheiratet, sechs Wochen und einen Tag. Ja, das ist etwas anderes; da nehme ich es nicht mehr als Schmeichelei, da nehme ich es als Wahrheit."

In diesem Augenblicke trat Friedrich ein und brachte den

Kaffee. Der Frühstückstisch stand in Schräglinie vor einem kleinen rechtwinkligen Sofa, das gerade die eine Ecke des Wohnzimmers ausfüllte. Hier setzten sich beide.

„Der Kaffee ist ja vorzüglich", sagte Effi, während sie zugleich das Zimmer und seine Einrichtung musterte. „Das ist noch Hotelkaffee oder wie der bei Bottegone ... erinnerst du dich noch, in Florenz, mit dem Blick auf den Dom. Davon muß ich der Mama schreiben, solchen Kaffee haben wir in Hohen-Cremmen nicht. Überhaupt, Geert, ich sehe nun erst, wie vornehm ich mich verheiratet habe. Bei uns konnte alles nur so gerade passieren."

„Torheit, Effi, ich habe nie eine bessere Hausführung gesehen als bei euch."

„Und dann, wie du wohnst. Als Papa sich den neuen Gewehrschrank angeschafft und über seinem Schreibtisch einen Büffelkopf und dicht darunter den alten Wrangel angebracht hatte (er war nämlich mal Adjutant bei dem Alten), da dacht er wunder, was er getan; aber wenn ich mich hier umsehe, daneben ist unsere ganze Hohen-Cremmener Herrlichkeit ja bloß dürftig und alltäglich. Ich weiß gar nicht, womit ich das alles vergleichen soll; schon gestern abend, als ich nur so flüchtig darüber hinsah, kamen mir allerhand Gedanken."

„Und welche, wenn ich fragen darf?"

„Ja, welche. Du darfst aber nicht drüber lachen. Ich habe mal ein Bilderbuch gehabt, wo ein persischer oder indischer Fürst (denn er trug einen Turban) mit untergeschlagenen Beinen auf einem roten Seidenkissen saß, und in seinem Rücken war außerdem noch eine große rote Seidenrolle, die links und rechts ganz bauschig zum Vorschein kam, und die Wand hinter dem indischen Fürsten starrte von Schwertern und Dolchen und Parderfellen und Schilden und langen türkischen Flinten. Und sieh, ganz so sieht es hier bei dir aus, und wenn du noch die Beine unterschlägst, ist die Ähnlichkeit vollkommen."

„Effi, du bist ein entzückendes, liebes Geschöpf. Du weißt gar nicht, wie sehr ich's finde und wie gern ich dir in jedem Augenblicke zeigen möchte, daß ich's finde."

„Nun, dazu ist ja noch vollauf Zeit; ich bin ja erst siebzehn und habe noch nicht vor, zu sterben."

„Wenigstens nicht vor mir. Freilich, wenn ich dann stürbe, nähme ich dich am liebsten mit. Ich will dich keinem andern lassen; was meinst du dazu?"

„Das muß ich mir doch noch überlegen. Oder lieber, lassen

wir's überhaupt. Ich spreche nicht gern von Tod, ich bin für Leben. Und nun sage mir, wie leben wir hier? Du hast mir unterwegs allerlei Sonderbares von Stadt und Land erzählt, aber wie wir selber hier leben werden, davon kein Wort. Daß hier alles anders ist, als in Hohen-Cremmen und Schwantikow, das seh ich wohl, aber wir müssen doch in dem „guten Kessin", wie du's immer nennst, auch etwas wie Umgang und Gesellschaft haben können. Habt ihr denn Leute von Familie in der Stadt?"

„Nein, meine liebe Effi; nach dieser Seite hin gehst du großen Enttäuschungen entgegen. In der Nähe haben wir ein paar Adlige, die du kennenlernen wirst, aber hier in der Stadt ist gar nichts."

„Gar nichts? das kann ich nicht glauben. Ihr seid doch bis zu dreitausend Menschen, und unter dreitausend Menschen muß es doch außer so kleinen Leuten wie Barbier Beza (so hieß er ja wohl) doch auch noch eine Elite geben, Honoratioren oder dergleichen."

Innstetten lachte. „Ja, Honoratioren, die gibt es. Aber bei Lichte besehen, ist es nicht viel damit. Natürlich haben wir einen Prediger und einen Amtsrichter und einen Rektor und einen Lotsenkommandeur, und von solchen beamteten Leuten findet sich schließlich wohl ein ganzes Dutzend zusammen, aber die meisten davon: gute Menschen und schlechte Musikanten. Und was dann noch bleibt, das sind bloß Konsuln."

„Bloß Konsuln. Ich bitte dich, Geert, wie kannst du nur sagen ‚bloß Konsuln'. Das ist doch etwas sehr Hohes und Großes, und ich möchte beinah sagen Furchtbares. Konsuln, das sind doch die mit dem Rutenbündel, draus, glaub ich, ein Beil heraussah."

„Nicht ganz, Effi. Die heißen Liktoren."

„Richtig, die heißen Liktoren. Aber Konsuln ist doch auch etwas sehr Vornehmes und Hochgesetzliches. Brutus war doch ein Konsul."

„Ja, Brutus war ein Konsul. Aber unsere sind ihm nicht sehr ähnlich und begnügen sich damit, mit Zucker und Kaffee zu handeln oder eine Kiste mit Apfelsinen aufzubrechen und verkaufen dir dann das Stück pro zehn Pfennige."

„Nicht möglich."

„Sogar gewiß. Es sind kleine, pfiffige Kaufleute, die, wenn fremdländische Schiffe hier einlaufen und in irgendeiner Geschäftsfrage nicht recht aus noch ein wissen, die dann mit ihrem Rate zur Hand sind, und wenn sie diesen Rat gegeben und irgendeinem holländischen oder portugiesischen Schiff einen Dienst geleistet haben, so werden sie zuletzt zu beglaubigten Vertretern solcher fremder Staaten, und geradeso viele Botschafter und Gesandte, wie wir in Berlin haben, so viele Konsuln haben wir auch in Kessin, und wenn irgendein Festtag ist, und es gibt hier viele Festtage, dann werden alle Wimpel gehißt, und haben wir gerad eine grelle Morgensonne, so siehst du an solchem Tage ganz Europa von unsern Dächern flaggen und das Sternenbanner und den chinesischen Drachen dazu."

„Du bist in einer spöttischen Laune, Geert, und magst auch wohl recht haben. Aber ich, für meine kleine Person, muß dir gestehen, daß ich dies alles entzückend finde, und daß unsere havelländischen Städte daneben verschwinden. Wenn sie da Kaisers Geburtstag feiern, so flaggt es immer bloß schwarz und weiß und allenfalls ein bißchen rot dazwischen, aber das kann sich doch nicht vergleichen mit der Welt von Flaggen, von der du sprichst. Überhaupt, wie ich dir schon sagte, ich finde immer wieder und wieder, es hat alles so was Fremdländisches hier, und ich habe noch nichts gehört und gesehen, was mich nicht in eine gewisse Verwunderung gesetzt hätte, gleich gestern abend das merkwürdige Schiff draußen im Flur und dahinter der Haifisch und das Krokodil und hier dein eigenes Zimmer. Alles so orientalisch, und ich muß es wiederholen, alles wie bei einem indischen Fürsten..."

„Meinetwegen. Ich gratuliere, Fürstin ..."

„Und dann oben der Saal mit seinen langen Gardinen, die über die Diele hinfegen."

„Aber was weißt du denn von dem Saal, Effi?"

„Nichts, als was ich dir eben gesagt habe. Wohl eine Stunde lang, als ich in der Nacht aufwachte, war es mir, als ob ich Schuhe auf der Erde schleifen hörte, und als würde getanzt und fast auch wie Musik. Aber alles ganz leise. Und das hab ich dann heute früh an Johanna erzählt, bloß um mich zu entschuldigen, daß ich hinterher so lange geschlafen. Und da sagte sie mir, das sei von den langen Gardinen oben im Saal. Ich denke, wir machen kurzen Prozeß damit und schneiden die Gardinen etwas ab oder schließen wenigstens die Fenster; es wird ohnehin bald stürmisch genug werden. Mitte November ist ja die Zeit."

Innstetten sah in einer kleinen Verlegenheit vor sich hin und schien schwankend, ob er auf all das antworten solle. Schließlich entschied er sich für Schweigen. „Du hast ganz recht, Effi, wir wollen die langen Gardinen oben kürzer machen. Aber es eilt nicht damit, um so weniger, als es nicht sicher ist, ob es hilft. Es kann auch was anderes sein, im Rauchfang, oder der Wurm im Holz oder ein Iltis. Wir haben nämlich hier Iltisse. Jedenfalls aber eh wir Änderungen vornehmen, mußt du dich in unserem Hauswesen erst umsehen, natürlich unter meiner Führung; in einer Viertelstunde zwingen wir's. Und dann machst du Toilette, nur ein ganz klein wenig, denn eigentlich bist du so am reizendsten – Toilette für unseren Freund Gieshübler; es ist jetzt zehn vorüber, und ich müßte mich sehr in ihm irren, wenn er nicht um elf oder doch spätestens um die Mittagsstunde hier antreten und dir seinen Respekt devotest zu Füßen legen sollte. Das ist nämlich die Sprache, drin er sich ergeht. Übrigens, wie ich dir schon sagte, ein kapitaler Mann, der dein Freund werden wird, wenn ich ihn und dich recht kenne."

Achtes Kapitel

Elf war es längst vorüber; aber Gieshübler hatte sich noch immer nicht sehen lassen. „Ich kann nicht länger warten", hatte Geert gesagt, den der Dienst abrief. „Wenn Gieshübler noch erscheint, so sei möglichst entgegenkommend, dann wird es vorzüglich gehen; er darf nicht verlegen werden; ist er befangen, so kann er kein Wort finden oder sagt die sonderbarsten Dinge; weißt du ihn aber in Zutrauen und gute Laune zu bringen, dann redet er wie ein Buch. Nun, du wirst es schon machen. Erwarte mich nicht vor drei; es gibt drüben allerlei zu tun. Und das mit dem Saal oben wollen wir noch überlegen; es wird aber wohl am besten sein, wir lassen es beim alten."

Damit ging Instetten und ließ seine junge Frau allein. Diese saß, etwas zurückgelehnt, in einem lauschigen Winkel am Fenster und stützte sich, während sie hinaussah, mit ihrem linken Arm auf ein kleines Seitenbrett, das aus dem Zylinderbureau herausgezogen war. Die Straße war die Hauptverkehrsstraße nach dem Strande hin, weshalb denn auch in Sommerzeit ein reges Leben hier herrschte, jetzt aber, um Mitte November, war alles leer und still, und nur ein paar arme Kinder, deren Eltern in etlichen ganz am äußersten Rande der „Plantage" gelegenen Strohdachhäusern wohnten, klappten in ihren Holzpantinen an dem Innstettenschen Hause vorüber. Effi empfand aber nichts von dieser Einsamkeit, denn ihre Phantasie war noch immer bei den wunderlichen Dingen, die sie, kurz vorher, während ihrer Umschau haltenden Musterung im Hause gesehen hatte. Diese Musterung hatte mit der Küche begonnen, deren Herd eine moderne Konstruktion aufwies, während an der Decke hin, und zwar bis in die Mädchenstube hinein, ein elektrischer Draht lief – beides vor kurzem erst hergerichtet. Effi war erfreut gewesen, als ihr Innstetten davon erzählt hatte, dann aber waren sie von der Küche wieder in den Flur zurück- und von diesem in den Hof hinausgetreten, der in seiner ersten Hälfte nicht viel mehr als ein, zwischen zwei Seitenflügeln hinlaufender ziemlich schmaler Gang war. In diesen Flügeln war alles untergebracht, was sonst noch zu Haushalt und Wirtschaftsführung gehörte, rechts Mädchenstube, Bedientenstube, Rollkammer, links eine zwischen Pferdestall und Wagenremise gelegene, von der Familie Kruse bewohnte Kutscherwohnung. Über dieser, in einem Verschlage, waren die Hühner einlogiert und eine Dachklappe über dem Pferdestall bildete den Aus- und Einschlupf für die Tauben. All dies hatte sich Effi mit vielem Interesse angesehen, aber dies Interesse sah sich doch weit überholt, als sie, nach ihrer Rückkehr vom Hof ins Vorderhaus, unter Innstettens Führung die nach oben führende Treppe hinaufgestiegen war. Diese war schief, baufällig, dunkel; der Flur dagegen, auf den sie mündete, wirkte beinah heiter, weil er viel Licht und einen guten landschaftlichen Ausblick hatte: nach der einen Seite hin, über die Dächer des Stadtrandes und die „Plantage" fort, auf eine hoch auf einer Düne stehende holländische Windmühle, nach der anderen Seite hin auf die Kessine, die hier, unmittelbar vor ihrer Einmündung, ziemlich breit war und einen stattlichen Eindruck machte. Diesem Eindruck konnte man sich unmöglich entziehen, und Effi hatte denn auch nicht gesäumt, ihrer Freude lebhaften Ausdruck zu geben. „Ja, sehr schön, sehr malerisch", hatte Innstetten, ohne weiter darauf einzugehen, geantwortet, und dann eine mit ihren Flügeln etwas schief hängende Doppeltür geöffnet, die nach rechts hin in den sogenannten Saal führte. Dieser lief durch die ganze Etage; Vorder- und Hinterfenster standen auf, und die mehr erwähnten langen Gardinen bewegten sich in dem starken Luftzuge hin und her. In der Mitte der einen Längswand sprang ein Kamin vor mit einer großen Steinplatte, während an der Wand gegenüber ein paar blecherne Leuchter hingen, jeder mit zwei Lichtöffnungen, ganz so wie unten im Flur, aber alles stumpf und ungepflegt. Effi war einigermaßen enttäuscht, sprach es auch aus und erklärte, statt des öden und ärmlichen Saals, doch lieber die Zimmer an der gegenübergelegenen Flurseite sehen zu wollen. „Da ist nun eigentlich vollends nichts", hatte Innstetten geantwortet, aber doch die Türen geöffnet. Es befanden sich hier vier einfenstrige Zimmer, alle gelb getüncht, gerade wie der Saal, und ebenfalls ganz leer. Nur in einem standen drei Binsenstühle, die durchgesessen waren, und an die Lehne des einen war ein kleines, nur einen halben Finger langes Bildchen geklebt, das einen Chinesen darstellte, blauer Rock mit gelben Pluderhosen und einen flachen Hut auf dem Kopf. Effi sah es und sagte: „Was soll der Chinese?" Innstetten selber schien von dem Bildchen überrascht und versicherte, daß er es nicht wisse. „Das hat Christel angeklebt oder Johanna. Spielerei. Du kannst sehen, es ist aus einer Fibel herausgeschnitten." Effi fand es auch und war nur verwundert, daß Innstetten alles so ernsthaft nahm, als ob es doch etwas sei. Dann hatte sie noch einmal einen Blick in den Saal getan und sich dabei dahin geäußert, wie es doch eigentlich schade sei, daß das alles leerstehe. „Wir haben unten ja nur drei Zimmer, und wenn uns wer besucht, so wissen wir nicht aus, noch ein. Meinst du nicht, daß man aus dem Saal zwei hübsche Fremdenzimmer machen könnte. Das wäre so was für die Mama; nach hinten heraus könnte sie schlafen und hätte den Blick auf den Fluß und die beiden Molen, und vorn hätte sie die Stadt und die holländische Windmühle. In Hohen-Cremmen haben wir noch immer bloß eine Bockmühle. Nun sage, was meinst du dazu? Nächsten Mai wird doch die Mama wohl kommen."

Innstetten war mit allem einverstanden gewesen und hatte nur zum Schlusse gesagt: „Alles ganz gut. Aber es ist doch am Ende besser, wir logieren die Mama drüben ein, auf dem Landratsamt; die ganze erste Etage steht da leer, geradeso wie hier, und sie ist da noch mehr für sich."

Das war so das Resultat des ersten Umgangs im Hause gewesen; dann hatte Effi drüben ihre Toilette gemacht, nicht ganz so schnell wie Innstetten angenommen, und nun saß sie in ihres Gatten Zimmer und beschäftigte sich in ihren Gedanken abwechselnd mit dem kleinen Chinesen oben und mit Gieshübler, der noch immer nicht kam. Vor einer Viertelstunde war freilich ein kleiner, schiefschultriger und fast schon so gut wie verwachsener Herr in einem kurzen eleganten Pelzrock und einem hohen sehr glatt gebürsteten Zylinder an der andern Seite der Straße vorbeigegangen und hatte nach ihrem Fenster hinübergesehen. Aber das konnte Gieshübler wohl nicht gewesen sein! Nein, dieser schiefschultrige Herr, der zugleich etwas so Distinguiertes hatte, das mußte der Herr Gerichtspräsident gewesen sein, und sie entsann sich auch wirklich, in einer Gesellschaft bei Tante Therese, mal einen solchen gesehen zu haben, bis ihr mit einem Male einfiel, daß Kessin bloß einen Amtsrichter habe.

Während sie diesen Betrachtungen noch nachhing, wurde der Gegenstand derselben, der augenscheinlich erst eine Morgen- oder vielleicht auch eine Ermutigungspromenade um die Plantage herum gemacht hatte, wieder sichtbar, und eine Minute später erschien Friedrich, um Apotheker Gieshübler anzumelden.

„Ich lasse sehr bitten."

Der armen jungen Frau schlug das Herz, weil es das erstemal war, daß sie sich als Hausfrau und noch dazu als erste Frau der Stadt zu zeigen hatte.

Friedrich half Gieshübler den Pelzrock ablegen und öffnete dann wieder die Tür.

Effi reichte dem verlegen Eintretenden die Hand, die dieser mit einem gewissen Ungestüm küßte. Die junge Frau schien sofort einen großen Eindruck auf ihn gemacht zu haben.

„Mein Mann hat mir bereits gesagt ... Aber ich empfange Sie hier in meines Mannes Zimmer ... er ist drüben auf dem Amt und kann jeden Augenblick zurück sein ... Darf ich Sie bitten, bei mir eintreten zu wollen?"

Gieshübler folgte der voranschreitenden Effi ins Nebenzimmer, wo diese auf einen der Fauteuils wies, während sie sich selbst ins Sofa setzte. „Daß ich Ihnen sagen könnte, welche Freude Sie mir gestern durch die schönen Blumen und Ihre Karte gemacht haben. Ich hörte sofort auf, mich hier als eine Fremde zu fühlen, und als ich dies Innstetten aussprach, sagte er mir, wir würden überhaupt gute Freunde sein."

„Sagte er so? Der gute Herr Landrat. Ja der Herr Landrat und Sie, meine gnädigste Frau, da sind, das bitte ich sagen zu dürfen, zwei liebe Menschen zueinandergekommen. Denn wie Ihr Herr Gemahl ist, das weiß ich, und wie Sie sind, meine gnädigste Frau, das sehe ich."

„Wenn Sie nur nicht mit zu freundlichen Augen sehen. Ich bin so sehr jung. Und Jugend ..."

„Ach, meine gnädigste Frau, sagen Sie nichts gegen die Jugend. Die Jugend, auch in ihren Fehlern ist sie noch schön und liebenswürdig, und das Alter, auch in seinen Tugenden taugt es nicht viel. Persönlich kann ich in dieser Frage freilich nicht mitsprechen, vom Alter wohl, aber von der Jugend nicht, denn ich bin eigentlich nie jung gewesen. Personen meines Schlages sind nie jung. Ich darf wohl sagen, das ist das Traurigste von der Sache. Man hat keinen rechten Mut, man hat kein Vertrauen zu sich selbst, man wagt kaum, eine Dame zum Tanz aufzufordern, weil man ihr eine Verlegenheit ersparen will, und so gehen die Jahre hin, und man wird alt, und das Leben war arm und leer."

Effi gab ihm die Hand. „Ach, Sie dürfen so was nicht sagen. Wir Frauen sind gar nicht so schlecht."

„Oh, nein, gewiß nicht ..."

„Und wenn ich mir so zurückrufe", fuhr Effi fort, „was ich alles erlebt habe ... viel ist es nicht, denn ich bin wenig herausgekommen und habe fast immer auf dem Lande gelebt ... aber wenn ich es mir zurückrufe, so finde ich doch, daß wir immer das lieben, was liebenswert ist. Und dann sehe ich doch auch gleich, daß Sie anders sind als andere, dafür haben wir Frauen ein scharfes Auge. Vielleicht ist es auch der Name, der in Ihrem Falle mitwirkt. Das war immer eine Lieblingsbehauptung unseres alten Pastors Niemeyer; der Name, so liebte er zu sagen, besonders der Taufname, habe was geheimnisvoll Bestimmendes, und Alonzo Gieshübler, so mein ich, schließt eine ganz neue Welt vor einem auf, ja, fast möcht ich sagen dürfen, Alonzo ist ein romantischer Name, ein Preziosa-Name."

Gieshübler lächelte mit einem ganz ungemeinen Behagen und fand den Mut, seinen für seine Verhältnisse viel zu hohen Zylinder, den er bis dahin in der Hand gedreht hatte, beiseite zu stellen. „Ja, meine gnädigste Frau, da treffen Sie's."

„Oh, ich verstehe. Ich habe von den Konsuln gehört, deren Kessin so viele haben soll, und in dem Hause des spanischen Konsuls hat Ihr Herr Vater mutmaßlich die Tochter eines seemännischen Capitanos kennengelernt, wie ich annehme irgendeine schöne Andalusierin. Andalusierinnen sind immer schön."

„Ganz wie Sie vermuten, meine Gnädigste. Und meine Mutter war wirklich eine schöne Frau, so schlecht es mir persönlich zusteht, die Beweisführung zu übernehmen. Aber als Ihr Herr Gemahl vor drei Jahren hierherkam, lebte sie noch und hatte noch ganz die Feueraugen. Er wird es mir bestätigen. Ich persönlich bin mehr ins Gieshüblersche geschlagen, Leute von wenig Exterieur, aber sonst leidlich im Stande. Wir sitzen hier schon in der vierten Generation, volle hundert Jahre, und wenn es einen Apothekeradel gäbe . . ."

„So würden Sie ihn beanspruchen dürfen. Und ich meinerseits nehme ihn für bewiesen an und sogar für bewiesen ohne jede Einschränkung. Uns, aus den alten Familien, wird das am leichtesten, weil wir, so wenigstens bin ich von meinem Vater und auch von meiner Mutter her erzogen, jede gute Gesinnung, sie komme woher sie wolle, mit Freudigkeit gelten lassen. Ich bin eine geborene Briest und stamme von dem Briest ab, der, am Tage vor der Fehrbelliner Schlacht, den Überfall von Rathenow ausführte, wovon Sie vielleicht einmal gehört haben . . ."

„Oh, gewiß, meine Gnädigste, das ist ja meine Spezialität."

„Eine Briest also. Und mein Vater, da reichen keine hundert Male, daß er zu mir gesagt hat: ‚Effi' (so heiße ich nämlich) ‚Effi, *hier* sitzt es, bloß hier, und als Froben das Pferd tauschte, da war er von Adel, und als Luther sagte, ›hier stehe ich‹, da war er erst recht von Adel.' Und ich denke, Herr Gieshübler, Innstetten hatte ganz recht, als er mir versicherte, wir würden gute Freundschaft halten."

Gieshübler hätte nun am liebsten gleich eine Liebeserklärung gemacht und gebeten, daß er als Cid oder irgend sonst ein Campeador für sie kämpfen und sterben könne. Da dies alles aber nicht ging und sein Herz es nicht mehr aushalten konnte, so stand er auf, suchte nach seinem Hut, den er auch glücklicherweise gleich fand, und zog sich, nach wiederholtem Handkuß, rasch zurück, ohne weiter ein Wort gesagt zu haben.

Neuntes Kapitel

So war Effis erster Tag in Kessin gewesen. Innstetten gab ihr noch eine halbe Woche Zeit, sich einzurichten und die verschiedensten Briefe nach Hohen-Cremmen zu schreiben, an die Mama, an Hulda und die Zwillinge; dann aber hatten die Stadtbesuche begonnen, die zum Teil (es regnete gerade so, daß man sich diese Ungewöhnlichkeit schon gestatten konnte), in einer geschlossenen Kutsche gemacht wurden. Als man damit fertig war, kam der Landadel an die Reihe. Das dauerte länger, da sich, bei den meist großen Entfernungen, an jedem Tage nur eine Visite machen ließ. Zuerst war man bei den Borckes in Rothenmoor, dann ging es nach Morgnitz, Dabergotz und Kroschentin, wo man bei den Ahlemanns, den Jatzkows und den

Grasenabbs den pflichtschuldigen Besuch abstattete. Noch ein paar andere folgten, unter denen auch der alte Baron v. Güldenklee auf Papenhagen war. Der Eindruck, den Effi empfing, war überall derselbe: mittelmäßige Menschen, von meist zweifelhafter Liebenswürdigkeit, die, während sie vorgaben, über Bismarck und die Kronprinzessin zu sprechen, eigentlich nur Effis Toilette musterten, die von einigen als zu prätentiös für eine so jugendliche Dame, von andern als zu wenig dezent für eine Dame von gesellschaftlicher Stellung befunden wurde. Man merke doch an allem die Berliner Schule: Sinn für Äußerliches und eine merkwürdige Verlegenheit und Unsicherheit bei Berührung großer Fragen. In Rothenmoor bei den Borckes und dann auch bei den Familien in Morgnitz und Dabergotz war sie für „rationalistisch angekränkelt", bei den Grasenabbs in Kroschentin aber rundweg für eine „Atheistin" erklärt worden. Allerdings hatte die alte Frau von Grasenabb, eine Süddeutsche (geborene Stiefel von Stiefelstein), einen schwachen Versuch gemacht, Effi wenigstens für den Deismus zu retten; Sidonie v. Grasenabb aber, eine dreiundvierzigjährige alte Jungfer, war barsch dazwischengefahren: „Ich sage dir, Mutter, einfach Atheistin, kein Zollbreit weniger, und dabei bleibt es", worauf die Alte, die sich vor ihrer eigenen Tochter fürchtete, klüglich geschwiegen hatte.

Die ganze Tournee hatte so ziemlich zwei Wochen gedauert, und es war am 2. Dezember, als man, zu schon später Stunde, von dem letzten dieser Besuche nach Kessin zurückkehrte. Dieser letzte Besuch hatte den Güldenklees auf Papenhagen gegolten, bei welcher Gelegenheit Innstetten dem Schicksal nicht entgangen war, mit dem alten Güldenklee politisieren zu müssen. „Ja, teuerster Landrat, wenn ich so den Wechsel der Zeiten bedenke! Heute vor einem Menschenalter oder ungefähr so lange, ja, da war auch ein zweiter Dezember und der gute Louis und Napoleonsneffe – *wenn* er so was war und nicht eigentlich ganz wo anders herstammte –, der kartätschte damals auf die Pariser Kanaille. Na, *das* mag ihm verziehen sein, für so was war er der rechte Mann, und ich halte zu dem Satze: ‚Jeder hat es geradeso gut und so schlecht, wie er's verdient.' Aber daß er nachher alle Schätzung verlor und anno 70 so mir nichts dir nichts auch mit *uns* anbinden wollte, sehen Sie, Baron, das war, ja wie sag ich, das war eine Insolenz. Es ist ihm aber auch heimgezahlt worden. Unser Alter da oben läßt sich nicht spotten, *der* steht zu uns."

„Ja“, sagte Innstetten, der klug genug war, auf solche Philistereien anscheinend ernsthaft einzugehen: „der Held und Eroberer von Saarbrücken wußte nicht, was er tat. Aber Sie dürfen nicht zu streng mit ihm persönlich abrechnen. Wer ist am Ende Herr in seinem Hause? Niemand. Ich richte mich auch schon darauf ein, die Zügel der Regierung in andere Hände zu legen, und Louis Napoleon, nun, der war vollends ein Stück Wachs in den Händen seiner katholischen Frau, oder sagen wir lieber, seiner jesuitischen Frau.“

„Wachs in den Händen seiner Frau, die ihm dann eine Nase drehte. Natürlich, Innstetten, *das* war er. Aber damit wollen Sie diese Puppe doch nicht etwa retten? Er ist und bleibt gerichtet. An und für sich ist es übrigens noch gar nicht mal erwiesen“, und sein Blick suchte bei diesen Worten etwas ängstlich nach dem Auge seiner Ehehälfte, „ob nicht Frauenherrschaft eigentlich als ein Vorzug gelten kann; nur freilich, die Frau muß danach sein. Aber wer war diese Frau? Sie war überhaupt keine Frau, im günstigsten Falle war sie eine Dame, das sagt alles; ‚Dame‘ hat beinah immer einen Beigeschmack. Diese Eugenie – über deren Verhältnis zu dem jüdischen Bankier ich hier gern hingehe, denn ich hasse Tugendhochmut — hatte was vom Café chantant, und wenn die Stadt, in der sie lebte, das Babel war, so war sie das Weib von Babel. Ich mag mich nicht deutlicher ausdrücken, denn ich weiß“, und er verneigte sich gegen Effi, „was ich deutschen Frauen schuldig bin. Um Vergebung, meine Gnädigste, daß ich diese Dinge vor Ihren Ohren überhaupt berührt habe.“

So war die Unterhaltung gegangen, nachdem man vorher von Wahl, Nobiling und Raps gesprochen hatte, und nun saßen Innstetten und Effi wieder daheim und plauderten noch eine halbe Stunde. Die beiden Mädchen im Hause waren schon zu Bett, denn es war nah an Mitternacht.

Innstetten, in kurzem Hausrock und Saffianschuhen, ging auf und ab; Effi war noch in ihrer Gesellschaftstoilette; Fächer und Handschuhe lagen neben ihr.

„Ja“, sagte Innstetten, während er sein Auf- und Abschreiten im Zimmer unterbrach, „diesen Tag müßten wir nun wohl eigentlich feiern, und ich weiß nur noch nicht womit. Soll ich dir einen Siegesmarsch vorspielen oder den Haifisch draußen in Bewegung setzen oder dich im Triumph über den Flur tragen? Etwas muß doch geschehen, denn du mußt wissen, das war nun heute die letzte Visite.“

„Gott sei Dank, war sie's", sagte Effi. „Aber das Gefühl, daß wir nun Ruhe haben, ist, denk ich, gerade Feier genug. Nur einen Kuß könntest du mir geben. Aber daran denkst du nicht. Auf dem ganzen weiten Wege nicht gerührt, frostig wie ein Schneemann. Und immer nur die Zigarre."

„Laß, ich werde mich schon bessern und will vorläufig nur wissen, wie stehst du zu dieser ganzen Umgangs- und Verkehrsfrage? Fühlst du dich zu dem einen oder andern hingezogen? Haben die Borckes die Grasenabbs geschlagen, oder umgekehrt, oder hältst du's mit dem alten Güldenklee? Was er da über die Eugenie sagte, machte doch einen sehr edlen und reinen Eindruck."

„Ei, sieh, Herr von Innstetten, auch medisant! Ich lerne Sie von einer ganz neuen Seite kennen."

„Und wenn's unser Adel nicht tut", fuhr Innstetten fort, ohne sich stören zu lassen, „wie stehst du zu den Kessiner Stadthonoratioren? wie stehst du zur Ressource? Daran hängt doch am Ende Leben und Sterben. Ich habe dich da neulich mit unserem reserveleutnantlichen Amtsrichter sprechen sehen, einem zierlichen Männchen, mit dem sich vielleicht durchkommen ließe, wenn er nur endlich von der Vorstellung loskönnte, die Wiedereroberung von Le Bourget durch sein Erscheinen in der Flanke zustande gebracht zu haben. Und seine Frau! sie gilt als die beste Bostonspielerin und hat auch die hübschesten Anlegemarken. Also nochmals, Effi, wie wird es werden in Kessin? Wirst du dich einleben? Wirst du populär werden und mir die Majorität sichern, wenn ich in den Reichstag will? Oder bist du für Einsiedlertum, für Abschluß von der Kessiner Menschheit, so Stadt wie Land?"

„Ich werde mich wohl für Einsiedlertum entschließen, wenn mich die Mohrenapotheke herausreißt. Bei Sidonie werd ich dadurch freilich noch etwas tiefer sinken, aber darauf muß ich es ankommen lassen; dieser Kampf muß eben gekämpft werden. Ich steh und falle mit Gieshübler. Es klingt etwas komisch, aber er ist wirklich der einzige, mit dem sich ein Wort reden läßt, der einzige richtige Mensch hier."

„Das ist er", sagte Innstetten. „Wie gut du zu wählen verstehst."

„Hätte ich sonst *dich*?" sagte Effi und hing sich an seinen Arm.

Das war am 2. Dezember. Eine Woche später war Bismarck in Varzin, und nun wußte Innstetten, daß, bis Weihnachten und vielleicht noch drüber hinaus, an ruhige Tage für ihn gar nicht mehr zu denken sei. Der Fürst hatte noch von Versailles her eine Vorliebe für ihn und lud ihn, wenn Besuch da war, häufig zu Tisch, aber auch allein, denn der jugendliche, durch Haltung und Klugheit gleich ausgezeichnete Landrat stand ebenso in Gunst bei der Fürstin.

Zum Vierzehnten erfolgte die erste Einladung. Es lag Schnee, weshalb Innstetten die fast zweistündige Fahrt bis an den Bahnhof, von wo noch eine Stunde Eisenbahn war, im Schlitten zu machen vorhatte. „Warte nicht auf mich, Effi. Vor Mitternacht kann ich nicht zurück sein; wahrscheinlich wird es zwei oder noch später. Ich störe dich aber nicht. Gehab dich wohl und auf Wiedersehen morgen früh.“ Und damit stieg er ein, und die beiden isabellfarbenen Graditzer jagten im Fluge durch die Stadt hin und dann landeinwärts auf den Bahnhof zu.

Das war die erste lange Trennung, fast auf zwölf Stunden. Arme Effi. Wie sollte sie den Abend verbringen? Früh zu Bett, das war gefährlich, dann wachte sie auf und konnte nicht wieder einschlafen und horchte auf alles. Nein, erst recht müde werden und dann ein fester Schlaf, das war das beste. Sie schrieb einen Brief an die Mama und ging dann zu der Frau Kruse, deren gemütskranker Zustand – sie hatte das schwarze Huhn oft bis in die Nacht hinein auf ihrem Schoß – ihr Teilnahme einflößte. Die Freundlichkeit indessen, die sich darin aussprach, wurde von der in ihrer überheizten Stube sitzenden und nur still und stumm vor sich hinbrütenden Frau keinen Augenblick erwidert, weshalb Effi, als sie wahrnahm, daß ihr Besuch mehr als Störung wie als Freude empfunden wurde, wieder ging und nur noch fragte, ob die Kranke etwas haben wolle. Diese lehnte aber alles ab.

Inzwischen war es Abend geworden, und die Lampe brannte schon. Effi stellte sich ans Fenster ihres Zimmers und sah auf das Wäldchen hinaus, auf dessen Zweigen der glitzernde Schnee lag. Sie war von dem Bilde ganz in Anspruch genommen und kümmerte sich nicht um das, was hinter ihr in dem Zimmer vorging. Als sie sich wieder umsah, bemerkte sie, daß Friedrich still und geräuschlos ein Kuvert gelegt und ein Kabarett auf den Sofatisch gestellt hatte. „Ja so, Abendbrot ... Da werd ich mich nun wohl setzen müssen.“ Aber es wollte nicht schmecken, und so stand sie wieder auf und las den an Mama geschriebenen Brief noch einmal durch. Hatte sie schon vorher ein Gefühl der Einsamkeit gehabt, so jetzt doppelt. Was hätte sie darum gegeben, wenn die beiden Jahnkeschen Rotköpfe jetzt eingetreten wären oder selbst Hulda. Die war freilich immer so sentimental und beschäftigte sich meist nur mit ihren Triumphen, aber so zweifelhaft und anfechtbar diese Triumphe waren, sie hätte sich in diesem Augenblicke doch gern davon erzählen lassen. Schließlich klappte sie den Flügel auf, um zu spielen; aber es ging nicht. „Nein, dabei werd ich vollends melancholisch; lieber lesen." Und so suchte sie nach einem Buche. Das erste, was ihr zu Händen kam, war ein dickes, rotes Reisehandbuch, alter Jahrgang, vielleicht schon aus Innstettens Leutnantstagen her. „Ja, darin will ich lesen; es gibt nichts Beruhigenderes als solche Bücher. Das Gefährliche sind bloß immer die Karten; aber vor diesem Augenpulver, das ich hasse, werd ich mich schon hüten." Und so schlug sie denn auf gut Glück auf, Seite 153. Nebenan hörte sie das Ticktack der Uhr und draußen Rollo, der, seit es dunkel war, seinen Platz in der Remise aufgegeben und sich, wie jeden Abend, so auch heute wieder, auf die große geflochtene Matte, die vor dem Schlafzimmer lag, ausgestreckt hatte. Das Bewußtsein seiner Nähe minderte das Gefühl ihrer Verlassenheit, ja, sie kam fast in Stimmung, und so begann sie denn auch unverzüglich zu lesen. Auf der gerade vor ihr aufgeschlagenen Seite war von der „Eremitage", dem bekannten markgräflichen Lustschloß in der Nähe von Bayreuth, die Rede; das lockte sie, Bayreuth, Richard Wagner, und so las sie denn: „Unter den Bildern in der Eremitage nennen wir noch eins, das nicht durch seine Schönheit, wohl aber durch sein Alter und durch die Person, die es darstellt, ein Interesse beansprucht. Es ist dies ein stark nachgedunkeltes Frauenporträt, kleiner Kopf, mit herben, etwas unheimlichen Gesichtszügen und einer Halskrause, die den Kopf zu tragen scheint. Einige meinen, es sei eine alte Markgräfin aus dem Ende des fünfzehnten Jahrhunderts, andere sind der Ansicht, es sei die Gräfin von Orlamünde; darin aber sind beide einig, daß es das Bildnis der Dame sei, die seither in der Geschichte der Hohenzollern unter dem Namen der ‚weißen Frau' eine gewisse Berühmtheit erlangt hat."

„Das hab ich gut getroffen", sagte Effi, während sie das Buch beiseite schob; „ich will mir die Nerven beruhigen, und das erste, was ich lese, ist die Geschichte von der weißen Frau, vor der ich mich gefürchtet habe, solang ich denken kann. Aber da nun das Gruseln mal da ist, will ich doch auch zu Ende lesen."

Und sie schlug wieder auf und las weiter: „... Ebendies alte Porträt (dessen *Original* in der Hohenzollernschen Familiengeschichte solche Rolle spielt) spielt als *Bild* auch eine Rolle in der Spezialgeschichte des Schlosses Eremitage, was wohl damit zusammenhängt, daß es an einer dem Fremden unsichtbaren Tapetentür hängt, hinter der sich eine vom Souterrain her hinaufführende Treppe befindet. Es heißt, daß, als Napoleon hier übernachtete, die ‚weiße Frau' aus dem Rahmen herausgetreten und auf sein Bett zugeschritten sei. Der Kaiser, entsetzt auffahrend, habe nach seinem Adjutanten gerufen und bis an sein Lebensende mit Entrüstung von diesem ‚maudit château' gesprochen."

„Ich muß es aufgeben, mich durch Lektüre beruhigen zu wollen", sagte Effi. „Lese ich weiter, so komm ich gewiß noch nach einem Kellergewölbe, wo der Teufel auf einem Weinfaß davongeritten ist. Es gibt, glaub ich, in Deutschland viel dergleichen, und in einem Reisehandbuch muß es sich natürlich alles zusammenfinden. Ich will also lieber wieder die Augen schließen und mir, so gut es geht, meinen Polterabend vorstellen: die Zwillinge, wie sie vor Tränen nicht weiterkonnten, und dazu den Vetter Briest, der, als sich alles verlegen anblickte, mit erstaunlicher Würde behauptete, solche Tränen öffneten einem das Paradies. Er war wirklich charmant und immer so übermütig ... Und nun ich! Und gerade hier. Ach, ich tauge doch gar nicht für eine große Dame. Die Mama, ja, die hätte hierher gepaßt, die hätte, wie's einer Landrätin zukommt, den Ton angegeben, und Sidonie Grasenabb wäre ganz Huldigung gegen sie gewesen und hätte sich über ihren Glauben oder Unglauben nicht groß beunruhigt. Aber ich ... Ich bin ein Kind und werd es auch wohl bleiben. Einmal hab ich gehört, das sei ein Glück. Aber ich weiß doch nicht, ob das wahr ist. Man muß doch immer dahin passen, wohin man nun mal gestellt ist."

In diesem Augenblick kam Friedrich, um den Tisch abzuräumen.

„Wie spät ist es, Friedrich?"

„Es geht auf neun, gnäd'ge Frau."

„Nun, das läßt sich hören. Schicken Sie mir Johanna."

„Gnäd'ge Frau haben befohlen."

„Ja, Johanna. Ich will zu Bett gehen. Es ist eigentlich noch früh. Aber ich bin so allein. Bitte, tun Sie den Brief erst ein, und wenn Sie wieder da sind, nun, dann wird es wohl Zeit sein. Und wenn auch nicht."

Effi nahm die Lampe und ging in ihr Schlafzimmer hinüber.

Richtig, auf der Binsenmatte lag Rollo. Als er Effi kommen sah, erhob er sich, um den Platz freizugeben, und strich mit seinem Behang an ihre Hand hin. Dann legte er sich wieder nieder.

Johanna war inzwischen nach dem Landratsamt hinübergegangen, um da den Brief einzustecken. Sie hatte sich drüben nicht sonderlich beeilt, vielmehr vorgezogen, mit der Frau Paaschen, des Amtsdieners Frau, ein Gespräch zu führen. Natürlich über die junge Frau.

„Wie ist sie denn?“ fragte die Paaschen.

„Sehr jung ist sie.“

„Nun, das ist kein Unglück, eher umgekehrt. Die Jungen, und das ist eben das Gute, stehen immer bloß vorm Spiegel und zupfen und stecken sich was vor und sehen nicht viel und hören nicht viel und sind doch nicht so, daß sie draußen immer die Lichtstümpfe zählen und einem nicht gönnen, daß man einen Kuß kriegt, bloß weil sie selber keinen mehr kriegen.“

„Ja“, sagte Johanna, „so war meine vorige Madam und ganz ohne Not. Aber davon hat unsere Gnäd'ge nichts.“

„Ist er denn sehr zärtlich?“

„O sehr. Das können Sie doch wohl denken.“

„Aber daß er sie so allein läßt ...“

„Ja, liebe Paaschen, Sie dürfen nicht vergessen ... der Fürst. Und dann, er ist ja doch am Ende Landrat. Und vielleicht will er auch noch höher.“

„Gewiß, will er. Und er wird auch noch. Er hat so was. Paaschen sagt es auch immer, und der kennt seine Leute.“

Während dieses Ganges drüben nach dem Amt hinüber war wohl eine Viertelstunde vergangen, und als Johanna wieder zurück war, saß Effi schon vor dem Trumeau und wartete.

„Sie sind lange geblieben, Johanna.“

„Ja, gnäd'ge Frau ... Gnäd'ge Frau wollen entschuldigen ... Ich traf drüben die Frau Paaschen, und da hab ich mich ein wenig verweilt. Es ist so still hier. Man ist immer froh, wenn man einen Menschen trifft, mit dem man ein Wort sprechen kann. Christel ist eine sehr gute Person, aber sie spricht nicht, und Friedrich ist so dusig und auch so vorsichtig und will mit der Sprache nie recht heraus. Gewiß, man muß auch schweigen können, und die Paaschen, die so neugierig und so ganz gewöhnlich ist, ist eigentlich gar nicht nach meinem Geschmack; aber man hat es doch gern, wenn man mal was hört und sieht.“

Effi seufzte. „Ja, Johanna, das ist auch das beste ...“

„Gnäd'ge Frau haben so schönes Haar, so lang und so seidenweich."

„Ja, es ist sehr weich. Aber das ist nicht gut, Johanna. Wie das Haar ist, ist der Charakter."

„Gewiß, gnäd'ge Frau. Und ein weicher Charakter ist doch besser als ein harter. Ich habe auch weiches Haar."

„Ja, Johanna. Und Sie haben auch blondes. Das haben die Männer am liebsten."

„Ach, das ist doch sehr verschieden, gnäd'ge Frau. Manche sind doch auch für das schwarze."

„Freilich", lachte Effi, „das habe ich auch schon gefunden. Es wird wohl an was ganz anderem liegen. Aber die, die blond sind, die haben auch immer einen weißen Teint, Sie auch, Johanna, und ich möchte mich wohl verwetten, daß Sie viel Nachstellung haben. Ich bin noch sehr jung, aber das weiß ich doch auch. Und dann habe ich eine Freundin, die war auch so blond, ganz flachsblond, noch blonder als Sie, und war eine Predigerstochter ..."

„Ja, denn ..."

„Aber ich bitte Sie, Johanna, was meinen Sie mit ‚ja denn'. Das klingt ja ganz anzüglich und sonderbar, und Sie werden doch nichts gegen Predigerstöchter haben ... Es war ein sehr hübsches Mädchen, was selbst unsere Offiziere – wir hatten nämlich Offiziere, noch dazu rote Husaren – auch immer fanden, und verstand sich dabei sehr gut auf Toilette, schwarzes Sammetmieder und eine Blume, Rose oder auch Heliotrop, und wenn sie nicht so vorstehende große Augen gehabt hätte ... ach, die hätten Sie sehen sollen, Johanna, wenigstens so groß" (und Effi zog unter Lachen an ihrem rechten Augenlid), „so wäre sie geradezu eine Schönheit gewesen. Sie hieß Hulda, Hulda Niemeyer, und wir waren nicht einmal so ganz intim; aber wenn ich sie jetzt hier hätte, und sie da säße, da in der kleinen Sofaecke, so wollte ich bis Mitternacht mit ihr plaudern oder noch länger. Ich habe solche Sehnsucht und ..." und dabei zog sie Johannas Kopf dicht an sich heran ... „ich habe solche Angst."

„Ach, das gibt sich, gnäd'ge Frau, die hatten wir alle."

„Die hattet ihr alle? Was soll das heißen, Johanna?"

„... Und wenn die gnäd'ge Frau wirklich solche Angst haben, so kann ich mir ja ein Lager hier machen. Ich nehme die Strohmatte und kehre einen Stuhl um, daß ich eine Kopflehne habe, und dann schlafe ich hier bis morgen früh oder bis der gnäd'ge Herr wieder da ist."

„Er will mich nicht stören. Das hat er mir eigens versprochen."

„Oder ich setze mich bloß in die Sofaecke."

„Ja, das ginge vielleicht. Aber nein, es geht auch nicht. Der Herr darf nicht wissen, daß ich mich ängstige, das liebt er nicht. Er will immer, daß ich tapfer und entschlossen bin, so wie er. Und das kann ich nicht; ich war immer etwas anfällig ... Aber freilich, ich sehe wohl ein, ich muß mich bezwingen und ihm in solchen Stücken und überhaupt zu Willen sein .. Und dann habe ich ja auch Rollo. Der liegt ja vor der Türschwelle."

Johanna nickte zu jedem Wort und zündete dann das Licht an, das auf Effis Nachttisch stand. Dann nahm sie die Lampe. „Befehlen gnäd'ge Frau noch etwas?"

„Nein, Johanna. Die Läden sind doch fest geschlossen?"

„Bloß angelegt, gnäd'ge Frau. Es ist sonst so dunkel und so stickig."

„Gut, gut."

Und nun entfernte sich Johanna; Effi aber ging auf ihr Bett zu und wickelte sich in ihre Decken.

Sie ließ das Licht brennen, weil sie gewillt war, nicht gleich einzuschlafen, vielmehr vorhatte, wie vorhin ihren Polterabend, so jetzt ihre Hochzeitsreise zu rekapitulieren und alles an sich vorüberziehen zu lassen. Aber es kam anders, wie sie gedacht, und als sie bis Verona war und nach dem Hause der Julia Capulet suchte, fielen ihr schon die Augen zu. Das Stümpfchen Licht in dem kleinen Silberleuchter brannte allmählich nieder, und nun flackerte es noch einmal auf und erlosch.

Effi schlief eine Weile ganz fest. Aber mit einem Male fuhr sie mit einem lauten Schrei aus ihrem Schlafe auf, ja, sie hörte selber noch den Aufschrei und auch wie Rollo draußen anschlug; – „wau, wau" klang es den Flur entlang, dumpf und selber beinah ängstlich. Ihr war, als ob ihr das Herz stillstände; sie konnte nicht rufen, und in diesem Augenblicke huschte was an ihr vorbei, und die nach dem Flur hinausführende Tür sprang auf. Aber ebendieser Moment höchster Angst war auch der ihrer Befreiung, denn, statt etwas Schrecklichem, kam jetzt Rollo auf sie zu, suchte mit seinem Kopf nach ihrer Hand und legte sich, als er diese gefunden, auf den vor ihrem Bett ausgebreiteten Teppich nieder. Effi selber aber hatte mit der andern Hand dreimal auf den Knopf der Klingel gedrückt, und keine halbe Minute, so war Johanna da, barfüßig, den Rock über dem Arm und ein großes kariertes Tuch über Kopf und Schulter geschlagen.

„Gott sei Dank, Johanna, daß Sie da sind."

„Was war denn, gnäd'ge Frau? Gnäd'ge Frau haben geträumt."

„Ja, geträumt. Es muß so was gewesen sein ... aber es war doch auch noch was anderes."

„Was denn, gnäd'ge Frau?"

„Ich schlief ganz fest, und mit einem Male fuhr ich auf und schrie ... vielleicht, daß es ein Albdruck war ... Albdruck ist in unserer Familie, mein Papa hat es auch und ängstigt uns damit, und nur die Mama sagt immer, er solle sich nicht so gehenlassen; aber das ist leicht gesagt ... ich fuhr also auf aus dem Schlaf und schrie, und als ich mich umsah, so gut es eben ging in dem Dunkel, da strich was an meinem Bett vorbei, gerade da, wo Sie jetzt stehen, Johanna, und dann war es weg. Und wenn ich mich recht frage, was es war ..."

„Nun was denn, gnäd'ge Frau?"

„Und wenn ich mich recht frage ... ich mag es nicht sagen, Johanna ... aber ich glaube der Chinese."

„Der von oben?" und Johanna versuchte zu lachen, „unser kleiner Chinese, den wir an die Stuhllehne geklebt haben, Christel und ich. Ach, gnäd'ge Frau haben geträumt, und wenn Sie schon wach waren, so war es doch alles noch aus dem Traum."

„Ich würd es glauben. Aber es war genau derselbe Augenblick, wo Rollo draußen anschlug, der muß es also auch gesehen haben, und dann flog die Tür auf, und das gute, treue Tier sprang auf mich los, als ob es mich zu retten käme. Ach, meine liebe Johanna, es war entsetzlich. Und ich so allein, und so jung. Ach, wenn ich doch wen hier hätte, bei dem ich weinen könnte. Aber so weit von Hause ... Ach, von Hause ..."

„Der Herr kann jede Stunde kommen."

„Nein, er soll nicht kommen; er soll mich so nicht sehen. Er würde mich vielleicht auslachen, und das könnt ich ihm nie verzeihen. Denn es war so furchtbar, Johanna ... Sie müssen nun hierbleiben ... Aber lassen Sie Christel schlafen und Friedrich auch. Es soll es keiner wissen."

„Oder vielleicht kann ich auch die Frau Kruse holen; die schläft doch nicht, die sitzt die ganze Nacht da."

„Nein, nein, die ist selber so was. Das mit dem schwarzen Huhn, das ist auch so was; die darf nicht kommen. Nein, Johanna, Sie bleiben allein hier. Und wie gut, daß Sie die

Läden nur angelegt. Stoßen Sie sie auf, recht laut, daß ich einen Ton höre, einen menschlichen Ton ... ich muß es so nennen, wenn es auch sonderbar klingt ... und dann machen Sie das Fenster ein wenig auf, daß ich Luft und Licht habe."

Johanna tat, wie ihr geheißen, und Effi fiel in ihre Kissen zurück und bald danach in einen lethargischen Schlaf.

Zehntes Kapitel

Innstetten war erst sechs Uhr früh von Varzin zurückgekommen und hatte sich, Rollos Liebkosungen abwehrend, so leise wie möglich in sein Zimmer zurückgezogen. Er machte sich's hier bequem und duldete nur, daß ihn Friedrich mit einer Reisedecke zudeckte. „Wecke mich um neun." Und um diese Stunde war er denn auch geweckt worden. Er stand rasch auf und sagte: „Bringe das Frühstück."

„Die gnädige Frau schläft noch."

„Aber es ist ja schon spät. Ist etwas passiert?"

„Ich weiß es nicht; ich weiß nur, Johanna hat die Nacht über im Zimmer der gnädigen Frau schlafen müssen."

„Nun, dann schicke Johanna."

Diese kam denn auch. Sie hatte denselben rosigen Teint wie immer, schien sich also die Vorgänge der Nacht nicht sonderlich zu Gemüte genommen zu haben.

„Was ist das mit der gnäd'gen Frau? Friedrich sagt mir, es sei was passiert und Sie hätten drüben geschlafen."

„Ja, Herr Baron. Gnäd'ge Frau klingelte dreimal ganz rasch hintereinander, daß ich gleich dachte, es bedeutet was. Und so war es auch. Sie hat wohl geträumt oder vielleicht war es auch das andere."

„Welches andere?"

„Ach, der gnäd'ge Herr wissen ja."

„Ich weiß nichts. Jedenfalls muß ein Ende damit gemacht werden. Und wie fanden Sie die Frau?"

„Sie war wie außer sich und hielt das Halsband von Rollo, der neben dem Bett der gnäd'gen Frau stand, fest umklammert. Und das Tier ängstigte sich auch."

„Und was hatte sie geträumt oder, meinetwegen auch, was hatte sie gehört oder gesehen? Was sagte sie?"

„Es sei so hingeschlichen, dicht an ihr vorbei."

„Was? Wer?"

„Der von oben. Der aus dem Saal oder aus der kleinen Kammer."

„Unsinn, sag ich. Immer wieder das alberne Zeug; ich mag davon nicht mehr hören. Und dann blieben Sie bei der Frau?"

„Ja, gnäd'ger Herr. Ich machte mir ein Lager an der Erde dicht neben ihr. Und ich mußte ihre Hand halten, und dann schlief sie ein."

„Und sie schläft noch?"

„Ganz fest."

„Das ist mir ängstlich, Johanna. Man kann sich gesund schlafen, aber auch krank. Wir müssen sie wecken, natürlich vorsichtig, daß sie nicht wieder erschrickt. Und Friedrich soll das Frühstück nicht bringen; ich will warten, bis die gnäd'ge Frau da ist. Und machen Sie's geschickt."

Eine halbe Stunde später kam Effi. Sie sah reizend aus, ganz blaß, und stützte sich auf Johanna. Als sie aber Innstettens ansichtig wurde, stürzte sie auf ihn zu und umarmte und küßte ihn. Und dabei liefen ihr die Tränen übers Gesicht. „Ach, Geert, Gott sei Dank, daß du da bist. Nun ist alles wieder gut. Du darfst nicht wieder fort, du darfst mich nicht wieder allein lassen."

„Meine liebe Effi ... stellen Sie hin, Friedrich, ich werde schon alles zurechtmachen ... meine liebe Effi, ich lasse dich ja nicht allein aus Rücksichtslosigkeit oder Laune, sondern weil es so sein muß; ich habe keine Wahl, ich bin ein Mann im Dienst, ich kann zum Fürsten oder auch zur Fürstin nicht sagen: Durchlaucht, ich kann nicht kommen, meine Frau ist so allein, oder meine Frau fürchtet sich. Wenn ich das sagte, würden wir in einem ziemlich komischen Lichte dastehen, ich gewiß, und du auch. Aber nimm erst eine Tasse Kaffee."

Effi trank, was sie sichtlich belebte. Dann ergriff sie wieder ihres Mannes Hand und sagte: „Du sollst recht haben; ich sehe ein, das geht nicht. Und dann wollen wir ja auch höher hinauf. Ich sage wir, denn ich bin eigentlich begieriger danach als du ..."

„So sind alle Frauen", lachte Innstetten.

„Also abgemacht; du nimmst die Einladungen an nach wie vor, und ich bleibe hier und warte auf meinen ‚hohen Herrn', wobei mir Hulda unterm Holunderbaum einfällt. Wie's ihr wohl gehen mag?"

„Damen, wie Hulda, geht es immer gut. Aber was wolltest du noch sagen?“

„Ich wollte sagen, ich bleibe hier und auch allein, wenn es sein muß. Aber nicht in diesem Hause. Laß uns die Wohnung wechseln. Es gibt so hübsche Häuser am Bollwerk, eins zwischen Konsul Martens und Konsul Grützmacher und eins am Markt, gerade gegenüber von Gieshübler; warum können wir da nicht wohnen? Warum gerade hier? Ich habe, wenn wir Freunde und Verwandte zum Besuch hatten, oft gehört, daß in Berlin Familien ausziehen wegen Klavierspiel oder wegen Schwaben oder wegen einer unfreundlichen Portiersfrau; wenn das um solcher Kleinigkeiten willen geschieht ...“

„Kleinigkeiten? Portiersfrau? das sage nicht ...“

„Wenn das um solcher Dinge willen möglich ist, so muß es doch auch hier möglich sein, wo du Landrat bist und die Leute dir zu Willen sind und viele selbst zu Dank verpflichtet. Gieshübler würde uns gewiß dabei behülflich sein, wenn auch nur um meinetwegen, denn er wird Mitleid mit mir haben. Und nun sage, Geert, wollen wir dies verwunschene Haus aufgeben, dies Haus mit dem ...“

„... Chinesen willst du sagen. Du siehst, Effi, man kann das furchtbare Wort aussprechen, ohne daß er erscheint. Was du da gesehen hast oder was da, wie du meinst, an deinem Bette vorüberschlich, das war der kleine Chinese, den die Mädchen oben an die Stuhllehne geklebt haben; ich wette, daß er einen blauen Rock anhatte und einen ganz flachen Deckelhut mit einem blanken Knopf oben.“

Sie nickte.

„Nun siehst du, Traum, Sinnestäuschung. Und dann wird dir Johanna wohl gestern abend was erzählt haben, von der Hochzeit hier oben ...“

„Nein.“

„Desto besser.“

„Kein Wort hat sie mir erzählt. Aber ich sehe doch aus dem allen, daß es hier etwas Sonderbares gibt. Und dann das Krokodil; es ist alles so unheimlich hier.“

„Den ersten Abend, als du das Krokodil sahst, fandest du's märchenhaft ...“

„Ja, damals ...“

„... Und dann, Effi, kann ich hier nicht gut fort, auch wenn es möglich wäre, das Haus zu verkaufen oder einen Tausch zu machen. Es ist damit ganz wie mit einer Absage nach Varzin hin. Ich kann hier in der Stadt die Leute nicht sagen lassen, Landrat Innstetten verkauft sein Haus, weil seine Frau den aufgeklebten kleinen Chinesen als Spuk an ihrem Bette gesehen hat. Dann bin ich verloren, Effi. Von solcher Lächerlichkeit kann man sich nie wieder erholen."

„Ja, Geert, bist du denn so sicher, daß es so was nicht gibt?"

„Will ich nicht behaupten. Es ist eine Sache, die man glauben und noch besser nicht glauben kann. Aber angenommen, es gäbe dergleichen, was schadet es? Daß in der Luft Bazillen herumfliegen, von denen du gehört haben wirst, ist viel schlimmer und gefährlicher als diese ganze Geistertummellage. Vorausgesetzt, daß sie sich tummeln, daß so was wirklich existiert. Und dann bin ich überrascht, solcher Furcht und Abneigung gerade bei *dir* zu begegnen, bei einer Briest. Das ist ja, wie wenn du aus einem kleinen Bürgerhause stammtest. Spuk ist ein Vorzug, wie Stammbaum und dergleichen, und ich kenne Familien, die sich ebensogern ihr Wappen nehmen ließen als ihre ‚weiße Frau', die natürlich auch eine schwarze sein kann."

Effi schwieg.

„Nun, Effi. Keine Antwort?"

„Was soll ich antworten? Ich habe dir nachgegeben und mich willig gezeigt, aber ich finde doch, daß du deinerseits teilnahmsvoller sein könntest. Wenn du wüßtest, wie mir gerade danach verlangt. Ich habe sehr gelitten, wirklich sehr, und als ich dich sah, da dacht ich, nun würd ich frei werden von meiner Angst. Aber du sagst mir bloß, daß du nicht Lust hättest, dich lächerlich zu machen, nicht vor dem Fürsten und auch nicht vor der Stadt. Das ist ein geringer Trost. Ich finde es wenig und um so weniger, als du dir schließlich auch noch widersprichst, und nicht bloß persönlich an diese Dinge zu glauben scheinst, sondern auch noch einen adligen Spukstolz von mir forderst. Nun, den hab ich nicht. Und wenn du von Familien sprichst, denen ihr Spuk so viel wert sei wie ihr Wappen, so ist das Geschmackssache; mir gilt mein Wappen mehr. Gott sei Dank haben wir Briests keinen Spuk. Die Briests waren immer sehr gute Leute, und damit hängt es wohl zusammen."

Der Streit hätte wohl noch angedauert und vielleicht zu einer ernstlichen Verstimmung geführt, wenn Friedrich nicht eingetreten wäre, um der gnädigen Frau einen Brief zu überreichen. „Von Herrn Gieshübler. Der Bote wartet auf Antwort."

Aller Unmut auf Effis Antlitz war sofort verschwunden;

schon bloß Gieshüblers Namen zu hören, tat Effi wohl, und ihr Wohlgefühl steigerte sich, als sie jetzt den Brief musterte. Zunächst war es gar kein Brief, sondern ein Billett, die Adresse „Frau Baronin von Innstetten, geb. von Briest" in wundervoller Kanzleihandschrift, und statt des Siegels ein aufgeklebtes rundes Bildchen, eine Lyra, darin ein Stab steckte. Dieser Stab konnte aber auch ein Pfeil sein. Sie reichte das Billett ihrem Manne, der es ebenfalls bewunderte.

„Nun lies aber."

Und nun löste Effi die Oblate und las: „Hochverehrteste Frau, gnädigste Frau Baronin! Gestatten Sie mir, meinem respektvollsten Vormittagsgruß eine ganz gehorsamste Bitte hinzufügen zu dürfen. Mit dem Mittagszuge wird eine vieljährige liebe Freundin von mir, eine Tochter unserer guten Stadt Kessin, Fräulein Marietta Trippelli, hier eintreffen und bis morgen früh unter uns weilen. Am Siebzehnten will sie in Petersburg sein, um daselbst bis Mitte Januar zu konzertieren. Fürst Kotschukoff öffnet ihr auch diesmal wieder sein gastliches Haus. In ihrer immer gleichen Güte gegen mich hat die Trippelli mir zugesagt, den heutigen Abend bei mir zuzubringen und einige Lieder ganz nach meiner Wahl (denn sie kennt keine Schwierigkeiten) vortragen zu wollen. Könnten sich Frau Baronin dazu verstehen, diesem Musikabende beizuwohnen? sieben Uhr. Ihr Herr Gemahl, auf dessen Erscheinen ich mit Sicherheit rechne, wird meine gehorsamste Bitte unterstützen. Anwesend nur Pastor Lindequist (der begleitet) und natürlich die verwitwete Frau Pastorin Trippel. In vorzüglicher Ergebenheit A. Gieshübler."

„Nun – " sagte Innstetten, „ja oder nein?"

„Natürlich ja. Das wird mich herausreißen. Und dann kann ich doch meinem lieben Gieshübler nicht gleich bei seiner ersten Einladung einen Korb geben."

„Einverstanden. Also Friedrich, sagen Sie Mirambo, der doch wohl das Billett gebracht haben wird, wir würden die Ehre haben."

Friedrich ging. Als er fort war, fragte Effi: „Wer ist Mirambo?"

„Der echte Mirambo ist Räuberhauptmann in Afrika ... Tanganjikasee, wenn deine Geographie so weit reicht ... unserer aber ist bloß Gieshüblers Kohlenprovisor und Faktotum und wird heute abend in Frack und baumwollenen Handschuhen sehr wahrscheinlich aufwarten."

Es war ganz ersichtlich, daß der kleine Zwischenfall auf Effi günstig eingewirkt und ihr ein gut Teil ihrer Leichtlebigkeit zurückgegeben hatte, Innstetten aber wollte das Seine tun, diese Rekonvaleszenz zu steigern. „Ich freue mich, daß du ja gesagt hast und so rasch und ohne Besinnen, und nun möcht ich dir noch einen Vorschlag machen, um dich ganz wieder in Ordnung zu bringen. Ich sehe wohl, es schleicht dir noch von der Nacht her etwas nach, das zu meiner Effi nicht paßt, das durchaus wieder fort muß, und dazu gibt es nichts Besseres als frische Luft. Das Wetter ist prachtvoll, frisch und milde zugleich, kaum daß ein Lüftchen geht; was meinst du, wenn wir eine Spazierfahrt machten, aber eine lange, nicht bloß so durch die Plantage hin, und natürlich im Schlitten und das Geläut auf und die weißen Schneedecken, und wenn wir dann um vier zurück sind, dann ruhst du dich aus, und um sieben sind wir bei Gieshübler und hören die Trippelli."

Effi nahm seine Hand. „Wie gut du bist, Geert, und wie nachsichtig. Denn ich muß dir ja kindisch oder doch wenigstens sehr kindlich vorgekommen sein; erst das mit meiner Angst und dann hinterher, daß ich dir einen Hausverkauf, und was noch schlimmer ist, das mit dem Fürsten ansinne. Du sollst ihm den Stuhl vor die Tür setzen – es ist zum Lachen. Denn schließlich ist er doch der Mann, der über uns entscheidet. Auch über mich. Du glaubst gar nicht, wie ehrgeizig ich bin. Ich habe dich eigentlich bloß aus Ehrgeiz geheiratet. Aber du mußt nicht solch ernstes Gesicht dabei machen. Ich liebe dich ja . . . wie heißt es doch, wenn man einen Zweig abbricht und die Blätter abreißt? Von Herzen, mit Schmerzen, über alle Maßen."

Und sie lachte hell auf. „Und nun sage mir", fuhr sie fort, als Innstetten noch immer schwieg, „wo soll es hingehen?"

„Ich habe mir gedacht, nach der Bahnstation, aber auf einem Umwege, und dann auf der Chaussee zurück. Und auf der Station essen wir oder noch besser bei Golchowski, in dem Gasthofe ‚Zum Fürsten Bismarck', dran wir, wenn du dich vielleicht erinnerst, am Tage unserer Ankunft vorüberkamen. Solch Vorsprechen wirkt immer gut, und ich habe dann mit dem Starosten von Effis Gnaden ein Wahlgespräch, und wenn er auch persönlich nicht viel taugt, seine Wirtschaft hält er in Ordnung und seine Küche noch besser. Auf Essen und Trinken verstehen sich die Leute hier."

Es war gegen elf, daß sie dies Gespräch führten. Um zwölf hielt Kruse mit dem Schlitten vor der Tür, und Effi stieg ein

Johanna wollte Fußsack und Pelze bringen, aber Effi hatte nach allem, was noch auf ihr lag, so sehr das Bedürfnis nach frischer Luft, daß sie alles zurückwies und nur eine doppelte Decke nahm. Innstetten aber sagte zu Kruse: „Kruse, wir wollen nun also nach dem Bahnhof, wo wir zwei beide heute früh schon mal waren. Die Leute werden sich wundern, aber es schadet nichts. Ich denke, wir fahren hier an der Plantage lang und dann links auf den Kroschentiner Kirchturm zu. Lassen Sie die Pferde laufen. Um eins müssen wir am Bahnhof sein."

Und so ging die Fahrt. Über den weißen Dächern der Stadt stand der Rauch, denn die Luftbewegung war gering. Auch Utpatels Mühle drehte sich nur langsam, und im Fluge fuhren sie daran vorüber, dicht am Kirchhofe hin, dessen Berberitzensträucher über das Gitter hinauswuchsen und mit ihren Spitzen Effi streiften, so daß der Schnee auf ihre Reisedecke fiel. An der anderen Seite des Wegs war ein eingefriedeter Platz, nicht viel größer als ein Gartenbeet, und innerhalb nichts sichtbar als eine junge Kiefer, die mitten daraus hervorragte.

„Liegt da auch wer begraben?" fragte Effi.

„Ja. Der Chinese."

Effi fuhr zusammen; es war ihr wie ein Stich. Aber sie hatte doch Kraft genug, sich zu beherrschen und fragte mit anscheinender Ruhe: „Unserer?"

„Ja, unserer. Auf dem Gemeindekirchhof war er natürlich nicht unterzubringen, und da hat denn Kapitän Thomsen, der so was wie sein Freund war, diese Stelle gekauft und ihn hier begraben lassen. Es ist auch ein Stein da mit Inschrift. Alles natürlich vor meiner Zeit. Aber es wird noch immer davon gesprochen."

„Also es ist doch was damit. Eine Geschichte. Du sagtest schon heute früh so was. Und es wird am Ende das beste sein, ich höre, was es ist. Solang ich es nicht weiß, bin ich, trotz aller guten Vorsätze, doch immer ein Opfer meiner Vorstellungen. Erzähle mir das Wirkliche. Die Wirklichkeit kann mich nicht so quälen wie meine Phantasie."

„Bravo, Effi. Ich wollte nicht davon sprechen. Aber nun macht es sich so von selbst, und das ist gut. Übrigens ist es eigentlich gar nichts."

„Mir gleich; gar nichts oder viel oder wenig. Fange nur an."

„Ja, das ist leicht gesagt. Der Anfang ist immer das schwerste, auch bei Geschichten. Nun, ich denke, ich beginne mit Kapitän Thomsen."

„Gut, gut."

„Also Thomsen, den ich dir schon genannt habe, war viele Jahre lang ein sogenannter Chinafahrer, immer mit Reisfracht zwischen Shanghai und Singapore und mochte wohl schon sechzig sein, als er hier ankam. Ich weiß nicht, ob er hier geboren war oder ob er andere Beziehungen hier hatte. Kurz und gut, er war nun da und verkaufte sein Schiff, einen alten Kasten, draus er nicht viel herausschlug und kaufte sich ein Haus, dasselbe, drin wir jetzt wohnen. Denn er war draußen in der Welt ein vermögender Mann geworden. Und von daher schreibt sich auch das Krokodil und der Haifisch und natürlich auch das Schiff ... Also Thomsen war nun da, ein sehr adretter Mann (so wenigstens hat man mir gesagt) und wohlgelitten. Auch beim Bürgermeister Kirstein, und vor allem bei dem damaligen Pastor in Kessin, einem Berliner, der kurz vor Thomsen auch hierhergekommen war und viel Anfeindung hatte."

„Glaub ich. Ich merke das auch; sie sind hier so streng und selbstgerecht. Ich glaube, das ist pommersch."

„Ja und nein, je nachdem. Es gibt auch Gegenden, wo sie gar nicht streng sind und wo's drunter und drüber geht ... Aber sieh nur, Effi, da haben wir gerade den Kroschentiner Kirchturm dicht vor uns. Wollen wir nicht den Bahnhof aufgeben und lieber bei der alten Frau von Grasenabb vorfahren? Sidonie, wenn ich recht berichtet bin, ist nicht zu Hause. Wir könnten es also wagen ..."

„Ich bitte dich, Geert, wo denkst du hin? Es ist ja himmlisch, so hinzufliegen, und ich fühle ordentlich, wie mir so frei wird und wie alle Angst von mir abfällt. Und nun soll ich das alles aufgeben, bloß um den alten Leuten eine Stippvisite zu machen und ihnen sehr wahrscheinlich eine Verlegenheit zu schaffen. Um Gottes willen nicht. Und dann will ich vor allem auch die Geschichte hören. Also wir waren bei Kapitän Thomsen, den ich mir als einen Dänen oder Engländer denke, sehr sauber, mit weißen Vatermördern und ganz weißer Wäsche ..."

„Ganz richtig. So soll er gewesen sein. Und mit ihm war eine junge Person von etwa zwanzig, von der einige sagen, sie sei seine Nichte gewesen, aber die meisten sagen seine Enkelin, was übrigens den Jahren nach kaum möglich. Und außer der Enkelin oder der Nichte war da auch noch ein Chinese, derselbe, der da zwischen den Dünen liegt und an dessen Grab wir eben vorübergekommen sind."

„Gut, gut."

„Also dieser Chinese war Diener bei Thomsen, und Thomsen hielt so große Stücke auf ihn, daß er eigentlich mehr Freund als Diener war. Und das ging so Jahr und Tag. Da mit einemmal hieß es, Thomsens Enkelin, die, glaub ich, Nina hieß, solle sich, nach des Alten Wunsche, verheiraten, auch mit einem Kapitän. Und richtig, so war es auch. Es gab eine große Hochzeit im Hause, der Berliner Pastor tat sie zusammen, und Müller Utpatel, der ein Konventikler war, und Gieshübler, dem man in der Stadt in kirchlichen Dingen auch nicht recht traute, waren geladen, und vor allem viele Kapitäne mit ihren Frauen und Töchtern. Und wie man sich denken kann, es ging hoch her. Am Abend aber war Tanz, und die Braut tanzte mit jedem und zuletzt auch mit dem Chinesen. Da mit einemmal hieß es, sie sei fort, die Braut nämlich. Und sie war auch wirklich fort, irgendwohin, und niemand weiß, was da vorgefallen. Und nach vierzehn Tagen starb der Chinese; Thomsen kaufte die Stelle, die ich dir gezeigt habe, und da wurd er begraben. Der Berliner Pastor aber soll gesagt haben: Man hätte ihn auch ruhig auf dem christlichen Kirchhof begraben können, denn der Chinese sei ein sehr guter Mensch gewesen und geradeso gut wie die anderen. Wen er mit den ‚anderen' eigentlich gemeint hat, sagte mir Gieshübler, das wisse man nicht recht."

„Aber ich bin in dieser Sache doch ganz und gar gegen den Pastor; so was darf man nicht aussprechen, weil es gewagt und unpassend ist. Das würde selbst Niemeyer nicht gesagt haben."

„Und ist auch dem armen Pastor, der übrigens Trippel hieß, sehr verdacht worden, so daß es eigentlich ein Glück war, daß er drüber hin starb, sonst hätte er seine Stelle verloren. Denn die Stadt, trotzdem sie ihn gewählt, war doch auch gegen ihn, geradeso wie du, und das Konsistorium natürlich erst recht."

„Trippel sagst du? Dann hängt er am Ende mit der Frau Pastor Trippel zusammen, die wir heute abend sehen sollen?"

„Natürlich hängt er mit der zusammen. Er war ihr Mann und ist der Vater von der Trippelli."

Effi lachte. „Von der Trippelli! Nun sehe ich erst klar in allem. Daß sie in Kessin geboren, schrieb ja schon Gieshübler; aber ich dachte, sie sei die Tochter von einem italienischen Konsul. Wir haben ja so viele fremdländische Namen hier. Und nun ist sie gut deutsch und stammt von Trippel. Ist sie denn so vorzüglich, daß sie wagen konnte, sich so zu italienisieren?"

„Dem Mutigen gehört die Welt. Übrigens ist sie ganz tüchtig. Sie war ein paar Jahr lang in Paris bei der berühmten Viardot, wo sie auch den russischen Fürsten kennenlernte, denn die russischen Fürsten sind sehr aufgeklärt, über kleine Standesvorurteile weg, und Kotschukoff und Gieshübler – den sie übrigens ‚Onkel' nennt, und man kann fast von ihm sagen, er sei der geborne Onkel – diese beiden sind es recht eigentlich, die die kleine Marie Trippel zu dem gemacht haben, was sie jetzt ist. Gieshübler war es, durch den sie nach Paris kam, und Kotschukoff hat sie dann in die Trippelli transponiert."

„Ach, Geert, wie reizend ist das alles und welch Alltagsleben habe ich doch in Hohen-Cremmen geführt! Nie was Apartes."

Innstetten nahm ihre Hand und sagte: „So darfst du nicht sprechen, Effi. Spuk, dazu kann man sich stellen wie man will. Aber hüte dich vor dem Aparten oder was man so das Aparte nennt. Was dir so verlockend erscheint – und ich rechne auch ein Leben dahin, wie's die Trippelli führt – das bezahlt man in der Regel mit seinem Glück. Ich weiß wohl, wie sehr du dein Hohen-Cremmen liebst und daran hängst, aber du spottest doch auch oft darüber und hast keine Ahnung davon, was stille Tage, wie die Hohen-Cremmner, bedeuten."

„Doch, doch", sagte sie. „Ich weiß es wohl. Ich höre nur gern einmal von etwas anderem, und dann wandelt mich die Lust an, mit dabeizusein. Aber du hast ganz recht. Und eigentlich hab ich doch eine Sehnsucht nach Ruh und Frieden."

Innstetten drohte ihr mit dem Finger. „Meine einzig liebe Effi, das denkst du dir nun auch wieder so aus. Immer Phantasien, mal so, mal so."

Elftes Kapitel

Die Fahrt verlief ganz wie geplant. Um ein Uhr hielt der Schlitten unten am Bahndamm vor dem Gasthause „Zum Fürsten Bismarck", und Golchowski, glücklich, den Landrat bei sich zu sehen, war beflissen, ein vorzügliches Dejeuner herzurichten. Als zuletzt das Dessert und der Ungarwein aufgetragen wurden, rief Innstetten den von Zeit zu Zeit erscheinenden und nach der Ordnung sehenden Wirt heran und bat ihn, sich mit an den Tisch zu setzen und ihnen was zu erzählen. Dazu war Golchowski denn auch der rechte Mann; auf zwei Meilen in der Runde wurde kein Ei gelegt, von dem er nicht wußte. Das zeigte sich auch heute wieder. Sidonie Grasenabb, Innstetten hatte recht vermutet, war, wie vorige Weihnachten, so auch diesmal wieder auf vier Wochen zu „Hofpredigers“ gereist; Frau von Palleske, so hieß es weiter, habe ihre Jungfer wegen einer fatalen Geschichte Knall und Fall entlassen müssen, und mit dem alten Fraude steh es schlecht – es werde zwar in Kurs gesetzt, er sei bloß ausgeglitten, aber es sei ein Schlaganfall gewesen, und der Sohn, der in Lissa bei den Husaren stehe, werde jede Stunde erwartet. Nach diesem Geplänkel war man dann, zu Ernsthafterem übergehend, auf Varzin gekommen. „Ja“, sagte Golchowski, „wenn man sich den Fürsten so als Papiermüller denkt! Es ist doch alles sehr merkwürdig; eigentlich kann er die Schreiberei nicht leiden, und das bedruckte Papier erst recht nicht, und nun legt er doch selber eine Papiermühle an.“

„Schon recht, lieber Golchowski“, sagte Innstetten, „aber aus solchen Widersprüchen kommt man im Leben nicht heraus. Und da hilft auch kein Fürst und keine Größe.“

„Nein, nein, da hilft keine Größe.“

Wahrscheinlich, daß sich dies Gespräch über den Fürsten noch fortgesetzt hätte, wenn nicht in eben diesem Augenblicke die von der Bahn her herüberklingende Signalglocke einen bald eintreffenden Zug angemeldet hätte. Innstetten sah nach der Uhr.

„Welcher Zug ist das, Golchowski?“

„Das ist der Danziger Schnellzug; er hält hier nicht, aber ich gehe doch immer hinauf und zähle die Wagen, und mitunter steht auch einer am Fenster, den ich kenne. Hier gleich hinter meinem Hofe führt eine Treppe den Damm hinauf, Wärterhaus 417 ...“

„Oh, das wollen wir uns zunutze machen“, sagte Effi. „Ich sehe so gern Züge ...“

„Dann ist es die höchste Zeit, gnäd'ge Frau.“

Und so machten sich denn alle drei auf den Weg und stellten sich, als sie oben waren, in einem neben dem Wärterhause gelegenen Gartenstreifen auf, der jetzt freilich unter Schnee lag, aber doch eine freigeschaufelte Stelle hatte. Der Bahnwärter stand schon da, die Fahne in der Hand. Und jetzt jagte der Zug über das Bahnhofsgeleise hin und im nächsten Augenblick an dem Häuschen und an dem Gartenstreifen vorüber. Effi war so erregt, daß sie nichts sah und nur dem letzten Wagen, auf dessen Höhe ein Bremser saß, ganz wie benommen nachblickte.

„Sechs Uhr fünfzig ist er in Berlin“, sagte Innstetten, „und noch eine Stunde später, so können ihn die Hohen-Cremmner, wenn der Wind so steht, in der Ferne vorbeiklappern hören. Möchtest du mit, Effi?“

Sie sagte nichts. Als er aber zu ihr hinüberblickte, sah er, daß eine Träne in ihrem Auge stand.

Effi war, als der Zug vorbeijagte, von einer herzlichen Sehnsucht erfaßt worden. So gut es ihr ging, sie fühlte sich trotzdem wie in einer fremden Welt. Wenn sie sich eben noch an dem einen oder andern entzückt hatte, so kam ihr doch gleich nachher zum Bewußtsein, was ihr fehlte. Da drüben lag Varzin, und da nach der anderen Seite hin blitzte der Kroschentiner Kirchturm auf, und weithin der Morgenitzer, und da saßen die Grasenabbs und die Borckes, *nicht* die Bellings und *nicht* die Briests. „Ja, *die*!“ Innstetten hatte ganz recht gehabt mit dem raschen Wechsel ihrer Stimmung, und sie sah jetzt wieder alles, was zurücklag, wie in einer Verklärung. Aber so gewiß sie voll Sehnsucht dem Zuge nachgesehen, sie war doch andererseits viel zu beweglichen Gemüts, um lange dabei zu verweilen und schon auf der Heimfahrt, als der rote Ball der niedergehenden Sonne seinen Schimmer über den Schnee ausgoß, fühlte sie sich wieder freier; alles erschien ihr schön und frisch, und als sie, nach Kessin zurückgekehrt, fast mit dem Glockenschlage sieben in den Gieshüblerschen Flur eintrat, war ihr nicht bloß behaglich, sondern beinah übermütig zu Sinn, wozu die das Haus durchziehende Baldrian- und Veilchenwurzelluft das Ihrige beitragen mochte.

Pünktlich waren Innstetten und Frau erschienen, aber trotz dieser Pünktlichkeit immer noch hinter den anderen Geladenen zurückgeblieben; Pastor Lindequist, die alte Frau Trippel und die Trippelli selbst waren schon da. Gieshübler – im blauen Frack mit mattgoldenen Knöpfen, dazu Pincenez an einem breiten schwarzen Bande, das wie ein Ordensband auf der blendendweißen Pikeeweste lag – Gieshübler konnte seiner Erregung nur mit Mühe Herr werden. „Darf ich die Herrschaften miteinander bekannt machen; Baron und Baronin Innstetten, Frau Pastor Trippel, Fräulein Marietta Trippelli.“ Pastor Lindequist, den alle kannten, stand lächelnd beiseite.

Die Trippelli, Anfang der Dreißig, stark männlich und von ausgesprochen humoristischem Typus, hatte bis zu dem Momente der Vorstellung den Sofaehrenplatz innegehabt. Nach der Vorstellung aber sagte sie, während sie auf einen in der

Nähe stehenden Stuhl mit hoher Lehne zuschritt: „Ich bitte Sie nunmehro, gnäd'ge Frau, die Bürden und Fährlichkeiten Ihres Amtes auf sich nehmen zu wollen. Denn von ‚Fährlichkeiten'" – und sie wies auf das Sofa – „wird sich in diesem Falle wohl sprechen lassen. Ich habe Gieshübler schon vor Jahr und Tag darauf aufmerksam gemacht, aber leider vergeblich; so gut er ist, so eigensinnig ist er auch."

„Aber Marietta . . ."

„Dies Sofa nämlich, dessen Geburt um wenigstens fünfzig Jahre zurückliegt, ist noch nach einem altmodischen Versenkungsprinzip gebaut, und wer sich ihm anvertraut, ohne vorher einen Kissenturm untergeschoben zu haben, sinkt ins Bodenlose, jedenfalls gerade tief genug, um die Kniee wie ein Monument aufragen zu lassen." All dies wurde seitens der Trippelli mit ebensoviel Bonhomie wie Sicherheit hingesprochen, in einem Tone, der ausdrücken sollte: Du bist die Baronin Innstetten, ich bin die Trippelli.

Gieshübler liebte seine Künstlerfreundin enthusiastisch und dachte hoch von ihren Talenten; aber all seine Begeisterung konnte ihn doch nicht blind gegen die Tatsache machen, daß ihr von gesellschaftlicher Feinheit nur ein bescheidenes Maß zuteil geworden war. Und diese Feinheit war gerade das, was er persönlich kultivierte. „Liebe Marietta", nahm er das Wort, „Sie haben eine so reizend heitere Behandlung solcher Fragen; aber was mein Sofa betrifft, so haben Sie wirklich unrecht, und jeder Sachverständige mag zwischen uns entscheiden. Selbst ein Mann wie Fürst Kotschukoff . . ."

„Ach, ich bitte Sie, Gieshübler, lassen Sie doch *den*. Immer Kotschukoff. Sie werden mich bei der gnäd'gen Frau hier noch in den Verdacht bringen, als ob ich bei diesem Fürsten – der übrigens nur zu den Kleineren zählt und nicht mehr als tausend Seelen hat, das heißt *hatte* (früher wo die Rechnung noch nach Seelen ging) – als ob ich stolz wäre, seine tausendundeinste Seele zu sein. Nein, es liegt wirklich anders; ‚immer frei weg', Sie kennen meine Devise, Gieshübler. Kotschukoff ist ein guter Kamerad und mein Freund, aber von Kunst und ähnlichen Sachen versteht er gar nichts, von Musik gewiß nicht, wiewohl er Messen und Oratorien komponiert – die meisten russischen Fürsten, wenn sie Kunst treiben, fallen ein bißchen nach der geistlichen oder orthodoxen Seite hin –, und zu den vielen Dingen, von denen er nichts versteht, gehören auch unbedingt Einrichtungs- und Tapezierfragen. Er ist gerade vornehm genug, um sich alles als schön aufreden zu lassen, was bunt aussieht und viel Geld kostet."

Innstetten amüsierte sich, und Pastor Lindequist war in einem allersichtlichsten Behagen. Die gute alte Trippel aber geriet über den ungenierten Ton ihrer Tochter aus einer Verlegenheit in die andere, während Gieshübler es für angezeigt hielt, eine so schwierig werdende Unterhaltung zu kupieren. Dazu waren etliche Gesangspiecen das beste. Daß Marietta Lieder von anfechtbarem Inhalt wählen würde, war nicht anzunehmen, und selbst wenn dies sein sollte, so war ihre Vortragskunst so groß, daß der Inhalt dadurch geadelt wurde. „Liebe Marietta", nahm er also das Wort, „ich habe unser kleines Mahl zu acht Uhr bestellt. Wir hätten also noch dreiviertel Stunden, wenn Sie nicht vielleicht vorziehen, während Tisch ein heitres Lied zu singen oder vielleicht erst, wenn wir von Tisch aufgestanden sind . . ."

„Ich bitte Sie, Gieshübler! Sie, der Mann der Ästhetik. Es gibt nichts Unästhetischeres, als einen Gesangsvortrag mit vollem Magen. Außerdem – und ich weiß, Sie sind ein Mann der ausgesuchten Küche, ja, Gourmand – außerdem schmeckt es besser, wenn man die Sache hinter sich hat. Erst Kunst und dann Nußeis, das ist die richtige Reihenfolge."

„Also ich darf Ihnen die Noten bringen, Marietta?"

„Noten bringen. Ja, was heißt das, Gieshübler? Wie ich Sie kenne, werden Sie ganze Schränke voll Noten haben, und ich kann Ihnen doch nicht den ganzen Bock und Bote vorspielen. Noten! *Was* für Noten, Gieshübler, darauf kommt es an. Und dann daß es richtig liegt, Altstimme . . ."

„Nun ich werde schon bringen."

Und er machte sich an einem Schranke zu schaffen, ein Fach nach dem andern herausziehend, während die Trippelli ihren Stuhl weiter links um den Tisch herumschob, so daß sie nun dicht neben Effi saß.

„Ich bin neugierig, was er bringen wird", sagte sie. Effi geriet dabei in eine kleine Verlegenheit.

„Ich möchte annehmen", antwortete sie befangen, „etwas von Gluck, etwas ausgesprochen Dramatisches . . . Überhaupt, mein gnädigstes Fräulein, wenn ich mir die Bemerkung erlauben darf, ich bin überrascht, zu hören, daß Sie lediglich Konzertsängerin sind. Ich dächte, daß Sie, wie wenige, für die Bühne berufen sein müßten. Ihre Erscheinung, Ihre Kraft, Ihr Organ . . . ich habe noch so wenig der Art kennengelernt, immer nur auf kurzen Besuchen in Berlin ... und dann war ich noch ein halbes Kind. Aber ich dächte ‚Orpheus' oder ‚Kriemhild' oder die ‚Vestalin'."

Die Trippelli wiegte den Kopf und sah in Abgründe, kam aber zu keiner Entgegnung, weil eben jetzt Gieshübler wieder erschien und ein halbes Dutzend Notenhefte vorlegte, die seine Freundin in rascher Reihenfolge durch die Hand gleiten ließ. „‚Erlkönig' ... ah, bah; ‚Bächlein laß dein Rauschen sein ...' Aber Gieshübler, ich bitte Sie, Sie sind ein Murmeltier, Sie haben sieben Jahre lang geschlafen ... Und hier Löwesche Balladen; auch nicht gerade das Neueste. ‚Glocken von Speyer' ... Ach dies ewige Bimbam, das beinah einer Kulissenreißerei gleichkommt, ist geschmacklos und abgestanden. Aber hier ‚Ritter Olaf' ... nun das geht."

Und sie stand auf, und während der Pastor begleitete, sang sie den „Olaf" mit großer Sicherheit und Bravour und erntete allgemeinen Beifall.

Es wurde dann noch ähnlich Romantisches gefunden, einiges aus dem „Fliegenden Holländer" und aus „Zampa", dann der „Heideknabe", lauter Sachen, die sie mit ebensoviel Virtuosität wie Seelenruhe vortrug, während Effi von Text und Komposition wie benommen war.

Als die Trippelli mit dem „Heideknaben" fertig war, sagte sie: „Nun ist es genug", eine Erklärung, die so bestimmt von ihr abgegeben wurde, daß weder Gieshübler noch ein anderer den Mut hatte, mit weiteren Bitten in sie zu dringen. Am wenigsten Effi. Diese sagte nur, als Gieshüblers Freundin wieder neben ihr saß: „Daß ich Ihnen doch sagen könnte, mein gnädigstes Fräulein, wie dankbar ich Ihnen bin! Alles so schön, so sicher, so gewandt. Aber eines, wenn Sie mir verzeihen, bewundere ich fast noch mehr, das ist die Ruhe, womit Sie diese Sachen vorzutragen wissen. Ich bin so leicht Eindrücken hingegeben, und wenn ich die kleinste Gespenstergeschichte höre, so zittere ich und kann mich kaum wieder zurechtfinden. Und Sie tragen das so mächtig und erschütternd vor und sind selbst ganz heiter und guter Dinge."

„Ja, meine gnädigste Frau, das ist in der Kunst nicht anders. Und nun gar erst auf dem Theater, vor dem ich übrigens glücklicherweise bewahrt geblieben bin. Denn so gewiß ich mich persönlich gegen seine Versuchungen gefeit fühle – es verdirbt den Ruf, also das Beste, was man hat. Im übrigen stumpft man ab, wie mir Kolleginnen hundertfach versichert haben. Da wird vergiftet und erstochen, und der toten Julia flüstert Romeo einen Kalauer ins Ohr oder wohl auch eine Malice, oder er drückt ihr einen kleinen Liebesbrief in die Hand."

„Es ist mir unbegreiflich. Und um bei dem stehenzubleiben, was ich Ihnen diesen Abend verdanke, beispielsweise bei dem Gespenstischen im ‚Olaf', ich versichere Ihnen, wenn ich einen ängstlichen Traum habe, oder wenn ich glaube, über mir hörte ich ein leises Tanzen oder Musizieren, während doch niemand da ist, oder es schleicht wer an meinem Bette vorbei, so bin ich außer mir und kann es tagelang nicht vergessen."

„Ja, meine gnädigste Frau, was Sie da schildern und beschreiben, das ist auch etwas anderes, das ist ja wirklich oder kann wenigstens etwas Wirkliches sein. Ein Gespenst, das durch die Ballade geht, da graule ich mich gar nicht, aber ein Gespenst, das durch meine Stube geht, ist mir, geradeso wie andern, sehr unangenehm. Darin empfinden wir also ganz gleich."

„Haben Sie denn dergleichen auch einmal erlebt?"

„Gewiß. Und noch dazu bei Kotschukoff. Und ich habe mir auch ausbedungen, daß ich diesmal anders schlafe, vielleicht mit der englischen Gouvernante zusammen. Das ist nämlich eine Quäkerin, und da ist man sicher."

„Und Sie halten dergleichen für möglich?"

„Meine gnädigste Frau, wenn man so alt ist wie ich und viel rumgestoßen wurde und in Rußland war und sogar auch ein halbes Jahr in Rumänien, da hält man alles für möglich. Es gibt so viel schlechte Menschen, und das andere findet sich dann auch, das gehört dann sozusagen mit dazu."

Effi horchte auf.

„Ich bin", fuhr die Trippelli fort, „aus einer sehr aufgeklärten Familie (bloß mit Mutter war es immer nicht so recht), und doch sagte mir mein Vater, als das mit dem Psychographen aufkam: ‚Höre Marie, das ist was.' Und er hat recht gehabt, es ist auch was damit. Überhaupt, man ist links und rechts umlauert, hinten und vorn. Sie werden das noch kennenlernen."

In diesem Augenblicke trat Gieshübler heran und bot Effi den Arm, Innstetten führte Marietta, dann folgte Pastor Lindequist und die verwitwete Trippel. So ging man zu Tisch.

Zwölftes Kapitel

Es war spät, als man aufbrach. Schon bald nach zehn hatte Effi zu Gieshübler gesagt: es sei nun wohl Zeit; Fräulein Trippelli, die den Zug nicht versäumen dürfe, müsse ja schon um sechs von Kessin aufbrechen, die daneben stehende Trippelli aber, die diese Worte gehört, hatte mit der ihr eigenen ungenierten Beredsamkeit gegen solche zarte Rücksichtnahme protestiert. „Ach, meine gnädigste Frau, Sie glauben, daß unsereins einen regelmäßigen Schlaf braucht, das trifft aber nicht zu; was wir regelmäßig brauchen, heißt Beifall und hohe Preise. Ja, lachen Sie nur. Außerdem (so was lernt man) kann ich auch im Coupé schlafen, in jeder Situation und sogar auf der linken Seite und brauche nicht einmal das Kleid aufzumachen. Freilich bin ich auch nie eingepreßt; Brust und Lunge müssen immer frei sein, und vor allem das Herz. Ja, meine gnädigste Frau, das ist die Hauptsache. Und dann das Kapitel Schlaf überhaupt – die Menge tut es nicht, was entscheidet, ist die Qualität; ein guter Nicker von fünf Minuten ist besser als fünf Stunden unruhige Rumdreherei, mal links, mal rechts. Übrigens schläft man in Rußland wundervoll, trotz des starken Tees. Es muß die Luft machen oder das späte Diner oder weil man so verwöhnt wird. Sorgen gibt es in Rußland nicht; darin – im Geldpunkt sind beide gleich – ist Rußland noch besser als Amerika."

Nach dieser Erklärung der Trippelli hatte Effi von allen Mahnungen zum Aufbruch Abstand genommen, und so war Mitternacht herangekommen. Man trennte sich heiter und herzlich und mit einer gewissen Vertraulichkeit.

Der Weg von der Mohrenapotheke bis zur landrätlichen Wohnung war ziemlich weit; er kürzte sich aber dadurch, daß Pastor Lindequist bat, Innstetten und Frau eine Strecke begleiten zu dürfen; ein Spaziergang unterm Sternenhimmel sei das beste, um über Gieshüblers Rheinwein hinwegzukommen. Unterwegs wurde man natürlich nicht müde, die verschiedensten Trippelliana heranzuziehen; Effi begann mit dem, was ihr in Erinnerung geblieben, und gleich nach ihr kam der Pastor an die Reihe. Dieser, ein Ironikus, hatte die Trippelli, wie nach vielem sehr Weltlichen, so schließlich auch nach ihrer kirchlichen Richtung gefragt und dabei von ihr in Erfahrung gebracht, daß sie nur *eine* Richtung kenne, die orthodoxe. Ihr Vater sei freilich ein Rationalist gewesen, fast schon ein Freigeist, weshalb er auch den Chinesen am liebsten auf dem Gemeindekirchhof gehabt hätte; sie ihrerseits sei aber ganz entgegengesetzter Ansicht, trotzdem sie persönlich des großen Vorzugs genieße, gar nichts zu glauben. Aber sie sei sich in ihrem entschiedenen Nichtglauben doch auch jeden Augenblick bewußt, daß das ein Spezialluxus sei, den man sich nur als Privatperson gestatten könne. Staatlich höre der Spaß auf, und wenn ihr das Kultusministerium oder gar ein Konsistorialregiment unterstünde, so würde sie mit unnachsichtiger Strenge vorgehen. „Ich fühle so was von einem Torquemada in mir."

Innstetten war sehr erheitert und erzählte seinerseits, daß er etwas so Heikles, wie das Dogmatische, geflissentlich vermieden, aber dafür das Moralische desto mehr in den Vordergrund gestellt habe. Hauptthema sei das Verführerische gewesen, das beständige Gefährdetsein, das in allem öffentlichen Auftreten liege, worauf die Trippelli leichthin und nur mit Betonung der zweiten Satzhälfte geantwortet habe: „Ja, beständig gefährdet; am meisten die Stimme."

Unter solchem Geplauder war, ehe man sich trennte, der Trippelli-Abend noch einmal an ihnen vorübergezogen und erst drei Tage später hatte sich Gieshüblers Freundin durch ein von Petersburg aus an Effi gerichtetes Telegramm noch einmal in Erinnerung gebracht. Es lautete: „Madame la Baronne d'Innstetten, née de Briest. Bien arrivée. Prince K. à la gare. Plus épris de moi que jamais. Mille fois merci de votre bon accueil. Compliments empressés à Monsieur le Baron. Marietta Trippelli."

Innstetten war entzückt und gab diesem Entzücken lebhafteren Ausdruck als Effi begreifen konnte.

„Ich verstehe dich nicht, Geert."

„Weil du die Trippelli nicht verstehst. Mich entzückt die Echtheit; alles da, bis auf das Pünktchen überm i."

„Du nimmst also alles als eine Komödie?"

„Aber als was sonst? Alles berechnet für dort und für hier, für Kotschukoff und für Gieshübler. Gieshübler wird wohl eine Stiftung machen, vielleicht auch bloß ein Legat für die Trippelli."

Die musikalische Soiree bei Gieshübler hatte Mitte Dezember stattgefunden, gleich danach begannen die Vorbereitungen für Weihnachten, und Effi, die sonst schwer über diese Tage hingekommen wäre, segnete es, daß sie selber einen Hausstand hatte, dessen Ansprüche befriedigt werden mußten. Es galt nachsinnen, fragen, anschaffen, und das alles ließ trübe Gedanken nicht aufkommen. Am Tage vor Heiligabend trafen Geschenke von den Eltern aus Hohen-Cremmen ein, und mit in die Kiste waren allerhand Kleinigkeiten aus dem Kantorhause gepackt: wunderschöne Reinetten von einem Baum, den Effi und Jahnke vor mehreren Jahren gemeinschaftlich okuliert hatten, und dazu braune Puls- und Kniewärmer von Bertha und Hertha. Hulda schrieb nur wenige Zeilen, weil sie, wie sie sich entschuldigte, für X. noch eine Reisedecke zu stricken habe. „Was einfach nicht wahr ist“, sagte Effi. „Ich wette, X. existiert gar nicht. Daß sie nicht davon lassen kann, sich mit Anbetern zu umgeben, die nicht da sind!“

Und so kam Heiligabend heran.

Innstetten selbst baute auf für seine junge Frau, der Baum brannte und ein kleiner Engel schwebte oben in Lüften. Auch eine Krippe war da mit hübschen Transparenten und Inschriften, deren eine sich, in leiser Andeutung, auf ein dem Innstettenschen Hause für nächstes Jahr bevorstehendes Ereignis bezog. Effi las es und errötete. Dann ging sie auf Innstetten zu, um ihm zu danken, aber eh sie dies konnte, flog, nach altpommerschem Weihnachtsbrauch, ein Julklapp in den Hausflur: eine große Kiste, drin eine Welt von Dingen steckte. Zuletzt fand man die Hauptsache, ein zierliches, mit allerlei japanischen Bildchen überklebtes Morsellenkästchen, dessen eigentlichem Inhalt auch noch ein Zettelchen beigegeben war. Es hieß da:

„Drei Könige kamen zum Heiligenchrist,
Mohrenkönig einer gewesen ist; –
Ein Mohrenapothekerlein
Erscheinet heute mit Spezerein,
Doch statt Weihrauch und Myrrhen, die nicht zur Stelle,
Bringt er Pistazien- und Mandel-Morselle.“

Effi las es zwei-, dreimal und freute sich darüber. „Die Huldigungen eines guten Menschen haben doch etwas besonders Wohltuendes. Meinst du nicht auch, Geert?“

„Gewiß meine ich das. Es ist eigentlich das einzige, was einem Freude macht oder wenigstens Freude machen sollte. Denn jeder steckt noch so nebenher in allerhand dummem Zeuge drin. Ich auch. Aber freilich, man ist wie man ist.“

Der erste Feiertag war Kirchtag, am zweiten war man bei Borckes draußen, alles zugegen, mit Ausnahme der Grasenabbs, die nicht kommen wollten, „weil Sidonie nicht dasei“, was man als Entschuldigung allseitig ziemlich sonderbar fand. Einige tuschelten sogar: „Umgekehrt; gerade deshalb hätten sie kommen sollen.“ Am Silvester war Ressourcenball, auf dem Effi nicht fehlen durfte und auch nicht wollte, denn der Ball gab ihr Gelegenheit, endlich einmal die ganze Stadtflora beisammen zu sehen. Johanna hatte mit den Vorbereitungen zum Ballstaate für ihre Gnäd'ge vollauf zu tun, Gieshübler, der, wie alles, so auch ein Treibhaus hatte, schickte Kamelien, und Innstetten, so knapp bemessen die Zeit für ihn war, fuhr am Nachmittage noch über Land nach Papenhagen, wo drei Scheunen abgebrannt waren.

Es war ganz still im Hause. Christel, beschäftigungslos, hatte sich schläfrig eine Fußbank an den Herd gerückt, und Effi zog sich in ihr Schlafzimmer zurück, wo sie sich, zwischen Spiegel und Sofa, an einen kleinen, eigens zu diesem Zweck zurechtgemachten Schreibtisch setzte, um von hier aus an die Mama zu schreiben, der sie für Weihnachtsbrief und Weihnachtsgeschenke bis dahin bloß in einer Karte gedankt, sonst aber seit Wochen keine Nachricht gegeben hatte.

„Kessin, 31. Dezember. Meine liebe Mama! Das wird nun wohl ein langer Schreibebrief werden, denn ich habe – die Karte rechnet nicht – lange nichts von mir hören lassen. Als ich das letztemal schrieb, steckte ich noch in den Weihnachtsvorbereitungen, jetzt liegen die Weihnachtstage schon zurück. Innstetten und mein guter Freund Gieshübler hatten alles aufgeboten, mir den Heiligen Abend so angenehm wie möglich zu machen, aber ich fühlte mich doch ein wenig einsam und bangte mich nach Euch. Überhaupt, so viel Ursache ich habe, zu danken und froh und glücklich zu sein, ich kann ein Gefühl des Alleinseins nicht ganz loswerden, und wenn ich mich früher, vielleicht mehr als nötig, über Huldas ewige Gefühlsträne mokiert habe, so werde ich jetzt dafür bestraft und habe selber mit dieser Träne zu kämpfen. Denn Innstetten darf es nicht sehen. Ich bin aber sicher, daß das alles besser werden wird, wenn unser Hausstand sich mehr belebt, und das wird der Fall sein, meine liebe Mama. Was ich neulich andeutete, das ist nun Gewißheit, und Innstetten bezeugt mir täglich seine Freude darüber. Wie glücklich ich selber im Hinblick darauf bin, brauche ich nicht erst zu versichern, schon weil ich dann Leben und Zerstreuung um mich her haben werde oder, wie Geert sich ausdrückt, ‚ein liebes Spielzeug‘. Mit diesem Worte wird er wohl recht haben, aber er sollte es lieber nicht gebrauchen, weil es mir immer einen kleinen

Stich gibt und mich daran erinnert, wie jung ich bin, und daß ich noch halb in die Kinderstube gehöre. Diese Vorstellung verläßt mich nicht (Geert meint, es sei krankhaft), und bringt es zuwege, daß das, was mein höchstes Glück sein sollte, doch fast noch mehr eine beständige Verlegenheit für mich ist. Ja, meine liebe Mama, als die guten Flemmingschen Damen sich neulich nach allem möglichen erkundigten, war mir zumut, als stünd ich schlecht vorbereitet in einem Examen, und ich glaube auch, daß ich recht dumm geantwortet habe. Verdrießlich war ich auch. Denn manches, was wie Teilnahme aussieht, ist doch bloß Neugier und wirkt um so zudringlicher, als ich ja noch lange, bis in den Sommer hinein, auf das frohe Ereignis zu warten habe. Ich denke, die ersten Julitage. Dann mußt Du kommen oder noch besser, sobald ich einigermaßen wieder bei Wege bin, komme *ich*, nehme hier Urlaub und mache mich auf nach Hohen-Cremmen. Ach, wie ich mich darauf freue und auf die havelländische Luft – hier ist es fast immer rauh und kalt – und dann jeden Tag eine Fahrt ins Luch, alles rot und gelb, und ich sehe schon, wie das Kind die Hände danach streckt, denn es wird doch wohl fühlen, daß es eigentlich da zu Hause ist. Aber das schreibe ich nur *Dir*. Innstetten darf nicht davon wissen, und auch Dir gegenüber muß ich mich wie entschuldigen, daß ich mit dem Kinde nach Hohen-Cremmen will und mich heute schon anmelde, statt Dich, meine liebe Mama, dringend und herzlich nach Kessin hin einzuladen, das ja doch jeden Sommer fünfzehnhundert Badegäste hat und Schiffe mit allen möglichen Flaggen und sogar ein Dünenhotel. Aber daß ich so wenig Gastlichkeit zeige, das macht nicht, daß ich ungastlich wäre, so sehr bin ich nicht aus der Art geschlagen, das macht einfach unser landrätliches Haus, das, so viel Hübsches und Apartes es hat, doch eigentlich gar kein richtiges Haus ist, sondern nur eine Wohnung für zwei Menschen, und auch das kaum, denn wir haben nicht einmal ein Eßzimmer, was doch genant ist, wenn ein paar Personen zu Besuch sich einstellen. Wir haben freilich noch Räumlichkeiten im ersten Stock, einen großen Saal und vier kleine Zimmer, aber sie haben alle etwas wenig Einladendes, und ich würde sie Rumpelkammern nennen, wenn sich etwas Gerümpel darin vorfände; sie sind aber ganz leer, ein paar Binsenstühle abgerechnet, und machen, das Mindeste zu sagen, einen sehr sonderbaren Eindruck. Nun wirst Du wohl meinen, das sei ja leicht zu ändern. Aber es ist nicht zu ändern; denn das Haus, das wir bewohnen, ist ... ist ein Spukhaus; da ist es heraus. Ich beschwöre Dich übrigens, mir auf diese meine Mitteilung nicht zu antworten, denn ich zeige Innstetten immer Eure Briefe, und er wäre außer sich, wenn er erführe, daß ich Dir das geschrieben. Ich hätte es auch nicht getan und zwar um so weniger, als ich seit vielen Wochen in Ruhe geblieben bin und aufgehört habe, mich zu ängstigen; aber Johanna sagt mir, es käme immer mal wieder, namentlich wenn wer Neues im Hause erschiene. Und ich kann Dich doch einer solchen Gefahr oder, wenn das zu viel gesagt ist, einer solchen eigentümlichen und unbequemen Störung nicht aussetzen! Mit der Sache selber will ich Dich heute nicht behelligen, jedenfalls nicht ausführlich. Es ist eine Geschichte von einem alten Kapitän, einem sogenannten Chinafahrer, und seiner Enkelin, die mit einem hiesigen jungen Kapitän eine kurze Zeit verlobt war und an ihrem Hochzeitstage plötzlich verschwand. Das möchte hingehn. Aber was wichtiger ist, ein junger Chinese, den ihr Vater aus China mit zurückgebracht hatte und der erst der Diener und dann der Freund des Alten war, der starb kurze Zeit danach und ist an einer einsamen Stelle neben dem Kirchhof begraben worden. Ich bin neulich da vorübergefahren, wandte mich aber rasch ab und sah nach der andern Seite, weil ich glaube, ich hätte ihn sonst auf dem Grabe sitzen sehen. Denn ach, meine liebe Mama, ich habe ihn einmal wirklich gesehen, oder es ist mir wenigstens so vorgekommen, als ich fest schlief und Innstetten auf Besuch beim Fürsten war. Es war schrecklich; ich möchte so was nicht wieder erleben. Und in ein solches Haus, so hübsch es sonst ist (es ist sonderbarerweise gemütlich und unheimlich zugleich), kann ich Dich doch nicht gut einladen. Und Innstetten, trotzdem ich ihm schließlich in vielen Stücken zustimmte, hat sich dabei, so viel möcht ich sagen dürfen, auch nicht ganz richtig benommen. Er verlangte von mir, ich solle das alles als Alten-Weiber-Unsinn ansehen und darüber lachen, aber mit einemmal schien er doch auch wieder selber daran zu glauben, und stellte mir zugleich die sonderbare Zumutung, einen solchen Hausspuk als etwas Vornehmes und Altadliges anzusehen. Das kann ich aber nicht und will es auch nicht. Er ist in diesem Punkte, so gütig er sonst ist, nicht gütig und nachsichtig genug gegen mich. Denn daß es etwas damit ist, das weiß ich von Johanna und weiß es auch von unserer Frau Kruse. Das ist nämlich unsere Kutscherfrau, die mit einem schwarzen Huhn beständig in einer überheizten Stube sitzt. Dies allein schon ist ängstlich genug. Und nun weißt Du, warum *ich* kommen will, wenn es erst so weit ist. Ach, wäre es nur erst so weit. Es sind so viele Gründe, warum ich es wünsche. Heute abend haben wir Silvesterball, und Gieshübler – der einzig nette Mensch hier, trotzdem er eine hohe Schulter hat, oder eigentlich schon etwas mehr – Gieshübler hat mir Kamelien geschickt. Ich werde doch vielleicht tanzen. Unser Arzt sagt, es würde mir nichts schaden, im Gegenteil. Und Innstetten, was mich fast überraschte, hat auch eingewilligt. Und nun grüße und küsse Papa und all die andern Lieben. Glückauf zum neuen Jahr.

Deine Effi."

Dreizehntes Kapitel

Der Silvesterball hatte bis an den frühen Morgen gedauert, und Effi war ausgiebig bewundert worden, freilich nicht ganz so anstandslos wie das Kamelienbukett, von dem man wußte, daß es aus dem Gieshüblerschen Treibhause kam. Im übrigen blieb auch nach dem Silvesterball alles beim alten, kaum daß Versuche gesellschaftlicher Annäherung gemacht worden wären, und so kam es denn, daß der Winter als recht lange dauernd empfunden wurde. Besuche seitens der benachbarten Adelsfamilien fanden nur selten statt, und dem pflichtschuldigen Gegenbesuche ging in einem halben Trauertone jedesmal die Bemerkung voraus: „Ja, Geert, wenn es durchaus sein muß, aber ich vergehe vor Langerweile." Worte, denen Innstetten nur immer zustimmte. Was an solchen Besuchsnachmittagen über Familie, Kinder, auch Landwirtschaft gesagt wurde, mochte gehen; wenn dann aber die kirchlichen Fragen an die Reihe kamen und die mit anwesenden Pastoren wie kleine Päpste behandelt wurden, oder sich auch wohl selbst als solche ansahen, dann riß Effi der Faden der Geduld, und sie dachte mit Wehmut an Niemeyer, der immer zurückhaltend und anspruchslos war, trotzdem es bei jeder größeren Feierlichkeit hieß, er habe das Zeug, an den „Dom" berufen zu werden. Mit den Borckes, den Flemmings, den Grasenabbs, so freundlich die Familien, von Sidonie Grasenabb abgesehen, gesinnt waren – es wollte mit allen nicht so recht gehen, und es hätte mit Freude, Zerstreuung und auch nur leidlichem Sich-behaglich-Fühlen manchmal recht schlimm gestanden, wenn Gieshübler nicht gewesen wäre. Der sorgte für Effi, wie eine kleine Vorsehung, und sie wußte es ihm auch Dank. Natürlich war er, neben allem anderen, auch ein eifriger und aufmerksamer Zeitungsleser, ganz zu geschweigen, daß er an der Spitze des Journalzirkels stand, und so verging denn fast kein Tag, wo nicht Mirambo ein großes, weißes Kuvert gebracht hätte, mit allerhand Blättern und Zeitungen, in denen die betreffenden Stellen angestrichen waren, meist eine kleine, feine Bleistiftlinie, mitunter aber auch dick mit Blaustift und ein Ausrufungs- oder Fragezeichen daneben. Und dabei ließ er es nicht bewenden; er schickte auch Feigen und Datteln, Schokoladentafeln in Satineepapier und ein rotes Bändchen drum, und wenn etwas besonders Schönes in seinem Treibhaus blühte, so brachte er es selbst und hatte dann eine glückliche Plauderstunde mit der ihm so sympathischen jungen Frau, für die er alle schönen Liebesgefühle durch- und nebeneinander hatte, die des Vaters und Onkels, des Lehrers und Verehrers. Effi war gerührt von dem allen und schrieb öfters darüber nach Hohen-Cremmen, so daß die Mama sie mit ihrer „Liebe zum Alchimisten" zu necken begann; aber diese wohlgemeinten Neckereien verfehlten ihren Zweck, ja berührten sie beinahe schmerzlich, weil ihr, wenn auch unklar, dabei zum Bewußtsein kam, was ihr in ihrer Ehe eigentlich fehlte: Huldigungen, Anregungen, kleine Aufmerksamkeiten. Innstetten war lieb und gut, aber ein Liebhaber war er nicht. Er hatte das Gefühl, Effi zu lieben, und das gute Gewissen, daß es so sei, ließ ihn von besonderen Anstrengungen absehen. Es war fast zur Regel geworden, daß er sich, wenn Friedrich die Lampe brachte, aus seiner Frau Zimmer in sein eigenes zurückzog. „Ich habe da noch eine verzwickte Geschichte zu erledigen." Und damit ging er. Die Portiere blieb freilich zurückgeschlagen, so daß Effi das Blättern in dem Aktenstück oder das Kritzeln seiner Feder hören konnte, aber das war auch alles. Rollo kam dann wohl und legte sich vor sie hin auf den Kaminteppich, als ob er sagen wolle: Muß nur mal wieder nach dir sehen; ein anderer tut's doch nicht. Und dann beugte sie sich nieder und sagte leise: „Ja, Rollo, wir sind allein." Um neun erschien dann Innstetten wieder zum Tee, meist die Zeitung in der Hand, sprach vom Fürsten, der wieder viel Ärger habe, zumal über diesen Eugen Richter, dessen Haltung und Sprache ganz unqualifizierbar seien, und ging dann die Ernennungen und Ordensverleihungen durch, von denen er die meisten beanstandete. Zuletzt sprach er von den Wahlen, und daß es ein Glück sei, einem Kreise vorzustehen, in dem es noch Respekt gäbe. War er damit durch, so bat er Effi, daß sie was spiele, aus „Lohengrin" oder aus der „Walküre", denn er war ein Wagnerschwärmer. Was ihn zu diesem hinübergeführt hatte, war ungewiß; einige sagten seine Nerven, denn so nüchtern er schien, eigentlich war er nervös; andere schoben es auf Wagners Stellung zur Judenfrage. Wahrscheinlich hatten beide recht. Um zehn war Innstetten dann abgespannt und erging sich in ein paar wohlgemeinten, aber etwas müden Zärtlichkeiten, die sich Effi gefallen ließ, ohne sie recht zu erwidern.

So verging der Winter, der April kam, und in dem Garten hinter dem Hofe begann es zu grünen, worüber sich Effi freute; sie konnte gar nicht abwarten, daß der Sommer komme mit seinen Spaziergängen am Strand und seinen Badegästen. Wenn sie so zurückblickte, der Trippelli-Abend bei Gieshübler und dann der Silvesterball, ja, das ging, das war etwas Hübsches gewesen; aber die Monate, die dann gefolgt waren, die hatten doch viel zu wünschen übriggelassen, und vor allem waren sie so monoton gewesen, daß sie sogar mal an die Mama geschrieben hatte: „Kannst Du Dir denken, Mama, daß ich mich mit unsrem Spuk beinah ausgesöhnt habe? Natürlich die schreckliche Nacht, wo Geert drüben beim Fürsten war, die möcht ich nicht noch einmal durchmachen, nein, gewiß nicht; aber immer das Alleinsein und so gar nichts erleben, das hat doch auch sein Schweres, und wenn ich dann in der Nacht aufwache, dann horche ich mitunter hinauf, ob ich nicht die Schuhe schleifen höre, und wenn alles still bleibt, so bin ich fast wie enttäuscht und sage mir: wenn es doch nur wiederkäme, nur nicht zu arg und nicht zu nah."

Das war im Februar, daß Effi so schrieb, und nun war beinahe Mai. Drüben in der Plantage belebte sich's schon wieder, und man hörte die Finken schlagen. Und in derselben Woche war es auch, daß die Störche kamen, und einer schwebte langsam über ihr Haus hin und ließ sich dann auf einer Scheune nieder, die neben Utpatels Mühle stand. Das war seine alte Raststätte. Auch über dies Ereignis berichtete Effi, die jetzt überhaupt häufiger nach Hohen-Cremmen schrieb, und es war in demselben Briefe, daß es am Schlusse hieß: „Etwas, meine liebe Mama, hätte ich beinah vergessen: den neuen Landwehrbezirkskommandeur, den wir nun schon beinah vier Wochen hier haben. Ja, haben wir ihn wirklich? Das ist die Frage, und eine Frage von Wichtigkeit dazu, sosehr Du darüber lachen wirst und auch lachen mußt, weil Du den gesellschaftlichen Notstand nicht kennst, in dem wir uns nach wie vor befinden. Oder wenigstens ich, die ich mich mit dem Adel hier nicht gut zurechtfinden kann. Vielleicht meine Schuld. Aber das ist gleich. Tatsache bleibt: Notstand, und deshalb sah ich, durch all diese Winterwochen hin, dem neuen Bezirkskommandeur wie einem Trost- und Rettungsbringer entgegen. Sein Vorgänger war ein Greuel, von schlechten Manieren und noch schlechteren Sitten, und zum Überfluß auch noch immer schlecht bei Kasse. Wir haben all die Zeit über unter ihm gelitten, Innstetten noch mehr als ich, und als wir Anfang April hörten, Major von Crampas sei da, das ist nämlich der Name des neuen, da fielen wir uns in die Arme, als könne uns nun nichts Schlimmes mehr in diesem lieben Kessin passieren. Aber, wie schon kurz erwähnt, es scheint, trotzdem er da ist, wieder nichts werden zu wollen. Crampas ist verheiratet, zwei Kinder von zehn und acht Jahren, die Frau ein Jahr älter als er, also sagen wir fünfundvierzig. Das würde nun an und für sich nicht viel schaden, warum soll ich mich nicht mit einer mütterlichen Freundin wundervoll unterhalten können? Die Trippelli war auch nahe an dreißig, und es ging ganz gut. Aber mit der Frau von Crampas, übrigens keine Geborne, kann es nichts werden. Sie ist immer verstimmt, beinahe melancholisch (ähnlich wie unsere Frau Kruse, an die sie mich überhaupt erinnert) und das alles aus Eifersucht. Er, Crampas, soll nämlich ein Mann vieler Verhältnisse sein, ein Damenmann, etwas was mir immer lächerlich ist und mir auch in diesem Falle lächerlich sein würde, wenn er nicht, um ebensolcher Dinge willen, ein Duell mit einem Kameraden gehabt hätte. Der linke Arm wurde ihm dicht unter der Schulter zerschmettert, und man sieht es sofort, trotzdem die Operation, wie mir Innstetten erzählt (ich glaube, sie nennen es Resektion, damals noch von Wilms ausgeführt), als ein Meisterstück der Kunst gerühmt wurde. Beide, Herr und Frau von Crampas, waren vor vierzehn Tagen bei uns, um uns ihren Besuch zu machen; es war eine sehr peinliche Situation, denn Frau von Crampas beobachtete ihren Mann so, daß er in eine halbe und ich in eine ganze Verlegenheit kam. Daß er selbst sehr anders sein kann, ausgelassen und übermütig, davon überzeugte ich mich, als er vor drei Tagen mit Innstetten allein war, und ich, von meinem Zimmer her, dem Gang ihrer Unterhaltung folgen konnte. Nachher sprach auch ich ihn. Vollkommener Kavalier, ungewöhnlich gewandt. Innstetten war während des Krieges in derselben Brigade mit ihm, und sie haben sich im Norden von Paris bei Graf Gröben öfter gesehen. Ja, meine liebe Mama, das wäre nun also etwas gewesen, um in Kessin ein neues Leben beginnen zu können; er, der Major, hat auch nicht die pommerschen Vorurteile, trotzdem er in Schwedisch-Pommern zu Hause sein soll. Aber die Frau! Ohne sie geht es natürlich nicht, und mit ihr erst recht nicht."

Effi hatte ganz recht gehabt, und es kam wirklich zu keiner weiteren Annäherung mit dem Crampasschen Paare. Man sah sich mal bei der Borckeschen Familie draußen, ein andermal ganz flüchtig auf dem Bahnhof und wenige Tage später auf einer Boot- und Vergnügungsfahrt, die nach einem am Breitling gelegenen großen Buchen- und Eichenwalde, der „der Schnatermann" hieß, gemacht wurde; es kam aber über kurze Begrüßungen nicht hinaus, und Effi war froh, als Anfang Juni die Saison sich ankündigte. Freilich fehlte es noch an Badegästen, die vor Johanni überhaupt nur in Einzelexemplaren einzutreffen pflegten, aber schon die Vorbereitungen waren eine Zerstreuung. In der Plantage wurden Karussell und Scheibenstände hergerichtet, die Schiffersleute kalfaterten und strichen ihre Boote, jede kleine Wohnung erhielt neue Gardinen, und die Zimmer, die feucht lagen, also den Schwamm unter der Diele hatten, wurden ausgeschwefelt und dann gelüftet.

Auch in Effis eigener Wohnung, freilich um eines anderen Ankömmlings als der Badegäste willen, war alles in einer gewissen Erregung; selbst Frau Kruse wollte mittun, so gut es ging. Aber davor erschrak Effi lebhaft und sagte: „Geert, daß nur die Frau Kruse nichts anfaßt; da kann nichts werden, und ich ängstige mich schon gerade genug." Innstetten versprach auch alles, Christel und Johanna hätten ja Zeit genug, und um seiner jungen Frau Gedanken überhaupt in eine andere Richtung zu bringen, ließ er das Thema der Vorbereitungen ganz fallen und fragte statt dessen, ob sie denn schon bemerkt habe, daß drüben ein Badegast eingezogen sei, nicht gerade der erste, aber doch einer der ersten.

„Ein Herr?"

„Nein, eine Dame, die schon früher hier war, jedesmal in derselben Wohnung. Und sie kommt immer so früh, weil sie's nicht leiden kann, wenn alles schon so voll ist."

„Das kann ich ihr nicht verdenken. Und wer ist es denn?"

„Die verwitwete Registrator Rode."

„Sonderbar. Ich habe mir Registratorwitwen immer arm gedacht."

„Ja", lachte Innstetten, „das ist die Regel. Aber hier hast du eine Ausnahme. Jedenfalls hat sie mehr als ihre Witwenpension. Sie kommt immer mit viel Gepäck, unendlich viel mehr als sie gebraucht, und scheint überhaupt eine ganz eigene Frau, wunderlich, kränklich und namentlich schwach auf den Füßen. Sie mißtraut sich deshalb auch und hat immer eine ältliche Dienerin um sich, die kräftig genug ist, sie zu schützen oder sie zu tragen, wenn ihr was passiert. Diesmal hat sie eine neue. Aber doch auch wieder eine ganz ramassierte Person, ähnlich wie die Trippelli, nur noch stärker."

„Oh, die hab ich schon gesehen. Gute braune Augen, die einen treu und zuversichtlich ansehen. Aber ein klein bißchen dumm."

„Richtig, das ist sie."

Das war Mitte Juni, daß Innstetten und Effi dies Gespräch hatten. Von da ab brachte jeder Tag Zuzug, und nach dem Bollwerk hin spazierengehen, um daselbst die Ankunft des Dampfschiffes abzuwarten, wurde, wie immer um diese Zeit, eine Art Tagesbeschäftigung für die Kessiner. Effi freilich, weil Innstetten sie nicht begleiten konnte, mußte darauf verzichten, aber sie hatte doch wenigstens die Freude, die nach dem Strand und dem Strandhotel hinausführende, sonst so menschenleere Straße sich beleben zu sehen, und war denn auch, um immer wieder Zeuge davon zu sein, viel mehr als sonst in ihrem Schlafzimmer, von dessen Fenstern aus sich alles am besten beobachten ließ. Johanna stand dann neben ihr und gab Antwort auf ziemlich alles, was sie wissen wollte; denn da die meisten alljährlich wiederkehrende Gäste waren, so konnte das Mädchen nicht bloß die Namen nennen, sondern mitunter auch eine Geschichte dazu geben.

Das alles war unterhaltlich und erheiternd für Effi. Grade am Johannistage aber traf es sich, daß kurz vor elf Uhr vormittags, wo sonst der Verkehr vom Dampfschiff her am buntesten vorüberflutete, statt der mit Ehepaaren, Kindern und Reisekoffern besetzten Droschken, aus der Mitte der Stadt her ein schwarz verhangener Wagen (dem sich zwei Trauerkutschen anschlossen) die zur Plantage führende Straße herunterkam und vor dem der landrätlichen Wohnung gegenübergelegenen Hause hielt. Die verwitwete Frau Registrator Rode war nämlich drei Tage vorher gestorben, und nach Eintreffen der in aller Kürze benachrichtigten Berliner Verwandten, war seitens ebendieser beschlossen worden, die Tote nicht nach Berlin hin überführen, sondern auf dem Kessiner Dünenkirchhof begraben zu wollen. Effi stand am Fenster und sah neugierig auf die sonderbar feierliche Szene, die sich drüben abspielte. Die zum Begräbnis von Berlin her Eingetroffenen waren zwei Neffen mit ihren Frauen, alle gegen vierzig, etwas mehr oder weniger, und von beneidenswert gesunder Gesichtsfarbe. Die Neffen, in gut sitzenden Fracks, konnten passieren, und die nüchterne Geschäftsmäßigkeit, die sich in ihrem gesamten Tun ausdrückte, war im Grunde mehr kleidsam als störend. Aber die beiden Frauen! Sie waren ganz ersichtlich bemüht, den Kessinern zu zeigen, was eigentlich Trauer sei, und trugen denn auch lange, bis an die Erde reichende schwarze Kreppschleier, die zugleich ihr Gesicht verhüllten. Und nun wurde der Sarg, auf dem einige Kränze und sogar ein Palmenwedel lagen, auf den Wagen gestellt, und die beiden Ehepaare setzten sich in die Kutschen. In die erste – gemeinschaftlich mit dem einen der beiden leidtragenden Paare – stieg auch Lindequist, hinter der zweiten Kutsche aber ging die Hauswirtin, und neben dieser die stattliche Person, die die Verstorbene zur Aushülfe mit nach Kessin gebracht hatte. Letztere war sehr aufgeregt und schien durchaus ehrlich darin, wenn dies Aufgeregtsein auch vielleicht nicht gerade Trauer war; der sehr heftig schluchzenden Hauswirtin aber, einer Witwe, sah man dagegen fast allzu deutlich an, daß sie sich beständig die Möglichkeit eines Extrageschenkes berechnete, trotzdem sie in der bevorzugten und von anderen Wirtinnen auch sehr beneideten Lage war, die für den ganzen Sommer vermietete Wohnung noch einmal vermieten zu können.

Effi, als der Zug sich in Bewegung setzte, ging in ihren hinter dem Hofe gelegenen Garten, um hier, zwischen den Buchsbaumbeeten, den Eindruck des Lieb- und Leblosen, den die ganze Szene drüben auf sie gemacht hatte, wieder loszuwerden. Als dies aber nicht glücken wollte, kam ihr die Lust, statt ihrer eintönigen Gartenpromenade lieber einen weiteren Spaziergang zu machen, und zwar um so mehr, als ihr der Arzt gesagt hatte, viel Bewegung im Freien sei das Beste, was sie, bei dem, was ihr bevorstände, tun könne. Johanna, die mit im Garten war, brachte ihr denn auch Umhang, Hut und Entoutcas, und mit einem freundlichen „Guten Tag“ trat Effi aus dem Hause heraus und ging auf das Wäldchen zu, neben dessen breitem chaussierten Mittelweg ein schmalerer Fußsteig auf die Dünen und das am Strand gelegene Hotel zulief. Unterwegs standen Bänke, von denen sie jede benutzte, denn das Gehen griff sie an, und um so mehr, als inzwischen die heiße Mittagsstunde herangekommen war. Aber wenn sie saß und von ihrem bequemen Platz aus die Wagen und die Damen in Toilette beobachtete, die da hinausfuhren, so belebte sie sich wieder. Denn Heiteres sehen, war ihr wie Lebensluft. Als das Wäldchen aufhörte, kam freilich noch eine allerschlimmste Wegstelle, Sand und wieder Sand und nirgends eine Spur von Schatten; aber glücklicherweise waren hier Bohlen und Bretter gelegt, und so kam sie, wenn auch erhitzt und müde, doch in guter Laune bei dem Strandhotel an. Drinnen im Saal wurde schon gegessen, aber hier draußen um sie her war alles still und leer, was ihr in diesem Augenblicke denn auch das liebste war. Sie ließ sich ein Glas Sherry und eine Flasche Biliner Wasser bringen und sah auf das Meer hinaus, das im hellen Sonnenlichte schimmerte, während es am Ufer in kleinen Wellen brandete. „Da drüben liegt Bornholm und dahinter Wisby, wovon mir Jahnke vor Zeiten immer Wunderdinge vorschwärmte. Wisby ging ihm fast noch über Lübeck und Wullenweber. Und hinter Wisby kommt Stockholm, wo das Stockholmer Blutbad war, und dann kommen die großen Ströme und dann das Nordkap, und dann die Mitternachtssonne." Und im Augenblick erfaßte sie eine Sehnsucht, das alles zu sehen. Aber dann gedachte sie wieder dessen, was ihr so nahe bevorstand, und sie erschrak fast. „Es ist eine Sünde, daß ich so leichtsinnig bin und solche Gedanken habe und mich wegträume, während ich doch an das nächste denken müßte. Vielleicht bestraft es sich auch noch, und alles stirbt hin, das Kind und ich. Und der Wagen und die zwei Kutschen, die halten dann nicht drüben vor dem Hause, die halten dann bei uns ... Nein, nein, ich mag hier nicht sterben, ich will hier nicht begraben sein, ich will nach Hohen-Cremmen. Und Lindequist, so gut er ist – aber Niemeyer ist mir lieber; er hat mich getauft und eingesegnet und getraut, und Niemeyer soll mich auch begraben." Und dabei fiel eine Träne auf ihre Hand. Dann aber lachte sie wieder. „Ich lebe ja noch und bin erst siebzehn, und Niemeyer ist siebenundfünfzig."

In dem Eßsaal hörte sie das Geklapper des Geschirrs. Aber mit einem Male war es ihr, als ob die Stühle geschoben würden; vielleicht stand man schon auf, und sie wollte jede Begegnung vermeiden. So erhob sie sich auch ihrerseits rasch wieder von ihrem Platz, um auf einem Umweg nach der Stadt zurückzukehren. Dieser Umweg führte sie dicht an dem Dünenkirchhof vorüber, und weil der Torweg des Kirchhofs gerade offenstand, trat sie ein. Alles blühte hier, Schmetterlinge flogen über die Gräber hin, und hoch in den Lüften standen ein paar Möwen. Es war so still und schön, und sie hätte hier gleich bei den ersten Gräbern verweilen mögen; aber weil die Sonne mit jedem Augenblick heißer niederbrannte, ging sie höher hinauf, auf einen schattigen Gang zu, den Hängeweiden und etliche an den Gräbern stehende Trauereschen bildeten. Als sie bis an das Ende dieses Ganges gekommen, sah sie zur Rechten einen frisch aufgeworfenen Sandhügel, mit vier, fünf Kränzen darauf, und dicht daneben eine schon außerhalb der Baumreihe stehende Bank, darauf die gute, robuste Person saß, die, an der Seite der Hauswirtin, dem Sarge der verwitweten Registratorin als letzte Leidtragende gefolgt war. Effi erkannte sie sofort wieder und war in ihrem Herzen bewegt, die gute, treue Person, denn dafür mußte sie sie halten, in sengender Sonnenhitze hier vorzufinden. Seit dem Begräbnis waren wohl an zwei Stunden vergangen.

„Es ist eine heiße Stelle, die Sie sich da ausgesucht haben", sagte Effi, „viel zu heiß. Und wenn ein Unglück kommen soll, dann haben Sie den Sonnenstich."

„Das wär auch das beste."

„Wie das?"

„Dann wär ich aus der Welt."

„Ich meine, das darf man nicht sagen, auch wenn man unglücklich ist oder wenn einem wer gestorben ist, den man liebhatte. Sie hatten sie wohl sehr lieb?"

„Ich? *Die*? I, Gott bewahre."

„Sie sind aber doch sehr traurig. Das muß doch einen Grund haben."

„Den hat es auch, gnädigste Frau."

„Kennen Sie mich?"

„Ja. Sie sind die Frau Landrätin von drüben. Und ich habe mit der Alten immer von Ihnen gesprochen. Zuletzt konnte sie nicht mehr, weil sie keine rechte Luft mehr hatte, denn es saß ihr hier und wird wohl Wasser gewesen sein; aber solange sie noch reden konnte, redete sie immerzu. Es war 'ne richtige Berlin'sche ..."

„Gute Frau?"

„Nein; wenn ich das sagen wollte, müßt ich lügen. Da liegt sie nun, und man soll von einem Toten nichts Schlimmes sagen, und erst recht nicht, wenn er so kaum seine Ruhe hat. Na, die wird sie ja wohl haben! Aber sie taugte nichts und war zänkisch und geizig, und für mich hat sie auch nicht gesorgt. Und die Verwandtschaft, die da gestern von Berlin gekommen ... gezankt haben sie sich bis in die sinkende Nacht ... na, die taugt auch nichts, die taugt erst recht nichts. Lauter schlechtes Volk, happig und gierig und hartherzig, und haben mir barsch und unfreundlich und mit allerlei Redensarten meinen Lohn ausgezahlt, bloß weil sie mußten und weil es bloß noch sechs Tage sind bis zum Vierteljahrsersten. Sonst hätte ich nichts gekriegt, oder bloß halb oder bloß ein Viertel. Nichts aus freien Stücken. Und einen eingerissenen Fünfmarkschein haben sie mir gegeben, daß ich nach Berlin zurückreisen kann; na, es reicht so gerade für die vierte Klasse, und ich werde wohl auf meinem Koffer sitzen müssen. Aber ich will auch gar nicht; ich will hier sitzen bleiben und warten, bis ich sterbe ... Gott, ich dachte nun mal Ruhe zu haben und hätte auch ausgehalten bei der Alten. Und nun ist es wieder nichts und soll mich wieder rumstoßen lassen. Und kattolsch bin ich auch noch. Ach, ich hab es satt und läg am liebsten, wo die Alte liegt, und sie könnte meinetwegen weiterleben ... Sie hätte gerne noch weitergelebt; solche Menschenschikanierer, die nich mal Luft haben, die leben immer am liebsten."

Rollo, der Effi begleitet hatte, hatte sich mittlerweile vor die Person hingesetzt, die Zunge weit heraus, und sah sie an. Als sie jetzt schwieg, erhob er sich, ging einen Schritt vor und legte seinen Kopf auf ihre Kniee.

Mit einem Male war die Person wie verwandelt. „Gott, das bedeutet mir was. Da is ja 'ne Kreatur, die mich leiden kann, die mich freundlich ansieht und ihren Kopf auf meine Kniee legt. Gott, das ist lange her, daß ich so was gehabt habe. Nu, mein Alterchen, wie heißt du denn? Du bist ja ein Prachtkerl."

„Rollo", sagte Effi.

„Rollo; das ist sonderbar. Aber der Name tut nichts. Ich habe auch einen sonderbaren Namen, das heißt Vornamen. Und einen andern hat unsereins ja nicht."

„Wie heißen Sie denn?"

„Ich heiße Roswitha."

„Ja, das ist selten, das ist ja ..."

„Ja, ganz recht, gnädige Frau, das ist ein kattolscher Name. Und das kommt auch noch dazu, daß ich eine Kattolsche bin. Aus'n Eichsfeld. Und das Kattolsche, das macht es einem immer noch schwerer und saurer. Viele wollen keine Kattolsche, weil sie so viel in die Kirche rennen. ‚Immer in die Beichte; und die

Hauptsache sagen sie doch nich' – Gott, wie oft hab ich das hören müssen, erst als ich in Giebichenstein im Dienst war und dann in Berlin. Ich bin aber eine schlechte Katholikin und bin ganz davon abgekommen, und vielleicht geht es mir deshalb so schlecht; ja, man darf nich von seinem Glauben lassen und muß alles ordentlich mitmachen."

„Roswitha", wiederholte Effi den Namen und setzte sich zu ihr auf die Bank. „Was haben Sie nun vor?"

„Ach, gnäd'ge Frau, was soll ich vorhaben. Ich habe gar nichts vor. Wahr und wahrhaftig, ich möchte hier sitzen bleiben und warten, bis ich tot umfalle. Das wär mir das liebste. Und dann würden die Leute noch denken, ich hätte die Alte so geliebt wie ein treuer Hund, und hätte von ihrem Grabe nicht weg gewollt und wäre da gestorben. Aber das ist falsch, für solche Alte stirbt man nicht; ich will bloß sterben, weil ich nicht leben kann."

„Ich will Sie was fragen, Roswitha. Sind Sie, was man so ‚kinderlieb' nennt? Waren Sie schon mal bei kleinen Kindern?"

„Gewiß, war ich. Das ist ja mein Bestes und Schönstes. Solche alte Berlin'sche – Gott verzeih mir die Sünde, denn sie ist nun tot und steht vor Gottes Thron und kann mich da verklagen – solche Alte, wie die da, ja, das ist schrecklich, was man da alles tun muß, und steht einem hier vor Brust und Magen, aber solch kleines, liebes Ding, solch Dingelchen wie 'ne Puppe, das einen mit seinen Guckäugelchen ansieht, ja, das ist was, da geht einem das Herz auf. Als ich in Halle war, da war ich Amme bei der Frau Salzdirektorin, und in Giebichenstein, wo ich nachher hinkam, da hab ich Zwillinge mit der Flasche großgezogen; ja, gnäd'ge Frau, das versteh ich, da drin bin ich wie zu Hause."

„Nun, wissen Sie was, Roswitha, Sie sind eine gute, treue Person, das seh ich Ihnen an, ein bißchen gradezu, aber das schadet nichts, das sind mitunter die Besten, und ich habe gleich ein Zutrauen zu Ihnen gefaßt. Wollen Sie mit zu mir kommen? Mir ist, als hätte Gott Sie mir geschickt. Ich erwarte nun bald ein Kleines, Gott gebe mir seine Hülfe dazu, und wenn das Kind da ist, dann muß es gepflegt und abgewartet werden und vielleicht auch gepäppelt. Man kann das ja nicht wissen, wiewohl ich es anders wünsche. Was meinen Sie, wollen Sie mit zu mir kommen? Ich kann mir nicht denken, daß ich mich in Ihnen irre."

Roswitha war aufgesprungen und hatte die Hand der jungen

Frau ergriffen und küßte sie mit Ungestüm. „Ach, es ist doch ein Gott im Himmel, und wenn die Not am größten ist, ist die Hülfe am nächsten. Sie sollen sehn, gnäd'ge Frau, es geht; ich bin eine ordentliche Person und habe gute Zeugnisse. Das können Sie sehn, wenn ich Ihnen mein Buch bringe. Gleich den ersten Tag, als ich die gnäd'ge Frau sah, da dacht ich: Ja, wenn du mal solchen Dienst hättest. Und nun soll ich ihn haben. O du lieber Gott, o du heil'ge Jungfrau Maria, wer mir das gesagt hätte, wie wir die Alte hier unter der Erde hatten, und die Verwandten machten, daß sie wieder fortkamen und mich hier sitzenließen."

„Ja, unverhofft kommt oft, Roswitha, und mitunter auch im Guten. Und nun wollen wir gehen. Rollo wird schon ungeduldig und läuft immer auf das Tor zu."

Roswitha war gleich bereit, trat aber noch einmal an das Grab, brummelte was vor sich hin und machte ein Kreuz. Und dann gingen sie den schattigen Gang hinunter und wieder auf das Kirchhofstor zu.

Drüben lag die eingegitterte Stelle, deren weißer Stein in der Nachmittagssonne blinkte und blitzte. Effi konnte jetzt ruhiger hinsehen. Eine Weile noch führte der Weg zwischen Dünen hin, bis sie, dicht vor Utpatels Mühle, den Außenrand des Wäldchens erreichte. Da bog sie links ein, und unter Benutzung einer schräg laufenden Allee, die die „Reeperbahn" hieß, ging sie mit Roswitha auf die landrätliche Wohnung zu.

Vierzehntes Kapitel

Keine Viertelstunde, so war die Wohnung erreicht. Als beide hier in den kühlen Flur traten, war Roswitha beim Anblick all des Sonderbaren, das da umherhing, wie befangen; Effi aber ließ sie nicht zu weiteren Betrachtungen kommen und sagte: „Roswitha, nun gehen Sie da hinein. Das ist das Zimmer, wo wir schlafen. Ich will erst zu meinem Manne nach dem Landratsamt hinüber – das große Haus da neben dem kleinen, in dem Sie gewohnt haben – und will ihm sagen, daß ich Sie zur Pflege haben möchte bei dem Kinde. Er wird wohl mit allem einverstanden sein, aber ich muß doch erst seine Zustimmung haben. Und wenn ich die habe, dann müssen wir ihn ausquartieren, und Sie schlafen mit mir in dem Alkoven. Ich denke, wir werden uns schon vertragen."

Innstetten, als er erfuhr, um was sich's handle, sagte rasch und in guter Laune: „Das hast du recht gemacht, Effi, und wenn ihr Gesindebuch nicht zu schlimme Sachen sagt, so nehmen wir sie auf ihr gutes Gesicht hin. Es ist doch, Gott sei Dank, selten, daß einen das täuscht."

Effi war sehr glücklich, so wenig Schwierigkeiten zu begegnen, und sagte: „Nun wird es gehen. Ich fürchte mich jetzt nicht mehr."

„Um was, Effi?"

„Ach, du weißt ja ... Aber Einbildungen sind das schlimmste, mitunter schlimmer als alles."

Roswitha zog in selbiger Stunde noch mit ihren paar Habseligkeiten in das landrätliche Haus hinüber und richtete sich in dem kleinen Alkoven ein. Als der Tag um war, ging sie früh zu Bett und schlief, ermüdet wie sie war, gleich ein.

Am andern Morgen erkundigte sich Effi – die seit einiger Zeit (denn es war gerade Vollmond) wieder in Ängsten lebte – wie Roswitha geschlafen und ob sie nichts gehört habe?

„Was?" fragte diese.

„Oh, nichts. Ich meine nur so; so was wie wenn ein Besen fegt oder wie wenn einer über die Diele schlittert."

Roswitha lachte, was auf ihre junge Herrin einen besonders guten Eindruck machte. Effi war fest protestantisch erzogen und würde sehr erschrocken gewesen sein, wenn man an und in ihr was Katholisches entdeckt hätte; trotzdem glaubte sie, daß der Katholizismus uns gegen solche Dinge „wie da oben", besser schütze; ja, diese Betrachtung hatte bei dem Plane, Roswitha ins Haus zu nehmen, ganz erheblich mitgewirkt.

Man lebte sich schnell ein, denn Effi hatte ganz den liebenswürdigen Zug der meisten märkischen Landfräulein, sich gern allerlei kleine Geschichten erzählen zu lassen, und die verstorbene Frau Registratorin und ihr Geiz und ihre Neffen und deren Frauen boten einen unerschöpflichen Stoff. Auch Johanna hörte dabei gerne zu.

Diese, wenn Effi bei den drastischen Stellen oft laut lachte, lächelte freilich und verwunderte sich im stillen, daß die gnädige Frau an all dem dummen Zeuge so viel Gefallen finde; diese Verwunderung aber, die mit einem starken Überlegenheitsgefühle Hand in Hand ging, war doch auch wieder ein Glück und sorgte dafür, daß keine Rangstreitigkeiten aufkommen konnten. Roswitha war einfach die komische Figur, und Neid gegen sie zu hegen, wäre für Johanna nichts anderes gewesen, wie wenn sie Rollo um seine Freundschaftsstellung beneidet hätte.

So verging eine Woche, plauderhaft und beinahe gemütlich, weil Effi dem, was ihr persönlich bevorstand, ungeängstigter als früher entgegensah. Auch glaubte sie nicht, daß es so nahe sei. Den neunten Tag aber war es mit dem Plaudern und den Gemütlichkeiten vorbei; da gab es ein Laufen und Rennen, Innstetten selbst kam ganz aus seiner gewohnten Reserve heraus, und am Morgen des 3. Juli stand neben Effis Bett eine Wiege. Doktor Hannemann patschelte der jungen Frau die Hand und sagte: „Wir haben heute den Tag von Königgrätz; schade, daß es ein Mädchen ist. Aber das andere kann ja nachkommen, und die Preußen haben viele Siegestage." Roswitha mochte wohl Ähnliches denken, freute sich indessen vorläufig ganz uneingeschränkt über das, was da war, und nannte das Kind ohne weiteres „Lütt-Annie", was der jungen Mutter als ein Zeichen galt. „Es müsse doch wohl eine Eingebung gewesen sein, daß Roswitha gerade auf diesen Namen gekommen sei." Selbst Innstetten wußte nichts dagegen zu sagen, und so wurde schon von Klein-Annie gesprochen, lange bevor der Tauftag da war. Effi, die von Mitte August an bei den Eltern in Hohen-Cremmen sein wollte, hätte die Taufe gern bis dahin verschoben. Aber es ließ sich nicht tun; Innstetten konnte nicht Urlaub nehmen, und so wurde denn der 15. August, trotzdem es der Napoleonstag war (was denn auch von seiten einiger Familien beanstandet wurde), für diesen Taufakt festgesetzt, natürlich in der Kirche. Das sich anschließende Festmahl, weil das landrätliche Haus keinen Saal hatte, fand in dem großen Ressourcenhotel am Bollwerk statt, und der gesamte Nachbaradel war geladen und auch erschienen. Pastor Lindequist ließ Mutter und Kind in einem liebenswürdigen und allseitig bewunderten Toaste leben, bei welcher Gelegenheit Sidonie v. Grasenabb zu ihrem Nachbar, einem adligen Assessor von der strengen Richtung, bemerkte: „Ja, seine Kasualreden, das geht. Aber seine Predigten kann er vor Gott und Menschen nicht verantworten; er ist ein Halber, einer von denen, die verworfen sind, weil sie lau sind. Ich mag das Bibelwort hier nicht wörtlich zitieren." Gleich danach nahm auch der alte Herr v. Borcke das Wort, um Innstetten leben zu lassen. „Meine Herrschaften, es sind schwere Zeiten, in denen wir leben, Auflehnung, Trotz, Indisziplin, wohin wir blicken. Aber solange wir noch Männer haben, und ich darf hinzusetzen, Frauen und Mütter" (und hierbei verbeugte er sich mit einer eleganten Handbewegung gegen Effi) „... solange wir noch Männer haben wie Baron Innstetten, den ich stolz bin, meinen Freund nennen zu dürfen, so lange geht es noch, so lange hält unser altes Preußen noch. Ja, meine Freunde, Pommern und Brandenburg, damit zwingen wir's und zertreten dem Drachen der Revolution das giftige Haupt. Fest und treu, so siegen wir. Die Katholiken, unsere Brüder, die wir, auch wenn wir sie bekämpfen, achten müssen, haben den Felsen Petri, wir aber haben den Rocher de bronce. Baron Innstetten, er lebe hoch!" Innstetten dankte ganz kurz. Effi sagte zu dem neben ihr sitzenden Major v. Crampas: Das mit dem „Felsen Petri" sei wahrscheinlich eine Huldigung gegen Roswitha gewesen; sie werde nachher an den alten Justizrat Gadebusch herantreten und ihn fragen, ob er nicht ihrer Meinung sei. Crampas nahm diese Bemerkung unerklärlicherweise für Ernst und riet von einer Anfrage bei dem Justizrat ab, was Effi ungemein erheiterte. „Ich habe Sie doch für einen besseren Seelenleser gehalten."

„Ach, meine Gnädigste, bei schönen, jungen Frauen, die noch nicht achtzehn sind, scheitert alle Lesekunst."

„Sie verderben sich vollends, Major. Sie können mich eine Großmutter nennen, aber Anspielungen darauf, daß ich noch nicht achtzehn bin, das kann Ihnen nie verziehen werden."

Als man von Tisch aufgestanden war, kam der Spätnachmittagsdampfer die Kessine herunter und legte an der Landungsbrücke, gegenüber dem Hotel, an. Effi saß mit Crampas und Gieshübler beim Kaffee, alle Fenster auf, und sah dem Schauspiel drüben zu. „Morgen früh um neun führt mich dasselbe Schiff den Fluß hinauf, und zu Mittag bin ich in Berlin, und am Abend bin ich in Hohen-Cremmen, und Roswitha geht neben mir und hält das Kind auf dem Arme. Hoffentlich schreit es nicht. Ach, wie mir schon heute zumute ist! Lieber Gieshübler, sind Sie auch mal so froh gewesen, Ihr elterliches Haus wiederzusehen?"

„Ja, ich kenne das auch, gnädigste Frau. Nur bloß ich brachte kein Anniechen mit, weil ich keins hatte."

„Kommt noch", sagte Crampas. „Stoßen Sie an, Gieshübler; Sie sind der einzige vernünftige Mensch hier."

„Aber, Herr Major, wir haben ja bloß noch den Kognac."

„Desto besser."

Fünfzehntes Kapitel

Mitte August war Effi abgereist, Ende September war sie wieder in Kessin. Manchmal in den zwischenliegenden sechs Wochen hatte sie's zurückverlangt; als sie aber wieder da war und in den dunklen Flur eintrat, auf den nur von der Treppenstiege her ein etwas fahles Licht fiel, wurde ihr mit einemmal wieder bang, und sie sagte leise: „Solch fahles, gelbes Licht gibt es in Hohen-Cremmen gar nicht."

Ja, ein paarmal, während ihrer Hohen-Cremmer Tage, hatte sie Sehnsucht nach dem „verwunschenen Hause" gehabt, alles in allem aber war ihr doch das Leben daheim voller Glück und Zufriedenheit gewesen. Mit Hulda freilich, die's nicht verwinden konnte, noch immer auf Mann oder Bräutigam warten zu müssen, hatte sie sich nicht recht stellen können, desto besser dagegen mit den Zwillingen, und mehr als einmal, wenn sie mit ihnen Ball oder Krocket gespielt hatte, war ihr's ganz aus dem Sinn gekommen, überhaupt verheiratet zu sein. Das waren dann glückliche Viertelstunden gewesen. Am liebsten aber hatte sie wie früher auf dem durch die Luft fliegenden Schaukelbrett gestanden, und in dem Gefühle: jetzt stürz ich, etwas eigentümlich Prickelndes, einen Schauer süßer Gefahr empfunden. Sprang sie dann schließlich von der Schaukel ab, so begleitete sie die beiden Mädchen bis an die Bank vor dem Schulhause und erzählte, wenn sie dasaßen, dem alsbald hinzukommenden alten Jahnke von ihrem Leben in Kessin, das halb hanseatisch und halb skandinavisch und jedenfalls sehr anders als in Schwantikow und Hohen-Cremmen sei.

Das waren so die täglichen kleinen Zerstreuungen, an die sich gelegentlich auch Fahrten in das sommerliche Luch schlossen, meist im Jagdwagen; allem voran aber standen für Effi doch die Plaudereien, die sie beinahe jeden Morgen mit der Mama hatte. Sie saßen dann oben in der luftigen, großen Stube, Roswitha wiegte das Kind und sang in einem thüringischen Platt allerlei Wiegenlieder, die niemand recht verstand, vielleicht sie selber nicht; Effi und Frau von Briest aber rückten ans offene Fenster und sahen, während sie sprachen, auf den Park hinunter, auf die Sonnenuhr oder auf die Libellen, die beinahe regungslos über dem Teich standen, oder auch auf den Fliesengang, wo Herr von Briest neben dem Treppenvorbau saß und die Zeitungen las. Immer wenn er umschlug, nahm er zuvor den Kneifer ab und grüßte zu Frau und Tochter hinauf. Kam dann das letzte Blatt an die Reihe, das in der Regel der „Anzeiger fürs Havelland“ war, so ging Effi hinunter, um sich entweder zu ihm zu setzen oder um mit ihm durch Garten und Park zu schlendern. Einmal, bei solcher Gelegenheit, traten sie, von dem Kieswege her, an ein kleines, zur Seite stehendes Denkmal heran, das schon Briests Großvater zur Erinnerung an die Schlacht von Waterloo hatte aufrichten lassen, eine verrostete Pyramide mit einem gegossenen Blücher in Front und einem dito Wellington auf der Rückseite.

„Hast du nun solche Spaziergänge auch in Kessin“, sagte Briest, „und begleitet dich Innstetten auch und erzählt dir allerlei?“

„Nein, Papa, solche Spaziergänge habe ich nicht. Das ist ausgeschlossen, denn wir haben bloß einen kleinen Garten hinter dem Hause, der eigentlich kaum ein Garten ist, bloß ein paar Buchsbaumrabatten und Gemüsebeete mit drei, vier Obstbäumen drin. Innstetten hat keinen Sinn dafür und denkt wohl auch nicht sehr lange mehr in Kessin zu bleiben.“

„Aber Kind, du mußt doch Bewegung haben und frische Luft, daran bist du doch gewöhnt.“

„Hab ich auch. Unser Haus liegt an einem Wäldchen, das sie die Plantage nennen. Und da geh ich denn viel spazieren und Rollo mit mir.“

„Immer Rollo“, lachte Briest. „Wenn man's nicht anders wüßte, so sollte man beinah glauben, Rollo sei dir mehr ans Herz gewachsen als Mann und Kind.“

„Ach, Papa, das wäre ja schrecklich, wenn's auch freilich – soviel muß ich zugeben – eine Zeit gegeben hat, wo's ohne Rollo gar nicht gegangen wäre. Das war damals ... nun, du weißt schon ... Da hat er mich so gut wie gerettet oder ich habe mir's wenigstens eingebildet, und seitdem ist er mein guter Freund und mein ganz besonderer Verlaß. Aber er ist doch bloß ein Hund. Und erst kommen doch natürlich die Menschen.“

„Ja, das sagt man immer, aber ich habe da doch so meine Zweifel. Das mit der Kreatur, damit hat's doch seine eigene Bewandtnis, und was da das Richtige ist, darüber sind die Akten noch nicht geschlossen. Glaube mir, Effi, das ist auch ein weites Feld. Wenn ich mir so denke, da verunglückt einer auf dem Wasser oder gar auf dem schülbrigen Eis, und solch ein Hund, sagen wir so einer wie dein Rollo, ist dabei, ja, der ruht nicht eher, als bis er den Verunglückten wieder an Land hat. Und wenn der Verunglückte schon tot ist, dann legt er sich neben den Toten hin und blafft und winselt so lange, bis wer kommt, und wenn keiner kommt, dann bleibt er bei dem Toten liegen bis er selber tot ist. Und das tut solch Tier immer. Und nun nimm dagegen die Menschheit! Gott, vergib mir die Sünde, aber mitunter ist mir's doch, als ob die Kreatur besser wäre als der Mensch."

„Aber, Papa, wenn ich das Innstetten wiedererzählte ..."

„Nein, das tu lieber nicht, Effi ..."

„Rollo würde mich ja natürlich retten, aber Innstetten würde mich auch retten. Er ist ja ein Mann von Ehre."

„Das ist er."

„Und liebt mich."

„Versteht sich, versteht sich. Und wo Liebe ist, da ist auch Gegenliebe. Das ist nun mal so. Mich wundert nur, daß er nicht mal Urlaub genommen hat und rübergeflitzt ist. Wenn man eine so junge Frau hat ..."

Effi errötete, weil sie geradeso dachte. Sie mochte es aber nicht einräumen. „Innstetten ist so gewissenhaft und will, glaub ich, gut angeschrieben sein, und hat so seine Pläne für die Zukunft; Kessin ist doch bloß eine Station. Und dann am Ende, ich lauf ihm ja nicht fort. Er hat mich ja. Wenn man zu zärtlich ist ... und dazu der Unterschied der Jahre ... da lächeln die Leute bloß."

„Ja, das tun sie, Effi. Aber darauf muß man's ankommen lassen. Übrigens sage nichts darüber, auch nicht zu Mama. Es ist so schwer, was man tun und lassen soll. Das ist auch ein weites Feld."

Gespräche, wie diese, waren während Effis Besuch im elterlichen Hause mehr als einmal geführt worden, hatten aber glücklicherweise nicht lange nachgewirkt, und ebenso war auch der etwas melancholische Eindruck rasch verflogen, den das erste Wiederbetreten ihres Kessiner Hauses auf Effi gemacht hatte. Innstetten zeigte sich voll kleiner Aufmerksamkeiten, und als der Tee genommen und alle Stadt- und Liebesgeschichten in heiterster Stimmung durchgesprochen waren, hing sich Effi zärtlich an seinen Arm, um drüben ihre Plaudereien mit ihm fortzusetzen und noch einige Anekdoten von der Trippelli zu hören, die neuerdings wieder mit Gieshübler in einer lebhaften Korrespondenz gestanden hatte, was immer gleichbedeutend mit einer neuen Belastung ihres nie ausgeglichenen Kontos war. Effi war bei diesem Gespräch sehr ausgelassen, fühlte sich ganz als junge

Frau und war froh, die nach der Gesindestube hin ausquartierte Roswitha auf unbestimmte Zeit los zu sein.

Am anderen Morgen sagte sie: „Das Wetter ist schön und mild und ich hoffe, die Veranda nach der Plantage hinaus ist noch in gutem Stande, und wir können uns ins Freie setzen und da das Frühstück nehmen. In unsere Zimmer kommen wir ohnehin noch früh genug, und der Kessiner Winter ist wirklich um vier Wochen zu lang."

Innstetten war sehr einverstanden. Die Veranda, von der Effi gesprochen, und die vielleicht richtiger ein Zelt genannt worden wäre, war schon im Sommer hergerichtet worden, drei, vier Wochen vor Effis Abreise nach Hohen-Cremmen, und bestand aus einem großen gedielten Podium, vorn offen, mit einer mächtigen Marquise zu Häupten, während links und rechts breite Leinwandvorhänge waren, die sich mit Hülfe von Ringen an einer Eisenstange hin und her schieben ließen. Es war ein reizender Platz, den ganzen Sommer über von allen Badegästen, die hier vorüber mußten, bewundert.

Effi hatte sich in einen Schaukelstuhl gelehnt und sagte, während sie das Kaffeebrett von der Seite her ihrem Manne zuschob: „Geert, du könntest heute den liebenswürdigen Wirt machen; ich für mein Teil find es so schön in diesem Schaukelstuhl, daß ich nicht aufstehen mag. Also strenge dich an, und wenn du dich recht freust, mich wieder hier zu haben, so werd ich mich auch zu revanchieren wissen." Und dabei zupfte sie die weiße Damastdecke zurecht und legte ihre Hand darauf, die Innstetten nahm und küßte.

„Wie bist du nur eigentlich ohne mich fertig geworden?"

„Schlecht genug, Effi."

„Das sagst du so hin und machst ein betrübtes Gesicht, und ist doch eigentlich alles nicht wahr."

„Aber Effi ..."

„Was ich dir beweisen will. Denn wenn du ein bißchen Sehnsucht nach deinem Kinde gehabt hättest – von mir selber will ich nicht sprechen, was ist man am Ende solchem hohen Herrn, der so lange Jahre Junggeselle war und es nicht eilig hatte ..."

„Nun?"

„Ja, Geert, wenn du nur ein bißchen Sehnsucht gehabt hättest, so hättest du mich nicht sechs Wochen mutterwindallein in Hohen-Cremmen sitzenlassen wie eine Witwe, und nichts da als Niemeyer und Jahnke und mal die Schwantikower. Und von den Rathenowern ist niemand gekommen, als ob sie sich vor mir gefürchtet hätten oder als ob ich zu alt geworden sei."

„Ach, Effi, wie du nur sprichst. Weißt du, daß du eine kleine Kokette bist?"

„Gott sei Dank, daß du das sagst. Das ist für euch das beste, was man sein kann. Und du bist nichts anderes als die anderen, wenn du auch so feierlich und ehrsam tust. Ich weiß es recht gut, Geert ... Eigentlich bist du ..."

„Nun, was?"

„Nun, ich will es lieber nicht sagen. Aber ich kenne dich recht gut; du bist eigentlich, wie der Schwantikower Onkel mal sagte, ein Zärtlichkeitsmensch und unterm Liebesstern geboren, und Onkel Belling hatte ganz recht, als er das sagte. Du willst es bloß nicht zeigen und denkst, es schickt sich nicht und verdirbt einem die Karriere. Hab ich's getroffen?"

Innstetten lachte. „Ein bißchen getroffen hast du's. Weißt du was, Effi, du kommst mir ganz anders vor. Bis Anniechen da war, warst du ein Kind. Aber mit einemmal ..."

„Nun?"

„Mit einemmal bist du wie vertauscht. Aber es steht dir, du gefällst mir sehr, Effi. Weißt du was?"

„Nun?"

„Du hast was Verführerisches."

„Ach, mein einziger Geert, das ist ja herrlich, was du da sagst; nun wird mir erst recht wohl ums Herz ... Gib mir noch eine halbe Tasse ... Weißt du denn, daß ich mir das immer gewünscht habe. Wir müssen verführerisch sein, sonst sind wir gar nichts ..."

„Hast du das aus dir?"

„Ich könnt es wohl auch aus mir haben. Aber ich hab es von Niemeyer ..."

„Von Niemeyer! O du himmlischer Vater, ist *das* ein Pastor. Nein, solche gibt es hier nicht. Aber wie kam denn *der* dazu? Das ist ja, als ob es irgendein Don Juan oder Herzensbrecher gesprochen hätte."

„Ja, wer weiß", lachte Effi ... „Aber kommt da nicht Crampas? Und vom Strand her. Er wird doch nicht gebadet haben? Am 27. September ..."

„Er macht öfter solche Sachen. Reine Renommisterei."

Derweilen war Crampas bis in nächste Nähe gekommen und grüßte.

„Guten Morgen“, rief Innstetten ihm zu. „Nur näher, nur näher.“

Crampas trat heran. Er war in Zivil und küßte der in ihrem Schaukelstuhl sich weiter wiegenden Effi die Hand. „Entschuldigen Sie mich, Major, daß ich so schlecht die Honneurs des Hauses mache; aber die Veranda ist kein Haus und zehn Uhr früh ist eigentlich gar keine Zeit. Da wird man formlos, oder wenn Sie wollen intim. Und nun setzen Sie sich und geben Sie Rechenschaft von Ihrem Tun. Denn an Ihrem Haar, ich wünschte Ihnen, daß es mehr wäre, sieht man deutlich, daß Sie gebadet haben.“

Er nickte.

„Unverantwortlich“, sagte Innstetten, halb ernst-, halb scherzhaft. „Da haben Sie nun selber vor vier Wochen die Geschichte mit dem Bankier Heinersdorf erlebt, der auch dachte, das Meer und der grandiose Wellenschlag würden ihn um seiner Million willen respektieren. Aber die Götter sind eifersüchtig untereinander, und Neptun stellte sich ohne weiteres gegen Pluto oder doch wenigstens gegen Heinersdorf.“

Crampas lachte. „Ja, eine Million Mark! Lieber Innstetten, wenn ich *die* hätte, da hätt ich es am Ende nicht gewagt; denn so schön das Wetter ist, das Wasser hatte nur neun Grad. Aber unsereins mit seiner Million Unterbilanz, gestatten Sie mir diese kleine Renommage, unsereins kann sich so was ohne Furcht vor der Götter Eifersucht erlauben. Und dann muß einen das Sprichwort trösten: ‚Wer für den Strick geboren ist, kann im Wasser nicht umkommen.‘“

„Aber, Major, Sie werden sich doch nicht etwas so Urprosaisches, ich möchte beinah sagen an den Hals reden wollen. Allerdings glauben manche, daß ... ich meine *das*, wovon Sie eben gesprochen haben ... daß ihn jeder mehr oder weniger verdiene. Trotzdem, Major ... für einen Major ...“

„... Ist es keine herkömmliche Todesart. Zugegeben, meine Gnädigste. Nicht herkömmlich und in meinem Falle auch nicht einmal sehr wahrscheinlich – also alles bloß Zitat oder doch richtiger façon de parler. Und doch steckt etwas aufrichtig Gemeintes dahinter, wenn ich da eben sagte, die See werde mir nichts anhaben. Es steht mir nämlich fest, daß ich einen richtigen und hoffentlich ehrlichen Soldatentod sterben werde. Zunächst bloß Zigeunerprophezeiung, aber mit Resonanz im eigenen Gewissen.“

Innstetten lachte. „Das wird seine Schwierigkeiten haben,

Crampas, wenn Sie nicht vorhaben, beim Großtürken oder unterm chinesischen Drachen Dienste zu nehmen. Da schlägt man sich jetzt herum. Hier ist die Geschichte, glauben Sie mir, auf dreißig Jahre vorbei, und wer seinen Soldatentod sterben will ..."

„... Der muß sich erst bei Bismarck einen Krieg bestellen. Weiß ich alles, Innstetten. Aber das ist doch für Sie eine Kleinigkeit. Jetzt haben wir Ende September; in zehn Wochen spätestens ist der Fürst wieder in Varzin, und da er ein liking für Sie hat – mit der volkstümlicheren Wendung will ich zurückhalten, um nicht direkt vor Ihren Pistolenlauf zu kommen – so werden Sie einem alten Kameraden von Vionville her doch wohl ein bißchen Krieg besorgen können. Der Fürst ist auch nur ein Mensch, und Zureden hilft."

Effi hatte während dieses Gesprächs einige Brotkügelchen gedreht, würfelte damit und legte sie zu Figuren zusammen, um so anzuzeigen, daß ihr ein Wechsel des Themas wünschenswert wäre. Trotzdem schien Innstetten auf Crampas' scherzhafte Bemerkungen antworten zu wollen, was denn Effi bestimmte, lieber direkt einzugreifen. „Ich sehe nicht ein, Major, warum wir uns mit Ihrer Todesart beschäftigen sollen; das Leben ist uns näher und zunächst auch eine viel ernstere Sache."

Crampas nickte.

„Das ist recht, daß Sie mir recht geben. Wie soll man hier leben? *Das* ist vorläufig die Frage, *das* ist wichtiger als alles andere. Gieshübler hat mir darüber geschrieben, und wenn es nicht indiskret und eitel wäre, denn es steht noch allerlei nebenher darin, so zeigte ich Ihnen den Brief ... Innstetten braucht ihn nicht zu lesen, der hat keinen Sinn für dergleichen ... beiläufig eine Handschrift wie gestochen und Ausdrucksformen, als wäre unser Freund statt am Kessiner Alten-Markt an einem altfranzösischen Hofe erzogen. Und daß er verwachsen ist und weiße Jabots trägt wie kein anderer Mensch mehr – ich weiß nur nicht, wo er die Plätterin hernimmt – das paßt alles so vorzüglich. Nun, also Gieshübler hat mir von Plänen für die Ressourcenabende geschrieben und von einem Entrepreneur, namens Crampas. Sehen Sie, Major, das gefällt mir besser als der Soldatentod oder gar der andere."

„Mir persönlich nicht minder. Und es muß ein Prachtwinter werden, wenn wir uns der Unterstützung der gnädigen Frau versichert halten dürfen. Die Trippelli kommt ..."

„Die Trippelli? Dann bin ich überflüssig."

„Mitnichten, gnädigste Frau. Die Trippelli kann nicht von Sonntag bis wieder Sonntag singen, es wäre zuviel für sie und für uns; Abwechslung ist des Lebens Reiz, eine Wahrheit, die freilich jede glückliche Ehe zu widerlegen scheint."

„Wenn es glückliche Ehen gibt, die meinige ausgenommen ..." und sie reichte Innstetten die Hand.

„Abwechslung also", fuhr Crampas fort. „Und diese für uns und unsere Ressource zu gewinnen, deren Vizevorstand zu sein ich zur Zeit die Ehre habe, dazu braucht es aller bewährten Kräfte. Wenn wir uns zusammentun, so müssen wir das ganze Nest auf den Kopf stellen. Die Theaterstücke sind schon ausgesucht: ‚Krieg und Frieden', ‚Monsieur Herkules', ‚Jugendliebe' von Wilbrandt, vielleicht auch ‚Euphrosyne' von Gensichen. Sie die Euphrosyne, ich der alte Goethe. Sie sollen staunen, wie gut ich den Dichterfürsten tragiere ... wenn ‚tragieren' das richtige Wort ist."

„Kein Zweifel. Hab ich doch inzwischen aus dem Briefe meines alchimistischen Geheimkorrespondenten erfahren, daß Sie, neben vielem anderen, gelegentlich auch Dichter sind. Anfangs habe ich mich gewundert ..."

„Denn Sie haben es mir nicht angesehen."

„Nein. Aber seit ich weiß, daß Sie bei neun Grad baden, bin ich anderen Sinnes geworden ... neun Grad Ostsee, das geht über den kastalischen Quell ..."

„Dessen Temperatur unbekannt ist."

„Nicht für mich; wenigstens wird mich niemand widerlegen. Aber nun muß ich aufstehen. Da kommt ja Roswitha mit Lütt-Annie."

Und sie erhob sich rasch und ging auf Roswitha zu, nahm ihr das Kind aus dem Arm und hielt es stolz und glücklich in die Höhe.

Sechzehntes Kapitel

Die Tage waren schön und blieben es bis in den Oktober hinein. Eine Folge davon war, daß die halb zeltartige Veranda draußen zu ihrem Rechte kam, so sehr, daß sich wenigstens die Vormittagsstunden regelmäßig darin abspielten. Gegen elf kam dann wohl der Major, um sich zunächst nach dem Befinden der gnädigen Frau zu erkundigen und mit ihr ein wenig zu medisieren, was er wundervoll verstand, danach aber mit Innstetten einen Ausritt zu verabreden, oft landeinwärts, die Kessine hinauf bis an den Breitling, noch häufiger auf die Molen zu. Effi, wenn die Herren fort waren, spielte mit dem Kind oder durchblätterte die von Gieshübler nach wie vor ihr zugeschickten Zeitungen und Journale, schrieb auch wohl einen Brief an die Mama oder sagte: „Roswitha, wir wollen mit Annie spazierenfahren", und dann spannte sich Roswitha vor den Korbwagen und fuhr, während Effi hinterherging, ein paar hundert Schritt in das Wäldchen hinein, auf eine Stelle zu, wo Kastanien ausgestreut lagen, die man nun auflas, um sie dem Kinde als Spielzeug zu geben. In die Stadt kam Effi wenig; es war niemand recht da, mit dem sie hätte plaudern können, nachdem ein Versuch, mit der Frau von Crampas auf einen Umgangsfuß zu kommen, aufs neue gescheitert war. Die Majorin war und blieb menschenscheu.

Das ging so wochenlang, bis Effi plötzlich den Wunsch äußerte, mit ausreiten zu dürfen; sie habe nun mal die Passion und es sei doch zuviel verlangt, bloß um des Geredes der Kessiner willen, auf etwas zu verzichten, das einem so viel wert sei. Der Major fand die Sache kapital und Innstetten, dem es augenscheinlich weniger paßte — so wenig, daß er immer wieder hervorhob, es werde sich kein Damenpferd finden lassen — Innstetten mußte nachgeben, als Crampas versicherte, „das solle seine Sorge sein". Und richtig, was man wünschte, fand sich auch, und Effi war selig, am Strande hinjagen zu können, jetzt wo „Damenbad" und „Herrenbad" keine scheidenden Schreckensworte mehr waren. Meist war auch Rollo mit von der Partie, und weil es sich ein paarmal ereignet hatte, daß man am Strande zu rasten oder auch eine Strecke Wegs zu Fuß zu machen wünschte, so kam man überein, sich von entsprechender Dienerschaft begleiten zu lassen, zu welchem Behufe des Majors Bursche, ein alter Treptower Ulan, der Knut hieß, und Innstettens Kutscher Kruse zu Reitknechten umgewandelt wurden, allerdings ziemlich unvollkommen, indem sie, zu Effis Leidwesen, in eine Phantasielivree gesteckt wurden, darin der eigentliche Beruf beider noch nachspukte.

Mitte Oktober war schon heran, als man, so herausstaffiert, zum erstenmal in voller Kavalkade aufbrach, in Front Innstetten und Crampas, Effi zwischen ihnen, dann Kruse und Knut und zuletzt Rollo, der aber bald, weil ihm das Nachtrotten mißfiel, allen vorauf war. Als man das jetzt öde Strandhotel passiert und bald danach, sich rechts haltend, auf dem von einer mäßigen Brandung überschäumten Strandwege den diesseitigen Molendamm erreicht hatte, verspürte man Lust, abzusteigen und einen Spaziergang bis an den Kopf der Mole zu machen. Effi war die erste aus dem Sattel. Zwischen den beiden Steindämmen floß die Kessine breit und ruhig dem Meere zu, das wie eine sonnenbeschienene Fläche, darauf nur hier und da eine leichte Welle kräuselte, vor ihnen lag.

Effi war noch nie hier draußen gewesen, denn als sie vorigen November in Kessin eintraf, war schon Sturmzeit, und als der Sommer kam, war sie nicht mehr imstande, weite Gänge zu machen. Sie war jetzt entzückt, fand alles groß und herrlich, erging sich in kränkenden Vergleichen zwischen dem Luch und dem Meer und ergriff, sooft die Gelegenheit dazu sich bot, ein Stück angeschwemmtes Holz, um es nach links hin in die See oder nach rechts hin in die Kessine zu werfen. Rollo war immer glücklich, im Dienste seiner Herrin sich nachstürzen zu können; mit einemmal aber wurde seine Aufmerksamkeit nach einer ganz anderen Seite hin abgezogen, und sich vorsichtig, ja beinahe ängstlich vorwärts schleichend, sprang er plötzlich auf einen in Front sichtbar werdenden Gegenstand zu, freilich vergeblich, denn im selben Augenblicke glitt von einem sonnenbeschienenen und mit grünem Tang überwachsenen Stein eine Robbe glatt und geräuschlos in das nur etwa fünf Schritt entfernte Meer hinunter. Eine kurze Weile noch sah man den Kopf, dann tauchte auch dieser unter.

Alle waren erregt, und Crampas phantasierte von Robbenjagd und daß man das nächste Mal die Büchse mitnehmen müsse, „denn die Dinger haben ein festes Fell".

„Geht nicht", sagte Innstetten; „Hafenpolizei."

„Wenn ich so was höre", lachte der Major. „Hafenpolizei! Die drei Behörden, die wir hier haben, werden doch wohl untereinander die Augen zudrücken können. Muß denn alles so furchtbar gesetzlich sein? Alle Gesetzlichkeiten sind langweilig."

Effi klatschte in die Hände.

„Ja, Crampas, Sie kleidet das, und Effi, wie Sie sehen, klatscht Ihnen Beifall. Natürlich; die Weiber schreien sofort nach einem Schutzmann, aber von Gesetz wollen sie nichts wissen."

„Das ist so Frauenrecht von alter Zeit her, und wir werden's nicht ändern, Innstetten."

„Nein", lachte dieser, „und ich will es auch nicht. Auf Mohrenwäsche lasse ich mich nicht ein. Aber einer wie Sie, Crampas, der unter der Fahne der Disziplin groß geworden ist und recht gut weiß, daß es ohne Zucht und Ordnung nicht geht, ein Mann wie Sie, der sollte doch eigentlich so was nicht reden, auch nicht einmal im Spaß. Indessen, ich weiß schon, Sie haben einen himmlischen Kehr-mich-nicht-dran und denken, der Himmel wird nicht gleich einstürzen. Nein, gleich nicht. Aber mal kommt es."

Crampas wurde einen Augenblick verlegen, weil er glaubte, das alles sei mit einer gewissen Absicht gesprochen, was aber nicht der Fall war. Innstetten hielt nur einen seiner kleinen moralischen Vorträge, zu denen er überhaupt hinneigte. „Da lob ich mir Gieshübler", sagte er einlenkend, „immer Kavalier und dabei doch Grundsätze."

Der Major hatte sich mittlerweile wieder zurechtgefunden und sagte in seinem alten Ton: „Ja, Gieshübler; der beste Kerl von der Welt und, wenn möglich, noch bessere Grundsätze. Aber am Ende woher? warum? Weil er einen ‚Verdruß' hat. Wer gerade gewachsen ist, ist für Leichtsinn. Überhaupt ohne Leichtsinn ist das ganze Leben keinen Schuß Pulver wert."

„Nun hören Sie, Crampas, gerade so viel kommt mitunter dabei heraus." Und dabei sah er auf des Majors linken, etwas verkürzten Arm.

Effi hatte von diesem Gespräche wenig gehört. Sie war dicht an die Stelle getreten, wo die Robbe gelegen, und Rollo stand neben ihr. Dann sahen beide, von dem Stein weg, auf das Meer und warteten, ob die „Seejungfrau" noch einmal sichtbar werden würde.

Ende Oktober begann die Wahlkampagne, was Innstetten hinderte, sich ferner an den Ausflügen zu beteiligen, und auch Crampas und Effi hätten jetzt um der lieben Kessiner willen wohl verzichten müssen, wenn nicht Knut und Kruse als eine Art Ehrengarde gewesen wären. So kam es, daß sich die Spazierritte bis in den November hinein fortsetzten.

Ein Wetterumschlag war freilich eingetreten, ein andauernder Nordwest trieb Wolkenmassen heran, und das Meer schäumte mächtig, aber Regen und Kälte fehlten noch, und so waren diese Ausflüge bei grauem Himmel und lärmender Brandung fast noch schöner, als sie vorher bei Sonnenschein und stiller See gewesen waren. Rollo jagte vorauf, dann und wann von dem Gischt überspritzt, und der Schleier von Effis Reithut flatterte im Winde. Dabei zu sprechen, war fast unmöglich; wenn man dann aber, vom Meere fort, in die schutzgebenden

Dünen oder noch besser in den weiter zurückgelegenen Kiefernwald einlenkte, so wurd es still, Effis Schleier flatterte nicht mehr, und die Enge des Wegs zwang die beiden Reiter dicht nebeneinander. Das war dann die Zeit, wo man – schon um der Knorren und Wurzeln willen im Schritt reitend – die Gespräche, die der Brandungslärm unterbrochen hatte, wiederaufnehmen konnte. Crampas, ein guter Causeur, erzählte dann Kriegs- und Regimentsgeschichten, auch Anekdoten und kleine Charakterzüge von Innstetten, der mit seinem Ernst und seiner Zugeknöpftheit in den übermütigen Kreis der Kameraden nie recht hineingepaßt habe, so daß er eigentlich immer mehr respektiert als geliebt worden sei.

„Das kann ich mir denken", sagte Effi, „ein Glück nur, daß der Respekt die Hauptsache ist."

„Ja, zu seiner Zeit. Aber er paßt doch nicht immer. Und zu dem allen kam noch eine mystische Richtung, die mitunter Anstoß gab, einmal weil Soldaten überhaupt nicht sehr für derlei Dinge sind, und dann weil wir die Vorstellung unterhielten, vielleicht mit Unrecht, daß er doch nicht ganz so dazustände, wie er's uns einreden wollte."

„Mystische Richtung?" sagte Effi. „Ja, Major, was verstehen Sie darunter? Er kann doch keine Konventikel abgehalten und den Propheten gespielt haben. Auch nicht einmal den aus der Oper . . . ich habe seinen Namen vergessen."

„Nein, so weit ging er nicht. Aber es ist vielleicht besser, davon abzubrechen. Ich möchte nicht hinter seinem Rücken etwas sagen, was falsch ausgelegt werden könnte. Zudem sind es Dinge, die sich sehr gut auch in seiner Gegenwart verhandeln lassen, Dinge, die nur, man mag wollen oder nicht, zu was Sonderbarem aufgebauscht werden, wenn er nicht dabei ist und nicht jeden Augenblick eingreifen und uns widerlegen oder meinetwegen auch auslachen kann."

„Aber das ist ja grausam, Major. Wie können Sie meine Neugier so auf die Folter spannen. Erst ist es was und dann ist es wieder nichts. Und Mystik! Ist er denn ein Geisterseher?"

„Ein Geisterseher! Das will ich nicht gerade sagen. Aber er hatte eine Vorliebe, uns Spukgeschichten zu erzählen. Und wenn er uns dann in große Aufregung versetzt und manchen auch wohl geängstigt hatte, dann war es mit einem Male wieder, als habe er sich über alle die Leichtgläubigen bloß mokieren wollen. Und kurz und gut, einmal kam es, daß ich ihm auf den Kopf zusagte: ‚Ach was, Innstetten, das ist ja alles bloß Komödie. Mich täuschen Sie nicht. Sie treiben Ihr Spiel mit uns. Eigentlich glauben Sie's gradsowenig wie wir, aber Sie wollen sich interessant machen und haben eine Vorstellung davon, daß Ungewöhnlichkeiten nach oben hin besser empfehlen. In höheren Karrieren will man keine Alltagsmenschen. Und da Sie so was vorhaben, so haben Sie sich was Apartes ausgesucht und sind bei der Gelegenheit auf den Spuk gefallen.'"

Effi sagte kein Wort, was dem Major zuletzt bedrücklich wurde. „Sie schweigen, gnädigste Frau."

„Ja."

„Darf ich fragen warum? Hab ich Anstoß gegeben? Oder finden Sie's unritterlich, einen abwesenden Freund, ich muß das trotz aller Verwahrungen einräumen, ein klein wenig zu hecheln? Aber da tun Sie mir trotz alledem Unrecht. Das alles soll ganz ungeniert seine Fortsetzung vor seinen Ohren haben, und ich will ihm dabei jedes Wort wiederholen, was ich jetzt eben gesagt habe."

„Glaub es." Und nun brach Effi ihr Schweigen und erzählte, was sie alles in ihrem Hause erlebt und wie sonderbar sich Innstetten damals dazu gestellt habe. „Er sagte nicht ja und nicht nein, und ich bin nicht klug aus ihm geworden."

„Also ganz der alte", lachte Crampas. „So war er damals auch schon, als wir in Liancourt und dann später in Beauvais mit ihm in Quartier lagen. Er wohnte da in einem alten bischöflichen Palast – beiläufig, was Sie vielleicht interessieren wird, war es ein Bischof von Beauvais, glücklicherweise ‚Cochon' mit Namen, der die Jungfrau von Orleans zum Feuertod verurteilte – und da verging denn kein Tag, das heißt keine Nacht, wo Innstetten nicht Unglaubliches erlebt hatte. Freilich immer nur so halb. Es konnte auch nichts sein. Und nach diesem Prinzip arbeitet er noch, wie ich sehe."

„Gut, gut. Und nun ein ernstes Wort, Crampas, auf das ich mir eine ernste Antwort erbitte: wie erklären Sie sich dies alles?"

„Ja, meine gnädigste Frau . . ."

„Keine Ausweichungen, Major. Dies alles ist sehr wichtig für mich. Er ist Ihr Freund und ich bin Ihre Freundin. Ich will wissen, wie hängt dies zusammen? Was denkt er sich dabei?"

„Ja, meine gnädigste Frau, Gott sieht ins Herz, aber ein Major vom Landwehrbezirkskommando, der sieht in gar nichts. Wie soll ich solche psychologischen Rätsel lösen? Ich bin ein einfacher Mann."

„Ach, Crampas, reden Sie nicht so töricht. Ich bin zu jung, um eine große Menschenkennerin zu sein; aber ich müßte noch vor der Einsegnung und beinah vor der Taufe stehen, um Sie für einen einfachen Mann zu halten. Sie sind das Gegenteil davon, Sie sind gefährlich ...“

„Das Schmeichelhafteste, was einem guten Vierziger, mit einem a. D. auf der Karte, gesagt werden kann. Und nun also, was sich Innstetten dabei denkt ...“

Effi nickte.

„Ja, wenn ich durchaus sprechen soll, er denkt sich dabei, daß ein Mann, wie Landrat Baron Innstetten, der jeden Tag Ministerialdirektor oder dergleichen werden kann (denn glauben Sie mir, er ist hoch hinaus), daß ein Mann wie Baron Innstetten nicht in einem gewöhnlichen Hause wohnen kann, nicht in einer solchen Kate, wie die landrätliche Wohnung, ich bitte um Vergebung, gnädigste Frau, doch eigentlich ist. Da hilft er denn nach. Ein Spukhaus ist nie was Gewöhnliches ... Das ist das eine.“

„Das eine? mein Gott, haben Sie noch etwas?“

„Ja.“

„Nun denn, ich bin ganz Ohr. Aber wenn es sein kann, lassen Sie's was Gutes sein.“

„Dessen bin ich nicht ganz sicher. Es ist etwas Heikles, beinah Gewagtes, und ganz besonders vor Ihren Ohren, gnädigste Frau.“

„Das macht mich nur um so neugieriger.“

„Gut denn. Also Innstetten, meine gnädigste Frau, hat außer seinem brennenden Verlangen, es koste was es wolle, ja, wenn es sein muß unter Heranziehung eines Spuks, seine Karriere zu machen, noch eine zweite Passion: er operiert nämlich immer erzieherisch, ist der geborene Pädagog, und hätte, links Basedow und rechts Pestalozzi (aber doch kirchlicher als beide) eigentlich nach Schnepfenthal oder Bunzlau hingepaßt.“

„Und will er mich auch erziehen? Erziehen durch Spuk?“

„Erziehen ist vielleicht nicht das richtige Wort. Aber doch erziehen auf einem Umweg.“

„Ich verstehe Sie nicht.“

„Eine junge Frau ist eine junge Frau, und ein Landrat ist ein Landrat. Er kutschiert oft im Kreise umher, und dann ist das Haus allein und unbewohnt. Aber solch Spuk ist wie ein Cherub mit dem Schwert ...“

„Ah, da sind wir wieder aus dem Walde heraus“, sagte

Effi. „Und da ist Utpatels Mühle. Wir müssen nur noch an dem Kirchhof vorüber."

Gleich danach passierten sie den Hohlweg zwischen dem Kirchhof und der eingegitterten Stelle, und Effi sah nach dem Stein und der Tanne hinüber, wo der Chinese lag.

Siebzehntes Kapitel

Es schlug zwei Uhr, als man zurück war. Crampas verabschiedete sich und ritt in die Stadt hinein, bis er vor seiner am Marktplatz gelegenen Wohnung hielt. Effi ihrerseits kleidete sich um und versuchte zu schlafen; es wollte aber nicht glücken, denn ihre Verstimmung war noch größer als ihre Müdigkeit. Daß Innstetten sich seinen Spuk parat hielt, um ein nicht ganz gewöhnliches Haus zu bewohnen, das mochte hingehen, das stimmte zu seinem Hange, sich von der großen Menge zu unterscheiden; aber das andere, daß er den Spuk als Erziehungsmittel brauchte, das war doch arg und beinahe beleidigend. Und „Erziehungsmittel", darüber war sie sich klar, sagte nur die kleinere Hälfte; was Crampas gemeint hatte, war viel, viel mehr, war eine Art Angstapparat aus Kalkül. Es fehlte jede Herzensgüte darin und grenzte schon fast an Grausamkeit. Das Blut stieg ihr zu Kopf, und sie ballte ihre kleine Hand und wollte Pläne schmieden; aber mit einem Male mußte sie wieder lachen. „Ich Kindskopf! Wer bürgt mir denn dafür, daß Crampas recht hat! Crampas ist unterhaltlich, weil er medisant ist, aber er ist unzuverlässig und ein bloßer Haselant, der schließlich Innstetten nicht das Wasser reicht."

In diesem Augenblick fuhr Innstetten vor, der heute früher zurückkam, als gewöhnlich. Effi sprang auf, um ihn schon im Flur zu begrüßen, und war um so zärtlicher, je mehr sie das Gefühl hatte, etwas gutmachen zu müssen. Aber ganz konnte sie das, was Crampas gesagt hatte, doch nicht verwinden, und inmitten ihrer Zärtlichkeiten, und während sie mit anscheinendem Interesse zuhörte, klang es in ihr immer wieder: „Also Spuk aus Berechnung, Spuk, um dich in Ordnung zu halten."

Zuletzt indessen vergaß sie's und ließ sich unbefangen von ihm erzählen.

Inzwischen war Mitte November herangekommen, und der bis zum Sturm sich steigernde Nordwester stand anderthalb

Tag lang so hart auf die Molen, daß die mehr und mehr zurückgestaute Kessine das Bollwerk überstieg und in die Straßen trat. Aber nachdem sich's ausgetobt, legte sich das Unwetter, und es kamen noch ein paar sonnige Spätherbsttage. „Wer weiß, wie lange sie dauern", sagte Effi zu Crampas, und so beschloß man, am nächsten Vormittage noch einmal auszureiten; auch Innstetten, der einen freien Tag hatte, wollte mit. Es sollte zunächst wieder bis an die Mole gehen; da wollte man dann absteigen, ein wenig am Strande promenieren und schließlich im Schutze der Dünen, wo's windstill war, ein Frühstück nehmen.

Um die festgesetzte Stunde ritt Crampas vor dem landrätlichen Hause vor; Kruse hielt schon das Pferd der gnädigen Frau, die sich rasch in den Sattel hob und noch im Aufsteigen Innstetten entschuldigte, der nun doch verhindert sei: letzte Nacht wieder großes Feuer in Morgenitz – das dritte seit drei Wochen, also angelegt – da habe er hin gemußt, sehr zu seinem Leidwesen, denn er habe sich auf diesen Ausritt, der wohl der letzte in diesem Herbste sein werde, wirklich gefreut.

Crampas sprach sein Bedauern aus, vielleicht nur um was zu sagen, vielleicht aber auch aufrichtig, denn so rücksichtslos er im Punkte chevaleresker Liebesabenteuer war, so sehr war er auch wieder guter Kamerad. Natürlich, alles ganz oberflächlich. Einem Freunde helfen und fünf Minuten später ihn betrügen, waren Dinge, die sich mit seinem Ehrbegriffe sehr wohl vertrugen. Er tat das eine und das andere mit unglaublicher Bonhomie.

Der Ritt ging wie gewöhnlich durch die Plantage hin. Rollo war wieder vorauf, dann kamen Crampas und Effi, dann Kruse. Knut fehlte.

„Wo haben Sie Knut gelassen?"

„Er hat einen Ziegenpeter."

„Merkwürdig", lachte Effi. „Eigentlich sah er schon immer so aus."

„Sehr richtig. Aber Sie sollten ihn jetzt sehen! Oder doch lieber nicht. Denn Ziegenpeter ist ansteckend, schon bloß durch Anblick."

„Glaub ich nicht."

„Junge Frauen glauben vieles nicht."

„Und dann glauben sie wieder vieles, was sie besser nicht glaubten."

„An meine Adresse?"

„Nein."

„Schade."

„Wie dies ‚Schade' Sie kleidet. Ich glaube wirklich, Major, Sie hielten es für ganz in der Ordnung, wenn ich Ihnen eine Liebeserklärung machte."

„So weit will ich nicht gehen. Aber ich möchte den sehen, der sich dergleichen nicht wünschte. Gedanken und Wünsche sind zollfrei."

„Das fragt sich. Und dann ist doch immer noch ein Unterschied zwischen Gedanken und Wünschen. Gedanken sind in der Regel etwas, das noch im Hintergrunde liegt, Wünsche aber liegen meist schon auf der Lippe."

„Nur nicht gerade *diesen* Vergleich!"

„Ach, Crampas, Sie sind ... Sie sind ..."

„Ein Narr."

„Nein. Auch darin übertreiben Sie wieder. Aber Sie sind etwas anderes. In Hohen-Cremmen sagten wir immer, und ich mit, das Eitelste, was es gäbe, das sei ein Husarenfähnrich von achtzehn ..."

„Und jetzt?"

„Und jetzt sag ich, das Eitelste, was es gibt, ist ein Landwehrbezirksmajor von zweiundvierzig."

„... Wobei die zwei Jahre, die Sie mir gnädigst erlassen, alles wiedergutmachen – küß die Hand."

„Ja, küß die Hand. Das ist so recht das Wort, das für Sie paßt. Das ist wienerisch. Und die Wiener, die hab ich kennengelernt, in Karlsbad, vor vier Jahren, wo sie mir vierzehnjährigem Dinge den Hof machten. Was ich da alles gehört habe!"

„Gewiß nicht mehr als recht war."

„Wenn das zuträfe, wäre das, was mir schmeicheln soll, ziemlich ungezogen ... Aber sehen Sie da die Bojen, wie die schwimmen und tanzen. Die kleinen roten Fahnen sind eingezogen. Immer, wenn ich diesen Sommer, die paarmal wo ich mich bis an den Strand hinauswagte, die roten Fahnen sah, sagt ich mir: da liegt Vineta, da *muß* es liegen, das sind die Turmspitzen ..."

„Das macht, weil Sie das Heinesche Gedicht kennen."

„Welches?"

„Nun, das von Vineta."

„Nein, das kenne ich nicht; ich kenne überhaupt nur wenig. Leider."

„Und haben doch Gieshübler und den Journalzirkel! Übrigens hat Heine dem Gedicht einen anderen Namen gegeben, ich glaube ‚Seegespenst' oder so ähnlich. Aber Vineta hat er gemeint. Und er selber – verzeihen Sie, wenn ich Ihnen so ohne weiteres den Inhalt hier wiedergebe – der Dichter also, während er die Stelle passiert, liegt auf einem Schiffsdeck und sieht hinunter, und sieht da schmale, mittelalterliche Straßen und trippelnde Frauen in Kapotthüten, und alle haben ein Gesangbuch in Händen und wollen zur Kirche, und alle Glocken läuten. Und als er das hört, da faßt ihn eine Sehnsucht, auch mit in die Kirche zu gehen, wenn auch bloß um der Kapotthüte willen, und vor Verlangen schreit er auf und will sich hinunterstürzen. Aber im selben Augenblicke packt ihn der Kapitän am Bein und ruft ihm zu: ‚Doktor, sind Sie des Teufels?'"

„Das ist ja allerliebst. Das möcht ich lesen. Ist es lang?"

„Nein, es ist eigentlich kurz, etwas länger als ‚Du hast Diamanten und Perlen' oder ‚Deine weichen Lilienfinger' . . ." und er berührte leise ihre Hand. „Aber lang oder kurz, welche Schilderungskraft, welche Anschaulichkeit! Er ist mein Lieblingsdichter, und ich kann ihn auswendig, so wenig ich mir sonst, trotz gelegentlich eigener Versündigungen, aus der Dichterei mache. Bei Heine liegt es aber anders: Alles ist Leben, und vor allem versteht er sich auf die Liebe, die doch die Hauptsache bleibt. Er ist übrigens nicht einseitig darin . . ."

„Wie meinen Sie das?"

„Ich meine, er ist nicht bloß für die Liebe . . ."

„Nun, wenn er diese Einseitigkeit auch hätte, das wäre am Ende noch nicht das schlimmste. Wofür ist er denn sonst noch?"

„Er ist auch sehr für das Romantische, was freilich gleich nach der Liebe kommt und nach Meinung einiger sogar damit zusammenfällt. Was ich aber nicht glaube. Denn in seinen späteren Gedichten, die man denn auch die ‚romantischen' genannt hat, oder eigentlich hat er es selber getan, in diesen romantischen Dichtungen wird in einem fort hingerichtet, allerdings vielfach aus Liebe. Aber doch meist aus anderen gröberen Motiven, wohin ich in erster Reihe die Politik, die fast immer gröblich ist, rechne. Karl Stuart zum Beispiel trägt in einer dieser Romanzen seinen Kopf unterm Arm, und noch fataler ist die Geschichte vom Vitzliputzli . . ."

„Von wem?"

„Vom Vitzliputzli. Vitzliputzli ist nämlich ein mexikanischer Gott, und als die Mexikaner zwanzig oder dreißig Spanier gefangengenommen hatten, mußten diese zwanzig oder dreißig dem Vitzliputzli geopfert werden. Das war da nicht anders, Landessitte, Kultus, und ging auch alles im Handumdrehen, Bauch auf, Herz raus ..."

„Nein, Crampas, so dürfen Sie nicht weitersprechen. Das ist indezent und degoutant zugleich. Und das alles so ziemlich in demselben Augenblicke, wo wir frühstücken wollen."

„Ich für meine Person sehe mich dadurch unbeeinflußt und stelle meinen Appetit überhaupt nur in Abhängigkeit vom Menü."

Während dieser Worte waren sie, ganz wie's das Programm wollte, vom Strand her bis an eine schon halb im Schutze der Dünen aufgeschlagene Bank, mit einem äußerst primitiven Tisch davor, gekommen, zwei Pfosten mit einem Brett darüber. Kruse, der voraufgeritten, hatte hier bereits serviert; Teebrötchen und Aufschnitt von kaltem Braten, dazu Rotwein und neben der Flasche zwei hübsche zierliche Trinkgläser, klein und mit Goldrand, wie man sie in Badeörtern kauft oder von Glashütten als Erinnerung mitbringt.

Und nun stieg man ab. Kruse, der die Zügel seines eigenen Pferdes um eine Krüppelkiefer geschlungen hatte, ging mit den beiden anderen Pferden auf und ab, während sich Crampas und Effi, die durch eine schmale Dünenöffnung einen freien Blick auf Strand und Mole hatten, vor dem gedeckten Tische niederließen.

Über das von den Sturmtagen her noch bewegte Meer goß die schon halb winterliche Novembersonne ihr fahles Licht aus, und die Brandung ging hoch. Dann und wann kam ein Windzug und trieb den Schaum bis dicht an sie heran. Strandhafer stand umher, und das helle Gelb der Immortellen hob sich, trotz der Farbenverwandtschaft, von dem gelben Sande, darauf sie wuchsen, scharf ab. Effi machte die Wirtin. „Es tut mir leid, Major, Ihnen diese Brötchen in einem Korbdeckel präsentieren zu müssen ..."

„Ein Korbdeckel ist kein Korb ..."

„... Indessen Kruse hat es so gewollt. Und da bist du ja auch, Rollo. Auf dich ist unser Vorrat aber nicht eingerichtet. Was machen wir mit Rollo?"

„Ich denke, wir geben ihm alles; ich meinerseits schon aus Dankbarkeit. Denn sehen Sie, teuerste Effi ..."

Effi sah ihn an.

„... Denn sehen Sie, gnädigste Frau, Rollo erinnert mich

wieder an das, was ich Ihnen noch als Fortsetzung oder Seitenstück zum Vitzliputzli erzählen wollte – nur viel pikanter, weil Liebesgeschichte. Haben Sie mal von einem gewissen Pedro dem Grausamen gehört?"

„So dunkel."

„... Eine Art Blaubartskönig."

„Das ist gut. Von so einem hört man immer am liebsten, und ich weiß noch, daß wir von meiner Freundin Hulda Niemeyer, deren Namen Sie ja kennen, immer behaupteten: sie wisse nichts von Geschichte, mit Ausnahme der sechs Frauen von Heinrich dem Achten, diesem englischen Blaubart, wenn das Wort für ihn reicht. Und wirklich, diese sechs kannte sie auswendig. Und dabei hätten Sie hören sollen, wie sie die Namen aussprach, namentlich den von der Mutter der Elisabeth – so schrecklich verlegen, als wäre *sie* nun an der Reihe ... Aber nun bitte, die Geschichte von Don Pedro ..."

„Nun also, an Don Pedros Hofe war ein schöner, schwarzer spanischer Ritter, der das Kreuz von Kalatrava – was ungefähr soviel bedeutet, wie schwarzer Adler und Pour le mérite zusammengenommen – auf seiner Brust trug. Dies Kreuz gehörte mit dazu, das mußten sie immer tragen, und dieser Kalatravaritter, den die Königin natürlich heimlich liebte ..."

„Warum natürlich?"

„Weil wir in Spanien sind."

„Ach so."

„Und dieser Kalatravaritter, sag ich, hatte einen wunderschönen Hund, einen Neufundländer, wiewohl es die noch gar nicht gab, denn es war grade hundert Jahre vor der Entdeckung von Amerika. Einen wunderschönen Hund also, sagen wir wie Rollo ..."

Rollo schlug an, als er seinen Namen hörte, und wedelte mit dem Schweif.

„Das ging so manchen Tag. Aber das mit der heimlichen Liebe, die wohl nicht ganz heimlich blieb, das wurde dem Könige doch zuviel, und weil er den schönen Kalatravaritter überhaupt nicht recht leiden mochte – denn er war nicht bloß grausam, er war auch ein Neidhammel, oder wenn das Wort für einen König und noch mehr für meine liebenswürdige Zuhörerin, Frau Effi, nicht recht passen sollte, wenigstens ein Neidling – so beschloß er, den Kalatravaritter für die heimliche Liebe heimlich hinrichten zu lassen."

„Kann ich ihm nicht verdenken."

„Ich weiß doch nicht, meine Gnädigste. Hören Sie nur weiter. Etwas geht schon, aber es war zuviel, der König, find ich, ging um ein erkleckliches zu weit. Er heuchelte nämlich, daß er dem Ritter wegen seiner Kriegs- und Heldentaten ein Fest veranstalten wolle, und da gab es denn eine lange, lange Tafel, und alle Granden des Reichs saßen an dieser Tafel, und in der Mitte saß der König, und ihm gegenüber war der Platz für *den,* dem dies alles galt, also für den Kalatravaritter, für den an diesem Tage zu Feiernden. Und weil der, trotzdem man schon eine ganze Weile seiner gewartet hatte, noch immer nicht kommen wollte, so mußte schließlich die Festlichkeit ohne ihn begonnen werden, und es blieb ein leerer Platz – ein leerer Platz gerade gegenüber dem König."

„Und nun?"

„Und nun denken Sie, meine gnädigste Frau, wie der König, dieser Pedro, sich eben erheben will, um gleisnerisch sein Bedauern auszusprechen, daß sein ‚lieber Gast' noch immer fehle, da hört man auf der Treppe draußen einen Aufschrei der entsetzten Dienerschaften, und ehe noch irgendwer weiß, was geschehen ist, jagt etwas an der langen Festestafel entlang, und nun springt es auf den Stuhl und setzt ein abgeschlagenes Haupt auf den leergebliebenen Platz, und über ebendieses Haupt hinweg starrt Rollo auf sein Gegenüber, den König. Rollo hatte seinen Herrn auf seinem letzten Gange begleitet und im selben Augenblicke, wo das Beil fiel, hatte das treue Tier das fallende Haupt gepackt, und da war er nun, unser Freund Rollo, an der langen Festestafel und verklagte den königlichen Mörder."

Effi war ganz still geworden. Endlich sagte sie: „Crampas, das ist in seiner Art sehr schön, und weil es sehr schön ist, will ich es Ihnen verzeihen. Aber Sie könnten doch Beßres und zugleich mir Lieberes tun, wenn Sie mir andere Geschichten erzählten. Auch von Heine. Heine wird doch nicht bloß von Vitzliputzli und Don Pedro und *Ihrem* Rollo – denn meiner hätte so was nicht getan – gedichtet haben. Komm, Rollo! Armes Tier, ich kann dich gar nicht mehr ansehen, ohne an den Kalatravaritter zu denken, den die Königin heimlich liebte ... Rufen Sie, bitte, Kruse, daß er die Sachen hier wieder in die Halfter steckt, und wenn wir zurückreiten, müssen Sie mir was anderes erzählen, ganz was anderes."

Kruse kam. Als er aber die Gläser nehmen wollte, sagte

Crampas: „Kruse, das eine Glas, *das* da, das lassen Sie stehen. Das werde ich selber nehmen."

„Zu Befehl, Herr Major."

Effi, die dies mit angehört hatte, schüttelte den Kopf. Dann lachte sie. „Crampas, was fällt Ihnen nur eigentlich ein? Kruse ist dumm genug, über die Sache nicht weiter nachzudenken, und wenn er darüber nachdenkt, so findet er glücklicherweise nichts. Aber das berechtigt Sie doch nicht, dies Glas ... dies Dreißigpfennigglas aus der Josefinenhütte ..."

„Daß Sie so spöttisch den Preis nennen, läßt mich seinen Wert um so tiefer empfinden."

„Immer derselbe. Sie haben so viel von einem Humoristen, aber doch von ganz sonderbarer Art. Wenn ich Sie recht verstehe, so haben Sie vor – es ist zum Lachen, und ich geniere mich fast, es auszusprechen -- so haben Sie vor, sich vor der Zeit auf den König von Thule hin auszuspielen."

Er nickte mit einem Anfluge von Schelmerei.

„Nun denn, meinetwegen. Jeder trägt seine Kappe; Sie wissen, welche. Nur das muß ich Ihnen doch sagen dürfen, die Rolle, die Sie *mir* dabei zudiktieren, ist mir zu wenig schmeichelhaft. Ich mag nicht als Reimwort auf Ihren König von Thule herumlaufen. Behalten Sie das Glas, aber bitte, ziehen Sie nicht Schlüsse daraus, die mich kompromittieren. Ich werde Innstetten davon erzählen."

„Das werden Sie nicht tun, meine gnädigste Frau."

„Warum nicht?"

„Innstetten ist nicht der Mann, solche Dinge *so* zu sehen, wie sie gesehen sein wollen."

Sie sah ihn einen Augenblick scharf an. Dann aber schlug sie verwirrt und fast verlegen die Augen nieder.

Achtzehntes Kapitel

Effi war unzufrieden mit sich und freute sich, daß es nunmehr feststand, diese gemeinschaftlichen Ausflüge für die ganze Winterdauer auf sich beruhen zu lassen. Überlegte sie, was während all dieser Wochen und Tage gesprochen, berührt und angedeutet war, so fand sie nichts, um dessentwillen sie sich direkte Vorwürfe zu machen gehabt hätte. Crampas war ein kluger Mann, welterfahren, humoristisch, frei, frei auch im Guten, und es wäre kleinlich und kümmerlich gewesen, wenn sie sich ihm gegenüber aufgesteift und jeden Augenblick die Regeln strengen Anstandes befolgt hätte. Nein, sie konnte sich nicht tadeln, auf seinen Ton eingegangen zu sein, und doch hatte sie ganz leise das Gefühl einer überstandenen Gefahr und beglückwünschte sich, daß das alles nun mutmaßlich hinter ihr läge. Denn an ein häufigeres Sich-Sehen en famille war nicht wohl zu denken, das war durch die Crampasschen Hauszustände so gut wie ausgeschlossen, und Begegnungen bei den benachbarten adligen Familien, die freilich für den Winter in Sicht standen, konnten immer nur sehr vereinzelt und sehr flüchtige sein. Effi rechnete sich dies alles mit wachsender Befriedigung heraus und fand schließlich, daß ihr der Verzicht auf das, was sie dem Verkehr mit dem Major verdankte, nicht allzu schwer ankommen würde. Dazu kam noch, daß Innstetten ihr mitteilte, seine Fahrten nach Varzin würden in diesem Jahre fortfallen: der Fürst gehe nach Friedrichsruh, das ihm immer lieber zu werden scheine; nach der einen Seite hin bedauere er das, nach der anderen sei es ihm lieb – er könne sich nun ganz seinem Hause widmen, und wenn es ihr recht wäre, so wollten sie die italienische Reise, an der Hand seiner Aufzeichnungen, noch einmal durchmachen. Eine solche Rekapitulation sei eigentlich die Hauptsache, dadurch mache man sich alles erst dauernd zu eigen, und selbst Dinge, die man nur flüchtig gesehen und von denen man kaum wisse, daß man sie in seiner Seele beherberge, kämen einem durch solche nachträglichen Studien erst voll zu Bewußtsein und Besitz. Er führte das noch weiter aus und fügte hinzu, daß ihn Gieshübler, der den ganzen „italienischen Stiefel" bis Palermo kenne, gebeten habe, mit dabeisein zu dürfen. Effi, der ein ganz gewöhnlicher Plauderabend ohne den „italienischen Stiefel" (es sollten sogar Photographien herumgereicht werden) viel, viel lieber gewesen wäre, antwortete mit einer gewissen Gezwungenheit; Innstetten indessen, ganz erfüllt von seinem Plane, merkte nichts und fuhr fort: „Natürlich ist nicht bloß Gieshübler zugegen, auch Roswitha und Annie müssen dabeisein, und wenn ich mir dann denke, daß wir den Canale grande hinauffahren und hören dabei ganz in der Ferne die Gondoliere singen, während drei Schritte von uns Roswitha sich über Annie beugt und ‚Buhküken von Halberstadt' oder so was Ähnliches zum besten gibt, so können das schöne Winterabende werden, und du sitzest dabei und strickst mir eine große Winterkappe. Was meinst du dazu, Effi?«

Solche Abende wurden nicht bloß geplant, sie nahmen auch ihren Anfang, und sie würden sich, aller Wahrscheinlichkeit nach, über viele Wochen hin ausgedehnt haben, wenn nicht der unschuldige harmlose Gieshübler, trotz größter Abgeneigtheit gegen zweideutiges Handeln, dennoch im Dienste zweier Herren gestanden hätte. Der eine, dem er diente, war Innstetten, der andere war Crampas, und wenn er der Innstettenschen Aufforderung zu den italienischen Abenden, schon um Effis willen, auch mit aufrichtigster Freude Folge leistete, so war die Freude, mit der er Crampas gehorchte, doch noch eine größere. Nach einem Crampasschen Plane nämlich sollte noch vor Weihnachten „Ein Schritt vom Wege" aufgeführt werden, und als man vor dem dritten italienischen Abend stand, nahm Gieshübler die Gelegenheit wahr, mit Effi, die die Rolle der Ella spielen sollte, darüber zu sprechen.

Effi war wie elektrisiert; was wollten Padua, Vicenza daneben bedeuten! Effi war nicht für Aufgewärmtheiten; Frisches war es, wonach sie sich sehnte, Wechsel der Dinge. Aber als ob eine Stimme ihr zugerufen hätte: „Sieh dich vor!" so fragte sie doch, inmitten ihrer freudigen Erregung: „Ist es der Major, der den Plan aufgebracht hat?"

„Ja. Sie wissen, gnädigste Frau, daß er einstimmig in das Vergnügungskomitee gewählt wurde. Wir dürfen uns endlich einen hübschen Winter in der Ressource versprechen. Er ist ja wie geschaffen dazu."

„Und wird er auch mitspielen?"

„Nein, das hat er abgelehnt. Ich muß sagen, leider. Denn er kann ja alles und würde den Arthur von Schmettwitz ganz vorzüglich geben. Er hat nur die Regie übernommen."

„Desto schlimmer."

„Desto schlimmer?" wiederholte Gieshübler.

„Oh, Sie dürfen das nicht so feierlich nehmen; das ist nur so eine Redensart, die eigentlich das Gegenteil bedeutet. Auf der anderen Seite freilich, der Major hat so was Gewaltsames, er nimmt einem die Dinge gern über den Kopf fort. Und man muß dann spielen, wie er will, und nicht, wie man selber will."

Sie sprach noch so weiter und verwickelte sich immer mehr in Widersprüche.

Der „Schritt vom Wege" kam wirklich zustande, und gerade weil man nur noch gute vierzehn Tage hatte (die letzte Woche vor Weihnachten war ausgeschlossen), so strengte sich alles an, und es ging vorzüglich; die Mitspielenden, vor allem Effi, ernteten reichen Beifall. Crampas hatte sich wirklich mit der Regie begnügt, und so streng er gegen alle anderen war, so wenig hatte er auf den Proben in Effis Spiel hineingeredet. Entweder waren ihm von seiten Gieshüblers Mitteilungen über das mit Effi gehabte Gespräch gemacht worden, oder er hatte es auch aus sich selber bemerkt, daß Effi beflissen war, sich von ihm zurückzuziehen. Und er war klug und Frauenkenner genug, um den natürlichen Entwicklungsgang, den er nach seinen Erfahrungen nur zu gut kannte, nicht zu stören.

Am Theaterabend in der Ressource trennte man sich spät, und Mitternacht war vorüber, als Innstetten und Effi wieder zu Hause bei sich eintrafen. Johanna war noch auf, um behülflich zu sein, und Innstetten, der auf seine junge Frau nicht wenig eitel war, erzählte Johanna, wie reizend die gnädige Frau ausgesehen und wie gut sie gespielt habe. Schade, daß er nicht vorher daran gedacht, Christel und sie selber und auch die alte Unke, die Kruse, hätten von der Musikgalerie her sehr gut zusehen können; es seien viele dagewesen. Dann ging Johanna, und Effi, die müde war, legte sich nieder. Innstetten aber, der noch plaudern wollte, schob einen Stuhl heran und setzte sich an das Bett seiner Frau, diese freundlich ansehend und ihre Hand in der seinen haltend.

„Ja, Effi, das war ein hübscher Abend. Ich habe mich amüsiert über das hübsche Stück. Und denke dir, der Dichter ist ein Kammergerichtsrat, eigentlich kaum zu glauben. Und noch dazu aus Königsberg. Aber worüber ich mich am meisten gefreut, das war doch meine entzückende kleine Frau, die allen die Köpfe verdreht hat."

„Ach, Geert, sprich nicht so. Ich bin schon gerade eitel genug."

„Eitel genug, das wird wohl richtig sein. Aber doch lange nicht so eitel wie die anderen. Und das ist zu deinen sieben Schönheiten . . ."

„Sieben Schönheiten haben alle."

„. . . Ich habe mich auch bloß versprochen; du kannst die Zahl gut mit sich selbst multiplizieren."

„Wie galant du bist, Geert. Wenn ich dich nicht kennte, könnt ich mich fürchten. Oder lauert wirklich was dahinter?"

„Hast du ein schlechtes Gewissen? Selber hinter der Tür gestanden?"

„Ach, Geert, ich ängstige mich wirklich." Und sie richtete sich im Bett in die Höh und sah ihn starr an. „Soll ich noch nach

Johanna klingeln, daß sie uns Tee bringt? Du hast es so gern vor dem Schlafengehen."

Er küßte ihr die Hand. „Nein, Effi. Nach Mitternacht kann auch der Kaiser keine Tasse Tee mehr verlangen, und du weißt, ich mag die Leute nicht mehr in Anspruch nehmen, als nötig. Nein, ich will nichts als dich ansehen und mich freuen, daß ich dich habe. So manchmal empfindet man's doch stärker, welchen Schatz man hat. Du könntest ja auch so sein wie die arme Frau Crampas; das ist eine schreckliche Frau, gegen keinen freundlich, und dich hätte sie vom Erdboden vertilgen mögen."

„Ach, ich bitte dich, Geert, das bildest du dir wieder ein. Die arme Frau! Mir ist nichts aufgefallen."

„Weil du für derlei keine Augen hast. Aber es war so wie ich dir sage, und der arme Crampas war wie befangen dadurch und mied dich immer und sah dich kaum an. Was doch ganz unnatürlich ist; denn erstens ist er überhaupt ein Damenmann, und nun gar Damen wie du, das ist seine besondere Passion. Und ich wette auch, daß es keiner besser weiß, als meine kleine Frau selber. Wenn ich daran denke, wie, Pardon, das Geschnatter hin und her ging, wenn er morgens in die Veranda kam oder wenn wir am Strande ritten oder auf der Mole spazierengingen. Es ist, wie ich dir sage, er traute sich heute nicht, er fürchtete sich vor seiner Frau. Und ich kann es ihm nicht verdenken. Die Majorin ist so etwas wie unsere Frau Kruse, und wenn ich zwischen beiden wählen müßte, ich wüßte nicht wen."

„Ich wüßt es schon; es ist doch ein Unterschied zwischen den beiden. Die arme Majorin ist unglücklich, die Kruse ist unheimlich."

„Und da bist du doch mehr für das Unglückliche?"

„Ganz entschieden."

„Nun höre, das ist Geschmacksache. Man merkt, daß du noch nicht unglücklich warst. Übrigens hat Crampas ein Talent, die arme Frau zu eskamotieren. Er erfindet immer etwas, sie zu Hause zu lassen."

„Aber heute war sie doch da."

„Ja, heute. Da ging es nicht anders. Aber ich habe mit ihm eine Partie zu Oberförster Ring verabredet, er, Gieshübler und der Pastor, auf den dritten Feiertag, und da hättest du sehen sollen, mit welcher Geschicklichkeit er bewies, daß sie, die Frau, zu Hause bleiben müsse."

„Sind es denn nur Herren?"

„O bewahre. Da würd ich mich auch bedanken. Du bist mit

dabei und noch zwei, drei andere Damen, die von den Gütern ungerechnet."

„Aber dann ist es doch auch häßlich von ihm, ich meine von Crampas, und so was bestraft sich immer. "

„Ja, mal kommt es. Aber ich glaube, unser Freund hält zu denen, die sich über das, was kommt, keine grauen Haare wachsen lassen."

„Hältst du ihn für schlecht?"

„Nein, für schlecht nicht. Beinah im Gegenteil, jedenfalls hat er gute Seiten. Aber er ist so 'n halber Pole, kein rechter Verlaß, eigentlich in nichts, am wenigsten mit Frauen. Eine Spielernatur. Er spielt nicht am Spieltisch, aber er hazardiert im Leben in einem fort, und man muß ihm auf die Finger sehen."

„Es ist mir doch lieb, daß du mir das sagst. Ich werde mich vorsehen mit ihm."

„Das tu. Aber nicht zu sehr; dann hilft es nichts. Unbefangenheit ist immer das beste, und natürlich das allerbeste ist Charakter und Festigkeit und, wenn ich solch steifleinenes Wort brauchen darf, eine reine Seele."

Sie sah ihn groß an. Dann sagte sie: „Ja, gewiß. Aber nun sprich nicht mehr, und noch dazu lauter Dinge, die mich nicht recht froh machen können. Weißt du, mir ist, als hörte ich oben das Tanzen. Sonderbar, daß es immer wieder kommt. Ich dachte, du hättest mit dem allen nur so gespaßt."

„Das will ich doch nicht sagen, Effi. Aber so oder so, man muß nur in Ordnung sein und sich nicht zu fürchten brauchen."

Effi nickte und dachte mit einem Male wieder an die Worte, die ihr Crampas über ihren Mann als „Erzieher" gesagt hatte.

Der Heilige Abend kam und verging ähnlich wie das Jahr vorher; aus Hohen-Cremmen kamen Geschenke und Briefe; Gieshübler war wieder mit einem Huldigungsvers zur Stelle, und Vetter Briest sandte eine Karte: Schneelandschaft mit Telegraphenstangen, auf deren Draht geduckt ein Vögelchen saß Auch für Annie war aufgebaut: ein Baum mit Lichtern, und das Kind griff mit seinen Händchen danach. Innstetten, unbefangen und heiter, schien sich seines häuslichen Glücks zu freuen und beschäftigte sich viel mit dem Kinde. Roswitha war erstaunt, den gnädigen Herrn so zärtlich und zugleich so aufgeräumt zu sehen. Auch Effi sprach viel und lachte viel, es kam ihr aber nicht aus innerster Seele. Sie fühlte sich bedrückt und wußte nur nicht, wen sie dafür verantwortlich machen sollte, Innstetten oder sich selber. Von Crampas war kein Weihnachtsgruß eingetroffen; eigentlich war es ihr lieb, aber auch wieder nicht, seine Huldigungen erfüllten sie mit einem gewissen Bangen, und seine Gleichgültigkeiten verstimmten sie; sie sah ein, es war nicht alles so, wie's sein sollte.

„Du bist so unruhig", sagte Innstetten nach einer Weile.

„Ja. Alle Welt hat es so gut mit mir gemeint, am meisten du; das bedrückt mich, weil ich fühle, daß ich es nicht verdiene."

„Damit darf man sich nicht quälen, Effi. Zuletzt ist es doch so: was man empfängt, das hat man auch verdient."

Effi hörte scharf hin, und ihr schlechtes Gewissen ließ sie sich selber fragen, ob er das absichtlich in so zweideutiger Form gesagt habe.

Spät gegen Abend kam Pastor Lindequist, um zu gratulieren und noch wegen der Partie nach der Oberförsterei Uvagla hin anzufragen, die natürlich eine Schlittenpartie werden müsse. Crampas habe ihm einen Platz in seinem Schlitten angeboten, aber weder der Major noch sein Bursche, der wie alles, auch das Kutschieren übernehmen solle, kenne den Weg, und so würde es sich vielleicht empfehlen, die Fahrt gemeinschaftlich zu machen, wobei dann der landrätliche Schlitten die Tête zu nehmen und der Crampassche zu folgen hätte. Wahrscheinlich auch der Gieshüblersche. Denn mit der Wegkenntnis Mirambos, dem sich unerklärlicherweise Freund Alonzo, der doch sonst so vorsichtig, anvertrauen wolle, stehe es wahrscheinlich noch schlechter als mit der des sommersprossigen Treptower Ulanen. Innstetten, den diese kleinen Verlegenheiten erheiterten, war mit Lindequists Vorschlage durchaus einverstanden und ordnete die Sache dahin, daß er pünktlich um zwei Uhr über den Marktplatz fahren und ohne alles Säumen die Führung des Zuges in die Hand nehmen werde.

Nach diesem Übereinkommen wurde denn auch verfahren, und als Innstetten punkt zwei Uhr den Marktplatz passierte, grüßte Crampas zunächst von seinem Schlitten aus zu Effi hinüber und schloß sich dann dem Innstettenschen an. Der Pastor saß neben ihm. Gieshüblers Schlitten, mit Gieshübler selbst und Doktor Hannemann, folgte, jener in einem eleganten Büffelrock mit Marderbesatz, dieser in einem Bärenpelz, dem man ansah, daß er wenigstens dreißig Dienstjahre zählte. Hannemann war nämlich in seiner Jugend Schiffschirurgus auf einem Grönlandfahrer gewesen. Mirambo saß vorn, etwas aufgeregt wegen Unkenntnis im Kutschieren, ganz wie Lindequist vermutet hatte.

Schon nach zwei Minuten war man an Utpatels Mühle vorbei.

Zwischen Kessin und Uvagla (wo, der Sage nach, ein Wendentempel gestanden) lag ein nur etwa tausend Schritt breiter, aber wohl anderthalb Meilen langer Waldstreifen, der an seiner rechten Längsseite das Meer, an seiner linken, bis weit an den Horizont hin, ein großes, überaus fruchtbares und gut angebautes Stück Land hatte. Hier, an der Binnenseite, flogen jetzt die drei Schlitten hin, in einiger Entfernung ein paar alte Kutschwagen vor sich, in denen, aller Wahrscheinlichkeit nach, andere nach der Oberförsterei hin eingeladene Gäste saßen. Einer dieser Wagen war an seinen altmodisch hohen Rädern deutlich zu erkennen, es war der Papenhagensche. Natürlich. Güldenklee galt als der beste Redner des Kreises (noch besser als Borcke, ja selbst besser als Grasenabb) und durfte bei Festlichkeiten nicht leicht fehlen.

Die Fahrt ging rasch – auch die herrschaftlichen Kutscher strengten sich an und wollten sich nicht überholen lassen – so daß man schon um drei vor der Oberförsterei hielt. Ring, ein stattlicher, militärisch dreinschauender Herr von Mitte fünfzig, der den ersten Feldzug in Schleswig noch unter Wrangel und Bonin mitgemacht und sich bei Erstürmung des Danewerks ausgezeichnet hatte, stand in der Tür und empfing seine Gäste, die, nachdem sie abgelegt und die Frau des Hauses begrüßt hatten, zunächst vor einem langgedeckten Kaffeetische Platz nahmen, auf dem kunstvoll aufgeschichtete Kuchenpyramiden standen. Die Oberförsterin, eine von Natur sehr ängstliche, zum mindesten aber sehr befangene Frau, zeigte sich auch als Wirtin so, was den überaus eitlen Oberförster, der für Sicherheit und Schneidigkeit war, ganz augenscheinlich verdroß. Zum Glück kam sein Unmut zu keinem Ausbruch, denn von dem, was seine Frau vermissen ließ, hatten seine Töchter desto mehr, bildhübsche Backfische von vierzehn und dreizehn, die ganz nach dem Vater schlugen. Besonders die ältere, Cora, kokettierte sofort mit Innstetten und Crampas, und beide gingen auch darauf ein. Effi ärgerte sich darüber und schämte sich dann wieder, daß sie sich geärgert habe. Sie saß neben Sidonie von Grasenabb und sagte: „Sonderbar, so bin ich auch gewesen, als ich vierzehn war."

Effi rechnete darauf, daß Sidonie dies bestreiten oder doch wenigstens Einschränkungen machen würde. Statt dessen sagte diese: „Das kann ich mir denken."

„Und wie der Vater sie verzieht", fuhr Effi halb verlegen, und nur, um doch was zu sagen, fort.

Sidonie nickte. „Da liegt es. Keine Zucht. Das ist die Signatur unserer Zeit."

Effi brach nun ab.

Der Kaffee war bald genommen, und man stand auf, um noch einen halbstündigen Spaziergang in den umliegenden Wald zu machen, zunächst auf ein Gehege zu, drin Wild eingezäunt war. Cora öffnete das Gatter, und kaum, daß sie eingetreten, so kamen auch schon die Rehe auf sie zu. Es war eigentlich reizend, ganz wie ein Märchen. Aber die Eitelkeit des jungen Dinges, das sich bewußt war, ein lebendes Bild zu stellen, ließ doch einen reinen Eindruck nicht aufkommen, am wenigsten bei Effi. „Nein", sagte sie zu sich selber, „so bin ich doch nicht gewesen. Vielleicht hat es mir auch an Zucht gefehlt, wie diese furchtbare Sidonie mir eben andeutete, vielleicht auch anderes noch. Man war zu Haus zu gütig gegen mich, man liebte mich zu sehr. Aber das darf ich doch wohl sagen, ich habe mich nie geziert. Das war immer Huldas Sache. Darum gefiel sie mir auch nicht, als ich diesen Sommer sie wiedersah."

Auf dem Rückwege vom Walde nach der Oberförsterei begann es zu schneien. Crampas gesellte sich zu Effi und sprach ihr sein Bedauern aus, daß er noch nicht Gelegenheit gehabt habe, sie zu begrüßen. Zugleich wies er auf die großen, schweren Schneeflocken, die fielen, und sagte: „Wenn das so weitergeht, so schneien wir hier ein."

„Das wäre nicht das Schlimmste. Mit dem Eingeschneitwerden verbinde ich von langer Zeit her eine freundliche Vorstellung, eine Vorstellung von Schutz und Beistand."

„Das ist mir neu, meine gnädigste Frau."

„Ja", fuhr Effi fort und versuchte zu lachen, „mit den Vorstellungen ist es ein eigen Ding, man macht sie sich nicht bloß nach dem, was man persönlich erfahren hat, auch nach dem, was man irgendwo gehört oder ganz zufällig weiß. Sie sind so belesen, Major, aber mit einem Gedichte – freilich keinem Heineschen, keinem ‚Seegespenst' und keinem ‚Vitzliputzli' – bin ich Ihnen, wie mir scheint, doch voraus. Dies Gedicht heißt die ‚Gottesmauer', und ich hab es bei unserm Hohen-Cremmner Pastor vor vielen, vielen Jahren, als ich noch ganz klein war, auswendig gelernt."

„Gottesmauer", wiederholte Crampas. „Ein hübscher Titel, und wie verhält es sich damit?"

„Eine kleine Geschichte, nur ganz kurz. Da war irgendwo Krieg, ein Winterfeldzug, und eine alte Witwe, die sich vor dem Feinde mächtig fürchtete, betete zu Gott, er möge doch ‚eine Mauer um sie bauen', um sie vor dem Landesfeinde zu schützen. Und da ließ Gott das Haus einschneien, und der Feind zog daran vorüber."

Crampas war sichtlich betroffen und wechselte das Gespräch.

Als es dunkelte, waren alle wieder in der Oberförsterei zurück.

Neunzehntes Kapitel

Gleich nach sieben ging man zu Tisch, und alles freute sich, daß der Weihnachtsbaum, eine mit zahllosen Silberkugeln bedeckte Tanne, noch einmal angesteckt wurde. Crampas, der das Ringsche Haus noch nicht kannte, war helle Bewunderung. Der Damast, die Weinkühler, das reiche Silbergeschirr, alles wirkte herrschaftlich, weit über oberförsterliche Durchschnittsverhältnisse hinaus, was darin seinen Grund hatte, daß Rings Frau, so scheu und verlegen sie war, aus einem reichen Danziger Kornhändlerhause stammte. Von daher rührten auch die meisten der ringsumher hängenden Bilder: der Kornhändler und seine Frau, der Marienburger Remter und eine gute Kopie nach dem berühmten Memlingschen Altarbilde in der Danziger Marienkirche. Kloster Oliva war zweimal da, einmal in Öl und einmal in Kork geschnitzt. Außerdem befand sich über dem Büffet ein sehr nachgedunkeltes Porträt des alten Nettelbeck, das noch aus dem bescheidenen Mobiliar des erst vor anderthalb Jahren verstorbenen Ringschen Amtsvorgängers herrührte. Niemand hatte damals, bei der wie gewöhnlich stattfindenden Auktion, das Bild des Alten haben wollen, bis Innstetten, der sich über diese Mißachtung ärgerte, darauf geboten hatte. Da hatte sich denn auch Ring patriotisch besonnen, und der alte Kolbergverteidiger war der Oberförsterei verblieben.

Das Nettelbeckbild ließ ziemlich viel zu wünschen übrig; sonst aber verriet alles, wie schon angedeutet, eine beinahe an Glanz streifende Wohlhabenheit, und dem entsprach denn auch das Mahl, das aufgetragen wurde. Jeder hatte mehr oder weniger seine Freude daran, mit Ausnahme Sidoniens. Diese saß zwischen Innstetten und Lindequist und sagte, als sie Coras ansichtig wurde: „Da ist ja wieder dies unausstehliche Balg, diese

Cora. Sehen Sie nur, Innstetten, wie sie die kleinen Weingläser präsentiert, ein wahres Kunststück, sie könnte jeden Augenblick Kellnerin werden. Ganz unerträglich. Und dazu die Blicke von Ihrem Freunde Crampas! Das ist so die rechte Saat! Ich frage Sie, was soll dabei herauskommen?"

Innstetten, der ihr eigentlich zustimmte, fand trotzdem den Ton, in dem das alles gesagt wurde, so verletzend herbe, daß er spöttisch bemerkte: „Ja, meine Gnädigste, was dabei herauskommen soll? Ich weiß es *auch* nicht" – worauf sich Sidonie von ihm ab- und ihrem Nachbar zur Linken zuwandte: „Sagen Sie, Pastor, ist diese vierzehnjährige Kokette schon im Unterricht bei Ihnen?"

„Ja, mein gnädigstes Fräulein."

„Dann müssen Sie mir die Bemerkung verzeihen, daß Sie sie nicht in die richtige Schule genommen haben. Ich weiß wohl, es hält das heutzutage sehr schwer, aber ich weiß auch, daß die, denen die Fürsorge für junge Seelen obliegt, es vielfach an dem rechten Ernste fehlen lassen. Es bleibt dabei, die Hauptschuld tragen die Eltern und Erzieher."

Lindequist, denselben Ton anschlagend wie Innstetten, antwortete, daß das alles sehr richtig, der Geist der Zeit aber *zu* mächtig sei.

„Geist der Zeit!" sagte Sidonie. „Kommen Sie mir nicht damit. Das kann ich nicht hören, das ist der Ausdruck höchster Schwäche, Bankrutterklärung. Ich kenne das; nie scharf zufassen wollen, immer dem Unbequemen aus dem Wege gehen. Denn Pflicht ist unbequem. Und so wird nur allzu leicht vergessen, daß das uns anvertraute Gut auch mal von uns zurückgefordert wird. Eingreifen, lieber Pastor, Zucht. Das Fleisch ist schwach, gewiß; aber ..."

In diesem Augenblicke kam ein englisches Roastbeef, von dem Sidonie ziemlich ausgiebig nahm, ohne Lindequists Lächeln dabei zu bemerken. Und weil sie's nicht bemerkte, so durfte es auch nicht wundernehmen, daß sie mit vieler Unbefangenheit fortfuhr: „Es kann übrigens alles, was Sie hier sehen, nicht wohl anders sein; alles ist schief und verfahren von Anfang an. Ring, Ring – wenn ich nicht irre, hat es drüben in Schweden oder da herum mal einen Sagenkönig dieses Namens gegeben. Nun sehen Sie, benimmt er sich nicht, als ob er von dem abstamme, und seine Mutter, die ich noch gekannt habe, war eine Plättfrau in Köslin."

„Ich kann darin nichts Schlimmes finden."

„Schlimmes finden? Ich auch nicht. Und jedenfalls gibt es Schlimmeres. Aber soviel muß ich doch von Ihnen, als einem geweihten Diener der Kirche, gewärtigen dürfen, daß Sie die gesellschaftlichen Ordnungen gelten lassen. Ein Oberförster ist ein bißchen mehr als ein Förster, und ein Förster hat nicht solche Weinkühler und solch Silberzeug; das alles ist ungehörig und zieht dann solche Kinder groß, wie dies Fräulein Cora."

Sidonie, jedesmal bereit, irgendwas Schreckliches zu prophezeien, wenn sie, vom Geist überkommen, die Schalen ihres Zornes ausschüttete, würde sich auch heute bis zum Kassandrablick in die Zukunft gesteigert haben, wenn nicht in ebendiesem Augenblicke die dampfende Punschbowle – womit die Weihnachtsreunions bei Ring immer abschlossen – auf der Tafel erschienen wäre, dazu Krausgebackenes, das, geschickt übereinandergetürmt, noch weit über die vor einigen Stunden aufgetragene Kaffeekuchenpyramide hinauswuchs. Und nun trat auch Ring selbst, der sich bis dahin etwas zurückgehalten hatte, mit einer gewissen strahlenden Feierlichkeit in Aktion und begann die vor ihm stehenden Gläser, große geschliffene Römer, in virtuosem Bogensturz zu füllen, ein Einschenkekunststück, das die stets schlagfertige Frau von Padden, die heute leider fehlte, mal als „Ringsche Füllung en cascade" bezeichnet hatte. Rotgolden wölbte sich dabei der Strahl, und kein Tropfen durfte verlorengehen. So war es auch heute wieder. Zuletzt aber, als jeder, was ihm zukam, in Händen hielt – auch Cora, die sich mittlerweile mit ihrem rotblonden Wellenhaar auf „Onkel Crampas'" Schoß gesetzt hatte – erhob sich der alte Papenhagner, um, wie herkömmlich bei Festlichkeiten der Art, einen Toast auf seinen lieben Oberförster auszubringen. Es gäbe viele Ringe, so etwa begann er, Jahresringe, Gardinenringe, Trauringe, und was nun gar – denn auch davon dürfe sich am Ende wohl sprechen lassen – die Verlobungsringe angehe, so sei glücklicherweise die Gewähr gegeben, daß einer davon in kürzester Frist in diesem Hause sichtbar werden und den Ringfinger (und zwar hier in einem *doppelten* Sinne den Ringfinger) eines kleinen hübschen Pätschelchens zieren werde ...

„Unerhört", raunte Sidonie dem Pastor zu.

„Ja, meine Freunde", fuhr Güldenklee mit gehobener Stimme fort, „viele Ringe gibt es, und es gibt sogar eine Geschichte, die wir alle kennen, die die Geschichte von den ‚drei Ringen' heißt, eine Judengeschichte, die, wie der ganze liberale Krimskrams, nichts wie Verwirrung und Unheil gestiftet hat und noch stiftet. Gott bessere es. Und nun lassen Sie mich schließen, um Ihre Geduld und Nachsicht nicht über Gebühr in Anspruch zu nehmen. Ich bin *nicht* für diese drei Ringe, meine Lieben, ich bin vielmehr für *einen* Ring, für *einen* Ring, der so recht ein Ring ist wie er sein soll, ein Ring, der alles Gute, was wir in unsrem altpommerschen Kessiner Kreise haben, alles, was noch mit Gott für König und Vaterland einsteht – und es sind ihrer noch einige“ (lauter Jubel) „– an diesem seinem gastlichen Tisch vereinigt sieht. Für *diesen* Ring bin ich. Er lebe hoch!“

Alles stimmte ein und umdrängte Ring, der, solange das dauerte, das Amt des „Einschenkens en cascade“ an den ihm gegenübersitzenden Crampas abtreten mußte; der Hauslehrer aber stürzte von seinem Platz am unteren Ende der Tafel an das Klavier und schlug die ersten Takte des Preußenliedes an, worauf alles stehend und feierlich einfiel: „Ich bin ein Preuße ... will ein Preuße sein.“

„Es ist doch etwas Schönes“, sagte gleich nach der ersten Strophe der alte Borcke zu Innstetten, „so was hat man in anderen Ländern nicht.“

„Nein“, antwortete Innstetten, der von solchem Patriotismus nicht viel hielt, „in anderen Ländern hat man was anderes.“

Man sang alle Strophen durch, dann hieß es, die Wagen seien vorgefahren, und gleich darnach erhob sich alles, um die Pferde nicht warten zu lassen. Denn diese Rücksicht „auf die Pferde“ ging auch im Kreise Kessin allem anderen vor. Im Hausflur standen zwei hübsche Mägde, Ring hielt auf dergleichen, um den Herrschaften beim Anziehen ihrer Pelze behülflich zu sein. Alles war heiter angeregt, einige mehr als das, und das Einsteigen in die verschiedenen Gefährte schien sich schnell und ohne Störung vollziehen zu sollen, als es mit einemmal hieß, der Gieshüblersche Schlitten sei nicht da. Gieshübler selbst war viel zu artig, um gleich Unruhe zu zeigen oder gar Lärm zu machen; endlich aber, weil doch wer das Wort nehmen mußte, fragte Crampas, was es denn eigentlich sei?

„Mirambo kann nicht fahren“, sagte der Hofeknecht; „das linke Pferd hat ihn beim Anspannen vor das Schienbein geschlagen. Er liegt im Stall und schreit.“

Nun wurde natürlich nach Dr. Hannemann gerufen, der denn auch hinausging und nach fünf Minuten mit echter Chirurgenruhe versicherte: Ja, Mirambo müsse zurückbleiben; es sei vorläufig in der Sache nichts zu machen, als still liegen und kühlen. Übrigens von Bedenklichem keine Rede. Das war nun einigermaßen ein Trost, aber schaffte doch die Verlegenheit, wie der Gieshüblersche Schlitten zurückzufahren sei, nicht aus der Welt, bis Innstetten erklärte, daß er für Mirambo einzutreten und das Zwiegestirn von Doktor und Apotheker persönlich glücklich heimzusteuern gedenke. Lachend und unter ziemlich angeheiterten Scherzen gegen den verbindlichsten aller Landräte, der sich, um hülfreich zu sein, sogar von seiner jungen Frau trennen wolle, wurde dem Vorschlage zugestimmt, und Innstetten, mit Gieshübler und dem Doktor im Fond, nahm jetzt wieder die Tête. Crampas und Lindequist folgten unmittelbar. Und als gleich danach auch Kruse mit dem landrätlichen Schlitten vorfuhr, trat Sidonie lächelnd an Effi heran und bat diese, da ja nun ein Platz frei sei, mit ihr fahren zu dürfen. „In unserer Kutsche ist es immer so stickig; mein Vater liebt das. Und außerdem, ich möchte so gerne mit Ihnen plaudern. Aber nur bis Quappendorf. Wo der Morgnitzer Weg abzweigt, steig ich aus und muß dann wieder in unsern unbequemen Kasten. Und Papa raucht auch noch."

Effi war wenig erfreut über diese Begleitung und hätte die Fahrt lieber allein gemacht; aber ihr blieb keine Wahl, und so stieg denn das Fräulein ein, und kaum daß beide Damen ihre Plätze genommen hatten, so gab Kruse den Pferden auch schon einen Peitschenknips und von der oberförsterlichen Rampe her, von der man einen prächtigen Ausblick auf das Meer hatte, ging es, die ziemlich steile Düne hinunter, auf den Strandweg zu, der, eine Meile lang, in beinahe gerader Linie bis an das Kessiner Strandhotel, und von dort aus, rechts einbiegend, durch die Plantage hin, in die Stadt führte. Der Schneefall hatte schon seit ein paar Stunden aufgehört, die Luft war frisch, und auf das weite dunkelnde Meer fiel der matte Schein der Mondsichel. Kruse fuhr hart am Wasser hin, mitunter den Schaum der Brandung durchschneidend, und Effi, die etwas fröstelte, wikkelte sich fester in ihren Mantel und schwieg noch immer und mit Absicht. Sie wußte recht gut, daß das mit der „stickigen Kutsche" bloß Vorwand gewesen und daß sich Sidonie nur zu ihr gesetzt hatte, um ihr etwas Unangenehmes zu sagen. Und das kam immer noch früh genug. Zudem war sie wirklich müde, vielleicht von dem Spaziergang im Walde, vielleicht auch von dem oberförsterlichen Punsch, dem sie, auf Zureden der neben ihr sitzenden Frau v. Flemming tapfer zugesprochen hatte. Sie tat denn auch, als ob sie schliefe, schloß die Augen und neigte den Kopf immer mehr nach links.

„Sie sollten sich nicht so sehr nach links beugen, meine gnädigste Frau. Fährt der Schlitten auf einen Stein, so fliegen Sie hinaus. Ihr Schlitten hat ohnehin kein Schutzleder und, wie ich sehe, auch nicht einmal die Haken dazu."

„Ich kann die Schutzleder nicht leiden; sie haben so was Prosaisches. Und dann, wenn ich hinausflöge, mir wär es recht, am liebsten gleich in die Brandung. Freilich ein etwas kaltes Bad, aber was tut's ... Übrigens hören Sie nichts?"

„Nein."

„Hören Sie nicht etwas wie Musik?"

„Orgel?"

„Nein, nicht Orgel. Da würd ich denken, es sei das Meer. Aber es ist etwas anderes, ein unendlich feiner Ton, fast wie menschliche Stimme ..."

„Das sind Sinnestäuschungen", sagte Sidonie, die jetzt den richtigen Einsetzemoment gekommen glaubte. „Sie sind nervenkrank. Sie hören Stimmen. Gebe Gott, daß Sie auch die richtige Stimme hören."

„Ich höre ... nun, gewiß, es ist Torheit, ich weiß, sonst würd ich mir einbilden, ich hätte die Meerfrauen singen hören ... Aber, ich bitte Sie, was ist das? Es blitzt ja bis hoch in den Himmel hinauf. Das muß ein Nordlicht sein."

„Ja", sagte Sidonie. „Gnädigste Frau tun ja, als ob es ein Weltwunder wäre. Das ist es nicht. Und wenn es dergleichen wäre, wir haben uns vor Naturkultus zu hüten. Übrigens ein wahres Glück, daß wir außer Gefahr sind, unsern Freund Oberförster, diesen eitelsten aller Sterblichen, über dies Nordlicht sprechen zu hören. Ich wette, daß er sich einbilden würde, das tue ihm der Himmel zu Gefallen, um sein Fest noch festlicher zu machen. Er ist ein Narr. Güldenklee konnte Besseres tun, als ihn feiern. Und dabei spielt er sich auf den Kirchlichen aus und hat auch neulich eine Altardecke geschenkt. Vielleicht, daß Cora daran mitgestickt hat. Diese Unechten sind schuld an allem, denn ihre Weltlichkeit liegt immer obenauf und wird denen mit angerechnet, die's ernst mit dem Heil ihrer Seele meinen."

„Es ist so schwer, ins Herz zu sehen!"

„Ja. Das ist es. Aber bei manchem ist es auch ganz leicht." Und dabei sah sie die junge Frau mit beinahe ungezogener Eindringlichkeit an.

Effi schwieg und wandte sich ungeduldig zur Seite.

„Bei manchem, sag ich, ist es ganz leicht", wiederholte Sidonie, die ihren Zweck erreicht hatte und deshalb ruhig lächelnd fortfuhr: „und zu diesen leichten Rätseln gehört unser Oberförster. Wer seine Kinder so erzieht, den beklag ich, aber das *eine* Gute hat es, es liegt bei ihm alles klar da. Und wie bei ihm selbst, so bei den Töchtern. Cora geht nach Amerika und wird Millionärin oder Methodistenpredigerin; in jedem Fall ist sie verloren. Ich habe noch keine Vierzehnjährige gesehen ..."

In diesem Augenblicke hielt der Schlitten, und als sich beide Damen umsahen, um in Erfahrung zu bringen, was es denn eigentlich sei, bemerkten sie, daß rechts von ihnen, in etwa dreißig Schritt Abstand, auch die beiden anderen Schlitten hielten — am weitesten nach rechts der von Innstetten geführte, näher heran der Crampassche.

„Was ist?" fragte Effi.

Kruse wandte sich halb herum und sagte: „Der Schloon, gnäd'ge Frau."

„Der Schloon? Was ist das? Ich sehe nichts."

Kruse wiegte den Kopf hin und her, wie wenn er ausdrücken wollte, daß die Frage leichter gestellt als beantwortet sei. Worin er auch recht hatte. Denn was der Schloon sei, das war nicht so mit drei Worten zu sagen. Kruse fand aber in seiner Verlegenheit alsbald Hülfe bei dem gnädigen Fräulein, das hier mit allem Bescheid wußte und natürlich auch mit dem Schloon.

„Ja, meine gnädigste Frau", sagte Sidonie, „da steht es schlimm. Für mich hat es nicht viel auf sich, ich komme bequem durch; denn wenn erst die Wagen heran sind, die haben hohe Räder, und unsere Pferde sind außerdem daran gewöhnt. Aber mit solchem Schlitten ist es was anderes; die versinken im Schloon, und Sie werden wohl oder übel einen Umweg machen müssen."

„Versinken! Ich bitte Sie, mein gnädigstes Fräulein, ich sehe noch immer nicht klar. Ist denn der Schloon ein Abgrund oder irgendwas, drin man mit Mann und Maus zugrunde gehen muß? Ich kann mir so was hierzulande gar nicht denken."

„Und doch ist es so was, nur freilich im kleinen; dieser Schloon ist eigentlich bloß ein kümmerliches Rinnsal, das hier rechts vom Gothener See her herunterkommt und sich durch die Dünen schleicht. Und im Sommer trocknet es mitunter ganz aus, und Sie fahren dann ruhig drüber hin und wissen es nicht einmal."

„Und im Winter?"

„Ja, im Winter, da ist es was anderes; nicht immer, aber doch oft. Da wird es dann ein Sog."

„Mein Gott, was sind das nur alles für Namen und Wörter!"

„.. Da wird es ein Sog, und am stärksten immer dann, wenn der Wind nach dem Lande hin steht. Dann drückt der Wind das Meerwasser in das kleine Rinnsal hinein, aber nicht so, daß man es sehen kann. Und das ist das Schlimmste von der Sache, darin steckt die eigentliche Gefahr. Alles geht nämlich unterirdisch vor sich, und der ganze Strandsand ist dann bis tief hinunter mit Wasser durchsetzt und gefüllt. Und wenn man dann über solche Sandstelle weg will, die keine mehr ist, dann sinkt man ein, als ob es ein Sumpf oder ein Moor wäre."

„Das kenn ich", sagte Effi lebhaft. „Das ist wie in unsrem Luch", und inmitten all ihrer Ängstlichkeit wurde ihr mit einem Male ganz wehmütig-freudig zu Sinn.

Während das Gespräch noch so ging und sich fortsetzte, war Crampas aus seinem Schlitten ausgestiegen und auf den am äußersten Flügel haltenden Gieshüblerschen zugeschritten, um hier mit Innstetten zu verabreden, was nun wohl eigentlich zu tun sei. Knut, so vermeldete er, wolle die Durchfahrt riskieren, aber Knut sei dumm und verstehe nichts von der Sache; nur solche, die hier zu Hause seien, müßten die Entscheidung treffen. Innstetten – sehr zu Crampas' Überraschung – war auch fürs „Riskieren", es müsse durchaus noch mal versucht werden ... er wisse schon, die Geschichte wiederhole sich jedesmal: die Leute hier hätten einen Aberglauben und vorweg eine Furcht, während es doch eigentlich wenig zu bedeuten habe. Nicht Knut, der wisse nicht Bescheid, wohl aber Kruse solle noch einmal einen Anlauf nehmen und Crampas derweilen bei den Damen einsteigen (ein kleiner Rücksitz sei ja noch da), um bei der Hand zu sein, wenn der Schlitten umkippe. Das sei doch schließlich das Schlimmste, was geschehen könne.

Mit dieser Innstettenschen Botschaft erschien jetzt Crampas bei den beiden Damen und nahm, als er lachend seinen Auftrag ausgeführt hatte, ganz nach empfangener Ordre den kleinen Sitzplatz ein, der eigentlich nichts als eine mit Tuch überzogene Leiste war, und rief Kruse zu: „Nun, vorwärts, Kruse."

Dieser hatte denn auch die Pferde bereits um hundert Schritte zurückgezoppt und hoffte, scharf anfahrend, den Schlitten glücklich durchbringen zu können; im selben Augenblick aber, wo die Pferde den Schloon auch nur berührten, sanken sie bis über die Knöchel in den Sand ein, so daß sie nur mit Mühe nach rückwärts wieder heraus konnten.

„Es geht nicht", sagte Crampas, und Kruse nickte.

Während sich dies abspielte, waren endlich auch die Kutschen herangekommen, die Grasenabbsche vorauf, und als Sidonie, nach kurzem Dank gegen Effi, sich verabschiedet und dem seine türkische Pfeife rauchenden Vater gegenüber ihren Rückplatz eingenommen hatte, ging es mit dem Wagen ohne weiteres auf den Schloon zu; die Pferde sanken tief ein, aber die Räder ließen alle Gefahr leicht überwinden, und ehe eine halbe Minute vorüber war, trabten auch schon die Grasenabbs drüben weiter. Die andern Kutschen folgten. Effi sah ihnen ohne Neid nach. Indessen nicht lange, denn auch für die Schlittenfahrer war in der zwischenliegenden Zeit Rat geschafft worden, und zwar einfach dadurch, daß sich Innstetten entschlossen hatte, statt aller weiteren Forcierung, das friedlichere Mittel eines Umwegs zu wählen. Also genau das, was Sidonie gleich anfangs in Sicht gestellt hatte. Vom rechten Flügel her klang des Landrats bestimmte Weisung herüber, vorläufig diesseits zu bleiben und ihm durch die Dünen hin bis an eine weiter hinauf gelegene Bohlenbrücke zu folgen. Als beide Kutscher, Knut und Kruse, so verständigt waren, trat der Major, der, um Sidonie zu helfen, gleichzeitig mit dieser ausgestiegen war, wieder an Effi heran und sagte: „Ich kann Sie nicht allein lassen, gnäd'ge Frau."

Effi war einen Augenblick unschlüssig, rückte dann aber rasch von der einen Seite nach der anderen hinüber, und Crampas nahm links neben ihr Platz.

All dies hätte vielleicht mißdeutet werden können, Crampas selbst aber war zu sehr Frauenkenner, um es sich bloß in Eitelkeit zurechtzulegen. Er sah deutlich, daß Effi nur tat, was, nach Lage der Sache, das einzig richtige war. Es war unmöglich für sie, sich seine Gegenwart zu verbitten. Und so ging es denn im Fluge den beiden anderen Schlitten nach, immer dicht an dem Wasserlaufe hin, an dessen anderem Ufer dunkle Waldmassen aufragten. Effi sah hinüber und nahm an, daß schließlich an dem landeinwärts gelegenen Außenrande des Waldes hin die Weiterfahrt gehen würde, genau also *den* Weg entlang, auf dem man in früher Nachmittagsstunde gekommen war. Innstetten aber hatte sich inzwischen einen anderen Plan gemacht, und im selben Augenblicke, wo sein Schlitten die Bohlenbrücke passierte, bog er, statt den Außenweg zu wählen, in einen schmaleren Weg ein, der mitten durch die dichte Waldmasse hindurchführte. Effi schrak zusammen. Bis dahin waren Luft und Licht um sie her gewesen, aber jetzt war es damit vorbei, und die dunklen Kronen wölbten sich über ihr. Ein Zittern überkam sie, und sie schob die Finger fest ineinander, um sich einen Halt zu geben.

Gedanken und Bilder jagten sich und eines dieser Bilder war das Mütterchen in dem Gedichte, das die „Gottesmauer" hieß, und wie das Mütterchen, so betete auch sie jetzt, daß Gott eine Mauer um sie her bauen möge. Zwei, drei Male kam es auch über ihre Lippen, aber mit einemmal fühlte sie, daß es tote Worte waren. Sie fürchtete sich und war doch zugleich wie in einem Zauberbann und wollte auch nicht heraus.

„Effi", klang es jetzt leis an ihr Ohr, und sie hörte, daß seine Stimme zitterte. Dann nahm er ihre Hand und löste die Finger, die sie noch immer geschlossen hielt, und überdeckte sie mit heißen Küssen. Es war ihr, als wandle sie eine Ohnmacht an.

Als sie die Augen wieder öffnete, war man aus dem Walde heraus, und in geringer Entfernung vor sich hörte sie das Geläut der voraufeilenden Schlitten. Immer vernehmlicher klang es, und als man, dicht vor Utpatels Mühle, von den Dünen her in die Stadt einbog, lagen rechts die kleinen Häuser mit ihren Schneedächern neben ihnen.

Effi blickte sich um, und im nächsten Augenblicke hielt der Schlitten vor dem landrätlichen Hause.

Zwanzigstes Kapitel

Innstetten, der Effi, als er sie aus dem Schlitten hob, scharf beobachtet, aber doch ein Sprechen über die sonderbare Fahrt zu zweien vermieden hatte, war am anderen Morgen früh auf und suchte seiner Verstimmung, die noch nachwirkte, so gut es ging Herr zu werden.

„Du hast gut geschlafen?" sagte er, als Effi zum Frühstück kam.

„Ja."

„Wohl dir. Ich kann dasselbe von mir nicht sagen. Ich träumte, daß du mit dem Schlitten im Schloon verunglückt seist, und Crampas mühte sich, dich zu retten; ich muß es so nennen, aber er versank mit dir."

„Du sprichst das alles so sonderbar, Geert. Es verbirgt sich ein Vorwurf dahinter, und ich ahne weshalb."

„Sehr merkwürdig."

„Du bist nicht einverstanden damit, daß Crampas kam und uns seine Hülfe anbot."

„Uns?"

„Ja, uns. Sidonien und mir. Du mußt durchaus vergessen haben, daß der Major in deinem Auftrage kam. Und als er mir erst gegenübersaß, beiläufig jämmerlich genug auf der elenden schmalen Leiste, sollte ich ihn da ausweisen, als die Grasenabbs kamen und mit einem Male die Fahrt weiterging? Ich hätte mich lächerlich gemacht, und dagegen bist du doch so empfindlich. Erinnere dich, daß wir unter deiner Zustimmung viele Male gemeinschaftlich spazierengeritten sind, und nun sollte ich nicht gemeinschaftlich mit ihm fahren? Es ist falsch, so hieß es bei uns zu Haus, einem Edelmanne Mißtrauen zu zeigen."

„Einem Edelmanne", sagte Innstetten mit Betonung.

„Ist er keiner? Du hast ihn selbst einen Kavalier genannt, sogar einen perfekten Kavalier."

„Ja", fuhr Innstetten fort, und seine Stimme wurde freundlicher, trotzdem ein leiser Spott noch darin nachklang. „Kavalier, das ist er, und ein perfekter Kavalier, das ist er nun schon ganz gewiß. Aber Edelmann! Meine liebe Effi, ein Edelmann sieht anders aus. Hast du schon etwas Edles an ihm bemerkt? Ich nicht."

Effi sah vor sich hin und schwieg.

„Es scheint, wir sind gleicher Meinung. Im übrigen, wie du schon sagtest, ich bin selber schuld; von einem fauxpas mag ich nicht sprechen, das ist in diesem Zusammenhange kein gutes Wort. Also selber schuld, und es soll nicht wieder vorkommen, soweit ich's hindern kann. Aber auch du, wenn ich dir raten darf, sei auf deiner Hut. Er ist ein Mann der Rücksichtslosigkeiten und hat so seine Ansichten über junge Frauen. Ich kenne ihn von früher."

„Ich werde mir deine Worte gesagt sein lassen. Nur so viel, ich glaube, du verkennst ihn."

„Ich verkenne ihn *nicht*."

„Oder mich", sagte sie mit einer Kraftanstrengung und versuchte seinem Blicke zu begegnen.

„Auch *dich* nicht, meine liebe Effi. Du bist eine reizende kleine Frau, aber Festigkeit ist nicht eben deine Spezialität."

Er erhob sich, um zu gehen. Als er bis an die Tür gegangen war, trat Friedrich ein, um ein Gieshüblersches Billett abzugeben, das natürlich an die gnädige Frau gerichtet war.

Effi nahm es. „Eine Geheimkorrespondenz mit Gieshübler", sagte sie; „Stoff zu neuer Eifersucht für meinen gestrengen Herrn. Oder nicht?"

„Nein, nicht ganz, meine liebe Effi. Ich begehe die Torheit, zwischen Crampas und Gieshübler einen Unterschied zu machen.

Sie sind sozusagen nicht von gleichem Karat; nach Karat berechnet man nämlich den reinen Goldeswert, unter Umständen auch der Menschen. Mir persönlich, um auch das noch zu sagen, ist Gieshüblers weißes Jabot, trotzdem kein Mensch mehr Jabots trägt, erheblich lieber als Crampas' rotblonder Sappeurbart. Aber ich bezweifle, daß dies weiblicher Geschmack ist."

„Du hältst uns für schwächer, als wir sind."

„Eine Tröstung von praktisch außerordentlicher Geringfügigkeit. Aber lassen wir das. Lies lieber."

Und Effi las: „Darf ich mich nach der gnäd'gen Frau Befinden erkundigen? Ich weiß nur, daß Sie dem Schloon glücklich entronnen sind: aber es blieb auch durch den Wald hin immer noch Fährlichkeit genug. Eben kommt Dr. Hannemann von Uvagla zurück und beruhigt mich über Mirambo; gestern habe er die Sache für bedenklicher angesehen, als er uns habe sagen wollen, heute nicht mehr. Es war eine reizende Fahrt. – In drei Tagen feiern wir Silvester. Auf eine Festlichkeit, wie die vorjährige, müssen wir verzichten; aber einen Ball haben wir natürlich, und Sie erscheinen zu sehen, würde die Tanzwelt beglücken und nicht am wenigsten Ihren respektvollst ergebenen Alonzo G."

Effi lachte. „Nun, was sagst du?"

„Nach wie vor nur das eine, daß ich dich lieber mit Gieshübler als mit Crampas sehe."

„Weil du den Crampas zu schwer und den Gieshübler zu leicht nimmst."

Innstetten drohte ihr scherzhaft mit dem Finger.

Drei Tage später war Silvester. Effi erschien in einer reizenden Balltoilette, einem Geschenk, das ihr der Weihnachtstisch gebracht hatte; sie tanzte aber nicht, sondern nahm ihren Platz bei den alten Damen, für die, ganz in der Nähe der Musikempore, die Fauteuils gestellt waren. Von den adligen Familien, mit denen Innstettens vorzugsweise verkehrten, war niemand da, weil kurz vorher ein kleines Zerwürfnis mit dem städtischen Ressourcenvorstand, der, namentlich seitens des alten Güldenklee, mal wieder „destruktiver Tendenzen" beschuldigt worden war, stattgefunden hatte; drei, vier andere adlige Familien aber, die nicht Mitglieder der Ressource, sondern immer nur geladene Gäste waren und deren Güter an der anderen Seite der Kessine lagen, waren aus zum Teil weiter Entfernung über das Flußeis gekommen und freuten sich, an dem Feste teilnehmen zu können. Effi saß zwischen der alten Ritterschaftsrätin von Padden und einer etwas jüngeren Frau von Titzewitz. Die Ritterschaftsrätin, eine vorzügliche alte Dame, war in allen Stücken ein Original und suchte das, was die Natur, besonders durch starke Backenknochenbildung, nach der wendisch-heidnischen Seite hin für sie getan hatte, durch christlich-germanische Glaubensstrenge wieder in Ausgleich zu bringen. In dieser Strenge ging sie so weit, daß selbst Sidonie von Grasenabb eine Art esprit fort neben ihr war, wogegen sie freilich – vielleicht weil sich die Radegaster und die Swantowiter Linie des Hauses in ihr vereinigten – über jenen alten Paddenhumor verfügte, der, von langer Zeit her, wie ein Segen auf der Familie ruhte, und jeden, der mit derselben in Berührung kam, auch wenn es Gegner in Politik und Kirche waren, herzlich erfreute.

„Nun, Kind", sagte die Ritterschaftsrätin, „wie geht es Ihnen denn eigentlich?"

„Gut, gnädigste Frau; ich habe einen sehr ausgezeichneten Mann."

„Weiß ich. Aber das hilft nicht immer. Ich hatte auch einen ausgezeichneten Mann. Wie steht es hier? Keine Anfechtungen?"

Effi erschrak und war zugleich wie gerührt. Es lag etwas ungemein Erquickliches in dem freien und natürlichen Ton, in dem die alte Dame sprach, und daß es eine so fromme Frau war, das machte die Sache nur noch erquicklicher.

„Ach, gnädigste Frau . . ."

„Da kommt es schon. Ich kenne das. Immer dasselbe. Darin ändern die Zeiten nichts. Und vielleicht ist es auch recht gut so. Denn worauf es ankommt, meine liebe junge Frau, das ist das Kämpfen. Man muß immer ringen mit dem natürlichen Menschen. Und wenn man sich dann so unter hat und beinah schreien möchte, weil's weh tut, dann jubeln die lieben Engel!"

„Ach, gnädigste Frau. Es ist oft recht schwer."

„Freilich ist es schwer. Aber je schwerer, desto besser. Darüber müssen Sie sich freuen. Das mit dem Fleisch, das bleibt, und ich habe Enkel und Enkelinnen, da seh ich es jeden Tag. Aber im Glauben sich unterkriegen, meine liebe Frau, darauf kommt es an, das ist das Wahre. Das hat uns unser alter Martin Luther zur Erkenntnis gebracht, der Gottesmann. Kennen Sie seine Tischreden?"

„Nein, gnädigste Frau."

„Die werde ich Ihnen schicken."

In diesem Augenblicke trat Major Crampas an Effi heran

und bat, sich nach ihrem Befinden erkundigen zu dürfen. Effi war wie mit Blut übergossen, aber ehe sie noch antworten konnte, sagte Crampas: „Darf ich Sie bitten gnädigste Frau, mich den Damen vorstellen zu wollen?“

Effi nannte nun Crampas' Namen, der seinerseits schon vorher vollkommen orientiert war und in leichtem Geplauder alle Paddens und Titzewitze, von denen er je gehört hatte, Revue passieren ließ. Zugleich entschuldigte er sich, den Herrschaften jenseits der Kessine noch immer nicht seinen Besuch gemacht und seine Frau vorgestellt zu haben; aber es sei sonderbar, welche trennende Macht das Wasser habe. Es sei dasselbe wie mit dem Canal La Manche . . .

„Wie?“ fragte die alte Titzewitz.

Crampas seinerseits hielt es für unangebracht, Aufklärungen zu geben, die doch zu nichts geführt haben würden, und fuhr fort: „Auf zwanzig Deutsche, die nach Frankreich gehen, kommt noch nicht einer, der nach England geht. Das macht das Wasser; ich wiederhole, das Wasser hat eine scheidende Kraft.“

Frau von Padden, die darin mit feinem Instinkt etwas Anzügliches witterte, wollte für das Wasser eintreten, Crampas aber sprach mit immer wachsendem Redefluß weiter und lenkte die Aufmerksamkeit der Damen auf ein schönes Fräulein von Stojentin, „das ohne Zweifel die Ballkönigin“ sei, wobei sein Blick übrigens Effi bewundernd streifte. Dann empfahl er sich rasch unter Verbeugung gegen alle drei.

„Schöner Mann“, sagte die Padden. „Verkehrt er in Ihrem Hause?“

„Flüchtig.“

„Wirklich“, wiederholte die Padden, „ein schöner Mann. Ein bißchen zu sicher. Und Hochmut kommt vor dem Fall . . . Aber sehen Sie nur, da tritt er wirklich mit der Grete Stojentin an. Eigentlich ist er doch zu alt; wenigstens Mitte vierzig.“

„Er wird vierundvierzig.“

„Ei, ei, Sie scheinen ihn ja gut zu kennen.“

Es kam Effi sehr zupaß, daß das neue Jahr, gleich in seinem Anfang, allerlei Aufregungen brachte. Seit Silvesternacht ging ein scharfer Nordost, der sich in den nächsten Tagen fast bis zum Sturm steigerte, und am dritten Januar nachmittags hieß es, daß ein Schiff draußen mit der Einfahrt nicht zustande gekommen und hundert Schritt vor der Mole gescheitert sei; es sei ein englisches, von Sunderland her, und soweit sich erkennen lasse, sieben Mann an Bord; die Lotsen könnten beim Ausfahren, trotz aller Anstrengung, nicht um die Mole herum, und vom Strande aus ein Boot abzulassen, daran sei nun vollends nicht zu denken, die Brandung sei viel zu stark. Das klang traurig genug. Aber Johanna, die die Nachricht brachte, hatte doch auch Trost bei der Hand: Konsul Eschrich, mit dem Rettungsapparat und der Raketenbatterie, sei schon unterwegs, und es würde gewiß glücken; die Entfernung sei nicht voll so weit wie Anno 75, wo's doch auch gegangen, und sie hätten damals sogar den Pudel mit gerettet, und es wäre ordentlich rührend gewesen, wie sich das Tier gefreut und die Kapitänsfrau und das liebe, kleine Kind, nicht viel größer als Anniechen, immer wieder mit seiner roten Zunge geleckt habe.

„Geert, da muß ich mit hinaus, das muß ich sehen", hatte Effi sofort erklärt, und beide waren aufgebrochen, um nicht zu spät zu kommen, und hatten denn auch den rechten Moment abgepaßt; denn im Augenblick, als sie, von der Plantage her, den Strand erreichten, fiel der erste Schuß, und sie sahen ganz deutlich, wie die Rakete mit dem Fangseil unter dem Sturmgewölk hinflog und über das Schiff weg jenseits niederfiel. Alle Hände regten sich sofort an Bord, und nun holten sie, mit Hülfe der kleinen Leine, das dickere Tau samt dem Korb heran, und nicht lange, so kam der Korb in einer Art Kreislauf wieder zurück, und einer der Matrosen, ein schlanker, bildhübscher Mensch mit einer wachsleinenen Kappe, war geborgen an Land und wurde neugierig ausgefragt, während der Korb aufs neue seinen Weg machte, zunächst den zweiten und dann den dritten heranzuholen und so fort. Alle wurden gerettet, und Effi hätte sich, als sie nach einer halben Stunde mit ihrem Manne wieder heimging, in die Dünen werfen und sich ausweinen mögen. Ein schönes Gefühl hatte wieder Platz in ihrem Herzen gefunden, und es beglückte sie unendlich, daß es so war.

Das war am Dritten gewesen. Schon am Fünften kam ihr eine neue Aufregung, freilich ganz anderer Art. Innstetten hatte Gieshübler, der natürlich auch Stadtrat und Magistratsmitglied war, beim Herauskommen aus dem Rathause getroffen und im Gespräche mit ihm erfahren, daß seitens des Kriegsministeriums angefragt worden sei, wie sich die Stadtbehörden eventuell zur Garnisonsfrage zu stellen gedächten? Bei nötigem Entgegenkommen, also bei Bereitwilligkeit zu Stall- und Kasernenbauten, könnten ihnen zwei Schwadronen Husaren zugesagt werden. „Nun, Effi, was sagst du dazu?" – Effi war wie benommen.

All das unschuldige Glück ihrer Kinderjahre stand mit einemmal wieder vor ihrer Seele, und im Augenblick war es ihr, als ob rote Husaren – denn es waren auch rote wie daheim in Hohen-Cremmen – so recht eigentlich die Hüter von Paradies und Unschuld seien. Und dabei schwieg sie noch immer.

„Du sagst ja nichts, Effi."

„Ja, sonderbar, Geert. Aber es beglückt mich so, daß ich vor Freude nichts sagen kann. Wird es denn auch sein? Werden sie denn auch kommen?"

„Damit hat's freilich noch gute Wege, ja, Gieshübler meinte sogar, die Väter der Stadt, seine Kollegen, verdienten es gar nicht. Statt einfach über die Ehre, und wenn nicht über die Ehre, so doch wenigstens über den Vorteil einig und glücklich zu sein, wären sie mit allerlei ‚Wenns' und ‚Abers' gekommen und hätten geknausert wegen der neuen Bauten; ja, Pfefferküchler Michelsen habe sogar gesagt, es verderbe die Sitten der Stadt, und wer eine Tochter habe, der möge sich vorsehen und Gitterfenster anschaffen."

„Es ist nicht zu glauben. Ich habe nie manierlichere Leute gesehen als unsere Husaren; wirklich, Geert. Nun, du weißt es ja selbst. Und nun will dieser Michelsen alles vergittern. Hat er denn Töchter?"

„Gewiß; sogar drei. Aber sie sind sämtlich hors concours."

Effi lachte so herzlich, wie sie seit lange nicht mehr gelacht hatte. Doch es war von keiner Dauer, und als Innstetten ging und sie allein ließ, setzte sie sich an die Wiege des Kindes, und ihre Tränen fielen auf die Kissen. Es brach wieder über sie herein, und sie fühlte, daß sie wie eine Gefangene sei und nicht mehr herauskönne.

Sie litt schwer darunter und wollte sich befreien. Aber wiewohl sie starker Empfindungen fähig war, so war sie doch keine starke Natur; ihr fehlte die Nachhaltigkeit, und alle guten Anwandlungen gingen wieder vorüber. So trieb sie denn weiter, heute, weil sie's nicht ändern konnte, morgen, weil sie's nicht ändern wollte. Das Verbotene, das Geheimnisvolle hatte seine Macht über sie.

So kam es, daß sie sich, von Natur frei und offen, in ein verstecktes Komödienspiel mehr und mehr hineinlebte. Mitunter erschrak sie, wie leicht es ihr wurde. Nur in einem blieb sie sich gleich: sie sah alles klar und beschönigte nichts. Einmal trat sie spät abends vor den Spiegel in ihrer Schlafstube; die Lichter und Schatten flogen hin und her, und Rollo schlug draußen an, und im selben Augenblicke war es ihr, als sähe ihr wer über die Schulter. Aber sie besann sich rasch. „Ich weiß schon, was es ist; es war nicht *der*", und sie wies mit dem Finger nach dem Spukzimmer oben. „Es war was anderes ... mein Gewissen ... Effi, du bist verloren."

Es ging aber doch weiter so, die Kugel war im Rollen, und was an einem Tage geschah, machte das Tun des andern zur Notwendigkeit.

Um die Mitte des Monats kamen Einladungen aufs Land. Über die dabei innezuhaltende Reihenfolge hatten sich die vier Familien, mit denen Innstettens vorzugsweise verkehrten, geeinigt: die Borckes sollten beginnen, die Flemmings und Grasenabbs folgten, die Güldenklees schlossen ab. Immer eine Woche dazwischen. Alle vier Einladungen kamen am selben Tage; sie sollten ersichtlich den Eindruck des Ordentlichen und Wohlerwogenen machen, auch wohl den einer besonderen freundschaftlichen Zusammengehörigkeit.

„Ich werde nicht dabeisein, Geert, und du mußt mich der Kur halber, in der ich nun seit Wochen stehe, von vornherein entschuldigen."

Innstetten lachte. „Kur. Ich soll es auf die Kur schieben. Das ist das Vorgebliche; das Eigentliche heißt: Du willst nicht."

„Nein, es ist doch mehr Ehrlichkeit dabei als du zugeben willst. Du hast selbst gewollt, daß ich den Doktor zu Rate ziehe. Das hab ich getan, und nun muß ich doch seinem Rate folgen. Der gute Doktor, er hält mich für bleichsüchtig, sonderbar genug, und du weißt, daß ich jeden Tag von dem Eisenwasser trinke. Wenn du dir ein Borckesches Diner dazu vorstellst, vielleicht mit Preßkopf und Aal in Aspik, so mußt du den Eindruck haben, es wäre mein Tod. Und so wirst du dich doch zu deiner Effi nicht stellen wollen. Freilich mitunter ist es mir ..."

„Ich bitte dich, Effi ..."

„... Übrigens freu ich mich, und das ist das einzige Gute dabei, dich jedesmal, wenn du fährst, eine Strecke Wegs begleiten zu können, bis an die Mühle gewiß oder bis an den Kirchhof oder auch bis an die Waldecke, da, wo der Morgnitzer Querweg einmündet. Und dann steig ich ab und schlendere wieder zurück. In den Dünen ist es immer am schönsten."

Innstetten war einverstanden, und als drei Tage später der Wagen vorfuhr, stieg Effi mit auf und gab ihrem Manne das Geleit bis an die Waldecke. „Hier laß halten, Geert. Du fährst nun links weiter, ich gehe rechts bis an den Strand und durch die Plantage zurück. Es ist etwas weit, aber doch nicht zu weit. Doktor Hannemann sagt mir jeden Tag, Bewegung sei alles, Bewegung und frische Luft. Und ich glaube beinah, daß er recht hat. Empfiehl mich all den Herrschaften; nur bei Sidonie kannst du schweigen."

Die Fahrten, auf denen Effi ihren Gatten bis an die Waldecke begleitete, wiederholten sich allwöchentlich; aber auch in der zwischenliegenden Zeit hielt Effi darauf, daß sie der ärztlichen Verordnung streng nachkam. Es verging kein Tag, wo sie nicht ihren vorgeschriebenen Spaziergang gemacht hätte, meist nachmittags, wenn sich Innstetten in seine Zeitungen zu vertiefen begann. Das Wetter war schön, eine milde, frische Luft, der Himmel bedeckt. Sie ging in der Regel allein und sagte zu Roswitha: „Roswitha, ich gehe nun also die Chaussee hinunter und dann rechts an den Platz mit dem Karussell; da will ich auf dich warten, da hole mich ab. Und dann gehen wir durch die Birkenallee oder durch die Reeperbahn wieder zurück. Aber komme nur, wenn Annie schläft. Und wenn sie nicht schläft, so schicke Johanna. Oder laß es lieber ganz; es ist nicht nötig, ich finde mich schon zurecht."

Den ersten Tag, als es so verabredet war, trafen sie sich auch wirklich. Effi saß auf einer an einem langen Holzschuppen sich hinziehenden Bank und sah nach einem niedrigen Fachwerkhause hinüber, gelb mit schwarzgestrichenen Balken, einer Wirtschaft für kleine Bürger, die hier ihr Glas Bier tranken oder Solo spielten. Es dunkelte noch kaum, die Fenster aber waren schon hell, und ihr Lichtschimmer fiel auf die Schneemassen und etliche zur Seite stehende Bäume. „Sieh, Roswitha, wie schön das aussieht."

Ein paar Tage wiederholte sich das. Meist aber, wenn Roswitha bei dem Karussell und dem Holzschuppen ankam, war niemand da, und wenn sie dann zurückkam und in den Hausflur eintrat, kam ihr Effi schon entgegen und sagte: „Wo du nur bleibst, Roswitha, ich bin schon lange wieder hier."

In dieser Art ging es durch Wochen hin. Das mit den Husaren hatte sich wegen der Schwierigkeiten, die die Bürgerschaft machte, so gut wie zerschlagen; aber da die Verhandlungen noch nicht geradezu abgeschlossen waren und neuerdings durch eine andere Behörde, das Generalkommando, gingen, so war Crampas nach Stettin berufen worden, wo man seine Meinung in dieser Angelegenheit hören wollte. Von dort schrieb er den zweiten Tag an Innstetten: „Pardon, Innstetten, daß ich mich auf französisch empfohlen. Es kam alles so schnell. Ich werde übrigens die Sache hinauszuspinnen suchen, denn man ist froh, einmal draußen zu sein. Empfehlen Sie mich der gnädigen Frau, meiner liebenswürdigen Gönnerin."

Er las es Effi vor. Diese blieb ruhig. Endlich sagte sie: „Es ist recht gut so."

„Wie meinst du das?"

„Daß er fort ist. Er sagt eigentlich immer dasselbe. Wenn er wieder da ist, wird er wenigstens vorübergehend was Neues zu sagen haben."

Innstettens Blick flog scharf über sie hin. Aber er sah nichts, und sein Verdacht beruhigte sich wieder. „Ich will auch fort", sagte er nach einer Weile, „sogar nach Berlin; vielleicht kann ich dann, wie Crampas, auch mal was Neues mitbringen. Meine liebe Effi will immer gern was Neues hören; sie langweilt sich in unserm guten Kessin. Ich werde gegen acht Tage fort sein, vielleicht noch einen Tag länger. Und ängstige dich nicht ... es wird ja wohl nicht wiederkommen ... du weißt schon, das da oben ... Und wenn doch, du hast ja Rollo und Roswitha."

Effi lächelte vor sich hin, und es mischte sich etwas von Wehmut mit ein. Sie mußte des Tages gedenken, wo Crampas ihr zum erstenmal gesagt hatte, daß er mit dem Spuk und ihrer Furcht eine Komödie spiele. Der große Erzieher! Aber hatte er nicht recht? War die Komödie nicht am Platz? Und allerhand Widerstreitendes, Gutes und Böses, ging ihr durch den Kopf.

Den dritten Tag reiste Innstetten ab.

Über das, was er in Berlin vorhabe, hatte er nichts gesagt.

Einundzwanzigstes Kapitel

Innstetten war erst vier Tage fort, als Crampas von Stettin wieder eintraf und die Nachricht brachte, man hätte höheren Orts die Absicht, zwei Schwadronen nach Kessin zu legen, endgültig fallenlassen; es gäbe so viele kleine Städte, die sich um eine Kavalleriegarnison, und nun gar um Blüchersche Husaren, bewürben, daß man gewohnt sei, bei solchem Anerbieten einem herzlichen Entgegenkommen, aber nicht einem zögernden zu begegnen. Als Crampas dies mitteilte, machte der Magistrat ein ziemlich verlegenes Gesicht; nur Gieshübler, weil er der Philisterei seiner Kollegen eine Niederlage gönnte, triumphierte.

Seitens der kleinen Leute griff, beim Bekanntwerden der Nachricht, eine gewisse Verstimmung Platz, ja selbst einige Konsuls mit Töchtern waren momentan unzufrieden; im ganzen aber kam man rasch über die Sache hin, vielleicht weil die nebenherlaufende Frage, was Innstetten in Berlin vorhabe, die Kessiner Bevölkerung oder doch wenigstens die Honoratiorenschaft der Stadt mehr interessierte. Diese wollte den überaus wohlgelittenen Landrat nicht gern verlieren, und doch gingen darüber ganz ausschweifende Gerüchte, die von Gieshübler, wenn er nicht ihr Erfinder war, wenigstens genährt und weiterverbreitet wurden. Unter anderem hieß es, Innstetten würde als Führer einer Gesandtschaft nach Marokko gehn und zwar mit Geschenken, unter denen nicht bloß die herkömmliche Vase mit Sanssouci und dem neuen Palais, sondern vor allem auch eine große Eismaschine sei. Das letztere erschien, mit Rücksicht auf die marokkanischen Temperaturverhältnisse, so wahrscheinlich, daß das Ganze geglaubt wurde.

Effi hörte auch davon. Die Tage, wo sie sich darüber erheitert hätte, lagen noch nicht allzu weit zurück; aber in der Seelenstimmung, in der sie sich seit Schluß des Jahres befand, war sie nicht mehr fähig, unbefangen und ausgelassen über derlei Dinge zu lachen. Ihre Gesichtszüge hatten einen ganz anderen Ausdruck angenommen und das halb rührend, halb schelmisch Kindliche, was sie noch als Frau gehabt hatte, war hin. Die Spaziergänge nach dem Strand und der Plantage, die sie, während Crampas in Stettin war, aufgegeben hatte, nahm sie nach seiner Rückkehr wieder auf und ließ sich auch durch ungünstige Witterung nicht davon abhalten. Es wurde wie früher bestimmt, daß ihr Roswitha bis an den Ausgang der Reeperbahn oder bis in die Nähe des Kirchhofs entgegenkommen solle, sie verfehlten sich aber noch häufiger als früher. „Ich könnte dich schelten, Roswitha, daß du mich nie findest. Aber es hat nichts auf sich; ich ängstige mich nicht mehr, auch nicht einmal am Kirchhof, und im Walde bin ich noch keiner Menschenseele begegnet."

Es war am Tage vor Innstettens Rückkehr von Berlin, daß Effi das sagte. Roswitha machte nicht viel davon und beschäftigte sich lieber damit, Girlanden über den Türen anzubringen; auch der Haifisch bekam einen Fichtenzweig und sah noch merkwürdiger aus als gewöhnlich. Effi sagte: „Das ist recht, Roswitha; er wird sich freuen über all das Grün, wenn er morgen wieder da ist. Ob ich heute wohl noch gehe? Doktor Hannemann besteht darauf und meint in einem fort, ich nähme es nicht ernst genug, sonst müßte ich besser aussehn; ich habe aber keine rechte Lust heut, es nieselt und der Himmel ist so grau."

„Ich werde der gnäd'gen Frau den Regenmantel bringen."

„Das tu! Aber komme heute nicht nach, wir treffen uns ja doch nicht", und sie lachte. „Wirklich, du bist gar nicht findig, Roswitha. Und ich mag nicht, daß du dich erkältest und alles um nichts."

Roswitha blieb denn auch zu Haus, und weil Annie schlief, ging sie zu Kruses, um mit der Frau zu plaudern. „Liebe Frau Kruse", sagte sie, „Sie wollten mir ja das mit dem Chinesen noch erzählen. Gestern kam die Johanna dazwischen, die tut immer so vornehm, für die ist so was nicht. Ich glaube aber doch, daß es was gewesen ist, ich meine mit dem Chinesen und mit Thomsens Nichte, wenn es nicht seine Enkelin war."

Die Kruse nickte.

„Entweder", fuhr Roswitha fort, „war es eine unglückliche Liebe" (die Kruse nickte wieder), „oder es kann auch eine glückliche gewesen sein und der Chinese konnte es bloß nicht aushalten, daß es alles mit einemmal so wieder vorbeisein sollte. Denn die Chinesen sind doch auch Menschen, und es wird wohl alles ebenso mit ihnen sein, wie mit uns."

„Alles", versicherte die Kruse und wollte dies eben durch ihre Geschichte bestätigen, als ihr Mann eintrat und sagte: „Mutter, du könntest mir die Flasche mit dem Lederlack geben; ich muß doch das Sielenzeug blank haben, wenn der Herr morgen wieder da ist; der sieht alles und wenn er auch nichts sagt, so merkt man doch, daß er's gesehn hat."

„Ich bring es Ihnen raus, Kruse", sagte Roswitha. „Ihre Frau will mir bloß noch was erzählen; aber es is gleich aus, und dann komm ich und bring es."

Roswitha, die Flasche mit dem Lack in der Hand, kam denn auch ein paar Minuten danach auf den Hof hinaus und stellte sich neben das Sielenzeug, das Kruse eben über den Gartenzaun gelegt hatte. „Gott", sagte er, während er ihr die Flasche aus der Hand nahm, „viel hilft es ja nicht, es nieselt in einem weg, und die Blänke vergeht doch wieder. Aber ich denke, alles muß seine Ordnung haben."

„Das muß es. Und dann, Kruse, es ist ja doch auch ein richtiger Lack, das kann ich gleich sehn, und was ein richtiger Lack ist, der klebt nicht lange, der muß gleich trocknen. Und wenn es dann morgen nebelt oder naß fällt, dann schadet es nich mehr. Aber das muß ich doch sagen, das mit dem Chinesen is eine merkwürdige Geschichte."

Kruse lachte. „Unsinn is es, Roswitha. Und meine Frau, statt aufs Richtige zu sehen, erzählt immer so was, un wenn ich ein reines Hemd anziehen will, fehlt ein Knopp. Un so is es nu schon solange wir hier sind. Sie hat immer bloß solche Geschichten in ihrem Kopp und dazu das schwarze Huhn. Un das schwarze Huhn legt nich mal Eier. Un am Ende wovon soll es auch Eier legen? Es kommt ja nich raus und von's bloße Kikeriki kann doch so was nich kommen. Das is von keinem Huhn nich zu verlangen."

„Hören Sie, Kruse, das werde ich Ihrer Frau wiedererzählen. Ich habe Sie immer für einen anständigen Menschen gehalten, und nun sagen Sie so was wie das da von Kikeriki. Die Mannsleute sind doch immer noch schlimmer als man denkt. Un eigentlich müßt ich nu gleich den Pinsel hier nehmen und Ihnen einen schwarzen Schnurrbart anmalen."

„Nu von Ihnen, Roswitha, kann man sich das schon gefallen lassen", und Kruse, der meist den Würdigen spielte, schien in einen mehr und mehr schäkrigen Ton übergehen zu wollen, als er plötzlich der gnädigen Frau ansichtig wurde, die heute von der anderen Seite der Plantage herkam und in ebendiesem Augenblicke den Gartenzaun passierte.

„Guten Tag, Roswitha, du bist ja so ausgelassen. Was macht denn Annie?"

„Sie schläft, gnäd'ge Frau."

Aber Roswitha, als sie das sagte, war doch rot geworden und ging, rasch abbrechend, auf das Haus zu, um der gnädigen Frau beim Umkleiden behülflich zu sein. Denn ob Johanna da war, das war die Frage. Die steckte jetzt viel auf dem „Amt" drüben, weil es zu Hause weniger zu tun gab und Friedrich und Christel waren ihr zu langweilig und wußten nie was.

Annie schlief noch. Effi beugte sich über die Wiege, ließ sich dann Hut und Regenmantel abnehmen und setzte sich auf das kleine Sofa in ihrer Schlafstube. Das feuchte Haar strich sie langsam zurück, legte die Füße auf einen niedrigen Stuhl, den Roswitha herangeschoben, und sagte, während sie sichtlich das Ruhebehagen nach einem ziemlich langen Spaziergange genoß: „Ich muß dich darauf aufmerksam machen, Roswitha, daß Kruse verheiratet ist."

„Ich weiß, gnäd'ge Frau."

„Ja, was weiß man nicht alles und handelt doch, als ob man es *nicht* wüßte. Das kann nie was werden."

„Es soll ja auch nichts werden, gnäd'ge Frau ..."

„Denn wenn du denkst, sie sei krank, da machst du die Rechnung ohne den Wirt. Die Kranken leben am längsten. Und dann hat sie das schwarze Huhn. Vor dem hüte dich, das weiß alles und plaudert alles aus. Ich weiß nicht, ich habe einen Schauder davor. Und ich wette, daß das alles da oben mit dem Huhn zusammenhängt."

„Ach, das glaub ich nicht. Aber schrecklich ist es doch. Und Kruse, der immer gegen seine Frau ist, kann es mir nicht ausreden."

„Was sagte der?"

„Er sagte, es seien bloß Mäuse."

„Nun, Mäuse, das ist auch gerade schlimm genug. Ich kann keine Mäuse leiden. Aber ich sah ja deutlich, wie du mit dem Kruse schwatztest und vertraulich tatest, und ich glaube sogar, du wolltest ihm einen Schnurrbart anmalen. Das ist doch schon sehr viel. Und nachher sitzest du da. Du bist ja noch eine schmucke Person und hast so was. Aber sieh dich vor, soviel kann ich dir bloß sagen. Wie war es denn eigentlich das erstemal mit dir? Ist es so, daß du mir's erzählen kannst?"

„Ach, ich kann schon. Aber schrecklich war es. Und weil es so schrecklich war, drum können gnäd'ge Frau auch ganz ruhig sein, von wegen dem Kruse. Wem es so gegangen ist wie mir, der hat genug davon und paßt auf. Mitunter träume ich noch davon, und dann bin ich den andern Tag wie zerschlagen. Solche grausame Angst ..."

Effi hatte sich aufgerichtet und stützte den Kopf auf ihren Arm. „Nun erzähle. Wie kann es denn gewesen sein? Es ist ja mit euch, das weiß ich noch von Hause her, immer dieselbe Geschichte ..."

„Ja, zuerst is es wohl immer dasselbe, und ich will mir auch nicht einbilden, daß es bei mir was Besonderes war, ganz und gar nicht. Aber wie sie's mir dann auf den Kopf zusagten und ich mit einem Male sagen mußte: ‚Ja, es ist so', ja, das war schrecklich. Die Mutter, na, das ging noch, aber der Vater, der die Dorfschmiede hatte, der war streng und wütend, und als er's hörte, da kam er mit einer Stange auf mich los, die er eben aus dem Feuer genommen hatte, und wollte mich umbringen. Und ich schrie laut auf und lief auf den Boden und versteckte mich, und da lag ich und zitterte und kam erst wieder nach unten, als sie mich riefen und sagten, ich solle nur kommen. Und dann hatte ich noch eine jüngere Schwester, die wies immer auf mich hin und sagte ‚pfui'. Und dann, wie das Kind kommen sollte, ging ich in eine Scheune nebenan, weil ich mir's bei uns nicht getraute. Da fanden mich fremde Leute halb tot und trugen mich ins Haus und in mein Bett. Und den dritten Tag nahmen sie mir das Kind fort, und als ich nachher fragte, wo es sei, da hieß es, es sei gut aufgehoben. Ach, gnädigste Frau, die heil'ge Mutter Gottes bewahre Sie vor solchem Elend."

Effi fuhr auf und sah Roswitha mit großen Augen an. Aber sie war doch mehr erschrocken als empört. „Was du nur sprichst! Ich bin ja doch eine verheiratete Frau. So was darfst du nicht sagen, das ist ungehörig, das paßt sich nicht."

„Ach, gnädigste Frau ..."

„Erzähle mir lieber, was aus dir wurde. Das Kind hatten sie dir genommen. So weit warst du ..."

„Und dann, nach ein paar Tagen, da kam wer aus Erfurt, der fuhr bei dem Schulzen vor und fragte, ob da nicht eine Amme sei. Da sagte der Schulze ‚ja'. Gott lohne es ihm, und der fremde Herr nahm mich gleich mit, und von da an hab ich beßre Tage gehabt; selbst bei der Registratorin war es doch immer noch zum Aushalten, und zuletzt bin ich zu Ihnen gekommen, gnädige Frau. Und das war das beste, das allerbeste." Und als sie das sagte, trat sie an das Sofa heran und küßte Effi die Hand.

„Roswitha, du mußt mir nicht immer die Hand küssen, ich mag das nicht. Und nimm dich nur in acht mit dem Kruse. Du bist doch sonst eine so gute und verständige Person ... Mit einem Ehemanne ... das tut nie gut."

„Ach, gnäd'ge Frau, Gott und seine Heiligen führen uns wunderbar, und das Unglück, das uns trifft, das hat doch auch sein Glück. Und wen es nicht bessert, dem is nich zu helfen .. Ich kann eigentlich die Mannsleute gut leiden ..."

„Siehst du, Roswitha, siehst du."

„Aber wenn es mal wieder so über mich käme, mit dem Kruse, das is ja nichts, und ich könnte nicht mehr anders, da lief' ich gleich ins Wasser. Es war zu schrecklich. Alles. Und was nur aus dem armen Wurm geworden is? Ich glaube nicht, daß es noch lebt; sie haben es umkommen lassen, aber ich bin doch schuld." Und sie warf sich vor Annies Wiege nieder und wiegte das Kind hin und her und sang in einem fort ihr „Buhküken von Halberstadt".

„Laß", sagte Effi. „Singe nicht mehr; ich habe Kopfweh. Aber bringe mir die Zeitungen. Oder hat Gieshübler vielleicht die Journale geschickt?"

„Das hat er. Und die Modezeitung lag obenauf. Da haben wir drin geblättert, ich und Johanna eh sie rüberging. Johanna ärgert sich immer, daß sie so was nicht haben kann. Soll ich die Modezeitung bringen?"

„Ja, die bringe und bring auch die Lampe."

Roswitha ging, und Effi, als sie allein war, sagte: „Womit man sich nicht alles hilft? Eine hübsche Dame mit einem Muff und eine mit einem Halbschleier; Modepuppen. Aber es ist das beste, mich auf andre Gedanken zu bringen."

Im Laufe des andern Vormittags kam ein Telegramm von Innstetten, worin er mitteilte, daß er erst mit dem zweiten Zuge kommen, also nicht vor Abend in Kessin eintreffen werde. Der Tag verging in ewiger Unruhe; glücklicherweise kam Gieshübler im Laufe des Nachmittags und half über eine Stunde weg. Endlich um sieben Uhr fuhr der Wagen vor, Effi trat hinaus, und man begrüßte sich. Innstetten war in einer ihm sonst fremden Erregung, und so kam es, daß er die Verlegenheit nicht sah, die sich in Effis Herzlichkeit mischte. Drinnen im Flur brannten die Lampen und Lichter und das Teezeug, das Friedrich schon auf einen der zwischen den Schränken stehenden Tische gestellt hatte, reflektierte den Lichterglanz.

„Das sieht ja ganz so aus wie damals, als wir hier ankamen. Weißt du noch, Effi?"

Sie nickte.

„Nur der Haifisch mit seinem Fichtenzweig verhält sich heute ruhiger, und auch Rollo spielt den Zurückhaltenden und legt mir nicht mehr die Pfoten auf die Schulter. Was ist das mit dir, Rollo?"

Rollo strich an seinem Herrn vorbei und wedelte.

„Der ist nicht recht zufrieden, entweder mit mir nicht oder mit andern. Nun, ich will annehmen, mit mir. Jedenfalls laß uns eintreten." Und er trat in sein Zimmer und bat Effi, während er sich aufs Sofa niederließ, neben ihm Platz zu nehmen. „Es war so hübsch in Berlin, über Erwarten; aber in all meiner Freude hab ich mich immer zurückgesehnt. Und wie gut du aussiehst! Ein bißchen blaß und auch ein bißchen verändert, aber es kleidet dich."

Effi wurde rot.

„Und nun wirst du auch noch rot. Aber es ist, wie ich dir sage. Du hattest so was von einem verwöhnten Kind, mit einemmal siehst du aus wie eine Frau."

„Das hör ich gern, Geert, aber ich glaube, du sagst es nur so."

„Nein, nein, du kannst es dir gutschreiben, wenn es etwas Gutes ist ..."

„Ich dächte doch."

„Und nun rate, von wem ich dir Grüße bringe."

„Das ist nicht schwer, Geert. Außerdem, wir Frauen, zu denen ich mich, seitdem du wieder da bist, ja rechnen darf" (und sie reichte ihm die Hand und lachte), „wir Frauen wir raten leicht. Wir sind nicht so schwerfällig wie ihr."

„Nun von wem?"

„Nun natürlich von Vetter Briest. Er ist ja der einzige, den ich in Berlin kenne, die Tanten abgerechnet, die du nicht aufgesucht haben wirst und die viel zu neidisch sind, um mich grüßen zu lassen. Hast du nicht auch gefunden, alle alten Tanten sind neidisch."

„Ja, Effi, das ist wahr. Und daß du das sagst, das ist ganz meine alte Effi wieder. Denn du mußt wissen, die alte Effi, die noch aussah, wie ein Kind, nun, die war auch nach meinem Geschmack. Grad so wie die jetzige gnäd'ge Frau."

„Meinst du? Und wenn du dich zwischen beiden entscheiden solltest ..."

„Das ist eine Doktorfrage, darauf lasse ich mich nicht ein. Aber da bringt Friedrich den Tee. Wie hat's mich nach dieser Stunde verlangt! Und hab es auch ausgesprochen, sogar zu deinem Vetter Briest, als wir bei Dressel saßen und in Champagner dein Wohl tranken ... Die Ohren müssen dir geklungen haben ... Und weißt du, was dein Vetter dabei sagte?"

„Gewiß etwas Albernes. Darin ist er groß."

„Das ist der schwärzeste Undank, den ich all mein Lebtag erlebt habe. ‚Lassen wir Effi leben', sagte er, ‚meine schöne Kusine ... Wissen Sie, Innstetten, daß ich Sie am liebsten fordern und totschießen möchte? Denn Effi ist ein Engel, und Sie haben mich um diesen Engel gebracht.' Und dabei sah er so ernst und wehmütig aus, daß man's beinah hätte glauben können."

„Oh, diese Stimmung kenn ich an ihm. Bei der wievielten wart ihr?"

„Ich hab es nicht mehr gegenwärtig, und vielleicht hätte ich es auch damals nicht mehr sagen können. Aber das glaub ich, daß es ihm ganz ernst war. Und vielleicht wäre es auch das richtige gewesen. Glaubst du nicht, daß du mit ihm hättest leben können?“

„Leben können? Das ist wenig, Geert. Aber beinah möchte ich sagen, ich hätte auch nicht einmal mit ihm leben können.“

„Warum nicht? Er ist wirklich ein liebenswürdiger und netter Mensch und auch ganz gescheit.“

„Ja, das ist er ...“

„Aber ...“

„Aber er ist dalbrig. Und das ist keine Eigenschaft, die wir Frauen lieben, auch nicht einmal dann, wenn wir noch halbe Kinder sind, wohin du mich immer gerechnet hast und vielleicht, trotz meiner Fortschritte, auch jetzt noch rechnest. Das Dalbrige, das ist nicht unsre Sache. Männer müssen Männer sein.“

„Gut, daß du das sagst. Alle Teufel, da muß man sich ja zusammennehmen. Und ich kann von Glück sagen, daß ich von so was, das wie Zusammennehmen aussieht, oder wenigstens ein Zusammennehmen in Zukunft fordert, so gut wie direkt herkomme ... Sage, wie denkst du dir ein Ministerium?“

„Ein Ministerium? Nun, das kann zweierlei sein. Es können Menschen sein, kluge, vornehme Herren, die den Staat regieren, und es kann auch bloß ein Haus sein, ein Palazzo, ein Palazzo Strozzi oder Pitti oder, wenn die nicht passen, irgendein andrer. Du siehst, ich habe meine italienische Reise nicht umsonst gemacht.“

„Und könntest du dich entschließen, in solchem Palazzo zu wohnen? Ich meine in solchem Ministerium?“

„Um Gottes willen, Geert, sie haben dich doch nicht zum Minister gemacht? Gieshübler sagte so was. Und der Fürst kann alles. Gott, der hat es am Ende durchgesetzt, und ich bin erst achtzehn.“

Innstetten lachte. „Nein, Effi, nicht Minister, so weit sind wir noch nicht. Aber vielleicht kommen noch allerhand Gaben in mir heraus, und dann ist es nicht unmöglich.“

„Also jetzt noch nicht, noch nicht Minister?“

„Nein. Und wir werden, die Wahrheit zu sagen, auch nicht einmal in einem Ministerium wohnen, aber ich werde täglich ins Ministerium gehen, wie ich jetzt in unser Landratsamt gehe, und werde dem Minister Vortrag halten und mit ihm reisen, wenn er die Provinzialbehörden inspiziert. Und du wirst eine Ministerialrätin sein und in Berlin leben, und in einem halben Jahre wirst du kaum noch wissen, daß du hier in Kessin gewesen bist und nichts gehabt hast, als Gieshübler und die Dünen und die Plantage.“

Effi sagte kein Wort, und nur ihre Augen wurden immer größer; um ihre Mundwinkel war ein nervöses Zucken, und ihr ganzer zarter Körper zitterte. Mit einem Male aber glitt sie von ihrem Sitze vor Innstetten nieder, umklammerte seine Knie und sagte in einem Tone, wie wenn sie betete: „Gott sei Dank!“

Innstetten verfärbte sich. Was war das? Etwas, was seit Wochen flüchtig, aber doch immer sich erneuernd über ihn kam, war wieder da und sprach so deutlich aus seinem Auge, daß Effi davor erschrak. Sie hatte sich durch ein schönes Gefühl, das nicht viel was andres als ein Bekenntnis ihrer Schuld war, hinreißen lassen und dabei mehr gesagt, als sie sagen durfte. Sie mußte das wieder ausgleichen, mußte was finden, irgendeinen Ausweg, es koste, was es wolle.

„Steh auf, Effi. Was hast du?“

Effi erhob sich rasch. Aber sie nahm ihren Platz auf dem Sofa nicht wieder ein, sondern schob einen Stuhl mit hoher Lehne heran, augenscheinlich, weil sie nicht Kraft genug fühlte, sich ohne Stütze zu halten.

„Was hast du?“ wiederholte Innstetten. „Ich dachte, du hättest hier glückliche Tage verlebt. Und nun rufst du ‚Gott sei Dank‘, als ob dir hier alles nur ein Schrecknis gewesen wäre. War *ich* dir ein Schrecknis? Oder war es was andres? Sprich.“

„Daß du noch fragen kannst, Geert“, sagte sie, während sie mit einer äußersten Anstrengung das Zittern ihrer Stimme zu bezwingen suchte. „Glückliche Tage! Ja, gewiß, glückliche Tage, aber doch auch andre. Nie bin ich die Angst hier ganz losgeworden, nie. Noch keine vierzehn Tage, daß es mir wieder über die Schulter sah, dasselbe Gesicht, derselbe fahle Teint. Und diese letzten Nächte, wo du fort warst, war es auch wieder da, nicht das Gesicht, aber es schlurrte wieder, und Rollo schlug wieder an, und Roswitha, die’s auch gehört, kam an mein Bett und setzte sich zu mir, und erst, als es schon dämmerte, schliefen wir wieder ein. Es ist ein Spukhaus, und ich hab es auch glauben sollen, das mit dem Spuk – denn du bist ein Erzieher. Ja, Geert, das bist du. Aber laß es sein, wie’s will, soviel weiß ich, ich habe mich ein ganzes Jahr lang und länger in diesem Hause gefürchtet, und wenn ich von hier fortkomme, so wird es, denk ich, von mir abfallen, und ich werde wieder frei sein.“

Innstetten hatte kein Auge von ihr gelassen und war jedem Worte gefolgt. Was sollte das heißen: „Du bist ein Erzieher?“

und dann das andre, was vorausging: „und ich hab es auch glauben sollen, das mit dem Spuk." Was war das alles? Wo kam das her? Und er fühlte seinen leisen Argwohn sich wieder regen und fester einnisten. Aber er hatte lange genug gelebt, um zu wissen, daß alle Zeichen trügen und daß wir in unsrer Eifersucht, trotz ihrer hundert Augen, oft noch mehr in die Irre gehen, als in der Blindheit unsres Vertrauens. Es konnte ja so sein, wie sie sagte. Und wenn es so war, warum sollte sie nicht ausrufen: „Gott sei Dank!"

Und so, rasch alle Möglichkeiten ins Auge fassend, wurde er seines Argwohns wieder Herr und reichte ihr die Hand über den Tisch hin: „Verzeih mir, Effi, aber ich war so sehr überrascht von dem allen. Freilich wohl meine Schuld. Ich bin immer zu sehr mit mir beschäftigt gewesen. Wir Männer sind alle Egoisten. Aber das soll nun anders werden. Ein Gutes hat Berlin gewiß: Spukhäuser gibt es da nicht. Wo sollen die auch herkommen? Und nun laß uns hinübergehen, daß ich Annie sehe; Roswitha verklagt mich sonst als einen unzärtlichen Vater."

Effi war unter diesen Worten allmählich ruhiger geworden und das Gefühl, aus einer selbstgeschaffenen Gefahr sich glücklich befreit zu haben, gab ihr ihre Spannkraft und gute Haltung wieder zurück.

Zweiundzwanzigstes Kapitel

Am andern Morgen nahmen beide gemeinschaftlich ihr etwas verspätetes Frühstück. Innstetten hatte seine Mißstimmung und Schlimmeres überwunden, und Effi lebte so ganz dem Gefühl ihrer Befreiung, daß sie nicht bloß die Fähigkeit einer gewissen erkünstelten guten Laune, sondern fast auch ihre frühere Unbefangenheit wiedergewonnen hatte. Sie war noch in Kessin, und doch war ihr schon zumute, als läge es weit hinter ihr.

„Ich habe mir's überlegt, Effi", sagte Innstetten, „du hast nicht so ganz unrecht mit allem, was du gegen unser Haus hier gesagt hast. Für Kapitän Thomsen war es gerade gut genug, aber nicht für eine junge verwöhnte Frau; alles altmodisch, kein Platz. Da sollst du's in Berlin besser haben, auch einen Saal, aber einen andern als hier, und auf Flur und Treppe hohe bunte Glasfenster, Kaiser Wilhelm mit Szepter und Krone oder auch was Kirchliches, heilige Elisabeth oder Jungfrau Maria. Sagen wir Jungfrau Maria, das sind wir Roswitha schuldig."

Effi lachte. „So soll es sein. Aber wer sucht uns eine Wohnung? Ich kann doch nicht Vetter Briest auf die Suche schicken. Oder gar die Tanten! Die finden alles gut genug."

„Ja, das Wohnungsuchen. Das macht einem keiner zu Dank. Ich denke, da mußt du selber hin."

„Und wann meinst du?"

„Mitte März."

„Oh, das ist viel zu spät, Geert, dann ist ja alles fort. Die guten Wohnungen werden schwerlich auf uns warten!"

„Ist schon recht. Aber ich bin erst seit gestern wieder hier und kann doch nicht sagen ‚reise morgen'. Das würde mich schlecht kleiden und paßte mir auch wenig; ich bin froh, daß ich dich wiederhabe."

„Nein", sagte sie, während sie das Kaffeegeschirr, um eine aufsteigende Verlegenheit zu verbergen, ziemlich geräuschvoll zusammenrückte, „nein, so soll's auch nicht sein, nicht heut und nicht morgen, aber doch in den nächsten Tagen. Und wenn ich etwas finde, so bin ich rasch wieder zurück. Aber noch eins, Roswitha und Annie müssen mit. Am schönsten wär es, du auch. Aber ich sehe ein, das geht nicht. Und ich denke, die Trennung soll nicht lange dauern. Ich weiß auch schon, wo ich miete ..."

„Nun?"

„Das bleibt mein Geheimnis. Ich will auch ein Geheimnis haben. Damit will ich dich dann überraschen."

In diesem Augenblick trat Friedrich ein, um die Postsachen abzugeben. Das meiste war Dienstliches und Zeitungen. „Ah, da ist auch ein Brief für dich", sagte Innstetten. „Und wenn ich nicht irre, die Handschrift der Mama."

Effi nahm den Brief. „Ja, von der Mama. Aber das ist ja nicht der Friesacker Poststempel; sieh nur, das heißt ja deutlich Berlin."

„Freilich", lachte Innstetten. „Du tust, als ob es ein Wunder wäre. Die Mama wird in Berlin sein und hat ihrem Liebling von ihrem Hotel aus einen Brief geschrieben."

„Ja", sagte Effi, „so wird es sein. Aber ich ängstige mich doch beinah und kann keinen rechten Trost darin finden, daß Hulda Niemeyer immer sagte: wenn man sich ängstigt, ist es besser, als wenn man hofft. Was meinst du dazu?"

„Für eine Pastorstochter nicht ganz auf der Höhe. Aber nun lies den Brief. Hier ist ein Papiermesser."

Effi schnitt das Kuvert auf und las: „Meine liebe Effi. Seit vierundzwanzig Stunden bin ich hier in Berlin; Konsultationen bei Schweigger. Als er mich sieht, beglückwünscht er mich, und als ich erstaunt ihn frage, wozu, erfahr ich, daß Ministerialdirektor Wüllersdorf eben bei ihm gewesen und ihm erzählt habe: Innstetten sei ins Ministerium berufen. Ich bin ein wenig ärgerlich, daß man dergleichen von einem Dritten erfahren muß. Aber in meinem Stolz und meiner Freude sei Euch verziehen. Ich habe es übrigens immer gewußt (schon als I. noch bei den Rathenowern war), daß etwas aus ihm werden würde. Nun kommt es *Dir* zugute. Natürlich müßt Ihr eine Wohnung haben und eine andere Einrichtung. Wenn Du, meine liebe Effi, glaubst, meines Rates dabei bedürfen zu können, so komme, so rasch es Dir Deine Zeit erlaubt. Ich bleibe acht Tage hier in Kur, und wenn es nicht anschlägt, vielleicht noch etwas länger; Schweigger drückt sich unbestimmt darüber aus. Ich habe eine Privatwohnung in der Schadowstraße genommen; neben dem meinigen sind noch Zimmer frei. Was es mit meinem Auge ist, darüber mündlich; vorläufig beschäftigt mich nur Eure Zukunft. Briest wird unendlich glücklich sein, er tut immer so gleichgültig gegen dergleichen, eigentlich hängt er aber mehr daran als ich. Grüße Innstetten, küsse Annie, die Du vielleicht mitbringst. Wie immer Deine Dich zärtlich liebende Mutter Luise v. B."

Effi legte den Brief aus der Hand und sagte nichts. Was sie zu tun habe, das stand bei ihr fest; aber sie wollte es nicht selber aussprechen, Innstetten sollte damit kommen, und dann wollte sie zögernd ja sagen.

Innstetten ging auch wirklich in die Falle. „Nun, Effi, du bleibst so ruhig."

„Ach, Geert, es hat alles so seine zwei Seiten. Auf der einen Seite beglückt es mich, die Mama wiederzusehen und vielleicht sogar schon in wenig Tagen. Aber es spricht auch so vieles dagegen."

„Was?"

„Die Mama, wie du weißt, ist sehr bestimmt und kennt nur ihren eignen Willen. Dem Papa gegenüber hat sie alles durchsetzen können. Aber ich möchte gern eine Wohnung haben, die nach *meinem* Geschmack ist, und eine neue Einrichtung, die *mir* gefällt."

Innstetten lachte. „Und das ist alles?"

„Nun, es wäre grade genug. Aber es ist nicht alles." Und nun nahm sie sich zusammen und sah ihn an und sagte: „Und dann, Geert, ich möchte nicht gleich wieder von dir fort."

„Schelm, das sagst du so, weil du meine Schwäche kennst.

Aber wir sind alle so eitel, und ich will es glauben. Ich will es glauben und doch zugleich auch den Heroischen spielen, den Entsagenden. Reise, sobald du's für nötig hältst und vor deinem Herzen verantworten kannst."

„So darfst du nicht sprechen, Geert. Was heißt das, ‚vor meinem Herzen verantworten'. Damit schiebst du mir, halb gewaltsam, eine Zärtlichkeitsrolle zu, und ich muß dir dann aus reiner Koketterie sagen: ‚Ach, Geert, dann reise ich nie.' Oder doch so etwas Ähnliches."

Innstetten drohte ihr mit dem Finger. „Effi, du bist mir zu fein. Ich dachte immer, du wärst ein Kind, und sehe nun, daß du das Maß hast wie alle andern. Aber lassen wir das, oder wie dein Papa immer sagte: ‚Das ist ein zu weites Feld.' Sage lieber, wann willst du fort?"

„Heute haben wir Dienstag. Sagen wir also Freitag mittag mit dem Schiff. Dann bin ich am Abend in Berlin."

„Abgemacht. Und wann zurück?"

„Nun, sagen wir Montag abend. Das sind dann drei Tage."

„Geht nicht. Das ist zu früh. In drei Tagen kannst du's nicht zwingen. Und so rasch läßt dich die Mama auch nicht fort."

„Also auf Diskretion."

„Gut."

Und damit erhob sich Innstetten, um nach dem Landratsamte hinüberzugehen.

Die Tage bis zur Abreise vergingen wie im Fluge. Roswitha war sehr glücklich. „Ach, gnädigste Frau, Kessin, nun ja . . . aber Berlin ist es nicht. Und die Pferdebahn. Und wenn es dann so klingelt und man nicht weiß, ob man links oder rechts soll, und mitunter ist mir schon gewesen, als ginge alles grad über mich weg. Nein, so was ist hier nicht. Ich glaube, manchen Tag sehen wir keine sechs Menschen. Und immer bloß die Dünen und draußen die See. Und das rauscht und rauscht, aber weiter ist es auch nichts."

„Ja, Roswitha, du hast recht. Es rauscht und rauscht immer, aber es ist kein richtiges Leben. Und dann kommen einem allerhand dumme Gedanken. Das kannst du doch nicht bestreiten, das mit dem Kruse war nicht in der Richtigkeit."

„Ach, gnädigste Frau . . ."

„Nun, ich will nicht weiter nachforschen. Du wirst es natürlich nicht zugeben. Und nimm nur nicht zu wenig Sachen mit.

Deine Sachen kannst du eigentlich ganz mitnehmen und Annies auch."

„Ich denke, wir kommen noch mal wieder."

„Ja, ich. Der Herr wünscht es. Aber ihr könnt vielleicht dableiben, bei meiner Mutter. Sorge nur, daß sie Anniechen nicht zu sehr verwöhnt. Gegen mich war sie mitunter streng, aber ein Enkelkind ..."

„Und dann ist Anniechen ja auch so zum Anbeißen. Da muß ja jeder zärtlich sein."

Das war am Donnerstag, am Tage vor der Abreise. Innstetten war über Land gefahren und wurde erst gegen Abend zurückerwartet. Am Nachmittag ging Effi in die Stadt, bis auf den Marktplatz, und trat hier in die Apotheke und bat um eine Flasche Sal volatile. „Man weiß nie, mit wem man reist", sagte sie zu dem alten Gehülfen, mit dem sie auf dem Plauderfuße stand und der sie anschwärmte wie Gieshübler selbst.

„Ist der Herr Doktor zu Hause?" fragte sie weiter, als sie das Fläschchen eingesteckt hatte.

„Gewiß, gnädigste Frau; er ist hier nebenan und liest die Zeitungen."

„Ich werde ihn doch nicht stören?"

„Oh, nie."

Und Effi trat ein. Es war eine kleine, hohe Stube, mit Regalen ringsherum, auf denen allerlei Kolben und Retorten standen; nur an der einen Wand befanden sich alphabetisch geordnete, vorn mit einem Eisenringe versehene Kästen, in denen die Rezepte lagen.

Gieshübler war beglückt und verlegen. „Welche Ehre. Hier unter meinen Retorten. Darf ich die gnädige Frau auffordern, einen Augenblick Platz zu nehmen?"

„Gewiß, lieber Gieshübler. Aber auch wirklich nur einen Augenblick. Ich will Ihnen adieu sagen."

„Aber meine gnädigste Frau, Sie kommen ja doch wieder. Ich habe gehört, nur auf drei, vier Tage ..."

„Ja, lieber Freund, ich soll wiederkommen, und es ist sogar verabredet, daß ich spätestens in einer Woche wieder in Kessin bin. Aber ich könnte doch auch *nicht* wiederkommen. Muß ich Ihnen sagen, welche tausend Möglichkeiten es gibt ... Ich sehe, Sie wollen mir sagen, daß ich noch zu jung sei ... auch Junge können sterben. Und dann so vieles andere noch. Und da will ich doch lieber Abschied nehmen von Ihnen, als wär es für immer."

„Aber meine gnädigste Frau ...“

„Als wär es für immer. Und ich will Ihnen danken, lieber Gieshübler. Denn Sie waren das Beste hier; natürlich, weil Sie der Beste waren. Und wenn ich hundert Jahr alt würde, so werde ich Sie nicht vergessen. Ich habe mich hier mitunter einsam gefühlt, und mitunter war mir so schwer ums Herz, schwerer als Sie wissen können; ich habe es nicht immer richtig eingerichtet; aber wenn ich Sie gesehen habe, vom ersten Tage an, dann habe ich mich immer wohler gefühlt und auch besser.“

„Aber meine gnädigste Frau.“

„Und dafür wollte ich Ihnen danken. Ich habe mir eben ein Fläschchen mit Sal volatile gekauft, im Coupé sind mitunter so merkwürdige Menschen und wollen einem nicht mal erlauben, daß man ein Fenster aufmacht; und wenn mir dann vielleicht – denn es steigt einem ja ordentlich zu Kopf, ich meine das Salz – die Augen übergehen, dann will ich an Sie denken. Adieu, lieber Freund, und grüßen Sie Ihre Freundin, die Trippelli. Ich habe in den letzten Wochen öfter an sie gedacht und an Fürst Kotschukoff. Ein eigentümliches Verhältnis bleibt es doch. Aber ich kann mich hineinfinden ... Und lassen Sie einmal von sich hören. Oder ich werde schreiben.“

Damit ging Effi. Gieshübler begleitete sie bis auf den Platz hinaus. Er war wie benommen, so sehr, daß er über manches Rätselhafte, was sie gesprochen, ganz hinwegsah.

Effi ging wieder nach Haus. „Bringen Sie mir die Lampe, Johanna“, sagte sie, „aber in mein Schlafzimmer. Und dann eine Tasse Tee. Ich hab es so kalt und kann nicht warten, bis der Herr wieder da ist.“

Beides kam. Effi saß schon an ihrem kleinen Schreibtisch, einen Briefbogen vor sich, die Feder in der Hand. „Bitte, Johanna, den Tee auf den Tisch da.“

Als Johanna das Zimmer wieder verlassen hatte, schloß Effi sich ein, sah einen Augenblick in den Spiegel und setzte sich dann wieder. Und nun schrieb sie: „Ich reise morgen mit dem Schiff, und dies sind Abschiedszeilen. Innstetten erwartet mich in wenig Tagen zurück, aber ich komme *nicht* wieder ... Warum ich nicht wiederkomme, Sie wissen es ... Es wäre das beste gewesen, ich hätte dies Stück Erde nie gesehen. Ich beschwöre Sie, dies nicht als einen Vorwurf zu fassen; alle Schuld ist bei mir. Blick ich auf Ihr Haus ... *Ihr* Tun mag entschuldbar sein, nicht das meine. Meine Schuld ist sehr schwer. Aber vielleicht kann ich noch heraus. Daß wir hier abberufen wurden, ist mir wie ein Zeichen, daß ich noch zu Gnaden angenommen werden kann. Vergessen Sie das Geschehene, vergessen Sie mich.

Ihre Effi."

Sie überflog die Zeilen noch einmal, am fremdesten war ihr das „Sie"; aber auch das mußte sein; es sollte ausdrücken, daß keine Brücke mehr da sei. Und nun schob sie die Zeilen in ein Kuvert und ging auf ein Haus zu, zwischen dem Kirchhof und der Waldecke. Ein dünner Rauch stieg aus dem halb eingefallenen Schornstein. Da gab sie die Zeilen ab.

Als sie wieder zurück war, war Innstetten schon da, und sie setzte sich zu ihm und erzählte ihm von Gieshübler und dem Sal volatile.

Innstetten lachte. „Wo hast du nur dein Latein her, Effi?"

Das Schiff, ein leichtes Segelschiff (die Dampfboote gingen nur sommers), fuhr um zwölf. Schon eine Viertelstunde vorher waren Effi und Innstetten an Bord; auch Roswitha und Annie.

Das Gepäck war größer, als es für einen, auf so wenig Tage geplanten Ausflug geboten erschien. Innstetten sprach mit dem Kapitän; Effi, in einem Regenmantel und hellgrauen Reisehut, stand auf dem Hinterdeck, nahe am Steuer, und musterte von hier aus das Bollwerk und die hübsche Häuserreihe, die dem Zuge des Bollwerks folgte. Gerade der Landungsbrücke gegenüber lag Hoppensacks Hotel, ein drei Stock hohes Gebäude, von dessen Giebeldach eine gelbe Flagge, mit Kreuz und Krone darin, schlaff in der stillen, etwas nebeligen Luft herniederhing. Effi sah eine Weile nach der Flagge hinauf, ließ dann aber ihr Auge wieder abwärts gleiten und verweilte zuletzt auf einer Anzahl von Personen, die neugierig am Bollwerk umherstanden. In diesem Augenblicke wurde geläutet. Effi war ganz eigen zumut, das Schiff setzte sich langsam in Bewegung, und als sie die Landungsbrücke noch einmal musterte, sah sie, daß Crampas in vorderster Reihe stand. Sie erschrak bei seinem Anblick und freute sich doch auch. Er seinerseits, in seiner ganzen Haltung verändert, war sichtlich bewegt und grüßte ernst zu ihr hinüber, ein Gruß, den sie ebenso, aber doch zugleich in großer Freundlichkeit, erwiderte; dabei lag etwas Bittendes in ihrem Auge. Dann ging sie rasch auf die Kajüte zu, wo sich Roswitha mit Annie schon eingerichtet hatte. Hier, in dem etwas stickigen Raume blieb sie, bis man aus dem Fluß in die weite Bucht des Breitling eingefahren war; da kam Innstetten und rief sie nach oben, daß sie sich an dem herrlichen Anblick erfreue, den die Landschaft gerade an dieser Stelle bot. Sie ging dann auch hinauf. Über dem Wasserspiegel hingen graue Wolken, und nur dann und wann schoß ein halb umschleierter Sonnenblick aus dem Gewölk hervor. Effi gedachte des Tages, wo sie, vor jetzt gerade Fünfvierteljahren, im offenen Wagen am Ufer eben dieses Breitlings hin entlanggefahren war. Eine kurze Spanne Zeit, und das Leben oft so still und einsam. Und doch, was war alles seitdem geschehen!

So fuhr man die Wasserstraße hinauf und war um zwei an der Station oder doch ganz in Nähe derselben. Als man gleich danach das Gasthaus des „Fürsten Bismarck" passierte, stand auch Golchowski wieder in der Tür und versäumte nicht, den Herrn Landrat und die gnädige Frau bis an die Stufen der Böschung zu geleiten. Oben war der Zug noch nicht angemeldet, und Effi und Innstetten schritten auf dem Bahnsteig auf und ab. Ihr Gespräch drehte sich um die Wohnungsfrage; man war einig über den Stadtteil, und daß es zwischen dem Tiergarten und dem Zoologischen Garten sein müsse. „Ich will den Finkenschlag hören und die Papageien auch", sagte Innstetten, und Effi stimmte ihm zu.

Nun aber hörte man das Signal und der Zug lief ein; der Bahnhofsinspektor war voller Entgegenkommen, und Effi erhielt ein Coupé für sich.

Noch ein Händedruck, ein Wehen mit dem Tuch, und der Zug setzte sich wieder in Bewegung.

Dreiundzwanzigstes Kapitel

Auf dem Friedrichstraßen-Bahnhofe war ein Gedränge; aber trotzdem, Effi hatte schon vom Coupé aus die Mama erkannt und neben ihr den Vetter Briest. Die Freude des Wiedersehens war groß, das Warten in der Gepäckhalle stellte die Geduld auf keine allzu harte Probe, und nach wenig mehr als fünf Minuten rollte die Droschke neben dem Pferdebahngeleise hin, in die Dorotheenstraße hinein und auf die Schadowstraße zu, an deren nächstgelegener Ecke sich die „Pension" befand. Roswitha war entzückt und freute sich über Annie, die die Händchen nach den Lichtern ausstreckte.

Nun war man da. Effi erhielt ihre zwei Zimmer, die nicht, wie erwartet, neben denen der Frau von Briest, aber doch auf demselben Korridor lagen, und als alles seinen Platz und Stand hatte, und Annie in einem Bettchen mit Gitter glücklich untergebracht war, erschien Effi wieder im Zimmer der Mama, einem kleinen Salon mit Kamin, drin ein schwaches Feuer brannte; denn es war mildes, beinah warmes Wetter. Auf dem runden Tische mit grüner Schirmlampe waren drei Kuverts gelegt, und auf einem Nebentischchen stand das Teezeug.

„Du wohnst ja reizend, Mama“, sagte Effi, während sie dem Sofa gegenüber Platz nahm, aber nur um sich gleich danach an dem Teetisch zu schaffen zu machen. „Darf ich wieder die Rolle des Teefräuleins übernehmen?“

„Gewiß, meine liebe Effi. Aber nur für Dagobert und dich selbst. Ich meinerseits muß verzichten, was mir beinah schwerfällt.“

„Ich versteh, deiner Augen halber. Aber nun sage mir, Mama, was ist es damit? In der Droschke, die noch dazu so klapperte, haben wir immer nur von Innstetten und unserer großen Karriere gesprochen, viel zuviel, und das geht nicht so weiter; glaube mir, deine Augen sind mir wichtiger, und in einem finde ich sie, Gott sei Dank, ganz unverändert, du siehst mich immer noch so freundlich an wie früher.“ Und sie eilte auf die Mama zu und küßte ihr die Hand.

„Effi, du bist so stürmisch. Ganz die alte.“

„Ach nein, Mama. Nicht die alte. Ich wollte, es wäre so. Man ändert sich in der Ehe.“

Vetter Briest lachte. „Kusine, ich merke nicht viel davon; du bist noch hübscher geworden, das ist alles. Und mit dem Stürmischen wird es wohl auch noch nicht vorbeisein.“

„Ganz der Vetter“, versicherte die Mama; Effi selbst aber wollte davon nichts hören und sagte: „Dagobert, du bist alles, nur kein Menschenkenner. Es ist sonderbar. Ihr Offiziere seid keine guten Menschenkenner, die jungen gewiß nicht. Ihr guckt euch immer nur selber an oder eure Rekruten, und die von der Kavallerie haben auch noch ihre Pferde. Die wissen nun vollends nichts.“

„Aber Kusine, wo hast du denn die ganze Weisheit her? Du kennst ja keine Offiziere. Kessin, so habe ich gelesen, hat ja auf die ihm zugedachten Husaren verzichtet, ein Fall, der übrigens einzig in der Weltgeschichte dasteht. Und willst du von alten Zeiten sprechen? Du warst ja noch ein halbes Kind, als die Rathenower zu euch herüberkamen.“

„Ich könnte dir erwidern, daß Kinder am besten beobachten.

Aber ich mag nicht, das sind ja alles bloß Allotria. Ich will wissen, wie's mit Mamas Augen steht."

Frau von Briest erzählte nun, daß es der Augenarzt für Blutandrang nach dem Gehirn ausgegeben habe. Daher käme das Flimmern. Es müsse mit Diät gezwungen werden; Bier, Kaffee, Tee – alles gestrichen und gelegentlich eine lokale Blutentziehung, dann würde es bald besser werden. „Er sprach so von vierzehn Tagen. Aber ich kenne die Doktorangaben; vierzehn Tage heißt sechs Wochen, und ich werde noch hier sein, wenn Innstetten kommt und ihr in eure neue Wohnung einzieht. Ich will auch nicht leugnen, daß das das beste von der Sache ist und mich über die mutmaßlich lange Kurdauer schon vorweg tröstet. Sucht euch nur recht was Hübsches. Ich habe mir Landgrafen- oder Keithstraße gedacht, elegant und doch nicht allzu teuer. Denn ihr werdet euch einschränken müssen. Innstettens Stellung ist sehr ehrenvoll, aber sie wirft nicht allzuviel ab. Und Briest klagt auch. Die Preise gehen herunter, und er erzählt mir jeden Tag, wenn nicht Schutzzölle kämen, so müß er mit einem Bettelsack von Hohen-Cremmen abziehen. Du weißt, er übertreibt gern. Aber nun lange zu, Dagobert, und wenn es sein kann, erzähle uns was Hübsches. Krankheitsberichte sind immer langweilig, und die liebsten Menschen hören bloß zu, weil es nicht anders geht. Effi wird wohl auch gern eine Geschichte hören, etwas aus den ‚Fliegenden Blättern' oder aus dem ‚Kladderadatsch'. Er soll aber nicht mehr so gut sein."

„Oh, er ist noch ebenso gut wie früher. Sie haben immer noch Strudelwitz und Prudelwitz, und da macht es sich von selber."

„Mein Liebling ist Karlchen Mießnick und Wippchen von Bernau."

„Ja, das sind die Besten. Aber Wippchen, der übrigens – Pardon, schöne Kusine – keine Kladderadatschfigur ist, Wippchen hat gegenwärtig nichts zu tun, es ist ja kein Krieg mehr. Leider. Unsereins möchte doch auch mal an die Reihe kommen und hier diese schreckliche Leere", und er strich vom Knopfloch nach der Achsel hinüber, „endlich loswerden".

„Ach, das sind ja bloß Eitelkeiten. Erzähle lieber. Was ist denn jetzt dran?"

„Ja, Kusine, das ist ein eigen Ding. Das ist nicht für jedermann. Jetzt haben wir nämlich die Bibelwitze."

„Die Bibelwitze? Was soll das heißen? ... Bibel und Witze gehören nicht zusammen."

„Eben deshalb sagte ich, es sei nicht für jedermann. Aber ob zulässig oder nicht, sie stehen jetzt hoch im Preise. Modesache, wie Kibitzeier."

„Nun, wenn es nicht zu toll ist, so gib uns eine Probe. Geht es?"

„Gewiß geht es. Und ich möchte sogar hinzusetzen dürfen, du triffst es besonders gut. Was jetzt nämlich kursiert, ist etwas hervorragend Feines, weil es als Kombination auftritt und in die einfache Bibelstelle noch das dativisch Wrangelsche mit einmischt. Die Fragestellung – alle diese Witze treten nämlich in Frageform auf – ist übrigens in vorliegendem Falle von großer Simplizität und lautet: ‚Wer war der erste Kutscher?' Und nun rate."

„Nun vielleicht Apollo."

„Sehr gut. Du bist doch ein Daus, Effi. Ich wäre nicht darauf gekommen. Aber trotzdem, du triffst damit nicht ins Schwarze."

„Nun, wer war es denn?"

„Der erste Kutscher war ‚Leid'. Denn schon im Buche Hiob heißt es: ‚Leid soll mir nicht widerfahren', oder auch ‚wieder fahren' in zwei Wörtern und mit einem e."

Effi wiederholte kopfschüttelnd den Satz, auch die Zubemerkung, konnte sich aber trotz aller Mühe nicht drin zurechtfinden; sie gehörte ganz ausgesprochen zu den Bevorzugten, die für derlei Dinge durchaus kein Organ haben, und so kam denn Vetter Briest in die nicht beneidenswerte Situation, immer erneut erst auf den Gleichklang und dann auch wieder auf den Unterschied von „widerfahren" und „wieder fahren" hinweisen zu müssen.

„Ach, nun versteh ich. Und du mußt mir verzeihen, daß es so lange gedauert. Aber es ist wirklich *zu* dumm."

„Ja, dumm ist es", sagte Dagobert kleinlaut.

„Dumm und unpassend und kann einem Berlin ordentlich verleiden. Da geht man nun aus Kessin fort, um wieder unter Menschen zu sein, und das erste, was man hört, ist ein Bibelwitz. Auch Mama schweigt, und das sagt genug. Ich will dir aber doch den Rückzug erleichtern ..."

„Das tu, Kusine."

„... den Rückzug erleichtern und es ganz ernsthaft als ein gutes Zeichen nehmen, daß mir, als erstes hier, von meinem Vetter Dagobert gesagt wurde: ‚Leid soll mir nicht widerfahren.' Sonderbar, Vetter, so schwach die Sache als Witz ist, ich bin dir doch dankbar dafür."

Dagobert, kaum aus der Schlinge heraus, versuchte über Effis

Feierlichkeit zu spötteln, ließ aber ab davon, als er sah, daß es sie verdroß.

Bald nach zehn Uhr brach er auf und versprach am anderen Tage wiederzukommen, um nach den Befehlen zu fragen.

Und gleich, nachdem er gegangen, zog sich auch Effi in ihre Zimmer zurück.

Am andern Tage war das schönste Wetter, und Mutter und Tochter brachen früh auf, zunächst nach der Augenklinik, wo Effi im Vorzimmer verblieb und sich mit dem Durchblättern eines Albums beschäftigte. Dann ging es nach dem Tiergarten und bis in die Nähe des „Zoologischen", um dortherum nach einer Wohnung zu suchen. Es traf sich auch wirklich so, daß man in der Keithstraße, worauf sich ihre Wünsche von Anfang an gerichtet hatten, etwas durchaus Passendes ausfindig machte, nur daß es ein Neubau war, feucht und noch unfertig. „Es wird nicht gehen, liebe Effi", sagte Frau von Briest, „schon einfach Gesundheitsrücksichten werden es verbieten. Und dann ein Geheimrat ist kein Trockenwohner."

Effi, sosehr ihr die Wohnung gefiel, war um so einverstandener mit diesem Bedenken, als ihr an einer raschen Erledigung überhaupt nicht lag, ganz im Gegenteil: „Zeit gewonnen, alles gewonnen", und so war ihr denn ein Hinausschieben der ganzen Angelegenheit eigentlich das Liebste, was ihr begegnen konnte. „Wir wollen diese Wohnung aber doch im Auge behalten, Mama, sie liegt so schön und ist im wesentlichen das, was ich mir gewünscht habe." Dann fuhren beide Damen in die Stadt zurück, aßen im Restaurant, das man ihnen empfohlen, und waren am Abend in der Oper, wozu der Arzt unter der Bedingung, daß Frau von Briest mehr hören als sehen wolle, die Erlaubnis gegeben hatte.

Die nächsten Tage nahmen einen ähnlichen Verlauf; man war aufrichtig erfreut, sich wiederzuhaben und nach so langer Zeit wieder ausgiebig miteinander plaudern zu können. Effi, die sich nicht bloß auf Zuhören und Erzählen, sondern, wenn ihr am wohlsten war, auch auf Medisieren ganz vorzüglich verstand, geriet mehr als einmal in ihren alten Übermut, und die Mama schrieb nach Hause, wie glücklich sie sei, das „Kind" wieder so heiter und lachlustig zu finden; es wiederhole sich ihnen allen die schöne Zeit von vor fast zwei Jahren, wo man die Ausstattung besorgt habe. Auch Vetter Briest sei ganz der alte. Das war nun auch wirklich der Fall, nur mit dem Unterschiede, daß er sich seltener sehen ließ, als vordem, und auf die Frage nach dem „Warum" anscheinend ernsthaft versicherte: „Du bist mir zu gefährlich, Kusine." Das gab dann jedesmal ein Lachen bei Mutter und Tochter, und Effi sagte: „Dagobert, du bist freilich noch sehr jung, aber zu solcher Form des Courmachens doch nicht mehr jung genug."

So waren schon beinah vierzehn Tage vergangen. Innstetten schrieb immer dringlicher und wurde ziemlich spitz, fast auch gegen die Schwiegermama, so daß Effi einsah, ein weiteres Hinausschieben sei nicht mehr gut möglich, und es müsse nun wirklich gemietet werden. Aber was dann? Bis zum Umzuge nach Berlin waren immer noch drei Wochen, und Innstetten drang auf rasche Rückkehr. Es gab also nur ein Mittel: sie mußte wieder eine Komödie spielen, mußte krank werden.

Das kam ihr aus mehr als einem Grunde nicht leicht an; aber es mußte sein, und als ihr das feststand, stand ihr auch fest, wie die Rolle, bis in die kleinsten Einzelheiten hinein, gespielt werden müsse.

„Mama, Innstetten, wie du siehst, wird über mein Ausbleiben empfindlich. Ich denke, wir geben also nach und mieten heute noch. Und morgen reise ich. Ach, es wird mir so schwer, mich von dir zu trennen."

Frau von Briest war einverstanden. „Und welche Wohnung wirst du wählen?"

„Natürlich die erste, die in der Keithstraße, die mir von Anfang an so gut gefiel und dir auch. Sie wird wohl noch nicht ganz ausgetrocknet sein, aber es ist ja das Sommerhalbjahr, was einigermaßen ein Trost ist. Und wird es mit der Feuchtigkeit zu arg und kommt ein bißchen Rheumatismus, so hab ich ja schließlich immer noch Hohen-Cremmen."

„Kind, beruf es nicht; ein Rheumatismus ist mitunter da, man weiß nicht wie."

Diese Worte der Mama kamen Effi sehr zupaß. Sie mietete denselben Vormittag noch und schrieb eine Karte an Innstetten, daß sie den nächsten Tag zurückwolle. Gleich danach wurden auch wirklich die Koffer gepackt und alle Vorbereitungen getroffen. Als dann aber der andere Morgen da war, ließ Effi die Mama an ihr Bett rufen und sagte: „Mama, ich kann nicht reisen. Ich habe ein solches Reißen und Ziehen, es schmerzt mich über den ganzen Rücken hin, und ich glaube beinah, es ist ein Rheumatismus. Ich hätte nicht gedacht, daß das so schmerzhaft sei."

„Siehst du, was ich dir gesagt habe; man soll den Teufel nicht an die Wand malen. Gestern hast du noch leichtsinnig darüber gesprochen, und heute ist es schon da. Wenn ich Schweigger sehe, werde ich ihn fragen, was du tun sollst."

„Nein, nicht Schweigger. Der ist ja ein Spezialist. Das geht nicht und er könnt es am Ende übelnehmen, in so was anderem zu Rate gezogen zu werden. Ich denke, das beste ist, wir warten es ab. Es kann ja auch vorübergehen. Ich werde den ganzen Tag über von Tee und Sodawasser leben, und wenn ich dann transpiriere, komm ich vielleicht drüber hin."

Frau von Briest drückte ihre Zustimmung aus, bestand aber darauf, daß sie sich gut verpflege. Daß man nichts genießen müsse, wie das früher Mode war, das sei ganz falsch und schwäche bloß; in diesem Punkte stehe sie ganz zu der jungen Schule: tüchtig essen.

Effi sog sich nicht wenig Trost aus diesen Anschauungen, schrieb ein Telegramm an Innstetten, worin sie von dem „leidigen Zwischenfall" und einer ärgerlichen, aber doch nur momentanen Behinderung sprach, und sagte dann zu Roswitha: „Roswitha, du mußt mir nun auch Bücher besorgen; es wird nicht schwerhalten, ich will alte, ganz alte."

„Gewiß, gnäd'ge Frau. Die Leihbibliothek ist ja gleich hier nebenan. Was soll ich besorgen?"

„Ich will es aufschreiben, allerlei zur Auswahl, denn mitunter haben sie nicht das eine, was man grade haben will." Roswitha brachte Bleistift und Papier, und Effi schrieb auf: Walter Scott, „Ivanhoe" oder „Quentin Durward"; Cooper, „Der Spion"; Dickens, „David Copperfield"; Willibald Alexis, „Die Hosen des Herrn von Bredow".

Roswitha las den Zettel durch und schnitt in der anderen Stube die letzte Zeile fort; sie genierte sich ihret- und ihrer Frau wegen, den Zettel in seiner ursprünglichen Gestalt abzugeben.

Ohne besondere Vorkommnisse verging der Tag. Am andern Morgen war es nicht besser und am dritten auch nicht.

„Effi, das geht so nicht länger. Wenn so was einreißt, dann wird man's nicht wieder los; wovor die Doktoren am meisten warnen und mit Recht, das sind solche Verschleppungen."

Effi seufzte. „Ja, Mama, aber wen sollen wir nehmen? Nur keinen jungen; ich weiß nicht, aber es würde mich genieren."

„Ein junger Doktor ist immer genant, und wenn er es nicht ist, desto schlimmer. Aber du kannst dich beruhigen; ich komme mit einem ganz alten, der mich schon behandelt hat, als ich noch in der Heckerschen Pension war, also vor etlichen zwanzig Jahren. Und damals war er nah an Fünfzig und hatte schönes graues Haar, ganz kraus. Er war ein Damenmann, aber in den richtigen Grenzen. Ärzte, die das vergessen, gehen unter, und es kann auch nicht anders sein; unsere Frauen, wenigstens die aus der Gesellschaft, haben immer noch einen guten Fond."

„Meinst du? ich freue mich immer, so was Gutes zu hören. Denn mitunter hört man doch auch andres. Und schwer mag es wohl oft sein. Und wie heißt denn der alte Geheimrat? Ich nehme an, daß es ein Geheimrat ist."

„Geheimrat Rummschüttel."

Effi lachte herzlich. „Rummschüttel! Und als Arzt für jemanden, der sich nicht rühren kann."

„Effi, du sprichst so sonderbar. Große Schmerzen kannst du nicht haben."

„Nein, in diesem Augenblicke nicht; es wechselt beständig."

Am andern Morgen erschien Geheimrat Rummschüttel. Frau von Briest empfing ihn, und als er Effi sah, war sein erste Wort: „Ganz die Mama."

Diese wollte den Vergleich ablehnen und meinte, zwanzig Jahre und drüber seien doch eine lange Zeit; Rummschüttel blieb aber bei seiner Behauptung, zugleich versichernd: nicht jeder Kopf präge sich ihm ein, aber wenn er überhaupt erst einen Eindruck empfangen habe, so bleibe der auch für immer. „Und nun, meine gnädigste Frau von Innstetten, wo fehlt es, wo sollen wir helfen?"

„Ach, Herr Geheimrat, ich komme in Verlegenheit, Ihnen auszudrücken, was es ist. Es wechselt beständig. In diesem Augenblick ist es wie weggeflogen. Anfangs habe ich an Rheumatisches gedacht, aber ich möchte beinah glauben, es sei eine Neuralgie, Schmerzen den Rücken entlang, und dann kann ich mich nicht aufrichten. Mein Papa leidet an Neuralgie, da hab ich es früher beobachten können. Vielleicht ein Erbstück von ihm."

„Sehr wahrscheinlich", sagte Rummschüttel, der den Puls gefühlt und die Patientin leicht, aber doch scharf beobachtet hatte. „Sehr wahrscheinlich, meine gnädigste Frau." Was er aber still zu sich selber sagte, das lautete: Schulkrank und mit Virtuosität gespielt; Evastochter comme il faut. Er ließ jedoch nichts davon merken, sondern sagte mit allem wünschenswerten Ernst: „Ruhe und Wärme sind das Beste, was ich anraten kann.

Eine Medizin, übrigens nichts Schlimmes, wird das weitere tun."

Und er erhob sich, um das Rezept aufzuschreiben: Aqua Amygdalarum amararum eine halbe Unze, Syrupus florum Aurantii zwei Unzen. „Hiervon, meine gnädigste Frau, bitte ich Sie, alle zwei Stunden einen halben Teelöffel voll nehmen zu wollen. Es wird Ihre Nerven beruhigen. Und worauf ich noch dringen möchte: keine geistigen Anstrengungen, keine Besuche, keine Lektüre." Dabei wies er auf das neben ihr liegende Buch.

„Es ist Scott."

„Oh, dagegen ist nichts einzuwenden. Das beste sind Reisebeschreibungen. Ich spreche morgen wieder vor."

Effi hatte sich wundervoll gehalten, ihre Rolle gut durchgespielt. Als sie wieder allein war – die Mama begleitete den Geheimrat –, schoß ihr trotzdem das Blut zu Kopf; sie hatte recht gut bemerkt, daß er ihrer Komödie mit einer Komödie begegnet war. Er war offenbar ein überaus lebensgewandter Herr, der alles recht gut sah, aber nicht alles sehen wollte, vielleicht weil er wußte, daß dergleichen auch mal zu respektieren sein könne. Denn gab es nicht zu respektierende Komödien, war nicht die, die sie selber spielte, eine solche?

Bald danach kam die Mama zurück, und Mutter und Tochter ergingen sich in Lobeserhebungen über den feinen alten Herrn, der trotz seiner beinah Siebzig noch etwas Jugendliches habe. „Schicke nur gleich Roswitha nach der Apotheke ... Du sollst aber nur alle drei Stunden nehmen, hat er mir draußen noch eigens gesagt. So war er schon damals, er verschrieb nicht oft und nicht viel; aber immer Energisches, und es half auch gleich."

Rummschüttel kam den zweiten Tag und dann jeden dritten, weil er sah, welche Verlegenheit sein Kommen der jungen Frau bereitete. Dies nahm ihn für sie ein, und sein Urteil stand ihm nach dem dritten Besuche fest: „Hier liegt etwas vor, was die Frau zwingt, so zu handeln, wie sie handelt." Über solche Dinge den Empfindlichen zu spielen, lag längst hinter ihm.

Als Rummschüttel seinen vierten Besuch machte, fand er Effi auf, in einem Schaukelstuhl sitzend, ein Buch in der Hand, Annie neben ihr.

„Ah, meine gnädigste Frau! Hocherfreut. Ich schiebe es nicht auf die Arznei; das schöne Wetter, die hellen, frischen Märztage, da fällt die Krankheit ab. Ich beglückwünsche Sie. Und die Frau Mama?"

„Sie ist ausgegangen, Herr Geheimrat, in die Keithstraße, wo wir gemietet haben. Ich erwarte nun innerhalb weniger Tage meinen Mann, den ich mich, wenn in unserer Wohnung erst alles in Ordnung sein wird, herzlich freue, Ihnen vorstellen zu können. Denn ich darf doch wohl hoffen, daß Sie auch in Zukunft sich meiner annehmen werden."

Er verbeugte sich.

„Die neue Wohnung", fuhr sie fort, „ein Neubau, macht mir freilich Sorge. Glauben Sie, Herr Geheimrat, daß die feuchten Wände ..."

„Nicht im geringsten, meine gnädigste Frau. Lassen Sie drei, vier Tage lang tüchtig heizen und immer Türen und Fenster auf, da können Sie's wagen, auf meine Verantwortung. Und mit Ihrer Neuralgie, das war nicht von solcher Bedeutung. Aber ich freue mich Ihrer Vorsicht, die mir Gelegenheit gegeben hat, eine alte Bekanntschaft zu erneuern und eine neue zu machen."

Er wiederholte seine Verbeugung, sah noch Annie freundlich in die Augen und verabschiedete sich unter Empfehlungen an die Mama.

Kaum daß er fort war, so setzte sich Effi an den Schreibtisch und schrieb: „Lieber Innstetten! Eben war Rummschüttel hier und hat mich aus der Kur entlassen. Ich könnte nun reisen, morgen etwa; aber heut ist schon der 24., und am 28. willst Du hier eintreffen. Angegriffen bin ich ohnehin noch. Ich denke, Du wirst einverstanden sein, wenn ich die Reise ganz aufgebe. Die Sachen sind ja ohnehin schon unterwegs, und wir würden, wenn ich käme, in Hoppensacks Hotel wie Fremde leben müssen. Auch der Kostenpunkt ist in Betracht zu ziehen, die Ausgaben werden sich ohnehin häufen; unter anderem ist Rummschüttel zu honorieren, wenn er uns auch als Arzt verbleibt. Übrigens ein sehr liebenswürdiger alter Herr. Er gilt ärztlich nicht für ersten Ranges, ‚Damendoktor' sagen seine Gegner und Neider. Aber dies Wort umschließt doch auch ein Lob; es kann eben nicht jeder mit uns umgehen. Daß ich von den Kessinern nicht persönlich Abschied nehme, hat nicht viel auf sich. Bei Gieshübler war ich. Die Frau Majorin hat sich immer ablehnend gegen mich verhalten, ablehnend bis zur Unart; bleibt nur noch der Pastor und Dr. Hannemann und Crampas. Empfiehl mich letzterem. An die Familien auf dem Lande schicke ich Karten; Güldenklees, wie Du mir schreibst, sind in Italien (was sie da wollen, weiß ich nicht), und so bleiben nur die drei andern. Entschuldige mich, so gut es geht. Du bist ja der Mann der Formen und weißt das richtige Wort zu treffen. An Frau von Padden, die mir am Silvesterabend so außerordentlich gut gefiel, schreibe ich vielleicht selber noch und spreche ihr mein Bedauern aus. Laß mich in einem Telegramm wissen, ob Du mit allem einverstanden bist. Wie immer Deine Effi."

Effi brachte selber den Brief zur Post, als ob sie dadurch die Antwort beschleunigen könne, und am nächsten Vormittage traf denn auch das erbetene Telegramm von Innstetten ein: „Einverstanden mit allem." Ihr Herz jubelte, sie eilte hinunter und auf den nächsten Droschkenstand zu. „Keithstraße 1 c." Und erst die Linden und dann die Tiergartenstraße hinunter flog die Droschke, und nun hielt sie vor der neuen Wohnung.

Oben standen die den Tag vorher eingetroffenen Sachen noch bunt durcheinander, aber es störte sie nicht, und als sie auf den breiten aufgemauerten Balkon hinaustrat, lag jenseits der Kanalbrücke der Tiergarten vor ihr, dessen Bäume schon überall einen grünen Schimmer zeigten. Darüber aber ein klarer blauer Himmel und eine lachende Sonne.

Sie zitterte vor Erregung und atmete hoch auf. Dann trat sie, vom Balkon her, wieder über die Türschwelle zurück, erhob den Blick und faltete die Hände.

„Nun, mit Gott, ein neues Leben! Es soll anders werden."

Vierundzwanzigstes Kapitel

Drei Tage danach, ziemlich spät, um die neunte Stunde, traf Innstetten in Berlin ein. Alles war am Bahnhof, Effi, die Mama, der Vetter; der Empfang war herzlich, am herzlichsten von seiten Effis, und man hatte bereits eine Welt von Dingen durchgesprochen, als der Wagen, den man genommen, vor der neuen Wohnung in der Keithstraße hielt. „Ach, da hast du gut gewählt, Effi", sagte Innstetten, als er in das Vestibul eintrat, „kein Haifisch, kein Krokodil und hoffentlich auch kein Spuk."

„Nein, Geert, damit ist es nun vorbei. Nun bricht eine andere Zeit an, und ich fürchte mich nicht mehr und will auch besser sein als früher und dir mehr zu Willen leben." Alles das flüsterte sie ihm zu, während sie die teppichbedeckte Treppe bis in den zweiten Stock hinanstiegen. Der Vetter führte die Mama.

Oben fehlte noch manches, aber für einen wohnlichen Eindruck war doch gesorgt, und Innstetten sprach seine Freude darüber aus. „Effi, du bist doch ein kleines Genie", aber diese lehnte das Lob ab und zeigte auf die Mama, die habe das eigentliche Verdienst. „Hier muß es stehen", so hab es unerbittlich geheißen, und immer habe sie's getroffen, wodurch natürlich viel Zeit gespart und die gute Laune nie gestört worden sei. Zuletzt kam auch Roswitha, um den Herrn zu begrüßen, bei welcher Gelegenheit sie sagte: „Fräulein Annie ließe sich für heute entschuldigen" – ein kleiner Witz, auf den sie stolz war und mit dem sie auch ihren Zweck vollkommen erreichte.

Und nun nahmen sie Platz um den schon gedeckten Tisch, und als Innstetten sich ein Glas Wein eingeschenkt und „auf glückliche Tage" mit allen angestoßen hatte, nahm er Effis Hand und sagte: „Aber Effi, nun erzähle mir, was war das mit deiner Krankheit?"

„Ach, lassen wir doch das, nicht der Rede wert; ein bißchen schmerzhaft und eine rechte Störung, weil es einen Strich durch unsere Pläne machte. Aber mehr war es nicht, und nun ist es vorbei. Rummschüttel hat sich bewährt, ein feiner, liebenswürdiger, alter Herr, wie ich dir, glaub ich, schon schrieb. In seiner Wissenschaft soll er nicht gerade glänzen, aber Mama sagt, das sei ein Vorzug. Und sie wird wohl recht haben wie in allen Stücken. Unser guter Dr. Hannemann war auch kein Licht und traf es doch immer. Und nun sage, was macht Gieshübler und die anderen alle?"

„Ja, wer sind die anderen alle? Crampas läßt sich der gnäd'gen Frau empfehlen . . ."

„Ah, sehr artig."

„Und der Pastor will dir desgleichen empfohlen sein; nur die Herrschaften auf dem Lande waren ziemlich nüchtern und schienen auch mich für deinen Abschied ohne Abschied verantwortlich machen zu wollen. Unsere Freundin Sidonie war sogar spitz, und nur die gute Frau von Padden, zu der ich eigens vorgestern noch hinüberfuhr, freute sich aufrichtig über deinen Gruß und deine Liebeserklärung an sie. Du seist eine reizende Frau, sagte sie, aber ich sollte dich gut hüten. Und als ich ihr erwiderte: Du fändest schon, daß ich mehr ein ‚Erzieher' als ein Ehemann sei, sagte sie halblaut und beinahe wie abwesend: ‚Ein junges Lämmchen weiß wie Schnee.' Und dann brach sie ab."

Vetter Briest lachte. „‚Ein junges Lämmchen weiß wie Schnee . . .' da hörst du's, Kusine." Und er wollte sie zu necken fortfahren, gab es aber auf, als er sah, daß sie sich verfärbte.

Das Gespräch, das meist zurückliegende Verhältnisse berührte, spann sich noch eine Weile weiter, und Effi erfuhr zuletzt aus diesem und jenem, was Innstetten mitteilte, daß sich von dem ganzen Kessiner Hausstande nur Johanna bereit erklärt habe, die Übersiedelung nach Berlin mitzumachen. Sie sei natürlich noch zurückgeblieben, werde aber in zwei, drei Tagen mit dem Rest der Sachen eintreffen; er sei froh über ihren Entschluß, denn sie sei immer die Brauchbarste gewesen und von einem ausgesprochenen großstädtischen Chic. Vielleicht ein bißchen zu sehr. Christel und Friedrich hätten sich beide für zu alt erklärt, und mit Kruse zu verhandeln, habe sich von vornherein verboten. „Was soll uns ein Kutscher hier?“ schloß Innstetten, „Pferd und Wagen, das sind tempi passati, mit diesem Luxus ist es in Berlin vorbei. Nicht einmal das schwarze Huhn hätten wir unterbringen können. Oder unterschätz ich die Wohnung?“

Effi schüttelte den Kopf, und als eine kleine Pause eintrat, erhob sich die Mama; es sei bald elf, und sie habe noch einen weiten Weg, übrigens solle sie niemand begleiten, der Droschkenstand sei ja nah – ein Ansinnen, das Vetter Briest natürlich ablehnte. Bald darauf trennte man sich, nachdem noch ein Rendezvous für den andern Vormittag verabredet war.

Effi war ziemlich früh auf und hatte – die Luft war beinahe sommerlich warm – den Kaffeetisch bis nahe an die geöffnete Balkontür rücken lassen, und als Innstetten nun auch erschien, trat sie mit ihm auf den Balkon hinaus und sagte: „Nun, was sagst du? Du wolltest den Finkenschlag aus dem Tiergarten hören und die Papageien aus dem Zoologischen. Ich weiß nicht, ob beide dir den Gefallen tun werden, aber möglich ist es. Hörst du wohl? Das kam von drüben, drüben aus dem kleinen Park. Es ist nicht der eigentliche Tiergarten, aber doch beinah.“

Innstetten war entzückt und von einer Dankbarkeit, als ob Effi ihm das alles persönlich herangezaubert habe. Dann setzten sie sich, und nun kam auch Annie. Roswitha verlangte, daß Innstetten eine große Veränderung an dem Kinde finden solle, was er denn auch schließlich tat. Und dann plauderten sie weiter, abwechselnd über die Kessiner und die in Berlin zu machenden Visiten, und ganz zuletzt auch über eine Sommerreise. Mitten im Gespräch aber mußten sie abbrechen, um rechtzeitig beim Rendezvous erscheinen zu können.

Man traf sich, wie verabredet, bei Helms, gegenüber dem roten Schloß, besuchte verschiedene Läden, aß bei Hiller und war bei guter Zeit wieder zu Haus. Es war ein gelungenes Beisammensein gewesen, Innstetten herzlich froh, das großstädtische Leben wieder mitmachen und auf sich wirken lassen zu können. Tags darauf, am 1. April, begab er sich in das Kanzlerpalais, um sich einzuschreiben (eine persönliche Gratulation unterließ er aus Rücksicht), und ging dann aufs Ministerium, um sich da zu melden. Er wurde auch angenommen, trotzdem es ein geschäftlich und gesellschaftlich sehr unruhiger Tag war, ja, sah sich seitens seines Chefs durch besonders entgegenkommende Liebenswürdigkeit ausgezeichnet. Er wisse, was er an ihm habe und sei sicher, ihr Einvernehmen nie gestört zu sehen.

Auch im Hause gestaltete sich alles zum Guten. Ein aufrichtiges Bedauern war es für Effi, die Mama, nachdem diese, wie gleich anfänglich vermutet, fast sechs Wochen lang in Kur gewesen, nach Hohen-Cremmen zurückkehren zu sehen, ein Bedauern, das nur dadurch einigermaßen gemildert wurde, daß sich Johanna denselben Tag noch in Berlin einstellte. Das war immerhin was, und wenn die hübsche Blondine dem Herzen Effis auch nicht ganz so nahestand wie die ganz selbstsuchtslose und unendlich gutmütige Roswitha, so war sie doch gleichmäßig angesehen, ebenso bei Innstetten wie bei ihrer jungen Herrin, weil sie sehr geschickt und brauchbar und der Männerwelt gegenüber von einer ausgesprochenen und selbstbewußten Reserviertheit war. Einem Kessiner Ondit zufolge ließen sich die Wurzeln ihrer Existenz auf eine längst pensionierte Größe der Garnison Pasewalk zurückführen, woraus man sich auch ihre vornehme Gesinnung, ihr schönes blondes Haar und die besondere Plastik ihrer Gesamterscheinung erklären wollte. Johanna selbst teilte die Freude, die man allerseits über ihr Eintreffen empfand, und war durchaus einverstanden damit, als Hausmädchen und Jungfer, ganz wie früher, den Dienst bei Effi zu übernehmen, während Roswitha, die der Christel in beinahe Jahresfrist ihre Kochkünste so ziemlich abgelernt hatte, dem Küchendepartement vorstehen sollte. Annies Abwartung und Pflege fiel Effi selber zu, worüber Roswitha freilich lachte. Denn sie kannte die jungen Frauen.

Innstetten lebte ganz seinem Dienst und seinem Haus. Er war glücklicher als vordem in Kessin, weil ihm nicht entging, daß Effi sich unbefangener und heiterer gab. Und das konnte sie, weil sie sich freier fühlte. Wohl blickte das Vergangene noch in ihr Leben hinein, aber es ängstigte sie nicht mehr, oder doch um vieles seltener und vorübergehender, und alles, was davon noch in ihr nachzitterte, gab ihrer Haltung einen eigenen Reiz. In jeglichem, was sie tat, lag etwas Wehmütiges wie eine Abbitte, und es hätte sie glücklich gemacht, dies alles noch deutlicher zeigen zu können. Aber das verbot sich freilich.

Das gesellschaftliche Leben der großen Stadt war, als sie während der ersten Aprilwochen ihre Besuche machten, noch nicht vorüber, wohl aber im Erlöschen, und so kam es für sie zu keiner rechten Teilnahme mehr daran. In der zweiten Hälfte des Mai starb es dann ganz hin, und mehr noch als vorher war man glücklich, sich in der Mittagsstunde, wenn Innstetten von seinem Ministerium kam, im Tiergarten treffen oder nachmittags einen Spaziergang nach dem Charlottenburger Schloßgarten machen zu können. Effi sah sich, wenn sie die lange Front zwischen dem Schloß und den Orangeriebäumen auf und ab schritt, immer wieder die massenhaft dort stehenden römischen Kaiser an, fand eine merkwürdige Ähnlichkeit zwischen Nero und Titus, sammelte Tannenäpfel, die von den Trauertannen gefallen waren, und ging dann, Arm in Arm mit ihrem Manne, bis auf das nach der Spree hin einsam gelegene „Belvedere" zu.

„Da drin soll es auch einmal gespukt haben", sagte sie.

„Nein, bloß Geistererscheinungen."

„Das ist dasselbe."

„Ja, zuweilen", sagte Innstetten. „Aber eigentlich ist doch ein Unterschied. Geisterscheinungen werden immer gemacht – wenigstens soll es hier in dem ‚Belvedere' so gewesen sein, wie mir Vetter Briest erst gestern noch erzählte – Spuk aber wird nie gemacht, Spuk ist natürlich."

„Also glaubst du doch dran?"

„Gewiß glaub ich dran. Es gibt so was. Nur an das, was wir in Kessin davon hatten, glaub ich nicht recht. Hat dir denn Johanna schon ihren Chinesen gezeigt?"

„Welchen?"

„Nun, unsern. Sie hat ihn, eh sie unser altes Haus verließ, oben von der Stuhllehne abgelöst und ihn ins Portemonnaie gelegt. Als ich mir neulich ein Markstück bei ihr wechselte, hab ich ihn gesehen. Und sie hat es mir auch verlegen bestätigt."

„Ach, Geert, das hättest du mir nicht sagen sollen. Nun ist doch wieder so was in unserm Hause."

„Sag ihr, daß sie ihn verbrennt."

„Nein, das mag ich auch nicht, und das hilft auch nichts. Aber ich will Roswitha bitten . . ."

„Um was? Ah, ich verstehe schon, ich ahne, was du vorhast. Die soll ein Heiligenbild kaufen und es dann auch ins Portemonnaie tun. Ist es so was?"

Effi nickte.

„Nun, tu was du willst. Aber sag es niemandem."

Effi meinte dann schließlich, es lieber doch lassen zu wollen, und unter allerhand kleinem Geplauder, in welchem die Reisepläne für den Sommer mehr und mehr Platz gewannen, fuhren sie bis an den Großen Stern zurück und gingen dann durch die Korso-Allee und die breite Friedrich-Wilhelm-Straße auf ihre Wohnung zu.

Sie hatten vor, schon Ende Juli Urlaub zu nehmen und ins bayerische Gebirge zu gehen, wo gerade in diesem Jahre wieder die Oberammergauer Spiele stattfanden. Es ließ sich aber nicht tun; Geheimrat von Wüllersdorf, den Innstetten schon von früher her kannte und der jetzt sein Spezialkollege war, erkrankte plötzlich, und Innstetten mußte bleiben und ihn vertreten. Erst Mitte August war alles wieder beglichen und damit die Reisemöglichkeit gegeben; es war aber nun zu spät geworden, um noch nach Oberammergau zu gehen, und so entschied man sich für einen Aufenthalt auf Rügen. „Zunächst natürlich Stralsund, mit Schill, den du kennst, und mit Scheele, den du nicht kennst und der den Sauerstoff entdeckte, was man aber nicht zu wissen braucht. Und dann von Stralsund nach Bergen und dem Rugard, von wo man, wie mir Wüllersdorf sagte, die ganze Insel übersehen kann, und dann zwischen dem Großen und Kleinen Jasmunder Bodden hin, bis nach Saßnitz. Denn nach Rügen reisen heißt nach Saßnitz reisen. Binz ginge vielleicht auch noch, aber da sind – ich muß Wüllersdorf noch einmal zitieren – so viele kleine Steinchen und Muschelschalen am Strande, und wir wollen doch baden."

Effi war einverstanden mit allem, was von seiten Innstettens geplant wurde, vor allem auch damit, daß der ganze Hausstand auf vier Wochen aufgelöst werden und Roswitha mit Annie nach Hohen-Cremmen, Johanna aber zu ihrem etwas jüngeren Halbbruder reisen sollte, der bei Pasewalk eine Schneidemühle hatte. So war alles gut untergebracht. Mit Beginn der nächsten Woche brach man denn auch wirklich auf, und am selben Abende noch war man in Saßnitz. Über dem Gasthause stand „Hotel Fahrenheit". „Die Preise hoffentlich nach Réaumur", setzte Innstetten, als er den Namen las, hinzu, und in bester Laune machten beide noch einen Abendspaziergang an dem Klippenstrande hin und sahen von einem Felsenvorsprung aus auf die stille, vom Mondschein überzitterte Bucht. Effi war entzückt. „Ach, Geert, das ist ja Capri, das ist ja Sorrent. Ja, hier bleiben wir. Aber natürlich nicht im Hotel; die Kellner sind mir zu vornehm, und man geniert sich, um eine Flasche Sodawasser zu bitten ..."

„Ja, lauter Attachés. Es wird sich aber wohl eine Privatwohnung finden lassen."

„Denk ich auch. Und wir wollen gleich morgen danach aussehen."

Schön wie der Abend war der Morgen, und man nahm das Frühstück im Freien. Innstetten empfing etliche Briefe, die schnell erledigt werden mußten, und so beschloß Effi, die für sie frei gewordene Stunde sofort zur Wohnungssuche zu benutzen. Sie ging erst an einer eingepferchten Wiese, dann an Häusergruppen und Haferfeldern vorüber und bog zuletzt in einen Weg ein, der schluchtartig auf das Meer zulief. Da, wo dieser Schluchtenweg den Strand traf, stand ein von hohen Buchen überschattetes Gasthaus, nicht so vornehm wie das Fahrenheitsche, mehr ein bloßes Restaurant, in dem, der frühen Stunde halber, noch alles leer war. Effi nahm an einem Aussichtspunkte Platz, und kaum daß sie von dem Sherry, den sie bestellt, genippt hatte, so trat auch schon der Wirt an sie heran, um halb aus Neugier und halb aus Artigkeit ein Gespräch mit ihr anzuknüpfen.

„Es gefällt uns sehr gut hier", sagte sie, „meinem Manne und mir; welch prächtiger Blick über die Bucht, und wir sind nur in Sorge wegen einer Wohnung."

„Ja, gnädigste Frau, das wird schwerhalten ..."

„Es ist aber schon spät im Jahr ..."

„Trotzdem. Hier in Saßnitz ist sicherlich nichts zu finden, dafür möcht ich mich verbürgen; aber weiterhin am Strand, wo das nächste Dorf anfängt, Sie können die Dächer von hier aus blinken sehen, da möcht es vielleicht sein."

„Und wie heißt das Dorf?"

„Crampas."

Effi glaubte, nicht recht gehört zu haben. „Crampas", wiederholte sie mit Anstrengung. „Ich habe den Namen als Ortsnamen nie gehört ... Und sonst nichts in der Nähe?"

„Nein, gnädigste Frau. Hierherum nichts. Aber höher hinauf, nach Norden zu, da kommen noch wieder Dörfer, und in dem Gasthause, das dicht neben Stubbenkammer liegt, wird man Ihnen gewiß Auskunft geben können. Es werden dort von solchen, die gerne noch vermieten wollen, immer Adressen abgegeben."

Effi war froh, das Gespräch allein geführt zu haben, und als sie bald danach ihrem Manne Bericht erstattet und nur den Namen des an Saßnitz angrenzenden Dorfes verschwiegen hatte, sagte dieser: „Nun, wenn es hierherum nichts gibt, so wird es das beste sein, wir nehmen einen Wagen (wodurch man sich beiläufig einem Hotel immer empfiehlt) und übersiedeln ohne weiteres da höher hinauf, nach Stubbenkammer hin. Irgendwas Idyllisches mit einer Geißblattlaube wird sich da wohl finden lassen, und finden wir nichts, so bleibt uns immer noch das Hotel selbst. Eins ist schließlich wie das andere."

Effi war einverstanden, und gegen Mittag schon erreichten sie das neben Stubbenkammer gelegene Gasthaus, von dem Innstetten eben gesprochen, und bestellten daselbst einen Imbiß. „Aber erst nach einer halben Stunde; wir haben vor, zunächst noch einen Spaziergang zu machen und uns den Herthasee anzusehen. Ein Führer ist doch wohl da?"

Dies wurde bejaht, und ein Mann von mittleren Jahren trat alsbald an unsere Reisenden heran. Er sah so wichtig und feierlich aus, als ob er mindestens ein Adjunkt bei dem alten Herthadienst gewesen wäre.

Der von hohen Bäumen umstandene See lag ganz in der Nähe, Binsen säumten ihn ein, und auf der stillen, schwarzen Wasserfläche schwammen zahlreiche Mummeln.

„Es sieht wirklich nach so was aus", sagte Effi, „nach Herthadienst."

„Ja, gnäd'ge Frau ... Dessen sind auch noch die Steine Zeugen."

„Welche Steine?"

„Die Opfersteine."

Und während sich das Gespräch in dieser Weise fortsetzte, traten alle drei vom See her an eine senkrecht abgestochene Kies- und Lehmwand heran, an die sich etliche glattpolierte Steine lehnten, alle mit einer flachen Höhlung und etlichen nach unten laufenden Rinnen.

„Und was bezwecken *die?*"

„Daß es besser abliefe, gnäd'ge Frau."

„Laß uns gehen", sagte Effi, und den Arm ihres Mannes nehmend, ging sie mit ihm wieder auf das Gasthaus zurück, wo nun, an einer Stelle mit weitem Ausblick auf das Meer, das vorher bestellte Frühstück aufgetragen wurde. Die Bucht lag im Sonnenlichte vor ihnen, einzelne Segelboote glitten darüber hin, und um die benachbarten Klippen haschten sich die Möwen.

Es war sehr schön, auch Effi fand es, aber wenn sie dann über die glitzernde Fläche hinwegsah, bemerkte sie, nach Süden zu, wieder die hell aufleuchtenden Dächer des langgestreckten Dorfes, dessen Name sie heute früh so sehr erschreckt hatte.

Innstetten, wenn auch ohne Wissen und Ahnung dessen, was in ihr vorging, sah doch deutlich, daß es ihr an aller Lust und Freude gebrach. „Es tut mir leid, Effi, daß du der Sache hier nicht recht froh wirst. Du kannst den Herthasee nicht vergessen und noch weniger die Steine."

Sie nickte. „Es ist so wie du sagst. Und ich muß dir bekennen, ich habe nichts in meinem Leben gesehen, was mich so traurig gestimmt hätte. Wir wollen das Wohnungssuchen ganz aufgeben; ich kann hier nicht bleiben."

„Und gestern war es dir noch der Golf von Neapel und alles mögliche Schöne."

„Ja, gestern."

„Und heute? Heute keine Spur mehr von Sorrent?"

„Eine Spur noch, aber auch nur eine Spur; es ist Sorrent, als ob es sterben wollte."

„Gut dann, Effi", sagte Innstetten und reichte ihr die Hand. „Ich will dich mit Rügen nicht quälen, und so geben wir's denn auf. Abgemacht. Es ist nicht nötig, daß wir uns an Stubbenkammer anklammern oder an Saßnitz oder da weiter hinunter. Aber wohin?"

„Ich denke, wir bleiben noch einen Tag und warten das Dampfschiff ab, das, wenn ich nicht irre, morgen von Stettin kommt und nach Kopenhagen hinüberfährt. Da soll es ja so vergnüglich sein, und ich kann dir gar nicht sagen, wie sehr ich mich nach etwas Vergnüglichem sehne. Hier ist mir, als ob ich in meinem ganzen Leben nicht mehr lachen könnte und überhaupt nie gelacht hätte, und du weißt doch, wie gern ich lache."

Innstetten zeigte sich voll Teilnahme mit ihrem Zustand, und das um so lieber, als er ihr in vielem recht gab. Es war wirklich alles schwermütig, so schön es war.

Und so warteten sie denn das Stettiner Schiff ab und trafen am dritten Tage in aller Frühe in Kopenhagen ein, wo sie auf Kongens Nytorv Wohnung nahmen. Zwei Stunden später waren sie schon im Thorwaldsen-Museum, und Effi sagte: „Ja, Geert, das ist schön, und ich bin glücklich, daß wir uns hierher auf den Weg gemacht haben." Bald danach gingen sie zu Tisch und machten an der Table d'hôte die Bekanntschaft einer ihnen gegenübersitzenden jütländischen Familie, deren bildschöne

Tochter, Thora von Penz, ebenso Innstettens, wie Effis beinah bewundernde Aufmerksamkeit sofort in Anspruch nahm. Effi konnte sich nicht satt sehen an den großen, blauen Augen und dem flachsblonden Haar, und als man sich nach anderthalb Stunden von Tisch erhob, wurde seitens der Penzschen Familie – die leider, denselben Tag noch, Kopenhagen wieder verlassen mußte – die Hoffnung ausgesprochen, das junge preußische Paar mit nächstem in Schloß Aggerhuus (eine halbe Meile vom Limfjord) begrüßen zu dürfen, eine Einladung, die von den Innstettens auch ohne langes Zögern angenommen wurde. So vergingen die Stunden im Hotel. Aber damit war es nicht genug des Guten an diesem denkwürdigen Tage, von dem Effi denn auch versicherte, daß er im Kalender rot angestrichen werden müsse. Der Abend brachte, das Maß des Glücks voll zu machen, eine Vorstellung im Tivoli-Theater: eine italienische Pantomime, Arlequin und Colombine. Effi war wie berauscht von den kleinen Schelmereien, und als sie spät am Abend nach ihrem Hotel zurückkehrten, sagte sie: „Weißt du, Geert, nun fühl ich doch, daß ich allmählich wieder zu mir komme. Von der schönen Thora will ich gar nicht erst sprechen; aber wenn ich bedenke, heute vormittag Thorwaldsen und heute abend diese Colombine . . ."

„. . . die dir im Grunde doch noch lieber war als Thorwaldsen . . ."

„Offen gestanden, ja. Ich habe nun mal den Sinn für dergleichen. Unser gutes Kessin war ein Unglück für mich. Alles fiel mir da auf die Nerven. Rügen beinah auch. Ich denke, wir bleiben noch ein paar Tage hier in Kopenhagen, natürlich mit Ausflug nach Frederiksborg und Helsingör, und dann nach Jütland hinüber; ich freue mich aufrichtig, die schöne Thora wiederzusehen, und wenn ich ein Mann wäre, so verliebte ich mich in sie."

Innstetten lachte. „Du weißt noch nicht, was ich tue."

„Wär mir schon recht. Dann gibt es einen Wettstreit, und du sollst sehen, dann hab ich auch noch meine Kräfte."

„Das brauchst du mir nicht erst zu versichern."

So verlief denn auch die Reise. Drüben in Jütland fuhren sie den Limfjord hinauf, bis Schloß Aggerhuus, wo sie drei Tage bei der Penzschen Familie verblieben, und kehrten dann mit vielen Stationen und kürzeren und längeren Aufenthalten in Viborg, Flensburg, Kiel, über Hamburg (das ihnen ungemein gefiel) in die Heimat zurück – nicht direkt nach Berlin in die

„Afra, Sie sind mal wieder zu streng. Denken Sie doch: Postbote, und so tagaus tagein bei der ewigen Hitze ...“

„Ist schon recht, gnäd'ge Frau. Aber es gibt doch andere, die zwingen's, wo's drinsteckt, da geht es auch.“ Und während sie noch so sprach, nahm sie das Tablett geschickt auf ihre fünf Fingerspitzen und stieg die Stufen hinunter, um durch den Garten hin den näheren Weg in die Küche zu nehmen.

„Eine hübsche Person“, sagte die Zwicker. „Und so quick und kasch, und ich möchte fast sagen von einer natürlichen Anmut. Wissen Sie, liebe Baronin, daß mich diese Afra ... übrigens ein wundervoller Name, und es soll sogar eine heilige Afra gegeben haben, aber ich glaube nicht, daß unsere davon abstammt ...“

„Und nun, liebe Geheimrätin, vertiefen Sie sich wieder in Ihr Nebenthema, das diesmal Afra heißt, und vergessen darüber ganz, was Sie eigentlich sagen wollten ...“

„Doch nicht, liebe Freundin, oder ich finde mich wenigstens wieder zurück. Ich wollte sagen, daß mich diese Afra ganz ungemein an die stattliche Person erinnert, die ich in Ihrem Hause ...“

„Ja, Sie haben recht. Es ist eine Ähnlichkeit da. Nur unser Berliner Hausmädchen ist doch erheblich hübscher und namentlich ihr Haar viel schöner und voller. Ich habe so schönes flachsenes Haar, wie unsere Johanna hat, überhaupt noch nicht gesehen. Ein bißchen davon sieht man ja wohl, aber solche Fülle ...“

Die Zwicker lächelte. „Das ist wirklich selten, daß man eine junge Frau mit solcher Begeisterung von dem flachsenen Haar ihres Hausmädchens sprechen hört. Und nun auch noch von der Fülle! Wissen Sie, daß ich das rührend finde. Denn eigentlich ist man doch bei der Wahl der Mädchen in einer beständigen Verlegenheit. Hübsch sollen sie sein, weil es jeden Besucher, wenigstens die Männer, stört, eine lange Stakete mit griesem Teint und schwarzen Rändern in der Türöffnung erscheinen zu sehen, und ein wahres Glück, daß die Korridore meistens so dunkel sind. Aber nimmt man wieder zu viel Rücksicht auf solche Hausrepräsentation und den sogenannten ersten Eindruck und schenkt man wohl gar noch einer solchen hübschen Person eine weiße Tändelschürze nach der andern, so hat man eigentlich keine ruhige Stunde mehr und fragt sich, wenn man nicht *zu* eitel ist und nicht *zu* viel Vertrauen zu sich selber hat, ob da nicht Remedur geschaffen werden müsse. Remedur war nämlich ein

Lieblingswort von Zwicker, womit er mich oft gelangweilt hat; aber freilich, alle Geheimräte haben solche Lieblingsworte."

Effi hörte mit sehr geteilten Empfindungen zu. Wenn die Geheimrätin nur ein bißchen anders gewesen wäre, so hätte dies alles reizend sein können, aber da sie nun mal war wie sie war, so fühlte sich Effi wenig angenehm von dem berührt, was sie sonst vielleicht einfach erheitert hätte.

„Das ist schon recht, liebe Freundin, was Sie da von den Geheimräten sagen. Innstetten hat sich auch dergleichen angewöhnt, lacht aber immer, wenn ich ihn daraufhin ansehe und entschuldigt sich hinterher wegen der Aktenausdrücke. Ihr Herr Gemahl war freilich schon länger im Dienst und überhaupt wohl älter ..."

„Um ein geringes", sagte die Geheimrätin spitz und ablehnend.

„Und alles in allem kann ich mich in Befürchtungen, wie Sie sie aussprechen, nicht recht zurechtfinden. Das, was man gute Sitte nennt, ist doch immer noch eine Macht ..."

„Meinen Sie?"

„... Und ich kann mir namentlich nicht denken, daß es gerade Ihnen, liebe Freundin, beschieden gewesen sein sollte, solche Sorgen und Befürchtungen durchzumachen. Sie haben, Verzeihung, daß ich diesen Punkt hier so offen berühre, gerade das, was die Männer einen ‚Charme' nennen, Sie sind heiter, fesselnd, anregend und, wenn es nicht indiskret ist, so möcht ich, angesichts dieser Ihrer Vorzüge, wohl fragen dürfen, stützt sich das, was Sie da sagen, auf allerlei Schmerzliches, das Sie persönlich erlebt haben?"

„Schmerzliches?" sagte die Zwicker. „Ach, meine liebe, gnädigste Frau, Schmerzliches, das ist ein zu großes Wort, auch dann noch, wenn man vielleicht wirklich manches erlebt hat. Schmerzlich ist einfach zu viel, viel zuviel. Und dann hat man doch schließlich auch seine Hülfsmittel und Gegenkräfte. Sie dürfen dergleichen nicht zu tragisch nehmen."

„Ich kann mir keine rechte Vorstellung von dem machen, was Sie anzudeuten belieben. Nicht, als ob ich nicht wüßte, was Sünde sei, das weiß ich auch; aber es ist doch ein Unterschied, ob man so hineingerät in allerlei schlechte Gedanken oder ob einem derlei Dinge zur halben oder auch wohl zur ganzen Lebensgewohnheit werden. Und nun gar im eigenen Hause ..."

„Davon will ich nicht sprechen, das will ich nicht so direkt gesagt haben, obwohl ich, offen gestanden, auch nach dieser Seite hin voller Mißtrauen bin, oder, wie ich jetzt sagen muß, war; denn es liegt ja alles zurück. Aber da gibt es Außengebiete. Haben Sie von Landpartien gehört?"

„Gewiß. Und ich wollte wohl, Innstetten hätte mehr Sinn dafür..."

„Überlegen Sie sich das, liebe Freundin. Zwicker saß immer in Saatwinkel. Ich kann Ihnen nur sagen, wenn ich das Wort höre, gibt es mir noch jetzt einen Stich ins Herz. Überhaupt diese Vergnügungsörter in der Umgegend unseres lieben, alten Berlin! Denn ich liebe Berlin trotz alledem. Aber schon die bloßen Namen der dabei in Frage kommenden Ortschaften umschließen eine Welt von Angst und Sorge. Sie lächeln. Und doch, sagen Sie selbst, liebe Freundin, was können Sie von einer großen Stadt und ihren Sittlichkeitszuständen erwarten, wenn Sie beinah unmittelbar vor den Toren derselben (denn zwischen Charlottenburg und Berlin ist kein rechter Unterschied mehr), auf kaum tausend Schritte zusammengedrängt, einem Pichelsberg, einem Pichelsdorf und einem Pichelswerder begegnen. Dreimal Pichel ist zu viel. Sie können die ganze Welt absuchen, das finden Sie nicht wieder."

Effi nickte.

„Und das alles", fuhr die Zwicker fort, „geschieht am grünen Holze der Havelseite. Das alles liegt nach Westen zu, da haben Sie Kultur und höhere Gesittung. Aber nun gehen Sie, meine Gnädigste, nach der andern Seite hin, die Spree hinauf. Ich spreche nicht von Treptow und Stralau, das sind Bagatellen, Harmlosigkeiten, aber wenn Sie die Spezialkarte zur Hand nehmen wollen, da begegnen Sie neben mindestens sonderbaren Namen wie Kiekebusch, wie Wuhlheide ... Sie hätten hören sollen, wie Zwicker das Wort aussprach ... Namen von geradezu brutalem Charakter, mit denen ich Ihr Ohr nicht verletzen will. Aber natürlich sind das gerade die Plätze, die bevorzugt werden. Ich hasse diese Landpartieen, die sich das Volksgemüt als eine Kremserpartie mit ‚Ich bin ein Preuße' vorstellt, in Wahrheit aber schlummern hier die Keime einer sozialen Revolution. Wenn ich sage soziale Revolution, so meine ich natürlich moralische Revolution, alles andere ist bereits wieder überholt, und schon Zwicker sagte mir noch in seinen letzten Tagen: ‚Glaube mir, Sophie, Saturn frißt seine Kinder.' Und Zwicker, welche Mängel und Gebrechen er haben mochte, das bin ich ihm schuldig, er war ein philosophischer Kopf und hatte ein natürliches Gefühl für historische Entwickelung ... Aber ich sehe, meine liebe Frau von Innstetten, so artig sie sonst ist, hört nur noch mit halbem Ohr zu; natürlich, der Postbote hat sich drüben blicken lassen, und da fliegt denn das Herz hinüber und nimmt die Liebesworte vorweg aus dem Briefe heraus ... Nun, Böselager, was bringen Sie?"

Der Angeredete war mittlerweile bis an den Tisch herangetreten und packte aus: mehrere Zeitungen, zwei Friseuranzeigen und zuletzt auch einen großen eingeschriebenen Brief an Frau Baronin von Innstetten, geb. von Briest.

Die Empfängerin unterschrieb, und nun ging der Postbote wieder. Die Zwicker aber überflog die Friseuranzeigen und lachte über die Preisermäßigung von Shampooing.

Effi hörte nicht hin; sie drehte den ihrerseits empfangenen Brief zwischen den Fingern und hatte eine ihr unerklärliche Scheu, ihn zu öffnen. Eingeschrieben und mit zwei großen Siegeln gesiegelt und ein dickes Kuvert. Was bedeutete das? Poststempel: „Hohen-Cremmen", und die Adresse von der Handschrift der Mutter. Von Innstetten, es war der fünfte Tag, keine Zeile.

Sie nahm eine Stickschere mit Perlmuttergriff und schnitt die Längsseite des Briefes langsam auf. Und nun harrte ihrer eine neue Überraschung. Der Briefbogen, ja das waren eng geschriebene Zeilen von der Mama, darin eingelegt aber waren Geldscheine mit einem breiten Papierstreifen drumherum, auf dem mit Rotstift, und zwar von des Vaters Hand, der Betrag der eingelegten Summe verzeichnet war. Sie schob das Konvolut zurück und begann zu lesen, während sie sich in den Schaukelstuhl zurücklehnte. Aber sie kam nicht weit, die Zeilen entfielen ihr, und aus ihrem Gesicht war alles Blut fort. Dann bückte sie sich und nahm den Brief wieder auf.

„Was ist Ihnen, liebe Freundin? Schlechte Nachrichten?"

Effi nickte, gab aber weiter keine Antwort und bat nur, ihr ein Glas Wasser reichen zu wollen. Als sie getrunken, sagte sie: „Es wird vorübergehen, liebe Geheimrätin, aber ich möchte mich doch einen Augenblick zurückziehen ... Wenn Sie mir Afra schicken könnten."

Und nun erhob sie sich und trat in den Salon zurück, wo sie sichtlich froh war, einen Halt gewinnen und sich an dem Polysanderflügel entlangfühlen zu können. So kam sie bis an ihr nach rechts hin gelegenes Zimmer, und als sie hier, tappend und suchend, die Tür geöffnet und das Bett an der Wand gegenüber erreicht hatte, brach sie ohnmächtig zusammen.

Minuten vergingen. Alf Effi sich wieder erholt hatte, setzte sie sich auf einen am Fenster stehenden Stuhl und sah auf die stille Straße hinaus. Wenn da doch Lärm und Streit gewesen wäre; aber nur der Sonnenschein lag auf dem chaussierten Wege und dazwischen die Schatten, die das Gitter und die Bäume warfen. Das Gefühl des Alleinseins in der Welt überkam sie mit seiner ganzen Schwere. Vor einer Stunde noch eine glückliche Frau, Liebling aller, die sie kannten, und nun ausgestoßen. Sie hatte nur erst den Anfang des Briefes gelesen, aber genug, um ihre Lage klar vor Augen zu haben. Wohin? Sie hatte keine Antwort darauf, und doch war sie voll tiefer Sehnsucht, aus dem herauszukommen, was sie hier umgab, also fort von dieser Geheimrätin, der das alles bloß ein „interessanter Fall" war, und deren Teilnahme, wenn etwas davon existierte, sicher an das Maß ihrer Neugier nicht heranreichte.

„Wohin?"

Auf dem Tische vor ihr lag der Brief; aber ihr fehlte der Mut, weiterzulesen. Endlich sagte sie: „Wovor bange ich mich noch? Was kann noch gesagt werden, das ich mir nicht schon selber sagte? Der, um den all dies kam, ist tot, eine Rückkehr in mein Haus gibt es nicht, in ein paar Wochen wird die Scheidung ausgesprochen sein, und das Kind wird man dem Vater lassen. Natürlich. Ich bin schuldig, und eine Schuldige kann ihr Kind nicht erziehen. Und wovon auch? Mich selbst werde ich wohl durchbringen. Ich will sehen, was die Mama darüber schreibt, wie sie sich mein Leben denkt."

Und unter diesen Worten nahm sie den Brief wieder, um auch den Schluß zu lesen.

„... Und nun Deine Zukunft, meine liebe Effi. Du wirst Dich auf Dich selbst stellen müssen, und darfst dabei, soweit äußere Mittel mitsprechen, unserer Unterstützung sicher sein. Du wirst am besten in Berlin leben (in einer großen Stadt vertut sich dergleichen am besten) und wirst da zu den vielen gehören, die sich um freie Luft und lichte Sonne gebracht haben. Du wirst einsam leben, und wenn Du das nicht willst, wahrscheinlich aus Deiner Sphäre herabsteigen müssen. Die Welt, in der Du gelebt hast, wird Dir verschlossen sein. Und was das Traurigste für uns und für Dich ist (auch für Dich, wie wir Dich zu kennen vermeinen) – auch das elterliche Haus wird Dir verschlossen sein; wir können Dir keinen stillen Platz in Hohen-Cremmen anbieten, keine

Zuflucht in unserem Hause, denn es hieße das, dies Haus von aller Welt abschließen, und das zu tun, sind wir entschieden nicht geneigt. Nicht weil wir zu sehr an der Welt hingen und ein Abschiednehmen von dem, was sich ‚Gesellschaft' nennt, uns als etwas unbedingt Unerträgliches erschiene; nein, *nicht* deshalb, sondern einfach weil wir Farbe bekennen, und vor aller Welt, ich kann Dir das Wort nicht ersparen, unsere Verurteilung Deines Tuns, des Tuns unseres einzigen und von uns so sehr geliebten Kindes aussprechen wollen ..."

Effi konnte nicht weiterlesen; ihre Augen füllten sich mit Tränen, und nachdem sie vergeblich dagegen angekämpft hatte, brach sie zuletzt in ein heftiges Schluchzen und Weinen aus, darin sich ihr Herz erleichterte.

Nach einer halben Stunde klopfte es, und auf Effis „Herein" erschien die Geheimrätin.

„Darf ich eintreten?"

„Gewiß, liebe Geheimrätin", sagte Effi, die jetzt, leicht zugedeckt und die Hände gefaltet, auf dem Sofa lag. „Ich bin erschöpft und habe mich hier eingerichtet, so gut es ging. Darf ich Sie bitten, sich einen Stuhl zu nehmen."

Die Geheimrätin setzte sich so, daß der Tisch, mit einer Blumenschale darauf, zwischen ihr und Effi war. Effi zeigte keine Spur von Verlegenheit und änderte nichts in ihrer Haltung, nicht einmal die gefalteten Hände. Mit einem Male war es ihr vollkommen gleichgültig, was die Frau dachte; nur fort wollte sie.

„Sie haben eine traurige Nachricht empfangen, liebe, gnädigste Frau ..."

„Mehr als traurig", sagte Effi. „Jedenfalls traurig genug, um unserem Beisammensein ein rasches Ende zu machen. Ich muß noch heute fort."

„Ich möchte nicht zudringlich erscheinen, aber ist es etwas mit Annie?"

„Nein, nicht mit Annie. Die Nachrichten kamen überhaupt nicht aus Berlin, es waren Zeilen meiner Mama. Sie hat Sorgen um mich, und es liegt mir daran, sie zu zerstreuen, oder wenn ich das nicht kann, wenigstens an Ort und Stelle zu sein."

„Mir nur zu begreiflich, sosehr ich es beklage, diese letzten Emser Tage nun ohne Sie verbringen zu sollen. Darf ich Ihnen meine Dienste zur Verfügung stellen?"

Ehe Effi darauf antworten konnte, trat Afra ein und meldete, daß man sich eben zum Lunch versammle. Die Herrschaften seien alle sehr in Aufregung: der Kaiser käme wahrscheinlich auf drei Wochen, und am Schluß seien große Manöver, und die Bonner Husaren kämen auch.

Die Zwicker überschlug sofort, ob es sich verlohnen würde, bis dahin zu bleiben, kam zu einem entschiedenen „Ja" und ging dann, um Effis Ausbleiben beim Lunch zu entschuldigen.

Als gleich danach auch Afra gehen wollte, sagte Effi: „Und dann, Afra, wenn Sie frei sind, kommen Sie wohl noch eine Viertelstunde zu mir, um mir beim Packen behülflich zu sein. Ich will heute noch mit dem Siebenuhrzuge fort."

„Heute noch? Ach, gnädigste Frau, das ist doch aber schade. Nun fangen ja die schönen Tage erst an."

Effi lächelte.

Die Zwicker, die noch allerlei zu hören hoffte, hatte sich nur mit Mühe bestimmen lassen, der „Frau Baronin" beim Abschiede nicht das Geleit zu geben. Auf einem Bahnhofe, so hatte Effi versichert, sei man immer so zerstreut und nur mit seinem Platz und seinem Gepäck beschäftigt; gerade Personen, die man liebhabe, von denen nähme man gern vorher Abschied. Die Zwicker bestätigte das, trotzdem sie das Vorgeschützte darin sehr wohl herausfühlte; sie hatte hinter allen Türen gestanden und wußte gleich, was echt und unecht war.

Afra begleitete Effi zum Bahnhof und ließ sich fest versprechen, daß die Frau Baronin im nächsten Sommer wiederkommen wolle; wer mal in Ems gewesen, der komme immer wieder. Ems sei das schönste, außer Bonn.

Die Zwicker hatte sich mittlerweile zum Briefschreiben niedergesetzt, nicht an dem etwas wackligen Rokokosekretär im Salon, sondern draußen auf der Veranda, an demselben Tisch, an dem sie kaum zehn Stunden zuvor mit Effi das Frühstück genommen hatte.

Sie freute sich auf den Brief, der einer befreundeten, zur Zeit in Reichenhall weilenden Berliner Dame zugute kommen sollte. Beider Seelen hatten sich längst gefunden und gipfelten in einer der ganzen Männerwelt geltenden starken Skepsis; sie fanden die Männer durchweg weit zurückbleibend hinter dem, was billigerweise gefordert werden könne, die sogenannten „forschen" am meisten. „Die, die vor Verlegenheit nicht wissen, wo sie hinsehen sollen, sind, nach einem kurzen Vorstudium, immer noch die besten, aber die eigentlichen Don Juans erweisen sich jedesmal als eine Enttäuschung. Wo soll es am Ende auch herkommen." Das waren so Weisheitssätze, die zwischen den zwei Freundinnen ausgetauscht wurden.

Die Zwicker war schon auf dem zweiten Bogen und fuhr in ihrem mehr als dankbaren Thema, das natürlich „Effi" hieß, eben wie folgt fort: „Alles in allem war sie sehr zu leiden, artig, anscheinend offen, ohne jeden Adelsdünkel (oder doch groß in der Kunst, ihn zu verbergen) und immer interessiert, wenn man ihr etwas Interessantes erzählte, wovon ich, wie ich Dir nicht zu versichern brauche, den ausgiebigsten Gebrauch machte. Nochmals also, reizende junge Frau, fünfundzwanzig oder nicht viel mehr. Und doch hab ich dem Frieden nie getraut und traue ihm auch in diesem Augenblicke noch nicht, ja, jetzt vielleicht am wenigsten. Die Geschichte heute mit dem Briefe – da steckt eine wirkliche Geschichte dahinter. Dessen bin ich so gut wie sicher. Es wäre das erste Mal, daß ich mich in solcher Sache geirrt hätte. Daß sie mit Vorliebe von den Berliner Modepredigern sprach und das Maß der Gottseligkeit jedes einzelnen feststellte, das, und der gelegentliche Gretchenblick, der jedesmal versicherte, kein Wässerchen trüben zu können – alle diese Dinge haben mich in meinem Glauben ... Aber da kommt eben unsere Afra, von der ich Dir, glaub ich, schon schrieb, eine hübsche Person, und packt mir ein Zeitungsblatt auf den Tisch, das ihr, wie sie sagt, unsere Frau Wirtin für mich gegeben habe; die blau angestrichene Stelle. Nun verzeih, wenn ich diese Stelle erst lese ...

Nachschrift. Das Zeitungsblatt war interessant genug und kam wie gerufen. Ich schneide die blau angestrichene Stelle heraus und lege sie diesen Zeilen bei. Du siehst daraus, daß ich mich *nicht* geirrt habe. Wer mag nur der Crampas sein? Es ist unglaublich – erst selber Zettel und Briefe schreiben und dann auch noch die des anderen aufbewahren! Wozu gibt es Öfen und Kamine? So lange wenigstens wie dieser Duellunsinn noch existiert, darf dergleichen nicht vorkommen; einem kommenden Geschlechte kann diese Briefschreibepassion (weil dann gefahrlos geworden) vielleicht freigegeben werden. Aber so weit sind wir noch lange nicht. Übrigens bin ich voll Mitleid mit der jungen Baronin und finde, eitel wie man nun mal ist, meinen einzigen Trost darin, mich in der Sache selbst nicht getäuscht zu haben. Und der Fall lag nicht so ganz gewöhnlich. Ein schwächerer Diagnostiker hätte sich doch vielleicht hinters Licht führen lassen. Wie immer

Deine Sophie."

ZWEIUNDDREISSIGSTES KAPITEL

Drei Jahre waren vergangen, und Effi bewohnte seit fast ebenso langer Zeit eine kleine Wohnung in der Königgrätzer Straße, zwischen Askanischem Platz und Halleschem Tor: ein Vorder- und Hinterzimmer, und hinter diesem die Küche mit Mädchengelaß, alles so durchschnittsmäßig und alltäglich wie nur möglich. Und doch war es eine apart hübsche Wohnung, die jedem, der sie sah, angenehm auffiel, am meisten vielleicht dem alten Geheimrat Rummschüttel, der, dann und wann vorsprechend, der armen jungen Frau nicht bloß die nun weit zurückliegende Rheumatismus- und Neuralgiekomödie, sondern auch alles, was seitdem sonst noch vorgekommen war, längst verziehen hatte, wenn es für ihn der Verzeihung überhaupt bedurfte. Denn Rummschüttel kannte noch ganz anderes. Er war jetzt ausgangs siebzig, aber wenn Effi, die seit einiger Zeit ziemlich viel kränkelte, ihn brieflich um seinen Besuch bat, so war er am anderen Vormittag auch da und wollte von Entschuldigungen, daß es so hoch sei, nichts wissen. „Nur keine Entschuldigungen, meine liebe, gnädigste Frau; denn erstens ist es mein Metier, und zweitens bin ich glücklich und beinahe stolz, die drei Treppen so gut noch steigen zu können. Wenn ich nicht fürchten müßte, Sie zu belästigen – denn ich komme doch schließlich als Arzt und nicht als Naturfreund und Landschaftsschwärmer –, so käme ich wohl noch öfter, bloß um Sie zu sehen und mich hier etliche Minuten an Ihr Hinterfenster zu setzen. Ich glaube, Sie würdigen den Ausblick nicht genug."

„O doch, doch", sagte Effi; Rummschüttel aber ließ sich nicht stören und fuhr fort: „Bitte, meine gnädigste Frau, treten Sie hier heran, nur einen Augenblick, oder erlauben Sie mir, daß ich Sie bis an das Fenster führe. Wieder ganz herrlich heute. Sehen Sie doch nur die verschiedenen Bahndämme, drei, nein vier, und wie es beständig darauf hin und her gleitet . . . und nun verschwindet der Zug da wieder hinter einer Baumgruppe. Wirklich herrlich. Und wie die Sonne den weißen Rauch durchleuchtet! Wäre der Matthäikirchhof nicht unmittelbar dahinter, so wäre es ideal."

„Ich sehe gern Kirchhöfe."

„Ja, Sie dürfen das sagen. Aber unserein! Unsereinem kommt unabweislich immer die Frage, könnten hier nicht vielleicht einige weniger liegen? Im übrigen, meine gnädigste Frau, bin ich mit Ihnen zufrieden und beklage nur, daß Sie von Ems nichts wissen wollen; Ems, bei Ihren katarrhalischen Affektionen, würde Wunder ..."

Effi schwieg.

„Ems würde Wunder tun. Aber da Sie's nicht mögen (und ich finde mich darin zurecht), so trinken Sie den Brunnen hier. In drei Minuten sind Sie im Prinz Albrechtschen Garten, und wenn auch die Musik und die Toiletten und all die Zerstreuungen einer regelrechten Brunnenpromenade fehlen, der Brunnen selbst ist doch die Hauptsache."

Effi war einverstanden, und Rummschüttel nahm Hut und Stock. Aber er trat noch einmal an das Fenster heran. „Ich höre von einer Terrassierung des Kreuzbergs sprechen, Gott segne die Stadtverwaltung, und wenn dann erst die kahle Stelle da hinten mehr in Grün stehen wird ... Eine reizende Wohnung. Ich könnte Sie fast beneiden ... Und was ich schon längst einmal sagen wollte, meine gnädige Frau, Sie schreiben mir immer einen so liebenswürdigen Brief. Nun, wer freute sich dessen nicht? Aber es ist doch jedesmal eine Mühe ... Schicken Sie mir doch einfach Roswitha."

Effi dankte ihm, und so schieden sie.

„Schicken Sie mir doch einfach Roswitha ..." hatte Rummschüttel gesagt. Ja, war denn Roswitha bei Effi? war sie denn statt in der Keith- in der Königgrätzer Straße? Gewiß war sie's und zwar sehr lange schon, gerade so lange, wie Effi selbst in der Königgrätzer Straße wohnte. Schon drei Tage vor diesem Einzug hatte sich Roswitha bei ihrer lieben gnädigen Frau sehen lassen, und das war ein großer Tag für beide gewesen, so sehr, daß dieses Tages hier noch nachträglich gedacht werden muß.

Effi hatte damals, als der elterliche Absagebrief aus Hohen-Cremmen kam und sie mit dem Abendzuge von Ems nach Berlin zurückreiste, nicht gleich eine selbständige Wohnung genommen, sondern es mit einem Unterkommen in einem Pensionate versucht. Es war ihr damit auch leidlich geglückt. Die beiden Damen, die dem Pensionate vorstanden, waren gebildet und voll Rücksicht und hatten es längst verlernt, neugierig zu sein. Es kam da so vieles zusammen, daß ein Eindringenwollen in die Geheimnisse jedes einzelnen viel zu umständlich gewesen wäre. Dergleichen hinderte nur den Geschäftsgang. Effi, die die mit den Augen angestellten Kreuzverhöre der Zwicker noch in Erinnerung hatte, fühlte sich denn auch von dieser Zurückhaltung der Pensionsdamen sehr angenehm berührt, als aber vierzehn Tage vorüber waren, empfand sie doch deutlich, daß die hier herrschende Gesamtatmosphäre, die physische wie die moralische, nicht wohl ertragbar für sie sei. Bei Tisch waren sie zumeist zu sieben, und zwar außer Effi und der einen Pensionsvorsteherin (die andere leitete draußen das Wirtschaftliche) zwei die Hochschule besuchende Engländerinnen, eine adelige Dame aus Sachsen, eine sehr hübsche galizische Jüdin, von der niemand wußte, was sie eigentlich vorhatte, und eine Kantorstochter aus Polzin in Pommern, die Malerin werden wollte. Das war eine schlimme Zusammensetzung, und die gegenseitigen Überheblichkeiten, bei denen die Engländerinnen merkwürdigerweise nicht absolut obenan standen, sondern mit der vom höchsten Malergefühl erfüllten Polzinerin um die Palme rangen, waren unerquicklich; dennoch wäre Effi, die sich passiv verhielt, über den Druck, den diese geistige Atmosphäre übte, hinweggekommen, wenn nicht, rein physisch und äußerlich, die sich hinzugesellende Pensionsluft gewesen wäre. Woraus sich diese eigentlich zusammensetzte, war vielleicht überhaupt unerforschlich, aber daß sie der sehr empfindlichen Effi den Atem raubte, war nur zu gewiß, und so sah sie sich, aus diesem äußerlichen Grunde, sehr bald schon zur Aus- und Umschau nach einer anderen Wohnung gezwungen, die sie denn auch in verhältnismäßiger Nähe fand. Es war dies die vorgeschilderte Wohnung in der Königgrätzer Straße. Sie sollte dieselbe zu Beginn des Herbstvierteljahrs beziehen, hatte das Nötige dazu beschafft und zählte während der letzten Septembertage die Stunden bis zur Erlösung aus dem Pensionat.

An einem dieser letzten Tage – sie hatte sich eine Viertelstunde zuvor aus dem Eßzimmer zurückgezogen und gedachte sich eben auf einem mit einem großblumigen Wollstoff überzogenen Seegrassofa auszuruhen –, wurde leise an ihre Tür geklopft.

„Herein."

Das eine Hausmädchen, eine kränklich aussehende Person von Mitte Dreißig, die, durch beständigen Aufenthalt auf dem Korridor des Pensionats, den hier lagernden Dunstkreis überallhin in ihren Falten mitschleppte, trat ein und sagte: „Die gnädige Frau möchte entschuldigen, aber es wolle sie jemand sprechen."

„Wer?"

„Eine Frau."

„Und hat sie ihren Namen genannt?“

„Ja. Roswitha.“

Und siehe da, kaum daß Effi diesen Namen gehört hatte, so schüttelte sie den Halbschlaf von sich ab und sprang auf und lief auf den Korridor hinaus, um Roswitha bei beiden Händen zu fassen und in ihr Zimmer zu ziehen.

„Roswitha. Du. Ist das eine Freude. Was bringst du? Natürlich was Gutes. Ein so gutes altes Gesicht kann nur was Gutes bringen. Ach, wie glücklich ich bin, ich könnte dir einen Kuß geben; ich hätte nicht gedacht, daß ich noch solche Freude haben könnte. Mein gutes altes Herz, wie geht es dir denn? Weißt du noch, wie's damals war, als der Chinese spukte? Das waren glückliche Zeiten. Ich habe damals gedacht, es wären unglückliche, weil ich das Harte des Lebens noch nicht kannte. Seitdem habe ich es kennengelernt. Ach, Spuk ist lange nicht das schlimmste! Komm, meine gute Roswitha, komm, setze dich hier zu mir und erzähle mir ... Ach, ich habe solche Sehnsucht. Was macht Annie?“

Roswitha konnte kaum reden und sah sich in dem sonderbaren Zimmer um, dessen grau und verstaubt aussehende Wände in schmale Goldleisten gefaßt waren. Endlich aber fand sie sich und sagte, daß der gnädige Herr nun wieder aus Glatz zurück sei; der alte Kaiser habe gesagt, „sechs Wochen in solchem Falle sei gerade genug“, und auf den Tag, wo der gnädige Herr wieder dasein würde, darauf habe sie bloß gewartet, wegen Annie, die doch eine Aufsicht haben müsse. Denn Johanna sei wohl eine sehr propre Person, aber sie sei doch noch zu hübsch und beschäftige sich noch zuviel mit sich selbst und denke vielleicht Gott weiß was alles. Aber nun, wo der gnädige Herr wieder aufpassen und in allem nach dem Rechten sehen könne, da habe sie sich's doch antun wollen und mal sehen, wie's der gnädigen Frau gehe ...

„Das ist recht, Roswitha ...“

... Und habe mal sehen wollen, ob der gnädigen Frau was fehle und ob sie sie vielleicht brauche, dann wolle sie gleich hierbleiben und beispringen und alles machen und dafür sorgen, daß es der gnädigen Frau wieder gut ginge.

Effi hatte sich in die Sofaecke zurückgelehnt und die Augen geschlossen. Aber mit eins richtete sie sich auf und sagte: „Ja, Roswitha, was du da sagst, das ist ein Gedanke; das ist was. Denn du mußt wissen, ich bleibe hier nicht in dieser Pension, ich habe da weiterhin eine Wohnung gemietet und auch Einrichtung besorgt und in drei Tagen will ich da einziehen. Und wenn ich da mit dir ankäme und zu dir sagen könnte: ‚Nein, Roswitha, da nicht, der Schrank muß dahin und der Spiegel da‘, ja, das wäre was, das sollte mir schon gefallen. Und wenn wir dann müde von all der Plackerei wären, dann sagte ich: ‚Nun, Roswitha, gehe da hinüber und hole uns eine Karaffe Spatenbräu, denn wenn man gearbeitet hat, dann will man doch auch trinken, und wenn du kannst, so bring uns auch etwas Gutes aus dem Habsburger Hof mit, du kannst ja das Geschirr nachher wieder herüberbringen‘ – ja, Roswitha, wenn ich mir das denke, da wird mir ordentlich leichter ums Herz. Aber ich muß dich doch fragen, hast du dir auch alles überlegt? Von Annie will ich nicht sprechen, an der du doch hängst, sie ist ja fast wie dein eigen Kind – aber trotzdem, für Annie wird schon gesorgt werden, und die Johanna hängt ja auch an ihr. Also davon nichts. Aber bedenke, wie sich alles verändert hat, wenn du wieder zu mir willst. Ich bin nicht mehr wie damals; ich habe jetzt eine ganz kleine Wohnung genommen, und der Portier wird sich wohl nicht sehr um dich und um mich bemühen. Und wir werden eine sehr kleine Wirtschaft haben, immer das, was wir sonst unser Donnerstagessen nannten, weil da reingemacht wurde. Weißt du noch? Und weißt du noch, wie der gute Gieshübler mal dazukam und sich zu uns setzen mußte, und wie er dann sagte: so was Delikates habe er noch nie gegessen. Du wirst dich noch erinnern, er war immer so schrecklich artig, denn eigentlich war er doch der einzige Mensch in der Stadt, der von Essen was verstand. Die andern fanden alles schön."

Roswitha freute sich über jedes Wort und sah schon alles in bestem Gange, bis Effi wieder sagte: „Hast du dir das alles überlegt? Denn du bist doch – ich muß das sagen, wiewohl es meine eigne Wirtschaft war –, du bist doch nun durch viele Jahre hin verwöhnt, und es kam nie darauf an, wir hatten es nicht nötig, sparsam zu sein; aber jetzt muß ich sparsam sein, denn ich bin arm und habe nur, was man mir gibt, du weißt von Hohen-Cremmen her. Meine Eltern sind sehr gut gegen mich, soweit sie's können, aber sie sind nicht reich. Und nun sage, was meinst du?"

„Daß ich nächsten Sonnabend mit meinem Koffer anziehe, nicht am Abend, sondern gleich am Morgen, und daß ich da bin, wenn das Einrichten losgeht. Denn ich kann doch ganz anders zufassen, wie die gnädige Frau."

„Sage das nicht, Roswitha. Ich kann es auch. Wenn man muß, kann man alles."

„Und dann, gnädige Frau, Sie brauchen sich wegen meiner nicht zu fürchten, als ob ich mal denken könnte: für Roswitha ist das nicht gut genug. Für Roswitha ist alles gut, was sie mit der gnädigen Frau teilen muß, und am liebsten, wenn es was Trauriges ist. Ja, darauf freue ich mich schon ordentlich. Dann sollen Sie mal sehen, das verstehe ich. Und wenn ich es nicht verstünde, dann wollte ich es schon lernen. Denn, gnädige Frau, das hab ich nicht vergessen, als ich da auf dem Kirchhof saß, mutterwindallein und bei mir dachte, nun wäre es doch wohl das beste, ich läge da gleich mit in der Reihe. Wer kam da? Wer hat mich da bei Leben erhalten? Ach, ich habe so viel durchzumachen gehabt. Als mein Vater damals mit der glühenden Stange auf mich loskam ..."

„Ich weiß schon, Roswitha ..."

„Ja, das war schlimm genug. Aber als ich da auf dem Kirchhof saß, so ganz arm und verlassen, das war doch noch schlimmer. Und da kam die gnädige Frau. Und ich will nicht selig werden, wenn ich das vergesse."

Und dabei stand sie auf und ging aufs Fenster zu. „Sehen Sie, gnädige Frau, *den* müssen Sie doch auch noch sehen."

Und nun trat auch Effi heran.

Drüben, auf der anderen Seite der Straße, saß Rollo und sah nach den Fenstern der Pension hinauf.

Wenige Tage danach bezog Effi, von Roswitha unterstützt, ihre Wohnung in der Königgrätzer Straße, darin es ihr von Anfang an gefiel. Umgang fehlte freilich, aber sie hatte während ihrer Pensionstage von dem Verkehr mit Menschen so wenig Erfreuliches gehabt, daß ihr das Alleinsein nicht schwerfiel, wenigstens anfänglich nicht. Mit Roswitha ließ sich allerdings kein ästhetisches Gespräch führen, auch nicht mal sprechen über das, was in der Zeitung stand, aber wenn es einfach menschliche Dinge betraf und Effi mit einem ‚Ach Roswitha, mich ängstigt es wieder ...' ihren Satz begann, dann wußte die treue Seele jedesmal gut zu antworten und hatte immer Trost und meist auch Rat.

Bis Weihnachten ging es vorzüglich; aber der Heiligabend verlief schon recht traurig, und als das neue Jahr herankam, begann Effi ganz schwermütig zu werden. Es war nicht kalt, nur grau und regnerisch, und wenn die Tage kurz waren, so waren die Abende desto länger. Was tun? Sie las, sie stickte, sie legte Patience, sie spielte Chopin, aber diese Nocturnes waren auch nicht angetan, viel Licht in ihr Leben zu tragen, und wenn Roswitha mit dem Teebrett kam und außer dem Teezeug auch noch zwei Tellerchen mit einem Ei und einem in kleine Scheiben geschnittenen Wiener Schnitzel auf den Tisch setzte, sagte Effi, während sie das Pianino schloß: „Rücke heran, Roswitha. Leiste mir Gesellschaft."

Roswitha kam denn auch. „Ich weiß schon, die gnädige Frau haben wieder zuviel gespielt; dann sehen Sie immer so aus und haben rote Flecke. Der Geheimrat hat es doch verboten."

„Ach, Roswitha, der Geheimrat hat leicht verbieten, und du hast es auch leicht, all das nachzusprechen. Aber was soll ich denn machen? Ich kann doch nicht den ganzen Tag am Fenster sitzen und nach der Christuskirche hinübersehen. Sonntags, beim Abendgottesdienst, wenn die Fenster erleuchtet sind, sehe ich ja immer hinüber; aber es hilft mir auch nichts, mir wird dann immer noch schwerer ums Herz."

„Ja, gnädige Frau, dann sollten Sie mal hineingehen. Einmal waren Sie ja schon drüben."

„O schon öfters. Aber ich habe nicht viel davon gehabt. Er predigt ganz gut und ist ein sehr kluger Mann, und ich wäre froh, wenn ich das Hundertste davon wüßte. Aber es ist doch alles bloß, wie wenn ich ein Buch lese; und wenn er dann so laut spricht und herumficht und seine schwarzen Locken schüttelt, dann bin ich aus meiner Andacht heraus."

„Heraus?"

Effi lachte. „Du meinst, ich war noch gar nicht drin. Und es wird wohl so sein. Aber an wem liegt das? Das liegt doch nicht an mir. Er spricht immer so viel vom Alten Testament. Und wenn es auch ganz gut ist, es erbaut mich nicht. Überhaupt all das Zuhören; es ist nicht das Rechte. Sieh, ich müßte so viel zu tun haben, daß ich nicht ein noch aus wüßte. Das wäre was für mich. Da gibt es so Vereine, wo junge Mädchen die Wirtschaft lernen oder Nähschulen oder Kindergärtnerinnen. Hast du nie davon gehört?"

„Ja, ich habe mal davon gehört. Anniechen sollte mal in einen Kindergarten."

„Nun siehst du, du weißt es besser als ich. Und in solchen Verein, wo man sich nützlich machen kann, da möchte ich eintreten. Aber daran ist gar nicht zu denken; die Damen nehmen mich nicht an und können es auch nicht. Und das ist das schrecklichste, daß einem die Welt so zu ist und daß es sich einem sogar verbietet, bei Gutem mit dabeizusein. Ich kann nicht mal armen Kindern eine Nachhülfestunde geben ..."

„Das wäre auch nichts für Sie, gnädige Frau; die Kinder haben immer so fettige Stiefel an, und wenn es nasses Wetter ist – das ist dann solch Dunst und Schmook, das halten die gnädige Frau gar nicht aus."

Effi lächelte. „Du wirst wohl recht haben, Roswitha; aber es ist schlimm, daß du recht hast, und ich sehe daran, daß ich noch zuviel von dem alten Menschen in mir habe und daß es mir noch zu gut geht."

Davon wollte aber Roswitha nichts wissen. „Wer so gut ist, wie gnädige Frau, dem kann es gar nicht zu gut gehen. Und Sie müssen nur nicht immer so was Trauriges spielen, und mitunter denke ich mir, es wird alles noch wieder gut und es wird sich schon was finden."

Und es fand sich auch was. Effi, trotz der Kantorstochter aus Polzin, deren Künstlerdünkel ihr immer noch als etwas Schreckliches vorschwebte, wollte Malerin werden, und wiewohl sie selber darüber lachte, weil sie sich bewußt war, über eine unterste Stufe des Dilettantismus nie hinauskommen zu können, so griff sie doch mit Passion danach, weil sie nun eine Beschäftigung hatte, noch dazu eine, die, weil still und geräuschlos, ganz nach ihrem Herzen war. Sie meldete sich denn auch bei einem ganz alten Malerprofessor, der in der märkischen Aristokratie sehr bewandert und zugleich so fromm war, daß ihm Effi von Anfang an ans Herz gewachsen erschien. Hier, so gingen wohl seine Gedanken, war eine Seele zu retten, und so kam er ihr, als ob sie seine Tochter gewesen wäre, mit einer ganz besonderen Liebenswürdigkeit entgegen. Effi war sehr glücklich darüber, und der Tag ihrer ersten Malstunde bezeichnete für sie einen Wendepunkt zum Guten. Ihr armes Leben war nun nicht so arm mehr, und Roswitha triumphierte, daß sie recht gehabt und sich nun doch etwas gefunden habe.

Das ging so Jahr und Tag und darüber hinaus. Aber daß sie nun wieder eine Berührung mit den Menschen hatte, wie sie's beglückte, so ließ es auch wieder den Wunsch in ihr entstehen, daß diese Berührungen sich erneuern und mehren möchten. Sehnsucht nach Hohen-Cremmen erfaßte sie mitunter mit einer wahren Leidenschaft, und noch leidenschaftlicher sehnte sie sich danach, Annie wiederzusehen. Es war doch ihr Kind, und wenn sie dem nachhing und sich dabei gleichzeitig der Trippelli erinnerte, die mal gesagt hatte: die Welt sei so klein und in Mittelafrika könne man sicher sein, plötzlich einem alten Bekannten zu begegnen, so war sie mit Recht verwundert, Annie noch nie getroffen zu haben. Aber auch das sollte sich eines Tages ändern. Sie kam aus der Malstunde, dicht am Zoologischen Garten, und stieg, nahe dem Halteplatz, in einen die lange Kurfürstenstraße passierenden Pferdebahnwagen ein. Es war sehr heiß, und die herabgelassenen Vorhänge, die bei dem starken Luftzuge, der ging, hin und her bauschten, taten ihr wohl. Sie lehnte sich in die dem Vorderperron zugekehrte Ecke und musterte eben mehrere in eine Glasscheibe eingebrannte Sofas, blau mit Quasten und Puscheln daran, als sie – der Wagen war gerade in einem langsamen Fahren – drei Schulkinder aufspringen sah, die Mappen auf dem Rücken, mit kleinen spitzen Hüten, zwei blond und ausgelassen, die dritte dunkel und ernst. Es war Annie. Effi fuhr heftig zusammen, und eine Begegnung mit dem Kinde zu haben, wonach sie sich doch so lange gesehnt, erfüllte sie jetzt mit einer wahren Todesangst. Was tun? Rasch entschlossen öffnete sie die Tür zu dem Vorderperron, auf dem niemand stand, als der Kutscher, und bat diesen, sie bei der nächsten Haltestelle vorn absteigen zu lassen. „Is verboten, Fräulein", sagte der Kutscher; sie gab ihm aber ein Geldstück und sah ihn so bittend an, daß der gutmütige Mensch anderen Sinnes wurde und vor sich hin sagte: „Sind soll es eigentlich nich; aber es wird ja woll mal gehn." Und als der Wagen hielt, nahm er das Gitter aus, und Effi sprang ab.

Noch in großer Erregung kam Effi nach Hause.

„Denke dir, Roswitha, ich habe Annie gesehen." Und nun erzählte sie von der Begegnung in dem Pferdebahnwagen. Roswitha war unzufrieden, daß Mutter und Tochter keine Wiedersehensszene gefeiert hatten und ließ sich nur ungern überzeugen, daß das, in Gegenwart so vieler Menschen, nicht wohl angegangen sei. Dann mußte Effi erzählen, wie Annie ausgesehen habe, und als sie das mit mütterlichem Stolze getan, sagte Roswitha: „Ja, sie ist so halb und halb. Das Hübsche und, wenn ich es sagen darf, das Sonderbare, das hat sie von der Mama; aber das Ernste, das ist ganz der Papa. Und wenn ich mir so alles überlege, ist sie doch wohl mehr wie der gnädige Herr."

„Gott sei Dank!" sagte Effi.

„Na, gnäd'ge Frau, das ist nu doch auch noch die Frage. Und da wird ja wohl mancher sein, der mehr für die Mama ist."

„Glaubst du, Roswitha? Ich glaube es nicht.“

„Na, na, ich lasse mir nichts vormachen, und ich glaube, die gnädige Frau weiß auch ganz gut, wie's eigentlich ist und was die Männer am liebsten haben.“

„Ach, sprich nicht davon, Roswitha.“

Damit brach das Gespräch ab und wurde auch nicht wiederaufgenommen. Aber Effi, wenn sie's auch vermied, grade über Annie mit Roswitha zu sprechen, konnte die Begegnung in ihrem Herzen doch nicht verwinden und litt unter der Vorstellung, vor ihrem eigenen Kinde geflohen zu sein. Es quälte sie bis zur Beschämung, und das Verlangen nach einer Begegnung mit Annie steigerte sich bis zum Krankhaften. An Innstetten schreiben und ihn darum bitten, das war nicht möglich. Ihrer Schuld war sie sich wohl bewußt, ja, sie nährte das Gefühl davon mit einer halb leidenschaftlichen Geflissentlichkeit; aber inmitten ihres Schuldbewußtseins fühlte sie sich andererseits auch von einer gewissen Auflehnung gegen Innstetten erfüllt. Sie sagte sich: er hatte recht und noch einmal und noch einmal, und zuletzt hatte er doch unrecht. Alles Geschehene lag so weit zurück, ein neues Leben hatte begonnen — er hätte es können verbluten lassen, statt dessen verblutete der arme Crampas.

Nein, an Innstetten schreiben, das ging nicht; aber Annie wollte sie sehen und sprechen und an ihr Herz drücken, und nachdem sie's tagelang überlegt hatte, stand ihr fest, wie's am besten zu machen sei.

Gleich am andern Vormittage kleidete sie sich sorgfältig in ein dezentes Schwarz und ging auf die Linden zu, sich hier bei der Ministerin melden zu lassen. Sie schickte ihre Karte hinein, auf der nur stand: „Effi von Innstetten geb. von Briest.“ Alles andere war fortgelassen, auch die Baronin. „Exzellenz lassen bitten“, und Effi folgte dem Diener bis in ein Vorzimmer, wo sie sich niederließ und trotz der Erregung, in der sie sich befand, den Bilderschmuck an den Wänden musterte. Da war zunächst Guido Renis „Aurora“, gegenüber aber hingen englische Kupferstiche, Stiche nach Benjamin West, in der bekannten Aquatintamanier von viel Licht und Schatten. Eines der Bilder war König Lear im Unwetter auf der Heide.

Effi hatte ihre Musterung kaum beendet, als die Tür des angrenzenden Zimmers sich öffnete und eine große schlanke Dame von einem sofort für sie einnehmenden Ausdruck auf die Bittstellerin zutrat und ihr die Hand reichte. „Meine liebe, gnädigste Frau", sagte sie, „welche Freude für mich, Sie wiederzusehen ..."

Und während sie das sagte, schritt sie auf das Sofa zu und zog Effi, während sie selber Platz nahm, zu sich nieder.

Effi war bewegt durch die sich in allem aussprechende Herzensgüte. Keine Spur von Überheblichkeit oder Vorwurf, nur menschlich schöne Teilnahme. „Womit kann ich Ihnen dienen?" nahm die Ministerin noch einmal das Wort.

Um Effis Mund zuckte es. Endlich sagte sie: „Was mich herführt, ist eine Bitte, deren Erfüllung Exzellenz vielleicht möglich machen. Ich habe eine zehnjährige Tochter, die ich seit drei Jahren nicht gesehen habe und gern wiedersehen möchte."

Die Ministerin nahm Effis Hand und sah sie freundlich an.

„Wenn ich sage, in drei Jahren nicht gesehen, so ist das nicht ganz richtig. Vor drei Tagen habe ich sie wiedergesehen." Und nun schilderte Effi mit großer Lebendigkeit die Begegnung, die sie mit Annie gehabt hatte. „Vor meinem eigenen Kinde auf der Flucht. Ich weiß wohl, man liegt, wie man sich bettet, und ich will nichts ändern in meinem Leben. Wie es ist, so ist es recht; ich habe es nicht anders gewollt. Aber das mit dem Kinde, das ist doch zu hart, und so habe ich denn den Wunsch, es dann und wann sehen zu dürfen, nicht heimlich und verstohlen, sondern mit Wissen und Zustimmung aller Beteiligten."

„Unter Wissen und Zustimmung aller Beteiligten", wiederholte die Ministerin Effis Worte. „Das heißt also unter Zustimmung Ihres Herrn Gemahls. Ich sehe, daß seine Erziehung dahin geht, das Kind von der Mutter fernzuhalten, ein Verfahren, über das ich mir kein Urteil erlaube. Vielleicht, daß er recht hat; verzeihen Sie mir diese Bemerkung, gnädige Frau."

Effi nickte.

„Sie finden sich selbst in der Haltung Ihres Herrn Gemahls zurecht und verlangen nur, daß einem natürlichen Gefühle, wohl dem schönsten unserer Gefühle (wenigstens wir Frauen werden uns darin finden), sein Recht werde. Treff ich es darin?"

„In allem."

„Und so soll ich denn die Erlaubnis zu gelegentlichen Begegnungen erwirken, in Ihrem Hause, wo Sie versuchen können, sich das Herz Ihres Kindes zurückzuerobern."

Effi drückte noch einmal ihre Zustimmung aus, während die Ministerin fortfuhr: „Ich werde also tun, meine gnädigste Frau, was ich tun kann. Aber wir werden es nicht eben leicht haben. Ihr Herr Gemahl, verzeihen Sie, daß ich ihn nach wie vor so nenne, ist ein Mann, der nicht nach Stimmungen und Laune, sondern nach Grundsätzen handelt und diese fallenzulassen oder auch nur momentan aufzugeben, wird ihm hart ankommen. Läg es nicht so, so wäre seine Handlungs- und Erziehungsweise längst eine andere gewesen. Das, was hart für Ihr Herz ist, hält er für richtig."

„So meinen Exzellenz vielleicht, es wäre besser, meine Bitte zurückzunehmen?"

„Doch nicht. Ich wollte nur das Tun Ihres Herrn Gemahls erklären, um nicht zu sagen rechtfertigen, und wollte zugleich die Schwierigkeiten andeuten, auf die wir, aller Wahrscheinlichkeit nach, stoßen werden. Aber ich denke, wir zwingen es trotzdem. Denn wir Frauen, wenn wir's klug einleiten, und den Bogen nicht überspannen, wissen mancherlei durchzusetzen. Zudem gehört Ihr Herr Gemahl zu meinen besonderen Verehrern, und er wird mir eine Bitte, die ich an ihn richte, nicht wohl abschlagen. Wir haben morgen einen kleinen Zirkel, auf dem ich ihn sehe, und übermorgen früh haben Sie ein paar Zeilen von mir, die Ihnen sagen werden, ob ich's klug, das heißt glücklich eingeleitet oder nicht. Ich denke, wir siegen in der Sache, und Sie werden Ihr Kind wiedersehen und sich seiner freuen. Es soll ein sehr schönes Mädchen sein. Nicht zu verwundern."

Dreiunddreissigstes Kapitel

Am zweitfolgenden Tage trafen, wie versprochen, einige Zeilen ein, und Effi las: „Es freut mich, liebe gnädige Frau, Ihnen gute Nachricht geben zu können. Alles ging nach Wunsch; Ihr Herr Gemahl ist zu sehr Mann von Welt, um einer Dame eine von ihr vorgetragene Bitte abschlagen zu können; zugleich aber – auch *das* darf ich Ihnen nicht verschweigen – ich sah deutlich, daß sein ‚ja' nicht dem entsprach, was er für klug und recht hält. Aber kritteln wir nicht, wo wir uns freuen sollen. Ihre Annie, so haben wir es verabredet, wird über Mittag kommen, und ein guter Stern stehe über Ihrem Wiedersehen."

Es war mit der zweiten Post, daß Effi diese Zeilen empfing, und bis zu Annies Erscheinen waren mutmaßlich keine zwei Stunden mehr. Eine kurze Zeit, aber immer noch zu lang, und Effi schritt in Unruhe durch beide Zimmer und dann wieder in die Küche, wo sie mit Roswitha von allem möglichen sprach, von dem Efeu drüben an der Christuskirche, nächstes Jahr würden die Fenster wohl ganz zugewachsen sein, von dem Portier, der den Gashahn wieder so schlecht zugeschraubt habe (sie würden doch noch nächstens in die Luft fliegen), und daß sie das Petroleum doch lieber wieder aus der großen Lampenhandlung Unter den Linden als aus der Anhaltstraße holen solle – von allem möglichen sprach sie, nur von Annie nicht, weil sie die Furcht nicht aufkommen lassen wollte, die trotz der Zeilen der Ministerin, oder vielleicht auch um dieser Zeilen willen, in ihr lebte.

Nun war Mittag. Endlich wurde geklingelt, schüchtern, und Roswitha ging, um durch das Guckloch zu sehen. Richtig, es war Annie. Roswitha gab dem Kinde einen Kuß, sprach aber sonst kein Wort, und ganz leise, wie wenn ein Kranker im Hause wäre, führte sie das Kind vom Korridor her erst in die Hinterstube und dann bis an die nach vorn führende Tür.

„Da geh hinein, Annie." Und unter diesen Worten, sie wollte nicht stören, ließ sie das Kind allein und ging wieder auf die Küche zu.

Effi stand am andern Ende des Zimmers, den Rücken gegen den Spiegelpfeiler, als das Kind eintrat. „Annie!" Aber Annie blieb an der nur angelehnten Tür stehen, halb verlegen, aber halb auch mit Vorbedacht, und so eilte denn Effi auf das Kind zu, hob es in die Höhe und küßte es.

„Annie, mein süßes Kind, wie freue ich mich. Komm, erzähle mir", und dabei nahm sie Annie bei der Hand und ging auf das Sofa zu, um sich da zu setzen. Annie stand aufrecht und griff, während sie die Mutter immer noch scheu ansah, mit der Linken nach dem Zipfel der herabhängenden Tischdecke. „Weißt du wohl, Annie, daß ich dich einmal gesehen habe."

„Ja, mir war es auch so."

„Und nun erzähle mir recht viel. Wie groß du geworden bist! Und das ist die Narbe da; Roswitha hat mir davon erzählt. Du warst immer so wild und ausgelassen beim Spielen. Das hast du von deiner Mama, die war auch so. Und in der Schule? ich denke mir, du bist immer die Erste, du siehst mir so aus, als müßtest du eine Musterschülerin sein und immer die besten Zensuren nach Hause bringen. Ich habe auch gehört, daß dich das Fräulein von Wedelstädt so gelobt haben soll. Das ist recht; ich war auch so ehrgeizig, aber ich hatte nicht solche gute Schule. Mythologie war immer mein Bestes. Worin bist du denn am besten?"

„Ich weiß es nicht."

„Oh, du wirst es schon wissen. Das weiß man. Worin hast du denn die beste Zensur?"

„In der Religion."

„Nun, siehst du, da weiß ich es doch. Ja, das ist sehr schön; ich war nicht so gut darin, aber es wird wohl auch an dem Unterricht gelegen haben. Wir hatten bloß einen Kandidaten."

„Wir hatten auch einen Kandidaten."

„Und der ist fort?"

Annie nickte.

„Warum ist er fort?"

„Ich weiß es nicht. Wir haben nun wieder den Prediger."

„Den ihr alle sehr liebt."

„Ja; zwei aus der ersten Klasse wollen auch übertreten."

„Ah, ich verstehe; das ist schön. Und was macht Johanna?"

„Johanna hat mich bis vor das Haus begleitet ..."

„Und warum hast du sie nicht mit heraufgebracht?"

„Sie sagte, sie wolle lieber unten bleiben und an der Kirche drüben warten."

„Und da sollst du sie wohl abholen?"

„Ja."

„Nun, sie wird da hoffentlich nicht ungeduldig werden. Es ist ein kleiner Vorgarten da und die Fenster sind schon halb von Efeu überwachsen, als ob es eine alte Kirche wäre."

„Ich möchte sie aber doch nicht gerne warten lassen."

„Ach, ich sehe, du bist sehr rücksichtsvoll, und darüber werde ich mich wohl freuen müssen. Man muß es nur richtig einteilen ... Und nun sage mir noch, was macht Rollo?"

„Rollo ist sehr gut. Aber Papa sagt, er würde so faul; er liegt immer in der Sonne."

„Das glaub ich. So war er schon, als du noch ganz klein warst ... Und nun sage mir, Annie – denn heute haben wir uns ja bloß mal wiedergesehen –, wirst du mich öfter besuchen?"

„O gewiß, wenn ich darf."

„Wir können dann in dem Prinz Albrechtschen Garten spazierengehen."

„O gewiß, wenn ich darf."

„Oder wir gehen zu Schilling und essen Eis, Ananas- oder Vanilleneis; das aß ich immer am liebsten."

„O gewiß, wenn ich darf."

Und bei diesem dritten „wenn ich darf" war das Maß voll; Effi sprang auf, und ein Blick, in dem es wie Empörung aufflammte, traf das Kind. „Ich glaube, es ist die höchste Zeit,

Annie; Johanna wird sonst ungeduldig." Und sie zog die Klingel. Roswitha, die schon im Nebenzimmer war, trat gleich ein. „Roswitha, gib Annie das Geleit bis drüben zur Kirche. Johanna wartet da. Hoffentlich hat sie sich nicht erkältet. Es sollte mir leid tun. Grüße Johanna."

Und nun gingen beide.

Kaum aber, daß Roswitha draußen die Tür ins Schloß gezogen hatte, so riß Effi, weil sie zu ersticken drohte, ihr Kleid auf und verfiel in ein krampfhaftes Lachen. „So also sieht ein Wiedersehen aus", und dabei stürzte sie nach vorn, öffnete die Fensterflügel und suchte nach etwas, das ihr beistehe. Und sie fand auch was in der Not ihres Herzens. Da neben dem Fenster war ein Bücherbrett, ein paar Bände von Schiller und Körner darauf, und auf den Gedichtbüchern, die alle gleiche Höhe hatten, lag eine Bibel und ein Gesangbuch. Sie griff danach, weil sie was haben mußte, vor dem sie knieen und beten konnte, und legte Bibel und Gesangbuch auf den Tischrand, gerade da, wo Annie gestanden hatte, und mit einem heftigen Ruck warf sie sich davor nieder und sprach halblaut vor sich hin: „O du Gott im Himmel, vergib mir, was ich getan; ich war ein Kind ... Aber nein, nein, ich war kein Kind, ich war alt genug, um zu wissen, was ich tat. Ich *hab* es auch gewußt, und ich will meine Schuld nicht kleiner machen ... aber *das* ist zuviel. Denn das hier, mit dem Kind, das bist nicht *du*, Gott, der mich strafen will, das ist *er*, bloß er! Ich habe geglaubt, daß er ein edles Herz habe, und habe mich immer klein neben ihm gefühlt; aber jetzt weiß ich, daß *er* es ist, er ist klein. Und weil er klein ist, ist er grausam. Alles, was klein ist, ist grausam. Das hat *er* dem Kinde beigebracht, ein Schulmeister war er immer, Crampas hat ihn so genannt, spöttisch damals, aber er hat recht gehabt. ‚O gewiß, wenn ich darf.' Du *brauchst* nicht zu dürfen, ich will euch nicht mehr, ich haß euch, auch mein eigen Kind. Was zuviel ist, ist zuviel. Ein Streber war er, weiter nichts. – Ehre, Ehre, Ehre ... und dann hat er den armen Kerl totgeschossen, den ich nicht einmal liebte und den ich vergessen hatte, weil ich ihn nicht liebte. Dummheit war alles, und nun Blut und Mord. Und ich schuld. Und nun schickt er mir das Kind, weil er einer Ministerin nichts abschlagen kann, und eh er das Kind schickt, richtet er's ab wie einen Papagei und bringt ihm die Phrase bei ‚wenn ich darf'. Mich ekelt, was ich getan; aber was mich noch mehr ekelt, das ist eure Tugend. Weg mit euch. Ich muß leben, aber ewig wird es ja wohl nicht dauern."

Als Roswitha wiederkam, lag Effi am Boden, das Gesicht abgewandt, wie leblos.

Vierunddreissigstes Kapitel

Rummschüttel, als er gerufen wurde, fand Effis Zustand nicht unbedenklich. Das Hektische, das er seit Jahr und Tag an ihr beobachtete, trat ihm ausgesprochener als früher entgegen, und, was schlimmer war, auch die ersten Zeichen eines Nervenleidens waren da. Seine ruhig freundliche Weise aber, der er einen Beisatz von Laune zu geben wußte, tat Effi wohl, und sie war ruhig, solange Rummschüttel um sie war. Als er schließlich ging, begleitete Roswitha den alten Herrn bis in den Vorflur und sagte: „Gott, Herr Geheimrat, mir ist so bange; wenn es nu mal wiederkommt, und es kann doch; Gott – da hab ich ja keine ruhige Stunde mehr. Es war aber doch auch zuviel, das mit dem Kind. Die arme gnädige Frau. Und noch so jung, wo manche erst anfangen."

„Lassen Sie nur, Roswitha. Kann noch alles wieder werden. Aber fort muß sie. Wir wollen schon sehen. Andere Luft, andere Menschen."

Den zweiten Tag danach traf ein Brief in Hohen-Cremmen ein, der lautete: „Gnädigste Frau! Meine alten freundschaftlichen Beziehungen zu den Häusern Briest und Belling, und nicht zum wenigsten die herzliche Liebe, die ich zu Ihrer Frau Tochter hege, werden diese Zeilen rechtfertigen. Es geht so nicht weiter. Ihre Frau Tochter, wenn nicht etwas geschieht, das sie der Einsamkeit und dem Schmerzlichen ihres nun seit Jahren geführten Lebens entreißt, wird schnell hinsiechen. Eine Disposition zu Phthisis war immer da, weshalb ich schon vor Jahren Ems verordnete; zu diesem alten Übel hat sich nun ein neues gesellt: ihre Nerven zehren sich auf. Dem Einhalt zu tun, ist ein Luftwechsel nötig. Aber wohin? Es würde nicht schwer sein, in den schlesischen Bädern eine Auswahl zu treffen, Salzbrunn gut, und Reinerz, wegen der Nervenkomplikation, noch besser. Aber es darf nur Hohen-Cremmen sein. Denn, meine gnädigste Frau, was Ihrer Frau Tochter Genesung bringen kann, ist nicht Luft allein; sie siecht hin, weil sie nichts hat als Roswitha. Dienertreue ist schön, aber Elternliebe ist besser. Verzeihen Sie einem alten Manne dies Sich-Einmischen in Dinge, die jenseits seines ärztlichen Berufes liegen. Und doch auch wieder nicht, denn es ist schließlich auch der Arzt, der hier spricht und seiner Pflicht nach, verzeihen Sie dies Wort, Forderungen stellt ... Ich habe so viel vom Leben gesehen ... aber nichts mehr in diesem Sinne. Mit der Bitte, mich Ihrem Herrn Gemahl empfehlen zu wollen, in vorzüglicher Ergebenheit Dr. Rummschüttel."

Frau von Briest hatte den Brief ihrem Manne vorgelesen; beide saßen auf dem schattigen Steinfliesengange, den Gartensaal im Rücken, das Rondell mit der Sonnenuhr vor sich. Der um die Fenster sich rankende wilde Wein bewegte sich leis in dem Luftzuge, der ging, und über dem Wasser standen ein paar Libellen im hellen Sonnenschein.

Briest schwieg und trommelte mit dem Finger auf dem Teebrett.

„Bitte, trommle nicht; sprich lieber."

„Ach, Luise, was soll ich sagen. Daß ich trommle, sagt gerade genug. Du weißt seit Jahr und Tag, wie ich darüber denke. Damals als Innstettens Brief kam, ein Blitz aus heiterem Himmel, damals war ich deiner Meinung. Aber das ist nun schon wieder eine halbe Ewigkeit her; soll ich hier bis an mein Lebensende den Großinquisitor spielen? Ich kann dir sagen, ich hab es seit lange satt ..."

„Mache mir keine Vorwürfe, Briest; ich liebe sie so wie du, vielleicht noch mehr; jeder hat seine Art. Aber man lebt doch nicht bloß in der Welt, um schwach und zärtlich zu sein und alles mit Nachsicht zu behandeln, was gegen Gesetz und Gebot ist und was die Menschen verurteilen und, vorläufig wenigstens, auch noch – mit Recht verurteilen."

„Ach was. Eins geht vor."

„Natürlich, eins geht vor; aber was ist das eine?"

„Liebe der Eltern zu ihren Kindern. Und wenn man gar bloß eines hat ..."

„Dann ist es vorbei mit Katechismus und Moral und mit dem Anspruch der ‚Gesellschaft'."

„Ach, Luise, komme mir mit Katechismus soviel du willst; aber komme mir nicht mit ‚Gesellschaft'."

„Es ist sehr schwer, sich ohne Gesellschaft zu behelfen."

„Ohne Kind auch. Und dann glaube mir, Luise, die ‚Gesellschaft', wenn sie nur will, kann auch ein Auge zudrücken. Und ich stehe so zu der Sache: kommen die Rathenower, so ist es gut, und kommen sie nicht, so ist es auch gut. Ich werde ganz einfach telegraphieren: ‚Effi komm.' Bist du einverstanden?"

Sie stand auf und gab ihm einen Kuß auf die Stirn. „Natürlich bin ich's. Du solltest mir nur keinen Vorwurf machen. Ein leichter Schritt ist es nicht. Und unser Leben wird von Stund an ein anderes."

„Ich kann's aushalten. Der Raps steht gut, und im Herbst kann ich einen Hasen hetzen. Und der Rotwein schmeckt mir noch. Und wenn ich das Kind erst wieder im Hause habe, dann schmeckt er mir noch besser ... Und nun will ich das Telegramm schicken."

Effi war nun schon über ein halbes Jahr in Hohen-Cremmen; sie bewohnte die beiden Zimmer im ersten Stock, die sie schon früher, wenn sie zu Besuch da war, bewohnt hatte; das größere war für sie persönlich hergerichtet, nebenan schlief Roswitha. Was Rummschüttel von diesem Aufenthalt und all dem andern Guten erwartet hatte, das hatte sich auch erfüllt, soweit sich's erfüllen konnte. Das Hüsteln ließ nach, der herbe Zug, der das so gütige Gesicht um ein gut Teil seines Liebreizes gebracht hatte, schwand wieder hin, und es kamen Tage, wo sie wieder lachen konnte. Von Kessin und allem, was da zurücklag, wurde wenig gesprochen, mit alleiniger Ausnahme von Frau von Padden und natürlich von Gieshübler, für den der alte Briest eine lebhafte Vorliebe hatte. „Dieser Alonzo, dieser Preziosa-Spanier, der einen Mirambo beherbergt und eine Trippelli großzieht – ja, das muß ein Genie sein, das laß ich mir nicht ausreden." Und dann mußte sich Effi bequemen, ihm den ganzen Gieshübler, mit dem Hut in der Hand und seinen endlosen Artigkeitsverbeugungen vorzuspielen, was sie, bei dem ihr eigenen Nachahmungstalent, sehr gut konnte, trotzdem aber ungern tat, weil sie's allemal als ein Unrecht gegen den guten und lieben Menschen empfand. – Von Innstetten und Annie war nie die Rede, wiewohl feststand, daß Annie Erbtochter sei, und Hohen-Cremmen ihr zufallen würde.

Ja, Effi lebte wieder auf, und die Mama, die, nach Frauenart, nicht ganz abgeneigt war, die ganze Sache, so schmerzlich sie blieb, als einen interessanten Fall anzusehen, wetteiferte mit ihrem Manne in Liebes- und Aufmerksamkeitsbezeugungen.

„Solchen guten Winter haben wir lange nicht gehabt", sagte Briest. Und dann erhob sich Effi von ihrem Platz und streichelte ihm das spärliche Haar aus der Stirn. Aber so schön das alles war, auf Effis Gesundheit hin angesehen, war es doch alles nur Schein, in Wahrheit ging die Krankheit weiter und zehrte still das Leben auf. Wenn Effi – die wieder, wie damals an ihrem

Verlobungstage mit Innstetten, ein blau- und weißgestreiftes Kittelkleid mit einem losen Gürtel trug – rasch und elastisch auf die Eltern zutrat, um ihnen einen guten Morgen zu bieten, so sahen sich diese freudig verwundert an, freudig verwundert, aber doch auch wehmütig, weil ihnen nicht entgehen konnte, daß es nicht die helle Jugend, sondern eine Verklärtheit war, was der schlanken Erscheinung und den leuchtenden Augen diesen eigentümlichen Ausdruck gab. Alle, die schärfer zusahen, sahen dies, nur Effi selbst sah es nicht und lebte ganz dem Glücksgefühle, wieder an dieser für sie so freundlich friedreichen Stelle zu sein, in Versöhnung mit denen, die sie immer geliebt hatte und von denen sie immer geliebt worden war, auch in den Jahren ihres Elends und ihrer Verbannung.

Sie beschäftigte sich mit allerlei Wirtschaftlichem und sorgte für Ausschmückung und kleine Verbesserungen im Haushalt. Ihr Sinn für das Schöne ließ sie darin immer das Richtige treffen. Lesen aber und vor allem die Beschäftigung mit den Künsten hatte sie ganz aufgegeben. „Ich habe davon so viel gehabt, daß ich froh bin, die Hände in den Schoß legen zu können." Es erinnerte sie auch wohl zu sehr an ihre traurigen Tage. Sie bildete statt dessen die Kunst aus, still und entzückt auf die Natur zu blicken, und wenn das Laub von den Platanen fiel, wenn die Sonnenstrahlen auf dem Eis des kleinen Teiches blitzten oder die ersten Krokus aus dem noch halb winterlichen Rondell aufblühten – das tat ihr wohl, und auf all das konnte sie stundenlang blicken und dabei vergessen, was ihr das Leben versagt, oder richtiger wohl, um was sie sich selbst gebracht hatte.

Besuch blieb nicht ganz aus, nicht alle stellten sich gegen sie; ihren Hauptverkehr aber hatte sie doch in Schulhaus und Pfarre.

Daß im Schulhaus die Töchter ausgeflogen waren, schadete nicht viel, es würde nicht mehr so recht gegangen sein; aber zu Jahnke selbst – der nicht bloß ganz Schwedisch-Pommern, sondern auch die Kessiner Gegend als skandinavisches Vorland ansah und beständig darauf bezügliche Fragen stellte –, zu diesem alten Freunde stand sie besser denn je. „Ja, Jahnke, wir hatten ein Dampfschiff, und wie ich Ihnen, glaub ich, schon einmal schrieb oder vielleicht auch schon mal erzählt habe, beinahe wär ich wirklich rüber nach Wisby gekommen. Denken Sie sich, beinahe nach Wisby. Es ist komisch, aber ich kann eigentlich von vielem in meinem Leben sagen ‚beinah'."

„Schade, schade", sagte Jahnke.

„Ja, freilich schade. Aber auf Rügen bin ich wirklich umhergefahren. Und das wäre so was für Sie gewesen, Jahnke. Denken Sie sich, Arkona mit einem großen Wenden-Lagerplatz, der noch sichtbar sein soll; denn ich bin nicht hingekommen; aber nicht allzu weit davon ist der Hertha-See mit weißen und gelben Mummeln. Ich habe da viel an Ihre Hertha denken müssen ..."

„Nun, ja, ja, Hertha ... Aber Sie wollten von dem Hertha-*See* sprechen ..."

„Ja, das wollt ich ... Und denken Sie sich, Jahnke, dicht an dem See standen zwei große Opfersteine, blank und noch die Rinnen drin, in denen vordem das Blut ablief. Ich habe von der Zeit an einen Widerwillen gegen die Wenden."

„Ach, gnäd'ge Frau verzeihen. Aber das waren ja keine Wenden. Das mit den Opfersteinen und mit dem Hertha-See, das war ja schon wieder viel, viel früher, ganz vor Christum natum; reine Germanen, von denen wir alle abstammen ..."

„Versteht sich", lachte Effi, „von denen wir alle abstammen, die Jahnkes gewiß und vielleicht auch die Briests."

Und dann ließ sie Rügen und den Hertha-See fallen und fragte nach seinen Enkeln und welche ihm lieber wären, die von Bertha oder die von Hertha.

Ja, Effi stand gut zu Jahnke. Aber trotz seiner intimen Stellung zu Hertha-See, Skandinavien und Wisby, war er doch nur ein einfacher Mann, und so konnte es nicht wohl ausbleiben, daß der vereinsamten jungen Frau die Plaudereien mit Niemeyer um vieles lieber waren. Im Herbst, solange sich im Parke promenieren ließ, hatte sie denn auch die Hülle und Fülle davon; mit dem Eintreten des Winters aber kam eine mehrmonatliche Unterbrechung, weil sie das Predigerhaus selbst nicht gern betrat; Frau Pastor Niemeyer war immer eine sehr unangenehme Frau gewesen und schlug jetzt vollends hohe Töne an, trotzdem sie, nach Ansicht der Gemeinde, selber nicht ganz einwandsfrei war.

Das ging so den ganzen Winter durch, sehr zu Effis Leidwesen. Als dann aber, Anfang April, die Sträucher einen grünen Rand zeigten und die Parkwege rasch abtrockneten, da wurden auch die Spaziergänge wiederaufgenommen.

Einmal gingen sie auch wieder so. Von fern her hörte man den Kuckuck, und Effi zählte, wie viele Male er rief. Sie hatte sich an Niemeyers Arm gehängt und sagte: „Ja, da ruft der Kuckuck. Ich mag ihn nicht befragen. Sagen Sie, Freund, was halten Sie vom Leben?"

„Ach, liebe Effi, mit solchen Doktorfragen darfst du mir nicht kommen. Da mußt du dich an einen Philosophen wenden oder ein Ausschreiben an eine Fakultät machen. Was ich vom Leben halte? Viel und wenig. Mitunter ist es recht viel und mitunter ist es recht wenig."

„Das ist recht, Freund, das gefällt mir; mehr brauch ich nicht zu wissen." Und als sie das so sagte, waren sie bis an die Schaukel gekommen. Sie sprang hinauf, mit einer Behendigkeit wie in ihren jüngsten Mädchentagen, und ehe sich noch der Alte, der ihr zusah, von seinem halben Schreck erholen konnte, huckte sie schon zwischen den zwei Stricken nieder und setzte das Schaukelbrett durch ein geschicktes Auf- und Niederschnellen ihres Körpers in Bewegung. Ein paar Sekunden noch, und sie flog durch die Luft, und bloß mit einer Hand sich haltend, riß sie mit der andern ein kleines Seidentuch von Brust und Hals und schwenkte es wie in Glück und Übermut. Dann ließ sie die Schaukel wieder langsam gehen und sprang herab und nahm wieder Niemeyers Arm.

„Effi, du bist doch noch immer wie du früher warst."

„Nein. Ich wollte, es wäre so. Aber es liegt *ganz* zurück, und ich hab es nur noch einmal versuchen wollen. Ach, wie schön es war, und wie mir die Luft wohltat; mir war, als flög ich in den Himmel. Ob ich wohl hineinkomme? Sagen Sie mir's, Freund, Sie müssen es wissen. Bitte, bitte ..."

Niemeyer nahm ihren Kopf in seine zwei alten Hände und gab ihr einen Kuß auf die Stirn und sagte: „Ja, Effi, du wirst."

Fünfunddreissigstes Kapitel

Effi war den ganzen Tag draußen im Park, weil sie das Luftbedürfnis hatte: der alte Friesacker Dr. Wiesike war auch einverstanden damit, gab ihr aber in diesem Stücke doch zuviel Freiheit, zu tun, was sie wolle, so daß sie sich während der kalten Tage im Mai heftig erkältete: sie wurde fiebrig, hustete viel, und der Doktor, der sonst jeden dritten Tag herüberkam, kam jetzt täglich und war in Verlegenheit, wie er der Sache beikommen solle, denn die Schlaf- und Hustenmittel, nach denen Effi verlangte, konnten ihr des Fiebers halber nicht gegeben werden.

„Doktor", sagte der alte Briest, „was wird aus der Geschichte? Sie kennen sie ja von klein auf, haben sie geholt. Mir gefällt das alles nicht; sie nimmt sichtlich ab, und die roten Flecke und der Glanz in den Augen, wenn sie mich mit einem Male so fragend ansieht. Was meinen Sie? Was wird? Muß sie sterben?"

Wiesike wiegte den Kopf langsam hin und her. „Das will ich nicht sagen, Herr von Briest. Daß sie so fiebert, gefällt mir nicht. Aber wir werden es schon wieder runterkriegen, dann muß sie nach der Schweiz oder nach Mentone. Reine Luft und freundliche Eindrücke, die das Alte vergessen machen ..."

„Lethe, Lethe."

„Ja, Lethe", lächelte Wiesike. „Schade, daß uns die alten Schweden, die Griechen, bloß das Wort hinterlassen haben und nicht zugleich auch die Quelle selbst ..."

„Oder wenigstens das Rezept dazu; Wässer werden ja jetzt nachgemacht. Alle Wetter, Wiesike, das wär ein Geschäft, wenn wir hier so ein Sanatorium anlegen könnten: Friesack als Vergessenheitsquelle. Nun, vorläufig wollen wir's mit der Riviera versuchen. Mentone ist ja wohl Riviera? Die Kornpreise sind zwar in diesem Augenblicke wieder schlecht, aber was sein muß, muß sein. Ich werde mit meiner Frau darüber sprechen."

Das tat er denn auch und fand sofort seiner Frau Zustimmung, deren in letzter Zeit – wohl unter dem Eindruck zurückgezogenen Lebens – stark erwachte Lust, auch mal den Süden zu sehen, seinem Vorschlage zu Hülfe kam. Aber Effi selbst wollte nichts davon wissen. „Wie gut ihr gegen mich seid. Und ich bin egoistisch genug, ich würde das Opfer auch annehmen, wenn ich mir etwas davon verspräche. Mir steht es aber fest, daß es mir bloß schaden würde."

„Das redest du dir ein, Effi."

„Nein. Ich bin so reizbar geworden; alles ärgert mich. Nicht hier bei euch. Ihr verwöhnt mich und räumt mir alles aus dem Wege. Aber auf einer Reise, da geht das nicht, da läßt sich das Unangenehme nicht so beiseite tun; mit dem Schaffner fängt es an, und mit dem Kellner hört es auf. Wenn ich mir die süffisanten Gesichter bloß vorstelle, so wird mir schon ganz heiß. Nein, nein, laßt mich hier. Ich mag nicht mehr weg von Hohen-Cremmen, hier ist meine Stelle. Der Heliotrop unten auf dem Rondell, um die Sonnenuhr herum, ist mir lieber als Mentone."

Nach diesem Gespräch ließ man den Plan wieder fallen, und Wiesike, soviel er sich von Italien versprochen hatte, sagte: „Das müssen wir respektieren, denn das sind keine Launen; solche Kranken haben ein sehr feines Gefühl und wissen, mit merkwürdiger Sicherheit, was ihnen hilft und was nicht. Und was Frau Effi da gesagt hat von Schaffner und Kellner, das ist doch auch eigentlich ganz richtig, und es gibt keine Luft, die so viel Heilkraft hätte, den Hotelärger (wenn man sich überhaupt darüber ärgert) zu balancieren. Also lassen wir sie hier; wenn es nicht das beste ist, so ist es gewiß nicht das schlechteste."

Das bestätigte sich denn auch. Effi erholte sich, nahm um ein geringes wieder zu (der alte Briest gehörte zu den Wiegefanatikern) und verlor ein gut Teil ihrer Reizbarkeit. Dabei war aber ihr Luftbedürfnis in einem beständigen Wachsen, und zumal wenn Westwind ging und graues Gewölk am Himmel zog, verbrachte sie viele Stunden im Freien. An solchen Tagen ging sie wohl auch auf die Felder hinaus und ins Luch, oft eine halbe Meile weit, und setzte sich, wenn sie müde geworden, auf einen Hürdenzaun und sah, in Träume verloren, auf die Ranunkeln und roten Ampferstauden, die sich im Winde bewegten.

„Du gehst immer so allein", sagte Frau von Briest. „Unter unseren Leuten bist du sicher; aber es schleicht auch so viel fremdes Gesindel umher."

Das machte doch einen Eindruck auf Effi, die an Gefahr nie gedacht hatte, und als sie mit Roswitha allein war, sagte sie: „Dich kann ich nicht gut mitnehmen, Roswitha; du bist zu dick und nicht mehr fest auf den Füßen."

„Nu, gnäd'ge Frau, so schlimm ist es doch noch nicht. Ich könnte ja doch noch heiraten."

„Natürlich", lachte Effi. „Das kann man immer noch. Aber weißt du, Roswitha, wenn ich einen Hund hätte, der mich begleitete. Papas Jagdhund hat gar kein Attachement für mich, Jagdhunde sind so dumm, und er rührt sich immer erst, wenn der Jäger oder der Gärtner die Flinte vom Riegel nimmt. Ich muß jetzt oft an Rollo denken."

„Ja", sagte Roswitha, „so was wie Rollo haben sie hier gar nicht. Aber damit will ich nichts gegen ‚hier' gesagt haben. Hohen-Cremmen ist sehr gut."

Es war drei, vier Tage nach diesem Gespräche zwischen Effi und Roswitha, daß Innstetten um eine Stunde früher in sein Arbeitszimmer trat als gewöhnlich. Die Morgensonne, die sehr hell schien, hatte ihn geweckt, und weil er fühlen mochte, daß er nicht wieder einschlafen würde, war er aufgestanden, um sich an eine Arbeit zu machen, die schon seit geraumer Zeit der Erledigung harrte.

Nun war es eine Viertelstunde nach acht, und er klingelte. Johanna brachte das Frühstückstablett, auf dem, neben der „Kreuzzeitung" und der „Norddeutschen Allgemeinen", auch noch zwei Briefe lagen. Er überflog die Adressen und erkannte an der Handschrift, daß der eine vom Minister war. Aber der andere? Der Poststempel war nicht deutlich zu lesen, und das „Sr. Wohlgeboren Herrn Baron von Innstetten" bezeugte eine glückliche Unvertrautheit mit den landesüblichen Titulaturen. Dem entsprachen auch die Schriftzüge von sehr primitivem Charakter. Aber die Wohnungsangabe war wieder merkwürdig genau: „W. Keithstraße 1c, zwei Treppen hoch."

Innstetten war Beamter genug, um den Brief von „Exzellenz" zuerst zu erbrechen. „Mein lieber Innstetten! Ich freue mich, Ihnen mitteilen zu können, daß Seine Majestät Ihre Ernennung zu unterzeichnen geruht haben und gratuliere Ihnen aufrichtig dazu." Innstetten war erfreut über die liebenswürdigen Zeilen des Ministers, fast mehr als über die Ernennung selbst. Denn was das Höher-Hinaufklimmen auf der Leiter anging, so war er seit dem Morgen in Kessin, wo Crampas mit einem Blick, den er immer vor Augen hatte, Abschied von ihm genommen, etwas kritisch gegen derlei Dinge geworden. Er maß seitdem mit anderem Maße, sah alles anders an. Auszeichnung, was war das am Ende? Mehr als einmal hatte er, während der ihm immer freudloser dahinfließenden Tage, einer halb vergessenen Ministerialanekdote aus den Zeiten des älteren Ladenberg her, gedenken müssen, der, als er nach langem Warten den Roten Adlerorden empfing, ihn wütend und mit dem Ausrufe beiseite warf: „Da liege, bis du *schwarz* wirst." Wahrscheinlich war er dann hinterher auch „schwarz" geworden, aber um viele Tage zu spät und sicherlich ohne rechte Befriedigung für den Empfänger. Alles, was uns Freude machen soll, ist an Zeit und Umstände gebunden, und was uns heute noch beglückt, ist morgen wertlos. Innstetten empfand das tief, und so gewiß ihm an Ehren und Gunstbezeugungen von oberster Stelle her lag, wenigstens gelegen *hatte*, so gewiß stand ihm jetzt fest, es käme bei dem glänzenden Schein der Dinge nicht viel heraus, und das, was man „das Glück" nenne, wenn's überhaupt existiere, sei was anderes als dieser Schein. „Das Glück, wenn mir recht ist, liegt in zweierlei: darin, daß man ganz da steht, wo man hingehört (aber welcher Beamte kann das von sich sagen), und zum zweiten und besten in einem behaglichen Abwickeln des ganz Alltäglichen, also darin, daß man ausgeschlafen hat und daß einen die neuen Stiefel nicht drücken. Wenn einem die 720 Minuten eines zwölfstündigen Tages ohne besonderen Ärger vergehen, so läßt sich von einem glücklichen Tage sprechen." In einer Stimmung, die derlei schmerzlichen Betrachtungen nachhing, war

Innstetten auch heute wieder. Er nahm nun den zweiten Brief. Als er ihn gelesen, fuhr er über seine Stirn und empfand schmerzlich, *daß* es ein Glück gebe, daß er es gehabt, aber daß er es nicht mehr habe und nicht mehr haben könne.

Johanna trat ein und meldete: „Geheimrat Wüllersdorf."

Dieser stand schon auf der Türschwelle. „Gratuliere, Innstetten."

„Ihnen glaub ich's; die anderen werden sich ärgern. Im übrigen ..."

„Im übrigen. Sie werden doch in diesem Augenblicke nicht kritteln wollen."

„Nein. Die Gnade Seiner Majestät beschämt mich, und die wohlwollende Gesinnung des Ministers, dem ich das alles verdanke, fast noch mehr."

„Aber ..."

„Aber ich habe mich zu freuen verlernt. Wenn ich es einem anderen als Ihnen sagte, so würde solche Rede für redensartlich gelten. Sie aber, Sie finden sich darin zurecht. Sehen Sie sich hier um; wie leer und öde ist das alles. Wenn die Johanna eintritt, ein sogenanntes Juwel, so wird mir angst und bange. Dieses Sich-in-Szene-setzen" (und Innstetten ahmte Johannas Haltung nach), „diese halb komische Büstenplastik, die wie mit einem Spezialanspruch auftritt, ich weiß nicht, ob an die Menschheit oder an mich – ich finde das alles so trist und elend, und es wäre zum Totschießen, wenn es nicht so lächerlich wäre."

„Lieber Innstetten, in dieser Stimmung wollen Sie Ministerialdirektor werden?"

„Ah, bah. Kann es anders sein? Lesen Sie; diese Zeilen habe ich eben bekommen."

Wüllersdorf nahm den zweiten Brief mit dem unleserlichen Poststempel, amüsierte sich über das „Wohlgeboren" und trat dann ans Fenster, um bequemer lesen zu können.

„Gnäd'ger Herr! Sie werden sich wohl am Ende wundern, daß ich Ihnen schreibe, aber es ist wegen Rollo. Anniechen hat uns schon voriges Jahr gesagt: Rollo wäre jetzt so faul; aber das tut hier nichts, er kann hier so faul sein wie er will, je fauler je besser. Und die gnäd'ge Frau möchte es doch so gern. Sie sagt immer, wenn sie ins Luch oder über Feld geht: ‚Ich fürchte mich eigentlich, Roswitha, weil ich da so allein bin; aber wer soll mich begleiten? Rollo, ja, das ginge; der ist mir auch nicht gram. Das ist der Vorteil, daß sich die Tiere nicht so drum kümmern.' Das sind die Worte der gnäd'gen Frau, und weiter will ich nichts sagen, und den gnäd'gen Herrn bloß noch bitten, mein Anniechen zu grüßen. Und auch die Johanna. Von Ihrer treu ergebensten Dienerin Roswitha Gellenhagen."

„Ja", sagte Wüllersdorf, als er das Papier wieder zusammenfaltete, „die ist uns über."

„Finde ich auch."

„Und das ist auch der Grund, daß Ihnen alles andere so fraglich erscheint."

„Sie treffen's. Es geht mir schon lange durch den Kopf, und diese schlichten Worte mit ihrer gewollten oder vielleicht auch nicht gewollten Anklage haben mich wieder vollends aus dem Häuschen gebracht. Es quält mich seit Jahr und Tag schon, und ich möchte aus dieser ganzen Geschichte heraus; nichts gefällt mir mehr; je mehr man mich auszeichnet, je mehr fühle ich, daß dies alles nichts ist. Mein Leben ist verpfuscht, und so hab ich mir im stillen ausgedacht, ich müßte mit all den Strebungen und Eitelkeiten überhaupt nichts mehr zu tun haben, und mein Schulmeistertum, was ja wohl mein Eigentlichstes ist, als ein höherer Sittendirektor verwenden können. Es hat ja dergleichen gegeben. Ich müßte also, wenn's ginge, solche schrecklich berühmte Figur werden, wie beispielsweise der Doktor Wichern im Rauhen Hause zu Hamburg gewesen ist, dieser Mirakelmensch, der alle Verbrecher mit seinem Blick und seiner Frömmigkeit bändigte ..."

„Hm, dagegen ist nichts zu sagen; das würde gehen."

„Nein, es geht auch nicht. Auch *das* nicht mal. Mir ist eben alles verschlossen. Wie soll ich einen Totschläger an seiner Seele packen? Dazu muß man selber intakt sein. Und wenn man's nicht mehr ist und selber so was an den Fingerspitzen hat, dann muß man wenigstens vor seinen zu bekehrenden Konfratres den wahnsinnigen Büßer spielen und eine Riesenzerknirschung zum besten geben können."

Wüllersdorf nickte.

„... Nun sehen Sie, Sie nicken. Aber das alles kann ich nicht mehr. Den Mann im Büßerhemd bring ich nicht mehr heraus, und den Derwisch oder Fakir, der unter Selbstanklagen sich zu Tode tanzt, erst recht nicht. Und da hab ich mir denn, weil das alles nicht geht, als ein Bestes herausgeklügelt: weg von hier, weg und hin unter lauter pechschwarze Kerle, die von Kultur und Ehre nichts wissen. Diese Glücklichen! Denn gerade *das*, dieser ganze Krimskrams ist doch an allem schuld. Aus Passion, was am Ende gehen möchte, tut man dergleichen nicht. Also bloßen Vorstellungen zuliebe ... Vorstellungen! ... Und da klappt denn einer zusammen, und man klappt selber nach. Bloß noch schlimmer."

„Ach was, Innstetten, das sind Launen, Einfälle. Quer durch Afrika, was soll das heißen? Das ist für 'nen Leutnant, der Schulden hat. Aber ein Mann wie Sie! Wollen Sie mit einem roten Fez einem Palaver präsidieren oder mit einem Schwiegersohn von König Mtesa Blutfreundschaft schließen? Oder wollen Sie sich in einem Tropenhelm, mit sechs Löchern oben, am Kongo entlangtasten, bis Sie bei Kamerun oder daherum wieder herauskommen? Unmöglich!"

„Unmöglich? Warum? Und *wenn* unmöglich, was dann?"

„Einfach hierbleiben und Resignation üben. Wer ist denn unbedrückt? Wer sagte nicht jeden Tag: ‚eigentlich eine sehr fragwürdige Geschichte.' Sie wissen, ich habe auch mein Päckchen zu tragen, nicht gerade das Ihrige, aber nicht viel leichter. Es ist Torheit mit dem Im-Urwald-Umherkriechen oder In-einem-Termitenhügel-Nächtigen; wer's mag, der mag es, aber für unserein ist es nichts. In der Bresche stehen und aushalten, bis man fällt, das ist das beste. Vorher aber im kleinen und kleinsten so viel herausschlagen wie möglich, und ein Auge dafür haben, wenn die Veilchen blühen oder das Luisendenkmal in Blumen steht oder die kleinen Mädchen mit hohen Schnürstiefeln über die Korde springen. Oder auch wohl nach Potsdam fahren und in die Friedenskirche gehen, wo Kaiser Friedrich liegt, und wo sie jetzt eben anfangen, ihm ein Grabhaus zu bauen. Und wenn Sie da stehen, dann überlegen Sie sich das Leben von *dem*, und wenn Sie dann nicht beruhigt sind, dann ist Ihnen freilich nicht zu helfen."

„Gut, gut. Aber das Jahr ist lang, und jeder einzelne Tag ... und dann der Abend."

„Mit dem ist immer noch am ehesten fertig zu werden. Da haben wir ‚Sardanapal' oder ‚Coppelia' mit der del Era, und wenn es damit aus ist, dann haben wir Siechen. Nicht zu verachten. Drei Seidel beruhigen jedesmal. Es gibt immer noch viele, sehr viele, die zu der ganzen Sache nicht anders stehen wie wir, und einer, dem auch viel verquer gegangen war, sagte mir mal: ‚Glauben Sie mir, Wüllersdorf, es geht überhaupt nicht ohne ›Hülfskonstruktionen‹.' Der das sagte, war ein Baumeister und mußt es also wissen. Und er hatte recht mit seinem Satz. Es vergeht kein Tag, der mich nicht an die ‚Hülfskonstruktionen' gemahnte."

Wüllersdorf, als er sich so expektoriert, nahm Hut und Stock. Innstetten aber, der sich bei diesen Worten seines Freundes seiner eigenen voraufgegangenen Betrachtungen über das „kleine Glück" erinnert haben mochte, nickte halb zustimmend und lächelte vor sich hin.

„Und wohin gehen Sie nun, Wüllersdorf? Es ist noch zu früh für das Ministerium."

„Ich schenk es mir heute ganz. Erst noch eine Stunde Spaziergang am Kanal hin bis an die Charlottenburger Schleuse und dann wieder zurück. Und dann ein kleines Vorsprechen bei Huth, Potsdamer Straße, die kleine Holztreppe vorsichtig hinauf. Unten ist ein Blumenladen."

„Und das freut Sie? Das genügt Ihnen?"

„Das will ich nicht gerade sagen. Aber es hilft ein bißchen. Ich finde da verschiedene Stammgäste, Frühschoppler, deren Namen ich klüglich verschweige. Der eine erzählt dann vom Herzog von Ratibor, der andere vom Fürstbischof Kopp und der dritte wohl gar von Bismarck. Ein bißchen fällt immer ab. Dreiviertel stimmt nicht, aber wenn es nur witzig ist, krittelt man nicht lange dran herum und hört dankbar zu."

Und damit ging er.

Sechsunddreissigstes Kapitel

Der Mai war schön, der Juni noch schöner, und Effi, nachdem ein erstes schmerzliches Gefühl, das Rollos Eintreffen in ihr geweckt hatte, glücklich überwunden war, war voll Freude, das treue Tier wieder um sich zu haben. Roswitha wurde belobt, und der alte Briest erging sich, seiner Frau gegenüber, in Worten der Anerkennung für Innstetten, der ein Kavalier sei, nicht kleinlich, und immer das Herz auf dem rechten Fleck gehabt habe. „Schade, daß die dumme Geschichte dazwischenfahren mußte. Eigentlich war es doch ein Musterpaar." Der einzige, der bei dem Wiedersehen ruhig blieb, war Rollo selbst, weil er entweder kein Organ für Zeitmaß hatte oder die Trennung als eine Unordnung ansah, die nun einfach wieder behoben sei. Daß er alt geworden, wirkte wohl auch mit dabei. Mit seinen Zärtlichkeiten blieb er sparsam, wie er beim Wiedersehen sparsam mit seinen Freudenbezeugungen gewesen war, aber in seiner Treue war er womöglich noch gewachsen. Er wich seiner Herrin nicht von der Seite. Den Jagdhund behandelte er wohlwollend, aber doch als ein Wesen auf niederer Stufe. Nachts lag er vor Effis Tür auf der Binsenmatte, morgens, wenn das Frühstück im Freien genommen wurde, neben der Sonnenuhr, immer ruhig, immer schläfrig, und nur wenn sich Effi vom Frühstückstisch erhob und auf den Flur zuschritt und hier erst den Strohhut und dann den Sonnenschirm vom Ständer nahm, kam ihm seine Jugend wieder, und ohne sich darum zu kümmern, ob seine Kraft auf eine große oder kleine Probe gestellt werden würde, jagte er die Dorfstraße hinauf und wieder herunter und beruhigte sich erst, wenn sie zwischen den ersten Feldern waren. Effi, der freie Luft noch mehr galt, als landschaftliche Schönheit, vermied die kleinen Waldpartieen und hielt meist die große, zunächst von uralten Rüstern und dann, wo die Chaussee begann, von Pappeln besetzte große Straße, die nach der Bahnhofsstation führte, wohl eine Stunde Wegs. An allem freute sie sich, atmete beglückt den Duft ein, der von den Raps- und Kleefeldern herüberkam, oder folgte dem Aufsteigen der Lerchen und zählte die Ziehbrunnen und Tröge, daran das Vieh zur Tränke ging. Dabei klang ein leises Läuten zu ihr herüber. Und dann war ihr zu Sinn, als müsse sie die Augen schließen und in einem süßen Vergessen hinübergehen. In Nähe der Station, hart an der Chaussee, lag eine Chausseewalze. Das war ihr täglicher Rasteplatz, von dem aus sie das Treiben auf dem Bahndamm verfolgen konnte; Züge kamen und gingen, und mitunter sah sie zwei Rauchfahnen, die sich einen Augenblick wie deckten und dann nach links und rechts hin wieder auseinandergingen, bis sie hinter Dorf und Wäldchen verschwanden. Rollo saß dann neben ihr, an ihrem Frühstück teilnehmend, und wenn er den letzten Bissen aufgefangen hatte, fuhr er, wohl um sich dankbar zu bezeigen, irgendeine Ackerfurche wie ein Rasender hinauf und hielt nur inne, wenn ein paar beim Brüten gestörte Rebhühner dicht neben ihm aus einer Nachbarfurche aufflogen.

„Wie schön dieser Sommer! Daß ich noch so glücklich sein könnte, liebe Mama, vor einem Jahre hätte ich's nicht gedacht" – das sagte Effi jeden Tag, wenn sie mit der Mama um den Teich schritt oder einen Frühapfel vom Zweig brach und tapfer einbiß. Denn sie hatte die schönsten Zähne. Frau von Briest streichelte ihr dann die Hand und sagte: „Werde nur erst wieder gesund, Effi, ganz gesund; das Glück findet sich dann; nicht das alte, aber ein neues. Es gibt Gott sei Dank viele Arten von Glück. Und du sollst sehen, wir werden schon etwas finden für dich."

„Ihr seid so gut. Und eigentlich hab ich doch auch euer Leben geändert und euch vor der Zeit zu alten Leuten gemacht."

„Ach, meine liebe Effi, davon sprich nicht. Als es kam, da dacht ich ebenso. Jetzt weiß ich, daß unsere Stille besser ist als der Lärm und das laute Getriebe von vordem. Und wenn du so fortfährst, können wir noch reisen. Als Wiesike Mentone vorschlug, da warst du krank und reizbar und hattest, weil du krank warst, ganz recht mit dem, was du von den Schaffnern und Kellnern sagtest; aber wenn du wieder festere Nerven hast, dann geht es, dann ärgert man sich nicht mehr, dann lacht man über die großen Allüren und das gekräuselte Haar. Und dann das blaue Meer und weiße Segel und die Felsen ganz mit rotem Kaktus überwachsen – ich habe es noch nicht gesehen, aber ich denke es mir so. Und ich möchte es wohl kennenlernen."

So verging der Sommer, und die Sternschnuppennächte lagen schon zurück. Effi hatte während dieser Nächte bis über Mitternacht hinaus am Fenster gesessen und sich nicht müde sehen können. „Ich war immer eine schwache Christin; aber ob wir doch vielleicht von da oben stammen und, wenn es hier vorbei ist, in unsere himmlische Heimat zurückkehren, zu den Sternen oben oder noch drüber hinaus! Ich weiß es nicht, ich will es auch nicht wissen, ich habe nur die Sehnsucht."

Arme Effi, du hattest zu den Himmelwundern zu lange hinaufgesehen und darüber nachgedacht, und das Ende war, daß die Nachtluft und die Nebel, die vom Teich her aufstiegen, sie wieder aufs Krankenbett warfen, und als Wiesike gerufen wurde und sie gesehen hatte, nahm er Briest beiseite und sagte: „Wird nichts mehr; machen Sie sich auf ein baldiges Ende gefaßt."

Er hatte nur zu wahr gesprochen, und wenige Tage danach, es war noch nicht spät und die zehnte Stunde noch nicht heran, da kam Roswitha nach unten und sagte zu Frau von Briest: „Gnädigste Frau, mit der gnädigen Frau oben ist es schlimm; sie spricht immer so still vor sich hin, und mitunter ist es, als ob sie bete, sie will es aber nicht wahrhaben, und ich weiß nicht, mir ist, als ob es jede Stunde vorbeisein könnte."

„Will sie mich sprechen?"

„Sie hat es nicht gesagt. Aber ich glaube, sie möchte es. Sie wissen ja, wie sie ist; sie will Sie nicht stören und ängstlich machen. Aber es wäre doch wohl gut."

„Es ist gut, Roswitha", sagte Frau von Briest, „ich werde kommen."

Und ehe die Uhr noch einsetzte, stieg Frau von Briest die Treppe hinauf und trat bei Effi ein. Das Fenster stand auf, und sie lag auf einer Chaiselongue, die neben dem Fenster stand.

Frau von Briest schob einen kleinen schwarzen Stuhl mit drei goldenen Stäbchen in der Ebenholzlehne heran, nahm Effis Hand und sagte:

„Wie geht es dir, Effi? Roswitha sagt, du seiest so fiebrig."

„Ach, Roswitha nimmt alles so ängstlich. Ich sah ihr an, sie glaubt, ich sterbe. Nun, ich weiß nicht. Aber sie denkt, es soll es jeder so ängstlich nehmen wie sie selbst."

„Bist du so ruhig über Sterben, liebe Effi?"

„Ganz ruhig, Mama."

„Täuschst du dich darin nicht? Alles hängt am Leben und die Jugend erst recht. Und du bist noch so jung, liebe Effi."

Effi schwieg eine Weile. Dann sagte sie: „Du weißt, ich habe nicht viel gelesen, und Innstetten wunderte sich oft darüber, und es war ihm nicht recht."

Es war das erstemal, daß sie Innstettens Namen nannte, was einen großen Eindruck auf die Mama machte und dieser klar zeigte, daß es zu Ende sei.

„Aber ich glaube", nahm Frau von Briest das Wort, „du wolltest mir was erzählen."

„Ja, das wollte ich, weil du davon sprachst, ich sei noch so jung. Freilich bin ich noch jung. Aber das schadet nichts. Es war noch in glücklichen Tagen, da las mir Innstetten abends vor; er hatte sehr gute Bücher, und in einem hieß es: es sei wer von einer fröhlichen Tafel abgerufen worden, und am anderen Tage habe der Abgerufene gefragt, wie's denn nachher gewesen sei. Da habe man ihm geantwortet: ‚Ach, es war noch allerlei; aber eigentlich haben Sie nichts versäumt.' Sieh, Mama, diese Worte haben sich mir eingeprägt – es hat nicht viel zu bedeuten, wenn man von der Tafel etwas früher abgerufen wird."

Frau von Briest schwieg. Effi aber schob sich etwas höher hinauf und sagte dann: „Und da ich nun mal von alten Zeiten und auch von Innstetten gesprochen habe, muß ich dir doch noch etwas sagen, liebe Mama."

„Du regst dich auf, Effi."

„Nein, nein; etwas von der Seele heruntersprechen, das regt mich nicht auf, das macht still. Und da wollt ich dir denn sagen: ich sterbe mit Gott und Menschen versöhnt, auch versöhnt mit *ihm*."

„Warst du denn in deiner Seele in so großer Bitterkeit mit

ihm? Eigentlich, verzeihe mir, meine liebe Effi, daß ich das jetzt noch sage, eigentlich hast du doch euer Leid heraufbeschworen."

Effi nickte. „Ja, Mama. Und traurig, daß es so ist. Aber als dann all das Schreckliche kam, und zuletzt das mit Annie, du weißt schon, da hab ich doch, wenn ich das lächerliche Wort gebrauchen darf, den Spieß umgekehrt und habe mich ganz ernsthaft in den Gedanken hineingelebt, er sei schuld, weil er nüchtern und berechnend gewesen sei und zuletzt auch noch grausam. Und da sind Verwünschungen gegen ihn über meine Lippen gekommen."

„Und das bedrückt dich jetzt?"

„Ja. Und es liegt mir daran, daß er erfährt, wie mir hier in meinen Krankheitstagen, die doch fast meine schönsten gewesen sind, wie mir hier klargeworden, daß er in allem recht gehandelt. In der Geschichte mit dem armen Crampas – ja, was sollt er am Ende anders tun? Und dann, womit er mich am tiefsten verletzte, daß er mein eigen Kind in einer Art Abwehr gegen mich erzogen hat, so hart es mir ankommt und so weh es mir tut, er hat auch darin recht gehabt. Laß ihn das wissen, daß ich in dieser Überzeugung gestorben bin. Es wird ihn trösten, aufrichten, vielleicht versöhnen. Denn er hatte viel Gutes in seiner Natur und war so edel, wie jemand sein kann, der ohne rechte Liebe ist."

Frau von Briest sah, daß Effi erschöpft war und zu schlafen schien oder schlafen wollte. Sie erhob sich leise von ihrem Platz und ging. Indessen kaum, daß sie fort war, erhob sich auch Effi und setzte sich an das offene Fenster, um noch einmal die kühle Nachtluft einzusaugen. Die Sterne flimmerten, und im Parke regte sich kein Blatt. Aber je länger sie hinaushorchte, je deutlicher hörte sie wieder, daß es wie ein feines Rieseln auf die Platanen niederfiel. Ein Gefühl der Befreiung überkam sie. „Ruhe, Ruhe."

Es war einen Monat später, und der September ging auf die Neige. Das Wetter war schön, aber das Laub im Parke zeigte schon viel Rot und Gelb, und seit den Äquinoktien, die drei Sturmtage gebracht hatten, lagen die Blätter überall hin ausgestreut. Auf dem Rondell hatte sich eine kleine Veränderung vollzogen, die Sonnenuhr war fort, und an der Stelle, wo sie gestanden hatte, lag seit gestern eine weiße Marmorplatte, darauf stand nichts als „Effi Briest" und darunter ein Kreuz. Das war Effis letzte Bitte gewesen: „Ich möchte auf meinem Stein meinen alten Namen wieder haben; ich habe dem andern keine Ehre gemacht." Und es war ihr versprochen worden.

Ja, gestern war die Marmorplatte gekommen und aufgelegt worden, und angesichts der Stelle saßen nun wieder Briest und Frau und sahen darauf hin und auf den Heliotrop, den man geschont, und der den Stein jetzt einrahmte. Rollo lag daneben, den Kopf in die Pfoten gesteckt.

Wilke, dessen Gamaschen immer weiter wurden, brachte das Frühstück, und die Post, und der alte Briest sagte: „Wilke, bestelle den kleinen Wagen. Ich will mit der Frau über Land fahren."

Frau von Briest hatte mittlerweile den Kaffee eingeschenkt und sah nach dem Rondell und seinem Blumenbeete. „Sieh, Briest, Rollo liegt wieder vor dem Stein. Es ist ihm doch noch tiefer gegangen als uns. Er frißt auch nicht mehr."

„Ja, Luise, die Kreatur. Das ist ja, was ich immer sage. Es ist nicht so viel mit uns, wie wir glauben. Da reden wir immer von Instinkt. Am Ende ist es doch das Beste."

„Sprich nicht so. Wenn du so philosophierst ... nimm es mir nicht übel, Briest, dazu reicht es bei dir nicht aus. Du hast deinen guten Verstand, aber du kannst doch nicht an solche Fragen ..."

„Eigentlich nicht."

„Und wenn denn schon überhaupt Fragen gestellt werden sollen, da gibt es ganz andere, Briest, und ich kann dir sagen, es vergeht kein Tag, seit das arme Kind da liegt, wo mir solche Fragen nicht gekommen wären ..."

„Welche Fragen?"

„Ob *wir* nicht doch vielleicht schuld sind?"

„Unsinn, Luise. Wie meinst du das?"

„Ob wir sie nicht anders in Zucht hätten nehmen müssen. Gerade wir. Denn Niemeyer ist doch eigentlich eine Null, weil er alles in Zweifel läßt. Und dann, Briest, so leid es mir tut ... deine beständigen Zweideutigkeiten ... und zuletzt, womit ich mich selbst anklage, denn ich will nicht schuldlos ausgehen in dieser Sache, ob sie nicht doch vielleicht zu jung war?"

Rollo, der bei diesen Worten aufwachte, schüttelte den Kopf langsam hin und her, und Briest sagte ruhig: „Ach, Luise, laß .. das ist ein *zu* weites Feld."

DER STECHLIN

SCHLOSS STECHLIN

Erstes Kapitel

Im Norden der Grafschaft Ruppin, hart an der mecklenburgischen Grenze, zieht sich von dem Städtchen Gransee bis nach Rheinsberg hin (und noch darüber hinaus) eine mehrere Meilen lange Seenkette durch eine menschenarme, nur hie und da mit ein paar alten Dörfern, sonst aber ausschließlich mit Förstereien, Glas- und Teeröfen besetzte Waldung. Einer der Seen, die diese Seenkette bilden, heißt „der *Stechlin*". Zwischen flachen, nur an einer einzigen Stelle steil und kaiartig ansteigenden Ufern liegt er da, rundum von alten Buchen eingefaßt, deren Zweige, von ihrer eignen Schwere nach unten gezogen, den See mit ihrer Spitze berühren. Hie und da wächst ein weniges von Schilf und Binsen auf, aber kein Kahn zieht seine Furchen, kein Vogel singt, und nur selten, daß ein Habicht drüber hinfliegt und seinen Schatten auf die Spiegelfläche wirft. Alles still hier. Und doch, von Zeit zu Zeit wird es an ebendieser Stelle lebendig. Das ist, wenn es weit draußen in der Welt, sei's auf Island, sei's auf Java, zu rollen und zu grollen beginnt oder gar der Aschenregen der hawaiischen Vulkane bis weit auf die Südsee hinausgetrieben wird. Dann regt sich's auch *hier*, und ein Wasserstrahl springt auf und sinkt wieder in die Tiefe. Das wissen alle, die den Stechlin umwohnen, und wenn sie davon sprechen, so setzen sie wohl auch hinzu: „Das mit dem Wasserstrahl, das ist nur das Kleine, das beinah Alltägliche; wenn's aber draußen was Großes gibt, wie vor hundert Jahren in Lissabon, dann brodelt's hier nicht bloß und sprudelt und strudelt, dann steigt statt des Wasserstrahls ein roter Hahn auf und kräht laut in die Lande hinein."

Das ist der Stechlin, der *See* Stechlin.

Aber nicht nur der See führt diesen Namen, auch der Wald, der ihn umschließt. Und Stechlin heißt ebenso das langgestreckte Dorf, das sich, den Windungen des Sees folgend, um seine Südspitze herumzieht. Etwa hundert Häuser und Hütten bilden hier eine lange, schmale Gasse, die sich nur da, wo eine von

Kloster Wutz her heranführende Kastanienallee die Gasse durchschneidet, platzartig erweitert. An ebendieser Stelle findet sich denn auch die ganze Herrlichkeit von Dorf Stechlin zusammen; das Pfarrhaus, die Schule, das Schulzenamt, der Krug, dieser letztere zugleich ein Eck- und Kramladen mit einem kleinen Mohren und einer Girlande von Schwefelfäden in seinem Schaufenster. Dieser Ecke schräg gegenüber, unmittelbar hinter dem Pfarrhause, steigt der Kirchhof lehnan, auf ihm, so ziemlich in seiner Mitte, die frühmittelalterliche Feldsteinkirche mit einem aus dem vorigen Jahrhundert stammenden Dachreiter und einem zur Seite des alten Rundbogenportals angebrachten Holzarm, dran eine Glocke hängt. Neben diesem Kirchhof samt Kirche setzt sich dann die von Kloster Wutz her heranführende Kastanienallee noch eine kleine Strecke weiter fort, bis sie vor einer über einen sumpfigen Graben sich hinziehenden und von zwei riesigen Findlingsblöcken flankierten Bohlenbrücke haltmacht. Diese Brücke ist sehr primitiv. Jenseits derselben aber steigt das Herrenhaus auf, ein gelbgetünchter Bau mit hohem Dach und zwei Blitzableitern.

Auch dieses Herrenhaus heißt Stechlin, *Schloß* Stechlin.

Etliche hundert Jahre zurück stand hier ein wirkliches Schloß, ein Backsteinbau mit dicken Rundtürmen, aus welcher Zeit her auch noch der Graben stammt, der die von ihm durchschnittene, sich in den See hineinerstreckende Landzunge zu einer kleinen Insel machte. Das ging so bis in die Tage der Reformation. Während der Schwedenzeit aber wurde das alte Schloß niedergelegt, und man schien es seinem gänzlichen Verfall überlassen, auch nichts an seine Stelle setzen zu wollen, bis kurz nach dem Regierungsantritt Friedrich Wilhelms I. die ganze Trümmermasse beiseite geschafft und ein Neubau beliebt wurde. Dieser Neubau war das Haus, das jetzt noch stand. Es hatte denselben nüchternen Charakter wie fast alles, was unter dem Soldatenkönig entstand, und war nichts weiter als ein einfaches Corps de logis, dessen zwei vorspringende, bis dicht an den Graben reichende Seitenflügel ein Hufeisen und innerhalb desselben einen kahlen Vorhof bildeten, auf dem, als einziges Schmuckstück, eine große blanke Glaskugel sich präsentierte. Sonst sah man nichts als eine vor dem Hause sich hinziehende Rampe, von deren dem Hofe zugekehrter Vorderwand der Kalk schon wieder abfiel. Gleichzeitig war aber doch ein Bestreben unverkennbar, gerade diese Rampe zu was Besonderem zu machen, und zwar mit Hilfe mehrerer Kübel mit exotischen Blattpflanzen, darunter zwei Aloes, von denen die eine noch gut imstande, die andre dagegen krank war. Aber gerade diese kranke war der Liebling des Schloßherrn, weil sie jeden Sommer in einer ihr freilich nicht zukommenden Blüte stand. Und das hing so zusammen. Aus dem sumpfigen Schloßgraben hatte der Wind vor langer Zeit ein fremdes Samenkorn in den Kübel der kranken Aloe geweht, und alljährlich schossen infolge davon aus der Mitte der schon angegelbten Aloeblätter die weiß und roten Dolden des Wasserliesch oder des Butomus umbellatus auf. Jeder Fremde der kam, wenn er nicht zufällig ein Kenner war, nahm diese Dolden für richtige Aloeblüten, und der Schloßherr hütete sich wohl, diesen Glauben, der eine Quelle der Erheiterung für ihn war, zu zerstören.

Und wie denn alles hierherum den Namen Stechlin führte, so natürlich auch der Schloßherr selbst. Auch er war ein Stechlin.

Dubslav von Stechlin, Major a. D. und schon ein gut Stück über Sechzig hinaus, war der Typus eines Märkischen von Adel, aber von der milderen Observanz, eines jener erquicklichen Originale, bei denen sich selbst die Schwächen in Vorzüge verwandeln. Er hatte noch ganz das eigentümlich sympathisch berührende Selbstgefühl all derer, die „schon vor den Hohenzollern da waren", aber er hegte dieses Selbstgefühl nur ganz im stillen, und wenn es dennoch zum Ausdruck kam, so kleidete sich's in Humor, auch wohl in Selbstironie, weil er seinem ganzen Wesen nach überhaupt hinter alles ein Fragezeichen machte. Sein schönster Zug war eine tiefe, so recht aus dem Herzen kommende Humanität, und Dünkel und Überheblichkeit (während er sonst eine Neigung hatte, fünf gerade sein zu lassen) waren so ziemlich die einzigen Dinge, die ihn empörten. Er hörte gern eine freie Meinung, je drastischer und extremer, desto besser. Daß sich diese Meinung mit der seinigen deckte, lag ihm fern zu wünschen. Beinah das Gegenteil. Paradoxen waren seine Passion. „Ich bin nicht klug genug, selber welche zu machen, aber ich freue mich, wenn's andre tun; es ist doch immer was drin. Unanfechtbare Wahrheiten gibt es überhaupt nicht, und wenn es welche gibt, so sind sie langweilig." Er ließ sich gern was vorplaudern und plauderte selber gern.

Des alten Schloßherrn Lebensgang war märkisch-herkömmlich gewesen. Von jung an lieber im Sattel als bei den Büchern, war er erst nach zweimaliger Scheiterung siegreich durch das Fähnrichsexamen gesteuert und gleich darnach bei den brandenburgischen Kürassieren eingetreten, bei denen selbstverständlich auch schon sein Vater gestanden hatte. Dieser sein Eintritt ins Regiment fiel so ziemlich mit dem Regierungsantritt Friedrich Wilhelms IV. zusammen, und wenn er dessen erwähnte, so hob er, sich selbst persiflierend, gerne hervor, „daß alles Große seine Begleiterscheinungen habe“. Seine Jahre bei den Kürassieren waren im wesentlichen Friedensjahre gewesen; nur anno vierundsechzig war er mit in Schleswig, aber auch hier, ohne „zur Aktion“ zu kommen. „Es kommt für einen Märkischen nur darauf an, überhaupt mit dabeigewesen zu sein; das andre steht in Gottes Hand.“ Und er schmunzelte, wenn er dergleichen sagte, seine Hörer jedesmal in Zweifel darüber lassend, ob er's ernsthaft oder scherzhaft gemeint habe. Wenig mehr als ein Jahr vor Ausbruch des vierundsechziger Kriegs war ihm ein Sohn geboren worden, und kaum wieder in seine Garnison Brandenburg eingerückt, nahm er den Abschied, um sich auf sein seit dem Tode des Vaters halb verödetes Schloß Stechlin zurückzuziehen. Hier warteten seiner glückliche Tage, seine glücklichsten, aber sie waren von kurzer Dauer – schon das Jahr darauf starb ihm die Frau. Sich eine neue zu nehmen, widerstand ihm, halb aus Ordnungssinn und halb aus ästhetischer Rücksicht. „Wir glauben doch alle mehr oder weniger an eine Auferstehung“ (das heißt, er persönlich glaubte eigentlich nicht daran), „und wenn ich dann oben ankomme mit einer rechts und einer links, so is das doch immer eine genierliche Sache.“ Diese Worte – wie denn der Eltern Tun nur allzu häufig der Mißbilligung der Kinder begegnet – richteten sich in Wirklichkeit gegen seinen dreimal verheiratet gewesenen Vater, an dem er überhaupt allerlei Großes und Kleines auszusetzen hatte, so beispielsweise auch, daß man ihm, dem Sohne, den pommerschen Namen „Dubslav“ beigelegt hatte. „Gewiß, meine Mutter war eine Pommersche, noch dazu von der Insel Usedom, und ihr Bruder, nun ja, der hieß Dubslav. Und so war denn gegen den Namen schon um des Onkels willen nicht viel einzuwenden, und um so weniger, als er ein Erbonkel war. (Daß er mich schließlich schändlich im Stich gelassen, ist eine Sache für sich.) Aber trotzdem bleib ich dabei, solche Namensmanscherei verwirrt bloß. Was ein Märkischer ist, der muß Joachim heißen oder Woldemar. Bleib im Lande und taufe dich redlich. Wer aus Friesack is, darf nicht Raoul heißen.“

Dubslav von Stechlin blieb also Witwer. Das ging nun schon an die dreißig Jahre. Anfangs war's ihm schwer geworden, aber jetzt lag alles hinter ihm, und er lebte „comme philosophe“ nach dem Wort und Vorbild des großen Königs, zu dem er jederzeit bewundernd aufblickte. Das war sein Mann, mehr als irgendwer, der sich seitdem einen Namen gemacht hatte. Das zeigte sich jedesmal, wenn ihm gesagt wurde, daß er einen Bismarckkopf habe. „Nun ja, ja, den hab ich; ich soll ihm sogar ähnlich sehen. Aber die Leute sagen es immer so, als ob ich mich dafür bedanken müßte. Wenn ich nur wüßte, bei wem; vielleicht beim lieben Gott, oder am Ende gar bei Bismarck selbst. Die Stechline sind aber auch nicht von schlechten Eltern. Außerdem, ich für meine Person, ich habe bei den sechsten Kürassieren gestanden, und Bismarck bloß bei den siebenten, und die kleinere Zahl ist in Preußen bekanntlich immer die größere; – ich bin ihm also einen über. Und Friedrichsruh, wo alles jetzt hinpilgert, soll auch bloß 'ne Kate sein. Darin sind wir uns also gleich. Und solchen See, wie den ‚Stechlin‘, nu, den hat er schon ganz gewiß nicht. So was kommt überhaupt bloß selten vor.“

Ja, auf seinen See war Dubslav stolz, aber desto weniger stolz war er auf sein Schloß, weshalb es ihn auch verdroß, wenn es überhaupt so genannt wurde. Von den armen Leuten ließ er sich's gefallen: „Für die ist es ein ‚Schloß‘, aber sonst ist es ein alter Kasten und weiter nichts.“ Und so sprach er denn lieber von seinem „Haus“, und wenn er einen Brief schrieb, so stand darüber „Haus Stechlin“. Er war sich auch bewußt, daß es kein Schloßleben war, das er führte. Vordem, als der alte Backsteinbau noch stand, mit seinen dicken Türmen und seinem Luginsland, von dem aus man, über die Kronen der Bäume weg, weit ins Land hinaussah, ja, damals war hier ein Schloßleben gewesen, und die derzeitigen alten Stechline hatten teilgenommen an allen Festlichkeiten, wie sie die Ruppiner Grafen und die mecklenburgischen Herzöge gaben, und waren mit den Boitzenburgern und den Bassewitzens verschwägert gewesen. Aber heute waren die Stechline Leute von schwachen Mitteln, die sich nur eben noch hielten und beständig bemüht waren, durch eine „gute Partie“ sich wieder leidlich in die Höhe zu bringen. Auch Dubslavs Vater war auf diese Weise zu seinen drei Frauen gekommen, unter denen freilich nur die erste das in sie gesetzte Vertrauen gerechtfertigt hatte. Für den jetzigen Schloßherrn, der von der zweiten Frau stammte, hatte sich daraus leider kein unmittelbarer Vorteil ergeben, und Dubslav von Stechlin wäre kleiner und großer Sorgen und Verlegenheiten nie los und ledig geworden, wenn er nicht in dem benachbarten Gransee seinen alten Freund Baruch Hirschfeld gehabt hätte. Dieser Alte, der den großen Tuchladen am Markt und außerdem die Modesachen und Damenhüte hatte, hinsichtlich deren es immer hieß, „Gerson schicke ihm alles zuerst" – dieser alte Baruch, ohne das „Geschäftliche" darüber zu vergessen, hing in der Tat mit einer Art Zärtlichkeit an dem Stechliner Schloßherrn, was, wenn es sich mal wieder um eine neue Schuldverschreibung handelte, regelmäßig zu heikeln Auseinandersetzungen zwischen Hirschfeld Vater und Hirschfeld Sohn führte.

„Gott, Isidor, ich weiß, du bist fürs Neue. Aber was ist das Neue? Das Neue versammelt sich immer auf unserm Markt, und mal stürmt es uns den Laden und nimmt uns die Hüte, Stück für Stück, und die Reiherfedern und die Straußenfedern. Ich bin fürs Alte und für den guten alten Herrn von Stechlin. Is doch der Vater von seinem Großvater gefallen in der großen Schlacht bei Prag und hat gezahlt mit seinem Leben."

„Ja, der hat gezahlt; wenigstens hat er gezahlt mit seinem Leben. Aber der von heute . . ."

„Der zahlt auch, wenn er kann und wenn er hat. Und wenn er nicht hat, und ich sage: ‚Herr von Stechlin, ich werde schreiben siebeneinhalb', dann feilscht er nicht und dann zwackt er nicht. Und wenn er kippt, nu, da haben wir das Objekt: Mittelboden und Wald und Jagd und viel Fischfang. Ich seh es immer so ganz klein in der Perspektiv, und ich seh auch schon den Kirchturm."

„Aber, Vaterleben, was sollen wir mit 'm Kirchturm?"

In dieser Richtung gingen öfters die Gespräche zwischen Vater und Sohn, und was der Alte vorläufig noch in der „Perspektive" sah, das wäre vielleicht schon Wirklichkeit geworden, wenn nicht des alten Dubslav um zehn Jahre ältere Schwester mit ihrem von der Mutter her ererbten Vermögen gewesen wäre: Schwester Adelheid, Domina zu Kloster Wutz. Die half und sagte gut, wenn es schlecht stand oder gar zum Äußersten zu kommen schien. Aber sie half nicht aus Liebe zu dem Bruder – gegen den sie, ganz im Gegenteil, viel einzuwenden hatte –, sondern lediglich aus einem allgemeinen Stechlinschen Familiengefühl. Preußen war was und die Mark Brandenburg auch; aber das Wichtigste waren doch die Stechlins, und der Gedanke, das alte Schloß in andern Besitz und nun gar in einen solchen übergehen zu sehen, war ihr unerträglich. Und über all dies hinaus war ja noch ihr Patenkind da, ihr Neffe Woldemar, für den sie all die Liebe hegte, die sie dem Bruder versagte.

Ja, die Domina half, aber solcher Hilfen unerachtet wuchs das Gefühl der Entfremdung zwischen den Geschwistern, und so kam es denn, daß der alte Dubslav, der die Schwester in Kloster Wutz weder gern besuchte noch auch ihren Besuch gern empfing, nichts von Umgang besaß als seinen Pastor Lorenzen (den früheren Erzieher Woldemars) und seinen Küster und Dorfschullehrer Krippenstapel, zu denen sich allenfalls noch Oberförster Katzler gesellte, Katzler, der Feldjäger gewesen war und ein gut Stück Welt gesehen hatte. Doch auch diese drei kamen nur, wenn sie gerufen wurden, und so war eigentlich nur einer da, der in jedem Augenblicke Red und Antwort stand. Das war Engelke, sein alter Diener, der seit beinahe fünfzig Jahren alles mit seinem Herrn durchlebt hatte, seine glücklichen Leutnantstage, seine kurze Ehe und seine lange Einsamkeit. Engelke, noch um ein Jahr älter als sein Herr, war dessen Vertrauter geworden, aber ohne Vertraulichkeit. Dubslav verstand es, die Scheidewand zu ziehen. Übrigens wär es auch ohne diese Kunst gegangen. Denn Engelke war einer von den guten Menschen, die nicht aus Berechnung oder Klugheit, sondern von Natur hingebend und demütig sind und in einem treuen Dienen ihr Genüge finden. Alltags war er, so Winter wie Sommer, in ein Leinwandhabit gekleidet, und nur wenn es zu Tisch ging, trug er eine richtige Livree von sandfarbenem Tuch mit großen Knöpfen dran. Es waren Knöpfe, die noch die Zeiten des Rheinsberger Prinzen Heinrich gesehen hatten, weshalb Dubslav, als er mal wieder in Verlegenheit war, zu dem jüngst verstorbenen alten Herrn von Kortschädel gesagt hatte: „Ja, Kortschädel, wenn ich so meinen Engelke, wie er da geht und steht, ins märkische Provinzialmuseum abliefern könnte, so kriegt ich ein Jahrgehalt und wäre raus."

Das war im Mai, daß der alte Stechlin diese Worte zu seinem Freunde Kortschädel gesprochen hatte. Heute aber war dritter Oktober, und ein wundervoller Herbsttag dazu. Dubslav, sonst empfindlich gegen Zug, hatte die Türen aufmachen lassen, und von dem großen Portal her zog ein erquicklicher Luftstrom bis auf die mit weiß und schwarzen Fliesen gedeckte Veranda hinaus. Eine große, etwas schadhafte Markise war hier herabgelassen und gab Schutz gegen die Sonne, deren Lichter durch die schadhaften Stellen hindurchschienen und auf den Fliesen ein Schattenspiel aufführten. Gartenstühle standen umher, vor einer Bank aber, die sich an die Hauswand lehnte, waren doppelte Strohmatten gelegt. Auf ebendieser Bank, ein Bild des Behagens, saß der alte Stechlin in Joppe und breitkrempigem Filzhut und sah, während er aus seinem Meerschaum allerlei Ringe blies, auf ein Rundell, in dessen Mitte, von Blumen eingefaßt, eine kleine Fontäne plätscherte. Rechts daneben lief ein sogenannter Poetensteig, an dessen Ausgang ein ziemlich hoher, aus allerlei Gebälk zusammengezimmerter Aussichtsturm aufragte. Ganz oben eine Plattform mit Fahnenstange, daran die preußische Flagge wehte, schwarz und weiß, alles schon ziemlich verschlissen.

Engelke hatte vor kurzem einen roten Streifen annähen wollen, war aber mit seinem Vorschlag nicht durchgedrungen. „Laß. Ich bin nicht dafür. Das alte Schwarz und Weiß hält gerade noch; aber wenn du was Rotes drannähst, dann reißt es gewiß."

Die Pfeife war ausgegangen, und Dubslav wollte sich eben von seinem Platz erheben und nach Engelke rufen, als dieser vom Gartensaal her auf die Veranda heraustrat.

„Das ist recht, Engelke, daß du kommst ... Aber du hast da ja was wie 'n Telegramm in der Hand. Ich kann Telegramms nicht leiden. Immer is einer dod, oder es kommt wer, der besser zu Hause geblieben wäre."

Engelke griente. „Der junge Herr kommt."

„Und das weißt du schon?"

„Ja, Brose hat es mir gesagt."

„So, so. Dienstgeheimnis. Na, gib her."

Und unter diesen Worten brach er das Telegramm auf und las: „Lieber Papa. Bin sechs Uhr bei Dir. Rex und von Czako begleiten mich. Dein Woldemar."

Engelke stand und wartete.

„Ja, was da tun, Engelke?" sagte Dubslav und drehte das Telegramm hin und her. „Und aus Cremmen und von heute früh", fuhr er fort. „Da müssen sie also die Nacht über schon in Cremmen gewesen sein. Auch kein Spaß."

„Aber Cremmen is doch soweit ganz gut."

„Nu, gewiß, gewiß. Bloß sie haben da so kurze Betten ... Und wenn man, wie Woldemar, Kavallerist ist, kann man ja doch auch die acht Meilen von Berlin bis Stechlin in einer Pace machen. Warum also Nachtquartier? Und ‚Rex und von Czako begleiten mich'. Ich kenne Rex nicht und kenne von Czako nicht. Wahrscheinlich Regimentskameraden. Haben wir denn was?"

„Ich denk doch, gnäd'ger Herr. Und wovor haben wir denn unsre Mamsell? Die wird schon was finden."

„Nu gut. Also wir haben was. Aber wen laden wir dazu ein? So bloß ich, das geht nicht. Ich mag mich keinem Menschen mehr vorsetzen. Czako, das ginge vielleicht noch. Aber Rex, wenn ich ihn auch nicht kenne, zu so was Feinem wie Rex paß ich nicht mehr; ich bin zu altmodisch geworden. Was meinst du, ob die Gundermanns wohl können?"

„Ach, die können schon. Er gewiß, und sie kluckt auch bloß immer so rum."

„Also Gundermanns. Gut. Und dann vielleicht Oberförsters. Das älteste Kind hat freilich die Masern, und die Frau, das heißt die Gemahlin (und Gemahlin is eigentlich auch noch nicht das rechte Wort) die erwartet wieder. Man weiß nie recht, wie man mit ihr dran ist und wie man sie nennen soll, Oberförsterin Katzler oder Durchlaucht. Aber man kann's am Ende versuchen. Und dann unser Pastor. Der hat doch wenigstens die Bildung. Gundermann allein ist zu wenig und eigentlich bloß ein Klutentreter. Und seitdem er die Siebenmühlen hat, ist er noch weniger geworden."

Engelke nickte.

„Na, dann schick also Martin. Aber er soll sich proper machen. Oder vielleicht ist Brose noch da; der kann ja auf seinem Retourgang bei Gundermanns mit rangehen. Und soll ihnen sagen sieben Uhr, aber nicht früher; sie sitzen sonst so lange rum, und man weiß nicht, wovon man reden soll. Das heißt mit ihm; sie redt immerzu . . . Und gib Brosen auch 'nen Kornus und funfzig Pfennig."

„Ich werd ihm dreißig geben."

„Nein, nein, funfzig. Erst hat er ja doch was gebracht, und nu nimmt er wieder was mit. Das is ja so gut wie doppelt. Also funfzig. Knaps ihm nichts ab."

Zweites Kapitel

Ziemlich um dieselbe Zeit, wo der Telegraphenbote bei Gundermanns vorsprach, um die Bestellung des alten Herrn von Stechlin auszurichten, ritten Woldemar, Rex und Czako, die sich für sechs Uhr angemeldet hatten, in breiter Front von Cremmen ab; Fritz, Woldemars Reitknecht, folgte den dreien. Der Weg ging über Wutz. Als sie bis in die Nähe von Dorf und Kloster dieses Namens gekommen waren, bog Woldemar vorsichtig nach links hin aus, weil er der Möglichkeit entgehen wollte, seiner Tante Adelheid, der Domina des Klosters, zu begegnen. Er stand zwar gut mit dieser und hatte sogar vor, ihr, wie herkömmlich, auf dem Rückwege nach Berlin seinen Besuch zu machen, aber in diesem Augenblick paßte ihm solche Begegnung, die sein pünktliches Eintreffen in Stechlin gehindert haben würde, herzlich schlecht. So beschrieb er denn einen weiten Halbkreis und hatte das Kloster schon um eine Viertelstunde hinter sich, als er sich wieder der Hauptstraße zuwandte. Diese, durch Moor- und Wiesengründe führend, war ein vorzüglicher Reitweg, der an vielen Stellen noch eine Grasnarbe trug, weshalb es anderthalb Meilen lang in einem scharfen Trabe vorwärts ging, bis an eine Avenue heran, die geradlinig auf Schloß Stechlin zuführte. Hier ließen alle drei die Zügel fallen und ritten im Schritt weiter. Über ihnen wölbten sich die schönen alten Kastanienbäume, was ihrem Anritt etwas Anheimelndes und zugleich etwas beinah Feierliches gab.

„Das ist ja wie ein Kirchenschiff", sagte Rex, der am linken Flügel ritt. „Finden Sie nicht auch, Czako?"

„Wenn Sie wollen, ja. Aber Pardon, Rex, ich finde die Wendung etwas trivial für einen Ministerialassessor."

„Nun gut, dann sagen Sie was Besseres."

„Ich werde mich hüten. Wer unter solchen Umständen was Besseres sagen will, sagt immer was Schlechteres."

Unter diesem sich noch eine Weile fortsetzenden Gespräche waren sie bis an einen Punkt gekommen, von dem aus man das am Ende der Avenue sich aufbauende Bild in aller Klarheit überblicken konnte. Dabei war das Bild nicht bloß klar, sondern auch so frappierend, daß Rex und Czako unwillkürlich anhielten.

„Alle Wetter, Stechlin, das ist ja reizend", wandte sich Czako zu dem am andern Flügel reitenden Woldemar. „Ich find es geradezu märchenhaft, Fata Morgana – das heißt, ich habe noch keine gesehn. Die gelbe Wand, die da noch das letzte Tageslicht auffängt, das ist wohl Ihr Zauberschloß? Und das Stückchen Grau da links, das taxier ich auf eine Kirchenecke. Bleibt nur noch der Staketzaun an der andern Seite — da wohnt natürlich der Schulmeister. Ich verbürge mich, daß ich's damit getroffen. Aber die zwei schwarzen Riesen, die da grad in der Mitte stehn und sich von der gelben Wand abheben (‚abheben' ist übrigens auch trivial; entschuldigen Sie, Rex), die stehen ja da wie die Cherubim. Allerdings etwas zu schwarz. Was sind das für Leute?"

„Das sind Findlinge.“

„Findlinge?“

„Ja, Findlinge“, wiederholte Woldemar. „Aber wenn Ihnen das Wort anstößig ist, so können Sie sie auch Monolithe nennen. Es ist merkwürdig, Czako, wie hochgradig verwöhnt im Ausdruck Sie sind, wenn Sie nicht gerade selber das Wort haben ... Aber nun, meine Herren, müssen wir uns wieder in Trab setzen. Ich bin überzeugt, mein Papa steht schon ungeduldig auf seiner Rampe, und wenn er uns so im Schritt ankommen sieht, denkt er, wir bringen eine Trauernachricht oder einen Verwundeten.“

Wenige Minuten später, und alle drei trabten denn auch wirklich, von Fritz gefolgt, über die Bohlenbrücke fort, erst in den Vorhof hinein und dann an der blanken Glaskugel vorüber. Der Alte stand bereits auf der Rampe, Engelke hinter ihm und hinter diesem Martin, der alte Kutscher. Im Nu waren alle drei Reiter aus dem Sattel, und Martin und Fritz nahmen die Pferde. So trat man in den Flur. „Erlaube, lieber Papa, dir zwei liebe Freunde von mir vorzustellen: Assessor von Rex, Hauptmann von Czako.“

Der alte Stechlin schüttelte jedem die Hand und sprach ihnen aus, wie glücklich er über ihren Besuch sei. „Seien Sie mir herzlich willkommen, meine Herren. Sie haben keine Ahnung, welche Freude Sie mir machen, mir, einem vergrätzten alten Einsiedler. Man sieht nichts mehr, man hört nichts mehr. Ich hoffe auf einen ganzen Sack voll Neuigkeiten.“

„Ach, Herr Major“, sagte Czako, „wir sind ja schon vierundzwanzig Stunden fort. Und, ganz abgesehen davon, wer kann heutzutage noch mit den Zeitungen konkurrieren! Ein Glück, daß manche prinzipiell einen Posttag zu spät kommen. Ich meine mit den neuesten Nachrichten. Vielleicht auch sonst noch.“

„Sehr wahr“, lachte Dubslav. „Der Konservatismus soll übrigens, seinem Wesen nach, eine Bremse sein; damit muß man vieles entschuldigen. Aber da kommen Ihre Mantelsäcke, meine Herren. Engelke, führe die Herren auf ihr Zimmer. Wir haben jetzt sechseinviertel. Um sieben, wenn ich bitten darf.“

Engelke hatte mittlerweile die beiden von Dubslav etwas altmodisch als „Mantelsäcke“ bezeichneten Plaidrollen in die Hand genommen und ging damit, den beiden Herren voran, auf die doppelarmige Treppe zu, die gerade da, wo die beiden

Arme derselben sich kreuzten, einen ziemlich geräumigen Podest mit Säulchengalerie bildete. Zwischen den Säulen aber, und zwar mit Blick auf den Flur, war eine Rokokouhr angebracht, mit einem Zeitgott darüber, der eine Hippe führte. Czako wies darauf hin und sagte leise zu Rex: „Ein bißchen graulich“ – ein Gefühl, drin er sich bestärkt sah, als man bis auf den mit ungeheurer Raumverschwendung angelegten Oberflur gekommen war. Über einer nach hinten zu gelegenen Saaltür hing eine Holztafel mit der Inschrift: „Museum“, während hüben und drüben, an den Flurwänden links und rechts, mächtige Birkenmaser- und Ebenholzschränke standen, wahre Prachtstücke, mit zwei großen Bildern dazwischen, eines eine Burg mit dicken Backsteintürmen, das andre ein überlebensgroßer Ritter, augenscheinlich aus der Frundsbergzeit, wo das bunt Landsknechtliche schon die Rüstung zu drapieren begann.

„Is wohl ein Ahn?“ fragte Czako.

„Ja, Herr Hauptmann. Und er ist auch unten in der Kirche.“

„Auch so wie hier?“

„Nein, bloß Grabstein und schon etwas abgetreten. Aber man sieht doch noch, daß es derselbe ist.“

Czako nickte. Dabei waren sie bis an ein Eckzimmer gekommen, das mit der einen Seite nach dem Flur, mit der andern Seite nach einem schmalen Gang hin lag. Hier war auch die Tür. Engelke, vorangehend, öffnete und hing die beiden Plaidrollen an die Haken eines hier gleich an der Tür stehenden Kleiderständers. Unmittelbar daneben war ein Klingelzug mit einer grünen, etwas ausgefransten Puschel daran. Engelke wies darauf hin und sagte: „Wenn die Herren noch was wünschen ... Und um sieben ... Zweimal wird angeschlagen.“

Und damit ging er, die beiden ihrer Bequemlichkeit überlassend.

Es waren zwei nebeneinander gelegene Zimmer, in denen man Rex und Czako untergebracht hatte, das vordere größer und mit etwas mehr Aufwand eingerichtet, mit Stehspiegel und Toilette, der Spiegel sogar zum Kippen. Das Bett in diesem vorderen Zimmer hatte einen kleinen Himmel und daneben eine Etagere, auf deren oberem Brettchen eine Meißner Figur stand, ihr ohnehin kurzes Röckchen lüpfend, während auf dem unteren Brett ein Neues Testament lag, mit Kelch und Kreuz und einem Palmenzweig auf dem Deckel.

Czako nahm das Meißner Püppchen und sagte: „Wenn nicht unser Freund Woldemar bei diesem Arrangement seine Hand mit im Spiele gehabt hat, so haben wir hier in bezug auf Requisiten ein Ahnungsvermögen, wie's nicht größer gedacht werden kann. Das Püppchen pour moi, das Testament pour vous."

„Czako, wenn Sie doch bloß das Necken lassen könnten!"

„Ach, sagen Sie doch so was nicht, Rex; Sie lieben mich ja bloß um meiner Neckereien willen."

Und nun traten sie, von dem Vorderzimmer her, in den etwas kleineren Wohnraum, in dem Spiegel und Toilette fehlten. Dafür aber war ein Rokokosofa da, mit hellblauem Atlas und weißen Blumen darauf.

„Ja, Rex", sagte Czako, „wie teilen wir nun? Ich denke, Sie nehmen nebenan den Himmel, und ich nehme das Rokokosofa, noch dazu mit weißen Blumen, vielleicht Lilien. Ich wette, das kleine Ding von Sofa hat eine Geschichte."

„Rokoko hat immer eine Geschichte", bestätigte Rex. „Aber hundert Jahr zurück. Was jetzt hier haust, sieht mir, Gott sei Dank, nicht danach aus. Ein bißchen Spuk trau ich diesem alten Kasten allerdings schon zu; aber keine Rokokogeschichte. Rokoko ist doch immer unsittlich. Wie gefällt Ihnen übrigens der Alte?"

„Vorzüglich. Ich hätte nicht gedacht, daß unser Freund Woldemar solchen famosen Alten haben könnte."

„Das klingt ja beinah", sagte Rex, „wie wenn Sie gegen unsern Stechlin etwas hätten."

„Was durchaus nicht der Fall ist. Unser Stechlin ist der beste Kerl von der Welt, und wenn ich das verdammte Wort nicht haßte, würd ich ihn sogar einen ‚perfekten Gentleman' nennen müssen. Aber ..."

„Nun ..."

„Aber er paßt doch nicht recht an seine Stelle."

„An welche?"

„In sein Regiment."

„Aber, Czako, ich verstehe Sie nicht. Er ist ja brillant angeschrieben. Liebling bei jedem. Der Oberst hält große Stücke von ihm, und die Prinzen machen ihm beinah den Hof ..."

„Ja, das ist es ja eben. Die Prinzen, die Prinzen."

„Was denn, wie denn?"

„Ach, das ist eine lange Geschichte, viel zu lang, um sie hier vor Tisch noch auszukramen. Denn es ist bereits halb, und wir müssen uns eilen. Übrigens trifft es viele, nicht bloß unsern Stechlin."

„Immer dunkler, immer rätselvoller", sagte Rex.

„Nun, vielleicht daß ich Ihnen das Rätsel löse. Schließlich kann man ja Toilette machen und noch seinen Diskurs daneben haben. ‚Die Prinzen machen ihm den Hof', so geruhten Sie zu bemerken, und ich antwortete: ‚Ja, das ist es eben.' Und diese Worte kann ich Ihnen nur wiederholen. Die Prinzen – ja, damit hängt es zusammen und noch mehr damit, daß die feinen Regimenter immer feiner werden. Kucken Sie sich mal die alten Ranglisten an, das heißt wirklich alte, voriges Jahrhundert und dann so bis Anno sechs. Da finden Sie bei Regiment Garde du Corps oder bei Regiment Gensdarmes unsere guten alten Namen: Marwitz, Wakenitz, Kracht, Löschebrand, Bredow, Rochow, höchstens daß sich mal ein höher betitelter Schlesischer mit hineinverirrt. Natürlich gab es auch Prinzen damals, aber der Adel gab den Ton an, und die paar Prinzen mußten noch froh sein, wenn sie nicht störten. Damit ist es nun aber, seit wir Kaiser und Reich sind, total vorbei. Natürlich sprech ich nicht von der Provinz, nicht von Litauen und Masuren, sondern von der Garde, von den Regimentern unter den Augen Seiner Majestät. Und nun gar erst diese Gardedragoner! Die waren immer piek, aber seit sie, pour combler le bonheur, auch noch ‚Königin von Großbritannien und Irland' sind, wird es immer mehr davon, und je pieker sie werden, desto mehr Prinzen kommen hinein, von denen übrigens auch jetzt schon mehr da sind, als es so obenhin aussieht, denn manche sind eigentlich welche und dürfen es bloß nicht sagen. Und wenn man dann gar noch die alten mitrechnet, die bloß à la suite stehn, aber doch immer noch mit dabei sind, wenn irgendwas los ist, so haben wir, wenn der Kreis geschlossen wird, zwar kein Parkett von Königen, aber doch einen Zirkus von Prinzen. Und dahinein ist nun unser guter Stechlin gestellt. Natürlich tut er, was er kann, und macht so gewisse Luxusse mit, Gefühlsluxusse, Gesinnungsluxusse und, wenn es sein muß, auch Freiheitsluxusse, so 'nen Schimmer von Sozialdemokratie. Das ist aber auf die Dauer schwierig. Richtige Prinzen können sich das leisten, die verbebeln nicht leicht. Aber Stechlin! Stechlin ist ein reizender Kerl, aber ist doch bloß ein Mensch."

„Und das sagen Sie, Czako, gerade Sie, der Sie das Menschliche stets betonen?"

„Ja, Rex, das tu ich. Heut wie immer. Aber eines schickt sich nicht für alle. Der eine darf's, der andre nicht. Wenn unser Freund Stechlin sich in diese seine alte Schloßkate zurückzieht, so darf er Mensch sein, soviel er will, aber als Gardedragoner kommt er damit nicht aus. Vom alten Adam will ich nicht sprechen, das hat immer noch so 'ne Nebenbedeutung."

Während Rex und Czako Toilette machten und abwechselnd über den alten und den jungen Stechlin verhandelten, schritten die, die den Gegenstand dieser Unterhaltung bildeten, Vater und Sohn, im Garten auf und ab und hatten auch ihrerseits ihr Gespräch.

„Ich bin dir dankbar, daß du mir deine Freunde mitgebracht hast. Hoffentlich kommen sie auf ihre Kosten. Mein Leben verläuft ein bißchen zu einsam, und es wird ohnehin gut sein, wenn ich mich wieder an Menschen gewöhne. Du wirst gelesen haben, daß unser guter alter Kortschädel gestorben ist, und in etwa vierzehn Tagen haben wir hier 'ne Neuwahl. Da muß ich dann ran und mich populär machen. Die Konservativen wollen mich haben und keinen andern. Eigentlich mag ich nicht, aber ich soll, und da paßt es mir denn, daß du mir Leute bringst, an denen ich mich für die Welt sozusagen wieder wie einüben kann. Sind sie denn ausgiebig und plauderhaft?"

„O sehr, Papa, vielleicht zu sehr. Wenigstens der eine."

„Das ist gewiß der Czako. Sonderbar, die von Alexander reden alle gern. Aber ich bin sehr dafür; Schweigen kleidet nicht jeden. Und dann sollen wir uns ja auch durch die Sprache vom Tier unterscheiden. Also wer am meisten redt, ist der reinste Mensch. Und diesem Czako, dem hab ich es gleich angesehn. Aber der Rex. Du sagst Ministerialassessor. Ist er denn von der frommen Familie?"

„Nein, Papa. Du machst dieselbe Verwechslung, die beinah alle machen. Die fromme Familie, das sind die Reckes, gräflich und sehr vornehm. Die Rex natürlich auch, aber doch nicht so hoch hinaus und auch nicht so fromm. Allerdings nimmt mein Freund, der Ministerialassessor, einen Anlauf dazu, die Reckes womöglich einzuholen."

„Dann hab ich also doch recht gesehn. Er hat so die Figur, die so was vermuten läßt, ein bißchen wenig Fleisch und so glatt rasiert. Habt ihr denn beim Rasieren in Cremmen gleich einen gefunden?"

„Er hat alles immer bei sich; lauter englische. Von Solingen oder Suhl will er nichts wissen."

„Und muß man ihn denn vorsichtig anfassen, wenn das Gespräch auf kirchliche Dinge kommt? Ich bin ja, wie du weißt, eigentlich kirchlich, wenigstens kirchlicher als mein guter Pastor (es wird immer schlimmer mit ihm), aber ich bin so im Ausdruck mitunter ungenierter, als man vielleicht sein soll, und bei ‚niedergefahren zur Hölle' kann mir's passieren, daß ich nolens volens ein bißchen tolles Zeug rede. Wie steht es denn da mit ihm? Muß ich mich in acht nehmen? Oder macht er bloß so mit?"

„Das will ich nicht geradezu behaupten. Ich denke mir, er steht so wie die meisten stehn; das heißt, er weiß es nicht recht."

„Ja, ja, den Zustand kenn ich."

„Und weil er es nicht recht weiß, hat er sozusagen die Auswahl und wählt das, was gerade gilt und nach oben hin empfiehlt. Ich kann das auch so schlimm nicht finden. Einige nennen ihn einen ‚Streber'. Aber wenn er es ist, ist er jedenfalls keiner von den schlimmsten. Er hat eigentlich einen guten Charakter, und im cercle intime kann er reizend sein. Er verändert sich dann nicht in dem, was er sagt, oder doch nur ganz wenig, aber ich möchte sagen, er verändert sich in der Art, wie er zuhört. Czako meint, unser Freund Rex halte sich mit dem Ohr für das schadlos, was er mit dem Munde versäumt. Czako wird überhaupt am besten mit ihm fertig; er schraubt ihn beständig, und Rex, was ich reizend finde, läßt sich diese Schraubereien gefallen. Daran siehst du schon, daß sich mit ihm leben läßt. Seine Frömmigkeit ist keine Lüge, bloß Erziehung, Angewohnheit, und so schließlich seine zweite Natur geworden."

„Ich werde ihn bei Tisch neben Lorenzen setzen; die mögen dann beide sehn, wie sie miteinander fertig werden. Vielleicht erleben wir 'ne Bekehrung. Das heißt Rex den Pastor. Aber da höre ich eine Kutsche die Dorfstraße raufkommen. Das sind natürlich Gundermanns; die kommen immer zu früh. Der arme Kerl hat mal was von der Höflichkeit der Könige gehört und macht jetzt einen zu weitgehenden Gebrauch davon. Autodidakten übertreiben immer. Ich bin selber einer und kann also mitreden. Nun, wir sprechen morgen früh weiter; heute wird es nichts mehr. Du wirst dich auch noch ein bißchen striegeln müssen, und ich will mir 'nen schwarzen Rock anziehn. Das bin ich der guten Frau von Gundermann doch schuldig; sie putzt sich übrigens nach wie vor wie 'n Schlittenpferd und hat immer noch den merkwürdigen Federbusch in ihrem Zopf – das heißt, wenn's ihrer ist."

Drittes Kapitel

Engelke schlug unten im Flur zweimal an einen alten, als Tamtam fungierenden Schild, der an einem der zwei vorspringenden und zugleich die ganze Treppe tragenden Pfeiler hing. Eben diese zwei Pfeiler bildeten denn auch mit dem Podest und der in Front desselben angebrachten Rokokouhr einen zum Gartensalon, diesem Hauptzimmer des Erdgeschosses, führenden, ziemlich pittoresken Portikus, von dem ein auf Besuch anwesender hauptstädtischer Architekt mal gesagt hatte: sämtliche Bausünden von Schloß Stechlin würden durch diesen verdrehten, aber malerischen Einfall wiedergutgemacht.

Die Uhr mit dem Hippenmann schlug gerade sieben, als Rex und Czako die Treppe herunterkamen und, eine Biegung machend, auf den von berufener Seite so glimpflich beurteilten sonderbaren Vorbau zusteuerten. Als die Freunde diesen passierten, sahen sie – die Türflügel waren schon geöffnet – in aller Bequemlichkeit in den Salon hinein und nahmen hier wahr, daß etliche, ihnen zu Ehren geladene Gäste bereits erschienen waren. Dubslav, in dunkelm Überrock und die Bändchenrosette sowohl des preußischen wie des wendischen Kronenordens im Knopfloch, ging den Eintretenden entgegen, begrüßte sie nochmals mit der ihm eigenen Herzlichkeit, und beide Herren gleich danach in den Kreis der schon Versammelten einführend, sagte er: „Bitte die Herrschaften miteinander bekannt machen zu dürfen: Herr und Frau von Gundermann auf Siebenmühlen, Pastor Lorenzen, Oberförster Katzler", und dann, nach links sich wendend, „Ministerialassessor von Rex, Hauptmann von Czako vom Regiment Alexander." Man verneigte sich gegenseitig, worauf Dubslav zwischen Rex und Pastor Lorenzen, Woldemar aber, als Adlatus seines Vaters, zwischen Czako und Katzler eine Verbindung herzustellen suchte, was auch ohne weiteres gelang, weil es hüben und drüben weder an gesellschaftlicher Gewandtheit noch an gutem Willen gebrach. Nur konnte Rex nicht umhin, die Siebenmühlener etwas eindringlich zu mustern, trotzdem Herr von Gundermann in Frack und weißer Binde, Frau von Gundermann aber in geblümtem Atlas, mit Marabufächer erschienen war – er augenscheinlich Parvenü, sie Berlinerin aus einem nordöstlichen Vorstadtgebiet.

Rex sah das alles. Er kam aber nicht in die Lage, sich lange damit zu beschäftigen, weil Dubslav eben jetzt den Arm der Frau von Gundermann nahm und dadurch das Zeichen zum

Aufbruch zu der im Nebenzimmer gedeckten Tafel gab. Alle folgten paarweise, wie sie sich vorher zusammengefunden, kamen aber durch die von seiten Dubslavs schon vorher festgesetzte Tafelordnung wieder auseinander. Die beiden Stechlins, Vater und Sohn, plazierten sich an den beiden Schmalseiten einander gegenüber, während zur Rechten und Linken von Dubslav Herr und Frau von Gundermann, rechts und links von Woldemar aber Rex und Lorenzen saßen. Die Mittelplätze hatten Katzler und Czako inne. Neben einem großen alten Eichenbüfett, ganz in der Nähe der Tür, standen Engelke und Martin, Engelke in seiner sandfarbenen Livree mit den großen Knöpfen, Martin, dem nur oblag, mit der Küche Verbindung zu halten, einfach in schwarzem Rock und Stulpstiefeln.

Der alte Dubslav war in bester Laune, stieß gleich nach den ersten Löffeln Suppe mit Frau von Gundermann vertraulich an, dankte für ihr Erscheinen und entschuldigte sich wegen der späten Einladung: „Aber erst um zwölf kam Woldemars Telegramm. Es ist das mit dem Telegraphieren solche Sache, manches wird besser, aber manches wird auch schlechter, und die feinere Sitte leidet nun schon ganz gewiß. Schon die Form, die Abfassung. Kürze soll eine Tugend sein, aber sich kurz fassen, heißt meistens auch sich grob fassen. Jede Spur von Verbindlichkeit fällt fort, und das Wort ‚Herr' ist beispielsweise gar nicht mehr anzutreffen. Ich hatte mal einen Freund, der ganz ernsthaft versicherte: ‚Der häßlichste Mops sei der schönste'; so läßt sich jetzt beinahe sagen, ‚das gröbste Telegramm ist das feinste'. Wenigstens das in seiner Art vollendetste. Jeder, der wieder eine neue Fünfpfennigersparnis herausdoktert, ist ein Genie."

Diese Worte Dubslavs hatten sich anfänglich an die Frau von Gundermann, sehr bald aber mehr an Gundermann selbst gerichtet, weshalb dieser letztere denn auch antwortete: „Ja, Herr von Stechlin, alles Zeichen der Zeit. Und ganz bezeichnend, daß gerade das Wort ‚Herr', wie Sie schon hervorzuheben die Güte hatten, so gut wie abgeschafft ist. ‚Herr' ist Unsinn geworden, ‚Herr' paßt den Herren nicht mehr – ich meine natürlich die, die jetzt die Welt regieren wollen. Aber es ist auch danach. Alle diese Neuerungen, an denen sich leider auch der Staat beteiligt, was sind sie? Begünstigungen der Unbotmäßigkeit, also Wasser auf die Mühlen der Sozialdemokratie. Weiter nichts. Und niemand da, der Lust und Kraft hätte, dies Wasser abzustellen. Aber trotzdem, Herr von Stechlin – ich würde nicht widersprechen, wenn mich das Tatsächliche nicht dazu zwänge – trotzdem geht es nicht ohne Telegraphie, gerade hier in unsrer Einsamkeit. Und dabei das beständige Schwanken der Kurse. Namentlich auch in der Mühlen- und Brettschneidebranche ..."

„Versteht sich, lieber Gundermann. Was ich da gesagt habe ... Wenn ich das Gegenteil gesagt hätte, wäre es ebenso richtig. Der Teufel is nich so schwarz, wie er gemalt wird, und die Telegraphie auch nicht, und wir auch nicht. Schließlich ist es doch was Großes, diese Naturwissenschaften, dieser elektrische Strom, tipp, tipp, tipp, und wenn uns daran läge (aber uns liegt nichts daran), so könnten wir den Kaiser von China wissen lassen, daß wir hier versammelt sind und seiner gedacht haben. Und dabei diese merkwürdigen Verschiebungen in Zeit und Stunde. Beinahe komisch. Als Anno siebzig die Pariser Septemberrevolution ausbrach, wußte man's in Amerika drüben um ein paar Stunden früher, als die Revolution überhaupt da war. Ich sagte: Septemberrevolution. Es kann aber auch 'ne andre gewesen sein; sie haben da so viele, daß man sie leicht verwechselt. Eine war im Juni, 'ne andre war im Juli – wer nich ein Bombengedächtnis hat, muß da notwendig reinfallen ... Engelke, präsentiere der gnäd'gen Frau den Fisch noch mal. Und vielleicht nimmt auch Herr von Czako ..."

„Gewiß, Herr von Stechlin", sagte Czako. „Erstlich aus reiner Gourmandise, dann aber auch aus Forschertrieb oder Fortschrittsbedürfnis. Man will doch an dem, was gerade gilt oder überhaupt Menschheitsentwicklung bedeutet, auch seinerseits nach Möglichkeit teilnehmen, und da steht denn Fischnahrung jetzt obenan. Fische sollen außerdem viel Phosphor enthalten, und Phosphor, so heißt es, macht ‚helle'."

„Gewiß", kicherte Frau von Gundermann, die sich bei dem Wort „helle" wie persönlich getroffen fühlte. „Phosphor war ja auch schon, eh die Schwedischen aufkamen."

„Oh, lange vorher", bestätigte Czako. „Was mich aber", fuhr er, sich an Dubslav wendend, fort, „an diesen Karpfen noch ganz besonders fesselt – beiläufig ein Prachtexemplar – das ist das, daß er doch höchstwahrscheinlich aus Ihrem berühmten See stammt, über den ich durch Woldemar, Ihren Herrn Sohn, bereits unterrichtet bin. Dieser merkwürdige See, dieser Stechlin! Und da frag ich mich denn unwillkürlich (denn Karpfen werden alt; daher beispielsweise die Mooskarpfen), welche Revolutionen sind an diesem hervorragenden Exemplar seiner

Gattung wohl schon vorübergegangen? Ich weiß nicht, ob ich ihn auf hundertfünfzig Jahre taxieren darf, wenn aber, so würde er als Jüngling die Lissaboner Aktion und als Urgreis den neuerlichen Ausbruch des Krakatowa mitgemacht haben. Und all das erwogen, drängt sich mir die Frage auf ..."

Dubslav lächelte zustimmend.

„... Und all das erwogen, drängt sich mir die Frage auf, wenn's nun in Ihrem Stechlinsee zu brodeln beginnt oder gar die große Trichterbildung anhebt, aus der dann und wann, wenn ich recht gehört habe, der krähende Hahn aufsteigt, wie verhält sich da der Stechlinkarpfen, dieser doch offenbar Nächstbeteiligte, bei dem Anpochen derartiger Weltereignisse? Beneidet er den Hahn, dem es vergönnt ist, in die Ruppiner Lande hineinzukrähen, oder ist er umgekehrt ein Feigling, der sich in seinem Moorgrund verkriecht, also ein Bourgeois, der am andern Morgen fragt: ‚Schießen sie noch?'"

„Mein lieber Herr von Czako, die Beantwortung Ihrer Frage hat selbst für einen Anwohner des Stechlin seine Schwierigkeiten. Ins Innere der Natur dringt kein erschaffener Geist. Und zu dem innerlichsten und verschlossensten zählt der Karpfen; er ist nämlich sehr dumm. Aber nach der Wahrscheinlichkeitsrechnung wird er sich beim Eintreten der großen Eruption wohl verkrochen haben. Wir verkriechen uns nämlich alle. Heldentum ist Ausnahmezustand und meist Produkt einer Zwangslage. Sie brauchen mir übrigens nicht zuzustimmen, denn Sie sind noch im Dienst."

„Bitte, bitte", sagte Czako.

Sehr, sehr anders ging das Gespräch an der entgegengesetzten Seite der Tafel. Rex, der, wenn er dienstlich oder außerdienstlich aufs Land kam, immer eine Neigung spürte, sozialen Fragen nachzuhängen und beispielsweise jedesmal mit Vorliebe darauf aus war, an das Zahlenverhältnis der in und außer der Ehe geborenen Kinder alle möglichen, teils dem Gemeinwohl, teils der Sittlichkeit zugute kommende Betrachtungen zu knüpfen, hatte sich auch heute wieder in einem mit Pastor Lorenzen angeknüpften Zwiegespräch seinem Lieblingsthema zugewandt, war aber, weil Dubslav durch eine Zwischenfrage den Faden abschnitt, in die Lage gekommen, sich vorübergehend statt mit Lorenzen mit Katzler beschäftigen zu müssen, von dem er zufällig in Erfahrung gebracht hatte, daß er früher Feldjäger gewesen sei. Das gab ihm einen guten Gesprächsstoff und ließ ihn fragen, ob der Herr Oberförster nicht mitunter schmerzlich den zwischen seiner Vergangenheit und seiner Gegenwart liegenden Gegensatz empfinde – sein früherer Feldjägerberuf, so nehme er an, habe ihn in die weite Welt hinausgeführt, während er jetzt „stabiliert" sei. „Stabilierung" zählte zu Rex' Lieblingswendungen und entstammte jenem sorglich ausgewählten Fremdwörterschatz, den er sich – er hatte diese Dinge dienstlich zu bearbeiten gehabt – aus den Erlassen König Friedrich Wilhelms I. angeeignet und mit in sein Aktendeutsch herübergenommen hatte. Katzler, ein vorzüglicher Herr, aber auf dem Gebiete der Konversation doch nur von einer oft unausreichenden Orientierungsfähigkeit, fand sich in des Ministerialassessors etwas gedrechseltem Gedankengange nicht gleich zurecht und war froh, als ihm der hellhörige, mittlerweile wieder frei gewordene Pastor in der durch Rex aufgeworfenen Frage zu Hilfe kam. „Ich glaube herauszuhören", sagte Lorenzen, „daß Herr von Rex geneigt ist, dem Leben draußen in der Welt vor dem in unsrer stillen Grafschaft den Vorzug zu geben. Ich weiß aber nicht, ob wir ihm darin folgen können, *ich* nun schon gewiß nicht; aber auch unser Herr Oberförster wird mutmaßlich froh sein, seine vordem im Eisenbahncoupé verbrachten Feldjägertage hinter sich zu haben. Es heißt freilich ‚im engen Kreis verengert sich der Sinn', und in den meisten Fällen mag es zutreffen. Aber doch nicht immer, und jedenfalls hat das Weltfremde bestimmte große Vorzüge."

„Sie sprechen mir durchaus aus der Seele, Herr Pastor Lorenzen", sagte Rex. „Wenn es einen Augenblick vielleicht so klang, als ob der ‚Globetrotter' mein Ideal sei, so bin ich sehr geneigt, mit mir handeln zu lassen. Aber etwas hat es doch mit dem ‚Auch-draußen-zu-Hause-Sein' auf sich, und wenn Sie trotzdem für Einsamkeit und Stille plädieren, so plädieren Sie wohl in eigner Sache. Denn wie sich der Herr Oberförster aus der Welt zurückgezogen hat, so wohl auch Sie. Sie sind beide darin, ganz individuell, einem Herzenszuge gefolgt, und vielleicht, daß meine persönliche Neigung dieselben Wege ginge. Dennoch wird es andre geben, die von einem solchen Sich-Zurückziehen aus der Welt nichts wissen wollen, die vielleicht umgekehrt, statt in einem Sich-Hingeben an den einzelnen, in der Beschäftigung mit einer Vielheit ihre Bestimmung finden. Ich glaube durch Freund Stechlin zu wissen, welche Fragen Sie seit lange beschäftigen, und bitte, Sie dazu beglückwünschen zu dürfen. Sie stehen in der christlich-sozialen Bewegung. Aber nehmen Sie deren

Schöpfer, der Ihnen persönlich vielleicht nahesteht, er und sein Tun sprechen doch recht eigentlich für mich; sein Feld ist nicht einzelne Seelsorge, nicht eine Landgemeinde, sondern eine Weltstadt. Stöckers Auftreten und seine Mission sind eine Widerlegung davon, daß das Schaffen im Engen und Umgrenzten notwendig das Segensreichere sein müsse."

Lorenzen war daran gewöhnt, sei's zu Lob, sei's zu Tadel, sich mit dem ebenso gefeierten wie befehdeten Hofprediger in Parallele gestellt zu sehen, und empfand dies jedesmal als eine Huldigung. Aber nicht minder empfand er dabei regelmäßig den tiefen Unterschied, der zwischen dem großen Agitator und seiner stillen Weise lag. „Ich glaube, Herr von Rex", nahm er wieder das Wort, „daß Sie den ‚Vater der Berliner Bewegung' sehr richtig geschildert haben, vielleicht sogar zur Zufriedenheit des Geschilderten selbst, was, wie man sagt, nicht eben leicht sein soll. Er hat viel erreicht und steht anscheinend in einem Siegeszeichen; hüben und drüben hat er Wurzel geschlagen und sieht sich geliebt und gehuldigt, nicht nur seitens derer, denen er mildtätig die Schuhe schneidet, sondern beinah mehr noch im Lager derer, denen er das Leder zu den Schuhen nimmt. Er hat schon so viele Beinamen, und der des heiligen Krispin wäre nicht der schlimmste. Viele wird es geben, die sein Tun im guten Sinne beneiden. Aber ich fürchte, der Tag ist nahe, wo der so Ruhige und zugleich so Mutige, der seine Ziele so weit steckte, sich in die Enge des Daseins zurücksehnen wird. Er besitzt, wenn ich recht berichtet bin, ein kleines Bauerngut irgendwo in Franken, und wohl möglich, ja, mir persönlich geradezu wahrscheinlich, daß ihm an jener stillen Stelle früher oder später ein echteres Glück erblüht, als er es jetzt hat. Es heißt wohl, ‚Gehet hin und lehret alle Heiden', aber schöner ist es doch, wenn die Welt, uns suchend, an uns herankommt. Und die Welt kommt schon, wenn die richtige Persönlichkeit sich ihr auftut. Da ist dieser Wörishofener Pfarrer – er sucht nicht die Menschen, die Menschen suchen ihn. Und wenn sie kommen, so heilt er sie, heilt sie mit dem Einfachsten und Natürlichsten. Übertragen Sie das vom Äußern aufs Innere, so haben Sie mein Ideal. Einen Brunnen graben just an der Stelle, wo man gerade steht. Innere Mission in nächster Nähe, sei's mit dem Alten, sei's mit etwas Neuem."

„Also mit dem Neuen", sagte Woldemar und reichte seinem alten Lehrer die Hand.

Aber dieser antwortete: „Nicht so ganz unbedingt mit dem

Neuen. Lieber mit dem Alten, soweit es irgend geht, und mit dem Neuen nur, soweit es muß."

Das Mahl war inzwischen vorgeschritten und bei einem Gange angelangt, der eine Spezialität von Schloß Stechlin war und jedesmal die Bewunderung seiner Gäste: losgelöste Krammetsvögelbrüste, mit einer dunkeln Kraftbrühe angerichtet, die, wenn die Herbst- und Ebereschentage da waren, als eine höhere Form von Schwarzsauer auf den Tisch zu kommen pflegten. Engelke präsentierte Burgunder dazu, der schon lange lag, noch aus alten besseren Tagen her, und als jeder davon genommen, erhob sich Dubslav, um erst kurz seine lieben Gäste zu begrüßen, dann aber die Damen leben zu lassen. Er müsse bei diesem Plural bleiben, trotzdem die Damenwelt nur in einer Einheit vertreten sei; doch er gedenke dabei neben seiner lieben Freundin und Tischnachbarin (er küßte dieser huldigend die Hand) zugleich auch der „Gemahlin" seines Freundes Katzler, die leider – wenn auch vom Familienstandpunkt aus in hocherfreulichster Veranlassung – am Erscheinen in ihrer Mitte verhindert sei: „Meine Herren, Frau Oberförster Katzler" – er machte hier eine kleine Pause, wie wenn er eine höhere Titulatur ganz ernsthaft in Erwägung gezogen hätte – „Frau Oberförster Katzler und Frau von Gundermann, sie leben hoch!" Rex, Czako, Katzler erhoben sich, um mit Frau von Gundermann anzustoßen, als aber jeder von ihnen auf seinen Platz zurückgekehrt war, nahmen sie die durch den Toast unterbrochenen Privatgespräche wieder auf, wobei Dubslav als guter Wirt sich darauf beschränkte, kurze Bemerkungen nach links und rechts hin einzustreuen. Dies war indessen nicht immer leicht, am wenigsten leicht bei dem Geplauder, das der Hauptmann und Frau von Gundermann führten, und das so pausenlos verlief, daß ein Einhaken sich kaum ermöglichte. Czako war ein guter Sprecher, aber er verschwand neben seiner Partnerin. Ihres Vaters Laufbahn, der es (ursprünglich Schreib- und Zeichenlehrer) in einer langen, schon mit Anno 13 beginnenden Dienstzeit bis zum Hauptmann in der „Plankammer" gebracht hatte, gab ihr in ihren Augen eine gewisse militärische Zugehörigkeit, und als sie, nach mehrmaligem Auslugen, endlich den ihr wohlbekannten Namenszug des Regiments Alexander auf Czakos Achselklappe erkannt hatte, sagte sie: „Gott . . ., Alexander. Nein, ich sage. Mir war aber doch auch gleich so. Münzstraße. Wir wohnten ja Linienstraße, Ecke der Weinmeister – das heißt, als ich meinen Mann kennenlernte. Vorher draußen, Schönhauser Allee. Wenn man so wen aus seiner Gegend wiedersieht! Ich bin ganz glücklich, Herr Hauptmann. Ach, es ist zu traurig hier. Und wenn wir nicht den Herrn von Stechlin hätten, so hätten wir so gut wie gar nichts. Mit Katzlers", aber dies flüsterte sie nur leise, „mit Katzlers ist es nichts; die sind zu hoch raus. Da muß man sich denn kleinmachen. Und so toll ist es am Ende doch auch noch nicht. Jetzt passen sie ja noch leidlich. Aber abwarten."

„Sehr wahr, sehr wahr", sagte Czako, der, ohne was Sicheres zu verstehen, nur ein während des Dubslavschen Toastes schon gehabtes Gefühl bestätigt sah, daß es mit den Katzlers was Besonderes auf sich haben müsse. Frau von Gundermann aber, den ihr unbequemen Flüsterton aufgebend, fuhr mit wieder lauter werdender Stimme fort, „wir haben den Herrn von Stechlin, und das ist ein Glück, und es ist auch bloß eine gute halbe Meile. Die meisten andern wohnen viel zu weit, und wenn sie auch näher wohnten, sie wollen alle nicht recht; die Leute hier, mit denen wir eigentlich Umgang haben müßten, sind so diffizil und legen alles auf die Goldwaage. Das heißt, vieles legen sie nicht auf die Goldwaage, dazu reicht es bei den meisten nicht aus; nur immer die Ahnen. Und sechzehn ist das wenigste. Ja, wer hat gleich sechzehn? Gundermann ist erst geadelt, und wenn er nicht Glück gehabt hätte, so wär es gar nichts. Er hat nämlich klein angefangen, bloß mit einer Mühle; jetzt haben wir nun freilich sieben, immer den Rhin entlang, lauter Schneidemühlen, Bohlen und Bretter, einzöllig, zweizöllig und noch mehr. Und die Berliner Dielen, die sind fast alle von uns."

„Aber, meine gnädigste Frau, das muß Ihnen doch ein Hochgefühl geben. Alle Berliner Dielen! Und dieser Rhinfluß, von dem Sie sprechen, der vielleicht eine ganze Seenkette verbindet, und woran mutmaßlich eine reizende Villa liegt! Und darin hören Sie Tag und Nacht, wie nebenan in der Mühle die Säge geht, und die dicht herumstehenden Bäume bewegen sich leise. Mitunter natürlich ist auch Sturm. Und Sie haben eine Pony-Equipage für Ihre Kinder. Ich darf doch annehmen, daß Sie Kinder haben? Wenn man so abgeschieden lebt und so beständig aufeinander angewiesen ist . . ."

„Es ist, wie Sie sagen, Herr Hauptmann; ich habe Kinder, aber schon erwachsen, beinah alle, denn ich habe mich jung verheiratet. Ja, Herr von Czako, man ist auch einmal jung gewesen. Und es ist ein Glück, daß ich die Kinder habe. Sonst ist kein Mensch da, mit dem man ein gebildetes Gespräch führen kann. Mein Mann hat seine Politik und möchte sich wählen lassen, aber es wird nichts, und wenn ich die Journale bringe, nicht mal die Bilder sieht er sich an. Und die Geschichten, sagt er, seien bloß dummes Zeug und bloß Wasser auf die Mühlen der Sozialdemokratie. Seine Mühlen, was ich übrigens recht und billig finde, sind ihm lieber."

„Aber Sie müssen doch viele Menschen um sich herum haben, schon in Ihrer Wirtschaft."

„Ja, die hab ich, und die Mamsells die man so kriegt, ja ein paar Wochen geht es; aber dann bändeln sie gleich an, am liebsten mit 'nem Volontär, wir haben nämlich auch Volontärs in der Mühlenbranche. Und die meisten sind aus ganz gutem Hause. Die jungen Menschen passen aber nicht auf, und da hat man's denn, und immer gleich Knall und Fall. All das ist doch traurig, und mitunter ist es auch so, daß man sich geradezu genieren muß."

Czako seufzte. „Mir ein Greuel, all dergleichen. Aber ich weiß vom Manöver her, was alles vorkommt. Und mit einer Schläue ... nichts schlauer, als verliebte Menschen. Ach, das ist ein Kapitel, womit man nicht fertig wird. Aber Sie sagten Linienstraße, meine Gnädigste. Welche Nummer denn? Ich kenne da beinah jedes Haus, kleine, nette Häuser, immer bloß Bel-Etage, höchstens mal ein Oeil de Boeuf."

„Wie? was?"

„Großes rundes Fenster ohne Glas. Aber ich liebe diese Häuser."

„Ja, das kann ich auch von mir sagen, und in gerade solchen Häusern hab ich meine beste Zeit verbracht, als ich noch ein Quack war, höchstens vierzehn. Und so grausam wild. Damals waren nämlich noch die Rinnsteine, und wenn es dann regnete und alles überschwemmt war und die Bretter anfingen, sich zu heben, und schon so halb herumschwammen, und die Ratten, die da drunter steckten, nicht mehr wußten, wo sie hin sollten, dann sprangen wir auf die Bohlen rauf, und nun die Biester raus, links und rechts, und die Jungens hinterher, immer aufgekrempelt und ganz nackigt. Und einmal, weil der eine Junge nicht abließ und mit seinen Holzpantinen immer drauflosschlug, da wurde das Untier falsch und biß den Jungen so, daß er schrie! Nein, so hab ich noch keinen Menschen wieder schreien hören. Und es war auch fürchterlich."

„Ja, das ist es. Und da helfen bloß Rattenfänger."

„Ja, Rattenfänger, davon hab ich auch gehört – Rattenfänger von Hameln. Aber die gibt es doch nicht mehr."

„Nein, gnädige Frau, die gibt es nicht mehr, wenigstens nicht mehr solche Hexenmeister mit Zauberspruch und einer Pfeife zum Pfeifen. Aber die meine ich auch gar nicht. Ich meine überhaupt nicht Menschen, die dergleichen als Metier betreiben und sich in den Zeitungen anzeigen, unheimliche Gesichter mit einer Pelzkappe. Was ich meine, sind bloß Pinscher, die nebenher auch noch ‚Rattenfänger' heißen und es auch wirklich sind. Und mit einem solchen Rattenfänger auf die Jagd gehen, das ist eigentlich das Schönste, was es gibt."

„Aber mit einem Pinscher kann man doch nicht auf die Jagd gehen!"

„Doch, doch, meine gnädigste Frau. Als ich in Paris war (ich war da nämlich mal hinkommandiert), da bin ich mit runtergestiegen in die sogenannten Katakomben, hochgewölbte Kanäle, die sich unter der Erde hinziehen. Und diese Kanäle sind das wahre Ratteneldorado; da sind sie zu Millionen. Oben drei Millionen Franzosen, unten drei Millionen Ratten. Und einmal, wie gesagt, bin ich da mit runtergeklettert und in einem Boote durch diese Unterwelt hingefahren, immer mitten in die Ratten hinein."

„Gräßlich, gräßlich. Und sind Sie heil wieder rausgekommen?"

„Im ganzen, ja. Denn, meine gnädigste Frau, eigentlich war es doch ein Vergnügen. In unserm Kahn hatten wir nämlich zwei solche Rattenfänger, einen vorn und einen hinten. Und nun hätten Sie sehen sollen, wie das losging. ‚Schnapp', und das Tier um die Ohren geschlagen, und tot war es. Und so weiter, so schnell wie Sie nur zählen können, und mitunter noch schneller. Ich kann es nur vergleichen mit Mr. Carver, dem bekannten Mr. Carver, von dem Sie gewiß einmal gelesen haben, der in der Sekunde drei Glaskugeln wegschoß. Und so immerzu, viele Hundert. Ja, so was wie diese Rattenjagd da unten, das vergißt man nicht wieder. Es war aber auch das Beste da. Denn was sonst noch von Paris geredet wird, das ist alles übertrieben; meist dummes Zeug. Was haben sie denn Großes? Opern und Zirkus und Museum, und in einem Saal 'ne Venus, die man sich nicht recht ansieht, weil sie das Gefühl verletzt, namentlich wenn man mit Damen da ist. Und das alles haben wir schließlich auch, und manches haben wir noch besser. So zum Beispiel Niemann und die dell' Era. Aber solche Rattenschlacht, das muß wahr sein, die haben wir nicht. Und warum nicht? Weil wir keine Katakomben haben."

Der alte Dubslav, der das Wort „Katakomben" gehört hatte, wandte sich jetzt wieder über den Tisch hin und sagte: „Pardon, Herr von Czako, aber Sie müssen meiner lieben Frau von Gundermann nicht mit so furchtbar ernsten Sachen kommen und noch dazu hier bei Tisch, gleich nach Karpfen und Meerrettich. Katakomben! Ich bitte Sie. Die waren ja doch eigentlich in Rom und erinnern einen immer an die traurigsten Zeiten, an den grausamen Kaiser Nero und seine Verfolgungen und seine Fackeln. Und da war dann noch einer mit einem etwas längeren Namen, der noch viel grausamer war, und da verkrochen sich diese armen Christen gerade in ebendiese Katakomben, und manche wurden verraten und gemordet. Nein, Herr von Czako, da lieber was Heiteres. Nicht wahr, meine liebe Frau von Gundermann?"

„Ach nein, Herr von Stechlin; es ist doch alles so sehr gelehrig. Und wenn man so selten Gelegenheit hat . . ."

„Na, wie Sie wollen. Ich hab es gut gemeint. Stoßen wir an! Ihr Rudolf soll leben; das ist doch der Liebling, trotzdem er der Älteste ist. Wie alt ist er denn jetzt?"

„Vierundzwanzig."

„Ein schönes Alter. Und wie ich höre, ein guter Mensch. Er müßte nur mehr raus. Er versauert hier ein bißchen."

„Sag ich ihm auch. Aber er will nicht fort. Er sagt, zu Hause sei es am besten."

„Bravo. Dann nehm ich alles zurück. Lassen Sie ihn. Zu Hause ist es am Ende wirklich am besten. Und gerade wir hier, die wir den Vorzug haben, in der Rheinsberger Gegend zu leben. Ja, wo ist so was? Erst der große König, und dann Prinz Heinrich, der nie 'ne Schlacht verloren. Und einige sagen, er wäre noch klüger gewesen als sein Bruder. Aber ich will so was nicht gesagt haben."

Viertes Kapitel

Frau von Gundermann schien auf das ihr als einziger, also auch ältester Dame zustehende Tafelaufhebungsrecht verzichten zu wollen und wartete, bis statt ihrer der schon seit einer Viertelstunde sich nach seiner Meerschaumpfeife sehnende Dubslav das Zeichen zum Aufbruch gab. Alles erhob sich jetzt rasch, um vom Eßzimmer aus in den nach dem Garten hinaussehenden Salon zurückzukehren, dem es – war es Zufall oder Absicht? – in diesem Augenblick noch an aller Beleuchtung fehlte; nur im Kamin glühten ein paar Scheite, die während der Essenszeit halb niedergebrannt waren, und durch die offenstehende hohe Glastür fiel von der Veranda her das Licht der über den Parkbäumen stehenden Mondsichel. Alles gruppierte sich alsbald um Frau von Gundermann, um dieser die pflichtschuldigen Honneurs zu machen, während Martin die Lampen, Engelke den Kaffee brachte. Das ein paar Minuten lang geführte gemeinschaftliche Gespräch kam, all die Zeit über, über ein unruhiges Hin und Her nicht hinaus, bis der Knäuel, in dem man stand, sich wieder in Gruppen auflöste.

Das erste sich abtrennende Paar waren Rex und Katzler, beide passionierte Billardspieler, die sich – Katzler übernahm die Führung – erst in den Eßsaal zurück und von diesem aus in das daneben gelegene Spielzimmer begaben. Das hier stehende, ziemlich vernachlässigte Billard war schon an die fünfzig Jahre alt und stammte noch aus des Vaters Zeiten her. Dubslav selbst machte sich nicht viel aus dem Spiel, aus Spiel überhaupt und interessierte sich, soweit sein Billard in Betracht kam, nur für eine sehr nachgedunkelte Karoline, von der ein Berliner Besucher mal gesagt hatte: „Alle Wetter, Stechlin, wo haben Sie *die* her? Das ist ja die gelbste Karoline, die ich all mein Lebtag gesehen habe“ – Worte, die damals solchen Eindruck auf Dubslav gemacht hatten, daß er seitdem ein etwas freundlicheres Verhältnis zu seinem Billard unterhielt und nicht ungern von „seiner Karoline“ sprach.

Das zweite Paar, das sich aus der Gemeinschaft abtrennte, waren Woldemar und Gundermann. Gundermann, wie alle an Kongestionen Leidende, fand es überall zu heiß und wies, als er ein paar Worte mit Woldemar gewechselt, auf die offenstehende Tür. „Es ist ein schöner Abend, Herr von Stechlin; könnten wir nicht auf die Veranda hinaustreten?“

„Aber gewiß, Herr von Gundermann. Und wenn wir uns absentieren, wollen wir auch alles Gute gleich mitnehmen. Engelke, bring uns die kleine Kiste, du weißt schon.“

„Ah, kapital. So ein paar Züge, das schlägt nieder, besser als Sodawasser. Und dann ist es auch wohl schicklicher im Freien. Meine Frau, wenn wir zu Hause sind, hat sich zwar daran gewöhnen müssen und spricht höchstens mal von ‚paffen‘ (na, das is nicht anders, dafür is man eben verheiratet), aber in einem fremden Hause, da fangen denn doch die Rücksichten an. Unser guter alter Kortschädel sprach auch immer von ‚Dehors'."

Unter diesen Worten waren Woldemar und Gundermann vom Salon her auf die Veranda hinausgetreten, bis dicht an die Treppenstufen heran, und sahen auf den kleinen Wasserstrahl, der auf dem Rundell aufsprang.

„Immer, wenn ich den Wasserstrahl sehe", fuhr Gundermann fort, „muß ich wieder an unsern guten alten Kortschädel denken. Is nu auch hinüber. Na, jeder muß mal, und wenn irgendeiner seinen Platz da oben sicher hat, *der* hat ihn. Ehrenmann durch und durch, und loyal bis auf die Knochen. Redner war er nicht, was eigentlich immer ein Vorzug, und hat mit seiner Schwätzerei dem Staate kein Geld gekostet; aber er wußte ganz gut Bescheid, und, unter vier Augen, ich habe Sachen von ihm gehört, großartig. Und ich sage mir, solchen kriegen wir nicht wieder..."

„Ach, das ist Schwarzseherei, Herr von Gundermann. Ich glaube, wir haben viele von ähnlicher Gesinnung. Und ich sehe nicht ein, warum nicht ein Mann wie Sie..."

„Geht nicht."

„Warum nicht?"

„Weil Ihr Herr Papa kandidieren will. Und da muß ich zurückstehen. Ich bin hier ein Neuling. Und die Stechlins waren hier schon..."

„Nun gut, ich will dies letztere gelten lassen, und nur was das Kandidieren meines Vaters angeht – ich denke mir, es ist noch nicht so weit, vieles kann noch dazwischenkommen, und jedenfalls wird er schwanken. Aber nehmen wir mal an, es sei, wie Sie vermuten. In diesem Falle träfe doch gerade das zu, was ich mir soeben zu sagen erlaubt habe. Mein Vater ist in jedem Anbetracht ein treuer Gesinnungsgenosse Kortschädels, und wenn er an seine Stelle tritt, was ist da verloren? Die Lage bleibt dieselbe."

„Nein, Herr von Stechlin."

„Nun, was ändert sich?"

„Vieles, alles. Kortschädel war in den großen Fragen unerbittlich, und Ihr Herr Vater läßt mit sich reden..."

„Ich weiß nicht, ob Sie da recht haben. Aber wenn es so wäre, so wäre das doch ein Glück..."

„Ein Unglück, Herr von Stechlin. Wer mit sich reden läßt, ist nicht stramm, und wer nicht stramm ist, ist schwach. Und Schwäche (die destruktiven Elemente haben dafür eine feine

Fühlung), Schwäche ist immer Wasser auf die Mühlen der Sozialdemokratie."

Die vier andern der kleinen Tafelrunde waren im Gartensalon zurückgeblieben, hatten sich aber auch zu zwei und zwei zusammengetan. In der einen Fensternische, so daß sie den Blick auf den mondbeschienenen Vorplatz und die draußen auf der Veranda auf und ab schreitenden beiden Herren hatten, saßen Lorenzen und Frau von Gundermann. Die Gundermann war glücklich über das Tête-à-tête, denn sie hatte wegen ihres jüngsten Sohnes allerhand Fragen auf dem Herzen oder bildete sich wenigstens ein, sie zu haben. Denn eigentlich hatte sie für gar nichts Interesse, sie mußte bloß, richtige Berlinerin, die sie war, reden können.

„Ich bin so froh, Herr Pastor, daß ich nun doch einmal Gelegenheit finde. Gott, wer Kinder hat, der hat auch immer Sorgen. Ich möchte wegen meines Jüngsten so gerne mal mit Ihnen sprechen, wegen meines Arthur. Rudolf hat mir keine Sorgen gemacht, aber Arthur. Er ist nun jetzt eingesegnet, und Sie haben ihm, Herr Prediger, den schönen Spruch mitgegeben, und der Junge hat auch gleich den Spruch auf einen großen weißen Bogen geschrieben, alle Buchstaben erst mit zwei Linien nebeneinander und dann dick ausgetuscht. Es sieht aus wie 'n Plakat. Und diesen großen Bogen hat er sich in die Waschtoilette geklebt, und da mahnt es ihn immer."

„Nun, Frau von Gundermann, dagegen ist doch nichts zu sagen."

„Nein, das will ich auch nicht. Eher das Gegenteil. Es hat ja doch was Rührendes, daß es einer so ernst nimmt. Denn er hat zwei Tage dran gesessen. Aber wenn solch junger Mensch es so immer liest, so gewöhnt er sich dran. Und dann ist ja auch gleich wieder die Verführung da. Gott, daß man gerade immer über solche Dinge reden muß; noch keine Stunde, daß ich mit dem Herrn Hauptmann über unsern Volontär Vehmeyer gesprochen habe, netter Mensch, und nun gleich wieder mit Ihnen, Herr Pastor, auch über so was. Aber es geht nicht anders. Und dann sind Sie ja doch auch wie verantwortlich für seine Seele."

Lorenzen lächelte. „Gewiß, liebe Frau von Gundermann. Aber was ist es denn? Um was handelt es sich denn eigentlich?"

„Ach, es ist an und für sich nicht viel und doch auch wieder eine recht ärgerliche Sache. Da haben wir ja jetzt die Jüngste von unserm Schullehrer Brandt ins Haus genommen, ein hübsches Balg, rotbraun und ganz kraus, und Brandt wollte, sie solle bei uns angelernt werden. Nun, wir sind kein großes Haus, gewiß nicht, aber Mäntel abnehmen und rumpräsentieren, und daß sie weiß, ob links oder rechts, so viel lernt sie am Ende doch."

„Gewiß. Und die Frida Brandt, oh, die kenn ich ganz gut; die wurde jetzt gerade vorm Jahr eingesegnet. Und es ist, wie Sie sagen, ein allerliebstes Geschöpf und klug und aufgekratzt, ein bißchen zu sehr. Sie will zu Ostern nach Berlin."

„Wenn sie nur erst da wäre. Mir tut es beinahe schon leid, daß ich ihr nicht gleich zugeredet. Aber so geht es einem immer."

„Ist denn was vorgefallen?"

„Vorgefallen? Das will ich nicht sagen. Er is ja doch erst sechzehn und eine Dusche dazu, gerade wie sein Vater; *der* hat sich auch erst rausgemausert, seit er grau geworden. Was beiläufig auch nicht gut ist. Und da komme ich nun gestern vormittag die Treppe rauf und will dem Jungen sagen, daß er in den Dohnenstrich geht und nachsieht, ob Krammetsvögel da sind, und die Tür steht halb auf, was noch das beste war, und da seh ich, wie sie ihm eine Nase dreht und die Zungenspitze raussteckt; so was von spitzer Zunge hab ich mein Lebtag noch nicht gesehen. Die reine Eva. Für die Potiphar ist sie mir noch zu jung. Und als ich nu dazwischentrete, da kriegt ja nu der arme Junge das Zittern, und weil ich nicht recht wußte, was ich sagen sollte, ging ich bloß hin und klappte den Waschtischdeckel auf, wo der Spruch stand, und sah ihn scharf an. Und da wurde er ganz blaß. Aber das Balg lachte."

„Ja, liebe Frau von Gundermann, das ist so; Jugend hat keine Tugend."

„Ich weiß doch nicht; ich bin auch einmal jung gewesen ..."

„Ja, Damen ..."

Während Frau von Gundermann in ihrem Gespräch in der Fensternische mit derartigen Intimitäten kam und den guten Pastor Lorenzen abwechselnd in Verlegenheit und dann auch wieder in stille Heiterkeit versetzte, hatte sich Dubslav mit Hauptmann von Czako in eine schräg gegenüber gelegene Ecke zurückgezogen, wo eine altmodische Causeuse stand, mit einem Marmortischchen davor. Auf dem Tische zwei Kaffeetassen samt aufgeklapptem Likörkasten, aus dem Dubslav eine Flasche nach der andern herausnahm. „Jetzt, wenn man von Tisch kommt, muß es immer ein Kognak sein. Aber ich bekenne Ihnen, lieber Hauptmann, ich mache die Mode nicht mit; wir aus der alten

Zeit, wir waren immer ein bißchen fürs Süße. Creme de Cacao, na, natürlich, das is Damenschnaps, davon kann keine Rede sein; aber Pomeranzen oder, wie sie jetzt sagen, Curaçao, das ist mein Fall. Darf ich Ihnen einschenken? Oder vielleicht lieber Danziger Goldwasser? Kann ich übrigens auch empfehlen."

„Dann bitte ich um Goldwasser. Es ist doch schärfer, und dann bekenne ich Ihnen offen, Herr Major ... Sie kennen ja unsre Verhältnisse, so 'n bißchen Gold heimelt einen immer an. Man hat keins und dabei doch zugleich die Vorstellung, daß man es trinken kann – es hat eigentlich was Großartiges."

Dubslav nickte, schenkte von dem Goldwasser ein, erst für Czako, dann für sich selbst und sagte: „Bei Tische hab ich die Damen leben lassen und Frau von Gundermann im speziellen. Hören Sie, Hauptmann, Sie verstehen's. Diese Rattengeschichte ..."

„Vielleicht war es ein bißchen zu viel."

„I, keineswegs. Und dann, Sie waren ja ganz unschuldig, die Gnäd'ge fing ja davon an; erinnern Sie sich, sie verliebte sich ordentlich in die Geschichte von den Rinnsteinbohlen, und wie sie drauf rumgetrampelt, bis die Ratten rauskamen. Ich glaube sogar, sie sagte ‚Biester'. Aber das schadet nicht. Das ist so Berliner Stil. Und unsre Gnäd'ge hier (beiläufig eine geborene Helfrich) ist eine Vollblutberlinerin."

„Ein Wort, das mich doch einigermaßen überrascht."

„Ah", drohte Dubslav schelmisch mit dem Finger, „ich verstehe. Sie sind einer gewissen Unausreichendheit begegnet und verlangen mindestens mehr Quadrat (von Kubik will ich nicht sprechen). Aber wir von Adel müssen in diesem Punkte doch ziemlich milde sein und ein Auge zudrücken, wenn das das richtige Wort ist. Unser eigenstes Vollblut bewegt sich auch in Extremen und hat einen linken und einen rechten Flügel; der linke nähert sich unsrer geborenen Helfrich. Übrigens unterhaltliche Madam. Und wie beseligt sie war, als sie den Namenszug auf Ihrer Achselklappe glücklich entdeckt und damit den Anmarsch auf die Münzstraße gewonnen hatte. Was es doch alles für Lokalpatriotismen gibt!"

„An dem unser Regiment teilnimmt oder ihn mitmacht. Die Welt um den Alexanderplatz herum hat übrigens so ihren eigenen Zauber, schon um einer gewissen Unresidenzlichkeit willen. Ich sehe nichts lieber als die große Markthalle, wenn beispielsweise die Fischtonnen mit fünfhundert Aalen in die Netze gegossen werden. Etwas Unglaubliches von Gezappel."

„Finde mich ganz darin zurecht und bin auch für Alexanderplatz und Alexanderkaserne samt allem, was dazu gehört. Und so brech ich denn auch die Gelegenheit vom Zaun, um nach einem ihrer früheren Regimentskommandeure zu fragen, dem liebenswürdigen Obersten von Zeuner, den ich noch persönlich gekannt habe. Hier unsre Stechliner Gegend ist nämlich Zeunergegend. Keine Stunde von hier liegt Köpernitz, eine reizende Besitzung, drauf die Zeunersche Familie schon in friderizianischen Tagen ansässig war. Bin oft drüben gewesen (nun freilich schon zwanzig Jahre zurück) und komme noch einmal mit der Frage: Haben Sie den Obersten noch gekannt?"

„Nein, Herr Major. Er war schon fort, als ich zum Regimente kam. Aber ich habe viel von ihm gehört und auch von Köpernitz, weiß aber freilich nicht mehr, in welchem Zusammenhange."

„Schade, daß Sie nur einen Tag für Stechlin festgesetzt haben, sonst müßten Sie das Gut sehen. Alles ganz eigentümlich und besonders auch ein Grabstein, unter dem eine uralte Dame von beinah neunzig Jahren begraben liegt, eine geborne von Zeuner, die sich in früher Jugend schon mit einem Emigranten am Rheinsberger Hof, mit dem Grafen La Roche-Aymon, vermählt hatte. Merkwürdige Frau, von der ich Ihnen erzähle, wenn ich Sie mal wiedersehe. Nur eins müssen Sie heute schon mit anhören, denn ich glaube, Sie haben den Gustus dafür."

„Für alles, was Sie erzählen."

„Keine Schmeicheleien! Aber die Geschichte will ich Ihnen doch als Andenken mitgeben. Andre schenken sich Photographien, was ich, selbst wenn es hübsche Menschen sind (ein Fall, der übrigens selten zutrifft), immer greulich finde."

„Schenke nie welche."

„Was meine Gefühle für Sie steigert. Aber die Geschichte: Da war also drüben in Köpernitz diese La Roche-Aymon, und weil sie noch die Prinz-Heinrich-Tage gesehen und während derselben eine Rolle gespielt hatte, so zählte sie zu den besonderen Lieblingen Friedrich Wilhelms IV. Und als nun – sagen wir ums Jahr fünfzig – der Zufall es fügte, daß dem zur Jagd hier erschienenen König das Köpernitzer Frühstück, ganz besonders aber eine Blut- und Zungenwurst über die Maßen gut geschmeckt hatte, so wurde dies Veranlassung für die Gräfin, am nächsten Heiligabend eine ganze Kiste voll Würste nach Potsdam hin in die königliche Küche zu liefern. Und das ging so durch Jahre. Da beschloß zuletzt der gute König, sich für all die gute Gabe zu revanchieren, und als wieder Weihnachten war, traf in Köpernitz ein Postpaket ein, Inhalt: eine zierliche kleine Blutwurst. Und zwar war es ein wunderschöner, rundlicher Blutkarneol mit Goldspeilerchen an beiden Seiten und die Speilerchen selbst mit Diamanten besetzt. Und neben diesem Geschenk lag ein Zettelchen: ‚Wurst wider Wurst.'"

„Allerliebst!"

„Mehr als das. Ich persönlich ziehe solchen guten Einfall einer guten Verfassung vor. Der König, glaub ich, tat es auch. Und es denken auch heute noch viele so."

„Gewiß, Herr Major. Es denken auch heute noch viele so, und bei dem Schwankezustand, in dem ich mich leider befinde, sind meine persönlichen Sympathien gelegentlich nicht weitab davon. Aber ich fürchte doch, daß wir mit dieser unsrer Anschauung sehr in der Minorität bleiben."

„Werden wir. Aber Vernunft ist immer nur bei wenigen. Es wäre das beste, wenn ein einziger Alter-Fritzen-Verstand die ganze Geschichte regulieren könnte. Freilich braucht ein solcher oberster Wille auch seine Werkzeuge. Die haben wir aber noch in unserm Adel, in unsrer Armee und speziell auch in Ihrem Regiment."

Während der Alte diesen Trumpf ausspielte, kam Engelke, um ein paar neue Tassen zu präsentieren.

„Nein, nein, Engelke, wir sind schon weiter. Aber stell nur hin ... In Ihrem Regiment, sag ich, Herr von Czako; schon sein Name bedeutet ein Programm, und dieses Programm heißt: Rußland. Heutzutage darf man freilich kaum noch davon reden. Aber das ist Unsinn. Ich sage Ihnen, Hauptmann, das waren Preußens beste Tage, als da bei Potsdam herum die ‚russische Kirche' und das ‚russische Haus' gebaut wurden, und als es immer hin und her ging zwischen Berlin und Petersburg. Ihr Regiment, Gott sei Dank, unterhält noch was von den alten Beziehungen, und ich freue mich immer, wenn ich davon lese, vor allem, wenn ein russischer Kaiser kommt und ein Doppelposten vom Regiment Alexander vor seinem Palais steht. Und noch mehr freu ich mich, wenn das Regiment Deputationen schickt: Georgsfest, Namenstag des hohen Chefs, oder wenn sich's auch bloß um Uniformabänderungen handelt, beispielsweise Klappkragen statt Stehkragen (diese verdammten Stehkragen) – und wie dann der Kaiser alle begrüßt und zur Tafel zieht und so bei sich denkt: Ja, ja, das sind brave Leute; da hab ich meinen Halt."

Czako nickte, war aber doch in sichtlicher Verlegenheit, weil er, trotz seiner vorher versicherten „Sympathien", ein ganz moderner, politisch stark angekränkelter Mensch war, der, bei strammster Dienstlichkeit, zu all dergleichen Überspanntheiten ziemlich kritisch stand. Der alte Dubslav nahm indessen von alledem nichts wahr und fuhr fort: „Und sehen Sie, lieber Hauptmann, so hab ich's persönlich in meinen jungen Jahren auch noch erlebt und vielleicht noch ein bißchen besser; denn, Pardon, jeder hält seine Zeit für die beste. Vielleicht sogar, daß Sie mir zustimmen, wenn ich Ihnen mein Sprüchel erst ganz hergesagt haben werde. Da haben wir ja nun ‚jenseits des Njemen', wie manche Gebildete jetzt sagen, die ‚drei Alexander' gehabt, den ersten, den zweiten und den dritten, alle drei große Herren und alle drei richtige Kaiser und fromme Leute, oder doch beinah fromm, die's gut mit ihrem Volk und mit der Menschheit meinten, und dabei selber richtige Menschen; aber in dies Alexandertum, das so beinah das ganze Jahrhundert ausfüllt, da schiebt sich doch noch einer ein, ein Nicht-Alexander, und ohne Ihnen zu nahetreten zu wollen, *der* war doch der Häupter. Und das war unser Nikolaus. Manche dummen Kerle haben Spottlieder auf ihn gemacht und vom schwarzen Niklas gesungen, wie man Kinder mit dem schwarzen Mann graulich macht, aber war das ein Mann! Und dieser selbige Nikolaus, nun, der hatte hier, ganz wie die drei Alexander, auch ein Regiment, und das waren die Nikolaus-Kürassiere, oder sag ich lieber: das sind die Nikolaus-Kürassiere, denn wir haben sie, Gott sei Dank, noch. Und sehen Sie, lieber Czako, das war mein Regiment, dabei hab ich gestanden, als ich noch ein junger Dachs war, und habe dann den Abschied genommen; viel zu früh; Dummheit, hätte lieber dabei bleiben sollen."

Czako nickte, Dubslav nahm ein neues Glas von dem Goldwasser. „Unsre Nikolaus-Kürassiere, Gott erhalte sie, wie sie sind! Ich möchte sagen, in dem Regimente lebt noch die Heilige Alliance fort, die Waffenbrüderschaft von Anno dreizehn, und dies Anno dreizehn, das wir mit den Russen zusammen durchgemacht haben, immer nebeneinander im Biwak, in Glück und Unglück, das war doch unsre größte Zeit. Größer als die jetzt große. Große Zeit ist es immer nur, wenn's beinah schiefgeht, wenn man jeden Augenblick fürchten muß: ‚Jetzt ist alles vorbei.' Da zeigt sich's. Courage ist gut, aber Ausdauer ist besser. Ausdauer, das ist die Hauptsache. Nichts im Leibe, nichts auf dem Leibe, Hundekälte, Regen und Schnee, so daß man so in der nassen Patsche liegt, und höchstens 'nen Kornus (Kognak, ja hast du was, den gab es damals kaum) und so die Nacht durch, da konnte man Jesum Christum erkennen lernen. Ich sage das, wenn ich auch nicht mit dabeigewesen. Anno dreizehn, bei Großgörschen, das war für uns die richtige Waffenbrüderschaft: jetzt haben wir die Waffenbrüderschaft der Orgeldreher und der Mausefallenhändler. Ich bin für Rußland, für Nikolaus und Alexander. Preobrashensk, Semenow, Kaluga – da hat man die richtige Anlehnung; alles andre ist revolutionär, und was revolutionär ist, das wackelt."

Kurz vor elf, der Mond war inzwischen unter, brach man auf und die Wagen fuhren vor, erst der Katzlersche Kaleschwagen, dann die Gundermannsche Chaise; Martin aber, mit einer Stallaterne, leuchtete dem Pastor über Vorhof und Bohlenbrücke fort, bis an seine ganz im Dunkel liegende Pfarre. Gleich darauf zogen sich auch die drei Freunde zurück und stiegen, unter Vorantritt Engelkes, die große Treppe hinauf, bis auf den Podest. Hier trennten sich Rex und Czako von Woldemar, dessen Zimmer auf der andern Flurseite gelegen war.

Czako, sehr müde, war im Nu bettfertig. „Es bleibt also dabei, Rex, Sie logieren sich in dem Rokokozimmer ein – wir wollen es ohne weiteres so nennen – und ich nehme das Himmelbett hier in Zimmer Nummer eins. Vielleicht wäre das Umgekehrte richtiger, aber Sie haben es so gewollt."

Und während er noch so sprach, schob er seine Stiefel auf den Flur hinaus, schloß ab und legte sich nieder.

Rex war derweilen mit seiner Plaidrolle beschäftigt, aus der er allerlei Toilettengegenstände hervorholte. „Sie müssen mich entschuldigen, Czako, wenn ich mich noch eine Viertelstunde hier bei Ihnen aufhalte. Habe nämlich die Angewohnheit mich abends zu rasieren, und der Toilettentisch mit Spiegel, ohne den es doch nicht gut geht, der steht nun mal hier an Ihrem, statt an meinem Fenster. Ich muß also stören."

„Mir sehr recht, trotz aller Müdigkeit. Nichts besser, als noch ein bißchen aus dem Bett heraus plaudern können. Und dabei so warm eingemummelt. Die Betten auf dem Lande sind überhaupt das Beste."

„Nun, Czako, das freut mich, daß Sie so bereit sind, mir Quartier zu gönnen. Aber wenn Sie noch eine Plauderei haben wollen, so müssen Sie sich die Hauptsache selber leisten. Ich schneide mich sonst, was dann hinterher immer ganz schändlich aussieht. Übrigens muß ich erst Schaum schlagen, und so lange wenigstens kann ich Ihnen Red und Antwort stehen. Ein Glück nebenher, daß hier, außer der kleinen Lampe, noch diese zwei Leuchter sind. Wenn ich nicht Licht von rechts und links habe, komme ich nicht von der Stelle; das eine wackelt zwar (alle diese dünnen Silberleuchter wackeln), aber ‚wenn gute Reden sie begleiten ...' Also strengen Sie sich an. Wie fanden Sie die Gundermanns? Sonderbare Leute – haben Sie schon mal den Namen Gundermann gehört?"

„Ja. Aber das war in ‚Waldmeisters Brautfahrt'."

„Richtig; so wirkt er auch. Und nun gar erst die Frau! Der einzige, der sich sehen lassen konnte, war dieser Katzler. Ein Karambolespieler ersten Ranges. Übrigens Eisernes Kreuz."

„Und dann der Pastor."

„Nun ja, auch der. Eine ganz gescheite Nummer. Aber doch ein wunderbarer Heiliger, wie die ganze Sippe, zu der er gehört. Er hält zu Stöcker, sprach es auch aus, was neuerdings nicht jeder tut; aber der ‚neue Luther', der doch schon gerade bedenklich genug ist – Majestät hat ganz recht mit seiner Verurteilung –, der geht ihm gewiß nicht weit genug. Dieser Lorenzen erscheint mir, im Gegensatz zu seinen Jahren, als einer der Allerjüngsten. Und zu verwundern bleibt nur, daß der Alte so gut mit ihm steht. Freund Woldemar hat mir davon erzählt. Der Alte liebt ihn und sieht nicht, daß ihm sein geliebter Pastor den Ast absägt, auf dem er sitzt. Ja, diese von der neuesten Schule, das sind die Allerschlimmsten. Immer Volk und wieder Volk, und mal auch etwas Christus dazwischen. Aber ich lasse mich so leicht nicht hinters Licht führen. Es läuft alles darauf hinaus, daß sie mit uns aufräumen wollen, und mit dem alten Christentum auch. Sie haben ein neues, und das überlieferte behandeln sie despektierlich."

„Kann ich ihnen unter Umständen nicht verdenken. Seien Sie gut, Rex, und lassen Sie Konventikel und Partei mal beiseite. Das Überlieferte, was einem da so vor die Klinge kommt, namentlich wenn Sie sich die Menschen ansehen, wie sie nun mal sind, ist doch sehr reparaturbedürftig, und auf solche Reparatur ist ein Mann wie dieser Lorenzen eben aus. Machen Sie die Probe. Hie Lorenzen, hie Gundermann. Und Ihren guten Glauben in Ehren, aber Sie werden diesen Gundermann doch nicht über den Lorenzen stellen und ihn überhaupt nur ernsthaft nehmen wollen. Und wie dieser Wassermüller aus der Brettschneidebranche, so sind die meisten. Phrase, Phrase. Mitunter auch Geschäft oder noch Schlimmeres."

„Ich kann jetzt nicht antworten, Czako. Was Sie da sagen, berührt eine große Frage, bei der man doch aufpassen muß. Und so mit dem Messer in der Hand, da verbietet sich's. Und das eine wacklige Licht hat ohnehin schon einen Dieb. Erzählen Sie mir lieber was von der Frau von Gundermann. Debattieren kann ich nicht mehr, aber wenn Sie plaudern, brauch ich bloß zuzuhören. Sie haben ihr ja bei Tisch 'nen langen Vortrag gehalten."

„Ja. Und noch dazu über Ratten."

„Nein, Czako, davon dürfen Sie jetzt nicht sprechen; dann doch noch lieber über alten und neuen Glauben. Und gerade hier. In solchem alten Kasten ist man nie sicher vor Spuk und Ratten. Wenn Sie nichts andres wissen, dann bitt ich um die Geschichte, bei der wir heute früh in Cremmen unterbrochen wurden. Es schien mir was Pikantes."

„Ach, die Geschichte von der kleinen Stubbe. Ja, hören Sie, Rex, das regt Sie aber auch auf. Und wenn man nicht schlafen kann, ist es am Ende gleich, ob wegen der Ratten oder wegen der Stubbe."

Fünftes Kapitel

Rex und Czako waren so müde, daß sie sich, wenn nötig, über Spuk und Ratten weggeschlafen hätten. Aber es war nicht nötig, nichts war da, was sie hätte stören können. Kurz vor acht erschien das alte Faktotum mit einem silbernen Deckelkrug, aus dem der Wrasen heißen Wassers aufstieg, einem der wenigen Renommierstücke, über die Schloß Stechlin verfügte. Dazu bot Engelke den Herren einen guten Morgen und stattete seinen Wetterbericht ab: Es gebe gewiß einen schönen Tag, und der junge Herr sei auch schon auf und gehe mit dem alten um das Rundell herum.

So war es denn auch. Woldemar war schon gleich nach sieben unten im Salon erschienen, um mit seinem Vater, von dem er wußte, daß er ein Frühauf war, ein Familiengespräch über allerhand diffizile Dinge zu führen. Aber er war entschlossen, seinerseits damit nicht anzufangen, sondern alles von der Neugier und dem guten Herzen des Vaters zu erwarten. Und darin sah er sich auch nicht getäuscht.

„Ah, Woldemar, das ist recht, daß du schon da bist. Nur nicht zu lang im Bett. Die meisten Langschläfer haben einen Knacks. Es können aber sonst ganz gute Leute sein. Ich wette, dein Freund Rex schläft bis neun."

„Nein, Papa, der gerade nicht. Wer wie Rex ist, kann sich das nicht gönnen. Er hat nämlich einen Verein gegründet für Frühgottesdienste, abwechselnd in Schönhausen und Finkenkrug. Aber es ist noch nicht perfekt geworden."

„Freut mich, daß es noch hapert. Ich mag so was nicht. Der alte Wilhelm hat zwar seinem Volke die Religion wiedergeben wollen, was ein schönes Wort von ihm war – alles, was er tat und sagte, war gut – aber Religion und Landpartie, dagegen bin ich doch. Ich bin überhaupt gegen alle falschen Mischungen. Auch bei den Menschen. Die reine Rasse, das ist das eigentlich Legitime. Das andre, was sie nebenher noch Legitimität nennen, das ist schon alles mehr künstlich. Sage, wie steht es denn eigentlich damit? Du weißt schon, was ich meine."

„Ja, Papa ..."

„Nein, nicht so; nicht immer bloß ‚ja, Papa'. So fängst du jedesmal an, wenn ich auf dies Thema komme. Da liegt schon ein halber Refus drin, oder ein Hinausschieben, ein Abwarten-Wollen. Und damit kann ich mich nicht befreunden. Du bist jetzt zweiunddreißig, oder doch beinah, da muß der mit der Fackel kommen; aber *du* fackelst (verzeih den Kalauer; ich bin eigentlich gegen Kalauer, die sind so mehr für Handlungsreisende) also du fackelst, sag ich, und ist kein Ernst dahinter. Und so viel kann ich dir außerdem sagen, deine Tante Sanctissima drüben im Kloster Wutz, die wird auch schon ungeduldig. Und das sollte dir zu denken geben. Mich hat sie zeitlebens schlecht behandelt; wir stimmten eben nie zusammen und konnten auch nicht, denn so halb Königin Elisabeth, halb Kaffeeschwester, das is 'ne Melange, mit der ich mich nie habe befreunden können. Ihr drittes Wort ist immer ihr Rentmeister Fix, und wäre sie nicht sechsundsiebzig, so erfänd ich mir eine Geschichte dazu."

„Mach es gnädig, Papa. Sie meint es ja doch gut. Und mit mir nun schon ganz gewiß."

„Gnädig machen? Ja, Woldemar, ich will es versuchen. Nur fürcht ich, es wird nicht viel dabei herauskommen. Da heißt es immer, man solle Familiengefühl haben, aber es wird einem doch auch zu blutsauer gemacht, und ich kann umgekehrt der Versuchung nicht widerstehen, eine richtige Familienkritik zu üben. Adelheid fordert sie geradezu heraus. Andrerseits freilich, in dich ist sie wie vernarrt, für dich hat sie Geld und Liebe. Was davon wichtiger ist, stehe dahin; aber soviel ist gewiß, ohne sie wär es überhaupt gar nicht gegangen, ich meine dein Leben in deinem Regiment. Also wir haben ihr zu danken, und weil sie das geradesogut weiß, wie wir, oder vielleicht noch ein bißchen besser, gerade deshalb wird sie ungeduldig; sie will Taten sehen, was vom Weiberstandpunkt aus allemal so viel heißt wie Verheiratung. Und wenn man will, kann man es auch so nennen, ich meine Taten. Es ist und bleibt ein Heroismus. Wer Tante Adelheid geheiratet hätte, hätte sich die Tapferkeitsmedaille verdient, und wenn ich schändlich sein wollte, so sagte ich das Eiserne Kreuz."

„Ja, Papa ..."

„Schon wieder ‚ja, Papa'. Nun, meinetwegen, ich will dich schließlich in deiner Lieblingswendung nicht stören. Aber bekenne mir nebenher – denn das ist doch schließlich das, um was sich's handelt – liegst du mit was im Anschlag, hast du was auf dem Korn?"

„Papa, diese Wendungen erschrecken mich beinah. Aber wenn denn schon so jägermäßig gesprochen werden soll, ja; meine Wünsche haben ein bestimmtes Ziel, und ich darf sagen, mich beschäftigen diese Dinge."

„Mich beschäftigen diese Dinge ... Nimm mir's nicht übel, Woldemar, das ist ja gar nichts. Beschäftigen! Ich bin nicht fürs Poetische, das ist für Gouvernanten und arme Lehrer, die nach Görbersdorf müssen (bloß, daß sie meistens kein Geld dazu haben), aber diese Wendung ‚sich beschäftigen', das ist mir denn doch zu prosaisch. Wenn es sich um solche Dinge wie Liebe handelt (wiewohl ich über Liebe nicht viel günstiger denke wie über Poesie, bloß daß Liebe doch noch mehr Unheil anrichtet, weil sie noch allgemeiner auftritt) – wenn es sich um Dinge wie Liebe handelt, so darf man nicht sagen, ‚ich habe mich damit beschäftigt'. Liebe ist doch schließlich immer was Forsches, sonst kann sie sich ganz und gar begraben lassen, und da möcht ich denn doch etwas von dir hören, was ein bißchen wie Leidenschaft aussieht. Es braucht ja nicht gleich was Schreckliches zu sein. Aber so ganz ohne Stimulus, wie man, glaub ich, jetzt sagt, so ganz ohne so was geht es nicht; alle Menschheit ist darauf gestellt, und wo's einschläft, ist so gut wie alles vorbei. Nun weiß ich zwar recht gut, es geht auch ohne uns, aber das ist doch alles bloß etwas, was einem von Verstandes wegen aufgezwungen wird; das egoistische Gefühl, das immer unrecht, aber auch immer recht hat, will von dem allem nichts wissen und besteht darauf, daß die Stechline weiterleben, wenn es sein kann, in aeternum. Ewig weiterleben – ich räume ein, es hat ein bißchen was Komisches, aber es gibt wenig ernste Sachen, die nicht auch eine komische Seite hätten ... Also dich ‚beschäftigen' diese Dinge. Kannst du Namen nennen? Auf wen haben Eurer Hoheit Augen zu ruhen geruht?"

„Papa, Namen darf ich noch nicht nennen. Ich bin meiner Sache noch nicht sicher genug, und das ist auch der Grund, warum ich Wendungen gebraucht habe, die dir nüchtern und prosaisch erschienen sind. Ich kann dir aber sagen, ich hätte mich lieber anders ausgedrückt; nur darf ich es noch nicht. Und dann weiß ich ja auch, daß du selber einen abergläubischen Zug hast und ganz aufrichtig davon ausgehst, daß man sich sein Glück verreden kann, wenn man zu früh oder zu viel davon spricht."

„Brav, brav. Das gefällt mir. So ist es. Wir sind immer von neidischen und boshaften Wesen mit Fuchsschwänzen und Fledermausflügeln umstellt, und wenn wir renommieren oder sicher tun, dann lachen sie. Und wenn sie erst lachen, dann sind wir schon so gut wie verloren. Mit unsrer eignen Kraft ist nichts getan, ich habe nicht den Grashalm sicher, den ich hier ausreiße. Demut, Demut ... Aber trotzdem komm ich dir mit der naiven Frage (denn man widerspricht sich in einem fort), ist es was Vornehmes, was Piekfeines?"

„Piekfein, Papa, will ich nicht sagen. Aber vornehm gewiß."

„Na, das freut mich. Falsche Vornehmheit ist mir ein Greuel; aber richtige Vornehmheit – à la bonne heure. Sage mal, vielleicht was vom Hofe?"

„Nein, Papa."

„Na, desto besser. Aber da kommen ja die Herren. Der Rex sieht wirklich verdeubelt gut aus, ganz das, was wir früher einen Gardeassessor nannten. Und fromm, sagst du – wird also wohl Karriere machen; ‚fromm' is wie 'ne untergelegte Hand."

Während dieser Worte stiegen Rex und Czako die Stufen zum Garten hinunter und begrüßten den Alten. Er erkundigte sich nach ihren nächtlichen Schicksalen, freute sich, daß sie „durchgeschlafen" hätten, und nahm dann Czakos Arm, um vom Garten her auf die Veranda, wo Engelke mittlerweile unter der großen Markise den Frühstückstisch hergerichtet hatte, zurückzukehren. „Darf ich bitten, Herr von Rex." Und er wies auf einen Gartenstuhl, ihm gerade gegenüber, während Woldemar und Czako links und rechts neben ihm Platz nahmen. „Ich habe neuerdings den Tee eingeführt, das heißt nicht obligatorisch; im Gegenteil, ich persönlich, bleibe lieber bei Kaffee, ‚schwarz wie der Teufel, süß wie die Sünde, heiß wie die Hölle', wie bereits Talleyrand gesagt haben soll. Aber, Pardon, daß ich Sie mit so was überhaupt noch belästige. Schon mein Vater sagte mal: ‚Ja, wir auf dem Lande, wir haben immer noch die alten Wiener Kongreßwitze.' Und das ist nun schon wieder ein Menschenalter her."

„Ach, diese alten Kongreßwitze", sagte Rex verbindlich, „ich möchte mir die Bemerkung erlauben, Herr Major, daß diese alten Witze besser sind als die neuen. Und kann auch kaum anders sein. Denn wer waren denn die Verfasser von damals? Talleyrand, den Sie schon genannt haben, und Wilhelm von Humboldt und Friedrich Gentz und ihresgleichen. Ich glaube, daß das Metier seitdem sehr herabgestiegen ist."

„Ja, herabgestiegen ist alles, und es steigt immer weiter nach unten. Das ist, was man neue Zeit nennt, immer weiter runter. Und mein Pastor, den Sie ja gestern abend kennengelernt haben, der behauptet sogar, das sei das Wahre, das sei das, was man Kultur nenne, daß immer weiter nach unten gestiegen würde. Die aristokratische Welt habe abgewirtschaftet, und nun komme die demokratische ..."

„Sonderbare Worte für einen Geistlichen", sagte Rex, „für einen Mann, der doch die durch Gott gegebenen Ordnungen kennen sollte."

Dubslav lachte. „Ja, das bestreitet er Ihnen. Und ich muß bekennen, es hat manches für sich, trotzdem es mir nicht recht paßt. Im übrigen, wir werden ihn, ich meine den Pastor, ja wohl noch beim zweiten Frühstück sehen, wo Sie dann Gelegenheit nehmen können, sich mit ihm persönlich darüber auseinanderzusetzen; er liebt solche Gespräche, wie Sie wohl schon gemerkt haben, und hat eine kleine Lutherneigung, sich immer auf das jetzt übliche: ‚Hier steh ich, ich kann nicht anders' auszuspielen. Mitunter sieht es wirklich so aus, als ob wieder eine gewisse Märtyrerlust in die Menschen gefahren wäre, bloß ich trau dem Frieden noch nicht so recht."

„Ich auch nicht", bemerkte Rex, „meistens Renommisterei."

„Na, na", sagte Czako. „Da hab ich doch noch diese letzten Tage von einem armen russischen Lehrer gelesen, der unter die Soldaten gesteckt wurde (sie haben da jetzt auch so was wie allgemeine Dienstpflicht), und dieser Mensch, der Lehrer, hat sich geweigert, eine Flinte loszuschießen, weil das bloß Vorschule sei zu Mord und Totschlag, also ganz und gar gegen das fünfte Gebot. Und dieser Mensch ist sehr gequält worden, und zuletzt ist er gestorben. Wollen Sie das auch Renommisterei nennen?"

„Gewiß will ich das."

„Herr von Rex", sagte Dubslav, „sollten Sie dabei nicht zu weit gehen? Wenn sich's ums Sterben handelt, da hört das Renommieren auf. Aber diese Sache, von der ich übrigens auch gehört habe, hat einen ganz andern Schlüssel. Das liegt nicht an der allgemein gewordenen Renommisterei, das liegt am Lehrertum. Alle Lehrer sind nämlich verrückt. Ich habe hier auch einen, an dem ich meine Studien gemacht habe; heißt Krippenstapel, was allein schon was sagen will. Er ist grad um ein Jahr älter als ich, also runde siebenundsechzig, und eigentlich ein Prachtexemplar, jedenfalls ein vorzüglicher Lehrer. Aber verrückt ist er doch."

„Das sind alle", sagte Rex. „Alle Lehrer sind ein Schrecknis. Wir im Kultusministerium können ein Lied davon singen. Diese Abc-Pauker wissen alles, und seitdem Anno sechsundsechzig der unsinnige Satz in die Mode kam, der preußische Schulmeister habe die Österreicher geschlagen – ich meinerseits würde lieber dem Zündnadelgewehr oder dem alten Steinmetz, der alles nur kein Schulmeister war, den Preis zuerkennen – seitdem ist es vollends mit diesen Leuten nicht mehr auszuhalten. Herr von Stechlin hat eben von einem der Humboldts gesprochen; nun, an Wilhelm von Humboldt trauen sie sich noch nicht recht heran, aber was Alexander von Humboldt konnte, das können sie nun schon lange."

„Da treffen Sie's, Herr von Rex", sagte Dubslav. „Genauso ist meiner auch. Ich kann nur wiederholen, ein vorzüglicher Mann; aber er hat den Prioritätswahnsinn. Wenn Koch das Heilserum erfindet oder Edison Ihnen auf fünfzig Meilen eine Oper vorspielt, mit Getrampel und Händeklatschen dazwischen, so weist Ihnen mein Krippenstapel nach, daß er das vor dreißig Jahren auch schon mit sich rumgetragen habe."

„Ja, ja, so sind sie alle."

„Übrigens ... Aber darf ich Ihnen nicht noch von diesem gebackenen Schinken vorlegen? ... Übrigens mahnt mich Krippenstapel daran, daß die Feststellung eines Vormittagsprogramms wohl an der Zeit sein dürfte; Krippenstapel ist nämlich der geborene Cicerone dieser Gegenden, und durch Woldemar weiß ich bereits, daß Sie uns die Freude machen wollen, sich um Stechlin und Umgegend ein klein wenig zu kümmern, Dorf, Kirche, Wald, See – um den See natürlich am meisten, denn der ist unsre pièce de résistance. Das andere gibt es woanders auch, aber der See ... Lorenzen erklärt ihn außerdem noch für einen richtigen Revolutionär, der gleich mitrumort, wenn irgendwo was los ist. Und es ist auch wirklich so. Mein Pastor aber sollte, beiläufig bemerkt, so was lieber nicht sagen. Das sind so Geistreichigkeiten, die leicht übel vermerkt werden. Ich persönlich laß es laufen. Es gibt nichts, was mir so verhaßt wäre wie Polizeimaßregeln, oder einem Menschen, der gern ein freies Wort spricht, die Kehle zuzuschnüren. Ich rede selber gern, wie mir der Schnabel gewachsen ist.“

„Und verplauderst dich dabei“, sagte Woldemar, „und vergißt zunächst unser Programm. Um spätestens zwei müssen wir fort; wir haben also nur noch vier Stunden. Und Globsow, ohne das es nicht gehen wird, ist weit und kostet uns wenigstens die Hälfte davon.“

„Alles richtig. Also das Menü, meine Herren. Ich denke mir die Sache so. Erst (da gleich hinter dem Buxbaumgange) Besteigung des Aussichtsturms – noch eine Anlage von meinem Vater her, die sich, nach Ansicht der Leute hier, vordem um vieles schöner ausnahm als jetzt. Damals waren nämlich noch lauter bunte Scheiben da oben, und alles, was man sah, sah rot oder blau oder orangefarben aus. Und alle Welt hier war unglücklich, als ich diese bunten Gläser wegnehmen ließ. Ich empfand es aber wie ’ne Naturbeleidigung. Grün ist grün und Wald ist Wald ... Also Nummer eins der Aussichtsturm; Nummer zwei Krippenstapel und die Schule; Nummer drei die Kirche samt Kirchhof. Pfarre schenken wir uns. Dann Wald und See. Und dann Globsow, wo sich eine Glasindustrie befindet. Und dann wieder zurück und zum Abschluß ein zweites Frühstück, eine altmodische Bezeichnung, die mir aber trotzdem immer besser klingt als Lunch. ‚Zweites Frühstück‘ hat etwas ausgesprochen Behagliches und gibt zu verstehen, daß man ein erstes schon hinter sich hat ... Woldemar, dies ist mein Programm, das ich dir, als einem Eingeweihten, hiermit unterbreite. Ja oder nein?“

„Natürlich ja, Papa. Du triffst dergleichen immer am besten. Ich meinerseits mache aber nur die erste Hälfte mit. Wenn wir in der Kirche fertig sind, muß ich zu Lorenzen. Krippenstapel kann mich ja mehr als ersetzen, und in Globsow weiß er all und jedes. Er spricht, als ob er Glasbläser gewesen wäre."

„Darf dich nicht wundern. Dafür ist er Lehrer im allgemeinen und Krippenstapel im besonderen."

So war denn also das Programm festgestellt, und nachdem Dubslav mit Engelkes Hilfe seinen noch ziemlich neuen weißen Filzhut, den er sehr schonte, mit einem wotanartigen schwarzen Filzhut vertauscht und einen schweren Eichenstock in die Hand genommen hatte, brach man auf, um zunächst auf den als erste Sehenswürdigkeit festgesetzten Aussichtsturm hinaufzusteigen. Der Weg dahin, keine hundert Schritte, führte durch einen sogenannten ‚Poetensteig'. „Ich weiß nicht", sagte Dubslav, „warum meine Mutter diesen etwas anspruchsvollen Namen hier einführte. Soviel mir bekannt, hat sich hier niemals etwas betreffen lassen, was zu dieser Rangerhöhung einer ehemaligen Taxushecke hätte Veranlassung geben können. Und ist auch recht gut so."

„Warum gut, Papa?"

„Nun, nimm es nicht übel", lachte Dubslav. „Du sprichst ja, wie wenn du selber einer wärst. Im übrigen räum ich dir ein, daß ich kein rechtes Urteil über derlei Dinge habe. Bei den Kürassieren war keiner, und ich habe überhaupt nur einmal einen gesehen, mit einem kleinen Verdruß und einer Goldbrille, die er beständig abnahm und putzte. Natürlich bloß ein Männchen, klein und eitel. Aber sehr elegant."

„Elegant?" fragte Czako. „Dann stimmt es nicht; dann haben Sie so gut wie keinen gesehen."

Unter diesem Gespräche waren sie bis an den Turm gekommen, der in mehreren Etagen und zuletzt auf bloßen Leitern anstieg. Man mußte schwindelfrei sein, um gut hinaufzukommen. Oben aber war es wieder gefahrlos, weil eine feste Wandung das Podium umgab. Rex und Czako hielten Umschau. Nach Süden hin lag das Land frei, nach den drei andern Seiten hin aber war alles mit Waldmassen besetzt, zwischen denen gelegentlich die sich hier auf weite Meilen hinziehende Seenkette sichtbar wurde. Der nächste See war der Stechlin.

„Wo ist nun die Stelle?" fragte Czako. „Natürlich die, wo's sprudelt und strudelt."

„Sehen Sie die kleine Buchtung da, mit der weißen Steinbank?"

„Jawohl; ganz deutlich."

„Nun, von der Steinbank aus keine zwei Bootslängen in den See hinein, da haben Sie die Stelle, die, wenn's sein muß, mit Java telephoniert."

„Ich gäbe was drum", sagte Czako, „wenn jetzt der Hahn zu krähen anfinge."

„Diese kleine Aufmerksamkeit muß ich Ihnen leider schuldig bleiben und hab überhaupt da nach rechts hin nichts andres mehr für Sie als die roten Ziegeldächer, die sich zwischen dem Waldrand und dem See wie auf einem Bollwerk hinziehen. Das ist Kolonie Globsow. Da wohnen die Glasbläser. Und dahinter liegt die Glashütte. Sie ist noch unter dem Alten Fritzen entstanden und heißt die ‚grüne Glashütte'."

„Die grüne? Das klingt ja beinah wie aus 'nem Märchen."

„Ist aber eher das Gegenteil davon. Sie heißt nämlich so, weil man da grünes Glas macht, allergewöhnlichstes Flaschenglas. An Rubinglas mit Goldrand dürfen Sie hier nicht denken. Das ist nichts für unsre Gegend."

Und damit kletterten sie wieder hinunter und traten, nach Passierung des Schloßvorhofs, auf den quadratischen Dorfplatz hinaus, an dessen einer Ecke die Schule gelegen war. Es mußte die Schule sein, das sah man an den offenstehenden Fenstern und den Malven davor, und als die Herren bis an den grünen Staketenzaun heran waren, hörten sie auch schon den prompten Schulgang da drinnen, erst die scharfe, kurze Frage des Lehrers und dann die sofortige Massenantwort. Im nächsten Augenblick, unter Vorantritt Dubslavs, betraten alle den Flur, und weil ein kleiner weißer Kläffer sofort furchtbar zu bellen anfing, erschien Krippenstapel um zu zu sehen, was los sei.

„Guten Morgen, Krippenstapel", sagte Dubslav. „Ich bring Ihnen Besuch."

„Sehr schmeichelhaft, Herr Baron."

„Ja, das sagen Sie; wenn's nur wahr ist. Aber unter allen Umständen lassen Sie den Baron aus dem Spiel ... Sehen Sie, meine Herren, mein Freund Krippenstapel is ein ganz eignes Haus. Alltags nennt er mich Herr von Stechlin (den Major unterschlägt er), und wenn er ärgerlich ist, nennt er mich ‚gnäd'-ger Herr'. Aber sowie ich mit Fremden komme, betitelt er mich Herr Baron. Er will was für mich tun."

Krippenstapel, still vor sich hinschmunzelnd, hatte mittlerweile die Tür zu der seiner Schulklasse gegenüber gelegenen Wohnstube geöffnet und bat die Herren, eintreten zu wollen. Sie nahmen auch jeder einen Stuhl in die Hand, aber stützten sich nur auf die Lehne, während das Gespräch zwischen Dubslav und dem Lehrer seinen Fortgang nahm. „Sagen Sie, Krippenstapel, wird es denn überhaupt gehen? Sie sollen uns natürlich alles zeigen, und die Schule ist noch nicht aus."

„Oh, gewiß geht es, Herr von Stechlin."

„Ja, hören Sie, wenn der Hirt fehlt, rebelliert die Herde . . ."

„Nicht zu befürchten, Herr von Stechlin. Da war mal ein Burgemeister, achtundvierziger Zeit, Namen will ich lieber nicht nennen, der sagte: ‚Wenn ich meinen Stiefel ans Fenster stelle, regier ich die ganze Stadt.' Das war mein Mann."

„Richtig; den hab ich auch noch gekannt. Ja, der verstand es. Überhaupt immer in der Furcht des Herrn. Dann geht alles am besten. Der Hauptregente bleibt doch der Krückstock."

„Der Krückstock", bestätigte Krippenstapel. „Und dann freilich die Belohnungen."

„Belohnungen?" lachte Dubslav. „Aber Krippenstapel, wo nehmen Sie denn die her?"

„Oh, die hat's schon, Herr von Stechlin. Aber immer mit Verschiedenheiten. Ist es was Kleines, so kriegt der Junge bloß 'nen Katzenkopp weniger, ist es aber was Großes, dann kriegt er 'ne Wabe."

„'ne Wabe? Richtig. Davon haben wir schon heute früh beim Frühstück gesprochen, als Ihr Honig auf den Tisch kam. Ich habe den Herren dabei gesagt, Sie wären der beste Imker in der ganzen Grafschaft."

„Zu viel Ehre, Herr von Stechlin. Aber das darf ich sagen, ich versteh es. Und wenn die Herren mir folgen wollen, um das Volk bei der Arbeit zu sehen – es ist jetzt gerade beste Zeit."

Alle waren einverstanden, und so gingen sie denn durch den Flur bis in Hof und Garten hinaus und nahmen hier Stellung vor einem offenen Etageschuppen, drin die Stöcke standen, nicht altmodische Bienenkörbe, sondern richtige Bienenhäuser, nach der Dzierzonschen Methode, wo man alles herausnehmen und jeden Augenblick in das Innere bequem hineingucken kann. Krippenstapel zeigte denn auch alles, und Rex und Czako waren ganz aufrichtig interessiert.

„Nun aber, Herr Lehrer Krippenstapel", sagte Czako, „nun bitte, geben Sie uns auch einen Kommentar. Wie is das eigentlich mit den Bienen? Es soll ja was ganz Besondres damit sein."

„Ist es auch, Herr Hauptmann. Das Bienenleben ist eigentlich feiner und vornehmer als das Menschenleben."

„Feiner, das kann ich mir schon denken; aber auch vornehmer? Was Vornehmeres als den Menschen gibt es nicht. Indessen, wie's damit auch sei, ‚ja' oder ‚nein', Sie machen einen nur immer neugieriger. Ich habe mal gehört, die Bienen sollen sich auf das Staatliche so gut verstehen; beinah vorbildlich."

„So ist es auch, Herr Hauptmann. Und eines ist ja da, worüber sich als Thema vielleicht reden läßt. Da sind nämlich in jedem Stock drei Gruppen oder Klassen. In Klasse eins haben wir die Königin, in Klasse zwei haben wir die Arbeitsbienen (die, was für alles Arbeitsvolk wohl eigentlich immer das beste ist, geschlechtslos sind), und in Klasse drei haben wir die Drohnen; die sind männlich, worin zugleich ihr eigentlicher Beruf besteht. Denn im übrigen tun sie gar nichts."

„Interessanter Staat. Gefällt mir. Aber immer noch nicht vorbildlich genug."

„Und nun bedenken Sie, Herr Hauptmann. Winterlang haben sie so dagesessen und gearbeitet oder auch geschlafen. Und nun kommt der Frühling, und das erwachende neue Leben ergreift auch die Bienen, am mächtigsten aber die Klasse eins, die Königin. Und sie beschließt nun, mit ihrem ganzen Volk einen Frühlingsausflug zu machen, der sich für sie persönlich sogar zu einer Art Hochzeitsreise gestaltet. So muß ich es nennen. Unter den vielen Drohnen nämlich, die ihr auf der Ferse sind, wählt sie sich einen Begleiter, man könnte sagen einen Tänzer, der denn auch berufen ist, alsbald in eine noch intimere Stellung zu ihr einzurücken. Etwa nach einer Stunde kehrt die Königin und ihr Hochzeitszug in die beengenden Schranken ihres Staates zurück. Ihr Dasein hat sich inzwischen erfüllt. Ein ganzes Geschlecht von Bienen wird geboren, aber weitere Beziehungen zu dem bewußten Tänzer sind ein für allemal ausgeschlossen. Es ist das gerade das, was ich vorhin als fein und vornehm bezeichnet habe. Bienenköniginnen lieben nur einmal. Die Bienenkönigin liebt und stirbt."

„Und was wird aus der bevorzugten Drohne, aus dem Prinzessinnen-Tänzer, dem Prince-Consort, wenn dieser Titel ausreicht?"

„Dieser Tänzer wird ermordet."

„Nein, Herr Lehrer Krippenstapel, das geht nicht. Unter dieser letzten Mitteilung bricht meine Begeisterung wieder zusammen. Das ist ja schlimmer als der Heinesche Asra. Der stirbt doch bloß. Aber hier haben wir Ermordung. Sagen Sie, Rex, wie stehen Sie dazu?"

„Das monogamische Prinzip, woran doch schließlich unsre

ganze Kultur hängt, kann nicht strenger und überzeugender demonstriert werden. Ich finde es großartig."

Czako hätte gern geantwortet; aber er kam nicht dazu, weil in diesem Augenblicke Dubslav darauf aufmerksam machte, daß man noch viel vor sich habe. Zunächst die Kirche. „Seine Hochwürden, der wohl eigentlich dabeisein müßte, wird es nicht übelnehmen, wenn wir auf ihn verzichten. Aber Sie, Krippenstapel, können Sie?"

Krippenstapel wiederholte, daß er Zeit vollauf habe. Zudem schlug die Schuluhr, und gleich beim ersten Schlage hörte man, wie's drinnen in der Klasse lebendig wurde und die Jungens in ihren Holzpantinen über den Flur weg auf die Straße stürzten. Draußen aber stellten sie sich militärisch auf, weil sie mittlerweile gehört hatten, daß der gnädige Herr gekommen sei.

„Morgen, Jungens", sagte Dubslav, an einen kleinen Schwarzhaarigen herantretend. „Bist von Globsow?"

„Nein, gnäd'ger Herr, von Dagow."

„Na, lernst auch gut?"

Der Junge griente.

„Wann war denn Fehrbellin?"

„Achtzehnte Juni."

„Und Leipzig?"

„Achtzehnter Oktober. Immer achtzehnter bei uns."

„Das ist recht, Junge ... Da."

Und dabei griff er in seinen Rock und suchte nach einem Nickel. „Sehen Sie, Hauptmann, Sie sind ein bißchen ein Spötter, soviel hab ich schon gemerkt; aber so muß es gemacht werden. Der Junge weiß von Fehrbellin und von Leipzig und hat ein kluges Gesicht und steht Red und Antwort. Und rote Backen hat er auch. Sieht er aus, als ob er einen Kummer hätte oder einen Gram ums Vaterland? Unsinn. Ordnung und immer feste. Na, solange ich hier sitze, so lange hält es noch. Aber freilich, es kommen andre Tage."

Woldemar lächelte.

„Na", fuhr der Alte fort, „will mich trösten. Als der Alte Fritz zu sterben kam, dacht er auch, nu ginge die Welt unter. Und sie steht immer noch, und wir Deutsche sind wieder obenauf, ein bißchen zu sehr. Aber immer besser als zu wenig."

Inzwischen hatte sich Krippenstapel in seiner Stube proper gemacht: schwarzer Rock mit dem Inhaberband des Adlers von Hohenzollern, den ihm sein gütiger Gutsherr verschafft hatte.

Statt des Hutes, den er in der Eile nicht hatte finden können, trug er eine Mütze von sonderbarer Form. In der Rechten aber hielt er einen ausgehöhlten Kirchenschlüssel, der wie 'ne rostige Pistole aussah.

Der Weg bis zur Kirche war ganz nah. Und nun standen sie dem Portal gegenüber.

Rex, zu dessen Ressort auch Kirchenbauliches gehörte, setzte sein Pincenez auf und musterte. „Sehr interessant. Ich setze das Portal in die Zeit von Bischof Luger. Prämonstratenserbau. Wenn mich nicht alles täuscht, Anlehnung an die Brandenburger Krypte. Also sagen wir zwölfhundert. Wenn ich fragen darf, Herr von Stechlin, existieren Urkunden? Und war vielleicht Herr von Quast schon hier oder Geheimrat Adler, unser bester Kenner?"

Dubslav geriet in eine kleine Verlegenheit, weil er sich einer solchen Gründlichkeit nicht gewärtigt hatte. „Herr von Quast war einmal hier, aber in Wahlangelegenheiten. Und mit den Urkunden ist es gründlich vorbei, seit Wrangel hier alles niederbrannte. Wenn ich von Wrangel spreche, mein ich natürlich nicht unsern ‚Vater Wrangel', der übrigens auch keinen Spaß verstand, sondern den Schillerschen Wrangel ... Und außerdem, Herr von Rex, ist es so schwer für einen Laien. Aber Sie, Krippenstapel, was meinen Sie?"

Rex, über den plötzlich etwas von Dienstlichkeit gekommen war, zuckte zusammen. Er hatte sich an Herrn von Stechlin gewandt, wenn nicht als an einen Wissenden, so doch als an einen Ebenbürtigen, und daß jetzt Krippenstapel aufgefordert wurde, das entscheidende Wort in dieser Angelegenheit zu sprechen, wollte ihm nicht recht passend erscheinen. Überhaupt, was wollte diese Figur, die doch schon stark die Karikatur streifte. Schon der Bericht über die Bienen und namentlich was er über die Haltung der Königin und den Prince-Consort gesagt hatte, hatte so merkwürdig anzüglich geklungen, und nun wurde dies Schulmeisteroriginal auch noch aufgefordert, über bauliche Fragen und aus welchem Jahrhundert die Kirche stamme, sein Urteil abzugeben. Er hatte wohlweislich nach Quast und Adler gefragt, und nun kam Krippenstapel! Wenn man durchaus wollte, konnte man das alles patriarchalisch finden; aber es mißfiel ihm doch. Und leider war Krippenstapel – der zu seinen sonstigen Sonderbarkeiten auch noch den ganzen Trotz des Autodidakten gesellte – keineswegs angetan, die kleinen Unebenheiten, in die das Gespräch hineingeraten war, wieder glatt zu machen. Er nahm vielmehr die Frage ‚Krippenstapel, was meinen Sie' ganz ernsthaft auf und sagte:

„Wollen verzeihen, Herr von Rex, wenn ich unter Anlehnung an eine neuerdings erschienene Broschüre des Oberlehrers Tucheband in Templin zu widersprechen wage. Dieser Grafschaftswinkel hier ist von mehr mecklenburgischem und uckermärkischem als brandenburgischem Charakter, und wenn wir für unsre Stechliner Kirche nach Vorbildern forschen wollen, so werden wir sie wahrscheinlich in Kloster Himmelpfort oder Gransee zu suchen haben, aber nicht in Dom Brandenburg. Ich möchte hinzusetzen dürfen, daß Oberlehrer Tuchebands Aufstellungen, soviel ich weiß, unwidersprochen geblieben sind."

Czako, der diesem aufflackernden Kampfe zwischen einem Ministerialassessor und einem Dorfschulmeister mit größtem Vergnügen folgte, hätte gern noch weitere Scheite herzugetragen, Woldemar aber empfand, daß es höchste Zeit sei, zu intervenieren, und bemerkte: nichts sei schwerer als auf diesem Gebiete Bestimmungen zu treffen – ein Satz, den übrigens sowohl Rex wie Krippenstapel ablehnen zu wollen schienen – und daß er vorschlagen möchte, lieber in die Kirche selbst einzutreten, als hier draußen über die Säulen und Kapitelle weiter zu debattieren.

Man fand sich in diesen Vorschlag, Krippenstapel öffnete die Kirche mit seinem Riesenschlüssel, und alle traten ein.

Sechstes Kapitel

Gleich nach zwölf – Woldemar hatte sich, wie geplant, schon lange vorher, um bei Lorenzen vorzusprechen, von den andern Herren getrennt – waren Dubslav, Rex und Czako von dem Globsower Ausfluge zurück, und Rex, feiner Mann, der er war, war bei Passierung des Vorhofs verbindlich an die mit Zinn ausgelegte blanke Glaskugel herangetreten, um ihr, als einem mutmaßlichen Produkte der eben besichtigten „grünen Glashütte", seine Ministerialaufmerksamkeit zu schenken. Er ging dabei so weit, von „Industriestaat" zu sprechen. Czako, der gemeinschaftlich mit Rex in die Glaskugel hineinguckte, war mit allem einverstanden, nur nicht mit seinem Spiegelbilde. „Wenn man nur bloß etwas besser aussähe ..." Rex versuchte zu widersprechen, aber Czako gab nicht nach und versicherte: „Ja,

Rex, Sie sind ein schöner Mann, Sie haben eben mehr zuzusetzen. Und da bleibt denn immer noch was übrig."

Oben auf der Rampe stand Engelke.

„Nun, Engelke, wie steht's? Woldemar und der Pastor schon da?"

„Nein, gnäd'ger Herr. Aber ich kann ja die Christel schikken ..."

„Nein, nein, schicke nicht. Das stört bloß. Aber warten wollen wir auch nicht. Es war doch weiter nach Globsow, als ich dachte; das heißt, eigentlich war es nicht weiter, bloß die Beine wollen nicht mehr recht. Und hat solche Anstrengung bloß das eine Gute, daß man hungrig und durstig wird. Aber da kommen ja die Herren."

Und er grüßte von der Rampe her nach der Bohlenbrücke hinüber, über die Woldemar und Lorenzen eben in den Schloßhof eintraten. Rex ging ihnen entgegen. Dubslav dagegen nahm Czakos Arm und sagte: „Nun kommen Sie, Hauptmann, wir wollen derweilen ein bißchen recherchieren und uns einen guten Platz aussuchen. Mit der ewigen Veranda, das is nichts; unter der Marquise steht die Luft wie 'ne Mauer, und ich muß frische Luft haben. Vielleicht erstes Zeichen von Hydropsie. Kann eigentlich Fremdwörter nicht leiden. Aber mitunter sind sie doch ein Segen. Wenn ich so zwischen Hydropsie und Wassersucht die Wahl habe, bin ich immer für Hydropsie. Wassersucht hat so was kolossal Anschauliches."

Unter diesen Worten waren sie bis in den Garten gekommen, an eine Stelle, wo viel Buchsbaum stand, dem Poetensteige gerad gegenüber. „Sehen Sie hier, Hauptmann, das wäre so was. Niedrige Buchsbaumwand. Da haben wir Luft und doch keinen Zug. Denn vor Zug muß ich mich auch hüten wegen Rheumatismus, oder vielleicht ist es auch Gicht. Und dabei hören wir das Plätschern von meiner Sanssoucifontäne. Was meinen Sie?"

„Kapital, Herr Major."

„Ach, lassen Sie den Major. Major klingt immer so dienstlich ... Also hier, Engelke, hier decke den Tisch und stell auch ein paar Fuchsien oder was gerade blüht in die Mitte. Nur nicht Astern. Astern sind ganz gut, aber doch sozusagen unterm Stand und sehen immer aus wie 'n Bauerngarten. Und dann mache dich in den Keller und hol uns was Ordentliches herauf. Du weißt ja, was ich zum Frühstück am liebsten habe. Vielleicht hat Hauptmann Czako denselben Geschmack."

„Ich weiß noch nicht, um was es sich handelt, Herr von

Stechlin; aber ich möchte mich für Übereinstimmung schon jetzt verbürgen."

Inzwischen waren auch Woldemar, Rex und der Pastor vom Gartensalon her auf die Veranda hinausgetreten und Dubslav ging ihnen entgegen. „Guten Tag, Pastor. Nun, das ist recht. Ich dachte schon, Woldemar würde von Ihnen annektiert werden."

„Aber, Herr von Stechlin . . . Ihre Gäste . . . Und Woldemars Freunde."

„Betonen Sie das nicht so, Lorenzen. Es gibt Umgangsformen und Artigkeitsgesetze. Gewiß. Aber das alles reicht nicht weit. Was der Mensch am ehesten durchbricht, das sind gerade solche Formen. Und wer sie nicht durchbricht, der kann einem auch leid tun. Wie geht es denn in der Ehe? Haben Sie schon einen Mann gesehen, der die Formen wahrt, wenn seine Frau ihn ärgert? Ich nicht. Leidenschaft ist immer siegreich."

„Ja, Leidenschaft. Aber Woldemar und ich . . ."

„Sind auch in Leidenschaft. Sie haben die Freundschaftsleidenschaft, Orest und Pylades – so was hat es immer gegeben. Und dann, was noch viel mehr sagen will, Sie haben nebenher die Konspirationsleidenschaft . . ."

„Aber, Herr von Stechlin."

„Nein, nicht die Konspirationsleidenschaft, ich nehm es zurück; aber Sie haben dafür was andres, nämlich die Weltverbesserungsleidenschaft. Und das ist eine der größten, die es gibt. Und wenn solche zwei Weltverbesserer zusammen sind, da können Rex und Czako warten, und da kann selbst ein warmes Frühstück warten. Sagt man noch Déjeuner à la fourchette?"

„Kaum, Papa. Wie du weißt, es ist jetzt alles englisch."

„Natürlich. Die Franzosen sind abgesetzt. Und ist auch recht gut so, wiewohl unsre Vettern drüben erst recht nichts taugen. Selbst ist der Mann. Aber ich glaube, das Frühstück wartet."

Wirklich, es war so. Während die Herren zu zwei und zwei an der Buchsbaumwandung auf und ab schritten, hatte Engelke den Tisch arrangiert, an den jetzt Wirt und Gäste herantraten.

Es war eine längliche Tafel, deren dem Rundell zugekehrte Längsseite man frei gelassen hatte, was allen einen Überblick über das hübsche Gartenbild gestattete. Dubslav, das Arrangement musternd, nickte Engelke zu, zum Zeichen, daß er's getroffen habe. Dann aber nahm er die Mittelschüssel und sagte, während er sie Rex reichte: „Toujours perdrix. Das heißt, es sind eigentlich Krammetsvögel, wie schon gestern abend. Aber wer weiß, wie Krammetsvögel auf französisch heißen? Ich wenigstens weiß es nicht. Und ich glaube, nicht einmal Tucheband wird uns helfen können."

Ein allgemeines verlegenes Schweigen bestätigte Dubslavs Vermutung über französische Vokabelkenntnis.

„Wir kamen übrigens", fuhr dieser fort, „dicht vor Globsow durch einen Dohnenstrich, überall hingen noch viele Krammetsvögel in den Schleifen, was mir auffiel und was ich doch, wie so vieles Gute, meinem alten Krippenstapel zuschreiben muß. Es wäre doch 'ne Kleinigkeit für die Jungens, den Dohnenstrich auszuplündern. Aber so was kommt nicht vor. Was meinen Sie, Lorenzen?"

„Ich freue mich, daß es ist, wie es ist, und daß die Dohnenstriche nicht ausgeplündert werden. Aber ich glaube, Herr von Stechlin, Sie dürfen es Krippenstapel nicht anrechnen."

Dubslav lachte herzlich. „Da haben wir wieder die alte Geschichte. Jeder Schulmeister schulmeistert an seinem Pastor herum, und jeder Pastor pastort über seinen Schulmeister. Ewige Rivalität. Der natürliche Zug ist doch, daß die Jungens nehmen, was sie kriegen können. Der Mensch stiehlt wie 'n Rabe. Und wenn er's mit einmal unterläßt, so muß das doch 'nen Grund haben."

„Den hat es auch, Herr von Stechlin. Bloß einen andern. Was sollen sie mit 'nem Krammetsvogel machen? Für uns ist es eine Delikatesse, für einen armen Menschen ist es gar nichts, knapp soviel wie 'n Sperling."

„Ach, Lorenzen, ich sehe schon, Sie liegen da wieder mit dem ‚Patrimonium der Enterbten' im Anschlag; Sperling, das klingt ganz so. Aber soviel ist doch richtig, daß Krippenstapel die Jungens brillant in Ordnung hält; wie ging das heute Schlag auf Schlag, als ich den kurzgeschorenen Schwarzkopp ins Examen nahm, und wie stramm waren die Jungens und wie manierlich, als wir sie nach 'ner Stunde in Globsow wiedersahen. Wie sie da so fidel spielten und doch voll Respekt in allem. ‚Frei, aber nicht frech', das ist so mein Satz."

Woldemar und Lorenzen, die nicht mit dabeigewesen waren, waren neugierig, auf welchen Vorgang sich all dies Lob des Alten bezöge.

„Was hat denn", fragte Woldemar, „die Globsower Jungens mit einemmal zu so guter Reputation gebracht?"

„Oh, es war wirklich scharmant", sagte Czako, „wir steckten noch unter den Waldbäumen, als wir auch schon Stimmen wie Kommandorufe hörten, und kaum daß wir auf einen freien, von Kastanien umstellten Platz hinausgetreten waren (eigentlich war es wohl schon ein großer Fabrikhof), so sahen wir uns wie mitten in einer Bataille."

Rex nickte zustimmend, während Czako fortfuhr: „Auf unserer Seite stand die bis dahin augenscheinlich siegreiche Partei, deren weiterer Angriff aber wegen der guten gegnerischen Deckung mit einem Male stoppte. Kaum zu verwundern. Denn eben diese Deckung bestand aus wohl tausend, ein großes Karree bildenden Glasballons, hinter die sich die geschlagene Truppe wie hinter eine Barrikade zurückgezogen hatte. Da standen sie nun und nahmen ein mit den massenhaft umherliegenden Kastanien geführtes Feuergefecht auf. Die meisten ihrer Schüsse gingen zu kurz und fielen klappernd wie Hagel auf die Ballons nieder. Ich hätte dem Spiel, ich weiß nicht wie lange, zusehn können. Als man unserer aber ansichtig wurde, stob alles unter Hurra und Mützenschwenken auseinander. Überall sind Photographen. Nur wo sie hingehören, da fehlen sie. Genauso wie bei der Polizei."

Dubslav hatte schmunzelnd der Schilderung zugehört. „Hören Sie, Hauptmann, Sie verstehen es aber; Sie können mit 'nem Dukaten den Großen Kurfürsten vergolden."

„Ja", sagte Rex, seinen Partner plötzlich im Stiche lassend, „das tut unser Freund Czako nicht anders; dreiviertel ist immer Dichtung."

„Ich gebe mich auch nicht für einen Historiker aus und am wenigsten für einen korrekten Aktenmenschen."

„Und dabei, lieber Czako", nahm jetzt Dubslav das Wort, „dabei bleiben Sie nur. Auf Ihr Spezielles! In so wichtiger Sache müssen Sie mir aber in meiner Lieblingssorte Bescheid tun, nicht in Rotwein, den mein berühmter Miteinsiedler das ‚natürliche Getränk des norddeutschen Menschen' genannt hatte. Einer seiner mannigfachen Irrtümer; vielleicht der größte. Das natürliche Getränk des norddeutschen Menschen ist am Rhein und Main zu finden. Und am vorzüglichsten da, wo sich, wenn ich den Ausdruck gebrauchen darf, beide vermählen. Ungefähr von dieser Vermählungsstelle kommt auch der hier." Und dabei wies er auf eine vor ihm stehende Bocksbeutelflasche. „Sehen Sie, meine Herren, verhaßt sind mir alle langen Hälse; das hier aber, das nenn ich eine gefällige Form. Heißt es nicht irgendwo: ‚Laßt mich dicke Leute sehn', oder so ähnlich. Da stimm ich zu; dicke Flaschen, die sind mein Fall." Und dabei stieß er wiederholt mit Czako an. „Noch einmal, auf Ihr Wohl. Und auf Ihres,

Herr von Rex. Und dann auf das Wohl meiner Globsower, oder wenigstens meiner Globsower Jungens, die sich nicht bloß um Fehrbellin kümmern und um Leipzig, sondern, wie wir gesehen haben, auch selber ihre Schlachten schlagen. Ich ärgere mich nur immer, wenn ich diese riesigen Ballons da zwischen meinen Globsowern sehe. Und hinter dem ersten Fabrikhof (ich wollte Sie nur nicht weiter damit behelligen), da ist noch ein zweiter Hof, der sieht noch schlimmer aus. Da stehen nämlich wahre Glasungeheuer, auch Ballons, aber mit langem Hals dran, und die heißen dann Retorten."

„Aber Papa", sagte Woldemar, „daß du dich über die paar Retorten und Ballons nie beruhigen kannst. Solang ich nur denken kann, eiferst du dagegen. Es ist doch ein wahres Glück, daß so viel davon in die Welt geht und den armen Fabrikleuten einen guten Lohn sichert. So was wie Streik kommt hier ja gar nicht vor und in diesem Punkt ist unsre Stechliner Gegend doch wirklich noch wie ein Paradies."

Lorenzen lachte.

„Ja, Lorenzen, Sie lachen", warf Dubslav hier ein. „Aber bei Lichte besehen hat Woldemar doch recht, was (und Sie wissen auch warum) eigentlich nicht oft vorkommt. Es ist genauso, wie er sagt. Natürlich bleibt uns Eva und die Schlange; das ist uralte Erbschaft. Aber soviel noch von guter alter Zeit in dieser Welt zu finden ist, soviel findet sich hier, hier in unsrer lieben alten Grafschaft. Und in dies Bild richtiger Gliederung, oder meinetwegen auch richtiger Unterordnung (denn ich erschrecke vor solchem Worte nicht), in dieses Bild des Friedens paßt mir diese ganze Globsower Retortenbläserei nicht hinein. Und wenn ich nicht fürchten müßte, für einen Querkopf gehalten zu werden, so hätt ich bei hoher Behörde schon lange meine Vorschläge wegen dieser Retorten und Ballons eingereicht. Und natürlich *gegen* beide. Warum müssen es immer Ballons sein? Und wenn schon, na, dann lieber solche wie diese. *Die* laß ich mir gefallen." Und dabei hob er die Bocksbeutelflasche.

„Wie diese", bestätigte Czako.

„Ja, Czako, Sie sind ganz der Mann, meinen Papa in seiner Idiosynkrasie zu bestärken."

„Idiosynkrasie", wiederholte der Alte. „Wenn ich so was höre. Ja, Woldemar, da glaubst du nun wieder wunder was Feines gesagt zu haben. Aber es ist doch bloß ein Wort. Und was bloß ein Wort ist, ist nie was Feines, auch wenn es so aussieht. Dunkle Gefühle, die sind fein. Und so gewiß die Vorstellung, die ich mit dieser lieben Flasche hier verbinde, für mich persönlich was Celestes hat ... kann man Celestes sagen? ..." Lorenzen nickte zustimmend, „so gewiß hat die Vorstellung, die sich für mich an diese Globsower Riesenbocksbeutelflaschen knüpft, etwas Infernalisches."

„Aber Papa."

„Still, unterbrich mich nicht, Woldemar. Denn ich komme jetzt eben an eine Berechnung, und bei Berechnungen darf man nicht gestört werden. Über hundert Jahre besteht nun schon diese Glashütte. Und wenn ich nun so das jedesmalige Jahresprodukt mit hundert multipliziere, so rechne ich mir alles in allem wenigstens eine Million heraus. Die schicken sie zunächst in andre Fabriken, und da destillieren sie flott drauflos und zwar allerhand schreckliches Zeug in diese grünen Ballons hinein: Salzsäure, Schwefelsäure, rauchende Salpetersäure. Das ist die schlimmste, die hat immer einen rotgelben Rauch, der einem gleich die Lunge anfrißt. Aber wenn einen der Rauch auch zufrieden läßt, jeder Tropfen brennt ein Loch, in Leinwand oder in Tuch, oder in Leder, überhaupt in alles; alles wird angebrannt und angeätzt. Das ist das Zeichen unsrer Zeit jetzt, ‚angebrannt und angeätzt'. Und wenn ich dann bedenke, daß meine Globsower da mittun und ganz gemütlich die Werkzeuge liefern für die große Generalweltanbrennung, ja, hören Sie, meine Herren, das gibt mir einen Stich. Und ich muß Ihnen sagen, ich wollte, jeder kriegte lieber einen halben Morgen Land von Staats wegen und kaufte sich zu Ostern ein Ferkelchen, und zu Martini schlachteten sie ein Schwein und hätten den Winter über zwei Speckseiten, jeden Sonntag eine ordentliche Scheibe, und alltags Kartoffeln und Grieben."

„Aber Herr von Stechlin", lachte Lorenzen, „das ist ja die reine Neulandtheorie. Das wollen ja die Sozialdemokraten auch."

„Ach was, Lorenzen, mit Ihnen ist nicht zu reden ... Übrigens Prosit ... wenn Sie's auch eigentlich nicht verdienen."

Das Frühstück zog sich lange hin, und das dabei geführte Gespräch nahm noch ein paarmal einen Anlauf ins Politische hinein; Lorenzen aber, der kleine Schraubereien gern vermeiden wollte, wich jedesmal geschickt aus und kam lieber auf die Stechliner Kirche zu sprechen. Er war aber auch hier vorsichtig und beschränkte sich, unter Anlehnung an Tucheband, auf Architektonisches und Historisches, bis Dubslav, ziemlich abrupt, ihn fragte: „Wissen Sie denn, Lorenzen, auf unserm Kirchenboden Bescheid? Krippenstapel hat mich erst heute wissen lassen, daß wir da zwei vergoldete Bischöfe mit Krummstab haben. Oder vielleicht sind es auch bloß Äbte." Lorenzen wußte nichts davon, weshalb ihm Dubslav gutmütig mit dem Finger drohte.

So ging das Gespräch. Aber kurz vor zwei mußte dem allem ein Ende gemacht werden. Engelke kam und meldete, daß die Pferde da und die Mantelsäcke bereits aufgeschnallt seien. Dubslav ergriff sein Glas, um auf ein frohes Wiedersehen anzustoßen. Dann erhob man sich.

Rex, bei Passierung der Rampe, trat noch einmal an die kranke Aloe heran und versicherte, daß solche Blüte doch etwas eigentümlich Geheimnisvolles habe. Dubslav hütete sich, zu widersprechen, und freute sich, daß der Besuch mit etwas für ihn so Erheiterndem abschloß.

Gleich danach ritt man ab. Als sie bei der Glaskugel vorbeikamen, wandten sich alle drei noch einmal zurück, und jeder lüpfte seine Mütze. Dann ging es, zwischen den Findlingen hin, auf die Dorfstraße hinaus, auf der eben eine ziemlich ramponiert aussehende Halbchaise, das lederne Verdeck zurückgeschlagen, an ihnen vorüberfuhr; die Sitze leer, alles an dem Fuhrwerk ließ Ordnung und Sauberkeit vermissen; das eine Pferd war leidlich gut, das andre schlecht, und zu dem neuen Livreerock des Kutschers wollte der alte Hut, der wie ein fuchsiges Torfstück aussah, nicht recht passen.

„Das war ja Gundermanns Wagen."

„So, so", sagte Czako. „Auf den hätt ich beinah geraten."

„Ja, dieser Gundermann", lachte Woldemar. „Mein Vater wollt Ihnen gestern gern etwas Grafschaftliches vorsetzen, aber er vergriff sich. Gundermann auf Siebenmühlen ist so ziemlich unsere schlechteste Nummer. Ich sehe, er hat Ihnen nicht recht gefallen."

„Gott, gefallen, Stechlin – was heißt gefallen? Eigentlich gefällt mir jeder oder auch keiner. Eine Dame hat mir mal gesagt, die langweiligen Leute wären schließlich geradeso gut wie die interessanten, und es hat was für sich. Aber dieser Gundermann! Zu welchem Zwecke läßt er denn eigentlich seinen leeren Wagen in der Welt herumkutschieren?"

„Ich bin dessen auch nicht sicher. Wahrscheinlich in Wahlangelegenheiten. Er persönlich wird irgendwo hängengeblieben sein, um Stimmen einzufangen. Unser alter braver Kortschädel nämlich, der allgemein beliebt war, ist diesen Sommer gestorben, und da will nun Gundermann, der sich auf den Konservativen hin ausspielt, aber keiner ist, im trüben fischen. Er intrigiert Ich habe das in einem Gespräch, das ich mit ihm hatte, ziemlich deutlich herausgehört, und Lorenzen hat es mir bestätigt."

„Ich kann mir denken", sagte Rex, „daß gerade Lorenzen gegen ihn ist. Aber dieser Gundermann, für den ich weiter nichts übrig habe, hat doch wenigstens die richtigen Prinzipien."

„Ach, Rex, ich bitte Sie", sagte Czako, „richtige Prinzipien! Geschmacklosigkeiten hat er und öde Redensarten. Dreimal hab ich ihn sagen hören: ‚Das wäre wieder Wasser auf die Mühlen der Sozialdemokratie.' So was sagt kein anständiger Mensch mehr, und jedenfalls setzt er nicht hinzu: daß er das Wasser abstellen wolle. Das ist ja eine schreckliche Wendung."

Unter diesen Worten waren sie bis an den hochüberwölbten Teil der Kastanienallee gekommen.

Engelke, der gleich frühmorgens ein allerschönstes Wetter in Aussicht gestellt hatte, hatte recht behalten; es war ein richtiger Oktobertag, klar und frisch und milde zugleich. Die Sonne fiel hie und da durch das noch ziemlich dichte Laub, und die Reiter freuten sich des Spieles der Schatten und Lichter. Aber noch anmutiger gestaltete sich das Bild, als sie bald danach in einen Seitenweg einmündeten, der sich durch eine flache, nur hie und da von Wasserlachen durchzogene Wiesenlandschaft hinschlängelte. Die großen Heiden und Forsten, die das eigentlich Charakteristische dieses nordöstlichen Grafschaftswinkels bilden, traten an dieser Stelle weit zurück, und nur ein paar einzelne, wie vorgeschobene Kulissen wirkende Waldstreifen wurden sichtbar.

Alle drei hielten an, um das Bild auf sich wirken zu lassen; aber sie kamen nicht recht dazu, weil sie, während sie sich umschauten, eines alten Mannes ansichtig wurden, der, nur durch einen flachen Graben von ihnen getrennt, auf einem Stück Wiese stand und das hochstehende Gras mähte. Jetzt erst sah auch er von seiner Arbeit auf und zog seine Mütze. Die Herren taten ein gleiches und schwankten, ob sie näher heranreiten und eine Ansprache mit ihm haben sollten. Aber er schien das weder zu wünschen noch zu erwarten, und so ritten sie denn weiter.

„Mein Gott", sagte Rex, „das war ja Krippenstapel. Und hier draußen, so weit ab von seiner Schule. Wenn er nicht die Seehundsfellmütze gehabt hätte, die wie aus einer konfiszierten Schulmappe geschnitten aussah, hätt ich ihn nicht wiedererkannt."

„Ja, er war es, und das mit der Schulmappe wird wohl auch zutreffen", sagte Woldemar. „Krippenstapel kann eben alles – der reine Robinson."

„Ja, Stechlin", warf Czako hier ein, „Sie sagen das so hin, als ob Sie's bespötteln wollten. Eigentlich ist es doch aber was Großes, sich immer selber helfen zu können. Er wird wohl 'nen Sparren haben, zugegeben, aber Ihrem gepriesenen Lorenzen ist er denn doch um ein gut Stück überlegen. Schon weil er ein Original ist und ein Eulengesicht hat. Eulengesichtsmenschen sind anderen Menschen fast immer überlegen."

„Aber Czako, ich bitte Sie, das ist ja doch alles Unsinn. Und Sie wissen es auch. Sie möchten nur, ganz wie Rex, wenn auch aus einem andern Motiv, dem armen Lorenzen was am Zeug flicken, bloß weil Sie herausfühlen: ‚das ist eine lautere Persönlichkeit'."

„Da tun Sie mir unrecht, Stechlin. Ganz und gar. Ich bin auch fürs Lautere, wenn ich nur persönlich nicht in Anspruch genommen werde."

„Nun, davor sind Sie sicher – vom Brombeerstrauch keine Trauben. Im übrigen muß ich hier abbrechen und Sie bitten, mich auf ein Weilchen entschuldigen zu wollen. Ich muß da nämlich nach dem Forsthause hinüber, da drüben neben der Waldecke."

„Aber Stechlin, was wollen Sie denn bei 'nem Förster?"

„Kein Förster. Es ist ein Oberförster, zu dem ich will, und zwar derselbe, den Sie gestern abend bei meinem Papa gesehn haben. Oberförster Katzler, bürgerlich, aber doch beinah schon historischer Name."

„So, so; jedenfalls nach dem, was mir Rex erzählt, ein brillanter Billardspieler. Und doch, wenn Sie nicht ganz intim mit ihm sind, find ich diesen Abstecher übertrieben artig."

„Sie hätten recht, Czako, wenn es sich lediglich um Katzler handelte. Das ist aber nicht der Fall. Es handelt sich nicht um ihn, sondern um seine junge Frau."

„A la bonne heure."

„Ja, da sind Sie nun auch wieder auf einer falschen Fährte. So was kann nicht vorkommen, ganz abgesehen davon, daß mit Oberförstern immer schlecht Kirschen pflücken ist; die blasen einen weg, man weiß nicht wie ... Es handelt sich hier einfach um einen Teilnahmebesuch, um etwas, wenn Sie wollen, schön Menschliches. Frau Katzler erwartet nämlich."

„Aber mein Gott, Stechlin, Ihre Worte werden immer rätselhafter. Sie können doch nicht bei jeder Oberförstersfrau, die ‚erwartet', eine Visite machen wollen. Das wäre denn doch eine Riesenaufgabe, selbst wenn Sie sich auf Ihre Grafschaft hier beschränken wollten."

„Es liegt alles ganz exzeptionell. Übrigens mach ich es kurz mit meinem Besuch, und wenn Sie Schritt reiten, worum ich bitte, so hol ich Sie bei Genshagen noch wieder ein. Von da bis Wutz haben wir kaum noch eine Stunde, und wenn wir's forcieren wollen, keine halbe."

Und während er noch so sprach, bog er rechts ein und ritt auf das Forsthaus zu.

Woldemar hatte die Mitte zwischen Rex und Czako gehabt; jetzt ritten diese beiden nebeneinander. Czako war neugierig und hätte gern Fritz herangerufen, um dies und das über Katzler und Frau zu hören. Aber er sah ein, daß das nicht ginge. So blieb ihm nichts als ein Meinungsaustausch mit Rex.

„Sehn Sie", hob er an, „unser Freund Woldemar, trabt er da nicht hin, wie wenn er dem Glücke nachjagte? Glauben Sie mir, da steckt 'ne Geschichte dahinter. Er hat die Frau geliebt oder liebt sie noch. Und dies merkwürdige Interesse für den in Sicht stehenden Erdenbürger. Übrigens vielleicht ein Mädchen. Was meinen Sie dazu, Rex?"

„Ach Czako, Sie wollen ja doch nur hören, was Ihrer eignen frivolen Natur entspricht. Sie haben keinen Glauben an reine Verhältnisse. Sehr mit Unrecht. Ich kann Ihnen versichern, es gibt dergleichen."

„Nun ja, Sie, Rex. Sie, der sich Frühgottesdienste leistet. Aber Stechlin ..."

„Stechlin ist auch eine sittliche Natur. Sittlichkeit ist ihm angeboren, und was er von Natur mitbrachte, das hat sein Regiment weiter in ihm ausgebildet."

Czako lachte. „Nun hören Sie, Rex, Regimenter kenn ich doch auch. Es gibt ihrer von allen Arten, aber Sittlichkeitsregimenter kenn ich noch nicht."

„Es gibt's ihrer aber. Zum mindesten hat's ihrer immer gegeben, sogar solche mit Askese."

„Nun ja, Cromwell und die Puritaner. Aber ‚long, long ago'. Verzeihen Sie die abgedudelte Phrase. Aber wenn sich's um so feine Dinge wie Askese handelt, muß man notwendig einen englischen Brocken einschalten. In Wirklichkeit bleibt alles beim alten. Sie sind ein schlechter Menschenkenner, Rex, wie alle Konventikler. Die glauben immer, was sie wünschen. Und auch an unserm Stechlin werden Sie mutmaßlich erfahren, wie falsch Sie gerechnet haben. Im übrigen kommt da gerade zu rechter Zeit ein Wegweiser. Lassen Sie uns nachsehen, wo wir eigentlich sind. Wir reiten so immer drauflos und wissen nicht mehr, ob links oder rechts."

Rex, der von dem Wegweiser nichts wissen wollte, war einfach für Weiterreiten, und das war auch das richtige. Denn keine halbe Stunde mehr, so holte Stechlin sie wieder ein. „Ich wußte, daß ich Sie noch vor Genshagen treffen würde. Die Frau Oberförsterin läßt sich übrigens den Herren empfehlen. Er war nicht da, was recht gut war."

„Kann ich mir denken", sagte Czako.

„Und was noch besser war, sie sah brillant aus. Eigentlich ist sie nicht hübsch, Blondine mit großen Vergißmeinnichtaugen und etwas lymphatisch; auch wohl nicht ganz gesund. Aber sonderbar, solche Damen, wenn was in Sicht steht, sehen immer besser aus als in natürlicher Verfassung, ein Zustand, der allerdings bei der Katzler kaum vorkommt. Sie ist noch nicht volle sechs Jahre verheiratet und erwartet mit nächstem das siebente."

„Das ist aber doch unerhört. Ich glaube, so was ist Scheidungsgrund."

„Mir nicht bekannt und auch, offen gestanden, nicht sehr wahrscheinlich. Jedenfalls wird es die Prinzessin nicht als Scheidungsgrund nehmen."

„Die Prinzessin?" fuhren Rex und Czako a tempo heraus.

„Ja, die Prinzessin", wiederholte Woldemar. „Ich war all die Zeit über gespannt, was das wohl für einen Eindruck auf Sie machen würde, weshalb ich mich auch gehütet habe, vorher mit Andeutungen zu kommen. Und es traf sich gut, daß mein Vater gestern abend nur so ganz leicht drüber hinging, ich möchte beinah sagen diskret, was sonst nicht seine Sache ist."

„Prinzessin", wiederholte Rex, dem die Sache beinah den Atem nahm. „Und aus einem regierenden Hause?"

„Ja, was heißt aus einem regierenden Hause? Regiert haben sie alle mal. Und soviel ich weiß, wird ihnen dies ‚mal regiert haben' auch immer noch angerechnet, wenigstens sowie sich's um Eheschließungen handelt. Um so großartiger, wenn einzelne der hier in Betracht kommenden Damen auf alle diese Vorrechte verzichten und ohne Rücksicht auf Ebenbürtigkeit sich aus reiner Liebe vermählen. Ich sage ‚vermählen', weil ‚sich verheiraten' etwas plebeje klingt. Frau Katzler ist eine Ippe-Büchsenstein."

„Eine Ippe!" sagte Rex. „Nicht zu glauben. Und erwartet wieder. Ich bekenne, daß mich das am meisten schockiert. Diese Ausgiebigkeit, ich finde kein andres Wort, oder richtiger, ich *will* kein andres finden, ist doch eigentlich das Bürgerlichste, was es gibt."

„Zugegeben. Und so hat es die Prinzessin auch wohl selber aufgefaßt. Aber das ist gerade das Große an der Sache; ja, so sonderbar es klingt, das Ideale."

„Stechlin, Sie können nicht verlangen, daß man das so ohne weiteres versteht. Ein halb Dutzend Bälge, wo steckt da das Ideale?"

„Doch, Rex, doch. Die Prinzessin selbst, und das ist das Rührendste, hat sich darüber ganz unumwunden ausgesprochen. Und zwar zu meinem Alten. Sie sieht ihn öfter und möcht ihn, glaub ich, bekehren – sie ist nämlich von der strengen Richtung und hält sich auch zu Superintendent Koseleger, unserm Papst hier. Und kurz und gut, sie macht meinem Papa beinah den Hof und erklärt ihn für einen perfekten Kavalier, wobei Katzler immer ein etwas süßsaures Gesicht macht, aber natürlich nicht widerspricht."

„Und wie kam sie nur dazu, Ihrem Papa gerade Konfesssions in einer so delikaten Sache zu machen?"

„Das war voriges Jahr, genau um diese Zeit, als sie auch mal wieder erwartete. Da war mein Vater drüben und sprach, als das durch die Situation gegebene Thema berührt wurde, halb diplomatisch, halb humoristisch von der Königin Luise, hinsichtlich deren der alte Doktor Heim, als der Königin das ‚sechste oder siebente' geboren werden sollte, ziemlich frei weg von der Notwendigkeit der ‚Brache' gesprochen hatte."

„Bißchen stark", sagte Rex. „Ganz im alten-Heim-Stil. Aber freilich, Königinnen lassen sich viel gefallen. Und wie nahm es die Prinzessin auf?"

„Oh, sie war reizend, lachte, war weder verlegen noch verstimmt, sondern nahm meines Vaters Hand so zutraulich, wie wenn sie seine Tochter gewesen wäre. ‚Ja, lieber Herr von Stechlin', sagte sie, ‚wer A sagt, der muß auch B sagen. Wenn ich diesen Segen durchaus nicht wollte, dann mußt ich einen Durchschnittsprinzen heiraten – da hätt ich vielleicht das gehabt, was der alte Heim empfehlen zu müssen glaubte. Statt dessen nahm ich aber meinen guten Katzler. Herrlicher Mann. Sie kennen ihn und wissen, er hat die schöne Einfachheit aller stattlichen Männer, und seine Fähigkeiten, soweit sich überhaupt davon sprechen läßt, haben etwas Einseitiges. Als ich ihn heiratete, war ich deshalb ganz von dem einen Gedanken erfüllt, alles Prinzeßliche von mir abzustreifen und nichts bestehen zu lassen, woraus Übelwollende hätten herleiten können: ‚Ah, sie will immer noch eine Prinzessin sein.‘ Ich entschloß mich also für das Bürgerliche, und zwar ‚voll und ganz‘, wie man jetzt, glaub ich, sagt. Und was dann kam, nun, das war einfach die natürliche Konsequenz.‘“

„Großartig“, sagte Rex. „Ich entschlage mich nach solchen Mitteilungen jeder weiteren Opposition. Welch ein Maß von Entsagung! Denn auch im Nichtentsagen kann ein Entsagen liegen. Andauernde Opferung eines Innersten und Höchsten.“

„Unglaublich!“ lachte Czako. „Rex, Rex. Ich hab Ihnen da schon vorhin alle Menschenkenntnis abgesprochen. Aber hier übertrumpfen Sie sich selbst. Wer Konventikel leitet, der sollte doch wenigstens die Weiber kennen. Erinnern Sie sich, Stechlin sagte, sie sei lymphatisch und habe Vergißmeinnichtaugen. Und nun sehen Sie sich den Katzler an. Beinah sechs Fuß und rotblond und das Eiserne Kreuz.“

„Czako, Sie sind mal wieder frivol. Aber man darf es mit Ihnen so genau nicht nehmen. Das ist das Slawische, was in Ihnen nachspukt; latente Sinnlichkeit.“

„Ja, sehr latent; durchaus vergrabner Schatz. Und ich wollte wohl, daß ich in die Lage käme, besser damit wuchern zu können. Aber ...“

So ging das Gespräch noch eine gute Weile.

Die große Chaussee, darauf ihr Weg inzwischen wieder eingemündet, stieg allmählich an, und als man den Höhepunkt dieser Steigung erreicht hatte, lag das Kloster samt seinem gleichnamigen Städtchen in verhältnismäßiger Nähe vor ihnen. Auf ihrem Hinritte hatten Rex und Czako so wenig davon zu Gesicht bekommen, daß ein gewisses Betroffensein über die Schönheit des sich ihnen jetzt darbietenden Landschafts- und Architekturbildes kaum ausbleiben konnte. Czako besonders war ganz aus dem Häuschen, aber auch Rex stimmte mit ein. „Die große Feldsteingiebelwand“, sagte er, „so gewagt im allgemeinen bestimmte Zeitangaben auf diesem Gebiete sind, möcht ich in das Jahr 1375, also Landbuch Kaiser Karls IV., setzen dürfen."

„Wohl möglich", lachte Woldemar. „Es gibt nämlich Zahlen, die nicht gut widerlegt werden können, und ‚Landbuch Kaiser Karls IV.' paßt beinah immer."

Rex hörte drüber hin, weil er in seinem Geiste mal wieder einer allgemeineren und zugleich höheren Auffassung der Dinge zustrebte. „Ja, meine Herren", hob er an, „das geschmähte Mittelalter. Da verstand man's. Ich wage den Ausspruch, den ich übrigens nicht einem Kunsthandbuch entnehme, sondern der langsam in mir herangereift ist: ‚Die Platzfrage geht über die Stilfrage.' Jetzt wählt man immer die häßlichste Stelle. Das Mittelalter hatte noch keine Brillen, aber man sah besser."

„Gewiß", sagte Czako. „Aber dieser Angriff auf die Brillen, Rex, ist nichts für Sie. Wer mit seinem Pincenez oder Monokel so viel operiert ..."

Das Gespräch kam nicht weiter, weil in ebendiesem Augenblicke mächtige Turmuhrschläge vom Städtchen Wutz her herüberklangen. Man hielt an, und jeder zählte. „Vier." Kaum aber hatte die Uhr ausgeschlagen, so begann eine zweite und tat auch ihre vier Schläge.

„Das ist die Klosteruhr", sagte Czako.

„Warum?"

„Weil sie nachschlägt; alle Klosteruhren gehen nach. Natürlich. Aber wie dem auch sei, Freund Woldemar hat uns, glaub ich, für vier Uhr angemeldet, und so werden wir uns eilen müssen."

KLOSTER WUTZ

Siebentes Kapitel

Alle setzten sich denn auch wieder in Trab, mit ihnen Fritz, der dabei näher an die voraufreitenden Herren herankam. Das Gespräch schwieg ganz, weil jeder in Erwartung der kommenden Dinge war.

Die Chaussee lief hier, auf eine gute Strecke, zwischen Pappeln hin, als man aber bis in unmittelbare Nähe von Kloster Wutz gekommen war, hörten diese Pappeln auf, und der sich mehr und mehr verschmälernde Weg wurde zu beiden Seiten von Feldsteinmauern eingefaßt, über die man alsbald in die verschiedensten Gartenanlagen mit allerhand Küchen- und Blumenbeeten und mit vielen Obstbäumen dazwischen hineinsah. Alle drei ließen jetzt die Pferde wieder in Schritt fallen.

„Der Garten hier links", sagte Woldemar, „ist der Garten der Domina, meiner Tante Adelheid; etwas primitiv, aber wundervolles Obst. Und hier gleich rechts, da bauen die Stiftsdamen ihren Dill und ihren Meiran. Es sind aber nur ihrer vier, und wenn welche gestorben sind – aber sie sterben selten – so sind es noch weniger."

Unter diesen orientierenden Mitteilungen des hier aus seinen Knabenjahren her Weg und Steg kennenden Woldemar waren alle durch eine Maueröffnung in einen großen Wirtschaftshof eingeritten, der baulich so ziemlich jegliches enthielt, was hier, bis in die Tage des Dreißigjährigen Krieges hinein, der dann freilich alles zerstörte, mal Kloster Wutz gewesen war. Vom Sattel aus ließ sich alles bequem überblicken. Das meiste, was sie sahen, waren wirr durcheinandergeworfene, von Baum und Strauch überwachsene Trümmermassen.

„Es erinnert mich an den Palatin", sagte Rex, „nur ins christlich Gotische transponiert."

„Gewiß", bestätigte Czako lachend. „Soweit ich urteilen kann, sehr ähnlich. Schade, daß Krippenstapel nicht da ist. Oder Tucheband."

Damit brach das Gespräch wieder ab.

In der Tat, wohin man sah, lagen Mauerreste, in die, seltsamlich genug, die Wohnungen der Klosterfrauen eingebaut waren, zunächst die größere der Domina, daneben die kleineren der vier Stiftsdamen, alles an der vorderen Langseite hin. Dieser gegenüber aber zog sich eine zweite, parallel laufende Trümmerlinie, darin die Stallgebäude, die Remisen und die Rollkammern untergebracht waren. Verblieben nur noch die zwei Schmalseiten, von denen die eine nichts als eine von Holunderbüschen übergrünte Mauer, die andere dagegen eine hochaufragende mächtige Giebelwand war, dieselbe, die man schon beim Anritt aus einiger Entfernung gesehen hatte. Sie stand da, wie bereit, alles unter ihrem beständig drohenden Niedersturz zu begraben, und nur das eine konnte wieder beruhigen, daß sich auf höchster Spitze der Wand ein Storchenpaar eingenistet hatte. Störche, deren feines Vorgefühl immer weiß, ob etwas hält oder fällt.

Von der Maueröffnung, durch die man eingeritten, bis an die in die Feldsteintrümmer eingebauten Wohngebäude waren nur wenige Schritte, und als man davor hielt, erschien alsbald die Domina selbst, um ihren Neffen und seine beiden Freunde zu begrüßen. Fritz, der, wie überall, so auch hier Bescheid wußte, nahm die Pferde, um sie nach einem an der andern Seite gelegenen Stallgebäude hinüberzuführen, während Rex und Czako nach kurzer Vorstellung in den von Schränken umstellten Flur eintraten.

„Ich habe dein Telegramm", sagte die Domina, „erst um ein Uhr erhalten. Es geht über Gransee, und der Bote muß weit laufen. Aber sie wollen ihm ein Rad anschaffen, solches wie jetzt überall Mode ist. Ich sage Rad, weil ich das fremde Wort, das so verschieden ausgesprochen wird, nicht leiden kann. Manche sagen ‚ci', und manche sagen ‚schi'. Bildungsprätensionen sind mir fremd, aber man will sich doch auch nicht bloßstellen."

Eine Treppe führte bis in den ersten Stock hinauf, eigentlich war es nur eine Stiege. Die Domina, nachdem sie die Herren bis an die unterste Stufe begleitet hatte, verabschiedete sich hier auf eine Weile. „Du wirst so gut sein, Woldemar, alles in deine Hand zu nehmen. Führe die Herren hinauf. Ich habe unser bescheidenes Klostermahl auf fünf Uhr angeordnet; also noch eine gute halbe Stunde. Bis dahin, meine Herren."

Oben war eine große Plättkammer zur Fremdenstube hergerichtet worden. Ein Waschtisch mit Finkennäpfchen und Krügen in Kleinformat war aufgestellt worden, was in Erwägung der beinah liliputanischen Raumverhältnisse durchaus passend gewesen wäre, wenn nicht sechs an ebenso vielen Türhaken hängende Riesenhandtücher das Ensemble wieder gestört hätten. Rex, der sich – ihn drückten die Stiefel – auf kurze zehn Minuten nach einer kleinen Erleichterung sehnte, bediente sich eines eisernen Stiefelknechts, während Czako sein Gesicht in einer der kleinen Waschschüsseln begrub und beim Abreiben das feste Gewebe der Handtücher lobte.

„Sicherlich Eigengespinst. Überhaupt, Stechlin, das muß wahr sein, Ihre Tante hat so was; man merkt doch, daß sie das Regiment führt. Und wohl schon seit lange. Wenn ich recht gehört, ist sie älter als Ihr Papa."

„Oh, viel; beinahe um zehn Jahre. Sie wird sechsundsiebzig."

„Ein respektables Alter. Und ich muß sagen, wohlkonserviert."

„Ja, man kann es beinahe sagen. Das ist eben der Vorzug solcher, die man ‚schlank' nennt. Beiläufig ein Euphemismus. Wo nichts ist, hat der Kaiser sein Recht verloren und die Zeit natürlich auch; sie kann nichts nehmen, wo sie nichts mehr findet. Aber ich denke – Rex tut mir übrigens leid, weil er wieder in seine Stiefel muß – wir begeben uns jetzt nach unten und machen uns möglichst liebenswürdig bei der Tante. Sie wird uns wohl schon erwarten, um uns ihren Liebling vorzustellen."

„Wer ist das?"

„Nun, das wechselt. Aber da es bloß vier sein können, so kommt jeder bald wieder an die Reihe. Während ich das letztemal hier war, war es ein Fräulein von Schmargendorf. Und es ist leicht möglich, daß sie jetzt gerade wieder dran ist."

„Eine nette Dame?"

„O ja. Ein Pummel."

Und wie vorgeschlagen, nach kurzem „Sich-Adjustieren" in der improvisierten Fremdenstube, kehrten alle drei Herren in Tante Adelheids Salon zurück, der niedrig und verblakt und etwas altmodisch war. Die Möbel, lauter Erbschaftsstücke, wirkten in dem niedrigen Raume beinahe grotesk, und die schwere Tischdecke, mit einer mächtigen, ziemlich modernen Astrallampe darauf, paßte schlecht zu dem Zeisigbauer am Fenster und noch schlechter zu dem über einem kleinen Klavier hängenden Schlachtenbilde: „König Wilhelm auf der Höhe von Lipa". Trotzdem hatte dies stillose Durcheinander etwas Anheimelndes. In dem primitiven Kamin – nur eine Steinplatte mit Rauchfang – war ein Holzfeuer angezündet; beide Fenster standen auf, waren aber durch schwere Gardinen so gut wie wieder geschlossen, und aus dem etwas schief über dem Sofa hängenden Quadratspiegel wuchsen drei Pfauenfedern heraus.

Tante Adelheid hatte sich in Staat geworfen und ihre Karlsbader Granatbrosche vorgesteckt, die der alte Dubslav wegen der sieben mittelgroßen Steine, die einen größeren und buckelartig vorspringenden umstanden, die „Sieben-Kurfürsten-Brosche" nannte. Der hohe hagere Hals ließ die Domina noch größer und herrischer erscheinen, als sie war, und rechtfertigte durchaus die brüderliche Malice: „Wickelkinder wenn sie sie sehen, werden unruhig, und wenn sie zärtlich wird, fangen sie an zu schreien." Man sah ihr an, daß sie nur immer vorübergehend in einer höheren Gesellschaftssphäre gelebt hatte, sich trotzdem aber zeitlebens der angeborenen Zugehörigkeit zu ebendiesen Kreisen bewußt gewesen war. Daß man sie zur Domina gemacht hatte, war nur zu billigen. Sie wußte zu rechnen und anzuordnen und war nicht bloß von sehr gutem natürlichen

Verstand, sondern unter Umständen auch voller Interesse für ganz bestimmte Personen und Dinge. Was aber, trotz solcher Vorzüge, den Verkehr mit ihr so schwer machte, das war die tiefe Prosa ihrer Natur, das märkisch Enge, das Mißtrauen gegen alles, was die Welt der Schönheit oder gar der Freiheit auch nur streifte.

Sie erhob sich, als die drei Herren eintraten, und war gegen Rex und Czako aufs neue von verbindlichstem Entgegenkommen. „Ich muß Ihnen noch einmal aussprechen, meine Herren, wie sehr ich bedaure, Sie nur so kurze Zeit unter meinem Dache sehen zu dürfen."

„Du vergißt *mich,* liebe Tante", sagte Woldemar. „Ich bleibe dir noch eine gute Weile. Mein Zug geht, glaub ich, erst um neun. Und bis dahin erzähl ich dir eine Welt und – beichte."

„Nein, nein, Woldemar, nicht das, nicht das. Erzählen sollst du mir recht, recht viel. Und ich habe sogar Fragen auf dem Herzen. Du weißt wohl schon, welche. Aber nur nicht beichten. Schon das Wort macht mir jedesmal ein Unbehagen. Es hat solch ausgesprochen katholischen Beigeschmack. Unser Rentmeister Fix hat recht, wenn er sagt: Beichte sei nichts, weil immer unaufrichtig, und es habe in Berlin – aber das sei nun freilich schon sehr, sehr lange her – einen Geistlichen gegeben, der habe den Beichtstuhl einen Satansstuhl genannt. Das find ich nun offenbar übertrieben und habe mich auch in diesem Sinne zu Fix geäußert. Aber andrerseits freue ich mich doch immer aufrichtig, einem so mutig protestantischen Worte zu begegnen. Mut ist, was uns not tut. Ein fester Protestant, selbst wenn er schroff auftritt, ist mir jedesmal eine Herzstärkung, und ich darf ein gleiches Empfinden auch wohl bei Ihnen, Herr von Rex, voraussetzen."

Rex verbeugte sich. Woldemar aber sagte zu Czako: „Ja, Czako, da sehen Sie's. Sie sind nicht einmal genannt worden. Eine Domina – verzeih, Tante – bildet eben ein feines Unterscheidungsvermögen aus."

Die Tante lächelte gnädig und sagte: „Herr von Czako ist Offizier. Es gibt viele Wohnungen in meines Vaters Hause. Das aber muß ich aussprechen, der Unglaube wächst und das Katholische wächst auch. Und das Katholische, das ist das Schlimmere. Götzendienst ist schlimmer als Unglaube."

„Gehst du darin nicht zu weit, liebe Tante?"

„Nein, Woldemar. Sieh, der Unglaube, der ein Nichts ist, kann den lieben Gott nicht beleidigen; aber Götzendienst beleidigt ihn. Du sollst keine andern Götter haben neben mir. Da steht es. Und nun gar der Papst in Rom, der ein Obergott sein will und unfehlbar."

Czako, während Rex schwieg und nur seine Verbeugung wiederholte, kam auf die verwegene Idee, für Papst und Papsttum eine Lanze brechen zu wollen, entschlug sich dieses Vorhabens aber, als er wahrnahm, daß die alte Dame ihr Dominagesicht aufsetzte. Das war indessen nur eine rasch vorüberziehende Wolke. Dann fuhr Tante Adelheid, das Thema wechselnd, in schnell wiedergewonnener guter Laune fort: „Ich habe die Fenster öffnen lassen. Aber auch jetzt noch, meine Herren, ist es ein wenig stickig. Das macht die niedrige Decke. Darf ich Sie vielleicht auffordern, noch eine Promenade durch unsern Garten zu machen? Unser Klostergarten ist eigentlich das Beste, was wir hier haben. Nur der unsers Rentmeisters ist noch gepflegter und größer und liegt auch am See. Rentmeister Fix, der hier alles zusammenhält, ist uns, wie in wirtschaftlichen Dingen, so auch namentlich in seinen Gartenanlagen, ein Vorbild; überhaupt ein charaktervoller Mann, und dabei treu wie Gold, trotzdem sein Gehalt unbedeutend ist und seine Nebeneinnahmen ganz unsicher in der Luft schweben. Ich hatte Fix denn auch bitten lassen, mit uns bei Tisch zu sein; er versteht so gut zu plaudern, gut und leicht, ja beinahe freimütig und doch immer durchaus diskret. Aber er ist dienstlich verhindert. Die Herren müssen sich also mit mir begnügen und mit einer unsrer Konventualinnen, einem mir lieben Fräulein, das immer munter und ausgelassen, aber doch zugleich bekenntnisstreng ist, ganz von jener schönen Heiterkeit, die man bloß bei denen findet, deren Glaube feste Wurzeln getrieben hat. Ein gut Gewissen ist das beste Ruhekissen. Damit hängt es wohl zusammen."

Rex, an den sich diese Worte vorzugsweise gerichtet hatten, drückte wiederholt seine Zustimmung aus, während Czako beklagte, daß Fix verhindert sei. „Solche Männer sprechen zu hören, die mit dem Volke Fühlung haben und genau wissen, wie's einerseits in den Schlössern, andererseits in den Hütten der Armut aussieht, das ist immer in hohem Maße fördernd und lehrreich und ein Etwas, auf das ich jederzeit ungern verzichte."

Gleich danach erhob man sich und ging ins Freie.

Der Garten war von sehr ländlicher Art. Durch seine ganze Länge hin zog sich ein von Buchsbaumrabatten eingefaßter Gang, neben dem links und rechts, in wohlgepflegten Beeten,

Rittersporn und Studentenblumen blühten. Gerade in seiner Mitte weitete sich der sonst schmale Gang zu einem runden Platz aus, darauf eine große Glaskugel stand, ganz an die Stechliner erinnernd, nur mit dem Unterschied, daß hier das eingelegte blanke Zinn fehlte. Beide Kugeln stammten natürlich aus der Globsower „grünen Hütte". Weiterhin, ganz am Ausgange des Gartens, wurde man eines etwas schiefen Bretterzaunes ansichtig, mit einem Pflaumenbaum dahinter, dessen einer Hauptzweig aus dem Nachbargarten her in den der Domina herüberreichte.

Rex führte die Tante. Dann folgte Woldemar mit Hauptmann Czako, weit genug ab von dem voraufgehenden Paar, um ungeniert miteinander sprechen zu können.

„Nun, Czako", sagte Woldemar, „bleiben wir, wenn's sein kann, noch ein bißchen weiter zurück. Ich kann Ihnen gar nicht sagen, wie gern ich in diesem Garten bin. Allen Ernstes. Ich habe hier nämlich als Junge hundertmal gespielt und in den Birnbäumen gesessen; damals standen hier noch etliche, hier links, wo jetzt die Mohrrübenbeete stehen. Ich mache mir nichts aus Mohrrüben, woraus ich übrigens schließe, daß wir heute welche zu Tisch kriegen. Wie gefällt Ihnen der Garten?"

„Ausgezeichnet. Es ist ja eigentlich ein Bauerngarten, aber doch mit viel Rittersporn drin. Und zu jedem Rittersporn gehört eine Stiftsdame."

„Nein, Czako, nicht so. Sagen Sie mir ganz ernsthaft, ob Sie solche Gärten leiden können."

„Ich kann solche Gärten eigentlich nur leiden, wenn sie eine Kegelbahn haben. Und dieser hier ist wie geschaffen dazu, lang und schmal. Alle unsre modernen Kegelbahnen sind zu kurz, wie früher alle Betten zu kurz waren. Wenn die Kugel aufsetzt, ist sie auch schon da, und der Bengel unten schreit einen an mit seinem ‚acht um den König'. Für mich fängt das Vergnügen erst an, wenn das Brett lang ist und man der Kugel anmerkt, sie möchte links oder rechts abirren, aber die eingeborene Gewalt zwingt sie zum Ausharren, zum Bleiben auf der rechten Bahn. Es hat was Symbolisches oder Pädagogisches, oder meinetwegen auch Politisches."

Unter diesem Gespräche waren sie, ganz nach unten hin, bis an die Stelle gekommen, wo der nachbarliche Pflaumenbaum seinen Zweig über den Zaun wegstreckte. Neben dem Zaun aber, in gleicher Linie mit ihm, stand eine grüngestrichene Bank, auf der, von dem Gezweig überdacht, eine Dame saß, mit einem kleinen runden Hut und einer Adlerfeder. Als sich die Herrschaften ihr näherten, erhob sie sich und schritt auf die Domina zu, dieser die Hand zu küssen; zugleich verneigte sie sich gegen die drei Herren.

„Erlauben Sie mir", sagte Adelheid, „Sie mit meiner lieben Freundin, Fräulein von Schmargendorf, bekannt zu machen. Hauptmann von Czako, Ministerialassessor von Rex ... Meinen Neffen, liebe Schmargendorf, kennen Sie ja."

Adelheid, als sie so vorgestellt hatte, zog ihre kleine Uhr aus dem Gürtel hervor und sagte: „Wir haben noch zehn Minuten. Wenn es Ihnen recht ist, bleiben wir noch in Gottes freier Natur. Woldemar, führe meine liebe Freundin, oder lieber Sie, Herr Hauptmann – Fräulein von Schmargendorf wird ohnehin Ihre Tischdame sein."

Das Fräulein von Schmargendorf war klein und rundlich, einige vierzig Jahre alt, von kurzem Hals und wenig Taille. Von den sieben Schönheiten, über die jede Evastochter Verfügung haben soll, hatte sie, soweit sich ihr „Kredit" feststellen ließ, nur die Büste. Sie war sich dessen denn auch bewußt und trug immer dunkle Tuchkleider, mit einem Sammetbesatz oberhalb der Taille. Dieser Besatz bestand aus drei Dreiecken, deren Spitze nach unten lief. Sie war immer fidel, zunächst aus glücklicher Naturanlage, dann aber auch, weil sie mal gehört hatte: Fidelität erhalte jung. Ihr lag daran, jung zu sein, obwohl sie keinen rechten Nutzen mehr daraus ziehen konnte. Benachbarte Adlige gab es nicht, der Pastor war natürlich verheiratet und Fix auch. Und weiter nach unten ging es nicht.

Adelheid und Rex waren meist weit voraus, so daß man sich immer erst an der Glaskugel traf, wenn das voranschreitende Paar schon wieder auf dem Rückwege war. Czako grüßte dann jedesmal militärisch zur Domina hinüber.

Diese selbst war in einem Gespräch mit Rex fest engagiert und verhandelte mit ihm über ein bedrohliches Wachsen des Sektiererwesens. Rex fühlte sich davon getroffen, da er selbst auf dem Punkte stand, Irvingianer zu werden; er war aber Lebemann genug, um sich schnell zurechtzufinden und vor allem auf jede nachhaltige Bekämpfung der von Adelheid geäußerten Ansichten zu verzichten. Er lenkte geschickt in das Gebiet des allgemeinen Unglaubens ein, dabei sofort einer vollen Zustimmung begegnend. Ja, die Domina ging weiter, und sich abwechselnd auf die Apokalypse und dann wieder auf Fix berufend, betonte sie, daß wir am Anfang vom Ende stünden,

Fix gehe freilich wohl etwas zu weit, wenn er eigentlich keinem Tage mehr so recht traue. Das seien nutzlose Beunruhigungen, weshalb sie denn auch in ihn gedrungen sei, von solchen Berechnungen Abstand zu nehmen oder wenigstens alles nochmals zu prüfen. „Kein Zweifel", so schloß sie, „Fix ist für Rechnungssachen entschieden talentiert, aber ich habe ihm trotzdem sagen müssen, daß zwischen Rechnungen und Rechnungen doch immer noch ein Unterschied sei."

Czako hatte dem Fräulein von Schmargendorf den Arm gereicht; Woldemar, weil der Mittelgang zu schmal war, folgte wenige Schritte hinter den beiden und trat nur immer da, wo der Weg sich erweiterte, vorübergehend an ihre Seite.

„Wie glücklich ich bin, Herr Hauptmann", sagte die Schmargendorf, „Ihre Partnerin zu sein, jetzt schon hier und dann später bei Tisch."

Czako verneigte sich.

„Und merkwürdig", fuhr sie fort, „daß gerade das Regiment Alexander immer so vergnügte Herren hat; einen Namensvetter von Ihnen, oder vielleicht war es auch Ihr älterer Herr Bruder, den hab ich noch von einer Einquartierung in der Priegnitz her ganz deutlich in Erinnerung, trotzdem es schon an die zwanzig Jahre ist oder mehr. Denn ich war damals noch blutjung und tanzte mit Ihrem Herrn Vetter einen richtigen Radowa, der um jene Zeit noch in Mode war, aber schon nicht mehr so recht. Und ich hab auch noch den Namenszug und einen kleinen Vers von ihm in meinem Album: ‚Jegor von Baczko, Sekondelieutenant im Regiment Alexander.' Ja, Herr von Baczko, so kommt man wieder zusammen. Oder doch wenigstens mit einem Herren gleichen Namens."

Czako schwieg und nickte nur, weil er Richtigstellungen überhaupt nicht liebte; Woldemar aber, der jedes Wort gehört und in bezug auf solche Dinge kleinlicher als sein Freund, der Hauptmann, dachte, wollte durchaus Remedur schaffen und bat, das Fräulein darauf aufmerksam machen zu dürfen, daß der Herr, der den Vorzug habe, sie zu führen, nicht ein Herr von Baczko, sondern ein Herr von Czako sei.

Die kleine Rundliche geriet in eine momentane Verlegenheit, Czako selbst aber kam ihr mit großer Courtoisie zu Hilfe.

„Lieber Stechlin", begann er, „ich beschwöre Sie um sechsundsechzig Schock sächsische Schuhzwecken, kommen Sie doch nicht mit solchen Kleinigkeiten, die man jetzt, glaub ich, Velleitäten nennt. Wenigstens habe ich das Wort immer so übersetzt.

Czako, Baczko, Baczko, Czako – wie kann man davon so viel Aufhebens machen. Name, wie Sie wissen, ist Schall und Rauch, siehe Goethe, und Sie werden sich doch nicht in Widerspruch mit *dem* bringen wollen. Dazu reicht es denn doch am Ende nicht aus."

„Hihi."

„Außerdem, ein Mann wie Sie, der es trotz seines Liberalismus fertigbringt, immer seinen Adel bis wenigstens dritten Kreuzzug zurückzuführen, ein Mann wie Sie sollte mir doch diese kleine Verwechslung ehrlich gönnen. Denn dieser mir in den Schoß gefallene ‚Baczko' . . . Gott sei Dank, daß auch unsereinem noch was in den Schoß fallen kann . . ."

„Hihi."

„Denn dieser mir in den Schoß gefallene Baczko ist doch einfach eine Rang- und Standeserhöhung, ein richtiges Avancement. Die Baczkos reichen mindestens bis Huß oder Ziska, und wenn es vielleicht Ungarn sind, bis auf die Hunyadis zurück, während der erste wirkliche Czako noch keine zweihundert Jahre alt ist. Und von diesem ersten wirklichen Czako stammen wir doch natürlich ab. Erwägen Sie, bevor es nicht einen wirklichen Czako gab, also einen steifen grauen Filzhut mit Leder oder Blech beschlagen, eher kann es auch keinen ‚*von* Czako' gegeben haben; der Adel schreibt sich immer von solchen Dingen seiner Umgebung oder seines Metiers oder seiner Beschäftigung her. Wenn ich wirklich noch mal Lust verspüren sollte, mich standesgemäß zu verheiraten, so scheitre ich vielleicht an der Jugendlichkeit meines Adels und werde mich dann dieser Stunde wehmütig freundlich erinnern, die mich, wenn auch nur durch eine Namensverwechslung, auf einen kurzen Augenblick zu erhöhen trachtete."

Woldemar, seiner Philisterei sich bewußt werdend, zog sich wieder zurück, während die Schmargendorf treuherzig sagte: „Sie glauben also wirklich, Herr von . . . Herr Hauptmann . . . daß Sie von einem Czako herstammen?"

„Soweit solch merkwürdiges Spiel der Natur überhaupt möglich ist, bin ich fest davon durchdrungen."

In diesem Moment, nach abermaliger Passierung des Platzes mit der Glaskugel, erreichte das Paar die Bank unter dem Pflaumenbaumzweige. Die Schmargendorf hatte schon lange vorher nach zwei großen, dicht zusammensitzenden Pflaumen hinübergeblickt und sagte, während sie jetzt ihre Hand danach ausstreckte: „Nun wollen wir aber ein Vielliebchen essen, Herr

Hauptmann; wo, wie hier, zwei zusammensitzen, da ist immer ein Vielliebchen.“

„Eine Definition, der ich mich durchaus anschließe. Aber, mein gnädigstes Fräulein, wenn ich vorschlagen dürfte, mit dieser herrlichen Gabe Gottes doch lieber bis zum Dessert zu warten. Das ist ja doch auch die eigentliche Zeit für Vielliebchen.“

„Nun, wie Sie wollen, Herr Hauptmann. Und ich werde diese zwei bis dahin für uns aufheben. Aber diese dritte hier, die nicht mehr so ganz dazugehört, die werd ich essen. Ich esse so gern Pflaumen. Und Sie werden sie mir auch gönnen.“

„Alles, alles. Eine Welt.“

Es schien fast, als ob sich Czako noch weiter über dies Pflaumenthema, namentlich auch über die sich darin bergenden Wagnisse verbreiten wollte, kam aber nicht dazu, weil eben jetzt ein Diener in weißen Baumwollhandschuhen, augenscheinlich eine Gelegenheitsschöpfung, in der Hoftür sichtbar wurde. Dies war das mit der Domina verabredete Zeichen, daß der Tisch gedeckt sei. Die Schmargendorf, ebenfalls eingeweiht in diese zu raschen Entschlüssen drängende Zeichensprache, bückte sich deshalb, um von einem der Gemüsebeete rasch noch ein großes Kohlblatt abzubrechen, auf das sie sorglich die beiden rotgetüpfelten Pflaumen legte. Gleich danach aber aufs neue des Hauptmanns Arm nehmend, schritt sie, unter Vorantritt der Domina, auf Hof und Flur und ganz zuletzt auf den Salon zu, der sich inzwischen in manchem Stücke verändert hatte, vor allem darin, daß neben dem Kamin eine zweite Konventualin stand, in dunkler Seide, mit Kopfschleifen und tiefliegenden, starren Kakaduaugen, die in das Wesen aller Dinge einzudringen schienen.

„Ah, meine Liebste“, sagte die Domina, auf diese zweite Konventualin zuschreitend, „es freut mich herzlich, daß Sie sich, trotz Migräne, noch herausgemacht haben; wir wären sonst ohne dritte Tischdame geblieben. Erlauben Sie mir vorzustellen: Herr von Rex, Herr von Czako ... Fräulein von Triglaff aus dem Hause Triglaff.“

Rex und Czako verbeugten sich, während Woldemar, dem sie keine Fremde war, an die Konventualin herantrat, um ein Wort der Begrüßung an sie zu richten. Czako, die Triglaff unwillkürlich musternd, war sofort von einer ihn frappierenden Ähnlichkeit betroffen und flüsterte gleich danach dem sein Monokel wiederholentlich in Angriff nehmenden Rex leise zu: „Krippenstapel, weibliche Linie.“

Rex nickte.

Während dieser Vorstellung hatte der im Hintergrunde stehende Diener den oberen und unteren Türriegel mit einer gewissen Ostentation zurückgezogen; einen Augenblick noch und beide Flügel zu dem neben dem Salon gelegenen Eßzimmer taten sich mit einer stillen Feierlichkeit auf.

„Herr von Rex“, sagte die Domina, „darf ich um Ihren Arm bitten.“

Im Nu war Rex an ihrer Seite und gleich danach traten alle drei Paare in den Nebenraum ein, auf dessen gastlicher und nicht ohne Geschick hergerichteter Tafel zwei Blumenvasen und zwei silberne Doppelleuchter standen. Auch der Diener war schon in Aktion; er hatte sich inzwischen am Büfett in Front einer Meißner Suppenterrine aufgestellt, und indem er den Deckel (mit einem abgestoßenen Engel obenauf) abnahm, stieg der Wrasen wie Opferrauch in die Höhe.

Achtes Kapitel

Tante Adelheid, wenn sich nichts geradezu Verstimmliches ereignete, war, von alten Zeiten her, eine gute Wirtin und besaß neben anderm auch jene Direktoralaugen, die bei Tische so viel bedeuten; aber *eine* Gabe besaß sie nicht, die, das Gespräch, wie's in einem engsten Zirkel doch sein sollte, zusammenzufassen. So zerfiel denn die kleine Tafelrunde von Anfang an in drei Gruppen, von denen eine, wiewohl nicht absolut schweigsam, doch vorwiegend als Tafelornament wirkte. Dies war die Gruppe Woldemar-Triglaff. Und das konnte nicht wohl anders sein. Die Triglaff, wie sich das bei Kakadugesichtern so häufig findet, verband in sich den Ausdruck höchster Tiefsinnigkeit mit ganz ungewöhnlicher Umnachtung, und ein letzter Rest von Helle, der ihr vielleicht geblieben sein mochte, war ihr durch eine stupende Triglaffvorstellung schließlich doch auch noch abhanden gekommen. Eine direkte Deszendenz von dem gleichnamigen Wendengotte, etwa wie Czako von Czako, war freilich nicht nachzuweisen, aber doch auch nicht ausgeschlossen, und wenn dergleichen überhaupt vorkommen oder nach stiller Übereinkunft auch nur allgemein angenommen werden konnte, so war nicht abzusehen, warum gerade *sie* leer ausgehen oder auf solche Möglichkeit verzichten sollte. Dieser hochgespannten, ganz im Speziellen sich bewegenden Adelsvorstellung entsprach denn auch das gereizte Gefühl, das sie gegen *den* Zweig des Hauses Thadden unterhielt, der sich, nach seinem pommerschen Gute Triglaff, Thadden-Triglaff nannte – eine Zubenennung, die *ihr*, der einzig wirklichen Triglaff, einfach als ein Übergriff oder doch mindestens als eine Beeinträchtigung erschien. Woldemar, der dies alles kannte, war dagegen gefeit und wußte seinerseits seit lange, wie zu verfahren sei, wenn ihm die Triglaff als Tischnachbarin zufiel. Er hatte sich für diesen Fall, der übrigens öfter eintrat als ihm lieb war, die Namen aller Konventualinnen auswendig gelernt, die während seiner Kinderzeit im Kloster Wutz gelebt hatten und von denen er recht gut wußte, daß sie seit lange tot waren. Er begann aber trotzdem regelmäßig seine Fragen so zu stellen, als ob das Dasein dieser längst Abgeschiedenen immer noch einer Möglichkeit unterläge.

„Da war ja hier früher, mein gnädigstes Fräulein, eine Drachenhausen, Aurelie von Drachenhausen, und übersiedelte dann, wenn ich nicht irre, nach Kloster Zehdenick. Es würde mich lebhaft interessieren, in Erfahrung zu bringen, ob sie noch lebt oder ob sie vielleicht schon tot ist.

Die Triglaff nickte.

Czako, dieses Nicken beobachtend, sprach sich später gegen Rex dahin aus, daß das alles mit der Abstammung der Triglaff ganz natürlich zusammenhänge. „Götzen nicken bloß."

Um vieles lebendiger waren Rede und Gegenrede zwischen Tante Adelheid und dem Ministerialassessor, und das Gespräch beider, das nur sittliche Hebungsfragen berührte, hätte durchaus den Charakter einer gemütlichen, aber doch durch Ernst geweihten Synodalplauderei gehabt, wenn sich nicht die Gestalt des Rentmeisters Fix beständig eingedrängt hätte, dieses Dominaprotégés, von dem Rex, unter Zurückhaltung seiner wahren Meinung, immer aufs neue versicherte, „daß in diesem klösterlichen Beamten eine seltene Verquickung von Prinzipienstrenge mit Geschäftsgenie vorzuliegen scheine."

Das waren die zwei Paare, die den linken Flügel, beziehungsweise die Mitte des Tisches bildeten. Die beiden Hauptfiguren waren aber doch Czako und die Schmargendorf, die ganz nach rechts hin saßen, in Nähe der dicken Fenstergardinen aus Wollstoff, in deren Falten denn auch vieles glücklicherweise verklang. An die Suppe hatte sich ein Fisch und an diesen ein Linsenpüree mit gebackenem Schinken gereiht, und nun wurden gespickte Rebhuhnflügel in einer pikanten Soße, die zugleich Küchengeheimnis der Domina war, herumgereicht. Czako, trotzdem er schon dem gebackenen Schinken erheblich zugesprochen hatte, nahm ein zweites Mal auch noch von dem Rebhuhngericht und fühlte das Bedürfnis, dies zu motivieren.

„Eine gesegnete Gegend, Ihre Grafschaft hier", begann er. „Aber freilich heuer auch eine gesegnete Jahreszeit. Gestern abend bei Dubslav von Stechlin Krammetsvögelbrüste, heute bei Adelheid von Stechlin Rebhuhnflügel."

„Und was ziehen Sie vor?" fragte die Schmargendorf.

„Im allgemeinen, mein gnädigstes Fräulein, ist die Frage wohl zugunsten ersterer entschieden. Aber hier und speziell für mich ist doch wohl der Ausnahmefall gegeben."

„Warum ein Ausnahmefall?"

„Sie haben recht, eine solche Frage zu stellen. Und ich antworte, so gut ich kann. Nun denn, in Brust und Flügel ..."

„Hihi."

„In Brust und Flügel schlummert, wie mir scheinen will, ein großartiger Gegensatz von hüben und drüben; es gibt nichts Diesseitigeres als Brust, und es gibt nichts Jenseitigeres als Flügel. Der Flügel trägt uns, erhebt uns. Und deshalb, trotz aller nach der andern Seite hin liegenden Verlockung, möchte ich alles, was Flügel heißt, doch höher stellen."

Er hatte dies in einem möglichst gedämpften Tone gesprochen. Aber es war nicht nötig, weil einerseits die links ihm zunächst sitzende Triglaff aus purem Hochgefühl ihr Ohr gegen alles, was gesprochen wurde, verschloß, während andrerseits die Domina, nachdem der Diener allerlei kleine Spitzgläser herumgereicht hatte, ganz ersichtlich mit einer Ansprache beschäftigt war.

„Lassen Sie mich Ihnen noch einmal aussprechen", sagte sie, während sie sich halb erhob, „wie glücklich es mich macht, Sie in meinem Kloster begrüßen zu können. Herr von Rex, Herr von Czako, Ihr Wohl."

Man stieß an. Rex dankte unmittelbar und sprach, als man sich wieder gesetzt hatte, seine Bewunderung über den schönen Wein aus. „Ich vermute Montefiascone."

„Vornehmer, Herr von Rex", sagte Adelheid in guter Stimmung, „eine Rangstufe höher. Nicht Montefiascone, den wir allerdings unter meiner Amtsvorgängerin auch hier im Keller hatten, sondern Lacrimae Christi. Mein Bruder, der alles bemängelt, meinte freilich, als ich ihm vor einiger Zeit davon vorsetzte, das passe nicht, das sei Begräbniswein, höchstens Wein für Einsegnungen, aber nicht für heitere Zusammenkünfte."

„Ein Wort von eigenartiger Bedeutung, darin ich Ihren Herrn Bruder durchaus wiedererkenne."

„Gewiß, Herr von Rex. Und ich bin mir bewußt, daß uns der Name gerade dieses Weines allerlei Rücksichten auferlegt. Aber wenn Sie sich vergegenwärtigen wollen, daß wir in einem Stift, einem Kloster sind ... und so meine ich denn, der Ort, an dem wir leben, gibt uns doch auch ein Recht und eine Weihe."

„Kein Zweifel. Und ich muß nachträglich die Bedenken Ihres Herrn Bruders als irrtümlich anerkennen. Aber wenn ich mich so ausdrücken darf, ein kleidsamer Irrtum ... Auf das Wohl Ihres Herrn Bruders!"

Damit schloß das etwas diffizile Zwiegespräch, dem alle mit einiger Verlegenheit gefolgt waren. Nur nicht die Schmargendorf. „Ach", sagte diese, während sie sich halb in den Vorhängen versteckte, „wenn wir von dem Wein trinken, dann hören wir auch immer dieselbe Geschichte. Die Domina muß sich damals sehr über den alten Herrn von Stechlin geärgert haben. Und doch hat er eigentlich recht; schon der bloße Name stimmt ernst und feierlich und es liegt was drin, das einem Christenmenschen denn doch zu denken gibt. Und gerade wenn man so recht vergnügt ist."

„Darauf wollen wir anstoßen", sagte Czako, völlig im dunkeln lassend, ob er mehr den Christenmenschen oder den Ernst oder das Vergnügtsein meinte.

„Und überhaupt", fuhr die Schmargendorf fort, „die Weine müßten eigentlich alle anders heißen, oder wenigstens sehr sehr viele."

„Ganz meine Meinung, meine Gnädigste", sagte Czako. „Da sind wirklich so manche ... Man darf aber andrerseits das Zartgefühl nicht überspannen. Will man das, so bringen wir uns einfach um die reichsten Quellen wahrer Poesie. Da haben wir beispielsweise, so ganz allgemein und bloß als Gattungsbegriff, die ‚Milch der Greise' – zunächst ein durchaus unbeanstandenswertes Wort. Aber alsbald (denn unsre Sprache liebt solche Spiele) treten mannigfache Fort- und Weiterbildungen, selbst Geschlechtsüberspringungen an uns heran, und ehe wir's uns versehen, hat sich die ‚Milch der Greise' in eine ‚Liebfrauenmilch' verwandelt."

„Hihi ... Ja, Liebfrauenmilch, die trinken wir auch. Aber nur selten. Und es ist auch nicht *der* Name, woran ich eigentlich dachte."

„Sicherlich nicht, meine Gnädigste. Denn wir haben eben

noch andre, dezidiertere, denen gegenüber uns dann nur noch das Refugium der französischen Aussprache bleibt.“

„Hihi ... Ja, französisch, da geht es. Aber doch auch nicht immer, und jedesmal, wenn Rentmeister Fix unser Gast ist und die Triglaff die Flasche hin und her dreht (und ich habe gesehen, daß sie sie dreimal herumdrehte), dann lacht Fix ... Übrigens sieht es so aus, als ob die Domina noch was auf dem Herzen hätte; sie macht ein so feierliches Gesicht. Oder vielleicht will sie auch bloß die Tafel aufheben.“

Und wirklich, es war so, wie die Schmargendorf vermutete. „Meine Herren“, sagte die Domina, „da Sie zu meinem Leidwesen so früh fort wollen (wir haben nur noch wenig über eine Viertelstunde), so geb ich anheim, ob wir den Kaffee lieber in meinem Zimmer nehmen wollen oder draußen unter dem Holunderbaum.“

Eine Gesamtantwort wurde nicht laut, aber während man sich unmittelbar danach erhob, küßte Czako der Schmargendorf die Hand und sagte mit einem gewissen Empressement: „Unter dem Holunderbaum also.“

Die Schmargendorf verstand nicht im entferntesten, auf was es sich bezog. Aber das war Czako gleich. Ihm lag lediglich daran, sich ganz privatim, ganz für sich selbst, die Schmargendorf auf einen kurzen aber großen Augenblick als „Käthchen“ vorstellen zu können.

Im übrigen zeigte sich's, daß nicht bloß Czako, sondern auch Rex und Woldemar für den Holunderbaum waren, und so näherte man sich denn diesem.

Es war derselbe Baum, den die Herren schon beim Einreiten in den Klosterhof gesehen, aber in jenem Augenblick wenig beachtet hatten. Jetzt erst bemerkten sie, was es mit ihm auf sich habe. Der Baum, der uralt sein mochte, stand außerhalb des Gehöftes, war aber, ähnlich wie der Pflaumenbaum im Garten, mit seinem Gezweig über das zerbröckelte Gemäuer fortgewachsen. Er war an und für sich schon eine Pracht. Was ihm aber noch eine besondere Schönheit lieh, das war, daß sein Laubendach von ein paar dahinterstehenden Ebereschenbäumen wie durchwachsen war, so daß man überall, neben den schwarzen Fruchtdolden des Holunders die leuchtenden roten Ebereschenbüschel sah. Auch das verschiedene Laub schattierte sich. Rex und Czako waren aufrichtig entzückt, beinahe mehr als zulässig. Denn so reizend die Laube selbst war, so zweifelhaft war das unmittelbar vor ihnen in großer Unordnung und durchaus ermangelnder Sauberkeit ausgebreitete Hofbild. Aber pittoresk blieb es doch. Zusammengemörtelte Feldsteinklumpen lagen in hohem Grase, dazwischen Karren und Düngerwagen, Enten- und Hühnerkörbe, während ein kollernder Truthahn von Zeit zu Zeit bis dicht an die Laube herankam, sei's aus Neugier oder um sich mit der Triglaff zu messen.

Als sechs Uhr heran war, erschien Fritz und führte die Pferde vor. Czako wies darauf hin. Bevor er aber noch an die Domina herantreten und ihr einige Dankesworte sagen konnte, kam die Schmargendorf, die kurz vorher ihren Platz verlassen, mit dem großen Kohlblatt zurück, auf dem die beiden zusammengewachsenen Pflaumen lagen. „Sie wollten mir entgehen, Herr von Czako. Das hilft Ihnen aber nichts. Ich will mein Vielliebchen gewinnen. Und Sie sollen sehen, ich siege."

„Sie siegen immer, meine Gnädigste."

Neuntes Kapitel

Rex und Czako ritten ab; Fritz führte Woldemars Pferd am Zügel. Aber weder die Schmargendorf noch die Triglaff erwiesen sich, als die beiden Herren fort und die drei Damen samt Woldemar in die Wohnräume zurückgekehrt waren, irgendwie beflissen, das Feld zu räumen, was die Domina, die wegen zu verhandelnder diffiziler Dinge mit ihrem Neffen allein sein wollte, stark verstimmte. Sie zeigte das auch, war steif und schweigsam und belebte sich erst wieder, als die Schmargendorf mit einem Male glückstrahlend versicherte: jetzt wisse sie's; sie habe noch eine Photographie, die wolle sie gleich an Herrn von Czako schicken, und wenn er dann morgen mittag von Cremmen her in Berlin einträfe, dann werd er Brief und Bild schon vorfinden und auf der Rückseite des Bildes ein „Guten morgen, Vielliebchen". Die Domina fand alles so lächerlich und unpassend wie nur möglich, weil ihr aber daran lag. die Schmargendorf loszuwerden, so hielt sie mit ihrer wahren Meinung zurück und sagte: „Ja, liebe Schmargendorf, wenn Sie so was vorhaben, dann ist es allerdings die höchste Zeit. Der Postbote kann gleich kommen." Und wirklich, die Schmargendorf ging, nur die Triglaff zurücklassend, deren Auge sich jetzt von der Domina zu Woldemar hinüber- und dann wieder von Woldemar zur Domina zurückbewegte. Sie war bei dem allem ganz unbefangen. Ein Verlangen, etwas zu belauschen oder von ungefähr in Familienangelegenheiten eingeweiht zu werden, lag ihr völlig fern, und alles, was sie trotzdem zum Ausharren bestimmte, war lediglich der Wunsch, solchem historischen Beisammensein eine durch ihre Triglaffgegenwart gesteigerte Weihe zu geben. Indessen schließlich ging auch sie. Man hatte sich wenig um sie gekümmert, und Tante und Neffe ließen sich, als sie jetzt allein waren, in zwei braune Plüschfauteuils (Erbstücke noch vom Schloß Stechlin her) nieder, Woldemar allerdings mit äußerster Vorsicht, weil die Sprungfedern bereits jenen Altersgrad erreicht hatten, wo sie nicht nur einen dumpfen Ton von sich zu geben, sonderen auch zu stechen anfangen.

Die Tante bemerkte nichts davon, war vielmehr froh, ihren Neffen endlich allein zu haben und sagte mit rasch wiedergewonnenem Behagen: „Ich hätte dir schon bei Tische gern was Beßres an die Seite gegeben; aber wir haben hier, wie du weißt, nur unsre vier Konventualinnen, und von diesen vieren sind die Schmargendorf und die Triglaff immer noch die besten. Unsre gute Schimonski, die morgen einundachtzig wird, ist eigentlich ein Schatz, aber leider stocktaub, und die Teschendorf, die mal Gouvernante bei den Esterhazys war und auch noch den Fürsten Schwarzenberg, dessen Frau in Paris verbrannte, gekannt hat, ja, die hätt ich natürlich solchem feinen Herrn wie dem Herrn von Rex gerne vorgesetzt, aber es ist ein Unglück, die arme Person, die Teschendorf, ist so zittrig und kann den Löffel nicht recht mehr halten. Da hab ich denn doch lieber die Triglaff genommen; sie ist sehr dumm, aber doch wenigstens manierlich, soviel muß man ihr lassen. Und die Schmargendorf ..."

Woldemar lachte.

„Ja, du lachst, Woldemar, und ich will dir auch nicht bestreiten, daß man über die gute Seele lachen kann. Aber sie hat doch auch was Gehaltvolles in ihrer Natur, was ich erst neulich wieder in einem intimen Gespräch mit unserm Fix zeigte, der trotz aller Bekenntnisstrenge (die selbst Koseleger ihm zugesteht) an unserm letzten Whistabend Äußerungen tat, die wir alle tief bedauern mußten, wir, die wir die Whistpartie machten, nun schon ganz gewiß, aber auch die gute, taube Schimonsky, der wir, weil sie uns so aufgeregt sah, alles auf einem Zettel schreiben mußten."

„Und was war es denn?"

„Ach, es handelte sich um das, was uns allen, wie du dir denken kannst, jetzt das Teuerste bedeutet, um den ‚Wortlaut'. Und denke dir, unser Fix war dagegen. Er mußte wohl den selben Tag was gelesen haben, was ihn abtrünnig gemacht hatte. Personen wie Fix sind sehr bestimmbar. Und kurz und gut, er sagte: das mit dem ‚Wortlaut', das ginge nicht länger mehr, die ‚Werte' wären jetzt anders, und weil die Werte nicht mehr dieselben wären, müßten auch die Worte sich danach richten und müßten gemodelt werden. Er sagte ‚gemodelt'. Aber was er am meisten immer wieder betonte, das waren die ‚Werte' und die Notwendigkeit der ‚Umwertung'."

„Und was sagte die Schmargendorf dazu?"

„Du hast ganz recht, mich dabei wieder auf die Schmargendorf zu bringen. Nun, die war außer sich und hat die darauffolgende Nacht nicht schlafen können. Erst gegen Morgen kam ihr ein tiefer Schlaf, und da sah sie, so wenigstens hat sie's mir und dem Superintendenten versichert, einen Engel, der mit seinem Flammenfinger immer auf ein Buch wies und in dem Buch auf eine und dieselbe Stelle."

„Welche Stelle?"

„Ja, darüber war ein Streit; die Schmargendorf hatte sie genau gelesen und wollte sie hersagen. Aber sie sagte sie falsch, weil sie sonntags in der Kirche nie recht aufpaßt. Und wir sagten ihr das auch. Und denke dir, sie widersprach nicht und blieb überhaupt ganz ruhig dabei. ‚Ja', sagte sie, ‚sie wisse recht gut, daß sie die Stelle falsch hergesagt hätte, sie habe nie was richtig hersagen können; aber das wisse sie ganz genau, die Stelle mit dem Flammenfinger, das sei der ›Wortlaut‹ gewesen.'"

„Und das hast du wirklich alles geglaubt, liebe Tante? Diese gute Schmargendorf! Ich will ihr ja gerne folgen; aber was ihren Traum angeht, da kann ich beim besten Willen nicht mit. Es wird ihr ein Amtmann erschienen sein oder ein Pastor. Dreißig Jahre früher wäre es ein Student gewesen."

„Ach, Woldemar, sprich doch nicht so. Das ist ja die neue Fasson, in der die Berliner sprechen, und in dem Punkt ist einer wie der andre. Dein Freund Czako spricht auch so. Du mokierst dich jetzt über die gute Schmargendorf, und dein Freund, der Hauptmann, soviel hab ich ganz deutlich gesehen, tat es auch und hat sie bei Tisch geuzt."

„Geuzt?"

„Du wunderst dich über das Wort, und ich wundre mich selber darüber. Aber daran ist auch unser guter Fix schuld. Der ist alle Monat mal nach Berlin rüber und wenn er dann wiederkommt, dann bringt er so was mit, und wiewohl ich's unpassend finde, nehm ich's doch an und die Schmargendorf auch. Bloß die Triglaff nicht und natürlich die gute Schimonski auch nicht, wegen der Taubheit. Ja, Woldemar, ich sage ‚geuzt', und dein Freund Czako hätt es lieber unterlassen sollen. Aber das muß wahr sein, er ist amüsant, wenn auch ein bißchen auf der Wippe. Siehst du ihn oft?"

„Nein, liebe Tante. Nicht oft. Bedenke die weiten Entfernungen. Von unsrer Kaserne bis zu seiner, oder auch umgekehrt, das ist eine kleine Reise. Dazu kommt noch, daß wir vor unserm Hallischen Tor eigentlich gar nichts haben, bloß die Kirchhöfe, das Tempelhofer Feld und das Rotherstift."

„Aber ihr habt doch die Pferdebahn, wenn ihr irgendwohin wollt. Beinah muß ich sagen leider. Denn es gibt mir immer einen Stich, wenn ich mal in Berlin bin, so die Offiziere zu sehen, wie sie da hinten stehen und Platz machen, wenn eine Madamm aufsteigt, manchmal mit 'nem Korb und manchmal auch mit 'ner Spreewaldsamme. Mir immer ein Horreur."

„Ja, die Pferdebahn, liebe Tante, die haben wir freilich, und man kann mit ihr in einer halben Stunde bis in Czakos Kaserne. Der weite Weg ist es auch eigentlich nicht, wenigstens nicht allein, weshalb ich Czako so selten sehe. Der Hauptgrund ist doch wohl der, er paßt nicht so ganz zu uns und eigentlich auch kaum zu seinem Regiment. Er ist ein guter Kerl, aber ein Äquivokenmensch und erzählt immer Nachmitternachtsgeschichten. Wenn man ihn allein hat, geht es. Aber hat er ein Publikum, dann kribbelt es ihn ordentlich, und je feiner das Publikum ist, desto mehr. Er hat mich schon oft in Verlegenheit gebracht. Ich muß sagen, ich hab ihn sehr gern, aber gesellschaftlich ist ihm Rex doch sehr überlegen."

„Ja, Rex; natürlich. Das hab ich auch gleich bemerkt, ohne mir weiter Rechenschaft darüber zu geben. Du wirst es aber wissen, wodurch er ihm überlegen ist."

„Durch vieles. Erstens, wenn man die Familien abwägt. Rex ist mehr als Czako. Und dann ist Rex Kavallerist."

„Aber ich denke, er ist Ministerialassessor."

„Ja, das ist er auch. Aber nebenher, oder vielleicht noch darüber hinaus, ist er Offizier, und sogar in unsrer Dragonerbrigade."

„Das freut mich; da ist er ja so gut wie ein Spezialkamerad von dir."

„Ich kann das zugeben und doch auch wieder nicht. Denn erstens ist er in der Reserve, und zweitens steht er bei den zweiten Dragonern."

„Macht das 'nen Unterschied?"

„Gott, Tante, wie man's nehmen will. Ja und nein. Bei Mars-la-Tour haben wir dieselbe Attacke geritten."

„Und doch ..."

„Und doch ist da ein gewisses je ne sais quoi."

„Sage nichts Französisches. Das verdrießt mich immer. Manche sagen jetzt auch Englisches, was mir noch weniger gefällt. Aber lassen wir das; ich finde nur, es wäre doch schrecklich, wenn es so bloß nach der Zahl ginge. Was sollte denn da das Regiment anfangen, bei dem ein Bruder unsrer guten Schmargendorf steht? Es ist, glaube ich, das hundertfünfundvierzigste."

„Ja, wenn es hoch kommt, dann vertut es sich wieder. Aber so bei der Garde ..."

Die Domina schüttelte den Kopf. „Darin, mein lieber Woldemar, kann ich dir doch kaum folgen. Unser Fix sagt mitunter, ich sei zu exklusiv, aber so exklusiv bin ich doch noch lange nicht. Und solch Verstandesmensch, wie du bist, so ruhig und dabei so ‚abgeklärt', wie manche jetzt sagen, und Gott verzeih mir die Sünde, auch so liberal, worüber selbst dein Vater klagt. Und nun kommst du mir mit solchem Vorurteil, ja, verzeih mir das Wort, mit solchen Überheblichkeiten. Ich erkenne dich darin gar nicht wieder. Und wenn ich nun das erste Garderegiment nehme, das ist ja doch auch ein erstes. Ist es denn mehr als das zweite? Man kann ja sagen, soviel will ich zugeben, sie haben die Blechmützen und sehen aus, als ob sie lauter Holländerinnen heiraten wollten ... Was ihnen schon gefallen sollte."

„Den Holländerinnen?"

„Nun, denen auch", lachte die Tante. „Aber ich meinte jetzt unsre Leute. Mißverstehe mich übrigens nicht. Ich weiß recht gut, was es mit den großen Grenadieren auf sich hat; aber die andern sind doch ebensogut, und Potsdam ist doch schließlich bloß Potsdam."

„Ja, Tante, das ist es ja eben. Daß sie noch immer in Potsdam sind, das macht es. Deshalb ist es nach wie vor die ‚Potsdamer Wachtparade'. Und dann das Wort ‚erstes' spielt allerdings auch mit. Ein alter Römer, mit dessen Namen ich dich nicht behelligen will, der wollte in seinem Potsdam lieber der Erste, als in seinem Berlin der Zweite sein. Wer der Erste ist, nun, der ist eben der Erste, und als die andern aufstanden, da hatte dieser ‚Erste' schon seinen Morgenspaziergang gemacht und mitunter was für einen! Sieh, als das zweite Garderegiment geboren wurde, da hatten die mit den Blechmützen schon den ganzen Siebenjährigen Krieg hinter sich. Es ist damit, wie mit dem ältesten Sohn. Der älteste Sohn kann unter Umständen dümmer und schlechter sein als sein Bruder, aber er ist der älteste, das kann ihm keiner nehmen, und das gibt ihm einen gewissen Vorrang, auch wenn er sonst gar keinen Vorzug hat. Alles ist göttliches Geschenk. Warum ist der eine hübsch und der andere häßlich? Und nun gar erst die Damen. In das eine Fräulein verliebt sich alles, und das andre spielt bloß Mauerblümchen. Es wird jedem seine Stelle gegeben. Und so ist es auch mit unserm Regiment. Wir mögen nicht besser sein als die andern, aber wir sind die ersten, wir haben die Nummer eins."

„Ich kann da beim besten Willen nicht recht mit, Woldemar. Was in unsrer Armee den Ausschlag gibt, ist doch immer die Schneidigkeit."

„Liebe Tante, sprich, wovon du willst, nur nicht davon. Das ist ein Wort für kleine Garnisonen. Wir wissen, was wir zu tun haben. Dienst ist alles, und Schneidigkeit ist bloß Renommisterei. Und das ist das, was bei uns am niedrigsten steht."

„Gut, Woldemar; was du da zuletzt gesagt hast, das gefällt mir. Und in diesem Punkte muß ich auch deinen Vater loben. Er hat vieles, was mir nicht zusagt, aber darin ist er doch ein echter Stechlin. Und du bist auch so. Und das hab ich immer gefunden, alle die so sind, die schießen zuletzt doch den Vogel ab, ganz besonders auch bei den Damen."

Dies „bei den Damen" war nicht ohne Absicht gesprochen und schien auf das bis dahin vorsichtig vermiedene Hauptthema hinüberführen zu sollen. Aber ehe die Tante noch eine direkte Frage stellen konnte, wurde der Rentmeister gemeldet, der ihr in diesem Augenblicke sehr ungelegen kam. Die Domina wandte sich denn auch in sichtlicher Verstimmung an Woldemar und sagte: „Soll ich ihn fortschicken?"

„Es wird kaum gehen, liebe Tante."

„Nun denn."

Und gleich darnach trat Fix ein.

Zehntes Kapitel

Während Woldemar und die Domina miteinander plauderten, erst im Tête-à-Tête, dann in Gegenwart von Rentmeister Fix, ritten Rex und Czako (Fritz mit dem Leinpferd folgend) auf Cremmen zu. Das war noch eine tüchtige Strecke, gute drei

Meilen. Aber trotzdem waren beide Reiter übereingekommen, nichts zu übereilen und sich's nach Möglichkeit bequem zu machen. „Es ist am Ende gleichgültig, ob wir um acht oder um neun über den Cremmer Damm reiten. Das bißchen Abendrot, das da drüben noch hinter dem Kirchturm steht ... Fritz, wie heißt er? Welcher Kirchturm ist es? ..." – „Das ist der Wulkowsche, Herr Hauptmann!" – „... Also, das bißchen Abendrot, das da noch hinter dem Wulkowschen steht, wird ohnehin nicht lange mehr vorhalten. Dunkel wird's also doch, und von dem Hohenlohedenkmal, das ich mir übrigens gern einmal näher angesehen hätte (man muß so was immer auf dem Hinwege mitnehmen), kommt uns bei Tageslicht nichts mehr vor die Klinge. Das Denkmal liegt etwas ab vom Wege."

„Schade", sagte Rex.

„Ja, man kann es beinah sagen. Ich für meine Person komme schließlich drüber hin, aber ein Mann wie Sie, Rex, sollte dergleichen mehr wallfahrtartig auffassen."

„Ach Czako, Sie reden wieder tolles Zeug, diesmal mit einem kleinen Abstecher ins Lästerliche. Was soll ‚Wallfahrt' hier überhaupt? Und dann, was haben Sie gegen Wallfahrten? Und was haben Sie gegen die Hohenlohes?"

„Gott, Rex, wie Sie sich wieder irren. Ich habe nichts gegen die einen, und ich habe nichts gegen die andern. Alles, was ich von Wallfahrten gelesen habe, hat mich immer nur wünschen lassen, mal mit dabeizusein. Und ad vocem der Hohenlohes, so kann ich Ihnen nur sagen, für *die* hab ich sogar was übrig in meinem Herzen, viel, viel mehr als für unser eigentliches Landesgewächs. Oder wenn Sie wollen, für unsre Autochthonen."

„Und das meinen Sie ganz ernsthaft?"

„Ganz ernsthaft. Und wir wollen mal fünf Minuten wie vernünftige Leute darüber reden. Wenn ich sage ‚wir', so meine ich natürlich mich. Denn Sie sprechen immer vernünftig. Vielleicht ein bißchen zu sehr."

Rex lächelte. „Nun gut; ich will's Ihnen glauben."

„Also die Hohenlohes", fuhr Czako fort. „Ja, wie steht es damit? Wie liegt da die Sache? Da kommt hier so Anno Domini ein Burggraf ins Land, und das Land will ihn nicht, und er muß sich alles erst erobern, die Städte beinah und die Schlösser gewiß. Und die Herzen natürlich erst recht. Und der Kaiser sitzt mal wieder weitab und kann ihm nicht helfen. Und da hat nun dieser Nürnberger Burggraf, wenn's hoch kommt, ein halbes

Dutzend Menschen um sich, schwäbische Leute, die mit ihm in diese Mördergrube hinabsteigen. Denn ein bißchen so was war es. Und geht auch gleich los, und die Quitzows und die, die's sein wollen, rufen die Pommern ins Land, und hier auf diesem alten Cremmer Damm stoßen sie zusammen, und die paar, die da fallen, das sind eben die Schwaben, die's gewagt hatten und mit in den Kahn gestiegen waren. Allen vorauf aber ein Graf, so ein Herr in mittleren Jahren. Der fiel zuerst und versank in den Sumpf, und da liegt er. Das heißt, sie haben ihn rausgeholt, und nun liegt er in der Klosterkirche. Und dieser eine, der da voran fiel, der hieß Hohenlohe."

„Ja, Czako, das weiß ich ja alles. Das steht ja schon im Brandenburgischen Kinderfreund. Sie denken aber immer, Sie haben so was allein gepachtet."

„Immer vorsichtig, Rex; im Kinderfreund steht es. Gewiß. Aber was steht nicht alles – von Kinderfreund gar nicht zu reden – in Bibel und Katechismus und die Leute wissen es doch nicht. Ich zum Beispiel. Und ob es nun drin steht oder nicht drin steht, ich sage nur: so hat es angefangen, und so läuft der Hase noch. Oder glauben Sie, daß der alte Fürst, der jetzt dran ist, daß der zu seinem Spezialvergnügen in unser sogenanntes Reichskanzlerpalais gezogen ist, drin die Bismarckschen Nachfolger, die sich wahrhaftig nicht darnach drängten, ihre Tage vertrauern? Ein Opfer ist es, nicht mehr und nicht weniger, und ein Opfer bringt auch der alte Fürst, gerade wie der, der damals am Cremmer Damm als erster fiel. Und ich sage Ihnen, Rex, das ist das, was mir imponiert; immer dasein, wenn Not an Mann ist. Die Kleinen von hier, trotz der ‚Loyalität bis auf die Knochen', die mucken immer bloß auf, aber die wirklich Vornehmen, die gehorchen, nicht einem Machthaber, sondern dem Gefühl ihrer Pflicht."

Rex war einverstanden und wiederholte nur: „Schade, daß wir so spät an dem Denkmal vorbeikommen."

„Ja, schade", sagte Czako. „Wir müssen es uns aber schenken. Im übrigen, denk ich, lassen wir in dem, was wir uns noch weiter zu sagen haben, die Hohenlohes aus dem Spiel. Andres liegt uns heute näher. Wie hat Ihnen denn eigentlich die Schmargendorf gefallen?"

„Ich werde mich hüten, Czako, Ihnen darauf zu antworten. Außerdem haben *Sie* sie durch den Garten geführt, nicht ich, und mir war immer, als ob ich Faust und Gretchen sähe."

Czako lachte. „Natürlich schwebt Ihnen das andre Paar vor,

und ich bin nicht böse darüber. Die Rolle, die mir dabei zufällt – der mit der Hahnenfeder ist doch am Ende 'ne andre Nummer wie der sentimentale ‚Habe-nun-ach-Mann' – diese Mephistorolle, sag ich, gefällt mir besser, und was die Schmargendorf angeht, so kann ich nur sagen: Von meiner Martha laß ich nicht."

„Czako, Sie münden wieder ins Frivole."

„Gut, gut, Rex, Sie werden unwirsch, und Sie sollen recht haben. Lassen wir also die Schmargendorf so gut wie die Hohenlohes. Aber über die Domina ließe sich vielleicht sprechen, und sind wir erst bei der Tante, so sind wir auch bald bei dem Neffen. Ich fürchte, unser Freund Woldemar befindet sich in diesem Augenblick in einer scharfen Zwickmühle. Die Domina liegt ihm seit Jahr und Tag (er hat mir selber Andeutungen darüber gemacht) mit Heiratsplänen in den Ohren, mutmaßlich weil ihr die Vorstellung einer stechlinlosen Welt einfach ein Schrecknis ist. Solche alten Jungfern mit einer Granatbrosche haben immer eine merkwürdig hohe Meinung von ihrer Familie. Freilich auch andre, die klüger sein sollten. Unsre Leute gefallen sich nun mal in der Idee, sie hingen mit dem Fortbestande der göttlichen Weltordnung aufs engste zusammen. In Wahrheit liegt es so, daß wir sämtlich abkommen können. Ohne die Czakos geht es nun schon gewiß, wofür sozusagen historisch-symbolisch der Beweis erbracht ist."

„Und die Rex?"

„Vor diesem Namen mach ich halt."

„Wer's Ihnen glaubt. Aber lassen wir die Rex und lassen wir die Czakos, und bleiben wir bei den Stechlins, will sagen bei unserm Freunde Woldemar. Die Tante will ihn verheiraten, darin haben Sie recht."

„Und ich habe wohl auch recht, wenn ich das eine heikle Lage nenne. Denn ich glaube, daß er sich seine Freiheit wahren will und mit Bewußtsein auf den Célibataire lossteuert."

„Ein Glauben, in dem Sie sich, lieber Czako, wie jedesmal, wenn Sie zu glauben anfangen, in einem großen Irrtum befinden."

„Das kann nicht sein."

„Es kann nicht bloß sein, es ist. Und ich wundre mich nur, daß gerade Sie, der Sie doch sonst das Gras wachsen hören und allen Gesellschaftsklatsch kennen wie kaum ein zweiter, daß gerade Sie von dem allen kein Sterbenswörtchen vernommen haben sollen. Sie verkehren doch auch bei den Xylanders, ja, ich glaube, Sie da, letzten Winter, mal kämpfend am Büfett gesehen zu haben."

„Gewiß."

„Und da waren an jenem Abend auch die Berchtesgadens, Baron und Frau, und in lebhaftestem Gespräche mit diesem bayerischen Baron ein distinguierter alter Herr und zwei Damen. Und diese drei, das waren die Barbys."

„Die Barbys", wiederholte Czako. „Botschafsrat oder dergleichen. Ja, gewiß, ich habe davon gehört; aber ich kann mich jedenfalls nicht erinnern, ihn und die Damen gesehen zu haben. Und sicherlich nicht an jenem Abend, wo ja von Vorstellen keine Rede war, die reine Völkerschlacht. Aber Sie wollten mir, glaube ich, von ebendiesen Barbys erzählen."

„Ja, das wollt ich. Ich wollte Sie nämlich wissen lassen, daß Ihr Célibataire seit Ausgang vorigen Winters in ebendiesem Hause regelmäßig verkehrt."

„Er wird wohl in vielen Häusern verkehren."

„Möglich, aber nicht sehr wahrscheinlich, da das eine Haus ihn ganz in Anspruch nimmt.

„Nun gut, so lassen wir ihn bei den Barbys. Aber was bedeutet das."

„Das bedeutet, daß in einem solchen Hause verkehren und sich mit einer Tochter verloben so ziemlich ein und dasselbe ist. Bloß eine Frage der Zeit. Und die Tante wird sich damit aussöhnen müssen, auch wenn sie, wie beinah gewiß, über ihr Herzblatt bereits anders verfügt haben sollte. Solche Dinge begleichen sich indessen fast immer. Unser Woldemar wird sich aber mittlerweile vor ganz andre Schwierigkeiten gestellt sehen."

„Und die wären? Ist er nicht vornehm genug? Oder mankiert vielleicht Gegenliebe?"

„Nein, Czako, von ‚mankierender Gegenliebe', wie Sie sich auszudrücken belieben, kann keine Rede sein. Die Schwierigkeiten liegen in was anderm. Es sind da nämlich, wie ich mir schon anzudeuten erlaubte, zwei Komtessen im Hause. Nun, die jüngere wird es wohl werden, schon weil sie eben die jüngere ist. Aber so ganz sicher ist es doch keineswegs. Denn auch die ältere, wiewohl schon über dreißig, ist sehr reizend und zum Überfluß auch noch Witwe – das heißt eigentlich nicht Witwe, sondern richtiger eine gleich nach der Ehe geschiedene Frau. Sie war nur ein halbes Jahr verheiratet, oder vielleicht auch nicht verheiratet."

„Verheiratet, oder vielleicht auch nicht verheiratet", wiederholte Czako, während er unwillkürlich sein Pferd anhielt. „Aber Rex, das ist ja hochpikant. Und daß ich erst heute davon höre und noch dazu durch Sie, der Sie sich von solchen Dingen doch zunächst entsetzt abwenden müßten. Aber so seid ihr Konventikler. Schließlich ist all dergleichen doch eigentlich euer Lieblingsfeld. Und nun erzählen Sie weiter, ich bin neugierig wie ein Backfisch. Wer war denn der unglücklich Glückliche?"

„Sie meinen, wenn ich Sie recht verstehe, wer es war, der diese ältere Komtesse heiratete. Nun, dieser glücklich Unglückliche – oder vielleicht auch umgekehrt – war auch Graf, sogar ein italienischer (vorausgesetzt, daß Sie dies als eine Steigerung ansehn), und hatte natürlich einen echt italienischen Namen: Conte Ghiberti, derselbe Name wie der des florentinischen Bildhauers, von dem die berühmten Türen herrühren."

„Welche Türen?"

„Nun, die berühmten Baptisteriumtüren in Florenz, von denen Michelangelo gesagt haben soll, ‚sie wären wert, den Eingang zum Paradiese zu bilden'. Und diese Türen heißen denn auch, ihrem großen Künstler zu Ehren, die Ghibertischen Türen. Übrigens eine Sache, von der ein Mann wie Sie was wissen müßte."

„Ja, Rex, Sie haben gut reden von ‚wissen müssen'. Sie sind aus einem großen Hause, haben mutmaßlich einen frommen Kandidaten als Lehrer gehabt und sind dann auf Reisen gegangen, wo man so feine Dinge wegkriegt. Aber ich! Ich bin aus Ostrowo."

„Das ändert nichts."

„Doch, doch, Rex. Italienische Kunst! Ich bitte Sie, wo soll dergleichen bei mir herkommen? Was Hänschen nicht lernt – dabei bleibt es nun mal. Ich erinnere mich noch ganz deutlich einer Auktion in Ostrowo, bei der (es war in einem kommerzienrätlichen Hause) schließlich ein roter Kasten zur Versteigerung kam, ein Kasten mit Doppelbildern und einem Opernkucker dazu, der aber keiner war. Und all das kaufte sich meine Mutter. Und an diesem Stereoskopenkasten, ein Wort, das ich damals noch nicht kannte, habe ich meine italienische Kunst gelernt. Die ‚Türen' waren aber nicht dabei. Was können Sie da groß verlangen? Ich habe, wenn Sie das Wort gelten lassen wollen, 'ne Panoptikumbildung."

Rex lachte. „Nun, gleichviel. Also der Graf, der die ältere Komtesse Barby heiratete, hieß Ghiberti. Seiner Ehe fehlten indes durchaus die Himmelstüren – soviel läßt sich mit aller

Bestimmtheit sagen. Und deshalb kam es zur Scheidung. Ja, mehr, die charmante Frau (‚charmant' ist übrigens ein viel zu plebejes und minderwertiges Wort) hat in ihrer Empörung den Namen Ghiberti wieder abgetan, und alle Welt nennt sie jetzt nur noch bei ihrem Vornamen."

„Und der ist?"

„Melusine."

„Melusine? Hören Sie, Rex, das läßt aber tief blicken."

Unter diesem Gespräch waren sie bis an den Cremmer Damm herangekommen. Es dunkelte schon stark, und ein Gewölk, das am Himmel hinzog, verbarg die Mondsichel. Ein paarmal indessen trat sie hervor, und dann sahen sie bei halber Beleuchtung das Hohenlohedenkmal, das unten im Luche schimmerte. Hinunterzureiten, was noch einmal flüchtig in Erwägung gezogen wurde, verbot sich, und so setzten sie sich in einen munteren Trab und hielten erst wieder in Cremmen vor dem Gasthause zum „Markgrafen Otto". Es schlug eben neun von der Nikolaikirche.

Drinnen war man bald in einem lebhaften Gespräch, in dem sich Rex über die in der Stadt herrschende Gesinnung und Kirchlichkeit zu unterrichten suchte. Der Wirt stellte der einen wie der andern ein gleich gutes Zeugnis aus und hatte die Genugtuung, daß ihm Rex freundlich zunickte. Czako aber sagte: „Sagen Sie, Herr Wirt, Sie haben da ein so schönes Billard; ich habe mir jüngst erst sagen lassen, wenn's wirklich flott gehe, so könne man's im Jahr bis auf dreitausend Mark bringen. Natürlich bei zwölfstündigem Arbeitstag. Wie steht es damit? Für möglich halt ich es."

NACH DEM „EIERHÄUSCHEN"

Elftes Kapitel

Die Barbys, der alte Graf und seine zwei Töchter, lebten seit einer Reihe von Jahren in Berlin und zwar am Kronprinzenufer, zwischen Alsen- und Moltkebrücke. Das Haus, dessen erste Etage sie bewohnten, unterschied sich, ohne sonst irgendwie hervorragend zu sein (Berlin ist nicht reich an Privathäusern, die Schönheit und Eigenart in sich vereinigen), immerhin vorteilhaft von seinen Nachbarhäusern, von denen es durch zwei Terrainstreifen getrennt wurde; der eine davon ein kleiner Baumgarten, mit allerlei Buschwerk dazwischen, der andre ein Hofraum mit einem zierlichen malerisch wirkenden Stallgebäude, dessen obere Fenster, hinter denen sich die Kutscherwohnung befand, von wildem Wein umwachsen waren. Schon diese Lage des Hauses hätte demselben ein bestimmtes Maß von Aufmerksamkeit gesichert, aber auch seine Fassade mit ihren zwei Loggien links und rechts ließ die des Weges Kommenden unwillkürlich ihr Auge darauf richten. Hier, in ebendiesen Loggien, verbrachte die Familie mit Vorliebe die Früh- und Nachmittagsstunden und bevorzugte dabei, je nach der Jahreszeit, mal den zum Zimmer des alten Grafen gehörigen, in pompejischem Rot gehaltenen Einbau, mal die gleichartige Loggia, die zum Zimmer der beiden jungen Damen gehörte. Dazwischen lag ein dritter großer Raum, der als Repräsentations- und zugleich als Eßzimmer diente. Das war, mit Ausnahme der Schlaf- und Wirtschaftsräume, das Ganze, worüber man Verfügung hatte; man wohnte mithin ziemlich beschränkt, hing aber sehr an dem Hause, so daß ein Wohnungswechsel oder auch nur der Gedanke daran, so gut wie ausgeschlossen war. Einmal hatte die liebenswürdige, besonders mit Gräfin Melusine befreundete Baronin Berchtesgaden einen solchen Wohnungswechsel in Vorschlag gebracht, aber nur um sofort einem lebhaften Widerspruche zu begegnen. „Ich sehe schon, Baronin, Sie führen den ganzen Lennéstraßenstolz gegen uns ins Gefecht. Ihre Lennéstraße! Nun ja, wenn's sein muß. Aber was haben Sie da groß? Sie haben den Lessing ganz und den Goethe halb. Und um beides will ich Sie beneiden und Ihnen auch die Spreewaldsammen in Rechnung stellen. Aber die Lennéstraßenwelt ist geschlossen, ist zu, sie hat keinen Blick ins Weite, kein Wasser, das fließt, keinen Verkehr, der flutet. Wenn ich in unsrer Nische sitze, die lange Reihe der herankommenden Stadtbahnwaggons vor mir, nicht zu nah und nicht zu weit, und sehe dabei, wie das Abendrot den Lokomotivenrauch durchglüht und in dem Filigranwerk der Ausstellungsparktürmchen schimmert, was will Ihre grüne Tiergartenwand dagegen?“ Und dabei wies die Gräfin auf einen gerade vorüberdampfenden Zug, und die Baronin gab sich zufrieden.

Ein solcher Abend war auch heute; die Balkontür stand auf, und ein kleines Feuer im Kamin warf seine Lichter auf den schweren Teppich, der durch das ganze Zimmer hin lag. Es mochte die sechste Stunde sein und die Fenster drüben an den Häusern der andern Seite standen wie in roter Glut. Ganz in der Nähe des Kamins saß Armgard, die jüngere Tochter, in ihren Stuhl zurückgelehnt, die linke Fußspitze leicht auf den Ständer gestemmt. Die Stickerei, daran sie bis dahin gearbeitet, hatte sie, seit es zu dunkeln begann, aus der Hand gelegt und spielte statt dessen mit einem Ballbecher, zu dem sie regelmäßig griff, wenn es galt, leere Minuten auszufüllen. Sie spielte das Spiel sehr geschickt, und es gab immer einen kleinen hellen Schlag, wenn der Ball in den Becher fiel. Melusine stand draußen auf dem Balkon, die Hand an die Stirn gelegt, um sich gegen die Blendung der untergehenden Sonne zu schützen.

„Armgard", rief sie in das Zimmer hinein, „komm; die Sonne geht eben unter!"

„Laß. Ich sehe hier lieber in den Kamin. Und ich habe auch schon zwölfmal gefangen."

„Wen?"

„Nun, natürlich den Ball."

„Ich glaube, du fingst lieber wen anders. Und wenn ich dich so dasitzen sehe, so kommt es mir fast vor, als dächtest du selber auch so was. Du sitzt so märchenhaft da."

„Ach, du denkst immer nur an Märchen und glaubst, weil du Melusine heißt, du hast so was wie eine Verpflichtung dazu."

„Kann sein. Aber vor allem glaub ich, daß ich es getroffen habe. Weißt du, was?"

„Nun?"

„Ich kann es so leicht nicht sagen. Du sitzt zu weitab."

„Dann komm und sag es mir ins Ohr."

„Das ist zuviel verlangt. Denn erstens bin ich die Ältere, und zweitens bist du's, die was von mir will. Aber ich will es so genau nicht nehmen."

Und dabei ging Melusine vom Balkon her auf die Schwester zu, nahm ihr das Fangspiel fort und sagte, während sie ihr die Hand auf die Stirn legte: „Du bist verliebt."

„Aber Melusine, was das nun wieder soll! Und wenn man so klug ist wie du ... Verliebt. Das ist ja gar nichts; etwas verliebt ist man immer."

„Gewiß. Aber in wen? Da beginnen die Fragen und die Finessen."

In diesem Augenblicke ging die Klingel draußen, und Armgard horchte.

„Wie du dich verrätst“, lachte Melusine. „Du horchst und willst wissen, wer kommt.“

Melusine wollte noch weitersprechen, aber die Tür ging bereits auf und Lizzi, die Kammerjungfer der beiden Schwestern, trat ein, unmittelbar hinter ihr ein Gersonscher Livreediener mit einem in einen Riemen geschnallten Karton. „Er bringt die Hüte“, sagte die Kammerjungfer.

„Ah, die Hüte. Ja, Armgard da müssen wir freilich unsre Frage vertagen. Was doch wohl auch deine Meinung ist. Bitte, stellen Sie hin. Aber Lizzi, du, du bleibst und mußt uns helfen; du hast einen guten Geschmack. Übrigens ist kein Stehspiegel da?“

„Soll ich ihn holen?“

„Nein, nein, laß. Unsre Köpfe, worauf es doch bloß ankommt, können wir schließlich auch in diesem Spiegel sehen ... Ich denke, Armgard, du läßt mir die Vorhand; dieser hier mit dem Heliotrop und den Stiefmütterchen, der ist natürlich für mich; er hat den richtigen Frauencharakter, fast schon Witwe.“

Unter diesen Worten setzte sie sich den Hut auf und trat an den Spiegel. „Nun, Lizzi, sprich.“

„Ich weiß nicht recht, Frau Gräfin, er scheint mir nicht modern genug. Der, den Komtesse Armgard eben aufsetzt, der würde wohl auch für Frau Gräfin besser passen; – die hohen Straußfedern, wie ein Ritterhelm, und auch die Hutform selbst. Hier ist noch einer, fast ebenso und beinah noch hübscher.“

Beide Damen stellten sich jetzt vor den Spiegel; Armgard, hinter der Schwester stehend und größer als diese, sah über deren linke Schulter fort. Beide gefielen sich ungemein und schließlich lachten sie, weil jede der andern ansah, wie hübsch sie sich fand.

„Ich möchte doch beinah glauben ...“ sagte Melusine, kam aber nicht weiter, denn in ebendiesem Augenblicke trat ein in schwarzen Frack und Eskarpins gekleideter alter Diener ein und meldete: „Rittmeister von Stechlin.“

Unmittelbar darauf erschien denn auch Woldemar selbst und verbeugte sich gegen die Damen. „Ich fürchte, daß ich zu sehr ungelegener Stunde komme.“

„Ganz im Gegenteil, lieber Stechlin. Um wessentwillen quälen wir uns denn überhaupt mit solchen Sachen? Doch bloß um unsrer Gebieter willen, die man ja (vielleicht leider) auch noch hat, wenn man sie nicht mehr hat.“

„Immer die liebenswürdige Frau.“

„Keine Schmeicheleien. Und dann, diese Hüte sind wichtig. Ich nehm es als eine Fügung, daß Sie da gerade hinzukommen; Sie sollen entscheiden. Wir haben freilich schon Lizzis Meinung angerufen, aber Lizzi ist zu diplomatisch; Sie sind Soldat und müssen mehr Mut haben; Armgard sprich auch; du bist nicht mehr jung genug, um noch ewig die Verlegene zu spielen. Ich bin sonst gegen alle Gutachten, namentlich in Prozeßsachen (ich weiß ein Lied davon zu singen), aber ein Gutachten von Ihnen, da laß ich all meine Bedenken fallen. Außerdem bin ich für Autoritäten, und wenn es überhaupt Autoritäten in Sachen von Geschmack und Mode gibt, wo wären sie besser zu finden als im Regiment Ihrer Kaiserlich Königlichen Majestät von Großbritannien und Indien? Irland laß ich absichtlich fallen und nehme lieber Indien, woher aller gute Geschmack kommt, alle alte Kultur, alle Schals und Teppiche, Buddha und die weißen Elefanten. Also antreten, Armgard; du natürlich an den rechten Flügel, denn du bist größer. Und nun, lieber Stechlin, wie finden Sie uns?"

„Aber meine Damen ..."

„Keine Feigheiten. Wie finden Sie uns?"

„Unendlich nett."

„Nett? Verzeihen Sie, Stechlin, nett ist kein Wort. Wenigstens kein nettes Wort. Oder wenigstens ungenügend."

„Also schlankweg entzückend."

„Das ist gut. Und zur Belohnung die Frage: wer ist entzückender?"

„Aber Frau Gräfin, das ist ja die reine Geschichte mit dem seligen Paris. Bloß, er hatte es viel leichter, weil es drei waren. Aber zwei. Und noch dazu Schwestern."

„Wer? Wer?"

„Nun, wenn es denn durchaus sein muß, Sie, gnädigste Frau."

„Schändlicher Lügner. Aber wir behalten diese zwei Hüte. Lizzi, gib all das andre zurück. Und Jeserich soll die Lampen bringen; draußen ein Streifen Abendrot und hier drinnen ein verglimmendes Feuer – das ist denn doch zu wenig oder, wenn man will, zu gemütlich."

Die Lampen hatten draußen schon gebrannt, so daß sie gleich da waren.

„Und nun schließen Sie die Balkontür, Jeserich, und sagen Sie's Papa, daß der Herr Rittmeister gekommen. Papa ist nicht gut bei Wege, wieder die neuralgischen Schmerzen; aber wenn er hört, daß Sie da sind, so tut er ein übriges. Sie wissen,

Sie sind sein Verzug. Man weiß immer, wenn man Verzug ist. Ich wenigstens hab es immer gewußt."

„Das glaub ich."

„Das glaub ich! Wie wollen Sie das erklären?"

„Einfach genug, gnädigste Gräfin. Jede Sache will gelernt sein. Alles ist schließlich Erfahrung. Und ich glaube, daß Ihnen reichlich Gelegenheit gegeben wurde, der Frage ‚Verzug oder Nichtverzug' praktisch näherzutreten."

„Gut herausgeredet. Aber nun, Armgard, sage dem Herrn von Stechlin (ich persönlich getraue mich's nicht), daß wir in einer halben Stunde fortmüssen, Opernhaus, ‚Tristan und Isolde'. Was sagen Sie dazu? Nicht zu Tristan und Isolde, nein zu der heikleren Frage, daß wir eben gehen, im selben Augenblick, wo Sie kommen. Denn ich seh es Ihnen an, Sie kamen nicht so bloß um ‚five o'clock tea's' willen, Sie hatten es besser mit uns vor. Sie wollten bleiben ..."

„Ich bekenne ..."

„Also getroffen. Und zum Zeichen, daß Sie großmütig sind und Verzeihung üben, versprechen Sie, daß wir Sie bald wiedersehen, recht, recht bald. Ihr Wort darauf. Und dem Papa, der Sie vielleicht erwartet, wenn es Jeserich für gut befunden hat, die Meldung auszurichten – dem Papa werd ich sagen, Sie hätten nicht bleiben können, eine Verabredung, Klub oder sonst was."

Während Woldemar nach diesem abschließenden Gespräch mit Melusine die Treppe hinabstieg und auf den nächsten Droschkenstand zuschritt, saß der alte Graf in seinem Zimmer und sah, den rechten Fuß auf einen Stuhl gelehnt, durch das Balkonfenster auf den Abendhimmel. Er liebte diese Dämmerstunde, drin er sich nicht gerne stören ließ (am wenigsten gern durch vorzeitig gebrachtes Licht), und als Jeserich, der das alles wußte, jetzt eintrat, war es nicht, um dem alten Grafen die Lampe zu bringen, sondern nur um ein paar Kohlen aufzuschütten.

„Wer war denn da, Jeserich?"

„Der Herr Rittmeister."

„So, so. Schade, daß er nicht geblieben ist. Aber freilich, was soll er mit mir? Und der Fuß und die Schmerzen, dadurch wird man auch nicht interessanter. Armgard und nun gar erst Melusine, ja, da geht es, da redet sich's schon besser, und das wird der Rittmeister wohl auch finden. Aber soviel ist richtig, ich spreche gern mit ihm; er hat so was Ruhiges und Gesetztes und immer schlicht und natürlich. Meinst du nicht auch?"

Jeserich nickte.

„Und glaubst du nicht auch (denn warum käme er sonst so oft), daß er was vorhat?"

„Glaub ich auch, Herr Graf."

„Na, was glaubst du?"

„Gott, Herr Graf ..."

„Ja, Jeserich, du willst nicht raus mit der Sprache. Das hilft dir aber nichts. Wie denkst du dir die Sache?"

Jeserich schmunzelte, schwieg aber weiter, weshalb dem alten Grafen nichts übrigblieb, als seinerseits fortzufahren. „Natürlich paßt Armgard besser, weil sie jung ist; es ist so mehr das richtige Verhältnis, und überhaupt, Armgard ist sozusagen dran. Aber, weiß der Teufel, Melusine ..."

„Freilich, Herr Graf."

„Also du hast doch auch so was gesehen. Alles dreht sich immer um die. Wie denkst du dir nun den Rittmeister? Und wie denkst du dir die Damen? Und wie steht es überhaupt? Ist es die oder ist es die?"

„Ja, Herr Graf, wie soll ich darüber denken? Mit Damen weiß man ja nie – vornehm und nicht vornehm, klein und groß, arm und reich, das is all eins. Mit unsrer Lizzi is es gerad ebenso wie mit Gräfin Melusine. Wenn man denkt, es is so, denn is es so, und wenn man denkt, es is so, denn is es wieder so. Wie meine Frau noch lebte, Gott habe sie selig, die sagte auch immer: ‚Ja, Jeserich, was du dir bloß denkst; wir sind eben ein Rätsel.' Ach Gott, sie war ja man einfach, aber das können Sie mir glauben, Herr Graf, so sind sie alle."

„Hast ganz recht, Jeserich. Und deshalb können wir auch nicht gegen an. Und ich freue mich, daß du das auch so scharf aufgefaßt hast. Du bist überhaupt ein Menschenkenner. Wo du's bloß her hast? Du hast so was von 'nem Philosophen. Hast du schon mal einen gesehen?"

„Nein, Herr Graf. Wenn man so viel zu tun hat und immer Silber putzen muß."

„Ja, Jeserich, das hilft doch nu nich, davon kann ich dich nicht frei machen ..."

„Nein, so mein ich es ja auch nich, Herr Graf, und bin ja auch fürs Alte. Gute Herrschaft und immer denken, ‚man gehört so halb wie mit dazu' – dafür bin ich. Und manche sollen ja auch halb mit dazugehören ... Aber ein bißchen anstrengend is es doch mitunter, und man is doch am Ende auch ein Mensch ..."

„Na höre, Jeserich, das hab ich dir doch noch nicht abgesprochen."

„Nein, nein, Herr Graf. Gott, man sagt so was bloß. Aber ein bißchen is es doch damit ..."

Zwölftes Kapitel

Woldemar – wie Rex seinem Freunde Czako, als beide über den Cremmer Damm ritten, ganz richtig mitgeteilt hatte – verkehrte seit Ausgang des Winters im Barbyschen Hause, das er sehr bald vor andern Häusern seiner Bekanntschaft bevorzugte. Vieles war es, was ihn da fesselte, voran die beiden Damen; aber auch der alte Graf. Er fand Ähnlichkeiten, selbst in der äußern Erscheinung, zwischen dem Grafen und seinem Papa, und in seinem Tagebuche, das er, trotz sonstiger Modernität, in altmodischer Weise von jung an führte, hatte er sich gleich am ersten Abend über eine gewisse Verwandtschaft zwischen den beiden geäußert. Es hieß da unterm achtzehnten April: „Ich kann Wedel nicht dankbar genug sein, mich bei den Barbys eingeführt zu haben; alles, was er von dem Hause gesagt, fand ich bestätigt. Diese Gräfin, wie charmant, und die Schwester ebenso, trotzdem größere Gegensätze kaum denkbar sind. An der einen alles Temperament und Anmut, an der andern alles Charakter oder, wenn das zu viel gesagt sein sollte, Schlichtheit, Festigkeit. Es bleibt mit den Namen doch eine eigne Sache; die Gräfin ist ganz Melusine und die Komtesse ganz Armgard. Ich habe bis jetzt freilich nur eine dieses Namens kennengelernt, noch dazu bloß als Bühnenfigur, und ich mußte beständig an diese denken, wie sie da (ich glaube, es war Fräulein Stolberg, die ja auch das Maß hat) dem Landvogt so mutig in den Zügel fällt. Ganz so wirkt Komtesse Armgard! Ich möchte beinah sagen, es läßt sich an ihr wahrnehmen, daß ihre Mutter eine richtige Schweizerin war. Und dazu der alte Graf! Wie ein Zwillingsbruder von Papa; derselbe Bismarckkopf, dasselbe humane Wesen, dieselbe Freundlichkeit, dieselbe gute Laune. Papa ist aber ausgiebiger und auch wohl origineller. Vielleicht hat der verschiedene Lebensgang diese Verschiedenheiten erst geschaffen. Papa sitzt nun seit richtigen dreißig Jahren in seinem Ruppiner Winkel fest, der Graf war ebensolange draußen! Ein Botschaftsrat ist eben was andres als ein Ritterschaftsrat, und an der Themse wächst man sich anders aus als am ‚Stechlin' – unsern Stechlin dabei natürlich in Ehren. Trotzdem die Verwandtschaft bleibt. Und der alte Diener, den sie Jeserich nennen, der ist nun schon ganz und gar unser Engelke vom Kopf bis zur Zeh. Aber was am verwandtesten ist, das ist doch die gesamte Hausatmosphäre, das Liberale. Papa selbst würde zwar darüber lachen – er lacht über nichts so sehr wie über Liberalismus –, und doch kenne ich keinen Menschen, der innerlich so frei wäre, wie gerade mein guter Alter. Zugeben wird er's freilich nie und wird in dem Glauben sterben: Morgen tragen sie einen echten alten Junker zu Grabe. Das ist er auch, aber doch auch wieder das volle Gegenteil davon. Er hat keine Spur von Selbstsucht. Und diesen schönen Zug (ach, so selten), den hat auch der alte Graf. Nebenher freilich ist er Weltmann, und das gibt dann den Unterschied und das Übergewicht. Er weiß – was sie hierzulande nicht wissen oder nicht wissen wollen – daß hinterm Berge auch noch Leute wohnen. Und mitunter noch ganz andre."

Das waren die Worte, die Woldemar in sein Tagebuch eintrug. Von allem, was er gesehen, war er angenehm berührt worden, auch von Haus und Wohnung. Und dazu war guter Grund da, mehr als er nach seinem ersten Besuche wissen konnte. Das von der gräflichen Familie bewohnte Haus mit seinen Loggien und seinem diminutiven Hof und Garten teilte sich in zwei Hälften, von denen jede noch wieder ihre besondern Annexe hatte. Zu der Beletage gehörte das zur Seite gelegene pittoreske Hof- und Stallgebäude, drin der gräfliche Kutscher, Herr Imme, residierte, während zu dem die zweite Hälfte des Hauses bildenden Hochparterre ziemlich selbstverständlich noch das kleine niedrige Souterrain gerechnet wurde, drin, außer Portier Hartwig selbst, dessen Frau, sein Sohn Rudolf und seine Nichte Hedwig wohnten. Letztere freilich nur zeitweilig, und zwar immer nur dann, wenn sie, was allerdings ziemlich häufig vorkam, mal wieder ohne Stellung war. Die Wirtin des Hauses, Frau Hagelversicherungssekretär Schickedanz, hätte diesen gelegentlichen Aufenthalt der Nichte Hartwigs eigentlich beanstanden müssen, ließ es aber gehen, weil Hedwig ein heiteres, quickes und sehr anstelliges Ding war und manches besaß, was die Schickedanz mit der Ungehörigkeit des ewigen Dienstwechsels wieder aussöhnte.

Die Schickedanz, eine Frau von sechzig, war schon verwitwet, als im Herbst fünfundachtzig die Barbys einzogen, Komtesse Armgard damals erst zehnjährig. Frau Schickedanz selbst war um jene Zeit noch in Trauer, weil ihr Gatte, der Versicherungssekretär, erst im Dezember des voraufgegangenen Jahres gestorben war, „drei Tage vor Weihnachten“, ein Umstand, auf den der Hilfsprediger, ein junger Kandidat, in seiner Leichenrede beständig hingewiesen und die gewollte Wirkung auch richtig erzielt hatte. Allerdings nur bei der Schickedanz selbst und einigermaßen auch bei der Frau Hartwig, die während der ganzen Rede beständig mit dem Kopf genickt und nachträglich ihrem Manne bemerkt hatte: „Ja, Hartwig, da liegt doch was drin.“ Hartwig selber indes, der, im Gegensatz zu den meisten seines Standes, humoristisch angeflogen war, hatte für die merkwürdige Fügung von „drei Tage vor Weihnachten“ nicht das geringste Verständnis gezeigt, vielmehr nur die Bemerkung dafür gehabt: „Ich weiß nicht, Mutter, was du dir eigentlich dabei denkst? Ein Tag ist wie der andre; mal muß man ran“ – worauf die Frau jedoch geantwortet hatte: „Ja, Hartwig, das sagst du so immer; aber wenn du dran bist, dann redst du anders.“

Der verstorbene Schickedanz hatte, wie der Tod ihn ankam, ein Leben hinter sich, das sich in zwei sehr verschiedene Hälften, in eine ganz kleine unbedeutende und in eine ganz große teilte. Die unbedeutende Hälfte hatte lange gedauert, die große nur ganz kurz. Er war ein Ziegelstreichersohn aus dem bei Potsdam gelegenen Dorfe Caputh, was er, als er aus dem diesem Dorfnamen entsprechenden Zustande heraus war, in Gesellschaft guter Freunde gern hervorhob. Es war so ziemlich der einzige Witz seines Lebens, an dem er aber zäh festhielt, weil er sah, daß er immer wieder wirkte. Manche gingen so weit, ihm den Witz auch noch moralisch gutzuschreiben und behaupteten: Schickedanz sei nicht bloß ein Charakter, sondern auch eine bescheidene Natur.

Ob dies zutraf, wer will es sagen! Aber das war sicher, daß er sich von Anfang an als ein aufgeweckter Junge gezeigt hatte. Schon mit sechzehn war er als Hilfsschreiber in die deutsch-englische Hagelversicherungsgesellschaft Pluvius eingetreten und hatte mit sechsundsechzig sein fünfzigjähriges Dienstjubiläum in ebendieser Gesellschaft gefeiert. Das war aus bestimmten Gründen ein großer Tag gewesen. Denn als Schickedanz ihn erlebte, hieß er nur noch so ganz obenhin „Herr Versicherungssekretär“, war aber in Wahrheit über diesen seinen Titel weit hinausgewachsen und besaß bereits das schöne Haus am Kronprinzenufer. Er hatte sich das leisten können, weil er im Laufe der letzten fünf Jahre zweimal hintereinander ein Viertel vom großen Lose gewonnen hatte. Dies sah er sich allerseits als persönliches Verdienst angerechnet und auch wohl mit Recht. Denn arbeiten kann jeder, das große Los gewinnen kann nicht jeder. Und so blieb er denn bei der Versicherungsgesellschaft lediglich nur noch als verhätscheltes Zierstück, weil es damals wie jetzt einen guten Eindruck machte, Personen der Art im Dienst oder gar als Teilnehmer zu haben. An der Spitze muß immer ein Fürst stehen. Und Schickedanz war jetzt Fürst. Alles drängte sich nicht bloß an ihn, sondern seine Stammtischfreunde, die zu seiner zweimal bewährten Glückshand ein unbedingtes Vertrauen hatten, drangen sogar eine Zeitlang in ihn, die Lotterielose für sie zu ziehen. Aber keiner gewann, was schließlich einen Umschlag schuf und einzelne von „bösem Blick“ und sogar ganz unsinnigerweise von Mogelei sprechen ließ. Die meisten indessen hielten es für klug, ihr Übelwollen zurückzuhalten; war er doch immerhin ein Mann, der jedem, wenn er wollte, Deckung und Stütze geben konnte. Ja, Schickedanz' Glück und Ansehen waren groß, am größten natürlich an seinem Jubiläumstage. Nicht zu glauben, wer da alles kam. Nur ein Orden kam nicht, was denn auch von einigen Schickedanzfanatikern sehr mißliebig bemerkt wurde. Besonders schmerzlich empfand es die Frau. „Gott, er hat doch immer so treu gewählt“, sagte sie. Sie kam aber nicht in die Lage, sich in diesen Schmerz einzuleben, da schon die nächsten Zeiten bestimmt waren, ihr Schwereres zu bringen. Am 21. September war das Jubiläum gewesen, am 21. Oktober erkrankte er, am 21. Dezember starb er. Auf dem Notizenzettel, den man damals dem Kandidaten zugestellt hatte, hatte dieser dreimal wiederkehrende „einundzwanzigste“ gefehlt, was alles in allem wohl als ein Glück angesehen werden konnte, weil, entgegengesetztenfalls, die „drei Tage vor Weihnachten“ entweder gar nicht zustande gekommen oder aber durch eine geteilte Herrschaft in ihrer Wirkung abgeschwächt worden wären.

Schickedanz war bei voller Besinnung gestorben. Er rief, kurz vor seinem Ende, seine Frau an sein Bett und sagte: „Riekchen, sei ruhig. Jeder muß. Ein Testament hab ich nicht gemacht. Es gibt doch bloß immer Zank und Streit. Auf meinem Schreibtisch liegt ein Briefbogen, drauf hab ich alles Nötige geschrieben. Viel wichtiger ist mir das mit dem Haus. Du mußt es behalten, damit die Leute sagen können: ‚Da wohnt Frau Schickedanz.' Hausname, Straßenname, das ist überhaupt das Beste. Straßenname dauert noch länger als Denkmal."

„Gott, Schickedanz, sprich nicht so viel; es strengt dich an. Ich will es ja alles heilighalten, schon aus Liebe . . ."

„Das ist recht, Riekchen. Ja, du warst immer eine gute Frau, wenn wir auch keine Nachfolge gehabt haben. Aber darum bitte ich dich, vergiß nie, daß es meine Puppe war. Du darfst bloß vornehme Leute nehmen; reiche Leute, die bloß reich sind, nimm nicht, die quengeln bloß und schlagen große Haken in die Türfüllung und hängen eine Schaukel dran. Überhaupt, wenn es sein kann, keine Kinder. Hartwigen unten mußt du behalten; er ist eigentlich ein Klugschmus, aber die Frau ist gut. Und der kleine Rudolf, mein Patenkind, wenn er ein Jahr alt wird, soll er hundert Taler kriegen. Taler, nicht Mark. Und der Schullehrer in Caputh soll auch hundert Taler kriegen. Der wird sich wundern. Aber darauf freu ich mich schon. Und auf dem Invalidenkirchhof will ich begraben sein, wenn es irgend geht. Invalide ist ja doch eigentlich jeder. Und Anno siebzig war ich doch auch mit Liebesgaben bis dicht an den Feind, trotzdem Luchterhand immer sagte: ‚Nicht so nah ran.' Sei freundlich gegen die Leute und nicht zu sparsam (du bist ein bißchen zu sparsam) und bewahre mir einen Platz in deinem Herzen. Denn treu warst du, das sagt mir eine innere Stimme."

Diesem allem hatte Riekchen seitdem gelebt. Die Beletage, die leer stand, als Schickedanz starb, blieb noch drei Vierteljahre unbewohnt, trotzdem sich viele Herrschaften meldeten. Aber sie deckten sich nicht mit der Forderung, die Schickedanz vor seinem Hinscheiden gestellt hatte. Herbst fünfundachtzig kamen dann die Barbys. Die kleine Frau sah gleich „ja, das sind die , die mein Seliger gemeint hat". Und sie hatte wirklich richtig gewählt. In den fast zehn Jahren, die seitdem verflossen waren, war es auch nicht ein einziges Mal zu Konflikten gekommen, mit der gräflichen Familie schon gewiß nicht, aber auch kaum mit den Dienerschaften. Ein persönlicher Verkehr zwischen Erdgeschoß und Beletage konnte natürlich nicht stattfinden – Hartwig war einfach der Alter ego, der mit Jeserich alles Nötige durchzusprechen hatte. Kam es aber ausnahmsweise zwischen Wirtin und Mieter zu irgendeiner Begegnung, so bewahrte dabei die kleine winzige Frau (die nie „viel" war und seit ihres Mannes Tode noch immer weniger geworden war) eine merkwürdig gemessene Haltung, die jedem mit dem Berliner Wesen Unvertrauten eine Verwunderung abgenötigt haben würde. Riekchen empfand sich nämlich in solchem Augenblicke durchaus als „Macht gegen Macht“. Wie beinah jedem hierlandes Geborenen, war auch ihr die Gabe wirklichen Vergleichenkönnens völlig versagt, weil jeder echte, mit Spreewasser getaufte Berliner, männlich oder weiblich, seinen Zustand nur an seiner eigenen kleinen Vergangenheit, nie aber an der Welt draußen mißt, von der er, wenn er ganz echt ist, weder eine Vorstellung hat noch überhaupt haben will. Der autochthone „Kellerwurm“, wenn er fünfzig Jahre später in eine Steglitzer Villa zieht, bildet – auch wenn er seiner Natur nach eigentlich der bescheidenste Mensch ist – eine gewisse naive Krösusvorstellung in sich aus und glaubt ganz ernsthaft, jenen Gold- und Silberkönigen zuzugehören, die die Welt regieren. So war auch die Schickedanz. Hinter einem Dachfenster in der Georgenkirchstraße geboren, an welchem Dachfenster sie später für ein Weißzeuggeschäft genäht hatte, kam ihr ihr Leben, wenn sie zurückblickte, wie ein Märchen vor, drin sie die Rolle der Prinzessin spielte. Dementsprechend durchdrang sie sich, still aber stark, mit einem Hochgefühl, das sowohl Geld- wie Geburtsgrößen gegenüber auf Ebenbürtigkeit lossteuerte. Sie rangierte sich ein und wies sich, soweit ihre historische Kenntnis das zuließ, einen ganz bestimmten Platz an: Fürst Dolgorukij, Herzog von Devonshire, Schickedanz.

Die Treue, die der Verstorbene noch in seinen letzten Augenblicken ihr nachgerühmt hatte, steigerte sich mehr und mehr zum Kult. Die Vormittagsstunden jedes Tages gehörten dem hohen Palisanderschrank an, drin die Jubiläumsgeschenke wohlgeordnet standen: ein großer Silberpokal mit einem drachentötenden Sankt Georg auf dem Deckel, ein Album mit photographischen Aufnahmen aller Sehenswürdigkeiten von Caputh, eine große Huldigungsadresse mit Aquarellarabesken, mehrere Lieder in Prachtdruck (darunter ein Kegelklublied mit dem Refrain „alle neune“), Riesensträuße von Sonnenblumen, ein Oreiller mit dem Eisernen Kreuz und einem aufgehefteten Gedicht, von einem Damenkomitee herrührend, in dessen Auftrag er, Schickedanz, die Liebesgaben bis vor Paris gebracht hatte. Neben dem Schrank, auf einer Ebenholzsäule, stand eine Gipsbüste, Geschenk eines dem Stammtisch angehörigen Bildhauers, der daraufhin einen leider ausgebliebenen Auftrag in Marmor erwartet hatte. Fauteuils und Stühle steckten in großblumigen Überzügen, desgleichen der Kronleuchter in einem Gazemantel, und an den Frontfenstern standen, den ganzen Winter über, Maiblumen. Riekchen trug auch Maiblumen auf jeder ihrer Hauben, war überhaupt, seit das Trauerjahr um war, immer hell gekleidet, wodurch ihre Gestalt noch unkörperlicher wirkte. Jeden ersten Montag im Monat war allgemeines Reinmachen, auch bei Wind und Kälte. Dies war immer ein Tag größter Aufregung, weil jedesmal etwas zerbrochen oder umgestoßen wurde. Das blieb auch so durch Jahre hin, bis das Auftreten von Hedwig, die sich einer sehr geschickten Hand erfreute, Wandel in diesem Punkte schaffte. Die Nippsachen zerbrachen nun nicht mehr, und Riekchen war um so glücklicher darüber, als Hartwigs hübsche Nichte, wenn sie mal wieder den Dienst gekündigt hatte, regelmäßig allerlei davon zu erzählen und mit immer neuen und oft sehr intrikaten Geschichten ins Feld zu rücken wußte.

Die Barbys hatten alle Ursache, mit dem Schickedanzschen Hause zufrieden zu sein. Nur eines störte, das war, daß jeden Mittwoch und Sonnabend die Teppiche geklopft wurden, immer gerade zu der Stunde, wo der alte Graf seine Nachmittagsruhe halten wollte. Das verdroß ihn eine Weile, bis er schließlich zu dem Ergebnis kam: „Eigentlich bin ich doch selber schuld daran. Warum setz ich mich immer wieder in die Hinterstube, statt einfach vorn an mein Fenster? Immer hasardier ich wieder und denke: heute bleibt es vielleicht ruhig; willst es doch noch mal versuchen."

Ja, der alte Graf war nicht bloß froh, die Wohnung zu haben, er hielt auch beinah abergläubisch an ihr fest. Solange er darin wohnte, war es ihm gut ergangen, nicht glänzender als früher, aber sorgenloser. Und das sagte er sich jeden neuen Tag.

Sein Leben, so bunt es gewesen, war trotzdem in gewissem Sinne durchschnittsmäßig verlaufen, ganz so wie das Leben eines preußischen „Magnaten" (worunter man in der Regel Schlesier versteht; aber es gibt doch auch andre) zu verlaufen pflegt.

Im Juli dreißig, gerade als die Franzosen Algier bombardierten und nebenher das Haus Bourbon endgültig beseitigten, war der Graf auf einem der an der mittleren Elbe gelegenen Barbyschen Güter geboren worden. Auf ebendiesem Gute — das landwirtschaftlich einer von fremder Hand geführten Administration unterstand — vergingen ihm die Kinderjahre; mit zwölf kam er dann auf die Ritterakademie, mit achtzehn Jahren in das Regiment Garde-du-Corps, drin die Barbys standen, solang es ein

Regiment Gard-du-Corps gab. Mit dreißig war er Rittmeister und führte eine Schwadron. Aber nicht lange mehr. Auf einem in der Nähe von Potsdam veranstalteten Kavalleriemanöver stürzte er unglücklich und brach den Oberschenkel, unmittelbar unter der Hüfte. Leidlich genesen, ging er nach Ragaz, um dort völlige Wiederherstellung zu suchen, und machte hier die Bekanntschaft eines alten Freiherrn von Planta, der ihn alsbald auf seine Besitzungen einlud. Weil diese ganz in der Nähe lagen, nahm er die Einladung nach Schloß Schuder an. Hier blieb er länger als erwartet, und als er das schön gelegene Bergschloß wieder verließ, war er mit der Tochter und Erbin des Hauses verlobt. Es war eine große Neigung, was sie zusammenführte. Die junge Freiin drang alsbald in ihn, den Dienst zu quittieren, und er entsprach dem um so lieber, als er seiner völligen Wiederherstellung nicht ganz sicher war. Er nahm also den Abschied und trat aus dem militärischen in den diplomatischen Dienst über, wozu seine Bildung, sein Vermögen, seine gesellschaftliche Stellung ihn gleichmäßig geeignet erscheinen ließen. Noch im selben Jahre ging er nach London, erst als Attaché, wurde dann Botschaftsrat und blieb in dieser Stellung zunächst bis in die Tage der Aufrichtung des Deutschen Reiches. Seine Beziehungen sowohl zu der heimisch-englischen wie zu der außerenglischen Aristokratie waren jederzeit die besten, und sein Freundschaftsverhältnis zu Baron und Baronin Berchtesgaden entstammte jener Zeit. Er hing sehr an London. Das englische Leben, an dem er manches, vor allem die geschraubte Kirchlichkeit, beanstandete, war ihm trotzdem außerordentlich sympathisch, und er hatte sich daran gewöhnt, sich als verwachsen damit anzusehen. Auch seine Familie, die Frau und die zwei Töchter – beide, wenn auch in großem Abstande, während der Londoner Tage geboren – teilten des Vaters Vorliebe für England und englisches Leben. Aber ein harter Schlag warf alles um, was der Graf geplant: die Frau starb plötzlich, und der Aufenthalt an der ihm so liebgewordenen Stätte war ihm vergällt. Er nahm in der ersten Hälfte der 80er Jahre seine Demission, ging zunächst auf die Plantaschen Güter nach Graubünden und dann weiter nach Süden, um sich in Florenz seßhaft zu machen. Die Luft, die Kunst, die Heiterkeit der Menschen, alles tat ihm hier wohl, und er fühlte, daß er genas soweit er wieder genesen konnte. Glückliche Tage brachen für ihn an, und sein Glück schien sich noch steigern zu sollen, als sich die ältere Tochter mit dem italienischen Grafen Ghiberti verlobte. Die

Hochzeit folgte beinah unmittelbar. Aber die Fortdauer dieser Ehe stellte sich bald als eine Unmöglichkeit heraus, und ehe ein Jahr um war, war die Scheidung ausgesprochen. Kurze Zeit danach kehrte der Graf nach Deutschland zurück, das er, seit einem Vierteljahrhundert, immer nur flüchtig und besuchsweise wiedergesehen hatte. Sich auf das eine oder andre seiner Elbgüter zu begeben, widerstand ihm auch jetzt noch, und so kam es, daß er sich für Berlin entschied. Er nahm Wohnung am Kronprinzenufer und lebte hier ganz sich, seinem Hause, seinen Töchtern. Von dem Verkehr mit der großen Welt hielt er sich so weit wie möglich fern, und nur ein kleiner Kreis von Freunden, darunter auch die durch einen glücklichen Zufall ebenfalls von London nach Berlin verschlagenen Berchtesgadens waren, versammelte sich um ihn. Außer diesen alten Freunden waren es vorzugsweise Hofprediger Frommel, Dr. Wrschowitz und seit letztem Frühjahr auch Rittmeister von Stechlin, die den Barbyschen Kreis bildeten. An Woldemar hatte man sich rasch attachiert, und die freundlichen Gefühle, denen er bei dem alten Grafen sowohl wie bei den Töchtern begegnete, wurden von allen Hausbewohnern geteilt. Selbst die Hartwigs interessierten sich für den Rittmeister, und wenn er abends an der Portierloge vorüberkam, guckte Hedwig neugierig durch das Fensterchen und sagte: „So einen – ja, das laß ich mir gefallen.“

Dreizehntes Kapitel

Woldemar, als er sich von den jungen Damen im Barbyschen Hause verabschiedet hatte, hatte versprechen müssen, seinen Besuch recht bald zu wiederholen.

Aber was war „recht bald“? Er rechnete hin und her und fand, daß der dritte Tag dem etwa entsprechen würde; das war „recht bald“ und doch auch wieder nicht zu früh. Und so ging er denn, als der Abend dieses dritten Tages da war, auf die Hallische Brücke zu, wartete hier die Ringbahn ab und fuhr, am Potsdamer und Brandenburger Tor vorüber, bis an jene sonderbare Reichstagsuferstelle, wo, von mächtiger Giebelwand herab, ein wohl zwanzig Fuß hohes, riesiges Kaffeemädchen mit einem ganz kleinen Häubchen auf dem Kopf freundlich auf die Welt der Vorübereilenden herniederblickt, um ihnen ein Paket Kneippschen Malzkaffee zu präsentieren. An dieser echt berlinisch-pittoresken Ecke stieg Woldemar ab, um die von hier aus nur noch kurze Strecke bis an das Kronprinzenufer zu Fuß zurückzulegen.

Es war gegen acht, als er in dem Barbyschen Hause die mit Teppich überdeckte Marmortreppe hinaufstieg und die Klingel zog. Im selben Augenblick, wo Jeserich öffnete, sah Woldemar an des Alten verlegenem Gesicht, daß die Damen aller Wahrscheinlichkeit nach wieder nicht zu Hause waren. Aber eine Verstimmung darüber durfte nicht aufkommen, und so ließ er es geschehen, daß Jeserich ihn bei dem alten Grafen meldete.

„Der Herr Graf lassen bitten."

Und nun trat Woldemar in das Zimmer des wieder mal von Neuralgie Geplagten ein, der ihm, auf einen dicken Stock gestützt, unter freundlichem Gruß entgegenkam.

„Aber Herr Graf", sagte Woldemar und nahm des alten Herrn linken Arm, um ihn bis an seinen Lehnstuhl und eine für den kranken Fuß zurechtgemachte Stellage zurückzuführen. „Ich fürchte, daß ich störe."

„Ganz im Gegenteil, lieber Stechlin. Mir hoch willkommen. Außerdem hab ich strikten Befehl, Sie, coûte que coûte, festzuhalten; Sie wissen, Damen sind groß in Ahnungen, und bei Melusine hat es schon geradezu was Prophetisches."

Woldemar lächelte.

„Sie lächeln, lieber Stechlin, und haben recht. Denn daß sie nun schließlich doch gegangen ist (natürlich zu den Berchtesgadens), ist ein Beweis, daß sie sich und ihrer Prophetie doch auch wieder einigermaßen mißtraute. Aber man ist immer nur klug und weise für andre. Die Doktors machen es ebenso; wenn sie sich selber behandeln sollen, wälzen sie die Verantwortung von sich ab und sterben lieber durch fremde Hand. Aber was sprech ich nur immer von Melusine. Freilich, wer in unserm Hause so gut Bescheid weiß wie Sie, wird nichts Überraschliches darin finden. Und zugleich wissen Sie, wie's gemeint ist. Armgard ist übrigens in Sicht; keine zehn Minuten mehr, so werden wir sie hier haben."

„Ist sie bei der Baronin?"

„Nein, Sie dürfen sie nicht so weit suchen. Armgard ist in ihrem Zimmer, und Doktor Wrschowitz ist bei ihr. Es kann aber nicht lange mehr dauern."

„Aber ich bitte Sie, Herr Graf, ist die Komtesse krank?"

„Gott sei Dank, nein. Und Wrschowitz ist auch kein Medizindoktor, sondern ein Musikdoktor. Sie haben von ihm rein zufällig noch nicht gehört, weil erst vorige Woche, nach einer langen, langen Pause, die Musikstunden wieder aufgenommen wurden. Er ist aber schon seit Jahr und Tag Armgards Lehrer."

„Musikdoktor? Gibt es denn die?"

„Lieber Stechlin, es gibt alles. Also natürlich auch das. Und sosehr ich im ganzen gegen die Doktorhascherei bin, so liegt es hier doch so, daß ich dem armen Wrschowitz seinen Musikdoktor gönnen oder doch mindestens verzeihen muß. Er hat den Titel auch noch nicht lange."

„Das klingt ja fast wie 'ne Geschichte."

„Trifft auch zu. Können Sie sich denken, daß Wrschowitz aus einer Art Verzweiflung Doktor geworden ist?"

„Kaum. Und wenn kein Geheimnis . . ."

„Durchaus nicht; nur ein Kuriosum. Wrschowitz hieß nämlich bis vor zwei Jahren, wo er als Klavierlehrer, aber als ein höherer (denn er hat auch eine Oper komponiert), in unser Haus kam, einfach Niels Wrschowitz, und er ist bloß Doktor geworden, um den Niels auf seiner Visitenkarte loszuwerden."

„Und das ist ihm auch geglückt?"

„Ich glaube ja, wiewohl es immer noch vorkommt, daß ihn einzelne ganz wie früher Niels nennen, entweder aus Zufall oder auch wohl aus Schändlichkeit. In letzterem Falle sind es immer Kollegen. Denn die Musiker sind die boshaftesten Menschen. Meist denkt man, die Prediger und die Schauspieler seien die schlimmsten. Aber weit gefehlt. Die Musiker sind ihnen über. Und ganz besonders schlimm sind die, die die sogenannte heilige Musik machen."

„Ich habe dergleichen auch schon gehört", sagte Woldemar. „Aber was ist das nur mit Niels? Niels ist doch an und für sich ein hübscher und ganz harmloser Name. Nichts Anzügliches drin."

„Gewiß nicht. Aber Wrschowitz und Niels! Er litt, glaub ich, unter diesem Gegensatz."

Woldemar lachte. „Das kenn ich. Das kenn ich von meinem Vater her, der Dubslav heißt, was ihm auch immer höchst unbequem war. Und da reichen wohl nicht hundertmal, daß ich ihn wegen dieses Namens seinen Vater habe verklagen hören."

„Genauso hier", fuhr der Graf in seiner Erzählung fort. „Wrschowitz' Vater, ein kleiner Kapellmeister an der tschechisch-polnischen Grenze, war ein Niels-Gade-Schwärmer, woraufhin er seinen Jungen einfach Niels taufte. Das war nun wegen des Kontrastes schon gerade bedenklich genug. Aber das eigentlich Bedenkliche kam doch erst, als der allmählich ein scharfer Wagnerianer werdende Wrschowitz sich zum direkten Niels-

Gade-Verächter ausbildete. Niels Gade war ihm der Inbegriff alles Trivialen und Unbedeutenden, und dazu kam noch, wie Amen in der Kirche, daß unser junger Freund, wenn er als ‚Niels Wrschowitz' vorgestellt wurde, mit einer Art Sicherheit der Phrase begegnete: ‚Niels? Ah, Niels. Ein schöner Name innerhalb unsrer musikalischen Welt. Und hoch erfreulich, ihn hier zum zweiten Male vertreten zu sehen.' All das konnte der arme Kerl auf die Dauer nicht aushalten, und so kam er auf den Gedanken, den Vornamen auf seiner Karte durch einen Doktortitel wegzueskamotieren."

Woldemar nickte.

„Jedenfalls, lieber Stechlin, ersehen Sie daraus zur Genüge, daß unser Wrschowitz, als richtiger Künstler, in die Gruppe gens irritabilis gehört, und wenn Armgard ihn vielleicht aufgefordert haben sollte, zum Tee zu bleiben, so bitt ich Sie herzlich, dieser Reizbarkeit eingedenk zu sein. Wenn irgend möglich, vermeiden Sie Beziehungen auf die ganze skandinavische Welt, besonders aber auf Dänemark direkt. Er wittert überall Verrat. Übrigens, wenn man auf seiner Hut ist, ist er ein feiner und gebildeter Mann. Ich hab ihn eigentlich gern, weil er anders ist wie andre."

Der alte Graf behielt recht mit seiner Vermutung: Armgard hatte den Doktor Wrschowitz aufgefordert zu bleiben, und als bald danach Jeserich eintrat, um den Grafen und Woldemar zum Tee zu bitten, fanden diese beim Eintritt in das Mittelzimmer nicht nur Armgard, sondern auch Wrschowitz vor, der, die Finger ineinandergefaltet, mitten in dem Salon stand und die an der Büfettwand hängenden Bilder mit jenem eigentümlichen Mischausdruck von aufrichtigem Gelangweiltsein und erkünsteltem Interesse musterte. Der Rittmeister hatte dem Grafen wieder seinen Arm geboten; Armgard ging auf Woldemar zu und sprach ihm ihre Freude aus, daß er gekommen; auch Melusine werde gewiß bald dasein; sie habe noch zuletzt gesagt: „Du sollst sehen, heute kommt Stechlin." Danach wandte sich die junge Comtesse wieder Wrschowitz zu, der sich eben in das von Hubert Herkomer gemalte Bild der verstorbenen Gräfin vertieft zu haben schien, und sagte, gegenseitig vorstellend: „Doktor Wrschowitz, Rittmeister von Stechlin." Woldemar, seiner Instruktion eingedenk, verbeugte sich sehr artig, während Wrschowitz, ziemlich ablehnend, seinem Gesicht den stolzen Doppelausdruck von Künstler und Hussiten gab.

Der alte Graf hatte mittlerweile Platz genommen, entschuldigte sich, mit der unglücklichen Stellage beschwerlich fallen zu müssen, und bat die beiden Herren, sich neben ihm niederzulassen, während Armgard, dem Vater gegenüber, an der andern Schmalseite des Tisches saß. Der alte Graf nahm seine Tasse Tee, schob den Kognak, „des Tees beßren Teil", mit einem humoristischen Seufzer beiseit und sagte, während er sich links zu Wrschowitz wandte: „Wenn ich recht gehört habe – so ein bißchen von musikalischem Ohr ist mir geblieben –, so war es Chopin, was Armgard zu Beginn der Stunde spielte ..."

Wrschowitz verneigte sich.

„Chopin, für den ich eine Vorliebe habe, wie für alle Polen, vorausgesetzt, daß sie Musikanten oder Dichter oder auch Wissenschaftsmenschen sind. Als Politiker kann ich mich mit ihnen nicht befreunden. Aber vielleicht nur deshalb nicht, weil ich Deutscher und sogar Preuße bin."

„Sehr warr, sehr warr", sagte Wrschowitz, mehr gesinnungstüchtig als artig.

„Ich darf sagen, daß ich für polnische Musiker, von meinen frühesten Leutnantstagen an, eine schwärmerische Vorliebe gehabt habe. Da gab es unter anderm eine Polonaise von Oginski, die damals so regelmäßig und mit so viel Passion gespielt wurde, wie später der ‚Erlkönig' oder die ‚Glocken von Speyer'. Es war auch die Zeit vom ‚Alten Feldherrn' und von ‚Denkst du daran, mein tapferer Lagienka'."

„Jawohl, Herr Graff, eine schlechte Zeit. Und warr mir immerdarr eine besondere Lust zu sehen, wie das Sentimentalle wieder fällt. Immer merr, immer merr. Ich hasse das Sentimentalle de tout mon coeur."

„Worin ich", sagte Woldemar, „Herrn Doktor Wrschowitz durchaus zustimme. Wir haben in der Poesie genau dasselbe. Da gab es auch dergleichen, und ich bekenne, daß ich als Knabe für solche Sentimentalitäten geschwärmt habe. Meine besondere Schwärmerei war ‚König Renés Tochter' von Henrik Hertz, einem jungen Kopenhagener, wenn ich nicht irre ..."

Wrschowitz verfärbte sich, was Woldemar, als er es wahrnahm, zu sofortigem raschen Einlenken bestimmte. „... ‚König Renés Tochter', ein lyrisches Drama. Aber schon seit lange wieder vergessen. Wir stehen jetzt im Zeichen von Tolstoj und der Kreuzersonate."

„Sehr warr, sehr warr", sagte der rasch wieder beruhigte Wrschowitz und nahm nur noch Veranlassung, energisch gegen die Mischung von Kunst und Sektierertum zu protestieren.

Woldemar, großer Tolstojschwärmer, wollte für den russischen Grafen eine Lanze brechen, aber Armgard, die, wenn derartige Themata berührt wurden, der Salonfähigkeit ihres Freundes Wrschowitz arg mißtraute, war sofort aufrichtig bemüht, das Gespräch auf harmlosere Gebiete hinüberzuspielen. Als ein solches friedeverheißendes Gebiet erschien ihr in diesem Augenblicke ganz eminent die Grafschaft Ruppin, aus deren abgelegenster Nordostecke Woldemar eben wieder eingetroffen war, und so sprach sie denn gegen diesen den Wunsch aus, ihn über seinen jüngsten Ausflug einen kurzen Bericht erstatten zu sehen. „Ich weiß wohl, daß ich meiner Schwester Melusine (die voll Neugier und Verlangen ist, auch davon zu hören) einen schlechten Dienst damit leiste; Herr von Stechlin wird es aber nicht verschmähen, wenn meine Schwester erst wieder da ist, darauf zurückzukommen. Es braucht ja, wenn man plaudert, nicht alles absolut neu zu sein. Man darf sich wiederholen. Papa hat auch einzelnes, das er öfter erzählt."

„Einzelnes?" lachte der alte Graf, „meine Tochter Armgard meint ‚vieles'."

„Nein, Papa, ich meine einzelnes. Da gibt es denn doch ganz andre, zum Beispiel unser guter Baron. Und die Baronin sieht auch immer weg, wenn er anfängt. Aber lassen wir den Baron und seine Geschichten, und hören wir lieber von Herrn von Stechlins Ausfluge. Doktor Wrschowitz teilt gewiß meinen Geschmack."

„Teile vollkommen."

„Also, Herr von Stechlin", fuhr Armgard fort. „Sie haben nach diesen Erklärungen unsers Freundes Wrschowitz einen freundlichen Zuhörer mehr, vielleicht sogar einen begeisterten. Auch für Papa möcht ich mich verbürgen. Wir sind ja eigentlich selber märkisch oder doch beinah und wissen trotzdem so wenig davon, weil wir immer draußen waren. Ich kenne wohl Saatwinkel und den Grunewald, aber das eigentliche brandenburgische Land, das ist doch noch etwas andres. Es soll alles so romantisch sein und so melancholisch, Sand und Sumpf und im Wasser ein paar Binsen oder eine Birke, dran das Laub zittert. Ist Ihre Ruppiner Gegend auch so?"

„Nein, Komtesse, wir haben viel Wald und See, die sogenannte mecklenburgische Seenplatte."

„Nun, das ist auch gut. Mecklenburg, wie mir die Berchtesgadens erst neulich versichert haben, hat auch seine Romantik."

„Sehr warr. Habe gelesen Stromtid und habe gelesen Franzosentid ...“

„Und dann glaub ich auch zu wissen“, fuhr Armgard fort, „daß Sie Rheinsberg ganz in der Nähe haben. Ist es richtig. Und kennen Sie's? Es soll so viel Interessantes bieten. Ich erinnere mich seiner aus meinen Kindertagen her, trotzdem wir damals in London lebten. Oder vielleicht auch gerade deshalb. Denn es war die Zeit, wo das Carlylesche Buch über Friedrich den Großen immer noch in Mode war, und wo's zum guten Ton gehörte, sich nicht bloß um die Terrasse von Sanssouci zu kümmern, sondern auch um Rheinsberg und den Orden de la générosité. Lebt das alles noch da? Spricht das Volk noch davon?“

„Nein, Komtesse, das ist alles fort. Und überhaupt, von dem großen König spricht im Rheinsbergischen niemand mehr, was auch kaum anders sein kann. Der große König war als Kronprinz nur kurze Zeit da, sein Bruder Heinrich aber fünfzig Jahre. Und so hat die Prinz-Heinrich-Zeit beklagenswerterweise die Kronprinzenzeit ganz erdrückt. Aber beklagenswert doch nicht in allem. Denn Prinz Heinrich war auch bedeutend und vor allem sehr kritisch. Was doch immer ein Vorzug ist.“

„Sehr warr, sehr warr“, unterbrach hier Wrschowitz.

„Er war sehr kritisch“, wiederholte Woldemar. „Namentlich auch gegen seinen Bruder, den König. Und die Malkontenten, deren es auch damals schon die Hülle und Fülle gab, waren beständig um ihn herum. Und dabei kommt immer was heraus.“

„Sehr warr, sehr warr ...“

„Denn zufriedene Hofleute sind allemal öd und langweilig, aber die Frondeurs, wenn *die* den Mund auftun, da kann man was hören, da tut sich einem was auf.“

„Gewiß“, sagte Armgard. „Aber trotzdem, Herr von Stechlin, ich kann das Frondieren nicht leiden. Frondeur ist doch immer nur der gewohnheitsmäßig Unzufriedene, und wer immer unzufrieden ist, der taugt nichts. Immer Unzufriedene sind dünkelhaft und oft boshaft dazu, und während sie sich über andre lustig machen, lassen sie selber viel zu wünschen übrig.“

„Sehr warr, sehr warr, gnädigste Komtesse“, verbeugte sich Wrschowitz. „Aber, wollen verzeihn, Komtesse, wenn ich trotzdem bin für Frondeur. Frondeur ist Krittikk, und wo Guttes sein will, muß sein Krittikk. Deutsche Kunst viel Krittikk. Erst muß sein Kunst, gewiß, gewiß, aber gleich danach muß sein Krittikk. Krittikk ist wie große Revolution. Kopf ab aus Prinzipp. Kunst muß haben ein Prinzipp. Und wo Prinzipp is, is Kopf ab."

Alles schwieg, so daß dem Grafen nichts übrigblieb, als etwas verspätet seine halbe Zustimmung auszudrücken. Armgard ihrerseits beeilte sich, auf Rheinsberg zurückzukommen, das ihr trotz des fatalen Zwischenfalls mit „Kopf ab", im Vergleich zu vielleicht wiederkehrenden Musikgesprächen, immer noch als wenigstens ein Nothafen erschien.

„Ich glaube", sagte sie, „neben manchem andern auch mal von der Frauenfeindschaft des Prinzen gehört zu haben. Er soll – irre ich mich, so werden Sie mich korrigieren – ein sogenannter Misogyne gewesen sein. Etwas durchaus Krankhaftes in meinen Augen oder doch mindestens etwas sehr Sonderbares."

„Sehr sonderbarr", sagte Wrschowitz, während sich, unter huldigendem Hinblick auf Armgard, sein Gesicht wie verklärte.

„Wie gut, lieber Wrschowitz", fuhr Armgard fort, „daß Sie, mein Wort bestätigend, für uns arme Frauen und Mädchen eintreten. Es gibt immer noch Ritter, und wir sind ihrer so sehr benötigt. Denn wie mir Melusine erzählt hat, sind die Weiberfeinde sogar stolz darauf, Weiberfeinde zu sein, und behandeln ihr Denken und Tun als eine höhere Lebensform. Kennen Sie solche Leute, Herr von Stechlin? Und wenn Sie solche Leute kennen, wie denken Sie darüber?"

„Ich betrachte sie zunächst als Unglückliche."

„Das ist recht."

„Und zum zweiten als Kranke. Der Prinz, wie Komtesse schon ganz richtig ausgesprochen haben, war auch ein solcher Kranker."

„Und wie äußerte sich das? Oder ist es überhaupt nicht möglich, über das Thema zu sprechen?"

„Nicht ganz leicht, Komtesse. Doch in Gegenwart des Herrn Grafen und nicht zu vergessen auch in Gegenwart von Doktor Wrschowitz, der so schön und ritterlich gegen die Misogynität Partei genommen, unter solchem Beistande will ich es doch wagen."

„Nun, das freut mich. Denn ich brenne vor Neugier."

„Und will auch nicht länger ängstlich um die Sache herumgehen. Unser Rheinsberger Prinz war ein richtiger Prinz aus dem vorigen Jahrhundert. Die jetzigen sind Menschen; die damaligen waren *nur* Prinzen. Eine der Passionen unsers Rheinsberger Prinzen – wenn man will, in einer Art Gegensatz von dem, was schon gesagt wurde – war eine geheimnisvolle Vorliebe für jungfräuliche Tote, besonders Bräute. Wenn eine Braut im Rheinsbergischen, am liebsten auf dem Lande, gestorben war, so lud er sich zu dem Begräbnis zu Gast. Und eh der Geistliche noch dasein konnte (den vermied er), erschien er und stellte sich an das Fußende des Sarges und starrte die Tote an. Aber sie mußte geschminkt sein und aussehen wie das Leben."

„Aber das ist ja schrecklich", brach es beinahe leidenschaftlich aus Armgard hervor. „Ich mag diesen Prinzen nicht und seine ganze Fronde nicht. Denn die müssen ebenso gewesen sein. Das ist ja Blasphemie, das ist ja Gräberschändung – ich muß das Wort aussprechen, weil ich so empört bin und nicht anders kann."

Der alte Graf sah die Tochter an, und ein Freudenstrahl umleuchtete sein gutes altes Gesicht. Auch Wrschowitz empfand so was von unbedingter Huldigung, bezwang sich aber und sah, statt auf Armgard, auf das Bild der Gräfinmutter, das von der Wand niederblickte.

Nur Woldemar blieb ruhig und sagte: „Komtesse, Sie gehen vielleicht zu weit. Wissen Sie, was in der Seele des Prinzen vorgegangen ist? Es kann etwas Infernales gewesen sein, aber auch etwas ganz andres. Wir wissen es nicht. Und weil er nebenher unbedingt große Züge hatte, so bin ich dafür, ihm das in Rechnung zu stellen."

„Bravo, Stechlin", sagte der alte Graf. „Ich war erst Armgards Meinung. Aber Sie haben recht, wir wissen es nicht. Und soviel weiß ich noch von der Juristerei her, in der ich, wohl oder übel, eine Gastrolle gab, daß man in zweifelhaften Fällen in favorem entscheiden muß. Übrigens geht eben die Klingel. An bester Stelle wird ein Gespräch immer unterbrochen. Es wird Melusine sein. Und sosehr ich gewünscht hätte, sie wäre von Anfang an mit dabeigewesen, wenn sie jetzt so mit einem Male dazwischenfährt, ist selbst Melusine eine Störung."

Es war wirklich Melusine. Sie trat, ohne draußen abgelegt zu haben, ins Zimmer, warf das schottische Cape, das sie trug, in eine Sofaecke und schritt, während sie noch den Hut aus dem Haare nestelte, bis an den Tisch, um hier zunächst den Vater, dann aber die beiden andern Herren zu begrüßen. „Ich seh euch so verlegen, woraus ich schließe, daß eben etwas Gefährliches gesagt worden ist. Also etwas über mich."

„Aber, Melusine, wie eitel."

„Nun, dann also nicht über mich. Aber über wen? Das wenigstens will ich wissen. Von wem war die Rede?"

„Vom Prinzen Heinrich. Aber von dem ganz alten, der schon fast hundert Jahre tot ist."

„Da konntet ihr auch was Besseres tun."

„Wenn du wüßtest, was uns Stechlin von ihm erzählt hat, und daß er – nicht Stechlin, aber der Prinz – ein Misogyne war, so würdest du vielleicht anders sprechen."

„Misogyne. Das freilich ändert die Sache. Ja, lieber Stechlin, da kann ich Ihnen nicht helfen, davon muß ich auch noch hören. Und wenn Sie mir's abschlagen, so wenigstens was Gleichwertiges."

„Gräfin Melusine, was Gleichwertiges gibt es nicht."

„Das ist gut, sehr gut, weil es so wahr ist. Aber dann bitt ich um etwas zweiten Ranges. Ich sehe, daß Sie von Ihrem Ausfluge erzählt haben, von Ihrem Papa, von Schloß Stechlin selbst oder von Ihrem Dorf und Ihrer Gegend. Und davon möcht ich auch hören, wenn es auch freilich nicht an das andre heranreicht."

„Ach, Gräfin, Sie wissen nicht, wie bescheiden es mit unserm Stechliner Erdenwinkel bestellt ist. Wir haben da, von einem Pastor abgesehen, der beinah Sozialdemokrat ist, und des weiteren von einem Oberförster abgesehen, der eine Prinzessin, eine Ippe-Büchsenstein, geheiratet hat ..."

„Aber das ist ja alles großartig ..."

„Wir haben da, von diesen zwei Sehenswürdigkeiten abgesehen, eigentlich nur noch den ‚Stechlin'. Der ginge vielleicht, über den ließe sich vielleicht etwas sagen."

„Den ‚Stechlin'? Was ist das? Ich bin so glücklich, zu wissen" (und sie machte verbindlich eine Handbewegung auf Woldemar zu) „ich bin so glücklich, zu wissen, daß es Stechline gibt. Aber der Stechlin! Was ist der Stechlin?"

„Das ist ein See."

„Ein See. Das besagt nicht viel. Seen, wenn es nicht grade der Vierwaldstätter ist, werden immer erst interessant durch ihre Fische, durch Sterlett oder Felchen. Ich will nicht weiter aufzählen. Aber was hat der Stechlin? Ich vermute, Steckerlinge."

„Nein, Gräfin, die hat er nun gerade nicht. Er hat genau das, was Sie geneigt sind am wenigsten zu vermuten. Er hat Weltbeziehungen, vornehme, geheimnisvolle Beziehungen, und nur alles Gewöhnliche, wie beispielsweise Steckerlinge, hat er nicht. Steckerlinge fehlen ihm."

„Aber, Stechlin, Sie werden doch nicht den Empfindlichen spielen. Rittmeister in der Garde!“

„Nein, Gräfin. Und außerdem, den wollt ich sehen, der das Ihnen gegenüber zuwege brächte.“

„Nun dann also, was ist es? Worin bestehen seine vornehmen Beziehungen?“

„Er steht mit den höchsten und allerhöchsten Herrschaften, deren genealogischer Kalender noch über den Gothaischen hinauswächst, auf du und du. Und wenn es in Java oder auf Island rumort oder der Geiser mal in Doppelhöhe dampft und springt, dann springt auch in unserm Stechlin ein Wasserstrahl auf, und einige (wenn es auch noch niemand gesehen hat), einige behaupten sogar, in ganz schweren Fällen erscheine zwischen den Strudeln ein roter Hahn und krähe hell und weckend in die Ruppiner Grafschaft hinein. Ich nenne das vornehme Beziehungen.“

„Ich auch“, sagte Melusine.

Wrschowitz aber, dessen Augen immer größer geworden waren, murmelte vor sich hin: „Sehr warr, sehr warr.“

Vierzehntes Kapitel

Es war zu Beginn der Woche, daß Woldemar seinen Besuch im Barbyschen Hause gemacht hatte. Schon am Mittwoch früh empfing er ein Billett von Melusine.

„Lieber Freund. Lassen Sie mich Ihnen noch nachträglich mein Bedauern aussprechen, daß ich vorgestern nur gerade noch die letzte Szene des letzten Aktes (Geschichte vom Stechlin) miterleben konnte. Mich verlangt es aber lebhaft, mehr davon zu wissen. In unsrer sogenannten großen Welt gibt es so wenig, was sich zu sehen und zu hören verlohnt; das meiste hat sich in die stillen Winkel der Erde zurückgezogen. Allen vorauf, wie mir scheint, in Ihre Stechliner Gegend. Ich wette, Sie haben uns noch über vieles zu berichten, und ich kann nur wiederholen, ich möchte davon hören. Unsre gute Baronin, der ich davon erzählt habe, denkt ebenso; sie hat den Zug aller naiven und liebenswürdigen Frauen, neugierig zu sein. Ich, ohne die genannten Vorbedingungen zu erfüllen, bin ihr trotzdem an Neugier gleich. Und so haben wir denn eine Nachmittagspartie verabredet, bei der Sie der große Erzähler sein sollen. In der

Regel freilich verläuft es anders wie gedacht, und man hört nicht das, was man hören wollte. Das darf uns aber in unserm guten Vorhaben nicht hindern. Die Baronin hat mir etwas vorgeschwärmt von einer Gegend, die sie ‚Oberspree‘ nannte (die vielleicht auch wirklich so heißt), und wo's so schön sein soll, daß sich die Havelherrlichkeiten daneben verstecken müssen. Ich will es ihr glauben, und jedenfalls werd ich es ihr nachträglich versichern, auch wenn ich es nicht gefunden haben sollte. Das Ziel unsrer Fahrt — ein Punkt, den übrigens die Berchtesgadens noch nicht kennen; sie waren bisher immer erheblich weiter flußaufwärts – das Ziel unsrer Reise hat einen ziemlich sonderbaren Namen und heißt das ‚Eierhäuschen‘. Ich werde seitdem die Vorstellung von etwas Ovalem nicht los und werde wohl erst geheilt sein, wenn sich mir die so sonderbar benamste Spreeschönheit persönlich vorgestellt haben wird. Also morgen, Donnerstag: Eierhäuschen. Ein ‚Nein‘ gibt es natürlich nicht. Abfahrt vier Uhr, Jannowitzbrücke. Papa begleitet uns; es geht ihm seit heut um vieles besser, so daß er sich's zutraut. Vielleicht ist vier etwas spät; aber wir haben dabei, wie mir Lizzi sagt, den Vorteil, auf der Rückfahrt die Lichter im Wasser sich spiegeln zu sehen. Und vielleicht ist auch irgendwo Feuerwerk, und wir sehen dann die Raketen steigen. Armgard ist in Aufregung, fast auch ich. Au revoir. Eines Herrn Rittmeisters wohlaffektionierte

Melusine.“

Nun war der andre Nachmittag da, und kurz vor vier Uhr fuhren erst die Berchtesgadens und gleich danach auch die Barbys bei der Jannowitzbrücke vor. Woldemar wartete schon. Alle waren in jener heitern Stimmung, in der man geneigt ist, alles schön und reizend zu finden. Und diese Stimmung kam denn auch gleich der Dampfschiffahrtsstation zustatten. Unter lachender Bewunderung der sich hier darbietenden Holzarchitektur stieg man ein Gewirr von Stiegen und Treppen hinab und schritt, unten angekommen, an den um diese Stunde noch leeren Tischen eines hier etablierten „Lokals“ vorüber, unmittelbar auf das Schiff zu, dessen Glocke schon zum erstenmal geläutet hatte. Das Wetter war prachtvoll, flußaufwärts alles klar und sonnig, während über der Stadt ein dünner Nebel lag. Zu beiden Seiten des Hinterdecks nahm man auf Stühlen und Bänken Platz und sah von hier aus auf das verschleierte Stadtbild zurück.

„Da heißt es nun immer“, sagte Melusine, „Berlin sei so kirchenarm; aber wir werden bald Köln und Mainz aus dem Felde geschlagen haben. Ich sehe die Nikolaikirche, die Petrikirche, die Waisenkirche, die Schloßkuppel, und das Dach da, mit einer Art von chinesischer Deckelmütze, das ist, glaub ich, der Rathausturm. Aber freilich, ich weiß nicht, ob ich den mitrechnen darf.“

„Turm ist Turm“, sagte die Baronin. „Das fehlte so gerade noch, daß man dem armen alten Berlin auch seinen Rathausturm als Turm abstritte. Man eifersüchtelt schon genug.“

Und nun schlug es vier. Von der Parochialkirche her klang das Glockenspiel, die Schiffsglocke läutete dazwischen, und als diese wieder schwieg, wurde das Brett aufgeklappt, und unter einem schrillen Pfiff setzte sich der Dampfer auf das mittlere Brückenjoch zu in Bewegung.

Oben, in Nähe der Jannowitzbrücke, hielten immer noch die beiden herrschaftlichen Wagen, die's für angemessen erachten mochten, ehe sie selber aufbrachen, zuvor den Aufbruch des Schiffes abzuwarten, und erst als dieses unter der Brücke verschwunden war, fuhr der gräflich Barbysche Kutscher neben den freiherrlich Berchtesgadenschen, um mit diesem einen Gruß auszutauschen. Beide kannten sich seit lange, schon von London her, wo sie bei denselben Herrschaften in Dienst gestanden hatten. In diesem Punkte waren sie sich gleich, sonst aber so verschieden wie nur möglich, auch schon in ihrer äußeren Erscheinung. Imme, der Barbysche Kutscher, ein ebenso martialisch wie gutmütig dreinschauender Mecklenburger, hätte mit seinem angegrauten Sappeurbart ohne weiteres vor eine Gardetruppe treten und den Zug als Tambourmajor eröffnen können, während der Berchtesgadensche, der seine Jugend als Trainer und halber Sportsmann zugebracht hatte, nicht bloß einen englischen Namen führte, sondern auch ein typischer Engländer war, hager, sehnig, kurzgeschoren und glattrasiert. Seine Glotzaugen hatten etwas Stupides; er war aber trotzdem klug genug und wußte, wenn's galt, seinem Vorteil nachzugehen. Das Deutsche machte ihm noch immer Schwierigkeiten, trotzdem er sich aufrichtige Mühe damit gab und sogar das bequeme Zuhilfenehmen englischer Wörter vermied, am meisten dann, wenn er sich die Berlinerinnen seiner Bekanntschaft abquälen sah, ihm mit „well, well, Mr. Robinson“ oder gar mit einem geheimnisvollen „indeed“ zu Hilfe zu kommen. Nur mit dem einen war er einverstanden, daß man ihn „Mr. Robinson" nannte. Das ließ er sich gefallen.

„Now, Mr. Robinson", sagte Imme, als sie Bock an Bock nebeneinander hielten, „how are you? I hope quite well."

„Danke, Mr. Imme, danke! Was macht die Frau?"

„Ja, Robinson, da müssen Sie, denk ich, selber nachsehen, und zwar gleich heute, wo die Herrschaften fort sind und erst spät wiederkommen. Noch dazu mit der Stadtbahn. Wenigstens von hier aus, Jannowitzbrücke. Sagen wir also neun; eher sind sie nicht zurück. Und bis dahin haben wir einen guten Skat. Hartwig als dritter wird schon kommen; Portiers können immer. Die Frau zieht ebensogut die Tür auf wie er, und weiter is es ja nichts. Also Klocker fünf: ein ‚Nein' gilt nicht; where there is a will, there is a way. Ein bißchen is doch noch hängengeblieben von dear old England."

„Danke, Mr. Imme", sagte Robinson, „danke! Ja, Skat ist das Beste von all Germany. Komme gern. Skat ist noch besser als Bayrisch."

„Hören Sie, Robinson, ich weiß doch nicht, ob das stimmt. Ich denke mir, so beides zusammen, das ist das Wahre. That's it."

Robinson war einverstanden, und da beide weiter nichts auf dem Herzen hatten, so brach man hier ab und schickte sich an, die Rückfahrt in einem mäßig raschen Trab anzutreten, wobei der Berchtesgadensche Kutscher den Weg über Molkenmarkt und Schloßplatz, der Barbysche den auf die Neue Friedrichstraße nahm. Jenseits der Friedrichsbrücke hielt sich dieser dann dicht am Wasser hin und kam so am bequemsten bis an sein Kronprinzenufer.

Der Dampfer, gleich nachdem er das Brückenjoch passiert hatte, setzte sich in ein rascheres Tempo, dabei die linke Flußseite haltend, so daß immer nur eine geringe Entfernung zwischen dem Schiff und den sich dicht am Ufer hinziehenden Stadtbahnbögen war. Jeder Bogen schuf den Rahmen für ein dahinter gelegenes Bild, das natürlich die Form einer Lunette hatte. Mauerwerk jeglicher Art, Schuppen, Zäune zogen in buntem Wechsel vorüber, aber in Front aller dieser der Alltäglichkeit und der Arbeit dienenden Dinge zeigte sich immer wieder ein Stück Gartenland, darin ein paar verspätete Malven oder Sonnenblumen blühten. Erst als man die zweitfolgende Brücke passiert hatte, traten die Stadtbahnbögen so weit zurück, daß von einer Ufereinfassung nicht mehr die Rede sein konnte; statt ihrer aber wurden jetzt Wiesen und pappelbesetzte Wege sichtbar, und wo das Ufer kaiartig abfiel, lagen mit Sand beladene Kähne, große Zillen, aus deren Innerem eine baggerartige Vorrichtung die Kies- und Sandmassen in die dicht am Ufer hin etablierten Kalkgruben schüttete. Es waren dies die Berliner Mörtelwerke, die hier die Herrschaft behaupteten und das Uferbild bestimmten.

Unsre Reisenden sprachen wenig, weil unter dem raschen Wechsel der Bilder eine Frage die andre zurückdrängte. Nur als der Dampfer an Treptow vorüber zwischen den kleinen Inseln hinfuhr, die hier mannigfach aus dem Fluß aufwachsen, wandte sich Melusine an Woldemar und sagte: „Lizzi hat mir erzählt, hier zwischen Treptow und Stralau sei auch die ‚Liebesinsel'; da stürben immer die Liebespaare, meist mit einem Zettel in der Hand, drauf alles stünde. Trifft das zu?"

„Ja, Gräfin, soviel ich weiß, trifft es zu. Solche Liebesinseln gibt es übrigens vielfach in unsrer Gegend und kann als Beweis gelten, wie weitverbreitet der Zustand ist, dem abgeholfen werden soll, und wenn's auch durch Sterben wäre."

„Das nehm ich Ihnen übel, daß Sie darüber spotten. Und Armgard wird es noch mehr tun, weil sie gefühlvoller ist als ich. Zudem sollten Sie wissen, daß sich so was rächt."

„Ich weiß es. Aber Sie lesen auch durchaus falsch in meiner Seele. Sicher haben Sie mal gehört, daß der, der Furcht hat, zu singen anfängt, und wer nicht singen kann, nun, der witzelt eben. Übrigens, so schön ‚Liebesinsel' klingt, der Zauber davon geht wieder verloren, wenn Sie sich den Namen des Ganzen vergegenwärtigen. Die sich so mächtig hier verbreiternde Spreefläche heißt nämlich der ‚Rummelsburger See'."

„Freilich nicht hübsch; das kann ich zugeben. Aber die Stelle selbst ist schön, und Namen bedeuten nichts."

„Wer Melusine heißt, sollte wissen, was Namen bedeuten."

„Ich weiß es leider. Denn es gibt Leute, die sich vor ‚Melusine' fürchten."

„Was immer eine Dummheit, aber doch viel mehr noch eine Huldigung ist."

Unter diesem Gespräche waren sie bis über die Breitung der Spree hinausgekommen und fuhren wieder in das schmaler werdende Flußbett ein. An beiden Ufern hörten die Häuserreihen auf, sich in dünnen Zeilen hinzuziehen, Baumgruppen traten in nächster Nähe dafür ein, und weiter landeinwärts wurden aufgeschüttete Bahndämme sichtbar, über die hinweg die Telegraphenstangen ragten und ihre Drähte von Pfahl zu Pfahl spannten. Hie und da, bis ziemlich weit in den Fluß hinein, stand ein Schilfgürtel, aus dessen Dickicht vereinzelte Krickenten aufflogen.

„Es ist doch weiter, als ich dachte", sagte Melusine. „Wir sind ja schon wie in halber Einsamkeit. Und dabei wird es frisch. Ein Glück, daß wir Decken mitgenommen. Denn wir bleiben doch wohl im Freien? Oder gibt es auch Zimmer da? Freilich kann ich mir kaum denken, daß wir zu sechs in einem Eierhäuschen Platz haben."

„Ach, Frau Gräfin, ich sehe, Sie rechnen auf etwas extrem Idyllisches und erwarten, wenn wir angelangt sein werden, einen Mischling von Kiosk und Hütte. Da harrt Ihrer aber eine grausame Enttäuschung. Das Eierhäuschen ist ein sogenanntes ‚Lokal', und wenn uns die Lust anwandelt, so können wir da tanzen oder eine Volksversammlung abhalten. Raum genug ist da. Sehen Sie, das Schiff wendet sich schon, und der rote Bau da, der zwischen den Pappelweiden mit Turm und Erker sichtbar wird, das ist das Eierhäuschen."

„O weh! Ein Palazzo", sagte die Baronin und war auf dem Punkt, ihrer Mißstimmung einen Ausdruck zu geben. Aber ehe sie dazu kam, schob sich das Schiff schon an den vorgebauten Anlegesteg, über den hinweg man, einen Uferweg einschlagend, auf das Eierhäuschen zuschritt. Dieser Uferweg setzte sich, als man das Gartenlokal endlich erreicht hatte, jenseits desselben noch eine gute Strecke fort, und weil die wundervolle Frische dazu einlud, beschloß man, ehe man sich im Eierhäuschen selber niederließ, zuvor noch einen gemeinschaftlichen Spaziergang am Ufer hin zu machen. Immer weiter flußaufwärts.

Der Enge des Weges halber ging man zu zweien, vorauf Woldemar mit Melusine, dann die Baronin mit Armgard. Erheblich zurück erst folgten die beiden älteren Herren, die schon auf dem Dampfschiff ein politisches Gespräch angeschnitten hatten. Beide waren liberal, aber der Umstand, daß der Baron ein Bayer und unter katholischen Anschauungen aufgewachsen war, ließ doch beständig Unterschiede hervortreten.

„Ich kann Ihnen nicht zustimmen, lieber Graf. Alle Trümpfe heut, und zwar mehr denn je, sind in des Papstes Hand. Rom ist ewig und Italien nicht so fest aufgebaut, als es die Welt glauben machen möchte. Der Quirinal zieht wieder aus, und der Vatikan zieht wieder ein. Und was dann?"

„Nichts, lieber Baron. Auch dann nicht, wenn es wirklich dazu kommen sollte, was, glaub ich, ausgeschlossen ist."

„Sie sagen das so ruhig, und ruhig ist man nur, wenn man sicher ist. Sind Sie's? Und wenn Sie's sind, dürfen Sie's sein? Ich wiederhole, die letzten Entscheidungen liegen immer bei dieser Papst- und Romfrage."

„Lagen einmal. Aber damit ist es gründlich vorbei, auch in Italien selbst. Die letzten Entscheidungen, von denen Sie sprechen, liegen heutzutage ganz woanders, und es sind bloß ein paar Ihrer Zeitungen, die nicht müde werden, der Welt das Gegenteil zu versichern. Alles bloße Nachklänge. Das moderne Leben räumt erbarmungslos mit all dem Überkommenen auf. Ob es glückt, ein Nilreich aufzurichten, ob Japan ein England im Stillen Ozean wird, ob China mit seinen vierhundert Millionen aus dem Schlaf aufwacht und, seine Hand erhebend, uns und der Welt zuruft: ‚Hier bin ich', allem vorauf aber, ob sich der vierte Stand etabliert und stabiliert (denn darauf läuft doch in ihrem vernünftigen Kern die ganze Sache hinaus) – das alles fällt ganz anders ins Gewicht als die Frage ‚Quirinal oder Vatikan'. Es hat sich überlebt. Und anstaunenswert ist nur das eine, daß es überhaupt noch so weitergeht. Das ist der Wunder größtes."

„Und das sagen Sie, der Sie zeitweilig den Dingen so nahegestanden?"

„*Weil* ich ihnen so nahegestanden."

Auch die beiden voranschreitenden Paare waren in lebhaftem Gespräch.

An dem schon in Dämmerung liegenden östlichen Horizont stiegen die Fabrikschornsteine von Spindlersfelde vor ihnen auf, und die Rauchfahnen zogen in langsamem Zuge durch die Luft.

„Was ist das?" fragte die Baronin, sich an Woldemar wendend.

„Das ist Spindlersfelde."

„Kenn ich nicht."

„Doch vielleicht, gnädigste Frau, wenn Sie hören, daß in ebendiesem Spindlersfelde der für die weibliche Welt so wichtige Spindler seine geheimnisvollen Künste treibt. Besser noch seine verschwiegenen. Denn unsre Damen bekennen sich nicht gern dazu."

„So, der! Ja, dieser unser Wohltäter, den wir – Sie haben ganz recht – in unserm Undank so gern unterschlagen. Aber dies Unterschlagen hat doch auch wieder sein Verzeihliches. Wir tun jetzt (leider) so vieles, was wir, nach einer alten Anschauung, eigentlich nicht tun sollten. Es ist, mein ich, nicht passend, auf einem Pferdebahnperron zu stehen, zwischen einem Schaffner und einer Kiepenfrau, und es ist noch weniger passend, in einem Fünfzigpfennigbazar allerhand Einkäufe zu machen und an der sich dabei aufdrängenden Frage: ‚Wodurch ermöglichen sich diese Preise?' still vorbeizugehen. Unser Freund in Spindlersfelde da drüben degradiert uns vielleicht auch durch das, was er so hilfreich für uns tut. Armgard, wie denken Sie darüber?"

„Ganz wie Sie, Baronin."

„Und Melusine?"

Diese gab kopfschüttelnd die Frage weiter und drang darauf, daß die beiden älteren Herren, die mittlerweile herangekommen waren, den Ausschlag geben sollten. Aber der alte Graf wollte davon nichts wissen. „Das sind Doktorfragen. Auf derlei Dinge laß ich mich nicht ein. Ich schlage vor, wir machen lieber kehrt und suchen uns im ‚Eierhäuschen' einen hübschen Platz, von dem aus wir das Leben auf dem Fluß beobachten und hoffentlich auch den Sonnenuntergang gut sehen können."

Ziemlich um dieselbe Stunde, wo die Barbyschen und Berchtesgadenschen Herrschaften ihren Spaziergang auf Spindlersfelde zu machten, erschien unser Freund Mr. Robinson, von seinem Stallgebäude her, in Front der Lennéstraße, sah erst gewohnheitsmäßig nach dem Wetter und ging dann quer durch den Tiergarten auf das Kronprinzenufer zu, wo die Immes ihn bereits erwarteten.

Frau Imme, die, wie die meisten kinderlosen Frauen (und Frauen mit Sappeurbartmännern sind fast immer kinderlos), einen großen Wirtschafts- und Sauberkeitssinn hatte, hatte zu Mr. Robinsons Empfang alles in die schönste Ordnung gebracht, um so mehr, als sie wußte, daß ihr Gast, als ein verwöhnter Engländer, immer der Neigung nachgab, alles Deutsche, wenn auch nur andeutungsweise, zu bemängeln. Es lag ihr daran, ihn fühlen zu lassen, daß man's hier auch verstehe. So war denn von ihr nicht bloß eine wundervolle Kaffeeserviette, sondern auch eine silberne Zuckerdose mit Streuselkuchentellern links und rechts aufgestellt worden. Frau Imme konnte das alles und noch mehr infolge der bevorzugten Stellung, die sie von langer Zeit her bei den Barbys einnahm, zu denen sie schon als fünfzehnjähriges junges Ding gekommen und in deren Dienst sie bis zu ihrer Verheiratung geblieben war. Auch jetzt noch hingen beide Damen an ihr, und mit Hilfe Lizzis, die, so diskret sie war, doch gerne plauderte, war Frau Imme jederzeit über alles unterrichtet, was im Vorderhause vorging. Daß der Rittmeister sich für die Damen interessierte, wußte sie natürlich wie jeder andre, nur nicht – auch darin wie jeder andre –, für welche.

Ja, für welche?

Das war die große Frage, selbst für Mr. Robinson, der regelmäßig, wenn er die Immes sah, sich danach erkundigte. Dazu kam es denn auch heute wieder und zwar sehr bald nach seinem Eintreffen.

Eine große Familientasse mit einem in Front eines Tempels den Bogen spannenden Amor war vor ihn hingestellt worden, und als er den Streuselkuchen (für den er eine so große Vorliebe hatte, daß er regelmäßig erklärte, so was gäb es in den vereinigten drei Königreichen nicht) – als er dem Streusel liebevoll und doch auch wieder maßvoll zugesprochen hatte, betrachtete er das Bild auf der großen Tasse, zeigte, was bei seiner Augenbeschaffenheit etwas Komisches hatte, schelmisch lächelnd auf den bogenspannenden Amor und sagte: „Hier hinten ein Tempel und hier vorn ein Lorbeerbusch. Und hier this little fellow with his arrow. Ich möchte mir die Frage gestatten – Sie sind eine so kluge Frau, Frau Imme –: wird er den Pfeil fliegen lassen oder nicht, und wenn er den Pfeil fliegen läßt, ist es die Priesterin, die hier neben dem Lorbeer steht, oder ist es eine andre?“

„Ja, Mr. Robinson“, sagte Frau Imme, „darauf ist schwer zu antworten. Denn erstens wissen wir nicht, was er überhaupt vorhat, und dann wissen wir auch nicht: wer ist die Priesterin? Ist die Komtesse die Priesterin, oder ist die Gräfin die Priesterin? Ich glaube, wer schon verheiratet war, kann wohl eigentlich nicht Priesterin sein.“

„Ach“, sagte Imme, in dem sich der naturwüchsige Mecklenburger regte, „sein kann alles. Über so was wächst Gras. Ich glaube, es is die Gräfin.“

Robinson nickte. „Glaub ich auch. And what's the reason, dear Mrs. Imme? Weil Witib vor Jungfrau geht. Ich weiß wohl, es ist immer viel die Rede von virginity, aber widow ist mehr als virgin.“

Frau Imme, die nur halb verstanden hatte, verstand doch genug, um zu kichern, was sie übrigens sittsam mit der Bemerkung begleitete, sie habe so was von Mr. Robinson nicht geglaubt.

Robinson nahm es als Huldigung und trat, nachdem er sich mit Erlaubnis der „Lady“ ein kurzes Pfeifchen mit türkischem Tabak angesteckt hatte, an ein Fensterchen, in dessen mit einer kleinen Laubsäge gemachten Blumenkasten rote Verbenen blühten, und sagte, während er auf den Hof mit seinen drei Akazienbäumen herunterblickte: „Wer ist denn der hübsche Junge da, der da mit seinem hoop spielt? Hier sagen sie Reifen.“

„Das is ja Hartwigs Rudolf“, sagte Frau Imme. „Ja, der Junge hat viel Chic. Und wie er da mit dem Reifen spielt und die Hedwig immer hinter ihm her, wiewohl sie doch beinahe seine Mutter sein könnte. Na, ich freue mich immer, wenn ich ausgelassene Menschen sehe, und wenn Hartwig kommt – ich wundere mich bloß, daß er noch nicht da ist –, da können Sie ihm ja sagen, wie hübsch Sie die verwöhnte kleine Range finden. Das wird ihn freuen; er ist furchtbar eitel. Alle Portiersleute sind eitel. Aber das muß wahr sein, es ist ein reizender Junge.“

Während sie noch so sprachen, erschien Hartwig, auf den Imme, skatdurstig, schon seit einer Viertelstunde gewartet hatte, und keine drei Minuten mehr, so war auch Hedwig da, die sich bis kurz vorher mit ihrem kleinen Cousin Rudolf in dem Hof unten abgeäschert hatte. Beide wurden mit gleicher Herzlichkeit empfangen, Hartwig, weil nach seinem Erscheinen die Skatpartie beginnen konnte, Hedwig, weil Frau Imme nun gute Gesellschaft hatte. Denn Hedwig konnte wundervoll erzählen und brachte jedesmal Neuigkeiten mit. Sie mochte vierundzwanzig sein, war immer sehr sauber gekleidet und von heiter übermütigem Gesichtsausdruck. Dazu krauses, kastanienbraunes Haar. Es traf sich, daß sie mal wieder außer Dienst war.

„Nun, das ist recht, Hedwig, daß du kommst“, sagte Frau Imme. „Rudolfen hab ich eben erst gefragt, wo du geblieben wärst, denn ich habe dich ja mit ihm spielen sehen; aber solch Junge weiß nie was; der denkt bloß immer an sich, und ob er sein Stück Kuchen kriegt. Na, wenn er kommt, er soll's haben; Robinson ißt immer so wenig, wiewohl er den Streusel ungeheuer gern mag. Aber so sind die Engländer, sie sind nicht so zugreifsch, und dann geniert sich mein Imme auch, und die Hälfte bleibt übrig. Na, jedenfalls is es nett, daß du wieder da bist. Ich habe dich ja seit deinem letzten Dienst noch gar nicht ordentlich gesehen. Es war ja wohl 'ne Hofrätin? Na, Hofrätinnen, die kenn ich. Aber es gibt auch gute. Wie war *er* denn?"

„Na, mit *ihm* ging es."

„Deine krausen Haare werden wohl wieder schuld sein. Die können manche nicht vertragen. Und wenn dann die Frau was merkt, dann is es vorbei."

„Nein, so war es nicht. Er war ein sehr anständiger Mann. Beinahe zu sehr."

„Aber, Kind, wie kannst du nur so was sagen? Wie kann einer *zu* anständig sein?"

„Ja, Frau Imme. Wenn einen einer gar nicht ansieht, das is einem auch nicht recht."

„Ach, Hedwig, was du da bloß so redst! Und wenn ich nich wüßte, daß du gar nich so bist ... Aber was war es denn?"

„Ja, Frau Imme, was soll ich sagen, was es war; es is ja immer wieder dasselbe. Die Herrschaften können einen nich richtig unterbringen. Oder wollen auch nich. Immer wieder die Schlafstelle, oder, wie manche hier sagen, die Schlafgelegenheit."

„Aber, Kind, wie denn? Du mußt doch 'ne Gelegenheit zum Schlafen haben."

„Gewiß, Frau Imme. Und 'ne Gelegenheit, so denkt mancher, is 'ne Gelegenheit. Aber gerade *die*, die hat man nich. Man ist müde zum Umfallen und kann doch nicht schlafen."

„Versteh ich nich."

„Ja, Frau Imme, das macht, weil Sie von Kindesbeinen an immer bei so gute Herrschaften waren, und mit Lizzi is es jetzt wieder ebenso. Die hat es auch gut un is, wie wenn sie mit dazugehörte. Meine Tante Hartwig erzählt mir immer davon. Und einmal hab ich es auch so gut getroffen. Aber bloß das eine Mal. Sonst fehlt eben immer die Schlafgelegenheit."

Frau Imme lachte.

„Sie lachen darüber, Frau Imme. Das is aber nich recht, daß Sie lachen. Glauben Sie mir, es is eigentlich zum Weinen. Und mitunter hab ich auch schon geweint. Als ich nach Berlin kam, da gab es ja noch die Hängeböden."

„Kenn ich, kenn ich; das heißt, ich habe davon gehört."

„Ja, wenn man davon gehört hat, das is nich viel. Man muß sie richtig kennenlernen. Immer sind sie in der Küche, mitunter dicht am Herd oder auch gerade gegenüber. Und nun steigt man auf eine Leiter, und wenn man müde is, kann man auch runterfallen. Aber meistens geht es. Und nun macht man die

Tür auf und schiebt sich in das Loch hinein, ganz so wie in einen Backofen. Das is, was sie 'ne Schlafgelegenheit nennen. Und ich kann Ihnen bloß sagen: auf einem Heuboden is es besser, auch wenn Mäuse da sind. Und am schlimmsten is es im Sommer. Draußen sind dreißig Grad, und auf dem Herd war den ganzen Tag Feuer; da is es denn, als ob man auf den Rost gelegt würde. So war es, als ich nach Berlin kam. Aber ich glaube, sie dürfen jetzt so was nich mehr bauen. Polizeiverbot. Ach, Frau Imme, die Polizei is doch ein rechter Segen. Wenn wir die Polizei nich hätten (und sie sind auch immer so artig gegen einen), so hätten wir gar nichts. Mein Onkel Hartwig, wenn ich ihm so erzähle, daß man nicht schlafen kann, der sagt auch immer: ‚Kenn ich, kenn ich; der Bourgeois tut nichts für die Menschheit. Und wer nichts für die Menschheit tut, der muß abgeschafft werden.'"

„Ja, dein Onkel spricht so. Und war es denn bei deinem Hofrat, wo du nu zuletzt warst, auch so?"

„Nein, bei Hofrats war es *nicht* so. Die wohnten ja auch in einem ganz neuen Hause. Hofrats waren Trockenwohner. Und in dem, was jetzt die neuen Häuser sind, da kommen, glaub ich, die Hängeböden gar nicht mehr vor; da haben sie bloß noch die Badestuben."

„Nu, das is aber doch ein Fortschritt."

„Ja, das kann man sagen; Badestube als Badestube ist ein Fortschritt oder, wie Onkel Hartwig immer sagt, ein Kulturfortschritt. Er hat meistens solche Wörter. Aber Badestube als Schlafgelegenheit is kein Fortschritt."

„Gott, Kind, sie werden dich aber doch nich in eine Badewanne gepackt haben?"

„I bewahre. Das tun sie schon der Badewanne wegen nich. Da werden sie sich hüten. Aber ... Ach, Frau Imme, ich kann nur immer wieder sagen, Sie wissen nich Bescheid; Sie hatten es gut, wie Sie noch unverheiratet waren, und nu haben Sie's erst recht gut. Sie wohnen hier wie in einer kleinen Sommerwohnung, un daß es ein bißchen nach Pferde riecht, das schadet nich; das Pferd is ein feines und reinliches Tier, und all seine Verrichtungen sind so edel. Man sagt ja auch: das edle Pferd. Und außerdem soll es so gesund sein, fast so gut wie Kuhstall, womit sie ja die Schwindsucht kurieren. Und dazu haben Sie hier den Blick auf die Kugelakazien und drüben auf das Marinepanorama, wo man sehen kann, wie alles is, und dahinter haben Sie den Blick auf die Kunstausstellung, wo es so furchtbar zieht, bloß damit man immer frische Luft hat. Aber bei Hofrats ... Nein, diese Badestube!"

„Gott, Hedwig", sagte Frau Imme, „du tust ja, wie wenn es eine Mördergrube oder ein Verbrecherkeller gewesen wäre."

„Verbrecherkeller? Ach, Frau Imme, das is ja gar nichts. Ich habe Verbrecherkeller gesehen, natürlich bloß zufällig. Da trinken sie Weißbier und spielen Sechsundsechzig. Und in einer Ecke wird was ausbaldowert, aber davon merkt man nichts."

„Und die Badestube ... warum is sie dir denn so furchtbar, daß du dich ordentlich schudderst? Der Mensch muß doch am Ende baden können."

„Ach was, baden! natürlich. Aber 'ne Badestube is nie 'ne Badestube. Wenigstens hier nicht. Eine Badestube is 'ne Rumpelkammer, wo man alles unterbringt, alles, wofür man sonst keinen Platz hat. Und dazu gehört auch ein Dienstmädchen. Meine eiserne Bettstelle, die abends aufgeklappt wurde, stand immer neben der Badewanne, drin alle alten Bier- und Weinflaschen lagen. Und nun drippten die Neigen aus. Und in der Ecke stand ein Bettsack, drin die Fräuleins ihre Wäsche hineinstopften, und in der andern Ecke war eine kleine Tür. Aber davon will ich zu Ihnen nicht sprechen, weil ich einen Widerwillen gegen Unanständigkeiten habe, weshalb schon meine Mutter immer sagte: ‚Hedwig, du wirst noch Jesum Christum erkennen lernen.' Und ich muß sagen, das hat sich bei Hofrats denn auch erfüllt. Aber fromm waren sie weiter nich."

Während Hedwig noch so weiterklagte, hörte man, daß draußen die Klingel ging, und als Frau Imme öffnete, stand Rudolf auf dem kleinen Flur und sagte, daß er Vatern holen solle und Hedwigen auch; Mutter müsse weg.

„Na", sagte Frau Imme, „dann komm nur, Rudolf, un iß erst ein Stück Streusel und bestell es nachher bei deinem Vater."

Bald danach nahm sie denn auch den Jungen bei der Hand und führte ihn in das Nebenzimmer, wo die drei Männer vergnügt an ihrem Skattisch saßen. Ein großes Spiel war eben gemacht; alles noch in Aufregung.

Robinson, als er Rudolfen sah, nickte ihm zu und sagte zu Imme: „Das is ja der hübsche Junge, den ich vorhin auf dem Hof gesehen habe mit seinem hoop; – nice boy."

„Ja", sagte Imme, „das is unsrem Freund Hartwig seiner." Hartwig selber aber rief seinen Jungen heran und sagte: „Na, Rudolf, was gibt's? Du willst mich holen. Du sollst aber auch noch 'ne Freude haben. Kuck dir mal den Herrn da an, der dich so freundlich ansieht. Das is Robinson."

„Haha."

„Ja, Junge, warum lachst du? Glaubst du's nich, wenn ich dir sage, das is Robinson?"

„I bewahre, Vater. Robinson, *den* kenn ich. Robinson hat 'nen Sonnenschirm und ein Lama. Un der is auch schon lange dod."

Fünfzehntes Kapitel

Unsere Landpartieler waren im Angesicht von Spindlersfelde nach dem Eierhäuschen zurückgekehrt und hatten sich hier an zwei dicht am Ufer zusammengerückten Tischen niedergelassen, eine Laube von Baumkronen über sich. Sperlinge hüpften umher und warteten auf ihre Zeit. Gleich danach erschien auch ein Kellner, um die Bestellungen entgegenzunehmen. Es entstand dabei die herkömmliche Verlegenheitspause; niemand wußte was zu sagen, bis die Baronin auf den Stamm einer ihr gegenüberstehenden Ulme wies, drauf „Wiener Würstel" und daneben in noch dickeren Buchstaben das gefällige Wort „Löwenbräu" stand. In kürzester Frist erschien denn auch der Kellner wieder, und die Baronin hob ihr Seidel und ließ das Eierhäuschen und die Spree leben, zugleich versichernd, „daß man ein echtes Münchener überhaupt nur noch in Berlin tränke". Der alte Berchtesgaden wollte jedoch nichts davon wissen und drang in seine Frau, lieber mehr nach links zu rücken, um den Sonnenuntergang besser beobachten zu können; der sei freilich in Berlin ebenso gut wie woanders. Die Baronin hielt aber aus und rührte sich nicht. „Was Sonnenuntergang! den seh ich jeden Abend. Ich sitze hier sehr gut und freue mich schon auf die Lichter."

Und nicht lange mehr, so waren diese Lichter auch wirklich da. Nicht nur das ganze Lokal erhellte sich, sondern auch auf dem drüben am andern Ufer sich hinziehenden Eisenbahndamme zeigten sich allmählich die verschiedenfarbigen Signale, während mitten auf der Spree, wo Schleppdampfer die Kähne zogen, ein verblaktes Rot aus den Kajütenfenstern hervorglühte. Dabei wurde es kühl, und die Damen wickelten sich in ihre Plaids und Mäntel.

Auch die Herren fröstelten ein wenig, und so trat denn der ersichtlich etwas planende Woldemar nach kurzem Auf-und-

Abschreiten an das in der Nähe befindliche Büfett heran, um da zur Herstellung einer besseren Innentemperatur das Nötige zu veranlassen. Und siehe da, nicht lange mehr, so stand auch schon ein großes Tablett mit Gläsern und Flaschen vor ihnen und dazwischen ein Deckelkrug, aus dem, als man den Deckel aufklappte, der heiße Wrasen emporschlug. Die Baronin, in solchen Dingen die Scharfblickende, war sofort orientiert und sagte: „Lieber Stechlin, ich beglückwünsche Sie. Das war eine große Idee."

„Ja, meine Damen, ich glaubte, daß etwas geschehen müsse, sonst haben wir morgen samt und sonders einen akuten Rheumatismus. Und zurück müssen wir doch auch. Auf dem Schiffe, wo solche Hilfsmittel, glaub ich, fehlen, sind wir allen Unbilden der Elemente preisgegeben."

„Und Sie konnten wirklich nicht besser wählen", unterbrach Melusine. „Schwedischer Punsch, für den ich ein liking habe. Wie für Schweden überhaupt. Da Doktor Wrschowitz nicht da ist, können wir uns ungestraft einem gewissen Maß von Skandinavismus überlassen."

„Am liebsten ohne alles Maß", sagte Woldemar, „*so* skandinavisch bin ich. Ich ziehe die Skandinaven den sonst ‚Meistbegünstigten' unter den Nationen immer noch vor. Alle Länder erweitern übrigens ihre Spezialgebiete. Früher hatte Schweden nur zweierlei: Mut und Eisen, von denen man sagen muß, daß sie gut zusammenpassen. Dann kamen die ‚Säkerhets Tändstickors', und nun haben wir den schwedischen Punsch, den ich in diesem Augenblick unbedingt am höchsten stelle. Ihr Wohl, meine Damen."

„Und das Ihre", sagte Melusine, „denn Sie sind doch der Schöpfer dieses glücklichen Moments. Aber wissen Sie, lieber Stechlin, daß ich in Ihrer Aufzählung schwedischer Herrlichkeiten etwas vermißt habe. Die Schweden haben noch eins — oder hatten es wenigstens. Und das war die schwedische Nachtigall."

„Ja, die hab ich vergessen. Es fällt vor meine Zeit."

„Ich müßte", lachte die Gräfin, „vielleicht auch sagen: es fällt vor *meine* Zeit. Aber ich darf doch andrerseits nicht verschweigen, die Lind noch leibhaftig gekannt zu haben. Freilich nicht mehr so eigentlich als schwedische Nachtigall. Und überhaupt unter anderm Namen."

„Ja, ich erinnere mich", sagte Woldemar, „sie hatte sich verheiratet. Wie hieß sie doch?"

„Goldschmidt – ein Name, den man schon um ‚Goldschmidts Töchterlein‘ willen gelten lassen kann. Aber an Jenny Lind reicht er allerdings nicht heran.“

„Gewiß nicht. Und sie sagten, Frau Gräfin, Sie hätten sie noch persönlich gekannt?“

„Ja, gekannt und auch gehört. Sie sang damals, wenn auch nicht mehr öffentlich, so doch immer noch in ihrem häuslichen Salon. Diese Bekanntschaft zählt zu meinen liebsten und stolzesten Erinnerungen. Ich war noch ein halbes Kind, aber trotzdem doch mit eingeladen, was mir allein schon etwas bedeutete. Dazu die Fahrt von Hyde-Park bis in die Villa hinaus. Ich weiß noch deutlich, ich trug ein weißes Kleid und einen hellblauen Kaschmirumhang und das Haar ganz aufgelöst. Die Lind beobachtete mich, und ich sah, daß ich ihr gefiel. Wenn man Eindruck macht, das behält man. Und nun gar mit vierzehn!“

„Die Lind“, warf die Baronin etwas prosaisch ein, „soll ihrerseits als Kind sehr häßlich gewesen sein.“

„Ich hätte das Gegenteil vermutet“, bemerkte Woldemar.

„Und auf welche Veranlassung hin, lieber Stechlin?“

„Weil ich ein Bild von ihr kenne. Wir haben es, wie bekannt, seit einiger Zeit von einem unsrer besten Maler auf unsrer Nationalgalerie. Aber lange bevor ich es da sah, kannt ich es schon en miniature, und zwar aus einer im Besitz meines Freundes Lorenzen befindlichen Aquarelle. Diese Kopie hängt über seinem Sofa, dicht unter einer Rubensschen Kreuzabnahme. Wenn man will, eine etwas sonderbare Zusammenstellung.“

„Und das alles in Ihrer Stechliner Pfarre!“ sagte Melusine. „Wissen Sie, Rittmeister, daß ich die Tatsache, daß so was überhaupt in einem kleinen Dorfe vorkommen kann, Ihrem berühmten See beinah gleichstelle? Unsre schwedische Nachtigall in Ihrem ‚Ruppiner Winkel‘, wie Sie selbst beständig sich auszudrücken lieben. Die Lind! Und wie kam Ihr Pastor dazu?“

„Die Lind war, glaub ich, seine erste Liebe. Sehr wahrscheinlich auch seine letzte. Lorenzen saß damals noch auf der Schulbank und schlug sich mit Stundengeben durch. Aber er hörte die Diva trotzdem jeden Abend und wußte sich auch, trotz bescheidenster Mittel, das Bildchen zu verschaffen. Fast grenzt es ans Wunderbare. Freilich verlaufen die Dinge meist so. Wär er reich gewesen, so hätt er sein Geld anderweitig vertan und die Lind vielleicht nie gehört und gesehen. Nur die Armen bringen die Mittel auf für das, was jenseits des Gewöhnlichen liegt; aus Begeisterung und Liebe fließt alles. Und es ist etwas sehr Schönes, daß es so ist in unserm Leben. Vielleicht das Schönste."

„Das will ich meinen", sagte die Gräfin. „Und ich dank es Ihnen, lieber Stechlin, daß Sie das gesagt haben. Das war ein gutes Wort, das ich Ihnen nicht vergessen will. Und dieser Lorenzen war Ihr Lehrer und Erzieher?"

„Ja, mein Lehrer und Erzieher. Zugleich mein Freund und Berater. Der, den ich über alles liebe."

„Gehen Sie darin nicht zu weit?" lachte Melusine.

„Vielleicht, Gräfin, oder sag ich lieber: gewiß. Und ich hätte dessen eingedenk sein sollen, gerade heut und gerade hier. Aber soviel bleibt: ich liebe ihn sehr, weil ich ihm alles verdanke, was ich bin, und weil er reinen Herzens ist."

„Reinen Herzens", sagte Melusine. „Das ist viel. Und Sie sind dessen sicher?"

„Ganz sicher."

„Und von diesem Unikum erzählen Sie uns erst heute! Da waren Sie neulich mit dem guten Wrschowitz bei uns und haben uns allerhand Schreckliches von Ihrem misogynen Prinzen wissen lassen. Und während Sie den in den Vordergrund stellen, halten Sie diesen Pastor Lorenzen ganz gemütlich in Reserve. Wie kann man so grausam sein und mit seinen Berichten und Redekünsten so launenhaft operieren! Aber holen Sie wenigstens nach, was Sie versäumt haben. Die Fragen drängen sich ordentlich. Wie kam Ihr Vater auf den Einfall, Ihnen einen solchen Erzieher zu geben? Und wie kam ein Mann wie dieser Lorenzen in diese Gegenden? Und wie kam er überhaupt in diese Welt? Es ist so selten, so selten."

Armgard und die Baronin nickten.

„Ich bekenne, mich quält die Neugier, mehr von ihm zu hören", fuhr Melusine fort. „Und er ist unverheiratet? Schon das allein ist immer ein gutes Zeichen. Durchschnittsmenschen glauben sich so schnell wie möglich verewigen zu müssen, damit die Herrlichkeit nicht ausstirbt. Ihr Lorenzen ist eben in allem, wie mir scheint, ein Ausnahmemensch. Also beginnen."

„Ich bin dazu besten Willens, Frau Gräfin. Aber es ist zu spät dazu, denn das helle Licht, das Sie da sehen, das ist bereits unser Dampfer. Wir haben keine Wahl mehr, wir müssen abbrechen, wenn wir nicht im Eierhäuschen ein Nachtquartier nehmen wollen. Unterwegs ist übrigens Lorenzen ein wundervolles Thema, vorausgesetzt, daß uns der Anblick der Liebesinsel nicht wieder auf andre Dinge bringt. Aber hören Sie ... der Dampfer läutet schon ... wir müssen eilen. Bis an die Anlegestelle sind noch mindestens drei Minuten!"

Und nun war man glücklich auf dem Schiff, auf dem Woldemar und die Damen ihre schon auf der Hinfahrt innegehabten Plätze sofort wieder einnahmen. Nur die beiden in ihre Plaids gewickelten alten Herren schritten auf Deck auf und ab und sahen, wenn sie vorn am Bugspriet eine kurze Rast machten, auf die vielen hundert Lichter, die sich von beiden Ufern her im Fluß spiegelten. Unten im Maschinenraum hörte man das Klappern und Stampfen, während die Schiffsschraube das Wasser nach hinten schleuderte, daß es in einem weißen Schaumstreifen dem Schiffe folgte. Sonst war alles still, so still, daß die Damen ihr Gespräch unterbrachen. „Armgard, du bist so schweigsam", sagte Melusine, „finden Sie nicht auch, lieber Stechlin? Meine Schwester hat noch keine zehn Worte gesprochen."

„Ich glaube, Gräfin, wir lassen die Komtesse. Manchem kleidet es zu sprechen, und manchem kleidet es zu schweigen. Jedes Beisammensein braucht einen Schweiger."

„Ich werde Nutzen aus dieser Lehre ziehen."

„Ich glaub es nicht, Gräfin, und vor allem wünsch ich es nicht. Wer könnt es wünschen?"

Sie drohte ihm mit dem Finger. Dann schwieg man wieder und sah auf die Landschaft, die da, wo der am Ufer hinlaufende Straßenzug breite Lücken aufwies, in tiefem Dunkel lag. Urplötzlich aber stieg gerad aus dem Dunkel heraus ein Lichtstreifen hoch in den Himmel und zerstob da, wobei rote und blaue Leuchtkugeln langsam zur Erde niederfielen.

„Wie schön", sagte Melusine. „Das ist mehr, als wir erwarten durften; Ende gut, alles gut — nun haben wir auch noch ein Feuerwerk. Wo mag es sein? Welche Dörfer liegen da hinüber? Sie sind ja so gut wie ein Generalstäbler, lieber Stechlin. Sie müssen es wissen. Ich vermute Friedrichsfelde. Reizendes Dorf und reizendes Schloß. Ich war einmal da; die Dame des Hauses ist eine Schwester der Frau von Hülsen. Ist es Friedrichsfelde?"

„Vielleicht, gnädigste Gräfin. Aber doch nicht wahrscheinlich. Friedrichsfelde gehört nicht in die Reihe der Vororte, wo Feuerwerke sozusagen auf dem Programm stehen. Ich denke, wir lassen es im ungewissen und freuen uns der Sache selbst. Sehen Sie, jetzt beginnt es erst recht eigentlich. Die Rakete, die wir da vorhin gesehen haben, das war nur Vorspiel. Jetzt haben wir erst das Stück. Es ist zu weitab, sonst würden wir das Knattern hören und die Kanonenschläge. Wahrscheinlich ist es Sedan oder Düppel oder der Übergang nach Alsen. Übrigens ist die Pyrotechnik eine profunde Wissenschaft geworden."

„Und es soll auch Personen geben, die ganz dafür leben und ihr Vermögen hinopfern wie früher die Holländer für die Tulpen. Tulpen wäre nun freilich nicht mein Geschmack. Aber Feuerwerk!"

„Ja, unbedingt. Und nur schade, daß alle die, die damit zu tun haben, über kurz oder lang in die Luft fliegen."

„Das ist fatal. Aber es steigert andrerseits doch auch wieder den Reiz. Sonderbar, gefahrlose Berufe, solche, die sozusagen eine Zipfelmütze tragen, sind mir von jeher ein Greuel gewesen. Interesse hat doch immer nur das va banque: Torpedoboote, Tunnel unter dem Meere, Luftballons. Ich denke mir, das nächste was wir erleben, sind Luftschifferschlachten. Wenn dann so eine Gondel die andre entert. Ich kann mich in solche Vorstellungen geradezu verlieben."

„Ja, liebe Melusine, das seh ich", unterbrach hier die Baronin. „Sie verlieben sich in solche Vorstellungen und vergessen darüber die Wirklichkeiten und sogar unser Programm. Ich muß angesichts dieser doch erst kommenden Luftschifferschlachten ganz ergebenst daran erinnern, daß für heute noch wer anders in der Luft schwebt und zwar Pastor Lorenzen. Von *dem* sollte die Rede sein. Freilich, der ist kein Pyrotechniker."

„Nein", lachte Woldemar, „*das* ist er nicht. Aber als einen Aeronauten kann ich ihn Ihnen beinahe vorstellen. Er ist so recht ein Excelsior-, ein Aufsteigemensch, einer aus der wirklichen Obersphäre, genau von daher, wo alles Hohe zu Haus ist, die Hoffnung und sogar die Liebe."

„Ja", lachte die Baronin, „die Hoffnung und sogar die Liebe! Wo bleibt aber das dritte? Da müssen S' zu uns kommen. Wir haben noch das dritte; das heißt also wir wissen auch, was wir *glauben* sollen."

„Ja, *sollen.*"

„Sollen, gewiß. Sollen, das ist die Hauptsache. Wenn man weiß, was man soll, so findt sich's schon. Aber wo das Sollen fehlt, da fehlt auch das Wollen. Es ist halt a Glück, daß wir Rom haben und den Heiligen Vater."

„Ach", sagte Melusine, „wer's Ihnen glaubt, Baronin! Aber lassen wir so heikle Fragen und hören wir lieber von *dem*, den ich – ich bin beschämt darüber – in so wenig verbindlicher Weise vergessen konnte, von unserm Wundermann mit der Studentenliebe, von dem Säulenheiligen, der reinen Herzens ist, und vor allem von dem Schöpfer und geistigen Nährvater unsers Freundes Stechlin. Eh bien, was ist es mit ihm? ‚An ihren Früchten sollt ihr sie erkennen' – das könnt uns beinahe genügen. Aber ich bin doch für ein Weiteres. Und so denn attention au jeu. Unser Freund Stechlin hat das Wort."

„Ja, unser Freund Stechlin hat das Wort", wiederholte Woldemar, „so sagen Sie gütigst, Frau Gräfin. Aber dem nachkommen ist nicht so leicht. Vorhin, da war ich im Zuge. Jetzt wieder damit anfangen, das hat seine Schwierigkeiten. Und dann erwarten die Damen immer eine Liebesgeschichte, selbst wenn es sich um einen Mann handelt, den ich, was diese Dinge betrifft, so wenig versprechend eingeführt habe. Sie gehen also, wie heute schon mehrfach (ich erinnere nur an das Eierhäuschen), einer grausamen Enttäuschung entgegen."

„Keine Ausflüchte!"

„Nun, so sei's denn. Ich muß es aber auf einem Umwege versuchen und Ihnen bei der Gelegenheit als nächstes schildern, wie meine letzte Begegnung mit Lorenzen verlief. Er war, als ich bei ihm eintrat, in ersichtlich großer Erregung und zwar über ein Büchelchen, das er in Händen hielt."

„Und ich will raten, was es war", unterbrach Melusine.

„Nun?"

„Ein Buch von Tolstoj. Etwas mit viel Opfer und Entsagung. Anpreisung von Aszese."

„Sie sind auf dem richtigen Wege, Gräfin, nur nicht geographisch. Es handelt sich nämlich nicht östlich um einen Russen, sondern westlich um einen Portugiesen."

„Um einen Portugiesen", lachte die Baronin. „Oh, ich kenne welche. Sie sind alle so klein und gelblich. Und einer fand einen Seeweg. Freilich schon lange her. Ist es nicht so?"

„Gewiß, Frau Baronin, es ist so. Nur der, um den es sich hier handelt, das ist keiner mit einem Seeweg, sondern bloß ein Dichter."

„Ach, dessen erinnere ich mich auch, ja ich habe sogar seinen Namen auf der Zunge. Mit einem großen C fängt er an. Aber Calderon ist es nicht."

„Nein, Calderon ist es nicht; es deckt sich da manches, auch schon rein landkartlich, nicht mit *dem*, um den sich's hier handelt. Und ist überhaupt kein alter Dichter, sondern ein neuer. Und heißt Joao de Deus."

„Joao de Deus“, wiederholte die Gräfin. „Schon der Name. Sonderbar. Und was war es mit dem?“

„Ja, was war es mit *dem*? Dieselbe Frage tat ich auch, und ich habe nicht vergessen, was Lorenzen mir antwortete: ‚Dieser Joao de Deus‘, so etwa waren seine Worte, ‚war genau *das*, was ich wohl sein möchte, wonach ich suche, seit ich zu leben, *wirklich* zu leben angefangen, und wovon es beständig draußen in der Welt heißt, es gäbe dergleichen nicht mehr. Aber es gibt dergleichen noch, es muß dergleichen geben oder doch *wieder* geben. Unsre ganze Gesellschaft (und nun gar erst das, was sich im besonderen so nennt) ist aufgebaut auf dem Ich. Das ist ihr Fluch, und daran muß sie zugrunde gehen. Die Zehn Gebote, das war der Alte Bund; der Neue Bund aber hat ein andres, ein einziges Gebot, und das klingt aus in: ›Und du hättest der Liebe nicht ...‹.‘“

Ja, so sprach Lorenzen“, fuhr Woldemar nach einer Pause fort, „und sprach auch noch andres, bis ich ihn unterbrach und ihm zurief: ‚Aber, Lorenzen, das sind ja bloß Allgemeinheiten. Sie wollten mir Persönliches von Joao de Deus erzählen. Was ist es mit dem? Wer war es? Lebt er? Oder ist er tot?‘

‚Er ist tot, aber seit kurzem erst, und von seinem Tode spricht das kleine Heft hier. Höre.‘ Und nun begann er zu lesen. Das aber was er las, das lautete etwa so: ›... Und als er nun tot war, der Joao de Deus, da gab es eine Landestrauer, und alle Schulen in der Hauptstadt waren geschlossen, und die Minister und die Leute vom Hof und die Gelehrten und die Handwerker, alles folgte dem Sarge dicht gedrängt, und die Fabrikarbeiterinnen hoben schluchzend ihre Kinder in die Höh und zeigten auf den Toten und sagten: ›Un Santo, un Santo.‹ Und sie taten so und sagten so, weil er für die Armen gelebt hatte und *nicht für sich*.‹‘“

„Das ist schön“, sagte Melusine.

„Ja, das ist schön“, wiederholte Woldemar, „und ich darf hinzusetzen, in dieser Geschichte haben Sie nicht bloß den Joao de Deus, sondern auch meinen Freund Lorenzen. Er ist vielleicht nicht ganz wie sein Ideal. Aber Liebe gibt Ebenbürtigkeit.“

„Und so schlag ich denn vor“, sagte die Baronin, „daß wir den mit dem C, dessen Name mir übrigens noch einfallen wird, vorläufig absetzen und statt seiner den neuen mit dem D leben lassen. Und natürlich unsern Lorenzen dazu.“

„Ja, leben lassen“, lachte Woldemar. „Aber womit? worin? Les jours de fête ...“ und er wies auf das Eierhäuschen zurück.

„In dieser Notlage wollen wir uns helfen, so gut es geht, und uns statt andrer Beschwörung einfach die Hände reichen, selbstverständlich über Kreuz; hier, erst Stechlin und Armgard und dann Melusine und ich."

Und wirklich, sie reichten sich in heiterer Feierlichkeit die Hände.

Gleich danach aber traten die beiden alten Herren an die Gruppe heran, und der Baron sagte: „Das ist ja wie Rütli."

„Mehr, mehr. Bah, Freiheit! Was ist Freiheit gegen Liebe!"

„So, hat's denn eine Verlobung gegeben?"

„Nein ... noch nicht", lachte Melusine.

WAHL IN RHEINSBERG-WUTZ

Sechzehntes Kapitel

Der andre Morgen rief Woldemar zeitig zum Dienst. Als er um neun Uhr auf sein Zimmer zurückkehrte, fand er auf dem Frühstückstisch Zeitungen und Briefe. Darunter war einer mit einem ziemlich großen Siegel, der Lack schlecht und der Brief überhaupt von sehr unmodischer Erscheinung, ein bloß zusammengelegter Quartbogen. Woldemar, nach Poststempel und Handschrift sehr wohl wissend, woher und von wem der Brief kam, schob ihn, während Fritz den Tee brachte, beiseite, und erst als er eine Tasse genommen und länger als nötig dabei verweilt hatte, griff er wieder nach dem Brief und drehte ihn zwischen Daumen und Zeigefinger. „Ich hätte mir, nach dem gestrigen Abend, heute früh was andres gewünscht, als gerade *diesen* Brief." Und während er das so vor sich hin sprach, standen ihm, er mochte wollen oder nicht, die letzten Wutzer Augenblicke wieder vor der Seele. Die Tante hatte, kurz bevor er das Kloster verließ, noch einmal vertraulich seine Hand genommen und ihm bei der Gelegenheit ausgesprochen, was sie seit lange bedrückte.

„Das Junggesellenleben, Woldemar, taugt nichts. Dein Vater war auch schon zu alt, als er sich verheiratete. Ich will nicht in deine Geheimnisse eindringen, aber ich möchte doch fragen dürfen: wie stehst du dazu?"

„Nun, ein Anfang ist gemacht. Aber doch erst obenhin."

„Berlinerin?"

„Ja und nein. Die junge Dame lebt seit einer Reihe von Jahren in Berlin und liebt unsre Stadt über Erwarten. Insoweit ist sie Berlinerin. Aber eigentlich ist sie doch keine; sie wurde drüben in London geboren, und ihre Mutter war eine Schweizerin."

„Um Gottes willen!"

„Ich glaube, liebe Tante, du machst dir falsche Vorstellungen von einer Schweizerin. Du denkst sie dir auf einer Alm und mit einem Milchkübel."

„Ich denke sie mir gar nicht, Woldemar. Ich weiß nur, daß es ein wildes Land ist."

„Ein freies Land, liebe Tante."

„Ja, das kennt man. Und wenn du das Spiel noch einigermaßen in der Hand hast, so beschwör ich dich ..."

An dieser Stelle war, wie schon vorher durch Fix, abermals (weil eine Störung kam) das Gespräch mit der Tante auf andre Dinge hingeleitet worden, und nun hielt er ihren Brief in Händen und zögerte, das Siegel zu brechen. „Ich weiß, was drin steht, und ängstige mich doch beinahe. Wenn es nicht Kämpfe gibt, so gibt es wenigstens Verstimmungen. Und die sind mir womöglich noch fataler ... Aber was hilft es!"

Und nun brach er den Brief auf und las:

„Ich nehme an, mein lieber Woldemar, daß Du meine letzten Worte noch in Erinnerung hast. Sie liefen auf den Rat und die Bitte hinaus: gib auch in dieser Frage die Heimat nicht auf, halte Dich, wenn es sein kann, an das Nächste. Schon unsre Provinzen sind so sehr verschieden. Ich sehe Dich über solche Worte lächeln, aber ich bleibe doch dabei. Was ich Adel nenne, das gibt es nur noch in unsrer Mark und in unsrer alten Nachbar- und Schwesterprovinz, ja, da vielleicht noch reiner als bei uns. Ich will nicht ausführen, wie's bei schärferem Zusehen auf dem adligen Gesamtgebiete steht, aber doch wenigstens ein paar Andeutungen will ich machen: Ich habe sie von allen Arten gesehen. Da sind zum Beispiel die rheinischen jungen Damen, also die von Köln und Aachen; nun ja, die mögen ganz gut sein, aber sie sind katholisch, und wenn sie nicht katholisch sind, dann sind sie was andres, wo der Vater erst geadelt wurde. Neben den rheinischen haben wir dann die westfälischen. Über die ließe sich reden. Aber Schlesien. Die schlesischen Herrschaften, die sich mitunter auch Magnaten nennen, sind alle so gut wie polnisch und leben von Jeu und haben die hübschesten Erzieherinnen; immer ganz jung, da macht es sich am leichtesten.

Und dann sind da noch weiterhin die preußischen, das heißt die ostpreußischen, wo schon alles aufhört. Nun, die kenn ich, die sind ganz wie ihre Litauer Füllen und schlagen aus und beknabbern alles. Und je reicher sie sind, desto schlimmer. Und nun wirst Du fragen, warum ich gegen andre so streng und so sehr für unsre Mark bin, ja speziell für unsre Mittelmark. Deshalb, mein lieber Woldemar, weil wir in unsrer Mittelmark nicht so bloß äußerlich in der Mitte liegen, sondern weil wir auch in allem die rechte Mitte haben und halten. Ich habe mal gehört, unser märkisches Land sei *das* Land, drin es nie Heilige gegeben, drin man aber auch keine Ketzer verbrannt habe. Sieh, das ist das, worauf es ankommt, Mittelzustand – darauf baut sich das Glück auf. Und dann haben wir hier noch zweierlei: in unserer Bevölkerung die reine Lehre und in unserm Adel das reine Blut. *Die,* wo das nicht zutrifft, die kennt man. Einige meinen freilich, das, was sie das ‚Geistige' nennen, das litte darunter. Das ist aber alles Torheit. Und wenn es litte (es leidet aber nicht), so schadet das gar nichts. Wenn das Herz gesund ist, ist der Kopf nie ganz schlecht. Auf diesen Satz kannst Du Dich verlassen. Und so bleibe denn, wenn Du suchst, in unsrer Mark und vergiß nie, daß wir das sind, was man so ‚brandenburgische Geschichte' nennt. Am eindringlichsten aber laß Dir unsre Rheinsberger Gegend empfohlen sein, von der mir selbst Koseleger – trotzdem seine Feinde behaupten, er betrachte sich hier bloß wie in Verbannung und sehne sich fort nach einer Berliner Domstelle – von der mir selbst Koseleger sagte: ‚Wenn man sich die preußische Geschichte genau ansieht, so findet man immer, daß sich alles auf unsre alte, liebe Grafschaft zurückführen läßt; *da* liegen die Wurzeln unsrer Kraft.' Und so schließe ich denn mit der Bitte: heirate heimisch und heirate lutherisch. Und nicht nach Geld (Geld erniedrigt) und halte Dich dabei versichert der Liebe Deiner Dich herzlich liebenden Tante und Patin Adelheid von St."

Woldemar lachte. „Heirate heimisch und heirate lutherisch – das hör ich nun schon seit Jahren. Und auch das dritte höre ich immer wieder: ‚Geld erniedrigt.' Aber das kenn ich. Wenn's nur recht viel ist, kann es schließlich auch eine Chinesin sein. In der Mark ist alles Geldfrage. Geld – weil keins da ist – spricht Person und Sache heilig und, was noch mehr sagen will, beschwichtigt zuletzt auch den Eigensinn einer alten Tante."

Während er lachend so vor sich hin sprach, überflog er noch einmal den Brief und sah jetzt, daß eine Nachschrift an den

Rand der vierten Seite gekritzelt war. „Eben war Katzler hier, der mir von der am Sonnabend in unserm Kreise stattfindenden Nachwahl erzählte. Dein Vater ist aufgestellt worden und hat auch angenommen. Er bleibt doch immer der alte. Gewiß wird er sich einbilden, ein Opfer zu bringen – er litt von Jugend auf an solchen Einbildungen. Aber was ihm ein Opfer bedünkte, waren, bei Lichte besehen, immer bloß Eitelkeiten. Deine A. von St."

Siebzehntes Kapitel

Es war so, wie die Tante geschrieben: Dubslav hatte sich als konservativen Kandidaten aufstellen lassen, und wenn für Woldemar noch Zweifel darüber gewesen wären, so hätten einige am Tage darauf von Lorenzen eintreffende Zeilen diese Zweifel beseitigt. Es hieß in Lorenzens Brief:

„Seit Deinem letzten Besuch hat sich hier allerlei Großes zugetragen. Noch am selben Abend erschienen Gundermann und Koseleger und drangen in Deinen Vater, zu kandidieren. Er lehnte zunächst natürlich ab; er sei weltfremd und verstehe nichts davon. Aber damit kam er nicht weit. Koseleger, der – was ihm auch später noch von Nutzen sein wird – immer ein paar Anekdoten auf der Pfanne hat, erzählte ihm sofort, daß vor Jahren schon, als ein von Bismarck zum Finanzminister Ausersehener sich in gleicher Weise mit einem ‚Ich verstehe nichts davon', aus der Affäre ziehen wollte, der bismarckisch-prompten Antwort begegnet sei: ‚Darum wähle ich Sie ja gerade, mein Lieber' — eine Geschichte, der Dein Vater natürlich nicht widerstehen konnte. Kurzum, er hat eingewilligt. Von Herumreisen ist selbstverständlich Abstand genommen worden, ebenso vom Redenhalten. Schon nächsten Sonnabend haben wir Wahl. In Rheinsberg, wie immer, fallen die Würfel. Ich glaube, daß er siegt. Nur die Fortschrittler können in Betracht kommen und allenfalls die Sozialdemokraten, wenn vom Fortschritt (was leicht möglich ist) einiges abbröckelt. Unter allen Umständen schreibe Deinem Papa, daß Du Dich seines Entschlusses freutest. Du kannst es mit gutem Gewissen. Bringen wir ihn durch, so weiß ich, daß kein Besserer im Reichstag sitzt, und daß wir uns alle zu seiner Wahl gratulieren können. Er sich persönlich allerdings auch. Denn sein Leben hier ist zu einsam, so sehr, daß er, was doch sonst nicht seine Sache ist, mitunter darüber klagt.

Das war das, was ich Dich wissen lassen mußte. ‚Sonst nichts Neues vor Paris.‘ Krippenstapel geht in großer Aufregung einher; ich glaube, wegen unsrer auf Donnerstag in Stechlin selbst angesetzten Vorversammlung, wo er mutmaßlich seine herkömmliche Rede über den Bienenstaat halten wird. Empfiehl mich Deinen zwei liebenswürdigen Freunden, besonders Czako. Wie immer, Dein alter Freund Lorenzen.“

Woldemar, als er gelesen, wußte nicht recht, wie er sich dazu stellen sollte. Was Lorenzen da schrieb, daß kein Besserer im Hause sitzen würde, war richtig; aber er hatte trotzdem Bedenken und Sorge. Der Alte war durchaus kein Politiker, er konnte sich also stark in die Nesseln setzen, ja vielleicht zur komischen Figur werden. Und dieser Gedanke war ihm, dem Sohne, der den Vater schwärmerisch liebte, sehr schmerzlich. Außerdem blieb doch auch immer noch die Möglichkeit, daß er in dem Wahlkampf unterlag.

Diese Bedenken Woldemars waren nur allzu berechtigt. Es stand durchaus nicht fest, daß der alte Dubslav, so beliebt er selbst bei den Gegnern war, als Sieger aus der Wahlschlacht hervorgehen müsse. Die Konservativen hatten sich freilich daran gewöhnt, Rheinsberg-Wutz als eine „Hochburg“ anzusehen, die der staatserhaltenden Partei nicht verlorengehen könne, diese Vorstellung aber war ein Irrtum, und die bisherige Reverenz gegen den alten Kortschädel wurzelte lediglich in etwas Persönlichem. Nun war ihm Dubslav an Ansehen und Beliebtheit freilich ebenbürtig, aber das mit der ewigen persönlichen Rücksichtnahme mußte doch mal ein Ende nehmen, und das Anrecht, das sich der alte Kortschädel ersessen hatte, mit diesem mußt es vorbei sein, eben weil sich's endlich um einen Neuen handelte. Kein Zweifel, die gegnerischen Parteien regten sich, und es lag genauso, wie Lorenzen an Woldemar geschrieben, daß ein Fortschrittler, aber auch ein Sozialdemokrat gewählt werden könne.

Wie die Stimmung im Kreise wirklich war, das hätte der am besten erfahren, der im Vorübergehen an der Comptoirtür des alten Baruch Hirschfeld gehorcht hätte.

„Laß dir sagen, Isidor, du wirst also wählen den guten alten Herrn von Stechlin.“

„Nein, Vater. Ich werde *nicht* wählen den guten alten Herrn von Stechlin.“

„Warum nicht? Ist er doch ein lieber Herr und hat das richtige Herz.“

„Das hat er; aber er hat das falsche Prinzip."
„Isidor, sprich mir nicht von Prinzip. Ich habe dich gesehn, als du hast charmiert mit dem Mariechen von nebenan und hast ihr aufgebunden das Schürzenband, und sie hat dir gegeben einen Klaps. Du hast gebuhlt um das christliche Mädchen. Und du buhlst jetzt, wo die Wahl kommt, um die öffentliche Meinung. Und das mit dem Mädchen, das hab ich dir verziehen. Aber die öffentliche Meinung verzeih ich dir nicht."
„Wirst du, Vaterleben; haben wir doch die neue Zeit. Und wenn ich wähle, wähl ich für die Menschheit."
„Geh mir, Isidor, *die* kenn ich. Die Menschheit, die will haben, aber nicht geben. Und jetzt wollen sie auch noch teilen."
„Laß sie teilen, Vater."
„Gott der Gerechte, was meinst du, was du kriegst? Nicht den zehnten Teil."
Und ähnlich ging es in den andern Ortschaften. In Wutz sprach Fix für das Kloster und die Konservativen im allgemeinen, ohne dabei Dubslav in Vorschlag zu bringen, weil er wußte, wie die Domina zu ihrem Bruder stand. Ein Linkskandidat aus Cremmen schien denn auch in der Wutzer Gegend die Oberhand gewinnen zu sollen. Noch gefährlicher für die ganze Grafschaft war aber ein Wanderapostel aus Berlin, der von Dorf zu Dorf zog und die kleinen Leute dahin belehrte, daß es ein Unsinn sei, von Adel und Kirche was zu erwarten. Die vertrösteten immer bloß auf den Himmel. Achtstündiger Arbeitstag und Lohnerhöhung und Sonntagspartie nach Finkenkrug – *das* sei das Wahre.
So zersplitterte sich's allerorten. Aber wenigstens um den Stechlin herum hoffte man der Sache noch Herr werden und alle Stimmen auf Dubslav vereinigen zu können. Im Dorfkruge wollte man zu diesem Zwecke beraten, und Donnerstag sieben Uhr war dazu festgesetzt.

Der Stechliner Krug lag an dem Platze, der durch die Kreuzung der von Wutz her heranführenden Kastanienallee mit der eigentlichen Dorfstraße gebildet wurde, und war unter den vier hier gelegenen Eckhäusern das stattlichste. Vor seiner Front standen ein paar uralte Linden, und drei, vier Stehkrippen waren bis dicht an die Hauswand herangeschoben, aber alle ganz nach links hin, wo sich Eckladen und Gaststube befanden, während nach der rechten Seite hin der große Saal lag, in dem heute Dubslav, wenn nicht für die Welt, so doch für Rheinsberg-Wutz, und wenn nicht für Rheinsberg-Wutz, so doch für Stechlin und Umgegend proklamiert werden sollte. Dieser große Saal war ein fünffenstriger Längsraum, der schon manchen Schottischen erlebt, was er in seiner Erscheinung auch heute nicht zu verleugnen trachtete. Denn nicht nur waren ihm alle seine blanken Wandleuchter verblieben, auch die mächtige Baßgeige, die jedesmal wegzuschaffen viel zu mühsam gewesen wäre, guckte, schräg gestellt, mit ihrem langen Halse von der Musikempore her über die Brüstung fort.

Unter dieser Empore, quer durch den Saal hin, stand ein für das Komitee bestimmter länglicher Tisch mit Tischdecke, während auf den links und rechts sich hinziehenden Bänken einige zwanzig Vertrauensmänner saßen, denen es hinterher oblag, im Sinne der Komiteebeschlüsse weiterzuwirken. Die Vertrauensmänner waren meist wohlhabende Stechliner Bauern, untermischt mit offiziellen und halboffiziellen Leuten aus der Nachbarschaft: Förster und Waldhüter und Vormänner von den verschiedenen Glas- und Teeröfen. Zu diesen gesellte sich noch ein Torfinspektor, ein Vermessungsbeamter, ein Steueroffiziant und schließlich ein gescheiterter Kaufmann, der jetzt Agent war und die Post besorgte. Natürlich war auch Landbriefträger Brose da samt der gesamten Sicherheitsbehörde: Fußgendarm Uncke und Wachtmeister Pyterke von der reitenden Gendarmerie. Pyterke gehörte nur halb mit zum Revier (es war das immer ein streitiger Punkt), erschien aber trotzdem mit Vorliebe bei Versammlungen der Art. Es gab nämlich für ihn nichts Vergnüglicheres, als seinen Kameraden und Amtsgenossen Uncke bei solcher Gelegenheit zu beobachten und sich dabei seiner ungeheuren, übrigens durchaus berechtigten Überlegenheit als schöner Mann und ehemaliger Gardekürassier bewußt zu werden. Uncke war ihm der Inbegriff des Komischen, und wenn ihn schon das rote, verkupferte Gesicht an und für sich amüsierte, so doch viel, viel mehr noch der gefärbte Schuhbürstenbackenbart, vor allem aber das Augenspiel, mit dem er den Verhandlungen zu folgen pflegte. Pyterke hatte recht; Uncke war wirklich eine komische Figur. Seine Miene sagte beständig: „An mir hängt es." Dabei war er ein höchst gutmütiger Mann, der nie mehr als nötig aufschrieb und auch nur selten auflöste.

Der Saal hatte nach dem Flur hin drei Türen. An der Mitteltür standen die beiden Gendarmen und rückten sich zurecht, als sich der Vorsitzende des Komitees mit dem Glockenschlag sieben von seinem Platz erhob und die Sitzung für eröffnet erklärte. Dieser Vorsitzende war natürlich Oberförster Katzler, der heute, statt des bloßen schwarz-weißen Bandes, sein bei St. Marie-aux-Chênes erworbenes Eisernes Kreuz in Substanz eingeknöpft hatte. Neben ihm saßen Superintendent Koseleger und Pastor Lorenzen, an der linken Schmalseite Krippenstapel, an der rechten Schulze Kluckhuhn, letzterer auch dekoriert, und zwar mit der Düppelmedaille, trotzdem er bei Düppel in der Reserve gestanden. Er scherzte gern darüber und sagte, während er seine beneidenswerten Zähne zeigte: „Ja, Kinder, so geht es. Bei Alsen war ich, aber bei Düppel war ich nich, und dafür hab ich nu die Düppelmedaille."

Schulze Kluckhuhn war überhaupt eine humoristisch angeflogene Persönlichkeit, Liebling des alten Dubslav, und trat immer, wenn sich die alten Kriegerbundleute von sechsundsechzig und siebzig aufs hohe Pferd setzen wollten, für die von vierundsechzig ein. „Ja, vierundsechzig, Kinder, da fing es an. Und aller Anfang ist schwer. Anfangen ist immer die Hauptsache; das andre kommt dann schon wie von selbst." Ein alter Globsower, der bei Spichern mitgestürmt und sich durch besondere Tapferkeit hervorgetan hatte, war denn auch, bloß weil er einer von Anno siebzig war, ein Gegenstand seiner besonderen Bemängelungen. „Ich will ja nich sagen, Tübbecke, daß es bei Spichern gar nichts war; aber gegen Düppel (wenn ich auch nicht mit dabeigewesen) gegen Düppel war es gar nichts. Wie war es denn bei Spichern, wovon du so viel redst, als ob sich vierundsechzig daneben verstecken müßte? Bei Spichern, da waren Menschen oben, aber bei Düppel, da waren Schanzen oben. Und ich sage dir, Schanzen mit 'm Turm drin. Da pfeift es ganz anders. Das heißt, von Pfeifen war schon eigentlich gar keine Rede mehr." Eine Folge dieser Anschauung war es denn auch, daß in den Augen Kluckhuhns der Pionier Klinke, der bei Düppel unter Opferung seines Lebens den Palisadenpfahl von Schanze drei weggesprengt hatte, der eigentliche Held aller drei Kriege war und alles in allem nur einen Rivalen hatte. Dieser *eine* Rivale stand aber drüben auf Seite der Dänen und war überhaupt kein Mensch, sondern ein Schiff und hieß Rolf Krake. „Ja, Kinder, wie wir nu da so rübergondelten, da lag das schwarze Biest immer dicht neben uns und sah aus wie 'n Sarg. Und wenn es gewollt hätte, so wär es auch alle mit uns gewesen und bloß noch plumps in den Alsensund. Und weil wir das wußten, schossen wir immer drauflos, denn wenn einem so zumute ist, dann schießt der Mensch immerzu."

Ja, Rolf Krake war eine fatale Sache für Kluckhuhn gewesen. Aber dasselbe schwarze Schiff, das ihm damals soviel Furcht und Sorge gemacht hatte, war doch auch wieder ein Segen für ihn geworden, und man durfte sagen, sein Leben stand seitdem im Zeichen von Rolf Krake. Wie Gundermann immer der Sozialdemokratie das „Wasser abstellen" wollte, so verglich Kluckhuhn alles zur Sozialdemokratie Gehörige mit dem schwarzen Ungetüm im Alsensund. „Ich sag euch, was sie jetzt die soziale Revolution nennen, das liegt neben uns wie damals Rolf Krake; Bebel wartet bloß, und mit eins fegt er dazwischen."

Schulze Kluckhuhn war in der ganzen Stechliner Gegend sehr angesehen, und als er jetzt mit seiner Medaille so dasaß, dicht neben Koseleger, war er sich dessen auch wohl bewußt. Aber gegen Krippenstapel, den er als Schulpauker und Bienenvater eigentlich nicht für voll ansah, kam er bei dieser Gelegenheit doch nicht an; Krippenstapel hatte heute ganz seinen großen Tag, *so* sehr, daß selbst Kluckhuhn seinen Ton herabstimmen mußte.

Katzler, ein entschiedener Nichtredner, begann, als er sich mit seinem Notizenzettel, auf dem verschiedene Satzanfänge standen, erhoben hatte, mit der Versicherung, daß er den so zahlreich Anwesenden, unter denen vielleicht auch einige Andersdenkende seien, für ihr Erscheinen danke. Sie wüßten alle, zu welchem Zweck sie hier seien. Der alte Kortschädel sei tot, „er ist in Ehren hingegangen", und es handle sich heute darum, dem alten Herrn von Kortschädel im Reichstag einen Nachfolger zu geben. Die Grafschaft habe immer konservativ gewählt; es sei Ehrensache, wieder konservativ zu wählen. „Und ob die Welt voll Teufel wär." Es liege der Grafschaft ob, dieser Welt des Abfalls zu zeigen, daß es noch „Stätten" gebe. Und hier sei eine solche Stätte. „Wir haben, glaub ich", so schloß er, „niemand an diesem Tisch, der das Parlamentarische voll beherrscht, weshalb ich bemüht gewesen bin, das, was uns hier zusammengeführt hat, schriftlich niederzulegen. Es ist ein schwacher Versuch. Jeder tut, soviel er kann, und der Brombeerstrauch hat eben nur seine Beeren. Aber auch *sie* können den durstigen Wanderer erfrischen. Und so bitte ich denn unsern politischen Freund, dem wir außerdem für die Erforschung dieser Gegenden so viel verdanken, ich bitte Herrn Lehrer Krippenstapel, uns das von mir Aufgesetzte vorlesen zu wollen. Ein Promemoria. Man kann es vielleicht so nennen."

Katzler, unter Verneigung, setzte sich wieder, während sich Krippenstapel erhob. Er blätterte wie ein Rechtsanwalt in einer Anzahl von Papieren und sagte dann: „Ich folge der Aufforderung des Herrn Vorsitzenden und freue mich, berufen zu sein, ein Schriftstück zur Verlesung zu bringen, das unser *aller* Gefühlen – ich bin dessen sicher und glaube von den Einschränkungen, die unser Herr Vorsitzender gemacht hat, absehen zu dürfen – zu kräftigstem Ausdruck verhilft."

Und nun setzte Krippenstapel seine Hornbrille auf und las. Es war ein ganz kurzes Schriftstück und enthielt eigentlich dasselbe, was Katzler schon gesagt hatte. Die Betonungen Krippenstapels sorgten aber dafür, daß der Beifall reichlicher war, und daß die Schlußwendung „und so vereinigen wir uns denn in dem Satze: was um den Stechlin herum wohnt, das ist *für* Stechlin", einen ungeheuren Beifall fand. Pyterke hob seinen Helm und stieß mit dem Pallasch auf, während Uncke sich umsah, ob doch vielleicht ein einzelner Übelwollender zu notieren sei. Nicht um ihn direkt anzuzeigen, aber doch zur Kenntnisnahme. Brose, der (wohl eine Folge seines Berufs) unter dem ungewohnten langen Stillstehen gelitten hatte, nahm im Vorflur, wie zur Niederkämpfung seiner Beinnervosität, eine Art Probegeschwindschritt rasch wieder auf, während Kluckhuhn sich von seinem Stuhl erhob, um Katzler erst militärisch und dann unter gewöhnlicher Verbeugung zu begrüßen, wobei seine Düppelmedaille dem Katzlerschen Eisernen Kreuz entgegenpendelte. Nur Koseleger und Lorenzen blieben ruhig. Um des Superintendenten Mund war ein leiser ironischer Zug.

Dann erklärte der Vorsitzende die Sitzung für geschlossen; alles brach auf, und nur Uncke sagte zu Brose: „Wir bleiben noch, Brose; morgen wird es Lauferei genug geben."

„Denk ich auch. Aber lieber laufen als hier so stille stehen."

Achtzehntes Kapitel

Draußen, unter dem Gezweig der alten Linden, standen mehrere Kaleschwagen, aber der des Superintendenten fehlte noch, weil Koseleger eine viel längere Sitzung erwartet und daraufhin seinen Wagen erst zu zehn Uhr bestellt hatte. Bis dahin war noch eine hübsche Zeit; der Superintendent indessen schien nicht unzufrieden darüber und seines Amtsbruders Arm nehmend, sagte er: „Lieber Lorenzen, ich muß mich, wie Sie sehen, bei Ihnen zu Gaste laden. Als Unverheirateter werden Sie, so hoffe ich, über die Störung leicht hinwegkommen. Die Ehe bedeutet in der Regel Segen, wenigstens an Kindern, aber die Nichtehe hat auch ihre Segnungen. Unsre guten Frauen entschlagen sich dieser Einsicht und dieser unbedingte Glauben an sich und ihre Wichtigkeit hat oft was Rührendes."

Lorenzen, der sich – bei voller Würdigung der Gaben seines ihm vorgesetzten und zugleich gern einen spöttischen Ton anschlagenden Amtsbruders – im allgemeinen nicht viel aus ihm machte, war diesmal mit allem einverstanden und nickte, während sie, schräg über den Platz fort, auf die Pfarre zuschritten.

„Ja, diese Einbildungen!" fuhr Koseleger fort, zu dessen Lieblingsgesprächen dieses Thema gehörte. „Gewiß ist es richtig, daß wir samt und sonders von Einbildungen leben, aber für die Frauen ist es das tägliche Brot. Sie malträtieren ihren Mann und sprechen dabei von Liebe, sie *werden* malträtiert und sprechen erst recht von Liebe; sie sehen alles so, wie sie's sehen wollen, und vor allem haben sie ein Talent, sich mit Tugenden auszurüsten (erlassen Sie mir, diese Tugenden aufzuzählen), die sie durchaus nicht besitzen. Unter diesen meist nur in der Vorstellung existierenden Tugenden befindet sich auch die der Gastlichkeit, wenigstens hierlandes. Und nun gar unsre Pfarrmütter! Eine jede hält sich für die heilige Elisabeth mit den bekannten Broten im Korb. Haben Sie übrigens das Bild auf der Wartburg gesehen? Unter allen Schwindschen Sachen steht es mir so ziemlich obenan. Und in Wahrheit, um auf unsere Pfarrmütter zurückzukommen, liegt es doch so, daß ich mich bei pastorlichen Junggesellen immer am besten aufgehoben gefühlt habe."

Lorenzen lachte: „Wenn Sie nur heute nicht widerlegt werden, Herr Superintendent."

„Ganz undenkbar, lieber Lorenzen. Ich bin noch nicht lang in dieser Gegend, in meinem guten Quaden-Hennersdorf da drüben, aber wenn auch nicht lange, so doch lange genug, um zu wissen, wie's hierherum aussieht. Und Ihr Renommee ... Sie sollen so was von einem Feinschmecker an sich haben. Kann ich mir übrigens denken. Sie sind Ästhetikus, und das ist man nicht ungestraft, am wenigsten in bezug auf die Zunge. Ja, das Ästhetische. Für manchen ist es ein Unglück. Ich weiß davon. Das Haus hier vor uns ist wohl Ihr Schulhaus? Weißgestrichen und kein Fetzchen Gardine, das ist immer 'ne preußische Schule. So wird bei uns die Volksseele für das, was schön ist, großgezogen. Aber es kommt auch was dabei heraus! Mitunter wundert's mich nur, daß sie die Bauten aus der Zeit Friedrich Wilhelms I. nicht besser konservieren. Eigentlich war *das* doch das Ideal. Graue Wand, hundert Löcher drin und unten großes Hauptloch. Und natürlich ein Schilderhaus daneben. Letzteres das wichtigste. Schade, daß so was verlorengeht. Übrigens rettet hier der grüne Staketenzaun das Ganze ... Wie heißt doch der Lehrer?"

„Krippenstapel."

„Richtig, Krippenstapel. Katzler nannte ihn ja während der Sitzung mit einer Art Aplomb. Ich erinnere mich noch, wie mir der Name wohltat, als ich ihn das erste Mal hörte. So heißt nicht jeder. Wie kommen Sie mit dem Manne aus?"

„Sehr gut, Herr Superintendent."

„Freut mich aufrichtig. Aber es muß ein Kunststück sein. Er hat ein Gesicht wie 'ne Eule. Dabei so was Steifleinenes und zugleich Selbstbewußtes. Der richtige Lehrer. Meiner in Quaden-Hennersdorf war ebenso. Aber er läßt nun schon ein bißchen nach."

Unter diesen Worten waren sie bis an die Pfarre gekommen, in der man, ohne daß ein Bote vorausgeschickt worden wäre, doch schon wußte, daß der Herr Superintendent mit erscheinen würde. Nun war er da. Nur wenige Minuten waren seit dem Aufbruch vom Krug her vergangen, die trotz Kürze für Frau Kulicke (eine Lehrerswitwe, die Lorenzen die Wirtschaft führte) ausgereicht hatten, alles in Schick und Ordnung zu bringen. Auf dem länglichen Hausflur, an dessen äußerstem Ende man gleich beim Eintreten die blinkblanke Küche sah, brannten ein paar helle Paraffinkerzen, während rechts daneben, in der offenstehenden Studierstube, eine große Lampe mit grünem Bilderschirm ein gedämpftes Licht gab. Lorenzen schob den Sofatisch, darauf Zeitungen hoch aufgeschichtet lagen, ein wenig zurück und bat Koseleger, Platz zu nehmen. Aber dieser, eben jetzt das große Bild bemerkend, das in beinahe reicher Umrahmung über dem Sofa hing, nahm den ihm angebotenen Platz nicht gleich ein, sondern sagte, sich über den Tisch vorbeugend: „Ah, gratuliere, Lorenzen. Kreuzabnahme; Rubens. Das ist ja ein wunderschöner Stich. Oder eigentlich Aquatinta. Dergleichen wird hier wohl im siebenmeiligen Umkreis nicht oft betroffen werden, nicht einmal in dem etwas heraufgepufften Rheinsberg;

in Rheinsberg war man für Watteausche Reifrockdamen auf einer Schaukel, aber nicht für Kreuzabnahmen und dergleichen. Und stammt auch sicher nicht aus dem sogenannten Schloß Ihres liebenswürdigen alten Herrn drüben, Riesenkate mit Glaskugel davor. Ach, wenn ich diese Glaskugeln sehe. Und daneben *das* hier! Wissen Sie, Lorenzen, das Bild hier ruft mir eine schöne Stunde meines Lebens zurück, einen Reisetag, wo ich mit Großfürstin Wera vom Haag aus in Antwerpen war. Da sah ich das Bild in der Kathedrale. Waren Sie da?"

Lorenzen verneinte.

„Das wäre was für Sie. Dieser Rubens im Original, in seiner Farbenallgewalt. Es heißt immer, daß er nur Flamänderinnen hätte malen können. Nun, das wäre wohl auch noch nicht das schlimmste gewesen. Aber er konnte mehr. Sehen Sie den Christus. Wohl jedem, der draußen war, und zu dem die Welt mal in andern Zungen redete! Hier blüht der Bilderbogen, Türke links, Russe rechts. Ach, Lorenzen, es ist traurig, hier versauern zu müssen."

Als er so gesprochen, ließ er sich, vor sich hinstarrend, in die Sofaecke nieder, ganz wie in andre Zeiten verloren, und sah erst wieder auf, als ein junges Ding ins Zimmer trat, groß und schlank und blond, und dem Pastor verlegen und errötend etwas zuflüsterte.

„Meine gute Frau Kulicke", sagte Lorenzen, „läßt eben fragen, ob wir unsern Imbiß im Nebenzimmer nehmen wollen? Ich möchte beinahe glauben, es ist das beste, wir bleiben hier. Es heißt zwar, ein Eßzimmer müsse kalt sein. Nun, das hätten wir nebenan. Ich persönlich finde jedoch das Temperierte besser. Aber ich bitte, bestimmen zu wollen, Herr Superintendent."

„Temperiert. Mir aus der Seele gesprochen. Also wir bleiben, wo wir sind ... Aber sagen Sie mir, Lorenzen, wer war das entzückende Geschöpf? Wie ein Bild von Knaus. Halb Prinzeß, halb Rotkäppchen. Wie alt ist sie denn?"

„Siebzehn. Eine Nichte meiner guten Frau Kulicke."

„Siebzehn. Ach, Lorenzen, wie Sie zu beneiden sind. Immer solche Menschenblüte zu sehn. Und siebzehn, sagen Sie. Ja, das ist das Eigentliche. Sechzehn hat noch ein bißchen von der Eierschale, noch ein bißchen den Einsegnungscharakter, und achtzehn ist schon wieder alltäglich. Achtzehn kann jeder sein. Aber siebzehn. Ein wunderbarer Mittelzustand. Und wie heißt sie?"

„Elfriede."

„Auch *das* noch."

Lorenzen wiegte den Kopf und lächelte.

„Ja, Sie lächeln, Lorenzen, und wissen nicht, wie gut Sie's haben in dieser Ihrer Waldpfarre. Was ich hier sehe, heimelt mich an, das ganze Dorf, alles. Wenn ich mir da beispielsweise den Tisch wieder vergegenwärtige, dran wir, drüben im Krug, vor einer halben Stunde gesessen haben, an der linken Seite dieser Krippenstapel (er sei wie er sei) und an der rechten Seite dieser Rolf Krake. Das sind ja doch lauter Größen. Denn das Groteske hat eben *auch* seine Größen und nicht die schlechtesten. Und dazu dieser Katzler mit seiner Ermyntrud. All das haben Sie dicht um sich her und dazu dies Kind, diese Elfriede, die hoffentlich nicht Kulicke heißt – sonst bricht freilich mein ganzes Begeisterungsgebäude wieder zusammen. Und nun nehmen Sie *mich*, Ihren Superintendenten, das große Kirchenlicht dieser Gegenden! Alles nackte Prosa, widerhaarige Kollegen und Amtsbrüder, die mir nicht verzeihen können, daß ich im Haag war und mit einer Großfürstin über Land fahren konnte. Glauben Sie mir, Großfürstinnen, selbst wenn sie Mängel haben (und sie haben Mängel), sind mir immer noch lieber als das Landesgewächs von Quaden-Hennersdorf, und mitunter ist mir zumut, als gäbe es keine Weltordnung mehr."

„Aber Herr Superintendent ..."

„Ja, Lorenzen, Sie setzen ein überraschtes Gesicht auf und wundern sich, daß einer, für den die hohe Klerisei so viel getan und ihn zum Superintendenten in der gesegneten Mittelmark und der noch gesegneteren Grafschaft Ruppin gemacht hat – Sie wundern sich, daß solch zehnmal Glücklicher solchen Hochverrat redet. Aber bin ich ein Glücklicher? Ich bin ein Unglücklicher ..."

„Aber Herr Superintendent ..."

„... Und möchte, daß ich eine Hundertundfünfzig-Seelen-Gemeinde hätte, sagen wir auf dem ‚toten Mann' oder in der Tuchler Heide. Sehen Sie, dann wär es vorbei, dann wüßt ich bestimmt: ‚Du bist in den Skat gelegt.' Und das kann unter Umständen ein Trost sein. Die Leute, die Schiffbruch gelitten und nun in einer Isolierzelle sitzen und Tüten kleben oder Wolle zupfen, das sind nicht die Unglücklichsten. Unglücklich sind immer bloß die Halben. Und als einen solchen habe ich die Ehre mich Ihnen vorzustellen. Ich bin ein Halber, vielleicht sogar in *dem*, worauf es ankommt; aber lassen wir das, ich will hier nur vom allgemein Menschlichen sprechen. Und daß ich auch in diesem Menschlichen ein Halber bin, das quält mich. Über das andre käm ich vielleicht weg."

Lorenzens Augen wurden immer größer.

„Sehen Sie, da war ich also – verzeihen Sie, daß ich immer wieder darauf zurückkomme – da war ich also mit siebenundzwanzig im Haag und kam in die vornehme Welt, die da zu Hause ist. Und da war ich denn heute in Amsterdam und morgen in Scheveningen und den dritten Tag in Gent oder in Brügge. Brügge, Reliquienschrein, Hans Memling – *so* was müßten Sie sehn. Was sollen uns diese ewigen Markgrafen oder gar die Faule Grete? Mancher, ich weiß wohl, ist für's härene Gewand oder zum Eremiten geboren. Ich nicht. Ich bin von der andern Seite; meine Seele hängt an Leben und Schönheit. Und nun spricht da draußen all dergleichen zu einem, und man tränkt sich damit und hat einen Ehrgeiz, nicht einen kindischen, sondern einen echten, der höher hinauf will, weil man da wirken und schaffen kann, für sich gewiß, aber auch für andre. Danach dürstet einen. Und nun kommt der Becher, der diesen Durst stillen soll. Und dieser Becher heißt Quaden-Hennersdorf. Das Dorf, das mich umgibt, ist ein großes Bauerndorf, aufgesteifte Leute, geschwollen und hartherzig, und natürlich so trocken und trivial, wie die Leute hier alle sind. Und noch stolz darauf. Ach, Lorenzen, immer wieder, wie beneide ich Sie!"

Während Koseleger noch so sprach, erschien Frau Kulicke. Sie schob die Zeitungen zurück, um zwei Kuverts legen zu können, und nun brachte sie den Rotwein und ein Kabarett mit Brötchen. In dünngeschliffene große Gläser schenkte Lorenzen ein, und die beiden Amtsbrüder stießen an „auf bessere Zeiten". Aber sie dachten sich sehr Verschiedenes dabei, weil sich der eine nur mit sich, der andre nur mit andern beschäftigte.

„Wir könnten, glaub ich", sagte Lorenzen, „neben den ‚besseren Zeiten' noch dies und das leben lassen. Zunächst *Ihr* Wohl, Herr Superintendent. Und zum zweiten auf das Wohl unsers guten alten Stechlin, der uns doch heute zusammengeführt. Ob wir ihn durchbringen? Katzler tat so sicher und Kluckhuhn und Krippenstapel nun schon ganz gewiß. Aber ich habe trotzdem Zweifel. Die Konservativen – ich kann kaum sagen ‚unsre Parteigenossen', oder doch nur in sehr bedingtem Sinne – die Konservativen sind in sich gespalten. Es gibt ihrer viele, denen unser alter Stechlin um ein gut Teil zu flau ist. ‚Fortiter in re, suaviter in modo', hat neulich einer, der sich auf Bildung ausspielt, von dem Alten gesagt, und von ‚suaviter', wenn auch nur

‚in modo', wollen alle diese Herren nichts wissen. Unter diesen Ultras ist natürlich auch Gundermann auf Siebenmühlen, der Ihnen vielleicht bekannt geworden ist ..."

„Versteht sich. War neulich bei mir. Ein Mann von drei Redensarten, von denen die zwei besten aus der Wassermüllersphäre genommen sind."

„Nun, dieser Gundermann, wie immer die Dummen, ist zugleich Intrigant, und während er vorgibt, für unsern guten alten Stechlin zu werben, tropft er den Leuten Gift ins Ohr und erzählt ihnen, daß der Alte senil sei und keinen Schneid habe. Der alte Stechlin hat aber mehr Schneid als sieben Gundermanns. Gundermann ist ein Bourgeois und ein Parvenu, also so ziemlich das Schlechteste, was einer sein kann. Ich bin schon zufrieden, wenn dieser Jämmerling unterliegt. Aber um den Alten bin ich besorgt. Ich kann nur wiederholen: es liegt nicht so günstig für ihn, wie die Gegend hier sich einbildet. Denn auf das arme Volk ist kein Verlaß. Ein Versprechen und ein Kornus, und alles schnappt ab."

„Ich werde das Meine tun", sagte Koseleger mit einer Mischung von Pathos und Wohlwollen. Aber Lorenzen hatte dabei den Eindruck, daß sein Quaden-Hennersdorfer Superintendent bereits ganz andern Bildern nachhing. Und so war es auch. Was war für Koseleger diese traurige Gegenwart? Ihn beschäftigte nur die Zukunft, und wenn er in die hineinsah, so sah er einen langen, langen Korridor mit Oberlicht und am Ausgang ein Klingelschild mit der Aufschrift: „Dr. Koseleger, Generalsuperintendent."

So ziemlich um dieselbe Stunde, wo die beiden Amtsbrüder „auf bessere Zeiten" anstießen, hielt Katzlers Pürschwagen – die Sterne blinkten schon – vor seiner Oberförsterei. Das Blaffen der Hunde, das, solange der Wagen noch weitab war, unausgesetzt über die Waldwiese hingeklungen war, verkehrte sich mit einemmal in winseliges Geheul und wunderliche Freudentöne. Katzler sprang aus dem Wagen, hing den Hut an einen im Flur stehenden Ständer (von den ewigen „Geweihen" wollte er als feiner Mann nichts wissen) und trat gleich danach in das an der linken Flurseite gelegene, matt erleuchtete Wohnzimmer seiner Frau. Das gedämpfte Licht ließ sie noch blasser erscheinen, als sie war. Sie hatte sich, als der Wagen hielt, von ihrem Sofaplatz erhoben und kam ihrem Manne, wie sie regelmäßig zu tun pflegte, wenn er aus dem Walde zurückkam, zu freundlicher Begrüßung entgegen. Ein als Weihnachtsgeschenk für eine jüngere Schwester bestimmtes Batisttuch, in das sie eben die letzte Zacke der Ippe-Büchsensteinschen Krone hineinstickte, hatte sie, bevor sie sich vom Sofa erhob, aus der Hand gelegt. Sie war nicht schön, dazu von einem lymphatisch-sentimentalen Ausdruck, aber ihre stattliche Haltung und mehr noch die Art, wie sie sich kleidete, ließen sie doch als etwas durchaus Apartes und beinahe Fremdländisches erscheinen. Sie trug, nach Art eines Morgenrockes, ein glatt herabhängendes, leis gelbgetöntes Wollkleid und als Eigentümlichstes einen aus demselben gelblichen Wollstoff hergestellten Kopfputz, von dem es unsicher blieb, ob er einen Turban oder eine Krone darstellen sollte. Das Ganze hatte etwas Gewolltes, war aber neben dem Auffälligen doch auch wieder kleidsam. Es sprach sich ein Talent darin aus, etwas aus sich zu machen.

„Wie glücklich bin ich, daß du wieder da bist“, sagte Ermyntrud. „Ich habe mich recht gebangt, diesmal nicht um dich, sondern um mich. Ich muß dies egoistischerweise gestehen. Es waren recht schwere Stunden für mich, die ganze Zeit, daß du fort warst.“

Er küßte ihr die Hand und führte sie wieder auf ihren Platz zurück. „Du darfst nicht stehen, Ermyntrud. Und nun bist du auch wieder bei der Stickerei. Das strengt dich an und hat, wie du weißt, auf *alles* Einfluß. Der gute Doktor sagte noch gestern, alles sei im Zusammenhang. Ich seh auch, wie blaß du bist.“

„Oh, das macht der Schirm.“

„Du willst es nicht wahrhaben und mir nichts sagen, was vielleicht wie Vorwurf klingen könnte. Ich mache mir aber den Vorwurf selbst. Ich mußte hierbleiben und nicht hin zu dieser Stechliner Wahlversammlung.“

„Du *mußtest* hin, Wladimir.“

„Ich rechne es dir hoch an, Ermyntrud, daß du so sprichst. Aber es wäre schließlich auch ohne mich gegangen. Koseleger war da, der konnte das Präsidium nehmen so gut wie ich. Und wenn der nicht wollte, so konnte Torfinspektor Etzelius einspringen. Oder vielleicht auch Krippenstapel. Krippenstapel ist doch zuletzt der, der alles macht. Jedenfalls liegt es so, wenn es der eine nicht ist, ist es der andre.“

„Ich kann das zugeben. Wie könnte sonst die Welt bestehen? Es gibt nichts, was uns so Demut predigte wie die Wahrnehmung von der Entbehrlichkeit des einzelnen. Aber darauf kommt es nicht an. Worauf es ankommt, das ist Erfüllung unsrer Pflicht."

Katzler, als er dies Wort hörte, sah sich nach einem Etwas um, das ihn in den Stand gesetzt hätte, dem Gespräch eine andere Wendung zu geben. Aber, wie stets in solchen Momenten, das, was retten konnte, war nicht zu finden, und so sah er denn wohl, daß er einem Vortrage der Prinzessin über ihr Lieblingsthema „von der Pflicht" verfallen sei. Dabei war er eigentlich hungrig.

Ermyntrud wies auf ein Taburett, das sie mittlerweile neben ihren Sofaplatz geschoben, und sagte: „Daß ich immer wieder davon sprechen muß, Wladimir. Wir leben eben nicht in der Welt um unsert-, sondern um andrer willen. Ich will nicht sagen um der Menschheit willen, was eitel klingt, wiewohl es eigentlich wohl so sein sollte. Was uns obliegt, ist nicht die Lust des Lebens, auch nicht einmal die Liebe, die wirkliche, sondern lediglich die Pflicht . . ."

„Gewiß, Ermyntrud. Wir sind einig darüber. Es ist dies außerdem auch etwas speziell Preußisches. Wir sind dadurch vor andern Nationen ausgezeichnet, und selbst bei denen, die uns nicht begreifen oder übelwollen, dämmert die Vorstellung von unsrer daraus entspringenden Überlegenheit. Aber es gibt doch Unterschiede, Grade. Wenn ich statt zu der Stechliner Wählerversammlung lieber zu Doktor Sponholz oder zur alten Stinten in Kloster Wutz (die ja schon früher einmal dabei war) gefahren wäre, so wäre das doch vielleicht das bessere gewesen. Es ist ein Glück, daß es noch mal so vorübergegangen. Aber darauf darf man nicht in jedem Falle rechnen."

„Nein, darauf darf man nicht in jedem Falle rechnen. Aber man darf darauf rechnen, daß, wenn man das Pflichtgemäße tut, man zugleich auch das Rechte tut. Es hängt so viel an der Wahl unsers alten trefflichen Stechlin. Er steht außerdem sittlich höher als Kortschädel, dem man, trotz seiner siebzig, allerhand nachsagen durfte. Stechlin ist ganz intakt. Etwas sehr Seltenes. Und einem sittlichen Prinzip zum Siege zu verhelfen, dafür leben wir doch recht eigentlich. Dafür lebe wenigstens *ich*."

„Gewiß, Ermyntrud, gewiß."

„In jedem Augenblicke seiner Obliegenheiten eingedenk sein, ohne erst bei Neigung oder Stimmung anzufragen, *das* hab ich mir in feierlicher Stunde gelobt, du weißt, in welcher, und du wirst mir das Zeugnis ausstellen, daß ich diesem Gelöbnis nachgekommen . . ."

„Gewiß, Ermyntrud, gewiß. Es war unser Fundament ...“

„Und wenn es sich um eine sittliche Pflicht handelt, wie doch heute ganz offenbar, wie hätt ich da sagen wollen: bleibe. Ich wäre mir klein vorgekommen, klein und untreu.“

„Nicht untreu, Ermyntrud.“

„Doch, doch. Es gibt viele Formen der Untreue. Das Persönliche hat sich der Familie zu bequemen und unterzuordnen und die Familie wieder der Gesellschaft. In diesem Sinne bin ich erzogen, und in diesem Sinne tat ich den Schritt. Verlange nicht, daß ich in irgend etwas diesen Schritt zurücktue.“

„Nie.“

Das kleine Dienstmädchen, eine Heideläufertochter, deren storres Haar, von keiner Bürste gezähmt, immer weit abstand, erschien in diesem Augenblicke, meldend, daß sie das Teezeug gebracht habe.

Katzler nahm seiner Frau Arm, um sie bis in das zweite, nach dem Hof hinaus gelegene Zimmer zu führen. Als er aber wahrnahm, wie schwer ihr das Gehen wurde, sagte er: „Ich freue mich, dich so sprechen zu hören. Immer du selbst. Ich bin aber doch in Unruhe und will morgen früh zur Frau schicken.“

Sie nickte zustimmend, während ein halb zärtlicher Blick den guten Katzler streifte, der, solange das ihm nur zu wohlbekannte Gespräch über Pflicht gedauert hatte, von Minute zu Minute verlegener geworden war.

Neunzehntes Kapitel

Und nun war Wahltagmorgen. Kurz vor acht erschien Lorenzen auf dem Schloß, um in Dubslavs schon auf der Rampe haltenden Kaleschewagen einzusteigen und mit nach Rheinsberg zu fahren. Der Alte, bereits gestiefelt und gespornt, empfing ihn mit gewohnter Herzlichkeit und guter Laune. „Das ist recht, Lorenzen. Und nun wollen wir auch gleich aufsteigen. Aber warum haben Sie mich nicht an Ihrem Pfarrgarten erwartet? Muß ja doch dran vorüber“ – und dabei schob er ihm voll Sorglichkeit eine Decke zu, während die Pferde schon anrückten. „Übrigens freut es mich trotzdem (man widerspricht sich immer), daß Sie nicht so praktisch gewesen und doch lieber gekommen sind. Es is 'ne Politesse. Und die Menschen sind jetzt so schrecklich unpoliert und geradezu unmanierlich... Aber lassen wir's; ich kann es nicht ändern, und es grämt mich auch nicht.“

„Weil Sie gütig sind und jene Heiterkeit haben, die, menschlich angesehn, so ziemlich unser Bestes ist.“

Dubslav lachte. „Ja, soviel ist richtig; Kopfhängerei war nie meine Sache, und wäre das verdammte Geld nicht ... Hören Sie, Lorenzen, das mit dem Mammon und dem goldnen Kalb, das sind doch eigentlich alles sehr feine Sachen.“

„Gewiß, Herr von Stechlin.“

„... Und wäre das verdammte Geld nicht, so hätt ich den Kopf noch weniger hängen lassen, als ich getan. Aber das Geld. Da war, noch unter Friedrich Wilhelm III., der alte General von der Marwitz auf Friedersdorf, von dem Sie gewiß mal gehört haben, der hat in seinen Memoiren irgendwo gesagt: er hätte sich aus dem Dienst gern schon früher zurückgezogen und sei bloß geblieben um des Schlechtesten willen, was es überhaupt gäbe, um des Geldes willen – und das hat damals, als ich es las, einen großen Eindruck auf mich gemacht. Denn es gehört was dazu, das so ruhig auszusprechen. Die Menschen sind in allen Stücken so verlogen und unehrlich, auch in Geldsachen, fast noch mehr als in Tugend. Und das will was sagen. Ja, Lorenzen, so ist es ... Na, lassen wir's, Sie wissen ja auch Bescheid. Und dann sind das schließlich auch keine Betrachtungen für heute, wo ich gewählt werden und den Triumphator spielen soll. Übrigens geh ich einem totalen Kladderadatsch entgegen. Ich werde nicht gewählt.“

Lorenzen wurde verlegen, denn was Dubslav da zuletzt sagte, das stimmte nur zu sehr mit seiner eignen Meinung. Aber er mußte wohl oder übel, so schwer es ihm wurde, das Gegenteil versichern. „Ihre Wahl, Herr von Stechlin, steht, glaub ich, fest; in unsrer Gegend wenigstens. Die Globsower und Dagower gehen mit gutem Beispiel voran. Lauter gute Leute.“

„Vielleicht. Aber schlechte Musikanten. Alle Menschen sind Wetterfahnen, ein bißchen mehr, ein bißchen weniger. Und wir selber machen's auch so. Schwapp, sind wir auf der andern Seite.“

„Ja, schwach ist jeder, und ich mag mich auch nicht für all und jeden verbürgen. Aber in diesem speziellen Falle ... Selbst Koseleger schien mir voll Zuversicht und Vertrauen, als er am Donnerstag noch mit mir plauderte.“

„Koseleger voll Vertrauen! Na, dann geht es gewiß in die Brüche. Wo Koseleger amen sagt, das ist schon so gut wie Letzte Ölung. Er hat keine glückliche Hand, dieser Ihr Amtsbruder und Vorgesetzter.“

„Ich teile leider einigermaßen Ihre Bedenken gegen ihn. Aber was vielleicht mit ihm versöhnen kann, er hat angenehme Formen und durchaus etwas Verbindliches."

„Das hat er. Und doch, sosehr ich sonst für Formen und Verbindlichkeiten bin, nicht für seine. Man soll einem Menschen nicht seinen Namen vorhalten. Aber Koseleger! Ich weiß immer nicht, ob er mehr Kose oder mehr Leger ist; vielleicht beides gleich. Er ist wie 'ne Baisertorte, süß, aber ungesund. Nein, Lorenzen, da bin ich doch mehr für Sie. Sie taugen auch nicht viel, aber Sie sind doch wenigstens ehrlich."

„Vielleicht", sagte Lorenzen. „Übrigens hat Koseleger inmitten seiner Verbindlichkeiten und schönen Worte doch auch wieder was Freies, beinah Gewagtes und ist mir da neulich mit Bekenntnissen gekommen, fast wie ein Charakter."

Dubslav lachte hell auf. „Charakter. Aber Lorenzen. Wie können Sie sich so hinters Licht führen lassen. Ich verwette mich, er hat Ihnen irgendwas über Ihre ‚Gaben' gesagt; das ist jetzt so Lieblingswort, das die Pastoren immer gegenseitig brauchen. Es soll bescheiden und unpersönlich klingen und sozusagen alles auf Inspiration zurückführen, für die man ja, wie für alles, was von oben kommt, am Ende nicht kann. Es ist aber gerade dadurch das Hochmütigste ... War es so was? Hat er meinen klugen Lorenzen, eh er sich als ‚Charakter' ausspielte, durch solche Schmeicheleien eingefangen?"

„Es war nicht so, Herr von Stechlin. Sie tun ihm hier ausnahmsweise Unrecht. Er sprach überhaupt nicht über mich, sondern über sich und machte mir dabei seine Konfessions. Er gestand mir beispielsweise, daß er sich unglücklich fühle."

„Warum?"

„Weil er in Quaden-Hennersdorf deplaciert sei."

„Deplaciert. Das ist auch solch Wort; das kenn ich. Wenn man durchaus will, ist jeder deplaciert, ich, Sie, Krippenstapel, Engelke. Ich müßte Präses von einem Stammtisch oder vielleicht auch ein Badedirektor sein, Sie Missionar am Kongo, Krippenstapel Kustos an einem märkischen Museum, und Engelke, nun der müßte gleich selbst hinein, Nummer hundertdreizehn. Deplaciert! Alles bloß Eitelkeit und Größenwahn. Und dieser Koseleger mit dem Konsistorialratskinn! Er war Galopin bei 'ner Großfürstin; das kann er nicht vergessen, damit will er's nun zwingen, und in seinem Ärger und Unmut spielt er sich auf den Charakter aus und versteigt sich, wie Sie sagen, bis zu Konfessions und Gewagtheiten. Und wenn er nun reüssierte (Gott verhüt es), so haben Sie den Scheiterhaufenmann comme il faut. Und der erste, der rauf muß, das sind Sie. Denn er wird sofort das Bedürfnis spüren, seine Gewagtheiten von heute durch irgendein Brandopfer wieder wettzumachen."

Unter diesem Gespräche waren sie schließlich aus dem Walde heraus und näherten sich einem beinah meilenlangen und bis an den Horizont sich ausdehnenden Stück Bruchland, über das mehrere mit Kropfweiden und Silberpappeln besetzte Wege strahlenförmig auf Rheinsberg zuliefen. Alle diese Wege waren belebt, meist mit Fußgängern, aber auch mit Fuhrwerken. Eins davon, aus gelblichem Holz, das hell in der Sonne blinkte, war leicht zu erkennen.

„Da fährt ja Katzler", sagte Dubslav. „Überrascht mich beinah. Es ist nämlich, was Sie vielleicht noch nicht wissen werden, wieder was einpassiert; er schickte mir heute früh einen Boten mit der Nachricht davon, und daraus schloß ich, er würde *nicht* zur Wahl kommen. Aber Ermyntrud mit ihrer grandiosen Pflichtvorstellung wird ihn wohl wieder fortgeschickt haben."

„Ist es wieder ein Mädchen?" fragte Lorenzen.

„Natürlich, und zwar das siebente. Bei sieben (freilich müssen es Jungens sein) darf man, glaub ich, den Kaiser zu Gevatter laden. Übrigens sind mehrere bereits tot, und alles in allem ist es wohl möglich, daß sich Ermyntrud über das beständige ‚bloß Mädchen' allerlei Sorgen und Gedanken macht."

Lorenzen nickte. „Kann mir's denken, daß die Prinzessin etwas wie eine zu leistende Sühne darin sieht, Sühne wegen des von ihr getanen Schrittes. Alles an ihr ist ein wenig überspannt. Und doch ist es eine sehr liebenswürdige Dame."

„Wovon niemand überzeugter ist als ich", sagte Dubslav. „Freilich bin ich bestochen, denn sie sagt mir immer das Schmeichelhafteste. Sie plaudre so gern mit mir, was auch am Ende wohl zutrifft. Und dabei wird sie dann jedesmal ganz ausgelassen, trotzdem sie eigentlich hochgradig sentimental ist. Sentimental, was nicht überraschen darf; denn aus Sentimentalität ist doch schließlich die ganze Katzlerei hervorgegangen. Bin übrigens ernstlich in Sorge, wo Hoheit den richtigen Taufnamen für das Jüngstgeborene hernehmen wird. In diesem Stücke, vielleicht dem einzigen, ist sie nämlich noch ganz und gar Prinzessin geblieben. Und Sie, lieber Lorenzen, werden dabei sicherlich mit zu Rate gezogen werden."

„Was ich mir nicht schwierig denken kann."

„Sagen Sie das nicht. Es gibt in diesem Falle viel weniger

Brauchbares, als Sie sich vorzustellen scheinen. Prinzessinnennamen an und für sich, ohne weitere Zutat, ja, die gibt es genug. Aber damit ist Ermyntrud nicht zufrieden; sie verlangt ihrer Natur nach zu dem Dynastisch-Genealogischen auch noch etwas poetisch Märchenhaftes. Und das kompliziert die Sache ganz erheblich. Sie können das sehen, wenn Sie die Katzlersche Kinderstube durchmustern oder sich die Namen der bisher Getauften ins Gedächtnis zurückrufen. Die Katzlersche Kronprinzeß heißt natürlich auch Ermyntrud. Und dann kommen ebenso selbstverständlich Dagmar und Thyra. Und danach begegnen wir einer Inez und einer Maud und zuletzt einer Arabella. Aber bei Arabella können Sie schon deutlich eine gewisse Verlegenheit wahrnehmen. Ich würde ihr, wenn sie sich wegen des Jüngstgeborenen an mich wendete, was Altjüdisches vorschlagen; das ist schließlich immer das beste. Was meinen Sie zu Rebekka?"

Lorenzen kam nicht mehr dazu, Dubslav diese Frage zu beantworten, denn eben jetzt waren sie durch das Stück Bruchland hindurch und rasselten bereits über einen ein weiteres Gespräch unmöglich machenden Steindamm weg, scharf auf Rheinsberg zu.

Dubslav war in ausgezeichneter Laune. Das prachtvolle Herbstwetter, dazu das bunte Leben, alles hatte seine Stimmung gehoben, am meisten aber, daß er unterwegs und beim Passieren der Hauptstraße bereits Gelegenheit gehabt hatte, verschiedene gute Freunde zu begrüßen. Von der Kirche her schlug es zehn, als er vor dem als Wahllokal etablierten Gasthause „Zum Prinzregenten" hielt, in dessen Front denn auch bereits etliche mehr oder weniger verwogen aussehende Wahlmänner standen, alle bemüht, ihre Zettel an mutmaßliche Parteigenossen auszuteilen.

Drinnen im Saal war der Wahlakt schon im Gange. Hinter der Urne präsidierte der alte Herr von Zühlen, ein guter Siebziger, der die groteskesten Feudalansichten mit ebenso grotesker Bonhomie zu verbinden wußte, was ihm, auch bei seinen politischen Gegnern, eine große Beliebtheit sicherte. Neben ihm, links und rechts, saßen Herr von Storbeck und Herr van dem Peerenboom, letzterer ein Holländer aus der Gegend von Delft, der vor wenig Jahren erst ein großes Gut im Ruppiner Kreise gekauft und sich seitdem zum Preußen und, was noch mehr sagen wollte, zum „Grafschaftler" herangebildet hatte. Man sah ihn aus allen möglichen Gründen – auch schon um seines „van" willen – nicht ganz für voll an, ließ aber nichts davon merken, weil er der, bei den meisten Grafschaftlern stark ins Gewicht fallenden Haupteigenschaft eines vor soundsoviel Jahren in Batavia geborenen holländisch-javanischen Kaffeehändlers nicht entbehrte. Seines Nachbarn von Storbeck Lebensgeschichte war durchschnittsmäßiger. Unter denen, die sonst noch am Komiteetisch saßen, befand sich auch Katzler, den Ermyntrud (wie Dubslav ganz richtig vermutet) mit der Bemerkung, „daß im modernen bürgerlichen Staate Wählen so gut wie Kämpfen sei", von ihrem Wochenbette fortgeschickt hatte. „Das Kind wird inzwischen mein Engel sein, und das Gefühl erfüllter Pflicht soll mich bei Kraft erhalten." Auch Gundermann, der immer mit dabeisein mußte, saß am Komiteetisch. Sein Benehmen hatte was Aufgeregtes, weil er – wie Lorenzen bereits angedeutet – wirklich im geheimen gegen Dubslav intrigiert hatte. Daß er selber unterliegen würde, war klar und beschäftigte ihn kaum noch, aber ihn erfüllte die Sorge, daß sein voraufgegangenes doppeltes Spiel vielleicht an den Tag kommen könne.

Dubslav wollte die Sache gern hinter sich haben. Er trat deshalb, nachdem er sich draußen mit einigen Bekannten begrüßt und an jeden einzelnen ein paar Worte gerichtet hatte, vom Vorplatz her in das Wahllokal ein, um da so rasch wie möglich seinen Zettel in die Urne zu tun. Es traf ihn bei dieser Prozedur der Blick des alten Zühlen, der ihm in einer Mischung von Feierlichkeit und Ulk sagen zu wollen schien: „Ja, Stechlin, das hilft nu mal nicht; man muß die Komödie mit durchmachen." Dubslav kam übrigens kaum dazu, von diesem Blicke Notiz zu nehmen, weil er Katzlers gewahr wurde, dem er sofort entgegentrat, um ihm durch einen Händedruck zu dem siebenten Töchterchen zu gratulieren. An Gundermann ging der Alte ohne Notiznahme vorüber. Dies war aber nur Zufall; er wußte nichts von den Zweideutigkeiten des Siebenmühlners, und nur dieser selbst, weil er ein schlechtes Gewissen hatte, wurde verlegen und empfand des Alten Haltung wie eine Absage.

Als Dubslav wieder draußen war, war natürlich die große Frage: „Ja, was jetzt tun?" Es ging erst auf elf, und vor sechs war die Geschichte nicht vorbei, wenn sich's nicht noch länger hinzog. Er sprach dies auch einer Anzahl von Herren aus, die sich auf einer vor dem Gasthause stehenden Bank niedergelassen und hier dem Likörkasten des „Prinzregenten", der sonst immer erst nach dem Diner auftauchte, vorgreifend zugesprochen hatten.

Es waren ihrer fünf, lauter Kreis- und Parteigenossen, aber nicht eigentlich Freunde, denn der alte Dubslav war nicht sehr für Freundschaften. Er sah zu sehr, was jedem einzelnen fehlte. Die da saßen und aus purer Langerweile sich über die Vorzüge von Allasch und Chartreuse stritten, waren die Herren von Molchow, von Krangen und von Gnewkow, dazu Baron Beetz und ein Freiherr von der Nonne, den die Natur mit besonderer Rücksicht auf seinen Namen geformt zu haben schien. Er trug eine hohe schwarze Krawatte, drauf ein kleiner vermickerter Kopf saß, und wenn er sprach, war es, wie wenn Mäuse pfeifen. Er war die komische Figur des Kreises und wurde gehänselt, nahm es aber nicht übel, weil seine Mutter eine schlesische Gräfin auf „inski" war, was ihm in seinen Augen ein solches Übergewicht sicherte, daß er, wie Friedrich der Große, jeden Augenblick bereit war, „die sich etwa einstellenden Pasquille niedriger hängen zu lassen".

„Ich denke, meine Herren", sagte Dubslav, „wir gehen in den Park. Da hat man doch immer was. An der einen Stelle ruht das Herz des Prinzen, und an der andern Stelle ruht er selbst und hat sogar eine Pyramide zu Häupten, wie wenn er Sesostris gewesen wäre. Ich würde gern einen andern nennen, aber ich kenne bloß den."

„Natürlich gehen wir in den Park", sagte von Gnewkow. „Und es ist schließlich immer noch ein Glück, daß man so was hat ..."

„Und auch ein Glück", ergänzte von Molchow, „daß man solchen Wahltag wie heute hat, der einen ordentlich zwingt, sich mal um Historisches und Bildungsmäßiges zu kümmern. Bismarcken is es auch mal so gegangen, noch dazu mit 'ner reichen Amerikanerin, und hat auch gleich (das heißt eigentlich lange nachher) das rechte Wort dafür gefunden."

„Der hat immer das rechte Wort gefunden."

„Immer. Aber weiter, Molchow."

„... Und als nun also die reiche Amerikanerin so runde vierzig Jahr später ihn wiedersah und sich bei ihm bedanken wollte von wegen des Bildermuseums, in das er sie halb aus Verlegenheit und halb aus Ritterlichkeit begleitet und ihr mutmaßlich alle Bilder falsch erklärt hatte, da hat er all diesen Dank abgewiesen und ihr – ich seh und hör ihn ordentlich – in aller Fidelität gesagt, sie habe nicht ihm, sondern er habe ihr zu danken, denn wenn jener Tag nicht gewesen wäre, so hätt er das ganze Bildermuseum höchstwahrscheinlich nie zu sehen gekriegt. Ja, Glück hat er immer gehabt. Im großen und im kleinen. Es fehlt bloß noch, daß er hinterher auch noch Generaldirektor der königlichen Museen geworden wäre, was er schließlich doch auch noch gekonnt hätte. Denn eigentlich konnt er alles und ist auch beinah alles gewesen."

„Ja", nahm Gnewkow, der aus Langeweile viel gereist war, seinen Urgedanken, daß solcher Park eigentlich ein Glück sei, wieder auf. „Ich finde, was Molchow da gesagt hat, ganz richtig; es kommt drauf an, daß man reingezwungen wird, sonst weiß man überhaupt gar nichts. Wenn ich so bloß an Italien zurückdenke. Sehen Sie, da läuft man nu so rum, was einen doch am Ende strapaziert, und dabei dieser ewige pralle Sonnenschein. Ein paar Stunden geht es; aber wenn man nu schon zweimal Kaffee getrunken und Granito gegessen hat, und es ist noch nicht mal Mittag, ja, ich bitte Sie, was hat man da? Was fängt man da an? Gradezu schrecklich. Und da kann ich Ihnen bloß sagen, da bin ich ein kirchlicher Mensch geworden. Und wenn man dann so von der Seite her still eintritt und hat mit einem Male die Kühle um sich rum, ja, da will man gar nicht wieder raus und sieht sich so seine funfzig Bilder an, man weiß nicht, wie. Is doch immer noch besser als draußen. Und die Zeit vergeht, und die Stunde, wo man was Reguläres kriegt, läppert sich so heran."

„Ich glaube doch", sagte der für kirchliche Kunst schwärmende Baron Beetz, „unser Freund Gnewkow unterschätzt die Wirkung, die, vielleicht gegen seinen Willen, die Quattrocentisten auf ihn gemacht haben. Er hat ihre Macht an sich selbst empfunden, aber er will es nicht wahrhaben, daß die Frische von ihnen ausgegangen sei. Jeder, der was davon versteht ..."

„Ja, Baron, das is es eben. Wer was davon versteht! Aber wer versteht was davon? Ich jedenfalls nicht."

Unter diesen Worten war man, vom „Prinzregenten" aus, die Hauptstraße hinuntergeschritten und über eine kleine Brücke fort erst in den Schloßhof und dann in den Park eingetreten. Der See plätscherte leis. Kähne lagen da, mehrere an einem Steg, der von dem Kiesufer her in den See hineinlief. Ein paar der Herren, unter ihnen auch Dubslav, schritten die ziemlich wacklige Bretterlage hinunter und blickten, als sie bis ans Ende gekommen waren, wieder auf die beiden Schloßflügel und ihre kurz abgestumpften Türme zurück. Der Turm rechts war der, wo Kronprinz Fritz sein Arbeitszimmer gehabt hatte.

„Dort hat er gewohnt", sagte von der Nonne. „Wie begrenzt

ist doch unser Können. Mir weckt der Anblick solcher friderizianischen Stätten immer ein Schmerzgefühl über das Unzulängliche des Menschlichen überhaupt, freilich auch wieder ein Hochgefühl, daß wir dieser Unzulänglichkeit und Schwäche Herr werden können. Tod, wo ist dein Stachel, Hölle, wo ist dein Sieg? Dieser König. Er war ein großer Geist, gewiß; aber doch auch ein verirrter Geist. Und je patriotischer wir fühlen, je schmerzlicher berührt uns die Frage nach dem Heil seiner Seele. Die Seelenmessen – das empfind ich in solchem Augenblicke – sind doch eine wirklich trostspendende Seite des Katholizismus, und daß es (selbstverständlich unter Gewähr eines höchsten Willens) in die Macht Überlebender gelegt ist, eine Seele frei zu beten, das ist und bleibt eine große Sache."

„Nonne", sagte Molchow, „machen Sie sich nicht komisch. Was haben Sie für 'ne Vorstellung vom lieben Gott? Wenn Sie kommen und den alten Fritz freibeten wollen, werden Sie rausgeschmissen."

Baron Beetz – auch ein Anzweifler des Philosophen von Sanssouci – wollte seinem Freunde Nonne zu Hilfe kommen und erwog einen Augenblick ernstlich, ob er nicht seinen in der ganzen Grafschaft längst bekannten Vortrag über die „schiefe Ebene" oder „c'est le premier pas qui coute" noch einmal zum besten geben solle. Klugerweise jedoch ließ er es wieder fallen und war einverstanden, als Dubslav sagte: „Meine Herren, ich meinerseits schlage vor, daß wir unsern Auslug von dem Wakkelstege, drauf wir hier stehen (jeden Augenblick kann einer von uns ins Wasser fallen), endlich aufgeben und uns lieber in einem der hier herumliegenden Kähne über den See setzen lassen. Unterwegs, wenn noch welche da sind, können wir Teichrosen pflücken und drüben am andern Ufer den großen Prinz-Heinrich-Obelisken mit seinen französischen Inschriften durchstudieren. Solche Rekapitulation stärkt einen immer historisch und patriotisch, und unser Etappenfranzösisch kommt auch wieder zu Kräften."

Alle waren einverstanden, selbst Nonne.

Gegen vier war man von dem Ausfluge zurück und hielt wieder vor dem „Prinzregenten", auf einem mit alten Bäumen besetzten Platz, der wegen seiner Dreiecksform schon von alter Zeit her den Namen „Triangelplatz" führte. Die Wahlresultate lagen noch keineswegs sicher vor; es ließ sich aber schon ziemlich deutlich erkennen, daß viele Fortschrittlerstimmen auf den sozialdemokratischen Kandidaten, Feilenhauer Torgelow, übergehen würden, der, trotzdem er nicht persönlich zugegen war, die kleinen Leute hinter sich hatte. Hunderte seiner Parteigenossen standen in Gruppen auf dem Triangelplatz umher und unterhielten sich lachend über die Wahlreden, die während der letzten Tage teils in Rheinsberg und Wutz, teils auf dem platten Lande von Rednern der gegnerischen Parteien gehalten worden waren. Einer der mit unter den Bäumen Stehenden, ein Intimus Torgelows, war der Drechslergeselle Söderkopp, der sich schon lediglich in seiner Eigenschaft als Drechslergeselle eines großen Ansehns erfreute. Jeder dachte: der kann auch noch mal Bebel werden. „Warum nicht? Bebel is alt, und dann haben wir den." Aber Söderkopp verstand es auch wirklich, die Leute zu pakken. Am schärfsten ging er gegen Gundermann vor. „Ja, dieser Gundermann, den kenn ich. Brettschneider und Börsenfilou; jeder Groschen is zusammengejobbert. Sieben Mühlen hat er, aber bloß zwei Redensarten, und der Fortschritt ist abwechselnd die ‚Vorfrucht' und dann wieder der ‚Vater' der Sozialdemokratie. Vielleicht stammen wir auch noch von Gundermann ab. So einer bringt alles fertig."

Uncke, während Söderkopp so sprach, war von Baum zu Baum immer näher gerückt und machte seine Notizen. In weiterer Entfernung stand Pyterke, schmunzelnd und sichtlich verwundert, was Uncke wieder alles aufzuschreiben habe.

Pyterkes Verwunderung über das „Aufschreiben" war nur zu berechtigt, aber sie wär es um ein gut Teil weniger gewesen, wenn sich Unckes aufhorchender Diensteifer statt dem Sozialdemokraten Söderkopp lieber dem Gespräch einer nebenstehenden Gruppe zugewandt hätte. Hier plauderten nämlich mehrere „Staatserhaltende" von dem mutmaßlichen Ausgange der Wahl und daß es mit dem Siege des alten Stechlin von Minute zu Minute schlechter stünde. Besonders die Rheinsberger schienen den Ausschlag zu seinen Ungunsten geben zu sollen.

„Hole der Teufel das ganze Rheinsberg!" verschwor sich ein alter Herr von Kraatz, dessen roter Kopf, während er so sprach, immer röter wurde. „Dies elende Nest! Wir bringen ihn wahr und wahrhaftig nicht durch, unsern guten alten Stechlin. Und was das sagen will, das wissen wir. Wer gegen *uns* stimmt, stimmt auch gegen den König. Das ist all eins. Das ist das, was man jetzt solidarisch nennt."

„Ja, Kraatz", nahm Molchow, an den sich diese Rede vorzugsweise gerichtet hatte, das Wort, „nennen Sie's, wie Sie wollen, solidarisch oder nicht; das eine sagt nichts, und das andre sagt auch nichts. Aber mit Ihrem Wort über Rheinsberg, da haben Sie's freilich getroffen. Aufmuckung war hier immer zu Hause, von Anfang an. Erst frondierte Fritz gegen seinen Vater, dann frondierte Heinrich gegen seinen Bruder, und zuletzt frondierte August, unser alter forscher Prinz August, den manche von uns ja noch gut gekannt haben, ich sage: frondierte unser alter August gegen die Moral. Und das war natürlich das schlimmste." (Zustimmung und Heiterheit.) „Und bestraft sich zuletzt auch immer. Denn wissen Sie denn, meine Herren, wie's mit Augusten schließlich ging, als er durchaus in den Himmel wollte?"

„Nein. Wie war es denn, Molchow?"

„Ja, er mußte da wohl 'ne halbe Stunde warten, und als er nu mit 'nem Anschnauzer gegen Petrus rausfahren wollte, da sagte ihm der Fels der Kirche: ‚Königliche Hoheit, halten zu Gnaden, aber es ging nicht anders.' Und warum nicht? Er hatte die elftausend Jungfrauen erst in Sicherheit bringen müssen."

„Stimmt, stimmt", sagte Kraatz. „So war der Alte. Der reine Deubelskerl. Aber schneidig. Und ein richtiger Prinz. Und dann, meine Herren – ja, du mein Gott, wenn man nu mal Prinz is, irgendwas muß man doch von der Sache haben ... Und so viel weiß ich, wenn *ich* Prinz wäre ..."

Zwanzigstes Kapitel

Um sechs stand das Wahlresultat so gut wie fest; einige Meldungen fehlten noch, aber das war aus Ortschaften, die mit ihren paar Stimmen nichts mehr ändern konnten. Es lag zutage, daß die Sozialdemokraten einen beinahe glänzenden Sieg davongetragen hatten; der alte Stechlin stand weit zurück, Fortschrittler Katzenstein aus Gransee noch weiter. Im ganzen aber ließen beide besiegte Parteien dies ruhig über sich ergehen; bei den Freisinnigen war wenig, bei den Konservativen gar nichts von Verstimmung zu merken. Dubslav nahm es ganz von der heiteren Seite, seine Parteigenossen noch mehr, von denen eigentlich ein jeder dachte: „Siegen ist gut, aber zu Tische gehen ist noch besser." Und in der Tat, gegessen mußte werden. Alles sehnte sich danach, bei Forellen und einem guten Chablis die langweilige Prozedur zu vergessen. Und war man erst mit den Forellen fertig, und dämmerte der Rehrücken am Horizont herauf, so war auch der Sekt in Sicht. Im „Prinzregenten" hielt man auf eine gute Marke.

Durch den oberen Saal hin zog sich die Tafel: der Mehrzahl nach Rittergutsbesitzer und Domänenpächter, aber auch Gerichtsräte, die so glücklich waren, den „Hauptmann in der Reserve" mit auf ihre Karte setzen zu können. Zu diesem Gros d'Armée gesellten sich Forst- und Steuerbeamte, Rentmeister, Prediger und Gymnasiallehrer. An der Spitze dieser stand Rektor Thormeyer aus Rheinsberg, der große, vorstehende Augen, ein mächtiges Doppelkinn, noch mächtiger als Koseleger, und außerdem ein Renommee wegen seiner Geschichten hatte. Daß er nebenher auch ein in der Wolle gefärbter Konservativer war, versteht sich von selbst. Er hatte, was aber schon Jahrzehnte zurücklag, den großartigen Gedanken gefaßt und verwirklicht: die ostelbischen Provinzen, da, wo sie strauchelten, durch Gustav Kühnsche Bilderbogen auf den richtigen Pfad zurückzuführen, und war dafür dekoriert worden. Es hieß denn auch von ihm, „er gälte was nach oben hin", was aber nicht zutraf. Man kannte ihn „oben" ganz gut.

Um halb sieben (Lichter und Kronleuchter brannten bereits) war man unter den Klängen des Tannhäusermarsches die hie und da schon ausgelaufene Treppe hinaufgestiegen. Unmittelbar vorher hatte noch ein Schwanken wegen des Präsidiums bei Tafel stattgefunden. Einige waren für Dubslav gewesen, weil man sich von ihm etwas Anregendes versprach, auch speziell mit Rücksicht auf die Situation. Aber die Majorität hatte doch schließlich Dubslavs Vorsitz als ganz undenkbar abgelehnt, da der Edle Herr von Alten-Friesack, trotz seiner hohen Jahre, mit zur Wahl gekommen war; der Edle Herr von Alten-Friesack, so hieß es, sei doch nun mal – und von einem gewissen Standpunkt aus auch mit Fug und Recht – der Stolz der Grafschaft, überhaupt ein Unikum, und ob er nun sprechen könne oder nicht, das sei, wo sich's um eine Prinzipienfrage handle, durchaus gleichgültig. Überhaupt, die ganze Geschichte mit dem „Sprechen-Können" sei ein moderner Unsinn. Die einfache Tatsache, daß der Alte von Alten-Friesack dasäße, sei viel, viel wichtiger als eine Rede, und sein großes Präbendenkreuz ziere nicht bloß ihn, sondern den ganzen Tisch. Einige sprächen freilich immer von seinem Götzengesicht und seiner Häßlichkeit, aber auch das schade nichts. Heutzutage, wo die meisten Menschen einen Friseurkopf hätten, sei es eine ordentliche Erquikkung, einem Gesicht zu begegnen, das in seiner Eigenart eigentlich gar nicht unterzubringen sei. Dieser von dem alten Zühlen, trotz seiner Vorliebe für Dubslav, eindringlich gehaltenen Rede war allgemein zugestimmt worden, und Baron Beetz hatte den götzenhaften Alten-Friesacker an seinen Ehrenplatz geführt. Natürlich gab es auch Schandmäuler. An ihrer Spitze stand Molchow, der dem neben ihm sitzenden Katzler zuflüsterte: „Wahres Glück, Katzler, daß der Alte drüben die große Blumenvase vor sich hat; sonst, so bei veau en tortue – vorausgesetzt, daß so was Feines überhaupt in Sicht steht – würd ich der Sache nicht gewachsen sein."

Und nun schwieg der von einem Thormeyerschen Unterlehrer gespielte Tannhäusermarsch, und als eine bestimmte Zeit danach der Moment für den ersten Toast da war, erhob sich Baron Beetz und sagte: „Meine Herren. Unser Edler Herr von Alten-Friesack ist von der Pflicht und dem Wunsch erfüllt, den Toast auf Seine Majestät den Kaiser und König auszubringen." Und während der Alte, das Gesagte bestätigend, mit seinem Glase grüßte, setzte der in seiner Alter-ego-Rolle verbleibende Baron Beetz hinzu: „Seine Majestät der Kaiser und König lebe hoch!" Der Alten-Friesacker gab auch hierzu durch Nicken seine Zustimmung, und während der junge Lehrer abermals auf den auf einer Rheinsberger Schloßauktion erstandenen alten Flügel zueilte, stimmte man an der ganzen Tafel hin das „Heil dir im Siegerkranz" an, dessen erster Vers stehend gesungen wurde.

Das Offizielle war hierdurch erledigt, und eine gewisse Fidelitas, an der es übrigens von Anfang an nicht gefehlt hatte, konnte jetzt nachhaltiger in ihr Recht treten. Allerdings war noch immer ein wichtiger und zugleich schwieriger Toast in Sicht, *der*, der sich mit Dubslav und dem unglücklichen Wahlausgange zu beschäftigen hatte. Wer sollte den ausbringen? Man hing dieser Frage mit einiger Sorge nach und war eigentlich froh, als es mit einem Male hieß, Gundermann werde sprechen. Zwar wußte jeder, daß der Siebenmühlener nicht ernsthaft zu nehmen sei, ja, daß Sonderbarkeiten und vielleicht sogar Scheiterungen in Sicht stünden, aber man tröstete sich, je mehr er scheitere, desto besser. Die meisten waren bereits in erheblicher Aufregung, also sehr unkritisch. Eine kleine Weile verging noch. Dann bat Baron Beetz, dem die Rolle des Festordners zugefallen war, für Herrn von Gundermann auf Siebenmühlen ums Wort. Einige sprachen ungeniert weiter, „Ruhe, Ruhe!" riefen andre dazwischen, und als Baron Beetz noch einmal an das Glas geklopft und nun, auch seinerseits um Ruhe bittend, eine leidliche Stille hergestellt hatte, trat Gundermann hinter seinen Stuhl und begann, während er mit affektierter Nonchalance seine Linke in die Hosentasche steckte:

„Meine Herren. Als ich vor soundsoviel Jahren in Berlin studierte" („na nu"), „als ich vor Jahren in Berlin studierte, war da mal 'ne Hinrichtung ..."

„Alle Wetter, *der* setzt gut ein."

„... war da mal 'ne Hinrichtung, weil eine dicke Klempnermadam, nachdem sie sich in ihren Lehrburschen verliebt, ihren Mann, einen würdigen Klempnermeister, vergiftet hatte. Und der Bengel war erst siebzehn. Ja, meine Herren, soviel muß ich sagen, es kamen damals auch schon dolle Geschichten vor. Und ich, weil ich den Gefängnisdirektor kannte, ich hatte Zutritt zu der Hinrichtung, und um mich rum standen lauter Assessoren und Referendare, ganz junge Herren, die meisten mit 'nem Kneifer. Kneifer gab es damals auch schon. Und nun kam die Witwe, wenn man sie so nennen darf, und sah so weit ganz behäbig und beinahe füllig aus, weil sie, was damals viel besprochen wurde, 'nen Kropf hatte, weshalb auch der Block ganz besonders hatte hergerichtet werden müssen. Sozusagen mit 'nem Ausschnitt."

„Mit 'nem Ausschnitt ...; gut, Gundermann."

„Und als sie nun, ich meine die Delinquentin, all die jungen Referendare sah, wobei ihr wohl ihr Lehrling einfallen mochte ..."

„Keine Verspottung unsrer Referendare ..."

„... Wobei ihr vielleicht ihr Lehrling einfallen mochte, da trat sie ganz nahe an den Schafottrand heran und nickte uns zu (ich sage ‚uns', weil sie mich auch ansah) und sagte: ‚Ja, ja, meine jungen Herrens, *dat kommt davon* ...' Und sehen Sie, meine Herren, *dieses* Wort, wenn auch von einer Delinquentin herrührend, bin ich seitdem nicht wieder losgeworden, und wenn ich so was erlebe wie heute, dann *muß* einem solch Wort auch immer wieder in Erinnerung kommen, und ich sage dann auch, ganz wie die Alte damals sagte: ‚Ja, meine Herren, dat kommt davon.' Und wovon kommt es? Von den Sozialdemokraten. Und wovon kommen die Sozialdemokraten?"

„Vom Fortschritt. Alte Geschichte, kennen wir. Was Neues!"

„Es gibt da nichts Neues. Ich kann nur bestätigen, vom Fortschritt kommt es. Und wovon kommt *der*? Davon, daß wir die Abstimmungsmaschine haben und das große Haus mit den vier Ecktürmen. Und wenn es meinetwegen ohne das große Haus nicht geht, weil das Geld für den Staat am Ende bewilligt werden muß – und ohne Geld, meine Herren, geht es nicht" (Zustimmung: „Ohne Geld hört die Gemütlichkeit auf") – „nun denn, wenn es also sein muß, was ich zugebe, was sollen wir, auch unter derlei gern gemachten Zugeständnissen, anfangen mit einem Wahlrecht, wo Herr von Stechlin gewählt werden soll, und wo sein Kutscher Martin, der ihn zur Wahl gefahren, tatsächlich gewählt wird oder wenigstens gewählt werden kann. Und der Kutscher Martin unsers Herrn von Stechlin ist mir immer noch lieber als dieser Torgelow. Und all das nennt sich Freiheit. Ich nenn es Unsinn und viele tun desgleichen. Ich denke mir aber, gerade *diese* Wahl, in einem Kreise, drin das alte Preußen noch lebt, gerade diese Wahl wird dazu beitragen, die Augen oben helle zu machen. Ich sage nicht, welche Augen."

„Schluß, Schluß!"

„Ich komme zum Schluß. Es hieß anno siebzig, daß sich die Franzosen als die ‚glorreich Besiegten' bezeichnet hätten. Ein stolzes und nachahmenswertes Wort. Auch für uns, meine Herren. Und wie wir, ohne uns was zu vergeben, diesen Sekt aus Frankreich nehmen, so dürfen wir, glaub ich, auch das eben zitierte stolze Klagewort aus Frankreich herübernehmen. Wir sind besiegt, aber wir sind glorreich Besiegte. Wir haben eine Revanche. *Die* nehmen wir. Und bis dahin in alle Wege: Herr von Stechlin auf Schloß Stechlin, er lebe hoch!"

Alles erhob sich und stieß mit Dubslav an. Einige freilich lachten, und von Molchow, als er einen neuen Weinkübel heranbestellte, sagte zu dem neben ihm sitzenden Katzler: „Weiß der Himmel, dieser Gundermann ist und bleibt ein Esel. Was sollen wir mit solchen Leuten? Erst beschreibt er uns die Frau mit 'nem Kropf, und dann will er das große Haus abschaffen. Ungeheure Dämelei. Wenn wir das große Haus nicht mehr haben, haben wir gar nichts; das ist noch unsre Rettung, und die beinah einzige Stelle, wo wir den Mund (ich sage Mund) einigermaßen auftun und was durchsetzen können. Wir müssen mit dem Zentrum paktieren. Dann sind wir egal raus. Und nun kommt dieser Gundermann und will uns auch das noch nehmen. Es ist doch 'ne Wahrheit, daß sich die Parteien und die Stände jedesmal selbst ruinieren. Das heißt, von ‚Ständen' kann hier eigentlich nicht die Rede sein; denn dieser Gundermann gehört nicht mit dazu. Seine Mutter war 'ne Hebamme in Wriezen. Drum drängt er sich auch immer vor."

Bald nach Gundermanns Rede, die schon eine Art Nachspiel

gewesen war, flüsterte Baron Beetz dem Alten-Friesacker zu, daß es Zeit sei, die Tafel aufzuheben. Der Alte wollte jedoch noch nicht recht, denn wenn er mal saß, saß er; aber als gleich danach mehrere Stühle gerückt wurden, blieb ihm nichts anderes übrig, als sich anzuschließen, und unter den Klängen des „Hohenfriedbergers“ – der „Prager“, darin es heißt: „Schwerin fällt“, wäre mit Rücksicht auf die Gesamtsituation vielleicht paßlicher gewesen – kehrte man in die Parterreräume zurück, wo die Majorität dem Kaffee zusprechen wollte, während eine kleine Gruppe von Allertapfersten in die Straße hinaustrat, um da, unter den Bäumen des „Triangelplatzes“, sich bei Sekt und Kognak des weiteren bene zu tun. Obenan saß von Molchow, neben ihm von Kraatz und van Peerenboom; Molchow gegenüber Direktor Thormeyer und der bis dahin mit der Festmusik betraute Lehrer, der bei solchen Gelegenheiten überhaupt Thormeyers Adlatus war. Sonderbarerweise hatte sich auch Katzler hier niedergelassen (er sehnte sich wohl nach Eindrükken, die jenseits aller „Pflicht“ lagen), und neben ihm, was beinahe noch mehr überraschen konnte, saß von der Nonne. Molchow und Thormeyer führten das Wort. Von Wahl und Politik – nur über Gundermann fiel gelegentlich eine spöttische Bemerkung – war längst keine Rede mehr, statt dessen befleißigte man sich, die neuesten Klatschgeschichten aus der Grafschaft heranzuziehen. „Ist es denn wahr“, sagte Kraatz, „daß die schöne Lilli nun doch ihren Vetter heiraten wird, oder richtiger, der Vetter die schöne Lilli?“

„Vetter?“ fragte Peerenboom.

„Ach, Peerenboom, Sie wissen auch gar nichts; Sie sitzen immer noch zwischen Ihren Delfter Kacheln und waren doch schon 'ne ganze Weile hier, als die Lilli-Geschichte spielte.“

Peerenboom ließ sich's gesagt sein und begrub jede weitere Frage, was er, ohne sich zu schädigen, auch ganz gut konnte, da kein Zweifel war, daß der, der das Lilli-Thema heraufbeschworen, über kurz oder lang ohnehin alles klarlegen würde. Das geschah denn auch.

„Ja, diese verdammten Kerle“, fuhr v. Kraatz fort, „diese Lehrer! Entschuldigen Sie, Luckhardt, aber Sie sind ja beim Gymnasium, da liegt alles anders, und *der*, der hier 'ne Rolle spielt, war ja natürlich bloß ein Hauslehrer, Hauslehrer bei Lillis jüngstem Bruder. Und eines Tages waren beide weg, der Kandidat und Lilli. Selbstverständlich nach England. Es kann einer noch so dumm sein, aber von Gretna Green hat er doch mal gehört oder gelesen. Und da wollten sie denn auch beide hin. Und sind auch. Aber ich glaube, der Gretna Greensche darf nicht mehr trauen. Und so nahmen sie denn Lodgings in London, ganz ohne Trauung. Und es ging auch so, bis ihnen das kleine Geld ausging."

„Ja, das kennt man."

„Und da kamen sie denn also wieder. Das heißt, Lilli kam wieder. Und sie war auch schon vorher mit dem Vetter so gut wie verlobt gewesen."

„Und der sprang nu ab?"

„Nicht so ganz. Oder eigentlich gar nicht. Denn Lilli ist sehr hübsch und nebenher auch noch sehr reich. Und da soll denn der Vetter gesagt haben, er liebe sie so sehr, und wo man liebe, da verzeihe man auch. Und er halte auch eine Entführung für durchaus möglich. Ja, er soll dabei von Purgatorium gesprochen haben."

„Mißfällt mir, klingt schlecht", sagte Molchow. „Aber was er vorher gesagt, ‚Entsühnung', das ist ein schönes Wort und eine schöne Sache. Nur das ‚Wie' – ach, man weiß immer so wenig von diesen Dingen – will mir nicht recht einleuchten. Als Christ weiß ich natürlich (so schlimm steht es am Ende auch nicht mit einem), als Christ weiß ich, daß es eine Sühne gibt. Aber in solchem Falle? Thormeyer, was meinen Sie, was sagen Sie dazu? Sie sind ein Mann von Fach und haben alle Kirchenväter gelesen und noch ein paar mehr."

Thormeyer verklärte sich. Das war so recht ein Thema nach seinem Geschmack; seine Augen wurden größer und sein glattes Gesicht noch glatter.

„Ja", sagte er, während er sich über den Tisch zu Molchow vorbeugte, „so was gibt es. Und es ist ein Glück, daß es so was gibt. Denn die arme Menschheit braucht es. Das Wort Purgatorium will ich vermeiden, einmal, weil sich mein protestantisches Gewissen dagegen sträubt, und dann auch wegen des Anklangs; aber es gibt eine Purifikation. Und das ist doch eigentlich das, worauf es ankommt: Reinheitswiederherstellung. Ein etwas schwerfälliges Wort. Indessen die Sache, drum sich's hier handelt, gibt es doch gut wieder. Sie begegnen diesem Hange nach Restitution überall, und namentlich im Orient – aus dem doch unsre ganze Kultur stammt – finden Sie diese Lehre, dieses Dogma, diese Tatsache."

„Ja, ist es eine Tatsache?"

„Schwer zu sagen. Aber es wird als Tatsache genommen. Und das ist ebensogut. *Blut sühnt.*"

„Blut sühnt", wiederholte Molchow. „Gewiß. Daher haben wir ja auch unsere Duellinstitution. Aber wo wollen Sie hier die Blutsühne hernehmen? In diesem Spezialfalle ganz undurchführbar. Der Hauslehrer ist drüben in England geblieben, wenn er nicht gar nach Amerika gegangen ist. Und wenn er auch wiederkäme, er ist nicht satisfaktionsfähig. Wär er Reserveoffizier, so hätt ich das längst erfahren ..."

„Ja, Herr von Molchow, das ist die hiesige Anschauung. Etwas primitiv, naturwüchsig, das sogenannte Blutracheprinzip. Aber es braucht nicht immer das Blut des Übeltäters selbst zu sein. Bei den Orientalen ..."

„Ach, Orientalen ... dolle Gesellschaft ..."

„Nun denn meinetwegen, bei fast allen Völkern des Ostens sühnt Blut überhaupt. Ja mehr, nach orientalischer Anschauung – ich kann das Wort nicht vermeiden, Herr von Molchow; ich muß immer wieder darauf zurückkommen – nach orientalischer Anschauung stellt Blut die Unschuld als solche wieder her."

„Na, hören Sie, Rektor."

„Ja, es ist so, meine Herren. Und ich darf sagen, es zählt das zu dem Feinsten und Tiefsinnigsten, was es gibt. Und ich habe da auch neulich erst eine Geschichte gelesen, die das alles nicht bloß so obenhin bestätigt, sondern beinahe *großartig* bestätigt. Und noch dazu aus Siam."

„Aus Siam?"

„Ja, aus Siam. Und ich würde Sie damit behelligen, wenn die Sache nicht ein bißchen zu lang wäre. Die Herren vom Lande werden so leicht ungeduldig, und ich wundere mich oft, daß sie die Predigt bis zu Ende mit anhören. Daneben ist freilich meine Geschichte aus Siam ..."

„Erzählen, Direktorchen, erzählen."

„Nun denn, auf Ihre Gefahr. Freilich auch auf meine ... Da war also, und es ist noch gar nicht lange her, ein König von Siam. Die Siamesen haben nämlich auch Könige."

„Nu, natürlich. So tief stehen sie doch nicht."

„Also da war ein König von Siam, und dieser König hatte eine Tochter."

„Klingt ja wie aus 'm Märchen."

„Ist auch, meine Herren. Eine Tochter, eine richtige Prinzessin, und ein Nachbarfürst (aber von geringerem Stande, so daß man doch auch hier wieder an den Kandidaten erinnert wird) – dieser Nachbarfürst raubte die Prinzessin und nahm sie mit in seine Heimat und seinen Harem, trotz alles Sträubens."

„Na, na."

„So wenigstens wird berichtet. Aber der König von Siam war nicht der Mann, so was ruhig einzustecken. Er unternahm vielmehr einen heiligen Krieg gegen den Nachbarfürsten, schlug ihn und führte die Prinzessin im Triumphe wieder zurück. Und alles Volk war wie von Sieg und Glück berauscht. Aber die Prinzessin selbst war schwermütig."

„Kann ich mir denken. Wollte wieder weg."

„Nein, ihr Herren. Wollte *nicht* zurück. Denn es war eine sehr feine Dame, die gelitten hatte ..."

„Ja. Aber wie ..."

„Die gelitten hatte und fortan nur dem einen Gedanken der Entsühnung lebte, dem Gedanken, wie das Unheilige, das Berührtsein, wieder von ihr genommen werden könne."

„Geht nicht. Berührt ist berührt."

„Mitnichten, Herr von Molchow. Die hohe Priesterschaft wurde herangezogen und hielt, wie man hier vielleicht sagen würde, einen Synod, in dem man sich mit der Frage der Entsühnung oder, was dasselbe sagen will, mit der Frage der Wiederherstellung der Virginität beschäftigte. Man kam überein (oder fand es auch vielleicht in alten Büchern), daß sie in Blut gebadet werden müsse."

„Brrr."

„Und zu diesem Behufe wurde sie bald danach in eine Tempelhalle geführt, drin zwei mächtige Wannen standen, eine von rotem Porphyr und eine von weißem Marmor, und zwischen diesen Wannen, auf einer Art Treppe, stand die Prinzessin selbst. Und nun wurden drei weiße Büffel in die Tempelhalle gebracht, und der Hohepriester trennte mit einem Schnitt jedem der drei das Haupt vom Rumpf und ließ das Blut in die daneben stehende Porphyrwanne fließen. Und jetzt war das Bad bereitet, und die Prinzessin, nachdem siamesische Jungfrauen sie entkleidet hatten, stieg in das Büffelblut hinab, und der Hohepriester nahm ein heiliges Gefäß und schöpfte damit und goß es aus über die Prinzessin."

„Eine starke Geschichte; bei Tisch hätt ich mehrere Gänge passieren lassen. Ich find es doch entschieden zuviel."

„Ich nicht", sagte der alte Zühlen, der sich inzwischen eingefunden und seit ein paar Minuten mit zugehört hatte. „Was heißt zuviel oder zu stark? Stark ist es, soviel geb ich zu; aber nicht *zu* stark. Daß es stark ist, das ist ja eben der Witz von der Sache. Wenn die Prinzessin bloß einen Leberfleck gehabt hätte, so fänd ich es ohne weiteres zu stark; es muß immer ein richtiges Verhältnis dasein zwischen Mittel und Zweck. Ein Leberfleck ist gar nichts. Aber bedenken Sie, 'ne richtige Prinzessin als Sklavin in einem Harem; da muß denn doch ganz anders vorgegangen werden. Wir reden jetzt so viel von ‚großen Mitteln'. Ja, meine Herren, auch *hier* war nur mit großen Mitteln was auszurichten."

„Igni et ferro", bestätigte der Rektor.

„Und", fuhr der alte Zühlen fort, „soviel wird jedem einleuchten, um den Teufel auszutreiben (als den ich diesen Nachbarfürsten und seine Tat durchaus ansehe), dazu mußte was Besonderes geschehn, etwas Beelzebubartiges. Und das war eben das Blut dieser drei Büffel. Ich find es *nicht* zuviel."

Thormeyer hob sein Glas, um mit dem alten Zühlen anzustoßen. „Es ist genau so, wie Herr von Zühlen sagt. Und zuletzt geschah denn auch glücklicherweise das, was unsre mehr auf Schönheit gerichteten Wünsche – denn wir leben nun mal in einer Welt der Schönheit – zufriedenstellen konnte. Direkt aus der Porphyrwanne stieg die Prinzessin in die Marmorwanne, drin alle Wohlgerüche Arabiens ihre Heimstätte hatten, und alle Priester traten mit ihren Schöpfkellen aufs neue heran, und in Kaskaden ergoß es sich über die Prinzessin, und man sah ordentlich, wie die Schwermut von ihr abfiel und wie all das wieder aufblühte, was ihr der räuberische Nachbarfürst genommen. Und zuletzt schlugen die Dienerinnen ihre Herrin in schneeweiße Gewänder und führten sie bis an ein Lager und fächelten sie hier mit Pfauenwedeln, bis sie den Kopf still neigte und entschlief. Und ist nichts zurückgeblieben, und ist später die Gattin des Königs von Annam geworden. Er soll allerdings sehr aufgeklärt gewesen sein, weil Frankreich schon seit einiger Zeit in seinem Lande herrschte."

„Hoffen wir, daß Lillis Vetter auch ein Einsehen hat."

„Er wird, er wird."

Darauf stieß man an und alles brach auf. Die Wagen waren bereits vorgefahren und standen in langer Reihe zwischen dem „Prinzregenten" und dem Triangelplatz.

Auch der Stechliner Wagen hielt schon, und Martin, um sich die Zeit zu vertreiben, knipste mit der Peitsche. Dubslav suchte nach seinem Pastor und begann schon ungeduldig zu werden, als Lorenzen endlich an ihn herantrat und um Entschuldigung bat, daß er habe warten lassen. Aber der Oberförster sei schuld; der habe ihn in ein Gespräch verwickelt, das auch noch nicht beendet sei, weshalb er vorhabe, die Rückfahrt mit Katzler gemeinschaftlich zu machen.

Dubslav lachte. „Na, dann mit Gott. Aber lassen Sie sich nicht zu viel erzählen. Ermyntrud wird wohl die Hauptrolle spielen oder noch wahrscheinlicher der neu zu findende Name. Werde wohl recht behalten ... Und nun vorwärts, Martin."

Damit ging es über das holprige Pflaster fort.

In der Stadt war schon alles still; aber draußen auf der Landstraße kam man an großen und kleinen Trupps von Häuslern, Teerschwelern und Glashüttenleuten vorüber, die sich einen guten Tag gemacht hatten und nun singend und johlend nach Hause zogen. Auch Frauensvolk war dazwischen und gab allem einen Beigeschmack.

So trabte Dubslav auf den als halber Weg geltenden Nehmitzsee zu. Nicht weit davon befand sich ein Kohlenmeiler, Dietrichs-Ofen, und als Martin jetzt um die nach Süden vorgeschobene Seespitze herumbiegen wollte, sah er, daß wer am Wege lag, den Oberkörper unter Gras und Binsen versteckt, aber die Füße quer über das Fahrgeleise.

Martin hielt an. „Gnädiger Herr, da liegt wer. Ich glaub, es ist der alte Tuxen."

„Tuxen, der alte Süffel von Dietrichs-Ofen?"

„Ja, gnädiger Herr. Ich will mal sehen, was es mit ihm is."

Und dabei gab er die Leinen an Dubslav und stieg ab und rüttelte und schüttelte den am Wege Liegenden. „Awer Tuxen, wat moakst du denn hier? Wenn keen Moonschien wiehr, wiehrst du nu all kaput."

„Joa, joa", sagte der Alte. Aber man sah, daß er ohne rechte Besinnung war.

Und nun stieg Dubslav auch ab, um den ganz Unbehilflichen mit Martin gemeinschaftlich auf den Rücksitz zu legen. Und bei dieser Prozedur kam der Trunkene einigermaßen wieder zu sich und sagte: „Nei, nei, Martin, nich doa; pack mi lewer vörn upp'n Bock."

Und wirklich, sie hoben ihn da hinauf, und da saß er nun auch ganz still und sagte nichts. Denn er schämte sich vor dem gnädigen Herrn.

Endlich aber nahm dieser wieder das Wort und sagte: „Nu sage mal, Tuxen, kannst du denn von dem Branntwein nich lassen? Legst dich da hin; is ja schon Nachtfrost. Noch 'ne Stunde, dann warst du dod. Waren sie denn alle so?"

„Mehrschtendeels."

„Und da habt ihr denn für den Katzenstein gestimmt."

„Nei, gnäd'ger Herr, vör Katzenstein nich."

Und nun schwieg er wieder, während er vorn auf dem Bock unsicher hin und her schwankte.

„Na, man raus mit der Sprache. Du weißt ja, ich reiß keinem den Kopp ab. Is auch alles egal. Also für Katzenstein nich. Na, für wen denn?"

„Vör Torgelow'n."

Dubslav lachte. „Für Torgelow, den euch die Berliner hergeschickt haben. Hat er denn schon was für euch getan?"

„Nei, noch nich."

„Na, warum denn?"

„Joa, se seggen joa, he *will* wat für uns duhn un is so sihr för de armen Lüd. Und denn kriegen wi joa 'n Stück Tüffelland. Und se seggen ook, he is klöger, as de annern sinn."

„Wird wohl. Aber er is doch noch lange nich so klug, wie ihr dumm seid. Habt ihr denn schon gehungert?"

„Nei, dat grad nich."

„Na, das kann auch noch kommen."

„Ach, gnäd'ger Herr, dat wihrd joa woll nich."

„Na, wer weiß, Tuxen. Aber hier is Dietrichs-Ofen. Nu steigt ab und seht Euch vor, daß Ihr nicht fallt, wenn die Pferde anrucken. Und hier habt Ihr was. Aber nich mehr für heut. Für heut habt Ihr genug. Und nu macht, daß Ihr zu Bett kommt und träumt von ‚Tüffelland'."

IN MISSION NACH ENGLAND

Einundzwanzigstes Kapitel

Woldemar erfuhr am andern Morgen aus Zeitungstelegrammen, daß der sozialdemokratische Kandidat, Feilenhauer Torgelow, im Wahlkreise Rheinsberg-Wutz gesiegt habe. Bald darauf traf auch ein Brief von Lorenzen ein, der zunächst die Telegramme bestätigte und am Schlusse hinzusetzte, daß Dubslav eigentlich herzlich froh über den Ausgang sei. Woldemar war es auch. Er ging davon aus, daß sein Vater wohl das Zeug habe, bei Dressel oder Borchardt mit viel gutem Menschenverstand und noch mehr Eulenspiegelei seine Meinung über allerhand politische Dinge zum besten zu geben; aber im Reichstage fach- und sachgemäß sprechen, das konnt er nicht und wollt er auch nicht. Woldemar war so durchdrungen davon, daß er über die Vorstellung einer Niederlage, dran er als Sohn des Alten immerhin wie beteiligt war, verhältnismäßig rasch hinwegkam, pries es aber doch, um ebendiese Zeit mit einem Kommando nach Ostpreußen hin betraut zu werden, das ihn auf ein paar Wochen von Berlin fernhielt. Kam er dann zurück, so waren Anfragen in dieser Wahlangelegenheit nicht mehr zu befürchten, am wenigsten innerhalb seines Regiments, in dem man sich, von ein paar Intimsten abgesehen, eigentlich schon jetzt über den unliebsamen Zwischenfall ausschwieg.

Und in Schweigen hüllte man sich auch am Kronprinzen-Ufer, als Woldemar hier am Abend vor seiner Abreise noch einmal vorsprach, um sich bei der gräflichen Familie zu verabschieden. Es wurde nur ganz obenhin von einem abermaligen Siege der Sozialdemokratie gesprochen, ein absichtlich flüchtiges Berühren, das nicht auffiel, weil sich das Gespräch sehr bald um Rex und Czako zu drehen begann, die, seit lange dazu aufgefordert, gerade den Tag vorher ihren ersten Besuch im Barbyschen Hause gemacht und besonders bei dem alten Grafen viel Entgegenkommen gefunden hatten. Auch Melusine hatte sich durch den Besuch der Freunde durchaus zufriedengestellt gesehen, trotzdem ihr nicht entgangen war, was, nach freilich entgegengesetzten Seiten hin, die Schwäche beider ausmachte.

„Wovon der eine zuwenig hat“, sagte sie, „davon hat der andre zuviel.“

„Und wie zeigte sich das, gnädigste Gräfin?“

„Oh, ganz unverkennbar. Es traf sich, daß im selben Augenblicke, wo die Herren Platz nahmen, drüben die Glocken der Gnadenkirche geläutet wurden, was denn – man ist bei solchen ersten Besuchen immer dankbar, an irgendwas anknüpfen zu können – unser Gespräch sofort aufs Kirchliche hinüberlenkte. Da legitimierten sich dann beide. Hauptmann Czako, weil er ahnen mochte, was sein Freund in nächster Minute sagen würde, gab vorweg deutliche Zeichen von Ungeduld, während Herr von Rex in der Tat nicht nur von dem ‚Ernst der Zeiten‘ zu sprechen anfing, sondern auch von dem Bau neuer Kirchen einen allgemeinen, uns nahe bevorstehenden Umschwung erwartete. Was mich natürlich erheiterte.“

Woldemars Kommando nach Ostpreußen war bis auf Anfang November berechnet, und mehr als einmal sprachen im Verlaufe dieser Zeit Rex und Czako bei den Barbys vor. Freilich immer nur einzeln. Verabredungen zu gemeinschaftlichem Besuche waren zwar mehrfach eingeleitet worden, aber jedesmal erfolglos, und erst zwei Tage vor Woldemars Rückkehr fügte es sich, daß sich die beiden Freunde bei den Barbys trafen. Es war ein ganz besonders gelungener Abend, da neben der Baronin Berchtesgaden und Dr. Wrschowitz auch ein alter Malerprofessor (eine neue Bekanntschaft des Hauses) zugegen war, was eine sehr belebte Konversation herbeiführte. Besonders der neben seinen andern Apartheiten auch durch langes weißes Haar und große Leuchtaugen ausgezeichnete Professor, hatte – gestützt auf einen unentwegten Peter-Cornelius-Enthusiasmus – alles hinzureißen gewußt. „Ich bin glücklich, noch die Tage dieses großen und einzig dastehenden Künstlers gesehen zu haben. Sie kennen seine Kartons, die mir das Bedeutendste scheinen, was wir überhaupt hier haben. Auf dem einen Karton steht im Vordergrund ein Tubabläser und setzt das Horn an den Mund, um zu Gericht zu rufen. Diese eine Gestalt balanciert fünf Kunstausstellungen, will also sagen netto 15000 Bilder. Und ebendiese Kartons, samt dem Bläser zum Gericht, die wollen sie jetzt fortschaffen und sagen dabei in naiver Effronterie, solch schwarzes Zeug mit Kohlenstrichen dürfe überhaupt nicht soviel Raum einnehmen. Ich aber sage Ihnen, meine Herrschaften, ein Kohlenstrich von Cornelius ist mehr wert als alle modernen Paletten zusammengenommen, und die Tuba, die dieser Tubabläser da an den Mund setzt – verzeihen Sie mir altem Jüngling diesen Kalauer –, diese Tuba wiegt alle Tuben auf, aus denen sie jetzt ihre Farben herausdrücken. Beiläufig auch eine miserable Neuerung. Zu meiner Zeit gab es noch Beutel, und diese Beutel aus Schweinsblase waren viel besser. Ein wahres Glück, daß König Friedrich Wilhelm IV. diese jetzt etablierte Niedergangsepoche nicht mehr erlebt hat, diese Zeit des Abfalls, so recht eigentlich eine Zeit der apokalyptischen Reiter. Bloß zu den dreien, die der große Meister uns da geschaffen hat, ist heutzutage noch ein vierter Reiter gekommen. ein Mischling von Neid und Ungeschmack. Und dieser vierte sichelt am stärksten."

Alles nickte, selbst die, die nicht ganz so dachten, denn der Alte mit seinem Apostelkopfe hatte ganz wie ein Prophet gesprochen. Nur Melusine blieb in einer stillen Opposition und flüsterte der Baronin zu: „Tubabläser. Mir persönlich ist die Böcklinsche Meerfrau mit dem Fischleib lieber. Ich bin freilich Partei."

Die Abende bei den Barbys schlossen immer zu früher Stunde. So war es auch heute wieder. Es schlug eben erst zehn, als Rex und Czako auf die Straße hinaustraten und drüben an dem langgestreckten Ufer Tausende von Lichtern vor sich hatten, von denen die vordersten sich im Wasser spiegelten.

„Ich möchte wohl noch einen Spaziergang machen", sagte Czako. „Was meinen Sie, Rex? Sind Sie mit dabei? Wir gehen hier am Ufer entlang, an den Zelten vorüber bis Bellevue, und da steigen wir in die Stadtbahn und fahren zurück, Sie bis an die Friedrichstraße, ich bis an den Alexanderplatz. Da ist jeder von uns in drei Minuten zu Haus."

Rex war einverstanden. „Ein wahres Glück", sagte er, „daß wir uns endlich mal getroffen haben. Seit fast drei Wochen kennen wir nun das Haus und haben noch keine Aussprache darüber gehabt. Und das ist doch immer die Hauptsache. Für Sie gewiß."

„Ja, Rex, das ‚für Sie gewiß', das sagen Sie so spöttisch und überheblich, weil Sie glauben, Klatschen sei was Inferiores und für mich gerade gut genug. Aber da machen Sie meiner Meinung nach einen doppelten Fehler. Denn erstlich ist Klatschen überhaupt nicht inferior, und zweitens klatschen Sie geradesogern wie ich und vielleicht noch ein bißchen lieber. Sie bleiben nur immer etwas steifer dabei, lehnen meine Frivolitäten zunächst ab, warten aber eigentlich darauf. Im übrigen denk ich, wir lassen all das auf sich beruhn und sprechen lieber von der Hauptsache. Ich finde, wir können unserm Freunde Stechlin nicht dankbar genug dafür sein, uns mit einem so liebenswürdigen Hause bekannt gemacht zu haben. Den Wrschowitz und den alten Malerprofessor, der von dem Engel des Gerichts nicht loskonnte – nun die beiden schenk ich Ihnen (ich denke mir, der Maler wird wohl nach Ihrem Geschmacke sein), aber die andern, die man da trifft, wie reizend alle, wie natürlich. Obenan dieser Frommel, dieser Hofprediger, der mir am Teetisch fast noch besser gefällt als auf der Kanzel. Und dann diese bayerische Baronin. Es ist doch merkwürdig, daß die Süddeutschen uns im Gesellschaftlichen immer um einen guten Schritt vorauf sind, nicht von Bildungs, aber von glücklicher Natur wegen. Und diese glückliche Natur, das ist doch die wahre Bildung."

„Ach Czako, Sie überschätzen das. Es ist ja richtig, wenn Sie da so die Würstel aus dem großen Kessel herausholen und irgendeine Loni oder Toni mit dem Maßkrug kommt, so sieht das nach was aus, und wir kommen uns wie verhungerte Schulmeister daneben vor. Aber eigentlich ist das, was wir haben, doch das Höhere."

„Gott bewahre. Alles, was mit Grammatik und Examen zusammenhängt, ist nie das Höhere. Waren die Patriarchen examiniert, oder Moses oder Christus? Die Pharisäer waren examiniert. Und da sehen Sie, was dabei herauskommt. Aber, um mehr in der Nähe zu bleiben, nehmen Sie den alten Grafen. Er war freilich Botschaftsrat, und das klingt ein bißchen nach was; aber eigentlich ist er doch auch bloß ein unexaminierter Naturmensch, und das gerade gibt ihm seinen Charme. Beiläufig, finden Sie nicht auch, daß er dem alten Stechlin ähnlich sieht?"

„Ja, äußerlich."

„Auch innerlich. Natürlich 'ne andre Nummer, aber doch derselbe Zwirn – Pardon für den etwas abgehaspelten Berolinismus. Und wenn Sie vielleicht an Politik gedacht haben, auch da ist wenig Unterschied. Der alte Graf ist lange nicht so liberal und der alte Dubslav lange nicht so junkerlich, wie's aussieht. Dieser Barby, dessen Familie, glaub ich, vordem zu den Reichsunmittelbaren gehörte, dem steckt noch so was von ‚Gottesgnadenschaft' in den Knochen, und das gibt dann die bekannte Sorte von Vornehmheit, die sich den Liberalismus glaubt gönnen zu können. Und der alte Dubslav, nun, der hat dafür das im Leibe, was die richtigen Junker alle haben: ein Stück Sozialdemokratie. Wenn sie gereizt werden, bekennen sie sich selber dazu."

„Sie verkennen das, Czako. Das alles ist ja bloß Spielerei."

„Ja, was heißt Spielerei? Spielen. Wir haben schöne alte Fibelverse, die vor der Gefährlichkeit des Mit-dem-Feuer-Spielens warnen. Aber lassen wir Dubslav und den alten Barby. Wichtiger sind doch zuletzt immer die Damen, die Gräfin und die Komtesse. Welche wird es? Ich glaube, wir haben schon mal darüber gesprochen, damals, als wir von Kloster Wutz her über den Cremmerdamm ritten. Viel Vertrauen zu Freund Woldemars richtigem Frauenverständnis hab ich eigentlich nicht, aber ich sage trotzdem: Melusine."

„Und ich sage: Armgard. Und Sie sagen es im stillen auch."

Es war zwei Tage vor Woldemars Rückkehr aus Ostpreußen, daß Rex und Czako dies Tiergartengespräch führten. Eine halbe Stunde später fuhren sie, wie verabredet, vom Bellevuebahnhof aus wieder in die Stadt zurück. Überall war noch ein reges Leben und Treiben, und Leben war denn auch in dem aus bloß drei Zimmern verschiedener Größe sich zusammensetzenden Kasino der Gardedragoner. In dem zunächst am Flur gelegenen großen Speisesaale, von dessen Wänden die früheren Kommandeure des Regiments, Prinzen und Nichtprinzen, herniederblickten, sah man nur wenig Gäste. Daneben aber lag ein Eckzimmer, das mehr Insassen und mehr flotte Bewegung hatte. Hier, über dem schräg gestellten Kamin, drin ein kleines Feuer flackerte, hing seit kurzem das Bildnis des „hohen Chefs" des Regiments, der Königin von England, und in der Nähe ebendieses Bildes ein ruhmreiches Erinnerungsstück aus dem sechsundsechziger und siebziger Kriege: die Trompete, darauf derselbe Mann, Stabstrompeter Wollhaupt, erst am 3. Juli auf der Höhe von Lipa und dann am 16. August bei Mars la Tour das Regiment zur Attacke gerufen hatte, bis er an der Seite seines Obersten fiel; der Oberst mit ihm.

Dies Eckzimmer war, wie gewöhnlich, auch heute der bevorzugte kleine Raum, drin sich jüngere und ältere Offiziere zu Spiel und Plauderei zusammengefunden hatten, unter ihnen die Herren von Wolfshagen, von Herbstfelde, von Wohlgemuth, von Grumbach, von Raspe.

„Weiß der Himmel", sagte Raspe, „wir kommen aus den Abordnungen auch gar nicht mehr heraus. Wir haben freilich drei Sendens im Regiment, aber es sind der Sendbotschaften doch fast zuviel. Und diesmal nun auch unser Stechlin dabei. Was wird er sagen, wenn er oben in Ostpreußen von der ihm zugedachten Ehre hört. Er wird vielleicht sehr gemischte Gefühle haben. Übermorgen ist er von Trakehnen wieder da, mutmaßlich bei dem scheußlichen Wetter schlecht adjustiert, und dann Hals über Kopf und in großem Trara nach London. Und London ginge noch. Aber auch nach Windsor. Alles, wenn es sich um Chic handelt, will doch seine Zeit haben, und gerade die Vettern drüben sehen einem sehr auf die Finger."

„Laß sie sehn", sagte Herbstfelde. „Wir sehen auch. Und Stechlin ist nicht der Mann, sich über derlei Dinge graue Haare wachsen zu lassen. Ich glaube, daß ihn was ganz andres geniert. Es ist doch immerhin was, daß er da mit nach England hinüber soll, und einer solchen Auszeichnung entspricht selbstverständlich eine Nichtauszeichnung andrer. Das paßt nicht jedem, und nach dem Bilde, das ich mir von unserm Stechlin mache, gehört er zu diesen. Er ficht nicht gern unter der Devise ‚nur über Leichen', hat vielmehr umgekehrt den Zug, sich in die zweite Linie zu stellen. Und nun sieht es aus, als wär er ein Streber."

„Stimmt nicht", sagte Raspe. „Für so verrannt kann ich keinen von uns halten. Stechlin sitzt da oben in Ostpreußen und kann doch unmöglich in seinen Mußestunden hierher intrigiert und einen etwaigen Rivalen aus dem Sattel geworfen haben. Und unser Oberst! Der ist doch auch nicht der Mann dazu, sich irgendwen aufreden zu lassen. Der kennt seine Pappenheimer. Und wenn er sich den Stechlin aussucht, dann weiß er, warum. Übrigens, Dienst ist Dienst; man geht nicht, weil man will, sondern weil man muß. Spricht er denn Englisch?"

„Ich glaube nicht", sagte von Grumbach. „Soviel ich weiß, hat er vor kurzem damit angefangen, aber natürlich nicht wegen dieser Mission, die ja wie vom blauen Himmel auf ihn niederfällt, sondern der Barbys wegen, die beinah zwanzig Jahre in England waren und halb englisch sind. Im übrigen hab ich mir sagen lassen, es geht drüben auch ohne die Sprache. Herbstfelde, Sie waren ja voriges Jahr da. Mit gutem Deutsch und schlechtem Französisch kommt man überall durch."

„Ja", sagte Herbstfelde. „Bloß ein bißchen Landessprache muß doch noch dazukommen. Indessen, es gibt ja kleine Vademekums, und da muß man dann eben nachschlagen, bis man's hat. Sonst sind hundert Vokabeln genug. Als ich noch zu Hause war, hatten wir da ganz in unsrer Nachbarschaft einen verdrehten alten Herrn, der – eh ihn die Gicht unterkriegte – sich so ziemlich in der ganzen Welt herumgetrieben hatte. Pro neues Land immer neue hundert Vokabeln. Unter anderm war er auch mal in Südrußland gewesen, von welcher Zeit ab – und zwar nach vorgängiger, vor einem großen Likörkasten stattgehabten Anfreundung mit einem uralten Popen – er das Amendement zu stellen pflegte: ‚Hundert Vokabeln; aber bei 'nem Popen bloß fünfzig.' Und das muß ich sagen, ich habe das mit den hundert in England durchaus bestätigt gefunden. ‚Mary, please, a jug of hot water', soviel muß man weghaben, sonst sitzt man da. Denn der Naturengländer weiß gar nichts."

„Wie lange waren Sie denn eigentlich drüben, Herbstfelde?"

„Drei Wochen. Aber die Reisetage mitgerechnet."

„Und sind Sie so ziemlich auf Ihre Kosten gekommen? Einblick ins Volksleben, Parlament, Oxford, Cambridge, Gladstone?"

Herbstfelde nickte.

„Und wenn Sie nun so alles zusammennehmen, was hat da so den meisten Eindruck auf Sie gemacht? Architektur, Kunst, Leben, die Schiffe, die großen Brücken? Die Straßenjungens, wenn man in einem Cab vorüberfährt, sollen ja immer Rad neben einem her schlagen, und die Dienstmädchen, was noch wichtiger ist, sollen sehr hübsch sein, kleine Hauben und Tändelschürze."

„Ja, Raspe, da treffen Sie's. Und ist eigentlich auch das Interessanteste. Denn sogenannte Meisterwerke gibt es ja jetzt überall, von Kirchen und dergleichen gar nicht zu reden. Und Schiffe haben wir ja jetzt auch und auch ein Parlament. Und manche sagen, unsres sei noch besser. Aber das Volk. Sehen Sie, da steckt es. Das Volk ist alles."

„Na, natürlich Volk. Oberschicht überall ein und dasselbe. Was da los ist, das wissen wir."

„Und eigentlich hab ich die ganzen drei Wochen auf 'nem Omnibus gesessen und bin abends in die Matrosenkneipen an der Themse gegangen. Ein bißchen gefährlich; man hat da seinen Messerstich weg, man weiß nicht wie, ganz wie in Italien. Bloß in Italien gibt es vorher doch immer noch ein Liebesverhältnis, was in Old-Wapping – so heißt nämlich der Stadtteil an der Themse – nicht mal nötig ist. Und dann, wenn ich zu Hause war, sprach ich natürlich mit Mary. Viel war es nicht. Denn die hundert Vokabeln, die dazu nötig sind, die hatte ich damals noch nicht voll."

„Na, 's ging aber doch?"

„So leidlich. Und dabei hatt ich mal 'ne Szene, die war eigentlich das Hübscheste. Meine Wohnung befand sich nämlich eine Treppe hoch in einer kleinen stillen Querstraße von Oxford-Street. Und Mary war gerade bei mir. Und in dem Augenblicke, wo ich mich mit dem hübschen Kinde zu verständigen suche ..."

„Worüber?"

„In demselben Augenblicke sieht ein Chinese grinsend in mein Fenster hinein, so daß er eigentlich eine Ohrfeige verdient hätte."

„Wie war denn das aber möglich?"

„Ja, das ist ja eben das, was ich das Londoner Volksleben nenne. Alles mögliche, wovon wir hier gar keine Vorstellung haben, vollzieht sich da mitten auf dem Straßendamm. Und so waren denn auch an jenem Tage zwei Chinesen, ihres Zeichens Akrobaten, in die Querstraße von Oxford-Street gekommen, und der eine, ein dicker starker Kerl, hatte einen Gurt um den Leib, und in der Öse dieses Gurtes steckte 'ne Stange, auf die der zweite Chinese hinaufkletterte. Und wie er da oben war, war er gerade in Höhe meiner Beletage und sah hinein, als ich mich eben bemühte, mich Mary klarzumachen."

„Ja, Herbstfelde, das war nu freilich ein Pech, und wenn Sie wieder drüben sind, müssen Sie nach hinten hinaus wohnen oder höher hinauf. Aber interessant ist es doch. Und ich bezweifle nur, daß Stechlin in eine gleiche Lage kommen wird."

„Gewiß nicht. Daran hindern ihn seine Moralitäten."

„Und noch mehr die Barbys."

Zweiundzwanzigstes Kapitel

Woldemar, von der ihm bevorstehenden Auszeichnung unterrichtet, kürzte seinen Aufenthalt in Ostpreußen um vierundzwanzig Stunden ab, hatte trotzdem aber, nach seinem Wiedereintreffen in Berlin, nur noch zwei Tage zur Verfügung. Das war wenig. Denn außer allerlei zu treffenden Reisevorbereitungen lag ihm doch auch noch ob, verschiedene Besuche zu machen, so bei den Barbys, bei denen er sich für den letzten Abend schon brieflich angemeldet hatte.

Dieser Abend war nun da. Die Koffer standen gepackt um ihn her, er selber aber lehnte sich, ziemlich abgespannt, in seinen Schaukelstuhl zurück, nochmals überschlagend, ob auch nichts vergessen sei. Zuletzt sagte er sich: „Was nun noch fehlt, fehlt; ich kann nicht mehr." Und dabei sah er nach der Uhr. Bis zu seinem am Kronprinzenufer angesagten Besuche war noch fast eine Stunde. Die wollt er ausnutzen und sich vorher nach Möglichkeit ruhn. Aber er kam nicht dazu. Sein Bursche trat ein und meldete: „Hauptmann von Czako."

„Ah, sehr willkommen."

Und Woldemar, sowenig gelegen ihm Czako auch kam, sprang doch auf und reichte dem Freunde die Hand. „Sie kommen, um mir zu meiner englischen Reise zu gratulieren. Und wiewohl es so so damit steht, *Ihnen* glaub ich's, daß Sie's ehrlich meinen. Sie gehören zu den paar Menschen, die keinen Neid kennen."

„Na, lassen wir das Thema lieber. Ich bin dessen nicht so

ganz sicher; mancher sieht besser aus, als er ist. Aber natürlich komm ich, um Ihnen wohl oder übel meine Glückwünsche zu bringen und meinen Reisesegen dazu. Donnerwetter, Stechlin, wo will das noch mit Ihnen hinaus! Sie werden natürlich Londoner Militärattaché, sagen wir in einem halben Jahr, und in ebensoviel Zeit haben Sie sich drüben sportlich eingelebt und etablieren sich als Sieger in einem Steeple Chase, vorausgesetzt, daß es so was noch gibt (ich glaube nämlich, man nennt es jetzt alles ganz anders). Und vierzehn Tage nach Ihrem ersten großen Sportsiege verloben Sie sich mit Ruth Russel oder mit Geraldine Cavendish, haben den Bedforder oder den Devonshire-Herzog als Rückendeckung und gehen als Generalgouverneur nach Mittelafrika, links die Zwerge, rechts die Menschenfresser. Emin soll ja doch eigentlich aufgefressen sein."

„Czako, Sie machen sich's zunutze, daß die Mittagsstunde glücklich vorüber ist, sonst könnten Sie's kaum verantworten. Aber rücken Sie sich einen Sessel ran, und hier sind Zigaretten. Oder lieber Zigarre?"

„Nein, Zigaretten ... Ja, sehen Sie, Stechlin, solche Mission oder wenn auch nur ein Bruchteil davon ..."

„Sagen wir Anhängsel."

„... Solche Mission ist gerade das, was ich mir all mein Lebtag gewünscht habe. Bloß ‚Erhörung kam nicht geschritten'. Und doch ist gerad in unserm Regiment immer was los. Immer ist wer auf dem Wege nach Petersburg. Aber weiß der Teufel, trotz der vielen Schickerei, meine Wenigkeit ist noch nicht rangekommen. Ich denke mir, es liegt an meinem Namen. Hier hat ‚Czako' ja auch schon einen Beigeschmack, einen Stich ins Komische, aber das Slawische drin gibt ihm in Berlin etwas Apartes, während es in Petersburg wahrscheinlich heißen würde: ‚Czako, was soll das? Was soll Czako? Dergleichen haben wir hier echter und besser.' Ja, ich gehe noch weiter und bin nicht einmal sicher, ob man da drüben nicht Lust bezeugen könnte, in der Wahl von ‚Czako' einen Witz oder versteckten Affront zu wittern. Aber wie dem auch sei, Winterpalais und Kreml sind mir verschlossen. Und nun gehen Sie nach London und sogar nach Windsor. Und Windsor ist doch nun mal das denkbar Feinste. Rußland, wenn Sie mir solche Frühstücksvergleiche gestatten wollen, hat immer was von Astrachan, England immer was von Colchester. Und ich glaube, Colchester steht höher. In meinen Augen gewiß. Ach, Stechlin, Sie sind ein Glückspilz, ein Wort, das Sie meiner erregten Stimmung zugute halten müssen. Ich werde wohl an der Majorsecke scheitern, wegen verschiedener Mankos. Aber sehn Sie, daß ich das einsehe, das könnte das Schicksal doch auch wieder mit mir versöhnen."

„Czako, Sie sind der beste Kerl von der Welt. Es ist eigentlich schade, daß wir solche Leute wie Sie nicht bei unserm Regiment haben. Oder wenigstens nicht genug. ‚Fein' ist ja ganz gut, aber es muß doch auch mal ein Donnerwetter dazwischenfahren, ein Zynismus, eine Bosheit; sie braucht ja nicht gleich einen Giftzahn zu haben. Übrigens, was die Patentheit angeht, so fühl ich deutlich, daß ich auch nur so gerade noch passiere. Nehmen Sie beispielsweise bloß das Sprachliche. Wer heutzutage nicht drei Sprachen spricht, gehört in die Ecke ..."

„Sag ich mir auch. Und ich habe deshalb auch mit dem Russischen angefangen. Und wenn ich dann so dabei bin und über meine Fortschritte beinah erstaune, dann berapple ich mich momentan wieder und sage mir: ‚Courage gewonnen, alles gewonnen.' Und dabei laß ich dann zu meinem weitern Trost all unsre preußischen Helden zu Fuß und zu Pferde an mir vorüberziehen, immer mit dem Gefühl einer gewissen wissenschaftlichen und mitunter auch moralischen Überlegenheit. Da ist zuerst der Derfflinger. Nun, der soll ein Schneider gewesen sein. Dann kam Blücher – der war einfach ein ‚Jeu'er. Und dann kam Wrangel und trieb sein verwegenes Spiel mit ‚mir und mich'."

„Bravo, Czako. Das ist die Sprache, die Sie sprechen müssen. Und Sie werden auch nicht an der Majorsecke scheitern. Eigentlich läuft doch alles bloß darauf hinaus, wie hoch man sich selber einschätzt. Das ist freilich eine Kunst, die nicht jeder versteht. Das Wort vom alten Fritz: ‚Denk Er nur immer, daß Er hunderttausend Mann hinter sich hat', dies Trostwort ist manchem von uns ein bißchen verlorengegangen, trotz unsrer Siege. Oder vielleicht auch eben deshalb. Siege produzieren unter Umständen auch Bescheidenheit."

„Jedenfalls haben Sie, lieber Stechlin, zu viel davon. Aber wenn Sie erst Ihre Ruth haben ..."

„Ach, Czako, kommen Sie mir nicht immer mit Ruth. Oder eigentlich, seien Sie doch bedankt dafür. Denn dieser weibliche Name mahnt mich, daß ich mich für heut abend am Kronprinzenufer angemeldet habe, bei den Barbys, wo's, wie Sie wissen, freilich keine Ruth gibt, aber dafür eine ‚Melusine', was fast noch mehr ist."

„Versteht sich, Melusine is mehr. Alles, was aus dem Wasser

kommt, ist mehr. Venus kam aus dem Wasser, ebenso Hero ... Nein, nein, entschuldigen Sie, es war Leander."

„Egal. Lassen Sie's, wie's ist. Solche verwechselte Schillerstelle tut einem immer wohl. Übrigens können Sie mich in meinem Coupé begleiten; vom Kronprinzenufer aus haben Sie knapp noch halben Weg bis in Ihre Kaserne."

Das Coupé tat seine Schuldigkeit, und es schlug eben erst acht, als Woldemar vor dem Barbyschen Hause hielt und, sich von Czako verabschiedend, die Treppe hinaufstieg. Er fand nur die Familie vor, was ihm sehr lieb war, weil er kein allgemeines Gespräch führen, sondern sich lediglich für seine Reise Rats erholen wollte. Der alte Graf kannte London besser als Berlin, und auch Melusine war schon über siebzehn, als man, bald nach dem Tode der Mutter, England verlassen und sich auf die Graubündner Güter zurückgezogen hatte. Darüber waren nun wieder nah an anderthalb Jahrzehnte vergangen, aber Vater und Töchter hingen nach wie vor an Hyde-Park und dem schönen Hause, das sie da bewohnt hatten, und gedachten dankbar der in London verlebten Tage. Selbst Armgard sprach gern von dem wenigen, dessen sie sich noch aus ihrer frühen Kindheit her erinnerte.

„Wie glücklich bin ich", sagte Woldemar, „Sie allein zu finden! Das klingt freilich sehr selbstisch, aber ich bin doch vielleicht entschuldigt. Wenn Besuch da wäre, nehmen wir beispielsweise Wrschowitz, und ich ließe mich hinreißen, von der Prinzessin von Wales und in natürlicher Konsequenz von ihren zwei Schwestern Dagmar und Thyra zu sprechen, so hätt ich vielleicht wegen Dänenfreundlichkeit heut abend noch ein Duell auszufechten. Was mir doch unbequem wäre. Besser ist besser."

Der alte Barby nickte vergnüglich.

„Ja, Herr Graf", fuhr Woldemar fort, „ich komme, mich von Ihnen und den Damen zu verabschieden, aber ich komme vor allem auch, um mich in zwölfter Stunde noch nach Möglichkeit zu informieren. In dem Augenblick, wo der gänzlich ignorante Kandidatus in seinen Frack fährt, guckt er – so was soll vorkommen – noch einmal ins Corpus juris und liest, sagen wir zehn Zeilen, und gerad über diese wird er nachher gefragt und sieht sich gerettet. Dergleichen könnte mir doch auch vorbehalten sein. Sie waren lange drüben und die Damen ebenso. Auf was muß ich achten, was vermeiden, was tun? Vor allem, was muß ich sehn und was nicht sehn? Das letztere vielleicht das Wichtigste von allem."

„Gewiß, lieber Stechlin. Aber ehe wir anfangen, rücken Sie hier ein und gönnen Sie sich eine Tasse Tee. Freilich, daß Sie den Tee würdigen werden, ist so gut wie ausgeschlossen; dazu sind Sie viel zu aufgeregt. Sie sind ja wie ein Wasserfall; ich erkenne Sie kaum wieder."

Woldemar wollte sich entschuldigen.

„Nur keine Entschuldigungen. Und am wenigsten über das. Alles ist heutzutage so nüchtern, daß ich immer froh bin, mal einer Aufregung zu begegnen; Aufregung kleidet besser als Indifferenz und jedenfalls ist sie interessanter. Was meinst du dazu, Melusine?"

„Papa schraubt mich. Ich werde mich aber hüten, zu antworten."

„Und so denn wieder zur Sache. Ja, lieber Stechlin, was tun, was sehn? Oder wie Sie ganz richtig bemerken, was nicht sehn? Überall etwas sehr Schwieriges. In Italien vertrödelt man die Zeit mit Bildern, in England mit Hinrichtungsblöcken. Sie haben drüben ganze Kollektionen davon. Also möglichst wenig Historisches. Und dann natürlich keine Kirchen, immer mit Ausnahme von Westminster. Ich glaube, was man so mit billiger Wendung ‚Land und Leute' nennt, das ist und bleibt das Beste. Die Themse hinauf und hinunter, Richmond-Hill (auch jetzt noch, trotzdem wir schon November haben) und Werbekneipen und Dudelsackspfeifer. Und wenn Sie bei Passierung eines stillen Squares einem sogenannten ‚Straßen-Raffael' begegnen, dann stehenbleiben und zusehen, was das sonderbare Genie mit seiner linken und oft verkrüppelten Hand auf die breiten Straßensteine hinmalt. Denn diese Straßen-Raffaels haben immer nur eine linke Hand."

„Und was malt er?"

„Was? Das wechselt. Er ist imstande und zaubert Ihnen in zehn Minuten eine richtige Sixtina aufs Trottoir. Aber in der Regel ist er mehr Ruysdael oder Hobbema. Landschaften sind seine Force; dazu Seestücke. Die Klippe von Dover hab ich wohl zwanzigmal gesehn und über das Meer hin den zitternden Mondstrahl. Da haben Sie schon was zur Auswahl. Und nun fragen Sie Melusine. Die hat von London und Umgegend viel mehr gesehn als ich und weiß, glaub ich, in Hampton-Court und Waltham-Abbey besser Bescheid als an der Oberspree, natürlich das Eierhäuschen ausgenommen. Und wenn Melusine versagen sollte, nun, so haben wir ja noch unsere Tochter Cordelia. Cordelia war damals freilich erst sechs oder doch nicht viel mehr. Aber Kindermund tut Wahrheit kund. Armgard, wie wär es, wenn du dich unsers Freundes annähmest."

„Ich weiß nicht, Papa, ob Herr von Stechlin damit einverstanden ist oder auch nur sein kann. Vielleicht ging' es, wenn du nur nicht von meinen sechs Jahren gesprochen hättest. Aber so. Mit sechs Jahren hat man eben nichts erlebt, was, in den Augen andrer, des Erzählens wert wäre."

„Comtesse, gestatten Sie mir . . . die Dinge an sich sind gleichgültig. Alles Erlebte wird erst was durch den, der es erlebt."

„Ei", sagte Melusine. „So bin ich zum Erzählen noch mein Lebtag nicht aufgefordert worden. Nun wirst du sprechen müssen, Armgard."

„Und ich will auch, selbst auf die Gefahr hin einer Niederlage."

„Keine Vorreden, Armgard. Am wenigsten, wenn sie wie Selbstlob klingen."

„Also wir hatten damals eine alte Person im Hause, die schon bei Melusine Kindermuhme gewesen war, und hieß Susan. Ich liebte sie sehr, denn sie hatte wie die meisten Irischen etwas ungemein Heiteres und Gütiges. Ich ging viel mit ihr im Hydepark spazieren, wohnten wir doch in der an seiner Nordseite sich hinziehenden großen Straße. Hydepark erschien mir immer sehr schön. Aber weil es tagaus tagein dasselbe war, wollt ich doch gern einmal was andres sehen, worauf Susan auch gleich einging, trotzdem es ihr eigentlich verboten war. ‚Ei freilich, Komtesse', sagte sie, ‚da wollen wir nach Martins le Grand.' ‚Was ist das?' fragte ich; aber statt aller Antwort gab sie mir nur ein kleines Mäntelchen um, denn es war schon Spätherbst, so etwa wie jetzt, und dunkelte auch schon. Aus dem, was dann kam, muß ich annehmen, daß es um die fünfte Stunde war. Und so brachen wir denn auf, unsre Straße hinunter, und weil an dem Parkgitter entlang lauter große Röhren gelegt waren, um hier neu zu kanalisieren, so sprang ich auf die Röhren hinauf, und Susan hielt mich an meinem linken Zeigefinger. So gingen wir, ich immer auf den Röhren oben, bis wir an eine Stelle kamen, wo der Park aufhörte. Hier war gerad ein Droschkenstand, und Hafer und Häcksel lagen umher und zahllose Sperlinge dazwischen. In der Mitte von dem allem aber stand ein eiserner Brunnen. Auf den wies Susan hin und sagte: ‚Look at it, dear Armgard. There stood Tyburn-Gallows.' Und wer soviel gestohlen hatte, wie gerad ein Strick kostete, der wurde da gehängt."

„Eine merkwürdige Kindermuhme", sagte Stechlin. „Und erschraken Sie nicht, Komtesse?"

„Nein, von Erschrecken, solange Susan bei mir war, war keine Rede. Sie hätte mich gegen eine Welt verteidigt."

„Das söhnt wieder aus."

„Und kurz und gut, wir blieben auf unserm Weg und stiegen alsbald in ein zweirädriges Cab, aus dem heraus wir sehr gut sehen konnten, und jagten die Oxfordstraße hinunter in die City hinein, in ein immer dichter werdendes Straßengewirr, drin ich nie vorher gekommen war und auch nachher nicht wieder gekommen bin. Bloß vor zwei Jahren, als wir auf Besuch drüben waren und ich den alten Plätzen wieder nachging."

„Ich glaube", sagte Melusine, „daß du bei diesem zweiten Besuch eine gute Anleihe machst. Denn von dem mit Susan Gesehenen wirst du zur Zeit nicht mehr viel zur Verfügung haben."

„Doch, doch. Und nun hielt unser Hansom-Cab vor einem großen Hause, das halb wie ein Palast und halb wie ein griechischer Tempel aussah, und unter dessen Säulengang hinweg wir in eine große, mit vielen hundert Menschen erfüllte Halle traten. Über ihren Köpfen aber lag es wie ein Strom von Licht, und ganz nach hinten zu, wo die Lichtmasse sich zu verdichten schien, standen auf einem Podium zwei in rote Röcke gekleidete Bedienstete mit ein paar großen Behältern links und rechts neben sich, die wie Futterkisten mit weit aufgeklapptem Deckel aussahen."

„Und nun laß Stechlin raten, was es war."

„Er braucht es nicht zu raten", fuhr Armgard fort, „er weiß es natürlich schon. Aber er muß trotzdem aushalten. Denn er hat es selber so gewollt. Also Podium und Rotröcke samt aufgeklappter Kiste links und rechts. Und die hell erleuchtete Uhr darüber zeigte, daß es nur noch eine Minute bis sechs war. An ein Sich-Herandrängen war nicht zu denken, und so flogen denn die Brief- und Zeitungspakete, die noch mit den letzten Postzügen fort sollten, in weitem Bogen über die Köpfe der in Front Stehenden weg, was aber dabei statt in die Behälter bloß auf das Podium fiel, das wurde von den Rotröcken mit einer geschickten Fußbewegung in die Futterkisten wie hineingeharkt. Und nun setzte der Uhrzeiger ein, und das Fliegen der Pakete steigerte sich, bis genau mit dem sechsten Schlag auch der Deckel jeder der beiden Kisten zuschlug."

„Reizend, Komtesse. Natürlich seh ich mir das an, und wenn ich ein Rendezvous mit der Königin darüber versäumen müßte."

„Nichts Antimonarchisches", lachte der alte Graf. „Und so kommen Susans Untaten schließlich noch ans Licht."

„Und meine eignen dazu. Glücklicherweise durch mich selbst."

Das Gespräch setzte sich noch eine Weile fort, und allerlei Schilderungen aus dem Klein- und Alltagsleben behielten dabei die Oberhand. Ein paarmal, weil er wohl sah, daß Woldemar gern auch andres zu hören wünschte, versuchte der alte Graf das Thema zu wechseln, aber beide Damen blieben bei „shopping" und „five o'clock tea", bis Melusine, der Woldemars Ungeduld ebenfalls nicht entgangen war, mit einem Male fragte: „Haben Sie denn je von Traitors-Gate gehört?"

„Nein", sagte Woldemar. „Ich kann es mir aber übersetzen und meine Schlüsse daraus ziehn."

„Das reicht aus. Also natürlich Tower. Nun sehen Sie, Traitors-Gate, das war meine Domäne, wenn Besuch aus Deutschland kam und ich wohl oder übel den Führer machen mußte. Vieles im Tower langweilte mich, aber Traitors-Gate nie, vielleicht deshalb nicht, weil es ziemlich zu Anfang liegt, so daß ich, wenn wir's erreichten, immer noch bei Frische war, nicht abgestumpft durch all die Schrecklichkeiten, die dann weiterhin folgen."

„Also Traitors-Gate muß ich sehn?"

„Unbedingt. Freilich, wenn ich dann wieder erwäge, daß an dieser berühmten Stelle nichts unmittelbar Wirkungsvolles zu sehn ist, so muß ich mich bei meinen Ratschlägen auf Ihre Phantasie verlassen können. Und ob das geht, weiß ich nicht. Wer aus der Mark ist, hat meist keine Phantasie."

Der alte Graf und Armgard schwiegen, und auch Melusine sah wohl, daß sie mit ihrer Bemerkung etwas zu weit gegangen war. Irgendeine Reparierung schien also geboten. „Ich will's aber doch mit Ihnen wagen", nahm sie das Gespräch wieder auf und lachte. „Traitors-Gate. Nun sehen Sie, Sie kommen da vom Eingange her einen schmalen Gang entlang, und mit einem Male haben Sie statt der grauen Steinwand ein eisenbeschlagenes Holztor neben sich. Hinter diesem Tor aber befindet sich ein kleiner, ganz unten in der Tiefe gelegener Wasserhof, von dem aus eine mehrstufige Treppe heraufführt und an ebender Stelle mündet, an der Sie stehn. Und nun rechnen Sie dreihundert Jahre zurück. Wem sich die Pforte damals auftat, um sich hinter ihm wieder zu schließen, der hatte vom Leben Abschied genommen ... Es sind da, verzeihen Sie das Wort, lauter glibbrige Stufen und *wer* alles stieg diese Stufen hinauf: Essex, Sir Walter Raleigh, Thomas Morus und zuletzt noch jene Clanhäuptlinge, die für Prince Charlie gefochten hatten und deren Köpfe, wenige Tage später, von Temple-Bar herab, auf die City niedersahen."

„Liegt, Gott sei Dank, weit zurück."

„Ja, weit zurück. Aber es kann wiederkommen. Und gerade *das* war es, was immer, wenn ich da so stand, den größten Eindruck auf mich machte. Diese Möglichkeit, daß es wiederkehre. Denn ich erinnere mich noch sehr wohl – ja, du warst es selbst, Papa, der es mir erzählte – daß Lord Palmerston einmal, unwirsch über die koburgische Nebenpolitik (ich glaube während der Krimkriegtage) sich dahin geäußert hätte: ‚Dieser Prince-Consort, er täte gut, sich unser Traitors-Gate bei Gelegenheit anzusehn. Es ist zwar schon lange, daß Könige da die glibbrige Treppe hinaufgestiegen sind, aber es ist doch noch nicht *so* lange, daß wir uns dessen nicht mehr entsinnen könnten. Und ein Prince-Consort ist noch lange nicht ein König.'"

Woldemar, als Melusine dies mit überlegener Miene gesagt hatte, lächelte vor sich hin, was die Gräfin derartig verdroß, daß sie mit einer gewissen Gereiztheit hinzusetzte: „Sie lächeln. Da seh ich doch, wie sehr ich im Rechte war, Ihnen die Phantasie abzusprechen."

„Verzeihen Sie mir ..."

„Und nun werden Sie auch noch pathetisch. Das ist die richtige Ergänzung. Im übrigen, wie könnt ich mit Ihnen ernsthaft zürnen! Ein berühmter deutscher Professor soll einmal irgendwo gesagt haben: niemand sei verpflichtet, ein großer Mann zu sein. Und ebensowenig wird er ‚große Phantasie' als etwas Pflichtmäßiges gefordert haben."

Woldemar küßte ihr die Hand. „Wissen Sie, Gräfin, daß Sie doch eigentlich recht hochmütig sind?"

„Vielleicht. Aber mancher entwaffnet mich wieder. Und zu diesen gehören Sie."

„Das ist nun auch wieder aus dem Ton."

„Ich weiß es nicht. Aber lassen wir's. Und versprechen Sie mir lieber, mir von Windsor oder London aus eine Karte zu schreiben ... nein, eine Karte, das geht nicht ... also einen Brief, darin Sie mir ein Wort über die Engländerinnen sagen, und ob Sie jede taillenlose Rotblondine drüben auch so schön gefunden haben werden, wie's von den Kontinentalen, wenn sie dies Thema berühren, fast immer versichert wird."

„Es wird davon abhängen, an wen ich gerade denke."
„Nach dieser Bemerkung ist Ihnen alles verziehn."

Woldemar blieb bis neun. Er hatte gleich in den Zeilen, in denen er sich anmeldete, die Damen wissen lassen, daß er seinen Besuch auf eine kurze Stunde beschränken müsse. So war er denn bei guter Zeit wieder daheim. Auf seinem Tische fand er ein Briefchen vor und erkannte Rex' Handschrift. „Lieber Stechlin", so schrieb dieser, „ich höre eben, daß Sie nach London gehn. In der Zeitung, wo's schon gestanden haben soll, hab ich es übersehn. Ich beglückwünsche Sie von Herzen zu dieser Auszeichnung und lege ihnen eine Karte bei, die Sie (wenn's Ihnen paßt) bei meinem Freunde Ralph Waddington einführen soll. Er ist Advokat und einer der angesehensten Führer unter den Irvingianern. Fürchten Sie übrigens keine Bekehrungsversuche. Waddington ist ein durchaus feiner Mann, also zurückhaltend. Er kann Ihnen aber mannigfach behilflich sein, wenn Ihnen daran gelegen sein sollte, sich um das Wesen der englischen Dissenter, ihre Chapels und Tabernakels zu kümmern. Er ist ein Wissenschaftler auf diesem Gebiet. Und ich kenne ja Ihre Vorliebe für derlei Fragen."

Stechlin legte den Brief unter den Briefbeschwerer und sagte: „Der gute Rex! Er überschätzt mich. Dissenterstudien. Es genügt mir, wenn ich einen einzigen Quäker sehe."

Dreiundzwanzigstes Kapitel

Was Rex da schrieb, hatte doch ein Gutes gehabt: Woldemar, erheitert bei dem Gedanken, sich durch Ralph Waddington in ein Tabernakel eingeführt zu sehn, sah sich mit einem Male einer gewissen Abspannung entrissen und war froh darüber, denn er brauchte durchaus Stimmung, um noch einige Briefe zu schreiben. Das ging ihm nun leichter von der Hand, und als elf Uhr kaum heran war, war alles erledigt.

Der andre Morgen sah ihn selbstverständlich früh auf. Fritz war um ihn her und half, wo noch zu helfen war. „Und nun, Fritz", so waren Woldemars letzte Worte, „sieh nach dem Rechten. Schicke mir nichts nach; Zeitungen wirf weg. Und die drei Briefe hier, wenn ich fort bin, die tue sofort in den Kasten ... Ist die Droschke schon da?"

„Zu Befehl, Herr Rittmeister."

„Na, dann mit Gott. Und jeden Tag lüften. Und paß auf die Pferde."

Damit verabschiedete sich Woldemar.

Von den drei Briefen war einer nach Stechlin hin adressiert. Er traf, weil er noch mit dem ersten Zuge fortkonnte, gleich nach Tisch bei dem Alten ein und lautete:

„Mein lieber Papa. Wenn Du diese Zeilen erhältst, sind wir schon auf dem Wege. ‚Wir' das will sagen: unser Oberst, unser zweitältester Stabsoffizier, ich und zwei jüngere Offiziere. Aus Deinen eignen Soldatentagen her kennst Du den Charakter solcher Abordnungen. Nachdem wir ‚Regiment Königin von Großbritannien und Irland' geworden sind, war dies ‚uns drüben vorstellen' nur noch eine Frage der Zeit. Dieser Mission beigesellt zu sein, ist selbstverständlich eine große Ehre für mich, doppelt, wenn ich die Namen, über die wir in unserm Regiment Verfügung haben, in Erwägung ziehe. Die Zeiten, wo man das Wort ‚historische Familie' betonte, sind vorüber. Auch an Tante Adelheid hab ich in dieser Sache geschrieben. Was mir persönlich an Glücksgefühl vielleicht noch fehlen mag, wird sie leicht aufbringen. Und ich freue mich dessen, weil ich ihr, alles in allem, doch so viel verdanke. Daß ich mich von Berlin gerade jetzt nicht gerne trenne, sei nur angedeutet; Du wirst den Grund davon unschwer erraten. Mit besten Wünschen für Dein Wohl, unter herzlichen Grüßen an Lorenzen, wie immer Dein Woldemar."

Dubslav saß am Kamin, als ihm Engelke den Brief brachte. Nun war der Alte mit dem Lesen durch und sagte: „Woldemar geht nach England. Was sagst du dazu, Engelke?"

„So was hab ich mir all immer gedacht."

„Na, dann bist du klüger gewesen als ich. Ich habe mir gar nichts gedacht. Und nu noch drei Tage, so stellt er sich mit seinem Oberst und seinem Major vor die Königin von England hin und sagt: Hier bin ich."

„Ja, gnäd'ger Herr, warum soll er nich?"

„Is auch 'n Standpunkt. Und vielleicht sogar der richtige. Volksstimme, Gottesstimme. Na, nu geh mal zu Pastor Lorenzen und sag ihm, ich ließ ihn bitten. Aber sage nichts von dem Brief; ich will ihn überraschen. Du bist mitunter 'ne alte Plappertasche."

Schon nach einer halben Stunde war Lorenzen da.

„Haben befohlen ..."

„Haben befohlen. Ja, das ist gerade so das Richtige; sieht mir ähnlich ... Nun, Lorenzen, schieben Sie sich mal 'nen Stuhl ran, und wenn Engelke nicht geplaudert hat (denn er hält nicht immer dicht), so hab ich eine richtige Neuigkeit für Sie. Woldemar ist nach England ..."

„Ah, mit der Abordnung."

„Also wissen Sie schon davon?"

„Nein, ausgenommen das eine, daß eine Deputation oder Gesandtschaft beabsichtigt sei. Das las ich und dabei hab ich dann freilich auch an Woldemar gedacht."

Dubslav lachte. „Sonderbar. Engelke hat sich so was gedacht, Lorenzen hat sich auch so was gedacht. Nur der eigne Vater hat an gar nichts gedacht."

„Ach, Herr von Stechlin, das ist immer so. Väter sind Väter und können nie vergessen, daß die Kinder Kinder waren. Und doch hört es mal auf damit. Napoleon war mit zwanzig ein armer Leutnant und an Ansehn noch lange kein Stechlin. Und als er so alt war, wie jetzt unser Woldemar, ja, da stand er schon zwischen Marengo und Austerlitz."

„Hören Sie, Lorenzen, Sie greifen aber hoch. Meine Schwester Adelheid wird sich Ihnen übrigens wohl anschließen und von heut ab eine neue Zeitrechnung datieren. Ich nehm es ruhiger, trotzdem ich einsehe, daß es nach großer Auszeichnung schmeckt. Und ist er wieder zurück, dann wird er auch allerlei Gutes davon haben. Aber solang er drüben ist! Ich trau der Sache nicht. Von Behagen jedenfalls keine Rede. Die Vettern sind nun mal nicht zufriedenzustellen; vielleicht ärgern sie sich, daß es draußen in der Welt auch noch ein ‚Regiment Königin von Großbritannien und Irland' gibt. Das besorgen sie sich lieber selbst und nehmen so was, wenn andre damit kommen, wie 'ne Prätension. Wie stehen denn Sie dazu. Sie haben die Beefeaters vielleicht in Ihr Herz geschlossen wegen der vielen Dissenter. Ein Kardinal, der freilich auch noch Gourmand war, soll mal gesagt haben: ‚Schreckliches Volk; hundert Sekten und bloß eine Soße.'"

„Ja", lachte Lorenzen, „da bin ich freilich für die ‚Beefeaters', wie Sie sagen, und gegen den Kardinal. Das mit den hundert Sekten laß ich auf sich beruhn (mein Geschmack, beiläufig, ist es nicht), aber unter allen Umständen bin ich für höchstens eine Sauce. Das ist das einzig Richtige, weil Gesunde. Die Dinge müssen in sich etwas sein, und wenn das zutrifft, so ist eigentlich jede ‚Sauce', und nun gar erst die Sauce im Plural, von vornherein schon gerichtet. Aber lassen wir den Kardinal und seine Gewagtheiten und nehmen wir den Gegenstand seiner Abneigung: England. Es hat für mich eine Zeit gegeben, wo ich bedingungslos dafür schwärmte. Nicht zu verwundern. Hieß es doch damals in dem ganzen Kreise, drin ich lebte: ‚Ja, wenn wir England nicht mehr lieben sollen, was sollen wir dann überhaupt noch lieben?' Diese halbe Vergötterung hab ich noch ehrlich mit durchgemacht. Aber das ist nun eine hübsche Weile her. Sie sind drüben schrecklich runtergekommen, weil der Kult vor dem Goldenen Kalbe beständig wächst; lauter Jobber und die vornehme Welt obenan. Und dabei so heuchlerisch; sie sagen ‚Christus' und meinen Kattun."

„Is leider so, wenigstens nach dem bißchen, was ich davon weiß. Und alles in allem, und neuerdings erst recht, bin ich deshalb immer für Rußland gewesen. Wenn ich da so an unsern Kaiser Nikolaus zurückdenke und an die Zeit, wo seine Uniform als Geschenk bei uns eintraf und dann als Kirchenstück in die Garnisonskirche kam. Natürlich in Potsdam. Wir haben zwar die Reliquien abgeschafft, aber wir haben sie doch auf unsre Art, und ganz ohne so was geht es nu mal nicht. Mit dem Alten Fritzen fing es natürlich an. Wir haben seinen Krückstock und den Dreimaster und das Taschentuch (na, das hätten sie vielleicht weglassen können), und zu den drei Stücken haben wir nu jetzt auch noch die Nikolaus-Uniform."

Lorenzen sah verlegen vor sich hin; etwas dagegen sagen, ging nicht, und zustimmen noch weniger.

Dubslav aber fuhr fort: „Und dann sind sie da forscher in Petersburg und geht alles mehr aus dem vollen, auch wenn die besten Steine mitunter schon rausgebrochen sind. So was kommt vor; is eben noch ein Naturvolk. Ich kann das ‚Schenken' eigentlich nicht leiden, es hat so was von Bestechung und sieht aus wie 'n Trinkgeld. Und Trinkgeld ist noch schlimmer als Bestechung und paßt mir eigentlich ganz und gar nicht. Aber es hat doch auch wieder was Angenehmes, solche Tabatiere. Wenn es einem gut geht, ist es ein Familienstück, und wenn es einem schlecht geht, ist es 'ne letzte Zuflucht. Natürlich, ein ganz reinliches Gefühl hat man nicht dabei."

Lorenzen blieb eine volle Stunde. Der Alte war immer froh, wenn sich ihm Gelegenheit bot, sich mal ausplaudern zu können, und heute standen ja die denkbar besten Themata zur Verfügung: Woldemar, England, Kaiser Nikolaus und dazwischen Tante Adelheid, über die zwar immer nur kurze Worte fielen, aber doch so, daß sie, weil spöttisch, die gute Laune des Alten wesentlich steigerten.

Und in dieser guten Laune war er auch noch, als er, um die fünfte Stunde, seinen Eichenstock und seinen eingeknautschten Filzhut vom Riegel nahm, um am See hin, in der Richtung auf Globsow zu, seinen gewöhnlichen Spaziergang zu machen. Unmittelbar am Südufer, da wo die Wand steil abfiel, befand sich eine von Buchenzweigen überdachte Steinbank. Das war sein Lieblingsplatz. Die Sonne stand schon unterm Horizont, und nur das Abendrot glühte noch durch die Bäume. Da saß er nun und überdachte sein Leben, Altes und Neues, seine Kindheits- und seine Leutnantstage, die Tage kurz vor seiner Verheiratung, wo das junge blasse Fräulein, das seine Frau werden sollte, noch Lieblingshofdame bei der alten Prinzeß Karl war. All das zog jetzt wieder an ihm vorüber, und dazwischen seine Schwester Adelheid, in jenen Tagen noch leidlich gut bei Weg, aber auch schon hart und herbe wie heute, so daß sie den reizenden Kerl, den Baron Krech, bloß weil er über ein schon halb abgestorbenes „Verhältnis“ und eine freilich noch fortlebende Spielschuld verfügte, durch ihre Tugend weggegrault hatte. Das waren die alten Geschichten. Und dann wurde Woldemar geboren, und die junge Frau starb, und der Junge wuchs heran und lernte bei Lorenzen all das dumme Zeug, das Neue (dran vielleicht doch was war), und nun fuhr er nach England rüber und war vielleicht schon in Köln und in ein paar Stunden in Ostende.

Dabei sah er vor sich hin und malte mit seinem Stock Figuren in den Sand. Der Wald war ganz still; auf dem See schwanden die letzten roten Lichter, und aus einiger Entfernung klangen Schläge herüber, wie wenn Leute Holz fällen. Er hörte mit halbem Ohr hin und sah eben auf die von Globsow her heraufführende schmale Straße, als er einer alten Frau von wohl siebzig gewahr wurde, die, mit einer mit Reisig bepackten Kiepe, den leis ansteigenden Weg heraufkam, etliche Schritte vor ihr ein Kind mit ein paar Enzianstauden in der Hand. Das Kind, ein Mädchen, mochte zehn Jahr sein, und das Licht fiel so, daß das blonde wirre Haar wie leuchtend um des Kindes Kopf stand. Als die Kleine bis fast an die Bank heran war, blieb sie stehn und erwartete da das Näherkommen der alten Frau. Diese, die wohl sah, daß das Kind in Furcht oder doch in Verlegenheit war, sagte: „Geih man vorupp, Agnes; he deiht di nix."

Das Kind, sich bezwingend, ging nun auch wirklich, und während es an der Bank vorüberkam, sah es den alten Herrn mit großen klugen Augen an.

Inzwischen war auch die Alte herangekommen.

„Na, Buschen", sagte Dubslav, „habt Ihr denn auch bloß Bruchholz in Eurer Kiepe? Sonst packt Euch der Förster."

Die Alte griente: „Jott, jnädiger Herr, wenn Se doabi sinn, denn wird he joa woll nich."

„Na, ich denk auch; is immer nich so schlimm. Und wer is denn das Kind da?"

„Dat is joa Karlinens."

„So, so, Karlinens. Is sie denn noch in Berlin? Und wird er sie denn heiraten? Ich meine den Rentsch in Globsow."

„Ne, he will joa nich."

„Is aber doch von ihm?"

„Joa, se seggt so. Awers he seggt, he wihr et nich."

Der alte Dubslav lachte. „Na, hört, Buschen, ich kann's ihm eigentlich nich verdenken. Der Rentsch is ja doch ein ganz schwarzer Kerl. Und nu seht Euch mal das Kind an."

„Dat hebb ick ehr ook all seggt. Un Karline weet et ook nich so recht un lacht man ümmer. Un se brukt em ook nich."

„Geht es ihr denn so gut?"

„Joa; man kann et binah seggen. Se plätt't ümmer. Alle so 'ne plätten ümmer. Ick wihr oak dissen Summer mit Agnessen (se heet Agnes) in Berlin, un doa wihr'n wi joa tosamen in 'n Zirkus. Un Karline wihr ganz fidel."

„Na, das freut mich. Und Agnes, sagt Ihr, heißt sie. Is ein hübsches Kind."

„Joa, det is se. Un is ook en gaudes Kind; se weent gliks un is immer so patschlich mit ehre lütten Hänn'. Sünne sinn immer so."

„Ja, das is richtig. Aber Ihr müßt aufpassen, sonst habt Ihr 'nen Urenkel, Ihr wißt nicht wie. Na, gu'n Abend, Buschen."

„'n Abend, jnäd'ger Herr."

Vierundzwanzigstes Kapitel

Der Baron Berchtesgadensche Wagen fuhr am Kronprinzenufer vor und die Baronin, als sie gehört hatte, daß die Herrschaften oben zu Hause seien, stieg langsam die Treppe hinauf, denn sie war nicht gut zu Fuß und ein wenig asthmatisch. Armgard und Melusine begrüßten sie mit großer Freude. „Wie gut, wie hübsch, Baronin", sagte Melusine, „daß wir Sie sehn. Und wir erwarten auch noch Besuch. Wenigstens ich. Ich habe solch Kribbeln in meinem kleinen Finger, und dann kommt immer wer. Wrschowitz gewiß (denn er war drei Tage lang nicht hier) und vielleicht auch Professor Cujacius. Und wenn nicht der, so Dr. Pusch, den Sie noch nicht kennen, trotzdem Sie ihn eigentlich kennen müßten – noch alte Bekannschaft aus Londoner Tagen her. Möglicherweise kommt auch Frommel. Aber vor allem, Baronin, was bringen Sie für Wetter mit? Lizzi sagt mir eben, es neble so stark, man könne die Hand vor Augen nicht sehn."

„Lizzi hat Ihnen ganz recht berichtet, der richtige London Fog, wobei mir natürlich Ihr Freund Stechlin einfällt. Aber über den sprechen wir nachher. Jetzt sind wir noch beim Nebel. Es war draußen wirklich so, daß ich immer dachte, wir würden zusammenfahren; und am Brandenburger Tor, mit den großen Kandelabern dazwischen, sah es beinah aus wie ein Bild von Skarbina. Kennen Sie Skarbina?"

„Gewiß", sagte Melusine, „den kenn ich sehr gut. Aber allerdings erst von der letzten Ausstellung her. Und was, außer den Gaslaternen im Nebel, mir so eigentlich von ihm vorschwebt, das ist ein kleines Bild: langer Hotelkorridor, Tür an Tür, und vor einer der vielen Türen ein paar Damenstiefelchen. Reizend. Aber die Hauptsache war doch die Beleuchtung. Von irgendwoher fiel ein Licht ein und vergoldete das Ganze, den Flur und die Stiefelchen."

„Richtig", sagte die Baronin. „Das war von ihm. Und gerade das hat Ihnen so sehr gefallen?"

„Ja. Was auch natürlich ist. In meinen italienischen Tagen – wenn ich von ‚italienischen Tagen' spreche, so meine ich übrigens nie meine Verheiratungstage; während meiner Verheiratungstage hab ich Gott sei Dank so gut wie gar nichts gesehn, kaum meinen Mann, aber freilich immer noch zuviel – also während meiner italienischen Tage hab ich vor so vielen Himmelfahrten gestanden, daß ich jetzt für Stiefeletten im Sonnenschein bin."

„Ganz mein Fall, liebe Melusine. Freilich bin ich jetzt nebenher auch noch fürs Japanische: Wasser und drei Binsen und ein Storch daneben. In meinen Jahren darf ich ja von Storch sprechen. Früher hätt ich vielleicht Kranich gesagt."

„Nein, Baronin, das glaub ich Ihnen nicht. Sie waren immer für das, was sie jetzt Realismus nennen, was meistens mehr Ton und Farbe hat, und dazu gehört auch der Storch. Deshalb lieb ich Sie ja gerade so sehr. Ach, daß doch das Natürliche wieder obenauf käme."

„Kommt, liebe Melusine."

Melusinens kribbelnder kleiner Finger behielt recht. Es kam wirklich Besuch, erst Wrschowitz, dann aber – statt der drei, die sie noch nebenher gemutmaßt hatte – nur Czako.

Der Empfang des einen wie des andern der beiden Herren hatte vorn im Damenzimmer stattgefunden, ohne Gegenwart des alten Grafen. Dieser erschien erst, als man zum Tee ging; er hieß seine Gäste herzlich willkommen, weil er jederzeit das Bedürfnis hatte, von dem, was draußen in der Welt vorging, etwas zu hören. Dafür sorgte denn auch jeder auf seine Weise: die Baronin durch Mitteilungen aus der oberen Gesellschaftssphäre, Czako durch Avancements und Demissionen und Wrschowitz durch „Krittikk". Alles, was zur Sprache kam, hatte für den alten Grafen so ziemlich den gleichen Wert, aber das Liebste waren ihm doch die Hofnachrichten, die die Baronin mit glücklicher Ungeniertheit zum besten gab. Wendungen wie „ich darf mich wohl Ihrer Diskretion versichert halten" waren ihr gänzlich fremd. Sie hatte nicht bloß ganz allgemein den Mut ihrer Meinung, sondern diesen Mut auch in betreff ihrer jedesmaligen Spezialgeschichte, von der man in der Regel freilich sagen durfte, daß sie desselben auch dringend bedürftig war.

„Sagen Sie, liebe Freundin", begann der alte Graf, „was wird das jetzt so eigentlich mit den Briefen bei Hofe?"

„Mit den Briefen? Oh, das wird immer schöner."

„Immer schöner?"

„Nun, immer schöner", lachte hier die Baronin, „ist vielleicht nicht gerade das rechte Wort. Aber es wird immer geheimnisvoller. Und das Geheimnisvolle hat nun mal das, worauf es ankommt, will sagen den Charme. Schon die beliebte Wendung ‚rätselhafte Frau' spricht dafür; eine Frau, die nicht rätselhaft ist, ist eigentlich gar keine, womit ich mir persönlich freilich eine Art Todesurteil ausspreche. Denn ich bin alles, nur kein Rätsel.

Aber am Ende, man ist, wie man ist, und so muß ich dies Manko zu verwinden suchen ... Es heißt immer, ‚üble Nachrede, drin man sich mehr oder weniger mit Vorliebe gefalle, sei was Sündhaftes'. Aber was heißt hier ‚üble Nachrede'? Vielleicht ist das, was uns so bruchstückweise zu Gehör kommt, nur ein schwaches Echo vom Eigentlichen, und bedeutet eher ein Zuwenig als ein Zuviel. Im übrigen, wie's damit auch sei, mein Sinn ist nun mal auf das Sensationelle gerichtet. Unser Leben verläuft, offen gestanden, etwas durchschnittsmäßig, also langweilig, und weil dem so ist, setz ich getrost hinzu: ‚Gott sei Dank, daß es Skandale gibt.' Freilich für Armgard ist so was nicht gesagt. Die darf es nicht hören."

„Sie hört es aber doch", lachte die Komtesse, „und denkt dabei: was es doch für sonderbare Neigungen und Glücke gibt. Ich habe für dergleichen gar kein Organ. Unsre teure Baronin findet unser Leben langweilig und solche Chronik interessant. Ich, umgekehrt, finde solche Chronik langweilig und unser alltägliches Leben interessant. Wenn ich den Rudolf unsers Portier Hartwig unten mit seinem Hoop und seinen dünnen langen Berliner Beinen über die Straße laufen sehe, so find ich das interessanter als diese sogenannte Pikanterie."

Melusine stand auf und gab Armgard einen Kuß. „Du bist doch deiner Schwester Schwester, oder mein Erziehungsprodukt, und zum erstenmal in meinem Leben muß ich meine teure Baronin ganz im Stiche lassen. Es ist nichts mit diesem Klatsch; es kommt nichts dabei heraus."

„Ach, liebe Melusine, das ist durchaus nicht richtig. Es kommt umgekehrt sehr viel dabei heraus. Ihr Barbys seid alle so schrecklich diskret und ideal, aber ich für mein Teil ich bin anders und nehme die Welt, wie sie ist; ein Bier und ein Schnaderhüpfl und mal ein Haberfeldtreiben, damit kommt man am weitesten. Was wir da jetzt hier erleben, das ist auch solch Haberfeldtreiben, ein Stück Feme."

„Nur keine heilige."

„Nein", sagte die Baronin, „keine heilige. Die Feme war aber auch nicht immer heilig. Habe mir da neulich erst den Götz wieder angesehn, bloß wegen dieser Szene. Die Poppe beiläufig vorzüglich. Und der schwarze Mann von der Feme soll im Urtext noch viel schlimmer gewesen sein, so daß man es (Goethe war damals noch sehr jung) eigentlich kaum lesen kann. Ich würde mir's aber doch getrauen. Und nun wend ich mich an unsre Herren, die dies diffizile Kampffeld, ich weiß nicht ritterlicher- oder unritterlicherweise, mir ganz allein überlassen haben. Dr. Wrschowitz, wie denken Sie darüber?"

„Ich denke darüber ganz wie gnädige Frau. Was wir da lesen wie Runenschrift ... nein, *nicht* wie Runenschrift ... " (Wrschowitz unterbrach sich hier mißmutig über sein eignes Hineingeraten ins Skandinavische) –„was wir da lesen in Briefen vom Hofe, das ist Krittikk. Und weil es Krittikk ist, ist es gutt. Mag es auch sein Mißbrauch von Krittikk. Alles hat Mißbrauch. Gerechtigkeit hat Mißbrauch, Kirche hat Mißbrauch, Krittikk hat Mißbrauch. Aber trotzdem. Auf die Feme kommt es an, und das große Messer muß wieder stecken im Baum."

„Brrr", sagte Czako, was ihm einen ernsten Augenaufschlag von Wrschowitz eintrug. –

Als man sich nach einer halben Stunde von Tisch erhoben hatte, wechselte man den Raum und begab sich in das Damenzimmer zurück, weil der alte Graf etwas Musik hören und sich von Armgards Fortschritten überzeugen wollte. „Dr. Wrschowitz hat vielleicht die Güte, dich zu begleiten."

So folgte denn ein Quatremains und als man damit aufhörte, nahm der alte Barby Veranlassung, seiner Vorliebe für solch vierhändiges Spiel Ausdruck zu geben, was Wrschowitz, dessen Künstlerüberheblichkeit keine Grenzen kannte, zu der ruhig lächelnden Gegenbemerkung veranlaßte, daß man dieser Auffassung bei Dilettanten sehr häufig begegne. Der alte Graf, wenig befriedigt von dieser „Krittikk", war doch andrerseits viel zu vertraut mit Künstlerallüren im allgemeinen und mit den Wrschowitzschen im besonderen, um sich ernstlich über solche Worte zu verwundern. Er begnügte sich vielmehr mit einer gemessenen Verbeugung gegen den Musikdoktor und zog, auf einer nebenstehenden Causeuse Platz nehmend, die gute Frau von Berchtesgaden ins Gespräch, von der er wußte, daß ihre Munterkeiten nie den Charakter „goldener Rücksichtslosigkeiten" annahmen.

Wrschowitz seinerseits war an dem aufgeklappten Flügel stehen geblieben, ohne jede Spur von Verlegenheit, so daß ein Sich-Kümmern um ihn eigentlich nicht nötig gewesen wäre. Trotzdem hielt es Czako für angezeigt, sich seiner anzunehmen und dabei die herkömmliche Frage zu tun, „ob er, der Herr Dr. Wrschowitz, sich schon in Berlin eingelebt habe?"

„Hab ich", sagte Wrschowitz kurz.

„Und beklagen es nicht, Ihr Zelt unter uns aufgeschlagen zu haben?"

„Au contraire. Berlin eine schöne Stadt, eine serr gutte Stadt. Eine serr gutte Stadt pour moi en particulier et pour les étrangers en général. Eine serr gutte Stadt, weil es hat Musikk und weil es hat Krittikk."

„Ich bin beglückt, Dr. Wrschowitz, speziell aus Ihrem Munde so viel Gutes über unsre Stadt zu hören. Im allgemeinen ist die slawische, besonders die tschechische Welt ..."

„Oh, die tschechische Welt. Vanitas vanitatum."

„Es ist sehr selten, in nationalen Fragen einem so freien Drüberstehn zu begegnen ... Aber wenn es Ihnen recht ist, Dr. Wrschowitz, wir stehen hier wie zwei Schildhalter neben diesem aufgeklappten Klavier – vielleicht daß wir uns setzen können. Gräfin Melusine lugt ohnehin schon nach uns aus." Und als Wrschowitz seine Zustimmung zu diesem Vorschlage Czakos ausgedrückt hatte, schritten beide Herren vom Klavier her auf den Kamin zu, vor dem sich die Gräfin auf einem Fauteuil niedergelassen hatte. Neben ihr stand ein Marmortischchen, drauf sie den linken Arm stützte.

„Nun endlich, Herr von Czako. Vor allem aber rücken Sie Stühle heran. Ich sah die beiden Herren in einem anscheinend intimen Gespräche. Wenn es sich um etwas handelte, dran ich teilnehmen darf, so gönnen Sie mir diesen Vorzug. Papa hat sich, wie Sie sehn, mit der Baronin engagiert, ich denke mir über berechtigte bajuwarische Eigentümlichkeiten, und Armgard denkt über ihr Spiel nach und all die falschen Griffe. Was müssen Sie gelitten haben, Wrschowitz. Und nun noch einmal, Hauptmann Czako, worüber plauderten Sie?"

„Berlin."

„Ein unerschöpfliches Thema für die Medisance."

„Worauf Dr. Wrschowitz zu meinem Erstaunen verzichtete. Denken Sie sich, gnädigste Gräfin, er schien alles loben zu wollen. Allerdings waren wir erst bei Musik und Kritik. Über die Menschen noch kein Wort."

„Oh, Wrschowitz, das müssen Sie nachholen. Ein Fremder sieht mehr als ein Einheimischer. Also frei weg und ohne Scheu. Wie sind die Vornehmen? Wie sind die kleinen Leute?"

Wrschowitz wiegte den Kopf hin und her, als ob er überlege, wie weit er in seiner Antwort gehen könne. Dann mit einem Male schien er einen Entschluß gefaßt zu haben und sagte: „Oberklasse gutt, Unterklasse serr gutt; Mittelklasse *nicht* serr gutt."

„Kann ich zustimmen", lachte Melusine. „Fehlen nur noch ein paar Details. Wie wär es damit?"

„Mittelklassberliner findet gutt, was *er* sagt, aber findet *nicht* gutt, was sagt ein andrer."

Czako, trotzdem er sich getroffen fühlte, nickte.

„Mittelklassberliner, wenn spricht andrer, fällt in Krampf. In versteckten Krampf oder auch in nicht versteckten Krampf. In verstecktem Krampf ist er ein Bild des Jammers, in nicht verstecktem Krampf ist er ein Affront."

„Brav, Wrschowitz. Aber mehr. Ich bitte."

„Berliner, immer an der Tete. So wenigstens glaubt er. Berliner immer Held. Berliner weiß alles, findet alles, entdeckt alles. Erst Borsig, dann Stephenson, erst Rudolf Hertzog, dann Herzog Rudolf, erst Pfefferküchler Hildebrand, dann Papst Hildebrand."

„Nicht geschmeichelt, aber ähnlich. Und nun, Wrschowitz, noch eins, dann sind Sie wieder frei ... Wie sind die Damen?"

„Ach, gnädigste Gräfin ..."

„Nichts, nichts. Die Damen."

„Die Damen. Oh, die Damen serr gutt. Aber nicht speziffisch. Speziffisch in Berlin bloß die Madamm."

„Da bin ich aber doch neugierig."

„Speziffisch bloß die Madamm. Ich war, gnädigste Gräfin, in Petersburg und ich war in Moscoù. Und war in Budapest. Und war auch in Saloniki. Ah, Saloniki! Schöne Damen von Helikon und schöne Damen von Libanon, hoch und schlank wie die Zeder. Aber keine Madamm. Madamm nirgendwo; Madamm bloß in Berlin."

„Aber Wrschowitz, es müssen doch schließlich Ähnlichkeiten dasein. Eine Madamm ist doch immerhin auch eine Dame, wenigstens eine Art Dame. Schon das Wort spricht es aus."

„Nein, gnäddigste Gräfin; rien du tout. Dame! Dame denkt an Galan, Dame denkt an Putz; oder vielleicht auch an Divorçons. Aber Madamm denkt bloß an Rike draußen und mitunter auch an Paul. Und wenn sie zu Paul spricht, der ihr Jüngster ist, so sagt sie: ‚Jott, dein Vater.' Oh, die Madamm! Einige sagen, sie stürbe aus, andre sagen, sie stürbe nie."

„Wrschowitz", sagte Melusine, „wie schade, daß die Baronin und Papa nicht zugehört haben, und daß unser Freund Stechlin, der solche Themata liebt, nicht hier ist. Übrigens hatten wir heut ein Telegramm von ihm. Haben Sie vielleicht auch Nachricht, Herr Hauptmann?"

„Heute, gnädigste Gräfin. Und auch ein Telegramm. Ich hab es mitgebracht, weil ich an die Möglichkeit dachte ..."

„Bitte, lesen."

Und Czako las: „London, Charing Cross-Hotel. Alles über Erwarten groß. Sieben unvergeßliche Tage. Richmond schön. Windsor schöner. Und die Nelsonsäule vor mir. Ihr v. St."

Melusine lachte. „Das hat er uns auch telegraphiert."

„Ich fand es wenig", stotterte Czako verlegen, „und als Doublette find ich es noch weniger. Und ein Mann wie Stechlin, ein Mann in Mission! Und jetzt sogar unter den Augen Ihrer Majestät von Großbritannien und Indien."

Alles stimmte dem, „daß es wenig sei", zu. Nur der alte Graf wollte davon nichts wissen.

„Was verlangt ihr? Es ist umgekehrt ein sehr gutes Telegramm, weil ein richtiges Telegramm; Richmond, Windsor, Nelsonsäule. Soll er etwa telegraphieren, daß er sich sehnt, uns wiederzusehn? Und das wird er nicht einmal können, so riesig verwöhnt er jetzt ist. Ihr werdet euch alle sehr zusammennehmen müssen. Auch du, Melusine."

„Natürlich, ich am meisten."

VERLOBUNG
WEIHNACHTSREISE NACH STECHLIN

Fünfundzwanzigstes Kapitel

Drei Tage später war Woldemar zurück und meldete sich für den nächsten Abend am Kronprinzenufer an. Er traf nur die beiden Damen, die, Melusine voran, kein Hehl aus ihrer Freude machten. „Papa läßt Ihnen sein Bedauern aussprechen, Sie nicht gleich heute mit begrüßen zu können. Er ist bei den Berchtesgadens zur Spielpartie, bei der er natürlich nicht fehlen durfte. Das ist ‚Dienst', weit strenger als der Ihrige. Wir haben Sie nun ganz allein, und das ist auch etwas Gutes. An Besuch ist kaum zu denken; Rex war erst gestern auf eine kurze Visite hier, etwas steif und formell wie gewöhnlich, und mit Ihrem Freund Czako haben wir letzten Sonnabend eine Stunde verplaudern können. Wrschowitz war an demselben Abend auch da; beide treffen sich jetzt öfter und vertragen sich besser als ich bei Beginn der Bekanntschaft dachte. Wer also sollte noch kommen? ... Und nun setzen Sie sich, um Ihr Reisefüllhorn über uns auszuschütten; die Füllhörner, die jetzt Mode sind, sind meist

Bonbontüten, und genau so was erwart ich auch von Ihnen. Sie sollten mir in einem Briefe von den Engländerinnen schreiben. Aber wer darüber nicht schrieb, das waren Sie, wenn wir uns auch entschließen wollen, Ihr Telegramm für voll anzusehn." Und dabei lachte Melusine. „Vielleicht haben Sie uns in unsrer Eitelkeit nicht kränken wollen. Aber offen Spiel ist immer das beste. Wovon Sie nicht geschrieben, davon müssen Sie jetzt sprechen. Wie war es drüben? Ich meine mit der Schönheit."

„Ich habe nichts einzelnes gesehn, was mich frappiert oder gar hingerissen hätte."

„Nichts einzelnes. Soll das heißen, daß Sie dafür das Ganze beinah bewundert haben, will also sagen, die weibliche Totalität?"

„Fast könnt ich dem zustimmen. Ich erinnere mich, daß mir vor Jahr und Tag schon ein Freund einmal sagte, ‚in der ganzen Welt fände man, Gott sei Dank, schöne Frauen, aber nur in England seien die Frauen überhaupt schön.'"

„Und das haben Sie geglaubt?"

„Es liegt eigentlich schlimmer, gnädigste Gräfin. Ich hab es nicht geglaubt; aber ich hab es, meinem Nichtglauben zum Trotz, nachträglich bestätigt gefunden."

„Und Sie schaudern nicht vor solcher Übertreibung?"

„Ich kann es nicht, sosehr ich gerade hier eine Verpflichtung dazu fühle . . ."

„Keine Bestechungen."

„Ich soll schaudern vor einer Übertreibung", fuhr Woldemar fort. „Aber Sie werden mir, Frau Gräfin, dies Schaudern vielleicht erlassen, wenn ich Erklärungen abgegeben haben werde. Der Englandschwärmer, den ich da vorhin zitierte, war ein Freund von zugespitzten Sätzen, und zugespitzte Sätze darf man nie wörtlich nehmen. Und am wenigsten auf diesem diffizilen Gebiete. Nirgends in der Welt blühen Schönheiten wie die gelben Butterblumen übers Feld hin; wirkliche Schönheiten sind schließlich immer Seltenheiten. Wären sie nicht selten, so wären sie nicht schön, oder wir fänden es nicht, weil wir einen andern Maßstab hätten. All das steht fest. Aber es gibt doch Durchschnittsvorzüge, die den Typus des Ganzen bestimmen, und diesem Maße nicht geradezu frappierender, aber doch immerhin noch sehr gefälliger Durchschnittsschönheit, *dem* bin ich drüben begegnet."

„Ich laß es mit dieser Einschränkung gelten, und Sie werden in Papa, mit dem wir oft darüber streiten, einen Anwalt für

Ihre Meinung finden. Durchschnittsvorzüge. Zugegeben. Aber was sich darin ausspricht, das beinah Unpersönliche, das Typische ..."

Melusine schrak in diesem Augenblick leise zusammen, weil sie draußen die Klingel gehört zu haben glaubte. Wirklich, Jeserich trat ein und meldete: Professor Cujacius. „Um Gottes willen", entfuhr es der Gräfin, und die kleine Pause benutzend, die ihr noch blieb, flüsterte sie Woldemar zu: „Cujacius ... Malerprofessor. Er wird über Kunst sprechen; bitte, widersprechen Sie ihm nicht, er gerät dabei so leicht in Feuer oder in mehr als das." Und kaum, daß Melusine so weit gekommen war, erschien auch schon Cujacius und schritt unter rascher Verbeugung gegen Armgard auf die Gräfin zu, dieser die Hand zu küssen. Sie hatte sich inzwischen gesammelt und stellte vor: „Professor Cujacius ... Rittmeister von Stechlin." Beide verneigten sich gegeneinander, Woldemar ruhig, Cujacius mit dem ihm eignen superioren Apostelausdruck, der, wenn auch ungewollt, immer was Provozierendes hatte. „Bin", so ließ er sich mit einer gewissen Kondeszenz vernehmen, „durch Gräfin Melusine ganz auf dem laufenden. Abordnung, England, Windsor. Ich habe Sie beneidet, Herr Rittmeister. Eine so schöne Reise."

„Ja, das war sie, nur leider zu kurz, so daß ich intimeren Dingen, beispielsweise der englischen Kunst, nicht das richtige Maß von Aufmerksamkeit widmen konnte."

„Worüber Sie sich getrösten dürfen. Was ich persönlich an solcher Reise jedem beneiden möchte, das sind ausschließlich die großen Gesamteindrücke, der Hof und die Lords, die die Geschichte des Landes bedeuten."

„All das war auch mir die Hauptsache, mußt es sein. Aber ich hätte mich dem ohnerachtet auch gern um Künstlerisches gekümmert, speziell um Malerisches. So zum Beispiel um die Schule der Präraffaeliten."

„Ein überwundener Standpunkt. Einige waren da, deren Auftreten auch von uns (ich spreche von den Künstlern meiner Richtung) mit Aufmerksamkeit und selbst mit Achtung verfolgt wurde. So beispielsweise Millais ..."

„Ah, *der*. Sehr wahr. Ich erinnere mich seines bedeutendsten Bildes, das leider nach Amerika hin verkauft wurde. Wenn ich nicht irre, zu einem enormen Preise."

Cujacius nickte. „Mutmaßlich das vielgefeierte ‚Angelusbild', was Ihnen vorschwebt, Herr Rittmeister, eine von Händlern heraufgepuffte Marktware, für die Sie glücklicherweise den englischen Millais, will also sagen, den ‚a, i, s' = Millais nicht verantwortlich machen dürfen. *Der* Millet, der für eine, wie Sie schon bemerkten, lächerlich hohe Summe nach Amerika hin verkauft wurde, war ein ‚e, t' = Millet, Vollblutpariser oder wenigstens Franzose."

Woldemar geriet über diese Verwechslung in eine kleine Verlegenheit, die Damen mit ihm, alles sehr zur Erbauung des Professors, dessen rasch wachsendes Überlegenheitsgefühl unter dem Eindruck dieses Fauxpas immer neue Blüten übermütiger Laune trieb. „Im übrigen sei mir's verziehen", fuhr er, immer leuchtender werdend, fort, „wenn ich mein Urteil über beide kurz dahin zusammenfasse: ‚sie sind einander wert' und die zwei großen westlichen Kulturvölker mögen sich darüber streiten, wer von ihnen am meisten genasführt wurde. Der französische Millet ist eine Null, ein Zwerg, neben dem der englische vergleichsweise zum Riesen anwächst, wohlverstanden vergleichsweise. Trotzdem, wie mir gestattet sein mag zu wiederholen, war er zu Beginn seiner Laufbahn ein Gegenstand unsrer hiesigen Aufmerksamkeit. Und mit Recht. Denn das Präraffaelitentum, als dessen Begründer und Vertreter ich ihn ansehe, trug damals einen Zukunftskeim in sich; eine große Revolution schien sich anbahnen zu wollen, jene große Revolution, die Rückkehr heißt. Oder wenn Sie wollen ‚Reaktion'. Man hat vor solchen Wörtern nicht zu erschrecken. Wörter sind Kinderklappern."

„Und dieser englische Millais – den mit dem französischen verwechselt zu haben ich aufrichtig bedaure –, dieser ‚a, i, s' = Millais, dieser große Reformer, ist, wenn ich Sie recht verstehe, sich selber untreu geworden."

„Man wird dies sagen dürfen. Er und seine Schule verfielen in Exzentrizitäten. Die Zucht ging verloren und das straft sich auf jedem Gebiet. Was da neuerdings in der Welt zusammengekleckst wird, zumal in der schottischen und amerikanischen Schule, die sich jetzt auch bei uns breitzumachen sucht, das ist der Überschwang einer an sich beachtenswerten Richtung. Der Zug, der unter Mitteldampf gut und erfreulich fuhr, unter Doppeldampf (und das reicht noch nicht einmal aus) ist er entgleist; er liegt jetzt neben den Schienen und pustet und keucht. Und ein Jammer nur, daß seine Heizer nicht mit auf dem Platze geblieben sind. Das ist der Fluch der bösen Tat ... ich verzichte darauf, in Gegenwart der Damen das Zitat zu Ende zu führen."

Eine kleine Pause trat ein, bis Woldemar, der einsah, daß irgendwas gesagt werden müsse, sich zu der Bemerkung aufraffte: „Von Neueren hab ich eigentlich nur Seestücke kennengelernt; dazu die Phantastika des Malers William Turner, leider nur flüchtig. Er hat die ‚Drei Männer im feurigen Ofen' gemalt. Stupend. Etwas Großartiges schien mir aus seinen Schöpfungen zu sprechen, wenigstens in allem, was das Kolorit angeht."

„Eine gewisse Großartigkeit", nahm Cujacius mit lächelnd überlegener Miene wieder das Wort, „ist ihm nicht abzusprechen. Aber aller Wahnsinn wächst sich leicht ins Großartige hinein und düpiert dann regelmäßig die Menge. Mundus vult decipi. Allem vorauf in England. Es gibt nur ein Heil: Umkehr, Rückkehr zur keuschen Linie. Die Koloristen sind das Unglück in der Kunst. Einige wenige waren hervorragend, aber nicht parceque, sondern quoique. Noch heute wird es mir obliegen, in unserm Verein über ebendieses Thema zu sprechen. Gewiß unter Widerspruch, vielleicht auch unter Lärm und Gepolter; denn mit den richtigen Linien in der Kunst sind auch die richtigen Formen in der Gesellschaft verlorengegangen. Aber viel Feind', viel Ehr, und jede Stelle verlangt heutzutage ihren Mann von Worms, ihren Luther. ‚Hier steh ich.' Am elendesten aber sind die paktieren wollenden Halben. Zwischen schön und häßlich ist nicht zu paktieren."

„Und schön und häßlich", unterbrach hier Melusine (froh, überhaupt unterbrechen zu können), „war auch die große Frage, die wir, als wir Sie begrüßen durften, eben unter Diskussion stellten. Herr von Stechlin sollte beichten über die Schönheit der Engländerinnen. Und nun frag ich *Sie*, Herr Professor, finden auch Sie sie so schön, wie einem hierlandes immer versichert wird?"

„Ich spreche nicht gern über Engländerinnen", fuhr Cujacius fort. „Etwas von Idiosynkrasie beherrscht mich da. Diese Töchter Albions, sie singen so viel und musizieren so viel und malen so viel. Und haben eigentlich kein Talent."

„Vielleicht. Aber davon dürfen Sie jetzt nicht sprechen. Bloß das eine: schön oder nicht schön?"

„Schön? Nun denn ‚nein'. Alles wirkt wie tot. Und was wie tot wirkt, wenn es nicht der Tod selbst ist, ist nicht schön. Im übrigen, ich sehe, daß ich nur noch zehn Minuten habe. Wie gerne wär ich an einer Stelle geblieben, wo man so vielem Verständnis und Entgegenkommen begegnet. Herr von Stechlin, ich erlaube mir, Ihnen morgen eine Radierung nach einem Bilde des richtigen englischen Millais zu schicken. Dragonerkaserne, Hallesches Tor – ich weiß. Übermorgen laß ich die Mappe wieder abholen. Name des Bildes: ‚Sir Isumbras'. Merkwürdige Schöpfung. Schade, daß er, der Vater des Präraffaelitentums, dabei nicht aushielt. Aber nicht zu verwundern. Nichts hält jetzt aus, und mit nächstem werden wir die Berühmtheiten nach Tagen zählen. Tizian entzückte noch mit hundert Jahren; wer jetzt fünf Jahre gemalt hat, ist altes Eisen. Gnädigste Gräfin, Komtesse Armgard ... Darf ich bitten, mich meinem Gönner, Ihrem Herrn Vater, dem Grafen, angelegentlichst empfehlen zu wollen."

Woldemar, die Honneurs des Hauses machend, was er bei seiner intimen Stellung durfte, hatte den Professor bis auf den Korridor geleitet und ihm hier den Künstlermantel umgegeben, den er, in unverändertem Schnitt, seit seinen Romtagen trug. Es war ein Radmantel. Dazu ein Kalabreser von Seidenfilz.

„Er ist doch auf seine Weise nicht übel", sagte Woldemar, als er bei den Damen wieder eintrat. „An einem starken Selbstbewußtsein, dran er wohl leidet, darf man heutzutage nicht Anstoß nehmen, vorausgesetzt, daß die Tatsachen es einigermaßen rechtfertigen."

„Ein starkes Selbstbewußtsein ist nie gerechtfertigt", sagte Armgard, „Bismarck vielleicht ausgenommen. Das heißt also in jedem Jahrhundert einer."

„Wonach Cujacius günstigstenfalls der zweite wäre", lachte Woldemar. „Wie steht es eigentlich mit ihm? Ich habe nie von ihm gehört, was aber nicht viel besagen will, namentlich nachdem ich Millais und Millet glücklich verwechselt habe. Nun geht alles so in einem hin. Ist er ein Mann, den ich eigentlich kennen müßte?"

„Das hängt ganz davon ab", sagte Melusine, „wie Sie sich einschätzen. Haben Sie den Ehrgeiz, nicht bloß den eigentlichen alten Giotto von Florenz zu kennen, sondern auch all die Giottinos, die neuerdings in Ostelbien von Rittergut zu Rittergut ziehn, um für Kunst und Christentum ein übriges zu leisten, so müssen Sie Cujacius freilich kennen. Er hat da die große Lieferung; ist übrigens lange nicht der Schlimmste. Selbst seine Gegner, und er hat deren ein gerüttelt und geschüttelt Maß, gestehen ihm ein hübsches Talent zu, nur verdirbt er alles durch seinen Dünkel. Und so hat er denn keine Freunde, trotzdem er beständig von Richtungsgenossen spricht und auch heute wieder sprach. Gerade diese Richtungsgenossen aber hat er aufs entschiedenste gegen sich, was übrigens nicht bloß an ihm, sondern auch an den Genossen liegt. Gerade die, die dasselbe Ziel verfolgen, bekämpfen sich immer am heftigsten untereinander, vor allem auf christlichem Gebiet, auch wenn es sich nicht um christliche Dogmen, sondern bloß um christliche Kunst handelt. Zu des Professors Lieblingswendungen zählt die, daß er ‚in der Tradition stehe‘, was ihm indessen nur Spott und Achselzucken einträgt. Einer seiner Richtungsgenossen – als ob er mich persönlich dafür hätte verantwortlich machen wollen – fragte mich erst neulich voll ironischer Teilnahme: ‚Steht denn Ihr Cujacius immer noch in der Tradition?‘ Und als ich ihm anwortete: ‚Sie spötteln darüber, hat er denn aber keine?‘ bemerkte dieser Spezialkollege: ‚Gewiß hat er eine Tradition, und das ist seine eigne. Seit fünfundvierzig Jahren malt er immer denselben Christus und bereist als Kunst-, aber fast auch schon als Kirchenfanatiker, die ihm unterstellten Provinzen, so daß man betreffs seiner beinah sagen kann: ‚Es predigt sein Christus allerorten, ist aber drum nicht schöner geworden.‘“

„Melusine, du darfst so nicht weitersprechen“, unterbrach hier Armgard. „Sie wissen übrigens, Herr von Stechlin, wie's hier steht, und daß ich meine ältere Schwester, die mich erzogen hat (hoffentlich gut), jetzt nachträglich mitunter meinerseits erziehen muß.“ Dabei reichte sie Melusine die Hand. „Eben erst ist er fort, der arme Professor, und jetzt schon so schlechte Nachrede. Welchen Trost soll sich unser Freund Stechlin daraus schöpfen? Er wird denken: heute dir, morgen mir.“

„Du sollst in allem recht haben, Armgard, nur nicht in diesem letzten. Schließlich weiß doch jeder, was er gilt, ob er geliebt wird oder nicht, vorausgesetzt, daß er ein Gentleman und nicht ein Gigerl ist. Aber Gentleman. Da hab ich wieder die Einhakeöse für England. Das Schönheitskapitel ist erledigt, war ohnehin nur Kaprice. Von all dem andern aber, das schließlich doch wichtiger ist, wissen wir noch immer so gut wie gar nichts. Wie war es in Tower? Und hab ich recht behalten mit Traitors-Gate?“

„Nur in einem Punkt, Gräfin, in Ihrem Mißtrauen gegen meine Phantasie. Die versagte da total, wenn es nicht doch vielleicht an der Sache selbst, also an Traitors-Gate, gelegen hat. Denn an einer anderen Stelle konnt ich mich meiner Phantasie beinah berühmen und am meisten da, wo (wie mir übrigens nur zu begreiflich) auch Sie persönlich mit so viel Vorliebe verweilt haben."

„Und welche Stelle war das?"

„Waltham-Abbey."

„Waltham-Abbey? Aber davon weiß ich ja gar nichts. Waltham-Abbey kenn ich nicht, kaum dem Namen nach."

„Und doch weiß ich bestimmt, daß mir Ihr Herr Papa gerade am Abend vor meiner Abreise sagte: ‚Das muß Melusine wissen; die weiß ja dort überall Bescheid und kennt, glaub ich, Waltham-Abbey besser, als Treptow oder Stralau.'"

„So bilden sich Renommees", lachte Melusine. „Der Papa hat das auf gut Glück hin gesagt, hat bloß ein beliebiges Beispiel herausgegriffen. Und nun diese Tragweite! Lassen wir das aber und sagen Sie mir lieber: was ist Waltham-Abbey? Und wo liegt es?"

„Es liegt ganz in der Nähe von London und ist eine Nachmittagsfahrt, etwa wie wenn man das Mausoleum in Charlottenburg besucht oder das in der Potsdamer Friedenskirche."

„Hat es denn etwas von einem Mausoleum?"

„Ja und nein. Der Denkstein fehlt, aber die ganze Kirche kann als ein Denkmal gelten."

„Als ein Denkmal für wen?"

„Für König Harald."

„Für den, den Editha Schwanenhals auf dem Schlachtfelde von Hastings suchte?"

„Für denselben."

„Ich habe während meiner Londoner Tage das Bild von Horace Vernet gesehn, das den Moment darstellt, wo die schöne Col de Cygne zwischen den Toten umherirrt. Und ich erinnre mich auch, daß zwei Mönche neben ihr herschritten. Aber weiter weiß ich nichts. Und am wenigsten weiß ich, was daraus wurde."

„Was daraus wurde – das ist eben der Schlußakt des Dramas. Und dieser Schlußakt heißt Waltham-Abbey. Die Mönche, deren Sie sich erinnern, und die da neben Editha herschritten, das waren Waltham-Abbey-Mönche, und als sie schließlich gefunden hatten, was sie suchten, legten sie den König auf dichtes Baumgezweig und trugen ihn den weiten Weg bis nach Waltham-Abbey zurück. Und da begruben sie ihn."

„Und die Stätte, wo sie ihn begruben, die haben Sie besucht?"

„Nein, nicht sein Grab; das existiert nicht. Man weiß nur, daß man ihn dort überhaupt begrub. Und als ich da, die Sonne ging eben unter, in einem uralten Lindengange stand, zwischen

Grabsteinen links und rechts und das Abendläuten von der Kirche her begann, da war es mir, als käme wieder der Zug mit den Mönchen den Lindengang herauf, und ich sah Editha und sah auch den König, trotzdem ihn die Zweige halb verdeckten. Und dabei (wenn auch eigentlich der Papa schuld ist und nicht Sie, Gräfin) gedacht ich Ihrer in alter und neuer Dankbarkeit."

„Und daß Sie mich besiegt haben. Aber das sage nur ich. Sie sagen es natürlich nicht, denn Sie sind nicht der Mann, sich eines Sieges zu rühmen, noch dazu über eine Frau. Waltham-Abbey kenn ich nun, und an Ihre Phantasie glaub ich von heut an, trotzdem Sie mich mit Traitors-Gate im Stiche gelassen. Daß Sie nebenher noch, und zwar Armgard zu Ehren, in Martins-le-Grand waren, dessen bin ich sicher und ebenso, daß Sie Papas einzige Forderung erfüllt und der Kapelle Heinrichs des Siebenten Ihren Besuch gemacht haben, diesem Wunderwerk der Tudors. Welchen Eindruck hatten Sie von der Kapelle?"

„Den denkbar großartigsten. Ich weiß, daß man die herabhängenden Trichter, die sie ‚Tromben' nennen, unschön gefunden hat, aber ästhetische Vorschriften existieren für mich nicht. Was auf mich wirkt, wirkt. Ich konnte mich nicht satt sehen daran. Trotzdem, das Eigentlichste war doch noch wieder ein andres und kam erst, als ich da zwischen den Sarkophagen der beiden feindlichen Königinnen stand. Ich wüßte nicht, daß etwas je so beweglich und eindringlich zu mir gepredigt hätte, wie gerade diese Stelle."

„Und was war es, was Sie da so bewegte?"

„Das Gefühl: ‚Zwischen diesen beiden Gegensätzen pendelt die Weltgeschichte.' Zunächst freilich scheinen wir da nur den Gegensatz zwischen Katholizismus und Protestantismus zu haben, aber weit darüber hinaus (weil nicht an Ort und Zeit gebunden) haben wir bei tiefergehender Betrachtung den Gegensatz von Leidenschaft und Berechnung von Schönheit und Klugheit. Und das ist der Grund, warum das Interesse daran nicht ausstirbt. Es sind große Typen, diese feindlichen Königinnen."

Beide Schwestern schwiegen. Dann sagte Melusine, der daran lag, wieder ins Heitere hinüberzulenken: „Und nun, Armgard, sage, für welche von den beiden Königinnen bist du?"

„Nicht für die eine und nicht für die andre. Nicht einmal für beide. Gewiß sind es Typen. Aber es gibt andre, die mir mehr bedeuten, und, um es kurz zu sagen, Elisabeth von Thüringen ist mir lieber als Elisabeth von England. Andern leben und der Armut das Brot geben – darin allein ruht das Glück. Ich möchte, daß ich mir *das* erringen könnte. Aber man erringt sich nichts. Alles ist Gnade."

„Du bist ein Kind", sagte Melusine, während sie sich bemühte, ihrer Bewegung Herr zu werden. „Du wirst noch Unter den Linden für Geld gezeigt werden. Auf der einen Seite ‚die Mädchen von Dahomey', auf der andern du."

Stechlin ging. Armgard gab ihm das Geleit bis auf den Korridor. Es war eine Verlegenheit zwischen beiden, und Woldemar fühlte, daß er etwas sagen müsse. „Welche liebenswürdige Schwester Sie haben."

Armgard errötete. „Sie werden mich eifersüchtig machen."

„Wirklich, Komtesse?"

„Vielleicht ... Gute Nacht."

Eine halbe Stunde später saß Melusine neben dem Bett der Schwester und beide plauderten noch. Aber Armgard war einsilbig, und Melusine bemerkte wohl, daß die Schwester etwas auf dem Herzen habe.

„Was hast du, Armgard? Du bist so zerstreut, so wie abwesend."

„Ich weiß es nicht. Aber ich glaube fast ..."

„Nun was?"

„Ich glaube fast, ich bin verlobt."

Sechsundzwanzigstes Kapitel

Und was die jüngere Schwester der älteren zugeflüstert hatte, das wurde wahr und schon wenige Tage nach diesem ersten Wiedersehn waren Armgard und Woldemar Verlobte. Der alte Graf sah einen Wunsch erfüllt, den er seit lange gehegt und Melusine küßte die Schwester mit einer Herzlichkeit, als ob sie selber die Glückliche wäre.

„Du gönnst ihn mir doch?"

„Ach, meine liebe Armgard", sagte Melusine, „wenn du wüßtest! Ich habe nur die Freude, du hast auch die Last."

An demselben Abend noch, wo die Verlobung stattgefunden hatte, schrieb Woldemar nach Stechlin und nach Wutz; der eine Brief war so wichtig, wie der andre, denn die Tante-Domina, deren Mißstimmung so gut wie gewiß war, mußte nach

Möglichkeit versöhnlich gestimmt werden. Freilich blieb es fraglich, ob es glücken würde.

Zwei Tage später waren die Antwortbriefe da, von denen diesmal der Wutzer Brief über den Stechliner siegte, was einfach daran lag, daß Woldemar von Wutz her nur Ausstellungen, von Stechlin her nur Entzücken erwartet hatte. Das traf aber nun beides nicht zu. Was die Tante schrieb, war durchaus nicht so schlimm (sie beschränkte sich auf Wiederholung der schon mündlich von ihr ausgesprochenen Bedenken), und was der Alte schrieb, war nicht so gut oder doch wenigstens nicht so der Situation angepaßt, wie's Woldemar gewärtigte. Natürlich war es eine Beglückwünschung, aber doch mehr noch ein politischer Exkurs. Dubslav litt als Briefschreiber daran, gern bei Nebensächlichkeiten zu verweilen und gelegentlich über die Hauptsache wegzusehn. Er schrieb:

„Mein lieber Woldemar. Die Würfel sind nun also gefallen (früher hieß es alea jacta est, aber so altmodisch bin ich denn doch nicht mehr), und da zwei Sechsen obenauf liegen, kann ich nur sagen: ich gratuliere. Nach dem Gespräch übrigens, das ich am dritten Oktober morgens mit Dir führte, während wir um unsern Stechliner Springbrunnen herumgingen (seit drei Tagen springt er nicht mehr; wahrscheinlich werden die Mäuse das Röhrenwerk angeknabbert haben) – seit jenem Oktobermorgen hab ich so was erwartet, nicht mehr, aber auch nicht weniger. Du wirst nun also Karriere machen, glücklicherweise zunächst durch Dich selbst und dann allerdings auch durch Deine Braut und deren Familie. Graf Barby – mit Rübenboden im Magdeburgischen und mit Mineralquellen im Graubündischen – höher hinauf geht es kaum, Du müßtest Dich denn bis ins Katzlersche verirren. Armgard ist auch schon viel, aber Ermyntrud doch mehr und für den armen Katzler jedenfalls zu viel. Ja, mein lieber Woldemar, Du kommst nun also zu Vermögen und Einfluß und kannst die Stechlins wieder raufbringen (gestern war Baruch Hirschfeld hier und in allem willfährig; die Juden sind nicht so schlimm wie manche meinen), und wenn Du dann hier einziehst und statt der alten Kate so was in Chateaustil bauen läßt und vielleicht sogar eine Fasanenzucht anlegst, so daß erst der Post-Stephan und dann der Kaiser selbst bei Dir zu Besuch kommen kann, ja, da kannst Du möglicherweise selbst das erreichen, was Dein alter Vater, weil Feilenhauer Torgelow mächtiger war als er, nicht erreichen konnte: den Einzug ins Reichshaus mit dem freien Blick auf

Kroll. Mehr kann ich in diesem Augenblick nicht sagen, auch meine Freude nicht höher spannen, und in diesem relativen Ruhigbleiben empfind ich zum erstenmal eine gewisse Familienähnlichkeit mit meiner Schwester Adelheid, deren Glaubensbekenntnis im letzten darauf hinausläuft: Kleinadel über Hochadel, Junker über Graf. Ja, ich fühle, Deinen Gräflichkeiten gegenüber, wie sich der Junker ein bißchen in mir regt. Die reichen und vornehmen Herren sind doch immer ganz eigene Leute, die wohl Fühlung mit uns haben, unter Umständen auch suchen, aber das Fühlunghalten nach oben ist ihnen schließlich doch viel, viel wichtiger. Es heißt wohl immer ‚wir Kleinen, wir machten alles und könnten alles', aber bei Lichte besehn, ist es bloß das alte: Du glaubst zu schieben und du wirst geschoben. Glaube mir, Woldemar, wir werden geschoben und sind bloß Sturmbock. Immer dieselbe Geschichte, wie mit Protz und Proletarier. Die Proletarier – wie sie noch echt waren, jetzt mag es wohl anders damit sein – waren auch bloß immer dazu da, die Kastanien aus dem Feuer zu holen; aber ging es dann schief, dann wanderte Bruder Habenichts nach Spandau und Bruder Protz legte sich zu Bett. Und mit Hochadel und Kleinadel ist es beinah ebenso. Natürlich heiratet eine Ermyntrud mal einen Katzler, aber eigentlich äugt sie doch mehr nach einem Stuart oder Wasa, wenn es deren noch gibt. Wird aber wohl nich. Entschuldige diesen Herzenserguß, dem Du nicht mehr Gewicht beilegen mußt, als ihm zukommt. Es kam mir das alles so von ungefähr in die Feder, weil ich grade heute wieder gelesen habe, wie man einen von uns, der durch Eintreten eines Ippe-Büchsenstein hätte gerettet werden können, schändlich im Stich gelassen hat. Ippe-Büchsenstein ist natürlich nur Begriff. Alles in allem: ich habe zu Dir das Vertrauen, daß Du richtig gewählt hast, und daß man Dich nicht im Stiche lassen wird. Außerdem, ein richtiger Märker hat Augen im Kopf und is beinah so helle wie 'n Sachse.

Wie immer Dein alter Vater Dubslav von Stechlin."

Es war Ende November, als Woldemar diesen Brief erhielt. Er überwand ihn rasch, und am dritten Tag las er alles schon mit einer gewissen Freudigkeit. Ganz der Alte; jede Zeile voll Liebe, voll Güte, voll Schnurrigkeiten. Und eben diese Schnurren, trafen sie nicht eigentlich auch den Nagel auf den Kopf? Sicherlich. Was aber das beste war, sosehr das alles im allgemeinen passen mochte, auf die Barbys paßte so gut wie nichts davon;

die waren doch anders, die suchten nicht Fühlung nach oben und nicht nach unten, die marchandierten nicht mit links und nicht mit rechts, die waren nur Menschen, und daß sie nur *das* sein wollten, das war ihr Glück und zugleich ihr Hochgefühl. Woldemar sagte sich denn auch, daß der Alte, wenn er sie nur erst kennengelernt haben würde, mit fliegenden Fahnen ins Barbysche Lager übergehen würde. Der alte Graf, Armgard und vor allem Melusine. Die war genau das, was der Alte brauchte, wobei ihm das Herz aufging.

Den Weihnachtsabend verbrachte Woldemar am Kronprinzenufer. Auch Wrschowitz und Cujacius – von denen jener natürlich unverheiratet, dieser wegen beständiger Streiterei von seiner Frau geschieden war – waren zugegen. Cujacius hatte gebeten, ein Krippentransparent malen zu dürfen, was denn auch, als es erschien, auf einen Nebentisch gestellt und allseitig bewundert wurde. Die drei Könige waren Porträts: der alte Graf, Cujacius selbst und Wrschowitz (als Mohrenkönig); letzterer, trotz Wollhaar und aufgeworfener Lippe, von frappanter Ähnlichkeit. Auch in der Maria suchte man nach Anlehnungen und fand sie zuletzt; es war Lizzi, die, wie so viele Berliner Kammerjungfern, einen sittig verschämten Ausdruck hatte. Nach dem Tee wurde musiziert, und Wrschowitz spielte – weil er dem alten Grafen eine Aufmerksamkeit zu erweisen wünschte – die Polonaise von Ogiński, bei deren erster, nunmehr um siebzig Jahre zurückliegenden Aufführung, einem alten Ondit zufolge, der polnisch gräfliche Komponist im Schlußmomente sich erschossen haben sollte. Natürlich aus Liebe. „Brav, brav", sagte der alte Graf und war, während er sich beinah überschwenglich bedankte, so sehr aus dem Häuschen, daß Wrschowitz schließlich schelmisch bemerkte: „Den Piffpaffschluß muß ich mir versagen, Herr Graff, trotzdem meine Vererrung" (Blick auf Armgard) „serr groß ist, fast so groß wie die Vererrung des Herrn Graffen vor Graff Ogiński."

So verlief der Heiligabend.

Schon vorher war man übereingekommen, am zweiten Feiertage zu dritt einen Ausflug nach Stechlin zu machen, um dort die künftige Schwiegertochter dem Schwiegervater vorzustellen. Noch am Christabend selbst, trotzdem Mitternacht schon vorüber, schrieb denn auch Woldemar einige Zeilen nach Stechlin hin, in denen er sich samt Braut und Schwägerin für den zweiten Feiertagabend anmeldete.

Rechtzeitig trafen Woldemars Zeilen in Stechlin ein. „Lieber

Papa. Wir haben vor, am zweiten Feiertage mit dem Spätnachmittagszuge von hier aufzubrechen. Wir sind dann um sieben auf dem Granseer Bahnhof und um neun oder nicht viel später bei Dir. Armgard ist glücklich, Dich endlich kennenzulernen, *den* kennenzulernen, den sie seit lange verehrt. Dafür, mein lieber Papa, hab ich Sorge getragen. Graf Barby, der nicht gut bei Wege ist, was ihn hindert mitzukommen, will Dir angelegentlich empfohlen sein. Desgleichen Gräfin Ghiberti, die uns als Dame d'honneur begleiten wird. Armgard ist in Furcht und Aufregung wie vor einem Examen. Sehr ohne Not. Kenn ich doch meinen Papa, der die Güte und Liebe selbst ist. Wie immer Dein Woldemar."

Engelke stand neben seines Herrn Stuhl, als dieser die Zeilen halblaut, aber doch in aller Deutlichkeit vorlas. „Nun, Engelke, was sagst du dazu?"

„Ja, gnäd'ger Herr, was soll ich dazu sagen. Es is ja doch, was man so 'ne ‚gute Nachricht' nennt."

„Natürlich is es 'ne gute Nachricht. Aber hast du noch nicht erlebt, daß einen gute Nachrichten auch genieren können?"

„Jott, gnäd'ger Herr, ich kriege keine."

„Na, denn sei froh; dann weißt du nicht, was ‚gemischte Gefühle' sind. Sieh, ich habe jetzt gemischte Gefühle. Da kommt nun mein Woldemar. Das ist gut. Und da bringt er seine Braut mit, das is wieder gut. Und da bringt er seine Schwägerin mit, und das is wahrscheinlich auch gut. Aber die Schwägerin ist eine Gräfin mit einem italienischen Namen, und die Braut heißt Armgard, was doch auch schon sonderbar ist. Und beide sind in England geboren, und ihre Mutter war aus der Schweiz, von einer Stelle her, von der man nicht recht weiß, wozu sie gehört, weil da alles schon durcheinandergeht. Und überall haben sie Besitzungen, und Stechlin ist doch bloß 'ne Kate. Sieh, Engelke, das is genierlich und gibt das, was ich ‚gemischte Gefühle' nenne."

„Nu ja, nu ja."

„Und dann müssen wir doch auch repräsentieren. Ich muß ihnen doch irgendeinen Menschen vorsetzen. Ja, wen soll ich ihnen vorsetzen? Viel is hier nich. Da hab ich Adelheiden. Natürlich, die muß ich einladen, und sie wird auch kommen, trotzdem Schnee gefallen ist; aber sie kann ja 'nen Schlitten nehmen. Vielleicht ist ihr Schlitten besser als ihr Wagen. Gott, wenn ich an das Verdeck denke mit der großen Lederflicke, da wird mir auch nicht besser. Und dabei denkt sie, ‚sie is was', was am Ende auch wieder gut is, denn wenn der Mensch erst denkt, ‚es is gar nichts mit ihm', dann is es auch nichts."

„Und dann, gnäd'ger Herr, sie is ja doch 'ne Domina und hat 'nen Rang. Und ich hab auch mal gelesen, sie sei eigentlich mehr als ein Major."

„Na, jedenfalls ist sie mehr als ihr Bruder; so 'n vergessener Major is ein Jammer. Aber Adelheid selbst, so auf 'n ersten Anhieb, is auch bloß so so. Wir müssen jedenfalls noch wen dazu haben. Schlage was vor. Baron Beetz und der alte Zühlen, die die besten sind, die wohnen zu weit ab, und ich weiß nicht, seit wir die Eisenbahnen haben, laufen die Pferde schlechter. Oder es kommt einem auch bloß so vor. Also die guten Nummern fallen aus. Und da sind wir denn wieder bei Gundermann."

„Ach, gnäd'ger Herr, den nich. Un er soll ja auch so zweideutig sein. Uncke hat es mir gesagt; Uncke hat freilich immer das Wort ‚zweideutig'. Aber es wird wohl stimmen. Un dann die Frau Gundermann. Das is 'ne richtige Berlinsche. Verlaß is auf ihm nich und auf ihr nich."

„Ja, Engelke, du sollst mir helfen und machst es bloß noch schlimmer. Wir könnten es mit Katzler versuchen, aber da ist das Kind krank, und vielleicht stirbt es. Und dann haben wir natürlich noch unsern Pastor; nu der ginge, bloß daß er immer so still dasitzt, wie wenn er auf den Heiligen Geist wartet. Und mitunter kommt er; aber noch öfter kommt er nicht. Und solche Herrschaften, die dran gewöhnt sind, daß einer in einem fort was Feines sagt, ja, was sollen die mit unserm Lorenzen? Er ist ein Schweiger."

„Aber er schweigt doch immer noch besser, als die Gundermannsche redt."

„Das is richtig. Also Lorenzen, und vielleicht, wenn das Kind sich wieder erholt, auch Katzler. Ein Schelm gibt mehr, als er hat. Und dann, Engelke, solche Damen, die überall rum in der Welt waren, da weiß man nie, wie der Hase läuft. Es ist möglich, daß sie sich für Krippenstapel interessieren. Oder höre, da fällt mir noch was ein. Was meinst du zu Koseleger?"

„Den hatten wir ja noch nie."

„Nein, aber Not lehrt beten. Ich mache mir eigentlich nicht viel aus ihm, indessen is und bleibt er doch immer ein Superintendent, und das klingt nach was. Und dann war er ja mit 'ner russischen Großfürstin auf Reisen, und solche Großfürstin is eigentlich noch mehr als 'ne Prinzessin. Also sprich mal mit

Kluckhuhn, der soll 'nen Boten schicken. Ich schreibe gleich 'ne Karte."

Katzler sagte ab oder ließ es doch unbestimmt, ob er kommen könne, Koseleger dagegen, was ein Glück war, nahm an, und auch Schwester Adelheid antwortete durch den Boten, den Dubslav geschickt hatte: daß sie den zweiten Feiertag in Stechlin eintreffen und so weit wie dienlich und schicklich nach dem Rechten sehn würde. Adelheid war in ihrer Art eine gute Wirtin und stammte noch aus den alten Zeiten, wo die Damen bis zum „Schlachten" und „Aal-Abziehen" herunter alles lernten und alles konnten. Also nach dieser Seite hin entschlug sich Dubslav jeder Befürchtung. Aber wenn er sich dann mit einem Male vergegenwärtigte, daß es seiner Schwester vielleicht in den Sinn kommen könne, sich auf ihren Uradel oder auf die Vorzüge sechshundertjähriger märkischer „Eingesessenheit" zu besinnen, so fiel alles, was er sich in dem mit Engelke geführten Gespräch an Trost zugesprochen hatte, doch wieder von ihm ab. Ihm bangte vor der Möglichkeit einer seitens seiner Schwester „aufgesetzten hohen Miene" wie vor einem Gespenst, und desgleichen vor der Kostümfrage. Wohl war er sich, ob er nun seine rote Landstandsuniform oder seinen hochkragigen schwarzen Frack anlegte, seiner eignen altmodischen Erscheinung voll bewußt, aber nebenher, was seine Person anging, doch auch wieder einer gewissen Patriarchalität. Einen gleichen Trost konnt er dem äußern Menschen seiner Schwester Adelheid nicht entnehmen. Er wußte genau, wie sie kommen würde: schwarzes Seidenkleid, Rüsche mit kleinen Knöpfelchen oben und die Siebenkurfürstenbrosche. Was ihn aber am meisten ängstigte, war der Moment nach Tisch, wo sie, wenn sie sich einigermaßen behaglich zu fühlen anfing, ihre Wutzer Gesamtchaussure auf das Kamingitter zu stellen und die Wärme von unten her einzusaugen pflegte.

Gleich nach sieben trafen Woldemar und die Barbyschen Damen auf dem Granseer Bahnhof ein und fanden Martin und den Stechlinschen Schlitten vor, letzterer insoweit ein Prachtstück, als er ein richtiges Bärenfell hatte, während andrerseits Geläut und Schneedecken und fast auch die Pferde mehr oder weniger zu wünschen übrigließen. Aber Melusine sah nichts davon und Armgard noch weniger. Es war eine reizende Fahrt; die Luft stand, und am stahlblauen Himmel oben blinkten die Sterne.

So ging es zwischen den eingeschneiten Feldern hin, und wenn ihre Kappen und Hüte hier und dort die herniederhängenden Zweige streiften, fielen die Flocken in ihren Schlitten. In den Dörfern war überall noch Leben, und das Anschlagen der Hunde, das vom nächsten Dorf her beantwortet wurde, klang übers Feld. Alle drei Schlitteninsassen waren glücklich, und ohne daß sie viel gesprochen hätten, bogen sie zuletzt, eine weite Kurve machend, in die Kastanienallee ein, die sie nun rasch, über Dorfplatz und Brücke fort, bis auf die Rampe von Schloß Stechlin führte. Dubslav und Engelke standen hier schon im Portal und waren den Damen beim Aussteigen behilflich. Beim Eintritt in den großen Flur war für diese das erste, was sie sahen, ein mächtiger, von der Decke herabhängender Mistelbusch; zugleich schlug die Treppenuhr, deren Hippenmann wie verwundert und beinah verdrießlich auf die fremden Gäste herniedersah. Viele Lichter brannten, aber es wirkte trotzdem alles wie dunkel. Woldemar war ein wenig befangen, Dubslav auch. Und nun wollte Armgard dem Alten die Hand küssen. Aber das gab diesem seinen Ton und seine gute Laune wieder. „Umgekehrt wird ein Schuh draus."

„Und zuletzt ein Pantoffel", lachte Melusine.

Siebenundzwanzigstes Kapitel

„Das ist eine Dame und ein Frauenzimmer dazu", sagte sich Dubslav still in seinem alten Herzen, als er jetzt Melusine den Arm bot, um sie vom Flur her in den Salon zu führen. „So müssen Weiber sein."

Auch Adelheid mühte sich, Entgegenkommen zu zeigen, aber sie war wie gelähmt. Das Leichte, das Heitre, das Sprunghafte, das die junge Gräfin in jedem Wort zeigte, das alles war ihr eine fremde Welt, und daß ihr eine innere Stimme dabei beständig zuraunte: „Ja, dies Leichte, das du nicht hast, das ist das Leben, und das Schwere, das du hast, das ist eben das Gegenteil davon" – das verdroß sie. Denn trotzdem sie beständig Demut predigte, hatte sie doch nicht gelernt, sich in Demut zu überwinden. So war denn alles, was über ihre Lippen kam, mehr oder weniger verzerrt, ein Versuch zu Freundlichkeiten, die schließlich in Herbigkeiten ausliefen. Lorenzen, der erschienen war, half nach Möglichkeit aus, aber er war kein Damenmann, noch weniger ein Causeur, und so kam es denn, daß

Dubslav mit einer Art Sehnsucht nach dem Oberförster ausblickte, trotzdem er doch seit Mittag wußte, daß er nicht kommen würde. Das jüngste Töchterchen war nämlich gestorben und sollte den andern Tag schon auf einem kleinen, von Weihnachtsbäumen umstellten Privatfriedhofe, den sich Katzler zwischen Garten und Wald angelegt hatte, begraben werden. Es war das vierte Töchterchen in der Reihe; jede lag in einer Art Gartenbeet und hatte, wie ein Samenkorn, dessen Aufgehen man erwartet, ein Holztäfelchen neben sich, drauf der Name stand. Als Dubslavs Einladung eingetroffen war, war Ermyntrud, wie gewöhnlich, in Katzler gedrungen, der Einladung zu folgen. „Ich wünsche nicht, daß du dich deinen gesellschaftlichen Pflichten entziehst, auch heute nicht, trotz des Ernstes der Stunde. Gesellschaftlichkeiten sind auch Pflichten. Und die Barbyschen Damen – ich erinnere mich der Familie – werden gerade wegen der Trauer, in der wir stehn, in deinem Erscheinen eine besondere Freundlichkeit sehn. Und das ist genau das, was ich wünsche. Denn die Komtesse wird über kurz oder lang unsre nächste Nachbarin sein." Aber Katzler war fest geblieben und hatte betont, daß es Höheres gäbe als Gesellschaftlichkeiten, und daß er durchaus wünsche, daß dies gezeigt werde. Der Prinzessin Auge hatte während dieser Worte hoheitsvoll auf Katzler geruht, mit einem Ausdruck, der sagen zu wollen schien: „Ich weiß, daß ich meine Hand keinem Unwürdigen gereicht habe."

Katzler also fehlte. Doch auch Koseleger, trotz seiner Zusage, war noch nicht da, so daß Dubslav in die sonderbare Lage kam, sich den Quaden-Hennersdorfer, aus dem er sich eigentlich nichts machte, herbeizuwünschen. Endlich aber fuhr Koseleger vor, sein etwas verspätetes Kommen mit Dienstlichkeiten entschuldigend. Unmittelbar danach ging man zu Tisch, und ein Gespräch leitete sich ein. Zunächst wurde von der Nordbahn gesprochen, die, seit der neuen Kopenhagener Linie, den ihr von früher her anhaftenden Schreckensnamen siegreich überwunden habe. Jetzt heiße sie die „Apfelsinenbahn", was doch kaum noch übertroffen werden könne. Dann lenkte man auf den alten Grafen und seine Besitzungen im Graubündischen über, endlich aber auf den langen Aufenthalt der Familie drüben in England, wo beide Töchter geboren seien.

Dies Gespräch war noch lange nicht erledigt, als man sich von Tisch erhob, und so kam es, daß sich das Plaudern über ebendasselbe Thema beim Kaffee, der im Gartensalon und zwar in einem Halbzirkel um den Kamin herum eingenommen wurde, fortsetzte. Dubslav sprach sein Bedauern aus, daß ihn in seiner Jugend der Dienst und später die Verhältnisse daran gehindert hätten, England kennenzulernen; es sei nun doch mal das vorbildliche Land, eigentlich für alle Parteien, auch für die Konservativen, die dort ihr Ideal mindestens ebensogut verwirklicht fänden wie die Liberalen. Lorenzen stimmte lebhaft zu, während andrerseits die Domina ziemlich deutliche Zeichen von Ungeduld gab. England war ihr kein erfreuliches Gesprächsthema, was selbstverständlich ihren Bruder nicht hinderte, dabei zu verharren.

„Ich möchte mich", fuhr Dubslav fort, „in dieser Angelegenheit an unsern Herrn Superintendenten wenden dürfen. Waren Sie drüben?"

„Leider nein, Herr von Stechlin, ich war nicht drüben, sehr zu meinem Bedauern. Und ich hätt es so leicht haben können. Aber es ist immer wieder die alte Geschichte: was man in ein paar Stunden und mitunter in ein paar Minuten erreichen kann, das verschiebt man, eben weil es so nah ist, und mit einemmal ist es zu spät. Ich war Jahr und Tag im Haag, und von da nach Dover hinüber war nicht viel mehr als nach Potsdam. Trotzdem unterblieb es, oder richtiger gerade deshalb. Daß ich den Tunnel oder den Tower nicht gesehn, das könnt ich mir verzeihn. Aber das Leben drüben! Wenn irgendwo das vielzitierte Wort von dem ‚in einem Tage mehr gewinnen, als in des Jahres Einerlei' hinpaßt, so da drüben. Alles modern und zugleich alles alt, eingewurzelt, stabilisiert. Es steht einzig da; mehr als irgendein andres Land ist es ein Produkt der Zivilisation, so sehr, daß die Neigungen der Menschen kaum noch dem Gesetze der Natur folgen, sondern nur noch dem einer verfeinerten Sitte."

Die Domina fühlte sich von dem allem mehr und mehr unangenehm berührt, besonders als sie sah, daß Melusine, zu dem was Koseleger ausführte, beständig zustimmend nickte. Schließlich wurd es ihr zuviel. „Alles, was ich da so höre", sagte sie, „kann mich für dieses Volk nicht einnehmen, und weil sie rundum von Wasser umgeben sind, ist alles so kalt und feucht, und die Frauen, bis in die höchsten Stände hinauf, sind beinah immer in einem Zustand, den ich hier nicht bei Namen nennen mag. So wenigstens hat man mir erzählt. Und wenn es dann neblig ist, dann kriegen sie das, was sie den Spleen nennen, und fallen zu Hunderten ins Wasser, und keiner weiß, wo sie geblieben sind. Denn, wie mir unser Rentmeister Fix, der drüben war, aufs Wort versichert hat, sie stehen in keinem Buch und haben auch nicht einmal das, was wir Einwohnermeldeamt nennen, so daß man beinah sagen kann, sie sind so gut wie gar nicht da. Und wie sie kochen und braten! Alles fast noch blutig, besonders das, was wir hier ‚englische Beefsteaks' nennen. Und kann auch nicht anders sein, weil sie so viel mit Wilden umgehn und gar keine Gelegenheit haben, sich einer feineren Gesittung anzuschließen."

Koseleger und Melusine wechselten verständnisvoll Blicke. Die Domina aber sah nichts davon und fuhr unentwegt fort: „Fix ist ein guter Beobachter, auch von Sittenzuständen, und einer ihrer Könige, worüber ich auch schon als Mädchen einen Aufsatz machen mußte, hat fünf Frauen gehabt, meist Hofdamen. Und eine hat er köpfen lassen und eine hat er wieder nach Hause geschickt. Und war noch dazu eine Deutsche. Und sie sollen auch keinen eigentlichen Adel mehr haben, weil mal ein Krieg war, drin sie sich umschichtig enthaupteten, und als alle weg waren, haben sie gewöhnliche Leute rangezogen und ihnen die alten Namen gegeben, und wenn man denkt, es ist ein Graf, so ist es ein Bäcker oder höchstens ein Bierbrauer. Aber viel Geld sollen sie haben und ihre Schiffe sollen gut sein und dauerhaft und auch sehr sauber, fast schon wie holländisch; aber in ihrem Glauben sind sie zersplittert und fangen auch schon wieder an katholisch zu werden."

Der alte Dubslav, als die Schwester mit ihrem Vortrag über England einsetzte, hatte sich mit einem ‚Schicksal, nimm deinen Lauf' sofort resigniert. Woldemar aber war immer wieder und wieder bemüht gewesen, einen Themawechsel eintreten zu lassen, worin er vielleicht auch reüssiert hätte, wenn nicht Koseleger gewesen wäre. Dieser – entweder weil er als ästhetischer Feinschmecker an Adelheids Auslassungen ein aufrichtiges Gefallen fand oder aber weil er die von ihm selbst angeregte Frage hinsichtlich „Natur und Sitte" (die sein Steckenpferd war) gern weiterspinnen wollte – hielt an England fest und sagte: „Die Frau Domina scheint mir davon auszugehn, daß gerade der mitunter schon an den Wilden grenzende Naturmensch drüben in vollster Blüte steht. Und ich will das auch nicht in jedem Punkte bestreiten. Aber daneben begegnen wir einem Lebens- und Gesellschaftsraffinement, das ich, trotz manchem Anfechtbaren, als einen höchsten Kulturausdruck bezeichnen muß. Ich erinnere mich unter anderm eines gerade damals geführten Prozesses, über den ich, als ich im Haag lebte, meiner kaiserlichen Hoheit täglich Bericht erstatten mußte (High-life-Prozesse gingen ihr über alles), und der Gegenstand, um den sich's dabei handelte, war so recht der Ausdruck eines verfeinerten oder meinetwegen auch überfeinerten Kulturlebens. So recht das Gegenteil von bloßem Naturburschentum. Es ist freilich eine ziemlich lange Geschichte ..."

„Schade", sagte Dubslav. „Aber trotzdem – wenn überhaupt erzählbar ..."

„Oh, gewiß, gewiß; das denkbar Harmloseste ..."

„Nun denn, lieber Superintendent, wenn wirklich so harmlos, so mach ich mich ohne weiteres zum Anwalt unsrer gewiß neugierigen Damen, meine Schwester, die Domina, mit eingeschlossen. Wie war es? Wie verlief die Geschichte, für die sich eine kaiserliche Hoheit so lebhaft interessieren konnte?"

„Nun wenn es denn sein soll", nahm Koseleger langsam und wie bloß einer Pression nachgebend, das Wort, „es lebte da zu jener Zeit eine schöne Herzogin in London, die's nicht ertragen konnte, daß die Jahre nicht spurlos an ihr vorübergehen wollten; Fältchen und Krähenfüße zeigten sich. In dieser Bedrängnis hörte sie von ungefähr von einer ‚plastischen Künstlerin', die durch Auftrag einer Wachspaste die Jugend wiederherzustellen wisse. Diese Künstlerin wurde gerufen, und die Wiederherstellung gelang auch. Aber nun traf eines Tages die Rechnung ein, ‚die Bill', wie sie da drüben sagen. Es war eine Summe, vor der selbst eine Herzogin erschrecken durfte. Und da die Künstlerin auf ihrer Forderung beharrte, so kam es zu dem angedeuteten Prozeß, der sich alsbald zu einer cause célèbre gestaltete."

„Sehr begreiflich", versicherte Dubslav, und Melusine stimmte zu.

„Zahlreiche Personen traten in der Verhandlung auf, und als Sachverständige wurden zuletzt auch Konkurrentinnen auf diesem Spezialgebiete der ‚plastischen Kunst' vernommen. Alle fanden die Forderung erheblich zu hoch und der Sieg schien sich rasch der Herzogin zuneigen zu wollen. Aber in ebendiesem Augenblicke trat die sich arg bedrängt sehende Künstlerin an den Vorsitzenden des Gerichtshofes heran und bat ihn, an die erschienenen Fachgenossinnen einfach die Frage nach der Dauer der durch ihre Kunst wiederhergestellten Jugend und Schönheit richten zu wollen, eine Bitte, der der Oberrichter auch sofort nachkam. Was darauf geantwortet wurde, lautete hinsichtlich der Dauer sehr verschieden. Als aber, trotz der Verschiedenheit dieser Angaben, keine der Konkurrentinnen mehr als ein Vierteljahr zu garantieren wagte, wandte sich die Verklagte ruhig an den hohen Gerichtshof und sagte nicht ohne Würde: ‚Meine Herren Richter, meine Mitkünstlerinnen, wie Sie soeben vernommen, helfen auf *Zeit;* was *ich* leiste, ist ›beautifying for ever‹.‘ Alles war von diesem Worte hingerissen, der hohe Gerichtshof mit, und die Herzogin hatte die Riesensumme zu zahlen.“

„Und wäre dergleichen hierlandes möglich?“ fragte Melusine.

„Ganz unmöglich“, entgegnete der für alles Fremde schwärmende Koseleger. „Es kann hier einfach deshalb nicht vorkommen, weil uns der dazu nötige höhere Kulturzustand und die dem entsprechende Anschauung fehlt. In unserm guten Preußen, und nun gar erst in unsrer Mark, sieht man in einem derartigen Hergange nur das Karikierte, günstigstenfalls das Groteske, nicht aber jenes Hochmaß gesellschaftlicher Verfeinerung, aus dem allein sich solche Dinge, die man im übrigen um ihres Raffinements willen belächeln oder verurteilen mag, entwickeln können.“

Die meisten waren einverstanden, allen voraus Dubslav, dem dergleichen immer einleuchtete, während die Domina von „Horreur“ sprach und sichtlich unmutig den Kopf hin und her bewegte. Woldemar erneute natürlich seine Versuche, die der Tante so mißfällige Konversation auf andres überzulenken, bei welcher Gelegenheit er nach dem Berühren verschiedenster Themata zuletzt auch auf den Coventgardenmarkt und den englischen Gemüsebau zu sprechen kam. Das paßte der Domina.

„Ja, Gemüsebau“, sagte sie, „das ist eine wunderbare Sache, daran hat man eine wirkliche Freude. Kloster Wutz ist eigentlich eine Gartengegend; unser Spargel ist denn auch weit und breit der beste, und meine gute Schmargendorff hat Artischokken gezogen so groß wie ’ne Sonnenblume. Freilich, es will sie keiner so recht, und alle sagen immer: ‚Es dauert so lange, wenn man so jedes Blatt nehmen muß, und eigentlich hat man nichts davon, auch wenn die Sauce noch so dick ist.‘ Viel mehr Glück hat unsre alte Schimonski mit ihren großen Erdbeeren – ich meine natürlich nicht die Schimonski selber; sie selber kann gar nichts, aber sie hat eine sehr geschickte Person – und ein Berliner Händler kauft ihr alles ab, bloß daß die Schnecken oft die Hälfte jeder Erdbeere wegfressen. Man sollte nicht glauben, daß solche Tiere solchen feinen Geschmack haben. Aber wenn es wegen der Schnecken auch unsicher ist, Dubslav, du solltest solche Zucht doch auch versuchen. Wenn es einschlägt, ist es sehr vorteilhaft. Die Schimonski wenigstens hat mehr davon als von ihren Hühnern, trotzdem sie gut legen. Denn mal sind sie billig, die Eier, und dann wieder verderben sie, und die schlechten werden einem berechnet und abgezogen, und die Streiterei nimmt kein Ende."

Kurz vor elf brach das Gespräch ab, und man zog sich zurück. Der alte Dubslav ließ es sich nicht nehmen, die Damen persönlich treppauf bis an ihre Zimmer zu führen und sich da unter Handkuß von ihnen zu verabschieden. Es waren dieselben zwei Räume, die vor gerad einem Vierteljahr Rex und Czako bewohnt hatten, das größere Zimmer jetzt für Melusine, das kleinere für Armgard bestimmt. Aber als nun beide vor ihren Reisetaschen standen und sich oberflächlich daran zu tun machten, sagte Melusine: „Dies Himmelbett ist also für mich. Wenn es dir gleich ist, beziehe du lieber dies Ehrenlager und lasse mir das kleine Schlafzimmer. Zusammen sind wir ja doch; die Tür steht auf."

„Ja Melusine, wenn du's durchaus wünschst, dann natürlich. Aber ich verstehe dich nicht recht. Man will dich auszeichnen, und wenn du das ablehnst, so kann es auffallen. Man muß doch in einem Hause, wo man noch halb fremd ist, alles so tun, wie's gewünscht wird."

Melusine ging auf die Schwester zu, sah sie halb verlegen, halb schelmisch an und sagte: „Natürlich hast du recht. Aber ich bitte dich trotzdem darum. Und es braucht es ja auch keiner zu merken. Direkte Kontrolle wird ja wohl ausgeschlossen sein, und ich mache keine tiefere Kule wie du."

„Gut, gut", lachte Armgard. „Aber sage, was soll das alles? Du bist doch sonst so leichtlebig. Und wenn es dir hier in dem ersten Zimmer, weil es so nah an der scharfen Flurecke liegt, wirklich etwas ängstlich zumute sein sollte, nun so können wir ja zuriegeln."

„Das hilft nichts, Armgard. In solchen alten Schlössern gibt es immer Tapetentüren. Und was *das* hier angeht", und sie wies dabei auf das Bett, „alle Spukgeschichten sind immer gerad in Himmelbetten passiert; ich habe noch nie gehört, daß Gespenster an eine Birkenmaserbettstelle herangetreten wären. Und hast du nicht unten den mistle-toe gesehn? Mistelbusch ist auch noch so Überbleibsel aus heidnischer Zeit her, bei den alten Deutschen gewiß und bei den Wenden wohl auch, für den

Fall, daß die Stechlins wirkliche Wenden sind. Wenn ich Tante Adelheid ansehe, glaub ich es beinah. Und wie sie von den Hühnern sprach und den Eiern. Alles so wendisch. Ich glaube ja nicht eigentlich an Gespenster, wiewohl ich auch nicht ganz dagegen bin, aber wie dem auch sein möge, wenn ich mir denke, Tante Adelheid erschiene mir hier und brächte mir eine Erdbeere, die die Schnecken schon angeknabbert haben, so wäre das mein Tod."

Armgard lachte.

„Ja, du lachst, aber hast du denn die Augen von ihr gesehn? Und hast du ihre Stimme gehört? Und die Stimme, wie du doch weißt, ist die Seele."

„Gewiß. Aber, Seele oder nicht, sie kann dir doch nichts tun mit ihrer Stimme und dir auch nicht erscheinen. Und wenn sie trotzdem kommt, nun so rufst du mich."

„Am liebsten wär es mir, du bliebst gleich bei mir."

„Aber Melusine ..."

„Nun gut, nun gut. Ich sehe wohl ein, daß das nicht gut geht. Aber was anders! Ich habe da vorhin eine Bibel oder vielleicht auch bloß ein Gesangbuch liegen sehn, da auf dem Brettchen, wo die kleine Puppe steht. Beiläufig auch was Sonderbares, diese Puppe. Bitte, nimm die Bibel von der Etagere fort und lege sie mir hier auf den Nachttisch. Und das Licht laß brennen. Und wenn du im Bett liegst, sprich immerzu, bis ich einschlafe."

Achtundzwanzigstes Kapitel

Am andern Morgen traf man sich beim Frühstück. Es war ziemlich spät geworden, ohne daß Dubslav, wie das sonst wohl auf dem Lande Gewohnheit ist, ungeduldig geworden wäre. Nicht dasselbe ließ sich von Tante Adelheid sagen. „Ich finde das lange Wartenlassen nicht gerade passend, am wenigsten Personen gegenüber, denen man Respekt bezeigen will. Oder geh ich vielleicht zu weit, wenn ich hier von Respektbezeigung spreche?" So hatte sich Adelheid zu Dubslav geäußert. Als nun aber die Barbyschen Damen wirklich erschienen, bezwang sich die Domina und stellte all die Fragen, die man an solchem Begrüßungsmorgen zu stellen pflegt. In aller Unbefangenheit antworteten die Schwestern, am unbefangensten Melusine, die bei der Gelegenheit dem alten Dubslav erzählte, daß sie nicht umhingekonnt hätte, sich die Bibel an ihr Bett zu legen.

„Und mit der Absicht, drin zu lesen?“

„Beinah. Aber es wurde nichts daraus. Armgard plauderte so viel, freilich auf meinen Wunsch. Ich hörte von der Treppe her immer die Uhr schlagen und las dabei beständig das Wort ‚Museum‘. Aber das war natürlich schon im Traum. Ich schlief schon ganz fest. Und heute früh bin ich wie der Fisch im Wasser.“

Dubslav hätte dies gern bestätigt, dabei nach einem Spezialfisch suchend, der so recht zum Vergleich für Melusine gepaßt hätte. Die Blicke seiner Schwester aber, die zu fragen schienen „hast du gehört?“ ließen ihn wieder davon abstehn, und nachdem noch einiges über den großen Oberflur und seine Bilder und Schränke gesprochen worden war, wurde, genau wie vor einem Vierteljahr, wo Rex und Czako zu Besuch da waren, ein Programm verabredet, das dem damaligen sehr ähnlich sah: Aussichtsturm, See, Globsow; dann auf dem Rückwege die Kirche, vielleicht auch Krippenstapel. Und zuletzt das „Museum“. Aber manches davon war unsicher und hing vom Wetter ab. Nur den See wollte man unter allen Umständen sehn. Engelke wurde beauftragt, mit Plaids und Decken vorauszugehn und ein paar Leute zum Wegschaufeln des Schnees mitzunehmen, lediglich für den Fall, daß die Damen vielleicht Lust bezeigen sollten, die Sprudel- und Trichterstelle genauer zu studieren. „Und wenn wir auf unserm Hofe keine Leute haben, so geh ins Schulzenamt und bitte Rolf Krake, daß er aushilft.“

Melusine, die dieser Befehlserteilung zugehört hatte, war überrascht, in einem märkischen Dorfe dem Namen „Rolf Krake“ zu begegnen, und erfuhr denn auch alsbald den Zusammenhang der Dinge. Sie war ganz enchantiert davon und sagte: „Das ist hübsch. Aller aufgesteifter Patriotismus ist mir ein Greuel, aber wenn er diese Formen annimmt und sich in Humor und selbst in Ironie kleidet, dann ist er das Beste was man haben kann. Ein Mann, der solchen Beinamen hat, der lebt, der ist in sich eine Geschichte.“ Dubslav küßte ihr die Hand, Adelheid aber wandte sich demonstrativ ab; sie wollte nicht Zeuge dieser ewigen Huldigungen sein. „Wenn man ein alter Major ist, ist man eben ein alter Major und nicht ein junger Leutnant. Dubslav ist zwanzig, aber zwanzig Jahr a. D.“

Es war gegen zehn, als man aufbrach, um zunächst auf den Aussichtsturm zu steigen, und nachdem man von der obersten

Etage her die Waldlandschaft, die sich auch in ihrem Schneeschmuck wundervoll ausnahm, gebührend bewundert und dann den Abstieg glücklich bewerkstelligt hatte, passierte man den Schloßhof mit der Glaskugel, um über den Dorfplatz fort in die nach dem See hinunterführende große Straße einzubiegen. Auf dem Dorfplatze war alles winterlich still, nur vor dem Kruge standen drei Menschen: Engelke, der die Schneeschipper vorausgeschickt hatte, mit seinen Plaids über den Arm, neben ihm Schulze Kluckhuhn und neben diesem Gendarm Uncke, das Karabinergewehr über die Schulter gehängt.

„Da treffen wir ja die ganze hohe Obrigkeit", sagte Dubslav. „Engelke kann ich auch mitrechnen, der regiert mich, is also eigentlich die Feudalitätsspitze."

Während dieser Worte waren die Herrschaften an die Gruppe herangetreten.

„Freut mich, daß ich Sie treffe, Kluckhuhn. Ich denke Sie begleiten uns ... Frau Gräfin, darf ich Ihnen hier unsern Dorfherrscher vorstellen? Schulze Kluckhuhn, alter Vierundsechziger."

Und nun ordnete sich der Zug. Dubslav und Uncke schlossen ab, Woldemar, Armgard und Tante Adelheid hielten die Mitte; Melusine schritt voran, Rolf Krake neben ihr.

„Ich bin froh", sagte Melusine, „Sie bei dieser Partie mit dabei zu sehn. Der alte Herr von Stechlin hat mir schon von Ihnen erzählt und daß Sie vierundsechzig mit dabeigewesen. Und ich weiß auch Ihren Namen; das heißt den zweiten. Und ich darf sagen, ich freue mich immer, wenn ich so was Hübsches höre."

„Ach, Rolf Krake", lachte Kluckhuhn. „Ja, Frau Gräfin, wer den Schaden hat, darf für den Spott nicht sorgen. Das heißt, von ‚Schaden' darf ich eigentlich nicht reden, den hab ich nicht so recht davon gehabt; ich bin nicht mal angeschossen worden. Und doch is so was billig, wenn's erst losgeht."

„Ja, Schulze Kluckhuhn, unsereinem ist so was leider immer verschlossen oder, wie die Leute hier sagen, verpurrt. Und doch ist das das eigentliche Leben. So immer bloß einsitzen und ein bißchen Charpie zupfen, das ist gar nichts. Mit dabeisein, das macht glücklich. Es war aber trotzdem wohl ein eigenes Gefühl, als Sie da so von Düppel nach Alsen rüberfuhren und das unheimliche Schiff, der Rolf Krake, so dicht daneben lag."

„Ja, das war es, Frau Gräfin, ein ganz eigenes Gefühl. Und mitunter erscheint mir der Rolf Krake noch im Traum. Un is auch nicht zu verwundern. Denn Rolf Krake war wie ein richtiges Gespenst. Und wenn solch Gespenst einen packt, ja, da ist man weg. ... Und dabei bleib ich, Frau Gräfin, sechsundsechzig war nicht viel und siebzig war auch nicht viel."

„Aber die großen Verluste ..."

„Ja, die Verluste waren groß, das ist richtig. Aber Verluste, Frau Gräfin, das is eigentlich gar nichts. Natürlich wen es trifft, für den is es was. Aber ich meine jetzt das, was man dabei so das Moralische nennt; und darauf kommt es an, nicht auf die Verluste, nicht auf viel oder wenig. Wenn einer eine Böschung raufklettert und nu steht er oben und schleicht sich ran, immer mit 'nem Pulversack und 'nem Zünder in der Hand und nu legt er an und nu fliegt alles in die Luft und er mit. Und nu ist die Festung oder die Schanze offen. Ja, Frau Gräfin, das ist was. Und das hat unser Pionier Klinke getan. Der war moralisch. Ich weiß nicht, ob Frau Gräfin mal von ihm gehört haben, aber dafür leb ich und sterb ich: immer bloß das Kleine, da zeigt sich's, was einer kann. Wenn ein Bataillon ran muß un ich stecke mittendrin, ja, was will ich da machen? Da muß ich mit. Und baff, da lieg ich. Und nu bin ich ein Held. Aber eigentlich bin ich keiner. Es ist alles bloß ‚Muß' und solche Mußhelden gibt es viele. Das is, was ich die großen Kriege nenne. Klinke mit seinem Pulversack, ja, der war bloß was Kleines, aber er war doch groß. Und ebenso (wenn er auch unser Feind war) dieser Rolf Krake."

So ging historisch-retrospektiv das Gespräch an der Tete, während Dubslav und Uncke, die den Zug abschlossen, mit ihrem Thema mehr in der Gegenwart standen.

„Is mir lieb, Uncke, Sie mal wieder zu treffen. Seit Rheinsberg hab ich Sie nicht mehr gesehn. Ich denke mir, Torgelow is nu wohl schon im besten Gange. So wie Bebel. Ich kriege natürlich jeden Tag meine Zeitung, aber es is mir immer zuviel und das große Format und das dünne Papier. Da kuck ich denn nich immer ganz genau zu. Hat er denn schon gesprochen?"

„Ja, Herr Major, gesprochen hat er schon. Aber nich viel. Un war auch kein rechter Beifall. Auch nich mal bei seinen eignen Leuten."

„Er wird wohl die Sache noch nicht recht weghaben. Ich meine das, was sie jetzt das Parlamentarische nennen. Das schadt aber nichts und ist eigentlich egal. Wichtiger is, wie sie hier in unserm Ruppiner Winkel, in unserm Rheinsberg-Wutz über ihn denken. Sind sie denn da mit ihm zufrieden?"

„Auch nicht, Herr Major. Sie sagen, er sei zweideutig."

„Ja, Uncke, so heißt es überall. Das is nu mal so, das is nicht zu ändern. In Frankreich heißt es immer gleich ‚Verrat‘ und hier sagen sie ‚zweideutig‘. Da war auch einer von uns, den ich nicht nennen will, von dem hieß es auch so ...“

„Von dem hieß es auch so. Ja, Herr Major. Und Pyterke, der immer gut Bescheid weiß, der sagte mir schon damals in Rheinsberg: ‚Uncke, glauben Sie mir, da hat sich der Herr Major eine Schlange an seinem Busen großgezogen.‘“

„Kann ich mir denken; klingt ganz nach Pyterke. Der spricht immer so gebildet. Aber is es auch richtig?“

„Is schon richtig, Herr Major. Herr Major denken immer das Gute von ’nem Menschen, weil Sie soviel zu Hause sitzen und selber so sind. Aber wer so rumkommt wie ich. Alle lügen sie. Was sie meinen, das sagen sie nich und was sie sagen, das meinen sie nich. Is kein Verlaß mehr; alles zweideutig.“

„Ja, so rundraus, Uncke, das war früher, aber das geht jetzt nicht mehr. Man darf keinem so alles auf die Nase binden. Das is eben, was sie jetzt ‚politisches Leben‘ nennen.“

„Ach, Herr Major, das mein ich ja gar nicht. Das Politische ... Jott, wenn einer sich ins Politische zweideutig macht, na, dann muß ich ihn anzeigen, das is Dienst. Darum gräm ich mich aber nich. Aber was nich Dienst ist, was man so bloß noch nebenbei sieht, das kann einen mitunter leid tun. So bloß als Mensch.“

„Aber, lieber Uncke, was is denn eigentlich los? Wenn man Sie so hört, da sollte man ja wahrhaftig glauben, es ginge zu Ende ... Nu ja, in der Welt draußen da klappt nich immer alles. Aber so im Schoß der Familie ...“

„Jott, Herr Major, das is es ja eben. In diesem Schoß der Familie, da is es ja gerad am schlimmsten. Und sogar in dem jüdischen Schoß, der doch immer noch der beste war.“

„Beispiele, Uncke, Beispiele.“

„Da haben wir nu hier, um bloß ein Beispiel zu geben, unsern guten alten Baruch Hirschfeld in Gransee. Frommer alter Jude ...“

„Kenn ich. Kenn ich ganz gut, beinah zu gut. Nu, der hat ’nen Sohn und mit dem is er mitunter verschiedner Meinung. Aber dagegen is doch nicht viel zu sagen; das is in der ganzen Welt so. Der Alte hängt noch am Alten und der Junge, nu, der is eben ein Jungscher und bramarbasiert ein bißchen. Ich weiß nicht recht, zu welcher Partei er sich hält, er wird aber wohl für Torgelow gestimmt haben. Nu, mein Gott, warum nicht? Das tun jetzt viele. Daran muß man sich gewöhnen. Das is eben das Politische."

„Nein, Herr Major. Herr Major wollen verzeihn, aber bei diesem Isidor is es nicht das Politische. Komme ja jeden dritten Tag hin und seh den Alten in seinem Laden und höre, was er da redt und redt. Und der Junge redt auch und redt immer ‚von's Prinzip'. Das Prinzip is ihm aber egal. Er will bloß mogeln und den Alten an die Wand drücken. Und das ist das, was ich das Zweideutige nenne."

Armgard, Woldemar und Tante Adelheid hatten die Mitte genommen. Als sie bis in die Nähe der Seespitze gekommen waren, immer unter einem verschneiten Buchen- und Eichengange hin, wurden sie durch ein Geräusch wie von brechenden kleinen Ästen aufmerksam gemacht, und ihr Auge nach oben richtend, gewahrten sie, wie zwei Eichhörnchen über ihnen spielten und in beständigem Sich-Haschen von Baum zu Baum sprangen. Die Zweige knickten, und der Schnee stäubte hernieder. Armgard mochte sich von dem Schauspiel nicht trennen, lachte, wenn die momentan verschwundenen Tierchen mit einem Male wieder zum Vorschein kamen und gab ihre Beobachtung erst auf, als die Domina, nicht direkt unfreundlich, aber doch ziemlich ungeduldig und jedenfalls wie gelangweilt, zu ihr bemerkte: „Ja, Komtesse, die springen; es sind eben Eichhörnchen." Einige Minuten später hatten alle die Bank erreicht, von der aus man den besten Blick auf den zugefrorenen See hatte. Das Eis zeigte sich hoch mit Schnee bedeckt, aber in seiner Mitte war doch schon eine gefegte Stelle, zu der vom Ufer her eine schmale, gleichfalls freigeschaufelte Straße hinüberführte. Engelke legte die Decken über die Bank, und die Damen, die von dem halbstündigen und zuletzt etwas ansteigenden Wege müde geworden waren, nahmen alle drei Platz, während sich Rolf Krake und Uncke wie Schildhalter zu beiden Seiten der Bank aufstellten. Dubslav dagegen plazierte sich in Front und machte, während er einen landläufigen Führerton anschlug, den Cicerone. „Hab die Ehr, Ihnen hier die große Sehenswürdigkeit von Dorf und Schloß Stechlin zu präsentieren, unsern See, *meinen* See, wenn Sie mir das Wort gestatten wollen. Alle möglichen berühmten Naturforscher waren hier und haben sich höchst schmeichelhaft über den See geäußert. Immer hieß es: es stehe wissenschaftlich fest. Und das ist jetzt das Höchste. Früher sagte man: es steht in den Akten. Ich lasse dabei dahingestellt sein, wovor man sich tiefer verbeugen muß."

„Ja“, sagte Melusine, „das ist nun also der große Moment. Orientiert bin ich. Aber wie das mit allem Großen geht, ich empfinde doch auch etwas von Enttäuschung.“

„Das ist, weil wir Winter haben, gnädigste Gräfin. Wenn Sie die offene Seefläche vor sich hätten und in der Vorstellung stünden: jetzt bildet sich der Trichter und jetzt steigt es herauf, so würden Sie mutmaßlich nichts von Enttäuschung empfinden. Aber jetzt! Das Eis macht still und duckt das Revolutionäre. Da kann selbst unser Uncke nichts notieren. Nicht wahr, Uncke?“

Uncke schmunzelte.

„Im übrigen seh ich zu meiner Freude – und das verdanken wir wieder unserm guten Kluckhuhn, der an alles denkt und alles vorsieht – daß die Schneeschipper auch ein paar ihrer Pickäxte mitgebracht haben. Ich taxiere das Eis auf nicht dicker als zwei Fuß, und wenn sich die Leute dranmachen, so haben wir in zehn Minuten eine große Lune, und der Hahn, wenn er nur sonst Lust hat, kommt aus seiner Tiefe herauf. Befehlen Frau Gräfin?“

„Um Gottes willen, nein. Ich bin sehr für solche Geschichten und bin glücklich, daß die Familie Stechlin diesen See hat. Aber ich bin zugleich auch abergläubisch und mag kein Eingreifen ins Elementare. Die Natur hat jetzt den See überdeckt; da werd ich mich also hüten, irgendwas ändern zu wollen. Ich würde glauben, eine Hand führe heraus und packte mich.“

Adelheid war bei diesen Worten immer gerader und länger geworden und rückte mit Ostentation von Melusine weg, mehr der Banklehne zu, wo, halb wie das gute Gewissen, halb wie die göttliche Weltordnung, Uncke stand und durch seine bloße Gegenwart den Gemütszustand der Domina wieder beschwichtigte. Nur von Zeit zu Zeit sah sie fragend, forschend und vorwurfsvoll auf ihren Bruder.

Dieser wußte genau, was in seiner Schwester Seele vorging. Es erheiterte ihn ungemein, aber es beunruhigte ihn doch auch. Wenn diese Gefühle wuchsen, wohin sollte das führen? Die Möglichkeit einer schrecklichen Szene, die sein Haus mit einer nicht zu tilgenden Blame behaftet hätte, trat dabei vor seine Seele.

Der Himmel hatte aber ein Einsehn. Schon seit einer Viertelstunde lag ein grauer Ton über der Landschaft und plötzlich fielen Flocken, erst vereinzelte, dann dicht und reichlich. Den Weg bis Globsow fortzusetzen, daran war unter diesen Umständen gar nicht mehr zu denken, und so brach man denn auf, um ins Schloß zurückzukehren. Auch auf einen Besuch in der Kirche, weil es da zu kalt sei, wurde verzichtet.

Neunundzwanzigstes Kapitel

Der Heimweg war gemeinschaftlich angetreten worden, aber doch nur bis an die Dorfstraße. Hier teilte man sich in drei Gruppen, eine jede mit verschiedenem Ziel: Dubslav, Tante Adelheid und Armgard gingen auf das Herrenhaus, Uncke und Rolf Krake auf das Schulzenamt, Woldemar und Melusine dagegen auf die Pfarre zu. Woldemar freilich nur bis an den Vorgarten, wo er sich von Melusine verabschiedete.

Lorenzen, solang er Woldemar und Melusine sich seiner Pfarre nähern sah, hatte verlegen am Fenster gestanden, kam aber, als das Paar sich draußen trennte, so ziemlich wieder zu sich. Er war nun schon so lange jeder Damenunterhaltung entwöhnt, daß ihm ein Besuch wie der der Gräfin zunächst nur Verlegenheit schaffen konnte, wenn's denn aber durchaus sein mußte, so war ihm ein Tête-à-Tête mit ihr immer noch lieber, als eine Plauderei zu dritt. Er ging ihr denn auch bis in den Flur entgegen, war ihr hier beim Ablegen behilflich und sprach ihr – weil er jede Scheu rasch von sich abfallen fühlte – ganz aufrichtig seine Freude aus, sie in seiner Pfarre begrüßen zu dürfen. „Und nun bitt ich Sie, Frau Gräfin, sich's unter meinen Büchern hier nach Möglichkeit bequem machen zu wollen. Ich bin zwar auch Inhaber einer Putzstube, mit einem dezenten Teppich und einem kalten Ofen; aber ich könnte das gesundheitlich nicht verantworten. Hier haben wir wenigstens eine gute Temperatur."

„Die immer die Hauptsache bleibt. Ach, eine gute Temperatur! Gesellschaftlich ist sie beinah alles und dabei leider doch so selten. Ich kenne Häuser, wo, wenn Sie den Widersinn verzeihen wollen, der kalte Ofen gar nicht ausgeht. Aber erlassen Sie mir gütigst den Sofaplatz hier; ich fühle mich dazu noch nicht ‚alte Dame' genug und möcht auch gern en vue der beiden Bilder bleiben, trotzdem ich das eine davon schon so gut wie kenne."

„Die Kreuzabnahme?"

„Nein! das andre."

„Die Lind also?"

„Ja."

„So haben Sie das schöne Bild in der Nationalgalerie gesehn?"

„Auch das. Aber doch freilich erst seit ganz kurzem, während ich von Ihrer Aquarellkopie schon seit ein paar Monaten weiß. Das war auf einer Dampfschiffahrt, die wir nach dem sogenannten ‚Eierhäuschen' machten und der Ausplauderer über das Bild da vor mir, war niemand anders als Ihr Zögling Woldemar, auf den Sie stolz sein können. Er freilich würde den Satz umkehren, oder sage ich lieber, er tat es. Denn er sprach mit solcher Liebe von Ihnen, daß ich Sie von jenem Tag an auch herzlich liebe, was Sie sich schon gefallen lassen müssen. Ein Glück nur, daß er sich draußen verabschiedet hat und nicht hören kann, was ich hier sage ..."

Lorenzen lächelte.

„Sonst hätten sich diese Bekenntnisse verboten. Aber da sie nun mal gemacht sind und man nie weiß, wann und wie man wieder zusammenkommt, so lassen Sie mich darin fortfahren. Woldemar erzählte mir – Pardon für meine Indiskretion – von Ihrer Schwärmerei für die Lind. Und da horchten wir denn auf und beneideten Sie fast. Nichts beneidenswerter als eine Seele, die schwärmen kann. Schwärmen ist fliegen, eine himmlische Bewegung nach oben."

Lorenzen stutzte. Das war doch mehr, als eine bloß liebenswürdige Dame aus der Gesellschaft.

„Und um es kurz zu machen", fuhr Melusine fort, „Woldemar sprach bei dieser Gelegenheit wie von Ihrer ersten Liebe" (und dabei wies sie lächelnd auf das Bildchen der Lind) „so auch von Ihrer letzten – nein, nein, nicht von Ihrer letzten; *Sie* werden immer eine neue finden – sprach also von Ihrer Begeisterung für den herrlichen Mann da weit unten am Tajo, von Ihrer Begeisterung für den Joao de Deus. Und als er ausgesprochen hatte, da haben wir uns alle, die wir zugegen waren, um den ‚Un Santo' geschart und einen geheimen Bund geschlossen. Erst um den ‚Un Santo' und zum zweiten um Sie selbst. Und nun frag ich Sie, wollen Sie mittun in diesem unserm Bunde, der ohne Sie gar nicht existierte. Mir ist manches verquer gegangen. Aber ich bin, denk ich, dem Tage nahe, der mich ahnen läßt, daß unsre Prüfungen auch unsre Segnungen sind und daß mir alles Leid nur kam, um den Stab, der trägt und stützt, fester zu umklammern. Ich darf leider nicht hinzusetzen, daß dieser Stab (möglich, daß er sich einst dazu auswächst) das Kreuz sei. Meiner ganzen Natur nach bin ich ungläubig. Aber ich hoffe, sagen zu dürfen: ich bin wenigstens demütig."

„Wenigstens demütig", wiederholte Lorenzen langsam, zugleich halb verlegen vor sich hinblickend, und Melusine, die Zweifel, die sich in der Wiederholung dieser Worte ziemlich deutlich aussprachen, mit scharfem Ohre heraushörend, fuhr in plötzlich verändertem und beinah heiterem Tone fort: „Wie grausam Sie sind. Aber Sie haben recht. Demütig. Und daß ich mich dessen auch noch berühme. Wer ist demütig? Wir alle sind im letzten doch eigentlich das Gegenteil davon. Aber das darf ich sagen, ich habe den Willen dazu."

„Und schon *der* gilt, Frau Gräfin. Nur freilich ist Demut nicht genug; sie schafft nicht, sie fördert nicht nach außen, sie belebt kaum."

„Und ist doch mindestens der Anfang zum Bessern, weil sie mit dem Egoismus aufräumt. Wer die Staffel hinauf will, muß eben von unten an dienen. Und soviel bleibt, es birgt sich in ihr die Lösung jeder Frage, die jetzt die Welt bewegt. Demütig sein heißt christlich sein, christlich in meinem, vielleicht darf ich sagen in *unsrem* Sinne. Demut erschrickt vor dem zweierlei Maß. Wer demütig ist, der ist duldsam, weil er weiß, wie sehr er selbst der Duldsamkeit bedarf; wer demütig ist, der sieht die Scheidewände fallen und erblickt den Menschen im Menschen."

„Ich kann Ihnen zustimmen", lächelte Lorenzen. „Aber wenn ich, Frau Gräfin, in Ihren Mienen richtig lese, so sind diese Bekenntnisse doch nur Einleitung zu was andrem. Sie halten noch das Eigentliche zurück und verbinden mit Ihrer Aussprache, so sonderbar es klingen mag, etwas Spezielles und beinah Praktisches."

„Und ich freue mich, daß Sie das herausgefühlt haben. Es ist so. Wir kommen da eben von Ihrem Stechlin her, von Ihrem See, dem Besten, was Sie hier haben. Ich habe mich dagegen gewehrt, als das Eis aufgeschlagen werden sollte, denn alles Eingreifen oder auch nur Einblicken in das, was sich verbirgt, erschreckt mich. Ich respektiere das Gegebene. Daneben aber freilich auch das Werdende, denn eben dies Werdende wird über kurz oder lang abermals ein Gegebenes sein. Alles Alte, soweit es Anspruch darauf hat, sollen wir lieben, aber für das Neue sollen wir recht eigentlich leben. Und vor allem sollen wir, wie der Stechlin uns lehrt, den großen Zusammenhang der Dinge nie vergessen. Sich abschließen, heißt sich einmauern, und sich einmauern ist Tod. Es kommt darauf an, daß wir gerade *das* beständig gegenwärtig haben. Mein Vertrauen zu meinem Schwager ist unbegrenzt. Er hat einen edeln Charakter, aber ich weiß nicht, ob er auch einen festen Charakter hat. Er ist feinen Sinnes, und wer fein ist, ist oft bestimmbar. Er ist auch nicht geistig bedeutend genug, um sich gegen abweichende Meinungen, gegen Irrtümer und Standesvorurteile wehren zu können. Er bedarf der Stütze. Diese Stütze sind Sie meinem Schwager Woldemar von Jugend auf gewesen. Und um was ich jetzt bitte, das heißt: ‚Seien Sie's ferner.'"

„Daß ich Ihnen sagen könnte, wie freudig ich in Ihren Dienst trete, gnädigste Gräfin. Und ich kann es um so leichter, als Ihre Ideale, wie Sie wissen, auch die meinigen sind. Ich lebe darin und empfind es als eine Gnade, da, wo das Alte versagt, ganz in einem Neuen aufzugehn. Um ein solches ‚Neues' handelt es sich. Ob ein solches ‚Neues' sein soll (weil es sein muß) oder ob es *nicht* sein soll, um diese Frage dreht sich alles. Es gibt hier um uns her eine große Zahl vorzüglicher Leute, die ganz ernsthaft glauben, das uns Überlieferte – das Kirchliche voran (leider nicht das Christliche) – müsse verteidigt werden, wie der Salomonische Tempel. In unserer Obersphäre herrscht außerdem eine naive Neigung, alles ‚Preußische' für eine höhere Kulturform zu halten."

„Genau wie Sie sagen. Aber ich möchte doch, um der Gerechtigkeit willen, die Frage stellen dürfen, ob dieser naive Glaube nicht eine gewisse Berechtigung hat?"

„Er hatte sie mal. Aber das liegt zurück. Und kann nicht anders sein. Der Hauptgegensatz alles Modernen gegen das Alte besteht darin, daß die Menschen nicht mehr durch ihre Geburt auf den von ihnen einzunehmenden Platz gestellt werden. Sie haben jetzt die Freiheit, ihre Fähigkeiten nach allen Seiten hin und auf jedem Gebiete zu betätigen. Früher war man dreihundert Jahre lang ein Schloßherr oder ein Leinenweber; jetzt kann jeder Leinenweber eines Tages ein Schloßherr sein."

„Und beinah auch umgekehrt", lachte Melusine. „Doch lassen wir dies heikle Thema. Viel, viel lieber hör ich ein Wort von Ihnen über den Wert unsrer Lebens- und Gesellschaftsformen, über unsre Gesamtanschauungsweise, deren besondere Zulässigkeit Sie, wie mir scheint, so nachdrücklich anzweifeln."

„Nicht absolut. Wenn ich zweifle, so gelten diese Zweifel nicht so sehr den Dingen selbst, als dem Hochmaß des Glaubens daran. Daß man all diese Mittelmaßdinge für etwas Besonderes und Überlegenes und deshalb, wenn's sein kann, für etwas ewig zu Konservierendes ansieht, das ist das Schlimme. Was mal galt, soll weiter gelten, was mal gut war, soll weiter ein Gutes oder wohl gar ein Bestes sein. Das ist aber unmöglich, auch wenn alles, was keineswegs der Fall ist, einer gewissen Herrlichkeitsvorstellung entspräche ... Wir haben, wenn wir rückblicken, drei große Epochen gehabt. Dessen sollen wir eingedenk sein. Die vielleicht größte, zugleich die erste, war die unter dem Soldatenkönig. Das war ein nicht genug zu preisender Mann, seiner Zeit wunderbar angepaßt und ihr zugleich voraus. Er hat nicht bloß das Königtum stabiliert, er hat auch, was viel wichtiger, die Fundamente für eine neue Zeit geschaffen und an die Stelle von Zerfahrenheit, selbstischer Vielherrschaft und Willkür Ordnung und Gerechtigkeit gesetzt. Gerechtigkeit, das war sein bester ‚rocher de bronce'."

„Und dann?"

„Und dann kam Epoche zwei. Die ließ, nach jener ersten, nicht lange mehr auf sich warten und das seiner Natur und seiner Geschichte nach gleich ungeniale Land sah sich mit einem Male von Genie durchblitzt."

„Muß das ein Staunen gewesen sein."

„Ja. Aber doch mehr draußen in der Welt als daheim. Anstaunen ist auch eine Kunst. Es gehört etwas dazu, Großes als groß zu begreifen ... Und dann kam die dritte Zeit. Nicht groß und doch auch wieder ganz groß. Da war das arme, elende, halb dem Untergange verfallene Land nicht von Genie, wohl aber von Begeisterung durchleuchtet, von dem Glauben an die höhere Macht des Geistigen, des Wissens und der Freiheit."

„Gut, Lorenzen. Aber weiter."

„Und all das, was ich da so hergezählt, umfaßte zeitlich ein Jahrhundert. Da waren wir den andern voraus, mitunter geistig und moralisch gewiß. Aber der ‚Non-soli-cedo-Adler' mit seinem Blitzbündel in den Fängen, er blitzt nicht mehr, und die Begeisterung ist tot. Eine rückläufige Bewegung ist da, längst Abgestorbenes, ich muß es wiederholen, soll neu erblühn. Es tut es nicht. In gewissem Sinne freilich kehrt alles einmal wieder, aber bei dieser Wiederkehr werden Jahrtausende übersprungen; wir können die römischen Kaiserzeiten, Gutes und Schlechtes, wiederhaben, aber nicht das spanische Rohr aus dem Tabakskollegium und nicht einmal den Krückstock von Sanssouci. Damit ist es vorbei. Und gut, daß es so ist. Was einmal Fortschritt war, ist längst Rückschritt geworden. Aus der modernen Geschichte, der eigentlichen, der lesenswerten, verschwinden die

Bataillen und die Bataillone (trotzdem sie sich beständig vermehren) und wenn sie nicht selbst verschwinden, so schwindet doch das Interesse daran. Und mit dem Interesse das Prestige. An ihre Stelle treten Erfinder und Entdecker, und James Watt und Siemens bedeuten uns mehr als du Guesclin und Bayard. Das Heldische hat nicht direkt abgewirtschaftet und wird noch lange nicht abgewirtschaftet haben, aber sein Kurs hat nun mal seine besondere Höhe verloren, und anstatt sich in diese Tatsache zu finden, versucht es unser Regime, dem Niedersteigenden eine künstliche Hausse zu geben."

„Es ist, wie Sie sagen. Aber gegen wen richtet sich's? Sie sprachen von ‚Regime'. Wer ist dies Regime? Mensch oder Ding? Ist es die von alter Zeit her übernommene Maschine, deren Räderwerk tot weiterklappert, oder ist es der, der an der Maschine steht? Oder endlich ist es eine bestimmte abgegrenzte Vielheit, die die Hand des Mannes an der Maschine zu bestimmen, zu richten trachtet? In allem, was Sie sagen, klingt eine sich auflehnende Stimme. Sind Sie gegen den Adel? Stehen Sie gegen die ‚alten Familien'?"

„Zunächst: nein. Ich liebe, hab auch Ursach dazu, die alten Familien und möchte beinah glauben, jeder liebt sie. Die alten Familien sind immer noch populär, auch heute noch. Aber sie vertun und verschütten diese Sympathien, die doch jeder braucht, jeder Mensch und jeder Stand. Unsre alten Familien kranken durchgängig an der Vorstellung, daß es ohne sie nicht gehe, was aber weit gefehlt ist, denn es geht sicher auch ohne sie; – sie sind nicht mehr die Säule, die das Ganze trägt, sie sind das alte Stein- und Moosdach, das wohl noch lastet und drückt, aber gegen Unwetter nicht mehr schützen kann. Wohl möglich, daß aristokratische Tage mal wiederkehren, vorläufig, wohin wir sehen, stehen wir im Zeichen einer demokratischen Weltanschauung. Eine neue Zeit bricht an. Ich glaube, eine bessere und eine glücklichere. Aber wenn auch nicht eine glücklichere, so doch mindestens eine Zeit mit mehr Sauerstoff in der Luft, eine Zeit, in der wir besser atmen können. Und je freier man atmet, je mehr lebt man. Was aber Woldemar angeht, *meiner* sind Sie sicher, Frau Gräfin. Bleibt freilich, als Hauptfaktor, noch die Komtesse. Für die müssen *Sie* die Bürgschaft übernehmen. Die Frauen bestimmen schließlich doch alles."

„So heißt es immer. Und wir sind eitel genug, es zu glauben. Aber das führt uns auf ganz neue Gebiete. Vorläufig Ihre Hand zur Besieglung. Und nun erlauben Sie mir, nach diesem unserm revolutionären Diskurse, zu den Hütten friedlicher Menschen zurückzukehren. Ich habe mich bei dem alten Herrn nur auf eine halbe Stunde beurlaubt und rechne darauf, daß Sie mich, wenn nicht bis ins ‚Museum' selbst (das dem Programm nach besucht werden sollte), so doch wenigstens bis auf die Schloßrampe begleiten."

Dreissigstes Kapitel

Lorenzen tat, wie gewünscht, und auf dem Wege zum Schloß plauderten beide weiter, wenn auch über sehr andere Dinge.

„Was ist es eigentlich mit diesem ‚Museum'?" fragte Melusine; „kann ich mir doch kaum was Rechtes darunter vorstellen. Eine alte Papptafel mit Inschrift hängt da schräg über der Saaltür, alles dicht neben meinem Schlafzimmer und ich habe mich etwas davor geängstigt."

„Sehr mit Unrecht, gnädigste Gräfin. Die primitive Papptafel, die freilich verwunderlich genug aussieht, sollte wohl nur andeuten, daß es sich bei der ganzen Sache mehr um einen Scherz als um etwas Ernsthaftes handelt. Etwa wie bei Sammlung von Merrschaumpfeifen und Tabaksdosen. Und Sie werden auch vorwiegend solchen Seltsamkeiten begegnen. Anderseits aber ist es auch wieder ein richtiges historisches Museum, trotzdem es nur halb das geworden ist, worauf Herr von Stechlin anfänglich aus war."

„Und das war?"

„Das war mehr etwas Groteskes. Es mögen nun wohl schon zwanzig Jahre sein, da las er eines Tages in der Zeitung von einem Engländer, der historische Türen sammle und neuerdings sogar für eine enorme Summe, ich glaube es waren tausend Pfund, die Gefängnistür erstanden habe, durch die Ludwig XVI. und dann später Danton und Robespierre zur Guillotinierung abgeführt worden seien. Und diese Notiz machte solchen Eindruck auf unsern liebenswürdigen Stechliner Schloßherrn, daß er auch solche historische Türensammlung anzulegen beschloß. Er ist aber nicht weit damit gekommen und hat sich mit dem Küstriner Schloßfenster begnügen müssen, an dem Kronprinz Friedrich stand, als Katte zur Enthauptung vorübergeführt wurde. Doch auch das ist unsicher, ja die meisten wollen nichts davon wissen. Nur Krippenstapel hält noch daran fest."

„Krippenstapel?"

„Ja. Der Name frappiert Sie. Das ist nämlich unser Lehrer hier, Liebling des alten Herrn und sein Berater in derlei Dingen. Der hat ihm denn auch das gegenwärtige ‚Museum', das man als Abschlagszahlung auf die ‚historischen Türen' ansehen kann, zusammengestellt. Außer dem angezweifelten Fenster werden Frau Gräfin noch ein paar phantastische Regentraufen finden und vor allem viele Wetterhähne, die von alten märkischen Kirchtürmen herabgenommen wurden. Einige sollen ganz interessant sein. Ich habe keinen Sinn dafür. Aber Krippenstapel hat einen Katalog angefertigt."

Unter diesen Worten waren beide bis an die Rampe gekommen, auf der Engelke schon stand und auf die Gräfin wartete. Lorenzen empfahl sich. Aber auch Melusine wollte nicht gleich ins Museum hinauf, zog es vielmehr vor, erst unten in das große Gesellschaftszimmer einzutreten und sich da zu wärmen.

Engelke machte sich auch sofort am Kamin zu schaffen, was der Gräfin gut paßte, weil sie noch manches fragen wollte.

„Das ist recht, Engelke, daß Sie Kohlen aufschütten und auch Kienäpfel. Ich freue mich immer, wenn es so lustig brennt. Und oben im ‚Museum' wird es wohl noch kalt sein."

„Ja, kalt ist es, Frau Gräfin. Aber mit der Kälte, na, das ging' am Ende noch, und der viele Staub, der oben liegt, das ginge vielleicht auch noch; Staub wärmt. Und die Dachtraufen und Wetterhähne tun auch keinem Menschen was ..."

„Aber was ist denn sonst noch?"

„Ach, ich meine bloß die verdammten Dinger, die Spinnen ..."

„Um Gottes willen, Spinnen?" erschrak Melusine.

„Ja, Spinnen, Frau Gräfin. Aber so ganz schlimme sind nich dabei. Solche mit 'm Kreuz oben hab ich bei uns noch nicht gesehn. Bloß solche, die Schneider heißen."

„Ach, das sind die, die die langen Beine haben."

„Ja, lange Beine haben sie. Aber sie tun einem nichts. Und eigentlich sind es sehr ängstliche Tiere und verkriechen sich, wenn sie hören, daß aufgeschlossen wird, und bloß wenn Krippenstapel kommt, dann kommen sie alle raus un kucken sich um. Krippenstapeln, den kennen sie ganz gut, und ich hab auch mal gesehn, daß er ihnen Fliegen mitbringt, und machen sich dann gleich drüber her."

„Aber das ist ja grausam. Ist es denn ein guter Mensch?"

„Oh, sehr gut, Frau Gräfin. Und als ich ihm mal so was

sagte, sagte er: ‚Ja, Engelke, das is nu mal so; einer frißt den andern auf.'"

Das Gespräch setzte sich noch eine Weile fort; dann sagte Melusine: „Nun, Engelke, ist es aber wohl die höchste Zeit für das Museum, sonst komm ich zu spät und seh und höre gar nichts mehr. Ich bin nun auch wieder warm geworden." Dabei erhob sie sich und stieg die Doppeltreppe hinauf und klopfte. Sie wollte nicht gleich eintreten.

Auf ihr Klopfen wurde sehr bald von innen her geöffnet, und Krippenstapel, mit der Hornbrille, stand vor ihr. Er verbeugte sich und trat zurück, um den Platz freizugeben. Aber Melusine, deren Angst vor ihm wiederkehrte, zauderte, was eine momentane Verlegenheit schuf. Inzwischen war aber auch Dubslav herangekommen. „Ich fürchtete schon, daß Lorenzen Sie nicht herausgeben würde. Seine Gelegenheiten, hier in Stechlin ein Gespräch zu führen, sind nicht groß und nun gar ein Gespräch mit Gräfin Melusine! Nun, er hat es gnädig gemacht. Jetzt aber, Gräfin, halten Sie gefälligst Umschau; vielleicht daß Lorenzen schon geplaudert hat oder gar Engelke."

„So ganz im dunkeln bin ich nicht mehr; ein Küstriner Schloßfenster, ein paar Kirchendachreliquien und dazu Wetterhähne – lauter Gegenstände (denn ich bin auch ein bißchen fürs Aparte), zu deren Auswahl ich Ihnen gratuliere."

„Wofür ich der Frau Gräfin dankbar bin, ohne sonderlich überrascht zu sein. Ich wußte, Damen wie Gräfin Ghiberti haben Sinn für derlei Dinge. Darf ich Ihnen übrigens zunächst hier diesen Lebuser Bischof zeigen und hier weiter einen Heiligen oder vielleicht Anachoreten? Beide, Bischof und Anachoret, sind sehr unähnlich untereinander, schon in bezug auf Leibesumfang – der richtige Gegensatz von Refektorium und Wüste. Wenn ich den Heiligen hier so sehe, taxier ich ihn höchstens auf eine Dattel täglich. Und nun denk ich, wir fahren in unsrer Besichtigung fort. Krippenstapel war nämlich eben dabei, der Komtesse Armgard unsern Derfflingerschen Dragoner mit der kleinen Standarte und der Jahreszahl 1675 zu zeigen. Bitte, Gräfin Melusine, bemerken Sie hier die Zahl, dicht unter dem brandenburgischen Adler. Es wirkt, wie wenn er die Nachricht vom Siege bei Fehrbellin überbringen wolle. Daß es ein Dragoner ist, ist klar; der Filzhut mit der breiten Krempe hebt jeden Zweifel, und ich hab es für mein gutes Recht gehalten, ihn auch speziell als Derfflingerschen Dragoner festzusetzen. Aber mein Freund Krippenstapel will davon nichts wissen, und wir liegen darüber seit Jahr und Tag in einer ernsten Fehde. Glücklicherweise unsre einzige. Nicht wahr Krippenstapel?"

Dieser lächelte und verbeugte sich.

„Die beiden Damen", fuhr Dubslav fort, „mögen aber nicht etwa glauben, daß ich mich für berechtigt halte, die freie Wissenschaft hier in meinem Museum in Banden zu schlagen. Grad umgekehrt. Ich kann also nur wiederholen: ‚Krippenstapel, Sie haben das Wort.' Und nun, bitte, setzen Sie den Damen Ihrerseits auseinander, warum es nach ganz bestimmten Begleiterscheinungen ein Derfflingerscher *nicht* sein kann. Bilderbücher aus der Zeit her hat man nicht, und die großen Gobelins lassen einen im Stich und beweisen gar nichts."

Unter diesen Worten hatte Krippenstapel die den Gegenstand des Streits bildende Wetterfahne wieder in die Hand genommen, und als er sah, daß die Gräfin – die, wie das in ihrer Natur lag, den vor zehn Minuten noch so gefürchteten „Fliegentöter" längst in ihr Herz geschlossen hatte — ihm freundlich zunickte, ließ er auf Geltendmachung seines Standpunkts auch nicht lange mehr warten und sagte: „Ja, Frau Gräfin, der Streit schwebt nun schon so lange, wie wir den Dragoner überhaupt haben, und Herr von Stechlin wäre wohl schon längst in das gegnerische Lager, in dem ich und Oberlehrer Tucheband stehn, übergegangen, wenn er nicht an meiner wissenschaftlichen Ereiferung seine beständige Freude hätte. Tucheband, einer unsrer Besten und ein Mann, der nicht leicht vorbeischießt, hat auch in dieser Frage gleich das Richtige getroffen. Er hat nämlich den Ort in Erwägung gezogen, von wo diese Wetterfahne stammt. Sie stammt aus dem wenigstens damals noch der alten Familie von Mörner zugehörigen Dorfe Zellin in der Neumark. Das Regiment aber, das sich bei Fehrbellin vor allen andern auszeichnete, war das Dragonerregiment Mörner. Es ist also kein Derfflingerscher, sondern ein Mörnerscher Dragoner, der, in fliegender Eile, die Nachricht von dem erfochtenen Siege nach Zellin bringt."

„Bravo", sagte Melusine. „Wenn ich je eine richtige Schlußfolgerung gehört habe (die meisten sind Blender), so haben wir sie hier. Herr von Stechlin, ich kann Ihnen nicht helfen, Sie sind besiegt."

Dubslav war einverstanden und küßte Melusine die Hand, ohne sich um die mißbilligenden Blicke seiner Schwester zu kümmern, die jetzt ihrerseits auf endliche Vorführung der „beiden Mühlen" drang, ihrer zwei Lieblingsstücke. Diese beiden

Mühlen, so versicherte sie, seien das einzige, was hier überhaupt einen Anspruch auf „Museum“ erheben dürfe. Beinah war es wirklich so, wie selbst Krippenstapel zugab, trotzdem sich, bis wenigstens ganz vor kurzem, nichts von historischer Kontroverse (die doch schließlich immer die Hauptsache bleibt) daran geknüpft hatte. Neuerdings freilich hatte sich das geändert. Zwei Berliner Herren vom Gewerbemuseum waren über die Mühlen in Streit geraten, speziell über ihren Ursprungsort. Zwar hatte man sich vorläufig dahin geeinigt, daß die Wassermühle holländisch, die Windmühle dagegen (eine richtige alte Bockmühle) eine Nürnberger Arbeit sei; Krippenstapel aber hatte bei diesem Friedensschlusse nur gelächelt. Er war viel zu sehr ernster Wissenschaftsmensch, als daß er nicht hätte herausfühlen sollen, wie diese sogenannte „Beilegung“ nichts als eine Verkleisterung war. Der Ausbruch neuer Streitigkeiten stand nahe bevor.

Die waren aber zunächst wenigstens ausgeschlossen, da beide Schwestern, Armgard wie Melusine, wie Kinder vor einem Lieblingsspielzeug, in einem ganz ausbündigen Vergnügen aufgingen. Die Windmühle klapperte, daß es eine Lust war, und das Rad der Wassermühle, wenn es grad in der Sonne blitzte, gab einen solchen Silberschein, daß es aussah, als fiele das blinkende Wasser wirklich über die Schaufelbretter. All das wurde gesehn und bewundert, und was nicht gesehn wurde, nahm man auf Treu und Glauben mit in den Kauf. Von den Spinnen kam keine zum Vorschein; nur hier und da hingen lange graue Gewebe, was jedoch nur feierlich aussah, und als Mittag heran war, verließ man das „Museum“, um sich erst eine Stunde zu ruhn und dann bei Tische wiederzusehn. Die Gräfin aber, ehe sie den großen, wüsten Raum verließ, trat noch einmal an Krippenstapel heran, um ihn, unter gewinnendstem Lächeln, zu bitten, ihr, sobald ein ernsterer Streit über die beiden Mühlen entbrennen sollte, die betreffenden Schriftstücke nicht vorzuenthalten.

Krippenstapel versprach alles.

Auf drei war das Mittagsmahl angesetzt. Schon eine Viertelstunde vorher erschien Lorenzen und traf den alten Dubslav in einer gewissen stattlichen Herrichtung an oder, wie er sich selbst zu Engelke geäußert hatte, „ganz feudal“.

„Ach, das ist gut, Lorenzen, daß Sie schon kommen. Ich habe noch allerhand auf dem Herzen. Es muß doch was geschehn, eine richtige Begrüßung (denn das gestern abend war zu wenig) oder aber ein solennes Abschiedswort, kurzum irgendwas, das in das

Gebiet der Toaste gehört. Und da müssen Sie helfen. Sie sind ein Mann von Fach, und wer jeden Sonntag predigen kann, kann doch schließlich auch 'ne Tischrede halten."

„Ja, das sagen Sie so, Herr von Stechlin. Mitunter ist eine Tischrede leicht und eine Predigt schwer, aber es kann auch umgekehrt liegen. Außerdem, wenn Sie sich nur erst mit dem Gedanken vertraut gemacht haben, daß es so sein muß, dann geht es auch. Sie werden sehn, das Herz, wie immer, macht den Redner. Und dazu diese Damen, beide von so seltener Liebenswürdigkeit. Was die Gräfin angeht ..."

„Ja", lachte der Alte, „was die Gräfin angeht ... Sie machen sich's bequem, Pastor. Die Gräfin – wenn sich's um die handelte, da könnt ich's vielleicht auch. Aber die Komtesse, die hat so was Ernstes. Und dann ist sie zum übrigen auch noch meine Schwiegertochter oder soll es wenigstens werden, und da muß ich doch sprechen wie 'ne Respektsperson. Und das ist schwer, vielleicht, weil sich in meiner Vorstellung die Gräfin immer vor die Komtesse schiebt."

Dubslav sprach noch so weiter. Aber es half ihm nichts; Lorenzen war in seinem Widerstande nicht zu besiegen, und so kam denn die Tisch- und endlich auch die gefürchtete Redezeit heran. Der Alte hatte sich schließlich drin gefunden. „Meine lieben Gäste", hob er an, „geliebte Braut, hochverehrte Brautschwester! Ein andres Wort, um meine Beziehungen zu Gräfin Melusine zu bezeichnen, hat vorläufig die deutsche Sprache nicht, was ich bedaure. Denn das Wort sagt mir lange nicht genug. Wenige Stunden erst ist es, daß ich Sie, meine Damen, an dieser Stelle begrüßen durfte, noch kein voller Tag, und schon ist der Abschied da. Währenddem hab ich kein ‚Du' beantragt, aber es liegt doch in der Luft, mehr noch auf meiner Lippe ... Teuerste Armgard! dies alte Haus Stechlin also soll Ihre dereinstige Heimstätte werden; Sie werden sie zu neuem Leben erheben. Unter meinem Regime war es nicht viel damit. Auch heute nicht. Ich habe nur das gute Gewissen, Ihnen während dieser kurzen Spanne Zeit alles gezeigt zu haben, was gezeigt werden konnte: mein Museum und meinen See. Die Sprudelstelle (die Winterhand lag darauf) hat geschwiegen, aber mein Derfflingerscher Dragoner – in Krippenstapels Abwesenheit darf ich ihn ja wieder so nennen – hat dafür um so deutlicher zu Ihnen gesprochen. Er hat die Zahl 1675 in seiner Standarte und trägt die Siegesnachricht von Fehrbellin ins märkische Land. Erleb ich's noch und gibt Krippenstapel seine Zustimmung, so stell ich, kurz oder lang, auch meinerseits einen Dragoner auf meinen Dachreiter (einen Turm hab ich nicht) und zwar einen Dragoner vom Regiment Königin von Großbritannien und Irland, und auch er trägt eine Siegesbotschaft ins Land. Nicht die von Königgrätz und nicht die von Mars-la-Tour, aber die von einem gleich gewichtigen Siege. Das Haus Barby lebe hoch und meine liebe Schwiegertochter Armgard!"

Alle waren bewegt. Am meisten Lorenzen. Als er an den Alten herantrat, flüsterte er ihm zu: „Sehn Sie. Ich wußt es." Armgard küßte dem Alten die Hand, Melusine strahlte. „Ja, die alte Garde!" sagte sie. Nur Schwester Adelheid konnte sich in dieser allgemeinen Freude nicht gut zurechtfinden. Alle Feierungen mußten eben das Maß halten, das sie vorschrieb. Sie hatte den landesüblichen Zug: „Nur nicht zuviel von irgendwas, am wenigsten aber von Huldigungen oder gar von Hingebung."

Als man wieder saß, sagte Melusine: „Krippenstapel wird übrigens verstimmt sein, wenn er von Ihrem Trinkspruche hört. Es war doch eigentlich eine erneute feierliche Proklamierung des Derfflingerschen. Und was bei solcher Gelegenheit gesagt wird, das gilt ... Interessiert sich übrigens irgendwer für dies Ihr Museum?"

„Dann und wann ein Mann von Fach. Sonst niemand."

„Was Sie verdrießt."

„Nein, gnädigste Gräfin. Nicht im geringsten. Ich nehme nicht vieles ernsthaft, und am wenigsten ernsthaft nehm ich mein Museum. Es ist freilich von mir ausgegangen und interessierte mich auch eine Weile, hinterher aber hat sich eigentlich alles ohne mich gemacht. Das ist so die Regel. Ist überhaupt erst ein Anfang da, so laufen die Dinge von selber weiter, und die Leute lassen einen nicht wieder los, halten einen fest, man mag wollen oder nicht. Ich hätte vielleicht alles schon längst wieder aufgegeben, man will's aber nicht. Einigen gereicht es zur Befriedigung, mich für einen Querkopf halten zu können und andre sprechen wenigstens von Originalitätshascherei. Man muß eben allerhand über sich ergehen lassen."

Einunddreissigstes Kapitel

Um fünf Uhr brachen Woldemar und die Barbyschen Damen auf, um den Zug, der um sieben Uhr Gransee passierte, nicht zu versäumen. Es dunkelte schon, aber der Schnee sorgte für einen

Lichtschimmer; so ging es über die Bohlenbrücke fort in die Kastanienallee mit ihrem kahlen und übereisten Gezweige hinein.

Lorenzen war noch im Schlosse zurückgeblieben und setzte sich, um wieder warm zu werden – auf der Rampe war's kalt und zugig gewesen – in die Nähe des Kamins, dem alten Dubslav gegenüber. Dieser hatte seinen Meerschaum angezündet und sah behaglich in die Flamme, blieb aber ganz gegen seine Gewohnheit schweigsam, weil eben noch eine dritte Person da war, die von den liebenswürdigen Damen, über die sich auszulassen es ihn in seiner Seele drängte, ganz augenscheinlich nichts hören wollte. Diese dritte Person war natürlich Tante Adelheid. *Die* wollte nicht sprechen. Andrerseits mußte durchaus der Versuch einer Konversation gemacht werden, und so griff denn Dubslav zu den Gundermanns hinüber, um in ein paar Worten sein Bedauern darüber auszudrücken, daß er die Siebenmühlner nicht habe mit heranziehen können. Engelke sei so sehr dagegen gewesen. All dies Bedauern – wie's der ganzen Sachlage nach nicht anders sein konnte – kam flau genug heraus, aber die Domina war so hochgradig verstimmt, daß ihr selbst so nüchterne, das Verbindliche nur ganz leise, nur ganz obenhin streifende Worte schon zuwider waren. „Ach, laß doch diese geborne Helfrich", sagte sie, „diese Tochter von dem alten Hauptmann, der die Schlacht bei Leipzig gewonnen haben soll. So wenigstens erzählt sie beständig. Eine schreckliche Frau, die gar nicht in unsre Gesellschaft paßt. Und dabei so laut. Ich kann es nicht leiden, wenn wir so mit Gewalt nach oben blicken sollen, aber diese Helfrich, das muß ich sagen, ist denn doch auch nicht mein Geschmack. Ich halte das Unter-sich-Bleiben für das einzig Richtige. Bescheidene Verhältnisse, aber bestimmt gezogene Grenzen."

Lorenzen hütete sich zu widersprechen, versuchte vielmehr umgekehrt durch ein halbes Eingehn auf Adelheid und ihren Ton, eine bessere Laune wiederherzustellen. Als er aber sah, daß er damit scheiterte, brach er auf.

Und nun waren die beiden alten Geschwister allein.

Dubslav ging im Zimmer unruhig auf und ab und trat nur dann und wann an den Tisch heran, auf dem noch vom Kaffee her die Likörflaschen standen. Er wollte was sagen, traute sich's aber nicht recht, und erst als er zu zwei Curaçaos auch noch einen Benediktiner hinzugefügt hatte, wandte er sich an die Schwester, die, schweigsam wie er selbst, ihre kleine goldene Kette hin und her zog.

„Ja", sagte er, „jetzt sind sie nun wohl schon in Woltersdorf."

„Ich vermute drüber raus. Woldemar wird die Pferde natürlich ausholen lassen. Es sind, glaub ich, Damen, die nicht gerne langsam fahren."

„Du sagst das so, Adelheid, als ob du's tadeln wolltest, überhaupt als ob dir die Damen nicht sonderlich gefallen hätten. Das sollte mir leid tun. Ich bin sehr glücklich über die Partie. Gewiß, sowohl die Gräfin wie die Komtesse sind verwöhnt; das merkt man. Aber ich möchte sagen, je verwöhnter sie sind ..."

„Desto besser gefallen sie dir. Das sieht dir ähnlich. Ich liebe mehr unsre Leute. Beide sind doch beinah wie Fremde."

„Nun, das ist nicht schlimm."

„Doch. Mir widersteht das Fremde. Laß dir erzählen. Da war ich vorigen Sommer mit der Schmargendorff in Berlin und ging zu Josty, weil die Schmargendorff, die so was liebt, gern eine Tasse Schokolade trinken wollte."

„Du hoffentlich auch."

„Allerdings. Ich auch. Aber ich kam nicht recht dazu, nippte bloß, weil ich mich über die Maßen ärgern mußte. Denn an dem Tische neben mir saß ein Herr und eine Dame, wenn es überhaupt eine Dame war. Aber Engländer waren es. Er steckte ganz in Flanell und hatte die Beinkleider umgekrempelt, und die Dame trug einen Rock und eine Bluse und einen Matrosenhut. Und der Herr hatte ein Windspiel, das immer zitterte, trotzdem fünfundzwanzig Grad Wärme waren."

„Ja, warum nicht?"

„Und zwischen ihnen stand eine Tablette mit Wasser und Kognak, und die Dame hielt außerdem noch eine Zigarette zwischen den Fingern und sah in die Ringelwölkchen hinein, die sie blies."

„Charmant. Das muß ja reizend ausgesehn haben."

„Und ich verwette mich, diese Melusine raucht auch."

„Ja, warum soll sie nicht? Du schlachtest Gänse. Warum soll Melusine nicht rauchen?"

„Weil Rauchen männlich ist."

„Und Schlachten weiblich ... Ach, Adelheid, wir können uns über so was nicht einigen. Ich gelte schon für leidlich altmodisch, aber du, du bist ja geradezu petrefakt."

„Ich verstehe das Wort nicht und wünsche nur, daß es etwas ist, dessen du dich nicht zu schämen hast. Es klingt sonderbar genug. Aber ich weiß, du liebst dergleichen und liebst gewiß auch (und hast so deine Vorstellungen dabei) den Namen Melusine."

„Kann ich beinah sagen."

„Ich dacht es mir."

„Ja, Schwester, du hast gut reden. So sicher wie du wohnt eben nicht jeder. Adelheid! das ist ein Name, der paßt immer. Und im Kirchenbuche, wie mir Lorenzen erst neulich gezeigt hat, steht sogar Adelheide. Das Schluß-e ist bei der schlechten Wirtschaft in unserm Hause so mit draufgegangen. Die Stechline haben immer alles verurscht."

„Ich bitte dich, wähle doch andere Worte."

„Warum? Verurscht ist ein ganz gutes Wort. Und außerdem, schon der alte Kortschädel sagte mir mal, man müsse gegen Wörter nicht so streng sein und gegen Namen erst recht nicht, da sitze manch einer in einem Glashause. Hältst du Rentmeister Fix für einen schönen Namen? Und als ich noch bei den Kürassieren in Brandenburg war, in meinem letzten Dienstjahr, da hatten wir dicht bei uns einen kleinen Mann von der Feuerversicherung, der hieß Briefbeschwerer. Ja, Adelheid, wenn ich *dem* gegenüber so verfahren wäre, wie du jetzt mit Gräfin Melusine, so hätt ich mir den Mann als eine halbe Bombe vorstellen müssen oder als einen Kugelmann. Denn damals, es war Anno vierundsechzig, waren alle ‚Briefbeschwerer' bloß ‚Kugelmänner': 'ne Flintenkugel oben und zwei Flintenkugeln unten. Und natürlich 'ne Kartätschenkugel als Bauch in der Mitte. Das Feuerversicherungsmännchen aber, das zufällig so sonderbar hieß, das war so dünn wie 'n Strich."

„Ja, Dubslav, was soll das nun alles wieder? Du gibst da deinem Zeisig mal wieder ein gut Stück Zucker. Ich sage Zeisig, weil ich nicht verletzlich werden will."

„Küß die Hand ..."

„Und was ich dir zur Sache darauf zu sagen habe, das ist das. Ich habe nichts dagegen, daß jemand Briefbeschwerer heißt, und überlaß es ihm, ob er ein Strich oder ein Kugelmann sein will. Aber ich habe sehr viel gegen Melusine. Briefbeschwerer, nu, das ist bloß ein Zufall, Melusine aber ist kein Zufall, und ich kann dir bloß sagen, diese Melusine ist eben eine richtige Melusine. Alles an dieser Person ..."

„Ich bitte dich, Adelheid ..."

„Alles an dieser Dame, wenn sie durchaus so etwas sein soll, ist verführerisch. Ich habe so was von Koketterie noch nie gesehn. Und wenn ich mir dann unsern armen Woldemar daneben denke! Der is ja solcher Eva gegenüber von Anfang an verloren. Eh er noch weiß, was los ist, ist er schon umstrickt, trotzdem er doch bloß ihr Schwager ist. Oder vielleicht auch grade deshalb. Und dazu das ewige Sichbiegen und -wiegen in den Hüften. Alles wie zum Beweise, daß es mit der Schlange denn doch etwas auf sich hat. Und wie sie nun gar erst mit dem Lorenzen umsprang. Aber freilich, der ist womöglich noch leichter zu fangen, als Woldemar. Er sah sie immer an wie 'ne Offenbarung. Und sie ist auch so was. Darüber is kein Zweifel. Aber wovon?"

HOCHZEIT

Zweiunddreissigstes Kapitel

Zu guter Zeit waren die Reisenden wieder in Berlin zurück. Woldemar hatte Braut und Schwägerin bis an das Kronprinzenufer begleitet, mußte jedoch auf Verbleib im Barbyschen Hause verzichten, weil im Kasino eine kleine Festlichkeit stattfand, der er beiwohnen wollte.

Der alte Graf ging, als unten die Droschke hielt, mühsamlich auf seinem Zimmerteppich auf und ab, weil ihn sein Fuß, wie stets wenn das Wetter umschlug, mal wieder mit einer ziemlich heftigen Neuralgie quälte.

„Nun, da seid ihr ja wieder. Der Zug muß Verspätung gehabt haben. Und wo ist Woldemar?"

Man gab ihm Auskunft und daß Woldemar wegen seines Nichterscheinens um Entschuldigung bäte. „Gut, gut. Und nun setzt euch und erzählt. Mit dem Conte, das ließ damals allerlei zu wünschen übrig ... verzeih, Melusine. Da möcht ich denn begreiflicherweise, daß es uns diesmal besser ginge. Woldemar macht mir natürlich kein Kopfzerbrechen, aber die Familie, der alte Stechlin. Armgard braucht selbstverständlich auf eine so delikate Frage nicht zu antworten, wenn sie nicht will, wiewohl erfahrungsmäßig ein Unterschied ist zwischen Schwiegermüttern und Schwiegervätern. Diese sind mitunter verbindlicher als der Sohn."

Armgard lachte. „Mir Papa, passiert so was Nettes nicht. Aber mit Melusine war es wieder das Herkömmliche. Der alte

Stechlin fing an und der Pastor folgte. Wenigstens schien es mir so."

„Dann bin ich beruhigt, vorausgesetzt, daß Melusine über den neuen Schwiegervater ihren richtigen alten Vater nicht vergißt."

Sie ging auf ihn zu und küßte ihm die Hand.

„Dann bin ich beruhigt", wiederholte der Alte. „Melusine gefällt fast immer. Aber manchem gefällt sie freilich auch nicht. Es gibt so viele Menschen, die haben einen natürlichen Haß gegen alles, was liebenswürdig ist, weil sie selber unliebenswürdig sind. Alle beschränkten und aufgesteiften Individuen, alle, die eine bornierte Vorstellung vom Christentum haben – das richtige sieht ganz anders aus – alle Pharisäer und Gernegroß, alle Selbstgerechten und Eiteln fühlen sich durch Personen wie Melusine gekränkt und verletzt, und wenn sich der alte Stechlin in Melusine verliebt hat, dann lieb ich ihn schon darum, denn er ist dann eben ein guter Mensch. Mehr brauch ich von ihm gar nicht zu wissen. Übrigens konnt es kaum anders sein. Der Apfel fällt nicht weit vom Stamm. Aber auch umgekehrt: wenn ich den Apfel kenne, kenn ich auch den Stamm ... Und wer war denn noch da? Ich meine, von Verwandtschaft?"

„Nur noch Tante Adelheid von Kloster Wutz", sagte Armgard.

„Das ist die Schwester des Alten?"

„Ja, Papa. Ältere Schwester. Wohl um zehn Jahr älter und auch nur Halbschwester. Und eine Domina."

„Sehr fromm?"

„Das wohl eigentlich nicht."

„Du bist so einsilbig. Sie scheint dir nicht recht gefallen zu haben."

Armgard schwieg.

„Nun, Melusine, dann sprich du. Nicht fromm also; das ist gut. Aber vielleicht hautaine?"

„Fast könnte man's sagen", antwortete Melusine. „Doch paßt es auch wieder nicht recht, schon deshalb nicht, weil es ein französisches Wort ist. Tante Adelheid ist eminent unfranzösisch."

„Ah, ich versteh. Also komische Figur."

„Auch das nicht so recht, Papa. Sagen wir einfach, zurückgeblieben, vorweltlich."

Der alte Graf lachte. „Ja, das ist in allen alten Familien so, vor allem bei reichen und vornehmen Juden. Kenne das noch von Wien her, wo man überhaupt solche Fragen studieren kann.

Ich verkehrte da viel in einem großen Bankierhause, drin alles nicht bloß voll Glanz, sondern auch voll Orden und Uniformen war. Fast zuviel davon. Aber mit einem Male traf ich in einer Ecke, ganz einsam und doch beinah vergnüglich, einen merkwürdigen Urgreis, der wie der alte Gobbo – der in dem Stück von Shakespeare vorkommt – aussah und als ich mich später bei einem Tischnachbarn erkundigte, wer denn das sei, da hieß es: ‚Ach, das ist ja Onkel Manasse.' Solche Onkel Manasses gibt es überall, und sie können unter Umständen auch ‚Tante Adelheid' heißen."

Daß der alte Graf das so leichtnahm, erfreute die Töchter sichtlich, und als Jeserich bald danach das Teezeug brachte, wurd auch Armgard mitteilsamer und erzählte zunächst von Superintendent Koseleger und Pastor Lorenzen, danach vom Stechlinsee (der ganz überfroren gewesen sei, so daß sie die berühmte Stelle nicht hätten sehen können) und zuletzt von dem Museum und den Wetterfahnen.

Diese waren das, was den alten Grafen am meisten interessierte. „Wetterfahnen, ja, die müssen gesammelt werden, nicht bloß alte Dragoner in Blech geschnitten, sondern auch allermodernste Silhouetten, sagen wir aus der Diplomatenloge. Da kommt dann schon eine ganz hübsche Galerie zusammen. Und wißt ihr, Kinder, das mit dem Museum gibt mir erst eine richtige Vorstellung von dem Alten und eine volle Befriedigung, beinah mehr noch, als daß ihm Melusine gefallen hat. Ich bin sonst nicht für Sammler. Aber wer Wetterfahnen sammelt, das will doch was sagen, das ist nicht bloß eine gute Seele, sondern auch eine kluge Seele, denn es is da so was drin, wie ein Fingerknips gegen die Gesellschaft. Und wer den machen kann, das ist mein Mann, mit dem kann ich leben."

Man blieb nicht lange mehr beisammen; beide Schwestern, ziemlich ermüdet von der Tagesanstrengung, zogen sich früh zurück, aber ihr Gespräch über Schloß Stechlin und die beiden Geistlichen und vor allem über die Domina (gegen die Melusine heftig eiferte) setzte sich noch in ihrem Schlafzimmer fort.

„Ich glaube", sagte Armgard, „du legst zuviel Gewicht auf das, was du das Ästhetische nennst. Und Woldemar tut es leider auch. Er läßt auf seine Mark Brandenburg sonst nichts kommen, aber in diesem Punkte spricht er beinah so wie du. Wohin er blickt, überall vermißt er das Schönheitliche. Das wenige, was danach aussieht, so klagt er beständig, sei bloß Nachahmung. Aus eignem Trieb heraus würde hier nichts der Art geboren."

„Und daß er so klagt, das ist das, was ich so ziemlich am meisten an ihm schätze. Du meinst, daß ich, wenn ich von der Domina spreche, zuviel Gewicht auf diese doch bloß äußerlichen Dinge lege. Glaube mir, diese Dinge sind nicht bloß äußerlich. Wer kein feines Gefühl hat, sei's in Kunst, sei's im Leben, der existiert für mich überhaupt nicht und für meine Freundschaft und Liebe nun schon ganz gewiß nicht. Da hast du mein Programm. Unser ganzer Gesellschaftszustand, der sich wunder wie hoch dünkt, ist mehr oder weniger Barbarei; Lorenzen, von dem du doch soviel hältst, hat sich ganz in diesem Sinne gegen mich ausgesprochen. Ach, wie weit voraus war uns doch die Heidenzeit, die wir jetzt so verständnislos bemängeln! Und selbst unser ‚dunkles Mittelalter' – schönheitlich stand es höher als wir, und seine Scheiterhaufen, wenn man nicht gleich selbst an die Reihe kam, waren gar nicht so schlimm."

„Ich erlebe noch", lachte Armgard, „daß du 'nen neuen Kreuzzug oder Ähnliches predigst. Aber wir sind von unserm eigentlichen Thema ganz abgekommen, von der Domina. Du sagtest, ihre Gefühle widersprächen sich untereinander. Welche Gefühle?"

„Darauf ist leicht Antwort geben. Erst beglückwünscht sie sich zu sich selbst, und hinterher ärgert sie sich über sich selbst. Und daß sie das *muß*, daran sind wir schuld, und das kann sie uns nicht verzeihn."

„Ich würde vielleicht zustimmen, wenn das, was du da sagst, nicht so sehr eitel klänge ... Sie hat übrigens einen guten Verstand."

„Den hat sie, gewiß, den haben sie alle hier oder doch die meisten. Aber ein guter Verstand, so viel er ist, ist auch wieder recht wenig und schließlich – ich muß leider zu diesem Berolinismus greifen – ist diese gute Domina doch nichts weiter als eine Stakete, lang und spitz. Und nicht mal grün gestrichen."

„Und der Alte? *Der* wenigstens wird doch vor deiner Kritik bestehn."

„Oh, der; der ist hors concours und geht noch über Woldemar hinaus. Was meinst du, wenn ich den Alten heiratete?"

„Sprich nicht so, Melusine. Ich weiß ja recht gut, wie das alles von dir gemeint ist, Übermut und wieder Übermut. Aber er ist doch am Ende noch nicht so steinalt. Und *du*, so lieb ich dich habe, du bist schließlich imstande, dich in solche Kompliziertheiten von Schwiegervater und Schwager, alles in einem, und womöglich noch allerhand dazu, zu verlieben."

„Jedenfalls mehr als in *den,* der diese Kompliziertheiten darstellt oder gar erst schaffen soll ... Also, sei ruhig, freundlich Element."

Dreiunddreissigstes Kapitel

Das war in den letzten Dezembertagen; auf Ende Februar hatte man die Hochzeit des jungen Paares festgesetzt. In der Zwischenzeit war seitens des alten Grafen erwogen worden, ob die Trauung nicht doch vielleicht auf einem der Barbyschen Elbgüter stattfinden solle, die Braut selbst aber war dagegen gewesen und hatte mit einer ihr sonst nicht eignen Lebhaftigkeit versichert: sie hänge an der Armee, weshalb sie – ganz abgesehn von ihrem teuren Frommel – die Berliner Garnisonkirche weit vorziehe. Daß diese, nach Ansicht vieler, bloß ein großer Schuppen sei, habe für sie gar keine Bedeutung; was ihr an der Garnisonkirche so viel gelte, das seien die großen Erinnerungen und ein Gotteshaus, drin die Schwerins und die Zietens ständen (und wenn sie nicht drinständen, so doch andre, die kaum schlechter wären) – eine historisch so bevorzugte Stelle wäre ihr an ihrem Trautage viel lieber als ihre Familienkirche, trotz der Särge so vieler Barbys unterm Altar. Woldemar war sehr glücklich darüber, seine Braut so preußisch-militärisch zu finden, die denn auch, als einmal die Zukunft und mit ihr die Frage nach „Verbleib oder Nichtverbleib" in der Armee durchgesprochen wurde, lachend erwidert hatte: „Nein Woldemar, nicht jetzt schon Abschied; ich bin sehr für Freiheit, aber doch beinah mehr noch für Major."

Auf drei Uhr war die Trauung festgesetzt. Schon eine halbe Stunde vorher erschien der Brautwagen und hielt vor dem Schickedanzschen Hause, dessen Flur auszuschmücken, sich die Frau Versicherungssekretärin nicht hatte nehmen lassen. Von der Treppe bis auf das Trottoir hinaus waren zu beiden Seiten Blumenestraden aufgestellt, auf denen die Lieblinge der Frau Schickedanz in einer Schönheit und Fülle standen, als ob es sich um eine Maiblumenausstellung gehandelt hätte. Hinter den verschiedenen Estraden aber hatten alle Hausbewohner Aufstellung genommen, Lizzi, Frau Imme und sämtliche Hartwichs und natürlich auch Hedwig, die, nach ganz kurzem Dienst im Kommerzienrat Seligmannschen Hause, vor etwa acht Tagen ihre Stelle wieder aufgegeben hatte.

„Gott, Hedwig, war es denn wieder so was?"

„Nein, Frau Imme, diesmal war es mehr."

Frommel traute. Die Kirche war dicht besetzt, auch von bloß Neugierigen, die sich, ehe die große Orgel einsetzte, die merkwürdigsten Dinge mitzuteilen hatten. Die Barbys seien eigentlich Italiener aus der Gegend von Neapel, und der alte Graf, was man ihm auch noch ansehe, sei in seinen jungen Jahren unter den Carbonaris gewesen; aber mit einem Male hab er geschwenkt und sei zum Verräter an seiner heiligen Sache geworden. Und weil in solchem Falle jedesmal einer zur Vollstreckung der Gerechtigkeit ausgelost würde (was der Graf auch recht gut gewußt habe), hab er vorsichtigerweise seine schöne Heimat verlassen und sei nach Berlin gekommen und sogar an den Hof. Und Friedrich Wilhelm IV., der ihn sehr gern gemocht, hab auch immer italienisch mit ihm gesprochen.

Das Hochzeitsmahl fand im Barbyschen Hause statt, notgedrungen en petit comité, da das große Mittelzimmer, auch bei geschicktester Anordnung, immer nur etwa zwanzig Personen aufnehmen konnte. Der weitaus größte Teil der Gesellschaft setzte sich aus uns schon bekannten Personen zusammen, obenan natürlich der alte Stechlin. Er war gern gekommen, trotzdem ihm die Weltabgewandtheit, in der er lebte, den Entschluß anfänglich erschwert hatte. Tante Adelheid fehlte. „Trösten wir uns", sagte Melusine mit einer ihr kleidenden Überheblichkeit. Selbstverständlich waren die Berchtesgadens da, desgleichen Rex und Czako, sowie Cujacius und Wrschowitz. Außerdem ein, behufs Abschluß seiner landwirtschaftlichen Studien, erst seit kurzem in Berlin lebender junger Baron von Planta, Neffe der verstorbenen Gräfin, zu dem sich zunächst ein Premierleutnant von Szilagy (Freund und früherer Regimentskamerad von Woldemar) und des weiteren ein Dr. Pusch gesellte, den die Barbys noch von ihren Londoner Tagen her gut kannten. Dem Brautpaare gegenüber saßen die beiden Väter, beziehungsweise Schwiegerväter. Da weder der eine noch der andre zu den Rednern zählte, so ließ Frommel das Brautpaar in einem Toaste leben, drin Ernst und Scherz, Christlichkeit und Humor in glücklichster Weise verteilt waren. Alles war entzückt, der alte Stechlin, Frommels Tischnachbar, am meisten. Beide Herren hatten sich schon vorher angefreundet, und als nach Erledigung des offiziellen Toastes das Tischgespräch ganz allgemein wieder in Konversation mit dem Nachbar überging, sahen sich Frommel und der alte Stechlin in Anknüpfung einer intimeren Privatunterhaltung nicht weiter behindert.

„Ihr Herr Sohn“, sagte Frommel, „wovon ich mich persönlich überzeugen konnte, wohnt sehr hübsch. Darf ich daraus schließen, daß Sie sich bei ihm einlogiert haben?“

„Nein, Herr Hofprediger. So bei Kindern wohnen ist immer mißlich. Und mein Sohn weiß das auch; er kennt den Geschmack oder meinetwegen auch bloß die Schrullenhaftigkeit seines Vaters, und so hat er mich, was immer das beste bleibt, in einem Hotel untergebracht.“

„Und Sie sind da zufrieden?“

„Im höchsten Maße, wiewohl es ein bißchen über mich hinausgeht. Ich bin noch aus der Zeit von Hôtel de Brandebourg, an dem mich immer nur die Französierung ärgerte – sonst alles vorzüglich. Aber solche Gasthäuser sind eben, seit wir Kaiser und Reich sind, mehr oder weniger altmodisch geworden, und so bin ich denn durch meinen Sohn im Hotel Bristol untergebracht worden. Alles ersten Ranges, kein Zweifel, wozu noch kommt, daß mich der bloße Name schon erheitert, der neuerdings jeden Mitbewerb so gut wie ausschließt. Als ich noch Lieutenant war, freilich lange her, mußten alle Witze von Glasbrenner oder von Beckmann sein. Beckmann war erster Komiker, und wenn man in Gesellschaft sagte: ‚Da hat ja wieder der Beckmann ...‘ so war man mit seiner Geschichte so gut wie raus. Und wie damals mit den Witzen, so heute mit den Hotels. Alle müssen ‚Bristol‘ heißen. Ich zerbreche mir den Kopf darüber, wie gerade Bristol dazu kommt. Bristol ist doch am Ende nur ein Ort zweiten Ranges, aber Hotel Bristol ist immer prima. Ob es hier wohl Menschen gibt, die Bristol je gesehn haben? Viele gewiß nicht, denn Schiffskapitäne, die zwischen Bristol und New York fahren, sind in unserm guten Berlin immer noch Raritäten. Übrigens darf ich bei allem Respekt vor meinem berühmten Hotel sagen, unberühmte sind meist interessanter. So zum Beispiel bayrische Wirtshäuser im Gebirge, wo man eine dicke Wirtin hat, von der es heißt, sie sei mal schön gewesen, und ein Kaiser oder König habe ihr den Hof gemacht. Und dazu dann Forellen und ein Landjäger, der eben einen Wilderer oder Haberfeldtreiber über den stillen See bringt. An solchen

Stellen ist es am schönsten. Und ist der See aufgeregt, so ist es noch schöner. Das alles würde mir unser Baron Berchtesgaden, der da drüben sitzt, gewiß gern bestätigen und Sie, Herr Hofprediger, bestätigen es mir schließlich auch. Denn mir fällt eben ein, Sie waren ja mit unserm guten Kaiser Wilhelm, dem letzten Menschen, der noch ein wirklicher Mensch war, immer in Gastein zusammen und viel an seiner Seite. Jetzt hat man statt des wirklichen Menschen den sogenannten Übermenschen etabliert; eigentlich gibt es aber bloß noch Untermenschen, und mitunter sind es gerade die, die man durchaus zu einem ‚Über' machen will. Ich habe von solchen Leuten gelesen und auch welche gesehn. Ein Glück, daß es, nach meiner Wahrnehmung, immer entschieden komische Figuren sind, sonst könnte man verzweifeln. Und daneben unser alter Wilhelm! Wie war er denn so, wenn er so still seine Sommertage verbrachte? Können Sie mir was von ihm erzählen? So was, woran man ihn so recht eigentlich erkennt."

„Ich darf sagen ‚ja', Herr von Stechlin. Habe so was mit ihm erlebt. Eine ganz kleine Geschichte; aber das sind gerade die besten. Da hatten wir mal einen schweren Regentag in Gastein, so daß der alte Herr nicht ins Freie kam, und statt draußen in den Bergen, in seinem großen Wohnzimmer seinen gewohnten Spaziergang machen mußte, so gut es eben ging. Unter ihm aber (was er wußte) lag ein Schwerkranker. Und nun denken Sie sich, als ich bei dem guten alten Kaiser eintrete, seh ich ihn, wie er da lange Läufer und Teppiche zusammenschleppt und übereinanderpackt, und als er mein Erstaunen sieht, sagt er mit einem unbeschreiblichen und mir unvergeßlichen Lächeln: ‚Ja, lieber Frommel, da unter mir liegt ein Kranker; ich mag nicht, daß er die Empfindung hat, ich trample ihm da so über den Kopf hin ...' Sehen Sie, Herr von Stechlin, da haben Sie den alten Kaiser."

Dubslav schwieg und nickte. „Wie beneid ich Sie, so was erlebt zu haben", hob er nach einer Weile an. „Ich kannt ihn auch ganz gut, das heißt in Tagen, wo er noch Prinz Wilhelm war, und dann oberflächlich auch später noch. Aber seine eigentliche Zeit ist doch seine Kaiserzeit."

„Gewiß, Herr von Stechlin. Es wächst der Mensch mit seinen größern Zwecken."

„Richtig, richtig", sagte Dubslav, „das schwebte mir auch vor; ich konnt es bloß nicht gleich finden. Ja, so war er, und so einen kriegen wir nicht wieder. Übrigens sag ich das in aller

Reverenz. Denn ich bin kein Frondeur. Fronde ist mir gräßlich und paßt nicht für uns. Bloß mitunter, da paßt sie doch vielleicht.“

Inzwischen war die siebente Stunde herangekommen und um halb acht ging der Zug, mit dem das junge Paar noch bis Dresden wollte, dieser herkömmlich ersten Etappe für jede Hochzeitsreise nach dem Süden. Man erhob sich von der Tafel, und während die Gäste, bunte Reihe machend, untereinander zu plaudern begannen, zogen sich Woldemar und Armgard unbemerkt zurück. Ihr Reisegepäck war seit einer Stunde schon voraus, und nun hielt auch der viersitzige Wagen vor dem Barbyschen Hause. Die Baronin und Melusine hatten sich zur Begleitung des jungen Paares miteinander verabredet und nahmen jetzt, ohne daß Woldemar und Armgard es hindern konnten, die beiden Rücksitze des Wagens ein. Das ergab aber, besonders zwischen den Schwestern, eine vollkommene Rang- und Höflichkeitsstreiterei. „Ja, wenn es jetzt in die Kirche ginge“, sagte Armgard, „so hättest du recht. Aber unser Wagen ist ja schon wieder ein ganz einfacher Landauer geworden, und Woldemar und ich sind, vier Stunden nach der Trauung, schon wieder wie zwei gewöhnliche Menschen. Und sich dessen bewußt zu werden, damit kann man nicht früh genug anfangen.“

„Armgard, du wirst mir zu gescheit“, sagte Melusine.

Man einigte sich zuletzt, und als der Wagen am Anhalter Bahnhof eintraf, waren Rex und Czako bereits da – beide mit Riesensträußen – zogen sich aber unmittelbar nach Überreichung ihrer Buketts wieder zurück. Nur die Baronin und Melusine blieben noch auf dem Bahnsteig und warteten unter lebhafter Plauderei bis zum Abgange des Zuges. In dem von dem jungen Paare gewählten Coupé befanden sich noch zwei Reisende; der eine, blond und artig und mit goldener Brille, konnte nur ein Sachse sein, der andre dagegen, mit Pelz und Juchtenkoffer, war augenscheinlich ein „Internationaler“ aus dem Osten oder selbst aus dem Südosten Europas.

Nun aber hörte man das Signal, und der Zug setzte sich in Bewegung.

Die Baronin und Melusine grüßten noch mit ihren Tüchern. Dann bestiegen sie wieder den draußen haltenden Wagen. Es war ein herrliches Wetter, einer jener Vorfrühlingstage, wie sie sich gelegentlich schon im Februar einstellen.

„Es ist so schön“, sagte Melusine. „Benutzen wir's. Ich denke, liebe Baronin, wir fahren hier zunächst am Kanal hin in den Tiergarten hinein und dann an den Zelten vorbei bis in Ihre Wohnung.“

Eine Weile schwiegen beide Damen; im Augenblick aber, wo sie von dem holprigen Pflaster in den stillen Asphaltweg einbogen, sagte die Baronin: „Ich begreife Stechlin nicht, daß er nicht ein Coupé apart genommen.“

Melusine wiegte den Kopf.

„Den mit der goldenen Brille“, fuhr die Baronin fort, „den nehm ich nicht schwer. Ein Sachse tut keinem was und ist auch kaum eine Störung. Aber der andre mit dem Juchtenkoffer. Er schien ein Russe, wenn nicht gar ein Rumäne. Die arme Armgard. Nun hat sie ihren Woldemar und hat ihn auch wieder nicht.“

„Wohl ihr.“

„Aber Gräfin ...“

„Sie sind verwundert, liebe Baronin, mich das sagen zu hören. Und doch hat's damit nur zu sehr seine Richtigkeit: gebranntes Kind scheut das Feuer.“

„Aber Gräfin ...“

„Ich verheiratete mich, wie Sie wissen, in Florenz und fuhr an demselben Abende noch bis Venedig. Venedig ist in einem Punkte ganz wie Dresden: nämlich erste Station bei Vermählungen. Auch Ghiberti – ich sage immer noch lieber ‚Ghiberti‘ als ‚mein Mann‘; ‚mein Mann‘ ist überhaupt ein furchtbares Wort – auch Ghiberti also hatte sich für Venedig entschieden. Und so hatten wir denn den großen Apennintunnel zu passieren.“

„Weiß, weiß. Endlos.“

„Ja, endlos. Ach, liebe Baronin, wäre doch da wer mit uns gewesen, ein Sachse, ja selbst ein Rumäne. Wir waren aber allein. Und als ich aus dem Tunnel heraus war, wußt ich, welchem Elend ich entgegenlebte.“

„Liebste Melusine, wie beklag ich Sie; wirklich, teuerste Freundin, und ganz aufrichtig. Aber so gleich ein Tunnel. Es ist doch auch wie ein Schicksal.“

Rex und Czako hatten sich unmittelbar nach Überreichung ihrer Buketts vom Bahnhof her in die Königgrätzerstraße zurückgezogen, und hier angekommen, sagte Czako: „Wenn es Ihnen recht ist, Rex, so gehen wir bis in das Restaurant Bellevue.“

„Tasse Kaffee?"

„Nein; ich möchte gern was Ordentliches essen. Drei Löffel Suppe, 'ne Forelle en miniature und ein Poulardenflügel – das ist zu wenig für meine Verhältnisse. Rundheraus, ich habe Hunger."

„Sie werden sich zu gut unterhalten haben."

„Nein, auch das nicht. Unterhaltung sättigt außerdem, wenigstens Menschen, die wie ich, wenn Sie auch drüber lachen, aufs Geistige gestellt sind. Ein bißchen mag ich übrigens an meinem elenden Zustande selbst schuld sein. Ich habe nämlich immer nur die Gräfin angesehen und begreife nach wie vor unsren Stechlin nicht. Nimmt da die Schwester! Er hatte doch am Ende die Wahl. Der kleine Finger der Gräfin (und ihr kleiner Zeh nun schon ganz gewiß) ist mir lieber als die ganze Komtesse."

„Czako, Sie werden wieder frivol."

Vierunddreissigstes Kapitel

Unter den Hochzeitsgästen hatte sich, wie schon kurz erwähnt, auch ein Dr. Pusch befunden, ein gewandter und durchaus weltmännisch wirkender Herr mit gepflegtem, aber schon angegrautem Backenbart. Er war vor etwa fünfundzwanzig Jahren an der Assessorecke gescheitert und hatte damals nicht Lust gehabt, sich ein zweites Mal in die Zwickmühle nehmen zu lassen. „Das Studium der Juristerei ist langweilig und die Karriere hinterher miserabel" – so war er denn als Korrespondent für eine große rheinische Zeitung nach England gegangen und hatte sich dort auf der deutschen Botschaft einzuführen gewußt. Das ging so durch Jahre. Ziemlich um dieselbe Zeit aber, wo der alte Graf seine Londoner Stellung aufgab, war auch Dr. Pusch wieder flügge geworden und hatte sich nach Amerika hinüberbegeben. Er fand indessen das Freie dort freier, als ihm lieb war, und kehrte sehr bald, nachdem er es erst in New York, dann in Chicago versucht hatte, nach Europa zurück. Und zwar nach Deutschland. „Wo soll man am Ende leben?" Unter dieser Betrachtung nahm er schließlich in Berlin wieder seinen Wohnsitz. Er war ungeniert von Natur und ein klein wenig überheblich. Als wichtigstes Ereignis seiner letzten sieben Jahre galt ihm sein Übertritt vom Pilsener zum Weihenstephan. „Sehen Sie, meine Herren, vom Weihenstephan zum

Pilsener, das kann jeder; aber das Umgekehrte, das ist was. Chinesen werden christlich, gut. Aber wenn ein Christ ein Chinese wird, das ist doch immer noch eine Sache von Belang."

Pusch, als er sich in Berlin niederließ, hatte sich auch bei den Barbys wieder eingeführt; Melusine entsann sich seiner noch, und der alte Graf war froh, die zurückliegenden Zeiten wieder durchsprechen und von Sandrigham und Hatfieldhouse, von Chatsworth und Pembroke-Lodge plaudern zu können. Eigentlich paßte der etwas weitgehende Ungeniertheitston, in dem der Doktor seiner Natur wie seiner New Yorker Schulung nach zu sprechen liebte, nicht sonderlich zu den Gepflogenheiten des alten Grafen; aber es lag doch wieder ein gewisser Reiz darin, ein Reiz, der sich noch verdoppelte durch das, was Pusch aus aller Welt Enden mitzuteilen wußte. Brillanter Korrespondent, der er war, unterhielt er Beziehungen zu den Ministerien und, was fast noch schwerer ins Gewicht fiel, auch zu den Gesandtschaften. Er hörte das Gras wachsen. Auf Titulaturen ließ er sich nicht ein; die vielen Telegramme hatten einen gewissen allgemeinen Telegrammstil in ihm gezeitigt, dessen er sich nur entschlug, wenn er ins Ausmalen kam. Es war im Zusammenhang damit, daß er gegen Worte wie: „Wirklicher Geheimer Oberregierungsrat" einen förmlichen Haß unterhielt. Herzog von Ujest oder Herzog von Ratibor waren ihm, trotz ihrer Kürze, immer noch zu lang, und so warf er denn statt ihrer einfach mit „Hohenlohes" um sich. In der Tat, er hatte mancherlei Schwächen. Aber diese waren doch auch wieder von ebenso vielen Tugenden begleitet. So beispielsweise sah er über alles, was sich an Liebesgeschichten ereignete, mit einer beinah vornehmen Gleichgültigkeit hinweg, was manchem sehr zupaß kam. Ob dies Drüberhinsehn bloß Geschäftsmaxime war, oder ob er all dergleichen einfach alltäglich und deshalb mehr oder weniger langweilig fand, war nicht recht festzustellen; er kultivierte dafür mit Vorliebe das Finanzielle, vielleicht davon ausgehend, daß, wer die Finanzen hat, auch selbstverständlich alles andere hat, besonders die Liebe.

Das war Dr. Pusch. Er schloß sich, als man aufbrach, einer Gruppe von Personen an, die den „angerissenen Abend" noch in einem Lokal verbringen wollten.

„Ja, wo?"

„Natürlich Siechen."

„Ach, Siechen. Siechen ist für Philister."

„Nun denn also, beim ‚Schweren Wagner'."

„Noch philiströser. Ich bin für Weihenstephan."
„Und ich für Pilsener."
Man einigte sich schließlich auf ein Lokal in der Friedrichstraße, wo man beides haben könne.

Die Herren, die dahin aufbrachen, waren außer Pusch noch der junge Baron Planta, dann Cujacius und Wrschowitz und abschließend Premierleutnant von Szilagy, der, wie schon angedeutet, früher bei den Gardedragonern gestanden, aber wegen einer großen Generalbegeisterung für die Künste, das Malen und Dichten obenan, schon vor etlichen Jahren seinen Abschied genommen hatte. Mit seinen Genrebildern war er nicht recht von der Stelle gekommen, weshalb er sich neuerdings der Novellistik zugewandt und einen Sammelband unter dem bescheidenen Titel „Bellis perennis" veröffentlicht hatte. Lauter kleine Liebesgeschichten.

Alle fünf Herren, mit alleiniger Ausnahme des jungen Graubündner Barons, erwiesen sich von Anfang an als ziemlich aufgeregt und jeder ihnen Zuhörende hätte sofort das Gefühl haben müssen, daß hier viel Explosionsstoff aufgehäuft sei. Trotzdem ging es zunächst gut; Wrschowitz hielt sich in Grenzen, und selbst Cujacius, der nicht gern andern das Wort ließ, freute sich über Puschs Schwadronage, vielleicht weil er nur das heraushörte, was ihm gerade paßte.

Leutnant von Szilagy – man kam vom Hundertsten aufs Tausendste – wurde bei den Fragen, die hin und her gingen, von ungefähr auch nach seinem Novellenbande gefragt und ob er Freude daran gehabt habe.

„Nein, meine Herren", sagte Szilagy, „das kann ich leider nicht sagen. Ich habe ‚Bellis perennis' auf eigene Kosten herstellen lassen und hundertzehn Rezensionsexemplare verschickt, unter Beilegung eines Zettels; der ist denn auch von einigen Zeitungen abgedruckt worden, aber nur von ganz wenigen. Im übrigen schweigt die Kritik."

„Oh, Krittikk", sagte Wrschowitz. „Ich liebe Krittikk. Aber gutte Krittikk schweigt."

„Und doch", fuhr Szilagy fort, der sich in dem etwas delphischen Ausspruch des guten Wrschowitz nicht gleich zurechtfinden konnte, „doch sind diese schmerzlichen Gefühle nichts gegen das, was voraufgegangen. Ich unterhielt nämlich vor Erscheinen des Buches selbst die Hoffnung in mir, einige dieser kleinen Arbeiten in einem Parteiblatt und, als dies mißlang, in einem Familienjournal unterbringen zu können. Aber ich scheiterte . . ."

„Ja, natürlich scheiterten Sie“, sagte Pusch, „das spricht für Sie. Lassen Sie sich sagen und raten, denn ich weiß in diesen Dingen einigermaßen Bescheid. War nämlich drüben, ja ich darf beinah sagen, ich war doppelt drüben, erst drüben in England und dann drüben in Amerika. Da versteht man's. Ja, du lieber Himmel, dies bedruckte Löschpapier! Man lebt davon und es regiert eigentlich die Welt. Aber, aber ... Und dabei, wenn ich recht gehört habe, sprachen Sie von Parteiblatt – furchtbar. Und dann sprachen Sie von Familienjournal – zweimal furchtbar!“

„Haben Sie selbst Erfahrungen gemacht auf diesem schwierigen Gebiete?“

„Nein, Herr von Szilagy, so tief ließ mich die Gnade nicht sinken. Aber ich treibe mein Wesen über dem Strich, und wenn man so Wand an Wand wohnt, da weiß man doch einigermaßen, wie's bei dem Nachbar aussieht. Ach, und außerdem, wie so mancher hat mir sein Herz ausgeschüttet und mir dabei seine liebe Not geklagt! Wer's nicht leichtnimmt, der ist verloren. Roman, Erzählung, Kriminalgeschichte. Jeder, der der großen Masse genügen will, muß ein Loch zurückstecken. Und wenn er das redlich getan hat, dann immer noch eins. Es gibt eine Normalnovelle. Etwa so: tiefverschuldeter adeliger Assessor und ‚Sommerleutnant‘ liebt Gouvernante von stupender Tugend, so stupende, daß sie, wenn geprüft, selbst auf diesem schwierigsten Gebiete bestehen würde. Plötzlich aber ist ein alter Onkel da, der den halb entgleisten Neffen an eine reiche Kusine standesgemäß zu verheiraten wünscht. Höhe der Situation! Drohendster Konflikt. Aber in diesem bedrängten Moment entsagt die Kusine nicht nur, sondern vermacht ihrer Rivalin auch ihr Gesamtvermögen. Und wenn sie nicht gestorben sind, so leben sie heute noch ... Ja, Herr von Szilagy, wollen Sie damit konkurrieren?“

Alles stimmte zu; nur Baron Planta meinte: „Dr. Pusch, Pardon, aber ich glaube beinah, Sie übertreiben. Und Sie wissen es auch.“

Pusch lachte: „Wenn man etwas der Art sagt, übertreibt man immer. Wer ängstlich abwägt, sagt gar nichts. Nur die scharfe Zeichnung, die schon die Karikatur streift, macht eine Wirkung. Glauben Sie, daß Peter von Amiens den ersten Kreuzzug zusammengetrommelt hätte, wenn er so etwa beim Erdbeerpflücken einem Freunde mitgeteilt hätte, das Grab Christi sei vernachlässigt, und es müsse für ein Gitter gesorgt werden?!“

„Sehr gutt, sehr gutt."

„Und so auch, meine Herren, wenn ich von moderner Literatur spreche. Herr von Szilagy, den wir so glücklich sind, unter uns zu sehn, soll aufgerichtet, seine Seele soll mit neuem Vertrauen erfüllt werden. Oder aber mit Heiterkeit, was noch besser ist. Er soll wieder lachen können. Und wenn man solche Wirkung erzielen will, ja, dann muß man eben deutlich und zugleich etwas phantastisch sprechen. Indessen auch ernsthaft angesehen, wie steht es denn mit der Herstellung (ich vermeide mit Vorbedacht das Wort ‚Schöpfung') oder gar mit dem Verschleiß der meisten dieser Dinge! Lassen Sie mich in einem Bilde sprechen. Da haben wir jetzt in unsern Blumenläden allerlei Kränze, voran den aus Eichenlaub und Lorbeer bestehenden und meist noch behufs besserer Dauerbarkeit auf eine herzhafte Weidenrute geflochtenen Urkranz. Und nun treten Sie, je nach der Situation, an die sich Ihnen mit betrübter oder auch mit lächelnder Miene nähernde Kranzbinderin heran, um zu Begräbnis oder Trauung Ihre Bestellung zu machen, zu drei Mark oder zu fünf oder zu zehn. Und genau dieser Bestellung entsprechend, werden in den vorgeschilderten Urkranz etliche Georginen oder Teichrosen eingebunden und bei stattgehabter Höchstbewilligung sogar eine Orchidee von ganz unglaublicher Form und Farbe."

„Kenne die Orchidee", rief Wrschowitz in höchster Ekstase, „lila mit gelb."

Pusch nickte, zugleich in steigendem Übermut fortfahrend: „Und genauso mit der Urnovelle. Die liegt fertig da wie der Urkranz; nichts fehlt, als der Aufputz, der nunmehr freundschaftlich verabredet wird. Bei Höchstbewilligung wird ein Verstoß gegen die Sittlichkeit eingeflochten. Das ist dann die große Orchidee, lila mit gelb, wie Freund Wrschowitz sehr richtig hervorgehoben hat."

„Unter diesen Umständen", bemerkte hier Baron Planta, „will es mir als ein wahres Glück erscheinen, daß Herr von Szilagy, wie ich höre, mehrere Eisen im Feuer hat. Was ihm die Novellistik schuldig bleibt, muß ihm die Malerei bringen."

„Was sie leider bisher nicht tat und mutmaßlich auch nie tuen wird", lachte Szilagy halb wehmütig, „trotzdem ich vom Genrebild aus, mit dem ich anfing, eine Schwenkung gemacht und mich unter Anleitung meines Freundes Salzmann neuerdings der Marinemalerei zugewandt habe. Mitunter auch Bataillen. Und was die blauen Töne betrifft, so darf ich vielleicht behaupten, hinter keinem zurückgeblieben zu sein. Habe mich außerdem in Gudin und William Turner vergafft. Aber trotzdem ..."

„Aber trotzdem ohne rechten Erfolg", unterbrach hier Cujacius, „was mich nicht wundernimmt. Was wollen Sie mit Gudin oder gar mit Turner? Wer das Meer malen will, muß nach Holland gehn und die alten Niederländer studieren. Und unter den Modernen vor allem die Skandinaven: die Norweger, die Dänen."

Wrschowitz zuckte zusammen.

„Wir haben da beispielsweise den Melby, Däne pur sang, der sehr gut und beinah bedeutend ist."

„O nein, nein", platzte jetzt Wrschowitz mit immer mehr erzitternder Stimme heraus. „Nicht serr gutt, nicht bedeutend, auch nicht einmal *beinah* bedeutend."

„Der *sehr* bedeutend ist", wiederholte Cujacius. „Grade darin bedeutend, daß er nicht bedeutend sein will. Er erhebt keine falschen Prätensionen; er ist schlicht, ohne Phantastereien, aber stimmungsvoll; und wenn ich Bilder von ihm sehe, besonders solche wo das graublaue Meer an einer Klippe brandet, so berührt mich das jedesmal spezifisch skandinavisch, etwa wie der ossianische Meereszauber in den Kompositionen unsers trefflichen Niels Gade."

„Niels Gade? Von Niels Gade spricht man nicht."

„Ich spreche von Niels Gade. Seine Kompositionen reichen bis an Mendelssohn heran."

„Was ihn nicht größer macht."

„Doch, mein Herr Doktor. Wirkliche Kunstgrößen zu stürzen, dazu reichen Überheblichkeiten nicht aus."

„Was Sie nicht abhielt, mein Herr Professor, den großen Gudin culbütieren zu wollen."

„Über Malerei zu sprechen, steht mir zu."

„Über Musik zu sprechen, steht mir zu."

„Sonderbar. Immer Personen aus unkontrollierbaren Grenzbezirken führen bei uns das große Wort."

„Ich bin Tscheche. Weiß aber, daß es ein deutsches Sprichwort gibt: ‚Der Deutsche lüggt, wenn er höfflich wird'."

„Weshalb ich unter Umständen darauf verzichte."

„En quoi vous réussissez à merveille."

„Aber meine Herren", warf Pusch hier ein, den die ganze Streiterei natürlich entzückte, „könnten wir nicht das Kriegsbeil begraben? Proponiere: Begegnung auf halbem Wege; shaking hands. Nehmen Sie zurück, hüben und drüben."

„Nie“, donnerte Cujacius.

„Jamais“, sagte Wrschowitz.

Und damit erhoben sich alle. Cujacius und Pusch hatten die Tete, Wrschowitz und Baron Planta folgten in einiger Entfernung. Szilagy war vorsichtigerweise abgeschwenkt.

Wrschowitz, immer noch in großer Erregung, mühte sich dem jungen Graubündner auseinanderzusetzen, daß Cujacius ganz allgemein den Ruf eines Krakeelers habe. „Je vous assure, Monsieur le Baron, il est un fou et plus que ça – un blagueur.“

Baron Planta schwieg und schien seinen Begleiter im Stich lassen zu wollen. Aber er bekehrte sich, als er einen Augenblick danach von der Front her die mit immer steigender Heftigkeit ausgestoßenen Worte hörte: Kaschube, Wende, Böhmake.

Fünfunddreissigstes Kapitel

Um dieselbe Stunde, wo sich die fünf Herren von der Barbyschen Hochzeitstafel entfernt hatten, waren auch Baron Berchtesgaden und Hofprediger Frommel aufgebrochen, so daß sich, außer dem Brautvater, nur noch der alte Stechlin im Hochzeitshause befand. Dieser hatte sich – Melusine war vom Bahnhofe noch nicht wieder da – vom Eßsaal her zunächst in das verwaiste Damenzimmer und von diesem aus auf die Loggia zurückgezogen, um da die Lichter im Strom sich spiegeln zu sehn und einen Zug frische Luft zu tun. An dieser Stelle fand ihn denn auch schließlich der alte Graf und sagte, nachdem er seinem Staunen über den gesundheitlich etwas gewagten Aufenthalt Ausdruck gegeben hatte: „Nun aber, mein lieber Stechlin, wollen wir endlich einen kleinen Schwatz haben und uns näher miteinander bekannt machen. Ihr Zug geht erst zehn ein halb; wir haben also noch beinah anderthalb Stunden.“

Und dabei nahm er Dubslavs Arm, um ihn in sein Wohnzimmer, das bis dahin als Estaminet gedient hatte, hinüberzuführen.

„Erlauben Sie mir“, fuhr er hier fort, „daß ich zunächst mein halb eingewickeltes und halb eingeschientes Elefantenbein auf einen Stuhl strecke; es hat mich all die Zeit über ganz gehörig gezwickt, und namentlich das Stehen vor dem Altar ist mir blutsauer geworden. Bitte, rücken Sie heran. Es ging während unsers kleinen Diners alles so rasch, und ich wette, Sie sind bei dem Kaffee ganz erheblich zu kurz gekommen. Der Moment, wo das Bier herumgereicht wird, ist in den Augen des modernen

Menschen immer das wichtigste; da wird dann der Kaffeezeit manches abgeknapst."

Und dabei drückte er auf den Knopf der Klingel.

„Jeserich, noch eine Tasse für Herrn von Stechlin und natürlich einen Kognak oder Curaçao oder lieber die ganze ‚Benediktinerabtei' – Witz von Cujacius, für den Sie mich also nicht verantwortlich machen dürfen ... Leider werde ich Ihnen bei diesem ‚zweiten Kaffee' nicht Gesellschaft leisten können; ich habe mich schon bei Tische mit einer lügnerisch und bloß anstandshalber in einen Champagnerkübel gestellten Appollinarisflasche begnügen müssen. Aber was hilft es, man will doch nicht auffallen mit all seinen Gebresten."

Dubslav war der Aufforderung des alten Grafen nachgekommen und saß, eine Lampe mit grünem Schirm zwischen sich und ihm, seinem Wirte gerade gegenüber. Jeserich kam mit der Tablette.

„Den Kognak", fuhr der alte Barby fort, „kann ich Ihnen empfehlen; noch Beziehungen aus Zeiten her, wo man mit einem Franzosen ungeniert sprechen und nach einer guten Firma fragen konnte. Waren Sie siebzig noch mit dabei?"

„Ja, so halb. Eigentlich auch das kaum. Aus meinem Regiment war ich lange heraus. Nur als Johanniter."

„Ganz wie ich selber."

„Eine wundervolle Zeit dieser Winter siebzig", fuhr Dubslav fort, „auch rein persönlich angesehn. Ich hatte damals das, was mir zeitlebens, wenn auch nicht absolut, so doch mehr als wünschenswert gefehlt hatte: Fühlung mit der großen Welt. Es heißt immer, der Adel gehöre auf seine Scholle, und je mehr er mit der verwachse, desto besser sei es. Das ist auch richtig. Aber etwas ganz Richtiges gibt es nicht. Und so muß ich denn sagen, es war doch was Erquickliches, den alten Wilhelm so jeden Tag vor Augen zu haben. Hab ihn freilich immer nur flüchtig gesehn, aber auch das war schon eine Herzensfreude. Sie nennen ihn jetzt den ‚Großen' und stellen ihn neben Fridericus Rex. Nun, so einer war er sicherlich nicht, an den reicht er nicht ran. Aber als Mensch war er ihm über, und das gibt, mein ich, in gewissem Sinne den Ausschlag, wenn auch zur ‚Größe' noch was anders gehört. Ja, der Alte Fritz! Man kann ihn nicht hoch genug stellen; nur in einem Punkte find ich trotzdem, daß wir eine falsche Position ihm gegenüber einnehmen, gerade wir vom Adel. Er war nicht so sehr für uns, wie wir immer glauben oder wenigstens nach außen hin versichern. Er war für sich und für das

Land oder, wie er zu sagen liebte, ‚für den Staat'. Aber daß wir als Stand und Kaste so recht was von ihm gehabt hätten, das ist eine Einbildung."

„Überrascht mich, aus Ihrem Munde zu hören."

„Ist aber doch wohl richtig. Wie lag es denn eigentlich? Wir hatten die Ehre, für König und Vaterland hungern und dursten und sterben zu dürfen, sind aber nie gefragt worden, ob uns das auch passe. Nur dann und wann erfuhren wir, daß wir ‚Edelleute' seien und als solche mehr ‚Ehre' hätten. Aber damit war es auch getan. In seiner innersten Seele rief er uns eigentlich genau dasselbe zu, wie den Grenadieren bei Torgau. Wir waren Rohmaterial und wurden von ihm mit meist sehr kritischem Auge betrachtet. Alles in allem, lieber Graf, find ich unser Jahr dreizehn eigentlich um ein Erhebliches größer, weil alles, was geschah, weniger den Befehlscharakter trug und mehr Freiheit und Selbstentschließung hatte. Ich bin nicht für die patentierte Freiheit der Parteiliberalen, aber ich bin doch für ein bestimmtes Maß von Freiheit überhaupt. Und wenn mich nicht alles täuscht, so wird auch in unsern Reihen allmählich der Glaube lebendig, daß wir uns dabei – besonders auch rein praktisch-egoistisch – am besten stehn."

Der alte Barby freute sich sichtlich dieser Worte. Dubslav aber fuhr fort: „Übrigens, *das* muß ich sagen dürfen, lieber Graf, Sie wohnen hier brillant an Ihrem Kronprinzenufer; ein entzückender Blick, und Fremde würden vielleicht kaum glauben, daß an unsrer alten Spree so was Hübsches zu finden sei. Die Niederlassungs- und speziell die Wohnungsfrage spielt doch, wo sich's um Glück und Behagen handelt, immer stark mit, und gerade Sie, der Sie so lange draußen waren, werden, ehe Sie hier dies Visavis von unsrer Jungfernheide wählten, nicht ohne Bedenken gewesen sein. In bezug auf die Landschaft gewiß und in bezug auf die Menschen vielleicht."

„Sagen wir, auch da gewiß. Ich hatte wirklich solche Bedenken. Aber sie sind niedergekämpft. Vieles gefiel mir durchaus nicht, als ich, nach langen, langen Jahren, aus der Fremde wieder nach hier zurückkam, und vieles gefällt mir auch noch nicht. Überall ein zu langsames Tempo. Wir haben in jedem Sinne zuviel Sand um uns und in uns, und wo viel Sand ist, da will nichts recht vorwärts, immer bloß hüh und hott. Aber dieser Sandboden ist doch auch wieder tragfähig, nicht glänzend, aber sicher. Er muß nur, und vor allem der moralische, die richtige Witterung haben, also zu rechter Zeit Regen und Sonnenschein.

Und ich glaube, Kaiser Friedrich hätt ihm diese Witterung gebracht."

„Ich glaub es nicht", sagte Dubslav.

„Meinen Sie, daß es ihm schließlich doch nicht ein rechter Ernst mit der Sache war?"

„O nein, nein. Es war ihm ernst, ganz und gar. Aber es würd ihm zu schwer gemacht worden sein. Rundheraus, er wäre gescheitert."

„Woran?"

„An seinen Freunden vielleicht, an seinen Feinden gewiß. Und das waren die Junker. Es heißt immer, das Junkertum sei keine Macht mehr, die Junker fräßen den Hohenzollern aus der Hand und die Dynastie züchte sie bloß, um sie für alle Fälle parat zu haben. Und das ist eine Zeitlang vielleicht auch richtig gewesen. Aber heut ist es nicht mehr richtig, es ist heute grundfalsch. Das Junkertum (trotzdem es vorgibt, seine Strohdächer zu flicken, und sie gelegentlich vielleicht auch wirklich flickt) dies Junkertum – und ich bin inmitten aller Loyalität und Devotion doch stolz, dies sagen zu können – hat in dem Kampf dieser Jahre kolossal an Macht gewonnen, mehr als irgendeine andre Partei, die Sozialdemokratie kaum ausgeschlossen, und mitunter ist mir's, als stiegen die seligen Quitzows wieder aus dem Grabe herauf. Und wenn das geschieht, wenn unsre Leute sich auf das besinnen, worauf sie sich seit über vierhundert Jahren nicht mehr besonnen haben, so können wir was erleben. Es heißt immer: ‚Unmöglich'. Ah bah, was ist unmöglich? Nichts ist unmöglich. Wer hätte vor dem 18. März den ‚18. März' für möglich gehalten, für möglich in diesem echten und rechten Philisternest Berlin! Es kommt eben alles mal an die Reihe; das darf nicht vergessen werden. Und die Armee! Nun ja. Wer wird etwas gegen die Armee sagen? Aber jeder glückliche General ist immer eine Gefahr! Und unter Umständen auch noch andre. Sehen Sie sich den alten Sachsenwalder an, unsren Zivil-Wallenstein. Aus dem hätte schließlich doch Gott weiß was werden können."

„Und Sie glauben«, warf der Graf hier ein, „an dieser scharfen Quitzow-Ecke wäre Kaiser Friedrich gescheitert?"

„Ich glaub es."

„Hm, es läßt sich hören. Und wenn so, so wär es schließlich ein Glück, daß es nach den 99 Tagen anders kam und wir nicht vor diese Frage gestellt wurden."

„Ich habe mit meinem Woldemar, der einen stark liberalen

Zug hat (ich kann es nicht loben und mag's nicht tadeln) oft über diese Sache gesprochen. Er war natürlich für Neuzeit, also für Experimente ... Nun hat er inzwischen das bessere Teil erwählt, und während wir hier sprechen, ist er schon über Trebbin hinaus. Sonderbar, ich bin nicht allzuviel gereist, aber immer, wenn ich an diesem märkischen Neste vorbeikam, hatt ich das Gefühl: jetzt wird es besser, jetzt bist du frei. Ich kann sagen, ich liebe die ganze Sandbüchse daherum, schon bloß aus diesem Grunde."

Der alte Graf lachte behaglich. „Und Trebbin wird sich von dieser Ihrer Schwärmerei nichts träumen lassen. Übrigens haben Sie recht. Jeder lebt zu Hause mehr oder weniger wie in einem Gefängnis und will weg. Und doch bin ich eigentlich gegen das Reisen überhaupt und speziell gegen die Hochzeitsreiserei. Wenn ich so Personen in ein Coupé nach Italien einsteigen sehe, kommt mir immer ein Dankgefühl, dieses ‚höchste Glück auf Erden' nicht mehr mitmachen zu müssen. Es ist doch eigentlich eine Qual, und die Welt wird auch wieder davon zurückkommen; über kurz oder lang wird man nur noch reisen, wie man in den Krieg zieht oder in einen Luftballon steigt, bloß von Berufs wegen. Aber nicht um des Vergnügens willen. Und wozu denn auch? Es hat keinen rechten Zweck mehr. In alten Zeiten ging der Prophet zum Berge, jetzt vollzieht sich das Wunder und der Berg kommt zu uns. Das Beste vom Parthenon sieht man in London und das Beste von Pergamum in Berlin, und wäre man nicht so nachsichtig mit den lieben, nie zahlenden Griechen verfahren, so könnte man sich (am Kupfergraben) im Laufe des Vormittags in Mykenä und nachmittags in Olympia ergehn."

„Ganz Ihrer Meinung, teuerster Graf. Aber doch zugleich auch ein wenig betrübt, Sie so dezidiert gegen alle Reiserei zu finden. Ich stand nämlich auf dem Punkte, Sie nach Stechlin hin einzuladen, in meine alte Kate, die meine guten Globsower unentwegt ein ‚Schloß' nennen."

„Ja, lieber Stechlin, Ihre ‚Kate', das ist was andres. Und um Ihnen ganz die Wahrheit zu sagen, wenn Sie mich nicht eingeladen hätten (eigentlich ist es ja noch nicht geschehn, aber ich greife bereits vor), so hätt ich mich bei Ihnen angemeldet. Das war schon lange mein Plan."

In diesem Augenblicke ging draußen die Klingel. Es war Melusine.

„Bringe den Vätern, respektive Schwiegervätern allerschönste Grüße. Die Kinder sind jetzt mutmaßlich schon über Wittenberg, die große Luther- beziehungsweise Apfelkuchenstation hinaus und in weniger als zwei Stunden fahren sie in den Dresdener Bahnhof ein. O diese Glücklichen! Und dabei verwett ich mich, Armgard hat bereits Sehnsucht nach Berlin zurück. Vielleicht sogar nach mir."

„Kein Zweifel", sagte Dubslav. Die Gräfin selbst aber fuhr fort: „Ehe man nämlich ganz Abschied von dem alten Leben nimmt, sehnt man sich noch einmal gründlich danach zurück. Freilich, Schwester Armgard wird weniger davon empfinden als andere. Sie hat eben den liebenswürdigsten und besten Mann und ich könnt ihn ihr beinah beneiden, trotzdem ich noch im Abschiedsmoment einen wahren Schreck kriegte, als ich ihn sagen hörte, daß er morgen vormittag mit ihr vor die Sixtinische Madonna treten wolle. Worte, bei denen er noch dazu wie verklärt aussah. Und das find ich einfach unerhört. Warum, werden Sie mich vielleicht fragen. Nun denn, weil es erstens eine Beleidigung ist, sich auf eine Madonna so extrem zu freuen, wenn man eine Braut oder gar eine junge Frau zur Seite hat, und zweitens, weil dieser geplante Galeriebesuch einen Mangel an Disposition und Ökonomie bedeutet, der mich für Woldemars ganze Zukunft besorgt machen kann. Diese Zukunft liegt doch am Ende nach der agrarischen Seite hin und richtige ‚Dispositionen' bedeuten in der Landwirtschaft so gut wie alles."

Der alte Graf wollte widersprechen, aber Melusine ließ es nicht dazu kommen und fuhr ihrerseits fort: „Jedenfalls – das ist nicht wegzudisputieren – fährt unser Woldemar jetzt in das Land der Madonnen hinein und will da mutmaßlich mit leidlich frischen Kräften antreten; wenn er sich aber schon in Deutschland etappenweise vertut, so wird er, wenn er in Rom ist, wohl sein Programm ändern und im Café Cavour eine Berliner Zeitung lesen müssen, statt nebenan im Palazzo Borghese Kunst zu schwelgen. Ich sage mit Vorbedacht: eine *Berliner* Zeitung, denn wir werden jetzt Weltstadt und wachsen mit unserer Presse schon über Charlottenburg hinaus ... Übrigens läßt, wie das junge Paar, so auch die Baronin bestens grüßen. Eine reizende Frau, Herr von Stechlin, die grad Ihnen ganz besonders gefallen würde. Glaubt eigentlich gar nichts und geriert sich dabei streng katholisch. Das klingt widersinnig und ist doch richtig und reizend zugleich. All die Süddeutschen sind überhaupt viel netter als wir, und die nettesten, weil die natürlichsten, sind die Bayern."

Sechsunddreissigstes Kapitel

Der alte Dubslav, als er bald nach elf auf seinem Granseer Bahnhof eintraf, fand da Martin und seinen Schlitten bereits vor. Engelke hatte zum Glück für warme Sachen gesorgt, denn es war inzwischen recht kalt geworden. Im ersten Augenblicke tat dem Alten, in dessen Coupé die herkömmliche Stickluft gebrütet hatte, der draußen wehende Ostwind überaus wohl, sehr bald aber stellte sich ein Frösteln ein. Schon tags zuvor, bei Beginn seiner Reise, war ihm nicht so recht zumute gewesen, Kopfweh, Druck auf die Schläfe; jetzt war derselbe Zustand wieder da. Trotzdem nahm er's leicht damit und sah in das Sterngeflimmer über ihm. Die wie Riesenbesen aufragenden Pappeln warfen dunkle, groteske Schatten über den Weg, während er die nach links und rechts hin liegenden toten Schneefelder mit den wechselnden Bildern alles dessen, was ihm der zurückliegende Tag gebracht hatte, belebte. Da sah er wieder die mit rotem Teppich belegte Hotelmarmortreppe mit dem Oberkellner in Gesandtschaftsattachéhaltung, und im nächsten Augenblicke den Garnisonkirchenküster, den er anfänglich für einen zur Feier eingeladenen Konsistorialrat gehalten hatte. Daneben aber stand die blasse, schöne Braut und die reizende, bieg- und schmiegsame Melusine. „Ja, der alte Barby, wenn er auf *die* sieht, der hat's gut, der kann es aushalten. Immer einen guten und klugen Menschen um sich haben, immer was hören und sehen, was einen anlacht und erquickt, das ist was. Aber ich! Ich für meinen Teil, gleichviel ob mit oder ohne Schuld, ich war immer nur auf ein Pflichtteil gesetzt – als Kind, weil ich faul war, und als Leutnant, weil ich nicht recht was hatte. Dann kam ein Lichtblick. Aber gleich darnach starb sie, die mir Stab und Stütze hätte sein können, und durch all die dreißig Jahre, die seitdem kamen und gingen, blieb mir nichts, als Engelke (der noch das Beste war) und meine Schwester Adelheid. Gott verzeih mir's, aber ein Trost war die nicht; immer bloß herbe wie 'n Holzapfel."

Unter solchen Betrachtungen fuhr er in das Dorf ein und hielt gleich darnach vor der Tür seines alten Hauses. Engelke war schon da, half ihm und tat sein Bestes, ihn aus der schweren Wolfsschur herauszuwickeln. Der immer noch Fröstelnde stapfte dabei mit den Füßen, warf seinen Staatshut – den er unterwegs, weil er ihn drückte, wohl hundertmal verwünscht hatte – mit ersichtlicher Befriedigung beiseite und sagte gleich danach beim Eintreten in sein Zimmer: „Ach, das is recht, Engelke. Du hast ein Feuer gemacht; du weißt, was einem alten Menschen guttut. Aber es reicht noch nicht aus. Ob wohl unten noch heißes Wasser ist? So 'n fester Grog, der sollte mir jetzt passen; ich friere Stein und Bein."

„Heiß Wasser is nicht mehr, gnädiger Herr. Aber ich kann ja 'ne Kasserolle aufstellen. Oder noch besser, ich hole den Petroleumkocher."

„Nein, nein, Engelke, nicht so viel Umstände. Das mag ich nicht. Und den Petroleumkocher, den erst recht nich; da kriegt man bloß Kopfweh, und ich habe schon genug davon. Aber bringe mir den Kognak und kaltes Wasser. Und wenn man dann so halb und halb nimmt, dann is es so gut, als wär es ganz heiß gewesen."

Engelke brachte, was gefordert, und eine Viertelstunde danach ging Dubslav zu Bett.

Er schlief auch gleich ein. Aber bald war er wieder wach und druste nur noch so hin. So kam endlich der Morgen heran.

Als Engelke zu gewohnter Stunde das Frühstück brachte, schleppte sich Dubslav mühsamlich von seinem Schlafzimmer bis an den Frühstückstisch. Aber es schmeckte ihm nicht. „Engelke, mir ist schlecht; der Fuß ist geschwollen, und das mit dem Kognak gestern abend war auch nicht richtig. Sage Martin, daß er nach Gransee fährt und Doktor Sponholz mitbringt. Und wenn Sponholz nicht da ist – der arme Kerl kutschiert in einem fort rum; ohne Landpraxis geht es nicht – dann soll er warten, bis er kommt."

Es traf sich so, wie Dubslav vermutet hatte; Sponholz war wirklich auf Landpraxis und kam erst nachmittags zurück. Er aß einen Bissen und stieg dann auf den Stechliner Wagen.

„Na, Martin, was macht denn der gnäd'ge Herr?"

„Joa, Herr Doktor, ick möt doch seggen, he seiht en beten verännert ut; em wihr schon nich so recht letzten Sünndag un doa müßt he joa nu grad nach Berlin. Un ick weet schon, wenn ihrst een' nach Berlin muß, denn is ok ümmer wat los. Ick weet nich, wat se doa mit 'n ollen Minschen moaken."

„Ja, Martin, das ist die große Stadt. Da übernehmen sie sich denn. Und dann war ja auch Hochzeit. Da werden sie wohl ein bißchen gepichelt haben. Und vorher die kalte Kirche. Und dazu so viele feine Damen. Daran ist der gnäd'ge Herr nicht mehr gewöhnt, und dann will er sich berappeln und strengt sich an, und da hat man denn gleich was weg."

Es dämmerte schon, als der kleine Jagdwagen auf der Rampe vorfuhr. Sponholz stieg aus und Engelke nahm ihm den grauen Mantel mit Doppelkragen ab und auch die hohe Lammfellmütze, darin er – freilich das einzige an ihm, das diese Wirkung ausübte – wie ein Perser aussah.

So trat er denn bei Dubslav ein. Der alte Herr saß an seinem Kamin und sah in die Flamme.

„Nun, Herr von Stechlin, da bin ich. War über Land. Es geht jetzt scharf. Jeder dritte hustet und hat Kopfweh. Natürlich Influenza. Ganz verdeubelte Krankheit."

„Na, *die* wenigstens hab ich nicht."

„Kann man nicht wissen. Ein bißchen fliegt jedem leicht an. Nun, wo sitzt es?"

Dubslav wies auf sein rechtes Bein und sagte: „Stark geschwollen. Und das andre fängt auch an."

„Hm. Na, wollen mal sehen. Darf ich bitten?"

Dubslav zog sein Beinkleid herauf, den Strumpf herunter und sagte: „Da is die Bescherung. Gicht ist es nicht. Ich habe keine Schmerzen ... Also was andres."

Sponholz tippte mit dem Finger auf dem geschwollenen Fuß herum und sagte dann: „Nichts von Belang, Herr von Stechlin. Einhalten, Diät, wenig trinken, auch wenig Wasser. Das verdammte Wasser drückt gleich nach oben, und dann haben Sie Atemnot. Und von Medizin bloß ein paar Tropfen. Bitte, bleiben Sie sitzen; ich weiß ja Bescheid hier." Und dabei ging er an Dubslavs Schreibtisch heran, schnitt sich ein Stück Papier ab und schrieb ein Rezept. „Ihr Kutscher, das wird das beste sein, kann bei der Apotheke gleich mit vorfahren."

Im Vorflur, nach Verabschiedung von Dubslav, fuhr Sponholz alsbald wieder in seinen Mantel. Engelke half ihm und sagte dabei: „Na, Herr Doktor?"

„Nichts, nichts, Engelke!"

Martin mit seinem Jagdwagen hielt noch wartend auf der Rampe draußen und so ging es denn in rascher Fahrt wieder nach der Stadt zurück, von wo der alte Kutscher die Tropfen gleich mitbringen sollte.

Der Winterabend dämmerte schon, als Martin zurück war und die Medizin an Engelke abgab. Der brachte sie seinem Herrn.

„Sieh mal", sagte dieser, als er das rundliche Fläschchen in Händen hielt, „die Granseer werden jetzt auch fein. Alles in rosa Seidenpapier gewickelt." Auf einem angebundenen Zettel aber stand: „Herrn Major von Stechlin. Dreimal täglich zehn Tropfen." Dubslav hielt die kleine Flasche gegen das Licht und tröpfelte die vorgeschriebene Zahl in einen Löffel Wasser. Als er sie genommen hatte, bewegte er die Lippen hin und her, etwa wie wenn ein Kenner eine neue Weinsorte probt. Dann nickte er und sagte: „Ja, Engelke, nu geht es los. Fingerhut."

Der alte Dubslav nahm durch mehrere Tage hin seine Tropfen ganz gewissenhaft und fand auch, daß sich's etwas bessere. Die Geschwulst ging um ein geringes zurück. Aber die Tropfen nahmen ihm den Appetit, so daß er noch weniger aß, als ihm gestattet war.

Es war ein schöner Frühmärzentag, die Mittagszeit schon vorüber. Dubslav saß an der weit offenstehenden Glastür seines Gartensalons und las die Zeitung. Es schien indes, daß ihm das, was er las, nicht sonderlich gefiel. „Ach, Engelke, die Zeitung ist ja so weit ganz gut; nur so für den ganzen Tag ist sie doch zu wenig. Du könntest mir lieber ein Buch bringen."

„Was für eines?"

„Is egal."

„Da liegt ja noch das kleine gelbe Buch: ‚Keine Lupine mehr!'"

„Nein, nein; nicht so was. Lupine, davon hab ich schon so viel gelesen; das wechselt in einem fort und eins ist so dumm wie das andre. Die Landwirtschaft kommt doch nicht wieder obenauf oder wenigstens nicht durch so was. Bringe mir lieber einen Roman; früher in meiner Jugend sagte man Schmöker. Ja, damals waren alle Wörter viel besser als jetzt. Weißt du noch, wie ich mir in dem Jahre, wo ich Zivil wurde, den ersten Schniepel machen ließ? Schniepel is auch solch Wort und doch wahrhaftig besser als Frack. Schniepel hat so was Fideles: Einsegnung, Hochzeit, Kindtaufe."

„Gott, gnädiger Herr, immer is es doch auch nicht so. Die meisten Schniepel sind doch, wenn einer begraben wird."

„Richtig, Engelke. Wenn einer begraben wird. Das war ein guter Einfall von dir. Früher würd ich gesagt haben ‚zeitgemäß'; jetzt sagt man ‚opportun'. Hast du schon mal davon gehört?"

„Ja, gnädiger Herr, gehört hab ich schon mal davon."

„Aber nich verstanden. Na, ich eigentlich auch nich. Wenigstens nicht so recht. Und du, du warst ja nich mal auf Schulen."

„Nein, gnädiger Herr."

„Alles in allem, sei froh drüber ... Aber Engelke, wenn du mir nu ein Buch gebracht hast, dann will ich mich mit meinem Stuhl doch lieber gleich auf die Veranda rausrücken. Es ist wie Frühling heut. Solche guten Tage muß man mitnehmen. Und bringe mir auch 'ne Decke. Früher war ich nich so fürs Pimplige; jetzt aber heißt es: besser bewahrt als beklagt."

In dem ganzen Dreieck zwischen Rheinsberg, Kloster Wutz und Gransee hatte sich die Nachricht von des alten Dubslav ernster Erkrankung mehr und mehr herumgesprochen, und es war wohl im Zusammenhange damit, daß ungefähr um dieselbe Stunde, wo Dubslav und Engelke sich über „Schniepel" und „opportun" unterhielten, ein Einspänner auf die Stechliner Rampe fuhr, ein etwas sonderbares Gefährt, dem der alte Baruch Hirschfeld langsam und vorsichtig entstieg. Engelke war ihm dabei behilflich und meldete gleich danach, daß der Alte da sei.

„Der alte Baruch! Um Gottes willen, Engelke, was will denn der? Es ist ja doch glücklicherweise nichts los. Und so ganz aus freien Stücken. Na, laß ihn kommen."

Und Baruch Hirschfeld trat gleich darauf ein.

Dubslav, in seine Decke gewickelt, begrüßte den Alten. „Aber, Baruch, um alles in der Welt, was gibt es? Was bringen Sie? Gleichviel übrigens, ich freue mich, Sie zu sehn. Machen Sie sich's so bequem, wie's auf den drei Latten eines Gartenstuhls überhaupt möglich ist. Und dann noch einmal: Was gibt es? Was bringen Sie?"

„Herr Major wollen entschuldigen, es gibt nichts, und ich bringe auch nichts. Ich kam da bloß so vorbei, Geschäfte mit Herrn von Gundermann, und da wollt ich mir doch die Freiheit genommen haben, mal nach der Gesundheit zu fragen. Habe gehört, der Herr Major seien nicht ganz gut bei Wege."

„Nein, Baruch, nicht ganz gut bei Wege; beinahe schon schlecht genug. Aber lassen wir das schlimme Neue; das Alte war doch eigentlich besser (das heißt dann und wann), und manchmal denk ich so an alles zurück, was wir so gemeinschaftlich miteinander durchgemacht haben."

„Und immer glatt, Herr Major, immer glatt, ohne Schwierigkeiten."

„Ja“, lachte Dubslav, „*gemacht* hab ich keine Schwierigkeiten, aber *gehabt* hab ich genug. Und das weiß keiner besser als mein Freund Baruch. Und nun sagen Sie mir vor allem, was macht Ihr Isidor, der große Volksfreund? Ist er mit Torgelow noch zufrieden? Oder sieht er, daß sie da auch mit Wasser kochen? Ich wundere mich bloß, daß ein Sohn von Baruch Hirschfeld, Sohn und Firmateilhaber, so sehr für den Umsturz ist.“

„Nicht für den Umsturz, Herr Major. Isidor, wenn ich so sagen darf, ist für die alte Valuta. Aber nebenher hat er ein Herz für die Menschheit.“

„Hat er? Na, das ist recht.“

„Und das Herz für die Menschheit, das haben wir alle, Herr Major. Und kommt uns dabei was heraus, so haben wir, wenn ich so sagen darf, die Dividende. Gott der Gerechte, wir brauchen's. Und weil ich rede von Dividende, will ich auch reden von Hypothek. Wir haben da seit letzten Freitag 'n Kapital, Granseer Bürger, und will's hergeben zu dreiundeinhalb.“

„Nu, Baruch, das ist hübsch. Aber im Augenblick bin ich's nicht benötigt. Vielleicht später mal mein Woldemar. Der hat, wie Sie wissen, 'ne reiche Partie gemacht, und wer viel erheiratet, der braucht auch viel. Man denkt immer, ‚dann hört es auf‘, aber das ist falsch, dann fängt es erst recht an. Unter allen Umständen seien Sie bedankt, daß Sie mal haben sehen wollen, wie's mit mir steht. Ich kann leider nur wiederholen, schlecht genug. Aber eine Weile dauert es wohl noch. Und wenn auch nicht, mit meinem Sohne wird sich, denk ich, geradeso wie zwischen uns zwei beiden, alles glatt abwickeln, glatter noch, und vielleicht können Sie gemeinschaftlich mal was Nettes herauswirtschaften, was Ordentliches, was Großes, was sich sehen lassen kann. Das heißt dann neue Zeit. Und nun, Baruch, müssen Sie noch ein Glas Sherry nehmen. In unserm Alter ist das immer das beste. Das heißt für Sie, der Sie noch gut im Gange sind. Ich darf bloß noch mit anstoßen.“

Eine Viertelstunde später fuhr Baruch auf seinem Wägelchen wieder in den Stechliner Wald hinein und dachte wenig befriedigt über alles nach, was er da drinnen gehört hatte. Die geträumten Schloß-Stechlin-Tage schienen mit einem Male für immer vorüber. Alles, was der alte Herr da so nebenher von „gemeinschaftlich herauswirtschaften“ gesagt hatte, war doch bloß ein Stich, eine Pike gewesen.

Ja, Baruch fühlte was wie Verstimmung. Aber Dubslav auch.

Es war ihm zu Sinn, als hätt er seinen alten Granseer Geld- und Geschäftsfreund (trotzdem er dessen letzte Pläne nicht einmal ahnte), zum erstenmal auf etwas Heimlichem und Verstecktem ertappt, und als Engelke kam, um die Sherryflasche wieder wegzuräumen, sagte er: „Engelke, mit Baruch is es auch nichts. Ich dachte wunder, was das für ein Heiliger wär, und nun is der Pferdefuß doch schließlich rausgekommen. Wollte mir da Geld auf Hypothek beinah aufzwingen, als ob ich nicht schon genug davon hätte . . . Sonderbar, Uncke, mit seinem ewigen ‚zweideutig', wird am Ende doch recht behalten. Überhaupt solche Polizeimenschen mit 'nem Karabiner über die Schulter, das sind, bei Lichte besehn immer die feinsten Menschenkenner. Ich ärgere mich, daß ich's nicht eher gemerkt habe. So dumm zu sein! Aber das mit der ‚Krankheit' heute, das war mir doch zuviel. Wenn sich die Menschen erst nach Krankheit erkundigen, dann ist es immer schlimm. Eigentlich is es jedem gleich, wie's einem geht. Und ich habe sogar welche gekannt, die sahen sich, wenn sie so fragten, immer schon die Möbel und Bilder an und dachten an nichts wie an Auktion."

Siebenunddreissigstes Kapitel

Auch die nächsten Tage waren beinahe sommerlich, taten dem Alten wohl und erleichterten ihm das Atmen. Er begann wieder zu hoffen, sprach mit Wirtschaftsinspektor und Förster und war nicht bloß voll wiedererwachten Interesses, sondern überhaupt guter Dinge.

So kam Mitte März heran. Der Himmel war blau, Dubslav saß auf seiner Veranda, den kleinen Springbrunnen vor sich, und sah dabei das leichte weiße Gewölk ziehen. Vom Park her vernahm er den ersten Finkenschlag. Er mochte wohl schon eine Stunde so gesessen haben, als Engelke kam und den Doktor meldete.

„Das ist recht, Sponholz, daß Sie kommen. Nicht um mir zu helfen (das ist immer schlimm, wenn einem erst geholfen werden soll), nein, um zu sehen, daß Sie mir schon geholfen haben. Diese Tropfen. Es ist doch was damit. Wenn sie nur nicht so schlecht schmeckten; ich muß mir immer einen Ruck geben. Und daß sie so grün sind. Grün ist Gift, heißt es bei den Leuten. Eigentlich eine ganz dumme Vorstellung. Wald und Wiese sind auch grün und doch so ziemlich unser Bestes."

„Ja, es ist ein Spezifikum. Und ich bin froh, daß die Digitalis hier bei Ihnen mal wieder zeigt, was sie kann. Und bin doppelt froh, weil ich mich auf sechs Wochen von Ihnen verabschieden muß."

„Auf sechs Wochen. Aber, Doktor, das is ja 'ne halbe Ewigkeit. Haben Sie Schulden gemacht und sollen in Prison?"

„Man könnte beinahe so was denken. Denn solange Gransee historisch beglaubigt dasteht, ist noch kein Doktor auf sechs Wochen weg gewesen, noch dazu ein Kreisphysikus. Eine Doktorexistenz gestattet solchen Luxus nicht. Wie lebt man denn hier? Und wie hat man gelebt? Immer Furunkel aufgeschnitten, immer Karbolwatte, immer in den Wagen gestiegen, immer einem alten Erdenbürger seinen Entlassungsschein ausgestellt oder einen neuen Erdenbürger geholt. Und nun sechs Wochen weg. Wie ich meinen Kreis wiederfinden werde ... nu, vielleicht hat Gott ein Einsehen."

„Er ist doch wohl eigentlich der beste Assistenzarzt."

„Und vor allem der billigste. Der andre, den ich mir aus Berlin habe verschreiben müssen (ach, und so viel Schreiberei), der ist teurer. Und meine Reise kommt mir ohnedies schon teuer genug."

„Aber wohin denn, Doktor?"

„Nach Pfäffers."

„Pfäffers. Kenn ich nicht. Und was wollen Sie da? Warum? Wozu?"

„Meine Frau laboriert an einem Rheumatismus, hochgradig, schon nicht mehr schön. Und da ist denn Pfäffers der letzte Trumpf. Schweizerbad mit allen Schikanen und wahrscheinlich auch mit allen Kosten. Ein Granseer, der allerdings für Geld gezeigt werden kann, war mal an diesem merkwürdigen Ort und hat mir denn auch 'ne Beschreibung davon gemacht. Habe natürlich auch noch im Bädeker nachgeschlagen und unter anderm einen Fluß da verzeichnet gefunden, der Tamina heißt. Erinnert ein bißchen an Zauberflöte und klingt soweit ganz gut. Aber trotzdem eine tolle Geschichte, dies Pfäffers. Soweit es nämlich als Bad in Betracht kommt, ist es nichts als ein Felsenloch, ein großer Backofen, in den man hineingeschoben wird. Und da hockt man denn, wie die Indianer hocken, und die Dämpfe steigen siedeheiß von unten herauf. Wer da nicht wieder zustande kommt, der kann überhaupt einpacken. Übrigens will ich für meine Person gleich mit hineinkriechen. Denn das darf ich wohl sagen, wer so fünfunddreißig Jahre lang durch

Kreis Gransee hin und her kutschiert ist, mitunter bei Ostwind, der hat sich sein Gliederreißen ehrlich verdient. Sonderbar, daß der Hauptteil davon auf meine Frau gefallen ist."

„Ja, Sponholz, in einer christlichen Ehe ..."

„Freilich, Herr Major, freilich. Wiewohl das mit ‚christlicher Ehe' auch immer bloß soso ist. Da hatten wir, als ich noch Militär war, einen Kompaniechirurgus, richtige alte Schule, der sagte, wenn er von so was hörte: ‚Ja, christliche Ehe, ganz gut, kenn ich. Is wie Schinken in Burgunder. Das eine is immer da, aber das andere fehlt.'"

„Ja", sagte Dubslav, „diese richtigen alten Kompaniechirurgusse, die hab ich auch noch gekannt. Blutige Zyniker, jetzt leider ausgestorben ... Und in solchem Pfäfferschen Backofen wollen Sie sechs Wochen zubringen?"

„Nein, Herr von Stechlin, nicht so lange. Bloß vier, höchstens vier. Denn es strengt sehr an. Aber wenn man nu doch mal da ist, ich meine in der Schweiz und daherum, wo sie stellenweise schon Italienisch sprechen, da will man doch schließlich auch gern in das gelobte Land Italia hineinkucken. Und da haben wir denn also, meine Frau und ich, vor, von diesem Pfäffers aus erst noch durch die Via Mala zu fahren, den Splügen hinauf oder auf irgendeinen andern Paß. Und wenn wir dann einen Blick in all die Herrlichkeit drüben hinein getan haben, dann kehren wir wieder um, und ich für meine Person ziehe mir wieder meinen grauen Mantel an (denn für die Reise hab ich mir einen neuen Paletot bauen lassen) und kutschiere wieder durch Kreis Gransee."

„Na, Sponholz, das freut mich aber wirklich, daß Sie mal rauskommen. Und bloß wenn Sie durch die Via Mala fahren, da müssen Sie sich in acht nehmen."

„Waren Sie denn mal da, Herr Major?"

„Bewahre. Meine Weltfahrten, mit ganz schwachen Ausnahmen, lagen immer nur zwischen Berlin und Stechlin. Höchstens mal Dresden und ein bißchen ins Bayrische. Wenn man so gar nicht mehr weiß, wo man hin soll, fährt man natürlich nach Dresden. Also Via Mala nie gesehen. Aber ein Bild davon. Im allgemeinen ist Bilderankucken auch nicht gerade mein Fall, und wenn die Museums von mir leben sollten, dann täten sie mir leid. Indessen wie so der Zufall spielt, mal sieht man doch so was, und war da auf dem Via-Mala-Bilde 'ne Felsenschlucht mit Figuren von einem sehr berühmten Malermenschen, der, glaub ich, Böcking oder Böckling hieß."

„Ah so. Einer, wenn mir recht ist, heißt Böcklin.“

„Wohl möglich, daß es der gewesen ist. Ja, sogar sehr wahrscheinlich. Nun sehen Sie, Doktor, da war denn also auf diesem Bilde diese Via Mala, mit einem kleinen Fluß unten, und über den Fluß weg lief ein Brückenbogen, und ein Zug von Menschen (es können aber auch Ritter gewesen sein) kam gerade die Straße lang. Und alle wollten über die Brücke.“

„Sehr interessant.“

„Und nun denken Sie sich, was geschieht da? Grade neben dem Brückenbogen, dicht an der rechten Seite, tut sich mit einem Male der Felsen auf, etwa wie wenn morgens ein richtiger Spießbürger seine Laden aufmacht und nachsehen will, wie's Wetter ist. Der aber, der an dieser Brücke da von ungefähr rauskuckte, hören Sie, Sponholz, das war kein Spießbürger, sondern ein richtiger Lindwurm oder so was Ähnliches aus der sogenannten Zeit der Saurier, also so weit zurück, daß selbst der älteste Adel (die Stechline mit eingeschlossen) nicht dagegen ankann, und dies Biest, als der herankommende Zug eben den Fluß passieren wollte, war mit seinem aufgesperrten Rachen bis dicht an die Menschen und die Brücke heran, und ich kann Ihnen bloß sagen, Sponholz, mir stand, als ich das sah, der Atem still, weil ich deutlich fühlte, nu noch einen Augenblick, dann schnappt er zu und die ganze Bescherung is weg.“

„Ja, Herr von Stechlin, da hat man bloß den Trost, daß die Saurier, soviel ich weiß, seitdem ausgestorben sind. Aber meiner Frau will ich diese Geschichte doch lieber nicht erzählen; die kriegt nämlich mitunter Ohnmachten. In Doktorhäusern ist immer was los.“

Dubslav nickte.

„Und nur das eine möcht ich Ihnen noch sagen, Herr von Stechlin, mit der Digitalis immer ruhig so weiter, und wenn der Appetit nicht wiederkommt, lieber nur zweimal täglich. Und nie mehr als zehn Tropfen. Und wenn Sie sich unpaß fühlen, mein Stellvertreter ist von allem unterrichtet. Er wird Ihnen gefallen. Neue Schule, moderner Mensch; aber doch nicht zuviel davon (so wenigstens hoff ich) und jedenfalls sehr gescheit. An seinem Namen – er heißt nämlich Moscheles – dürfen Sie nicht Anstoß nehmen. Er ist aus Brünn gebürtig und da heißen die meisten so.“

Der Alte drückte mit allem seine Zustimmung aus, auch mit dem Namen, trotzdem dieser ihm quälende Erinnerungen weckte. Schon vor etlichen fünfzig Jahren habe er Musikstücke spielen müssen, die alle auf den Namen „Moscheles“ liefen. Aber das wolle er den in Sicht Stehenden nicht weiter entgelten lassen.

Und nach diesen beruhigenden Versicherungen empfahl sich Sponholz und fuhr zu weiteren Abschiedsbesuchen in die Grafschaft hinein.

Am zweitfolgenden Tage brachen die Sponholzschen Eheleute von Gransee nach Pfäffers hin auf; die Frau, sehr leidend, war schweigsam, er aber befand sich in einem hochgradigen Reisefieber, was sich, als sie draußen auf dem Bahnhof angelangt waren, in immer wachsender Gesprächigkeit äußerte.

Mehrere Freunde (meist Logenbrüder) hatten ihn bis hinaus begleitet. Sponholz kam hier sofort vom Hundertsten aufs Tausendste. „Ja, unser guter Stechlin, mit dem steht es so so ... Baruch hat ihn auch gesehn und ihn einigermaßen verändert gefunden ... Und Sie, Kirstein, Sie schreiben mir natürlich, wenn der junge Burmeister eintritt; ich weiß, er will nicht recht (bloß der Vater will) und soll sogar von ‚Hokuspokus‘ gesprochen haben. Aber dergleichen muß man leichtnehmen. Unwissenheit, Verkennungen, über so was sind wir weg; viel Feind’, viel Ehr ... Nur, es noch einmal zu sagen, der Alte drüben in Stechlin macht mir Sorge. Man muß aber hoffen; bei Gott kein Ding unmöglich ist. Und zu Moscheles hab ich Vertrauen; ihn auskultieren zu sehn, ist ein wahres Vergnügen für ’nen Fachmann.“

So klang, was Sponholz noch in letzter Minute vom Coupéfenster aus zum besten gab. Alles, am meisten aber das über den alten Stechlin Gesagte, wurde weitergetragen und drang bis auf die Dörfer hinaus, so namentlich auch bis nach Quaden-Hennersdorf zu Superintendent Koseleger, der seit kurzem mit Ermyntrud einen lebhaften Verkehr unterhielt und, angeregt durch die mit jedem Tage kirchlicher werdende Prinzessin, einen energischen Vorstoß gegen den Unglauben und die in der Grafschaft überhandnehmende Laxheit plante. Koseleger sowohl wie die Prinzessin wollten zu diesem Zwecke beim alten Dubslav als „nächstem Objekt“ einsetzen, und hielten sein Asthma für den geeignetsten Zeitpunkt. In einem Briefe der Prinzessin an Koseleger hieß es dementsprechend: „Ich will die gute Gesinnung des alten Herrn in nichts anzweifeln; außerdem hat er etwas ungemein Affables. Ich bin ihm menschlich durchaus zugetan. Aber sein Prinzip, das nichts Höheres kennt, als ‚leben und leben lassen‘, hat in unsrer Gegend alle möglichen Irrtümer und Sonderbarkeiten ins Kraut schießen lassen. Nehmen Sie beispielsweise diesen Krippenstapel. Und nun den Lorenzen selbst! Katzler, mit dem ich gestern über unsern Plan sprach, hat mich gebeten, mit Rücksicht auf die Krankheit des alten Herrn wenigstens vorläufig von allem Abstand zu nehmen, aber ich hab ihm widersprechen müssen. Krankheit (soviel ist richtig) macht schroff und eigensinnig, aber in bedrängten Momenten auch wiederum ebenso gefügig, und es sind wohl auch hier wieder gerade die Auferlegungen und Bitternisse, daraus ein Segen für den Kranken, und jedenfalls für die Gesamtheit unsres Kreises entspringen wird. Unter allen Umständen aber muß uns das Bewußtsein trösten, unsre Pflicht erfüllt zu haben."

Es war eine Woche nach Sponholz' Abreise, daß Ermyntrud diese Zeilen schrieb, und schon am andern Vormittage fuhr Koseleger, der mit der Prinzessin im wesentlichen derselben Meinung war, auf die Stechliner Rampe. Gleich danach trat Engelke bei Dubslav ein und meldete den Herrn Superintendenten.

„Superintendent? Koseleger?"

„Ja, gnäd'ger Herr. Superintendent Koseleger. Er sieht sehr wohl aus, und ganz blank."

„Was es doch für merkwürdige Tage gibt. Heute (du sollst sehn), ist wieder so einer. Mit Moscheles fing's an. Sage dem Herrn Superintendenten, ich ließe bitten."

„Ich komme hoffentlich zu guter Stunde, Herr von Stechlin."

„Zur allerbesten, Herr Superintendent. Eben war der neue Doktor hier. Und eine Viertelstunde, wenn's mit dem ‚praesente medico' nur ein ganz klein wenig auf sich hat, muß solche Doktorgegenwart doch wohl noch nachwirken."

„Sicher, sicher. Und dieser Moscheles soll sehr gescheit sein. Die Wiener und Prager verstehn es; namentlich alles, was nach *der* Seite hin liegt."

„Ja", sagte Dubslav, „nach *der* Seite hin", und wies auf Brust und Herz. „Aber, offen gestanden, nach mancher andern Seite hin ist mir dieser Moscheles nicht sehr sympathisch. Er faßt seinen Stock so sonderbar an und schlenkert auch so."

„Ja, so was muß man unter Umständen mit in den Kauf nehmen. Und dann heißt es ja auch, der Major von Stechlin habe mehr oder weniger einen philosemitischen Zug."

„Den hat der Major von Stechlin auch wirklich, weil er Unchristlichkeiten nicht leiden kann und Prinzipienreitereien erst recht nicht. Ich gehöre zu denen, die sich immer den Einzelfall ansehn. Aber freilich, mancher Einzelfall gefällt mir nicht. So zum Beispiel der hier mit dem neuen Doktor. Und auch mein alter Baruch Hirschfeld, den der Herr Superintendent mutmaßlich kennen werden, auch der gefällt mir nicht mehr so recht. Ich hielt große Stücke von ihm, aber – vielleicht daß sein Sohn Isidor schuld ist – mit einem Mal ist der Pferdefuß rausgekommen."

„Ja", lachte Koseleger, „der kommt immer mal raus. Und nicht bloß bei Baruch. Ich muß aber sagen, das alles hat mit der Rasse viel, viel weniger zu schaffen, als mit dem jeweiligen Beruf. Da war ich eben bei der Frau von Gundermann . . ."

„Und da war auch so was?"

„In gewissem Sinne, ja. Natürlich ein bißchen anders, weil es sich um etwas Weibliches handelte. ‚Stütze der Hausfrau'. Und da bändelt sich denn leicht was an. Eben diese ‚Stütze der Hausfrau' war bis vor kurzem noch Erzieherin, und mit Erzieherinnen, alten und jungen, hat's immer einen Haken, wie mit den Lehrern überhaupt. Es liegt im Beruf. Und der Seminarist steht obenan."

„Ich kann mich nicht erinnern", sagte Dubslav, „in unserer Gegend irgendwas gröblich Verletzliches erlebt zu haben."

„Oh, ich bin mißverstanden", beschwichtigte Koseleger und rieb sich mit einem gewissen Behagen seine wohlgepflegten Hände. „Nichts von Vergehungen auf erotischem Gebiet, wiewohl es bei den Gundermanns (die gerad in *diesem* Punkte viel heimgesucht werden) auch diesmal wieder, ich möchte sagen diese kleine Nebenform angenommen hatte. Nein, der große Seminaristenpferdefuß, an den ich bei meiner ersten Bemerkung dachte, trägt ganz andere Signaturen: Unbotmäßigkeit, Überschätzung und infolge davon ein eigentümliches Bestreben, sich von den Heilsgütern loszulösen, und die Befriedigung des inneren Menschen in einer falschen Wissenschaftlichkeit zu suchen."

„Ich will das nicht loben; aber auch solche ‚falsche Wissenschaftlichkeit' zählt, dächt ich, in unserer alten Grafschaft zu den allerseltensten Ausnahmen."

„Nicht so sehr als Sie vermuten, Herr Major, und aus Ihrer eigenen Stechliner Schule sind mir Klagen kirchlich gerichteter Eltern über solche Dinge zugegangen. Allerdings Altlutheraner aus der Globsower Gegend. Indessen so lästig diese Leute zuzeiten sind, so haben sie doch andrerseits den Ernst des Glaubens und finden, wie sie sich in einem Skriptum an mich ausgedrückt haben, in der Krippenstapelschen Lehrmethode diesen Ernst des Glaubens arg vernachlässigt."

Dubslav wiegte den Kopf hin und her, und hätte trotz allen Respekts vor dem Vertreter einer kirchlichen Behörde wahrscheinlich ziemlich scharf und spitz geantwortet, wenn ihm nicht alles, was er da hörte, gleichzeitig in einem heiteren Licht erschienen wäre. Krippenstapel, sein Krippenstapel, er, der den Alten Fritzen so gut wie den Katechismus, aber den Katechismus auch reichlich so gut wie den Alten Fritzen kannte – Krippenstapel, sein großartiger Bienenvater, sein korrespondierendes Mitglied märkisch-historischer Vereine, die Seele seines „Museums", sein guter Freund, dieser Krippenstapel sollte den „Ernst des Glaubens" verkannt haben, bei ihm sollte der Seminaristenhochmut zu gemeingefährlichem Ausbruch gekommen sein. Wohl entsann er sich, in eigenster Person (was ihn in diesem Augenblick ein wenig verstimmte) gelegentlich sehr Ähnliches gesagt zu haben. Aber doch immer nur scherzhaft. Und wenn zwei dasselbe tun, so ist es nicht mehr dasselbe. Traf dieser Satz je zu, so hier. Er erhob sich also mit einiger Anstrengung von seinem Platz, ging auf Koseleger zu, schüttelte ihm die Hand und sagte: „Herr Superintendent, so wie Sie's da sagen, so kann es nicht sein. Von richtigen Altlutheranern gibt es hier überhaupt nichts, und am wenigsten in Globsow; die glauben sozusagen gar nichts. Ich wittere da was von Intrigue. Da stecken andere dahinter. Bei meinem alten Baruch ist der Pferdefuß rausgekommen, aber bei meinem alten Krippenstapel ist er *nicht* rausgekommen und wird auch nicht rauskommen, weil er überhaupt nicht da ist. Meinen alten Krippenstapel, den kenn ich."

Koseleger, Weltmann, wie er war, lenkte rasch ein, sprach von Konventiklerbeschränktheit und gab die Möglichkeit einer Intrigue zu.

„Natürlich wird es einem schwer, in diesem Erdenwinkel an derlei Dinge zu glauben, denn ‚Intrigue' zählt ganz eminent zu den höheren Kulturformen. Intrigue hat hier in unserer alten Grafschaft, glaub ich, noch keinen Boden. Aber andrerseits ist es doch freilich wahr, daß heutzutage die Verwerflichkeiten, ja selbst die Verbrechen und Laster, nicht bloß im Gefolge der Kultur auftreten, sondern umgekehrt ihr voranschreiten, als beklagenswerte Herolde falscher Gesittung! Bedenken Sie, was wir neuerdings in unsern Äquatorialprovinzen erlebt haben. Die Zivilisation ist noch nicht da und schon haben wir ihre Greuel. Man erschauert, wenn man davon liest und freut sich der kleinen und alltäglichen Verhältnisse, drin der Wille Gottes uns gnädig stellte."

Nach diesen Worten, die was von einem guten Abgang hatten, erhob sich Koseleger und der Alte, seinerseits seinen Arm in den des Superintendenten einhakend, „um sich", wie er sagte, „auf die Kirche zu stützen", begleitete seinen Besuch bis wieder auf die Rampe hinaus und grüßte noch mit der Hand, als der Wagen schon über die Bohlenbrücke fuhr. Dann wandte er sich rasch an Engelke, der neben ihm stand, und sagte:

„Engelke, schade, daß ich mit dir nicht wetten kann. Lust hätt ich. Heute kommt noch wer, du wirst es sehn. Eine Woche lang läßt sich keine Katze blicken, aber wenn unser Schicksal erst mal 'nen Entschluß gefaßt hat, dann kann es sich auch wieder nicht genug tun. Man gewinnt dreimal das große Los oder man stößt sich dreimal den Kopp. Und immer an derselben Stelle."

Es schlug zwölf, als Dubslav vom Portal her wieder den Flur passierte. Dabei sah er nach dem Hippenmann hinauf und zählte die Schläge. „Zwölf", sagte er, „und um zwölf ist alles aus und dann fängt der neue Tag an. Es gibt freilich zwei Zwölfen, und die Zwölf, die da oben jetzt schlägt, das is die Mittagszwölf. Aber Mittag! ... Wo bist du Sonne geblieben!" All dem weiter nachhängend, wie er jetzt öfter tat, kam er an seinen Kaminplatz, und nahm eine Zeitung in die Hand. Er sah jedoch kaum drauf hin und beschäftigte sich, während er zu lesen schien, eigentlich nur mit der Frage, „wer wohl heute noch kommen könne", und dabei neben andren Personen aus seiner Umgebung auch an Lorenzen denkend, kam er zu dem Schlußresultat, daß ihm Lorenzen „mit all seinem neuen Unsinn" doch am Ende lieber sei als Koseleger mit seinen Heilsgütern, von denen er wohl zwei-, dreimal gesprochen hatte. „Ja, die Heilsgüter, die sind ganz gut. Versteht sich. Ich werde mich nicht so versündigen. Die Kirche kann was, is was, und der alte Luther, nu der war schon ganz gewiß was, weil er ehrlich war und für seine Sache sterben wollte. Nahe dran war er. Eigentlich kommt's doch immer bloß darauf an, daß einer sagt, ‚dafür sterb ich'. Und es dann aber auch tut. Für was, is beinah gleich. Daß man überhaupt so was kann, wie sich opfern, das ist das Große. Kirchlich mag es ja falsch sein, was ich da so sage; aber was sie jetzt ‚sittlich' nennen (und manche sagen auch ‚schönheitlich', aber das is ein zu dolles Wort), also was sie jetzt sittlich nennen, so bloß auf *das* hin angesehn, da is das persönliche Sich-Einsetzen und Für-was-sterben-Können und -Wollen doch das Höchste. Mehr kann der Mensch nich. Aber Koseleger. Der will leben."

Und während er noch so vor sich hin seinen Faden spann, war sein gutes altes Faktotum eingetreten, an das er denn auch ohne weiteres und bloß zu eignem Ergötzen die Frage richtete: „Nich wahr, Engelke?"

Der aber hörte gar nichts mehr, so sehr war er in Verwirrung, und stotterte nur aus sich heraus: „Ach Gott, gnäd'ger Herr, nu is es doch so gekommen."

„Wie? Was?"

„Die Frau Gemahlin von unserm Herrn Oberförster ..."

„Was? Die Prinzessin?"

„Ja, die Frau Katzler, Durchlaucht."

„Alle Wetter, Engelke ... Da haben wir's. Aber ich hab es ja gesagt, ich wußt es. Wie so 'n Tag anfängt, so bleibt er, so geht es weiter ... Und wie das hier durcheinanderliegt, alles wie Kraut und Rüben. Nimm die Zudecke weg, ach was Zudecke, die reine Pferdedecke; wir müssen eine andre haben. Und nimm auch die grünen Tropfen weg, daß es nicht gleich aussieht wie 'ne Krankenstube ... Die Prinzessin ... Aber rasch, Engelke, flink ... Ich lasse bitten, ich lasse die Frau Oberförsterin bitten."

Dubslav rückte sich, so gut es ging, zurecht; im übrigen aber hielt er's in seinem desolaten Zustande doch für besser, in seinem Rollstuhl zu bleiben, als der Prinzessin entgegenzugehn oder sie durch ein Sich-Erheben von seinem Sitz mehr oder weniger feierlich zu begrüßen. Ermyntrud paßte sich seinen Intentionen denn auch an und gab durch eine gemessene Handbewegung zu verstehen, daß sie nicht zu stören wünsche. Gleich danach legte sie den rechten Arm auf die Lehne eines nebenstehenden Stuhles und sagte: „Ich komme, Herr von Stechlin, um nach Ihrem Befinden zu fragen; Katzler (sie nannte ihn, unter geflissentlichster Vermeidung des allerdings plebejen ‚mein Mann', immer nur bei seinem Familiennamen) hat mir von Ihrem Unwohlsein erzählt und mir Empfehlungen aufgetragen. Ich hoffe, es geht besser."

Dubslav dankte für so viel Freundlichkeit und bat, das um ihn her herrschende Übermaß von Unordnung entschuldigen zu wollen. „Wo die weibliche Hand fehlt, fehlt alles." Er fuhr so noch eine Weile fort, in allerlei Worten und Wendungen, wie sie ihm von alter Zeit her geläufig waren; eigentlich aber war er wenig bei dem, was er sagte, sondern hing ausschließlich an dem halb Nonnen-, halb Heiligenbildartigen ihrer Erscheinung, das durch einen großen, aus mattweißen Kugeln bestehenden Halsschmuck samt Elfenbeinkreuz, noch gesteigert wurde. Sie mußte jedem, auch dem Kritischsten, auffallen, und Dubslav, der – sosehr er dagegen ankämpfte – ganz unter der Vorstellung ihrer Prinzessinnenschaft stand, vergaß auf Augenblicke Krankheit und Alter und fühlte sich nur noch als Ritter seiner Dame. Daß sie stehen blieb, war ihm im ersten Augenblicke störend, bald aber war es ihm recht, weil ihm einleuchtete, daß ihr „Bild“ erst dadurch zu voller Wirkung kam. Ermyntrud selbst war sich dessen auch voll bewußt und Frau genug, auf diese Vorzüge nicht ohne Not zu verzichten.

„Ich höre, daß Doktor Sponholz, den ich als Arzt sehr schätzen gelernt habe, seine Kranken, während er in Pfäffers ist, einem jungen Stellvertreter anvertraut hat. Junge Ärzte sind meist klüger als die alten, aber doch weniger Ärzte. Man bringt außerdem dem Alter mehr Vertrauen entgegen. Alte Doktoren sind wie Beichtiger, vor denen man sich gern offenbart. Freilich können sie den geistlichen Zuspruch nicht voll ersetzen, der in jeder ernstlichen Krankheit doch das eigentlich Heilsame bleibt. Ärzte selbst – ich hab einen Teil meiner Jugend in einem Diakonissenhause verbracht – Ärzte selbst, wenn sie ihren Beruf recht verstehn, urteilen in diesem Sinne. Sogenannte Medikamente sind und bleiben ein armer Notbehelf; alle wahre Hilfe fließt aus dem Wort. Aber freilich, das richtige Wort wird nicht überall gesprochen.“

Dubslav sah etwas unruhig um sich her. Es war ganz klar, daß die Prinzessin gekommen war, seine Seele zu retten. Aber woher kam ihr die Wissenschaft, daß seine Seele dessen bedürftig sei? Das verlohnte sich doch in Erfahrung zu bringen, und so bezwang er sich denn und sagte: „Gewiß, Durchlaucht, das Wort ist die Hauptsache. Das Wort ist das Wunder; es läßt uns lachen und weinen, es erhebt uns und demütigt uns, es macht uns krank und macht uns gesund. Ja es gibt uns erst das wahre Leben hier und dort. Und dies letzte höchste Wort, das haben wir in der Bibel. Daher nehm ich's. Und wenn ich manches Wort nicht verstehe, wie wir die Sterne nicht verstehn, so haben wir dafür die Deuter.“

„Gewiß. Aber es gibt der Deuter so viele.“

„Ja“, lachte Dubslav, „und wer die Wahl hat, hat die Qual.

Aber ich persönlich, ich habe keine Wahl. Denn genauso wie mit dem Körper, so steht es für mich auch mit der Seele. Man behilft sich mit dem, was man hat. Nehm ich da zunächst meinen armen, elenden Leib. Da sitzt es mir hier und steigt und drückt und quält mich, und ängstigt mich, und wenn die Angst groß ist, dann nehm ich die grünen Tropfen. Und wenn es mich immer mehr quält, dann schick ich nach Gransee hinein, und dann kommt Sponholz. Das heißt, wenn er gerade da ist. Ja, dieser Sponholz ist auch ein Wissender und ein ‚Deuter'. Sehr wahrscheinlich, daß es klügere und bessere gibt; aber in Ermangelung dieser besseren muß er für mich ausreichen."

Ermyntrud nickte freundlich und schien ihre Zustimmung ausdrücken zu wollen.

„Und", fuhr Dubslav fort, „ich muß es wiederholen, genauso wie mit dem Leib, so auch mit der Seele. Wenn sich meine arme Seele ängstigt, dann nehm ich mir Trost und Hilfe, so gut ich sie gerade finden kann. Und dabei denk ich dann, der nächste Trost ist der beste. Den hat man am schnellsten, und wer schnell gibt, der gibt doppelt. Eigentlich muß man es lateinisch sagen. Ich rufe mir Sponholz, weil ich ihn, wenn benötigt, in ziemlicher Nähe habe; den andern aber, den Arzt für die Seele, den hab ich glücklicherweise noch näher und brauche nicht mal nach Gransee hineinzuschicken. Alle Worte, die von Herzen kommen, sind gute Worte, und wenn sie mir helfen (und sie helfen mir), so frag ich nicht viel danach, ob es sogenannte ‚richtige' Worte sind oder nicht."

Ermyntrud richtete sich höher auf; ihr bis dahin verbindliches Lächeln war sichtlich in raschem Hinschwinden.

„Überdies", so schloß Dubslav seine Bekenntnisrede, „was sind die richtigen Worte? Wo sind sie?"

„Sie haben sie, Herr von Stechlin, wenn Sie sie haben wollen. Und Sie haben sie nah, wenn auch nicht in Ihrer unmittelbarsten Nähe. Mich persönlich haben diese Worte während schwerer Tage gestützt und aufgerichtet. Ich weiß, er hat Feinde, voran im eignen Lager. Und diese Feinde sprechen von ‚schönen Worten'. Aber soll ich mich einem Heilswort verschließen, weil es sich in Schönheit kleidet? Soll ich eine mich segnende Hand zurückweisen, weil es eine weiche Hand ist? Sie haben Sponholz genannt. Unser Superintendent liegt wohl weit über diesen hinaus und wenn es nicht eitel und vermessen wäre, würd ich eine gnäd'ge Fügung darin zu sehn glauben, daß er an diese sterile Küste verschlagen werden mußte, gerade *mir* eine Hilfe zu sein. Aber, was er an mir tat, kann er auch an andern tun. Er hat eben das, was zum Siege führt; wer die Seele hat, hat auch den Leib."

Unter diesen Worten war Ermyntrud von ihrem Stuhl an Dubslav herangetreten und neigte sich über ihn, um ihm, halb wie segnend, die Stirn zu küssen. Das Elfenbeinkreuz berührte dabei seine Brust. Sie ließ es eine Weile da ruhen. Dann aber trat sie wieder zurück, und sich zweimal unter hoheitsvollem Gruß verneigend, verließ sie das Zimmer. Engelke, der draußen im Flur stand, eilte vorauf, ihr beim Einsteigen in den kleinen Katzlerschen Jagdwagen behilflich zu sein.

Als Dubslav wieder allein war, nahm er das Schüreisen, das grad vor ihm auf dem Kaminstein lag, und fuhr in die halb niedergebrannten Scheite. Die Flamme schlug auf und etliche Funken stoben. „Arme Durchlaucht. Es ist doch nicht gut, wenn Prinzessinnen in Oberförsterhäuser einziehn. Sie sind dann aus ihrem Fahrwasser heraus und greifen nach allem möglichen, um in der selbstgeschaffenen Alltäglichkeit nicht unterzugehn. Einen bessern Trostspender als Koseleger konnte sie freilich nicht finden; er gab ihr *den* Trost, dessen er selber bedürftig ist. Im übrigen mag sie sich aufrichten lassen, von wem sie will. Der Alte auf Sanssouci, mit seinem ‚nach der eignen Fasson selig werden', hat's auch darin getroffen. Gewiß. Aber wenn ich euch eure Fasson lasse, so laßt mir auch die meine. Wollt nicht alles besser wissen, kommt mir nicht mit Anzettelungen, erst gegen meinen guten Krippenstapel, der kein Wässerchen trübt, und nun gar gegen meinen klugen Lorenzen, der euch alle in die Tasche steckt. An ihn persönlich wagen sie sich nicht ran, und da kommen sie nun zu mir und wollen mich umstimmen und denken, weil ich krank bin, muß ich auch schwach sein. Aber da kennen Sie den alten Stechlin schlecht, und er wird nun wohl seinen märkischen Dickkopf aufsetzen. Auch sogar gegen Ippe-Büchsenstein und die Elfenbeinkugeln, die ja schon der reine Rosenkranz sind. Und es wird auch noch so was. Eigentlich bin ich übrigens selber schuld. Ich habe mir durch den prinzeßlichen Augenaufschlag und die vier Kindergräber im Garten zu sehr imponieren lassen. Aber es fällt doch allmählich wieder ab, und ein Glück, daß ich meinen Engelke habe."

Vor Erregung war er aus seinem Rollstuhl aufgestanden und drückte auf den Klingelknopf. „Engelke, geh zu Lorenzen und sag ihm, ich ließ ihn bitten. Der soll dann aber heut auch der letzte sein ... Denke dir, Engelke, sie wollen mich bekehren!"

„Aber, gnäd'ger Herr, das is ja doch das beste."

„Gott, nu fängt der auch noch an."

Achtunddreissigstes Kapitel

Lorenzen kam nicht; er war nach Rheinsberg, wo die Geistlichen aus dem östlichen Teil der Grafschaft eine Konferenz hatten. Aber statt Lorenzen kam Doktor Moscheles und sprach von allem möglichen, erst ganz kurz von Dubslavs Zustand, den er nicht gut und nicht schlecht fand, dann von Koseleger, von Katzler, auch von Sponholz (von dem ein Brief eingetroffen war), am ausführlichsten aber von Rechtsanwalt Katzenstein und von Torgelow. „Ja, dieser Torgelow", sagte Moscheles. „Es war ein Mißgriff, ihn zu wählen. Und wenn es noch nötig gewesen wäre, wenn die Partei keinen Besseren gehabt hätte! Aber da haben sie denn doch noch ganz andre Leute." Dubslav war davon wenig angenehm berührt, weil er aus der persönlichen Niedrigstellung Torgelows die Hochstellung der Torgelowschen Partei heraushörte.

Der Besuch hatte wohl eine halbe Stunde gedauert. Als Moscheles wieder fort war, sagte Dubslav: „Engelke, wenn er wiederkommt, so sag ihm, ich sei nicht da. Das wird er natürlich nicht glauben; weiß er doch am besten, daß ich an mein Zimmer und meinen Rollstuhl gebunden bin. Aber trotzdem; ich mag ihn nicht. Es war eine Dummheit von Sponholz, sich grade diesen auszusuchen, solchen Allerneuesten, der nach Sozialdemokratie schmeckt und dabei seinen Stock so sonderbar anfaßt, immer grad in der Mitte. Und dazu auch noch 'nen roten Schlips."

„Es sind aber schwarze Käfer drin."

„Ja, die sind drin, aber ganz kleine. Das machen sie so, damit es nicht jeder gleich merkt, wes Geistes Kind so einer ist, und wohin er eigentlich gehört. Aber ich merk es doch, auch wenn er an Kaiser Wilhelms Geburtstag mit 'ner papiernen Kornblume kommt. Also du sagst ihm, ich sei nicht da."

Engelke widersprach nicht, hatte jedoch so seine Gedanken dabei. „Der alte Doktor ist weg und den neuen will er nicht. Un den aus Wutz will er auch nich, weil der so viel mit der Domina zusammenhockt. Un dabei kommt er doch immer mehr runter. Er denkt: Es is noch nich so schlimm. Aber es is schlimm. Is genauso wie mit Bäcker Knaack. Un Kluckhuhn sagte mir schon vorige Woche: ‚Engelke, glaube mir, es wird nichts; ich weiß Bescheid.'"

Das war am Montag. Am Freitag fuhr Moscheles wieder vor und verfärbte sich, als Engelke sagte, der gnäd'ge Herr sei nicht da.

„So, so. Nicht da."

Das war doch etwas stark. Moscheles stieg also wieder auf seinen Wagen und bestärkte sich, während er nach Gransee zurückfuhr, in seinen durchaus ablehnenden Anschauungen über den derzeitigen Gesellschaftszustand. „Einer ist wie der andre. Was wir brauchen, is ein Generalkladderadatsch, Krach, tabula rasa." Zugleich war er entschlossen, von einem erneuten Krankenbesuch abzustehen. „Der gnäd'ge Herr auf, von und zu Stechlin kann mich ja rufen lassen, wenn er mich braucht. Hoffentlich unterläßt er's."

Dieser Wunsch erfüllte sich denn auch. Dubslav ließ ihn nicht rufen, wiewohl guter Grund dazu gewesen wäre, denn die Beschwerden wuchsen plötzlich wieder, und wenn sie zeitweilig nachließen, waren die geschwollenen Füße sofort wieder da. Engelke sah das alles mit Sorge. Was blieb ihm noch vom Leben, wenn er seinen gnäd'gen Herrn nicht mehr hatte? Jeder im Haus mißbilligte des Alten Eigensinn, und Martin, als er eines Tages vom Stall her in die nebenan gelegene niedrige Stube trat, wo seine Frau Kartoffeln schälte, sagte zu dieser: „Ick weet nich, Mutter, worüm he den jungschen Dokter rutgrulen däd. De Jungsche is doch klöger, as de olle Sponholz is. Doa möt man blot de Globsower über Sponholzen hüren. ‚Joa, oll Sponholz', so seggen se, ‚de is joa so wiet ganz good, awers he seggt man ümmer: ›Kinnings, krank is he egentlich nich, he brukt man blot 'ne Supp mit en beten wat in!‹' Joa, Sponholz, de kann so wat seggen, de hett wat dato. Awers de Globsower! Wo salln de 'ne Supp herkregen mit en beten wat in?"

So verging Tag um Tag, und Dubslav, dem herzlich schlecht war, sah nun selber, daß er sich in jedem Punkt übereilt hatte. Moscheles war doch immerhin ein richtiger Stellvertreter gewesen, und wenn er jetzt einen andern nahm, so traf das Sponholzen auch mit. Und das mocht er nicht. In dieser Notlage sann er hin und her, und eines Tages, als er mal wieder in rechter Bedrängnis und Atemnot war, rief er Engelke und sagte: „Engelke, mir is schlecht. Aber rede mir nich von dem Doktor.

Ich mag unrecht haben, aber ich will ihn nicht. Sage, wie steht das eigentlich mit der Buschen? Die soll ja doch letzten Herbst uns' Kossät Rohrbeckens Frau wieder auf die Beine gebracht haben."

„Ja, die Buschen ..."

„Na, was meinst du?"

„Ja, die Buschen, *die* weiß Bescheid. Versteht sich. Man bloß, daß sie 'ne richtige alte Hexe is, und um Walpurgis weiß keiner, wo sie is. Und die Mächens gehen sonnabends auch immer hin, wenn's schummert, und Uncke hat auch schon welche notiert und beim Landrat Anzeige gemacht. Aber sie streiten alle Stein und Bein; und ein paar haben auch schon geschworen, sie wüßten von gar nichts."

„Kann ich mir denken und vielleicht war's auch nich so schlimm. Und dann, Engelke, wenn du meinst, daß sie so gut Bescheid weiß, da wär's am Ende das beste, du gingst mal hin oder schicktest wen. Denn deine alten Beine wollen auch nich mehr so recht, und außerdem is Schlackerwetter. Und wenn du mir auch noch krank wirst, so hab ich ja keine Katze mehr, die sich um mich kümmert. Woldemar is weit weg. Und wenn er auch in Berlin wäre, da hat er ja doch seinen Dienst und seine Schwadron und kann nich den ganzen Tag bei seinem alten Vater sitzen. Und außerdem, Krankenpflegen ist überhaupt was Schweres; darum haben die Katholiken auch 'nen eignen Segen dafür. Ja, die verstehn es. So was verstehn sie besser als wir."

„Nei, gnäd'ger Herr, besser doch wohl nich."

„Na, lassen wir's. So was is immer schwer festzustellen, und weil heutzutage so vieles schwer festzustellen ist, haben sich ja die Menschen auch das angeschafft, was sie 'ne ‚Enquete' nennen. Keiner kann sich freilich so recht was dabei denken. Ich gewiß nicht. Weißt du, was es ist?"

„Nei, gnäd'ger Herr."

„Siehst du! Du bist eben ein vernünftiger Mensch, das merkt man gleich, und hast auch ein Einsehn davon, daß es eigentlich am besten wäre, wenn ich zu der Buschen schicke. Was die Leute von ihr reden, geht mich nichts an. Und dann bin ich auch kein Mächen. Und Uncke wird mich ja wohl nicht aufschreiben."

Engelke lächelte: „Na, gnäd'ger Herr, dann werd ich man unten mit unse' Mamsell Pritzbur sprechen; die kann denn die lütte Marie rausschicken. Marieken is letzten Michaelis erst eingesegnet, aber sie war auch schon da."

Noch an demselben Nachmittag erschien die Buschen im Herrenhause. Sie hatte sich für den Besuch etwas zurechtgemacht und trug ihre besten Kleider, auch ein neues schwarzes Kopftuch. Aber man konnte nicht sagen, daß sie dadurch gewonnen hätte. Fast im Gegenteil. Wenn sie so mit 'nem Sack über die Schulter oder mit 'ner Kiepe voll Reisig aus dem Walde kam, sah man nichts als ein altes, armes Weib; jetzt aber, wo sie bei dem alten Herrn eintrat und nicht recht wußte, warum man sie gerufen, sah man ihr die Verschlagenheit an, und daß sie für all und jedes zu haben sei.

Sie blieb an der Tür stehen.

„Na, Buschen, kommt man ran oder stellt Euch da ans Fenster, daß ich Euch besser sehn kann. Es ist ja schon ganz schummrig."

Sie nickte.

„Ja, mit mir is nich mehr viel los, Buschen. Und nu is auch noch Sponholz weg. Und den neuen Berlinschen, den mag ich nicht. Ihr sollt ja Kossät Rohrbeckens Frau damals wieder auf die Beine gebracht haben. Mit mir is es auch so was. Habt Ihr Courage, mich in die Kur zu nehmen? Ich zeig Euch nicht an. Wenn einem einer hilft, is das andre alles gleich. Also nichts davon. Und es soll Euer Schaden nicht sein."

„Ick weet joa, jnäd'ger Herr ... Se wihren joa nich. Un denn de Lüd, de denken ümmer, ick kann hexen un all so wat. Ick kann awer joar nix un hebb man blot en beten Liebstöckel un Wacholder un Allermannsharnisch. Un alles blot, wie't sinn muß. Un de Gerichten können mi nix dohn."

„Is mir lieb. Und geht mich übrigens auch nichts an. Mit so was komm ich Euch nich. Kann ‚Gerichte' selber nich gut leiden. Und nu sagt mir, Buschen, wollt Ihr den Fuß sehn? Einer is genug. Der andre sieht ebenso aus. Oder doch beinah."

„Nei, jnäd'ger Herr. Loaten's man. Ick weet joa, wi dat is. Ihrst sitt et hier up de Bost, un denn sackt et sich, un denn sitt et hier unnen. Un is all een un dat sülwige. Dat möt allens rut, un wenn et rut is, denn drückt et nich mihr, un denn künnen Se wedder gapsen."

„Gut. Leuchtet mir ein. ‚Et muß rut', sagt Ihr. Und das sag ich auch. Aber womit wollt Ihr's ‚rut' bringen? Das is die Sache. Welche Mittel, welche Wege?"

„Joa, de Mittel hebb ick. Un hebben wi ihrst de Mittel, denn finnen sich ook de Weg. Ick schick hüt noch Agnessen mit twee Tüten; Agnes, dat is Karlinen ehr lütt Deern."

„Ich weiß, ich weiß."

„Un Agnes, de sall denn unnen in de Küch goahn, to Mamsell Pritzbur, un de Pritzburn de sall denn den Tee moaken förn jnäd'gen Herrn. Morgens ut de witte Tüt, un abens ut de blue Tüt. Un ümmer man 'nen gestrichnen Eßlöffel vull un nich to veel Woater; awers bullern möt et. Und wenn de Tüten all sinn, denn is et rut. Dat Woater nimmt dat Woater weg."

„Na gut, Buschen. Wir wollen das alles so machen. Und ich bin nicht bloß ein geduldiger Kranker, ich bin auch ein gehorsamer Kranker. Nun will ich aber bloß noch wissen, was Ihr mir da in Euern Tüten schicken wollt, in der weißen und in der blauen. Is doch kein Geheimnis?"

„Nei, jnäd'ger Herr."

„Na also."

„In de witte Tüt is Bärlapp un in de blue Tüt is, wat de Lüd hier Katzenpoot nennen."

„Versteh, versteh", lächelte Dubslav, und dann sprach er wie zu sich selbst: „Nu ja, nu ja, das kann schon helfen. Dazwischen liegt eigentlich die ganze Weltgeschichte. Mit Bärlapp zum Einstreuen fängt die süße Gewohnheit des Daseins an und mit Katzenpfötchen hört es auf. So verläuft es. Katzenpfötchen ... die gelben Blumen, draus sie die letzten Kränze machen ... Na, wir wollen sehn."

An demselben Abend kam Agnes und brachte die beiden Tüten, und es geschah, was beinah über alles Erwarten hinaus lag: es wurde wirklich besser. Die Geschwulst schwand, und Dubslaw atmete leichter. „Dat Woater nimmt dat Woater", an diesem Hexenspruch – den er, wenn er mit Engelke plauderte, gern zitierte – richteten sich seine Hoffnungen und seine Lebensgeister wieder auf. Er war auch wieder für Bewegung und ließ, wenn es das Wetter irgendwie gestattete, seinen Rollstuhl nicht bloß auf die Veranda hinausschieben, sondern fuhr auch um das Rundell herum und sah dem kleinen Springbrunnen zu, der wieder sprang. Ja, es kam ihm vor, als ob er höher spränge. „Findest du nich auch, Engelke? Vor vier Wochen wollt er nich. Aber es geht jetzt wieder. Alles geht wieder, und es ist eigentlich dumm, ohne Hoffnung zu leben; wozu hat man sie denn?"

Engelke nickte bloß und legte die Zeitungen, die gekommen waren, auf einen neben dem Frühstückstisch stehenden Gartenstuhl, zuunterst die „Kreuzzeitung" als Fundament, auf diese dann die „Post" und zuletzt die Briefe. Die meisten waren offen, Anzeigen und Anpreisungen, nur einer war geschlossen, ja sogar gesiegelt. Poststempel: Berlin. „Gib mir mal das Papiermesser, daß ich ihn manierlich aufschneiden kann. Er sieht nach was aus, und die Handschrift is wie von 'ner Dame, bloß ein bißchen zu dicke Grundstriche."

„Is am Ende von der Gräfin."

„Engelke", sagte Dubslav, „du wirst mir zu klug. Natürlich is er von der Gräfin. Hier is ja die Krone."

Wirklich es war ein Brief von Melusine, samt einer Einlage. Melusinens Zeilen aber lauteten am Schluß: „Und nun bitt ich, Ihnen einen Brief beilegen zu dürfen, den unsre liebe Baronin Berchtesgaden gestern aus Rom erhalten hat und zwar von Armgard, deren volles Glück ich aus diesem Brief und allerhand kleinen, ihrem Charakter eigentlich fernliegenden Übermütigkeiten erst so recht ersehn habe."

Dubslav nickte. Dann nahm er die Einlage und las:

„Rom, im März.

Teuerste Baronin!

An wen könnt ich von hier aus lieber schreiben als an Sie? Vatikan und Lateran und Grabmal Pio Nonos, und wenn ich Glück habe, bin ich auch noch mit dabei, wenn am Gründonnerstage der große Segen gespendet wird. Man muß eben alles mitnehmen. Von Rom zu schwärmen ist geschmacklos und überflüssig dazu, weil man an die Schwärmerei seiner Vorgänger doch nie heranreicht. Aber von unserer Reise will ich Ihnen statt dessen erzählen. Wir nahmen den Weg über den Brenner und waren am selben Abend noch in Verona. ‚Torre di Londra'. Was mich andern Tags in der Capuletti- und Montecchi-Stadt am meisten interessierte, war ein großer Parkgarten, der ‚Giardino Giusti', mit über zweihundert Zypressen, alle fünfhundert Jahre alt und viele beinah so hoch wie das Berliner Schloß. Ich ging mit Woldemar auf und ab, und dabei berechneten wir uns, ob wohl die schöne Julia hier auch schon auf und ab gegangen sei? Nur eins störte uns. Zu solcher Prachtavenue von Trauerbäumen gehört als Abschluß notwendig ein Mausoleum. Das fehlt aber. Im ‚Giardino Giusti' trafen wir Hauptmann von Gaza vom ersten Garderegiment, der, von Neapel kommend, bereits alle Schönheit Italiens gesehen hatte. Wir fragten ihn, ob Verona, wie einem beständig versichert wird, wirklich die ‚italienischste der italienischen Städte' sei? Hauptmann von Gaza lachte. Von Potsdam, so meinte er, könne man vielleicht sagen, daß es die preußischste Stadt sei. Aber Verona die italienischste? Nie und nimmer.

Über das vielgefeierte Venedig an dieser Stelle nur das eine. Unser Hotel lag in Nähe einer mit Barock überladenen Kirche: San Mosé. Daß es einen Sankt Moses gibt, war mir fremd und verwunderlich zugleich. Aber gleich danach dacht ich an unsere Gendarmentürme und war beruhigt. Moses geht doch immer noch vor Gendarm.

Florenz überspring ich und erzähle Ihnen dafür lieber vom Trasimenischen See, den wir auf unserer Eisenbahnfahrt passierten. Woldemar, ein ganz klein wenig ‚Taschen-Moltke', mochte nicht darauf verzichten, den großen Hannibal auf Herz und Nieren zu prüfen, und so stiegen wir denn in Nähe des Sees aus, an einer kleinen Station, die, glaub ich, Borghetto-Tuoro heißt. Es war auch für einen Laien über Erwarten interessant, und selbst ich, die ich sonst gar keinen Sinn für derlei Dinge habe, verstand alles, und fand mich leicht in jeglichem zurecht. Ja, ich hatte das Gefühl, daß ich in diesem hochgelegenen Engpaß ebenfalls über die Römer gesiegt haben würde. Der See hat viele Zu- und Abflüsse. Einer dieser Abflüsse (mehr Kanal als Fluß) nennt sich der ‚Emissarius', was mich sehr erheiterte. Noch interessanter aber erschien mir ein anderer Flußlauf, der, weil er am Schlachttage von Blut sich rötete, der ‚Sanguinetto' heißt. Das Diminutiv steigert hier ganz entschieden die Wirkung. Der See ist übrigens sehr groß, zehn Meilen Umfang, und dabei flach, weshalb der erste Napoleon ihn auspumpen lassen wollte. Da hätte sich dann ein neues Herzogtum gründen lassen ..."

„Schau, schau", sagte der alte Dubslav, „wer der blassen Komtesse das zugetraut hätte! Ja, reisen und in den Krieg ziehen, da lernt man, da wird man anders."

Und er legte den Brief beiseite.

Zugleich aber war ein stilles Behagen über ihn gekommen und er überdachte, wie manche Freude das Leben doch immer noch habe. Vor ihm, in den Parkbäumen, schlugen die Vögel, und ein Buchfink kam bis auf den Tisch und sah ihn an, ganz ohne Scheu. Das tat ihm ungemein wohl. „Etwas ganz besonders Schönes im Leben ist doch das Vertrauen, und wenn's auch bloß ein Piepvogel is, der's einem entgegenbringt. Einige haben eine schwarze Milz und sagen: alles sei von Anfang an auf Mord und Totschlag gestellt. Ich kann es aber nicht finden."

Engelke kam, um abzuräumen. „Is ein schöner Tag heut“, sagte Dubslav, „und die Krokusse kommen auch schon raus. Eigentlich hab ich nicht geglaubt, daß ich so was Hübsches noch mal sehn würde. Und wenn ich dann denke, daß ich das alles der Buschen verdanke! Merkwürdige Welt! Sponholz hatte bloß immer seine grünen Tropfen, und Moscheles hatte nichts als seinen ewigen Torgelow, und nu kommt die Buschen und mit einemmal is es besser. Ja, wirklich merkwürdig. Und nu krieg ich auch noch, wenn auch bloß leihweise, solchen hübschen Brief von einer hübschen jungen Frau. Noch dazu Schwiegertochter. Ja, Engelke, so geht's; nich zu glauben. Und da hättest du vorhin den Buchfinken sehen sollen, wie mich der ansah. Bloß als du kamst, da flog er weg; er muß sich vor dir gegrault haben.“

„Ach, gnäd'ger Herr, vor mir grault sich keine Kreatur.“

„Will dir's glauben. Und du sollst sehn, heute haben wir 'nen guten Tag, und es kommt auch noch wer, an dem man sich freuen kann. Wie mir schlecht war, da kam Koseleger und die Prinzessin. Aber heute kam ein Buchfink. Und ich bin ganz sicher, der hat noch ein Gefolge.“

Dubslavs Ahnungen behielten recht; und als der Nachmittag da war, kam Lorenzen, der sich, seitdem der Alte seinen Katzenpfötchentee trank, nur selten und immer bloß flüchtig hatte sehen lassen. Aber das war rein zufällig und sollte nicht eine Mißbilligung darüber ausdrücken, daß sich der Alte bei der Buschen in die Kur gegeben.

„Nun endlich“, empfing ihn Dubslav, als Lorenzen eintrat. „Wo bleiben Sie? Da heißt es immer, wir Junker wären kleine Könige. Ja, wer's glaubt! Alle kleinen Könige haben ein Cortege, das sich in Huldigungen und Purzelbäumen überschlägt. Aber von solchem Gefolge habe ich noch nicht viel gesehen. Baruch ist freilich hiergewesen und dann Koseleger und dann die Prinzessin, aber der, der so halb ex officio kommen sollte, der kommt nicht und schickt höchstens mal die Kulicke oder die Elfriede mit 'ner Anfrage. Sterben und verderben kann man. Und das heißt dann Seelsorge.“

Lorenzen lächelte. „Herr von Stechlin, Ihre Seele macht mir, trotz dieser meiner Vernachlässigung keine Sorge, denn sie zählt zu denen, die jeder Spezialempfehlung entbehren können. Lassen Sie mich sehr menschlich, ja für einen Pfarrer beinah lästerlich sprechen. Aber ich muß es. Ich lebe nämlich der Überzeugung, der liebe Gott, wenn es mal so weit ist, freut sich, Sie wiederzusehen. Ich sage, wenn es so weit ist. Aber es ist noch nicht so weit."

„Ich weiß nicht, Lorenzen, ob Sie recht haben. Jedenfalls aber befind ich mich in meinem derzeitig erträglichen Zustande nur mit Hilfe der Buschen, und ob mich das nach oben hin besonders empfehlen kann, ist mir zweifelhaft. Aber lassen wir die heikle Frage. Erzählen Sie mir lieber etwas recht Hübsches und Heiteres, auch wenn es nebenher etwas ganz Altes ist, etwa das, was man früher Miszellen nannte. Das ist mir immer das Liebste gewesen und ist es noch. Was ich da so in den Zeitungen lese, voran das Politische, das weiß ich schon immer alles, und was ich von Engelke höre, das weiß ich auch. Beiläufig – natürlich nur vom alleregoistischsten Zeitungsleserstandpunkt aus – ein wahres Glück, daß es Unglücksfälle gibt, sonst hätte man von der Zeitungslektüre so gut wie gar nichts. Aber Sie, Sie lesen auch sonst noch allerlei, mitunter sogar Gutes (freilich nur selten), und haben ein wundervolles Gedächtnis für Räubergeschichten und Anekdoten aus allen fünf Weltteilen. Außerdem sind Sie Fridericus-Rex-Mann, was ich Ihnen eigentlich am höchsten anrechne, denn die Fridericus-Rex-Leute, die haben alle Herz und Verstand auf dem rechten Fleck. Also suchen Sie nach irgendwas der Art, nach einer alten Zieten- oder Blücheranekdote, kann meinetwegen auch Wrangel sein – ich bin dankbar für alles. Je schlechter es einem geht je schöner kommt einem so was kavalleristisch Frisches und Übermütiges vor. Ich spiele mich persönlich nicht auf Heldentum aus, Renommieren ist ein elendes Handwerk; aber das darf ich sagen: ich liebe das Heldische. Und Gott sei Dank kommt dergleichen immer noch vor."

„Gewiß kommt so was immer noch vor. Aber, Herr von Stechlin, all dies Heldische . . ."

„Nun aber Lorenzen, Sie werden doch nicht gegen das Heldische sein? So weit sind Sie doch noch nicht! Und wenn es wäre, da würd ich ernstlich böse."

„Das läßt Ihre Güte nicht zu."

„Sie wollen mich einfangen. Aber diesmal glückt es nicht. Was haben Sie gegen das Heldische?"

„Nichts, Herr von Stechlin, gar nichts. Im Gegenteil. Heldentum ist gut und groß. Und unter Umständen ist es das Allergrößte. Lasse mir also den Heroenkultus durchaus gefallen, das heißt, den echten und rechten. Aber was Sie da von mir hören wollen, das ist, Verzeihung für das Wort, ein Heldentum zweiter Güte. *Mein* Heldentum – soll heißen, was ich für Heldentum halte – das ist nicht auf dem Schlachtfelde zu Hause, das hat keine Zeugen oder doch immer nur solche, die mit zugrunde gehn. Alles vollzieht sich stumm, einsam, weltabgewandt. Wenigstens als Regel. Aber freilich, *wenn* die Welt dann ausnahmsweise davon hört, dann horch ich mit auf, und mit gespitzterem Ohr, wie ein Kavalleriepferd, das die Trompete hört."

„Gut. Meinetwegen. Aber Beispiele."

„Kann ich geben. Da sind zunächst die fanatischen Erfinder, die nicht ablassen von ihrem Ziel, unbekümmert darum, ob ein Blitz sie niederschlägt oder eine Explosion sie in die Luft schleudert; da sind des weiteren die großen Kletterer und Steiger, sei's in die Höh, sei's in die Tiefe, da sind zum dritten, die, die den Meeresgrund absuchen wie 'ne Wiese, und da sind endlich die Weltteildurchquerer und die Nordpolfahrer."

„Ach, der ewige Nansen. Nansen, der, weil er die diesseits verlorene Hose jenseits in Grönland wiederfand, auf den Gedanken kam: ‚Was die Hose kann, kann ich auch.' Und daraufhin fuhr er über den Pol. Oder wollte wenigstens."

Lorenzen nickte.

„Nun ja, das war klug gedacht. Und daß dieser Nansen sich an die Sache ranmachte, das respektier ich, auch wenn schließlich nichts draus wurde. Bleibt immer noch ein Bravourstück. Gewiß, da sitzt nu so wer im Eise, sieht nichts, hört nichts, und wenn wer kommt, ist es höchstens ein Eisbär. Indessen, er freut sich doch, weil es wenigstens was Lebendiges ist. Ich darf sagen, ich hab einen Sinn für dergleichen. Aber trotzdem, Lorenzen, die Garde bei St. Privat ist doch mehr."

„Ich weiß nicht, Herr von Stechlin. Echtes Heldentum, oder um's noch einmal einzuschränken, ein solches, das mich persönlich hinreißen soll, steht immer im Dienst einer Eigenidee, eines allereigensten Entschlusses. Auch dann noch (ja mitunter dann erst recht), wenn dieser Entschluß schon das Verbrechen streift. Oder, was fast noch schlimmer, das Häßliche. Kennen Sie den Cooperschen ‚Spy'? Da haben Sie den Spion als Helden. Mit andern Worten, ein Niedrigstes als Höchstes. Die Gesinnung entscheidet. Das steht mir fest. Aber es gibt der Beispiele noch andere, noch bessere!"

„Da bin ich neugierig", sagte Dubslav. „Also wenn's sein kann: Name."

„Name: Greeley, Leutnant Greeley; Yankee pur sang. Und im übrigen auch einer aus der Nordpolfahrergruppe."

„Will also sagen: Nansen der Zweite.“

„Nein, nicht der Zweite. Was er tat, war viele Jahre vor Nansen.“

„Und er kam höher hinauf? Weiter nach dem Pol zu. Oder waren seine Eisbär-Rencontres von noch ernsthafterer Natur?“

„All das würde mir nicht viel besagen. Das herkömmlich Heldische fehlt in seiner Geschichte völlig. Was an seine Stelle tritt, ist ein ganz andres. Aber dies andre, *das* gerade macht es.“

„Und das war?“

„Nun denn – ich erzähle nach dem Gedächtnis und im Einzelnen und Nebensächlichen irr ich vielleicht ... Aber in der Hauptsache stimmt es ... Also zuletzt, nach langer Irrfahrt, waren's noch ihrer fünf: Greeley selbst und vier seiner Leute. Das Schiff hatten sie verlassen, und so zogen sie hin über Eis und Schnee. Sie wußten den Weg, soweit sich da von Weg sprechen läßt, und die Sorge war nur, ob das bißchen Proviant, das sie mit sich führten, Schiffszwieback und gesalzenes Fleisch, bis an die nächste menschenbewohnte Stelle reichen würde. Jedem war ein höchstes und doch zugleich auch wieder geringstes Maß als tägliche Provision zubewilligt, und wenn man dies Maß einhielt und kein Zwischenfall kam, so mußt es reichen. Und einer, der noch am meisten bei Kräften war, schleppte den gesamten Proviant. Das ging so durch Tage. Da nahm Leutnant Greeley wahr, daß der Proviant schneller hinschmolz als berechnet, und nahm auch wahr, daß der Proviantträger selbst, wenn er sich nicht beobachtet glaubte, von den Rationen nahm. Das war eine schreckliche Wahrnehmung. Denn ging es so fort, so waren sie samt und sonders verloren. Da nahm Greeley die drei andern beiseit und beriet mit ihnen. Eine Möglichkeit gewöhnlicher Bestrafung gab es nicht, und auf einen Kampf sich einzulassen, ging auch nicht. Sie hatten dazu die Kräfte nicht mehr. Und so hieß es denn zuletzt, und es war Greeley der es sagte: ‚Wir müssen ihn hinterrücks erschießen.‘ Und als sie bald nach dieser Kriegsgerichtsszene wieder aufbrachen, der heimlich Verurteilte vorn an der Tete, trat Greeley von hinten her an ihn heran und schoß ihn nieder. Und die Tat war nicht umsonst getan: ihre Rationen reichten aus, und an dem Tage, wo sie den letzten Bissen verzehrten, kamen sie bis an eine Station.“

„Und was wurde weiter?“

„Ich weiß nicht mehr, ob Greeley selbst bei seiner Rückkehr nach New York als Ankläger gegen sich auftrat; aber das weiß ich, daß es zu einer großen Verhandlung kam.“

„Und in dieser ...“

„... In dieser wurd er freigesprochen und im Triumph nach Hause getragen.“

„Und Sie sind einverstanden damit?“

„Mehr; ich bin voll Bewunderung. Greeley, statt zu tun, was er tat, hätte zu den Gefährten sagen können: ‚Unser Exempel wird falsch, und wir gehen an des einen Schuld zugrunde; töten mag ich ihn nicht – sterben wir also alle.‘ Für seine Person hätt er so sprechen und handeln können. Aber es handelte sich nicht bloß um ihn; er hatte die Führer- und die Befehlshaberrolle, zugleich die Richterpflicht und hatte die Majorität von drei gegen eine Minorität von einem zu schützen. Was dieser eine getan, an und für sich ein Nichts, war unter den Umständen, unter denen es geschah, ein fluchwürdiges Verbrechen. Und so nahm er denn gegen die geschehene schwere Tat die schwere Gegentat auf sich. In solchem Augenblicke richtig fühlen und in der Überzeugung des Richtigen fest und unbeirrt ein furchtbares Etwas tun, ein Etwas, das, aus seinem Zusammenhange gerissen, allem göttlichem Gebot, allem Gesetz und aller Ehre widerspricht, *das* imponiert mir ganz ungeheuer und ist in meinen Augen der wirkliche, der wahre Mut. Schmach und Schimpf, oder doch der Vorwurf des Schimpflichen, haben sich von jeher an alles Höchste geknüpft. Der Bataillonsmut, der Mut in der Masse (bei allem Respekt davor), ist nur ein Herdenmut.“

Dubslav sah vor sich hin. Er war augenscheinlich in einem Schwankezustand. Dann aber nahm er die Hand Lorenzens und sagte: „Sie sollen recht haben.“

Neununddreissigstes Kapitel

Dubslav hatte nach Lorenzens Besuch eine gute Nacht. „Wenn man mal so was andres hört, wird einem gleich besser.“ Aber auch der Katzenpfötchentee fuhr fort, seine Wirkung zu tun, und was dem Kranken am meisten half, war, daß er die grünen Tropfen fortließ.

„Hör, Engelke, am Ende wird es noch mal was. Wie gefallen dir meine Beine? Wenn ich drücke, keine Kute mehr.“

„Gewiß, gnäd'ger Herr, es wird nu wieder, und das macht alles der Tee. Ja, die Buschen versteht es, das hab ich immer gesagt. Und gestern abend, als Lorenzen hier war, war auch lütt Agnes hier un hat unten in der Küche gefragt, wie's denn eigentlich mit dem gnädigen Herrn stünn? Und die Mamsell hat ihr gesagt, es stünde gut."

„Na, das is recht, daß die Alte, wie 'n richtiger Doktor, sich um einen kümmert und von allem wissen will. Und daß sie nicht selber kommt, ist noch besser. So 'n bißchen schlecht Gewissen hat sie doch woll. Ich glaube, daß sie viel auf'm Kerbholz hat, und daß die Karline so is, wie sie is, daran is doch auch bloß die Alte schuld. Und das Kind wird vielleicht auch noch so; sie dreht sich schon wie 'ne Puppe, und dazu das lange blonde Zoddelhaar. Ich muß dabei immer an Bellchen denken – weißt du noch, als die gnäd'ge Frau noch lebte. Bellchen hatte auch solche Haare. Und war auch der Liebling. Solche sind immer Liebling. Krippenstapel, hör ich, soll sie auch in der Schule verwöhnen. Wenn die andern ihn noch anglotzen, dann schießt sie schon los. Es ist ein kluges Ding."

Engelke bestätigte, was Dubslav sagte, und ging dann nach unten, um dem gnäd'gen Herrn sein zweites Frühstück zu holen: ein weiches Ei und eine Tasse Fleischbrühe. Als er aber aus dem Gartenzimmer auf den großen Hausflur hinaustrat, sah er, daß ein Wagen vorgefahren war, und statt in die Küche zu gehen, ging er doch lieber gleich zu seinem Herrn zurück, um mit verlegenem Gesicht zu melden, daß das gnäd'ge Fräulein da sei.

„Wie? Meine Schwester?"

„Ja, das gnäd'ge Frölen."

„I, da soll doch gleich 'ne alte Wand wackeln", sagte Dubslav, der einen ehrlichen Schreck gekriegt hatte, weil er sicher war, daß es jetzt mit Ruh und Frieden auf Tage, vielleicht auf Wochen, vorbei sei. Denn Adelheid mit ihren sechsundsiebzig setzte sich nicht gern auf eine Kleinigkeit hin in Bewegung, und wenn sie die beinahe vier Meilen von Kloster Wutz her herüberkam, so war das kein Nachmittagsbesuch, sondern Einquartierung. Er fühlte, daß sich sein ganzer Zustand mit einem Male wieder verschlechterte, und daß eine halbe Atemnot im Nu wieder da war.

Er hatte aber nicht lange Zeit, sich damit zu beschäftigen, denn Engelke öffnete bereits die Tür, und Adelheid kam auf ihn zu. „Tag, Dubslav. Ich muß doch mal sehn. Unser Rentmeister Fix ist vorgestern hier in Stechlin gewesen und hat dabei von deinem Unwohlsein gehört. Und daher weiß ich es. Eh du persönlich deine Schwester so was wissen läßt oder einen Boten schickst ..."

„Da muß ich schon tot sein“, ergänzte der alte Stechlin und lachte. „Nun, laß es gut sein, Adelheid, mach dir's bequem und rücke den Stuhl da heran.“

„Den Stuhl da? Aber, Dubslav, was du dir nur denkst! Das ist ja ein Großvaterstuhl oder doch beinah.“ Und dabei nahm sie statt dessen einen kleinen, leichten Rohrsessel und ließ sich drauf nieder. „Ich komme doch nicht zu dir, um mich hier in einen großen Polsterstuhl mit Backen zu setzen. Ich will meinen lieben Kranken pflegen, aber ich will nicht selber eine Kranke sein. Wenn es so mit mir stünde, wär ich zu Hause geblieben. Du rechnest immer, daß ich zehn Jahre älter bin als du. Nun ja, ich bin zehn Jahre älter. Aber was sind die Jahre? Die Wutzer Luft ist gesund, und wenn ich die Grabsteine bei uns lese, unter achtzig ist da beinah keine von uns abgegangen. Du wirst erst siebenundsechzig. Aber ich glaube, du hast dein Leben nicht richtig angelegt, ich meine deine Jugend, als du noch in Brandenburg warst. Und von Brandenburg immer rüber nach Berlin. Na, das kennt man. Ich habe neulich was Statistisches gelesen.“

„Damen dürfen nie Statistisches lesen“, sagte Dubslav, „es ist entweder zu langweilig oder zu interessant – und das ist dann noch schlimmer. Aber nun klingle (verzeih, mir wird das Aufstehn so schwer), daß uns Engelke das Frühstück bringt; du kommst à la fortune du pot und mußt fürliebnehmen. Mein Trost ist, daß du drei Stunden unterwegs gewesen. Hunger ist der beste Koch.“

Beim Frühstück, das bald danach aufgetragen wurde – die Jahreszeit gestattete, daß auch eine Schale mit Kiebitzeiern aufgesetzt werden konnte – verbesserte sich die Stimmung ein wenig; Dubslav ergab sich in sein Schicksal, und Adelheid wurde weniger herbe.

„Wo hast du nur die Kiebitzeier her?“ sagte sie. „Das ist was Neues. Als ich noch hier lebte, hatten wir keine.“

„Ja, die Kiebitze haben sich seit kurzem hier eingefunden, an unserm Stechlin, da, wo die Binsen stehn; aber bloß auf der Globsower Seite. Nach der andern Seite hin wollen sie nicht. Ich habe mir gedacht, es sei vielleicht ein Fingerzeig, daß ich nun auch welche nach Friedrichsruh schicken soll. Aber das geht nicht; dann gelt ich am Ende gleich für eingeschworen, und Uncke notiert mich. Wer dreimal Kiebitzeier schickt, kommt ins schwarze Buch. Und das kann ich schon Woldemars wegen nicht.“

„Is auch recht gut so. Was zuviel ist, ist zuviel. Er soll sich ja mit der Lucca zusammen haben photographieren lassen. Und während sie da oben in der Regierung und mitunter auch bei Hofe so was tun, fordern sie Tugend und Sitte. Das geht nicht. Bei sich selber muß man anfangen. Und dann ist er doch auch schließlich bloß ein Mensch, und alle Menschenanbetung ist Götzendienst. Menschenanbetung ist noch schlimmer als das Goldene Kalb. Aber ich weiß wohl, Götzendienst kommt jetzt wieder auf, und Hexendienst auch, und du sollst ja auch – so wenigstens hat mir Fix erzählt – nach der Buschen geschickt haben."

„Ja, es ging mir schlecht."

„Gerade, wenn's einem schlecht geht, dann soll man Gott und Jesum Christum erkennen lernen, aber nicht die Buschen. Und sie soll dir Katzenpfötchentee gebracht haben und soll auch gesagt haben: ‚Wasser treibt das Wasser.' Das mußt du doch heraushören, daß das ein unchristlicher Spruch ist. Das ist, was sie ‚besprechen' nennen oder auch ‚böten'. Und wo das alles herstammt ... Dubslav, Dubslav ... Warum bist du nicht bei den grünen Tropfen geblieben und bei Sponholz? Seine Frau war eine Pfarrerstochter aus Kuhdorf."

„Hat ihr auch nichts geholfen. Und nu sitzt sie mit ihm in Pfäffers, einem Schweizer Badeort, und da schmoren sie gemeinschaftlich in einem Backofen. Er hat es mir selbst erzählt, daß es ein Backofen is."

Der erste Tag war immerhin ganz leidlich verlaufen. Adelheid erzählte von Fix, von der Schmargendorff und der Schimonski und zuletzt auch von Maurermeister Lebenius in Berlin, der in Wutz eine Ferienkolonie gründen wolle. „Gott, wir kriegen dann so viel armes Volk in unsern Ort und noch dazu lauter Berliner Bälge mit Plieraugen. Aber die grünen Wiesen sollen ja gut dafür sein und unser See soll Jod haben, freilich wenig, aber doch *so*, daß man's noch gerade finden kann." Adelheid sprach in einem fort, derart, daß Dubslav kaum zu Wort kommen konnte. Gelang es ihm aber, so fuhr sie rasch dazwischen, trotzdem sie beständig versicherte, daß sie gekommen sei, ihn zu pflegen, und nur, wenn er auf Woldemar das Gespräch brachte, hörte sie mit einiger Aufmerksamkeit zu. Freilich, die italienischen Reisemitteilungen als solche waren ihr langweilig, und nur bei Nennung bestimmter Namen, unter denen „Tintoretto" und „Santa Maria Novella" obenan standen, erheiterte sie sich schließlich. Ja, sie kicherte dabei fast so vergnügt wie die Schmargendorff. Ein wirkliches, nicht ganz flüchtiges Interesse (wenn auch freilich kein freundliches) zeigte sie nur, wenn Dubslav von der jungen Frau sprach und hinzusetzte: „Sie hat so was Unberührtes."

„Nu ja, nu ja. Das liegt aber doch zurück."

„Wer keusch ist, bleibt keusch."

„Meinst du das ernsthaft?"

„Natürlich mein ich es ernsthaft. Über solche Dinge spaß ich überhaupt nicht."

Und nun lachte Adelheid herzlich und sagte: „Dubslav, was hast du nur wieder für Bücher gelesen? Denn aus dir selbst kannst du doch so was nicht haben. Und von deinem Pastor Lorenzen auch nicht. Der wird ja wohl nächstens 'ne ‚freie Gemeinde' gründen."

So war der erste Tag dahingegangen. Alles in allem, trotz kleiner Ärgerlichkeiten, unterhaltlich genug für den Alten, der, unter seiner Einsamkeit leidend, meist froh war, irgendeinen Plauderer zu finden, auch wenn dieser im übrigen nicht gerade der richtige war. Aber das alles dauerte nicht lange. Die Schwester wurde von Tag zu Tag rechthaberischer und herrischer und griff unter der Vorgabe, daß ihr Bruder anders verpflegt werden müsse, in alles ein, auch in Dinge, die mit der Verpflegung gar nichts zu tun hatten. Vor allem wollte sie ihm den Katzenpfötchentee wegdisputieren, und wenn abends die kleine Meißener Kanne kam, gab es jedesmal einen erregten Disput über die Buschen und ihre Hexenkünste.

So waren denn noch keine acht Tage um, als es für Dubslav feststand, daß Adelheid wieder fort müsse. Zugleich sann er nach, wie das wohl am besten zu machen sei. Das war aber keine ganz leichte Sache, da die „Kündigung" notwendig von ihr ausgehen mußte. So wenig er sich aus ihr machte, so war er doch zu sehr Mann der Form und einer feineren Gastlichkeit, als daß er's zuwege gebracht hätte, seinerseits auf Abreise zu dringen.

Es war um die vierte Stunde, das Wetter schön, aber auch frisch. Adelheid hing sich ihren Pelzkragen um, ein altes Familienerbstück, und ging zu Krippenstapel, um sich seine Bienenstöcke zeigen zu lassen. Sie hoffte bei der Gelegenheit auch was über den Pastor zu hören, weil sie davon ausging, daß ein Lehrer immer über den Prediger und der Prediger immer über den Lehrer zu klagen hat. Jedes Landfräulein denkt so. Die Bienen nahm sie so mit in den Kauf.

Es begann zu dunkeln, und als die Domina schließlich aus dem Herrenhause fort war, war das eine freie Stunde für Dubslav, der nun nicht länger säumen mochte, seine Mine zu legen.

„Engelke“, sagte er, „du könntest in die Küche gehn und die Marie zur Buschen schicken. Die Marie weiß ja Bescheid da. Und da kann sie denn der alten Hexe sagen, lütt Agnes solle heut abend mit heraufkommen und hier schlafen und immer dasein, wenn ich was brauche.“

Engelke stand verlegen da.

„Nu, was hast du? Bist du dagegen?“

„Nein, gnäd'ger Herr, dagegen bin ich wohl eigentlich nich. Aber ich schlafe doch auch nebenan, und dann is es ja, wie wenn ich für gar nichts mehr da wär und fast so gut wie schon abgesetzt. Und das Kind kann doch auch nich all das, was nötig is; Agnes is ja doch noch 'ne lütte Krabb.“

„Ja, das is sie. Und du sollst auch in der andern Stube bleiben und alles tun wie vorher. Aber trotzdem, die Agnes soll kommen. Ich brauche das Kind. Und du wirst auch bald sehn, warum.“

Und so kam denn auch Agnes, aber erst sehr spät, als sich Adelheid schon zurückgezogen hatte, dabei nicht ahnend, welche Ränke mittlerweile gegen sie gesponnen waren. Auf diese Verheimlichung kam es aber gerade an. Dubslav hatte sich nämlich wie Franz Moor – an den er sonst wenig erinnerte – herausgeklügelt, daß Überraschung und Schreck bei seinem Plan mitwirken müßten.

Agnes schlief in einer nebenan aufgestellten eisernen Bettstelle. Dubslav, geradeso wie seine Schwester, hatte das etwas auffällig herausgeputzte Kind bei seinem Erscheinen im Herrenhause gar nicht mehr gesehen; es trug ein langes, himmelblaues Wollkleid ohne Taille, dazu Knöpfstiefel und lange rote Strümpfe – lauter Dinge, die Karline schon zu letzten Weihnachten geschenkt hatte. Gleich damals, am ersten Feiertag, hatte das Kind den Staat denn auch wirklich angezogen, aber bloß so still für sich, weil sie sich genierte, sich im Dorfe damit zu zeigen; jetzt dagegen, wo sie bei dem gnäd'gen Herrn in Krankenpflege gehen sollte, jetzt war die richtige Zeit dafür da.

Die Nacht verging still; niemand war gestört worden. Um sieben erst kam Engelke und sagte: „Nu, lütt Deern, steih upp, is all seben.“ Agnes war auch wirklich wie der Wind aus dem Bett, fuhr mit einem mitgebrachten Hornkamm, dem ein paar Zähne fehlten, durch ihr etwas gekraustes langes Blondhaar, putzte sich wie ein Kätzchen, und zog dann den himmelblauen Hänger, die roten Strümpfe und zuletzt auch die Knöpfstiefel an. Gleich danach brachte ihr Engelke einen Topf mit Milchkaffee, und als sie damit fertig war, nahm sie ihr Strickzeug und ging in das große Zimmer nebenan, wo Dubslav bereits in seinem Lehnstuhl saß und auf seine Schwester wartete. Denn um acht nahmen sie das erste Frühstück gemeinschaftlich.

„So, Agnes, das is recht, daß du da bist. Hast du denn schon deinen Kaffee gehabt?"

Agnes knickste.

„Nu setz dich mal ans Fenster, daß du bei deiner Arbeit besser sehn kannst; du hast ja schon dein Strickzeug in der Hand. Solch junges Ding wie du muß immer was zu tun haben, sonst kommt sie auf dumme Gedanken. Nicht wahr?"

Agnes knickste wieder, und da sie sah, daß ihr der Alte weiter nichts zu sagen hatte, ging sie bis an das ihr bezeichnete Fenster, dran ein länglicher Eichentisch stand, und fing an zu stricken. Es war ein sehr langer Strumpf, brandrot und, nach seiner Schmalheit zu schließen, für sie selbst bestimmt.

Sie war noch nicht lange bei der Arbeit, als Adelheid eintrat und auf ihren im Lehnstuhl sitzenden Bruder zuschritt. Bei der geringen Helle, die herrschte, traf sich's, daß sie von dem Gast am Fenster nicht recht was wahrnahm. Erst als Engelke mit dem Frühstück kam und die plötzlich geöffnete Tür mehr Licht einfallen ließ, bemerkte sie das Kind und sagte: „Da sitzt ja wer. Wer ist denn das?"

„Das ist Agnes, das Enkelkind von der Buschen."

Adelheid bewahrte mit Mühe Haltung. Als sie sich wieder zurechtgefunden, sagte sie: „So, Agnes. Das Kind von der Karline?"

Dubslav nickte.

„Das ist mir ja 'ne Überraschung. Und wo hast du sie denn, seit ich hier bin, versteckt gehalten? Ich habe sie ja die ganze Woche über noch nicht gesehn."

„Konntest du auch nicht, Adelheid; sie ist erst seit gestern abend hier. Mit Engelke ging das nicht mehr, wenigstens nicht auf die Dauer. Er ist ja so alt wie ich. Und immer raus in der Nacht und rauf und runter und mich umdrehn und heben. Das konnt ich nich mehr mit ansehn."

„Und da hast du dir die Agnes kommen lassen? Die soll dich nun rumdrehn und heben? Das Kind, das Wurm. Haha. Was du dir doch alles für Geschichten machst."

„Agnes", sagte hier Dubslav, „du könntest mal zu Mamsell Pritzbur in die Küche gehn und ihr sagen, ich möchte heute Mittag 'ne gefüllte Taube haben. Aber nich so mager und auch nich so wenig Füllung, und daß es nich nach alter Semmel schmeckt. Und dann kannst du gleich bei der Mamsell unten bleiben und dir 'ne Geschichte von ihr erzählen lassen, vom ‚Schäfer und der Prinzessin' oder vom ‚Fischer un sine Fru'; ‚Rotkäppchen' wirst du wohl schon kennen."

Agnes stand auf, trat unbefangen an den Tisch, wo Bruder und Schwester saßen, und machte wiederholt ihren Knicks. Dabei hielt sie das Strickzeug und den langen Strumpf in der Hand.

„Für wen strickst du denn den?" fragte die Domina.

„Für mich."

Dubslav lachte. Adelheid auch. Aber es war ein Unterschied in ihrem Lachen. Agnes nahm übrigens nichts von diesem Unterschied wahr, sah vielmehr ohne Furcht um sich und ging aus dem Zimmer, um unten in der Küche die Bestellung auszurichten.

Als sie hinaus war, wiederholte sich Adelheids krampfhaftes Lachen. Dann aber sagte sie: „Dubslav, ich weiß nicht, warum du dir, solang ich hier bin, gerade diese Hilfskraft angenommen hast. Ich bin deine Schwester und eine Märkische von Adel. Und bin auch die Domina von Kloster Wutz. Und meine Mutter war eine Radegast. Und die Stechline, die drüben in der Gruft unterm Altar stehn, die haben, soviel ich weiß, auf ihren Namen gehalten und sich untereinander die Ehre gegeben, die jeder beanspruchen durfte. Du nimmst hier das Kind der Karline in dein Zimmer und setzt es ans Fenster, fast als ob's da jeder so recht sehn sollte. Wie kommst du zu dem Kind? Da kann sich Woldemar freuen und seine Frau auch, die so was ‚Unberührtes' hat. Und Gräfin Melusine! Na, die wird sich wohl auch freun. Und die darf auch. Aber ich wiederhole meine Frage, wie kommst du zu dem Kind?"

„Ich hab es kommen lassen."

„Haha. Sehr gut; ‚kommen lassen'. Der Klapperstorch hat es dir wohl von der grünen Wiese gebracht und natürlich auch gleich für die roten Beine gesorgt. Aber ich kenne dich besser. Die Leute hier tun immer so, wie wenn du dem alten Kortschädel sittlich überlegen gewesen wärst. Ich für meine Person kann's nicht finden und sagte dir gern meine Meinung darüber. Aber ich nehme häßliche Worte nicht gern in den Mund."

„Adelheid, du regst dich auf. Und ich frage mich, warum?

Du bist ein bißchen gegen die Buschen – nun gut, gegen die Buschen kann man sein; und du bist ein bißchen gegen die Karline – nun gut, gegen die Karline kann man auch sein. Aber ich sehe dir's an, das Eigentliche, was dich aufregt, das ist nicht die Buschen und ist auch nicht die Karline, das sind bloß die roten Strümpfe. Warum bist du so sehr gegen die roten Strümpfe?"

„Weil sie ein Zeichen sind."

„Das sagt gar nichts, Adelheid. Ein Zeichen ist alles. Wovon sind sie ein Zeichen? Darauf kommt es an."

„Sie sind ein Zeichen von Ungehörigkeit und Verkehrtheit. Und ob du nun lachen magst oder nicht – denn an einem Strohhalm sieht man eben am besten, woher der Wind weht – sie sind ein Zeichen davon, daß alle Vernunft aus der Welt ist und alle gesellschaftliche Scheidung immer mehr aufhört. Und das alles unterstützt du. Du denkst wunder, wie fest du bist; aber du bist nicht fest und kannst es auch nicht sein, denn du steckst in allerlei Schrullen und Eitelkeiten. Und wenn sie dir um den Bart gehn oder dich bei deinen Liebhabereien fassen, dann läßt du das, worauf es ankommt, ohne weiteres im Stich. Es soll jetzt viele solche geben, denen ihr Humor und ihre Rechthaberei viel wichtiger ist als Gläubigkeit und Apostolikum. Denn sie sind sich selber ihr Glaubensbekenntnis. Aber, glaube mir, dahinter steckt der Versucher, und wohin der am Ende führt, das weißt du – soviel wird dir ja wohl noch geblieben sein."

„Ich hoffe", sagte Dubslav.

„Und weil du bist wie du bist, freust du dich, daß diese Zierpuppe (schon ganz wie die Karline) rote Strümpfe trägt und sich neue dazustrickt. Ich aber wiederhole dir, diese roten Strümpfe, die sind ein Zeichen, eine hochgehaltene Fahne."

„Strümpfe werden nicht hochgehalten."

„Noch nicht, aber das kann auch noch kommen. Und das ist dann die richtige Revolution, die Revolution in der Sitte – das, was sie jetzt das ‚Letzte' nennen. Und ich begreife dich nicht, daß du davon kein Einsehen hast, du, ein Mann von Familie, von Zugehörigkeit zu Thron und Reich. Oder der sich's wenigstens einbildet."

„Nun gut, nun gut."

„Und da reist du herum, wenn sie den Torgelow oder den Katzenstein wählen wollen, und hältst deine Reden, wiewohl du eigentlich nicht reden kannst . . ."

„Das is richtig. Aber ich hab auch keine gehalten . . ."

„Und hältst deine Reden für König und Vaterland und für

die alten Güter und sprichst gegen die Freiheit. Ich versteh dich nicht mit deinem ewigen ‚gegen die Freiheit'. Laß sie doch mit ihrer ganzen dummen Freiheit machen, was sie wollen. Was heißt Freiheit? Freiheit ist gar nichts; Freiheit ist, wenn sie sich versammeln und Bier trinken und ein Blatt gründen. Du hast bei den Kürassieren gestanden und mußt doch wissen, daß Torgelow und Katzenstein (was keinen Unterschied macht) uns nicht erschüttern werden, uns nicht und unsern Glauben nicht und Stechlin nicht und Wutz nicht. Die Globsower, solange sie bloß Globsower sind, können gar nichts erschüttern. Aber wenn erst der Buschen ihre Enkelkinder, denn die Karline wird doch wohl schon mehrere haben, ihre Knöpfstiefel und ihre roten Strümpfe tragen, als müßt es nur so sein, ja, Dubslav, dann ist es vorbei. Mit der Freiheit, laß mich das wiederholen, hat es nicht viel auf sich; aber die roten Strümpfe, das ist was. Und dir trau ich ganz und gar nicht, und der Karline natürlich erst recht nicht, wenn es auch vielleicht schon eine Weile her ist."

„Sagen wir ‚vielleicht'."

„Oh, ich kenne das. Du willst das wegwitzeln, das ist so deine Art. Aber unser Kloster ist nicht so aus der Welt, daß wir nicht auch Bescheid wüßten."

„Wozu hättet ihr sonst euern Fix?"

„Kein Wort gegen den."

Und in großer Erregung brach das Gespräch ab. Noch am selben Nachmittag aber verabschiedete sich Adelheid von ihrem Bruder und fuhr nach Wutz zurück.

VERWEILE DOCH. TOD. BEGRÄBNIS. NEUE TAGE

Vierzigstes Kapitel

Agnes, während oben die gereizte Szene zwischen Bruder und Schwester spielte, war unten in der Küche bei Mamsell Pritzbur und erzählte von Berlin, wo sie vorigen Sommer bei ihrer Mutter auf Besuch gewesen war. „Eins war da", sagte sie, „das hieß das Aquarium. Da lag eine Schlange, die war so dick wie 'n Bein."

„Aber hast du denn schon Beine gesehn?" fragte die Pritzbur.

„Aber, Mamsell Pritzbur, ich werde doch wohl schon Beine

gesehn haben ... Und dann, an einem andern Tag, da waren wir in einem ‚Tiergarten', aber in einem richtigen, mit allerlei Tieren drin. Und den nennen sie den ‚Zoologischen'."

„Ja, davon hab ich auch schon gehört."

„Und in dem ‚Zoologischen', da war ein ganz kleiner See, noch viel kleiner als unser Stechlin, und in dem See standen allerlei Vögel. Und einer, ganz wie 'n Storch, stand auf einem Bein."

Als die Mädchen das Wort „Storch" hörten, kamen sie näher heran.

„Aber die Beine von dem Vogel, oder es waren wohl mehrere Vögel, die waren viel größer als Storchenbeine und auch viel dicker und viel röter."

„Und taten sie dir nichts?"

„Nein, sie taten mir nichts. Bloß, wenn sie so 'ne Weile gestanden hatten, dann stellten sie sich auf das andre Bein. Und ich sagte zu Mutter: ‚Mutter, komm; der eine sieht mich immer so an.' Und da gingen wir an eine andere Stelle, wo der Bär war."

Das Kind erzählte noch allerlei. Die Mädchen und auch die Mamsell freuten sich über Agnes, und sie trug ihnen ein paar Lieder vor, die ihre Mutter, die Karline, immer sang, wenn sie plättete, und sie tanzte auch, während sie sang, wobei sie das himmelblaue Kleid zierlich in die Höhe nahm, ganz so, wie sie's in der Hasenheide gesehen hatte.

So kam der Nachmittag heran, und als es schon dunkelte, sagte Engelke: „Ja, gnäd'ger Herr, wie is das nu mit Agnessen? Sie is immer noch bei Mamsell Pritzbur unten, un die Mächens, wenn sie so singt und tanzt, kucken ihr zu. Sie wird woll auch so was wie die Karline. Soll sie wieder nach Haus, oder soll sie hierbleiben?"

„Natürlich soll sie hierbleiben. Ich freue mich, wenn ich das Kind sehe. Du hast ja ein gutes Gesicht, Engelke, aber ich will doch auch mal was andres sehn als dich. Wie das lütte Balg da so saß, so steif wie 'ne Prinzeß, hab ich immer hingekuckt und ihr wohl 'ne Viertelstunde zugesehn, wie da die Stricknadeln immer so hin und her gingen und der rote Strumpf neben ihr baumelte. So was Hübsches hab ich nicht mehr gesehn, seit zu Weihnachten die Grafschen hier waren, die blasse Komtesse und die Gräfin. Hat sie dir auch gefallen?"

Engelke griente.

„Na, ich sehe schon. Also Agnes bleibt. Und sie kann ja auch nachts mal aufstehn und mir eine Tasse von dem Tee bringen, oder was ich sonst grade brauche, und du alte Seele kannst ausschlafen. Ach, Engelke, das Leben is doch eigentlich schwer. Das heißt, wenn's auf die Neige geht; vorher is es soweit ganz gut. Weißt du noch, wenn wir von Brandenburg nach Berlin ritten? In Brandenburg war nich viel los; aber in Berlin, da ging es."

„Ja, gnäd'ger Herr. Aber nu kommt es."

„Ja, nu kommt es. Nu is Katzenpfötchen dran. So was gab es damals noch gar nicht. Aber ich will nichts sagen, sonst wird die Buschen ärgerlich, und mit alten Weibern muß man gut stehn; das is noch wichtiger als mit jungen. Und, wie gesagt, die Agnes bleibt. Ich sehe so gern was Zierliches. Es ist ein reizendes Kind."

„Ja, das is sie. Aber ..."

„Ach, laß die ‚abers'. Du sagst, sie wird wie die Karline. Möglich is es. Aber vielleicht wird sie auch 'ne Nonne. Man kann nie wissen."

Agnes blieb also bei Dubslav. Sie saß am Fenster und strickte. Mal in der Nacht, als ihm recht schlecht war, hatte er nach dem Kinde rufen wollen. Aber er stand wieder davon ab. „Das arme Kind, was soll ich ihm den Schlaf stören? Und helfen kann es mir doch nicht."

So verging eine Woche. Da sagte der alte Dubslav: „Engelke, das mit der Agnes, das kann ich nich mehr mit ansehn. Sie sitzt da jeden Morgen und strickt. Das arme Wurm muß ja hier umkommen. Und alles bloß, weil ich alter Sünder ein freundliches Gesicht sehn will. Das geht so nich mehr weiter. Wir müssen sehn, daß wir was für das Kind tun können. Haben wir denn nicht ein Buch mit Bildern drin oder so was?"

„Ja, gnäd'ger Herr, da sind ja noch die vier Bände, die wir letzte Weihnachten bei Buchbinder Zippel in Gransee haben einbinden lassen. Eigentlich war es bloß 'ne ‚Landwirtschaftliche Zeitung', und alle, die mal 'nen Preis gewonnen haben, die waren drin. Und Bismarck war auch drin un Kaiser Wilhelm auch."

„Ja, ja, das is gut; das gib ihr. Und brauchst ihr auch nich zu sagen, daß sie keine Eselsohren machen soll; die macht keine."

Wirklich, die „Landwirtschaftliche Zeitung" lag am andern Morgen da, und Agnes war sehr glücklich, mal was andres zu haben als ihr Strickzeug und die schönen Bilder ansehn zu können. Denn es waren auch Schlösser drin und kleine Teiche, drauf Schwäne fuhren, und auf einem Bilde, das eine Beilage war, waren sogar Husaren. Engelke brachte jeden Morgen einen neuen Band, und mal erschien auch Elfriede, die Lorenzen, um nach Dubslavs Befinden fragen zu lassen, von der Pfarre herübergeschickt hatte. „Die kann sich ja die Bilder mit ansehen", sagte Dubslav; „am Ende macht es ihr selber auch Spaß, und vielleicht kann sie dem kleinen Ding, der Agnes, alles so nebenher erklären, und dann is es so gut wie 'ne Schulstunde."

Elfriede war gleich dazu bereit. Und nun standen die beiden Kinder nebeneinander und blätterten in dem Buch, und die Kleine sog jedes Wort ein, was die Große sagte. Dubslav aber hörte zu und wußte nicht, wem von beiden er ein größeres Interesse zuwenden sollte. Zuletzt aber war es doch wohl Elfriede, weil sie den wehmütigen Zauber all derer hatte, die früh abberufen werden. Ihr zarter, beinahe körperloser Leib schien zu sagen: „Ich sterbe." Aber ihre Seele wußte nichts davon; die leuchtete und sagte: „Ich lebe."

Das mit den Bilderbüchern dauerte mehrere Tage. Dann sagte Dubslav: „Engelke, das Kind fängt heute schon wieder von vorn an; es ist mit allen vier Bänden, so dick sie sind, schon zweimal durch; ich sehe, wir müssen uns was Neues ausbaldowern. Das is nämlich ein Wort aus der Diebssprache; so weit sind wir nu schon. Übrigens ist mir was Gutes eingefallen: hol ihr eine von unsern Wetterfahnen herunter. Die stehn ja da bloß so rum, un wenn ich tot bin und alles abgeschätzt wird – was sie ‚ordnen' nennen –, dann kommt Kupperschmied Reuter aus Gransee und taxiert es auf fünfundsiebzig Pfennig."

„Aber, gnäd'ger Herr, uns' Woldemar ..."

„Nu ja, Woldemar. Woldemar ist gut, natürlich, und die Komtesse, seine junge Frau, is auch gut. Alles is gut, und ich hab es auch nicht so schlimm gemeint; man redt bloß so. Nur so viel is richtig: meine Sammlung oben is für Spinnweb und weiter nichts. Alles Sammeln ist überhaupt verrückt, und wenn Woldemar sich nich mehr drum kümmert, so is es eigentlich bloß Wiederherstellung von Sinn und Verstand. Jeder hat seinen Sparren und ich habe meinen gehabt. Bring aber nich gleich alles runter. Nur die Mühle bring und den Dragoner."

Engelke gehorchte.

Den ersten Tag, wie sich denken läßt, war Agnes ganz für den Dragoner, der, als man ihn vor Jahr und Tag von seinem

Zelliner Kirchturm heruntergeholt hatte, frisch aufgepinselt worden war: schwarzer Hut, blauer Rock, gelbe Hosen. Aber sehr bald hatte sich das Kind an der Buntheit des Dragoners satt gesehen, und nun kam statt seiner die Mühle an die Reihe. Die hielt länger vor. Meistens – wenn sie nur überhaupt erst im Gange war – brauchte das Kind bloß zu pusten, um die Mühlflügel in ziemlich rascher Bewegung zu halten, und der schnarrende Ton der etwas eingerosteten Drehvorrichtung war dann jedesmal eine Lust und ein Entzücken. Es waren glückliche Tage für Agnes. Aber fast noch glücklichere für den Alten.

Ja, der alte Dubslav freute sich des Kindes. Aber so wohltuend ihm seine Gegenwart war, so war es auf die Dauer doch nicht viel was andres, als ob ein Goldlack am Fenster gestanden oder ein Zeisig gezwitschert hätte. Sein Auge richtete sich gerne darauf, als aber eine Woche und dann eine zweite vorüber war, wurd ihm eine gewisse Verarmung fühlbar, und das so stark, daß er fast mit Sehnsucht an die Tage zurückdachte, wo Schwester Adelheid sich ihm bedrücklich gemacht hatte. Das war sehr unbequem gewesen, aber sie besaß doch nebenher einen guten Verstand, und in allem, was sie sagte, war etwas, worüber sich streiten und ein Feuerwerk von Anzüglichkeiten und kleinen Witzen abbrennen ließ. Etwas, was ihm immer eine Hauptsache war. Dubslav zählte zu den Friedliebendsten von der Welt, aber er liebte doch andrerseits auch Friktionen, und selbst ärgerliche Vorkommnisse waren ihm immer noch lieber als gar keine.

Kein Zweifel, der alte Schloßherr auf Stechlin sehnte sich nach Menschen, und da waren es denn wahre Festtage, wenn Besucher aus Näh oder Ferne sich einstellten.

Eines Tages – es schummerte schon – erschien Krippenstapel. Er hatte seinen besten Rock angezogen und hielt ein übermaltes Gefäß, mit einem Deckel darauf, in seinem linken Arm.

„Nun, das ist recht, Krippenstapel. Ich freue mich, daß Sie mal nachsehn, ob unser Museum oben noch seinen ‚Chef' hat. Ich sage ‚Chef'. Der Direktor sind Sie ja selber. Und nun kommen Sie auch gleich noch mit 'ner Urne. Hat gewiß ihr Freund Tucheband irgendwo ausgegraben. Oder is es bloß 'ne Terrine? Himmelwetter, Krippenstapel, Sie werden mir doch nich 'ne Krankensuppe gekocht haben?"

„Nein, Herr Major, keine Krankensuppe. Gewiß nicht. Und doch is es einigermaßen so was. Es ist nämlich 'ne Wabe. Habe da heute mittag einen von meinen Stöcken ausgenommen und wollte mir erlaubt haben, Ihnen die beste Wabe zu bringen. Es ist beinah so was wie der mittelalterliche Zehnte. Der Zehnte, wenn ich mir die Bemerkung erlauben darf, war eigentlich was Feineres als Geld."

„Find ich auch. Aber die heutige Menschheit hat für so was Feines gar keinen Sinn mehr. Immer alles bar und nochmal bar. Oh, das gemeine Geld! Das heißt, wenn man keins hat; wenn man's hat, ist es soweit ganz gut. Und daß Sie gleich an Ihren alten Patron – ein Wort, das übrigens vielleicht zu hoch gegriffen ist, und unser Verhältnis nicht recht ausdrückt – gedacht haben! Lorenzen wird es hoffentlich nicht übelnehmen, daß ich Sie, wenn ich mich Ihren ‚Patron' nenne, so gleichsam avancieren lasse. Ja, das mit der Wabe. Freut mich aufrichtig. Aber ich werde mich wohl nicht drüber hermachen dürfen. Immer heißt es: ‚Das nicht'. Erst hat mir Sponholz alles verboten und nu die Buschen, und so leb ich eigentlich bloß noch von Bärlapp und Katzenpfötchen."

„Am Ende geht es doch", sagte Krippenstapel. „Ich weiß wohl, in eine richtige Kur darf der Laie nicht eingreifen. Aber der Honig macht vielleicht 'ne Ausnahme. Richtiger Honig ist wie gute Medizin und hat die ganze Heilkraft der Natur."

„Is denn aber nicht auch was drin, was besser fehlte?"

„Nein, Herr Major. Ich sehe die Bienen oft schwärmen und sammeln, und seh auch, wie sie sammeln und wo sie sammeln. Da sind voran die Linden und Akazien und das Heidekraut. Nu, die sind die reine Unschuld; davon red ich gar nicht erst. Aber nun sollten Sie die Biene sehn, wenn sie sich auf eine giftige Blume, sagen wir zum Beispiel auf den Venuswagen niederläßt. Und in jedem Venuswagen, besonders in dem roten (aber doch auch in dem blauen), sitzt viel Gift."

„Venuswagen; kann ich mir denken. Und wie sammelt da die Biene?"

„Sie nimmt nie das Gift, sie nimmt immer bloß die Heilkraft."

„Na, Sie müssen es wissen, Krippenstapel. Und auf Ihre Verantwortung hin will ich mir den Honig auch schmecken lassen, und die Buschen muß sich drin finden und sich wohl oder übel zufrieden geben. Übrigens fällt mir bei der Alten natürlich auch das Kind ein. Da sitzt es am Fenster. Na, komm mal her,

Agnes, und sage, daß du hier auch was lernst. Ich hab ihr nämlich Bücher gegeben, mit allerlei Bildern drin, und seit vorgestern auch eine Götterlehre, das heißt aber noch eine aus guter, anständiger Zeit und jeder Gott ordentlich angezogen. Und da lernt sie, glaub ich, ganz gut. Nicht wahr, Agnes?"

Agnes knickste und ging wieder auf ihren Platz.

„Und dann hab ich dem Kind auch unsern Dragoner und die Mühle gegeben. Also unsre besten Stücke, soviel ist richtig. Ich denke mir aber, mein Museumsdirektor wird über diesen Eingriff nicht böse sein. Eigentlich is es doch besser, das Kind hat was davon als die Spinnen. Und was macht denn Ihr Oberlehrer in Templin? Hat er wieder was gefunden?"

„Ja, Herr Major. Münzenfund."

„Na, das is immer das Beste. Vermutlich Georgstaler oder so was; Dreißigjähriger Krieg. Es war ja 'ne gräßliche Zeit. Aber daß sie damals aus Angst und Not soviel verbuddelt haben, das is doch auch wieder ein Segen. Is es denn viel?"

„Wie man's nehmen will, Herr Major; praktisch und profan angesehen ist es nicht viel, aber wissenschaftlich angesehen ist es allerdings viel. Nämlich drei römische Münzen, zwei von Diokletian und eine von Caracalla."

„Na, die passen wenigstens. Diokletian war ja wohl der mit der Christenverfolgung. Aber ich glaube, es war am Ende nicht so schlimm. Verfolgt wird immer. Und mitunter sind die Verfolgten obenauf."

Dabei lachte der Alte. Dann rief er Engelke, daß er den Honig herausnehme. Krippenstapel aber verabschiedete sich, seine leere Terrine vorsichtig im Arm.

Einundvierzigstes Kapitel

Dubslav hatte sich über Krippenstapels Besuch und sein Geschenk aufrichtig gefreut, weil es ja das Beste war, was ihm die alte treue Seele bringen konnte. Er bestand denn auch darauf (trotzdem Engelke, der ein Vorurteil gegen alles Süße hatte, dagegen war), daß ihm die Wabe jeden Morgen auf den Frühstückstisch gestellt werde.

„Siehst du, Engeleke", sagte er nach einer Woche, „daß ich mich wieder wohler fühle, das macht die Wabe. Denn man muß jedes Fisselchen mitessen, Wachs und alles, das hat er mir eigens gesagt. Das is gradso wie beim Apfel die Schale; das hat die

Natur so gewollt und is ein Fingerzeig und muß respektiert werden."

„Ich bin aber doch für abschälen", sagte Engelke. „Wenn man so sieht, was mitunter alles dran ist..."

„Ja, Engelke, ich weiß nicht, du bist jetzt so fein geworden. Aber ich bin noch ganz altmodisch. Und dann glaub ich nebenher wirklich, daß in dem Wachs die richtige ‚gesamte Heilkraft der Natur' steckt, fast noch mehr als in dem Honig. Krippenstapel übrigens is jetzt auch so furchtbar gebildet und hat so viele feine Wendungen, wie zum Beispiel die mit der ‚gesamten Heilkraft'. Aber so fein wie du is er doch noch lange nicht, darauf will ich mich verschwören. Und auch darauf, daß er sich keine Birne schält."

In dieser guten Laune verblieb Dubslav eine ganze Weile, sich mehr und mehr zurechtlegend, daß er sich die Quälerei mit all dem andern Zeug eigentlich hätte sparen können; „denn wenn *alles* drin ist, so ist doch auch Bärlapp und Katzenpfötchen drin und natürlich auch Fingerhut oder wie Sponholz sagt: ‚die Digitalis'." Engelke freilich wollte von diesen Sophistereien nichts wissen, sein Herr aber ließ sich durch solche Zweifel nicht stören und fuhr vielmehr fort: „Und dann, Engelke, macht es doch auch einen Unterschied, von wem eine Sache kommt. Die Katzenpfötchen kommen von der Buschen, und die Wabe kommt von Krippenstapel. Das heißt also, hinter der Wabe steht ein guter Geist, und hinter den Katzenpfötchen steht ein böser Geist. Und das kannst du mir glauben, an solchen Rätselhaftigkeiten liegt sehr viel im Leben, und wenn mir Lorenzen seine Patsche gibt, so ist das ganz was anders, wie wenn mir Koseleger seine Hand gibt. Koseleger hat solche weichen Finger und auf dem vierten einen großen Ring."

„Aber er is doch ein Superintendent."

„Ja, Superintendent is er. Und er kommt auch noch höher. Und wenn es nach der Prinzessin geht, wird er Papst. Und dann wollen wir uns Ablaß bei ihm holen; aber viel geb ich nicht."

Als Dubslav und Engelke dies Gespräch führten, saß Agnes wie gewöhnlich am Fenster, mit halbem Ohre hinhörend, und so wenig sie davon verstand, so verstand sie doch gerade genug. Krippenstapel war ein guter Geist und ihre Großmutter war ein böser Geist. Aber das alles war ihr nicht mehr, als ob ihr ein Märchen erzählt würde. Sie hatte schon so vieles in ihrem Leben gehört und war wohl dazu bestimmt, noch viel, viel andres zu hören. Ihr Gesichtsausdruck blieb denn auch derselbe. Sie träumte bloß so hin, und daß sie dies Wesen hatte, das war es recht eigentlich, was den alten Herrn so an sie fesselte. Das Auge, womit sie die Menschen ansah, war anders als das der andern.

Engelke hatte sich in die nebenan gelegene Dienststube zurückgezogen; ein heller Schein fiel von der Veranda her durch die Balkontür und gab dem etwas dunklen Zimmer mehr Licht, als es für gewöhnlich zu haben pflegte. Dubslav hielt die Kreuzzeitung in Händen und schlug nach einem Brummer, der ihn immer und immer wieder umsummte. „Verdammte Bestie", und er holte von neuem aus. Aber ehe er zuschlagen konnte, kam Engelke und fragte, ob Uncke den gnädigen Herrn sprechen dürfe.

„Uncke, unser alter Uncke?"

„Ja, gnäd'ger Herr."

„Na, natürlich. Kriegt man doch mal wieder 'nen vernünftigen Menschen zu sehn. Was er nur bringen mag? Vielleicht Verhaftung irgendwo: Demokratennest ausgenommen."

Agnes horchte. Verhaftung! Demokratennest ausgenommen! Das war doch noch besser als ein Märchen „vom guten und bösen Geist".

Inzwischen war Uncke eingetreten, Backenbart und Schnurrbart, wie gewöhnlich, fest angeklebt. In der Nähe der Tür blieb er stehen und grüßte militärisch. Dubslav aber rief ihm zu: „Nein, Uncke, nicht da. So weit reicht mein Ohr nicht und meine Stimme erst recht nicht. Und ich denke doch, Sie bringen was. Was Reguläres. Also ran hier. Und wenn es nicht was ganz Dienstliches is, so nehmen Sie den Stuhl da."

Uncke trat auch näher, nahm aber keinen Stuhl und sagte: „Herr Major wollen entschuldigen. Ich komme so bloß ... Der alte Baruch Hirschfeld hat mir erzählt, und die alte Buschen hat mir erzählt ..."

„Ach so, von wegen meiner Füße."

„Zu Befehl, Herr Major."

„Ja, Uncke, wollte Gott es stünde besser. Immer denk ich, wenn wieder ein Neuer kommt, nu wird es. Aber es will nicht mehr; es hilft immer bloß drei Tage. Die Buschen hilft nicht mehr, und Krippenstapel hilft nicht mehr, und Sponholz hilft schon lange nicht mehr; der kutschiert so in der Welt rum. Bleibt also bloß noch der liebe Gott."

Uncke begleitete dies Wort mit einer Kopfbewegung die seine respektvolle Stellung (aber doch auch nicht mehr) zum lieben Gott ausdrücken sollte. Dubslav sah es und erheiterte sich. Dann fuhr er in rasch wachsender guter Laune fort: „Ja, Uncke, wir haben so manchen Tag miteinander gelebt. Denke gern daran zurück – sind noch einer von den alten. Und der Pyterke auch. Was macht er denn?"

„Ah, Herr Major, immer noch tüchtig da; schneidig", und dabei rückte er sich selbst zurecht, wie wenn er die überlegene Stattlichkeit seines Kollegen wenigstens andeuten wolle.

Dubslav verstand es auch so und sagte: „Ja, der Pyterke; natürlich immer hoch zu Roß. Und Sie, Uncke ja, Sie müssen laufen wie 'n Landbriefträger. Es hat aber auch sein Gutes; zu Fuß macht geschmeidig, zu Pferde macht steif. Und macht auch faul. Und überhaupt, Gebrüder Beeneke is schon immer das beste. Da kann man nicht zu Fall kommen. Aber jeder will heutzutage hoch raus. Das is, was sie jetzt die ‚Signatur der Zeit' nennen. Haben Sie den Ausdruck schon gehört, Uncke?"

„Zu Befehl, Herr Major."

„Und die Sozialdemokratie will auch hoch raus und so zu Pferde sitzen wie Pyterke, bloß noch viel höher. Aber das geht nicht gleich so. Gut Ding will Weile haben. Und Torgelow, wenn er auch vielleicht reden kann, reiten kann er noch lange nicht. Sagen Sie, was macht er denn eigentlich? Ich meine Torgelow? Sind denn unsre kleinen Leute jetzt mehr zufrieden mit ihm?"

„Nein, Herr Major, sie sind immer noch nicht zufrieden mit ihm. Er wollte da neulich in Berlin reden und hat auch wirklich was zu Graf Posadowsky gesagt. Und das is so dumm gewesen, daß es die andern geniert hat. Und da haben sie ihn bedeutet: ‚Torgelow, nu bist du still; so geht das hier nich.'"

„Ja", lachte Dubslav, „und wo *der* nu steht, da sollte ich eigentlich stehen. Aber es is doch besser so. Nu kann Torgelow zeigen, daß er nichts kann. Und die andern auch. Und wenn sie's alle gezeigt haben, na, dann sind wir vielleicht wieder dran und kommen noch mal obenauf, und jeder kriegt Zulage. Sie auch, Uncke, und Pyterke natürlich auch."

Uncke schmunzelte und legte seine zwei Dienstfinger an die Schläfe.

„... Vorläufig aber müssen wir abwarten und den sogenannten ‚Ausbruch' verhüten und dafür sorgen, daß unsere Globsower zufrieden sind. Und wenn wir klug sind, glückt es vielleicht auch. Glauben Sie nicht auch, Uncke, daß es kleine Mittel gibt?"

„Zu Befehl, Herr Major, kleine Mittel gibt es. Es hat's schon."

„Und welche meinen Sie?"

„Musik, Herr Major, und verlängerte Polizeistunde."

„Ja", lachte Dubslav, „so was hilft. Musik und 'nen Schott'schen, dann sind die Mädchen zufrieden."

„Und", bestätigte Uncke, „wenn die Mädchens zufrieden sind, Herr Major, dann sind alle zufrieden."

Uncke hatte zusagen müssen, mal wieder vorzusprechen, aber es kam nicht dazu, weil Dubslavs Zustand sich rasch verschlimmerte. Von Besuchern wurde keiner mehr angenommen, und nur Lorenzen hatte Zutritt. Aber er kam meist nur, wenn er gerufen wurde.

„Sonderbar", sagte der Alte, während er in den Frühlingstag hinausblickte, „dieser Lorenzen is eigentlich gar kein richtiger Pastor. Er spricht nicht von Erlösung und auch nicht von Unsterblichkeit, und is beinah, als ob ihm so was für alltags wie zu schade sei. Vielleicht is es aber auch noch was andres, und er weiß am Ende selber nicht viel davon. Anfangs hab ich mich darüber gewundert, weil ich mir immer sagte: Ja, solch Talar- und Beffchenmann, der muß es doch schließlich wissen; er hat so seine drei Jahre studiert und eine Probepredigt gehalten, und ein Konsistorialrat oder wohl gar ein Generalsuperintendent hat ihn eingesegnet und ihm und noch ein paar andern gesagt: ‚Nun gehet hin und lehret alle Heiden.' Und wenn man das so hört, ja, da verlangt man denn auch, daß einer weiß, wie's mit einem steht. Is gerade wie mit den Doktors. Aber zuletzt begibt man sich und hat *die* Doktors am liebsten, die einem ehrlich sagen: ‚Hören Sie, wir wissen es auch nicht, wir müssen es abwarten.' Der gute Sponholz, der nun wohl schon an der Brücke mit dem Ichthyosaurus vorbei ist, war beinah so einer, und Lorenzen is nu schon ganz gewiß so. Seit beinah zwanzig Jahren kenn ich ihn, und noch hat er mich nicht ein einziges Mal bemogelt. Und daß man *das* von einem sagen kann, das ist eigentlich die Hauptsache. Das andre ... ja, du lieber Himmel, wo soll es am Ende herkommen? Auf dem Sinai hat nun schon lange keiner mehr gestanden, und wenn auch, was der liebe Gott da oben gesagt hat, das schließt eigentlich auch keine großen Rätsel auf. Es ist alles sehr diesseitig geblieben; ‚du sollst, du sollst', und noch öfter ‚du sollst *nicht*'. Und klingt eigentlich alles, wie wenn ein Nürnberger Schultheiß gesprochen hätte."

Gleich danach kam Engelke und brachte die Mittagspost. „Engelke, du könntest mal wieder die Marie zu Lorenzen rüberschicken – ich ließ' ihn bitten."

Lorenzen kam denn auch und rückte seinen Stuhl an des Alten Seite.

„Das ist recht, Pastor, daß Sie gleich gekommen sind, und ich sehe wieder, wie sich alles Gute schon gleich hier unten belohnt. Sie müssen nämlich wissen, daß ich mich heute schon ganz eingehend mit Ihnen beschäftigt und Ihr Charakterbild, das ja auch schwankt wie so manch andres, nach Möglichkeit festgestellt habe. Würde mir das Sprechen wegen meines Asthmas nicht einigermaßen schwer, ich wär imstande, gegen mich selber in eine Art Indiskretion zu verfallen und Ihnen auszuplaudern, was ich über Sie gedacht habe. Habe ja, wie Sie wissen, 'ne natürliche Neigung zum Ausplaudern, zum Plaudern überhaupt, und Kortschädel, der sich im übrigen durch französische Vokabeln nicht auszeichnete, hat mich sogar einmal einen ‚Causeur' genannt. Aber freilich schon lange her, und jetzt ist es damit total vorbei. Zuletzt stirbt selbst die alte Kindermuhme in einem aus."

„Glaub ich nicht. Wenigstens Sie, Herr von Stechlin, sorgen für den Ausnahmefall."

„Ich will es gelten lassen und mich auch gleich legitimieren. Haben Sie denn in Ihrer Zeitung gelesen, wie sie da neulich wieder dem armen Bennigsen zugesetzt haben? Mir mißfällt es, wiewohl Bennigsen nicht gerade mein Mann ist."

„Auch meiner nicht. Aber, er sei, wie er sei, er ist doch ein Excelsior-Mann. Und wer hierlandes für ein freudiges ‚excelsior' ist, der ist bei den Ostelbiern (Pardon, Sie gehören ja selbst mit dazu) von vornherein verdächtig und ein Gegenstand tiefen Mißtrauens. Jedes höher gesteckte Ziel, jedes Wollen, das über den Kartoffelsack hinausgeht, findet kein Verständnis, sicherlich keinen Glauben. Und bringt einer irgendein Opfer, so heißt es bloß, daß er die Wurst nach der Speckseite werfe."

Dubslav lachte. „Lorenzen, Sie sitzen wieder auf Ihrem Steckenpferd. Aber ich selber bin freilich schuld. Warum kam ich auf Bennigsen! Da war das Thema gegeben, und Ihr Ritt ins Bebelsche (denn weitab davon sind Sie nicht) konnte beginnen. Aber daß Sie's wissen, ich hab auch mein Steckenpferd und das heißt: König und Kronprinz oder alte Zeit und neue Zeit. Und darüber hab ich seit lange mit Ihnen sprechen wollen, nicht akademisch, sondern märkisch-praktisch, so recht mit Rücksicht auf meine nächste Zukunft. Denn es heißt nachgerade bei mir: ‚Was du tun willst, tue bald.'"

Lorenzen nahm des Alten Hand und sagte: „Gewiß kommen andre Zeiten. Aber man muß mit der Frage, was kommt und was wird, nicht zu früh anfangen. Ich seh nicht ein, warum unser alter König von Thule hier nicht noch lange regieren sollte. Seinen letzten Trunk zu tun und den Becher dann in den Stechlin zu werfen, damit hat es noch gute Wege."

„Nein, Lorenzen, es dauert nicht mehr lange; die Zeichen sind da, mehr als zuviel. Und damit alles klappt und paßt, geh ich nun auch gerad ins Siebenundsechzigste, und wenn ein richtiger Stechlin ins Siebenundsechzigste geht, dann geht er auch in Tod und Grab. Das is so Familientradition. Ich wollte, wir hätten eine andre. Denn der Mensch is nun mal feige und will dies schändliche Leben gern weiterleben."

„Schändliches Leben! Herr von Stechlin, Sie haben ein sehr gutes Leben gehabt."

„Na, wenn es nur wahr ist! Ich weiß nicht, ob alle Globsower ebenso denken. Und *die* bringen mich wieder auf mein Hauptthema."

„Und das lautet?"

„Das lautet: ‚Teuerster Pastor, sorgen Sie dafür, daß die Globsower nicht zu sehr obenauf kommen.'"

„Aber, Herr von Stechlin, die armen Leute ..."

„Sagen Sie das nicht. Die armen Leute! Das war mal richtig; heutzutage aber paßt es nicht mehr. Und solch unsichere Passagiere wie mein Woldemar und wie mein lieber Lorenzen (von dem der Junge, Pardon, all den Unsinn hat), solche unsichere Passagiere, statt den Riegel vorzuschieben, kommen den Torgelowschen auf halbem Wege entgegen und sagen: ‚Ja, ja, Töffel, du hast auch eigentlich ganz recht', oder, was noch schlimmer ist: ‚Ja, ja, Jochem, wir wollen mal nachschlagen.'"

„Aber, Herr von Stechlin."

„Ja, Lorenzen, wenn Sie auch noch solch gutes Gesicht machen, es ist doch so. Die ganze Geschichte wird auf einen andern Leisten gebracht, und wenn dann wieder eine Wahl ist, dann fährt der Woldemar rum und erzählt überall, Katzenstein sei der rechte Mann. Oder irgendein andrer. Aber das ist Mus wie Mine; – verzeihen Sie den etwas fortgeschrittenen Ausdruck. Und wenn dann die junge gnädige Frau Besuch kriegt oder wohl gar einen

Ball gibt, da will ich Ihnen ganz genau sagen, wer dann hier in diesem alten Kasten, der dann aber renoviert sein wird, antritt. Da ist in erster Reihe der Minister von Ritzenberg geladen, der, wegen Kaltstellung unter Bismarck, von langer Hand her eine wahre Wut auf den alten Sachsenwalder hat, und eröffnet die Polonaise mit Armgard. Und dann ist da ein Professor, Kathedersozialist, von dem kein Mensch weiß, ob er die Gesellschaft einrenken oder aus den Fugen bringen will, und führt eine Adelige, mit kurzgeschnittenem Haar (die natürlich schriftstellert) zur Quadrille. Und dann bewegen sich da noch ein Afrikareisender, ein Architekt und ein Portraitmaler, und wenn sie nach den ersten Tänzen eine Pause machen, dann stellen sie ein lebendes Bild, wo ein Wilddieb von einem Edelmann erschossen wird, oder sie führen ein französisches Stück auf, das die Dame mit dem kurzgeschnittenen Haar übersetzt hat, ein sogenanntes Ehebruchsdrama, drin eine Advokatenfrau gefeiert wird, weil sie ihren Mann mit einem Taschenrevolver über den Haufen geschossen hat. Und dann gibt es Musikstücke, bei denen der Klavierspieler mit seiner langen Mähne über die Tasten hinfegt, und in einer Nebenstube sitzen andere und blättern in einem Album mit lauter Berühmtheiten, obenan natürlich der alte Wilhelm und Kaiser Friedrich und Bismarck und Moltke, und ganz gemütlich dazwischen Mazzini und Garibaldi, und Marx und Lassalle, die aber wenigstens tot sind, und daneben Bebel und Liebknecht. Und dann sagt Woldemar: ‚Sehen Sie da den Bebel. Mein politischer Gegner, aber ein Mann von Gesinnung und Intelligenz.' Und wenn dann ein Adeliger aus der Residenz an ihn herantritt und ihm sagt: ‚Ich bin überrascht, Herr von Stechlin – ich glaubte den Grafen Schwerin hier zu finden', dann sagt Woldemar: ‚Ich habe die Fühlung mit diesem Herrn verloren.'"

Der Pastor lachte. „Und *Sie* wollen sterben. Wer so lange sprechen kann, der lebt noch zehn Jahr."

„Nichts, nichts. Ich halte Sie fest. Kommt es so, oder kommt es nicht so?"

„Nun, es kommt sicherlich *nicht* so."

„Sind Sie dessen sicher?"

„Ganz sicher."

„Dann sagen Sie mir, *wie* es kommt, aber ehrlich."

„Nun, das kann ich leicht, und Sie haben mir selber den Weg gewiesen, als Sie gleich anfangs von ‚König und Kronprinz' sprachen. Dieser Gegensatz existiert natürlich überall und in allen Lebensverhältnissen. Es kommen eben immer Tage, wo die Leute nach irgendeinem ‚Kronprinzen' aussehn. Aber so gewiß das richtig ist, noch richtiger ist das andre: der Kronprinz, nach dem ausgeschaut wurde, hält nie das, was man von ihm erwartete. Manchmal kippt er gleich um und erklärt in plötzlich erwachter Pietät, im Sinne des Hochseligen weiterregieren zu wollen; in der Regel aber macht er einen leidlich ehrlichen Versuch, als Neugestalter aufzutreten und holt ein Volksbeglückungsprogramm auch wirklich aus der Tasche. Nur nicht auf lange. ‚Leicht beieinander wohnen die Gedanken, doch eng im Raume stoßen sich die Sachen.' Und nach einem halben Jahre lenkt der Neuerer wieder in alte Bahnen und Geleise ein."

„Und so wird es Woldemar auch machen?"

„So wird es Woldemar auch machen. Wenigstens wird ihn die Lust sehr bald anwandeln, so halb und halb ins Alte wieder einzulenken."

„Und diese Lust werden Sie natürlich bekämpfen. Sie haben ihm in den Kopf gesetzt, daß etwas durchaus Neues kommen müsse. Sogar ein neues Christentum."

„Ich weiß nicht, ob ich so gesprochen habe; aber wenn ich so sprach, dies neue Christentum ist gerade das alte."

„Glauben Sie das?"

„Ich glaub es. Und was besser ist: ich fühl es."

„Nun gut, das mit dem neuen Christentum ist *Ihre* Sache; da will ich Ihnen nicht hineinreden. Aber das andre, da müssen Sie mir was versprechen. Besinnt er sich, und kommt er zu der Ansicht, daß das alte Preußen mit König und Armee, trotz all seiner Gebresten und altmodischen Geschichten, doch immer noch besser ist als das vom neuesten Datum, und daß wir Alten vom Cremmer-Damm und von Fehrbellin her, auch wenn es uns selber schlecht geht, immer noch mehr Herz für die Torgelowschen im Leibe haben als alle Torgelows zusammengenommen, kommt es zu solcher Rückbekehrung, *dann,* Lorenzen, stören Sie diesen Prozeß nicht. Sonst erschein ich Ihnen. Pastoren glauben zwar nicht an Gespenster, aber wenn welche kommen, graulen sie sich auch."

Lorenzen legte seine Hand auf die Hand Dubslavs und streichelte sie, wie wenn er des Alten Sohn gewesen wäre. „Das alles, Herr von Stechlin, kann ich Ihnen gern versprechen. Ich habe Woldemar erzogen, als es mir oblag, und Sie haben in Ihrer Klugheit und Güte mich gewähren lassen. Jetzt ist Ihr Sohn ein vornehmer Herr und hat die Jahre. Sprechen hat seine Zeit, und Schweigen hat seine Zeit. Aber wenn Sie ihn und mich von oben her unter Kontrolle nehmen und eventuell mir erscheinen wollen, so schieben Sie mir dabei nicht zu, was mir nicht zukommt. Nicht *ich* werde ihn führen. Dafür ist gesorgt. Die Zeit wird sprechen, und neben der Zeit das neue Haus, die blasse junge Frau und vielleicht auch die schöne Melusine."

Der Alte lächelte. „Ja, ja."

Zweiundvierzigstes Kapitel

So ging das Gespräch. Und als Lorenzen aufbrach, fühlte sich der Alte wie belebt und versprach sich eine gute Nacht mit viel Schlaf und wenig Beängstigung.

Aber es kam anders; die Nacht verlief schlecht, und als der Morgen da war und Engelke das Frühstück brachte, sagte Dubslav: „Engelke, schaff die Wabe weg; ich kann das süße Zeug nicht mehr sehn. Krippenstapel hat es gut gemeint. Aber es is nichts damit und überhaupt nichts mit der ganzen Heilkraft der Natur."

„Ich glaube doch, gnäd'ger Herr. Bloß gegen die Gegenkraft kann die Wabe nich an."

„Du meinst also: ‚für 'n Tod kein Kraut gewachsen ist.' Ja, das wird es wohl sein; das mein ich auch."

Engelke schwieg.

Eine Stunde später kam ein Brief, der, trotzdem er aus nächster Nähe stammte, doch durch die Post befördert worden war. Er war von Ermyntrud, behandelte die durch Koseleger und sie selbst geplante Gründung eines Rettungshauses für verwahrloste Kinder und äußerte sich am Schlusse dahin, daß, „wenn sich – hoffentlich binnen kurzem – ihre Wünsche für Dubslavs fortschreitende Gesundheit erfüllt haben würden", Agnes, das Enkelkind der alten Buschen, als erste, wie sie vertraue, sittlich zu Heilende in das Asyl aufgenommen werden möchte.

Dubslav drehte den Brief hin und her, las noch einmal und sagte dann: „Oh, diese Komödie ... ‚wenn sich meine Wünsche für Ihre fortschreitende Gesundheit erfüllt haben werden' ... das heißt doch einfach, ‚wenn Sie sich demnächst den Rasen von unten ansehn'. Alle Menschen sind Egoisten, Prinzessinnen auch, und sind sie fromm, so haben sie noch einen ganz besonderen

Jargon. Es mag so bleiben, es war immer so. Wenn sie nur ein bißchen mehr Vertrauen zu dem gesunden Menschenverstand andrer hätten."

Er steckte, während er so sprach, den Brief wieder in das Kuvert und rief Agnes.

Das Kind kam auch.

„Agnes, gefällt es dir hier?"

„Ja, gnäd'ger Herr, es gefällt mir hier."

„Und ist dir auch nicht zu still?"

„Nein, gnäd'ger Herr, es ist mir auch nicht zu still. Ich möchte immer hier sein."

„Na, du sollst auch bleiben, Agnes, solang es geht. Und nachher. Ja, nachher ..."

Das Kind kniete vor ihm nieder und küßte ihm die Hände.

Dubslavs Zustand verschlechterte sich schnell. Engelke trat an ihn heran und sagte: „Gnäd'ger Herr, soll ich nicht in die Stadt schicken?"

„Nein."

„Oder zu der Buschen?"

„Ja, das tu. So 'ne alte Hexe kann es immer noch am besten."

In Engelkens Augen traten Tränen.

Dubslav, als er es sah, schlug rasch einen andern Ton an. „Nein, Engelke, graule dich nicht vor deinem alten Herrn. Ich habe es bloß so hingesagt. Die Buschen soll nich kommen. Es würde mir wohl auch nicht viel schaden, aber wenn man schon so in sein Grab sieht, dann muß man doch anders sprechen, sonst hat man schlechte Nachrede bei den Leuten. Und das möcht ich nich, um meinetwegen nich und um Woldemars wegen nich ... Und dabei fällt mir auch noch Adelheid ein ... Die käme mir am Ende gleich nach, um mich zu retten. Nein, Engelke nich die Buschen. Aber gib mir noch mal von den Tropfen. Ein bißchen besser als der Tee sind sie doch."

Engelke ging, und Dubslav war wieder allein. Er fühlte, daß es zu Ende gehe. „Das ‚Ich' ist nichts – damit muß man sich durchdringen. Ein ewig Gesetzliches vollzieht sich, weiter nichts, und dieser Vollzug, auch wenn er ‚Tod' heißt, darf uns nicht schrecken. In das Gesetzliche sich ruhig schicken, das macht den sittlichen Menschen und hebt ihn."

Er hing dem noch so nach und freute sich, alle Furcht überwunden zu haben. Aber dann kamen doch wieder Anfälle von

Angst, und er seufzte: „Das Leben ist kurz, aber die Stunde ist lang.“

Es war eine schlimme Nacht. Alles blieb auf. Engelke lief hin und her, und Agnes saß in ihrem Bett und sah mit großen Augen durch die halbgeöffnete Tür in das Zimmer des Kranken. Erst als schon der Tag graute, wurde durch das ganze Haus hin alles ruhiger; der Kranke nickte matt vor sich hin, und auch Agnes schlief ein.

Es war wohl schon sieben – die Parkbäume hinter dem Vorgarten lagen bereits in einem hellen Schein –, als Engelke zu dem Kind herantrat und es weckte. „Steih upp, Agnes.“

„Is he dod?“

„Nei. He slöppt en beten. Un ick glöw, et sitt em nich mihr so upp de Bost.“

„Ick grul mi so.“

„Dat brukst du nich. Un kann ook sinn, he slöppt sich wedder gesunn ... Un nu, steih upp un bind di ook en Doog um 'n Kopp. Et is noch en beten küll drut. Un denn geih in 'n Goaren un plück em (wenn du wat finnst) en beten Krokus oder wat et sünsten is.“

Die Kleine trat auch leise durch die Balkontür auf die Veranda hinaus und ging auf das Rundell zu, um nach ein paar Blumen zu suchen. Sie fand auch allerlei; das Beste waren Schneeglöckchen. Und nun ging sie, mit den Blumen in der Hand, noch ein paarmal auf und ab und sah, wie die Sonne drüben aufstieg. Sie fröstelte. Zugleich aber kam ihr ein Gefühl des Lebens. Dann trat sie wieder in das Zimmer und ging auf den Stuhl zu, wo Dubslav saß. Engelke, die Hände gefaltet, stand neben seinem Herrn.

Das Kind trat heran und legte die Blumen dem Alten auf den Schoß.

„Dat sinn de ihrsten“, sagte Engelke, „un wihren ook woll de besten sinn.“

Dreiundvierzigstes Kapitel

Es war Mittwoch früh, daß Dubslav, still und schmerzlos, das Zeitliche gesegnet hatte. Lorenzen wurde gerufen; auch Kluckhuhn kam, und eine Stunde später war ein Gemeindediener unterwegs, der die Nachricht von des Alten Tode den im

Kreise Zunächstwohnenden überbringen sollte, voran der Domina, dann Koseleger, dann Katzlers und zuletzt den beiden Gundermanns.

Den Tag drauf trafen zwei Briefe bei den Barbys ein, der eine von Adelheid, der andre von Armgard. Adelheid machte dem gräflichen Hause kurz und förmlich die Anzeige von dem Ableben ihres Bruders, unter gleichzeitiger Mitteilung, „daß das Begräbnis am Sonnabend mittag stattfinden werde". Der Brief Armgards aber lautete: „Liebe Melusine! Wir bleiben noch bis morgen hier – noch einmal das Forum, noch einmal den Palatin. Ich werde heute noch aus der Fontana Trevi trinken, dann kommt man wieder, und das ist für jeden, der Rom verläßt, bekanntlich der größte Trost. Wir gehen nun nach Capri, aber in Etappen, und bleiben unter anderm einen halben Tag in Monte Cassino, wo (verzeih meine Weisheit) das ganze Ordenswesen entstanden sein soll. Ich liebe Klöster, wenn auch nicht für mich persönlich. Neapel berühren wir nur kurz und gehen gleich bis Amalfi, wenn wir nicht das höher gelegene Ravello bevorzugen. Dann erst über Sorrent nach Capri, dem eigentlichen Ziel unserer Reise. Wir werden nicht bei Pagano wohnen, wo, bei allem Respekt vor der Kunst, zu viel Künstler sind, sondern weiter abwärts, etwa auf halber Höhe. Wir haben von hier aus eine Empfehlung. In acht Tagen sind wir sicher da. Sorge, daß wir dann einen Brief von dir vorfinden. Vorher sind wir so gut wie unerreichbar, ein Zustand, den ich mir als Kind immer gewünscht und mir als etwas ganz besonders Poetisches vorgestellt habe. Küsse meinen alten Papa. Nach Stechlin hin tausend Grüße, vor allem aber bleibe, was du jederzeit warst: die Schwester, die Mutter (nur nicht die Tante) deiner glücklichen, dich immer und immer wieder zärtlich liebenden Armgard."

Armgards Brief kam kaum zu seinem Recht, weil sowohl der alte Graf wie Melusine ganz der Erwägung lebten, ob es nicht, trotz Armgards gegenteiliger Vorwegversicherung, vielleicht doch noch möglich sein würde, das junge Paar irgendwo telegraphisch zu erreichen; aber es ging nicht, man mußt es aufgeben und sich begnügen, allerpersönlichst Vorbereitungen für die Fahrt nach Stechlin hin zu treffen. Des alten Grafen Befinden war nicht das beste, so daß seitens des Hausarztes sein Fernbleiben von dem Begräbnis dringend gewünscht wurde. Daran aber war gar nicht zu denken. Und so brachen denn

Vater und Tochter am Sonnabend früh nach Stechlin hin auf. Jeserich wurde mitgenommen, um für alle Fälle zur Hand zu sein. Es war Prachtwetter, aber scharfe Luft, so daß man trotz Sonnenschein fröstelte.

In dem alten Herrenhause zu Stechlin sah es am Begräbnistage sehr verändert aus; sonst so still und abgeschieden, war heute alles Andrang und Bewegung. Zahllose Kutschen erschienen und stellten sich auf dem Dorfplatz auf, die meisten ganz in Nähe der Kirche. Diese lag in prallem Sonnenschein da, so daß man deutlich die hohen, in die Feldsteinwand eingemauerten Grabsteine sah, die früher, vor der Restaurierung, im Kirchenschiff gelegen hatten. Efeu fehlte; nur Holunderbüsche, die zu grünen anfingen, und dazwischen Ebereschensträucher wuchsen um den Chor herum.

Der Tote war auf dem durch Palmen und Lorbeer in eine grüne Halle umgewandelten Hausflur aufgebahrt. Adelheid machte die Honneurs, und ihre hohen Jahre, noch mehr aber ihr Selbstbewußtsein, ließen sie die ihr zuständige Rolle mit einer gewissen Würde durchführen. Außer den Barbys, Vater und Tochter, waren, von Berlin her, noch Baron und Baronin Berchtesgaden gekommen, ebenso Rex und Hauptmann von Czako. Rex sah aus, als ob er am Grabe sprechen wolle, während sich Czako darauf beschränkte, das gesellschaftliche Durchschnittstrauermaß zu zeigen.

Aber diese Berliner Gäste verschwanden natürlich in dem Kontingent, das die Grafschaft gestellt hatte. Dieselben Herren, die sich – kaum ein halbes Jahr zurück – am Rheinsberger Wahltage zusammengefunden und sich damals, von ein paar Ausnahmen abgesehen, über Torgelows Sieg eigentlich mehr erheitert als geärgert hatten, waren auch heute wieder da: Baron Beetz, Herr von Krangen, Jongherr van dem Peerenbom, von Gnewkow, von Blechernhahn, von Storbek, von Molchow, von der Nonne, die meisten, wie herkömmlich, mit sehr kritischen Gesichtern. Auch Direktor Thormeyer war gekommen, in pontificalibus, angetan mit so vielen Orden und Medaillen, daß er damit weit über den Landadel hinauswuchs. Einige stießen sich denn auch an, und Molchow sagte mit halblauter Stimme zu von der Nonne: „Sehn Sie, Nonne, das ist die ‚Schmetterlingsschlacht', von der man jetzt jeden Tag in den Zeitungen liest." Aber trotz dieser spöttischen Bemerkung, wäre Thormeyer doch Hauptgegenstand aller Aufmerksamkeit geblieben, wenn nicht der jeden Ordensschmuck verschmähende, nur mit einem hochkragigen und uralten Frack angetane Edle Herr von Alten-Friesack ihm siegreiche Konkurrenz gemacht hätte. Das wendisch Götzenbildartige, das sein Kopf zeigte, gab auch heute wieder den Ausschlag zu seinen Gunsten. Er nickte nur pagodenhaft hin und her und schien selbst an die vom ältesten Adel die Frage zu richten: „Was wollt ihr hier?" Er hielt sich nämlich (worin er einer ererbten Geschlechtsanschauung folgte) für den einzig wirklich berechtigten Bewohner und Vertreter der ganzen Grafschaft.

Das waren so die Hauptanwesenden. Alles stand dichtgedrängt, und von Blechernhahn, der in bezug auf „Schneid" beinah an von Molchow heranreichte, sagte: „Bin neugierig, was der Lorenzen heute loslassen wird. Er gehört ja zur Richtung Göhre."

„Ja, Göhre", sagte von Molchow. „Merkwürdig, wie der Zufall spielt. Das Leben macht doch immer die besten Witze."

Weiter kam es mit dieser ziemlich ungeniert geführten Unterhaltung nicht, weil sich, als Molchow eben seinen Pfeil abgeschossen hatte, die Gesamtaufmerksamkeit auf jene Flurstelle richtete, wo der aufgebahrte Sarg stand. Hier war nämlich und zwar in einem brillant sitzenden und mit Atlasaufschlägen ausstaffierten Frack in ebendiesem Augenblicke der Rechtsanwalt Katzenstein erschienen und schritt, nachdem er einen Granseeschen Riesenkranz am Fußende des Sarges niedergelegt hatte, mit jener Ruhe, wie sie nur das gute Gewissen gibt, auf Adelheid zu, vor der er sich respektvollst verneigte. Diese bewahrte gute Haltung und dankte. Von verschiedenen Seiten her aber hörte man leise das Wort „Affront", während ein in unmittelbarer Nähe des Edlen Herrn von Alten-Friesack stehender, erst seit kurzem zu Christentum und Konservatismus übergetretener Katzensteinscher Kollege lächelnd vor sich hin murmelte: „Schlauberger!"

Und nun war es Zeit.

Der Zug ordnete sich, Militärmusik aus der nächsten Garnison schritt vorauf; dann traten die Stechliner Bauern heran, die darum gebeten hatten, den Sarg tragen zu dürfen. Diener und Mädchen aus dem Hause nahmen die Kränze. Dann kam Adelheid mit Pastor Lorenzen, an die sich die Trauerversammlung (viele von ihnen in Landstandsuniform) unmittelbar anschloß. Draußen sah man, daß eine große Zahl kleiner Leute Spalier gebildet hatte. Das waren die von Globsow. Sie hatten bei der

Rheinsberger Wahl alle für Torgelow oder doch wenigstens für Katzenstein gestimmt; jetzt aber, wo der Alte tot war, waren sie doch vorwiegend der Meinung: „He wihr so wiet janz good."

Die Musik klang wundervoll; kleine Mädchen streuten Blumen, und so ging es den etwas ansteigenden Kirchhof hinauf, zwischen den Gräbern hindurch und zuletzt auf das uralte, niedrige Kirchenportal zu. Vor dem Altar stellten sie den Sarg auf einen mit einer Versenkungsvorrichtung versehenen Stein, unter dem sich die Gruft der Stechline befand. Schiff und Emporen waren überfüllt; bis auf den Kirchhof hinaus stand alles Kopf an Kopf. Und nun trat Lorenzen an den Sarg heran, um über den, den er trotz aller Verschiedenheit der Meinungen so sehr geliebt und verehrt, ein paar Worte zu sagen.

„‚Wer seinen Weg richtig wandelt, kommt zu seiner Ruhe in der Kammer.' Diesen Weg zu wandeln, war das Bestreben dessen, an dessen Sarge wir hier stehn. Ich gebe kein Bild seines Lebens, denn wie dies Leben war, es wissen's alle, die hier erschienen sind. Sein Leben lag aufgeschlagen da, nichts verbarg sich, weil sich nichts zu verbergen brauchte. Sah man ihn, so schien er ein Alter, auch in dem, wie er Zeit und Leben ansah; aber für die, die sein wahres Wesen kannten, war er kein Alter, freilich auch kein Neuer. Er hatte vielmehr das, was über alles Zeitliche hinaus liegt, was immer gilt und immer gelten wird: ein Herz. Er war kein Programmedelmann, kein Edelmann nach der Schablone, wohl aber ein Edelmann nach jenem alles Beste umschließenden Etwas, das Gesinnung heißt. Er war recht eigentlich frei. Wußt es auch, wenn er's auch oft bestritt. Das goldene Kalb anbeten, war nicht seine Sache. Daher kam es auch, daß er vor dem, was das Leben so vieler andrer verdirbt und unglücklich macht, bewahrt blieb, vor Neid und bösem Leumund. Er hatte keine Feinde, weil er selber keines Menschen Feind war. Er war die Güte selbst, die Verkörperung des alten Weisheitssatzes: ‚Was du nicht willst, daß man dir tu.'

Und das leitet mich denn auch hinüber auf die Frage nach seinem Bekenntnis. Er hatte davon weniger das Wort als das Tun. Er hielt es mit den guten Werken und war recht eigentlich das, was wir überhaupt einen Christen nennen sollten. Denn er hatte die Liebe. Nichts Menschliches war ihm fremd, weil er sich selbst als Mensch empfand und sich eigner menschlicher Schwäche jederzeit bewußt war. Alles, was einst unser Herr und Heiland gepredigt und gerühmt, und an das er die Segensverheißung geknüpft hat – all das war sein: Friedfertigkeit,

Barmherzigkeit und die Lauterkeit des Herzens. Er war das Beste, was wir sein können, ein Mann und ein Kind. Er ist nun eingegangen in seines Vaters Wohnungen und wird da die Himmelsruhe haben, die der Segen aller Segen ist."

Einige der Anwesenden sahen sich bei dieser Schlußwendung an. Am meisten bemerkt wurde Gundermann, dessen der Rede halb zustimmende, halb ablehnende Haltung bei den versammelten „Alten und Echten" (die wohl *sich*, aber nicht *ihm* ein Recht der Kritik zuschrieben), auch hier wieder ein Lächeln hervorrief. Dann folgte mit erhobener Stimme Gebet und Einsegnung, und als die Orgel intonierte, senkte sich der auf dem Versenkungsstein stehende Sarg langsam in die Gruft. Einen Augenblick später, als der wiederaufsteigende Stein die Gruftöffnung mit einem eigentümlichen Klappton schloß, hörte man von der Kirchentür her erst ein krampfhaftes Schluchzen und dann die Worte: „Nu is allens ut; nu möt ick ook weg." Es war Agnes. Man nahm das Kind von dem Schemel herunter, auf dem es stand, um es unter Zuspruch der Nächststehenden auf den Kirchhof hinauszuführen. Da schlich es noch eine Weile weinend zwischen den Gräbern hin und her und ging dann die Straße hinunter auf den Wald zu.

Die alte Buschen selbst hatte nicht gewagt, mit dabeizusein.

Unter denen, die draußen auf dem Kirchhof standen, waren auch von Molchow und von der Nonne. Jeder von ihnen wartete auf seine Kutsche, die, weil der Andrang so groß war, nicht gleich vorfahren konnte. Beide froren bitterlich bei der scharfen Luft, die vom See herwehte.

„Ich weiß nicht", sagte von der Nonne. „warum sie die Feier nicht im Hause, wo sie doch heizen konnten, abgehalten haben; es war ja da drin gar keine menschliche Temperatur mehr. Und nun erst hier draußen."

„Is leider so", sagte Molchow, „und ich werde wohl auch mit 'ner Kopfkolik abschließen. Und mitunter stirbt man dran. Aber wenn man in Berlin is (und ich habe da neulich auch so was mitgemacht), is es doch noch schlimmer. Da haben sie was, was sie 'ne Leichenhalle nennen, 'ne Art Kapelle mit Bibelspruch und Lorbeerbäumen, und dahinter verstecken sich ein paar Gesangsmenschen. Wenn man sie nachher aber sieht, sehen sie sehr gefrühstückt aus."

„Kenn ich, kenn ich", sagte Nonne.

„Nu, der Gesang", fuhr Molchow fort, „das ginge noch, den

kann man schließlich aushalten. Aber der Fußboden und der Zug durch die offenstehende Tür. Und wenn man noch bloß *den* kriegte. Wer aber Pech hat, der kommt, wenn's Winter is, dicht neben einen Kanonenofen zu stehn, und wenn ich sage, ‚der pustet', so sag ich noch wenig. Und der Geistliche kann einem auch leid tun. Er spricht sozusagen für niemanden. Wer kann denn bei solchem Zug und solchem Ofenpusten ordentlich zuhören? Und bloß das weiß ich, daß ich immer an die drei Männer im feurigen Ofen gedacht habe. So halb Eisklumpen, halb Bratapfel is nich mein Fall."

„Ja, die Berliner", sagte Nonne ... „Nich zu glauben."

„Nich zu glauben. Und dabei bilden sie sich ein, sie hätten eigentlich alles am besten. Und mancher von ihnen glaubt es auch wirklich. Aber die Hölle lacht."

„Ich bitte Sie, Molchow, menagieren Sie sich! Das über Berlin, na, das ginge vielleicht noch. Aber so gleich hier von Hölle, hier mitten auf 'nem christlichen Kirchhof. ..."

Bald danach hatte sich der Kirchhof geleert, und alles, was in der Grafschaft wohnte, war auf dem Heimwege. Nur die von Berlin her erschienenen Gäste, die den nächsten, an Gransee vorüberkommenden Rostocker Zug abzuwarten hatten, waren in das Herrenhaus zurückgekehrt, wo mittlerweile für einen Imbiß Sorge getragen war. Rex und Czako, desgleichen auch die Berchtesgadens, nahmen erst ein Glas Wein und dann eine Tasse Kaffee. Zwischen dem alten Grafen und Adelheid knüpfte sich ein mäßig belebtes Gespräch an, wobei der Graf der Vorzüge des Verstorbenen gedachte. Da Schwester Adelheid jedoch, wie so viele Schwestern, allerlei Zweifel und Bedenken hinsichtlich des Tuns und Treibens ihres Bruders hegte, so ging man bald zu den Kindern über und beklagte, daß sie bei einer so schönen Feier nicht hätten zugegen sein können. Dazwischen wurde dann freilich das fast entgegengesetzt klingende Bedauern laut, daß das junge Paar seinen Aufenthalt im Süden wohl werde abbrechen müssen. Der alte Graf in seiner Güte fand alles, was Adelheid sagte, sehr verständig, während sich Adelheids Gefühle mit der Anerkennung begnügten, daß sie sich den Alten eigentlich schlimmer gedacht habe.

Vierundvierzigstes Kapitel

Melusine war aus der Kirche mit in das Herrenhaus zurückgekehrt und widmete sich hier auf eine kurze Weile zunächst ihren Freunden, den Berchtesgadens, dann Rex und Czako. Danach ging sie in die Pfarre hinüber, um Lorenzen zu danken und noch ein kurzes Gespräch mit ihm über Woldemar und Armgard zu haben, im wesentlichen eine Wiederholung alles dessen, was sie schon während ihres Weihnachtsbesuches mit ihm durchgesprochen hatte. Sie verplauderte sich dabei wider Wunsch und Willen, und als sie schließlich nach dem Herrenhause zurückkehrte, begegnete sie bereits jener Aufbruchsunruhe, die kein ernstes Eingehen auf irgendein Thema mehr zuläßt. Sie beschränkte sich deshalb auf ein paar Worte mit Tante Adelheid. Daß man sich gegenseitig nicht mochte, war der einen so gewiß wie der andern. Sie waren eben Antipoden: Stiftsdame und Weltdame, Wutz und Windsor, vor allem enge und weite Seele.

„Welch ein Mann, Ihr Pastor Lorenzen", sagte Melusine. „Und zum Glück auch noch unverheiratet."

„Ich möchte das nicht so betonen und noch weniger es beloben. Es widerspricht dem Beispiele, das unser Gottesmann gegeben, und widerspricht auch wohl der Natur."

„Ja, der Durchschnittsnatur. Es gibt aber, Gott sei Dank, Ausnahmen. Und das sind die eigentlich Berufenen. Eine Frau nehmen, ist alltäglich ..."

„Und keine Frau nehmen, ist ein Wagnis. Und die Nachrede der Leute hat man noch obenein."

„Diese Nachrede hat man immer. Es ist das erste, wogegen man gleichgültig werden muß. Nicht in Stolz, aber in Liebe."

„Das will ich gelten lassen. Aber die Liebe des natürlichen Menschen bezeigt sich am besten in der Familie."

„Ja, die des natürlichen Menschen ..."

„Was ja so klingt, Frau Gräfin, als ob Sie dem Unnatürlichen das Wort reden wollten."

„In gewissem Sinne ‚ja', Frau Domina. Was entscheidet, ist, ob man dabei nach oben oder nach unten rechnet."

„Das Leben rechnet nach unten."

„Oder nach oben; je nachdem."

Es klang alles ziemlich gereizt. Denn so leichtlebig und heiter Melusine war, *einen* Ton konnte sie nicht ertragen, den sittlicher Überheblichkeit. Und so war eine Gefahr da, sich die Schraubereien fortsetzen zu sehen. Aber die Meldung, daß die Wagen vorgefahren seien, machte dieser Gefahr ein Ende. Melusine brach ab und teilte nur noch in Kürze mit, daß sie vorhabe, morgen mit dem frühesten von Berlin aus einen Brief zu schreiben, der mutmaßlich gleichzeitig mit dem jungen Paar in Capri eintreffen werde. Adelheid war damit einverstanden, und Melusine nahm Baron Berchtesgadens Arm, während der alte Graf die Baronin führte.

Das Verdeck des vor dem Portal haltenden Wagens war zurückgeschlagen, und alsbald hatten die Baronin und Melusine im Fond, die beiden Herren aber auf dem Rücksitz Platz genommen. So ging es eine schon in Kätzchen stehende Weidenallee hinunter, die beinahe geradlinig auf Gransee zuführte. Das Wetter war wunderschön; von der Kälte, die noch am Vormittag geherrscht hatte, zeigte sich nichts mehr; der Himmel war gleichmäßig grau, nur hier und da eine blaue Stelle. Der Rauch stand in der stillen Luft, die Spatzen quirilierten auf den Telegraphendrähten und aus dem Saatengrün stiegen die Lerchen auf. „Wie schön“, sagte Baron Berchtesgaden, „und dabei spricht man immer von der Dürftigkeit und Prosa dieser Gegenden.“ Alles stimmte zu, zumeist der alte Graf, der die Frühlingsluft einsog und immer wieder aussprach, wie glücklich ihn diese Stunde mache. Sein Bewegtsein fiel auf.

„Ich dachte, lieber Barby“, sagte der Baron, „in meinen Huldigungen gegen Ihre märkische Frühlingslandschaft ein Äußerstes getan zu haben. Aber ich sehe, ich bleibe doch weit zurück; Sie schlagen mich aus dem Felde.“

„Ja“, sagte der alte Graf, „und mir kommt es wohl auch zu. Denn ich bin der erste dran, davon Abschied nehmen zu müssen.“

Rex und Czako folgten in einem leichten Jagdwagen. Die beiden Schecken, kleine Shetländer, warfen ihre Mähnen. Daß man von einem Begräbnis kam, war dem Gefährt nicht recht anzusehen.

„Rex“, sagte Czako, „Sie könnten nun wieder ein ander Gesicht aufsetzen. Oder wollen Sie mich glauben machen, daß Sie wirklich betrübten Herzens sind?“

„Nein, Czako, so gröblich inszenier ich mich nicht. Und käme mir so was in den Sinn, so jedenfalls nicht vor einem Publikum, das Czako heißt. Übrigens wollen Sie bloß etwas von sich auf mich abwälzen. *Sie* sind betrübt und wenn ich mir alles überlege, so steht es so, daß Sie bei dem Chateau Lafitte nicht auf Ihre Rechnung gekommen sind. Er wirkte – denn des Alten

‚Bocksbeutel' hab ich von unserem Oktoberbesuch her noch in dankbarer Erinnerung – wie wenn ihn Tante Adelheid aus ihrem Kloster mitgebracht hätte."

„Rex, Sie sind ja wie vertauscht und reden beinah in meinem Stil. Es ist doch merkwürdig, sowie die Menschen dies Nest, dies Berlin, erst hinter sich haben, fängt Vernunft wieder an zu sprechen."

„Sehr verbunden. Aber eskamotieren Sie nicht die Hauptsache. Meine Frage bleibt, ‚warum so belegt, Czako?' Denn daß Sie das sind, ist außer Zweifel. Wenn's also nicht von dem Lafitte stammt, so kann es nur Melusine sein."

Czako seufzte.

„Da haben wir's. Tatsache festgestellt, obwohl ich Ihren Seufzer nicht recht verstehe. Sie haben nämlich nicht den geringsten Grund dazu. Gesamtsituation umgekehrt überaus günstig.

„Sie vergessen, Rex, die Gräfin ist sehr reich."

„Das erschwert nicht, das erleichtert bloß."

„Und außerdem ist sie grundgescheit."

„Das sind Sie beinah auch, wenigstens mitunter."

„Und dann ist die Gräfin eine Gräfin, ja, sogar eine Doppelgräfin, erst durch Geburt und dann durch Heirat noch mal. Und dazu diese verteufelt vornehmen Namen: Barby, Ghiberti. Was soll da Czako? Teuerster Rex, man muß den Mut haben, den Tatsachen ins Auge zu sehn. Ich mache mir keinen Hehl draus, Czako hat was merkwürdig Kommißmäßiges, etwa wie Landwehrmann Schultze. Kennen Sie das reizende Ballett ‚Uckermärker und Picarde'? Da haben Sie die ganze Geschichte. Melusine ist die reine Picarde."

„Zugegeben. Aber was schadet das? Italienisieren Sie sich und schreiben Sie sich von morgen ab Ciacco. Dann sind Sie dem Ghiberti trotz seiner Grafenschaft dicht auf den Hacken."

„Sapristi, Rex, c'est une idée."

Fünfundvierzigstes Kapitel

Das junge Paar war, nach geplantem kurzen Aufenthalt erst in Amalfi und dann in Sorrent, in Capri angekommen. Woldemar fragte nach Briefen, erfuhr aber, daß nichts eingegangen.

Armgard schien verstimmt. „Melusine läßt sonst nie warten."

„Das hat dich verwöhnt. Sie verwöhnt dich überhaupt."

„Vielleicht. Aber, so dir's recht ist, darüber erst später einmal, nicht heute; für solche Geständnisse sind wir doch eigentlich noch nicht lange genug verheiratet. Wir sind ja noch in den Flitterwochen."

Woldemar beschwichtigte. „Morgen wird ein Brief da sein. Schließen wir also Frieden, und steigen wir, wenn dir's paßt, nach Anacapri hinauf. Oder wenn du nicht steigen magst, bleiben wir, wo wir sind, und suchen uns hier eine gute Aussichtsstelle."

Es war auf dem Frontbalkon ihres am mittleren Abhang gelegenen Albergo, daß sie dies Gespräch führten, und weil die Mühen und Anstrengungen der letzten Tage ziemlich groß gewesen waren, war Armgard willens, für heute wenigstens auf Anacapri zu verzichten. Sie begnügte sich also, mit Woldemar auf das Flachdach hinaufzusteigen, und verlebte da, angesichts der vor ihnen ausgebreiteten Schönheit, eine glückliche Stunde. Von Sorrent kamen Fischerboote herüber, die Fischer sangen, und der Himmel war klar und blau; nur drüben aus dem Kegel des Vesuv stieg ein dünner Rauch auf und von Zeit zu Zeit war es, als vernähme man ein dumpfes Rollen und Grollen.

„Hörst du's?" fragte Armgard.

„Gewiß. Und ich weiß auch, daß man einen Ausbruch erwartet. Vielleicht erleben wir's noch."

„Das wäre herrlich."

„Und dabei", fuhr Woldemar fort, „komm ich von der eiteln Vorstellung nicht los, daß, wenn's da drüben ernstlich anfängt, unser Stechlin mittut, wenn auch bescheiden. Es ist doch eine vornehme Verwandschaft."

Armgard nickte, und von der Uferstelle her, wo die Sorrentiner Fischer eben anlegten, klang es herauf:

„Tre giorni son che Nina, che Nina,
In letto ne se sta . . ."

Am andern Tage, wie vorausgesagt, kam ein Brief von Melusine, diesmal aber nicht an die Schwester, sondern an Woldemar adressiert.

„Was ist?" fragte Armgard, der die Bewegung nicht entging, die Woldemar, während er las, zu bekämpfen suchte.

„Lies selbst."

Und dabei gab er ihr den Brief mit der Todesanzeige des Alten.

An ein Eintreffen in Stechlin, um noch der Beisetzung beiwohnen zu können, war längst nicht mehr zu denken; der Begräbnistag lag zurück. So kam man denn überein, die Rückreise langsam, in Etappen über Rom, Mailand und München machen, aber an jedem Orte (denn beide sehnten sich heim) nicht länger als einen Tag verweilen zu wollen. Von Capri nahm Woldemar ein einziges Andenken mit, einen Kranz von Lorbeer und Oliven. „Den hat er sich verdient." –

Die letzte Station war Dresden, und von hier aus war es denn auch, daß Woldemar ein paar kurze Zeilen an Lorenzen richtete.

„Lieber Lorenzen.

Seit einer halben Stunde sind wir in Dresden, und ich schreibe diese Zeilen angesichts des immer wieder schönen Bildes von der Terrasse aus, das auch auf den Verwöhntesten noch wirkt. Wir wollen morgen in aller Frühe von hier fort, sind um zehn in Berlin und um zwölf in Gransee. Denn ich will zunächst unser altes Stechlin wiedersehen und einen Kranz am Sarge niederlegen. Bitte, sorgen Sie, daß mich ein Wagen auf der Station erwartet. Wenn ich auch Sie persönlich träfe, so wäre mir das das Erwünschteste. Es plaudert sich unterwegs so gut. Und von wem könnt ich mehr und zugleich Zuverlässigeres erfahren, als von Ihnen, der Sie die letzten Tage mit durchlebt haben werden. Meine Frau grüßt herzlichst. Wie immer Ihr alter, treu und dankbar ergebenster

Woldemar v. St."

Um zwölf hielt der Zug auf Bahnhof Gransee. Woldemar sah schon vom Coupé aus den Wagen; aber statt Lorenzen war Krippenstapel da. Das war ihm zunächst nicht angenehm, aber er nahm es bald von der guten Seite. „Krippenstapel ist am Ende noch besser, weil er unbefangener ist und mit manchem weniger zurückhält. Lorenzen, wenn er dies Wort auch belächeln würde, hat einen diplomatischen Zug."

In diesem Augenblick erfolgte die Begrüßung mit dem inzwischen herangetretenen „Bienenvater", und alle drei bestiegen den Wagen, dessen Verdeck zurückgeschlagen war. Krippenstapel entschuldigte Lorenzen, „der wegen einer Trauung behindert sei", und so wäre denn alles in bester Ordnung gewesen, wenn unser trefflicher alter Museumsdirektor nur vor Antritt seiner Fahrt nach Gransee von einer Herausbesserung seines äußeren Menschen Abstand genommen hätte. Das war ihm aber unzulässig erschienen, und so saß er denn jetzt dem jungen Paare gegenüber, angetan mit einem Schlipsstreifen und einem großen Chemisettevorbau. Der Schlips war so schmal, daß nicht bloß der zur Befestigung der Vatermörder dienende Hemdkragenrand in halber Höhe sichtbar wurde, sondern leider auch der aus einem keilartigen Ausschnitt hervorlugende Adamsapfel, der sich nun, wie ein Ding für sich, beständig hin und her bewegte. Die Verlegenheit Armgards, deren Auge sich – natürlich ganz gegen ihren Willen – unausgesetzt auf dies Naturspiel richten mußte, wäre denn auch von Moment zu Moment immer größer geworden, wenn nicht Krippenstapels unbefangene Haltung schließlich über alles wieder hinweggeholfen hätte.

Dazu kam noch, daß seiner Unbefangenheit seine Mitteilsamkeit entsprach. Er erzählte von dem Begräbnis und wer vom Grafschaftsadel alles dagewesen sei. Dann kam Thormeyer an die Reihe, dann Katzenstein und die Domina und zuletzt auch „lütt Agnes".

„Des Kindes müssen wir uns annehmen", sagte Armgard.

„Wenn du darauf dringst, gewiß. Aber es liegt schwieriger damit, als du denkst. Solche Kinder, ganz im Gegensatz zur Pädagogenschablone, muß man sich selbst überlassen. Der gefährlichere Weg, wenn überhaupt was Gutes in ihnen steckt, ist jedesmal der bessere. Dann bekehren sie sich aus sich selbst heraus. Wenn aber irgendein Zwang diese Bekehrung schaffen will, so wird meist nichts draus. Da werden nur Heuchelei und Ziererei geboren. Eigner freier Entschluß wiegt hundert Erziehungsmaximen auf."

Armgard stimmte zu. Krippenstapel aber fuhr in seinem Berichte fort und erzählte von Kluckhuhn, von Uncke, von Elfriede; Sponholz werde in der nächsten Woche zurückerwartet, und Koseleger und die Prinzessin seien ein Herz und eine Seele, ganz besonders – und das sei das Allerneueste – seit man für ein Rettungshaus sammle. Seitens des Adels werde fleißig dazu beigesteuert; nur Molchow habe sich geweigert: so was schaffe bloß Konfusion.

Um zwei traf man in Schloß Stechlin ein. Woldemar durchschritt die verödeten Räume, verweilte kurze Zeit in dem Sterbezimmer und ging dann in die Kirchengruft, um da den Kranz an des Vaters Sarge niederzulegen.

Am späten Nachmittag erschien auch Lorenzen und sprach zunächst sein Bedauern aus, daß er einer Amtshandlung halber (Kossäth Zschocke habe sich wieder verheiratet) nicht habe kommen können. Er blieb dann noch den Abend über und erzählte vielerlei, zuletzt auch von dem, was er dem Alten feierlich habe versprechen müssen.

Woldemar lächelte dabei. „Die Zukunft liegt also bei *dir.*“ Und unter diesen Worten reichte er Armgard die Hand.

Sechsundvierzigstes Kapitel

Armgard hatte sich von der im Stechliner Hause herrschenden Weltabgewandtheit angeheimelt gefühlt. Aber der Gedanke, hier ihre Tage zu verbringen, lag ihr doch vorderhand noch fern, und so kehrte sie denn, kurz nach Ablauf einer Woche, nach Berlin zurück, wo mittlerweile Melusine für alles gesorgt und eine ganz in der Nähe von Woldemars Kaserne gelegene Wohnung gemietet und eingerichtet hatte.

Das war am Belle-Alliance-Platz. Als das junge Paar diese Wohnung bezog, ging die Saison bereits auf die Neige. Die Frühjahrsparaden nahmen ihren Anfang und gleich danach auch die Wettrennen, an denen Armgard voller Interesse teilnahm. Aber ihre Freude daran war doch geringer als sie geglaubt hatte. Weder das Großstädtische noch das Militärische, weder Sport noch Kunst behaupteten dauernd den Reiz, den sie sich anfänglich davon versprochen, und ehe der Hochsommer heran war, sagte sie: „Laß mich's dir gestehn, Woldemar, ich sehne mich einigermaßen nach Schloß Stechlin.“

Er hätte nichts Lieberes hören können. Was Armgard da sagte, war ihm aus der eignen Seele gesprochen. Liebenswürdig und bescheiden wie er war, stand ihm längst fest, daß er nicht berufen sei, jemals eine Generalstabsgröße zu werden, während das alte märkische Junkertum, von dem frei zu sein er sich eingebildet hatte, sich allmählich in ihm zu regen begann. Jeder neue Tag rief ihm zu: „Die Scholle daheim, die dir Freiheit gibt, ist doch das beste.“ So reichte er denn seine Demission ein. Man sah ihn ungern scheiden, denn er war nicht bloß wohlgelitten an der Stelle, wo er stand, sondern überhaupt beliebt. Man gab ihm, als sein Scheiden unmittelbar bevorstand, ein Abschiedsfest, und der ihm besonders wohlwollende Kommandeur des Regiments sprach in seiner Rede von den „schönen, gemeinschaftlich durchlebten Tagen in London und Windsor“. –

All die Zeit über waren natürlich auch die von einer Übersiedlung aufs Land unzertrennlichen kleinen Mühen und Sorgen an das junge Paar herangetreten. Unter diesen Sorgen – Lizzi hatte abgelehnt, weil sie die große Stadt und die „Bildung" nicht missen mochte – war in erster Reihe das Ausfindigmachen einer geeigneten Kammerjungfer gewesen. Es traf sich aber so glücklich, daß Portier Hartwigs hübsche Nichte mal wieder außer Stellung war, und so wurde diese denn engagiert. Melusine leitete die Verhandlungen mit ihr. „Ich weiß freilich nicht, Hedwig, ob es Ihnen da draußen gefallen wird. Ich hoff es aber. Und Sie werden jedenfalls zweierlei *nicht* haben: keinen Hängeboden und keinen ‚Ankratz', wie die Leute hier sagen. Oder wenigstens nicht mehr davon, als Ihnen schließlich doch vielleicht lieb ist."

„Ach, das ist nicht viel", versicherte Hedwig halb scham-, halb schalkhaft. –

Am 21. September wollte das junge Paar in Stechlin einziehen und alle Vorbereitungen dazu waren getroffen: Schulze Kluckhuhn trommelte sämtliche Kriegervereine zusammen (die Düppelstürmer natürlich am rechten Flügel), während Krippenstapel sich mit Tucheband über ein Begrüßungsgedicht einigte, das von Rolf Krakes ältester Tochter gesprochen werden sollte. Die Globsower gingen noch einen Schritt weiter und bereiteten eine Rede vor, darin der neue junge Herr als einer der „Ihrigen" begrüßt werden sollte.

Das alles galt dem Einundzwanzigsten.

Am Tage vorher aber traf ein Brief Melusinens bei Lorenzen ein, an dessen Schluß es hieß:

„Und nun, lieber Pastor, noch einmal das eine. Morgen früh zieht das junge Paar in das alte Herrenhaus ein, meine Schwester und mein Schwager. Erinnern Sie sich bei der Gelegenheit unsres in den Weihnachtstagen geschlossenen Paktes: es ist nicht nötig, daß die Stechline weiterleben, aber es lebe

der Stechlin."

ANHANG

ANMERKUNGEN

Irrungen Wirrungen

Entstehungsgeschichte und Selbstzeugnisse.

Der erste Entwurf geht auf das Jahr 1883 zurück, ungefähr gleichzeitig mit der Arbeit an *Cécile* und *Stine*. Erneute Arbeitsaufnahme im April 1884. Tagebuch 9. April: „Gearbeitet; meine neue Novelle Irrungen - Wirrungen wieder in Angriff genommen; die Kapitel geordnet." Tagebuch Anfang Mai: „Bis zum 2. Mai an meiner Novelle (Irrungen usw.) gearbeitet; dann stelle ich wegen Unwohlseins die Arbeit ein und beginne große Partien in die Umgebung von Berlin, zum Teil Ausflüge im Interesse meiner Novelle." ... „Vom 12. bis 26. Mai, runde 14 Tage, blieb ich in Hankels Ablage und schrieb acht Kapitel zu meiner Novelle Irrungen Wirrungen, wodurch ich dieselbe im ersten Entwurf zum Abschluß brachte." Abschluß bezieht sich auf den Rohentwurf. Am 14. Mai schrieb Fontane seiner Frau: „Natürlich ist mir dies Wetter nicht sehr angenehm und erschwert mir das Arbeiten; dennoch bin ich herzlich froh hier zu sein — in Berlin hätt ich gewiß einen Knacks weggekriegt. Trotz starken Abattu-seins hab ich auch heute wieder mein Kapitel geschrieben nach dem alten Goethe-Satze: ‚Gebt ihr euch einmal für Poeten, So kommandiert die Poesie.' Daß es gleich gut wird, ist schließlich auch nicht nötig und eigentlich von d e m, der täglich sein Pensum arbeitet auch nicht zu verlangen. Es wird wie's wird. In der Regel steht Dummes, Geschmackvolles, Ungeschicktes neben ganz Gutem und ist Letztres nur überhaupt da, so kann ich schon zufrieden sein. Ich habe dann nur noch die Aufgabe es herauszupulen. Dies ist zwar mitunter nicht bloß mühsam, sondern auch schwer; es gibt einem aber doch eine Beruhigung, zu wissen, ‚ja, d a ist es, suche nur und finde'. Meine ganze Produktion ist Psychographie und Kritik, Dunkelschöpfung im Lichte zurechtgerückt. Ein Zufall hat es so gefügt, daß ich diese ganze Novelle mit halber und viertel Kraft geschrieben habe. Dennoch wird ihr dies schließlich niemand ansehn." Nach der Rückkehr aus Hankels Ablage widmete sich Fontane der Arbeit am Konzept von *Cécile* und an den Entwürfen von *Der Birnbaum* und *Quitt*. Die Arbeit an *Irrungen Wirrungen* blieb für fast zwei Jahre ruhen. Erst als im April 1886 *Cécile* im Vorabdruck zu erscheinen begann, setzte er mit der Ausarbeitung des Manuskripts ein, die sich wider Erwarten bis in den Sommer 1887 hinzog. Zwar glaubte er sie schon Ende 1886 abgeschlossen zu haben — „Meine

Hauptbeschäftigung bis Neujahr war die Korrektur meiner Novelle ‚Irrungen Wirrungen'" –, doch nahm er das Manuskript zwecks Korrektur im März 1887 von neuem vor. Erst am 5. Juli heißt es: „Ganz damit fertig."

Der Vorabdruck erschien vom 24. Juli bis 23. August 1887 in der *Vossischen Zeitung*. Fontane begrüßte ihn in einem Brief vom 14. Juli 1887 an den Verleger und Redakteur Emil Dominik in der Hoffnung, „daß das bessere Publikum der ‚Vossin' so recht in der Lage ist, den berlinischen F l a v o u r der Sache – worauf ich mich schließlich doch wohl am besten verstehe – herauszuschmecken. Auch hat das rasche Aufeinanderfolgen der Kapitel große Vorteile. Anderseits sag ich mir: ‚Gott, wer liest Novellen bei der Hitze?' Wer hat jetzt Lust und Fähigkeit auf die hundert und, ich kann dreist sagen, auf die tausend Finessen zu achten, die ich dieser von mir besonders geliebten Arbeit mit auf den Lebensweg gegeben habe?" Die Spannung, die aus der Aufforderung an E. Dominik, den Herausgeber der Zeitschrift *Zur guten Stunde* sprach, ihm bald sein Urteil mitzuteilen, wurde zunächst durch Friedrich Stephany befriedigt, dem Fontane aus Seebad Rüdersdorf am 16. Juli 1887 dankte. „Seien Sie höchstens bedankt für Ihren Brief und die e r s t e Kritik über ‚Irrungen Wirrungen'. Ich kann nur sagen, ich wünsche von Herzen, daß die Kritiken, die folgen werden, nicht unfreundlicher ausfallen mögen. Ja, Sie haben es vorzüglich getroffen: ‚Die Sitte gilt und muß gelten.' Aber daß sie's muß, ist mitunter hart. Und weil es so ist, wie es ist, ist es am besten: man bleibt davon und rührt nicht dran. Wer dies Stück Erb- und Lebensweisheit mißachtet – von Moral spreche ich nicht gern –, der hat einen Knax fürs Leben weg. Ja, das wäre es ungefähr. Wenn ich Tugendphilister dergleichen schreiben konnte, so ist das die ewig alte Geschichte: Rotköppe mit Sommersprossen und einer riesigen Sirupstulle im Maul verschlingen Heldengeschichten [Anspielung auf Fontanes Gedicht *Fritz Katzfuß*. D. Verf.], und Leute, die keine Fliege an der Wand töten können, sind literarisch von einer Beilfestigkeit, um die sie Krauts [ein damals bekannter Scharfrichter, D. Verf.] beneiden könnte. So bin ich zum Schilderer der Demimondeschaft geworden. Ich hab es durch Intuition, um nicht blasphemistisch zu sagen ‚von oben'. Schließlich ist es aber nicht so wunderbar damit. Erstlich hat man doch auch in grauer Vergangenheit in dieser Welt ‚rumgeschnüffelt', und zweitens und hauptsächlichst: alles was wir wissen, wissen wir überhaupt mehr historisch als aus persönlichem Erlebnis. Der ‚Bericht' ist beinah alles. Alles ist Akten- oder Buch- oder Zeitungswissen, auch in den intimsten Fragen."

Die negative Aufnahme der Erzählung durch die Leser der *Vossischen Zeitung* bedeutete für Fontane eine schmerzliche, ihn zugleich empörende und niederdrückende Enttäuschung. Um so dankbarer empfing er Zeichen der Zustimmung aus seinem Familienkreis. Er schrieb am 8. September 1887 seinem Sohn Theo: „Auch darin hast Du recht, daß nicht alle Welt, wenigstens nicht nach außen hin, ebenso nachsichtig über Lene denken wird wie ich; aber so gern ich dies zugebe, so gewiß ist es mir auch, daß in diesem offnen Bekennen einer bestimmten Stellung zu diesen Fragen, ein Stückchen Wert und ein Stückchen Bedeutung des Buches liegt. Wir stecken ja bis über die Ohren in allerhand konventioneller Lüge und sollten uns schämen über die Heuchelei, die wir treiben, über das falsche Spiel, das wir spielen. Gibt es denn, außer ein paar Nachmittagspredigern, in deren Seelen ich auch nicht hineingucken mag, gibt es denn außer ein paar solchen fragwürdigen Ausnahmen noch irgendeinen gebildeten und herzensanständigen Menschen, der sich über eine Schneidermamsell mit einem freien Liebesverhältnis wirklich moralisch entrüstet? Ich kenne keinen und setze hinzu, Gott sei Dank, daß ich keinen kenne. Jedenfalls würde ich ihm aus dem Wege gehn und mich vor ihm als vor einem gefährlichen Menschen hüten. ‚Du sollst nicht ehebrechen', das ist nun bald vier Jahrtausende alt und wird auch wohl noch älter werden und in Kraft und Ansehn bleiben. Es ist ein Pakt, den ich schließe und den ich schon um deshalb, aber auch noch aus andern Gründen, ehrlich halten muß: Tu ich's nicht, so tu ich ein Unrecht, wenn nicht ein ‚Abkommen' die Sache anderweitig regelt. Der freie Mensch aber, der sich nach dieser Seite hin zu nichts verpflichtet hat, kann tun, was er will und muß nur die sogenannten ‚natürlichen Konsequenzen', die mitunter sehr hart sind, entschlossen und tapfer auf sich nehmen. Aber diese ‚natürlichen Konsequenzen', welcher Art sie sein mögen, haben mit der Moralfrage gar nichts zu schaffen. Im wesentlichen denkt und fühlt alle Welt so, und es wird nicht mehr lange dauern, daß diese Anschauung auch gilt und ein ehrlicheres Urteil herstellt. Wie haben sich die Dinge seit dem ‚Einmauern' und ‚In den Sack stecken' geändert, und wie werden sie sich weiter ändern. Empörend ist die Haltung einiger Zeitungen, deren illegitimer Kinderbestand weit über ein Dutzend hinausgeht (der Chefredakteur immer mit dem Löwenanteil) und die sich nun darin gefallen, mir ‚gute Sitten' beizubringen. Arme Schächer! Aber es finden sich immer Geheimräte, sogar unsubalterne, die solcher Heuchelei zustimmen."

Wiederum an den Sohn Theo, bei Sendung des inzwischen im Verlag F. W. Steffens, Dresden, Ende Januar 1888 erschienenen Buches: „Das gefeierte und verurteilte Buch ist nun da und präsentiert sich Dir im beifolgenden. Wirke für dasselbe; daß Münster die Stätte dafür, ist mir freilich nicht wahrscheinlich. Vor acht Tagen war ich noch in Furcht, daß man über das Buch herfallen werde, um es zu verschlingen, aber nicht im guten Sinne; heute schon bin ich in Furcht, daß nicht Huhn noch Hahn danach kräht. Es ist ein sonderbares Metier, die Schriftstellerei, und Du kannst mir danken, daß ich Dir zugerufen habe: bleibe davon! Nur die, die durchaus weiter nichts können und deutlich fühlen, daß sie wohl oder übel, nun mal an diese Stelle gehören und nur an diese, nur die dürfen es wagen.

Einfach weil sie müssen und weil ein andres Leben sie erst recht nicht befriedigen würde. Wer aber fühlt, daß er auch Beine abschneiden oder Bahnhofswölbungen berechnen oder einen neuen Stern oder ein neues Alkaloid entdecken kann, der bleibe von den Künsten fern."

Am 10. 2. 1888 schrieb Fontane an G. Friedlaender: „Schon wieder im Feld. Und diesmal mit den viel angefochtenen ‚Irrungen Wirrungen'. Daß sie sich siegreich durcharbeiten, ist mir bei der entsetzlichen Mediokrität deutscher Kritik und deutschen Durchschnittsgeschmacks nicht wahrscheinlich. Ist auch nicht nötig. Man muß es nehmen, wie's fällt. Und vielleicht hat man ja auch unrecht. Aber ich glaub es nicht." Aus der gleichen Zeit stammt der Tagebucheintrag: „Die Zeitungen schweigen sich darüber aus, an der Spitze die ‚Vossin'. Erst ärgere ich mich darüber, nun ist es überwunden, und ich lache. Viele Privatbriefe drücken ihre Zustimmung aus." Um so dankbarer empfing Fontane die Rezension von Paul Schlenther in der *Vossischen Zeitung* vom 1. April 1888, der am 20. April des gleichen Jahres die ähnlich positive Rezension von Otto Brahm in der *Frankfurter Zeitung* folgte. Er schrieb bereits am 14. September 1887 an P. Schlenther: „Ihre freundlichen Worte über ‚Irrungen Wirrungen' haben mir sehr wohlgetan, da bis jetzt nur wenige den Mut gehabt haben, sich ehrlich zu den darin niedergelegten Anschauungen zu bekennen. Die meisten, soweit sie nicht Heuchler sind, warten, gestützt ‚auf des Mutes beßren Teil', erst ab, wie der Hase läuft. Nur alle Mitglieder meiner Familie, die doch vielleicht am ehesten die Nase rümpfen könnten, haben sich rückhaltlos für den ‚Alten' erklärt. Mein alter Theo in Münster an der Spitze, der mich in seiner Mischung von Tugend und natürlicher Verwegenheit (alle Natur ist verwegen) geradezu gerührt hat." Und am 1. April 1888 erneut an Schlenther: „Der Dank für diese Liebestat soll doch nicht bis morgen früh warten ... Welche Osterfreude! Vater, Mutter, Tochter, alles gerührt – wenn man will, ein etwas lächerliches Bild, aber wie so vieles Lächerliche gut und erfreulich. Fünfzig Jahre lang habe ich mich nur bei Nullgraderfolgen, ohne Lob und ohne Tadel hingequält und mich mit dem Gedanken, ohne rechte Sonne hingehn zu müssen, vertraut gemacht: da sieht der nur noch auf Stunden Gestellte den Ball am Horizont und ruft mit dem bekannten Seligen: ‚Verweile doch' usw. Eine Liebestat, eine Osterfreude."

Über die Grenzen des Realismus äußerte sich Fontane anläßlich von *Irrungen Wirrungen* in einem ausführlichen Schreiben an Emil Schiff vom 15. Februar 1888. „Und nun die Dialektfrage! Gewiß wäre es gut, wenn das alles besser klappte, und die realistische Darstellung würde neue Kraft und neue Erfolge daraus ziehn. Aber – und indem ich dies ausspreche, spreche ich aus einer vieljährigen Erfahrung – es ist sehr schwer, dies zu erreichen, und hat eine wirkliche Vertrautheit des Schriftstellers mit allen möglichen Dialekten seines Landes zur Voraussetzung. Ich griff früher, weil ich mich dieser

Vertrautheit nicht rühmen darf, zu dem auch von Ihnen angeratenen Hilfsmittel und ließ durch Eingeweihte, die übrigens auch nicht immer zur Hand sind, das von mir Geschriebene ins Koloniefranzösische oder Schwäbische oder Schlesische oder Plattdeutsche transponieren. Aber ich habe dabei ganz erbärmliche Geschäfte gemacht. Alles wirkte tot oder ungeschickt, so daß ich vielfach mein Falsches wiederherstellte. Es war immer noch besser als das ‚Richtige'. Kurzum, so gewiß Sie im Prinzip recht haben, tatsächlich danach zu verfahren, wird sich nur selten ermöglichen lassen. Es bleibt auch hier bei den Andeutungen der Dinge, bei der bekannten Kinderunterschrift: ‚Dies soll ein Baum sein.' Mit gewiß nur zu gutem Rechte sagen Sie: ‚Das ist kein Wienerisch', aber mit gleichem Rechte würde ein Ortskundiger sagen (und ist gesagt): ‚Wenn man vom Anhaltischen Bahnhof nach dem Zoologischen fährt, kommt man bei der und der Tabagie n i c h t vorbei.' Es ist mir selber fraglich, ob man von einem Balkon der Landgrafenstraße aus den Wilmersdorfer Turm oder die Charlottenburger Kuppel sehen kann oder nicht. Der Zirkus Renz, so sagte mir meine Frau, ist um die Sommerszeit immer geschlossen. Schlangenbad ist nicht das richtige Bad für Käthes Zustände; ich habe deshalb auch Schwalbach noch eingeschoben. Kalendermacher würden gewiß leicht herausrechnen, daß in der und der Woche in dem und dem Jahre Neumond gewesen sei, mithin kein Halbmond über dem Elefantenhause gestanden haben könne. Gärtner würden sich vielleicht wundern, was ich alles im Dörrschen Garten a tempo blühen und reifen lasse; Fischzüchter, daß ich — vielleicht — Muränen und Maränen verwechselt habe; Militärs, daß ich ein Gardebataillon mit voller Musik vom Exerzierplatz kommen lasse; Jacobikirchenbeamte, daß ich den alten Jacobikirchhof für ‚tot' erkläre, während noch immer auf ihm begraben wird. Dies ist eine kleine Blumenlese, eine ganz kleine; denn ich bin überzeugt, daß auf jeder Seite etwas Irrtümliches zu finden ist. Und doch bin ich ehrlich bestrebt gewesen, das wirkliche Leben zu schildern. Es geht halt nit. Man muß schon zufrieden sein, wenn wenigstens der Totaleindruck der ist: ‚Ja, das ist Leben.'"

F. M.

Für die nachfolgenden Erläuterungen zu diesem Band verdankt der Verfasser wichtige Hinweise den kommentierten Ausgaben: Theodor Fontane. Ausgewählte Werke in fünf Bänden. Hg. u. eingeleitet von Willy Brandl, Stuttgart 1944; Theodor Fontane. Sämtliche Werke. München 1959 ff.; Theodor Fontane. Sämtliche Werke. Hg. von Walter Keitel. München 1962 ff.

8 *Wrasen:* Dampf. — *Tülle:* Ausgußröhre an einer Kanne. — *Hutsche:* Fußbank, Schemel.

9 *bei Büchseln:* v. Büchsel (1803—1889), bekannter Berliner Prediger.

11 *Gilka:* ein Kümmellikör.

12 *so was Borsdorfriges:* Borsdorfer, eine runzelige, mit kleinen Warzen besetzte Apfelart.

14 *Husche:* plötzlicher Regenfall. – *Friesrock:* Rock aus grobem Wollstoff (Fries).

15 *Murks:* Brocken, Krümel.

21 *berühmter Dichter ... Gedicht auf seine alte Waschfrau:* Gemeint ist Adelbert von Chamissos (1781–1838) Gedicht „Die alte Waschfrau". Die letzte Strophe des Gedichts, auf die im folgenden angespielt wird, lautet:

Und ich, an meinem Abend, wollte,
Ich hätte, diesem Weibe gleich,
Erfüllt, was ich erfüllen sollte
In meinen Grenzen und Bereich;
Ich wollt', ich hätte so gewußt,
Am Kelch des Lebens mich zu laben,
Und könnt' am Ende gleiche Lust
An meinem Sterbehemde haben.

24 *Panke:* abwasserführender kleiner Nebenfluß der Spree. – *Graditzer Rappstute:* In Graditz bei Merseburg befand sich das preußische Staatsgestüt.

31 *Hertelsche Stilleben:* Hertel (1843–1912), Berliner Landschaftsmaler.

32 *Renz:* berühmter Zirkus.

34 *Stiehl:* 1812–1878.

35 *Es ist doch wohl eine der besten Welten:* Anspielung auf einen der Grundsätze der Philosophie Leibniz'. – *Lepke:* Berliner Kunsthandlung. –*Achenbachs ... Andreas ... Oswald:* Andreas (1815–1910) und Oswald (1827–1905) Achenbach, Düsseldorfer Landschaftsmaler (vgl. auch S. 31). – *vor der Wolfschen Löwengruppe:* Friedrich Wilhelm Wolff (1816–1887), Tierbildhauer.

36 *Pallasch:* schwerer Korbsäbel.

37 *von Anno 13 und 14 her:* 1813/14 die Befreiungskriege.

38 *Manteuffel:* Edwin Freiherr von (1809–1885), preußischer Generalfeldmarschall; bekannt durch die Heeresreform unter König Wilhelm I. – *gewisser Kürassieroffizier:* Otto von Bismarck. – *gewisser Halberstädter mit schwefelgelbem Kragen:* Bismarck gehörte dem Halberstädter Kürassier-Regiment an, für dessen Uniform der schwefelgelbe Stehkragen kennzeichnend war. – *St. Privat:* Schlacht am 18. August 1870. – *Sedan:* Kapitulation eines Teiles der französischen Armee am 2. September 1870. Gefangennahme Napoleons III. – *hat eigentlich nichts gelernt, als Depeschen schreiben:* Anspielung auf die sog. „Emser Depesche" vom 13. Juli 1870. Bismarck hatte den Bericht über die Verhandlungen zwischen Wilhelm I. und dem französischen Botschafter Benedetti in Bad Ems, der ihm vom König zur Veröffentlichung „in geeig-

neter Form“ telegraphisch mitgeteilt worden war, gekürzt und dadurch dem Inhalt nach verschärft. Frankreich antwortete auf die Veröffentlichung der „Emser Depesche“ mit der Kriegserklärung. — *Fehrbellin:* Sieg des Großen Kurfürsten über die Schweden am 28. Juni 1675. — *Leuthen:* Sieg Friedrichs des Großen gegen österreichische Übermacht am 5. Dezember 1757. — *Blücher:* Gebhard Leberecht, Fürst von Wahlstatt (1742—1819), preußischer Generalfeldmarschall; berühmt durch den zusammen mit Wellington errungenen Sieg über Napoleon bei Waterloo (1815). — *York:* Johann David Graf Yorck von Wartenburg (1759—1830), preußischer General; gab durch die mit Rußland geschlossene Konvention von Tauroggen (1812) den Anstoß zu den Befreiungskriegen. — *Kreuzzeitung:* „Neue Preußische Zeitung“, meist „Kreuzzeitung“ genannt; konservativ-reaktionäres Blatt. Fontane war 1860—1870 Redakteur des „englischen Artikels“ der Zeitung. — *Sottisen:* Grobheiten. — *verklagt er uns auf Diebstahl oder Unterschlagung:* wohl mit Beziehung auf Harry von Arnim (1824—1881) gesagt, der als Botschafter in Paris selbständig Politik für die Neuaufrichtung des französischen Königtums nach 1870/71 betrieben hatte. Abberufung als Botschafter in Frankreich 1874. Maßregelung durch Bismarck. Wegen Unterschlagung von Dokumenten zu Gefängnis verurteilt. Er entkam einer Zuchthausstrafe wegen Landesverrats durch Flucht ins Ausland. — *zedieren:* eine Forderung an einen Dritten abtreten.

41 *L'hombre:* ein Kartenspiel. — *Garçonschaft:* Junggesellenleben.

42 *Error in calculo:* Irrtum in der Rechnung. — *Moltke:* Helmuth, Graf von (1800—1891), preußischer Generalfeldmarschall und Chef des preußischen Generalstabs. — *Humboldt:* Gemeint ist wahrscheinlich Wilhelm von Humboldt (1767—1835), preußischer Staatsmann, Leiter des preußischen Unterrichtswesens. Freundschaft mit Schiller und Goethe. Als Vertreter einer liberalen preußischen Verfassung fiel er der Reaktion zum Opfer; Austritt aus dem preußischen Staatsdienst 1819. Werke: „Ideen zu einem Versuch, die Grenzen der Wirksamkeit des Staates zu bestimmen“; sprachwissenschaftliche Untersuchungen. — *Ranke:* Leopold von (1795—1886), Historiker. Zahlreiche Geschichtswerke.

43 *Fürst Pückler:* Hermann Ludwig von Pückler-Muskau (1785—1871). Ausgedehnte Reisen durch Europa und im Orient bilden die Grundlage für seine eleganten Reisebücher („Semilassos vorletzter Weltgang“, „Semilasso in Afrika“ u.a.). Berühmt auch durch seine Parkanlagen in Muskau (Landschaftsgärtnerei).

44 *Puttkamers:* Bismarck war mit Johanna von Puttkamer verheiratet. — *recte:* geradewegs.

45 *umcourt:* umschwärmt. — *Wocken:* Flachsstange am Spinnrad. — *Schloß Avenel:* Feenschloß.

48 *Poggen:* Frösche. — *Tabagie:* Kneipe.

49 *Sandhase:* Fehlwurf beim Kegeln. — *abgeäschert:* abgearbeitet, ermüdet.

50 *Morgenrot:* von Wilhelm Hauff (1802—1827). — *Denkst du daran:* aus Karl von Holteis (1798—1880, Verfasser musikalischer Possen, in Berlin) Singspiel „Der alte Feldherr".

52 *Küchenschapp:* Küchenschrank, Gestell.

53 *Der Mann mit der eisernen Maske:* Trauerspiel von Heinrich Zschokke (1771—1848) um einen geheimnisvollen Staatsgefangenen, der 1703 in der Bastille starb. Er hatte stets eine Maske tragen müssen.

62 *Wendin:* Wenden, Westslawen in der Ober- und Niederlausitz.

65 *Heidelberger Faß:* Das große Faß auf dem Schloß in Heidelberg faßt 221 726 Liter.

66 *Washington crossing the Delaware:* Szene aus den amerikanischen Befreiungskriegen. — *The last hour of Trafalgar:* Sieg des englischen Admirals Nelson (1758—1805) über die französisch-spanische Flotte am 31. Oktober 1805. Nelson fiel in der Schlacht.

70 f. *Königin Isabeau, Fräulein Johanna, Fräulein Margot . . . Mademoiselle Agnes Sorel . . . Töchter Thibaut d'Arcs:* Gestalten aus Schillers „Jungfrau von Orleans".

71 *wohlarrondierte:* „gut abgerundete".

72 *Kortege:* Gefolge, Ehrengeleit.

73 *Waldlisière:* Waldrand.

76 *eingeknallt:* eingeschnürt.

80 *gentil:* freundlich. — *nach Art der Sibyllinischen Bücher:* altrömische Sammlung von Weissagungen, die auf dem Kapitol verwahrt und in Bedrängnissen des Staats von einem besonderen Kollegium eingesehen wurde.

81 *Croupier:* Bankhalter in einer Spielbank. — *Troupier:* „Landser".

83 *Affront:* grobe Beleidigung. — *Tournüre:* „Redensartlichkeit". — *Ludwig v. Hinckeldey:* 1803—1856, Polizeipräsident von Berlin; fiel im Duell gegen das Mitglied eines adeligen Spielklubs, gegen den er vorgegangen war.

84 *daliegenden Zelten:* „In den Zelten", ein Kaffeelokal.

88 *Dependenzien:* Nebengebäude.

89 *mit . . . Holbeinscher Madonna:* Gemeint ist wohl die „Madonna des Bürgermeisters Meyer" von Holbein dem Jüngeren (1497—1543).

90 *Monsieur Herkules:* Posse von Georg Friedrich Belly (1836—1875). — *Knaak:* ein damals berühmter Komiker. — *der sich kratzende Hund:* von Peter Vischer dem Älteren (um 1455—1529), Nürnberger Erzgießer.

94 *Strippe:* Schnur. – *Stürze:* Deckel. – *Altration:* Alteration; krankhafte Veränderung, Erregung. – *Rollo:* Rolleau, Rolladen.
96 *Stolgebühren:* Abgaben an das Pfarramt.
98 *Kattolschwerden:* Katholisch-Werden.
100 *Konventikler ... Mennoniten ... Irvingianern:* Sektierer (vgl. Anm. zu S. 644).
101 *die so viele Frauen haben:* die Mormonen. – *reputierlicher Mann:* achtbarer Mann.
103 *Mars-la-Tour:* Reiterkampf am 16. August 1870. – *Balafré ... Beinamen:* „balafre“ bedeutet im Französischen Schmarre, Schmiß
105 *Oger:* Gestalt aus dem französischen Märchen, menschenfressender Riese.
110 *Plumpe:* Pumpe. – *Kamisol:* Unterhemd, kurze Jacke.
112 *Kom'prativ:* Komparativ, 1. Steigerungsform. – *unter unserer Herrschaft:* Hannover wurde nach dem Krieg von 1866 dem preußischen Staat einverleibt. – *aus welfischem Antagonismus:* Als „Welfen“ bezeichneten sich (nach dem deutschen Fürstengeschlecht, das im Mittelalter die mächtigen Rivalen der Stauferkaiser stellte, seit 1692 kurfürstliche und seit 1814 Königswürde in Hannover besaß) die Anhänger der „Deutschhannoverschen Partei“, die 1867 von den Gegnern der Angliederung Hannovers an Preußen gegründet worden war.
118 *Proppertät ... Honnetität ... Reellität:* Sauberkeit, Ehrenhaftigkeit, Ehrlichkeit.
122 *ridikül Parzenhaftes:* in lächerlicher Weise an Schicksalsgöttinnen erinnernd. Nach der antiken Mythologie schneidet Atropos mit einer Schere den Lebensfaden ab, den ihre Schwestern Klotho und Lachesis gesponnen und zugereicht haben.
125 *Supperndent:* Superintendent.
130 *Whist en deux:* Whist (Kartenspiel) zu zweit.
131 *Tschapkas:* Ulanenhelme.
133 *Sacramento:* Fluß in Kalifornien. – *Diggins:* Goldfelder.
134 *Konfidenzen:* vertrauliche Bekenntnisse.
139 *Pennal:* Federbüchse; schülersprachlich für Gymnasium. – *insolent:* unverschämt. – *Königgrätz:* entscheidender preußischer Sieg über die Österreicher am 3. Juli 1866. – *im Siebenjährigen Krieg:* Krieg Preußens mit Österreich um den Besitz Schlesiens und die deutsche Vorherrschaft (1756–1763).
140 *verkappter Welfe:* vgl. Anm. zu S. 112. – *Attachement:* Anhänglichkeit. – *eines ... kakerlakigen Schweden:* Kakerlaken: Albinos.
141 *General von Bischofswerder:* 1737–1803, Generaladjutant Friedrich Wilhelms II. Er täuschte den labilen, zu religiöser Schwärmerei neigenden König durch Geistererscheinungen. – *Friedrich Wilhelm II.:* 1744–1797, seit 1786 König von Preußen.
142 *aus den Händen seiner Geliebten:* Die zur Gräfin Lichtenau erhobene Frau des Kammerdieners Rietz nahm als Geliebte Fried-

rich Wilhelms II. großen Einfluß auf den König. – *Königin Luise:* 1776–1810, vom Volk überaus geliebte Gemahlin König Friedrich Wilhelms III.

143 *die Pompadour:* Jeanne Marquise de Pompadour (1721–1764), Mätresse Ludwigs XV. – *Pompadours:* nach der Marquise de Pompadour benannte beutelartige Handtaschen. – *Reticules ... Ridicules:* Handtäschchen; während „Reticules" von frz. reticulé „netzförmig" herzuleiten ist, bedeutet ridicule „lächerlich".

H. P.

Frau Jenny Treibel

Entstehungsgeschichte und Selbstzeugnisse.

Fontane schrieb seinem Sohn Theodor am 9. Mai 1888: „Schon längst hätte ich Dir 'mal wieder geschrieben, wenn ich nicht, und zwar mit immer steigendem Eifer, mit der Zuendeführung meines neuen Romans beschäftigt gewesen wäre. Nun ist er, im Brouillon fertig, vorläufig beiseite geschoben. Titel: ‚Frau Kommerzienrätin' oder ‚Wo sich Herz zum Herzen find't'. Dies ist die Schlußzeile eines sentimentalen Lieblingsliedes, das die 50jährige Kommerzienrätin im engeren Zirkel beständig singt und durch das sie sich Anspruch auf das ‚Höhere' erwirbt, während ihr in Wahrheit nur das Kommerzienrätliche, will sagen viel Geld, das ‚Höhere' bedeutet. Zweck der Geschichte: das Hohle, Phrasenhafte, Lügnerische, Hochmütige, Hartherzige des Bourgeois-Standpunktes zu zeigen, der von Schiller spricht und Gerson meint. Ich schließe mit dieser Geschichte den Zyklus meiner Berliner Romane ab. Es sind sechs im ganzen, und ich habe vor, wenn mir noch ein paar Jahre vergönnt sind, mit einem ganz balladesken historischen Roman, der um 1400 spielt, abzuschließen. Die Leute mögen dann sehn, daß ich auf Zoologischen Garten und Hankels Ablage nicht eingeschworen bin und daß ich imstande bin, meine Personen ebensogut eine Simplizitätssprache wie die Bummel- oder Geistreichigkeitssprache des Berliner Salons sprechen zu lassen."

Es ist nicht unwesentlich, daß Fontane im Zusammenhang mit diesem Roman auf seinen lange verfolgten, jedoch nicht verwirklichten Plan der „Likedeeler" zu sprechen kommt, in dem er im historischen Stoff das moderne sozialistische Gesellschaftsproblem darstellen wollte. Seine Abneigung gegen das Bourgeoistum, dessen Verzerrung des Bürgerlich-Humanen, lenkte seine Sympathie zunehmend auf die sozialdemokratische Bewegung und die von ihr repräsentierten Volksschichten. An seine Tochter Mete, 25. August 1891, im Jahr des Abschlusses des Romans: „Ich hasse das Bourgeoishafte mit einer Leidenschaft, als ob ich ein eingeschworener Sozialdemokrat wäre. ‚Er ist ein Schafskopf, aber sein Vater hat ein Eckhaus', mit dieser Bewunderungsform kann ich nicht mehr mit. Wir erheben uns jetzt so sehr über die Chinesen, aber darin sind diese doch das feinste Volk, daß das Wissen am höchsten gestellt wird. Bei uns kann man beinah sagen, es diskreditiert. Das Bourgeoisgefühl ist das zurzeit maßgebende, und ich selber, der ich es gräßlich finde, bin bis zu einem Grade von ihm beherrscht. Die Strömung reißt einen mit fort." Ähnliche Äußerungen finden sich oft.

Die endgültige Ausarbeitung fand im Sommer und Herbst 1891 statt, gleichzeitig mit den Erstausarbeitungen von *Die Poggenpuhls* und *Mathilde Möhring*. Das Tagebuch 1891 verzeichnet: „Meine Hauptarbeit von Februar bis April ist die Korrektur meines kleinen Romans: ‚Frau Jenny Treibel', — ich komme aber leider nicht ganz damit zustande, weil beständiger Blutandrang nach dem Kopf mich daran hindert; so beschließe ich, das Fertigmachen der Arbeit bis nach der Kissinger Reise zu verschieben." Zu Anfang Juli begann Fontanes Frau mit der Abschrift des Romans. Zum September notiert Fontane: „Ich mache mich nun an die Korrektur der Romanabschrift, und nach fast noch zweimonatlicher Arbeit schicke ich den Roman am 31. Oktober an Freund Rodenberg." Welchen Wert Fontane auf den Vorabdruck in der *Deutschen Rundschau* (Band 70/71, 1892) — „die einzige wirklich anständige Journalstelle" (9. Juni 1896) — legte, bezeugt sein Briefwechsel mit deren Herausgeber Rodenberg über den Roman. Er kündigte die Übersendung am 29. Oktober an und dankte Rodenberg am 19. November 1891 für die Aufnahme des Manuskripts. „Ich soll nun also wieder in der ‚Rundschau' erscheinen, was mir neben vielem anderm ein Behagen und eine Beruhigung gibt. Diese Worte drücken es nicht ganz aus, aber doch beinah. Wie ich Ihnen schon nach Fulda hin schrieb ... ist die Stelle, wo etwas gesagt wird, von der allergrößten Wichtigkeit. Zum Beispiel kleine Frivolitäten, Anzüglichkeiten, selbst Zynismen — was habe ich vornehmen, klugen, geistreichen Frauen gegenüber nicht alles nach *der* Seite hin pecciert, ohne zu verletzen! Selbst die Frommen haben es mir verziehn oder gar zum Guten angerechnet, wenn sie nebenher gut, brav, ehrlich waren. Und andererseits wieviel Verlegenheiten und Abfälle habe ich erlebt, wenn die Ohren, vor denen ich sprach, nicht die richtigen waren! Erschiene meine Geschichte in einer Tageszeitung, so wäre sie nur noch halb, was sie ist. Vor diesem Sinken um 50% haben Sie mich bewahrt." Fontane ging auch bereitwillig auf kritische Ratschläge Rodenbergs ein. Am 23. November 1891: „Anbei die ersten acht Kapitel, also gerade die Hälfte; die zweite Hälfte schicke ich morgen vormittag. — Die Korrekturen und Striche habe ich nicht unter Schmerzen, sondern mit Vergnügen gemacht. Es wird wohl immer so sein und ist damit, wie wenn man einen Witz macht oder eine Anekdote erzählt — alles hängt von der Aufnahme ab, die 's findet. Wird gelacht, so hatte man recht. Sieht man lange Gesichter, so hatte man unrecht und schließt sich diesem

Urteil auch selber an. Es war vielleicht gar nicht so schlecht, aber mit einem Male kommt es einem albern und geschmacklos vor. — Bei ‚England expects‘ habe ich jetzt die Fassung genommen, die sich im Büchmann findet. Früher habe ich auch immer so zitiert, wie's bei Büchmann steht, und so wird es wohl die Form sein, die in Deutschland die geläufigste ist. Und darauf kommt es an.“ Diese sorgfältige Bereitschaft, auf Vorschläge des Herausgebers einzugehen, beweist ein zweiter Brief vom gleichen Tage. „Ich lege auch Ihre Notizblätter wieder bei, damit Sie bequem kontrollieren können, ob alles besorgt ist. Es ist aber nicht nötig, weil alles ganz zuverlässig nach Ihren mir immer einleuchtender gewordenen Vorschlägen geordnet ist. Selbst hinsichtlich der ‚Sitte‘ bin ich erschüttert. Sicherlich entspricht die frühere Fassung mehr der Ausdrucksweise der Schmolke, aber darin liegt noch nicht die Rechtfertigung, und ich räume ein, daß diesem ewigen Operieren mit Sitte und wieder Sitte, mal als Moral- und mal als Lokalbezeichnung, etwas Kommißhaftes anklebt. Nur ob Droschkenpferde aus Seideln trinken können, diese Frage ist noch offen weil ich in der Eile keinen Sportsmann auftreiben könnte.“

Der Roman erschien im gleichen Jahre im Verlag von Fontanes Sohn. Emilie Fontane an Georg Friedlaender 15. September 1892: „Ich schicke Ihnen ‚Jenny Treibel‘, das erste Exemplar vor der Buchausgabe. Die ‚Firma‘, wie mein Sohn sich ausdrückt, hält es für vorteilhafter, damit bis Ende Okt. zu warten.“ Die Voraussage eines guten Absatzes durch Friedrich Fontane, der Fontane am 30. September 1892 mit vorsichtiger Skepsis begegnete, bewährte sich. Am 9. Juni 1896 schrieb er: „Das Geld und der Erfolg an sich sind mir gleich angenehm. Möchten die ‚Poggenpuhls‘ so gute Tage haben wie Jenny Treibel.“ F. M.

149 *Seifenwrasen:* vgl. Anm. zu S. 8.

150 *ramassierte:* gedrungene, untersetzte.

151 *rotem Adlerorden:* vgl. Anm. zu S. 431 und 560. — *Colonie:* Zusammenschluß der Refugiéfamilien in Berlin.

153 *Mr. Booth:* berühmter Shakespearedarsteller (1833—1893).

154 *die Geschichte von dem Kamel ...:* vgl. Matthäus 19,16—30.

157 *Blutlaugensalz:* Nebenprodukt der Leuchtgasgewinnung; verarbeitet zu Berliner Blau und Zyankali. — *Berliner Blau:* tiefblauer Farbstoff aus Blutlaugensalz und Eisenvitriol. — *Gründeranschauungen:* Die Jahre 1871—1873 sind unter dem Namen „Gründerjahre“ bekannt. Auf Grund der französischen Kriegsentschädigungen wurden damals viele (z. T. unsolide) wirtschaftliche Unternehmungen gegründet. — *Gontard:* Karl von (1731—1791), Baumeister Friedrichs II. — *Knobelsdorff:* Georg Wenzeslaus von (1699—1753), Baumeister Friedrichs II. (Schloß Sanssouci, Stadtschloß Potsdam, Opernhaus Berlin).

157 f. *Mezzanin:* Zwischengeschoß.

158 *Beletage:* der „schöne", zumeist 1. Stock. – *Embonpoint:* Beleibtheit.

159 *Boudoir:* Damenzimmer. – *„Ulk":* Beilage des „Berliner Tageblatts"; erschien einmal wöchentlich. – *von Nunnes philosophischen Betrachtungen:* stets wiederkehrende Gestalt aus dem „Ulk". – *das „Deutsche Tageblatt":* national-konservative Berliner Tageszeitung. – *agent provocateur:* bezahlter Aufwiegler. – *Singer:* Paul (1844–1911), Sozialdemokrat; Begründer des „Vorwärts". – *Buggenhagen:* Berliner Restaurant. – *Trappistenkloster:* Trappisten: katholischer Mönchsorden mit strengem Sprechverbot. – *gutta cavat lapidem:* „(Steter) Tropfen höhlt den Stein." – *Poveretto:* armer Kerl.

160 *Dalldorf:* Berliner Heil- und Pflegeanstalt für Geisteskranke.

162 *Schilderhäuser:* spöttische Bezeichnung für die Achselstücke der inaktiven Offiziere. – *Henriquatre:* kurzer Spitz- und Schnurrbart; nach dem französischen König Henri IV. benannt. – *Ein großer Name:* der des britischen Admirals Horatio Nelson (vgl. Anm. zu S. 66).

164 *Griepenkerl:* Robert (1810–1868), deutscher Dichter; Dramen über die Französische Revolution, Napoleondrama. – *wie der Hirsch nach Wasser schreit:* Psalm 42,2. – *Victory:* Flaggschiff Nelsons. – *Westminster-Abbey:* Begräbnisplatz der englischen Könige und bedeutender Männer (auch Nelsons).

165 *moderierten Salutschuß:* gemäßigten Salutschuß. – *Professor Franz:* Bildhauer (1842–1887). – *Reinhold Begas:* 1831–1911, Bildhauer (Berliner Denkmäler: Schiller, Bismarck).

167 *Burgemeister Tschech:* Heinrich Ludwig Tschech (geb. 1789) wurde 1844 nach einem mißglückten Attentat auf Friedrich Wilhelm IV. (1795–1861) hingerichtet.

168 *Herwegh:* Georg (1817–1875), deutscher Dichter; 1848 an der Badischen Revolution führend beteiligt.

169 *Meyerbeer:* Giacomo (1791–1864), Komponist.

170 *Büchmann:* Georg (1822–1884), Philologe; seine Zitatensammlung „Geflügelte Worte" erschien zuerst 1864. – *der Not gehorchend ...:* Eingangsvers von Schillers „Braut von Messina". – *Singer:* vgl. Anm. zu S. 159. – *Ludwig Löwe:* 1837–1886, Berliner Fabrikant und Politiker; Freund Ferdinand Lasalles.

171 *Regula-de-tri:* Dreisatz. – *Petroleur und Dynamitarde:* Bezeichnungen für „Aufständler".

172 *Battle at the Nile:* Sieg Nelsons über die französische Flotte bei Abukir (1798).

173 *Walter Scott:* 1771–1832, schottischer Dichter; Begründer des historischen Romans. – *„England expects ...":* Tagesbefehl Nelsons vor der Schlacht bei Trafalgar (1805); vgl. Anm. zu S. 66. – *Blut- und Eisentheorie:* Anspielung auf eine der ersten Reden Bismarcks nach seiner Ernennung zum preußischen Ministerpräsi-

denten am 22. September 1862, in der Bismarck mit Bezug auf den preußischen Verfassungskonflikt die Meinung vertrat, die großen Fragen der Zeit seien nicht durch das Abgeordnetenhaus, sondern nur durch „Eisen und Blut" zu lösen. – *Blutlaugenhof:* vgl. Anm. zu S. 157. –*Vater Jahn:* Friedrich Ludwig Jahn (1778–1852), Schriftsteller („Deutsches Volkstum") und Sprachforscher; der deutsche „Turnvater".

174 *Albion:* alter keltischer Name für England. – *Lette-Verein:* von dem preußischen Beamten Wilhelm A. Lette (1799–1868) gegründeter Verein zur beruflichen Ausbildung von Frauen und Mädchen.

176 *Panaschee:* buntes, gemischtes Eis.

177 *Gonfaloniere:* Bannerherr.

178 *Peer of Realm:* Mitglied des Oberhauses. – *ein Vielliebchen:* Zwillingsfrucht (vgl. Anm. zu S. 646). – *Medisance:* Schmähsucht, Verleumdung. – *des hochseligen Königs Majestät:* Gemeint ist Friedrich Wilhelm IV. (1795–1861), der sich 1857 von der Regierung hatte zurückziehen müssen. – *Königinwitwe:* Elisabeth von Bayern (1801–1873), die Gemahlin Friedrich Wilhelms IV. – *mit den Meiningenschen Herrschaften:* Herzog Georg II. von Sachsen-Meiningen und seine Gattin, eine Prinzessin von Preußen.

179 *Lady Milford:* Gestalt aus Schillers „Kabale und Liebe".

181 *Quitzowtum:* Die Quitzows waren ein märkisches Raubrittergeschlecht um 1400, das durch seine Kämpfe gegen die Hohenzollern bekannt wurde. Von Friedrich I. von Hohenzollern unterworfen. – *seit dem gleichnamigen Stücke:* Ernst von Wildenbruch (1845–1909), „Die Quitzows" (1888). – *Panke:* vgl. Anm. zu S. 24.

182 *‚Écrassez l'infâme':* Ausspruch Voltaires (1694–1778): „Rottet den schändlichen (Aberglauben der Kirche) aus." – *Meine Ruh ist hin ...:* aus Goethes „Faust" I, Gretchens Stube. – *„Der Erlkönig", „Herr Heinrich saß am Vogelherd" und „Die Glokken von Speyer":* Lieder von Karl Loewe (vgl. Anm. zu S. 389). – *ex ungue Leonem:* an der Klaue den Löwen (erkennen). – *Ludwig komponiert nicht:* vgl. Anm. zu S. 170.

184 *„Bächlein, laß dein Rauschen sein" ... „Ich schnitt' es gern in alle Rinden ein":* aus dem Liederzyklus „Die schöne Müllerin" von Wilhelm Müller, Vertonung von Franz Schubert (vgl. Anm. zu 389). – *Milanollos:* Therese und Marie Milanollo, italienische Violinvirtuosinnen.

185 *peremptorisch:* endgültig, vernichtend.

189 *von dem Kanadier:* Anspielung auf Johann Gottfried Seumes (1763–1810) Gedicht „Der Hurone".

191 *Corinne au Capitole:* Anspielung auf Germaine de Staëls (1766–1817) Roman „Corinne". – *Bonwitt und Littauer:* Berliner

Kleiderfabrik. — *Gilka:* vgl. Anm. zu S. 11. — *Madai:* 1810–1892, Berliner Polizeipräsident. — *Teltower:* Rübchen. — *Wruken:* weiße Rüben.

193 *Die sieben Waisen Griechenlands:* Die sog. sieben Weisen Griechenlands (Pittakos, Solon, Kleobulos, Periander, Chilon, Thales, Bias) waren Gesetzgeber, Heerführer und Philosophen im 6. Jh. v. Chr.

194 *‚die Douglas waren immer treu‘:* Zitat aus Fontanes Ballade „Der Aufstand in Northumberland“. — *Eduard von Hartmann:* 1842–1906, Philosoph; Grundlage der Welt ist nach seiner Lehre das Unbewußte, die Synthese der logischen Idee und des alogischen Willens.

195 *Phrynichos der Tragiker:* um 500 v. Chr., attischer Tragödiendichter. — *Phrynichos dem Lustspieldichter:* um 400 v. Chr. — *beim ersten König:* Friedrich I. (1657–1713), seit 1701 König in Preußen.

196 *Maupassant:* Guy de (1850–1893), französischer Dichter des Realismus (Novellen, Roman; „Bel Ami“). — *nomen est omen:* Der Name ist ein Vorzeichen. — *dem Bilde zu Sais:* vgl. Schillers Ballade „Das verschleierte Bild zu Sais“. — *den kategorischen Imperativ:* moralisch-ethischer Grundsatz Immanuel Kants („Handle so, daß die Maxime deines Willens zugleich als Prinzip der allgemeinen Gesetzgebung dienen kann.“).

197 *Pontacnasen:* Pontac: veraltete Bezeichnung für Bordeauxweine. — *Rodegast:* Samuel Rodigast (1649–1708), Rektor des Gymnasiums zum Grauen Kloster in Berlin. — *das Hortikulturliche:* was den Gartenbau betrifft. — *Joseph von Arimathia:* vgl. Matthäus 27,57–66.

198 *Bona fide:* in gutem Glauben. — *mala fides:* Zweifel an der Glaubwürdigkeit. — *bei Spichern:* Sieg der I. und II. preußischen Armee bei Spichern am 6. August 1870. — *Mr. Punch:* Hanswurst des englischen Puppenspiels; gleichnamige satirische englische Zeitschrift.

199 *Kladderadatsch:* eine satirische Zeitschrift. — *Attinghausen ... ‚Das Alte stürzt ...‘:* aus Schillers „Wilhelm Tell“, IV, 2. — *Heinrich Schliemanns Ausgrabungen:* Heinrich Schliemann (1822 bis 1890), Kaufmann und als Autodidakt Archäologe, berühmt durch seine Ausgrabungen in Troja und Mykene. — *Priamus:* König von Troja. — *ins Agamemnonsche hinein:* Agamemnon: sagenhafter König von Mykene; Führer des griechischen Heeres im Trojanischen Krieg; nach seiner Heimkehr aus dem Krieg von seiner Gattin Klytämnestra und deren Liebhaber Ägisth getötet. — *ägisthischen Andenkens:* vgl. die obige Anm. — *hic Rhodus ...:* „Hier ist Rhodus, hier springe.“ — *Georgia-Augusta:* Göttinger Universität. — *Klippschule:* Elementar-, Winkelschule. — *Renonce:* beim Kartenspiel: Fehlfarbe. — *Teutoburger Wald:*

9. n. Chr. besiegte Arminius die Römer unter Varus im Teutoburger Wald. – *Max Piccolomini:* Gestalt aus Schillers „Die Piccolomini". – *Orests und Iphigenies:* Kinder Agamemnons und der Klytämnestra. – *Atreus:* sagenhafter griechischer König, Enkel des Tantalus, Stammvater der Atriden. – *Virchow:* Rudolf (1821–1902), berühmter Mediziner und Hygieniker; als Führer der Fortschrittspartei ein scharfer Gegner Bismarcks. – *lupus in fabula:* etwa: „Wenn man den Wolf nennt, kommt er gerennt."

202 *dentatus und undulatus:* gezahnt und gewellt. – *Borsdorfer:* vgl. Anm. z. S. 12.

204 *George Sand:* Pseudonym für die französische Baronin Aurore Dupin-Dudevant (1804–1876), Schriftstellerin; Freundin Chopins und Alfred de Mussets. – *Alfred de Musset:* 1810–1857, französischer „romantischer" Dichter. – *bei seinen Hunden:* Friedrich der Große hatte seine Windspiele auf den Terrassen von Sanssouci begraben lassen. – *‚mechante Rasse':* schlechte, bösartige Rasse. – *Hohenfriedberg:* Schlacht am 4. Juni 1745; Sieg Friedrichs des Großen über die Österreicher unter Karl von Lothringen. – *Leuthen:* Sieg Friedrichs des Großen am 5. Dezember 1757; Wiedergewinnung Schlesiens. – *Torgau:* Sieg Friedrichs des Großen am 3. November 1760.

205 *Banquo:* vgl. Shakespeare, „Macbeth", III,4.

206 *Schnell fertig ...:* aus Schillers „Wallensteins Tod", II,2.

207 *von Rumohr:* Karl Friedrich von Rumohr (1785–1843), Kunsthistoriker; Werk über den „Geist der Kochkunst". – *Pückler-Muskau:* vgl. Anm. zu S. 43.

210 *Proverbe:* Gattung kurzer französischer Lustspiele, deren Handlung ein Sprichwort zugrunde liegt.

211 *Friedrich Wilhelm I.:* 1688–1740, der „Soldatenkönig"; bekannt für sein einfaches Leben.

212 *jeu d'esprit:* geistige Spielereien. – *Aplomb:* Sicherheit im Auftreten. – *‚Taucher' und den ‚Gang nach dem Eisenhammer':* Balladen von Schiller.

213 *Gretna Green:* das durch seine Schnelltrauungen bekannte schottische Dorf. – *Brückner:* 1824–1905, Berliner Generalsuperintendent; berühmter Prediger. – *Koegel:* Rudolf (1829–1896), Oberhofprediger und Seelsorger Wilhelms I.

214 *Strippe:* Leine.

215 *Gladstone:* William (1809–1898), zwischen 1865 und 1894 mehrfach englischer Ministerpräsident.

218 *Herrnhut oder Gnadenfrei:* Stiftungen der Herrnhuter Brüdergemeine.

221 *Eau de Javelle:* Bleichwasser für die Wäsche.

222 *Die Munks sind ursprünglich dänisch:* Die zur Gräfin erhobene Christine Munk war mit dem dänischen König Christian IV. (1577–1648) verheiratet gewesen.

225 *Karl von Eichenhorst:* vgl. Gottfried August Bürgers (1747–1794) Ballade „Die Entführung, oder Ritter Karl von Eichenhorst und Fräulein Gertrude von Hochburg".

226 *als ein Dänenroß:* Anspielung auf den Eingangsvers der obengenannten Ballade („Knapp', sattle mir mein Dänenroß"). – *Graditzer:* vgl. Anm. zu S. 24.

227 *Auskultation:* Behorchung.

229 *‚Milch der frommen Denkungsart':* aus Schillers „Wilhelm Tell", IV,3.

231 *Reprimande:* Tadel.

233 *Bernauer Kriegskorrespondenten:* vgl. Anm. zu S. 479 (Wippchen von Bernau). – *Montecuculis Wort über Kriegsführung:* Graf Raimund Montecuccoli (1608–1681), österreichischer Feldmarschall im 30-jährigen Krieg; nach einem bekannten Ausspruch von ihm sind zum Kriegführen drei Dinge nötig: „Geld, Geld und nochmals Geld." – *„unter Larven ...":* aus Schillers Ballade „Der Taucher". – *vacat:* fehlt.

234 *Hydra:* Schlangenuntier, dessen neun Köpfe stets wieder nachwachsen.

235 *Zentrum:* gleichnamige 1871 gegründete Partei des „politischen Katholizismus". Gegner der vom protestantischen Preußentum getragenen kleindeutschen Reichsidee. Die Gründung des Zentrums veranlaßte Bismarck zum sog. „Kulturkampf".

236 *Zirkelquadratur- und Perpetuum-mobile-Sucher:* unlösbare Aufgaben aus der Mathematik bzw. Physik. – *Klasse der Malvoglios:* vgl. Shakespeares Komödie „Was Ihr wollt". – *Galimathias:* Kauderwelsch, Unsinn. – *Methode hat auch der Wahnsinn:* aus Shakespeares „Hamlet", II,2.

237 *Das ist Tells Geschoß:* vgl. Schillers „Wilhelm Tell", IV,3.

239 *ins Kakerlakige:* vgl. Anm. zu S. 140.

240 *tic douloureux:* neuralgischer Gesichtsschmerz.

243 *Badine:* Reitstöckchen. – *Ehrenlegion:* 1802 von Napoleon I. gestifteter höchster französischer Orden in 5 Klassen.

244 *Schleife:* Schlitten. – *Teschings:* kleinkalibrige Handfeuerwaffe.

246 *Dank vom Hause Österreich:* aus Schillers „Wallensteins Tod", II,6.

247 *Nach Frankreich zogen:* vgl. Heine „Die Grenadiere", in: „Buch der Lieder", Junge Leiden / Romanzen 6.

248 *Düppel:* dänisches Dorf nahe dem Alsensund. – *Schloßhof zu Canossa:* Heinrich IV. mußte sich vom 25. bis 28. Januar 1077 in Büßerkleidung vor der Burg Canossa zeigen, bis der im Investiturstreit über ihn verhängte Kirchenbann von Papst Gregor VII. gelöst wurde. – *Ich weiß nicht ...:* Anfangsvers von Heinrich Heines „Die Heimkehr 2".

254 *Cottagevilla:* Landhaus.

257 *Tolleisen:* Brennschere. – *Nücken:* Eigenheiten, Launen, Schrullen.

259 *gastrisch:* magenkrank. – *Tülle:* vgl. Anm. zu S. 8.

262 *'Sitte':* Sittenpolizei. – *Proppertät:* vgl. Anm. zu S. 118. – *karessieren:* schmeicheln, liebkosen.

264 *verfiere:* erschrecke. – *Renz in'n Zirkus:* vgl. Anm. zu S. 32.

265 *Erharten:* Luise Erhartt (1844–1916), Schauspielerin.

270 *der Segen der Eltern:* vgl. Jesus Sirach 3,9. – *mores:* Sitten.

271 *Alteration:* vgl. Anm. zu S. 94.

274 *die Montmorencys noch die Lusignans:* alte französische Adelsfamilien. – *die schöne Melusine:* französische Sagengestalt; eine schöne Meerfee, die – mit einem Ritter vermählt – verschwand, als sie beim Baden in Fischgestalt überrascht wurde. Stammutter des Hauses Lusignan. – *die Arnims:* altes preußisches Adelsgeschlecht. – *Blutlaugensalz und Eisenvitriol:* vgl. Anm. zu S. 157. –*Philippika:* Zornrede des Demosthenes gegen Philipp von Mazedonien.

277 *Jubiläumsausstellung:* 1886 anläßlich der Jahrhundertfeier der 1. Berliner Kunstausstellung von 1786.

279 *Pindar:* um 522–442 v. Chr., griechischer Lyriker. – *Novalis:* Friedrich Freiherr von Hardenberg (1772–1801), deutscher Dichter der Romantik.

281 *generis feminini:* weiblichen Geschlechts.

285 *Goethe (was, ist nicht nötig zu verraten):* wohl „Die Leiden des jungen Werthers". – *Präliminarantwort:* vorläufige Antwort. – *Pythisches:* vgl. Anm. zu S. 499.

287 *Sèvres:* südwestlicher Vorort von Paris; bekannte Porzellanmanufaktur. – *Grecborte:* griechische Borte.

290 *Corneliussaal:* Peter Cornelius (1783–1867), deutscher Maler; gehörte der Gruppe der „Nazarener" an. – *Predelle:* Gemälde auf dem Sockel eines Altaraufsatzes.

292 *Kriepsch:* Kernhaus. – *Hacheln:* feine Häutchen des Kerngehäuses. – *Malvasier:* Birnensorte.

294 *Pastor Thomas:* D. Johann Thomas (1812–1891), Archidiakon an der Nikolaikirche in Berlin.

295 *Souchon:* Johann George (1836–1899), Prediger an der Sophienkirche in Berlin.

296 *Mykenä:* vgl. Anm. zu S. 199.

297 *Codex argenteus:* Handschrift des 6. Jh.s mit der Bibelübersetzung des gotischen Bischofs Wulfila (in der Universitätsbibliothek Upsala). – *Heliand:* altsächsisches Gedicht nach den Evangelien in Stabreimen aus dem 9. Jh. –*Beowulf:* altenglisches Heldengedicht aus dem 8. Jh.

299 *Geschichte von Heyse:* Paul Heyse (1830–1914), „Unvergeßbare Worte". – *des Ruhmes mangeln:* Römer 3,23. –

301 *Schritt vom Wege:* „Ein Schritt vom Wege", Schauspiel von Ernst Wichert (1831—1902).

303 *Summus Episcopus:* Seit der Reformation hatte in den protestantischen Ländern der Landesherr zugleich das Kirchenregiment inne. — *Koegel:* vgl. Anm. zu S. 213. — *Stoecker:* Adolf (1835 bis 1909), evangelischer Hofprediger; gründete zur Bekämpfung der Sozialdemokratie 1878 die Christlich-soziale Partei.

305 *Prediger Thomas:* vgl. Anm. zu S. 294. — *Echec:* Nachteil, Niederlage.

306 *in pontificalibus:* in Festtagskleidern. — *Goetheschen Sänger:* vgl. Goethes Ballade „Der Sänger".

307 *Avec:* Schwung. — *„England expects ...":* vgl. Anm. zu S. 173. — *Aristomenes:* vertrieb um die Mitte des 7. Jh.s v. Chr. die Spartaner aus dem 720 v. Chr. von ihnen eroberten Messenien.

308 *carpe diem:* „Nütze den Tag." — *‚Mehr Licht‘:* angeblich die letzten Worte Goethes.

309 *pecus:* Vieh.

H. P.

Effi Briest

Entstehungsgeschichte und Selbstzeugnisse.

Einsatz der Arbeit im Winter 1890/91. Über die stoffliche Grundlage berichtete Fontane am 2. März 1895 an Hans Hertz, also während der Zeit der Veröffentlichung des Vorabdrucks im Band 81/82 der von Julius Rodenberg herausgegebenen *Deutschen Rundschau* zwischen Oktober 1894 und Mai 1895. „Ja, die arme Effi! Vielleicht ist es mir so gelungen, weil ich das Ganze träumerisch und fast wie mit einem Psychographen geschrieben habe. Sonst kann ich mich immer der Arbeit, ihrer Mühe, Sorgen und Etappen erinnern — in d i e s e m Falle gar nicht. Es ist so wie von selbst gekommen, ohne rechte Überlegung und ohne alle Kritik. Meine Gönnerin L. erzählte mir auf meine Frage: ‚Was macht denn d e r ?‘ (ein Offizier, der früher viel bei Ls. verkehrte und den ich nachher in Innstetten transponiert habe) die ganze ‚Effi Briest‘-Geschichte, und als die Stelle kam, zweites Kapitel, wo die spielenden Mädchen durchs Weinlaub in den Saal hineinrufen: ‚Effi, komm‘, stand mir fest: ‚D a s mußt du schreiben.‘ Auch die äußere Erscheinung Effis wurde mir durch einen glücklichen Zufall an die Hand gegeben. Ich saß im Zehnpfundhotel in Thale, auf dem oft beschriebenen großen Balkon, ‚Sonnenuntergang‘, und sah nach der Roßtrappe hinauf, als ein englisches Geschwisterpaar, er zwanzig, sie fünfzehn, auf den Balkon hinaustrat und drei Schritt vor mir sich an die Brüstung lehnte, heiter plaudernd und doch ernst. Es waren ganz ersichtlich Dissenterkinder, Methodisten. Das Mädchen war genau so gekleidet, wie ich Effi in den allerersten und dann auch wieder in den allerletzten Kapiteln geschildert habe: Hänger, blau und weiß gestreifter Kattun, Ledergürtel und Matrosenkragen. Ich glaube, daß ich für meine Heldin keine bessere Erscheinung und Einkleidung finden konnte, und wenn es nicht anmaßend wäre, das Schicksal als ein einem für jeden Kleinkram zu Diensten stehendes Etwas anzusehen, so möchte ich beinah sagen: das Schicksal schickte mir die kleine Methodistin."

Über die Einzelheiten der stofflichen Grundlage, ein damals allgemein bekanntes gesellschaftliches Ereignis, hat Hans Werner Seiffert in einer aus dem Archiv der Familie von Ardenne schöpfenden Studie *Fontanes „Effi Briest" und Spielhagens „Zum Zeitvertreib" — Zeugnisse und Materialien* (Studien zur neueren Literatur, herausgegeben von H. W. Seiffert, Akademie Verlag Berlin 1964), ausführlich informiert. Es handelt sich um die Ehegeschichte des Barons Armand von Ardenne und seiner Gattin Elisabeth, geborene Freiin von Plotho (geb. 1853 auf Gut Zerben bei Parey an der Elbe). Sie hatte, nach langem Zögern und unter Einfluß ihrer Eltern, am 1. 1. 1873 Armand von Ardenne geheiratet, der, Berufsoffizier und Militärschriftsteller, 1904 als Generalleutnant pensioniert wurde und 1919 in Berlin gestorben ist. In dem geselligen, geistig und künstlerisch lebendigen Hause der Ardenne in Düsseldorf verkehrte der Amtsrichter Emil Hartwich, der auch als Maler und als Verfasser von Schriften zur Volkshygiene und Körpererziehung der Schuljugend einen Namen hatte. Er lebte in gleichgültiger Ehe. Elisabeth von Ardenne und er entschieden sich 1886 in Berlin, ihre Ehen aufzulösen und sich miteinander zu verbinden. Baron von Ardenne, damals im Kriegsministerium tätig, gelangte mittels eines Nachschlüssels in den Besitz der Briefe von Hartwich an seine Frau, die sie in einer Kassette aufbewahrte. Er forderte den ehemaligen Freund zum Duell heraus, das am 27. November 1886 mit für Hartwich tödlichem Ausgang stattfand. Hartwich, nach überliefertem Bericht, bat seinen Gegner wegen der ihm angetanen schweren Kränkung um Verzeihung. Die Ehe zwischen Armand und Elisabeth von Ardenne (sie bevorzugte die Namensform Else) wurde am 15. 3. 1887 geschieden. Die Kinder wurden dem Vater zugesprochen. Er wurde zu Festungshaft verurteilt, doch bald begnadigt, nahm daraufhin den Dienst im Kriegsministerium wieder auf und war zu der Zeit, in der Fontane seine Arbeit an dem Roman begann, Major im Landwehr-Dragonerregiment Düsseldorf. Frau von Ardenne widmete sich nach der Scheidung karitativer Tätigkeit. Sie ist erst 1952 in Lindau am Bodensee gestorben. In welchem Umfange Fontane dies Material nutzte und veränderte, hat H. W. Seiffert dargestellt. Er geht auch auf Friedrich Spielhagens erzählerische Benutzung des gleichen Stoffes und die Korrespondenz zwischen Fontane und Spielhagen ein.

Krankheit verzögerte Fontanes Arbeit an dem Roman. Die Hoffnung, im Sommer 1892 sie in Schmiedeberg wiederaufzunehmen, erfüllte sich nicht. Das dicke Manuskriptpaket mit der Wertangabe 6000 Mark, das er an Friedlaender vorausgeschickt hatte, kehrte ungeöffnet im September wieder mit ihm selbst nach Berlin zurück. Fontane widmete sich auf Rat des Arztes zunächst der Niederschrift von *Meine Kinderjahre*. Auch danach zögerte er. Er schrieb am 22. Mai 1893 an Georg Friedlaender: „Mit meinem neuen Buche ‚Meine Kinderjahre' bin ich fertig und sollte nun zur Korrektur des Romans übergehn, der mit der Aufschrift ‚Wertangabe 6000 Mark' monatelang in Ihrem Schranke lagerte, ich vertage es aber, weil ich doch außerstande bin die Sache bis zum 1. September, wo Rodenberg sie haben will, fertig zu machen." Am 29. November 1893 berichtet er dem Freunde in Schmiedeberg, er habe sich „an meinem Roman ... ganz dumm korrigiert". Am 14. Mai 1894: „Wir sind derweilen hier allein und basteln meinen Roman fertig. Rodenberg hat ihn angenommen und mir sehr Verbindliches darüber gesagt. Es ist das bekannte alte Postpaket, das mit der Bezeichnung ‚6000 Mark' auch bei Ihnen so lange lagerte. Ich dachte damals nicht, daß es (und ich mit) zum Leben wiedererstehen würde." Am 18. Oktober schickte er die Buchausgabe, die im Verlag seines Sohnes erschien, „zu freundlicher Entgegennahme".

Fontane war über den Vorabdruck in der *Deutschen Rundschau* beglückt. Er dankte am 1. März 1895 Julius Rodenberg dafür, „daß Sie der armen ‚Effi Briest' nicht bloß eine Stätte gegeben, sondern ihr auch so viel Liebe bewiesen haben und ganz ohne ‚wenn' und ‚aber'. Ich glaube, ich habe es Ihnen schon früher ausgesprochen, aber ich muß es doch noch einmal tun, welche Befriedigung, ja geradezu welches Glück es mir bereitet hat, in meinen alten Tagen in Ihrer Rundschau seßhaft geworden zu sein, wobei Sie seßhaft (dessen strengste Form der ‚Kleber' ist) nicht zu wörtlich streng zu nehmen haben. Ach, was habe ich unter den Plätzen gelitten, auf denen ich mich früher einzuquartieren hatte! Jede geistige Arbeit nimmt von dem Ort (ein unter Umständen schwerwiegendes Wort), wo sie sich niederläßt, einen ganz bestimmten Geruch an und kann ihrem eignen Erzeuger dadurch wie verleidet werden. Das hab ich oft durchgemacht."

An Spielhagen, dessen positive Kritik des Romans ihm „hocherfreulich" erschien, dessen Abhandlung *Effi Briest und die Wahlverwandtschaften* ihn hingegen in Verlegenheit setzte, da er sich nicht an Goethe gemessen sehen wollte, schickte Fontane am 21. Februar 1896 nochmals einen Bericht über sein stoffliches Ausgangsmaterial. „Innstetten ist ein Oberst Baron v. A., früher Husar, jetzt Dragoner. Effi ist ein Fräulein, wenn ich recht berichtet bin, aus der Gegend von Parez, n i c h t aus der Mark, sondern aus jenem Teil des Magdeburgischen, der am östlichen Elbufer liegt. Soviel ich weiß, lebt die Dame noch, sogar ganz in der Nähe von Berlin. Mir wurde die Geschichte vor etwa sieben Jahren durch meine Freundin und Gönnerin L. bei Tisch erzählt. ‚Wo ist denn jetzt Baron A?', fragte ich ganz von ungefähr.

‚Wissen Sie nicht?' Und nun hörte ich, was ich in meinem Roman erzählt. Übrigens, glaube ich, wußte Frau L. den Namen der Dame nicht genau. Alles spielte, um auch das noch zu sagen, am Rhein, nicht in Pommern. Das ist das wenige, was ich weiß. Übrigens sagte mir Geheimer Rat Adler (der Architekt): ‚Gott, das ist die Geschichte von dem A.' Er hatte es doch 'rausgewittert." Fontane setzte dem Brief hinzu: „Die ganze Geschichte ist eine Ehebruchsgeschichte wie hundert andere mehr und hätte, als mir Frau L. davon erzählte, weiter keinen großen Eindruck auf mich gemacht, wenn nicht (vgl. das kurze zweite Kapitel) die Szene beziehungsweise die Worte ‚Effi komm' darin vorgekommen wären. Das Auftauchen der Mädchen an den mit Wein überwachsenen Fenstern, die Rotköpfe, der Zuruf und dann das Niederducken und Verschwinden machten s o l c h e n Eindruck auf mich, daß aus d i e s e r Szene die ganze lange Geschichte entstanden ist. An dieser e i n e n Szene können auch Baron A. und die Dame erkennen, daß i h r e Geschichte den Stoff gab."

Die Buchausgabe brachte es in Jahresfrist auf fünf Auflagen — ein von Fontane bisher nicht annähernd erlebter Erfolg. Er notierte im Tagebuch: „Der erste wirkliche Erfolg, den ich mit meinen Romanen habe." Wiederum sah er sich insbesondere der jungen Generation verpflichtet. Er schrieb am 11. November 1895 an Paul Schlenther: „Nachträglich, beim Korrigieren, hat er mir viel Arbeit gemacht, beim ersten Entwurf gar keine. Der alte Witz, daß man Mundstück sei, in das von irgendwoher hineingetutet wird, hat doch was für sich und das Durchdrungensein davon läßt schließlich nur zwei Gefühle zurück, Bescheidenheit und Dank. Letzterer, als ich Ihre Kritik gelesen, nahm eine Doppelgestalt an, und zu dem Dank gegen den lieben Gott gesellte sich der Dank gegen den lieben Schlenther. Verbeugung gegen Diesseits und Jenseits." Und an Otto Pniower 21. Februar 1896: „Vieles ist mir über ‚Effi' gesagt worden, aber, wie das immer ist, Worte, die mir eine Herzensfreude gemacht hätten, s o l c h e haben doch nur wenige gefunden. Schlenther eröffnete den Reigen, S i e schließen ihn. Denn nun wird kaum noch was kommen. Dazwischen krabbelt viel Mittelwertiges herum, und von der Majorität der Fälle schweigt des Sängers Höflichkeit."

Am 12. Juni 1895 schrieb Fontane einer Leserin, die sich offenbar mit Fragen an ihn gewandt hatte: „Natürlich ist alles Recht auf Ihrer Seite, natürlich alles sehr unplatonisch. Ich bin schon ohnehin gegen totschießen, Mord aus dem Affekt heraus, geht viel eher, aber nun gar totschießen wegen einer 7 Jahre zurückliegenden Courmacherei — an die sich in der Regel ein anständiger Ehemann mit Vergnügen miterinnert — das wäre denn doch über den Spaß. Auch so geht Innstetten, der übrigens von allen Damen härter beurteilt wird als er verdient — sehr ungern 'ran und wäre nicht der Ehrengötze, so lebte Crampas noch. Es ist nämlich eine wahre Geschichte, die sich hier zugetragen hat, nur in Ort und Namen alles transponiert. Das

Duell fand in Bonn statt, nicht in dem rätselvollen Kessin, dem ich die Szenerie von Swinemünde gegeben habe; Crampas war ein Gerichtsrat, Innstetten ist jetzt Oberst, Effi lebt noch, ganz in Nähe von Berlin. Vielleicht läge sie lieber auf dem Rondell in Hohen-Kremmen. – Daß ich die Sache im unklaren gelassen hätte, kann ich nicht zugeben, die berühmten ‚Schilderungen' (der Gipfel der Geschmacklosigkeit) vermeide ich freilich, aber Effis Brief an Crampas und die mitgeteilten 3 Zettel von Crampas an Effi, die sagen doch alles." Auch in anderen Briefen betonte Fontane das künstlerische Prinzip erzählerischer Diskretion und verteidigte er Innstetten. So am 24. November 1895 an E. Heilborn: „Sie sind, wie ich zu meiner Freude sehe, auch einverstanden damit, daß ich, in den intrikaten Situationen, der Phantasie des Lesers viel überlasse; dies anders zu machen wäre mir ganz unmöglich und ich würde totale Dunkelheiten immer noch einer Gasglühlichtbeleuchtung von Dingen vorziehen, die, selbst wenn ihre Darstellung geglückt ist (ein sehr selten vorkommender Fall), immer noch mißglückt wirken." Am 27. Oktober 1895 an Clara Kühnast: „Ja, Effi! Alle Leute sympathisieren mit ihr und einige gehen so weit, im Gegensatze dazu, den Mann als einen alten ‚Ekel' zu bezeichnen. Das amüsiert mich natürlich, gibt mir aber auch zu denken, weil es wieder beweist, wie wenig den Menschen an der sogenannten ‚Moral' liegt und wie die liebenswürdigen Naturen dem Menschenherzen sympathischer sind. Ich habe dies lange gewußt, aber es ist mir nie so stark entgegengetreten wie in diesem Effi Briest- und Innstetten-Fall. Denn eigentlich ist er (Innstetten) doch in jedem Anbetracht ein ganz ausgezeichnetes Menschenexemplar, dem es an dem, was man lieben muß, durchaus nicht fehlt." Ähnlich an J. V. Widmann am 19. November 1895: „Sie sind der Erste, der auf das Spukhaus und den Chinesen hinweist; ich begreife nicht wie man daran vorbeisehen kann, denn erstlich ist dieser Spuk, so bilde ich mir wenigstens ein, an und für sich interessant und zweitens, wie Sie hervorgehoben haben, steht die Sache nicht zum Spaß da, sondern ist ein Drehpunkt für die ganze Geschichte. Was mich ganz besonders gefreut hat, ist, daß Sie dem armen Innstetten so schön gerecht werden."

F. M.

313 *Kurfürst Georg Wilhelm:* 1595–1640. – *Seidendocken:* kleine Bündel von Seidenfäden.

315 *Fritz Reuter:* 1810–1874, plattdeutscher Dichter. – *Mining und Lining:* Gestalten aus Fritz Reuters „Ut mine Stromtid". – *lymphatische Blondine:* mit blassem, verschwollenem Gesicht.

316 *Schlusen:* Schalen.

318 *das Kreuz:* Eisernes Kreuz. – *der Kaiser:* Wilhelm I. (1797–1888), 1861 König von Preußen, 1871 in Versailles zum Deutschen Kaiser proklamiert.

319 *Daus:* höchste Karte im deutschen Kartenspiel, daneben einer der verhüllenden Ausdrücke für „Teufel"; Teufelskerl.

320 *Midshipman:* Leutnant zur See.

323 *Bonhomie:* Gutmütigkeit.

325 *weiterperorierte:* sich weiter darüber ausließ.

326 *trousseau:* Brautausstattung, Aussteuer. — *Mesquinerien:* Kleinlichkeiten, Knausereien.

327 *die „Fliegenden Blätter":* eine satirische Zeitschrift. — *„Insel der Seligen":* Gemälde von Arnold Böcklin (1827—1901). — *chaperonnieren:* Damen begleiten.

328 *Gardepli:* gutes Benehmen eines Gardesoldaten. — *Kortege:* vgl. Anm. zu S. 72. — *Luch:* Bruch, Sumpf.

329 *Spät kommt Ihr ...:* aus Schillers „Die Piccolomini", I,1. — *Käthchen von Heilbronn ... Holunderbaumszene:* vgl. Heinrich v. Kleist, „Das Käthchen von Heilbronn", IV,2.

330 *Berolinismus:* Berliner Redensart. — *Uradel:* vor 1540 urkundlich als adelig nachweisbares Geschlecht. — *„Aschenbrödel":* Märchenspiel von Roderich Benedix (1811—1875).

332 *2. September ... Sedantag:* vgl. Anm. zu S. 38.

333 *Lot ... grenzenlose Rücksichtslosigkeit gegen Hulda:* vgl. die Geschichte der Töchter Lots (Genesis 19,30—38). — *‚Lots Frau':* vgl. Genesis 19, 17—26.

334 *ambiert:* strebt nach etwas, richtet seinen Ehrgeiz nach etwas.

335 *Prinz Friedrich Karl:* Prinz von Preußen (1828—1885), Generalfeldmarschall; Heerführer in den Kriegen von 1864, 1866 und 1870/71.

336 *Murano:* Insel und kleiner Ort vor Venedig; bekannt durch seine Glasbläsereien.

339 *Hospitalit:* ins Altersheim Aufgenommener. — *Koegel:* vgl. Anm. zu S. 213.

340 *Walhalla:* Ruhmeshalle bei Regensburg mit den Büsten berühmter Deutscher. — *Kunstfex:* Fex: in etwas Vernarrter.

340 *Kanevas:* Hanf- oder Gittergewebe zum Besticken.

343 *wegen der Rechtschreibung in Zweifel bin:* gemeint ist die Glyptothek; Sammlung antiker Skulpturen. — *Palladio:* Andrea (1508 bis 1580), italienischer Baumeister der Hochrenaissance (Teatro Olimpico in Vicenza). — *„Er liegt in Padua begraben":* vgl. den Bericht Mephistos über den Verbleib von Marthe Schwertleins Mann („Faust" I, Der Nachbarin Haus).

344 *St.-Privat-Panorama:* Darstellung der Schlacht von St. Privat (vgl. Anm. zu S. 38) in Malerei und Plastik.

345 *Phönix:* ägyptischer Sagenvogel, der sich bei Todesahnung ins Feuer stürzt und verjüngt aus der Asche emporsteigt.

346 *Starost:* im ehem. Polen Gemeindevorstand, Landeshauptmann. — *dem Fürsten:* Otto von Bismarck. — *Kaschuben:* slawischer Volksstamm an der unteren Weichsel.

348 *Macpherson:* Name des Ossian-Dichters. – *Walter Scott:* vgl. Anm. zu S. 173. – *General de Meza:* Christian Julius de Meza (1792–1865), dänischer General; zeichnete sich im Krieg 1864 besonders aus. – *Hannemann:* Spottname für „Däne". – *Hekla oder Krabla:* Vulkane in Island.

349 *Rollo ... Normannenherzog:* als Christ: Robert, gestorben 932, erster Herzog der Normandie.

351 *Astrallampen:* besonders helle Petroleumlampen.

353 *alkovenartigen:* Alkoven: Nebenraum, Bettnische. – *Trumeau:* Pfeilerspiegel. – *Pendule:* Pendeluhr.

355 *Rafraichisseur:* Parfumzerstäuber. – *Zylinderbureau:* eine besondere Schreibtischform.

356 *Wrangel:* Friedrich Heinrich Ernst, Graf von (1784–1877), Generalfeldmarschall; Oberbefehlshaber der preußischen Truppen in Schleswig-Holstein 1848 und 1864; warf die Berliner Revolution von 1848 nieder.

357 *Brutus:* Marcus Iunius (85–42 v. Chr.), Führer der Verschwörung gegen Cäsar; von Antonius und Oktavian in der Schlacht bei Philippi geschlagen, gab er sich selbst den Tod.

360 *Rollkammer:* Mangstube.

361 *Bockmühle:* Windmühle mit drehbarem Gehäuse.

363 *Exterieur:* (gute) Erscheinung.

364 *Froben:* Emanuel von (1640–1675), Stallmeister Friedrich Wilhelms I., der in der Schlacht bei Fehrbellin (28. Juni 1675) mit dem Großen Kurfürsten das Pferd getauscht haben und statt seiner erschossen worden sein soll. Die Geschichte gehört ebenso ins Reich der Sage, wie die vom Ungehorsam des Prinzen von Homburg in derselben Schlacht. – *Luther sagte, ‚hier stehe ich':* Worte Luthers vor dem Reichstag zu Worms (1521). Mit den Worten „Hier stehe ich, ich kann nicht anders, Gott helfe mir, Amen" lehnte Luther einen Widerruf seiner 1520 erschienenen grundlegenden Reformationsschriften ab. – *Cid ... Compeador:* gestorben 1099; spanischer Nationalheld in den Cid-Romanzen des 12.–16. Jh.s.

365 *prätentiös:* anspruchsvoll. – *Deismus:* Glaube an einen persönlichen Gott, der die Welt erschaffen hat, in den Weltablauf aber nicht eingreift. – *auch ein zweiter Dezember ...:* Staatsstreich Napoleons III. am 2. Dezember 1851, Auflösung der Nationalversammlung. Am Jahrestag dieser „rettenden Tat" wurde Napoleon III. als Kaiser der Franzosen proklamiert (2. Dezember 1852). – *kartätschte damals auf die Pariser Kanaille:* In der Nacht vom 1. auf den 2. Dezember 1851 ließ Napoleon 78 Männer der Opposition unter dem Vorwand einer Verschwörung verhaften. Schwachen Aufstandsversuchen, die Folge dieses Vorgehens waren, wurde durch Militärgewalt ein Ende bereitet. – *Insolenz:* Anmaßung, Unverschämtheit.

366 *Philistereien:* spießbürgerliches Politisieren. — *Held und Eroberer von Saarbrücken:* Starke Übermacht eines Teiles des französischen Heeres unter der Führung von Frossard de St. Arnold zwang Oberstleutnant v. Prestel am 2. August 1870 zum Rückzug aus dem besetzten Saarbrücken. Napoleon III., der dazu aus Metz herbeigeeilt war und seinen vierzehnjährigen Sohn zur „Feuertaufe" ins Gefecht mitnahm, ließ sich in der Presse als Eroberer der Stadt feiern. — *seiner katholischen Frau:* Eugenie de Montijo, Herzogin von Teba (1826—1920), seit 1853 Gattin Napoleons III. — *Verhältnis zu dem jüdischen Bankier:* Anspielung auf einen Skandal um Eugenie, in den Baron Alfons de Rothschild (1827—1905) verwickelt war. — *Café chantant:* Konzertcafé. — *Nobiling:* Karl Eduard (1848—1878), verübte am 2. Juni 1878 ein Attentat auf Kaiser Wilhelm I. Dr. Nobiling erschoß sich nach dem Attentat selbst.

367 *medisant:* schmähsüchtig. Vgl. Anm. zu S. 178. — *Wiedereroberung von Le Bourget:* am 29. Dezember 1870 nach vielen vergeblichen Angriffen auf das Fort. — *Bostonspielerin:* Boston: ein Kartenspiel. — *Varzin:* pommersche Landgemeinde im Regierungsbezirk Köslin; Schloß Bismarcks.

368 *Graditzer:* vgl. Anm. zu S. 24. — *wo der Teufel auf einem Weinfaß davongeritten ist:* Der Ritt des Teufels auf dem Weinfaß gehört in den Umkreis der Faustsage (Auerbachs Keller).

373 *Julia Capulet:* Julia in Shakespeares „Romeo und Julia".

377 *Schwaben:* Schaben, Ungeziefer in Küchen.

379 *Kohlenprovisor:* erster Gehilfe des Apothekers.

383 *Konventikler:* s. Anm. zu S. 100.

384 *Viardot:* Pauline Viardot-Garcia (1821—1910), französische Opernsängerin.

386 *Pincenez:* Klemmer, Kneifer.

388 *Bock und Bote:* Berliner Musikalienhandlung.

389 *‚Orpheus':* Oper von Christoph Willibald Gluck (1714—1787). — *‚Kriemhild':* Oper von Heinrich Ludwig Edmund Dorn (1804—1892). — *‚Vestalin':* Oper von Gasparo Spontini (1774—1851), einem italienischen Komponisten, 1820—1842 Generalmusikdirektor in Berlin. — *‚Erlkönig':* Ballade von Goethe; op. 1 des Liedschaffens Franz Schuberts. — *‚Bächlein, laß dein Rauschen sein':* aus dem Liederzyklus „Die schöne Müllerin" von Franz Schubert (1824); Text von Wilhelm Müller. — *Löwesche Balladen:* Carl Loewe (1796—1869), Komponist populärer Lieder und Balladen (vgl. Anm. zu S. 182). — *‚Ritter Olaf':* Gedicht von Heine; gemeint wahrscheinlich Löwes Ballade „Herr Oluf" aus „Des Knaben Wunderhorn". — *„Fliegender Holländer":* Wagneroper. — „Zampa": Oper von Louis Joseph Ferdinand Hérold (1791—1833). — *„Heideknabe":* von Hebbel? „Der Knabe träumt".

390 *Malice:* Bosheit, boshafte Äußerung. — *Psychographen:* Apparate, die Nachrichten aus dem Geisterreich vermitteln sollten.

392 *Torquemada:* Thomas de (1420—1498), erster spanischer Generalinquisitor. — *Legat:* Vermächtnis.

393 *Julklapp:* Weihnachtsgeschenk. — *Morsellenkästchen:* Morsellen: Gewürzplätzchen.

398 *Eugen Richter:* 1836—1906, liberaler Politiker; Gegner Bismarcks und der Sozialdemokratie.

400 *Resektion:* operative Entfernung kranker Organ- oder Knochenteile. — *Wilms:* Friedrich Robert (1824—1880), berühmter Chirurg. — *Graf Gröben:* Georg Graf von der Gröben, Generalmajor.

402 *ramassierte:* s. Anm. zu S. 150.

403 *Entoutcas:* Schirm „für alle Fälle", Regen- und Sonnenschirm.

404 *Wullenweber:* Jürgen Wullenwever (1492—1537), Bürgermeister von Lübeck; Anhänger der Reformation; nach einer Niederlage Lübecks gegen Dänemark gestürzt und in Braunschweig hingerichtet. — *Stockholmer Blutbad:* Der dänische König Christian II. (1481—1559) ließ am 8.—10. Dezember 1520 nach Wiedergewinnung von Schweden und Finnland 600 angebliche Gegner seiner Herrschaft hinrichten.

406 *happig:* gierig.

408 *Alkoven:* s. Anm. zu S. 353.

410 *Tag von Königgrätz:* vgl. Anm. zu S. 139. — *Napoleonstag:* Geburtstag Napoleons I. am 15. August 1769. — *Kasualreden:* Gelegenheitsreden. — *das Bibelwort:* vgl. Apokalypse 3, 15—16. — *Felsen Petri:* Die katholische Kirche betrachtet die Worte Christi an Petrus: „Du bist Petrus (der Fels), und auf den Felsen will ich meine Kirche bauen" (Matthäus 16,18) als die Einsetzungsworte des Papsttums.

411 *Rocher de bronce:* eherner Fels; Anspielung auf einen Ausspruch Friedrich Wilhelms I., nach dem er „die souveraineté [des preußischen Königtums] wie einen Rocher von Bronce" festigen wollte.

413 *Schlacht von Waterloo ... Blücher ... Wellington:* vgl. Anm. zu S. 38.

416 *Renommisterei:* Prahlerei.

417 *Pluto:* Kontamination mit lat. Plutus (gr. πλοῦτος) = der Reichtum; als Personifikation „Gott des Reichtums".

418 *schlägt man sich jetzt herum:* China stand seit 1875 in kriegerischen Verwicklungen mit Japan. 1877—1878: russisch-türkischer Krieg. — *Vionville:* Einnahme von Flavigny und Vionville am 16. August 1870. — *Entrepreneur:* Unternehmer, Veranstalter.

419 *‚Krieg im Frieden':* Lustspiel von Gustav von Moser (1825—1903). — *‚Monsieur Herkules':* s. Anm. zu S. 90. — *‚Jugendliebe' von Wilbrandt:* Adolf Wilbrandt (1837—1911), Dramatiker; Di-

rektor des Wiener Burgtheaters (1881—1887). — *‚Euphrosyne' von Gensichen:* Otto Franz Gensichen (1847—1933), Schriftsteller. — *kastalischen Quell:* Dichterquelle am Fuße des Parnaß. — *medisieren:* schmähen, lästern.

422 *ein „Verdruß":* Buckel.

423 *Causeur:* Plauderer. — *Konventikel:* privat-religiöse Zusammenkunft. — *Propheten ... aus der Oper:* „Der Prophet", Oper von Giacomo Meyerbeer (1791—1864).

424 *Cochon:* bedeutet im Französischen „das Schwein". Der Bischof von Beauvais hieß Peter Cauchon.

425 *links Basedow und rechts Pestalozzi:* Anspielung auf Goethes „Prophete rechts, Prophete links, das Weltkind in der Mitten", das auf einer gemeinschaftlichen Reise mit Lavater und Basedow (1774) entstanden ist. — *Basedow:* Johann Bernhard (1723—1790), Pädagoge; Gründer des „Philanthropinums" in Dessau. — *Pestalozzi:* Johann Heinrich (1746—1827), Schweizer Jugend- und Volkserzieher. —*Schnepfenthal:* 1789 von dem Pädagogen Christian Gotth. Salzmann gegründete Erziehungsanstalt für Knaben bei Waltershausen (Thüringen). — *Bunzlau:* Schulstadt der Herrnhuter in Niederschlesien.

426 *Haselant:* Geck, Narr.

427 *Ziegenpeter:* Mumps.

428 *das Heinesche Gedicht:* „Seegespenst" aus dem Zyklus „Die Nordsee" (1825/26).

429 *‚Du hast Diamanten und Perlen':* vgl. H. Heine „Buch der Lieder", „Die Heimkehr 64". — *‚Deine weißen Lilienfinger':* ebd. 33. — *die ‚romantischen':* „Romanzero" (1851). — *Karl Stuart:* „Karl I." in „Romanzero", „Historien". — *Vitzliputzli:* Name des höchsten Gottes der Azteken. „Vitzliputzli" 1—3; in „Romanzero", „Historien".

431 *Pedro dem Grausamen:* vgl. „Spanische Atriden" in „Romanzero", „Lamentationen". — *Blaubartskönig:* im französischen Märchen Ritter, der seine Frauen tötete. — *Heinrich dem Achten:* 1491—1547; sechsmal verheiratet (Katharina von Aragon, Anna Boleyn, Johanna Seymour, Anna von Cleve, Katharina Howard, Katharina Parr). — *Mutter der Elisabeth:* Anna Boleyn (1507—1536); hingerichtet; Mutter Elisabeths I. von England. — *Kreuz von Kalatrava:* vgl. „Spanische Atriden" in „Romanzero", „Lamentationen". — *schwarzer Adler:* höchster preußischer Orden; von Friedrich I. 1701 gestiftet; mit dem erblichen Adel verbunden. — *Pour le mérite:* höchster preußischer Kriegsorden; von Friedrich dem Großen 1740 gestiftet; seit 1842 Friedensklasse des Ordens für Verdienste in Wissenschaft und Kunst.

433 *König von Thule:* Anspielung auf Goethes Ballade („Gönnt' alles seinem Erben / Den Becher nicht zugleich"). — *als Reimwort auf ihren König:* „Es war ein König in Thule / Gar treu

bis an das Grab, / Dem sterbend seine Buhle / Einen goldenen Becher gab."

434 *Friedrichsruh:* Besitz Bismarcks im Sachsenwald bei Hamburg. – *‚Buhküken von Halberstadt':* Wiegenlied; vgl. „Buko von Halberstadt" in „Des Knaben Wunderhorn".

435 *Ein Schritt vom Wege:* s. Anm. zu S. 301. – *Ella ... Arthur von Schmettwitz:* Hauptfiguren des obengenannten Stücks.

437 *eskamotieren:* verschwinden lassen.

440 *den ersten Feldzug in Schleswig:* 1848. – *Wrangel:* s. Anm. zu S. 356. – *Bonin:* Eduard von (1793–1865), preußischer General. – *des Danewerks:* für unüberwindbar gehaltene Schanzenreihe in Schleswig-Holstein, die 1848 von den Preußen genommen wurde.

441 *‚Gottesmauer':* von Clemens von Brentano (1778–1842). – *nach dem ... Memlingschen Altarbilde:* „Das Jüngste Gericht" von Hans Memling (um 1433–1494), Maler aus Seligenstadt am Main, in Brügge tätig. – *Nettelbeck:* Joachim (1738–1824), Seemann; verteidigte als Bürgeradjutant unter Gneisenau Kolberg gegen die Franzosen (1807).

443 *Ring ... Sagenkönig:* Schwedenkönig um 645.

444 *die Geschichte von den „drei Ringen":* vgl. G. E. Lessing, „Nathan der Weise", III,7.

453 *Sappeurbart:* (langer) Vollbart.

454 *esprit fort:* Freigeist.

455 *Canal La Manche:* der Ärmelkanal.

457 *hors concours:* außer Konkurrenz.

462 *Sielenzeug:* Riemenwerk.

468 *Palazzo Strozzi oder Pitti:* florentinische Palazzi.

470 *heilige Elisabeth:* 1207–1231; Gattin des Landgrafen Ludwig von Thüringen; 1235 wegen ihres Lebens der Nächstenliebe heiliggesprochen.

472 *Schweigger:* 1830–1905, Direktor der Universitätsaugenklinik in Berlin.

474 *Sal volatile:* Riechsalz.

479 *aus den ‚Fliegenden Blättern':* s. Anm. zu S. 327. – *‚Kladderadatsch':* s. Anm. zu S. 199. – *Strudelwitz ... Prudelwitz ... Karlchen Mießnick:* Witzfiguren aus dem „Kladderadatsch". – *Wippchen von Bernau:* Gestalt aus den „Berliner Wespen", wo er als Kriegskorrespondent auftrat.

480 *Kiebitzeier:* von Bismarck gerne gegessen. – *das dativisch Wrangelsche:* vgl. Anm. zu S. 356. Wrangel war durch seine Unsicherheit im Gebrauch von Dativ oder Akkusativ des Personalpronomens („mir" oder „mich") bekannt. – *Apollo:* Nach der antiken Mythologie lenkte Apollo den Sonnenwagen. – *Daus:* vgl. Anm. zu S. 319.

485 *Aqua ...:* Bittermandelwasser. – *Syrupus ...:* Orangenblütensirup.
489 *tempi passati:* vergangene Zeiten.
490 *am 1. April:* Geburtstag Bismarcks (geb. am 1. April 1815).
491 *Da drin soll es auch einmal gespukt haben:* vgl. Anm. zu S. 141.
492 *Schill:* Ferdinand von (1776–1809), Major; 1809 Erhebung gegen Napoleon; fiel in Stralsund. – *Scheele:* Karl Wilhelm, 1742 geb. in Stralsund († 1786), schwedischer Chemiker; entdeckte unabhängig von Priestley den Sauerstoff, darüber hinaus Chlor, Mangan, Stickstoff, Glycerin. –*„Hotel Fahrenheit" ...:* Gabriel Daniel Fahrenheit (1686–1736) teilte die Skala zwischen dem Schmelzpunkt des Eises und der Temperatur des kochenden Wassers in 180° ein. René Réaumur (1683–1757) entwickelte ein Thermometer mit einer 80-Grad-Skala. Gleiche Temperaturen haben auf dem Thermometer Fahrenheits durch die differenziertere Temperaturskala wesentlich höhere Gradangaben als auf dem Réaumurs.
494 *Herthadienst:* Hertha, Nerthus: germanische Göttin der Fruchtbarkeit (vgl. Tacitus, Germania, 40). Der Herthasee auf Rügen steht nach neueren Forschungen nicht in Beziehung zu dem Herthakult. – *Mummeln:* Teichrosen.
495 *Thorwaldsenmuseum:* Bertel Thorwaldsen (1770–1844), dänischer Bildhauer des Klassizismus.
499 *auf den Namen der Person:* Frau Briest meint wohl die Pythia, die weissagende Apollopriesterin in Delphi.
500 *Der Sturm auf Düppel ...:* Erstürmung Düppels (s. Anm. zu S. 248) durch die Preußen unter Prinz Friedrich Karl am 18. April 1864. – *König Wilhelm und Graf Bismarck...:* Lipa: in der Schlacht bei Königgrätz (vgl. Anm. zu S. 139) umkämpfte Stellung.
503 *Whist:* ein Kartenspiel.
504 *Barbarossa:* „Rotbart".
505 *Haute-finance:* Hochfinanz. – *Gothaischer Kalender:* Die „Gothaischen genealogischen Taschenbücher" geben Auskunft über Geburten, Heiraten, Todesfälle in allen adeligen Familien.
507 *Nana:* Roman von Émile Zola (1840–1902).
508 *Laßt fette Leute ...:* aus Shakespeares „Julius Cäsar", I,2. – *Embonpoint:* s. Anm. zu S. 158.
510 *Konvolut:* Bündel. – *jeu d'esprit:* vgl. Anm. zu S. 212.
517 *dolus:* Vorsatz.
522 *a tempo avancieren:* sofort vortreten.
528 *Niemann:* Albert (1831–1917), berühmter Tenor.
529 *Remedur:* Abhilfe.
531 *Saturn frißt seine Kinder:* Saturn (gr.: Kronos) verschlang seine Kinder, durch die ihm der Untergang seiner Herrschaft über die Welt prophezeit worden war.

540 *Glatz:* schlesische Stadt, deren Festung als Haftanstalt diente.
546 *Guido Renis „Aurora":* Guido Reni (1575–1642), italienischer Barockmaler. – *Benjamin West:* 1738–1820, englischer Historienmaler. – *Aquatintamanier:* Kupferstichverfahren, von tuschähnlicher Wirkung.
551 *Körner:* Theodor (1791–1813), deutscher Freiheitsdichter; gefallen als Lützower Jäger.
552 *Phtisis:* Schwindsucht.
556 *vor Christum natum:* vor Christi Geburt.
558 *Lethe:* Fluß des Vergessens in der Unterwelt.
560 *des älteren Ladenberg:* 1769–1847, preußischer Staatsmann. – *den Roten Adlerorden:* Orden mittleren Rangs, der in vier Klassen verliehen wurde; vgl. Anm. zu S. 431.
562 *Wichern:* Johann Hinrich (1808–1881), evangelischer Theologe; Gründer der Inneren Mission.
563 *König Mtesa:* Herrscher in Uganda (geb. 1841). – *Korde:* Springseil. – *Kaiser Friedrich:* gemeint ist Friedrich III. (1832–1888); er regierte vom 9. März bis 15. Juni 1888. – *Sardanapal:* Ballett von Paul Taglioni (1808–1884). – *Coppelia:* Ballett von Leo Delibes (1836–1891), einem französischen Komponisten. – *del' Era:* Antoinette, Tänzerin in Berlin.
564 *Herzog von Ratibor:* Victor Prinz zu Hohenlohe-Schillingsfürst (1818–1893); seit 1877 Präsident des Herrenhauses. – *Fürstbischof Kopp:* Georg von Kopp (1837–1914), Fürstbischof von Breslau; vermittelte im „Kulturkampf" zwischen Bismarck und der katholischen Kirche.
568 *Äquinoktien:* Tag- und Nachtgleiche.

H. P.

Der Stechlin

Entstehungsgeschichte und Selbstzeugnisse.

Fontane hat in seinem Tagebuch vom Jahr 1896 die Entstehungsgeschichte seines Romans knapp skizziert. „Wichtiger war die Anbändelung mit ‚Über Land und Meer' – die Redaktion will von Oktober 97 an meinen neuesten Roman ‚Der Stechlin' bringen, unter beinah glänzenden Bedingungen. Honorar mehr als doppelt so hoch wie das der ‚Rundschau'. An diesem Stechlin-Roman arbeite ich schon von 1895 an durch das ganze Jahr 1896 hin und beende ihn – freilich erst im ersten Entwurf – im Herbst 1896. Gleich danach beginne ich die Überarbeitung, an die ich wenigstens noch ein halbes Jahr zu setzen habe." Für Dezember 1895 notiert das Tagebuch: „Seit 4 bis 5 Wochen habe ich wie toll gearbeitet und einen ganzen Roman niedergeschrieben." Im Herbst 1896 war der erste Entwurf abgeschlossen. Sogleich folgte die Überarbeitung. Der Eintrag für das Jahr 1897 stellt die

Arbeit an dem Roman an die Spitze der Jahresübersicht, ein Zeichen unter anderen, wie stark Fontane durch ihn beansprucht wurde. „Von Neujahr an bis Ende Mai beschäftigt mich mein Roman ‚Stechlin'; ich schreibe noch einige Kapitel, vor allem nimmt mich die Überarbeitung ganz in Anspruch." Im Jahr 1896 ließ Fontane sich in der Sommerfrische in Waren/Mecklenburg Zeit. „Keiner versäumt was und je länger ich bummle, desto besser für mich. Ich werde mich, wenn ich erst wieder zurück bin, an meinem Roman — den in einem Blatt vorher drucken zu lassen, ich so gut wie aufgegeben habe — doch noch genugsam quälen müssen." Im Jahr 1897 begleitete ihn das Manuskript in den Ferienaufenthalt in Neu-Brandenburg. Es heißt im Tagebuch: „Wie schon vorher in Berlin, so war ich auch in der Sommerfrische wieder sehr fleißig, um endlich mit der Überarbeitung meines Stechlinromans zustande zu kommen. Endlich war es so weit, und ich konnte das Manuskript an die Redaktion von ‚Über Land und Meer' einsenden. Es wurde da sehr freundlich aufgenommen, und man schrieb mir Schmeichelhafteres, als sonst wohl Redaktionen und Verleger zu schreiben pflegen." Die Korrekturfahnen wurden im gleichen Jahr in Karlsbad und Berlin bewältigt. „Ich hatte bis gegen Weihnachten hin unausgesetzt damit zu tun."

Die positive Aufnahme des Romans durch den Herausgeber der Stuttgarter Zeitschrift war Fontane um so willkommener, als er sich bewußt war, wie entschieden er in dem *Stechlin* von allen belletristischen Konventionen abwich und an den Leser erhöhte Ansprüche stellte. Nicht ohne Selbstironie schildert er aus Neu-Brandenburg die Reaktion von seiner Frau, seiner ersten Leserin, die wiederum die mühevolle Arbeit der Abschrift auf sich genommen hatte. „Mama sitzt fest am Schreibtisch und packt Blatt auf Blatt; ich bewundre den Fleiß, aber nicht die Stimmung; sie leidet unter einer kolossalen Langenweile, deren Zutagetreten weder schmeichelhaft noch fördersam für mich ist, auch nicht durch die Resignation, in die sie sich kleidet. Denn diese Resignation hat weniger von einer weichen Wehmut als von einer stillen, aber starken Verzweiflung. Schriebe ich noch einen Roman — allerdings undenkbar —, so würde ich einen Abschreiber nehmen, coûte que coûte." (An die Tochter Mete 13. Juli 1897) Wie intensiv Fontane an dem Manuskript arbeitete, bezeugen Äußerungen an den Freund Georg Friedlaender in den Jahren 1896 und 1897 über die „schwierigen Korrekturen", die Mühen der Feilung an dem Manuskript. Sie setzten auch nicht aus, als er im Juli 1898 die ersten Druckfahnen zu erwarten hatte. „Schon heute sah ich den ersten Korrekturbogen meines Stechlin-Romans entgegen und morgen kommen sie gewiß. Geht es damit erst los, so bin ich viele Wochen lang daran gebunden." Der Roman erschien im Vorabdruck in *Über Land und Meer, Deutsche Illustrierte Zeitung* Band 79, Stuttgart 1898.

Er schrieb im Spätsommer 1897 an Paul von Szczepanski: „Der Stoff, soweit von einem solchen die Rede sein kann — denn es ist eigentlich bloß eine Idee, die sich einkleidet — dieser Stoff wird sehr wahrscheinlich mit einer Art Sicherheit Ihre Zustimmung erfahren. Aber die Geschichte, das was erzählt wird. Die Mache! Zum Schluß stirbt ein Alter und zwei Junge heiraten sich; — das ist so ziemlich alles, was auf 500 Seiten geschieht. Von Verwicklungen und Lösungen, von Herzenskonflikten oder Konflikten überhaupt, von Spannungen und Überraschungen findet sich nichts."

Zu dem Wagnis der ungewöhnlichen Romangestaltung trat das Wagnis eines „politischen" Romans. Fontane hat den *Stechlin* mehrfach so bezeichnet: zuerst in einem Brief an Paul Schlenther vom 21. Dezember 1895: „Ich bin bei zwei letzten Kapiteln eines kleinen politischen Romans, den ich noch vor Weihnachten beenden möchte." Er übersah damals, im Stadium des Entwurfes, noch nicht, welchen Umfang das vollendete Werk erreichen würde. Mit Bestürzung erkannte er eine von ihm nicht beabsichtigte konkrete Aktualität dessen, was er erzählte. Dies veranlaßte ihn zu dem Brief vom 8. Juni 1896 an Geheimrat Carl Robert Lessing, den Haupteigentümer der *Vossischen Zeitung*. „Im Winter habe ich einen politischen Roman geschrieben (Gegenüberstellung von Adel, wie er bei uns sein s o l l t e, und wie er i s t). Dieser Roman heißt: ‚Der Stechlin'. Es ist dies der ganz in Nähe von Meseberg gelegene See, den Ihr Herr Sohn gewiß kennt und Sie vielleicht auch. — Um diesen See handelt es sich, trotzdem er nur zu Anfang und zu Ende mit etwa fünf Zeilen vorkommt. Er ist das Leitmotiv. Und nun kommt die Hauptsache: drei Kapitel, gerad in der Mitte des Buches, beschäftigen sich mit einer Reichstagsersatzwahl im Kreise ‚Rheinsberg-Wutz' (Wutz ist Lindow), und ein Adliger, der alte Herr v. Stechlin, und ein Fortschrittler stehen sich gegenüber. Der Fortschrittler siegt. Soweit möchte alles gehn. Aber dieser siegende Fortschrittler — wie fern lag mir, als ich das schrieb, jeder Gedanke an eine Kandidatur Ihres Herrn Sohnes — dieser siegende Fortschrittler ist der semitische Rechtsanwalt Katzenstein aus Gransee!! Da können Sie sich nun denken, wie mir zumute wurde, als vor etwa vier Wochen der Landwirt Gotthold Lessing von Meseberg auf dem Plane erschien! Daß ich meine Geschichte ändern müsse, stand mir sofort fest, und ich glaube, daß es mir gelungen ist. Ich lasse jetzt den Kampf zwischen dem alten Stechlin und einem Sozialdemokraten spielen und beginne nach stattgehabter Wahl das nächste Kapitel etwa so: ‚Die Würfel waren inzwischen anders, als man erwartet, gefallen. Denn weder der alte Stechlin noch der Sozialdemokrat waren gewählt worden — der Kandidat der Fortschrittspartei hatte gesiegt.' Dann nimmt die Erzählung ihren Fortgang. Ich hoffe, daß ich dadurch alles, was der Familie Lessing fatal sein könnte, beseitigt habe. Von ‚Fortschritt' ist keine Rede mehr. Vorher auch nicht. Übrigens hat die Geschichte dadurch gewonnen." Fontane wollte nicht Parteigänger sein; er blieb in diesem Bewußtsein aber auch gleichgültig gegenüber dem von ihm erwarteten Vorwurf, es zu sein. Er antwortete auf eine beruhigende Zusicherung von C. R. Lessing: „Die Romangeschichte machte mir doch Sorge, und ich bin froh, daß Sie keine Verstimmung darüber äußern. Denn wie ich es auch anfangen möge, ich werde, trotzdem es nicht zutrifft, dem Verdachte nicht entgehn, das Buch in einem gewissen ‚Vossischen Zeitungs'-Sinne geschrieben zu haben, was doch Ihnen und Ihrem Herrn Sohne vielleicht nicht ganz angenehm sein könnte. Mir persönlich ist das Grafschaftsurteil gleichgültig. Ich bin seit Anno 1870 daran gewöhnt, meine schließlich als Untergrund immer noch vorhandene Adelsliebe mit Soupçon behandelt zu sehn, bloß weil ich das Lied nach meiner Façon und nicht nach einem mir vorgelegten Notenblatt blase." (19. Juli 1896) Das Wort vom „politischen" Roman findet sich endlich in einem Brief vom 12. Mai 1897 an Ernst Heilborn: „Ich stecke so drin im Abschluß eines großen, noch dazu politischen (!) und natürlich märkischen Romans, daß ich gar keine andern Gedanken habe und gegen alles andre auch gleichgültig bin." Eine Abwandlung findet das Wort in dem Brief an Friedrich Paulsen vom 29. November 1897, in dem Fontane die innere Einheit seines Erzählwerkes von seinem ersten bis zu diesem letzten Roman andeutet. „In Jahresfrist hoffe ich Ihnen einen Roman von beinah gleicher Dicke [wie *Vor dem Sturm*. D. Verf.], der, statt im Oderbruch, in einem Ostwinkel der Grafschaft Ruppin spielt, überreichen zu können. Er ist auch patriotisch, aber schneidet die Wurst von der andern Seite an und neigt sich mehr einem veredelten Bebel- und Stöckertum, als einem alten Zieten- und Blüchertum zu." Fontane war sich bewußt, der *Stechlin* sei sein letztes Werk. „Zu meiner großen Freude habe ich einen umfangreichen Roman noch fertig gekriegt — fast gegen eigenes Erwarten — aber nun ist es auch vorbei. Die Kräfte sind hin, und selbst wenn's nicht so wäre, so würden sie durch die Vorstellung ‚Du stehst nah vor 78' gelähmt werden." (An E. Heilborn, September 1897).

Fontane blickte mit Hoffnung und Skepsis der Ausgabe des Romans als Buch, die wiederum im Verlage seines Sohnes erschien und die er nicht mehr erlebte, entgegen. Er schrieb seinem Sohn am 4. September 1898 aus Karlsbad. „Daß auch der ‚Stechlin' so gut verkauft wird, erfreut mich natürlich, ängstigt mich aber auch wieder. Ich habe gestern und heute vier von den Aushängebogen gelesen und dabei den angenehmen Eindruck gehabt, daß Hayns Erben ihre Sache ganz gut gemacht haben (für noch vorhandene Mängel im Ausdruck habe ich den Schuldigen woanders zu suchen); aber so angenehm mich das äußerliche Wohlgelungensein berührt hat, so hat sich mir doch auch wieder die Frage aufgedrängt: ‚Ja. wird — ja, kann auch nur ein großes Publikum darauf anbeißen?' Ich stelle diesmal meine Hoffnungen auf die Kritik. Finden sich Wohlwollende, die der Welt versichern: ja, das ist ‚was Besonderes', so glauben es die Leute. Ob auch aus eigener Kraft, will mir zweifelhaft erscheinen. Trösten muß mich vorläufig die Erwägung, daß ich persönlich keine Emotionen mehr davon haben kann, weil ich jede Zeile, jede Pikanterie, jeden kleinen Ulk längst auswendig kann."

F. M.

573 *in Lissabon:* das Erdbeben von Lissabon 1755.

574 *Regierungsantritt Friedrich Wilhelms I.:* 1713. — *Corps de logis:* Mittelgebäude.

575 *schon vor den Hohenzollern:* Die Hohenzollern stellten seit 1417 die Kurfürsten von Brandenburg.

576 *Regierungsantritt Friedrich Wilhelms IV.:* 1840. — *anno vierundsechzig:* preußisch-österreichischer Krieg gegen Dänemark.

577 *des großen Königs:* gemeint ist Friedrich der Große (1712-1786). — *Friedrichsruh:* vgl. Anm. zu S. 434; Bismarck zog sich nach seiner Entlassung durch Wilhelm II. 1890 dorthin zurück.

578 *Gerson:* Berliner Modegeschäft. — *Schlacht bei Prag:* Sieg Friedrichs des Großen über Karl von Lothringen am 6. Mai 1757. — *Domina:* Vorsteherin eines Stifts.

579 *Prinzen Heinrich:* 1726—1802, Bruder Friedrichs des Großen; lebte in Rheinsberg.

580 *Pace:* Pferdegangart.

581 *Klutentreter:* Kleinbesitzer. — *Kornus:* Kornschnaps.

584 *Frundsbergzeit:* Georg von Frundsberg (1473—1528), Feldhauptmann in Deutschland und Italien; „Vater der Landsknechte".

586 *Anno sechs:* Niederwerfung Preußens durch Napoleon in der Schlacht von Jena und Auerstädt am 14. 10. 1806 und der damit verbundene Zusammenbruch Preußens. — *piek:* -fein. — *'Königin von Großbritannien und Irland':* Das 1. Garde-Dragoner-Regiment hatte den Namen „Königin von Großbritannien und Irland". — *à la suite:* Ehrenstellung von Fürstlichkeiten, die als zu einem Regiment gehörig betrachtet wurden. — *verbebeln:* August Bebel (1840—1913) begründete (mit Wilhelm Liebknecht) 1869 die Sozialdemokratische Partei. Scharfer Gegner Bismarcks.

587 *von Alexander:* gemeint ist das preußische Kaiser-Alexander-Garde-Grenadier-Regiment Nr. 1.

588 *nolens volens:* „nichtwollend wollend", wohl oder übel. — *schraubt:* neckt, zieht auf.

591 *Anno siebzig die Pariser Septemberrevolution:* Absetzung Napoleons III. am 4. September 1870. Flucht der Kaiserin Eugenie nach England. Bildung einer „Regierung der nationalen Verteidigung" unter General Trochu. Massenerhebung unter Léon Gambetta und Versuche, Paris zu entsetzen. — *im Juni:* Revolte der Pariser Arbeiter im Juni 1848. — *im Juli:* die Julirevolution in Frankreich 1830. — *Phosphor . . . macht helle:* Phosphor wurde im 19. Jh. als „Gehirnnahrung" betrachtet. — *die Schwedischen:* nichtgiftige Zündhölzer aus Schweden, die seit etwa 1860 in

Deutschland eingeführt wurden und die Phosphorhölzer ablösten.

592 *Lissaboner Aktion:* vgl. Anm. zu S. 573. – *Krakatowa:* Krakatau; Ausbruch 1883. – *Ins Innere der Natur ...:* vgl. Albrecht von Hallers (1708–1777) „Falschheit menschlicher Tugenden".

593 *Friedrich Wilhelm I.:* 1688–1740, seit 1713 Königin in Preußen; der „Soldatenkönig". – *,im engen Kreis ...':* Schillers „Wallensteins Lager", Prolog.

594 *Stoecker*: vgl. Anm. zu S. 303. – *heiligen Krispin:* der Patron des Schuhmacherhandwerks. – *,Gehet hin ...':* Matthäus 28,19. –*Wörishofener Pfarrer:* Sebastian Kneipp (1821–1897), naturheilkundiger Pfarrer; entwickelte ein Wasserheilverfahren.

598 *Mr. Carver:* ein kalifornischer Kunstschütze. – *Niemann:* vgl. Anm. zu S. 528. – *dell'Era:* vgl. Anm. zu S. 563.

599 *seine Fackeln:* Nero soll nach verschiedenen antiken Berichten Christen als lebende Fackeln verbrennen haben lassen. – *mit einem etwas längeren Namen:* gemeint ist wohl Diokletian (243 bis 313), unter dem 303 eine Christenverfolgung stattfand.

600 *Karoline:* weißer Ball beim Billardspiel; Verballhornung von Karambole. – *Kongestionen:* Blutandrang zum Gehirn.

601 *Dehors:* Anstand, gesellschaftliche Umgangsformen.

603 *Dusche:* Schlafhaube. – *Potiphar:* s. 1. Buch Moses 39. – *Causeuse:* kleines Sofa.

605 *Friedrich Wilhelms IV.:* 1795–1861, König seit 1840.

607 *Njemen:* Memel. – *drei Alexander:* gemeint sind die russischen Zaren Alexander I. (1801–1825), Stifter der „Heiligen Allianz", Alexander II. (1855–1881) und Alexander III. (1881–1894). – *unser Nikolaus:* Nikolaus I. (1825–1855). – *die Heilige Allianz:* konservativ-restauratives Regierungsprogramm, das die Monarchen von Rußland, Österreich, Preußen 1815 absprachen. Grundlage der Restaurationsepoche.

608 *Großgörschen:* Sieg Napoleons über die verbündeten Preußen und Russen (1./2. Mai 1813). – *Waffenbrüderschaft der Orgeldreher ...:* gemeint ist der Dreibund Preußen-Österreich-Italien von 1882.

609 *,wenn gute Reden sie begleiten ...':* aus Schillers „Lied von der Glocke". – *,Waldmeisters Brautfahrt':* Verserzählung von Otto Roquette (1824–1896). – *mit seiner Verurteilung:* Stoecker (vgl. Anm. zu S. 303) wurde 1890 von Wilhelm II. als Hofprediger entlassen; Verurteilung der politischen Tätigkeit Stoeckers durch den Kaiser.

610 *Dieb:* Rußbildung am Kerzendocht. – *Wrasen:* Dampf.

611 *der alte Wilhelm:* gemeint ist Wilhelm I. (1797–1888). – *der mit der Fackel:* Hymen, der Hochzeitsgott. – *halb Königin Elisabeth:* Elisabeth I. von England (1533–1603), »the virgin queen«.

612 *Gröbersdorf:* schlesischer Kurort für Lungenkranke. – *Stimulus:* Ansporn.
613 *in aeternum:* in Ewigkeit.
614 *Talleyrand:* Charles Herzog von T. (1754–1838), französischer Staatsmann; Vertreter Frankreichs auf dem Wiener Kongreß (1814/15). – *Wilhelm von Humboldt:* vgl. Anm. zu S. 42. – *Friedrich Gentz:* 1764–1832; Mitarbeiter Metternichs; politischer Schriftsteller.
Hier steh ich: vgl. Anm. zu S. 364.
615 *Zündnadelgewehr:* preußisches Hinterladergewehr; 1827 von Dreyse konstruiert. – *Steinmetz:* Karl Friedrich von (1796–1877), preußischer Generalfeldmarschall. – *Alexander von Humboldt:* 1769–1859, Naturforscher und Geograph; große Reisen in Mittel- und Südamerika. – *Koch:* Robert (1843–1910), Begründer der Bakteriologie, Entdecker des Cholera- und Tuberkelbazillus. – *Edison:* Thomas Alva (1847–1931), berühmter nordamerikanischer Erfinder (Phonograph, Glühbirne usw.).
616 *Cicerone:* Fremdenführer.
617 *Verdruß:* Buckel.
619 *Dzierzonschen Methode:* Johannes Dzierzon (1811–1906), Begründer der modernen Bienenzucht.
620 *Heinesche Asra:* vgl. Heines Gedicht „Der Asra" in „Romanzero", Historien: Die Asra sterben, wenn sie lieben.
621 *Fehrbellin:* vgl. Anm. zu S.38. – *Leipzig:* Völkerschlacht von Leipzig am 16.–18. Oktober 1813.
622 *Pincenez:* vgl. Anm. zu S. 386. – *Prämonstratenserbau:* Prämonstratenser: Chorherrnorden, gegründet 1120. – *Herr von Quast:* Alexander Ferdinand von Quast (1807–1876), Konservator der preußischen Kunstdenkmäler. – *Geheimrat Adler:* Friedrich Adler (1827–1908), Kunstgelehrter. – *Vater Wrangel:* vgl. Anm. zu S. 356. – *den Schillerschen Wrangel:* Carl Gustaf Graf Wrangel (1613–1676), schwedischer Feldmarschall; 1675 bei Fehrbellin vom Großen Kurfürsten besiegt. Vgl. Schiller, „Wallensteins Tod", I,5.
625 *Orest und Pylades:* Freundespaar der griechischen Sage.
626 *Patrimonium:* Erbteil.
627 *mein berühmter Miteinsiedler:* Otto von Bismarck (vgl. Anm. zu S. 577). – *‚Laßt mich dicke Leute sehen':* Shakespeare, „Julius Cäsar", I,2.
629 *Celestes:* Himmlisches. – *Neulandtheorie:* Forderungen nach einer Aufteilung des Großgrundbesitzes, vertreten von Friedrich Naumann (1860–1919), Gründer des Nationalsozialen Vereins, der zwischen den Kirchen und der Sozialdemokratie zu vermitteln suchte.
633 *Cromwell:* Oliver (1599–1658); führte als Lordprotektor von England und Schottland (seit 1653) ein „puritanisches" Regi-

ment. – *Puritaner:* strenge calvinistische Bewegung in England seit dem Ende des 16. Jh.s. Forderung der Reinheit („puritas") in der Durchführung der reformatorischen Prinzipien. Sittenstrenge.

635 *Königin Luise:* vgl. Anm. zu S. 142. – *Doktor Heim:* Ernst Ludwig Heim (1747–1834), populärer Berliner Arzt. – *Brache:* der nach dem Umpflügen ruhende Acker.

637 *Landbuch Kaiser Karls IV.:* Kaiser Karl IV. (1316–1378) hatte 1373 die Mark Brandenburg erworben.

639 *das fremde Wort:* Veloziped. – *Euphemismus:* beschönigender Ausdruck.

640 *Sich-Adjustieren:* zurechtmachen. – *„König Wilhelm auf der Höhe von Lipa":* vgl. Anm. zu S. 500. – *„Sieben-Kurfürsten-Brosche":* Die Sieben Kurfürsten (seit 1648: acht) wählten 1356 bis 1806 verfassungsmäßig den deutschen König bzw. Kaiser.

642 *Konventualinnen:* Stiftsdamen.

644 *Irvingianer:* schwärmerische Sekte nach urchristlichem Vorbild; 1831 von Edward Irving, einem Presbyterianerprediger, gegründet.

645 *Radowa:* böhmischer Tanz. – *Remedur:* Abhilfe.

646 *Huß:* Johann Hus oder Huß (geb. um 1369, 1415 verbrannt auf dem Konzil zu Konstanz), tschechischer Reformator. – *Ziska:* Johann (Jan Žižka, 1360–1424), Anführer der Hussiten. – *Hunyadis:* Janos Hunyady (1387–1456), ungarischer Heerführer und Nationalheld. – *Vielliebchen:* Zwillingsfrucht. Gesellschaftlicher Scherz, bei dem zwei Personen je die Hälfte eines »Vielliebchens« essen. Wenn einer der beiden Beteiligten am nächsten Morgen aus der Hand des Partners etwas entgegennimmt, ohne zu sagen „Ich denke daran", hat er verloren und muß sich zur Buße küssen lassen.

651 *‚Milch der Greise':* Wortprägung des österreichischen Dichters Anastasius Grün (1806–1876).

652 *Unter dem Holunderbaum also:* vgl. Anm. zu S. 329.

654 *Schwarzenberg:* Karl Philipp Fürst zu Sch. (1771–1820) hatte 1810 die Verheiratung der österreichischen Prinzessin Marie Luise mit Napoleon betrieben. Ein von ihm zur Feier der Hochzeit inszeniertes Fest endete mit einem Brandunglück.

656 *Äquivokenmensch:* Äquivoken: Zweideutigkeiten.

657 *Mars-la-Tour:* vgl. Anm. zu S. 103. – *Ein alter Römer ...:* Anspielung auf einen berühmten Ausspruch Caius Iulius Cäsars.

659 *Hohenlohes:* fränkisches edelfreies, ehemals reichsunmittelbares Adelsgeschlecht. – *Autochthonen:* echter Sproß eines Landes, kein Zugewanderter.

660 *der alte Fürst:* Chlodwig Fürst zu Hohenlohe-Schillingsfürst (1819–1901); 1894–1900 Reichskanzler und preußischer Mi-

nisterpräsident. – *das andre Paar:* Marthe Schwertlein und Mephisto (in „Faust“ I, Garten).

661 *Habe-nun-ach-Mann:* vgl. Eingang von „Faust“ I. – *Célibataire:* Junggeselle.

663 *Ghiberti:* Lorenzo (1378–1455), florentinischer Bildhauer (Bronzetüren am Baptisterium in Florenz). – *Stereoskopenkasten:* Vorrichtung zum dreidimensionalen Sehen von Bildern.

664 *Melusine:* vgl. Anm. zu S. 274.

667 *Eskarpins:* Kniehosen mit Schnallen.

668 *mit dem seligen Paris:* Paris entschied im Schönheitsstreit zwischen Hera, Athene und Aphrodite für Aphrodite.

671 *Armgard ... Bühnenfigur:* aus Schiller, „Wilhelm Tell“, IV,3. – *Stolberg:* Leopoldine, Schauspielerin.

673 *Pluvius:* Beiname Jupiters als Gott des Gewitters.

675 *Alter ego:* das andere Ich.

676 *Dolgorukij:* altes russisches Adelsgeschlecht. – *Devonshire:* englische Adelsfamilie. – *Oreiller:* hier „Ordenskissen“.

677 *als die Franzosen Algier bombardierten:* am 4. Juli 1830. Anlaß waren Geldforderungen an Bey Hussein von Algier. – *das Haus Bourbon endgültig beseitigen:* Abdankung Karls X. am 2. August 1830.

678 *Aufrichtung des Deutschen Reiches:* Kaiserproklamation am 18. Januar 1871 in Versailles; Reichsverfassung von 1871.

679 *Frommel:* Emil (1828–1896), Oberhofprediger.

681 *Niels-Gade-Schwärmer:* Niels W. Gade (1817–1890), dänischer Komponist; zeitweise Leiter der Gewandhauskonzerte in Leipzig.

682 *gens irritabilis:* leicht reizbare Art (von Mensch). – *Hubert Herkomer:* 1849–1914, deutsch-englischer Porträtmaler. – *Hussiten:* vgl. Anm. zu S. 646.

683 *Ogiński:* Michael Kleophas (1765–1833), polnischer Gesandter, daneben Komponist (vor allem Polonaisen). – *‚Erlkönig‘ ... ‚Glocken von Speyer‘:* vgl. Anm. zu S. 182. – *‚Alten Feldherrn‘ ... ‚Denkst du daran ...‘:* vgl. Anm. zu S. 50. – *Henrik Hertz:* 1797–1870, dänischer Schriftsteller.

685 *‚Stromtid‘ ... ‚Franzosentid‘:* von Fritz Reuter (1810–1874). – *das Carlylesche Buch über Friedrich den Großen:* Thomas Carlyle (1795–1881), englischer Kulturphilosoph und Schriftsteller. Seine „History of Friedrich II., called Frederick the Great“ erschien 1858–1865 in 6 Bänden (deutsch: „Geschichte Friedrichs des Großen“. 1859–1869). – *die Malkontenten:* Unzufriedenen, Mißvergnügten. – *die Frondeurs:* Anhänger der regierungsfeindlichen Partei.

686 *Misogyne:* Weiberfeind.

687 *Fronde:* Auflehnung. – *in favorem:* zu Gunsten (des Angeklagten).

688 *von dem ganz alten:* vgl. Anm. zu S. 611; auch der Bruder Kai-

ser Wilhelms II. hieß Heinrich (1862—1929). — *der Vierwaldstätter:* durch Schillers „Wilhelm Tell" in Deutschland besonders bekannt geworden.

691 *Sappeurbart:* vgl. Anm. zu S. 453.

692 *Lunette:* halbkreisförmiges Wandbild.

693 *Zillen:* Schleppfrachtkähne auf Binnengewässern.

694 *Quirinal:* Residenz der italienischen Könige (1870—1946).

695 *Spindler:* Johann Julius Wilhelm (1810—1873), gründete die erste chemische Reinigung in Deutschland.

698 *abgeäschert:* vgl. Anm. zu S. 49.

703 *Säkerhets Tändstickors:* Sicherheitszündhölzer (vgl. Anm. zu S. 591). — *schwedische Nachtigall:* Jenny Lind (1820—1887), gefeierte schwedische Sängerin.

704 *Goldschmieds Töchterlein:* vgl. Ludwig Uhlands (1787—1862) Ballade „Des Goldschmieds Töchterlein".

707 *Sedan;* vgl. Anm. zu S. 38. — *Düppel:* vgl. Anm. zu S. 248 und 500. — *Übergang nach Alsen:* Angriff auf die Insel Alsen am 28. und 29. Juni 1864. — *Tunnel unter dem Meere:* Gemeint ist ein Dover und Calais verbindender Tunnel. Pläne hierzu wurden im 19. Jh. mehrfach diskutiert.

708 *einer fand einen Seeweg:* Vasco da Gama (1449—1524) fand 1497 den Seeweg nach Ostindien. — Fernão de Magalhães (1480—1521) durchfuhr als erster die nach ihm benannte Meeresstraße. — *Mit einem großen C fängt er an:* Luis de Camões (1524—1580), portugiesischer Dichter; besang in „Die Lusiaden", dem portugiesischen Nationalepos, die Entdeckung Indiens durch Vasco da Gama. — *Calderon:* de la Barca, Pedro (1600—1681), spanischer Dramatiker („Das Leben ein Traum", „Der Richter von Zalamea"). — *Joao de Deus:* João de Deus Nogueira de Ramos (1830—1896), portugiesischer Dichter.

710 *Rütli:* Waldwiese am Vierwaldstätter See, auf der 1307 die schweizerischen Urkantone den Freiheitsschwur gegen die habsburgischen Vögte geleistet haben sollen.

713 *Fortschrittler:* Gemeint ist die „Deutsche Freisinnige Partei", die 1884 von Eugen Richter (vgl. Anm. zu S. 398) gegründet worden war. Liberalistisches Parteiprogramm.

717 *St. Marie-au-Chenex:* Das von den Franzosen hartnäckig verteidigte Dorf in Lothringen wurde am 18. August 1870 von den deutschen Truppen erstürmt. — *in Substanz:* in Wirklichkeit. — *Düppelmedaille:* vgl. Anm. zu S. 248 und 500. — *Alsen:* vgl. Anm. zu S. 707. — *Spichern:* deutscher Sieg über die Franzosen am 6. August 1870. — *Rolf Krake:* dänisches Kriegsschiff.

718 *Bebel:* vgl. Anm. zu S. 586.

719 *Promemoria:* Denkschrift. — *Pallasch:* vgl. Anm. zu S. 36.

720 *heilige Elisabeth:* vgl. Anm. zu S. 470. — *Schwindschen Sachen:*

Moritz von Schwind (1804—1871), romantischer Maler und Zeichner.

721 *Zeit Friedrich Wilhelms I.:* 1688—1740, König seit 1713. -- *Aplomb:* Sicherheit im Auftreten. — *Aquatinta:* vgl. Anm. zu S. 546.

722 *Watteausche Reifrockdamen:* Jean Antoine Watteau (1684 bis 1721), französischer Rokokomaler. — *Knaus:* Ludwig (1829 bis 1910), Genremaler.

724 *Hans Memling:* vgl. Anm. zu S. 441. — *die Faule Grete:* schweres Geschütz, das der Burggraf Friedrich VI. von Brandenburg zuerst benutzte (1414). — *Fortiter in re . . .:* Scharf in der Sache, mild in der Form der Ausführung.

727 *Taburett:* Hocker.

729 *Friedrich Wilhelm III.:* 1770—1840, König seit 1797. — *von der Marwitz:* Friedrich August Ludwig (1777—1837), preußischer General.

730 *Galopin:* Laufbursche.

734 *Pasquille niedriger hängen zu lassen:* Friedrich der Große soll befohlen haben, eine gegen ihn gerichtete Schmähschrift an den Anschlagsäulen tiefer hängen zu lassen, als er sah, daß sich die Leute den Kopf nach ihr verdrehten. — *Sesostris:* ägyptischer König um 2000 v. Chr.

735 *Granito:* Halbgefrorenes. — *Quattrocentisten:* italienische Künstler des 15. Jh.s. — *Kronprinz Fritz:* der spätere Friedrich der Große, hielt sich 1734—1740 in Rheinsberg auf.

737 *als Drechslergeselle:* Bebel war von Beruf Drechsler (vgl. Anm. zu S. 586). — *zusammengejobbert:* an der Börse zusammenspekuliert.

738 *frondierte Fritz gegen seinen Vater:* Anspielung auf den mißglückten Fluchtversuch Friedrichs zusammen mit seinem Freunde vor seinem despotischen Vater Friedrich Wilhelm I. (1730). — *frondierte Heinrich gegen seinen Bruder:* Prinz Heinrich hatte in Rheinsberg einen oppositionellen Kreis um sich geschart (vgl. Anm. zu S. 579.) — *forscher Prinz August:* Prinz August von Preußen (1779—1843). —*Fels der Kirche:* vgl. Anm. zu S. 410.

739 *Gustav-Kühnsche Bilderbogen:* Gustav Kühn war Herausgeber der „Neuruppiner Bilderbogen". — *Präbendenkreuz:* Präbende: Pfründe; das Präbendenkreuz war Kennzeichen für einen Pfründeninhaber.

741 *das große Haus mit den vier Ecktürmen:* das Reichstagsgebäude in Berlin.

742 *Zentrum:* vgl. Anm. zu S. 235.

743 *bene zu tun:* gütlich zu tun.

744 *Gretna Green:* vgl. Anm. zu S. 213. — *Purgatorium:* Fegefeuer, Reinigungsort.

747 *Igni et ferro:* mit Feuer und Schwert.

749 *Tüffelland:* Kartoffelland.

751 *Peter Cornelius-Enthusiasmus:* vgl. Anm. zu S. 290. — *Effronterie:* Frechheit. — *Friedrich Wilhelm IV.:* 1795—1861, König seit 1840.

752 *Böcklinsche Meerfrau ...:* vgl. Anm. zu S. 327.

756 *Gladstone:* vgl. Anm. zu 215. — *Cab:* leichter zweirädriger Wagen.

758 *Steeple Chase:* Hindernisrennen. — *Russel ... Cavendish:* alte englische Adelsfamilien. — *Emin:* Emin Pascha, eigentlich: Isaak Eduard Schnitzer (1840—1892), Forschungsreisender im oberen Nilgebiet, wo er gegen den Sklavenhandel kämpfte; in Kanena ermordet.

759 *Derfflinger:* Georg Freiherr von (1606—1696), Feldherr des Großen Kurfürsten; entschied die Schlacht von Fehrbellin (1675). — *Blücher:* vgl. Anm. zu S. 38. — *Wrangel:* vgl. Anm. zu S. 356.

760 *Venus kam aus dem Wasser:* Nach antiker Mythologie wurde Aphrodite (Venus) aus dem Schaum des Meeres geboren. — *Hero ... Leander:* vgl. Schillers Ballade „Hero und Leander" und Grillparzers „Des Meeres und der Liebe Wellen". — *Prinzessin von Wales ... Dagmar und Thyra:* Töchter König Christians IX. (1818—1906); Alexandra ⚭ Eduard VII. von England, der zu dieser Zeit noch Prince of Wales war (König seit 1901); Dagmar ⚭ Zar Alexander III.; Thyra ⚭ Herzog Ernst August von Cumberland.

761 *schraubt mich:* vgl. Anm. zu S. 588. — *Ruysdael:* Jakob van (1628 bis 1682), holländischer Landschaftsmaler. — *Hobbema:* Meindert (1638—1709), holländischer Landschaftsmaler.

765 *Essex:* Robert Devereux, Graf von (1567—1601), Günstling Elisabeths I. von England; als Hochverräter hingerichtet. — *Sir Walter Raleigh:* 1552—1618, englischer Seefahrer und Entdecker; wegen seiner Umtriebe gegen James I. seit 1603 im Gefängnis; hingerichtet. — *Thomas Morus:* Sir Thomas More (1478—1535), Staatsphilosoph; Kanzler Heinrichs VIII.; hingerichtet, als er sich der Ehescheidung Heinrichs VIII. widersetzte. — *Prince Charlie:* Charles Eduard Stuart (1720—1788) versuchte als Enkel James' II. mit Hilfe seiner schottischen Anhänger den englischen Königsthron wiederzugewinnen. — *Lord Palmerston:* Henry (1784 bis 1865), zwischen 1830 und 1851 wiederholt englischer Außenminister. — *Coburgische Nebenpolitik ... Prince Consort:* Prinz Albert von Sachsen-Coburg-Gotha (1819—1861) war Gemahl der Königin Viktoria von England. Er führte den Titel „Consort of her most gracious Majesty". — *Krimkriegtage:* Krimkrieg: 1854—1856 Kampf der Türkei, Frankreichs, Englands und Sardiniens gegen Rußland. — *berühmter deutscher Professor:* Friedrich Christoph Dahlmann (1785—1860), Geschichtsforscher; 1837 einer der „Göttinger Sieben"; entwarf 1848 in Frankfurt die Reichsverfassung.

766 *Irvingianern:* vgl. Anm. zu S. 644. — *Dissenter:* Protestanten außerhalb der englischen Hochkirche. — *Quäker:* von George Fox 1652 gegründete evangelische Religionsgemeinschaft.

768 *Marengo:* Sieg Napoleons über die Österreicher am 14. Juni 1800. — *Austerlitz:* Dreikaiserschlacht: Sieg Napoleons über Alexander I. und Franz II. am 2. Dezember 1805. — *Beefeaters:* Spottname für Engländer. — *Dissenter:* vgl. Anm. zu S. 766. — *Ein Kardinal:* Giacomo Antonelli (1806—1876) wird dieser Ausspruch zugeschrieben.

769 *Jobber:* Händler an der Londoner Börse. — *Kattun:* Baumwollstoff.

770 *Prinzeß Karl:* Gemahlin des Prinzen Karl von Preußen.

772 *Skarbina:* Franz (1849—1910), Berliner Maler.

773 *mit den Briefen bei Hofe:* Anspielung auf einen Berliner Hofskandal, in dessen Verlauf der kaiserliche Zeremonienmeister von Kotze 1893 angeklagt worden war, den Hof kompromittierende anonyme Briefe geschrieben zu haben.

774 *Haberfeldtreiben:* altbayerische Femejustiz. — *Poppe:* Rosa (1865 bis 1940), Schauspielerin.

775 *Quatremains:* vierhändiges Klavierstück. — *„goldener Rücksichtslosigkeiten“:* vgl. Theodor Storms (1817—1888) Gedicht „Für meine Söhne“ (dort: „Goldne Rücksichtslosigkeiten“).

777 *Borsig:* August (1804—1854), gründete 1837 eine Maschinenfabrik in Berlin (Lokomotiven, Dampfmaschinen). — *Stephenson:* George (1781—1848), englischer Ingenieur; baute 1844 die erste brauchbare Lokomotive. — *Rudolf Hertzog:* Hertzog, ein Berliner Modegeschäft. — *Herzog Rudolf:* österreichischer Kronprinz; Selbstmord in Mayerling 1889. — *Pfefferküchler Hildebrand:* Berliner Süßwarengeschäft. — *Papst Hildebrand:* Papst Gregor VII. (1020—1085). — *Divorçons:* Ehescheidungen.

780 *Kondeszenz:* Herablassung. — *Präraffaeliten:* englische Kunstrichtung nach 1850, besonders in der Malerei, die die italienische Kunst vor Raffael zum Muster nahm. — *Millais:* John Everett (1829—1896), englischer Maler.

781 *Millet:* Jean François (1814—1875), französischer Maler. — *Das ist der Fluch der bösen Tat ...:* vgl. Schiller, „Die Piccolomini“, V,1: „Das eben ist der Fluch der bösen Tat, daß sie, fortzeugend, immer Böses muß gebären.“

782 *William Turner:* 1775—1851, englischer Maler. — *düpiert:* verwirren, unsicher machen. — *Mundus vult decipi:* „Die Welt will getäuscht werden.“ — *Mann von Worms:* vgl. Anm. zu S. 364. — *Albions:* vgl. Anm. zu S. 174.

783 *Kalabreser:* breitkrempiger Hut. — *Giotto:* di Bondone (um 1266—1337), florentinischer Maler und Architekt; Begründer der neueren italienischen Malerei. — *Giottinos:* Verkleinerungsform von Giotto; Giotto-Epigonen.

785 *König Harald:* Harold II., letzter angelsächsischer König, der 1066 bei Hastings fiel. – *Horace Vernet:* 1789–1863, englischer Schlachtenmaler. – *Editha Schwanenhals ... Col de Cygne:* Geliebte Harolds II.

786 *Kapelle Heinrichs des Siebenten:* 1457–1509, König seit 1485 durch den Sieg über Richard III.; der erste Tudorkönig. – *Tromben:* trichterförmige Luftwirbel. – *der beiden feindlichen Königinnen:* Elisabeth I. von England und Maria Stuart (1542–1587), 1561–1568 Königin von Schottland. – *Elisabeth von Thüringen:* vgl. Anm. zu S. 470.

787 *Mädchen von Dahomey:* In Dahomey, einer französischen Provinz in Westafrika, stellten 5000 Mädchen die fürstliche Leibgarde.

788 *alea iacta est:* „Der Würfel ist geworfen"; Ausspruch Cäsars beim Übergang über den Rubikon. – *Post-Stephan:* Heinrich von Stephan (1831–1897), deutscher Generalpostmeister; Begründer des einheitlichen deutschen Postwesens.

790 *marchandierten:* verhandelten. – *Polonaise von Ogiński:* vgl. Anm. zu S. 683.

793 *Gesamtchaussure:* Chaussure: Schuhwerk.

794 *Causeur:* vgl. Anm. zu S. 423.

795 *Nordbahn ... Schreckensnamen:* „Nordbahn, Mordbahn"; beim Bau der Nordbahn verloren viele Aktionäre wegen der langen Bauzeit ihr eingesetztes Kapital.

797 *einer ihrer Könige:* vgl. Anm. zu S. 431 (Heinrich VIII.).

798 *cause célèbre:* Sensation.

803 *Charpie:* Leinwand, die zu Faden zerzupft als Verbandsstoff diente.

807 *Blame:* Schande.

812 *rocher de bronce:* vgl. Anm. zu S. 411. – *Non soli cedo:* „Ich weiche auch der Sonne nicht"; preußischer Wappenspruch. – *Tabakskollegium:* Rauchergesellschaft Friedrich Wilhelms I.

813 *James Watt:* 1736–1819, Erfinder der Dampfmaschine. – *Siemens:* Werner von (1816–1892) gründete zusammen mit Halske das berühmte Industrieunternehmen. – *du Guesclin:* Bertrand (1320–1380), Befehlshaber der französischen Armee. – *Bayard:* Pierre Bayard de Terrail (1476–1524), französischer Feldherr.

814 *Ludwig XVI.:* 1774–1792, in der Französischen Revolution hingerichteter König von Frankreich. – *Danton:* George (1759 bis 1794), Führer der Französischen Revolution, stürzte das Königtum; auf Betreiben Robespierres guillotiniert. – *Robespierre:* Maximilian de (1758–1794), führender Jakobiner; vom Konvent angeklagt und hingerichtet. – *Katte:* Hans Hermann von (1704 bis 1730), Freund und Helfer beim Fluchtversuch des späteren Friedrich des Großen (vgl. Anm. zu S. 738); in Küstrin vor den Augen des Kronprinzen hingerichtet.

816 *Refektorium:* Speisesaal in einem Kloster. – *Derfflingerschen Dragoner:* vgl. Anm. zu S. 759.
818 *Bockmühle:* vgl. Anm. zu S. 361.
820 *Königgrätz:* vgl. Anm. zu S. 139. – *Mars-la-Tour:* vgl. Anm. zu S. 103.
821 *Schlacht bei Leipzig:* vgl. Anm. zu S. 621.
822 *petrefakt:* versteinert.
826 *der alte Gobbo: vgl. Shakespeare,* „Der Kaufmann von Venedig".
827 *hors concours:* außer Konkurrenz.
828 *sei ruhig ...:* vgl. „Faust" I, Auerbachs Keller. – *Frommel:* vgl. Anm. zu S. 679.
829 *Carbonaris:* geheime politische Gesellschaft in Italien mit dem Ziel der Einigung und nationalen Unabhängigkeit; ihrer religiösen Überzeugung nach den Freimaurern ähnlich. – *Friedrich Wilhelm IV.:* vgl. Anm. zu S. 576. – *en petit comité:* mit nur wenigen Eingeladenen.
830 *Glasbrenner:* Adolf (1810–1876), Berliner Humorist. – *Beckmann:* Friedrich (1803–1866), Berliner Komiker. – *Haberfeldtreiber:* vgl. Anm. zu S. 774.
831 *Es wächst der Mensch:* vgl. Schiller, „Wallensteins Lager", Prolog.
832 *Frondeur. Fronde:* vgl. Anm. zu S. 687.
835 *Herzog von Ujest:* Hugo von Hohenlohe-Öhringen (1816–1897), General und Politiker. – *Herzog von Ratibor:* vgl. Anm. zu S. 564. – *beim schweren Wagner:* Berliner Bierausschank.
836 *Bellis perennis:* Gänseblümchen; wörtliche Übersetzung: dauernder als Kriege.
837 *Sommerleutnant:* Spottname für einen Reserveoffizier. – *Peter von Amiens:* 1050–1115, Kreuzzugsprediger.
838 *Salzmann:* Carl (1847–1923), Marinemaler.
839 *Gudin:* Theodor, Baron de (1802–1880), französischer Maler. – *William Turner:* 1775–1851, englischer Landschaftsmaler. – *Melby:* Anton (1818–1875), dänischer Marinemaler. – *der ossianische Meereszauber:* Ossian: angeblicher Dichter altirischer Heldenlieder, die 1765 von Macpherson herausgegeben wurden. – *Niels Gade:* vgl. Anm. zu S. 681. – *cülbütieren:* Hals über Kopf stürzen.
840 *Kaschube:* vgl. Anm. zu S. 346. – *Wende:* vgl. Anm. zu S. 62. – *Böhmake:* Schimpfwort für „Böhme". – *Estaminet:* Rauchsalon.
841 *Johanniter:* weltliche Adelsgesellschaft, 1812 gegründet, widmete sich seit 1852 besonders der Krankenpflege.
842 *den Grenadieren bei Torgau:* Friedrich der Große soll den zurückweichenden Grenadieren bei Torgau (3. November 1760) zugerufen haben: „Kerls, wollt ihr denn ewig leben!" – *Jahr dreizehn:* vgl. Anm. zu S. 37 und 621.
843 *Kaiser Friedrich:* als preußischer König Friedrich III. (1831 bis 1888); regierte 9. 3.–15. 6. 1888. – *18. März:* Gemeint ist der

18. März 1848, der Tag des Ausbruchs der Revolution in Berlin. — *Sachsenwalder:* Bismarck (vgl. Anm. zu S. 434 und 577). — *Quitzow-Ecke:* vgl. Anm. zu S. 181. — *99 Tagen:* Kaiser Friedrich regierte 99 Tage.

844 *Parthenon ... in London:* Tempel der Athene auf der Akropolis zu Athen; der Fries des Tempels wurde 1811 zum größten Teil ins Britische Museum nach London gebracht. — *Pergamum in Berlin:* Dankaltar des Königs Eumenes II. von Pergamon, errichtet nach dem Sieg über die Galater (180 v. Chr.); befindet sich im Pergamon-Museum in Berlin.

845 *Sixtinische Madonna:* von Raffael, 1515 (in Dresden).

847 *druste:* döste.

849 *Fingerhut:* Pflanze, aus der Herzmittel gewonnen wird.

853 *Karbolwatte:* Verdünnte Karbolsäure fand als Desinfektionsmittel Verwendung.

855 *Böcklin:* vgl. Anm. zu S. 327.

856 *Moscheles:* Ignaz (1794—1870), Komponist und Klaviervirtuose. —*auskultieren:* vgl. Anm. zu S. 227.

857 *praesente medico:* während der Anwesenheit des Arztes.

858 *Altlutheraner:* Lutherische Freikirche, die 1817 durch Fernbleiben von der Union mit den Reformierten entstand.

859 *Konventiklerbeschränktheit:* vgl. Anm. zu S. 423.

863 *wer schnell gibt ...:* „bis dat qui cito dat".

866 *rutgrulen:* rausekeln. — *Kinnings:* Kinder, Leutchen.

867 *Kossät:* Kleinbauer, Häusler. — *Enquete:* Umfrage.

869 *süße Gewohnheit des Daseins:* vgl. Goethe, „Egmont", 5. Aufzug, Gefängnis (dort: „schöne freundliche Gewohnheit des Daseins").

870 *Grabmal Pio Nonos:* Pius IX. (1792—1878, seit 1846 Papst) sprach 1870 das Dogma der päpstlichen Lehrunfehlbarkeit aus, das einen Streitpunkt im sog. „Kulturkampf" (vgl. Anm. zu S. 235) bildete. — *Capuletti- und Montecchi:* feindliche Adelshäuser in Verona; vgl. Shakespeare, „Romeo und Julia".

871 *Trasimenischer See:* bekannt durch den Sieg Hannibals über die Römer (217 v. Chr.). — *Taschen-Moltke:* vgl. Anm. zu S. 42. — *Sanguinetto:* Verkleinerungsform von „der Blutige". — *schwarze Milz:* Verdeutschung des aus dem Griechischen kommenden „melancholisch".

872 *ex officio:* von Amts wegen, pflichtgemäß.

874 *Nansen:* Fridtjof (1861—1930), norwegischer Polarforscher und Staatsmann, durchquerte 1888 als erster Südgrönland; 1893 bis 1896 Polarfahrt. — *St. Privat:* vgl. Anm. zu S. 38. — *den Cooperschen „Spy":* James Fenimore Cooper (1789—1851), amerikanischer Schriftsteller („Lederstrumpf"). — *Greeley:* Adolphius Washington (1844—1935), leitete 1881—1884 eine amerikanische Nordpolexpedition.

878 *Friedrichsruh ... Kibitzeier:* vgl. Anm. zu S. 434 und 480.
879 *Lucca:* Pauline (1841—1909), Sängerin. — *Plieraugen:* tiefliegende, entzündete Augen. — *Tintoretto:* eigentlich Jacopo Robusti (1518—1594), venezianischer Maler. — *Santa Maria Novella:* Kirche in Florenz.
881 *Franz Moor ... Überraschung und Schreck:* vgl. Schiller, Die „Räuber", II,1.
884 *Apostolikum:* das apostolische Glaubensbekenntnis.
889 *Friktionen:* Reibereien.
891 *Diokletian:* vgl. Anm. zu S. 599. — *Caracalla:* römischer Kaiser (176—217).
894 *Graf Posadowsky:* Arthur Graf von Posadowski-Wehner (1845 bis 1932), preußischer Staatsmann.
896 *Ihr Charakterbild ...:* vgl. Schiller, „Wallensteins Lager", Prolog. — *Causeur:* vgl. Anm. zu S. 423. — *Bennigsen:* Rudolf von (1824 bis 1902), Politiker; gründete 1866 die Nationalliberale Partei.
897 *Was du tun willst ...:* vgl. Johannes 13,27. — *König von Thule:* vgl. Goethes Ballade.
898 *Mazzini:* Giuseppe (1805—1872), radikalrepublikanischer Führer der italienischen Einigungsbewegung. — *Garibaldi:* Giuseppe (1807—1882), italienischer Freischarführer; kämpfte seit 1848 für die Einigung Italiens. — *Lassalle:* Ferdinand (1825—1864), sozialist. Führer; gründete 1863 den „Allgemeinen deutschen Arbeiterverein"; zeitweise Gegensätze zu Marx und Engels und Verbindung mit Bismarck. — *Bebel:* vgl. Anm. zu S. 586. — *Liebknecht:* Wilhelm (1826—1900), Sozialist; 1848—1862 verbannt; Freundschaft mit Karl Marx; seit 1867 Mitglied des Reichstages.
899 *Leicht beieinander ...:* vgl. Schiller, „Wallensteins Tod", II, 2. — *Cremmer Damm:* Sieg des Burggrafen Friedrich von Nürnberg über die Pommernherzöge Casimir und Otto am 24. Oktober 1412. — *Fehrbellin:* vgl. Anm. zu S. 38.
903 *Monte Cassino:* 529 von Benedikt von Nursia gegründetes erstes Benediktinerkloster.
904 *in pontificalibus:* vgl. Anm. zu S. 306. — *„Schmetterlingsschlacht":* Komödie von Hermann Sudermann (1857—1928).
905 *Göhre:* Paul (1864—1928), evangelischer Theologe und Sozialpolitiker.
909 *unser Gottesmann:* Martin Luther.
911 *Uckermärker und Picarde:* von Louis Schneider (1805—1878); der richtige Titel lautet „Der Kurmärker und die Picarde".

H. P.

ZUM TEXT DER AUSGABE

Der Text vorliegender Ausgabe folgt den authentischen Ausgaben, die die endgültige Fassung der Werke enthalten und deren Druck Fontane selbst noch überwacht hat. Es sind dies im allgemeinen die ersten Buchausgaben; nur im Falle der *Frau Jenny Treibel* wurde der Vorabdruck in der Zeitschrift *Deutsche Rundschau* zugrunde gelegt, da die erste Buchausgabe von Fontane nicht korrigiert wurde und zahlreiche Fehler aufweist. Das gilt auch für die sog. Dominik-Ausgabe, wie Gotthard Erler in Heft 7, Nov. 1968 der *Fontane-Blätter* untersucht hat. Druckvorlagen für:

Irrungen Wirrungen: *Theodor Fontane. Irrungen Wirrungen. Roman. Berlin. F. Fontane. 1888.*

Frau Jenny Treibel: *Deutsche Rundschau. Herausgegeben von Julius Rodenberg. Berlin. 1892*, Bd. 70 (Jan.–März) u. Bd. 71 (April–Juni). Hinzugezogen wurde die erste Buchausgabe *Frau Jenny Treibel oder „Wo sich Herz zum Herzen find't." Roman. Berlin W. F. Fontane & Co. 1893.*

Effi Briest: *Effi Briest. Roman von Theodor Fontane. Berlin W. F. Fontane & Co. 1896.* Hinzugezogen wurde der Erstdruck in *Deutsche Rundschau*, Bd. 81 (Okt.–Dez. 1894) u. 82 (Jan.–März 1895).

Der Stechlin: *Der Stechlin. Roman von Theodor Fontane. Berlin W. F. Fontane & Co. 1899.* Hinzugezogen wurde der Erstdruck in *Ueber Land und Meer. Deutsche Illustrirte Zeitung. Stuttgart und Leipzig.* Bd. 79, 1898.

Den genannten Originalausgaben folgt der Text dieser Ausgabe unter Bewahrung des Laut- und Formenstandes und der Interpunktion. Lediglich die Orthographie wurde modernisiert; außerdem wurden typographische Normalisierungen vorgenommen, wie z. B. Streichung bzw. ggf. Umstellung funktionsloser Kommas vor Klammer und vor Gedankenstrich, Einfügung von Anführungszeichen bei Briefen, Streichung derselben bei eindeutig indirekter oder gedachter Rede oder Bruchstücken aus einer solchen (nicht aber, wenn diese Zitatcharakter haben), Einsetzung vergessener Kommas bei direkter Rede.

Beispiele für Getrennt- und Zusammenschreibung: *Gotteswillen* : (wurde geändert in) *Gottes willen* ; *aufrichtiggemeintes* : *aufrichtig gemeintes* ; *Mitanwesenden* : *mit Anwesenden.* Einzelfälle: *allmählig(en)* : *allmählich(en)* , *Brodwagen* : *Brotwagen* , *Vließes* : *Vlieses* , *bischen* : *bißchen* , *Sylvester* : *Silvester* ; *Capitain* : *Kapitän* ; *Commerzienrath* : *Kommerzienrat* , *Bouquet* : *Bukett* ; *Chrimhild* : *Kriemhild.*

ZEITTAFEL

1819 Am 30. Dezember wurde Heinrich Theodor Fontane in Neuruppin als ältester Sohn des Apothekers Louis Henry Fontane und seiner Gattin Emilie, geb. Labry, geboren. Beide Eltern entstammten der französischen Kolonie in Berlin.

1827 Übersiedlung mit den Eltern nach Swinemünde.

1832 Besuch des Gymnasiums in Neuruppin.

1833 Besuch der Gewerbeschule in Berlin (bis 1836 mit dem Abgangszeugnis des Einjährigen).

1836 Konfirmation in der französisch reformierten Gemeinde, Beginn der Lehrzeit als Apothekerlehrling in der Apotheke „Zum weißen Schwan" in Berlin. Abschluß mit der Gehilfenprüfung 1840.

1839 Erste literarische Publikationen in der Zeitung *Berliner Figaro.*

1840 Ausübung des Apothekerberufs als Gehilfe Oktober/Dezember 1840 in Burg bei Magdeburg, April 1841/März 1842 in Leipzig, Juli 1842/März 1843 in Dresden, April 1843/März 1844 in der Apotheke des Vaters in Letschin im Oderbruch.

In Berlin Mitglied des Platenklubs und des Lenau-Vereins. In Leipzig 1841 Mitglied des Herwegh-Klubs.

1843 Aufnahme in den Berliner Dichterverein „Der Tunnel". Seit 1846 stellvertr. Sekretär, 1850/1852 Sekretär.

1844/1845 Militärdienst in Berlin bei dem Garde-Regiment „Kaiser Franz". (Fontane 1874: „Das Regiment Franz war immer das literarische Regiment der Berliner Garnison.")

1844 Mai und Juni erste Reise nach England.

1845 Seit diesem Jahr wiederholt Veröffentlichung von Balladen in Cottas *Morgenblatt für gebildete Leser.*

1847 Erwerb der Approbation zum Apotheker erster Klasse mit Befugnis zur Verwaltung und zum Besitz einer Apotheke in den Königlichen Landen. Seit Oktober in der Apotheke „Zum schwarzen Adler" in Berlin beschäftigt.

1848 Teilnahme an der Revolution. Anstellung zwecks pharmazeutischer Ausbildung von Diakonissinnen in der christlichen Krankenanstalt Bethanien.

1849 Definitive Aufgabe des Apothekerberufs. Korrespondent für die demokratische *Dresdner Zeitung.*

1850 Veröffentlichungen: *Männer und Helden. Acht Preußenlieder.* Berlin (eig. Weihnachten 1849). *Von der schönen Rosamunde.* Gedicht. Dessau.

Am 16. Oktober Heirat (nach Verlobung seit 1845) mit Emilie, geb. Rouanet (1824—1902). Anstellung als Lektor im Literarischen Kabinett des Preußischen Innenministeriums (bereits am 31. 12. 1850 aufgelöst).

1851 Ablehnung einer kgl. Pension aus politischen Gründen. Einrichtung einer Schülerpension, englischer Sprachunterricht, Mitarbeiter der Zentralstelle für Presseangelegenheiten *(Preußische (Adler-)Zeitung)*. Veröffentlichung: *Gedichte*. Berlin.

1852 April bis September Korrespondent für die *Preußische (Adler-) Zeitung* in England. Zusätzliche Tätigkeit als Sprachlehrer und vergeblicher Versuch, sich in London als Apotheker zu etablieren. Examen als Lehrer der englischen Sprache in Berlin.

1853 Veröffentlichung: *Argo. Belletristisches Jahrbuch für 1854. Herausgegeben von Theodor Fontane und Franz Kugler. Unsere lyrische und epische Poesie seit 1848.* Tätigkeit für die *Preußische Zeitung* und die *Preußische Korrespondenz.*

1854 Veröffentlichung: *Ein Sommer in London.* Dessau.

1855 Beginn des letzten und längsten journalistischen Aufenthalts in England, der 1859 zusammen mit dem endgültigen Ausscheiden aus der Zentralstelle für Presseangelegenheiten endete. Leitung der Deutsch-Englischen Korrespondenz in London, nach deren Einstellung 1856 Presse-Agent der preußischen Regierung. 1858 gekündigt. Fontane schrieb in diesen Jahren als Berichterstatter u. a. für *Die Zeit* (seit 1858 *Preußische Zeitung)*, die *Vossische Zeitung* und die *Neue Preußische (Kreuz) Zeitung.*

1859 Rückkehr nach Berlin. Erfolglose Bemühungen um eine Redakteurstätigkeit, um eine Beschäftigung im Auswärtigen Amt, um eine Anstellung als Lazarettapotheker oder Magazininspektor in der bayerischen Armee. Tätigkeit als Sprachlehrer für Englisch. Ausschluß aus dem Kreis der Vertrauenskorrespondenten der preußischen Regierung.

1860 Anstellung an der *Neuen Preußischen (Kreuz)Zeitung* in Berlin als Redakteur des Englischen Artikels (bis 1870). Veröffentlichungen: *Jenseits des Tweed. Bilder und Briefe aus Schottland.* Berlin. *Aus England. Studien und Briefe über Londoner Theater, Kunst und Presse.* Stuttgart. *Balladen.* Berlin (mit Erscheinungsdatum 1861).

1861 Zuerkennung einer jährlich neu zu bewilligenden Unterstützung für brandenburgische Forschungen durch das Kultusministerium.

1862 *Wanderungen durch die Mark Brandenburg.* Berlin (Bd. 1 in 2. Aufl. 1864 „Die Grafschaft Ruppin"). Bd. 2 „Das Oderland. Barnim. Lebus" 1863. Bd. 3 „Ost-Havelland. Die Landschaft um Spandau, Potsdam, Brandenburg" (in 2. Aufl. 1880 „Havelland"). Bd. 4 „Spreeland. Beeskow-Storkow und Barnim-Teltow“ 1882. Bd. 5 „Fünf Schlösser. Altes und Neues aus Mark Brandenburg“ 1888 (mit Jahreszahl 1889).

1864 Im Frühjahr und Herbst Reise zu den Kriegsschauplätzen in Schleswig-Holstein und nach Dänemark.

1865 Veröffentlichung: *Der Schleswig-Holsteinsche Krieg im Jahre 1864*. Berlin. Reise in die Rheingegenden und die Schweiz.

1866 Reise zu den Schlachtfeldern in Böhmen.

1867 Tod des Vaters Louis Fontane.

1868 Erfolgloser Antrag auf Fortsetzung der staatlichen Unterstützung.

1869 Tod der Mutter Emilie Fontane. Veröffentlichung: *Der deutsche Krieg von 1866*. Berlin. 2 Bde.

1870 Nach Ausscheiden aus der Redaktion der *Kreuzzeitung* übernimmt Fontane die Rezensionen der Aufführungen des Kgl. Schauspielhauses für die *Vossische Zeitung* (bis 1889). Im Herbst Reise zum französischen Kriegsschauplatz, Verhaftung unter Spionageverdacht in Domremy, auf direkte Intervention Bismarcks nach zwei Monaten Gefangenschaft entlassen. Veröffentlichung: *Kriegsgefangen. Erlebtes 1870* (als Buch 1871).

1871 Im Frühjahr Reise in das von deutschen Truppen besetzte Frankreich. Literarisches Resultat wurde das 1872 publizierte Buch *Aus den Tagen der Okkupation. Eine Osterreise durch Nordfrankreich und Elsaß-Lothringen 1871*.

1875 Veröffentlichung: *Der Krieg gegen Frankreich 1870/71*.

1876 Ernennung zum Ersten Sekretär der Kgl. Akademie der Künste in Berlin. Freiwilliger Rücktritt im gleichen Jahr. Definitiver Entschluß zur Existenz als freier Schriftsteller.

1878 *Vor dem Sturm*. Berlin. Arbeit an dem Romanplan „Allerlei Glück“.

1879 *Grete Minde*. Berlin.

1881 *Ellernklipp*. Berlin.

1882 *L'Adultera*. Breslau. *Schach von Wuthenow*. Leipzig.

1884 *Christian Friedrich Scherenberg und das literarische Berlin von 1840 bis 1860*. Berlin. *Graf Petöfy*. Dresden.

1885 *Unterm Birnbaum*. Berlin.

1887 *Cecile*. Berlin.

1888 Begründung des Verlags des Sohnes unter der Firma Friedrich Fontane u. Co. Berlin. *Irrungen Wirrungen*. Leipzig.

1889 Aufgabe der Tätigkeit als Theaterrezensent. *Gedichte*, 3. Auflage. Berlin.

1890 *Stine*. Berlin. *Quitt*. Berlin. Ausgabe der *Gesammelten Romane und Novellen*, 12 Bde.

1891 Verleihung des Schillerpreises. *Gedichte*, 4. Aufl. Berlin. *Unwiederbringlich*. Berlin.

1892 *Frau Jenny Treibel*. Berlin.

1893 *Meine Kinderjahre.* Berlin. Arbeit am Romanplan „Die Likedeeler".

1894 Zuerkennung der Würde des Ehrendoktors der Universität Berlin und einer lebenslänglichen Ehrenpension durch das preußische Kultusministerium. *Von vor und nach der Reise. Plaudereien und kleine Geschichten.* Berlin.

1895 *Effi Briest.* Berlin.

1896 *Die Poggenpuhls.* Berlin.

1897 *Gedichte,* 5. Auflage, Berlin.

1898 Fontane ist am 20. September gestorben. *Von Zwanzig bis Dreißig.* Berlin.

1899 *Der Stechlin.* Berlin.

INHALT